奔跑的叶子

（上）

杨晓景◎著

中国出版集团　现代出版社

图书在版编目（CIP）数据

奔跑的叶子 / 杨晓景著. －－ 北京：现代出版社，
2022.11
ISBN 978 - 7 - 5143 - 9990 - 5

Ⅰ. ①奔… Ⅱ. ①杨… Ⅲ. ①长篇小说 - 中国 - 当代
Ⅳ. ①I247.5

中国版本图书馆 CIP 数据核字（2022）第 204720 号

奔跑的叶子

作　　者	杨晓景	
责任编辑	杨学庆	
出版发行	现代出版社	
通讯地址	北京安定门外安华里 504 号	
邮政编码	100011	
电　　话	010—64267325　010—64245264（兼传真）	
网　　址	www. 1980xd. com	
印　　刷	北京荣泰印刷有限公司	
开　　本	710 毫米 × 1000 毫米　1/16	
印　　张	51.5	
字　　数	830 千字	
版　　次	2022 年 11 月第 1 版　2022 年 11 月第 1 次印刷	
书　　号	ISBN 978 - 7 - 5143 - 9990 - 5	
定　　价	128.00 元（上下册）	

生命跋涉之途的亮光

◎ 仵埂

认识杨晓景的时候，是去年 5 月初的一个下午，在西安小寨的一个茶馆。她约我一见，想让我看看她新写的长篇《奔跑的叶子》，说要听听我的意见。坐定后，我们就漫无边际地聊起来，当然，话题不离文学，可以看出她对文学的那种专注、痴情和投入。庄子说，"嗜欲深者天机浅"。尽管我对庄子喜欢尤甚，但对他这句话总有点儿犯嘀咕。站在君子自强不息的角度观之，我发现"嗜欲深"的人，倒往往在事业上可能获得更大概率的成功。原因也简单，就是因为"嗜欲深"，动力也强大吧。当然，庄子可能对这种成功不屑一顾，他认为的"天机"大约是洞穿人间功名利禄的那个天眼。杨晓景无疑是想做事的人，或者说，是属于那种关注社会发展和运行的人，她的"嗜欲"，应该与孔孟相接，有着强烈的社会关怀。她的精神气象里，就带有那种对社会事务的热情，带有强烈的正义感，有着"兼善"的君子之志。

这些感觉，不仅从她的交谈中发现，更在她的小说里获得印证。让我欣喜的是，她作品里呈现出的那种大气宏阔，让我无法想象这是一部女性的作品。特别是小说的第一主人公是男性，从叙事视角而言，女性作家以男性作为主人公，还是少见的，这当然存在难度，因为作品常常是从主人公的眼睛观察世界感受生活的，男人与女人有着很鲜明的性别差异，但是你读完作品，觉得杨晓景的叙事没有违和感。作品表现的社会生活场景和开阔的视野，特别是叙事者

1

因自身的气质所形成的某种格调，那种凛然正气和刚直不阿的精神，都令人感到恰切顺畅。我以为这是陕北特有的地域文化在她身上打下的烙印。我相信，江南才女们写出的作品会另是一种况味，它可以是另一种美，温婉的、细腻的、敏感的等等，但是，一定不会是杨晓景式的那种气象和感觉，或者说没有杨晓景作品中那种放达的北方力量。我赞赏她作品中的那种力量感，它充满了对社会人生的温暖和信心，那种在人物和故事中茁壮生长的阳光般向上的明媚，不是附加其上的某种伪饰，而是从作品中自然而然流淌出来，就像是一道清溪从峪口流泻而出一样。

杨晓景的长篇具有极强的个人化体验，这种体验性感知化为现实再现，形诸笔墨，有很强的代入感。小说的主人公叫陈灵均，出身于一个特别贫困的农村家庭，父亲陈儒生为人忠厚，有点儿文化底子，母亲罗雪娥干练善良，虽眼疾失明，却能摸着做活做饭。他是四个孩子当中年纪最小的，一家人日子尽管过得艰辛，却相濡以沫，有着贫寒却温暖的家庭氛围。陈灵均幼年时营养不良，体弱多病，但聪明伶俐，善于思考，不像一般人一样，盲目地接受来自家庭、学校、社会的教育，而是通过甄别后有选择地吸收，这也正是他日后能够成为具有创新精神的医疗行业的典型代表的重要原因。面对贫穷、疾病、学习、生活中的困难、社会上形形色色的诱惑、行业权威的质疑、制度的约束等，他以坚定的意志和顽强的精神，不断地战胜自我，超越自我，展现出一个男人刚硬的一面，然而在亲情和爱情面前，他的内心却是极其柔软的。

卫校毕业后，当他得知身患胃癌的母亲自作主张为他许下一门亲事，对方是县城里一个干部家庭的女子，有工作，模样俊，文化程度不高，心里很不乐意，但是他又特别能理解即将告别人世的母亲的良苦用心。母亲一生在贫困中摸爬滚打，满心希望最疼爱的小儿子不再重蹈覆辙，为他能找到这户殷实人家而发自内心地高兴，于是他淡淡地抱怨了一句，放弃了理想化的内心愿望，强打起精神配合家人完成了母亲的心愿。他的母亲面临生命大限这道门槛，忘却了自己，深情地关注着儿子的幸福而不是自个儿的生命。母子之间那种深刻的理解和深情，超越了个我本身的局限，所以极具光彩。陈灵均这种舍个我而成全亲人心意之美德，尽管具有传统的道德意味，但我们还是从中感受到了人性的诗意光辉。

假如说作者在抒写亲情之爱时，倾注了自己的体验性感知。那么，她在写陈灵均与齐令晖的爱恋时，那种既有强烈的内心波澜涌动又有着刻意的理性抑制的复杂心理，揪动人心，令人动容。从某种意义上说，作者的审美感受和伦理凭依，更多还是中国传统式的，我们可以将之称为本能情感冲动下的节制性表达。作品写出了陈灵均内心的痛苦纠结，又写出了他内心深处的强烈震撼和冲击，非常细致入微地表达出陈灵均对另一种自己未曾触碰过的爱恋之域的敏锐强烈的感受。这些地方的描写，显示出作者观察与再现生活的能力。尽管小说并没有大开大合的故事情节，但一样迷人。为什么呢？就是因为作者笔下的真情真意所蕴蓄的真诚的力量。

陈灵均在唐都医院进修时碰到了齐令晖，这个一直若有若无存在于他身边，几次跟他失之交臂的神秘女子。这次邂逅一下子点燃了他的爱火，他们谈论往事，谈论上学期间所办的刊物《四瓣花》。齐令晖一直珍藏着第四期刊物的油印本，她喜欢陈灵均的诗歌《拥抱生命的冬天》。陈灵均说这一期上还有一个叫"飞浪逐雪"的同学也写得很不错，齐令晖说作者听到后一定会非常高兴。陈灵均追问作者是谁，齐令晖说，这个"飞浪逐雪"就是我。两人被巨大的喜悦所填满，谈论着人生理想，谈论着未来打算。多么地契合，多么地愉悦！仿佛两人一直在等待对方的到来，又仿若被上天安排让两人遇见。

作者对陈灵均心理的捕捉和描写，抓住了人物心底升腾起的强大的爱的热浪，以身体之"病"为意象，写主人公如病情发作般的渴念，想见到齐令晖的心境仿若置自己于生死之间。陈灵均的职业是医生，他的感受也带有职业特征，将一场狂热的爱恋形容为一场热"病"。这场突如其来的爱恋席卷陈灵均的精神世界，小说以陈灵均的视角来感受这场狂热，切入极为自然，阅读效果强烈鲜明。作者大约为了保持作品在调质上的整一性，在这儿没有使用齐令晖的视角，却花费了不少笔墨写陈灵均的内心纠结和挣扎。毕竟他已经是一个有妻儿的人了，无法使自己内心平静地理所当然地接受这份爱情，他感到自己有点"卑鄙""可耻""荒唐"。作者还用医生特有的心理感受"不洁"，来表达陈灵均的内视心理。他不敢靠近她，甚至想逃避这场燃烧的爱。因为他觉得她太美好，太纯净，他不能毁了她，只有逃避才能保持两人的纯真关系。于是他投身于工作中，想将她忘掉。但齐令晖那哀怨的眼神，时时刻刻仿佛在凝视着他，令他不安。作者生动准确地抓住人物的心理，写活了他的自我矛盾和自我挣扎。大约只有在这种矛盾中，我们才可感受到爱情的强大力量，看到人性深处的丰富复杂。最令人揪心的内心冲突，带着情感的逻辑推动，最终使两人灵肉融合。

"耳鬓厮磨间，他隐隐约约看见她的眼睛里有亮光在闪动，内心百感交集，异常酸楚。因为他知道那是她克制了很久的眼泪终于找到了释放的空间，而他踏遍千山万水，历尽各种挫折，似乎就是为了在这一刻与她紧紧相拥。因为他是她的，在这之前，从来没有属于过任何人。他的感情世界一直是冰冷的、压抑的，只有在她面前，才是自由的，奔放的，有温度，有力量的。就像一座沉睡了一亿年的火山突然在瞬间喷发了，炽热的岩浆从他的眼角流淌下来，源源不断地滑落到下巴、脖子上，就连周围的空气都是热辣的，滚烫的。他一遍遍吻着她散发着淡淡香味的面颊，仿佛他们是一对遭受了世间所有的苦难好不容易才辨认出对方前世的模样终于走到一起的恋人。"

这些地方，充分显示出作者良好的艺术素养和审美感受力，她调动起自己所有能量，写出了如此优美的现场情绪，既合乎人物的内心感受又深化了人的精神底蕴。我觉得，她是一个极其善于铺陈人物内心世界的作者。假如就作者的艺术擅长来划分的话，有的作家是描摹人物对话的行家，有的作家是营造场景氛围的天才，有的作家是故事讲述的高手，而杨晓景的天分，则在对人的细腻心理的把握上，她能将这种感觉写到极致。

杨晓景对人物内心世界的开掘如此老到，在这一点上，我觉得有点路遥《平凡的世界》的影子。从作品的格调和叙事来看，《奔跑的叶子》里有着复活了的路遥的面影，我暗暗想，作者一定是深深喜欢路遥的作品，并且不止一次地阅读了《平凡的世界》，从中汲取了养料。不然，那种对人物对生活的感受力，那种人与人之间的温情厚爱，是如此让人喜欢。有一些追求现代感的人会觉得这种笨拙的写实手法落伍，我以为，只要能吸引读者，打动人心，什么样的写法都是可以的。你从陈灵均身上，可以看到孙少平的影子，那种艰苦卓绝的奋斗，那种生生不息的进取向上，那种个我尊严和内在强力，还有那种叙事的调质和动情的心理抒写，都能看出这一上下传承的脉络。

在作品中，作者用力最勤的是陈灵均在事业上的追求。他是一个对社会发展有着强烈责任感的人，试图通过个人的努力，在自己从事的医疗领域改变生活中的恶劣习气和阻碍社会进步的腐败陋习，改变弥漫于人与人之间的不信任。所以说，他是一个怀抱理想的人物。他深知医患之间的隔阂与矛盾的根源，了解广大百姓看不起病，吃不起药，受不了气的困窘，于是抓住社会变革带来的契机，产生了创办真正的"以人为本"的医院的设想。为此，他辞掉市医院的公职，回到东正县，开办了南山医院。作品写出了合理的人物变化过程，让他从一个青涩的理想主义者，成长为一个成熟的有抱负有作为的现实主义者，一个试图以一己之力改变周遭环境的人，这是值得肯定的。这家承载着陈灵均的理想，不以赚钱为目的，又有人文关怀的医院，尽管在运行中出现了许多麻烦，诸如资金困难，设备简陋，奸诈者的借机敲诈，投机者的浑水摸鱼，但不管怎么说，它终于从艰难的处境中走出来，逐渐成为县城口碑最好的医院。可以说，陈灵均以微弱的力量，在点滴地推动社会的文明和进步，作品中给予人物的这些行为，都闪烁着崇高的人性光芒。

南山医院是陈灵均的精神依归和再生之地，主人公在现实磨砺下的成长与理想，健康的阳光般的精神生命力量，就这样一点一点展开在读者面前。人物的精神意识亦在个我化的生活里得以展现，比如关注他人命运，帮助他人成长，尽力守护生命，为自己的"无力"自责和难过等，都是我们感受到人物精神底色的地方。

陈灵均对手下医务人员的评价尺度，更能看出他的旨归。他与新进医生王谦博谈话时说："在我们这里上班医生没有任务，只要你一心一意地给病人把病看好就行了，我可以为你提供和其他医院一样的学习机会。"看到对方有些意外，他讲述了自己为何要创办民营医院的原因。"我原来是公立医院有正式编制的医生，在县医院和市医院都工作过，如果当年没有离开县城，现在很有可能已经从科主任提拔为副院长或者正院长了……""可是干了十几年后我发现，我并没有实现自己的理想，我所做的很多事情都违背了我的初衷，损害了老百姓的利益，所以我就到社会上来创业。我希望在我的医院里，医生就是医生，只要一心一意地给病人把病治好就行了，不要变成赚钱的机器……"

他之所以这样说，是想让南山医院留住真正的人才，成为让医生安心工作的好去所。他要塑造的人文医院的样板，就是人间的关爱。他要求医生"看病的时候先要看到人"。这句朴实的话里，暗含着强烈的现实批判，也包含着强大的精神理想。他认为，一个好医生既要有较强的专业能力，还要有同情心和正义感，只有这样，才能在自己的位置上为社会做出贡献。小说塑造的主人公身上，带着从血脉里从骨子里生发出的光彩。那是一种从贫寒境遇里爆发出的改变人生的力量，带着一种一眼望去就能见出的亮色，一种对浊世与幽暗人心改变的愿望。他想使世界变得更加美好，使人生更加温暖，使生活更加明亮。因此，不管是待人还是处事，他都建立起自己的人生原则。即使在最为困难，对自己极为不利的状态下，也不放弃自己的精神追求。他的事迹被国家大报

《健康报》报道后，受到社会广泛关注。

　　陈灵均在自己的人生选择中，终于成为自己想是的那种人，那种能扼住命运咽喉的人，将自己的人生点亮，也照亮了周遭现实的人，成为鼓舞读者也邀请读者跟自己一道前行的人。这大约算是创作者的初衷吧。或者说，陈灵均的命运发展，就暗含在作者自己的命运发展之中，因为这类带有强烈的体验性的作品，从精神上而言，就是作者本身的精神自传。因之，我为作者的这部作品点赞的同时，也为她的这种精神向度点赞。它是人间温暖的灯火，传递出的是人间珍贵价值与温厚人性的赞歌。

2022 年

目录

CONTENTS

早上几点钟，占都日报社综合新闻部的办公室里又响起了刺耳的电话铃声，持续了将近一分钟挂断后，隔了两秒又不甘示弱地响起来，急促的铃声就像扯不断的线团，在办公室里绕了一圈又一圈，可是坐在办公室里的几位编辑就像没听见一样，依然不慌不乱地在干各自的工作。

　　主任乔长青快步走进来，恼火地说："电话都响了大半天了，为什么不接？"然后拿起听筒用训练有素的亲切语气说，"喂，你好，这里是古都日报综合新闻部。"里面立刻传来一个男人絮絮叨叨的声音。

　　乔长青耐心地听他讲明事情的原委后，平静地说："这种事情只有通过实名举报，给我们提供真实有效的材料，社里经过研究讨论以后才能派记者去调查。"

　　对方听他这么一说，马上自我介绍说他叫武迪先，是一家小报的记者，某网站编辑，与被举报者有过直接接触，可以提供有力证据证明此人确实有问题，然后用了很长一段肉麻的恭维话结束了这段谈话。

　　乔长青挂上电话，对坐在电话旁的魏立彦说："刚才在电话里实名举报的武先生说，他一个多月前就跟咱报社反映了情况，为什么迟迟不做出积极的反应？如果你们处理不了，可以直接汇报到我这里来嘛，这样处理问题给外界造成的印象很不好！以后不要再让我看到这种推诿工作的现象了。他刚才说要给咱的邮箱里发一些最新资料，你注意查收一下。对了，电话里提到的那个陈博真是谁？怎么这么耳熟？"

　　魏立彦赶紧告诉乔长青，陈博真是他们报社几个月前报道过的一家民营医院的院长，据报道称，此人依靠先进的理念管理医院，这家医院医生廉洁，护士服务态度好，患者评价高，在社会上影响很大，曾经多次受到上级部门的表彰奖励。乔长青问报道是谁写的，魏立彦说是基层的一名通讯员写的，他只不过在编发报道时在通讯员的名字后面加署了自己的姓名而已，近一个月来，举报陈博真的小报记者天天给报社打电话，发材料，编辑们都被他烦透顶了。

乔长青听后紧绷的脸颊稍微松弛了一些，要求魏立彦尽快将此事处理妥当，然后挺着胸脯，迈着坚定有力的步伐出去了。

主任走后，坐在魏立彦对面的戴泉舒扮着鬼脸说："看，撞到枪口上了不是？让你早接早接，就是不接！"

魏立彦委屈地说："电话虽然安在我的办公桌上，也不能啥事都推到我头上，让我一个人全承包了。这可该咋办？我的头都快晕了。"话音刚落，电脑便提示收到了新邮件。他打开一看，果然又是武迪先发来的，内容还是原来发过的那些东西，只不过整理得稍微有了一些条理，一共列举出陈博真院长有五条罪状：一、贪污受贿；二、乱搞男女关系；三、误诊误治引发医疗纠纷；四、采购药品的程序不符合规定；五、医疗设备老化未及时更新。最令人可笑的是，所有的措辞用的都是政治性极强的书面语言，硬生生地往当事人的头上扣大帽子，唯一的证据是一张模糊不清的照片，上面显示的是一台破旧的医疗设备，既看不清设备所在的环境，也看不到任何跟此设备有关的详细说明。

"没见过这么笨的人，真是把记者白当了！"魏立彦忍不住骂了两句，"这种事，难道还用别人手把手地教他怎么干吗？没本事就别瞎折腾了！"

"谁说不是呢！"戴泉舒也被他逗乐了，"可见两人的仇结得有多深，不见黄河不死心。"

其实，真正让魏立彦恼火的不只是武迪先的笨，还有陈博真的冷。他要是对魏编辑稍微热乎点，兴许早就没事了。不过事情到了这种地步，已经不像刚开始那么简单了，曾经抱着一丝幻想希望结局朝另一个方向发展的魏立彦硬是自己把自己给难住了。他索性把这事放在一边，先去处理手头的其他事情。

几个小时后，魏立彦编发完最后一组稿子，赶紧站起来给自己的茶杯里添了一些开水，靠在椅背上长长地吐了口气。正在这时，手机响了。他拿起来一看，是跟他有私交的作家梁馨予打来的，懒洋洋地接起来，心想她是不是又有什么事需要帮忙。没想到美女作家用非常热情的声音说，要请他和戴泉舒下班后到外面吃饭，感谢他们上次在重要版面编发了朋友的一篇通讯，并且在费用上也给予了一定的优惠。魏立彦说了声谢谢，看了一下手腕上的表，下班的时间已经到了，赶紧把桌上的东西整理好，叫上戴泉舒一同去赴约。

吃饭的地方跟报社隔了两条街，门口坐在方凳上吃免费零食排队的人特别多。梁馨予大概来得早已经轮到了，一位年轻的男服务生站在她身旁，等人一来就领着他们往里走。梁馨予手里提着一个浅蓝色的布袋，身穿白色露肩亚麻长裙，裙子的前摆短，后摆长，走起路来飘飘若仙。可能是最近常熬夜的缘故，脸上的皮肤不像以前那样有光泽，眼袋也更加明显了，不过身材依然保持得很苗条，远远看去根本不像四十多岁的女人。她介绍说，这家餐馆是潮汕风味，以海鲜和养生粥为主，口味比较清淡，符合现代人的健康饮食习惯。

餐馆门脸不大，但是里面装修得很有特色，木门、木窗、木桌、木椅都带着原色的木纹，乳白色的墙壁上错落有致地装饰着布艺画，房顶吊着带有木框的圆灯。封闭的环境和柔和的灯光似乎淡化了城市的喧嚣，让古都的夜色沉淀出少有的安详与宁静。他们刚到桌边坐下，一位二十多岁的女服务员面带微笑走过来倒茶，倒完后，用非常温柔的声音说：“哥哥姐姐请先喝茶，粥和菜稍等片刻就上来，还需要什么随时为您服务。”

“给我来一大杯开水。”梁馨予说道。

服务员说了声“好”转身就走了。

“最近又在写啥？”戴泉舒习惯地用手支着下巴问坐在对面的梁馨予。

“还在修改那部长篇小说，昨天刚刚跟出版社签了合同，准备近期出版。”

“哇，写得真快！”魏立彦隐约记得她哪次提起过这部新作品。

“还快呀，都写了四年了。瞧瞧，头发都白了。”梁馨予故意把头低了低，好让对面的两人看清新增的白发，“我老公说，你成天尽干些又费脑子又不赚钱的活儿，真不知道图啥，以后别写了。我说行啊，就怕到时候又管不住自己。”她情不自禁地笑了起来。

“人活在世上，其实很多时候我们做事情的目的并不是为了钱，而是图一份开心，一份自在，一份踏实和一份满足。”戴泉舒深有感触地说道。

“是呀，真要为了钱，我一个字都不写。”梁馨予说道，“你俩这段时间在忙啥？”

“老样子，上班，下班，吃饭，睡觉。”魏立彦跷着腿一副无聊的表情。

“我跟他一样。”戴泉舒笑着说道。

“我觉得报社的工作应该比较好干，只要看看稿子，审审稿子，根据领导的意思按时编辑好栏目内容就没事了。"梁馨予说道。服务员已经把开水端过来了，她端起玻璃杯很文雅地呷了一口。

"呵呵，我们那活儿你是不知道，难干得很呢!"魏立彦和戴泉舒对视了一下，似乎被人戳到了痛处。魏立彦把早上的事跟梁馨予说了一遍，正说着，服务员又来了，把两碟开胃的小菜放在桌边，在桌子中间摆了一个圆形的木盘。紧接着，一大锅泛着气泡能看到大块鲍鱼的白米粥出现在木盘上。服务员一边用勺子往碗里舀，一边善意地提醒说："刚煲好的粥温度很高，哥哥姐姐喝的时候小心不要被烫着。女士请先用。"她把勺子放在碗里，双手捧着放到梁馨予的面前，然后又给另外两个人舀好，末了两手垂在前面，俯下身子又带着甜甜的笑容加了一句，"各位请慢用。你们还有两个海鲜，一个清炒黄瓜花，我到厨房再催一下，尽快给你们送上来。"

服务员说话声音不高不低，既亲切又自然，听起来特别舒服。魏立彦被她的细心和真诚打动了，认为自己有义务回给对方一个微笑，否则就是没素质的体现。他刚刚把这份心意发送出去，马上就收到了更加舒心的回应。他注意到，餐馆里所有的桌子前面都坐满了人，每张桌子都有固定的服务员，点菜的点菜，上菜的上菜，井然有序，丝毫不乱。每位服务员在客人面前都是轻声细语，笑容可掬，就像忠实而又细心的仆人。在这样的环境里，人们很容易忘记自己在社会上扮演的卑微角色，就像具有了某种特权的贵族一样，可以毫不客气地提出各种各样的要求。

"这是他们这里最有特色的鲍鱼海鲜粥，很养生的，你们尝尝怎么样。"梁馨予介绍道。

两人尝了一口，连声称赞味道不错。

"粥的价格大概也不便宜吧?"戴泉舒问道。

"一份两百。"梁馨予答道。

魏立彦接着刚才的话头把事情说完，叹了口气对梁馨予说："你说我们这活儿难干不?"

"其实也不难，到下面亲眼去看看不就清楚了嘛。"

"可问题的关键是，那篇报道已经在我们的报纸上发了，如果真的查出问题，那不是自己打自己的嘴巴吗? 现在医疗上的事情太敏感了，谁沾着谁倒霉。"魏立彦一脸的沮丧。

"你们发稿前为什么就想不到这一点呢?"梁馨予问道。

"报纸上发的稿子那么多，谁有闲工夫挨个考证去。"戴泉舒答道。

"我觉得不管怎样，你们应该给人家一个明确的态度。因为你们代表的是媒体，你们的态度就是媒体的态度。"

两个男人都笑着点了点头。

"馨予姐，你是从医疗系统出来的，平常跟医院的人打交道也多，你认识这个名叫陈博真的院长不？"魏立彦问道。

"认识，他是我的校友，我们已经打了三十年的交道了。他不仅是一位民营医院的院长、内科专家，还是一位诗人、作家，这个人很有思想，也很有个性，我一直希望自己能成为他那样的人。"

"你觉得小报记者反映的情况是真的吗？"

"既然陈院长不怕别人查，应该没有问题。"

戴泉舒的嘴角露出一丝勉强的笑容，似乎在说：鬼才相信呢，现在哪家民营医院没有问题！

魏立彦沉思了一会儿，把身子往梁馨予身边凑了凑，低声说："馨予姐，你说医疗行业这些年来到底是怎么了，为什么有些人一提起医生、医院就特别反感？你跟我说句老实话，现在医院里还有没有医德高尚的好医生？"

"我先回答你的第二个问题：有，肯定有。至于第一个问题嘛，三言两语很难说清楚。你要是想知道答案，看看我的长篇小说就明白了。"

"你写的是医疗题材的小说？"

"准确地说，这是一部关于人的生命、健康、价值和尊严的小说。"

"从哪里能看到你的小说？能不能让我先睹为快？"

"打印稿就在袋子里，可以先给你看。不过，看完一定要还给我，不能在社会上随便流传。"

"明白，要保护知识产权嘛。"

梁馨予从袋子里取出打印稿交给魏立彦。魏立彦看到书名是《奔跑的叶子》，好奇心更加有增无减，刚要拿起来看，梁馨予点的海鲜和蔬菜都上来了，只好把书先放在旁边的椅子上。

服务员依然是甜甜的微笑，柔柔的声音，人都走远了，戴泉舒还一个劲儿地盯着她的背影看。梁馨予故意咳嗽了一声问他："让美女迷住了？"

"没有。我是在想，这家公司一个月给她开多少钱？"

"肯定没你挣得多。"

"那当然。可我不明白，她的收入不高，工作又辛苦，脸上的笑容到底是哪儿来的？"

梁馨予眨了眨眼睛说："你还是自己去问她吧。"

吃完饭，魏立彦与两位朋友分手后回到家中，打开书稿迫不及待地看了起来。

入夏以来，向阳村通往县城的公路上，运粮的大卡车经常来回穿梭，松软的土路被又粗又重的车轮碾轧出好几道深深的车辙，远远看去，极像受苦人被捆粮的麻绳勒肿了的肩膀。村里人都说，这是向阳村十年来收成最好的一年，不光夏粮产量高，秋粮也不错，肯定又把一颗"卫星"送上天了。向阳村原先并不叫向阳村，在东正县的县志上一直叫富娄村。富娄村所在的虎沟公社是东正县最南边的一个公社，而富娄村则是虎沟公社最偏远的村子，距离黄河只有五里山路。村子地处高原，地势十分宽展，耕地大多为平地，土壤肥沃，雨水充足，很适合庄稼生长，是周围塬上少有的富足村。在过去交通落后的年代，常有一些胆大的人划着羊皮筏子过了黄河到山西去做买卖，顺路带回一些山西的老陈醋、洋布、食盐等日用品和晋剧里最经典的唱词，在村里咿咿呀呀地边唱边卖。也有不少勤快人赶着毛驴或骑着马，沿着高低不平的山路到十几里外的虎沟公社去赶集、会友或参加乡试。富娄村办学早，读书人多，明清时村里的秀才比驴还多，随便推开哪家的门，家里都有上百本藏书，炕头上坐着一个出口成章写得一手好字的老先生。自从"文化大革命"开始以后，经过三番五次的"破四旧""打倒一切牛鬼蛇神"运动，那些泛着潮味、颜色发黄的旧书已经不多见了，村里的秀才病的病，死的死，到了20世纪70年代初，五十岁以上能拿得动笔杆子的"秀才"只剩下前庄里教书的于福和后庄里负责给生产队拦羊的陈儒生。而富娄村，这个充满了资产阶级腐朽气息的村名，早就被周围的人淡忘了，直到县机械厂党委副书记孟正虎来到村里蹲点，成了驻队干部，带领全村社员狠抓生产，放了陕北地区第一颗"卫星"之后，全县各公社的干部才不得不对这个默默无闻的小村子刮目相看。

富娄村被评为学大寨先进村的新闻登报前，孟正虎嫌原来的村名不好听，就自作主张改名为向阳村。记者夸他改得好，大队支书吴有仁也笑嘻嘻地附和道："这个名字确实起得非常好，不光意思好，叫着也特别响亮。"于是，富娄村从此就变成了向阳村。向阳村每年放一颗"卫星"，已经连续放了六年，粮食产量也由最初的亩产六百斤，一路飙升，已经升至亩产一千二百斤，前来参观的人络绎不绝。尤其是 1975 年被评为修水利模范村以后，来的人更多了，队部的食堂里每隔几天就会飘出诱人的香味，来参观的省、区、县级领导个个吃得油光满面，都夸向阳村已经提前进入了小康社会。孟正虎和吴有仁全程陪送，笑得眼角的皱纹越发密集起来。参观的人一走，食堂的门就锁了起来，两人不是忙着安排收秋粮、种冬小麦，就是计划怎么学习、批斗。

时令已至白露，秋老虎依然张开吃人的大嘴，吐着火辣辣的毒舌，在干枯的玉米叶上拼命地吸吮新鲜的露珠，在人们裸露的脸颊、脖子和手臂上肆意地舔来舔去，舔得人口干舌燥，浑身冒烟，流淌着汗水的皮肤就像有无数条毛毛虫爬来爬去，发出阵阵刺心的奇痒。陈来生停下手里的活，把手伸到老布背心里用力挠了几下，回过身来，眯缝着眼睛避开迎面射过来的阳光，看了看身后玉米地里五十几名劳力来回忽闪的身影。初夏割麦子的时候晒得脸皮通红的几个年轻婆姨现在都黑不溜秋的，跟他这个"黑驴"差不多。吴有仁常笑着骂他是"黑驴""犟驴"。骂他黑驴，是因为他个头小，人又长得黑，弯腰驼背的，像驴一样只知道低着头干活；骂他犟驴，是嫌他性子太直太犟，认准了什么事非要一根筋犟到底不可。而村里人选他当生产队长的原因，主要是因为他人老实，能吃苦，对庄稼活特别在行。陈来生虽然已经是五十多岁的人了，干起活来一点儿也不比年轻小伙子差，一看见活干得慢了就急得扯着嗓子大声喊起来："大家都加把劲好好干，今天赶天黑以前一定要把这块地里的玉米掰完，不然的话明天还得多跑二里路再来一回。"

刚撒完尿，边走边慢腾腾地整理着裤子的灰灰走回自己的位置，没好气地看了陈来生一眼，小声说："干得再快，收得再多，又吃不到社员的嘴里。"一旁的赵劲赶紧戳了他一下，使了个眼色，让他把嘴闭上。赵劲是个三十多岁的男人，个子很高，身板却特别单薄，短小的裤口下面常露着发黄的脚脖子。

"你是不是病了？脸色咋那么难看？"灰灰发现赵劲干上一阵活就站住喘一阵气，有点担心地问道。

"家里粮不多了，我早上只吃了一块团子、两个红薯，喝了一碗米汤，这会儿肚子里已经空了，不知道几时才能把活儿干完。"赵劲有气无力地答道。

"干慢点，别那么卖命。唉，咱一年四季没明没黑地从早干到晚，连顿饱饭都混不下，几时能像来参观的那些领导一样美美地咥上一顿白面馍馍猪肉炖粉条子该多好！"

"像咱这种吃惯了粗粮的嘴，猛地吃上一顿好的，还不晓得这贱肚子能消化了不。"赵劲苦笑着说道。

"管它消化了消化不了，先过了嘴瘾再说。只要能让我放开肚皮好好地吃上一顿，就是撑死也愿意！"二十六岁的灰灰身宽体胖，力气很大，饭量自然也比普通人大，常因为吃不饱感到很委屈。他"咔嚓"一声把一穗粗壮的玉米齐根掰断，熟练地从玉米秆上拧下来扔到地上，无意间低下头，发现脚边长着一棵开着黄花的蒲公英，便弯腰拔出来，把叶子上的土抖掉，剥掉根上的老皮，从裤兜里掏出一根野小蒜，把两个植物交叉着盘在一起递到赵劲手里："把这个吃了还能耐和一阵。"赵劲感激地看了他一眼，一把就塞进嘴里吃了。

这时，正在前面干活的孙亮不晓得跟旁边的灰灰婆姨说了几句什么，那女人"扑哧"一声笑了，嘟囔着说："纯粹是瞎说，你看见了？"

"我没看见，但是我听见了，要不要我把原话给你学一遍？"孙亮故意抬高声调说道。

慌得那女人举起拳头在他身上一阵乱打，嘴里还说了几句骂人的话。

周围的人"哄"的一声全笑开了。一个后生高声喊道："快学一下，让我们也听一听！"

"鬼子贼，瞎叫唤什么？人家又没跟你说话。"灰灰婆姨大声骂道。

"我也没跟你说话，你急什么！"那后生不依不饶地回敬道。

人群中又发出一阵笑声，但是人们干活的动作并没有停止。陈来生乐呵呵地想：人常说，男女搭配干活不累，看来这话还真不假。

下午四点多钟，跟地里的男女老少较了半天劲的毒日头已经败下阵来，地头的小土峁下开始有了小片的阴凉。陈来生见玉米掰得差不多了，便安排孙亮带几名社员用驴拉车、手推车往村里运玉米。

孙亮送完第一趟玉米回来后，老远就给陈来生招手，要跟他借个地方说话。孙亮比灰灰大两岁，是个特别精干利索的小伙子，给队里干活从来不偷懒，很舍得下苦，陈来生很喜欢他，两人的关系非常好。

"队长，孟书记在队部的院子里只搭了一个玉米架，让咱把所有的玉米都屯在一个架子里。"孙亮小声说道。

"一个玉米架？"陈来生简直不敢相信自己的耳朵，"这么多的玉米少说也得搭三四个架子，一个架子也不怕就地压塌了！"他早上出来前专门给留在村里的几名社员安顿过，要搭五个玉米架储存玉米，今年的玉米产量比往年高，他怕搭得少了通风不好。"简直是瞎胡闹！"陈来生气得一把将手里的玉米摔在地上，没有心情再干活了。

孙亮给他使了个眼色说："要不你回村里去看看？我们其他人都不敢说。"

"嗯。"陈来生铁青着脸摘下手套，揣进衣兜，把地里的活儿安顿给会计吴有才，便心急火燎地赶回村里。一进队部的院子，他就看见院子里靠近内墙的一侧架起一个十余米见方、二十米高的巨型木架，头戴黄帽子身穿蓝制服的孟正虎站在窑背上的公路边正指挥社员把一车车的玉米自上而下直接倒进玉米架里，随着"哗啦啦"的响声，玉米的碎屑和尘土漫天飞扬。

"孟书记，这么多的玉米都倒进一个架子里恐怕是不行的，咱往年都是用四个架子存放玉米，今年的收成比往年好，要是集中放得太多，玉米长时间晾不干会变坏的。"陈来生忍着火气耐心地劝说道。

"坏不了，玉米架子里到处都是气眼，肯定能干透。你们这些种地的，就知道按老规矩做事，咱辛辛苦苦干了一年，好不容易干出点成绩，应该展展堂堂地摆出来给人看。你没见报纸上登的那些谷仓有多高，南瓜有多大？咱就建它一个用玉米棒子搭成的社会主义金色大厦，拍成照片放在报纸上，多雄伟壮观，多震撼人心！"孟正虎不屑地扫了他一眼，激动地描画着心中的画面，似乎眼前这个正在堆建的玉米架已经变成了举世瞩目的伟大成就。

"玉米架里堆放在最外面的玉米当然通风不受影响，可是堆在正中间的那部分玉米压得实实的，是不是一点气眼都没有？我建议你还是先把活儿停下来，再搭几个保险，万一弄不好就把粮食糟蹋了。"陈来生再三恳求道。

"你的脑子是不是有病哩？玉米又不是砖，谁还一穗一穗一个缝隙都不留地往上垒？'呼通'一声，一车子玉米倒在里面，横七竖八地堆在一起，怎么可能没有旮旯，没有气眼！好了好了，别说了，这事就这么定了，出了什么问题有我担着。赶紧让社员往回拉玉米，一阵天就黑了。"孟正虎的脸色变了，他从衣兜里掏出一个几乎快要空了的药瓶，拧开盖子，狠劲地往手掌心里倒："他妈的，正到人忙的时候，这老天爷不欺负人，没出息的胃还偏要跟人过不去，一瓶药都快吃完了屁事都不顶！"他一下子倒出五六片药，其中有两片掉在地上，陈来生赶紧帮他捡起来放到手上。孟正虎用颤抖的手指粗暴地把多余的药片又灌回瓶子里，然后拿起一片放进嘴里，用干唾沫硬咽了下去，揉着胃走到另一边，继续指挥众人倒玉米。

"孟书记……"陈来生还想再追过去说两句，袖口已经被人死死地扯住了。他回过头，一眼就看见吴有仁的冬瓜脸上那对严厉而又不失狡猾的小眼睛在朝他眨动。

"你这个犟驴，刚才孟书记不是把话已经说得很明白了嘛，还在这儿胡搅蛮缠什么？把你那犟脾气好好改一改，人家孟书记要不是看在你是生产队长的分儿上，早就把你拉到批斗台上去了。"

吴有仁的一番话如同迎头泼下的一盆冷水，把陈来生浑身的燥热劲儿一下子给降下去了，心里想：唉，说的也是，既然咱说话不算数，何苦白白得罪人，再说这架子上的玉米已经不是队里的玉米了，过几个月全要缴到上头去，队里的人谁也吃不上，爱咋咋地。

陈来生走了以后，吴有仁把手里的搪瓷缸递给孟正虎。他知道孟书记吃药的时间到了，特意从队部端来热水给他喝，没想到孟正虎性子太急，等不上喝水已经把药干咽下去了。他看到孟正虎不停地揉肚子，就劝他收完秋粮以后回到城里找个医生好好调理调理。孟正虎听了没有吱声，似乎还在为刚才的事生气。"是哪个骚情鬼把黑驴叫回来的？"他瞪着布满红血丝的大眼珠子恼火地问道。

"还能有谁？"吴有仁朝孙亮站立的方向看了一眼。

"纯粹是个龟孙子！"孟正虎咬牙切齿地骂道。

吴有仁讪笑着说："年轻人头脑简单，你不要跟他们一般见识。他们叫唤得再厉害，村里的事还能让他们说了算？我看，这些人天生就是挨骂的货。哪天要是做了不赢人的事，看我怎么收拾他！"

"今天晚上把我的饭派到哪一家了？"孟正虎喝了一口水闷声问道。

"陈儒生家。"

"怎么又轮到他家了？说实话我最怕到他那窑里吃饭，他婆姨做的饭说是面疙瘩不是面疙瘩，说是面条又不像面条，味道怪不说，还有东西老绊牙。"

"唉，咱村里现在就数他们家光景最不好。他本来有一个女子，四个小子，三小子长到两岁的时候从土崖上掉下去摔死了。女子灵芳已经结婚了，在外村当民办教师，大小子灵峰和二小子灵辉都念书着哩，帮不上忙，碎小子灵均才六七岁，自打生下成天害病。他婆姨眼睛看不见也不能到地里受苦，全家就靠他一个人给队里拦羊挣工分，一天才挣九分，哪里够全家人的口粮！每年到了分粮的时候都要花钱买工分，因为钱不够老跟我磨来磨去要赊账。我不是在你跟前说过嘛，陈儒生这个老汉有文化，字写得好，可惜成分不好，把前途给耽搁了。至于说家里吃的东西，那还是见你来了尽量往好里做，平常吃得还不如这哩。他婆姨虽然眼神不行，人灵顿着哩，不用手摸，也不用拄拐，进来出去一点儿都不碍事，除了做不了针线活，其他的家务活都能干。她平常很爱干净，我想应该不是把圪杂做到饭里了，大概是饭里加了一些平常人常不吃的东西。我听说有些人把榆树皮晒干磨成面掺到豆子面里吃，估计绊了你牙的是一块没有碾碎的榆树皮。"

孟正虎听了并不觉得惊讶，只是抱怨说；"咱村里派的饭伙食也太差了，把我的胃都吃坏了，以前在城里的时候好好的，一点儿毛病都没有。我到人家其他队里去，驻队干部吃得都比咱这儿好。"

吴有仁朝四处望了望，见跟前没人，便压低嗓门说："孟书记，你来了这几年，队里每年收了些什么，分到各家的都有些什么，你是晓得的。没办法，眼下只能这样。"说话间，他看见赵劲推着一车玉米满头大汗地从大路上走过来，头上的筋冒得很高，步子慢得就跟往前挪一样，不由喊了声："赶紧走快点，都到跟前了还磨叽什么！"

赵劲耷拉着眼皮，面色就像灰土一样，依然没有走快的意思。他刚要开口骂两句，只见那家伙两手一松，身子摇晃了两下便"扑通"一声倒在地上，无人掌控的车子随着惯性呼噜噜直朝窑背上飞来，幸亏被站在一旁的孙亮及时拉住才没有连车带玉米一起从窑背上翻下去。其他人见状早已围过去，有的给赵劲掐人中，有的拍打他的脑袋叫他的名字。

"这是咋啦？热晕了？"孟正虎走上前来问道。周围的人谁也没吭声。

大概过了一分多钟，赵劲慢慢地睁开眼睛，浮肿的脸颊就像刚蒸好的黄面馍馍一样，稀疏的头发已经被汗水浸透了。孙亮摸了一下他的手脚特别冰凉，就给吴有仁建议让他回去休息。吴有仁让两个社员把赵劲搀扶回家里，然后就像啥事也没有发生一样，继续指挥众人干活。

当太阳只剩下最后一缕余晖，大部分的山林都披上了灰色的夜装时，拦羊老汉陈儒生才在叮叮当当的铃声中，戴着一顶破草帽赶着一大群黑白交织的山羊和绵羊从山里回来了。这位五十多岁的老人一米七五的个子，腰身十分端正，白净的脸上带着受苦人少有的平静和淡泊，左肩上搭着一只专门用来装干粮、水壶、食盐等杂物的褡裢，后背上反扣着一口小铁锅。他在山里拦羊白天回不来，饿了就在石崖下捡几块石头支起锅，舀来干净的溪水煮一些地里的瓜菜就着干粮吃。

陈儒生把羊关到圈里以后，便到队部叫孟正虎去他家吃饭。进了院子，陈儒生马上就注意到了新搭的玉米架，站在旁边惊异地看了好半天，末了轻轻地摇了摇头，转身紧走几步推开了孟正虎的门。这时吴有仁还没有走，正在和孟正虎说话，一见到陈儒生就笑嘻嘻地说："哎呀，终于见着咱们的大秀才了，一天不见还怪想念的。回去早点把饭吃了再到队部里来，县上又要一个关于咱村学大寨的汇报材料，明天早上就要交上去。你晚上再辛苦一下，给咱写得好好的，写好了给孟书记，让他再把把关。"

陈儒生说："行，我吃完就过来。孟书记大概早就饿了吧？咱赶紧走，估计家里早就等上了。"

两人出了门，上了坡，沿着公路朝村子后面走。陈儒生平常不太爱说话，孟正虎问一句，他答一句，大部分时间双方都保持沉默状态，没走多远天就完全变黑了。村里各家各户住得比较分散，很少有灯光能投射到路上来，除了微微发白的小路外，周围的树和房子全都黑乎乎一片，很难分辨出清晰的轮廓，隐隐约约可以听见喊喊喳喳的说话声，草丛里蛐蛐的叫声显得特别响亮。

陈儒生迈着大步非常自信地走在前面，孟正虎紧随其后，胳肢窝里夹着一支手电筒。他知道回来的路上肯定比现在黑，怕万一走不对会掉进沟里。

路过赵劲家的院子时，陈儒生突然停下不走了，说是要到里面拿个东西，让孟正虎等一下他。孟正虎早就饿得肚子咕咕叫了，站在院墙外头猜不出他到底要到里头干什么。等了好几分钟好不容易听见门口传来陈儒生和赵劲的婆姨卢红娟的说话声，感觉快要出来了，声音突然又变小变远了，说话的人好像又走进了另外一面窑洞。大概又过了五六分钟，陈儒生才慌慌张张地从里面走出来，手里拿着一个盛着液体的墨水瓶。孟正虎这才明白原来他是借煤油去了。

两人沿着一条坡势很陡的小路走到陈儒生家的院子里，窑洞的窗子外面果然黑漆漆的，没有一点亮光，但是家里的烟火味还能闻到。孟正虎心里想：幸好这个婆姨是个瞎子，不用点灯也能做饭，否则的话谁知道饭几点才能做好。他既盼望进门后能早点端上饭碗，又担心自己吃不下碗里的饭，满脑子都是前段时间招待领导时吃过的白面、米饭和肉片。

"孟书记来了，快到炕上坐。窑里的灯没油了，你慢点别碰上。"孟正虎还没走到门口，窑洞里便传出陈儒生的婆姨罗雪娥热情的招呼声，有人已经帮他掀起了门帘。孟正虎打开手电，陈儒生借着手电筒的亮光找到了煤油灯赶紧把油添上点着，窑洞里立刻变得亮堂堂的，可以看见摆放整齐的箱子、柜子和水缸等用具。陈儒生家的二小子陈灵辉坐在灶台前烧火，罗雪娥颠着一双畸形的小脚站在锅边正用勺子在里面搅动，锅里飘出的气味让孟正虎不由得联想起吴有仁家的猪食。村里人都叫罗雪娥是瞎子，其实她并没有完全瞎了。她的右眼瘪瘪地深陷在眼窝里，上下眼皮完全黏合在一起，就像被人专门用丝线缝合过似的，左眼仁是灰色的，里面长了一层被农村人称作"灰皮"的东西，一条梭状的"鱼肉"从两侧的眼角延伸到眼仁中间，在瞳孔外面形成了一道横梁，这只眼睛能看见一点光亮，可以分辨出白天和黑夜，判断出灯火的位置。她的脸上始终带着异常和善的笑容，仿佛曾经受到了全世界的恩泽，生怕亏欠了哪个人似的。

孟正虎很自然地坐到炕中央的正席上，摘下帽子，把腿盘起来端端正正地坐好，笑眯眯地问陈灵辉上几年级。陈灵辉说："这学期是五年级，明年就上初中了。"

孟正虎又问："那你大哥灵峰呢？"

"上初二了，他住校，星期天一般不回来，在学校看书哩。"

"你和你哥谁学习好？"

"我哥比我学得好。"孩子羞涩地答道。

两人你一句我一句拉闲话的同时，陈儒生从水缸里舀了半盆凉水，肩上搭了块黑乎乎的毛巾，蹲在门前的石阶上用手淋着水洗了脸，回来换了件干净的衣服坐在孟正虎旁边。

罗雪娥弯下腰跟陈灵辉小声说了两句什么，那娃立刻站起来，像大人一样稳稳当当地端来盛放着盐、辣椒和小菜的木盘子放在炕中央，然后又走到灶台边帮母亲把盛好的饭端到炕上，从盘子里取了一双红筷子放在上面，嘴里喊了声："叔，吃饭！"双手捧着饭碗递给孟正虎。

孟正虎赶紧接过来，笑着说："好，让你大你妈也一起吃，你忙完了也赶紧过来吃。"

陈儒生说："饭都来了，别谨让了，你先吃。"

陈灵辉给父亲端好饭，又给坐在灶火前的母亲留了一碗，舀第四碗时朝前炕上问了一句："灵均，你吃不？"

"我这阵肚子疼得很厉害，不想吃，一阵再说。"一个小男孩有气无力地回答道。

直到这时孟正虎才发现，陈儒生的小儿子陈灵均头发乱蓬蓬地躺在被子里，脸色白花花的，像是生病了。这娃是他来到这里的第二年生下的，这两年感觉没怎么长，还是又瘦又小，下巴尖得出奇。老辈人都说人老了生不出好娃，他觉得有一定的道理。陈儒生前三个子女全都身材高挑，浓眉大眼，唯独这个小儿子，个子矮不说，头发又黄又少，鼻子小，眼睛小，脸盘也很窄，看上去很丑。村里的娃娃给他起了个外号，叫"大肚将军"，原因是他小的时候没奶吃，全靠瞎子妈妈喂米糊长大，由于营养不良，四肢细长，肚子特别大，肚皮薄得像纸一样，里面的肠子从外面都能照见。现在这娃的肚子也比一般娃娃大，三天两头闹病，很少看见活蹦乱跳的样子。

"娃又不乖了？"孟正虎关心地问道。

"嗯，他常就那样。你不用管，快吃，一会儿饭凉了。"陈儒生似乎对小儿子的病已经习以为常，反应十分淡漠。

孟正虎还没有张开嘴，一闻到浓重的豆腥味就没了胃口。他用筷子在碗里来回扒拉了几下，见里面有几块土豆，几根菜叶，还有一些既不像面疙瘩，又不像面条的东西，试着尝了一口，味道怪怪的，估计就是吴有仁说的那种用掺了榆树皮的豆子面做成的饭。他故意把吃饭的动作放得很慢很慢，先挑出土豆块吃了，又把菜叶吃完，然后鼓起勇气心惊胆战地挑战那些吃了不知道会不会中毒或得病的面疙瘩。

睡在前炕的陈灵均突然一掀被子爬了起来，捂着肚子光着屁股踉踉跄跄地往外面跑。宽大的老布背心下面快速移动的细腿跟马戏团里的猴子腿差不多粗细，唯一不同的是腿上没有长毛。

"又拉上了。"罗雪娥叹息着说道。

"没引上娃让医生看一看吗？"孟正虎问道。

"没看。咱村里没医生，外头的医院离得远也没去过。再说，穷人家哪有什么闲钱给娃看病，得了病都是自己慢慢好的。"罗雪娥苦笑着说道，"他这是胎里带来的病……"

"这娃从小就有这毛病，一到立了秋总得难过上十来八天才能缓过来劲，谁也不理过上一段时间自己就好了。"陈儒生抢着打断老婆的话头，又招呼孟正虎吃饭，说锅里的饭还多得很，让他一定要吃饱。罗雪娥却停下筷子似乎在聆听外面的动静。

过了很长时间陈灵均才蔫巴巴地垂着脑袋回到家里，又爬上炕去睡觉。陈灵辉趴到他跟前轻声劝他吃饭，罗雪娥也过来乖哄了半天，陈灵均才极不情愿地答应了。饭端到面前，皱着眉头吃了几口便叫唤说恶心不肯再吃。

"就你这样一副娇式子，这也不吃，那也不吃，瘦得跟麻柴棍一样，病怎么能好起来！"陈儒生拉着脸大声训斥道。

陈灵均畏怯地看了父亲一眼，又端起碗喝了几口汤，便躺下裹上被子又去睡觉。

陈儒生吃了三碗面刚要放下筷子，发现孟正虎一碗都没有吃完便不吃了，感觉很诧异，连忙问道："孟书记，你没有吃饱吧？是不是饭做得不合你胃口？要不要再给你热两块团子？灶坑里的火还没熄，一阵就热好了。"

罗雪娥闻声早已从灶坑边的凳子上站起来，到窑后的柜子上面拿来两块像煤球一样黑的高粱面团子准备去热。

"灵均他妈，快不要忙了，我今天上午吃得多下午不饿，已经吃饱了，再热饭就剩下了。"孟正虎赶紧摆手制止。罗雪娥怕他不好意思，坚持要热饭，被他强行夺下了。他见大家都吃完饭便起身告辞。陈儒生让他先走，说自己收拾完东西随后就来。

孟正虎刚出门没多久，陈儒生就在窑里骂起婆姨来："你一个婆姨人家胡搭什么话！吃饭的时候在孟书记跟前说灵均拉肚子，你不晓得人家城里人最忌讳这个吗？你说了孟书记脏得怎么能吃得下去饭！人家问娃的病看了没？没看就没看，还说什么穷人家看不起病之类的憨话，你这不是等于否定了社会主义的建设成果吗？万一哪天孟书记不高兴了，想起这句话，把你当成反革命拉到台子上去批斗，你不是没事给自己找事吗？……"

罗雪娥一言不发，默默地收拾着碗筷，懂事的陈灵辉也在一旁手脚麻利地帮母亲干活，不时紧张地看看父亲，又看看母亲，似乎也被严峻的形势吓着了。

陈儒生训完婆姨蹲在炕上抽了一锅旱烟便出去了，到了半夜才回来。他进门的时候，外头的狗叫得很厉害，小儿子正在前炕上发出微微的呻吟声，罗雪娥紧紧地搂着他，在被子外面轻轻地拍打着他的小身体。陈灵均烦躁地连翻了两个身，带着哭腔问母亲："妈，天怎么还不明呀？难受死我了！"

罗雪娥说："还得一阵呢，好好睡吧，睡着了就不难受了。"

二

陈灵均这次拉肚子比往常任何时候都厉害，连脓带血一天十来次，已经拉了十几天还不见好。拉到最后，连往厕所跑的力气都没有了，拿了个尿盆放在脚地上，肚子一疼就溜下炕，直接在家里办"大事"，盆子满了自己端出去倒掉。为了让臭气随时能够散发出去，家里的门帘一天到晚高高地搭在门框上，即使下雨天也不例外。

他原本就很窄小的脸颊瘦得只剩下两只眼睛，脱了衣服，浑身都是骨头，看不见一丁点儿肉。可能是病得太久身体太虚弱的缘故，他手脚发麻，头晕目眩，身子稍微一动就眼冒金星。他躺在炕上实在乏得不行，可肚子疼得又不得不起来，刚爬到炕沿边，眼前一黑，便什么也不知道了。好半天他才苏醒过来，眼皮沉得睁不开，感觉自己趴在地上，膝盖火辣辣地疼，好像碰破了皮在流血，裤子里黏糊糊的，似乎拉在里面了。他听见母亲按照固定的步幅迈着缓慢而有节奏的步子从身边走过去，又走过来，也没有力气去喊她。院子外面有母鸡在叫唤，还有一只过路的猫在温柔地打招呼，似乎想跟女主人讨点吃的东西。远处传来一阵洪亮的钟声，紧接着大喇叭里传出大队支书吴有仁方言很重的讲话声，回声在村子上空久久地回荡着。这一切似乎离他很远，他好像已经被周围的人完全遗忘了，他们都按照自己的生活轨迹在忙不同的事情，没有人在意这个孱弱的生命正在承受着怎样的痛苦，也没有人愿意放下身边的一切来关心他，安慰他。他想起这两天父亲从他身上匆匆掠过的眼神，二哥和母亲站在门外窃窃私语的样子，心里不禁涌起无尽的悲伤和凄凉。他对自己的病已经绝望了，觉得自己也许就这样静悄悄地躺在地上，在别人不注意的时候无声无息地死了，就像母亲无意间跟他提起过的那几个夭折了的哥哥姐姐一样。他母亲一辈子生了九个孩子，只有他们姐弟四个活了下来，在他之前出生的那个哥哥已经长到了两岁，因为玩耍时不慎从窑背上跌落下去摔死了。如今，母亲这个最小的娃娃只比那个夭折了的男娃多活了几年，说不定又要丢下可怜的她，让她继续在黑暗的世界里艰难地摸索。一想到这儿，他就忍不住想哭，但是眼眶里却流不出一滴眼泪。一阵凉风从门外吹来，他感觉身上特别寒冷，想翻个身爬起来，却仿佛在梦魇中被什么东西捆绑住了手脚，丝毫也动弹不了。就在这时，一连串踢踢踏踏的脚步声从远处传来，虽然看不见来者的身影，但是从越来越沉重越来越响亮的声音中能够判断出，这是一群非常高大有力的男人，随便谁伸出一只手就能将他从地上抓走。这种叫人害怕的脚步声在他生病的日子里已经出现过好几次，每次他尖叫着大汗淋漓地醒来，便叫母亲紧紧地抱住自己，哭着求她不要离开。母亲似乎也对这种神秘的力量感到很恐惧，曾经让他父亲给他送过好几次鬼。

那群人已经走到他跟前了，抓住他的手臂硬要拉他走。无论他怎么哭喊怎么挣扎都不能像以前那样重新回到现实世界里。他身不由己地跟着他们飞了起来，穿过一片彩虹一样绚烂的光芒，来到了一个非常温暖非常宁静的地方。所有的病痛瞬间消失了，内心不再感到恐惧和无助，反而充满了愉悦。他依然在飞，感觉前方有一种令人向往的东西在召唤他。他很想就这样被无形的力量引领着一直向前飞去，可是当他无意间低下头，却看见了非常揪心的一幕——他母亲独自一人正在山路上跌跌撞撞地奔跑，头发散乱，满脸泪痕，嘴里不停地发出嘶哑的哭喊声："灵均，均娃，妈的亲蛋蛋，命根根，你在哪里？赶紧回来吧，你要是走了，叫妈怎么活呀……"不远处就是万丈深崖，眼看母亲就要失足掉落下去，他不顾一切地挣脱那些人的手，大喊道："妈，不要再往前跑了，你的灵均在这儿！"

就在这个时候，眼前的一切消失了，突然清醒过来的意识告诉他，他又回到了原来生活的现实世界，耳边传来母亲焦急的哭声："灵均，灵均，你怎么还不醒来？别吓唬妈，妈很害怕，快给妈说，你不会走，永远都不离开妈的身边……我的好儿子，你要是能听见我的话，就可怜可怜你的瞎子妈妈吧，妈的这把老命再也经不起折腾了……"

他的心里既高兴又难过，慢慢地睁开眼睛，看见母亲花白的头发正伏在他的胸口，两个哥哥和姐姐都坐在他身旁，大哥的眼圈是红的，姐姐一只手握着他的左手，另一只手在擦拭眼泪，二哥背着身子嘤嘤地哭泣着，就连一向严肃的父亲也默默地蹲在炕头，脸上带着掩饰不住的忧伤。

看到他醒来，姐姐显得特别激动："灵均醒了！妈，大，灵峰，灵辉，快看，咱灵均的病好了！"

全家人惊喜地扑到他跟前，又是哭又是笑。

陈灵辉端来一碗热水，陈灵峰扶起陈灵均的身子让他喝了几口。

"现在是前晌，还是后晌？"陈灵均用微弱的声音问道。

"是后晌。"陈灵芳答道。她问陈灵均饿了没有，他点了点头，她马上就去做饭。

听见儿子能开口说话，罗雪娥把脸贴在他的脸上亲了又亲，末了在头上轻轻地摸了一把，含笑骂道："这凤娃娃，可把人吓坏了！两天两夜都没有睁眼。我跟你大说，咱老陈家的人没做过亏人的事，这么机灵的一个娃娃老天爷保险会在天上照应的。"

陈灵均伸出一只手帮母亲擦干脸上的泪水，轻声说："妈妈，我刚才本来要跟一群穿黑衣服的人走，看见你快走到崖畔跟前，怕你掉下去摔死了，就又跑回来了。"

陈儒生惊得连连训斥道："快别胡说了！小娃娃家睡觉两个跳蚤抬一个梦，一睁眼什么都不记得了，哪里晓得自己在梦里看见什么。记住，以后不要在人前说什么'走了''死了'的，对自己、对家里人都不好。"

"我没有骗人，大。我真的记得很清楚，我在天上飞的时候身上一点都不难受。我想我肯定是死了，到了另外一个地方。我还在心里说，要是永远能待在那个地方该多好，比活在世上害病受罪好多了。"

"你这个憨娃娃，你这么小的年纪怎么可能会死？妈妈也不会死的，咱们全家人永远都会在一起的。"姐姐的话让陈灵均对梦里发生的一切又产生了怀疑。他愿意相信姐姐说的是真的，希望自己永远不要跟亲人分离，可他又隐隐地感觉到，家人在有意回避一个事实——那就是当他病重的时候，他们已经在心里做了最坏的打算。

陈灵芳把做好的饭端到陈灵均面前，垫高枕头准备给他喂饭。陈灵均闻到了一股和往常完全不同的味道，侧目一看，发现碗里漂浮着许多跟米粒一样大小的面疙瘩，颜色白白的，不像是用他熟悉的豆子面或高粱面做成的。

看到他疑惑的眼神，陈灵峰笑着说："这是白面做的拌汤。大姐听说你病得厉害，专门跑到她教书的那个村的队长家里，借了一碗白面带回来给你做病号饭。"

白面拌汤吃到嘴里滑滑的，甜甜的，很容易下咽，好久都没有吃过一顿细粮的陈灵均感觉那顿饭特别香。由于家里的粮食常不够吃，队里分的那点小麦还没拿回家，就被他大按照一定比例跟别人兑换成了粗粮。虽然饭里没有一滴油，没有一根菜，也看不见蛋花，只放了一点盐，但是对他来说，已经是世上最好的美味了。他很想多吃一点，但是虚弱的脾胃一时还不能接受太多的东西，只吃了少半碗便吃不下去了。

家里人见陈灵均动了口，便如释重负般各自去忙各自的事情。只有陈灵芳还待在窑洞里忙着收拾家。

"姐，你今儿不走了吧？"陈灵均试探着问道。

"不走了，姐今儿再陪你住一晚上。"

陈灵均听了特别高兴，感觉有了姐姐的家比平时温暖多了。

陈灵芳见父亲的裤子破了个洞，二弟上衣的扣子也掉了，帮他们一一缝好，然后把全家人的脏衣服都收集起来，坐在院子里开始洗衣服。搓洗声不断从门外传进窑洞，其中还夹杂着有节奏的锯子拉动木头的声音。陈灵均知道那是父亲在做木活。家里所有的家具都是陈儒生亲手做的，他做木活的手艺在整条塬上非常有名，以前常有人上门央求他给家里准备结婚的小子打家具。自从队里的生产任务加重以后，他推掉了很多木活，只是偶尔给家里修理一下破旧的桌椅或农具。平常拦羊没时间做，他就利用晚上空闲的时候或下雨下雪不出山的时候做。陈儒生干活的时候陈灵均很喜欢站在一边看，尤其爱看父亲俯下身子用推刨推木头的样子。随着一拉一伸的动作，薄薄的木屑眨眼间就卷成了蓬松的刨花堆积在木板前面，有的是白的，有的是黄的，还有的带着不同颜色的花纹，特别好看。没一阵的工夫，凸凹不平的木板就被陈儒生推得既光滑又平整，他拿起来眯着眼睛从侧面瞄上一眼，又放下继续推，直到自己完全满意为止。陈灵均觉得这活儿既简单又好玩，很想学着父亲的样子尝试一下。陈儒生说："不要碰，万一伤了手就写不成字念不成书了，我娃将来长大了要靠这双手吃饭哩。"他最喜欢教陈灵均写毛笔字，有时候看见他的笔画没写好，就手把手教他如何运笔。他常夸儿子有悟性，字写得又规范又好看。

半碗白面拌汤似乎又唤醒了这个六岁的孩子对人世间陌生事物的好奇，他在心里盘算着，等哪天病完全好了，一定要乘父亲不在的时候偷偷摸一摸那些神奇的工具，等他再长大一些，也要学着父亲的样子亲手做几件家具。

晚上，陈灵均又喝了半碗拌汤，能慢慢地被人扶着靠在被子上坐起来了。乘着母亲到隔壁窑洞里翻找东西的空隙，陈灵均偷偷地问姐姐："姐，咱妈小时候是不是一生下来眼睛就看不见？"陈灵芳叹了口气说："不是的。妈原来跟我一样也长着一对双眼皮，模样可俊了，在我六岁那年春天突然害了一场眼病，右眼发红，不停地流眼泪。她觉得眼睛里面又热又疼，磨得很难受，就把门闩放在眼皮上。门闩是铁打的，很凉，老百姓都说能治眼病，但是那次没有管用。后来眼里开始流脓，看东西也有些模糊，她害怕了，谋算着得把这病治好。可是咱这条塬上没有医生，家里的娃娃又小，出不去。生下我以后，妈又生过三个女子，一个还没怀够月就生下了，没有抱起来；一个养到半岁，害了一场病殁了；还有一个已经长到一岁多，也害病殁了。那几年，妈成天哭哭啼啼的，抱着娃整夜整夜急得睡不着觉，眼病越来越重。生下你大哥以后，右眼的眼珠子掉到眼眶外面，左眼里长出一层灰皮，把黑眼仁遮住了。咱大带她到虎沟公社卫生院去看病，那里有个中医大夫说右眼的病太严重他看不了，左眼得的是'云翳'，给她开了一瓶眼药水叫'拨云散'，滴了稍微能好受点。家里没钱，买药也不方便，常常是实在难受得不行了才让赶集的人捎着买一瓶回来。生了你二哥以后，妈右边的眼珠子已经缩回去，什么也看不见了，左眼只能感觉到天黑天明，站在灯前知道眼前有火苗在跳。妈生你的时候已经四十八了，村里人都对她说，你年纪大了，眼睛看不见，这娃身体弱，还没奶，干脆送给人吧，到了别人家兴许还有条活路。咱大也说，灵芳快出嫁了，我常要到山里受苦，光靠你一个人抚养不行。可咱妈怎么也舍不得把你送出去，抱着你哭着说，娃命苦，没有生在一个好人家，她不能给你好吃好喝，但是想让你晓得，你和其他娃一样，都是妈的命根子，就是再苦再难，也要让你在自己的亲大亲妈跟前长大。我和咱妈是一条心，我说：妈，我已经长大了，我来帮你，咱娘儿俩一起把弟弟养大。就这样，我帮着妈妈把你抚养到四岁，直到我结了婚有了我们家的梦月才撒开手。你姐夫常笑着说，灵芳呀，你妈肯定把你生错了，你应该是个儿子才对，在这个家里，不管别人看重不看重你，你可是把自己当成全家人的主心骨了。我说，咱妈才是家里的主心骨，虽然她眼睛看不见，可她比谁都能干、能忍、能吃苦。灵均，你长大了一定要好好孝敬妈妈。她为了你，可吃了不少苦呢。"

听到这里，陈灵均早已泣不成声，他哽咽着对姐姐说："姐，等我长大了挣下钱，一定要把妈妈的眼睛治好，我要让她亲眼看看，她的灵均到底长的什么模样。"

第二天，陈灵芳一吃过早饭就走了，留下的白面陈灵均吃了几天就没了，刚刚恢复了食欲尚显脆弱的胃肠又要去接受难吃的杂粮。一闻到那股熟悉的气味，陈灵均就开始发愁，吃饭又变成了艰巨的任务。他端着饭碗，扫了一眼坐在灶台后面低着头不停喝汤的母亲，目光掠过坐在炕中间像机器人一样不停扒拉饭的父亲和端着饭碗吃一阵歇一阵，不时朝盆里瞭的二哥，犹豫了很久才鼓起勇气问父亲："大，生产队年年收回来那么多的麦子，为什么咱们家吃不上白面，只有这些涩溜溜的黑饭？"

陈儒生愣了一下，警觉地朝门外望了一眼，见外面没人，便低声说："村里种粮、收粮都是生产队统一安排，到了年底社员按工分分粮。这几年，队里打下的麦子和玉米几乎全都交了公粮，一点都没有给社员留。咱们家只有不大的一块自留地，只能种些产量高的红薯和洋芋。其实，山里的荒地很多，只要人有苦，多种上些麦子就有白面吃了，但是生产队除了队里的地和各家的自留地以外，不让社员乱种，咱家劳力少，分的粮也少，所以只能凑合着胡吃。"

父亲的话让他第一次认识到了社会的复杂性，他无法理解这种不合理的现象，又无力去改变，哭丧着脸往嘴里夹了一筷子饭，感觉生活又充满了难熬的滋味。但是为了辛辛苦苦把自己养大的父母，他还得忍住眼泪像他们一样坚强地活着，继续吞咽着无法拒绝的苦难。

孟正虎和吴有仁站在"社会主义金色大厦"前的合影果然又一次在报纸上引起了强烈的轰动效应。秋收结束后，已经回到家中的孟正虎坐在沙发上，一边喝着在百货公司上班的妻子特意买来给他补身体的麦乳精，一边陶醉地看着报纸上自己戴着黄军帽两手叉腰神气活现的样子，认为身后那个巨型的玉米架是个了不起的壮举，充分体现出了村里集体劳动的成果。最让他感到振奋的是，全县农业学大寨表彰会结束后，县委书记握住他的手，眉开眼笑地说："正虎啊，你又给咱们县立了一个大功，给全县的干部起了一个很好的模范带头作用。1972 年我把你蹲点的向阳村评为学大寨先进村，把你评为全县的红旗手，确实没有把你看错。去年把你们村评为兴修水利示范点的时候，说实话，当时还怕给你的荣誉太多怕你有压力，现在看来，我的担心完全是多余的。好好干，你这个年轻人非常有前途，我们已经把你确定为后备力量准备重点培养，千万不要骄傲，要再接再厉……"

作为一个从小在城里长大，从来没有干过农活的城里人，他认为自己来到农村，在短短的几年内能够取得这么好的成绩，非常了不起。虽然他虚报粮食产量的事，村里人人皆知，但是他一点也不害怕。作为一名从政多年的领导干部，他知道大部分的农村人都比较胆小怕事，不愿招惹是非，个别人要是流露出不服气的思想，只要及时地把这种势头打压下去就没事了。在向阳村待了六个年头，最让他感到满意的是，村干部们全都跟他是一条心（除了陈来生脾气稍微有点偏外），个别人甚至还跟他成了推心置腹的好朋友。这次他回来的时候，吴有仁把自家养的公鸡给他逮了两只，还给他提了半筐子鸡蛋，装了一麻袋瓜果蔬菜。不过，在拿到东西的同时，他也接到了一份特殊的"任务"：到县武装部找人，帮助吴有仁家的二小子通过征兵体检。那娃的个子有点矮，不符合征兵的要求。

他回来后拿着厂里财务科开的报销条又到县医院看了一回病。常给他看病的李医生询问了他的病情后，一边给他开中药，一边语重心长地对他说："胃病三分治七分养，平时的生活习惯非常重要。你要是以后吃饭再不注意，就是神仙来了也治不好你的病。"孟正虎嘴上答应了，心里想这根本做不到，为了革命工作，哪个领导干部不得做出点必要的牺牲。他看病的医药费由厂里和医院直接结算，自己不用花一分钱。

孟正虎家有一个专门用来煎药的砂锅，他妻子每天早晚给他煎两次药，用纱布过滤了药渣后，亲手端给他喝。四岁的儿子小龙每次一闻到药味就捂着鼻子说："药药好臭！"他只好把药端到院子里喝。周围的邻居看见了都问他为啥喝药，他说是胃病，那些人就表现出很同情的样子，说这病不好治。喝药的时候，当他想到自己是为了国家的利益为了集体的荣誉才得的病，心里就不由得涌起一阵莫名的感动。心想：如果这个时候恰好来了一位记者，无意间抓拍到这个大名鼎鼎的先进人物在喝中药，回去以后一定能写出一篇非常感人的报道。遗憾的是五服药已经喝完了，一个记者也没有碰上。不过他的胃病已经好多了，吃饭的时候饭量比在农村的时候大多了。在家中的这段日子对他来说简直就像在天堂里一样，不用上山下洼日晒雨淋，还有细腻可口的饭菜按时按点满足供应。可是一想到大好的前程已经在前面招手，他便强迫自己打消享乐的思想，准备鼓起勇气重新投入到艰苦的环境中去。下个礼拜一他又要下乡去了，妻子嫌他住的时间太短，很不乐意，他打算晚上等她下班回来再好好地做做她的工作，实在不行就多住两天。

孟正虎放下手里的报纸，透过玻璃窗看见几位退休工人相跟着从门口走过去了，有人呐喊着问："老吴，到哪里去呀？"另一个回答说："幼儿园快放学了，接孙子去。"他像是突然被人推醒了似的，从沙发上弹跳起来，穿上外套出了门，骑上自行车赶紧向县幼儿园驶去。

早上小龙被妈妈带出门的时候曾经给孟正虎下了一道圣旨，让他下午放学的时候到幼儿园接他，他坐在家里竟然差点给忘了。城里各单位的干部工人已经下班了，街上骑自行车、走路的人特别多，偶尔还有几辆县领导乘坐的小轿车穿梭于其间。好久不骑车的他刚开始觉得有点别扭，骑了一会儿就顺手多了。到了幼儿园门口，老远就看见老师牵着小龙的手站在路边，小家伙耷拉着眼皮一副无精打采的样子。

"孟书记，你儿子有点发烧，赶紧带到医院去看看是不是感冒了。天冷了，这两天班里感冒的娃娃特别多。"老师把小龙交到他手里。他拉住孩子的小手，感觉手心里热乎乎的，再摸摸头，确实有点发烫。他跟老师道了别以后，把儿子抱到后座上，让一同来的老同事给妻子捎了个话，便径直向县医院骑去。一路上，耳边断断续续传来孩子的咳嗽声，每一声咳嗽都像炸弹一样震得他心里发慌、发疼。到了医院，医生给孩子量了体温，用听诊器在胸部听了一会儿，让他带小龙做个透视，做完后说孩子是急性支气管炎，开了一些口服的药让他带回家服用。他挂号的时候报的是自己的名字，孩子看病的钱全都记在单位的账上，自己一分钱都没花。

<h1 style="text-align:center">三</h1>

孟正虎跟县武装部的韩干事关系很好，韩干事的弟弟就是通过他招到机械厂当了工人的，所以他找韩干事办事，对方一口便答应了。本来他想等儿子病好了事情办完了就走，谁知一连下了好几天连阴雨，只好又多住了一个星期，等天晴了才带上爱人为他提前准备好的好烟、好茶和红糖、饼干等东西，搭乘顺风车回到了让他既爱又怕的向阳村。如今的向阳村与他六年前刚来的时候相比变化很大，原先山上东一块西一块零零散散的坡地全都修得平平整整，变成了层层叠叠的梯田，优美的双曲线从山顶盘旋而下，一直延伸到石崖上面。冬春时节，碧绿的麦苗犹如一条条绿色的长龙，透着虎虎生机。到了初夏麦收时节，金黄的麦田就像裹着金色绸缎的美人，雍容华贵，风姿绰约。凡是来到这里的人没有一个不说他们村的地修得好，庄稼长得也好。

孟正虎回村后的第二天就组织全村的劳力进行一年一度的大会战。今年的主要任务是把村子西边山下的坝地全部修整成农田。他们像往常一样白天学习，晚上夜战。那块坝地离村子有二里多路，在一条山沟里，夜里风很大，没有月亮的时候什么也看不见。陈来生叫人在地中间竖起几根木杆，挂了三盏带着玻璃罩的马灯，几十名社员借着跳动的火苗发出的微弱光亮，半是凭视力半是凭感觉摸黑干活。收工以后，回到村里已经是晚上八点钟了，一群人扛着工具叮叮当当地在路上走，不知道谁家的公鸡远远地发出了打鸣声，调皮的孙亮笑着说："嘿，天明了！"

"赶紧回去给你婆姨担水去！"灰灰接口说道。

周围的人都哄笑起来，谁也没有把两人的玩笑话当回事。

第二天上午学习的时候，孟正虎黑着脸义愤填膺地对村民们说，孙亮是潜伏在革命队伍里的敌特分子，准备伺机对中央政权进行反扑，他说"天明了"别有一番用意，暗示反革命集团要翻天，经过村党支部研究决定，准备召开群众大会对孙亮这个混进革命队伍里的"披着羊皮的狼"进行批斗。

批斗会定在下午四点。接到开会的通知后，陈灵均一只手提着一个小板凳，另一只手拉着母亲早早地就来到队部的院子里。村里已经来了不少人，有的蹲着，有的坐着，有的站着，三三两两聚在一起说话，叽叽喳喳的特别吵闹。他选了一个靠近中间的位置把小板凳放好，搀扶着母亲慢慢地坐到板凳上，然后站在一边好奇地四处张望。他看见前庄里的瘸子和后庄里的聋子都来了，邻居刚出了满月的婆姨裹着头巾穿着棉袄也来了，吴有仁家的三儿子吴小强和赵劲家的赵志刚相互追打着满场子乱跑。赵志刚像赵劲一样长得又高又瘦，看上去很灵活。吴小强比赵志刚大两岁，个头虽然不高，但是身体比一般的孩子要结实得多，那后生脑袋大，脖子粗，眼睛很小，眉眼间透着一股说不清的蛮横劲儿。刚开始两人只是闹着玩，吴小强下手比较重，赵志刚挨了第一下打没理会，依然笑着跟他玩。谁知吴小强又狠劲地打了他一下，把他给打疼了，脸色瞬间就变得不自然了，反扑过去举起拳头对准吴小强的脑袋毫不客气地回敬了一拳。吴小强惊愕地看了他一眼，立刻冲过来还手，两人很快就厮打成一团。赵劲发现后赶紧上前把儿子拉到一边，呵斥了几句，还在他屁股上踢了一脚。赵志刚本来就觉得自己吃了亏，挨了父亲的打心里更不平衡了，拼命反抗着要找吴小强算账，被父亲死死地拉住了，只好咬着牙低声咒骂。被家人拉扯到另一边的吴小强很少有人敢跟他作对，挨了几下打仿佛受到奇耻大辱，捶打着胸口连蹦带跳地哭喊着说："气死我了，气死我了！"他哥和他母亲劝慰了很长时间才作罢。虽然两个娃娃的纠纷暂时平息了，但是吴家人的脸上都显得很不高兴。

"灵芳妈，这就是你那个还没念书的碎小子灵均吧？"

正在凝神听两个孩子打架的罗雪娥突然被人拍了一下膝盖，从熟悉的声音中她听出拍她的人是陈来生的婆姨高慧琴，马上笑着答道："是了，就是我娃。"

"呀呀，看娃饥瘦的，一满没长下个子。"高慧琴用怜惜的目光上下打量着衣衫十分单薄的陈灵均，就像看到一株生了病的红薯苗似的。高慧琴比罗雪娥小五岁，是村里有名的能人，热心人，说话声音既柔和又亲切，尾音拖得比较长，带着黄河畔上的人家特有的那种十分婉转的腔调。

"别看这娃长得不大，脑子可够数哩。"赵劲的婆姨卢红娟插嘴说道，"前几天我去我老嫂子家借簸箕，看见这娃坐在炕上手里拿着一本书正在叨叨叨地念，中间连个颤都不打，你说这娃厉害不？"卢红娟是个性格比较急躁的女人，一开口说话就像在热锅里爆麻子一样，只听见噼里啪啦地响，不用心听根本听不清说什么。罗雪娥听说那女人不大爱收拾自己，头发常乱蓬蓬的。

"真没看出来这娃小小年纪这么有出息。过来，让阿婶看看你的小脑瓜和别的娃娃到底哪里不一样，怎么能装进去那么多的东西！"高慧琴一把将陈灵均拉到跟前，疼爱地在他头上摸了又摸。陈灵均被她看羞了，不知所措地低下了头。

"你也不看看人家的大是谁？老子那么能行，教出来的娃娃肯定比咱们的娃娃灵顿。唉，都是一样大小的娃娃，看人家的娃娃咋听话懂事，我们那厮娃娃一点儿也不听话，就解下淘气。"卢红娟说道。

"我也觉得我这个娃比我前头生的那几个娃聪明，要是娃的身体能再好一点，我就放心了。"罗雪娥说道。

说话间，孟正虎、吴有仁、吴有才、陈来生等人已经从外面进来了，依次在主席台的位置上坐下，被人用粗麻绳捆得结结实实的孙亮在几个小伙子的推搡下满脸通红地站在众人面前。可能是绳子捆得太紧，太疼，他的眼里很快就闪出了泪花。会场里的气氛骤然变得严肃起来，人们停止说话，紧张地望着台上。面对阶级敌人，他们的目光里没有仇恨，没有厌恶，只有同情和怜悯。孙亮的婆姨白秀花远远地坐在靠近硷畔的地方，一只手搂着怀里两岁的儿子，另一只手用袖子遮住脸低垂着脑袋。五岁的女儿孙静好惊恐地靠在妈妈身上，茫然地看着眼前发生的一切，大颗大颗的泪洒落在小碎花的布衫上。

孙静好家就住在陈灵均家的斜坡上面，再走几十米，另一个山坡下面就是赵志刚家，陈灵均不生病的时候三个娃娃常在一起玩。赵志刚和陈灵均同岁，都是六岁，比孙静好大一岁。这天下午，他们见队部的院子里没人，便跑下去玩捉迷藏。轮到孙静好藏猫猫的时候，她发现玉米架旁边靠墙的柴垛后面是个藏身的好地方，便把自己小巧灵活的身子钻到了两垛柴的中间，用几根长树枝作为伪装遮挡在头顶。负责找人的陈灵均几次经过她身边都没有发现。她听见他大声叫喊着自己的名字跑出了院子，便捂住嘴偷偷地笑。过了一会儿，陈灵均和赵志刚一起回来了，两人你一句我一句轮流喊："孙静好，你在哪里？""快出来吧！起风了，外面很冷，我们不玩了，咱们一起回家吧！"她以为这是两个男孩使的诡计，想骗她出来，就没有应声，结果两人真的走了，很久都没有回来。她看见天已经黑了，这才明白游戏真的结束了，从柴垛里慢慢地钻了出来。一股浓烈的霉味伴随着迎面吹来的大风灌进了她的鼻子，她好奇地在院子里寻找气味的来源，结果发现，是从那座犹如摩天大厦般的玉米架上散发出来的。心里想，这里面的玉米肯定坏了，赶紧跑回家把这个意外发现告诉了父亲。

"静好，这件事我已经知道了，你出去了千万不要对人乱说。"孙亮严肃地嘱咐道。

"为什么？"孙静好惊讶地望着父亲问道。

"别问为什么，大人的事情小娃娃家不懂。"孙亮不耐烦地说道。

随着时间的推移，玉米架上散发出来的霉味不仅在院子里可以闻到，站在院子上面的公路上也可以闻到。陈来生听说了以后专门跑到队部去查看，也觉得是玉米出了问题。他把这事反映给吴有仁。吴有仁一边用手在圆溜溜的肚皮上挠，一边满不在乎地说："孟书记天天睡在队部，玉米有没有问题他肯定比谁都清楚，你就不要瞎操心了，把队里的生产抓好就行了。"陈来生知道他不愿意得罪孟正虎，就直接跑到队部委婉地提醒孟正虎，注意闻一闻院子里有没有什么怪味。孟正虎觉得很可笑："我天天住在这面窑里，进来出去多少次，从来没有闻见过什么怪味。"陈来生说："你最近是不是受了凉鼻子堵了？村里好多人都闻见了，不信你站在院子里的玉米架底下再好好地闻一闻。"

孟正虎马上就明白了他的意思，恼着脸从炕上跳下来，一把推开门，噔噔噔地走到玉米架前，用力翕动着鼻翼闻了十几秒钟，非常肯定地说："什么味儿也闻不见，真是一群神经病！"

陈来生被他气得脸都白了，一句话也没说转身就走了。

第二天天刚蒙蒙亮，孟正虎就被院子里传来的嘈杂声吵醒了。他睁开眼睛凝神聆听，先是听见几个男人的说话声和拆卸东西的声音，紧接着"咚"的一声，很像是粗大的木头从高空砸到地面上的声音，巨大的冲击力震得身下的土炕都在微微地颤动。

"这个犟驴！"他"噌"的一下从炕上爬起来，三把两把穿好衣服，打开门走进院子，刚要发火，只听"哗啦啦"一阵巨响，成千上万只黄里带黑、黑里带灰、长着白毛的玉米穗像瀑布一样从头顶飞泻下来，刺鼻的霉烂味伴随着浓烈的尘土味扑面而来，呛得他直打喷嚏，连眼泪都流出来了。不一会儿，玉米穗便滚到了他的脚边，滚得满院子都是。他赶紧退回窑洞内，把门闭上，仍然无法阻挡那令人窒息的气味，只好用毛巾捂住口鼻。

"咋办哩？"浑身是土的陈来生坐在窑洞里的椅子上，一脸严肃地看着孟正虎和吴有仁。孟正虎垂着脑袋皱着眉头在地上来回转悠，脸上的神气劲儿一扫而光。吴有仁坐在炕沿上"啪嗒啪嗒"抽着旱烟，看上去也很发愁。七成以上的玉米都发霉了，公粮肯定缴不成了，还得给上面有个交代。要是把发霉的玉米全都倒了，在社员面前是说不过去的，毕竟这是大家辛辛苦苦干了几个月的收成。吴有仁慢慢地盘算好了主意，并不急着表态，把目光投向孟正虎："孟书记，你说该咋办？我们都听你的。"

"这事我也是头一回碰上，现在头都快要炸了。首先咱们得把这事汇报给公社和县上的领导，说明玉米不能按期上缴的原因；其次，这玉米……你们觉得还能吃不？"他用迟疑的目光看着两人。

"都成这样了，不敢吃了吧？万一吃了毒死人咋办？"陈来生马上接嘴说道。

"不至于那么严重吧？60年代初遭灾的时候，好多人饿着肚子吃不上饭，把发霉的谷子、糜子吃了，不是也没事嘛。说实话，今年咱给社员留下的粮食没有去年多，要是能多分一点，他们肯定很高兴……"吴有仁轻描淡写地说道。

"万一吃出来问题怎么办？那可是人命关天的事情！"陈来生没等他说完就急着打断了。

"哎呀，我的老黑驴，你可真憨，分不分粮是咱们的事，敢不敢吃是他们的事。你说对不对，孟书记？"吴有仁眨巴着灵活的小眼睛，意味深长地看了一眼孟正虎。孟正虎马上像受到启发似的挥了一下手，兴奋地说："那就这么办吧，先让社员把玉米粒搓下来，然后按各家人口数往下分，愿意要的拿走，不愿意要的随他们怎么处理好了。"

当天上午，全村的社员被召集到队部的院子里，坐在高高的玉米堆上手工给玉米穗脱粒。干活的人不停地咳嗽，不时抬起袖子擦拭眼泪。一个怀孕的婆姨刚搓了一会儿玉米粒便跑到硷畔上大声呕吐起来，把绿色的胆汁都吐出来了。不少人被玉米熏得头晕恶心，连饭都吃不下。

几天以后，陈儒生扛着一麻袋玉米回到家中，捧出一把让罗雪娥闻一闻能不能吃。他告诉她，村里家庭条件好的人家都没有要发霉的玉米，凡是家庭条件不好粮食不够吃的人家都拿回去了，他担心吃了变质的玉米会生病。罗雪娥也有同样的顾虑。两人商量了很久，还是舍不得把这些玉米扔掉，用水淘洗了几遍，晒干，磨成粉，蒸成团子给家人吃。玉米团子闻起来很呛人，吃到嘴里一股哈喇子味，吃过之后肚子里翻腾得很厉害，微微有点恶心，剩饭倒进猪食槽，连猪都不肯吃。但是他们还是把这些粮食全都吃完了，毕竟饿着肚子也很难受。

入冬以后，地里的活儿基本上干不成了，学习、开会的时间也大大地缩短了。社员们每天早早地回到家里，到山下驮水、山里拾柴，或者待在家里干些杂七杂八的事情，日子过得很悠闲。他们之所以能够享受到如此难得的福利，是因为孟正虎回城去了，已经一个多月没有露面了。村里的队干部大都文化程度不高，对政治学习缺乏热情，只是象征性地走个过程，应付一下上面的检查。有人私下里传说孟正虎要被提拔，用不了多久就要离开他们村。

这天下午，陈儒生在山里拾柴回来，刚走到自家的窑背上面，就看见隐藏在杂草中的烟囱已经开始冒烟了。进了院子，一眼就瞅见陈灵辉正趴在磨盘上写作业，陈灵均坐在他身旁羡慕地看着，手指在掌心里不停地比画。陈灵均本来已经到了上学的年纪，因为身体不好，个头又小，老师不愿意收他，只好继续在家里玩耍。娃娃待得无聊，他看着也很心焦。

陈儒生走到硷畔上把身上的干灌木枝卸下，正在拍身上的土，陈灵均高兴地跑过来，大声嚷着说："大，今儿后晌咱们家有好饭吃！"

他忙问是什么好饭，从哪里来的。

陈灵均说："我妈要给咱们做南瓜和饭，这个南瓜红红的，可好看了，是我二哥从路上捡来的。"

陈儒生觉得很奇怪，就问陈灵辉到底是怎么捡的。陈灵辉不自然地看了父亲一眼，低声说："反正就是在路上捡的，你晓得就行了。"陈儒生走到陈灵辉跟前，详细地追问捡拾的过程。陈灵辉吞吞吐吐憋了半天才说，自己放学的路上刚好碰见赵劲坐着驴车从外面回来，在他前面四五十步远的地方慢悠悠地走着，车上拉了半车东西，放在最上面的是两个颜色特别红亮的南瓜。他从来没有见过那么好看的南瓜，不由得多看了几眼。上坡的时候，车轮不知道被什么东西颠了一下，猛地摇晃了几下，一颗南瓜骨碌碌地滚下来，眼看要滚到山下去，手疾眼快的他赶紧飞跑过去及时地用脚挡住了。他本来想把南瓜还给赵劲叔叔，可是叔叔已经走得看不见人影了。当时周围一个人也没有，他心想，如果不是他跟在车子后面，南瓜肯定掉到山崖下面去了，反正赵劲叔叔也不知道自己把东西掉了，就算回到家里想起来再回来捡，也不可能捡回去，这颗南瓜应该算是老天爷对他的机灵反应的特别奖励，所以他完全有理由把它吃掉。

"你这个憨娃娃，把你大都气死了，羞死了！"陈儒生用手指着瑟瑟发抖的二儿子，刚要数落几句，窑洞里突然传出剁东西的声音，陈儒生连忙跑进去制止："灵均妈，别剁了，这个瓜不能吃！"

罗雪娥放下手里的菜刀，一下子怔住了："咋啦？瓜里有毒？"

"你这个婆姨，咋这么爱占便宜！娃从外面捡回来东西，问也没问清楚就拿起来准备吃！你晓得你娃有没有说谎，做下什么不能上台面的事没？我告诉你，这个南瓜有主，是赵劲家的！"

罗雪娥一听脸就红了，结结巴巴地说："那赶紧给人家送去，咱不能占人家的便宜。唉，都怪我下手太快，南瓜已经切成两半了。这怎么好意思还给人家？"

陈儒生沉着脸，大声命令陈灵辉走进屋子里，把已经切开的南瓜装进一个干净的布口袋里，然后亲自带着他到赵劲家去送还。他一边朝外走，一边用力推搡着儿子，嘟嘟囔囔地教训，两个人很快就上了山坡。

躲在角落里胆战心惊地看着这一切的陈灵均眼看着父亲和哥哥的身影已经消失不见了才跑回家，一把抱住母亲，惊恐地问："妈，我大一阵回来会不会打我二哥？"

罗雪娥说："谁知道呢。你大那脾气，我也捉摸不透。我娃别怕，你又没有犯错，你大不会打你的。"

晚饭又变成了难以下咽的玉米面团子。饭已经热好大半天了，陈儒生和陈灵辉才一前一后地进了家门。陈灵辉是哭着回来的，饭端上来以后，连炕也不上，说自己不想吃。

"上来坐下！坐到我跟前来。大说你几句那是为你好，只要你晓得错了，以后改了就行。该吃饭吃饭，该睡觉睡觉，别给我用劲！"

陈儒生话音刚落，陈灵辉便忍住哭声，爬上炕，乖乖地坐到父亲身边拿起筷子，喉咙里依然在哽咽。

饭快吃完的时候，赵志刚突然端着一碗热气腾腾的南瓜笑嘻嘻地从门外进来了，进门后把碗往炕上一放，缩着两手直喊："烫死了，烫死了！"

"志刚，你这是干啥？"陈儒生失声问道。

"我妈刚才把那颗南瓜全蒸了，我们一顿吃不完，给你们端来几疙瘩一起尝尝。"赵志刚说道。

"啊呀，你大、你妈也太多心了，这让人多不好意思。灵辉，赶紧把碗里的东西倒下，再……"陈儒生环顾着空空如也的家里，暗暗思忖着该拿什么东西作为回礼。按照陕北人的礼节，收到别人送来的东西是不能让人家空手回去的。

陈灵辉腾下碗后，刚要拿到灶台前擦洗，被赵志刚一把从手里抢走了："不要洗了，我妈还等着我回去吃饭呢。"说完，一溜烟跑了。

香甜的南瓜虽然已经摆在面前，陈灵辉和陈灵均低着头吃着碗里的饭，谁也不敢伸手去拿。

"吃吧，一会儿就凉了。"陈儒生说道。

两个孩子相互看了一眼，不约而同地露出了笑容，用筷子夹起南瓜都先递到母亲碗里。等罗雪娥开始品尝其中的一块，他们这才开始给自己的碗里夹。

吃完饭，陈儒生下了炕，坐在柜子旁边的高板凳上，让两个儿子并排站在面前，语重心长地对他们说："人穷不要怕，就怕穷得没了骨气。咱穷，可以吃差点，穿差点，照样可以堂堂正正地做人；人一旦没了骨气，就是吃得再好，穿得再好，也比别人矮一截，没人能看得起。所以，你们以后一定要记住：要靠自己的本事活人、吃饭，不管到任何时候，千万不要昧着良心占别人的便宜，拿别人的东西手短，吃别人的东西嘴短，……"

两个孩子点着头，把父亲的话牢牢地记在了心里。

第二天刚好是星期六，陈灵峰放学后回到家中，陈灵均偷偷地把这件事情告诉了他。陈灵峰刚满十五岁，个头比父亲稍微矮一点，棱角分明的嘴唇上面覆盖着一层短短的黑胡须。虽然这个正处在变声期的男娃喉咙里发出的声音像绵羊一样难听，但是说话做事已经像个小大人了。他上了初中后靠给学校打钟赚钱供自己上学，平时不花家里一分钱。那天晚上他躺在炕上翻来覆去怎么也睡不着。他很清楚家里吃不上的主要原因是父亲一个人挣的工分太少了，队里分的粮食不够全家人吃。现在看到家里穷得连发霉的玉米都吃了，两个弟弟饿得面黄肌瘦，心里特别难受。他还有一年多才能初中毕业，按照目前的学习成绩，能不能考上中专不好说，考高中肯定没问题，上了高中就有资格参加招工招干考试，但是他迟一年毕业，就意味着家人要多挨一年的饿。他知道饿肚子的滋味不好受，不想让家里人继续挨饿。

星期天吃早饭的时候，陈灵峰郑重其事地向父亲说出了自己的决定。

"你说啥？你再跟我说一遍！"陈儒生停下筷子，既吃惊又恼怒地对儿子说道。

陈灵峰又重复了一遍自己的话。

"念得好好的，为什么不念了？"陈儒生厉声问道。

"大，你辛辛苦苦供我们兄弟三个念书，想让我们将来都能有好的前途，可是家里现在只有你一个人受苦，没个帮手不行，还不如让我早点回来和你一起挣工分，省下钱让两个弟弟念书，说不定他们俩将来还能考出去一个。"

"你好歹把初中念完，念下半拉子这叫怎么回事？"

"多念一年少念一年对我来说都一样。"

"怎么能一样？多念一年书就能多学一年知识，你还是先念完再说。咱家的光景就这个样子，又不是一天两天了，你是娃娃家不要管家里的事。"

"我不，我就要管！家里人饭都吃不上了，你让我待在学校里怎么能安心学习！"陈灵峰红着眼圈说道。他从来没有跟父亲犟过嘴，这次他非要一根筋犟到底不可。于是，不管父母怎么劝说就是赖在家中不走。

陈儒生打心眼里不愿意让大儿子中断学业，可他又实在没有办法养活这一大家子人，只好默许了。

就在这一年的12月，吴有仁的二儿子顺利地通过征兵体检成了一名军人，披红挂绿地被村里人欢送走了。吴有仁为这事乐和了好几天。

刚过完年没多久，孟正虎便接到调令，让他到县革委会担任办公室主任。临走前，他看到村里留下招待人的粮食还剩下不少，便想做个顺水人情，用这些精米细面做几桌饭，以此来感谢全村人这几年对他的支持。恰好吴有仁也想为他举办一场像模像样的欢送宴，两人一拍即合，马上就动手安排起来。

一听说中午有好饭吃，灰灰连早饭都没吃，专门空着肚子准备多吃几碗。平常在外面喝喜酒，他怕自己吃得太多让人笑话，从来不敢放开吃，这次是在自己村里，和全村的男女老少一起吃自己种下的粮食，自然没有这样的顾虑。欢送宴中午十二点开席，刚到十一点他便跑到队部去了。远远地还没到跟前，就听到孩子们的嬉闹声和大人的说笑声。不一会儿，浓浓的羊膻味便从窑背下面飘了上来，他贪婪地嗅着那诱人的香气，恨不得跳进锅里连羊骨头都生啃了。他顺着山坡往下走，越过低矮的围墙，看见队部的院子里已经来了不少人，院子中间摆了几张大圆桌，四周放着长条凳，院子西边的地上挖了一大一小两口地锅，小的里面炖着羊肉，大的盖着锅盖，顶上正冒着热气，旁边放着一个木制的饸饹床子。毫无疑问，村委会为村民们准备的是羊肉汤饸饹。他听说饸饹有白面的和荞面的两种，准备各吃几碗。村里的壮小伙子差不多都来了，在陈来生的指挥下分头干活，有的拉水，有的和面，有的烧火，有的切菜。灰灰见其他活儿都插不上手，就跑到厨房帮忙剥葱剥蒜。他压根就没打算帮忙轧饸饹，怕轧完了轮不上自己吃饭。

人都来齐了，饸饹也轧好了，孟正虎和吴有仁才从窑洞里不慌不忙地出来了。孟正虎的右半个脸是肿的，头上有很大一块瘀青。他虽然脸上显得很高兴，但是笑容十分僵硬。陈儒生悄悄地问坐在一旁的吴有才："孟书记的头怎么了？"

吴有才小声说："他说昨天晚上出来上厕所的时候，自己也不晓得怎么回事突然一下子摔倒了。过了好半天才清醒过来，从地上爬起来感觉头上和脸上有点疼，才知道是磕伤了。他估计那会儿头晕了。"

陈儒生盯着孟正虎的脸仔细地研究了好半天，怎么看都觉得像是被人用石头或砖头砸的。队部的厕所他常去，就在院子下面，路很平，里面除了一个铺着青石板的土坑和用木棍围起来的栅栏外，什么也没有，根本不可能碰成这样。但他不敢明说。

吴有仁先讲了一阵话，孟正虎接着又讲。他的情绪很激动，声音几度哽咽，但是底下的听众，眼睛只盯着碗里的饭，桌上的盆，嘴里哧溜哧溜地响着，根本没人用心去听。为了打破尴尬的局面，吴有仁连说了几次"说得好，大家鼓掌！"响应的人却寥寥无几。

吃完饭，孟正虎正在和几个队干部拉话，接他的小车到了。他跟众人道了别，便匆匆地离开了。除了吴有仁、吴有才、陈来生几个人相跟着一直把他送到大路上外，其他人都没有来。

欢送宴持续了两个多小时才结束，准备的饭吃得一干二净，连锅里的面汤都喝光了。临散席时，有的人吃得站都站不起来，嘴里不停地"哎哟哎哟"叫唤，就像得了重病似的。

当天夜里，这种既快乐又痛苦的呻吟声在各家各户中持续了很久，到了后半夜才逐渐安静下来。可就在这个时候，吴有仁家的门外突然跑来一个女人，一边疯狂地用拳头使劲擂门，一边带着哭腔喊道："老吴，快起来，我男人难活得一满不行了！你赶紧叫上几个人，把他送到公社医院让医生看看他得了什么病。快点起来吧，再迟上一阵就不顶事了……"

吴有仁听出是灰灰婆姨的声音，心里猛地忽闪了一下，忙问："灰灰咋啦？"

那女人说："他一回来就说肚子疼，越疼越厉害，人已经疼得昏过去了。"

吴有仁一边穿衣服，一边想：这后生后晌吃饭的时候看着还挺欢实的，吃了一碗又一碗，不像是有病的模样，是不是吃得太快太多，把肚子吃坏了？灰灰婆姨大概是怕糊涂了，那么精神的一个人怎么会说不行就不行了？

他穿好衣裳出来后，依次敲开几位邻居的门，叫其中一个后生去叫村里唯一的拖拉机手把拖拉机开到村口，然后跟着灰灰婆姨来到灰灰家。一进门，他便看见灰灰直挺挺地躺在炕上，肚子鼓得像山包一样，两眼紧闭，脸色十分难看。灰灰的小儿子躺在炕上哇哇地哭闹着，大儿子惊恐地拍打着父亲的脸"大、大！"直叫。他摸了摸灰灰的鼻子还有气，就叫人把他家的门板卸下来，和众人一起把人抬到村口的拖拉机上。机子发动以后，一行人爬上拖拉机，径直朝虎沟公社驶去。刚走到半路上，灰灰就没气了。吴有仁没敢告诉他老婆，强装镇定安慰她不要着急，到了公社医院让医生看了再说。到了医院，医生检查了以后，摇着头说："人已经走了，你们拉回去准备后事吧。"

那女人一听就跟疯了似的抓住医生的手说："我男人平时身体可好了，从来没有得过一点病，今天后晌还吃了八九碗饸饹，怎么会一下子就走了呢？医生，你肯定弄错了，求求你再好好看看，他到底是咋啦？家里三岁的儿子还等着他大回去搂他睡觉呢！"她跪在地上，死死地抱住医生的腿，苦苦哀求道。

医生叹了口气，用非常沉重的语气对她说："老乡，你男人没有别的病，是因为吃得太多把人活活得给撑死了。不是我不想救，实在是没法救了呀。"

医生的话让现场所有的人都怔住了，谁也没有想到一顿羊肉饸饹竟然吃出了一条人命！

四

　　学校开学了，陈儒生带着陈灵均去报名。村里只有一名教师，名叫于福，比陈儒生小两岁，原本姓孙，跟陈儒生是一个村的，年轻时因为家里太穷，娶不起老婆，只好入赘到外村一户姓于的人家当了招女婿，改姓于，近几年一直在向阳村教书。他的脊背略微有点驼，头顶的头发很少，但颜色基本上还是黑的，瘦长的脸颊被岁月的风刀划出两道深深的壕沟，下巴上留着一小撮散乱的黑胡子。当这对父子俩走进办公室的时候，于老师戴着老花镜正坐在桌前写着什么。听到来人的脚步声，他抬起堆叠了好几层眼皮的小眼睛，看了一眼缩在陈儒生背后的陈灵均，没等他开口就直摆手："这娃太小了，明年再来。"

　　陈儒生急了，把陈灵均一把拉到老师面前："于老师，你去年不是说让我今年再引来嘛，别的娃娃六七虚岁都上学了，我娃都八虚岁了，不能再等了。你别看他个子不高，脑子可够数了，不信你考考，他认得的字可多了。"

　　于福笑着说："我没说你娃脑子不够数，就他这身体，到了学校里万一招呼不好哪里磕了碰了，我可负责不起。村里的娃娃们野着呢，成天你拉他一下，他推你一下，一不小心就打起来了。你就别哄我了，岁数不够就是不够，哪有八岁的娃娃长这么点的。"

　　陈儒生知道跟他争下去没用，便说："你等着，我出去找个人，他知道我娃是哪天生的。"转身便出去了，只留下陈灵均一个人站在老师的办公室里。他既不敢看老师，也不敢跟他说话，感觉很不自在。

　　这时，吴有仁领着吴小强来报名。他们前脚刚进来，赵劲带着赵志刚后脚就跟进来了。

　　吴小强一看到陈灵均便用嘲笑的语气兴奋地说："嘿，大肚将军也来念书了，好长时间不见你，不晓得你的肚子还大不大。"说完便用手去撩陈灵均的上衣。陈灵均的脸一下子涨得通红，连忙捂住衣服不让他看。

　　"羞什么，你的肚子里又没有怀上娃娃。"吴小强不依不饶地撕扯着他的上衣非看不可。

　　"起开，人家不想让你看你就别看！"赵志刚一个箭步冲上来，挡在陈灵均面前，眼神里透出愤愤不平的目光，毫不畏惧地逼视着吴小强，并且还下意识地把陈灵均往身后拉了拉。

吴小强没有想到半路上突然杀出来个程咬金，愣了一下，龇着牙朝他做了个鬼脸。

"悄悄！"赵劲转过身来瞪了儿子一眼，低声训斥道。吴有仁正在跟于老师说话，似乎没有注意到身后发生的一切。

赵志刚一直盯着吴小强，看到他停止了对陈灵均的纠缠，才放松下来，搂着好朋友的肩膀到院子里玩去了。

不一会儿，办公室里传出于福的声音："把书拿回去以后，包好书皮，下午两点让娃娃到学校来打扫卫生，明天正式上课。"

吴有仁和吴小强刚一出来，陈灵均便走到碥畔上，假装看远处的风景。赵劲要带赵志刚回家，赵志刚说还想跟陈灵均再玩一会儿，赵劲便一个人回去了。

半个小时后，陈儒生带着陈来生急匆匆地来到学校。一进门，陈来生就对于福说："这娃是 1970 年农历四月初三生的，是我婆姨亲手接生的。娃生下没有奶，靠他妈和他姐喂米糊长大的。别看他没长下个头，心可灵哩，念书不碍事。你就放心地收下吧，出了什么事有我担着。"

于福听了马上眉开眼笑地说："好，既然有队长证明娃的岁数没问题，那我就收下了，明天来上学吧。"

陈灵均和赵志刚分手后，跟着父亲回到家中，已经上了初中的陈灵辉走了，陈灵芳却回来了。

"灵芳，你们学校不是今天开学吗？"陈儒生奇怪地问道。

"我这学期分到学赶村了，离咱村才五里路。我给学生报完名后看时间还早，就赶紧跑回来看一下你们过冬的衣服，回去好抽时间做。"

"樊玉民分到哪里了？"

"在党山村，和我们学校隔一条小河，离得不远。"

"分好了，平时家里有事，他还能随时过来给你帮忙。"罗雪娥听见丈夫和女儿拉话说女婿教书的学校离女儿不远，马上露出了欣喜的笑容。

陈灵芳听说陈灵均要上学了也很高兴，拉住他让他赶紧试穿一下去年的棉袄。陈灵均脱掉上衣，光着身子准备试棉袄，姐姐的手无意间碰到了他的胳膊，他"噢"地叫唤了一声，似乎被什么东西弄疼了。"姐，你的指甲长了。"他揉着胳膊说道。

"我的指甲刚剪过，大概是手上的硬皮把你划了一下。"陈灵芳笑着说道。

陈灵均不相信，抓起她的右手仔细端详，发现姐姐手上的皮肤十分粗糙，虎口和掌心全都结着厚厚的老茧，看上去跟农村婆姨差不多。很显然，那是常年做针线活磨下的。他的心里突然有点难受，松开姐姐的手，默默地抻开胳膊笼进袖子里，感觉里面特别窄小，穿到身上紧绷绷的，连扣子都系不上。

"还说我们灵均没长，看衣服还长了不少哩。啊呀，今年要做的活儿太多了，我大的棉袄已经拆洗不成了，灵峰的也小了，都得重做；灵辉的棉袄宽窄还可以，袖子和身子都得往长接；我们家梦月的棉衣也小了……再过两个多月天就冷了，做完这些再给灵均做新的恐怕来不及了，要不让他把我结婚时穿过的红棉袄穿上算了。颜色虽然亮了点，里面的棉花还新着哩，穿上很暖和。"陈灵芳说道。

"我不穿红棉袄，那是女人穿的！"陈灵均一听就叫嚷起来，死活不答应。

"那就只能把灵辉的旧棉袄穿上，那件衣服稍微有点大，穿着估计会钻风的。"陈灵芳说道。

"没事，有袄穿总比没有强。"正在帮助陈灵芳整理衣服的罗雪娥说道。她的手里正好拿着那件旧棉袄，衣服本来是灵峰的，穿了两年小了以后给了灵辉，灵辉又穿了两年，棉袄里面的棉絮已经没有任何弹性，紧紧地黏结在一起，只有薄薄的一层，硬得就跟炕上铺的毛毡似的，包裹在外面的布很多地方都破了，打了好几块补丁。有些补丁是灵芳缝上去的，有些补丁是灵辉自己缝的。

陈灵芳把收拾好的旧棉袄裹在一个包袱里，挽在手臂上准备回去。罗雪娥留她吃饭。她着急地说："这学期我把梦月的奶奶也带到学校了，让她帮忙照顾梦月，娃太小，我上课的时候把她一个人放在家里不放心，他们还等着我回去做饭呢。"

罗雪娥让女儿等一下再走，摸索着把提前用笼布包裹好的几个黄米面馍馍塞到她手里。

下午陈灵均到学校打扫完卫生回到家中，陈儒生问他上学的感觉怎么样。他皱着眉头说："有几个娃娃可尔（陕北方言，调皮、捣蛋、坏的意思）了。"

罗雪娥说："谁尔你离他远远的，不要搭理。"

陈儒生说："别跟娃娃们吵架、打架，好好听老师的话，把书念好。平时有什么不懂的地方就问老师，千万不要不懂装懂。"

"嗯，我记住了。"陈灵均点着头说道。

生产队快下工了，罗雪娥开始舀面做饭。她左手端着水碗准确地控制着水流的流量和速度，右手在盆里娴熟地来回搅动着，就像额头上还长着一双眼睛似的。

这天下午，陈灵均看到了家里少有的一幕情景：陈儒生洗了手，腰间系了一条花围裙，亲自下厨帮罗雪娥做饭。两人就像提前商量好了似的，配合得十分默契。罗雪娥把面团擀成一张大饼，上面抹了油，撒上葱花和盐，一层层地卷起来，揪成团，然后再擀成一张一张的小圆饼。与此同时，陈儒生用极快的速度在前面的大锅里炒出一小碗鸡蛋，又把豆角洋芋肉片烩菜做好，舀到一个盆里，用盖子盖好。然后洗了锅，倒上油，拿起婆姨擀好的薄饼，放到锅里翻烤。后锅里提前煮进去的小米稀饭已经烧开了，突突地泛着气泡，窑洞里不断飘来令人垂涎欲滴的香味。自从陈灵峰退学以后，家里的吃喝比原来强多了。一方面是因为家里挣的工分多了，另一方面是因为新来的蹲点干部和孟正虎不一样，队里打下多少粮就上报多少，虽然每年上缴的公粮少了，但是分到社员手里的粮食增加了。不过，钱对于这个家庭来说依然是稀缺之物。

"大，今儿是什么日子？"

"也不是啥日子，你姐夫昨天过生日，他们家称了二斤多肉，吃了一顿饺子还剩下一点生肉，你姐把肉酱了，刚才来的时候给咱们端来一小碗，说是给你们改善一下伙食。今天的烙饼是用刚磨下的新麦面做的，你们尝尝好吃不。"

饭做好后，等地里干活的陈灵峰回来了，一家人才开始吃饭。一年多的体力劳动让这个年轻小伙长得越发壮实，但是脸上的皮肤却像所有在野外劳动的受苦人一样，变得又黑又粗，完全是一副农村人的形象。

陈儒生把又酥又软的烙饼切成三角形，放到高粱秆做的蒸箅上。正坐在灶台前烧火的陈灵均赶紧走过来端到炕上。

"妈妈做的烙饼真好吃，我大炒的菜太香了！没想到我大不光会写文章、做木活，还会做饭哩！"陈灵均边吃边用敬佩的眼神看着坐在炕中间的父亲。

"原先村里人过红白喜事的时候还请咱大当过厨子。前几年家里没吃的，他没有机会把手艺亮出来，现在终于能让你见识一下什么才是真正的大厨！"陈灵峰把各样菜都夹到一只碗里端到母亲面前，又把烙饼和筷子分别递到她的两只手里。罗雪娥夹了一口菜，似乎觉得碗里的饭有点多，摸索着要往坐在她身旁的陈灵峰的碗里拨下几筷子，陈灵峰赶紧用手挡住："妈，你怎么总是这样！家里现在不缺吃的了，你好好吃吧，我碗里的饭多着哩！"

"你一天在地里干活受得苦重，多吃点。妈在家里啥也不做，肚子不饿。"罗雪娥说道。

反复推让了半天，菜都掉到炕上了，固执的罗雪娥还是不肯让步，陈灵峰只好勉强接受了她的一筷子菜她才安心地吃起来。

第二天，陈灵均背着二哥的旧书包去上学，老师把他领进教室，让他坐在第一排最左边的位置。教室里一共有八排桌椅，每隔一两排坐着几个学生，越到后面的看上去年纪越大，个头也越高。他一眼就看见孙静好穿着一件新做的红布衫坐在第一排第二组右边的位置上，头上的小鬏鬏变成了两条半尺长的小辫，发梢的红头绳刚好垂在肩上，头一转，小辫也跟着甩动起来，显得特别活泼可爱。赵志刚穿着他哥哥穿过的蓝布衫弓着背坐在她后面的角落里，似乎有意要掩饰自己与周围的同学不太协调的身高，以免在教室里显得太突兀。

陈灵均刚把屁股坐到板凳上，只听"嘎吱"一声怪响，身体不由自主地朝左前方倾斜过去，吓得他赶紧用手死死地扒住桌子。还好，只是摇晃了一下，并没有摔倒。

"大肚将军，小心把你肚子里的肠子给摔出来了！"吴小强在后面毫无顾忌地大声说道。

周围的学生马上哄笑起来，窘得陈灵均脸都红了。

孙静好隔着桌子把身体探过来，在他后背上戳了一下，小声提醒道："凳子下面有一块小石头，你垫到左前腿下面。"他低下头，发现那里果然躺着一个薄石片，垫好以后板凳稳多了。

"大家别吵了，开始上课！谁要是再吵，给我站到讲台上来！"于福用教棍在讲台上狠狠地敲了一下，溅起一桌子的粉笔末，吓得坐在前排的学生蜷缩着身子直往后躲。教室里很快安静下来，只有一个老年男人用带着普通话味的方言在大声讲话，苍老的声音在空旷的教室里久久地回荡着："二年级的学生把语文书拿出来，先在练习本上预习生字，每个字带拼音写六遍，然后默读一遍课文；三年级的学生拿出自然课本，把第一课的内容预习一遍；一年级的学生把你们的语文课本打开，看清楚：上面有这个图案的就是你们的语文书……"

上完第一节课陈灵均才得知，学校一共有三个年级，一年级有六个学生，二年级有五个学生，三年级只有两个学生，三年级里个子最高的那个学生被老师任命为班长，他是陈来生的侄儿，名叫陈彤，和陈灵均是同门同辈的兄弟。

不过，陈彤并不是班里最厉害的学生，二年级的吴小强看起来最调皮。陈灵均亲眼看见上自习课的时候，一个二年级的女同学到老师那里去交作业，吴小强故意把倒垃圾的铁簸箕放在半开的门框上，准备戏弄她。陈彤想把铁簸箕拿走，吴小强挡在过道里不让他过去。结果，那位女同学进来的时候刚一推门，铁簸箕便从头顶掉下来，"咣当"一声砸在她的脑袋上，疼得她抱住头"哇哇"大哭。孙静好走过去帮她揉受伤的地方，其他同学有的和吴小强一起哈哈大笑，有的似乎已经习惯了这种恶作剧没有任何反应。

于福听到吵闹声从办公室里跑过来，虎着脸问怎么回事。那名女同学抽噎着说不知道是谁把铁簸箕放在门上把她的头砸出了一个包。于福朝着教室后面大声吼道："是谁干的？给我站出来！"没有一个人吱声。于是，他走到陈彤面前问他有没有看见是谁干的坏事。陈彤刚要开口，吴小强转过身来，冲着他恶狠狠地挥舞了一下拳头。陈彤的眼神顿时变得胆怯了，摇着头说："我光顾写作业了，没看见。"于福用非常凶狠的目光把后面的调皮学生全部扫视了一遍，吓唬说："以后再让我抓住有人干这种事，非把他屁股踢烂不可！"

一年级的语文先学拼音，于老师不会说普通话，拼音教得不太标准，学生们跟着他的腔调都学成了"虎沟公社普通话"。学完拼音以后，课本上的字陈灵均基本上都认识，于老师要求学生每天把每个生字抄写二十遍，他写上三五遍就记住了，认为没有必要多写，就故意少写了几行。没想到马上就被老师叫到了办公室。

"为什么不把作业写完？"于老师坐在椅子上生气地瞪着他，脖子上的喉结快速地上下颤动着。

"于老师，我已经把生字写会了，不信你考我，一个都不会错。"他有点胆怯地说道。

"你现在会了，一会儿又忘了！我教了几十年的书难道还不了解你们这些学生吗？哪个都以为自己很聪明，一学就会，到了期末考试，一考一个不及格！到时候你大打上你屁股就想起老师的话了。不要犟嘴了，赶紧补上，写不完不要回家！"于福的态度十分强硬。

"可是我真的已经记住了呀，写那么多又浪费本子又浪费铅笔。"陈灵均小声嘟囔着说道。

"没见过这么爱犟嘴的娃娃！我是老师，还是你是老师？不想念了就把你大叫来，明天让他把你领回家自己教去！"于福一拍桌子站了起来，严厉的声音震得陈灵均耳朵都发麻了。他赶紧拿起作业本一溜烟跑回教室，趴在桌上就写，一不小心把一个字的笔画写错了。他没有橡皮，想用手指头把那个字抹掉，谁知越抹越黑。回头看看教室里，除了他，早已空无一人。学生们的橡皮他几乎全借过，常有人在背后说风凉话，说他爱占便宜。他不是不想买，家里实在没钱。每次他想买文具的时候跟母亲要钱，她只能从衣兜里摸出一分、两分的硬币，有时甚至连一分钱都摸不出。跟家里要钱，是最让他羞愧、最让母亲尴尬的事情，所以不到万不得已，他是不愿意跟她开口的。可他又不能保证自己完全不写错字。每次写错字，他都恨不得拿把菜刀把自己的手指头剁掉。实在想不出别的办法，只好往食指上涂了点唾沫抹在写错的地方，然后用指甲盖轻轻地在作业本上刮。一不留神把纸刮破了，好端端的作业本上竟然出现了一个指甲大的洞！为了惩罚自己，他把五个手指弯成一把"耙子"使劲抠住自己的脸，让指甲深深地嵌进肉里……

自从那天过后，陈灵均发现于老师对自己的态度发生了很大变化。尤其是当老师看到他组词时用了几个没有学过的生字，显得很不满，在课堂上用不点名的方式批评了他。

"有些同学爱耍小聪明，以为自己学会查字典就可以不动脑子，直接照着字典上的词语往作业本上抄。你光知道抄，知道不知道这些词语是什么意思？什么也不知道，抄了也是白抄！我已经强调过了，每个字组三个词语，如果只会组两个词语，实在想不出来第三个，可以把其中一个再抄一遍，或者也可以用拼音把没学过的生字标注出来。你是我的学生，你的脑子里究竟装了多少墨水，我还不清楚吗？以后，不要让我再看到这种自作聪明的情况了。作为学生，在老师面前一定要诚实，将来你们到了社会上遇到其他人也一样，没有人喜欢满嘴谎言自吹自擂的人……"

陈灵均很想告诉老师他知道那些词语是什么意思，但是老师的态度分明告诉他，他不想听到这样的解释。因此，陈灵均写作业时尽量不让自己显得太"聪明"，以免引起老师反感。

他还发现，于老师非常反对学生在自习课上看课外书，即使作业写完也不行。只要让他发现了一定会没收。老师也不喜欢学生提问跟课本无关的问题。一次课间休息的时候陈灵均问老师："古代的女人为什么要缠脚？"于老师用非常震惊的眼神扫了他一眼，脸上的肌肉不自然地抽搐了几下，警觉地环顾了一下四周，低声训斥道："小娃娃家，一天天不好好学习，胡思乱想什么！这不是你这个年龄的学生应该思考的问题。"仿佛站在他面前的不是一个天真无邪的孩子，而是一个举着明晃晃的刺刀随时有可能刺向他心脏的精神病患者。于老师最喜欢那种平时不爱多说话，老师让干什么就干什么的学生，比如像孙静好那样的学生。

渐渐地，学校在他的眼里变成了一个没有自由、没有快乐，时时处处让人感到窒息和压抑的牢笼。他更愿意跑到外面的世界尽情地释放自己的活力，自由自在地去探索那些新奇的好玩的事物。

寒冷的冬天很快就到了，他穿着哥哥那件四处漏风的大棉袄，在没有生火的教室里流着鼻涕苦苦地硬撑着，每天都在盼望漫长的学习结束后，躺在家中温暖的土炕上依偎着母亲睡觉，让她把自己冻僵的手脚搂在怀里取暖。由于适应不了变化无常的气候，他又病了几次，有一次还发了三天高烧，急得罗雪娥彻夜难眠，按照土办法拿水碗、米碗给他擦了好几次。

干旱少雨的春天过后，夏天充沛的雨水又给光秃秃的黄土高原带来无限生机，各种绿色的植物就像长了腿似的，不知不觉爬满了山山峁峁沟沟畔畔。白天，在浓密的叶片下面，有蝉、蚂蚱、野蜂等昆虫轮番鸣叫、飞舞，也有一些熟悉的或不熟悉的鸟儿在田野里自由飞翔，快乐地啄食甜蜜的果实和饱满的草籽，所有的景物都清晰可辨，毫无神秘可言。然而到了晚上，整个世界就像被谁用墨汁浸泡过似的，变得异常模糊。特别是当一盏盏的明灯熄灭之后，睡意蒙眬的人们把头挨到荞麦皮做的枕头上时，便会有奇怪的声响从外面传来。有的声响是很容易分辨出来源的，有的则无人能说清。无人能说清的东西就会让人联想起传说中的妖魔鬼怪，让人感到害怕。刚开始，村东头有人说，半夜里听见外面有很大的敲击声，就像谁用打麦子用的连枷在地上疯狂地摔打似的。过了几天，村西头的人又说，半夜里老是听见近处有信猴（猫头鹰）叫。住在村子北边的陈来生说，他听见不是信猴在叫，而是鹉怪子在叫。住在村子中间的吴有才说，是两个声音一远一近在交替叫唤。这两种鸟都是不吉祥的鸟，农村人常说"信猴叫老，鹉怪子叫小"。意思是前者叫预示有老人要去世，后者叫则意味着有年轻人要离世。没过多久，全村人都听见了这两种鸟的叫声，恐慌立刻蔓延到了整个村庄，村里的小伙子白天只要一看见那两个灾星就追着用石头打。但可恨的是，无论他们怎么打都无济于事，它们不仅越叫越响，有一天中午，一只信猴竟然落在孙亮家院子中央的磨盘上，瞪着两只阴森森的猫眼，明目张胆地向他家"报丧"。白秀花一个人正在家里缝被子，吓得赶紧从炕上跳下来，拿起灶台上的菜刀跑出来，用尽全身的力气朝那个家伙扔过去，嘴里还大声骂道："你不到别的地方寻吃的，跑到这些穷人家来做什么？我们两边的老人都才五六十，欢溜溜的，正好活着哩，又不是七十八十的老人，你瞎叫唤什么？别叫了，再叫，我打死你！"

那只鸟敏捷地飞起来躲过刀子，依然停在磨盘上不走，两眼直勾勾地瞪着白秀花，就像跟她斗气似的不断发出难听的叫声。

她气得又捡起一把扫帚，用扫帚追打那只鸟。打了好几下都没打着，那只鸟就像人一样"嘎嘎"地狂笑了一阵，扇动着翅膀扬长而去。白秀花一下子瘫倒在地上，腿软得半天都爬不起来。孙亮回来后，她跟男人讲述了事情的经过，孙亮第二天就请了法师来家里作法，一家人这才略微安心了些。

那两只鸟在村里整整叫了一个夏天，到了秋天，大的飞走了，小的还在叫，声音一会儿在东，一会儿在西。白露过后，前庄里果然死了一个四十多岁的男人。小雪过后，后庄里又死了一个男人，临死时才三十二岁。这两个人都是得病死的，病重的时候都到县医院检查过，得的都是肝癌。让人感到奇怪的是，这两人得癌症前身体非常强壮，从来没有得过任何疾病。为什么他们会患上如此严重的疾病，连医生也解释不清。

那两个男人死后，信猴和鹨怪子也不见了。白秀花来罗雪娥家串门的时候，心有余悸地对她说："幸亏我们掌柜的请了法师把这一难转出去了，不然的话，想起来都叫人后怕。我们两家的老人都不在跟前，我和孙亮今年才三十刚出头，家里两个娃娃都很小，女子八岁了，小子还不到六岁，老天爷保佑，让我们好好地过下去，不管老的、小的，谁也别有个灾，别有个难……"

罗雪娥听了也觉得挺瘆人的，吃饭的时候特意嘱咐陈儒生农历四月八的时候一定要到庙会上去烧香拜佛，求佛祖保佑一家老小平安无事。陈儒生答应她一定照办。

五

"昨天晚上你们听到什么动静没有？"早读课刚结束，孙静好就神秘兮兮地问身边的同学。

"没有。"赵志刚说道。

"我前半夜刚睡下的时候隐隐约约听到几声鸟叫，不知道是不是信猴。后来我睡着了，再也没有听见什么。"陈灵均的眼睛里闪过一丝惊恐的目光，翻着手里的语文书慢吞吞地说道。白秀花跟罗雪娥说起她家飞来的那只信猴的时候，他就在跟前。打那以后，一到天黑他吓得连门都不敢出，半夜里一听见信猴和鹧鸪子叫唤，心里特别恐慌，仿佛那叫声能给家里招来吃人的鬼怪似的。要是叫声离他家很近，他连听都不敢听，把头蒙在被子里，用手捂着耳朵睡觉。

"我说是，我妈偏说不是，吓得我半天都没有睡着。"孙静好说道，"哎，昨天布置的语文作业你完成了没有？"她望着陈灵均问道。

"写是写了，肯定又没写对。"陈灵均愁眉苦脸地说道。前一天老师留的家庭作业又是让他们总结新学的那篇课文的段落大意和中心思想，他之前每次总结出来老师都说不对，不光他总结得不对，他们三年级所有的学生都总结得不对。老师好像故意要为难这群学生似的，等他们绞尽脑汁依然没有找到准确的语句来表达时，才一本正经地拿起教案把标准答案抄在黑板上让大家背。陈灵均反复对照过老师的答案和自己的答案，发现有时候两者的意思很接近，只是说法不一样，前后次序也不一样。老师似乎非要他一字不差地把标准答案写出来才肯打那个对号，他又不是神仙，怎么能猜出老师心里早已想好的那些话。因此，他非常痛恨所谓"标准答案"，感觉自己好像突然不会读书了，也不喜欢读书了，因为他理解的东西在老师的眼里都是错的。"你写了没有？"他反问道。

"写了，心里也没数。真希望于老师不要再这么考大家了，直接把答案告诉咱们得了。"孙静好说道。

"我只抄了题，没写答案，反正他迟早都会告诉我们的。"赵志刚说道。

"我想不通为什么他说的每一句话都是对的，我们说的就一定是错的。对和错的标准到底在哪里？"陈灵均恼火地说道。

"我知道。"赵志刚俯下身子，低声对两人说，"我昨天放学后给老师交作业，他刚好出去了，我看到他的教案旁边摆着一本书，名字叫《小学三年级语文参考书》，偷偷地翻了一下，结果发现，每篇课文的段落大意和中心思想都写在上边，课后练习的答案也都写得清清楚楚。原来，他给我们讲课就是按照那本参考书上的内容讲的。我要是能买到那么一本书，以后考试就不用愁了。"

"参考书是专门给老师用的，肯定不卖。"孙静好说道。

"哈哈，乘老师不在的时候把书偷出来不就得了。"吴小强突然在身后插嘴说道。

三个人同时回过头，马上就听到了一句骂声："看什么看！"

"你骂谁呢？"赵志刚和孙静好异口同声地问道。

"我没骂你们俩，我骂的是满肚子臭水的大肚将军！"吴小强指着陈灵均咄咄逼人地说道，"别给老子装孙子了，你欠老子的赶紧还给老子，穷要饭的养活出来的穷小子，穷得连衣服都烂得没法穿，还上什么学呀，赶紧滚回去跟你大到山上拦羊去……"

陈灵均的脸"唰"的一下红了，低着头看着露着脚趾的破布鞋一言不发。

赵志刚急得直戳他："他骂你了，你怎么不还口？赶紧还呀！"

陈灵均还是不说话，转过身来，灰溜溜地坐在座位上，眼里含着两汪泪花。

"吴小强，你干吗欺负人？他怎么你了，你这么骂他？"赵志刚冲着吴小强质问道。

"我为什么骂他？他自己做了亏心事自己知道！"吴小强气哼哼地说道，又骂了一连串脏话，只有农村婆姨隔着墙跳着脚相互吵架时才能骂出口的话。

"陈灵均，他说的是不是真的？你到底做什么了，让人家骂成这样？"赵志刚问道。

陈灵均趴在桌子上，索性把脸埋进臂弯里，还是一声不吭。吴小强一直骂到上课的哨声响了才停下来。下课后，陈灵均去上厕所，他又撵到他屁股后面追着骂，什么话难听说什么。同学们对此都很惊异，悄悄地议论说，不知道陈灵均怎么招惹那个小霸王了，让他欺负成这样。

就在赵志刚无意间泄露了老师的"秘密"后的第二周，于老师的参考书莫名其妙地丢了，丢的那一本恰恰就是四年级的语文参考书！他在课堂上拷问学生们到底是谁拿走他的书的时候，气得脸色发青，声音都是颤抖的，又是拍桌子，又是踢凳子，简直都要发疯了。四年级一共有五名学生，都说自己没拿。问到吴小强的时候他比别人回答得更加理直气壮。他越是这样，陈灵均、赵志刚和孙静好越觉得他可疑，但是谁也不敢向老师贸然举报。

由于没了参考书，提前没有备成课，于福没有给四年级的学生上新课，让他们复习前面的内容。与此同时，他赶紧联系了一名在长河滩公社教书的老师，让他想办法托人尽快到县城的新华书店买一本新书捎回来。

陈儒生拦羊回来听婆姨说于福让他到学校去一趟，估计多半跟儿子的学习有关。他想问问灵均最近有没有在学校淘气，却在家里没有看到他。"娃到哪里去了？"他赶紧问罗雪娥。

"他这几天肚子疼没去上学，一直待在家里，这阵大概到哪里玩去了。"

陈儒生在外面找了半天也没有找到儿子，心里很是不快，便忐忑不安地到学校去了。

陈灵均虽然从小体弱多病，但是记忆力很好，从四岁起陈儒生便教他读书、写字，到上学前，已经能认识好几百字，会背《三字经》《弟子规》和几十首唐诗宋词。最难得的是，他不光能记住书里的内容，还能理解字词的意思。如果不是为了学习拼音和数学，陈儒生认为直接让儿子跳级上三年级都不成问题。可让他怎么也没有想到的是，每次在于福面前问起儿子的学习情况，得到的回答都是"还可以""差不多""能跟上"。他对此很失望，不知道究竟哪里出了问题，想借此机会好好地跟老师了解一下灵均在学校各个方面的表现。

学校已经放学了，一个学生也没有，小小的黄土院像是刚刚被打扫过，可以清晰地看见扫帚印和浅浅的布鞋印。冬日的阳光似乎也跟着那些活泼的脚印走远了，只有淡淡的暮色从窑背和院墙上投射下来，慢慢地向四周扩散。一只母鸡迈着悠闲的步子在碥畔上散步，不时低下头用爪子熟练地在土里刨几下，做出啄食的动作。用人的肉眼根本看不出它到底真的吃到了什么，还是象征性地做做样子而已。阵阵凉风从南面的大路上吹来，吹得墙头的小草不住地点头。还没走到于福的门口，陈儒生就听见窑洞里有人在说话。门是开着的，他一掀门帘就进去了。炕上坐着一位三十多岁的年轻人，和于福一左一右正在喝茶。那人留着小平头，穿一身半新旧的中山装，听口音像是西面川道上的人。于福招呼他上炕一同坐下，介绍说这是他的远房亲戚建军，住在离长河滩公社二里路的一个村子里，倒了一碗颜色很深的红砖茶放在陈儒生面前，继续听那人说话。

"……我刚才不是说了嘛，我婆姨早就觉得不对了，一直皮着没看医生。这次北京医疗队来了不少全国有名的专家，住在我们长河滩公社卫生院给老百姓看病，我听说以后赶紧引上我婆姨去看。一名妇科专家检查了以后说她得的是宫颈癌，要做手术。我说只要能治好病，那就赶紧做吧。我婆姨胆小，一听说得的是癌，怕得晚上连觉都睡不着，心想这是要命的大病，万一下不了手术台怎么办？哭哭啼啼地让家里人给她安排后事。专家知道了以后笑着说：'老乡，你这病发现得早，做手术的时候如果能把癌细胞清除干净，除了以后不能再要娃娃，病好了干什么都不碍事。'做完手术，我婆姨高兴地给我说：'人家北京医疗队的专家水平确实高，做手术的时候一点都没觉得疼，和大夫拉着话，不知不觉一阵儿就做完了。'最日怪的是，那么大的手术肚子上没有刀口，说是做的是什么'阴式子宫切除术'，用的是最先进的技术，刚做完第二天都能下地活动了，出院以后到现在过去大半年了，人恢复得好好的，一点后遗症都没有留下。我们公社有好多老病号都把病看好了，有脖子上长了瘤子把瘤子割了的，有腿摔折把腿接好的，还有眼睛里流脓流血的……"

"眼睛看不见的能治好不？"陈儒生赶紧问道。

"能，我听说有两个人眼睛看不见好几年了，医疗队的眼科专家给他们做了手术以后都治好了。"

"这些专家还在你们公社不？"

"早都走了，去年在我们那里待了整整一年。"建军扬了一下胳膊，对陈儒生的话似乎有些失笑。

"以后还来不？"陈儒生眼巴巴地问道。

"大概不来了吧，全国这么大，他们要去的地方多着呢。"

于福遗憾地说："唉，咱住在这偏沟旮旯里啥都不知道，早知道的话我也引上我那碎小子找专家看去。娃刚生下来的时候好好的，一岁半的时候得了一场病，左脚走路很不灵便，五六岁时引到县医院去看，说是得了小儿麻痹症，大点可以做手术，但是咱这儿做不了，得到大医院去做。娃今年都十七八了，好不容易盼来了北京医疗队的专家，这么大的事竟然一点都不知道，白白地给错过了！唉，真是命太苦了。"

"长河滩公社医院是地段医院，技术力量本来就比你们这边强，平时病人就不少。不过各公社的医院里水平最高的还数人家交道公社医院，那里的大夫大部分都是名牌大学毕业的大学生。比方说，温州来的章会珉大夫，江苏来的彭向东大夫，还有西安来的叶知秋大夫。这些外地的年轻人可聪明了，既会看病、做手术，还会给病人化验、透视、做心电图。我婆姨前年气短得不行，在我们长河滩公社看了好长时间看不好，我引着她专门跑到交道公社找叶知秋大夫看了一回病，吃了他开的药没过多长时间就好了……哎呀，时候不早了，你这儿正好也来人了，你忙吧，我走了。"建军看一下手上的表，下了炕，开始

46

穿鞋。

"兄弟，你绕了这么远的路把书给我捎回来，真是太感谢你了。你不知道，现在的教材变化太快，离了参考书，我上课的时候心里一点儿谱都没有，生怕给娃娃们教错了。"于福对建军千恩万谢，和陈儒生一起把他送到大路上才折回来。

"老哥，我本来不想叫你来，可是不叫不行呀。你那娃自上了学三天两头请病假，来了也不把心思放在学习上，成天胡思乱想，净问些怪问题。你以后能不能在娃娃身上多操点心？不要光顾着拦羊，回去注意观察一下他在家里到底干什么，最好让他以后不要再看闲书了，先把课本上的东西学好再说。这回他说肚子疼，已经有一星期没来了。实在不行的话，你哪天把娃带到公社医院看看，看他到底是身上有病，还是思想上有病。"于福看着陈儒生焦虑地说道。

"我还真不知道这些情况，回去一定多留点神，好好教育他。另外，我有点想不明白，他到底问过你一些什么怪问题？"陈儒生小心翼翼地问道。

"比方说，有一次他问我：老师，老子在《道德经》里说，'坚强者死，柔弱者生'，这句话是不是写错了？坚强的人应该比柔弱的人更容易活下来呀，坚强的树也比柔弱的树经得起伤害。我们平时玩的时候，那些又粗又高的树怎么撞都纹丝不动，小树用手轻轻一折就断了，用不了多久就死了。这明明就是坚强者生嘛，他为什么要那么说呢？你说这小子，读书就好好地读，用心地记，怎么能对圣贤的话有怀疑呢？我们过去读书的时候先生让读什么就读什么，从来不敢问为什么。唉，现在的这些娃娃，要是以后就这样下去，老辈人留下的那些东西很快就被丢到一边去了。"

"我晓得了，回去以后一定严加管教。"陈儒生问他陈灵均在学校和同学相处得怎样。于福说："还可以，没见跟谁淘气过。"

陈儒生回到家里见陈灵均已经回来了，仔细地观察他脸上的气色和言谈举止，觉得和平常没什么太大的区别，便断定生病只是借口，不想上学才是真正的原因。于是将儿子叫到跟前，问他肚子疼好点了没有，要是病好了，就赶紧上学去，不要再误课了。

一听到"上学"两个字，陈灵均的脸马上由晴转阴，几乎都快要哭出来了。陈儒生假装没看见，要求他明天必须去学校报到。

晚上睡下以后，陈儒生听见小儿子在前炕不停地翻身，还发出微微的叹息，似乎对明天要上学这件事熬煎得很。他不由得在心里叹了口气，对小儿子的表现更加担心，生怕他像前两个儿子一样白费了几年工夫没念出啥名堂。

第二天早上，陈灵均背着书包在父亲的注视下瑟缩着身子在凛冽的寒风中缓缓地向前走去。快到学校的院子时，他突然改变方向，向一条荒僻的小路走去，走到没人的地方，站在十余米高的山崖边，抬起胳膊抹起了眼泪。起初，他只是无声地抽泣，后来渐渐哭出了声，声音越来越大，到最后干脆放声大哭起来，把树上的麻雀都惊飞了。他哭得特别伤心，仿佛要把在心里憋了半个多月的委屈全都发泄出来。曾经好几次，他一个人偷偷地来到这里，向空旷的山崖哭诉自己不为人知的痛苦。不是因为生活太艰苦，也不是因为疾病太折磨人，而是因为他实在受不了同学的羞辱。他的眼前不断闪现出吴小强傲慢、讥讽的表情，耳边反复回响着不堪入耳的话语——那是他有生以来听到的最难听的话。同学们都不能理解一向自尊心很强的陈灵均为什么要忍受吴小强没完没了的辱骂，既不做任何解释，也不反抗。在他们的眼里，陈灵均并不是一个不讲理的人。孙静妤和赵志刚也先后问过原因，可他一直不愿意说出口。他们绝不会想到，陈灵均之所以如此"理短"，仅仅是因为他借用了吴小强的一块橡皮不小心弄丢了，由于家里没钱，迟迟没有赔还，才遭到如此欺侮。

他也不愿意把这件事告诉老师，更不想让自己的家人知道，那会给他的心灵增加双倍的痛苦。他不怪自己的父母没本事挣钱，只怪自己不该写错字，不该借吴小强的橡皮，更不应该把人家的橡皮弄丢了，让人家误以为自己不想还。他再也不想回到学校去面对这个人，让他当着所有同学的面继续说那些让自己无地自容的话。可他实在想不出别的办法摆脱眼前的困境，似乎唯一的选择就是：死。

一想到死，他的哭声更大了，眼泪也流得更凶了。

他心里想：他要是死了，吴小强一定会后悔的，他肯定想不到一块橡皮居然会逼死自己的同学。不过，他估计吴小强稍微沮丧几天又会变回原来的样子，继续去欺负比他弱小的同学，因为他的生性就是那样。而他的父母却会为此难过一辈子，特别是他的母亲，他要是不在了，谁来当她的拐棍，谁为她治眼病呢？他答应过她将来长大了要带她看眼睛。想到这里，陈灵均强迫自己止住哭声，擦干眼泪，又鼓起勇气向学校走去。他走得很慢很慢，一直在心里盘算：如果吴小强再骂他怎么办？他已经不止一次明确地告诉他，现在没有钱还，以后有了钱一定会还他。可他就是不相信，认为他想耍赖。他没法澄清自己，不敢回骂人家，也不敢跟他动手，只能远远地躲着。要是他长得跟赵志刚一样高一样壮就好了，他暗暗地想道。可惜他娘生下他偏偏就比别人弱。实在不行，干脆撸起袖子跟那浑小子打一架，即使打不过，也要让他知道自己不是孬包。他咬了一下牙对自己说道。他认为自己过去太软弱了，就是因为软弱才被人欺负。

"灵均，你怎么才来？马上就要上课了，再不快走就迟到了。"孙静好的声音蓦地从旁边传来。他抬起头看了她一眼，立刻又垂下眼皮，生怕被她看出自己刚刚哭过。

孙静好一只手拉住他的胳膊，另一只手把一个东西飞快地塞进他手心。他马上就感觉出那是一块橡皮，浑身就像被电击了似的猛地一颤，站在原地半天说不出话来。

"你请假以后，赵志刚放学的时候乘其他同学都不在，问吴小强为什么要骂你，吴小强都告诉他了。这个王八蛋，太欺负人了！早知道是这样，我一句也不让他骂你。前几天我刚好在小卖部买了两块橡皮，这块暂时放着没用，你先还给他，以后再用橡皮就用我的。咱们常在一搭里耍，不管谁有了事都应该互相帮忙，不用分你的、我的，你说对不？"孙静好诚恳地望着他说道。

"嗯。等我有了钱一定把橡皮还给你。"陈灵均的心里一阵感动，就像不相信似的把手里的橡皮使劲握了一下。两人刚走了几步远，又碰上了赵志刚。他也拿出一块橡皮硬塞进陈灵均的书包："静好那块橡皮你给了那个龟孙子，这块你留着自己用。"

三人来到学校，学生们已经到齐了，正在教室里闹哄哄地说话。陈灵均走到吴小强面前，拿出一块橡皮"啪"的一声放到他的书桌上，大声说："还你的橡皮！"后面的同学看到这幕情景一齐发出轻轻的嘘声。吴小强显得很不好意思，和之前的态度简直判若两人。过了一些日子陈灵均才知道，赵志刚那天单独找吴小强问话的时候，顺便教训了他一顿，并且还用十分鄙视的语气告诉他，他这样对待同学显得自己很小气，一点儿也不仗义。这件事情很快就被学校里其他同学知道了，吴小强反而成了被嘲笑的对象。虽然他还像以前一样调皮，但是细心的同学都注意到一个奇怪的现象，每当吴小强张牙舞爪地在教室里干"坏事"的时候，只要赵志刚走过来默默地看上他一眼，他立刻就像被霜打了的南瓜叶子一样蔫巴下来。

于老师有了新的参考书后，又开始给四年级的学生上新课了，但是他并没有放弃对偷书贼的追查。那个小偷大概是当着众人的面不敢把书拿出来明目张胆地使用，从四年级学生的作业和考试成绩来看，和以前没有太大的差别，因此他始终没有找到偷书的人。

陈灵均没有想到参考书对老师那样重要，他心里想：古时候的老师肯定没有参考书，那他们是怎么教学生的？他们的学生不是照样能考上状元吗？父亲曾经说过，古典名著《红楼梦》写出来二百多年了，有很多人在研究这部著作，不同的人研究出来的结果不一样，看来也没有统一的答案嘛。为什么老师却偏偏要求我们必须写出一模一样的答案？这样真的能学好语文吗？

陈儒生对小儿子暗地里观察了一段时间后，果然发现了问题。陈灵均每天中午回家后一吃完饭就走了，说是到学校去，在学校里根本见不到人。学校每天下午四点放学，他常常五六点才回来，浑身土溜溜的，就像刚打过窑似的，得拿笤帚扫半天才能扫干净。他猜不出到底是什么东西在强烈地吸引着这个十岁的娃娃，让他大夏天的连午觉都不睡，晚上连家都不想回。就算再贪玩，像他这个年纪的娃娃也得有个玩伴才能玩得尽兴，可他一直独来独往，就像瞒着周围的人在偷偷摸摸地做什么不能见人的事似的。

陈儒生越想越觉得不对劲，就跟赵劲商量了一下，让他替自己放一天羊，然后乘儿子不注意跟在他后面看他到底在做什么。

陈灵均中午从家里出来以后，并没有朝学校的方向走，而是直接向村西头走去。到了岔路口，从北边的农田间穿过去，沿着一条小路下到一处废弃的小院里，钻进一面没有门窗的破窑洞里，胡乱翻腾了一阵子，很快便发出叮叮当当的敲打声。

陈儒生蹑手蹑脚地走进窑洞里一看，不由得大吃一惊——窑洞左侧的地上支着一张破桌子，上面整齐地摆放着全套做木活用的工具，有锯子、推刨、斧子、锤子、墨线、尺子等。这些工具的刀片或内芯都是旧的，但是木质的手柄却是新的，做工比较粗糙，不像是专业的木匠做的。窑洞右侧的墙根堆放着许多木板和长短不一的木条，后面的墙角竖着两根粗大的木头，地上、桌子上到处都是木屑和零散的刨花。令人称奇的是，前面右侧的地上还摆放着两件没有完工的家具：一个高板凳、一个低椅子。陈灵均弯着瘦弱的腰身，像老练的木匠一样用锤子在凳子面上敲打几下，拿起来眯起一只眼，朝凳子腿的方向左瞄瞄右看看，摇摇头，又拆开，重新安装起来，继续敲打。

孩子可能干活干得太专心了，竟然没有发现父亲已经走到了自己跟前。陈儒生拿起椅子把各个部件仔细地端详了一会儿，放回原处时不小心发出了响声，这才引起他的注意。他大概被父亲的突然出现吓坏了，撂下手里的凳子，像干了坏事的小偷一样溜到墙根，耷拉着脑袋局促不安地站在那里，不时畏怯地偷瞄父亲一眼，似乎在等他训斥。

陈儒生又拿起那只刚刚安装好的板凳看了看，点着头说："做得不错，比我刚学手艺那会儿强。"然后仔细地查看了桌子上的工具，好奇地问，"这些东西是从哪儿弄来的？"

"我看你平时有些备用的内芯放着不用都生锈了，就用磨刀石磨快，把你的工具偷偷拿出来照着原样重做了一套，乘你不注意的时候再把东西放回去。平时做木活的时候我用的是我自己的工具。"陈灵均老老实实地交代道。

"那木料呢？"

"也是从家里拿的，家里堆放的木料很多，你从来不数，少几根发现不了。学校里的板凳坏了，坐着老摔跤，我给自己重做了个新的。我妈烧火时常坐的小板凳有点低了，还没有靠背，我给她做了一把小椅子，这样坐着会舒服一点。"

陈儒生一把将儿子搂在怀里，激动地说："灵均，大没有把你看错，你真的是一个非常聪明的娃娃，以后想做木活到家里来做吧，大的工具你随便使唤。不过你得答应我一个条件：千万不能伤到手，能做到吗？"

陈灵均懂事地点了点头。

陈儒生叹了口气又说："灵均呀，大是个没本事的男人，把你生在这个家庭，让你跟着我受苦了。你要是不想像大一样窝囊一辈子，就好好学习，靠自己的本事从大山里走出去。不管你将来干什么，都得先把书念好。就算当木匠，也要当个有文化的高级木匠。因为社会在不断向前发展，人们对手艺活的要求会越来越高，光靠老先人留下的那点东西是吃不开的……"

父亲的话给了陈灵均莫大的鼓励。他第一次认识到，自己与众不同的地方不是缺点，而是常人不具备的优点，只要把这种善于思考善于钻研的精神继续保持下去，就有可能做成他想做的事情。当一名比父亲手艺高的木匠是他最大的梦想，虽然这个梦想和父亲的期望相差甚远，但是在他看来，能够用一堆木头亲手打造出形态不同功能各异的器具，没有什么比这更神奇更有趣了。在父亲的指导下，他先后完成了好几件小型家具的制作，全都在家里派上了用场，因此，他对木活的热爱更是有增无减。

六

　　"同学们，上次布置的作文大部分人都完成得不错，其中写得最好的是陈灵均。陈灵均同学，请你把自己的作文给大家念一下。"作文课上，于福当着全班同学的面走到陈灵均面前，笑眯眯地把作文本递给他。

　　陈灵均没有想到老师会表扬自己，"唰"的一下红了脸，诚惶诚恐地从座位上站起来，翻开作文本，见老师用红笔在文末打了一个大大的"95"，下面还有三四行评语。他不敢相信自己的眼睛，双手捧着作文本就像喝醉了酒似的，晕晕乎乎地开始朗读起来。刚读了两句就被老师打断了："声音大点，后面的同学听不见。大家都把耳朵张开，好好听听人家陈灵均的作文到底是怎么写的。"

　　于是他抬高嗓门大声读道："我的母亲叫罗雪娥，今年五十九岁，是一位家庭妇女。她中等个儿，花白的头发，慈祥的面孔上总是带着亲切的笑容。她的眼睛因为得了眼病几乎什么也看不见，一双缠着白布的小脚也比一般人小，走起路来很不稳当。但是她心灵手巧，能像别的女人一样为我们全家人做很多事情，比如：洗衣、做饭、扫地、喂猪、喂鸡……

　　"母亲有四个孩子，我是最小的。姐姐说，生下我以后，母亲是用手摸着把我养大的，所以我的母亲是一位非常伟大的母亲，我很爱她。

　　"母亲是一个心地很善良的人，从来不对任何人发火。不管我们做错什么，都不会骂我们，打我们，总是耐心地教导我们。她省吃俭用，尽量让家里的每一个人吃饱穿暖。她为了家人的生活日夜操劳，不管再苦再累，从来不说一句抱怨的话，有时病了也不吭声，只是默默地忍着。

　　"在我八岁那年夏天，我姐夫捎来话说，我姐姐又生下一个女儿。母亲知道以后，让我把家里攒了一个月的鸡蛋全都提在筐子里拿上，然后和我一起走了十几里的山路，到姐姐家给她伺候月子。在姐姐家，母亲每天不停地干活，晚上睡在我的小外甥女梦溪身边，一听到她哭就抱起来哄。我姐夫怕把她累坏了，常和她抢着干活。我们一直住到梦溪满月了才回到家里。

　　"母亲辛苦了大半辈子，从来没有过上一天好日子，我长大了一定要好好地报答她，让她成为世界上最幸福最快乐的母亲。"

陈灵均读到最后声音有些沙哑，但他还是清晰地读完了所有的内容。教室里响起一片热烈的掌声，好几个同学眼含泪花钦佩地注视着他。老师让他坐下，然后拿着他的作文本边走边激动地说："你们刚才注意到了没有？陈灵均同学在描写自己的母亲时，用到了'慈祥、亲切、伟大、善良、心灵手巧'等词语，这些词语用得太好了，让人听完以后头脑中马上就会树立起一个母亲高大温暖的形象。写母亲就应该这样写，我们要把母亲身上最宝贵的品质展现出来，否则的话就无法写出感人的文字，不能给读者留下深刻的印象。"

于老师的表扬让陈灵均体会到了从未有过的成就感和荣耀感。那是一种和他独自一人完成了一件木活以后所产生的窃喜完全不同的感受，仿佛有一种神奇的力量把他托举到了无人可及的高塔上，让他在人群中陡然散发出耀眼的光芒。那光芒遮蔽了他身上所有的缺陷和不足，让他觉得自己和周围的同学没有贫富贵贱之分，只有优劣敏钝之别。毫无疑问，他就是他们当中的佼佼者。

"下面，让我们再听听赵志刚同学是怎么写的。"

赵志刚没有想到老师会叫到自己，慌慌张张地从座位上站起来，拿着作文本用极快的语速生硬地读道："我的母亲叫卢红娟，今年四十岁，她长着圆圆的脸蛋，弯弯的眉毛，炯炯有神的大眼睛下面是红红的嘴唇。我母亲是一个脾气很暴躁的人。有一天下午吃饭的时候，我和妹妹因为一件小事吵架了，妹妹打了我一下，我也打了她一下，妹妹哭了。我母亲把我妹妹骂了几句，让她不要哭，赶紧吃饭。我妹妹恼了，说：'我不吃了！'放下饭碗跑到了门外。我母亲说：'不想吃就别吃了！'于是，我妹妹就没有吃饭。"

赵志刚读到中间的时候，有人在底下偷偷地笑。读完以后，教室里静悄悄的，好像大家都没有想到文章这么短就结束了。

"同学们，你们有没有听出什么问题？"于福大声问道。

陈小兵举起了手，老师让他站起来回答，他说："赵志刚的妈妈没有鼻子。"周围的同学哄的一声全笑了。

"你说得很对，赵志刚的描述的确有问题。好了，你可以坐下了。"于福停顿了一下，一字一句地强调说，"这篇作文最大的问题是：赵志刚没有写出母亲的任何优点，只写出了她的缺点，那就是：脾气很暴躁，对娃娃没有耐心。我不相信世界上还有这样的母亲，孩子赌气说不吃饭就不让她吃饭。这还能叫母亲吗？我看跟管犯人的差不多！"

听到他的分析，学生们笑得更厉害了。于福走到赵志刚跟前，指着他的鼻子气愤地说："赵志刚同学，你母亲辛辛苦苦地把你养了这么大，一天天给你好吃好喝，把你喂养得跟牛犊一样壮，你怎么能在作文里用这样的话描写她？难道你在她身上一点优点都看不到，只能看到缺点吗？你觉得自己还配不配做她的儿子？我真为你的母亲感到难过，为有你这样的学生感到害臊……"

一颗大大的泪珠从赵志刚的下巴上滚落下来，"啪"的一声打在作文本上，紧接着又是一颗。他的头几乎都快碰到课桌上了，于福仍然用尖酸刻薄的语气不停地批评他。刚才还和其他同学一起发出过笑声的孙静好已经没有勇气再去注视赵志刚的表情了。陈灵均的眼神则由同情变成了愤怒。他相信赵志刚在作文里没有撒谎，但他并不认为脾气暴躁的母亲就不是好母亲。赵志刚的母亲除了要照顾他们兄姊妹五个外，还要赡养他年迈的爷爷奶奶。白天，她像男人一样上山下洼干农活，晚上还要抽空做家务，非常劳累。人在又累又烦的情况下是很容易发脾气的，村里像她这样脾气暴躁的女人并不少见，她只是对孩子稍微缺少一点耐心，有些女人还动手打孩子呢。他不明白为什么这些事实不能用文字写出来。赵志刚只是说他母亲脾气不好，但是并没有说他不爱她，陈灵均经常看到他帮助母亲做事，他是用自己的实际行动来表达对母亲的爱。陈灵均认为，在文字面前，赵志刚比自己更诚实，他没有详细地描述母亲丑陋的病眼和畸形的小脚，是因为他没有勇气把它们真实的面貌展现在众人面前，怕遭到别人耻笑。尽管在他看来，这也是母亲有别于他人的重要特点。

赵志刚被老师批评了以后一连好几天都不说话。陈灵均安慰他说，没有人会因为那篇作文改变了对他的看法。赵志刚笑着说："没事，我不在乎。"依然独自一人发愣。星期六的下午最后一节自习课前，赵志刚正趴在桌子上睡觉，孙静好捂着嘴笑嘻嘻地从外面跑进来，趴在他耳边小声说："快出去看，于老师的婆姨来了。"

"来就来呗，有什么好看的。"赵志刚头也没抬说道。

"她和别的女人不一样，不信你看上一眼就知道了。"

说话间，又有几位学生跑进教室，聚在一起七嘴八舌地小声议论着什么。陈灵均朝身后的赵志刚挤了下眼睛，他懒洋洋地从座位上站起来和他一起出去了。

两人来到院子里的时候，师娘已经进到老师的窑洞里了。一位来得早的女同学低声对另一位女同学说："她肯定比于老师年纪大，我觉得最起码要大三岁。"

"不止吧，我觉得有四五岁，不然的话，她不会穿成那样……"

赵志刚等了好半天不见人出来，刚要转身走，被陈灵均拉住了。他扭过头，看见一位身材异常矮小的老年妇女端着一盆水从门帘下面钻出来，摇摇晃晃地向硷畔上走去。她头上戴着黑丝绒帽，上身穿着蓝绸子布做的偏襟子衫，扣眼上绾着圆圆的盘扣，下面配一条黑色的长裤，小腿上缠裹着白布，从脚脖子一直延伸到脚背，严严实实地收进小巧的鞋子里，乍一看很像战争年代军人行军时打的绑腿。弯曲的膝盖，差不多能夹住一只篮球的外翻的双腿，以及跟六七岁的小孩一般大的双脚，十分扎眼。于福虽然五十多岁了，但是由于平时很少外出劳动，皮肤依然白皙而紧实，比较富有光泽，举手投足间还残留着几分壮年男子的活力。他的妻子却完全像个老人，皮肤松弛，皱纹密布，瘪瘪的腮帮子里已经没有牙齿了。于福以前从来不把妻子带到学校，平常也不愿意在人前提起她，赵志刚终于明白其中的原因了，他发自内心地笑了。一旁的陈灵均却使劲怕打了一下自己的脑袋，懊恼地说："我真是个傻蛋！"然后捂着头像兔子一样蹿进了教室。赵志刚不解地望着他，不明白到底发生了什么。

三年级第一学期期末考试过后，陈灵均一跃成为全班成绩最好的学生，从此再也没有被任何人超越。智力上的优越感和精神上的满足感极大地削弱了贫乏的物质生活带来的自卑感和压抑感，他越来越喜欢学校的生活，越来越喜欢在知识的海洋里探索。与此同时，他身边的一些人也在悄悄地发生着让人意想不到的变化。

陈灵均上四年级的时候，陈灵峰和邻村一个名叫红梅的女子结了婚。陈灵峰结婚以后陈儒生分了一次家，把生产队包产到户时分给他家的那头骡子给了大儿子，还把家里的锅碗瓢盆和农具全都摆出来，让他挑好的拿去。陈灵均上五年级的时候陈灵辉娶回了长河滩镇南塬上一个名叫秋雁的女子。陈灵辉结婚以后陈儒生又分了一次家，把队里分给他家的那头驴给了二儿子，家什、农具又拿出来让儿子挑了个遍。最后剩下的不是磕了碰了的，就是缺胳膊少腿的。最让人发愁的是，家里一头牲口也没有了，干活的时候常要跟陈灵峰和陈灵辉轮换着使用，实在轮不开只能用人工代替。虽然陈灵均的两位嫂子都是乖顺实在的女人，和丈夫相得很好，对公婆也很孝敬，两位哥哥在种麦子收麦子的时候也常给家里帮忙，但是三家人之间好像总隔着一层什么东西，不像原来是一家人的时候那么亲近。陈儒生变得越来越沉默，一不顺心就发脾气，晚上吃完饭很少待在家里，饭碗往下一撂就出去了，很晚才回来。陈灵均好几次问母亲父亲干什么去了，她都摇着头说："不晓得。"陈灵均从母亲的语气中能够感觉出，母亲不是不晓得，而是不愿意说。

五年级的课程上得很快，老师说要在第一学期结束前学完整个学年的功课，第二学期重点复习，陈灵均每天做完作业都感觉很累，常常一觉就睡到天亮了，父亲什么时候回来的，他有时知道，有时不知道。

这天晚上，他刚睡下没多久就被一阵"吱吱呀呀"的声音吵醒了，听见有人在柜子里翻腾，吓得"噌"的一下从炕上爬起来，睁大眼睛一看，对面的墙上有一束手电光在晃动，旁边高大的人影分明就是他的父亲。

陈儒生大概也发现儿子醒了，像做贼似的拿了一些钱装进衣兜，把柜子盖重新盖好，打着手电又准备出去。罗雪娥翻了个身面朝儿子的方向躺着，似乎还没有睡着。

"大，你干什么去？"陈灵均奇怪地问道。

"大人的事娃娃家不要管！"陈儒生粗声说道，片刻后摔门而去。

"妈，我大从柜子里拿钱做什么？"陈灵均不依不饶地向母亲问道。

"跟几个老汉在一搭里耍哩。"罗雪娥的语气很平淡。

陈灵均马上就明白了那个"耍"字的含义，心里咯噔了一下，失声问道："你怎么不管管他？咱们家本来就没钱，耍输了塌下饥荒怎么办？"

"我哪里管得了他，他自己长着腿谁又拽不住他。唉，这都是命，你妈这辈子注定要逢上你大这样的人，过这样的光景。"罗雪娥叹息着说道。

"那你至少说上几句，让他晓得自己不对，不然的话，他会越赌越厉害，给家里捅下的窟窿也会越来越大。"

"他不听我的，说了也没用。"

陈灵均气得半天没有说话，捏紧拳手在枕头上使劲捶打了几下。

"儿子，你信不？人天生是什么命就是什么命，不管你怎么挣扎都逃不出去。我年轻的时候也心强气盛，和你一样这也不服气那也不服气。我没过门的时候，你爷爷是这条塬上有名的财主，人家都说当了这家的儿媳妇一辈子享不完的福。我过了门以后，没过几年世事就变了，越是有钱的人越倒糟，一窑的家当一夜之间就剩下些锅碗瓢盆和铺盖。你说，这不是命，是啥？我年轻的时候眼睛好好的，谁晓得无缘无故地就害上眼病什么也看不见了。你说，这不是你妈的命？我和陈来生的婆姨同一天进的陈家的门，她生了八个娃，我生了九个娃，人家的八个娃全都活下来了，我只养大了你们四个。你说，你妈不认命，还能怎样？你大原先好好的一个人，最见不得人赌博，说学歪就学歪了……"

罗雪娥还在絮絮叨叨地说着，陈灵均已经听不进去了，满脑子只有三个字：这是命！

从出生到现在，父亲在陈灵均的心目中一度是高大的、神圣的、近乎完美的，代表学识广博，多才多艺，诚实稳重，为人厚道。他说过的话，做过的事，都是无可非议的，因为他具有的常识、经验和见识比家里任何人都多。他不仅是整个家庭的核心和支柱，也是家里最有权威和地位的人，他们姐弟四人和他们的母亲就像他的臣民一样，既受到他的保护，也受到他的统治。陈灵均尽量按照《弟子规》里说的那样，做一个乖顺的臣民，从来不敢跟父亲开一句玩笑，更不敢直言不讳地说出跟父亲的意见完全相左的话。父亲在儿女们面前一直扮演着标杆式的完人形象，但是这一次，他却亲手撕下了遮挡在自己脸上的假面具，变成了一个像蚂蚁一样卑微的平常人，愚蠢、顽固、不负责任，毫无理性。面对这样一位父亲，陈灵均觉得自己无须再仰视他，也没有必要对他的话坚信不疑。因为父亲的身上不仅有缺点，而且他教导给他的很多东西都是有问题的。比如，父亲不让他跟别人吵架，如果他在学校和同学发生了矛盾，有理不说，怎么能够证明自己的清白？父亲也不许他跟同学打架，可是，当别人先动手打他时，他不还手，怎么能够保护自己不受伤害？父亲要求他一定要听大人的话，要是大人说错了，他不假思索地按照错误的路线去执行，岂不是害了自己？父亲还说，娃娃不能管大人的事。如果大人做错了没人提醒，那他就会一直错下去，甚至还会影响到整个家庭的命运。他觉得母亲刚才说的话好像对，也好像不对。的确，人的命运谁也提前预料不到，不知道自己将来会遇到什么人，什么事，可脚下的路却分明是自己走出来的，往左或者往右，完全可以由自己来决定。比方说，就拿父亲赌博这件事来说吧，他母亲不管，他们一家三口未来的日子肯定会变得越来越糟糕；他母亲要是敢管也能管下，那么，生活就会是另外一番模样。他知道母亲的性格就是这样，没法改变。现在，唯一能够制止父亲这种荒唐行为的就是他了。可他的心里非常胆怯，耳边似乎有个声音在说：父亲是长辈，再怎么有错，也不能让儿子批评，这是不孝的行为！一想到父亲平日里威严的眼神和严厉的语气，他更加畏惧了。他觉得应该把这件事告诉大哥，他比他年纪大，在父亲面前说话会更有分量。

外面隐隐约约传来一阵"咯嗒嗒、咯嗒嗒"的怪叫声，一听到这熟悉的声音，一股寒气顺着陈灵均的脊梁骨迅速袭遍全身，他下意识地裹紧被子，把身体向母亲那边靠去。

"鹈怪子又叫唤开了，村子里又不得安稳了。"罗雪娥叹息着说道。

"妈，是不是我小安哥的病好不了了？"陈灵均问道。小安是陈小兵的哥哥，只有二十四岁，身强力壮，长得特别魁梧，前段时间突然病倒了，昨天刚从县医院拉回来。

"他咋啦？"罗雪娥问道。

"得上肝癌了。"

"又是肝癌？这村子肯定哪里不对劲，年轻轻的小伙子一个一个都得了癌，应该请个阴阳好好看看。"

同样的担心也存在于陈灵均的心中，但他并不认为是风水的问题，因为很多书里都说所谓风水是迷信，没有科学道理。可是为什么鹈怪子和信猴一叫村里就会死人？这个现象好像用科学的方法解释不通。他下意识地用手按了按右侧肋沿下的肚子，他听说那个地方就是肝脏，要是得了肝癌按着就会疼。肚子软软的，既不硬，也不疼，他放心地睡着了。先是梦见陈小安死了，自己和村里人为他举行葬礼，后来又梦见那只鹈怪子冲破天窗飞进了他家，站在炕头对着他母亲和他父亲叫唤，吓得他魂飞魄散，举起菜刀不顾一切地朝那家伙乱劈乱砍，大鸟仓皇而逃，鸟毛落了一炕。

鹈怪子连续叫了半个月后，陈小安果然死了。村子里关于风水有问题的说法吵得更凶了。小安的头七刚过，吴有才便请了一位当地最有名的阴阳先生来村里看。那人在村里转了一圈后，指着北面的卧牛山说，前几年修水利的时候把牛头上的风水破坏了，所以村里才会接二连三地死人，村风也受到了影响，赌博偷盗离婚打架的人越来越多。吴有才问他有没有什么补救的办法。那人说，只要在卧牛山对面的阳坡上打一头跟真牛一样大小的石牛就没事了。村里人马上集资照办。

石牛就像放在村民们心中的一个秤砣，暂时消除了他们对死亡的恐惧，但是并没有改变乡村里的恶风陋习。

陈灵均给陈灵峰说了父亲赌博的事后，陈灵峰答应找机会跟父亲谈谈，但是陈儒生一到晚上还是爱往外面跑。有一天，陈灵均见了大哥问他说了没有。陈灵峰说："说了，他不听我的，说我多管闲事，把自己家的事管好就行了，他的事情他自己知道。我俩吵了几句，过后他跟我恼了，好长时间都不跟我说话。"

　　大哥管不下父亲，二哥说上也没用，陈灵均更没辙了，只能眼睁睁地看着他胡闹。有一天，陈儒生带着两个人搬走了家里的一只柜子。陈灵均没有问任何人便猜出，一定是父亲赌博输了钱用柜子抵了债。

　　辛辛苦苦挣来的家当就这样轻易地被父亲在所谓的游戏中白白地送给了人，陈灵均非常痛恨这种行为，但是为了生存，他还得跟着父亲日复一日地在地里挥汗如雨地劳动，尽管他明明知道获得的收成还有可能面临同样的结局。

　　"儿子，剩下的你能背起不？"薄暮笼罩的山沟里，陈儒生背着满满一麻袋洋芋，用怀疑的目光看着正吃力地把多半袋洋芋背到背上的陈灵均。

　　"能行。"陈灵均用略显迟滞的声音答道。背完这袋洋芋，这块地里的活儿就算干完了，明天他们可以到别的地里去干活。这是家里最陡的一块地，别的地都在平处。说实话，他也有点怀疑自己的力气，因为袋子压到背上的时候感觉很沉。来来回回在地里跑了三趟以后，他的体力已经明显下降，但是，一想到回村后，村里的婆姨们看到他背着很少的东西东摇西摆地走路，露出嘲笑的目光，叽叽喳喳地聚在一起议论，他心里一横，鼓起勇气再次向自己的极限发起挑战。

　　自从陈儒生和两个儿子分家以后，平时家里的农活主要靠他和陈灵均两个人完成。每到星期天和节假日，天还不亮陈灵均就被父亲叫起来到山里耕地、播种、锄地、采摘、收割。秋天的活儿最多也最重，由于经常要背着东西走，他的肩膀被绳子勒肿了，脊背也被庄稼磨破了，晚上回到家里疼得连碰都不能碰，只能趴在炕上背朝上睡觉，腰困得就跟折了似的。睡了一夜，头一天的疲劳还未完全消退，又要开始更加艰苦的劳动。

　　刚开始爬坡陈灵均就后悔了。紧贴在背上的麻袋很快就挣脱了绳子的束缚朝后翻过去一部分，就像有人在后面拽着绳子把他的身体用力向山下拉似的，软弱无力的双腿不得不与这种相反的力量拼命对抗，每走一步都会抑制不住地颤抖，甚至还会打滑，而脚下几厘米外就是数丈高的悬崖！父亲就在他的前面，听脚步声老人家也累了，但是依然不紧不慢地向前走着，距离他越来越远。尽管汗流浃背，筋疲力尽，但是他知道自己没有地方歇脚，也不会有人帮他，只能含着眼泪咬紧牙关，抓住路边的树枝和细小的灌木，连爬带走，凭着顽强的毅力一步一步往上挪。父亲的身影不知什么时候已经消失不见了，而眼前曲曲折折的羊肠小道还很长，全身的力气似乎已经耗尽，就连发出一声呼叫都很困难。在这种情况下，哪怕只是轻轻地咳嗽一声，也是极其冒险的行为，说不定就因为分了一下心，脚下没踩稳就从半山坡上掉下去了。他的心里特别恐慌，特别绝望，非常希望父亲能够感应到他此时此刻的无助，返回到坡下来拉他一把。但是他始终没有出现。从记事的那一天起，生活对于眼前的这个少年来说，似乎永远都是无穷无尽的折磨和痛苦，除了贫穷、疾病、饥饿、寒冷、劳累外，还有无情的伤害，无尽的耻辱，无处躲避的窘迫和对未来的担忧和恐惧。最让人感到灰心的是，这是一种没有希望的生活，不知何时才是尽头。干脆放弃挣扎，让自己像只飞累了的鸟儿一样轻松地展开翅膀坠落到山崖下面算了。他的心里突然闪过一个消极的念头。那样的话，他就不用在这世上受苦了。但是他马上又一个激灵清醒过来，命令自己不要再胡思乱想。因为他只有十二岁，人世间的很多滋味还没有尝过。于是，拼了命似的继续向上攀爬，一步，一步，终于爬到了坡顶。

到了平路上，他感觉五脏六腑就像被人掏空了似的，只剩下棉花团一般的躯壳在轻飘飘地摇荡。他以为父亲已经走过去很远了，没想到他就在前面十几米远的地方等他。他可以清楚地看到他走路时蹒跚的脚步，听到粗重的喘气声。父亲不时停下脚休息，暗淡无光的眼神里同样透着疲惫和无助。那一刻，陈灵均突然意识到父亲真的老了，没有力气再干活了，摇骰子、打麻将、打扑克这样的游戏对于这位六十多岁的老人来说，似乎更容易一些。但是这个残酷的世界并没有给他太多的选择，为了生活，他依然要使出最大的力气走完剩下的路。

天快要黑了，他们还没有走到家。陈灵均又累又饿，像个生了病的小驴驹一样，跟在父亲的屁股后面机械地移动着双腿，心里直想哭。

"坐下歇一会儿吧。"陈儒生似乎看出儿子已经疲劳到极点，主动提议道。

父子俩停下脚步，连人带东西一同跌坐在路边的土墩上。陈儒生摘下头上的破草帽慢悠悠地扇着，热气从湿漉漉的发根下面冒了出来。陈灵均也学着他的样子用草帽扇凉，心里默默地计算着还没有走完的路。

"大，为什么咱们活得这么难？"他用可怜巴巴的声音问道。

"唉，咱是平平常常的老百姓，没权没势，除了受苦没有别的活路，怎能活得不难！"陈儒生望着对面黑黢黢的山梁轻声答道，语气里不无酸涩。

"人为什么要活在世上？"陈灵均仰起头看着飘浮着团团暗红、深紫、深灰色云朵的天空，满心困惑地问道。

陈儒生惊讶地看了儿子一眼，好像不相信这是从一个孩子的嘴里发出来的声音。

"人活在世上大概是为了'还债'吧。还天地和父母的养育债，还妻子和儿女的因缘债，还前世欠下的恩德债，还现世未报的人情债。说实话，我活到这个岁数还没有把这事完全弄明白，等你长大了有了学问，肯定能比你大看得更远，懂得更多。"

陈灵均对父亲的回答感到很失望。

回到家里以后，他又用同样的问题问姐姐和哥哥。

姐姐说："人活着就是为了在这个世上走一遭吧，尝尝人间的酸甜苦辣。"

大哥说："这个问题我从来没有想过，反正父母已经把自己生下来了，既然活着就好好地活吧。"

二哥说："为了报答父母？为了赚钱养家，吃喝玩乐？谁知道呢。"

他没有找到满意的答案就开始在"四书五经"里找，读遍家中所有的藏书还是没有解开心中的疑惑，于是又把目光投向各种现代书籍，像一条饥渴的小鱼一样在浩瀚的书海中不知疲倦地游历着，贪婪地吸收着各种养分。期中考试前的一天，赵志刚不知道从谁手里借来一本路遥的中短篇小说集。等他看完以后，陈灵均迫不及待地借来，花了整整两天的时间读完，心中豁然开朗。

从中篇小说《人生》中他领悟到，人活在世上就是为了寻找自己的生命价值。无论是在乡下种地的高玉德，还是到城里县委通讯处当干事的高加林，都是为了这个目标在苦苦地奋斗。书中描绘的城乡之间的巨大差异，让他明白了为什么他们一家活得这么难——那是因为他们生活在社会的最底层，物质条件极其匮乏，生存空间过于狭小，个人的聪明才智得不到充分发挥，在恶劣的自然环境下，只能靠出卖体力养活自己。他相信，如果有人让他的父亲当小学教师，肯定是一位好老师；如果让他父亲到县委通讯处当干事，也绝不会比书中的高加林逊色多少。可惜命运没有给他这样的机会，他只能把一腔抱负埋藏在心里，默默地忍受着生活中的一切苦难。

高加林的人生悲剧告诉陈灵均：一个没有任何社会背景的农民的儿子，在这个由层层关系网组成的社会里，想通过走"后门"过上理想生活的想法是不牢靠的，成功的概率几乎等于零。要想出人头地，必须要有真才实学，同时还要坚守做人的原则和底线，才能到达成功的彼岸。这样的话，无论走到哪里，都不用低三下四看别人的脸色，可以堂堂正正地做自己想做的事情。高加林比他出生的年代早，走上社会以后可供选择的道路十分有限，而他幸运的是，现在完全可以通过升学考试这条途径，光明正大地跟那些各方面条件比他优越的人公开竞争，凭自己的能力获取理想的职业。读书对他来说，比干农活更轻松、更快乐，他相信自己天生就是读书的料。

七

灯熄了好一阵了，陈儒生还没有回家。罗雪娥和陈灵均和衣躺在炕上，谁也没有睡着。明天就要开学了，陈灵均住校用的东西全都收拾好了，一麻袋小麦，一个铺盖卷，一个不大的木箱子，里面除了碗筷、一瓶韭花酱、几本书外，只有一身棉衣。罗雪娥根本没有想到她的小儿子居然以全县第一名的成绩考上了县中学的实验班。县中学这一级总共招了四个班的学生，一班是重点班，也是实验班，其余的三个班都是普通班。他们村一共有六名毕业班的学生，只有陈灵均和孙静好考上了县中学，其他人都上了虎沟镇中学。孙静好上的是普通班，成绩和陈灵均相差很远。这一年全县撤社建镇，虎沟公社已经改成虎沟镇了。罗雪娥对儿子考上县中学的事又喜又愁。喜就不用说了，愁的是陈儒生怎么能弄够二十九元钱的学杂费和儿子的生活费。解释：主人公比我高一级，初一的时候我们的学费和书本费就是二十九元。早上一吃完饭他就跑出去借钱了，吃晚饭的时候回来扒拉了几口饭一声没吭又出去了，到现在还没回来，肯定是钱不好借。已经成家的两个儿子虽然也住在同一个村里，可他不愿意跟他们开口。她知道他若开了口，儿子们肯定会埋怨他平时不该出去赌博把钱都输光了，害得自己遇到正经事儿一点办法都没有。陈灵均对他大也很不放心，刚才还嘟囔着说："我就不该报考县中学，万一不行，就转回咱虎沟镇念书，在那儿上学不费钱。"

她安慰儿子别急，再等等看。娃娃躺在炕上不停地叹气，让她听了格外心疼。灵均长这么大，从来没有离开过父母，一个人到几十里外的县城读书，究竟能不能照顾好自己，也让她十分担心。想到这里，她不由得伸出手摸了摸他细长的胳膊和仍然有些单薄的肩膀和脊背，感觉鼻子一阵阵发酸。

陈灵均突然转过身来，抱住母亲动情地说："妈，我不想去县城念书了！一会儿我大回来了你跟他说一下。"

"好不容易考上了能去就去吧，不去你将来肯定会后悔的。"罗雪娥亲昵地在儿子柔顺的头发上捋了一把，暗暗祈祷他大能借够钱，不要让娃伤心失望。

窑背上隐隐传来一阵脚步声，很快就到了院子里。

"你大回来了，快去开门！"

陈灵均一骨碌爬起来跳下炕，拉开门闩，一见到他大就迫不及待地说："大，我不想到县上念书了，你找个人把我转回来吧。"

"咋啦？我好不容易把钱都借下了，你又要下蛋！你要是不上早说呀，让你大白费这老脸干啥？快别折腾你老子了，给我上炕睡觉去！明早鸡一叫就起身，别给我睡误了！"

陈灵均愣了一下，似乎不相信自己的耳朵。几秒钟后，果真听话地爬上炕钻进被窝，动作麻利得就像只灵活的小猴子。他很快就睡着了，陈儒生和罗雪娥却久久难以入眠。

"妈，我走了，你在家里一定要照顾好自己。"第二天临行前，陈灵均握住倚在门框上的母亲粗糙而冰冷的双手，依依不舍地注视着她苍老憔悴的面孔，发现她的左眼红肿得特别厉害。

"记住，以后出门不要再说走字，说了不吉利。"罗雪娥惊慌地制止道。

"嗯，我记住了。"陈灵均强忍住心中的不舍，转身走到父亲身边，和他一起推着堆放着行李的架子车向公路上走去，不时回过头来朝门口张望，见母亲用衣袖不停地擦拭眼睛，心里越发不安，对自己自私的决定感到很内疚。

"他大，到了城里记得给我买瓶眼药水拿回来，千万不要忘了。"罗雪娥冲着他们的背影喊道。

"知道了，忘不了。"陈儒生高声答道。

天际刚刚发白，整个黄土高原还在浓重的雾气中沉睡着，唯有早起的鸟儿和不安分的鸡狗在各自的舞台上轮番演唱自己的歌曲。微风轻轻地摇晃着路边的槐树和枣树，挂满了露珠的树叶就像母亲含泪的眼睛眺望着远行的游子，又像无数晶莹璀璨的水晶灯驱散了黎明前最后的黑暗，映照出一条崭新的路途。

两人步行了二十多里路，到了山下的长河滩镇。此时，太阳已经冲破层层迷雾从天上升起来了。陈儒生问路人几点了，说是上午九点。父子俩把架子车寄存在一位亲戚家里，带着东西坐在路边等了一个小时终于坐上了发往县城的客车。到了学校报完名，缴了粮，陈儒生把儿子安顿好后，第二天乘坐早晨五点半的客车离开了县城。

陈灵均的班主任叫鲍书简，是一位二十七岁的未婚青年，中等身材，长方脸，眉毛又粗又短，眉头总是习惯地紧蹙在一起，中间有条很深的竖沟，情绪稍微一激动就会发红。微微有点内陷的眼睛时常透出警觉多疑的目光，脸颊上密集的青春痘使这张表面上看起来很成熟的脸显出几分青涩，参差不齐的牙齿虽然被烟草熏得有些发黄，但是质地非常坚硬，嘴唇上经常会留下明显的齿痕。他也是实验班的语文老师，第一次当班主任，在学生面前讲话时比这些孩子还紧张，但他努力克制着自己的情绪，尽量用简短的语言和学生交流，语调十分严厉。晚自习课鲍老师点名时，叫到"陈灵均"这个名字时，抬起头多看了陈灵均两眼，很多同学都注意到了这个细节，偷偷地观察着这个上身穿着宽大的旧军装衫，下面配一条膝盖上顶起包包的灰裤子，长着一头黄头发，脸色有些苍白的农村娃，发现他个子不高，长相平平，言谈举止间透着几分拘谨，立刻露出疑惑的表情，猜不透他身上到底有什么特殊的东西引起了老师的注意。学生们按身高排了座位，陈灵均坐在第一排中间偏左的位置，他的同桌叫乔艾艾，是一个模样十分娇俏可爱的城市姑娘，薄薄的嘴唇总是紧紧地抿在一起，嘴角带着一丝高傲的微笑。她是班上唯一一个穿裙子的女生，粉红色上衣的衣领上还有精致的蕾丝花边，头上戴一个亮晶晶的红发卡。有人问她的皮肤为什么那么细嫩，她说可能是因为她小时候是吃炼乳长大的。在20世纪六七十年代，炼乳是一种非常精贵的高级营养品，只有家庭条件特别好的人通过特殊渠道才能买到，可见她在家中是多么受宠爱。她就像那些在温室中长大的花草一样，没有受过一点风吹雨淋，周围的温度、湿度和光照稍有欠缺，就会感到极度不适。由于体弱多病，她的书包里常背着药，邻桌肖子熠给她起了个外号叫"药罐子"。她马上毫不客气地回敬说，肖子熠长了一个蔓青（一种扁圆形的萝卜）脑袋。肖子熠是一位喝羊奶长大的农村小伙，长得又矮又胖，一笑起来眼睛就会眯成一条缝，但是生气的时候却会陡然睁大好几倍，就像会变魔术似的。他说自己平时不爱欺负人，但是谁要是把他实在惹毛了，也会像羊一样顶人、踢人。

　　陈灵均的身后坐着班里最漂亮的女生蒋美丽，这位女生无论身材还是五官的比例都恰到好处，尤其是光洁的脸蛋上修长的眉毛和美丽的双眼皮就像用画笔描过似的，线条既流畅又自然，没有一点瑕疵。她的头上扎一个布满了黑色小点的蝴蝶结，柔顺的秀发就像缎子一样闪闪发光。上身穿一件米色小翻领条绒上衣，下面配一条浅蓝色的裤子。蒋美丽性格比较文静，很少说话，不知道为什么男生们都很怕她，没人敢在她面前造次，背地里都叫她"白雪公主"。"白雪公主"也是班里最爱干净的女生，她嫌值日生抹过的桌子没抹净，又用家里带来的抹布重新抹了一遍。陈灵均听说她妈妈是县医院内科的一名护士，爸爸是检验科的主任，都是特别注意卫生的人，所以她才和别的人不一样。蒋美丽的同桌叫何宏伟，也是从农村考上的，这后生眼睛又大又亮，里面总是透出热情洋溢的目光，爽朗的笑声极富感染力。他的哥哥是镇上的干部，因此他对社会上的事了解得比较多，说话做事显得很成熟。

座位刚排好不久，何宏伟就敲了敲前面的桌子，主动跟陈灵均和乔艾艾打了声招呼："哎呀，以后咱们几个成邻家了，相互多招呼。"

"没问题。"陈灵均赶紧回答道，顷刻间对这个新环境没有了陌生感。

"以后有什么力气活多帮我们女生干点。"乔艾艾笑着说道。

"有什么好吃的咱们也可以一起分享。"蒋美丽也显得很兴奋。

鲍书简临时指定了几名班干部，强调了班上的纪律以后就离开了，临走前，叫走了坐在后排的周华歆。几分钟后周华歆快快地回来了，几位男生立刻围到他身边争相问："老师叫你干啥？"

"他跟你说什么了？"

周华歆撇了撇嘴低声说："问我姐在哪儿，现在情况怎样。他原来一直在追我姐，我姐看不上他，现在我姐已经跟我姐夫订婚了。"

"哦哦！"

"天哪，你姐太牛了！"

听了周华歆的爆料，周围立刻响起一片既震惊又不无嘲讽意味的起哄声。

"不要乱说哦，让老师知道了一定会恨死我的。"周华歆说了又好像有点后悔。

上第二节晚自习课的时候鲍书简没有来，教室里乱哄哄的，后面的几位同学不停地说笑、打闹，有两个人甚至跑到前排相互追打。班长袁华说了好几次都不起作用。何宏伟悄悄地对回过头来用厌烦的目光朝后面看的陈灵均说："那几个学生都是城里的，艾慕蓉的爸爸在百货公司上班，叶华萍的妈妈在副食公司当会计，周华歆的爷爷、爸爸和妈妈都是油矿的老职工，曹丽军的爸爸在县委上班，剩下的那几个都是吃商品粮的。这几个人估计都不是考上的，肯定有后门。咱不能跟人家学，人家不学习将来也能找到好工作，咱要是不好好学只能回农村受苦。"

听到何宏伟透露的这些重要信息，陈灵均既惊讶，又钦佩，连忙笑着说："你说得对，他们走他们的路，咱们走咱们的路。"

正在这时，一位四十多岁的男老师推开教室门，笑吟吟地问："谁是陈灵均？"

陈灵均霍地一下从座位上站起来，诧异地看着来人。

"好，我知道了，你坐下。我是你们的数学老师，听说你考了全县第一，数学是满分，我想问一下：你是在哪个学校上的学？"

"老师，我是在我们虎沟镇向阳村上的小学。"

"哦，这个村子我听说过。不错，好好学。"数学老师说完转身就走了。教室里的同学都惊奇地望着陈灵均喊喊喳喳地议论起来，他们终于明白班主任多看他两眼的原因了。

陈灵均翻书的时候无意间发现同桌乔艾艾皱着眉头把脸转向另一边，身子也明显地朝外拧着。刚开始坐在一起的时候他就觉得她的表情有点古怪，还以为自己多心了，现在看来她的确是有意在拉远两者的距离。他立刻敏感地意识到自己肯定有什么地方让她感到不舒服，便低下头上上下下把自己打量了一遍。他的衣服都是旧的，看上去很寒酸，布鞋是姐姐手工做的，样子很土，这应该不是她嫌弃的主要原因。他分析很可能是来学校的路上长时间步行，坐车的过程中衣服上沾了尘土又出了汗，有了馊味。他很想晚上一回到宿舍就把衣服脱下来洗了，可他只有一身外衣，要是洗了到了第二天早上肯定干不了。于是他决定回去以后先把身上擦擦，这样也许能减少衣服外面散发出来的气味。为了改变尴尬的局面，他把自己的凳子稍微往外挪了挪。没想到乔艾艾的眉头皱得更紧了，一只手捂着嘴巴，另一只手托着胳膊肘把身子都快移出桌边了。

一股难言的羞愤顿时涌上他的心头。他没有想到城里姑娘这么难相处，如果换了他的小学同学孙静好，不管他身上多脏，都不会用这样的态度对待他。他索性把凳子又拉回来，坐正身子，拿着书认真地看起来，就像身边的人不存在一般。

下了晚自习课以后，他在宿舍里反复擦洗了几遍身子，又把衣服放在鼻子底下仔细地闻了闻，确实有一点汗味，但是气味并不浓，想不通乔艾艾的鼻子怎么那样灵。

第二天上课的时候，乔艾艾还是拧着身子坐着，没有丝毫的改变。

蒋美丽偷偷地戳了一下何宏伟，让他朝前面看。

何宏伟问乔艾艾："你怎么了？"

"没什么。"乔艾艾抿着嘴笑着答道。

肖子熠也注意到了这一特别的现象，开玩笑说："乔艾艾，你这么坐着不怕把腰拧断吗？我看用不了三天你就得住院。"

"拧断不拧断关你什么事，我自己愿意！"乔艾艾噘着小嘴气呼呼地答道。肖子熠还想说什么，看了看周围的同学又把话咽了回去。

好不容易等到星期六，吃过午饭陈灵均赶紧把外套脱下来洗了，穿着一身破旧的线衣坐在宿舍的炕上装作看书，焦急地等待衣服晾干。那是一本他从何宏伟手里借来的《诗刊》。受父亲的影响，陈灵均很喜欢古诗词，自从读了《诗刊》上发表的顾城、北岛、舒婷等青年诗人创作的新诗以后，又对现代诗歌产生了浓厚的兴趣，有时也在练习本上尝试着写几句。不知道为什么，他的诗句总是显得很稚嫩，经不起推敲和咀嚼，不过他有耐心慢慢地去学习。沉浸在诗歌的世界里，他暂时逃离了现实中窘迫难堪的境遇，在理想的世界里恣意遨游。他不相信自己一辈子就这样没有尊严地活在周围人狭小的视野里，任由他们取笑、轻视。他对自己说："我既不需要被人注意，也不害怕被人忘记，在别人的回忆中生活，不是我的目的。"他需要"最狂的风，和最静的海"以及驶向未来的一艘航船。

"陈灵均，有人看你来了！"

门外传来何宏伟的声音，还有一位女生轻柔的说话声。他赶紧用被子把身体捂好，又觉得来了客人坐在炕上不礼貌，揭开被子跳到地上，手忙脚乱地整理衣服。线衣太旧了，小腿上有些接缝的地方布头已经发毛了，没有办法缝合在一起，裸露出一小段白皙的皮肤。他生怕被女生看到这些，内心既紧张又沮丧。

不一会儿，何宏伟领着那位女生进来了，他一看到是孙静好心情立刻放松了大半。

孙静好是二班的学生，也住在学校的宿舍里。她的个子比以前长高了，身材特别苗条，圆圆的脸蛋变成了窄窄的瓜子脸，眉眼越发俊秀了，再配上新做的黄格子布衫、蓝裤子，一点也不比城里的女生逊色。他用搪瓷缸给她倒了一杯开水，两人坐在炕沿上拉话，先说了各自班里的情况，又拉了一会儿家常。快到下午三点的时候孙静好说她要上街买墨水和本子，问陈灵均是否需要捎什么东西，他摇了摇头，孙静好便走了。

下午饭是肖子熠帮他捎着买回来的，两个馒头就着韭花酱，外加一碗白开水，他没有钱买菜吃，每顿饭都是这样。宿舍里一共住着十几个同学，有三四个跟他一样从来不吃灶上的菜，从家里拿些辣椒酱、西红柿酱、芝麻盐或酸菜就着馒头吃。

到了晚上衣服还没干透，他收回来，第二天早上再晾出去，到了中午才完全干了，赶紧穿上到外面转悠了一圈，感觉浑身轻了一大圈。

吃过下午饭他刚跨进教室的门，一眼就看见乔艾艾背对着自己站在书桌前用一本书使劲朝他坐的那一面扇，嘴里还不停地嘟囔着什么。他的脑子里"轰"地响了一下，浑身的血液都涌到了头顶，刚要上前跟她理论，听到下面这段话火气一下子没了——"这里面到底放了啥？气味这么难闻。我一闻见就恶心。"

"你那不是人鼻子，是狗鼻子！书桌里除了书和墨水瓶，还能放啥！你既然那么爱干净，就别来这里，到你们家上课去！"肖子熠用鄙夷的目光看着乔艾艾说道。

陈灵均下意识地看了一眼手中装着韭花酱的玻璃瓶，这才明白她嫌弃的不是自己，而是放在他书桌里的韭花酱！因为教室离学校的大灶很近，为了省下吃饭的时间多看会儿书，他平时把碗筷和韭花酱放在书桌里，放学后一打到饭就坐在教室里吃。没想到乔艾艾闻不惯韭花酱的气味，闹出了这样一场误会。早知道是这样，他早就把瓶子拿走了。他不明白她为什么不对自己明说，他觉得女孩子的心理太奇怪了。

除了这点小烦恼外，陈灵均对学校的生活基本上还是满意的。大部分老师课都讲得很好，特别是当他听了鲍老师的语文课后，不由得在心里感叹：语文就应该这样讲！在村里上小学的时候，每节语文课于老师教完生字，领读了课文后，便把名词解释、段落大意和中心思想抄在黑板上让学生死记硬背。因此，很多学生一离开课本便读不懂书里的意思。鲍老师讲课采用的是启发式教学，经常鼓励学生自己总结段落大意和文章的主题，只要意思大体上相同或者比较接近，他就会给予表扬和鼓励。班里习惯了吃"现成饭"的学生对此很头疼，陈灵均却如鱼得水，在课堂上表现得相当活跃。鲍老师很喜欢张贤亮、王蒙、王小波等当代作家的小说，经常在课堂上引用他们的作品中最经典的语句和情节来拓宽学生的思维，提高他们对人性和社会的认识，尤其是那些关于男人和女人的话题，常常把这群还没有"开化"的中学生听得目瞪口呆，不知身在何处。鲍老师还有个不好的习惯就是很喜欢教学生怎么写作文。比如，作文的题目是"我的家乡"，刚一布置完，很多学生还没有来得及思考怎么去写，他便背着手在教室里边踱步，边启发他们："这篇作文你们可以从这样几个方面去写，比如，写家乡的山有多美，水有多美，人有多美；还可以通过一年四季家乡风景的变化来抒发自己对家乡的热爱；当然，也可以写写家乡的地域特点、自然气候、风土人情……"他恨不得把自己珍藏的所有写作秘籍都拿出来，让学生照葫芦画瓢。这对于那些一提到写作文就会犯头疼的学生来说，如同得到了灵丹妙药，马上就舒舒服服地服用下去，药到病除。可是对于喜欢标新立异的陈灵均来说，却仿佛遇到了窄路上的冤家，等于把他已经想好的思路完全给否定了，只好划掉刚刚写好的开头，另辟蹊径。正是因为他的文章和其他人的风格不同，表达的思想情感也不同，他的作文一直是班里最好的。

他也很喜欢上英语课，但让他倍感烦恼的是，从他嘴里蹦出的英语单词总是带着浓重的地方口音，被同学们戏称为"虎沟公社英语"。东正县中学不光教学生文化课，还教他们学习音乐、美术、体育等课程。陈灵均以前从来没有接触过音乐和美术，感觉很新奇。美术课一般都是照着书上的范本临摹，他觉得全班都画一个样没意思，故意在自己的素描画的某个角落添上一两只小鸟、一只桃子或几根小草。音乐听起来容易学起来却很难，他发现自己只要一出声，不是节拍比别人快就是慢，音调也显得特别奇怪，就像故意捣乱似的。老师常常停下来问："刚才是谁发出的怪声？"同学们都哈哈大笑，他只好光张嘴不出声，生怕自己再出洋相。

班上有些同学很喜欢传纸条，一到自习课纸条就满教室飞。陈灵均一直猜不出纸条上到底写着什么。星期三的下午，他正在做数学作业，脊背上突然被人戳了一下，回头一看，戳他的是何宏伟，隔四五排有好几位同学朝前探着身子小声喊："就是那个！""不对，是后面那个！""往右传！""给你前面那个！"周华歆坐在他们中间兴奋地望着前面的人，两只手插在夹克衫的衣兜里，不时潇洒地甩一下额前的刘海。说话间，何宏伟已经把纸条塞到了陈灵均的手里。他把身子转回来打开一看，只见纸条上龙飞凤舞地写着：今天晚上七点半的电影是《南北少林》，我有两张电影票，你去不去？我在电影院门外等你。署名是周华歆。周华歆要请他看电影？不可能吧？他为什么要请他看电影呢？是不是有什么事需要他帮忙？陈灵均正在纳闷，何宏伟又戳了戳他，把纸条要了回去，递给了同桌蒋美丽。后面的同学激动地大声叫道："对了，这下才传对了!"

蒋美丽接过纸条看了一眼,马上用钢笔写了几个字又团起来扔到后面。周华歆和旁边的两个男生同时跳起来抢,结果头撞到了一起,谁也没抢到,纸团滚到了桌子底下,被坐在前面的艾慕蓉捡到了。周华歆跟她要,她不给,把纸团塞进口袋里,还咯咯笑着用双手死死地护住,非要周华歆到学校外面的小卖部给她买牛奶糖才还给他。

"大家都别吵了,老师马上就来了!"班长袁华站起来大声吼道。教室里的喧哗声瞬间变小了,所有人的注意力都集中到了他的身上,"今天下午上课前我去鲍老师办公室交班费的时候他说第二节自习课要来检查纪律,我估计快来了,大家都不要说话,赶紧写作业,我到门口侦察一下情况。"

袁华蹑手蹑脚地走到门口,手扶在门框上朝外张望了一会儿,突然转身飞快地跑回座位,惊慌地小声警告道:"老师来了,大家赶紧回到自己的座位上,把桌上的闲书都收起来!"

"骗人,老师怎么可能说来就来,就像跟你提前约过暗号似的。"坐在第四组第二排的曹丽军依然停留在周华歆的座位旁,拉着后面一位男同学的手在玩。曹丽军长着一张娃娃脸,平时特别贪玩。

其他同学听了也放松了警惕又开始吵闹起来。

"没骗你们,真的!谁要是不相信,那就等着老师剥你们的皮吧。"袁华的话音刚落,门外就响起了急促的脚步声。

曹丽军像老鼠一样赶紧溜回自己的座位,教室里顿时响起一片整理文具、书本和移动凳子的声音。

"曹丽军,你给我出来!"鲍书简怒气冲冲地走到曹丽军跟前,一把揪住他的衣领,就像抓住了刚刚行完窃还没有来得及逃跑的小偷一样,粗鲁地将他拉扯到教室中央的过道上,照着他的脸"啪啪"就是几个耳光,嘴里还发出一连串严厉的斥责声。耳光又脆又响,让人不禁联想起被斧头劈裂的木柴,抽打在石头上的皮鞭。

曹丽军的脸上马上显出几道红印,他双手捂住脸惊恐地左右躲闪着,眼里闪烁着泪花。鲍书简连打了好几下都落空了,便在他腿上狠狠地踹了一下,差点把他踹倒在地上。

教室里静悄悄的,所有的同学都不敢发出声音,只是低着头默默地写字,只有鲍书简嘶哑的咒骂声、近乎疯狂的拳打脚踢声,夹杂着曹丽军痛苦的呻吟声在回荡。

下课后，曹丽军趴在书桌上哭。艾慕蓉和叶华萍坐在桌子上津津有味地吃着奶糖轻声说笑，周华歆却像霜打了的叶子似的低着头走出教室。几位男同学好奇地追上来问："那个女生到底给你回了什么？"他苦笑着摇头摆手表示不想回答。

从此，班里的调皮学生对袁华的"小道消息"总是深信不疑，尽管他的消息有时也会失灵。

一个月后，班里正式选举班干部，袁华在多数人的支持下顺利当选为班长，陈灵均也以较高的票数进入了领导集团，被老师指定为我们上学时就是这样叫的，我也当过学习干事。选举结果刚一公布，后面立刻有人为袁华欢呼。何宏伟朝后看了一眼，冷冷地说："别看现在有些人把他像神一样捧着高兴得不得了，等到将来有一天在社会上混不下去了，就知道自己到底是沾了他的光，还是被他害了。"

八

9月的最后一个星期天恰好逢集，何宏伟叫上肖子熠和陈灵均一起逛街。街上人山人海，马路两边全是摆摊做生意的人，有些是一大早从附近的村庄挑着担子赶来的农民，有些是城里专门做二道贩子的市民，有卖蔬菜、鸡蛋、瓜果的，也有卖鞋垫、袜子、小百货的，琳琅满目的商品似乎在向路人或鼓胀或干瘪的钱包发出无声的召唤，引得好多人驻足观望。开车的司机不耐烦地按着喇叭，艰难地从人缝中穿过，从门市部里飘出的流行歌曲与巨大的喧嚣声混合在一起，使这个不足五万人口的小县城显出少有的繁华景象。何宏伟指着路边一位戴着墨镜骑着摩托车，车子前面的铁网兜里放着一块五六斤重的猪肉的男人说："这个人肯定是油矿上的。"

陈灵均问他："你怎么知道他是油矿上的职工？"

何宏伟说："咱县上的人里头数油矿上的干部职工最有钱，你从那穿戴和花钱的气派就能感觉出来。"

他们又往前走了几步，肖子熠看到一位穿着白色上衣黑色健美裤，肩上背着玫瑰色皮包，耳朵上垂着两只很大的银耳环，化着浓妆的女人，悄悄地问何宏伟:"这个女人也是矿上的吧?"

他非常自信地说:"是。"

说话间,那女人冲着骑摩托车的男人招了招手高声问:"你回矿上不?"

那个男人说:"回。来,我把你捎上。"女人坐上去以后,他踩了一下脚下的油门,两人绝尘而去。

三个男生先到百货公司逛了一圈,在门外的地摊上给肖子熠买了一双袜子,又到对面的邮电局给何宏伟寄了一封信,然后到新华书店看了一会儿书,走到西街,再沿着河边的外马路往回走。虽然已经是秋天了,阳光依然很强烈,路边一棵树也没有,晒得他们满头都是汗。河畔上有一排新盖的铁皮房,全都是做生意的小门市部,其中一家门口的牌子上写着"冰棍"两个字。肖子熠伸出舌头舔了舔干巴巴的嘴唇,用十分天真的语气说:"要是有人能请咱们三个人一人吃一根冰棍该多好!"

"想得倒美!"陈灵均笑着在他胳膊上拍了一下。

"宏伟,你在这儿干啥?"冰棍店里突然走出一位中年男子,拉住何宏伟热情地跟他打招呼。

"三老姨夫,我在县中学上初中哩,你在这儿干啥?"

"我在这造冰棍、卖冰棍哩。刚开的门市,生意还没开张呢。你上初几了?"

"初一。"

"这是你的同学吧?一起进来参观一下我的冰棍厂。"那人不容分说拉着三个人进了自己的小作坊。所谓冰棍加工厂只有一间房子,里面的空间很小,光线非常差,所有的东西看上去都是黑乎乎的,其中包括一些黑色的机器。那人介绍说那是他购买的生产冰棍的旧设备。房子中间最显眼的位置支着一口大铁锅,里面盛着半锅水,颜色脏兮兮的,很像家里的洗锅水。那人说那就是用来造冰棍的水。有不少苍蝇在锅边飞来飞去,一只苍蝇竟然在陈灵均的脸上放肆地碰了一下又飞走了。

从何宏伟和他三老姨夫的谈话中陈灵均得知,这位老板原先在自行车修理铺当工人,由于厂子效益不好倒闭了,就出来自己做生意。

"今天天气很热,一人吃一根冰棍解解渴。"何宏伟的三老姨夫不知道从什么地方拿出三根雪白的冰棍硬往三个人手里塞。陈灵均和肖子熠连忙说不吃往门外躲。何宏伟接过一根冰棍尝了一口,点着头说:"很甜!"然后把那只冰棍噙在嘴里，接过另外两根跟亲戚道了别，出来后分发给两人。陈灵均说什么也不吃。肖子熠愉快地代他接受了，还毫不客气地指责他说："别假干净了，人常说眼不见为净。你一天天吃学校大灶上的饭，知道大师傅做饭前洗手不？蒸馍的面里有没有掉进去苍蝇、钻进去老鼠？你再看大街上卖的油条、饼干和糖，谁知道是怎么生产出来的！现在做生意的人眼里只有钱，没有几个是真正有良心的人。他三老姨夫还敢让你进去看自己的冰棍厂，有些人加工食品的地方连看都不敢让你看呢！"

肖子熠说的的确是实情。学校大灶上的馍馍里老是能吃出煤砟子，稀饭里也常漂着虫子，有一次他还从菜汤里夹出了老鼠屎。

可那些东西再脏都是经过高温处理的，冰棍可是凉的，陈灵均怕吃了拉肚子。他从小就爱拉肚子，所以吃东西的时候比较注意，不敢吃的东西绝对不吃。"你一次吃两根冰棍多不多？吃了小心肚子疼。"他担心地对大口大口舔食着冰棍的肖子熠说道。

"我的肚子是铁肚子，从来不知道肚子疼是什么滋味。"肖子熠十分自信地说道。

何宏伟问两位同学参观了冰棍厂以后有什么感想。

肖子熠说："我终于知道原来黑的就是这样变白的！"

陈灵均沉默了半天才说："城里人挣钱太容易了！"

虽然白天外面的天气十分炎热，但是晚上躺在宿舍里却感觉有几分阴冷。隔着毛毡和褥子陈灵均都能感觉到土坯下面散发出来的潮气和凉气，尤其是脊背下面紧贴着炕面的地方更加明显，让人觉得就像是睡在冰块上一样。学校的宿舍是窑洞，像陈灵均农村的家里一样也垒着土炕，但是平常灶坑里从来不生火。有些学生说到了冬天学校肯定会给炕洞里烧火的，可是临睡前陈灵均仔细地观察了以后发现，土炕的烟囱被人堵得严严实实，根本就生不成火。现在还是秋天宿舍里就这么冷，到了冬天可怎么办呢，难不成要让这群小伙子就这样硬扛吗？他正在惴惴不安地想着这个关系到每个人切身利益的问题，身旁的肖子熠连翻了两个身，似乎睡得很不安稳。

"你怎么了？"他轻轻地戳了一下肖子熠，小声问道。

"肚子有点胀痛。"

"我说不敢吃那么多冰棍你偏不听，赶紧起来喝点热水暖暖肚子。"

"管用不？"

"多半能管用。我以前肚子凉了我妈常让我喝热水。"

"再等等看吧。"肖子熠用手捂着肚子趴在炕上，似乎不太想起来。陈灵均一声不吭地爬起来光着身子下了炕，从暖水瓶里给他倒了半碗开水。肖子熠喝了以后，过了一会儿惊喜地对他说："还真灵，肚子不胀也不疼了。"

第二天陈灵均问何宏伟昨天晚上有没有感觉不舒服，何宏伟说啥感觉也没有，他便放心了。

10月以后，天气越来越凉，宿舍里冷得就跟冰窖似的，学生们天天盼着能生火取暖，结果盼来的却是一只放在地面上的铁炉子。晚上临睡前，男生们你加一铲子煤，他加一铲子煤，都害怕半夜早早地被冻醒。肖子熠说："别加了，小心晚上睡着后煤气中毒。"

"就是，煤燃烧不充分会释放出一氧化碳，对人的心脏和神经系统有损害。"陈灵均用自己在书上学到的知识补充道。

"咋也不咋，我们家常都这样。"何宏伟满不在乎地说道，顺手又铲了两铲子煤灰压在熊熊燃烧的炉火上面。经验告诉他，这样会让炉子里的火苗变小，燃烧的时间更长。

"你别不相信，我爷爷是赤脚医生，他说每年冬天咱们这儿都有煤气中毒的人，有的还没拉到县医院就死了。"肖子熠强忍着内心的急躁耐心地解释道。

"我没听说过，反正这种事应该不会落到咱们头上。"何宏伟笑嘻嘻地根本不当回事。

脱了衣裳睡到炕上以后，离炉子最近的陈灵均被浓烈的煤烟味呛得一个劲儿地咳嗽，他不得不用被子遮挡住口鼻，好让自己的呼吸稍微顺畅一些。他从来没有在烧煤的房子里睡过，心里难免有些害怕，不知道自己能不能平安地活到第二天早上，同时也暗暗地为全宿舍的人担忧。

"呛死人了！"睡在他前面的肖子熠恼火地说了一句，从炕上爬起来，踉踉跄跄地跨过前面几位同学的身体走到窗户跟前，把窗户打开一半，然后又小心翼翼地踩着炕沿回到自己的位置上睡下。

睡在门口的拓小军马上爬起来又把窗户关上。

"你干啥呀，不怕闷死吗？"肖子熠又起来打开。

拓小军再次把窗子关严，顺口还说了一句："闷死总比冻死好！"

这下把肖子熠彻底惹火了，他"噌噌噌"几步跨到前面，拽起穿着背心的拓小军就打，嘴里还气急败坏地给他讲煤气中毒的严重性。拓小军自然也不是吃素的，两人很快就扭打到了一起。睡在两边的同学赶紧爬起来，光着身子躲闪到一旁，还没有看清是怎么回事，只听"扑通"一声，肖子熠和拓小军先后从炕上滚落到地上，滚得浑身都是土。何宏伟和陈灵均刚要拉架，身强力壮的肖子熠已经把拓小军压倒在地上，骑跨在他身上高举着拳头问："你服不服？"拓小军说："服了。""我打你打得对不对？""对。"肖子熠放开拓小军，一把将他从地上拉起来，关心地问："打疼了没？"拓小军揉着肩膀和屁股说："有点疼。"肖子熠说："对不起，我本来不想打你，可你实在太气人了，一点道理都不讲，把我都快气疯了。你知道吗？我打你不是为了我自己，是为了咱全宿舍人的命。你能理解不？"拓小军说："我刚才不理解，现在已经理解了。"两人拥抱了一下就没事了。

"你们俩真是大气的爷们！"陈灵均情不自禁地冲他们竖起了大拇指。其他人也纷纷表示钦佩。

但是宿舍里的这番动静不凑巧被执勤的老师听到了，站在外面骂了一气，第二天就给鲍书简说了。上早读课的时候，肖子熠和拓小军被鲍老师揪出教室罚站了一节课，并在班会上做了检查。做完检查两人还是笑嘻嘻的，就跟什么事也没发生一样。

从此以后，只要宿舍里生着炉子，不管什么天气，窗子始终会留出大约五厘米的缝隙。睡在最前面的几位同学怕晚上着凉感冒，头上都蒙着衣服睡觉。安全隐患消除以后，陈灵均晚上睡得特别踏实，肖子熠也是，有时他半夜醒来，还能听见他打呼噜呢。

第一次离家在外上学，陈灵均特别想念自己的父母和小伙伴，但是由于路途太远，交通不便，只能通过书信跟他们保持联系。赵志刚一共给他写了两封信，每封信都很短，说到自己的情况只用一句"我这里一切都好"就概括了，然后问陈灵均过得怎样，说他很想念他们在一起的时光，盼望着假期能跟他见面。期末考试前，从父亲的一封来信中陈灵均得知，赵志刚的情况并不好，他父亲得了肝癌，查出来的时候已经是晚期了，去医院前他已经猜出自己得的是什么病，所以家里人没有隐瞒他。得知自己的病情后，赵劲主动放弃治疗，回去安排好后事，便在家中等死，人已经瘦了很多。孙亮也有病了，两个月来一直在外面看病，他婆姨口风很紧，村里人谁也问不出他得的是什么病。

读完信，陈灵均的心里顿时冷飕飕的。他没有想到那个可怕的疾病还不肯放过这个多灾多难的小村庄，每隔两三年就会挑选出一两个不幸者，让他们受尽病痛的折磨后，在正值壮年的时候离开人世。他能够想象得出赵劲得病以后会给家人带来多么沉重的打击，他不知道好朋友赵志刚这段时间是怎么度过的，也不知道该用什么样的话语来安慰他，只能祈祷赵劲叔叔依靠奇迹战胜疾病，即便真的好不了，最起码坚持到放寒假让他再见上一面。赵劲心眼实在，为人厚道，经常帮他家干活，见陈灵均身体不好，常让赵志刚把家里好吃的送来给他吃，他特别感激这位叔叔。孙亮的病也让他十分担忧，他估计就连孙静好也未必知道他大得的是啥病，所以就没有问她，假装自己什么也不知道。

一学期很快就结束了。放寒假的那天早上，天阴得特别厉害，还飘起了雪花。家住离城较远的几个乡镇的同学聚在一起不无忧虑地分析说，如果下上一夜的雪，第二天班车一定会停发；下雪后要是地面结了冰，至少一个礼拜不会通车。大家商量了一会儿，决定马上动身步行回家，于是八名男女学生穿着棉衣棉裤背着书包在风雪中说说笑笑地出发了。雪片越来越大，越来越密集，但是这丝毫阻挡不了这些年轻人思乡的心情，他们步行了整整四个小时终于到了长河滩镇。有两个人到家了，其余的人寄宿在各自的亲戚、老乡和熟人家里，第二天又分成两队朝不同的方向继续行走。

陈灵均和孙静好沿着一座石桥过了河，向陡峭的大山上爬去。雪比前一天下得更大了，下得最厚的地方积雪有一脚深。放眼望去，四周所有的山川河流全都白茫茫的一片，仿佛盖着松软的棉被在安静地沉睡，往日里大片大片裸露的黄土和荒凉的原野不见了，取而代之的是一个洁净、丰满而又空灵的冰雪世界。伴随着嘎吱嘎吱的脚步声，雪地上不断塌陷的一个个歪斜的脚印打碎了昙花般的静美。

为了防止打滑，两人手挽着手，一人拄着一根棍子往山上走。棉鞋很快就湿透了，没有戴手套的手指也冻得通红，但是他们依然说笑着相互鼓励，谁也不愿意停下自己的脚步。

"我真想吃我妈蒸的馍馍，熬的米汤，腌的酸菜，要是再有半碗炒洋芋丝就更好了。不知道她有没有想到我今天回来。"陈灵均呷着嘴唇，脸上露出向往的表情。

"估计早就盼上了。"孙静好看了他一眼，突然收敛起笑容，忧心忡忡地说，"我大的病不知道怎样了，前段时间他在县医院住院的时候我见罢他，到现在已经快两个月没有见面了。"

"他得的是什么病?"陈灵均随口问道。

"肝病。"孙静好轻声说道，不自然地垂下眼皮。

陈灵均"哦"了一声，没敢再问，脑子里却不由得胡思乱想。

到了中午十二点左右，两人终于回到了熟悉的村庄。刚进村不久，便听到隐隐约约的唢呐声。从凄凉哀伤的旋律中不难判断出这是为亡人送行的曲调。孙静好的脸色"唰"的一下变了，哆嗦着嘴唇两条腿直打战，几乎是小跑着往家里赶，陈灵均紧随其后，也显得很紧张。

路过赵志刚家的窑背时，看到路口的老榆树上飘飞的岁数纸，孙静好把手放在胸口上似乎松了口气，陈灵均的脸色却越发阴沉起来。

"快看，小舅回来了！"

陈灵均刚走进自家的院子，就听见母亲在窑洞里说话。一进家门，就被母亲一把抓住胳膊，心疼地在身上摸索个不停。"我们灵均长高了，身体还是有点瘦！这�，把我娃冻坏了吧？饿了没？锅里有饭，洗上一把赶紧坐下吃。"

短短几个月的时间，他发现母亲的头发比以前更白了，脸上的皱纹也明显增多了，脸颊两侧还长出了不少老年斑。越过母亲瘦弱的肩膀，他注意到姐姐家的梦月和梦溪都在炕上坐着。梦月已经八岁了，头上扎着两个"小刷子"，穿着干干净净的白底红点上衣、黑裤子，害羞地望着他。五岁的梦溪穿着紫色碎花罩衫手里拿着一块馍片噔噔噔地跑过来，一点也不怯生，陈灵均刚把书包放到炕上她就蹲下翻里面的东西。他暗暗庆幸自己临走时买了几颗水果糖装在书包里，不然的话就太难为情了。

"我姐呢？我大呢？"

"都到你赵劲叔家帮忙去了，明天就埋人哩。"罗雪娥手扶着炕沿到了灶台边，准确地摸到锅盖，熟练地揭开，把里面的饭菜给儿子一一端出来。

陈灵均洗完手赶紧过去帮忙。

"我叔是几时殁的？"

"农历十二的晚上，日子看到十六了。志刚前天已经回来了，你吃完饭过去看看。"

馍馍、米汤、炒洋芋丝、蒸红薯，这些都是陈灵均在学校最想念的味道。整整一学期，除了在元旦的时候他吃了一份学校免费提供的肉菜外，大灶上的菜一顿都没有买过。从早上起来到现在，他一点东西都没有吃，肚子里早就腾出大片的位置准备迎接这顿盛宴，可是不知道为什么，饭到了嘴边却一点胃口也没有。梦月和梦溪嘴里都含着糖块笑眯眯地跑过来坐在他身边，用分外亲热的眼神看着他，一对对毛眼眼格外逗人。他给两个孩子喂饭都摇头说不吃。

"刚给她们吃过了。你好好吃吧，多吃点。"罗雪娥站在脚地上，似乎在聆听儿子吃饭的声音。陈灵均胡乱扒拉了几口饭，帮母亲收拾完碗筷便径直来到赵志刚家。

远远地他就看见赵志刚和两个哥哥披麻戴孝站在门口，稚嫩的脸颊和地上的雪一样白，三人一见他走到跟前便跪下叩头。这个举动深深地刺痛了陈灵均的心，他惊慌地也跪到地上将好朋友和两位哥哥一一搀扶起来，跟着他们走进了院子。村里凡是能干了活儿的人都在里面帮忙，就连捣蛋鬼吴小强也挑着水桶在担水，他的个头长得和他父亲差不多一样高，脸上还是那副浪荡模样。他在虎沟中学刚上到初一就因为和社会上的人打群架被学校开除了，后来又到河南一家武术学校学了半年武术，回来后成天在自家的院子里舞刀弄棒，吓得周围人都不敢理他。不过，从武校回来后，他见了人反倒比以前客气多了，"爷爷""奶奶""叔叔""婶婶"该叫的都叫，还时常豪爽地对村里人说"家里有什么事就跟我说"，看上去可仗义了。当过队长的陈来生向来是红白喜事上的主事人，他一脸严肃地站在院子中央指挥着众人有条不紊地进行着各项流程，不时有人走过来向他请教葬礼中的一些细节。吴有仁也背着手在院子里转来转去，对周围的人指手画脚。赵劲去世的时候只有四十七岁，家中上有老，下有小，亲人们都很悲痛。他的妻子哭得死去活来，最小的女儿用嘶哑的声音连声哭喊着："大，你不能走呀！我和我姐我哥还没有长大成人，你走了以后谁来管我们呀……"

赵劲穿着寿衣脸上盖着麻纸静静地躺在麦秸秆上，两只脚对着门用麻绳捆绑在一起，枯瘦的身体只剩下一把骨头。村里人都说他是吐血吐死的，他临死前吐了一大盆血。陈灵均烧完纸叩完头后，提出要为赵劲叔叔戴孝。

"不要这样，你还念着书，你的心意我领了。"赵志刚朝发放孝帽和孝衣的妇女直摆手。

"志刚，咱俩是好兄弟，你大就是我大，你就让我为他做一回干儿子吧。"陈灵均哽咽着说不下去了，赵志刚拗不过他只好默许了。

正在这时，陈来生在外面喊赵志刚的名字，让他到灵地里给打墓窑的土工送饭。陈灵均便陪他一起去。

"跑快些，灵地远，路又不好，走得慢了饭就凉了。"陈来生在后面大声嘱咐道。

两个小伙子一个用筐子提着饭，一个拿着酒，一路小跑着往灵地里赶。

土冻得太硬，打墓窑的工作进展很慢。八个男人分两组轮流作业，浑身上下全是泥土，个个手上磨出了血泡。他们每隔一小时吃一顿饭，喝一些酒，以补充体力、增加身体的热量。往常埋葬老人的时候，土工们在休息的间隙常说笑话、开玩笑，但是这次却显得很沉闷，除了关于工程进展的情况外很少说话。两个小伙子给这些同村的乡亲磕了头，送上饭菜和酒肉，看着他们吃完喝完，又匆匆赶回家里。下一顿饭陈来生已经叫厨子做上了，赵志刚的大哥接着送，陈灵均和赵志刚负责在门口迎宾。陈灵均注意到，葬礼上的气氛和往常大不一样，不少人聚在一起窃窃私语，脸上无不露出恐慌、疑惑的表情。

埋完赵劲的当天晚上，陈灵芳没有走，陈灵峰、陈灵辉兄弟二人先后来到父亲家里，一家人围坐在热炕上拉话。村里两年前已经通了电，陈儒生为了晚上看书写字时光线好一点，买了一个25瓦的电灯泡安在窑顶，照得窑洞里亮堂堂的。

"咱村里这几年不知道哪里不对劲，鹡怪子和信猴一直在村前村后轮换着叫，五年死了六个人，全都是二十几到四十几岁的壮劳力。最奇怪的是，有四个都是害了肝癌殁了的，还有一个是从土崖上掉下去的，一个喝了药的。村里人都说这地方不对劲，不能待了，有好多年轻人都搬到外头住去了。我和我婆姨商量了一下，也准备过一阵到长河滩公社的街上赁个窑住去。"陈灵辉一边用舌头舔着刚卷好的纸烟，一边斜着眼睛观察父亲的表情。

"去吧，现在在外头揽工、做生意比在农村受苦强。粮食已经不值钱了，去年玉米一斤才卖两毛，红薯一斤一毛都没人要，吃不完都喂了猪了。人家活道一点的人出去揽个工，做个小生意，光景都好过，光靠种地吃饭的人只能受一辈子穷。"陈儒生搂着在他怀里不安分地动来动去的梦溪静静地说道，似乎对儿子的决定并不意外。

"灵峰你有没有什么打算？"他把目光转向大儿子。

"我暂时还不想离开村子，好不容易把窑打下了，院子也收拾好了，正住得安安稳稳的，出去了啥也没有，感觉心里不踏实。再说你和我妈年纪大了，身边也得有个人照顾，我婆姨也快生了，等娃生下再慢慢说吧。"

陈儒生若有所思地点了点头，突然"哎哟"叫了一声，猛地抬起身子，捂住下巴露出痛苦的表情。

"梦溪，不敢拽爷爷的胡子！"不等众人反应过来，坐在炕沿边的陈灵芳一把将女儿从父亲怀里拉出来，高高地抬起手，恼着脸佯装要打。梦溪吓得直眨巴眼睛，板着小嘴"哇"的一声哭了。陈灵均赶紧将她抱过来心疼地哄起来。

"没事，你爷爷胡子那么多，少几根还能轻快点！"盘腿坐在后炕上的罗雪娥笑着说道，同时伸出一只手顺着陈灵均的膝盖探触到梦溪柔软的小身体，在她头顶的小鬏鬏上抚摸了一下，滑到脸上用手掌帮她擦拭眼泪。

"赵劲走了，这下再也不用受罪了。孙亮也不行了，不知道能熬过这个年不。"陈儒生长叹了一声接着又说，"村里这几天好多人都到他窑里看他，灵均回来了，咱一家人也去看看吧。"

"大，孙亮叔到底害的是啥病？"陈灵均赶紧问道。

"听说也是肝癌，家里人都哄他说是肝炎。这两年孙亮种烤烟挣下几个钱看病全花完了，听说医院里已经不给看了，他婆姨找了一个老中医开了些中药在家里熬着吃，还四处打听偏方弄来给他吃。赵劲走的时候五个娃还有三个没有成事，提前说好三小子跟他二大到城里念书，二女子跟他姑姑到天津去，三女子丢在妈妈身边。孙亮比赵劲小十岁，娃娃们一个都没有成事，女子比咱灵均还小一岁，小子还在上小学，往后的光景难过哩。"

陈灵均很早就知道赵志刚的姑姑在天津做生意，二大在县城邮电局工作，家里的光景都不错，他估计赵志刚跟他二大到县城去多半是以养子的身份，这对他的前途有好处。赵劲家本身娃娃多，家庭负担重，赵志刚又不爱学习，陈灵均一直为好朋友未来的命运感到担忧，他怎么也没有想到，他会以这样一种方式为自己找到了出路，心里说不清是高兴还是难过。一想到不久的将来，孙静好也将面临同样的厄运，他的心情分外沉重。另外，看到村里接二连三有人得上肝癌，他也不由得为生活在家乡的亲人倍感担忧。

"大，村里这么多人都得了不好的病，是不是这个地方真的有什么问题？要不，咱们也搬家吧？说实话，你们一年四季都待在村子里，我真的很害怕。"陈灵均望着父亲，苦苦哀求道。

"我的儿啊，你的心思大晓得。可大这么老了，出去能干啥？大除了这几块地，啥也没有，总不能出去跟人要饭吧？唉，人生死自有天命，是福是祸都逃不过。我和你妈就待在这里，老天爷想把我们怎样就怎样，反正活到了这把年纪，离死也不远了。只要你能出去，大就安心了。"

看到父亲一脸坦然的样子，陈灵均不好再说什么，只能尊重他的意愿。

九

赵劲的死让孙亮一家紧绷的神经越发受到刺激。凌晨五点多钟，天还没亮，被孙亮折腾了一晚上的白秀花刚刚合上眼，没过多久就被噩梦惊醒了，听见丈夫在身旁声嘶力竭地号叫着，烦躁地翻来翻去，似乎难受得很厉害。半个月了，他总是白天睡觉晚上叫唤，只要她眼睛一闭上就开始大喊大叫，一会儿要喝水，一会儿要撒尿，一会儿让她揉肚子，好像故意监视着她不让她休息似的。她每天最多只能睡三四个小时，头整天都是昏昏沉沉的，还要硬撑着干家务活，伺候自己的男人。孙亮的脑子时而清醒，时而糊涂，有时指着身上说这里疼，那里也疼，有时又指着门口说看见这里站着一个人，那里也站着一个人，让人根本分不清他到底是身体有了毛病，还是精神出了问题。这位三十七岁的小伙子灰黄的脸颊没有一点光泽，两只眼睛深陷在眼窝里，眼神涣散，神情木讷，穿着衣服的胳膊腿都很细，唯有肚子鼓得很高，隔着被子都能看出来。前些日子他还能下地让白秀花搀扶着坐到外面，这几天只能靠着被褥在炕上半躺着。

"秀花，不早了，赶紧起来熬药去！"他有气无力地命令道。

"才五点多，早着哩。"

"早什么，鸡都叫了，天明了。你要是不想熬，我叫静好熬去。"孙亮的话音里明显地带着火气。白秀花不再作声，穿好衣服下了炕，打开院门，从硷畔上抱了一摞干柴，把院子里墙根下的泥炉子生着火，回到窑洞里拿出一只药锅放在上面。药前一天就泡在锅里了，孙亮坚持说泡得时间越长药越能入味。他每天都要喝一大碗中药，还要吃各种各样的偏方，只要听说对他的病有好处，什么法子都敢尝试。他喝过童子尿，吃过活蝎子，一个月前不知从哪里听到一个方子，说是把生鸡蛋壳抠开一个洞，抓一只活的壁虎放进去，然后再把鸡蛋上的孔封住，放进锅里蒸熟吃能治肚子里的顽疾，这段时间天天念叨着要吃。白秀花给全村人都说遍了，各家各户都在帮她抓壁虎。寒冬腊月的，谁知道那玩意儿钻到哪里去了，太难找了。直到昨天晚上吴有仁才抓到一只，赶紧给她送来，她准备一会儿做饭的时候蒸给他吃。孙亮一直坚信自己的病能治好，他认为病拖了这么久，是因为没有找到正确的药方，为此不惜花大价钱买药。家里的积蓄很快就花光了，他恳求妻子借钱为自己治病。孙亮家的光景原先一直不错，他这人脑子聪明，手脚也勤快，不仅会种烤烟，还会自己烤，烤出来的烟成色很好，年年都能卖上好价钱，在村里的年轻人当中，他家是第一户住上石窑的人家。要不是得了这场病，他雄心勃勃地计划着还要再干几年，让全家人都过上好日子。他对妻子说："拉下饥荒不要紧，等我病好了肯定能挣回来。"即便是到了连馍馍团子都咽不下去，只能喝点稀米汤的地步，他还认为自己有救。

白秀花把熬好的药端到孙亮面前，孙亮用颤抖的手指端起盛药的大洋瓷碗，喝上两口，喘上几口气，再喝两口，慢慢地全喝光了。喝完药他不停地打嗝，用手摸着肚子，似乎里面胀得难受。"今天下午到交道镇卫生院去叫个医生，把我肚子里的水再抽一抽。"他皱着眉头若有所思地说道。见老婆没有吭声，他用手拍了一下土炕，抬高声调厉声问道，"我刚才说的你听见了没有？"大概是因为说话太用力了，他又开始咳嗽起来，气喘得更厉害了。

"听见了，你小声点儿，别把娃娃们都吵醒了。"白秀花用埋怨的眼神看了他一眼。在他们说话的中间，住在隔壁的孙静好已经醒来了，揉着眼睛打着哈欠正在穿衣服。

"鸡蛋蒸上了没有？"

"蒸上了。"

"你起来这么长时间磨磨蹭蹭地忙什么呢？赶紧端来！"

"别急，马上就好。你刚喝完药，好歹让肚子里的东西消化上一阵再吃。"

壁虎蒸鸡蛋做好以后，孙亮连看都没看一眼就迫不及待地塞进了嘴巴。可能是吃得太快，也可能是他的食管和胃已经接受不了这么生猛的食物，刚嚼了几口便"哇"地恶心了一下，差点吐出来。他吃壁虎的时候孩子们都躲到外面不敢看，听到里面的声音，孙静好朝窑洞里喊道："大，你吃慢点！"

孙亮擦了一下呛出来的眼泪继续吃手里的东西。突然又"哇"的一声，把前面吃进去的东西全都吐了出来。白秀花赶紧去找抹布，准备把吐到褥子和炕沿上的东西收拾干净。谁知她刚一转过身就看到了一幕让人目不忍睹的画面：孙亮弯着腰，用两只手捧起炕沿上的呕吐物，发了疯似的往嘴里塞，痛惜的表情就像被谁从身上剜了一块肉似的。

两行辛酸的泪水从白秀花的眼眶里涌了出来，怕丈夫看见自己失态的样子，她只好快步走出窑洞，站在一个角落里，捂住嘴无声地抽泣起来。孙静好看到母亲的样子刚要回窑里去查看发生了什么情况，被白秀花一把拉住了。

吃完早饭，陈灵均搀扶着母亲，跟在父亲和哥哥姐姐身后，走进了孙亮家的院子里。白秀花一见他们来了就把孙亮住的那面窑洞的门帘掀了起来，懂事的孙静好马上去给来客倒水，端来花生招待他们。

一进门，陈儒生就闻到一股热烘烘的令人作呕的气味，很像地里的烂苹果发出的臭味。他把带来的礼品放下后，看到孙亮就像怀孕的婆姨一样挺着大肚子半靠在被子上打着呼噜正在睡觉，示意白秀花不要惊扰他。但是孙亮很快就被周围人的说话声吵醒了，一脸漠然地看着来人。

正在跟陈儒生寒暄的白秀花赶紧给他使了个眼色，故意大声问道："阿叔，你看我们孙亮是不是比前一晌强些了？"陈儒生对着孙亮打量了一下，点着头说："是强了一些。"孙亮听了脸色变得好看多了，他让老婆把自己扶起来半坐在炕上，跟陈儒生拉起话来，提起家里的石窑、地里的花椒和烤烟，丝毫不提自己的病。陈儒生也把话题转到日常生活中，问他儿女们学习如何，家里的收成如何。

陈儒生把罗雪娥拉到孙亮跟前坐下，罗雪娥摸着孙亮的手背半天没有说话。孙亮咧着嘴笑着说："婶子，你能来看我，我真高兴！"然后像个孩子似的把她的手贴到自己的脸颊上。罗雪娥的嘴巴嚅动了半天，只说了一句："好好治病，啥也别想，只要你好好的比什么都强。"然后把他的手使劲握了握。

白秀花把陈儒生一家送到大门外后，生气地对他们说："前头来了一个外村的亲戚，一见到孙亮就说：我的好兄弟，多时不见，你咋变成这样了？孙亮一听就恼了，不管人家说什么都不吭声，你们说那人怎么那么不识相，哪有病人爱听这样的话，害得我也难受了半天。"

"孙亮晓得自己得的是什么病不？"陈儒生问道。

"不晓得。他从来不问我们，我们也不敢说。他心眼那么小，我怕他晓得了接受不了。你们不晓得，他肚子胀得厉害的时候就吼着让我拿针管给他抽肚子里的水。住院的时候医生给他抽过水，每次抽完以后他都能好受一些。我说我不敢，他就让我把针管拿来说他自己给自己抽，我不给针管他就骂我，还拿东西砸我……"白秀花说着说着就哭开了，"叔，不是我不心疼他，医生安顿过，自己不敢乱抽，抽不对了有危险。以前他没害病的时候不是这样，你知道，他原来脾气很好，从来不对家里人发火，总是嬉皮笑脸的爱跟人开玩笑。"

"唉，都是病把人折磨的，你不要跟他计较。"罗雪娥安慰道，"亮子也是个苦命人，年轻轻就害上这么个病。"说话间自己也不由得掉下了眼泪，陈灵均赶紧从母亲的衣兜里掏出一块手帕帮她擦拭泪花。白秀花点着头两眼泪汪汪地跟众人挥了挥手，看着他们走远了就回去了。

快走到家门口的时候，陈灵峰看见四周没有其他人，低声对父亲说："大，你说孙亮怎么那么傻？明明自己的病一天比一天重，连下炕的力气都没有了，怎么还没有想到得了绝症，离死不远了？"

"不是他想不到，是他不愿意去想。人常说好死不如赖活着。年轻轻的，家里有吃有喝，日子正好过了，哪个男人愿意丢下婆姨娃娃睡到冷冰冰的土疙堆里去！"

陈灵峰想了想，觉得父亲的话说得很有道理。

年前陈灵均见了孙静好好几次，每次问起她大的病情总是摇头，说他有时候昏睡很长时间不睁眼，有时醒来又含混不清地嚷着要女儿带他出去看病，骂她母亲心眼坏了，要活活看着他疼死、胀死，她母亲答应他过完年天好了再出去。

除夕的晚上，听到外面噼噼啪啪的鞭炮声，正在灶台前炸油糕的陈儒生如释重负般对坐在灶台前烧火的罗雪娥说："我看孙亮暂时不要紧了，咱就安安稳稳地过年吧。这几年白事太多，把人都折腾怕了。"

"是呀，我这几天一直提心吊胆的连觉都睡不好。饭马上就好了，灵均，赶紧到上头院子叫你大哥和大嫂去。路滑，让你嫂走慢点，马上就要生了，和你哥一起把你嫂招呼好。"罗雪娥说道。

正和陈灵辉一起拌凉菜的陈灵均答应了一声就跑出去了。

当天晚上，除了嫁出去的陈灵芳不在家外，陈儒生和三个儿子组成的大家庭算是团圆了，家里呈现出少有的热闹气氛。饭菜虽然都是农村人必备的酥肉、丸子、油糕之类的年茶饭，但是大家都吃得很高兴。吃完饭，陈灵均的二嫂秋雁去洗锅，陈儒生父子四个坐在炕上打扑克牌玩，一直玩到凌晨两点多才躺下。两个媳妇也挤在炕上睡着。按照惯例，吃了初一早上的饺子他们才回家去。

第二天早上天还没亮，罗雪娥就起来和面、包饺子。饺子包了快一半了，儿子和儿媳才相继爬起来。煮好饺子，秋雁把第一碗端给了陈儒生，第二碗给了即将临产的大嫂红梅，她知道罗雪娥的牙口不好，特意在锅里留了二十来个，为她多煮了一会儿。陈儒生和罗雪娥不停地劝红梅多吃点，暗暗希望她能生个男娃为陈家传宗接代。

过小年前孙亮家一直静悄悄的。罗雪娥对陈儒生说："是不是孙亮的偏方吃对了，把他的病治好了？"

陈儒生说："他得的是癌，不是感冒、肚子疼。要是那些偏方能起作用，外面的野医生早就成了神了！"

初七早上，陈儒生一家还没起床，门外突然传来急促的敲门声。陈儒生问了声："谁？"外面有个女孩说："是我，静好。"陈儒生赶紧起来打开门，孙静好和她弟弟扑通一声跪在他面前，哭着说："大爷，我大殁了！"

"几时殁的？"

"过年那天晚上半夜里殁的，前几天我妈不让我们出来说，说是等过了小年再发丧。"

"你大走的时候有没有说什么？"

"没有。"孙静好紧咬着嘴唇低下头，眼里扑簌簌滚下两行泪珠。

"我晓得了，马上就到你们家去。"

孙亮下葬的日子定在初九，时间太紧，为了加快打墓窑的进度，陈来生安排了十二个后生分三组白天晚上不停地打，用了两天一夜的时间终于把墓窑打成，只留下墓口的一小方土，等下葬的那天早上再铲去。

晚上八点钟，土工们从墓地里回来的时候，院子里已经拉了电线，挂上了电灯泡，孙亮家的院子中央摆了三张桌子坐着六个娘家人正在给晚辈"下话"。跪在地上戴孝帽的人很少，最大的十七八岁，最小的才五六岁。娘家人知道孙亮得的是不治之症，已经人财两空，不想让娃娃们跪得时间太长，简单地说了几句，喝了孝子敬的酒就让他们起来了。陈来生让乡亲们撤去院子中间的桌椅，按照辈分和来客与主家的亲疏关系，让众人有次序地给死者烧纸。一个月内安葬了两位乡亲，这头心力交瘁的"黑驴"失去了往日的神采，显得异常疲惫。孙亮的去世给他的打击很大。孙亮既聪明又能干，在村里威信很高，他本来打算推荐他当下一届村长的候选人，谁知他一病不起，不到半年的时间就走了。陈来生怎么也想不通，那么精神的一个小伙子怎么会得上肝癌。因为他知道孙亮生前不抽烟，不喝酒，也没有得过肝炎，平常身体很好，几乎连药都没吃过。他觉得眼前发生的一切就像做梦一样，不愿意相信那是真的，但又不得不接受现实。不过，让他感到欣慰的是，孙亮的两个孩子虽然年纪小，但是都很懂事，特别是女儿孙静好，自从父亲去世以后，母亲因为悲伤过度完全失去了正常的思维能力，她就像小大人一样当起了家里的小"掌柜"，无论遇到什么事情，都能沉着冷静地去面对，脑子一点都不糊涂。他常用爱怜的目光看着她，像父亲一样打心眼儿里心疼她。

烧纸快结束时，一个七八岁的男娃突然从外面跑进来叫陈灵峰，说他婆姨要生了。陈灵峰赶紧叫上陈来生的婆姨高慧琴往家里跑。高慧琴会接生，村里很多婆姨生娃都请她帮过忙。

刚开始红梅肚子疼得不太厉害，到了九点多疼得越来越紧，十点破了水，一直不见头下来。高慧琴显得有些焦急，双手合十不停地为她祈祷。早早地就守在媳妇身边等着小孙子出生的罗雪娥似乎也感觉有些异样，拉着儿媳妇的手安慰她不要害怕。

凌晨两点多，红梅突然抓住罗雪娥的手，大叫了一声，吃力地抬起身子牙齿咬得咯咯作响。过了半分钟又"嗵"的一声倒回炕上，头上全是汗珠。高慧琴往她身下看了一眼，惊恐地张大嘴巴刚要发出声音，马上用手下意识地捂在上面慌慌张张地出了门，径直闯进隔壁的窑洞里，对守在里面的陈儒生父子几个结结巴巴地说："赶紧把人往医院送，这个娃我接生不了。"

"为啥？"陈灵峰惊异地问道。

"下来的是脚，不是头！我从来没有接生过这样的娃。"

"啊?!"父子几个一起傻了眼。陈灵峰的脸色顿时变得像白纸一样，豆大的汗珠顺着脖子滚落下来。

"灵峰，你拿上一盒好烟去找一下吴有才，给他说上几句好话让他把拖拉机开出来，咱们几个把你嫂送到虎沟镇医院生去。"陈儒生第一个做出了反应。

"三更半夜的，路又不好，开着拖拉机往乡上走，能赶上不？就算到了那里，医院能接生了不？"陈灵辉满心疑惑地问道，"我听说他们只接生顺的、好生的娃娃，不好生的都打发到县医院去了。"

高慧琴和陈儒生都不吱声了。

"那怎么办，怎么办？大家赶紧想办法呀！"陈灵峰都快哭出来了。

"唉，要是咱村里能有个医生就好了。"陈灵辉喃喃地说道。

"我知道哪里有医生！"一直在默默关注着事态进展的陈灵均兴奋地大声叫道。

众人一起把目光投向他。

"后晌我和孙静好到我二大家去借箅篦，他家的炕上坐着一个很洋气的女的，是他婆姨的外甥女，我听见他们拉话的时候那女的说她在地区医院妇产科上班，她肯定会接生！"

陈灵均说的二大就是陈来生，陈来生跟陈儒生是叔伯兄弟，在家中排行老二，按辈分陈灵均叫他二大。陈来生婆姨的外甥女叫南婧，是新安地区人民医院妇产科的一名护士，她中午到邻村吃了同学家娃娃的满月酒，顺路来看望自己的姨姨和姨夫。陈儒生马上带着陈灵峰去找她。

南婧听陈儒生父子两介绍了产妇的情况后，为难地说："我是护士，不是医生，虽然在地区医院上班的时候也接生过娃娃，但是专业水平和真正的医生差得很远。再说咱们这儿既没有医疗器械和基本的药物，也没法消毒，这个娃娃又是难产，说实话，这种情况我还是头一次碰到，心里一点把握都没有。"

"没事，你就试试吧。你在大医院工作，肯定比我们农村的接生婆见得多，本事也强。"陈儒生恳求道。

"求求你，救救她吧，我们已经走投无路了。现在，你是我们唯一的希望，除了你，我们找不到任何医生，大人娃娃只有死路一条！"陈灵峰扑通一声跪在地上，向南婧连连叩头。

"兄弟，不要这样！不是我不想救，实在是能力有限，我不敢保证能把这个娃顺利地接生出来。即便是娃好好地生出来了，大人和娃娃也有可能出现出血、感染、窒息等并发症，万一出了事，我可是违法行医，要担负法律责任的。"南婧想把陈灵峰扶起来，可他怎么也不肯起来。

"姐，只要你尽力了，所有的责任我们自己承担，决不会牵连到你。我向你保证，不管人是死是活，我们都认了！"

陈来生见南婧还有些犹豫，赶紧打圆场说："南婧，你就帮帮他们吧。这些人我了解，都是实在人，不会跟你胡来的。要不，让他们立个字据，这样你心里也踏实些。"

"算了，救人要紧。既然情况紧急，我就豁出去了。给我拿一瓶度数最大的白酒，再准备几块干净的毛巾，一把剪刀，最好是新的，从来没用过。"南婧马上提出了要求。

陈来生从自家的柜子里拿出一瓶五十二度的白酒问她行不。她说行。陈灵峰说新毛巾和新剪刀他家里都有，南婧说了声"好"就跟着他们急匆匆地出了门。

到了陈灵峰家，孩子的一只脚已经全露到外面了。南婧让红梅先不要用劲，把其他人都打发出去，只留下高慧琴给她当助手，让陈灵峰在婆姨身边给她打气，秋雁负责烧水、递东西。她脱下棉袄，把衬衫的袖子一直挽到大胳膊的根部，然后洗了手，把双手朝上举着，让高慧琴顺着指尖把酒往下倒，直到把胳膊肘以上所有的皮肤都浇遍才让她停下来。她用毛巾蘸着酒把孩子露在外面的脚丫擦了一遍，然后用手托着毛巾把孩子的脚使劲往里面送。那架势，活像一位老司机开着一辆马力十足的重型大卡车在填堵决堤的大坝。"吸气，放松，再放松！"她一边工作，一边指导红梅配合她。可是红梅生孩子的劲已经收不住了，南婧站在脚地上扎着马步，几乎用劲全身的力气在和产妇体内强大的力量对抗，头上很快就冒出了汗珠。

红梅头上的汗水早已流成了长河，她不停地呻吟着，挣扎着，脸色十分难看。陈灵峰用毛巾不停地给她擦拭汗水，在耳边不断地鼓励她，安慰她。

高慧琴惊异地看着南婧硬是一次又一次乘红梅歇劲的间隙加大力气，把那只脚送回了肚子里。但是她并没有停止按压的动作，依然在拼命地"填堵"。

过了一会儿，娃娃的屁股下来了，南婧似乎松了一口气，让高慧琴把剪刀在火上烤了拿来。她让剪刀稍微凉了凉，在红梅的身子下面剪了一下。一股鲜红的血液从伤口处冒了出来，流到了褥子上面。南婧没有理会，平静地对红梅说："可以用劲了。"

可是红梅却哭着说已经把劲用完了。南婧让高慧琴学着自己的样子继续用毛巾按住孩子的屁股，她爬上炕，跪在红梅的右侧，在她的肚子上一边按摩，一边对她说："红梅，你要好好加油，娃娃马上就生出来了，你再用上一点点劲，我们就成功了。你今天晚上的表现一直很棒，千万不能泄气，要加油啊！宝宝在里面正憋着气，时间长了会把他憋坏的！"

红梅忍着疼含泪向她点了点头。

坐在灶火前的秋雁早已耐不住性子也跑过来看，还没看清怎么回事，只听"扑哧"一声，一个白白胖胖的婴儿就"蹲着"生出来了，羊水喷了南婧一身。眼尖的秋雁一眼就认出是个男娃，高兴地刚要喊出来，看到孩子青紫的脸色又不敢出声。南婧把手伸进孩子嘴里掏出一些脏东西，弯腰捏住孩子的鼻子对着他的嘴吹了几口气，然后提起孩子的双脚让他头朝下离开地面，在脚心"啪啪"拍打了几下，孩子"哇"的一声哭了出来。哭声虽然并不响亮，但是却让炕上的那对年轻父母、炕下的三位女人和心惊胆战地在外面聆听这个窑洞里的声音的亲人们流出了泪花，发出了欢喜的笑声。

这天晚上，陈家人破例都走进"月子窑"去看望死里逃生的这对母子和他们的救命恩人，感激的话说了一遍又一遍，仍然觉得不足以表达内心的情感。陈灵峰见南婧的衬衫被羊水和血水溅得不成样子，掏出二十块钱让她回去买件新衣服，南婧说什么也不要："一件破衣服脏了就脏了，没事。回去以后洗洗说不定还能穿，万一洗不下来就扔了算了。只要大人娃娃都平平安安的，对我来说，比穿什么好衣裳都高兴。"陈灵峰只好拿了一些小米和红枣送到她的住处。

陈灵峰回来以后，看到父亲抱着小孙子很长时间都不肯放下，便乘机问他："大，你说给咱娃起个什么名字好呢？"

陈儒生说："咱娃是南医生接生的，要不是她，母子俩早就没命了。医生救死扶伤，受人尊敬，我看，就叫他陈敬医吧。"

"好，就叫陈敬医！等敬医长大了我一定要告诉他，是南婧医生救了他和妈妈，要永远记住她的名字，永远在心里感谢她、尊敬她。"

乘着两人说话的工夫，陈灵均轻轻地用手抚摸了一下侄儿的脸蛋，觉得他是一个伟大的奇迹，用爱心创造的奇迹。

回到家里，他躺在炕上心情久久不能平静。很小的时候他就从民间传说和书本上了解到，中国古代历史上有黄帝、华佗、扁鹊、李时珍、张仲景等名医，他们利用祖国的传统医学为百姓诊治疾病，留下了许多动人的故事。他不明白，如今社会已经发展了上千年，政治、经济、文化等各个领域都有了很大的进步，为什么他们这条塬上竟然连个医生都没有，离他们最近的乡镇医院还处在极低的医疗水平，不能解决老百姓最基本的就医问题。大嫂和小侄命悬一线与死神擦肩而过的惊险经历以及村子里接二连三不断有人得病死亡的奇怪现象，让他深切地认识到医疗对人们的健康和生活的重要性。南婧在凶险的疾病面前勇敢、果断、冷静、沉着的表现和宽广无私的胸怀给他留下了非常美好的印象，他发誓长大以后一定要当一名医生，用高超的医术和高尚的医德为自己的母亲和千千万万的穷苦老百姓解除病痛。

开学后过了一个星期孙静好才来上课。不久，赵志刚也转到县中学读书，分在初一（三）班。他平常不住校，住在他二大家里。课间十分钟的时候，三个好朋友常在一起聊天。孙静好总是一副心事重重的样子，她说她本来不想上学，是她妈妈非要她来不可。陈灵均知道她在普通班成绩不错，就问她为什么不想上学。她说她父亲去世以后，家里欠下不少债，他们姐弟俩都在上学，花费很大，她母亲一个人在家里劳动，负担很重，她怕把母亲累坏了。两个小伙伴都劝她不要过于担心，相信一切都会好的。陈灵均又问赵志刚来到城里以后感觉怎样。他说他二大、二妈对他很好，他和堂哥堂姐的关系也处得不错，只是对新环境还有点不适应，总感觉自己跟客人一样，不能完全融入这个新家庭当中。陈灵均和孙静好安慰他不要着急，慢慢来，凡事都有个过程。

<h1 style="text-align:center">十</h1>

"……曹丽军，曹丽军！"鲍书简点名时见没人答应，狠狠地瞪了一眼右侧墙角的空位置，宽大的鼻孔因为牙齿咬得过紧被撑得更大了，鼻翼在快速地翕动。

"蒋美丽！"

"到！"

"何宏伟！袁华……"

点完名，鲍书简威严地看着全班同学大声说："我宣布一条纪律：从今天开始，如果谁累计迟到二十次，旷课十节，立即开除！"顿了顿，他问袁华，"曹丽军到目前为止迟到多少次了？"

"十五次。"

"旷课多少节？"

"四节。"

"好，我记住了。"

底下的同学立刻"嗡嗡"地议论起来。

"他到底是怎么回事？家里没有大人，也没有表吗？"乔艾艾觉得不可思议。

"谁知道呢，原因恐怕只有他自己最清楚。"陈灵均冷笑着说道，心里非常看不起这个没有任何纪律观念的干部子弟。

从开学第一周开始，曹丽军三天两头迟到，有时还旷课，一进教室就打哈欠，两只眼睛血红血红的，就像得了红眼病似的，上课的时候老趴到桌子上睡觉，作业也不按时交，常有代课老师反映到鲍书简那里去。

"好了，大家都安静，现在开始上课！"鲍书简话音刚落，教室里立刻变得静悄悄的。"今天我们要学习的是宋代女词人李清照写的一首词《如梦令·常记溪亭日暮》，请大家和我一起朗读：常记溪亭日暮，沉醉不知归路。兴尽晚回舟，误入藕花深处。争渡，争渡，惊起一滩鸥鹭。很好。"

鲍书简先对李清照的生平做了一个简单的介绍，说她是"千古第一才女"，文采十分出众。"你们看，这首词虽然只有短短的几句，但是却像一段彩色宽银幕电影，把夕阳西下时一群贪玩的女孩子匆匆忙忙划着小船回家的画面、白鹭扇动着翅膀从眼前飞起的瞬间发出的惊叫声、女孩们嘻嘻哈哈的说笑声、水面溅起的团团水花，甚至还有藕花的颜色、香味同时展现在读者面前。这是多么美好的意境！由此可见作者的写作水平确实非同一般。李清照还用同一个词牌写过一首词，有没有人知道？"

大部分学生面面相觑，一副茫然无知的样子，只有陈灵均一个人高高地举起了手。鲍书简让他回答，他马上流利地背诵道："昨夜雨疏风骤，浓睡不消残酒。试问卷帘人，却道海棠依旧。知否，知否？应是绿肥红瘦。"

"回答得很好，坐下。绿肥红瘦，这是多么新奇的比喻！她的作品中经常会出现这样别出心裁的佳句，比如：莫道不消魂，帘卷西风，人比黄花瘦。用黄花来形容人消瘦的样子，一般人是绝对没有这么丰富的想象力的。我们在写作时要学习她这种大胆的修辞方法，不要习惯于使用现成的词组。哪位同学知道刚才的这句出自她的哪一首词？"鲍书简见陈灵均又一次举起了手，便让他回答。

"这首词出自李清照的《醉花阴·薄雾浓云愁永昼》，原文是：薄雾浓云愁永昼，瑞脑销金兽。佳节又重阳，玉枕纱厨，半夜凉初透。东篱把酒黄昏后，有暗香盈袖。莫道不销魂，帘卷西风，人比黄花瘦。"陈灵均不慌不忙地答道。

"回答得非常好！由此可见，陈灵均同学是一个特别爱学习的学生，平时阅读了大量的课外书籍，积累了丰富的文学知识。前段时间，《中学生作文》上刚刚发表了他的一篇散文，写得很不错，其他同学都要向他学习。要想学好语文，光靠死读课本上的内容是远远不够的，业余时间要多看看古典文学、中外名著，多观察，多思考，勤练笔，同时还要做到活学活用。你们看他平时写作文的时候就能很好地把这些东西运用到文章中，同样的作文总能表达出不一样的思想情感，让人读后有耳目一新的感觉。"

听了老师的话，周围的同学用既惊奇又钦佩的目光看着陈灵均，就像在教室里突然发现了一块稀世珍宝似的。乔艾艾表现得最为惊讶，她转过身来，不停地上下打量自己的同桌，仿佛直到这一刻她才真正了解了眼前的这位男生。

"好了，我们再转回到刚才的话题上，《醉花阴·薄雾浓云愁永昼》写的是重阳节的时候李清照对丈夫的思念。说到这里，我们就不得不提到她与丈夫赵明诚的爱情故事。李清照出生在一个官宦人家，母亲是名门闺秀，她从小受到了良好的教育，这在古代是非常难得的，因为传统观念认为'女子无才便是德'。因此……"鲍书简正讲到兴头上突然被一阵敲门声打断了，皱着眉头停顿了一下，边往教室门口走，边接着讲，"在当时的社会，她作为一名女性，能够读书识字，是非常幸运的，更为幸运的是，她十八岁时认识了丈夫赵明诚并与他结为夫妻。赵明诚同样爱好文学，还喜欢研究金石，两人志同道合，堪称灵魂伴侣。赵明诚虽然也很有才，但是大家都认为他写的词不如李清照写得好，他心里很不服气，就关上门用三天三夜的时间苦思冥想，填了五十首词故意和李清照写的混在一起让朋友看，问哪一个最好。朋友看完后说：'只有三句好：莫道不销魂，帘卷西风，人比黄花瘦。'……"

在这中间，他一直滔滔不绝地讲着，把门打开，示意门外的曹丽军进到教室里，然后又关上门，慢慢地踱回到讲台上。讲完课，他拉下脸对曹丽军说："怎么又迟到了？你还想不想再上学了？实在不行就把家长叫来。什么？还没回来？一回来就到我这儿来！袁华，赶紧记上，曹丽军又迟到一次，现在一共迟到多少次了？"

袁华说："十六次。"

"一会儿把新的纪律告诉他。"

下课后，鲍书简刚一打开门，一股冷风"呼"地吹进教室，坐在门口的几位同学一齐"哦"地尖叫了一声，嘴里直喊："冻死了！"鲍书简从门口退回来，站了一两分钟又出去了。袁华搂住曹丽军的脖子说着悄悄话也出去了。其他同学有的跑出去上厕所，有的站在教室里闲聊。只有陈灵均独自坐在座位上发呆。

他的脑海里正在想象李清照年轻时的模样，觉得她应该是一位端庄秀丽、富有灵气的女子，举手投足间既有文人的风雅，又不失少女的活泼。他喜欢她多情的性格和过人的才华，希望自己将来也能遇到一位像她那样的灵魂伴侣，彼此志同道合，心心相印。她喜欢"红肥绿瘦"，他喜欢"云减星添"，他们"执子之手，与之偕老"。他若说"醉里笑看双鬓白"，她必对"醒时空对烛花红"。她只要说一句"朗月清风，浓烟暗雨"，他就知道她心中惆怅失落，又记起了陈年往事。她敏感脆弱，惜春悲秋，他一定要带她走遍山野，看那繁星般的果实如何让瘦削的秋天日渐丰满，凝蓝叠翠，流金吐瑞。在他短短的生命当中，还没有遇到过像她那样令人神往的女子。长这么大，他只跟两个女孩近距离接触过，一个是孙静好，另一个就是蒋美丽。孙静好跟他从小一起长大，两个人就像兄妹一样相互关心相互帮助，她纯朴可爱，心地善良，但是她不喜欢文学，也不了解他心中的梦想，不可能走进他的内心与他产生如此浪漫的爱情；蒋美丽长得的确美丽动人，但是她是在优越的家庭环境中长大的，对物质生活要求很高，在精神方面则比较贫乏，也跟他没有共同语言。尽管在别人看来，他这个长相丑陋的穷小子根本就配不上她，不知天高地厚地把自己跟拥有众多追求者的"白雪公主"放在一起，简直就是对她的亵渎。但他就是这么孤傲。他一直记着父亲说过的一句话："人不可有傲气，但不可无傲骨。"

"变天了，我看又快下雪了。"何宏伟上完厕所回来冻得直搓手。已经是4月了，教室里早就不生炉子了，大部分同学穿得比较单薄，四周响起一片踩脚声，就像在跳集体舞似的。陈灵均也冷得直打哆嗦。这个季节对他来说衣服最难穿，冬天的棉袄太厚，脱下棉袄只能穿线衣和外套，又显得太薄。他从座位上站起来，原地活动了一会儿手脚，上课的铃声很快响了，外面的同学纷纷跑进来，袁华和曹丽军几乎是在铃声停止的最后一秒跑进教室的。

"政治课结束了。"何宏伟笑着说道。

"什么政治课？今天没有政治课呀。"乔艾艾奇怪地问道。

"袁华给曹丽军上的政治课。"陈灵均说道。

到了课间操的时候，外面已经飘起了雪花，风刮得更猛了，学校院墙内的大树疯狂地摇摆着，就像一群魔鬼在乱舞。操场上空和往常一样回荡着一个男人洪亮有力的声音："第六套广播体操，现在开始……"

带操的体育老师没有来，各班也没有组织学生做操，学生们缩着脖子就像春天的小燕子一样一排排站在屋檐下，把双手笼进袖子里，或者插在裤兜里说笑。就在这个时候，蒋美丽的妈妈和乔艾艾的妈妈急匆匆地先后来到教室，拿着厚衣服当着学生们的面让自己的孩子换上，又把薄衣服带走了。惹得那些家在农村的学生好不羡慕。

上第三节课的时候，雪花变成了雪片，一簇一簇地往下落，地面很快就变白了，天气也更加寒冷。

中午放学以后，陈灵均回到宿舍把厚棉袄又翻出来穿上，感觉身上暖和多了。他吃完饭早早地来到教室里看书，一推开教室门，发现里面有很多灶外生，艾慕蓉、叶华萍、周华歆、蒋美丽、何宏伟等人都围在一起听袁华说话。

袁华说："我已经问过了，曹丽军说他爸爸调到外地工作去了，他外婆病了，他妈妈这段时间一直在老家照顾老人，家里只有他一个人。他嫌一个人住着太寂寞，就叫了几个二班的男生陪他一起住。那几个男生跟他住在一个院子里，都不爱学习，弄来一台录像机，几个人常在家里看录像，有时看到一两点才睡觉，所以，早上起不来，下午老睡不醒。"

"哦！"众人这才恍然大悟。

"那他平时怎么吃饭？"艾慕蓉好奇地问道。

"自己胡乱做，或者到外面随便买点吃的。他说只要饿不死就行了。"

"他爸爸给的钱不够吗？"

"钱倒是给得不少，都让他胡花了。"

"好好劝劝他，不要再跟那些人一起混了，再混下去就麻烦了。"蒋美丽跟曹丽军是小学同学，对他最关心。

"已经劝过了，他也答应了。可是不长记性呀！"袁华一脸的无奈。

"千万不能让老师把他开除了，初中都没有毕业，让他到哪里去呀。"何宏伟说道。

"就是！"几位女同学对曹丽军面临的危险状况也纷纷表示同情和担忧。

"你们都吃了没？"陈灵均赶紧问道。

"吃了，何宏伟在大灶上给我们一人买了一个馒头，喝了点白开水凑合了一下。"艾慕蓉拍着何宏伟的肩膀笑着说道。

上晚自习课的时候，陈灵均身上突然开始发冷，回到宿舍就发烧了。他没有告诉任何人，喝了一碗开水，一声不吭地躺到冰冷的土炕上盖上被子睡觉。到了半夜里，全身就像被炉子烤着了似的，热得特别难受，就连鼻子里呼出来的气都是热的，脊背又酸又痛，仿佛有无数根细针在往肉里扎。宿舍里很黑，周围静悄悄的，舍友们一个个睡得正香，呼噜声此起彼伏。肖子熠翻了个身，用手在大腿上使劲拍了一下，又挠了几下，嘴里嘟囔着骂人的话，大概是被虱子咬了。炕上的虱子很多，个头又大，颜色是青色的，大家都叫"墙虱"。有人说那玩意儿是从潮湿的墙缝里钻出来的，也有人说是被不讲卫生的人带进来的。学校里没有洗澡的地方，外面的澡堂子又太贵，有的同学一学期都不洗一次澡。他忍着难受劲儿继续睡觉，梦见自己其实并不是睡在学校里，而是家里的热炕上，母亲就站在脚地上。她摸了摸他的头说："受凉了，吃点药吧。"然后一步一步慢慢地走到柜子前，打开柜门，从里面摸出一盒感冒药取了一粒放在他手里，又倒了一碗开水摇摇晃晃地端到他面前："吃吧，吃了就好了。"

他的心里特别温暖，刚要张嘴吃药，梦醒了。回想起梦中的情景，他的内心异常酸楚——这个可怜的女人自己有了病都没药吃，怎么会在儿子发烧的时候从家里拿出药？他突然特别想念母亲，用被子捂住头，在被窝里无声地哭泣起来。过了一会儿，他迷迷糊糊地又睡着了。一觉醒来，天已经亮了，身上的烧也退了。心里想，这大概不是感冒，而是"思想病"。

"曹丽军呢？曹丽军是不是今天又没来？袁华，他迟到多少次了？"星期五的语文课上，鲍书简一看到第二排的空座位就气呼呼地问道。

陈灵均紧张地注视着袁华。如果他没有记错的话，曹丽军已经迟到十八次了，加上这一次就是十九次，再有一次就被开除了。

袁华低头看了一下考勤本，非常镇静地回答："十五次。"

"不对吧？我记得上次好像已经是十五次了，你的考勤到底是怎么记的？"鲍书简快步走到袁华面前，拿过他的考勤本翻了两页扔回原处，眼睛里露出怀疑的目光，"咋这么乱？"

"老师你别急，等下课以后让我再从头开始好好地算一算。昨天晚上没睡好，我现在头有点蒙。"袁华用手在后脑勺上摸了两下，好像那里真的感觉失灵了。

"好吧，下课以后给我重报一下，再查查他旷课多少节了。"鲍书简回到讲台上清了清嗓子说，"现在开始上课，大家先把刚发下的卷子看一下……"

陈灵均心不在焉地听着课，不时回头看一眼表情郁闷的袁华，忍不住为他担心。期中考试，陈灵均考了第一，曹丽军考了倒数第一，几门主课加起来才六十分。他们班的平均成绩从原来的全年级第一降到了第二，因此，班里几个学习成绩最差的学生就成了鲍书简的眼中钉，肉中刺。从他的话语中，陈灵均能够明显地听出，老师已经下定决心要把这个差等生"踢"出去。袁华要是胆敢护着他，就等于跟老师作对。

下课后，袁华不好意思地对鲍书简说："老师，我刚才真的数错了，曹丽军迟到了十六次，不是十五次，旷课五节。"

鲍书简点着头说："差不多，等他来了让他到我办公室来一下。真是奇怪，他的家长这么长时间了一直没有回来，这娃娃没人管是不行的。"

就这样，整整一学期，曹丽军迟到的次数始终徘徊在十五、十六和十七之间，到期末都没有超过十八次，旷课的节数也没有增加。实际上，真实的数字已经超过了一半。

上了初二以后，曹丽军的外婆去世了，他母亲处理完后事就回来了。打那以后，他很少迟到、旷课，但是成绩已经下滑到差等生的行列，鲍书简对他不像以前那样关心了，注意力开始转向其他学生。这些人当中，既有成绩特别好的学生，也有中等生。鲍书简在给其他班的学生讲课时，经常提到他们班的陈灵均和何宏伟，还把陈灵均的作文当作范文读给其他班的学生听。

一天中午，孙静好两眼红红地来找陈灵均，说她母亲病了，她弟弟捎话让她回去。

"我估计她病了很长时间了，一直硬撑着不让我知道，直到睡到炕上爬不起来了，才同意把我叫回去照顾她。我已经请了假，回去以后，如果我妈的病好了我就回来继续上课，如果长时间好不了就不来了。"她神色黯然地说道。

"捎话的人没说你妈得的是什么病吗？"陈灵均小心翼翼地问道。

"没说。"

孙静好准备坐顺风车回去，陈灵均叫上赵志刚，两人帮她把东西拿到街上，看着她坐上车才回到学校。

孙静好回去以后，很长时间都没有回来。两个月后，村里传来消息说，孙静好的母亲去世了，她得的病和孙亮一样，也是肝癌。孙静好在亲友们的帮助下埋葬了母亲，直到期末才来学校办了退学手续。由于家里没有了经济来源，她弟弟也退学了。到这一年为止，向阳村已经先后有六人因肝癌去世，此事引起了县防疫站高度重视，派了一个专家组前去调查，那些人住在村子里查了好几个月也没有查出原因。村民们越发恐慌不安，又有一些人搬出村子迁移到别处谋生。陈灵均也多次写信劝父母和大哥搬离村子，不要在那里长期居住，但是他们都不同意。

十一

端午节过后，天气越来越热，陈灵均无意间发现班上好几个灶外生的桌上都放着颜色不同的饮料瓶，瓶子里装着深褐色的液体，看起来特别混浊。他好奇地问蒋美丽："你们喝的是啥？"

"饮料。"

他不信，又问肖子熠。

肖子熠说："中药。"

"哪有这么多人得一模一样的病！你就别骗人了，老实说，到底是啥？"

"是绿豆汤，泻火的，放了糖，很好喝，你尝尝。"肖子熠大方地把饮料瓶递过来让他喝。他不喝，肖子熠就走到他跟前硬往他嘴里灌，"喝一口嘛，又不会毒死你！"

"你不嫌弃我吗？"陈灵均红着脸问道。

"一个被窝都钻过，怎么会嫌弃你。"肖子熠把瓶子直接挨到了他的嘴上。这学期肖子熠搬到外面住去了，因为他爷爷在学校旁边租了一孔窑洞，条件比宿舍里好。

陈灵均没办法只好喝了几口，果然很好喝。肖子熠又从课桌里拿出一块跟生土豆片一样的东西让他吃："这个味道也不错。"

他咬了一口马上"呸"的一声吐了出来："这是啥呀，一股子泥腥味，太难吃了！"

周围的男生全都笑了起来："哈哈，上当了！"

"我也被骗了一次。"何宏伟悻悻地说道。

"没吃过吧？这是生姜。我爷爷说，冬吃萝卜夏吃姜，这样对身体有好处。现在天太热了，一定要注意防暑。"肖子熠像个医生似的一本正经地说道。

"是呀，我妈也这么说呢。"蒋美丽说道。

"城里太热了，还是我们塬上凉快，住在石窑里，中午还要盖棉被呢。夏天太阳落山以后，站在高原上，一眼望过去，到处都是绿油油的，风景特别迷人。风一阵一阵地从远处吹来，浑身凉丝丝的，就跟吹着电风扇一样。晚上吃过饭，搬个小凳坐在院子里的石桌前，摘几个杏，洗几个桃，切一个西瓜或几个小瓜，一边看天上的星星，一边吃水果，那日子，简直跟活神仙一样……"何宏伟闭上眼睛露出陶醉的神情。

一旁的几位同学都听呆了。

"你们家在哪儿？能带我们去看看不？"乔艾艾笑着问道。

"要是不远的话我也想去。"艾慕蓉刚好从外面走进来，听到何宏伟描述的乡村夏日美景，也被深深地吸引住了。

"好啊，随时欢迎你们。我们家住得不远，就在县城北面那条塬上的北阳村，步行的话得一个多小时，坐车的话也就半个小时吧。"

"那就说定了，放了暑假我们都跟你去玩。"乔艾艾抓住话头紧追不舍。

"我也要去！"

"还有我！"

几位城里同学一齐叫了起来。

"好，说话算话，一放假咱们就走。"何宏伟爽快地许下了诺言。

"太好了，太好了！我都等不及了。"乔艾艾拍着手连跳带嚷，一不留神，把攥在手里的发卡掉到了地上。她弯下腰刚要去捡，曹丽军"呼"的一下从后面跑过来，没有注意到她的动作，她也没来得及躲闪，后脑勺被曹丽军的膝盖重重地碰了一下，疼得她抱住脑袋蹲在地上当场就哭了起来。曹丽军见自己惹了祸，惊慌地折回身来，刚要说什么，从乔艾艾的嘴里突然蹦出一句骂人的话："臭不要脸！"在骂人前，她并没有抬头看撞自己的是谁。

"哎，我说乔艾艾，我不小心撞了你，是我不对，我可以向你赔礼道歉。可你骂我不要脸，没有一点道理，你的嘴也太赖了吧？"曹丽军不满地质问道。

"你把老娘都快撞死了，还嫌我骂你，我就骂你不要脸了，你能拿我怎么样！我还要骂呢，你小子好好听着……"乔艾艾的嘴快得就跟爆玉米花似的，骂人的话一串接一串，而且还花样不断，没有一句重复的。在骂人的过程中，她似乎已经获得了消除疼痛的力量，从地上站起来，面朝曹丽军直视着他骂。

"你到底有完没完？不要再骂了，再骂我撕了你的臭嘴！"曹丽军火了，举起拳头要打她，被前排的几位男生拦住了。

"你撕，你撕，怎么不撕呀？我谅你也不敢！你要是敢跟老娘动手，我就叫一帮人把你小子的皮扒了！"眼看曹丽军还要向前扑来，乔艾艾一点也不害怕，还在不停地辱骂他，骂人的水平和农村的泼妇不相上下。曹丽军反扑了几次没有成功，一边被邻桌拓小军推着往自己的座位上走，一边苦笑着对众人说："你们大家看看，这女子虎成啥样了，我不就是无意间撞了她一下嘛，就把我骂成这样，好像我吃了她家锅底稠的似的。"

打那以后，乔艾艾见了曹丽军就跟结下死仇似的，不是给他翻白眼，就是朝他啐唾沫，有时还无缘无故地骂他。好几位同学劝她算了，但是她根本不听，非要曹丽军当面跟她道歉不可。曹丽军觉得自己虽然有错，但毕竟是无意的，更何况已经挨了那么多骂，根本没有道歉的必要。

放了暑假以后，何宏伟果然没有食言，带着几位城里的同学去他们村玩了一天。曹丽军本来也想跟着一起去，但是看到乔艾艾要去，就打消了这个念头。

陈灵均放假后回到家，发现院子里的牲口棚里拴着一头灰色的小驴，个头儿不高，身体比较瘦弱，看上去好像没有多大的力气，想不通父亲买这头病歪歪的小驴干啥。一般农村人买牲口都是挑皮毛好块头壮的买，一拉回来就能下地干活。他猜测可能是家里钱少买不起大牲口。

第二天，他像往常一样扛着锄头下地干活，见好几块庄稼地里都长着草。他在玉米地里一边锄草，一边想：我大是不是常不到地里来转？草都长成这样了也不锄锄，待在家里一天干啥哩？不会是又去赌博了吧？

他锄完草回到家中，刚到门口就听见姐姐和父亲在里面吵架，两个人的声音特别大，都显得很激动。他拿不准这个时候进去合适还是不进去合适，就在门外听了一会儿。

"我该说的已经说了，你不相信我有什么办法！"是他父亲的声音，但是说话的语气跟平时完全不同。

"你是不是把我当成傻女子了，觉得我钱多人又好骗？我当民办教师的时候一个月才挣二十几块钱，两年前考试转正后才涨到三十几，樊玉民比我转正得早也才多几块钱。你算过没有？八百块钱我们得攒多少时候才能攒够！更何况家里还有两个娃娃，樊玉民的两个老人也要我们管。我省吃俭用把钱攒下给你为的是啥？还不是为了你的那把穷光景！"陈灵芳说着说着就哭了起来，显得特别委屈，"……你好好说说，你这么做对得起我不？对得起我们家樊玉民不？他不好意思说你，我替他说！大，你就不能学学好吗？"

"你别说了！"樊玉民打断了陈灵芳的话。

"不说我心里憋得难受！"

"好，你说吧，想说什么就说什么！反正钱已经花了，驴就拴在外头。不管好赖，还能凑合着用。"陈儒生说道。

"那是八百块钱的牲口吗？你老实说到底花了多少钱？我没买过牲口，还没见过别人买牲口吗？"陈灵芳的语气很气愤。

"四百多。"

"不可能，最多二百！"

"好吧，你说二百就二百。"

"那剩下的钱呢？"

"花了。"

"怎么花的？"

"给家里买了点零碎东西，给你妈买了两瓶药，出去跟人耍的时候又溜出去一些……"

"看，我没有猜错吧？你怎么老毛病不改呢？就这样下去，让我们怎么帮你？我帮得没心劲呀！"陈灵芳的声音里充满了怨恨和无奈。

"灵均，你怎么站在这儿？赶紧回去吧，干了一前晌活肯定累坏了。"罗雪娥突然从门里出来准备上厕所，听到陈灵均的咳嗽声便朝他走过来，拉住他的胳膊示意他进去。

陈灵均进门后，陈灵芳和陈儒生都不说话了。樊玉民坐在妻子身边正在默默地想着心事。陈灵芳用手背擦拭了一下眼角的泪水，依然显得很伤心。陈灵均跟姐姐姐夫打了声招呼，樊玉民立刻笑着说："灵均一满长大了，都变得快认不出来了。期末考得怎样？"

陈灵均说："放假的时候好几门课的成绩还没出来。目前知道的是，语文和数学都考了第一，英语有一道选择题错了，有两个填空不太保险，物理没有发现错的，化学至少在九十五分以上吧，政治应该也可以。"

"那就考好了。好好学，将来考上中专给咱家争气。"

他腼腆地笑了一下表示回答。

"咱灵均肯定没问题，现在你已经是我们梦月和梦溪的榜样了，我常让她们跟你学习。今天看到你我的心情好多了。"陈灵芳拉着陈灵均的手说了一会儿话，饭也不吃就要回去。

陈灵均和罗雪娥挽留她，她说："我今天出来的时候没打算多待，说好吃晚饭的时候回去，娃娃们都在家里等着呢。"

陈灵均把姐姐和姐夫送到院子外头，陈灵芳见父亲没有跟出来，悄悄地把他拉到一边，掏出五块钱塞到他手里："拿着买书和本子吧。"

陈灵均不要，她生气地把钱硬塞到他衣兜里，然后朝里面使了个眼色低声说："拿着，姐的一点心意。回头好好劝劝咱大，你现在已经长大了，说不定你说他他还能听进去。"

陈灵芳走后，陈灵均从母亲那里得知，几个月前，陈灵芳给了父亲八百元钱让他买一头可以用来干农活驮东西的大牲口，父亲拿到钱后直接进了赌场，没过多久就输了大半，眼看钱快要输光了才跑到市场上用二百块钱买了一头没人要的病驴。刚开始拉回来的时候那头驴又瘦又小连站都站不稳，养了三四个月才稍微有了点力气，勉强可以干点轻活。陈灵芳这次回来本来是要给父亲过生日的，得知自己千辛万苦攒下的钱竟然让父亲把一大半扔进了赌场，只买了个不中用的小牲口，特别生气，于是两人就为这事吵了起来。

陈灵芳的话似乎在提醒陈灵均，作为一个十五岁的男子汉，他应当逐渐取代老迈、糊涂、缺乏自制力的父亲管理家庭事务，让一家人的生活回归到正常的轨道上来。

当天晚上陈灵均什么话也没说。第二天乘母亲不在的时候，他对正要出门的父亲说："大，你别出去了，咱父子俩多时不见，拉拉话吧。"

陈儒生用惊异的目光看着他，又折回身来坐到炕上。

陈灵均故意靠近父亲坐下，亲昵地拉着他的手说："大，儿子越来越大了，在外面上学花费很大，你老人家六十多岁的人了，干活肯定没有前几年那么能行了。你跟我说句老实话，心里是不是压力很大？"

陈儒生苦笑了一下说："怎能没压力？你老子已经快干不动了，一心盼着你早点考上学，早点出来工作。"

"大，你老人家受苦了，儿子长大了一定好好孝敬你。"他用力把父亲的手握了握。

陈儒生原以为儿子会像女儿一样责备他不务正业，没想到他竟然说出这样一番有情有义的话来，眼圈倏地一下红了，感动得半天说不出话来。

"大，我已经是个十几岁的大后生了，什么事都能解下，你要是有什么难处就跟我说，不要憋在心里。"陈灵均说道。他看到父亲有点疑惑不解，就解释说："我看你比以前瘦了，好像心里有什么负担似的。现在就咱父子俩，没有外人，你就把我当成你的朋友，想说什么就说什么，没有人笑话你。"

听了儿子的话，陈儒生把自己从未对人说过的心里话全都说了出来。他说罗雪娥这几年小毛病特别多，他很担心老伴的身体，农村现在光靠种地挣不下钱，他怕他们夫妻俩赶死也不能把小儿子抚养大，不能让他像同龄人一样成家立业。陈灵均说他理解父亲的心情，让他放下一切心理负担，只管好好劳动把家里的吃喝保证了，他有自己的出路，不用大人操心，不管父亲能挣回来多少都无所谓，只要不出去乱糟蹋钱就行。他信心十足地向父亲许诺，决不会辜负家人的期望，肯定能考上中专，让父母过上好日子。

陈儒生明白儿子的良苦用心，说自己没有尽到父亲的责任，心里很惭愧，他向儿子保证，以后再也不出去赌博了，并请他监督自己。

在农村，像陈儒生这个年龄的人已经不适宜干重体力活，像公家人一样到了"退休"的年纪，可是因为家里还有个未成年的儿子，没法停止劳作。陈灵均深知这一点，暗暗地寻思着一定要为这个家庭寻找到新的出路，让父母尽快摆脱困窘的生活。

开学前，他照例拿着麻袋到存放粮食的闲窑里去装麦子，趴到粮食囤的沿上朝下一望，不由得打了个寒噤——粮食囤里的小麦已经快见底了。他又把所有放杂粮的袋子和粮食囤看了一遍，看到里面几乎全是空的，心里越发冰凉。他提着空麻袋灰溜溜地走出窑洞，呆呆地坐在碥畔上心里盘算着：家里人都快吃不上粮食了，还上什么学！他想不通家里的粮食都到哪里去了，他认为最大的可能性就是被他大抵了赌债。一想到那个不争气的大，他又生气又难过，恨不得当面骂他几句。

"儿子，你咋不装粮食？"身后蓦地传来陈儒生的声音。

陈灵均回头默默地看了他一眼，咬着下嘴唇好半天才说："就那么点吃的，我装走了你们俩吃啥？"

"没事，我们还有办法。"陈儒生抽出他手里的麻袋准备自己去装，被陈灵均拽住了："别装了，我不念了！"他粗声说道，脸上滚下两行泪珠。

"咱们全家的光景能不能翻身，以后就看你一个人了，怎么能念到半道上不念了？你大就是再苦再难也要把你供出来。"陈儒生用力抢过麻袋走进闲窑，把粮食囤里的麦子全部清理出来装进袋子交给儿子。陈灵均赌气不要。陈儒生叹了口气说："你是不是想着家里的粮食都叫我赌输了？给你说句实话，麦子我一颗都没有糟蹋。咱们家这两年本来种的地就不多，今年天旱打的麦子少，缴了公粮、购粮，留过种子，只剩下这点，专门留下等你开学的时候用。你别怕，我和你妈饿不死，等你走了以后，我就出去借粮，等秋粮收了就不用饿肚子了。"

背着那半袋沉甸甸的小麦，陈灵均觉得自己就像贼一样偷走了父母活命的粮食，他不敢想象他走了以后他们怎么活下去，只是茫然地迈着瘦弱的双腿拼命地往远方走。到了学校以后，半袋小麦换来的饭票只够每天吃一顿饭，他早上领四两馒头，分成两半早晚泡开水吃。为了不让同学发现自己没有午饭吃，他常常在吃饭的时候躲到外面看书，或者假装睡觉。饿着肚子还要努力在人前掩饰自己的窘态，这对他来说并不是最难受的，一想到家中揭不开锅的父母，他就心如刀绞。每隔一星期他就跑到街上向来城里办事的老乡打听自己家里的情况，只要听说家里的烟囱还冒烟就安心了。

一天下午上活动课的时候，陈灵均抱着一摞作业本到鲍书简的办公室去交语文作业，进门后见一个干部模样的人一脸愁容地坐在鲍书简身旁，说前一天上午虎沟中学大灶上一位做饭的大师傅骑着自行车到街上去买菜，不小心让车碰了，他代表学校把伤者送到县医院治病，拍了片子说是骨折了要做手术。他给病人办理了住院手续，把做手术的事情安排好后，准备明天一大早就赶回去，赶紧再给学校找一个做饭的。陈灵均听了心里突然一动：在大灶上做饭肯定比在农村受苦强，便问那人对做饭的有什么要求。

"男的，年纪在六十岁以下，人干净利索，会做饭，身体好，人品也好。"

"工资待遇怎么算？"

"包吃包住，一个月二十五块钱。"

陈灵均听了赶紧就说："我大正好闲在家里没事，可以到你们那里去帮灶。他做饭做得很好，人也爱干净，身体健康，品行端正，年纪也不大。"

"他人在哪儿？年纪有多大？"那人眼睛一亮，马上问道。

"他在我们虎沟镇向阳村住着，今年五十九了。"为了争取到这份难得的工作，陈灵均故意将父亲的年龄说小了几岁。

"那你给你大捎个话，问他愿意来灶上做饭不？要是愿意的话就赶紧给我回个话，越快越好。"

"好，没问题。"

陈灵均出了老师的门，赶紧跑进教室给父亲写了一封信，然后急匆匆地来到县运输公司候车室，在排队买车票的人当中询问有没有第二天回虎沟镇的老乡。刚好碰到一位离他们村只有二里路的邻村的熟人，就把信捎给他，让他再转交给父亲。

三天以后，陈儒生顺利地得到了这份工作，带着罗雪娥移居到虎沟中学去当大师傅。到了学校以后，他果真兑现了对儿子的承诺，再也没有赌过钱，陈灵均的学费和一家人的生活费也因此得到了保障。陈儒生在中学整整干了一年，直到病休的那位大师傅完全康复后又回到自己的工作岗位，他才离开那里。

十二

初三第一学期开学后的第二周，班上来了好几位插班生。其中一位皮肤黑黑的，留着短发的女生格外引人注目。她身材高挑，体形比一般的女生丰满，看人的时候眼神活泼大胆，一笑起来右侧的嘴角就会露出一颗甜美的小虎牙。

"你看她长得像谁？"鲍书简在讲台上介绍新同学的时候，周华歆戳了戳袁华小声问道。

"刘晓庆？"

"不是。"

"张瑜？"

"也不是。"

"那你觉得像谁？"

"山口百惠。"

袁华仔细地盯着她看了一会儿，趴在桌上"扑哧"一声笑了："我怎么觉得一点都不像！你的眼睛长得跟我们不一样。"

"她笑的时候侧面很像，不信你再好好看看。"周华歆一本正经地说道。

袁华又观察了一阵儿说："还真是。"

这位新来的女生叫韩春秀，家在农村，是一名补习生，7月参加中专考试的时候成绩跟录取分数线差了十分，她不想放弃这条大多数农村孩子都在极力争取的能在短时间内端上铁饭碗的"捷径"，于是在亲戚的帮助下以转学生的身份插班到县中学的应届毕业生当中，准备再复读一年参加下一届的升学考试。他们班的住校女生只有一个宿舍，已经挤得满满当当，为了让她住进去，鲍书简要求大家把已经叠压在一起的褥子继续加大重叠的部分，每人只留出四十几厘米的位置睡觉。晚上躺下以后，女生们挤得连翻身都很困难。有的人为了睡得稍微舒服一些，主动抱着枕头睡在别人的脚底。半夜里上厕所的时候不是你踩了她的腿，就是她踩了你的头发，咿哩哇啦叫个不停。

韩春秀是她的父亲和姐姐陪着一起来的。她父亲看上去老实巴交的，面容非常和善，一见到宿舍里进来人就从随身携带的包里抓出大把的核桃和红枣给对方手里塞，满脸堆着笑容结结巴巴地说：“我们家离得远，春秀从来没有出过门，以后要是遇到什么困难请大家多招呼。”

韩春秀的姐姐二十多岁，个头不高，穿着十分朴素，也是一副老实模样。临走时，她咧着憨厚的嘴唇，拉着舍长的手非常热情地说：“你们都住在一个宿舍里，又是一个班的，大家相处得好了就跟亲姐妹一样，有时间的话跟着春秀到我们家来转，大家全都一起来，我们全家非常欢迎你们。”

蒋美丽到宿舍里来找一位女生想借用她的针线缝一下衣服上掉下来的扣子，看到韩春秀的父亲和姐姐依依不舍地跟韩春秀道别，对她千叮咛万嘱咐，十分感动，回到教室后对乔艾艾说：“其实人家农村的女子在家里也很宝贝，刚才你没看见，韩春秀的爸爸和姐姐对她可好了……”

“可惜农村太穷了，再宝贝她们也没有城里娃娃享福。”乔艾艾不以为然地说道。

韩春秀和袁华是同桌，她平时学习很用功，一有时间就看书，课间十分钟连厕所都很少去，有时遇到不会做的题就跑到前面来请教陈灵均和何宏伟。

有一回她问完题回来，后排的几个男生一齐对着她唱起了日本电视连续剧《血疑》的主题歌：“私（わたし）のせいなら许（ゆる）してくださいあなたをこんなに苦（くる）しめたことを……”

她被众人略带挑逗意味的目光盯得不好意思了，红着脸大声说：“你们这是干吗呀？一群神经病！”刚回到座位上，就觉得不大对劲，“你怎么坐在这儿？袁华呢？”她有些纳闷地问道。

“我跟他换了。”周华歆微笑着答道。

周华歆本来坐在第二组第五排的右边，袁华坐在同一组第六排的左边。韩春秀走到袁华面前，不解地问：“你为什么不跟我坐了？”

袁华看到她一脸不高兴的样子连忙解释说：“不是我不愿意跟你坐同桌，是周华歆非要跟我换不可。他说你数理化学得好，想坐在你身边跟你请教学习上的问题。”

韩春秀又回过头看周华歆，他点着头说：“班长说的是实话，是我主动跟他换的，你学习好，我想拜你为师，不知道你愿意收我这个笨徒弟不？"

韩春秀听了马上转怒为喜，笑盈盈地走回了自己的座位。

站在一旁和其他同学一块起哄的曹丽军看完热闹，吹着口哨向前排的座位走去，经过乔艾艾身边时，她朝地上狠狠地啐了一口唾沫，差点吐到曹丽军的新球鞋上。曹丽军气得冲她直瞪眼，乔艾艾故意转过身去不看他。

"你看看，你看看，她就是这么小心眼的人，我到底犯了多大的错呀，让人家这么糟践！"曹丽军无奈地对陈灵均说道。陈灵均也注意到了，自从上次两人发生矛盾以后，乔艾艾每次见了曹丽军不是唾，就是骂，就跟见了仇人似的。他也不好说什么，只能会意地对曹丽军笑笑。

"我就是这么小心眼，王八犊子，我一辈子都不会原谅你！我不但要骂你，我还要把你欺负我的事记下来，让子孙后代都记着。"乔艾艾一边不干不净地说着，一边在日记本上飞快地写着。

曹丽军咬着嘴唇用手指着她说："你给我等着！"然后气冲冲地走了。

那天是星期五，星期天的晚上陈灵均来到教室上晚自习，刚一进门就听到一片惊慌失措的叫声："我的东西被人动过了！""我的抽屉也被人翻过了！"

"快看看丢了什么东西没有。"袁华说道。

陈灵均连忙查看自己抽屉里的东西，果然没有幸免。不过幸运的是，什么东西也没有丢。乔艾艾说她的日记本不见了，其他人都没有发现自己丢了东西，感觉这个贼有点奇怪。大家相互询问头一天谁最后走的，袁华说是他，星期天也是他第一个来开的门，门锁好好的。他急迫地向大家发誓说，他绝不会翻任何人的东西，更不会偷人。有人查看了一下教室的门窗，发现门口的窗户被人撬开了，窗台上有两个淡淡的脚印。于是大家都分析说，小偷应该是从窗子翻进去的。是谁干的呢？肖子熠说估计是班里的人，因为他熟悉大家的座位，偷人是有针对性的。就在这时有人发现了一个异常情况，曹丽军没来。难不成是他？所有人的眼中都闪烁着同样的疑问。

第一节晚自习开始后大约过了五六分钟，曹丽军气喘吁吁地跑进了教室，一进门就对气急败坏地正在骂偷人贼的乔艾艾说："鲍老师叫你到他办公室去一下。"

乔艾艾惊异地看了他一眼出去了。

十几分钟后，乔艾艾手里拿着日记本哭着从外面跑进来，站在座位前边哭边用力撕扯。身边的同学都问她怎么了，她不回答，只是一个劲地哭。她把本子全部撕碎后扔进了垃圾盘。不一会儿，鲍老师也进来了，脸色很不好看。

他敲了一下讲桌，让同学们停止学习。

"同学们，我作为你们的语文老师，班主任，平时一直在抓你们的学习，很少关心你们的思想问题。最近我发现，我们班的同学在这方面存在很多问题。有的同学因为一点鸡毛蒜皮的事对别的同学打击报复，在日记里竟然用特别恶毒的话咒骂人家。我觉得这位同学心眼也太小了，你在学校里就因为这么点小事老是耿耿于怀，跟别人过不去，那么，将来等你到了社会上，遇到比这大十倍、百倍的事情怎么办？难道会寻死上吊，拿刀子去杀人不成？"鲍书简义愤填膺地说道。

他说话的中间，乔艾艾的头垂得很低，一直在默默地擦拭眼泪。虽然鲍书简没有公开点名，但是大家都知道他说的是谁。

有人在下面小声议论："偷看别人的日记是犯法的！"

"谁这么缺德，把人家日记里的内容偷看了，还报告给老师？"

"还有谁，曹丽军呗。"

"大家请安静，我的话还没说完呢。"鲍书简接着又说，"还有的同学偷偷地谈恋爱，在日记中明确地表示对某人有好感。平时上课的时候，你们相互之间老是眉来眼去的，以为我看不出来吗？我再次严厉地警告你们：中学生不准谈恋爱！谁要是违反了这条纪律，一定会严肃处理！还有，"他冷笑了一声，悻悻地说，"个别人在日记中对我提出批评意见，说我对待学生太粗暴，上课的时候讲的一些内容不利于中学生身心健康，教学方法也有问题。我认为这纯粹是胡说八道！有些东西不是你们这个年纪的娃娃能轻易做出判断的，哪些东西是对的，哪些东西是错的，我自己心里有数。也许你们现在不能理解老师的用心和做法，等你们将来长大了，成了成年人，就会理解老师说的和做的到底是为你们好，还是在害你们。从今天开始，大家每周给我上交一次日记，这个工作由班长负责。"

陈灵均听了老师的话，一下子从头凉到了脚底。他在日记中就写过对班主任的看法，内容跟鲍书简刚才在讲台上描述的差不多，他觉得老师说的那个对他提出批评意见的人就是他。

他紧张地注视着站在讲台上的鲍书简，想看出他对自己的态度是否有所改变。鲍老师刚才在讲那番话时明显地带着一点伤感，但是他并没有朝他这边看，似乎是在有意掩饰对他的不满。当老师走下讲台经过他身边时，他感觉老师的脚步声似乎跟平常不太一样，好像从他坐着的这个位置戳出去一支长矛，矛尖正对着老师心中最疼痛的地方，让他突然又疼了一下。如果没有人把他内心的想法告诉老师，老师绝不会产生如此强烈的反应，他们之间的关系也不会因此发生微妙的变化。尽管他并没有因为发现了老师身上的不足失去了对他的敬畏。但是这样一来，就会显得他这个人有点虚伪，好像之前在人前表现出来的一切都是假的。不过，有一个毋庸置疑的事实是，日记属于私人空间，是作者为了记录自己某个时间段的思想活动和行为轨迹而创作的，无须向他人展示。如果一个人连思想活动都要受到别人的监视和控制，那么在这个世界上还有什么自由可言？鲍老师作为一个成年人，不可能不明白这样的道理，他竟然和小孩子一样斤斤计较，实在不应该。老师的做法固然有失妥当，但是他认为那个偷看他日记给老师举报的人更可恶。下课后，他跑到曹丽军面前，问他是不是也把自己的日记偷看了。曹丽军的桌子旁早已围满了人，都在问同样的问题。

"各位，我向大家承认，我把你们的日记都看了，但是我只把乔艾艾的日记送到老师那里了，其他人的日记里写了什么，我都没说。"曹丽军大概被这样的阵势吓坏了，举起双手朝众人一个劲儿地作揖。

"你为什么要看我们的日记？"周华歆愤怒地问道。

"好奇呗。我只是想知道除了乔艾艾，还有谁在背后骂我。"曹丽军怯懦地说道。

"那老师是怎么知道其他人写的日记内容的？"艾慕蓉问道。

"那——我就不知道了，反正不是我。"曹丽军拖长声调显出一副无辜的样子，"我跟乔艾艾有仇，跟你们又没仇，干吗要在老师跟前说你们的坏话。"

"难不成是老师自己偷看的？"陈灵均用讥讽的语气问道。

"谁知道呢，有可能吧。"曹丽军抬了一下眉毛，耸了耸肩膀说道。

对他的话，大多数人都半信半疑，只能不了了之。

当天，大部分同学都更换了日记本，陈灵均也不例外。因为原先的那个日记本里很可能还遗留着一些不便于让老师知道的私密内容。一些从来不写日记的同学赶紧买了本子开始写日记，并且把这件事当成一份作业，强迫自己按时完成。

日记交上来以后，鲍书简怀着极大的兴趣逐个翻看。大部分人都是为了应付记一些流水账，偶尔写一点开心的值得记忆的事情，只有极少数的人把日记当成随笔本练习写作文，认认真真一笔一画地书写。再也没有看到骂同学、批评老师、对异性表现出好感的内容，最有意思的是，个别有心机的学生大概是为了让老师高兴，专门在日记里写了一些赞美班主任老师的话，华丽的辞藻把鲍书简都给逗笑了。看了几次后，他就没有兴趣再看了，日记本收上来以后，过上两天又让袁华原封不动地再抱下去。最让他感到高兴的是，乔艾艾被他教育过后，再也没有当面唾骂过曹丽军，两人的关系逐渐趋于正常。

陈灵均提心吊胆地观察了一段时间后，觉得鲍老师对他的态度并没有太大的改变，慢慢地，悬着的那颗心就放下了，暗暗地想：说不定老师说的不是我，其他同学也对他有同样的看法。不过，这件事情对他的震动很大，让他第一次深刻地认识到，在自己熟悉的环境里，并不是所有认识的人都是安全的、可靠的，他们的身上总有一些自己了解不到的地方。他再也不敢在同学面前轻易地去评价别人，尤其是对自己影响重大的人，比如，他的老师。但这并不等于放弃了做人的原则，他绝不会为了取悦别人去做违心的事情。

自从周华歆跟韩春秀成了同桌以后，学习比以前认真多了，课间的时候常拿着书跟韩春秀讨论问题。他三天两头从家里带来苹果、石榴、月饼等好吃的东西分发给同桌和邻桌，说是为了感谢大家对他的帮助。韩春秀也跟周围的同学相处得很好，脸上经常露出自信的笑容。

期中考试成绩公布后，韩春秀排在第三名，周华歆由原来的第十五名上升到第十二名，陈灵均还是第一，何宏伟排在第二。韩春秀看了教室后面的排名榜后，不服气地对陈灵均和何宏伟说："这两个小兄弟真是太厉害了，我一定要追上你们。"

她开始早起晚睡，比以前更用功了。有时起得太早教室门还没开，就站在路灯下看书。何宏伟听说了以后感觉压力很大，也拿着书到路灯下学习。

期末考试前，学生们都在抓紧时间复习，自习课的时候教室里静悄悄的，只能听见沙沙的写字声和哗哗的翻书声。乔艾艾虽然心里也很急，但是她不知道该怎么复习。除了完成老师布置的作业和练习以外，她的脑子里一片空白。她发现陈灵均有一套自己的学习方法，可以在短时间内有效地巩固前面学过的知识，就向他请教。陈灵均怕影响到其他同学，小声告诉她下课后给她详细讲解。他一会儿拿出语文笔记本背诵名词解释，一会儿又拿出物理书看某一章的内容，不慌不忙心中非常有数，乔艾艾佩服得五体投地。

突然，教室后面传来同学相互扭打的声音，两人同时转过身，看到周华歆正和旁边的一位男同学抢一封信。那位男同学"嘿嘿"地笑着被周华歆几乎都要压到桌子底下了，眼看信就要被抢到，那位男同学奋力翻身跃起，把信随手往前一扔，刚好被艾慕蓉抓到，周华歆又跑到她跟前去抢。"别给他，快传给我！""给我！"周围好几个同学争相伸出手索要那封信。艾慕蓉笑着把信传给了后面的叶华萍，叶华萍站起来隔着桌子用力朝第四组的方向抛去，被一位男同学跳起来在半空中抓住了，如获至宝般坐下来迫不及待地打开看。

周华歆急得在教室里来回转圈，边骂边抢，费了好大功夫才抢回自己的东西。

"干什么？吵吵吵，吵得整个校园里都能听见，已经上初三了，还这么不懂事，等毕业以后有你们哭的时候！"鲍书简大声吼着走进教室。

还没有来得及跑回自己座位的周华歆不知所措地看着老师，小心地移动着脚步想偷偷溜回去，但是被鲍书简用手指着命令他站在原地别动。

"手里拿着什么？让我看看。"鲍书简把信夺过来，打开信封，从里面抽出信纸，皱着眉头从头看到尾，牙齿咬得越来越紧，鼻孔里喷出来的气连前排的同学都能听到。

"呵呵，真有出息，学习成绩有没有提高不说，谈情说爱的水平倒是大大地提高了。既然有勇气给你的小情人写这封信，那就大大方方地当着全班同学的面把信里的内容读出来吧！"他走到满脸通红的韩春秀面前，把信扔到她的桌子上。韩春秀低着头没有任何反应。

"你给我站起来，听见了没有？耳朵聋了吗？"鲍书简厉声呵斥道。

韩春秀战战兢兢地从座位上站起来，脸色已经由红变白了。

"把信拿起来，开始读！"鲍书简粗暴地将信纸塞到她手里。

韩春秀用颤抖的双手慢慢地打开信纸，嘴里发出像蚊子一样的声音，根本听不清在说什么。

"声音大点，听不见！"鲍书简用拳头在桌子上用力敲了一下。

韩春秀吓得身子猛地一震，声音果然比先前大多了，没读两句就开始抽泣起来，两道长长的泪痕滑下脸颊，滴落在信纸上。

"亲爱的华歆：

昨天晚上收到你的信，我一晚上都没有睡着，感觉脸一直在发烧，心在胸腔里怦怦地跳，就像偷了别人东西的小偷一样。

自从认识你以后，你就像哥哥一样无微不至地关心我，照顾我，让我孤独的心灵感到特别温暖，枯燥的学习生活也充满了无穷的乐趣。我每天都期待和你见面，仿佛这里就是我们提前约定好在人生中相遇的地方。虽然我们过去的生活完全不同，但是和你在一起的日子里，我发现我们其实有很多相似的地方，对未来都怀有同样的希望。

你在信中说你看到我的第一眼就爱上了我，这让我既感到意外又特别激动。知道吗？你是第一个对我表白的男生，在这之前，从来没有人对我说过这样的话，也从来没有一个人像你那样深深地吸引着我。你是那么英俊帅气，温和细心，和我心中的白马王子一模一样。我想对你说的是，如果你真的爱我，那就好好地学习吧！我们只有都考上了好学校，有了一份好工作，才有可能真正地在一起。因为我是一个农村来的女子，我如果没有工作，你的父母是不可能接受我的；如果我考上了，你没有考上，我的父母也很难接受你。不管未来如何，我爱你的心永远不变，希望你也一样。

春秀

1986 年 12 月 20 日"

在读信的过程中，韩春秀因为情绪过于激动不得不中断好几次，但是在鲍书简的逼迫下只能强忍着内心的羞辱继续往下读。读完后她趴到桌子上啜泣，站在教室中央的周华歆也在不停地抹眼泪。

有的同学在偷偷地笑，有的露出惊愕的表情，有的则显得十分害怕，也有的表现得十分淡漠。

"哭什么！好像你做了什么光彩的事情似的，我还冤枉你了不是？一天不好好学习，把心思全放在谈恋爱上了！韩春秀，别人不知道你的家庭情况，你自己还不清楚吗？你是怎么来到这个学校的，为了上这个学付出了多少代价，难道你真的忘了吗？你这么做，对得起你家里的老爹老娘不？……我早就跟你们说过，初三毕业以前不准谈恋爱，为什么还是有人明知故犯？我今年都三十了还没有对象，你们才十五六岁，着什么急呀！今天晚上下课以后，你俩一人给我写一份检查，明天在班会上再深刻地检讨一下自己的行为，如果检讨得不够深刻，就把家长叫来，我就不信治不了你们的毛病！从现在开始，周华歆坐在最后一排右边的那个位置，韩春秀坐在第三排最左边的位置。袁华，你看着他们几个人把座位调过来。以后大家都按照固定的座位坐，不许私自调换。谁要是再被我发现有类似的行为，绝不会轻饶！"鲍书简用威严的目光把全班同学挨个扫视了一遍。很多同学都不敢跟他对视，像受到训斥的犯人一样低着头。他却带着胜利者的姿态把缴获的战利品揣进衣兜扬长而去。

鲍书简刚一走，下课的铃声就响了，韩春秀哭着说："我没脸活人了，我要去寻死！"说完就要往教室外面冲。几位女同学拉住她不让她出去，并且安慰说："不就是一封信嘛，你又没有做下什么见不得人的事。""就是，班里谈恋爱的人又不是只有你一个，只不过没被老师发现罢了，这算不得丢人。"

周华歆一边收拾书桌里的东西一边咬牙切齿地说："姓鲍的这个小人追我姐姐没追到就故意在我身上报复，真是太可恶了！有什么你冲我来呀，为什么欺负人家女娃娃？你小子等着，有朝一日你要是落到我手上，看我怎么收拾你！"

"别看韩春秀平时装得一本正经的，其实人一点都不稳重，还什么'亲爱的'，'爱你的心永不变'，这么肉麻的话都能说出来，真是太恶心人了！"艾慕蓉和叶华萍头挨着头在小声议论。

"我听说韩春秀已经补习了两年了，年龄比咱们大两岁，思想肯定也成熟。真想不明白周华歆到底看上她哪一点了？人长得又黑又胖，一点都不洋气。她肯定是图周华歆是干部家庭，万一将来考不上，说不定家里人还能给她找份工作呢。"叶华萍撇了撇嘴，一脸鄙夷的神情。

"她又不吃商品粮，农村户口工作不好找……"

前面的同学也在三五成群地议论。"鲍老师怎么能这样？太伤人自尊了！"蒋美丽嘟着嘴同情地说道。

"唉，周华歆那小子也太不小心了，这种东西怎么能叫人看见呢？这一闹叫人家女娃娃怎么出去见人！"何宏伟遗憾地摇了摇头。

十三

炎热的夏季陕北最迷人的地方就在于，无论中午的日头多毒，早晚都有凉风吹拂。尤其在太阳即将落山之前，走在波光粼粼的河岸边，巨大的山影投下的阴凉就像一个天然的隔热层，把火热的太阳遮挡在大山粗壮的臂弯之外，让人很快就忘记了内心的烦热，变得舒心而又惬意。

陈灵均独自一人坐在河畔温热的石头上，正在静静地思索。他身后的公路对面是县城最大的菜市场，下午基本上已经没人了。公路上大大小小的车辆川流不息，每当有大车经过，飞扬的尘土就像滚滚的浓烟向河边扑来。所幸的是，它们的势力范围仅限于路边一两米的距离，否则的话，他的衣服上肯定会落上一层黑色的尘土。乡村的土是白色的，随便拍打一下就看不见了，城里的土会把肮脏的颜色渗到衣服的纹理中，不用洗衣粉或肥皂是洗不干净的。他坐的地方离河面很近，夏季的河水纤细而混浊，河边漂浮着一层墨绿色的藻类植物，那是青蛙产卵前为它们的儿女留下的温床。此刻，它们大概已经忙完了所有的准备工作，正在呱呱地鸣叫着欢庆。前面十多米远的河岸边有一大团黑色的原油。原油对于县城里的人早已司空见惯，就像随处可见的抽油机和泵油车一样。东正县是西北地区重要的产油区，地下的石油资源非常丰富，由此而产生的石油经济让当地的很多老百姓尝到了甜头，油矿也因为工资高福利好，成了许多人向往的有钱单位。靠石油吃饭的人们在河里看到油花，闻到油味，自然就不足为奇了。眼下，这条自西向东最终汇入黄河的河流几乎已经断流，每年的夏季似乎都是这样。虽然暴雨过后水位会暂时上升，但是用不了多久又恢复了干涸的状态。他记得上初一的时候老师让同学们写作文《我的家乡》，一写到延河，大家都说那是一条"宽阔美丽的河流"，"清澈见底"，"像一条碧绿的玉带缠绕着青翠的大山"。他们这一代人真的见过它"清澈见底"的样子吗？知道它到底有多"宽"吗？他笑着摇了摇头。

再过两天就要参加中专正式考试了，很多同学都在开夜车拼命复习，而他却恰恰相反，放下书本四处游荡。他已经做好了充足的准备，只要到时候能正常发挥就好了。可能是初生牛犊不怕虎的缘故，作为应届毕业生，他的心里并没有太大的压力，升学考试对他来说不是一场可怕的战争，只是一段特殊的经历。全班八十几名学生，只有六名通过了预选考试有资格参加正式考试，其中三名是应届毕业生，剩下的全是往届毕业生。他的预选成绩是全班第一，全校第二，已经达到了市重点高中的录取分数线，但是他放弃了这个难得的机会。和他一起放弃上重点高中的，还有两名应届毕业生和一名往届毕业生，他们都是农村来的。为了走到这一天，家里已经拼尽了所有的财力，眼巴巴地盼望着他们能够考上中专，早日参加工作，早点帮助家人减轻家庭负担。因此，他们班没有一个学生上重点高中，鲍老师对此很失望。他原来以为陈灵均肯定会上高中的，因为他是班里最有希望考上大学的学生。但是陈灵均却告诉鲍老师，他的父母年纪太大，可能没有时间等到他大学毕业，他想早点出来工作，像其他人一样为父母尽一点孝心。他真的不想上大学吗？一想到这个问题，他的心里就有一点酸涩。

　　一只灰色的鸽子"咕咕"叫着从飘浮着团团云朵的蓝天上飞过。陈灵均懒洋洋地从地上站起来，弯腰捡起一块石头用力朝河对岸扔去，看似很近的距离却比想象中遥远，石头在河对岸的浅水区溅起了一簇混浊的水花。

　　他刚要转身离开，突然发现对面河滩上的一块大石头后面走出来一对男女，走在前面的是周华歆，隔七八步远跟在他后面的是韩春秀。这位曾经因为"情书"事件在校园里声名狼藉的女生身体单薄得让人心疼，她不再像以前那么活泼开朗，变得沉默寡言，很少露出笑容。陈灵均永远也忘不了那场风波发生后，她呆呆地坐在教室里独自愣神的样子。从她孤独、忧郁、自卑的眼神里，他能够看出这件事对她的影响有多大。期末考试韩春秀的学习成绩一落千丈，从第三名直线下降到了第十六名。这个结果可能跟老师的初衷恰恰相反，但是由于在学生们的"危险年龄"起到了杀一儆百的作用，鲍老师非常得意，经常在其他班的老师面前大谈自己对付"早恋"的教育经验。所幸的是，到了模拟考试的时候，韩春秀的成绩又慢慢地升上来了。这次她是以全班第六名的成绩勉强通过了预选考试。前几天，她跟陈灵均一起复习的时候忧心忡忡地说，如果这次再考不上，她就没有机会了，她的父亲提前已经跟她说了，这是最后一次。在学校里，韩春秀和周华歆谁也不跟谁说话，陈灵均还以为他们分手了。现在看来，他们一直在背地里交往。他假装没有看见，沿着河道向相反的方向走去，心里默默地祝愿她和自己都能考上中专。今年的考生听说一半以上都是补习生，三千多人只有二百人通过了预选考试，最终经过正式考试以后，能被录取的不到一百人，竞争相当激烈。填报志愿的时候父亲没有给他任何建议，让他根据自己的情况选择。他说，只要儿子喜欢，不管将来干什么他都没有意见。父亲的信任和支持让他十分感动，他决心放下一切包袱轻松上阵，无论能否考上他都有勇气接受，他不相信一次考试就能决定一个人一生的命运。

　　两天半的考试很快就结束了，最后一门考完后，陈灵均从考场里出来刚好碰到韩春秀站在外面，赶紧问她考得怎么样。韩春秀没有回答，只是问他最后几道题的答案是什么，听了他的回答后，捶胸顿足地说："我本来都答对了，正在挨个检查，监考老师突然说再有五分钟就到时间了，我的心里一下子就慌了，对之前写的答案一点自信都没有了，拿起橡皮擦一连擦了好几道题，又重新去做，结果把对的又改错了！这些题加起来有七八分呢，其他的题肯定还有错的，这回考试又没戏了！"她说完就哭了起来。

"不要急，一门没考好，只要其他的课程考好了不会影响总分的。"陈灵均赶紧安慰道。

"我考其他课程的时候也是这样。我也不知道怎么了，一考到最后就不由自主地乱改答案，错了不少题呢！"她用拳头捶打着自己的胸口，不停地自责。一旁的女同学纷纷上前劝阻。陈灵均不知道说什么好，只好默默地离开了。

考试结束后，农村的学生大多数都回去了，只有韩春秀没有回家，住在城里等待招生办公布成绩。她有时住在班里的女同学家，有时住在周华歆的家里。周华歆的父母都出门去了，只留下他一个人待在家里，于是，两室一厅的楼房就成了他们的自由天堂。在青春的荷尔蒙的刺激下，他们像许许多多那个年纪的少男少女一样，对异性的身体产生了极大的好奇，模仿着录像里成年人的样子，尝试各种新鲜好玩的游戏，在失败与挫折中不断地总结经验，去感受全新的生命体验。大概是想到以后再也不用读初中了，暂时不会受到任何人的监督和约束，两人不再躲躲闪闪，经常公开在各种场合一起露面，关系看上去比以前更加亲密了。

中考成绩公布的那天，韩春秀急得连早饭都吃不下，早早地就跑到县招生办的院子里去看录取名单。她去的时候已经有几十个人围在那里，叽叽喳喳议论个不停。旁边的小路上蹲着一个梳着小辫的女生正在伤心地哭泣，两三名男女学生站在她右侧激动地议论着什么，眼睛里闪烁着或愤怒或怀疑的目光。

"哈哈，我考上了！"一位满头苍发的年轻小伙子从人堆里奋力挤了出来，兴奋地与家人拥抱，伴随着灿烂的笑容在眼角绽开的条条皱纹很难让人猜出他的真实年龄。

"光初中就念了八年，再考不上就亏了老先人了！"有人在背后用略带嘲讽的语气小声议论道。

韩春秀听了越发紧张了。她费了好大的劲才挤到红榜前，看着用遒劲洒脱的毛笔字写出的一排排名字，心跳得特别厉害。她很快就看到了陈灵均和何宏伟的名字，又看到三四个同校的学生和四五个以前在补习班一起学习过的同学的名字。名单都快看完了还不见"韩春秀"三个字，她的心跳得更快了，头皮一阵阵发紧，眼前有些眩晕。她不敢再往下看，又迫切地想知道结果，就闭上眼睛调整了一下情绪，硬着头皮继续往下看，全看完了还是没有她的名字。她不相信自己的眼睛，又从头到尾看了一遍，结果依然令人失望。

"周华歆，周华歆！"她扭过头，用带着哭腔的声音朝后面喊。喊了好半天周华歆才气喘吁吁地站在她面前，"快帮我看看，我现在胸口很闷，气都上不来了。"她走出人群，坐在墙角，把头抵在冰凉的砖块上面，用手抚摸着胸口，不停地长吸气。

过了一会儿，周华歆闷闷不乐地过来了，他告诉韩春秀，他刚才查了成绩，她以三分之差再次落榜。

"不要难过，考试的人太多，竞争太激烈，没有考上不是你学得不好，只是运气有点差。咱挤不上这独木桥，说不定还有更好的出路……"

周华歆的话还没说完，韩春秀一边揪扯自己的头发，一边骂自己不争气。他赶紧把她的手拉下来，没想到她又用头去撞墙。

"你这是怎么了？考不上就活不成了吗？"周华歆对着她大吼了两句，用力将她拉扯到一边，然后张开双臂紧紧地将她抱在怀里。直到这时，韩春秀才"哇"的一声哭了出来。周围的人用同情的眼神看着她，谁也不说话。

第二天，韩春秀离开县城回到了老家。在家里住了不到一个月又跑到城里来找周华歆，惊慌失措地告诉他，自己怀孕了。

周华歆一听就蒙了，不知道该怎么处理这事。韩春秀让他向父母坦白这段恋情，并且还想让他问问他们能否接受自己做他们的儿媳妇。

"我不敢说，他们知道了肯定会打死我的。我这次没考好我爸已经狠狠地教训了我一顿。"周华歆吓得直摇头。

"你要是不敢说，那我怎么办？难道让我和肚子里的孩子一起去跳河吗？"韩春秀一听就生气了。

"你别急，让我试试看。说实话，我还真有点说不出口。你不知道，他们特别害怕我上学的时候谈恋爱，上初中的时候常偷看我的日记，三天两头警告我。"周华歆一脸的懦弱相。

"我真是瞎了眼了，怎么看上你这么个胆小鬼！一遇到事就尿成这样，一点也没有男人样。"韩春秀被他气哭了，周华歆只好答应她尽快跟父母面谈。

一连好几天周华歆都没有露面，韩春秀沉不住气了，只好厚着脸皮来到他家楼下，让院子里的一个小孩去叫他。

过了好一会儿周华歆才怏怏地下来了。

"你跟他们说了没有？他们到底是怎么回答的？"韩春秀迫不及待地问道。

"我爸说，我现在太小了，还不到订婚结婚的年龄，终身大事要慎重考虑，最起码要等到高中毕业以后再说。"

"你妈怎么说？"

"我妈说要是家在城里的话还可以考虑一下，农村的没工作的不行。"

韩春秀的神情顿时变得异常沮丧，她用呆滞的目光望着地面说："我可真傻，你们城里的干部子弟怎么可能跟一个农村女子结婚？我这不是自讨苦吃吗？那你有没有跟他们说我已经有了那个……"她羞涩地看了他一眼，很快又垂下眼皮。

"没有。我光说了咱俩谈恋爱的事，我爸和我妈差点没把我骂死。今天早上吃饭的时候，我一拿起筷子我爸又开始说我在学校不好好学习光谈恋爱，叨叨叨一直说个没完，气得我连饭都没吃，哪里还敢再提这事！"

"那我肚子里的孩子怎么办？它在一天天地往大长，用不了多久就会被人看出来的。"

"赶紧到医院打了，我可不想让他生下来，我还没有想过要做一个娃娃的爸爸。"周华歆毫不犹豫地说道。他几乎连看都不敢看韩春秀的肚子，仿佛那里藏着一个随时会吞吃掉他的怪物。

"我也不想有孩子，可他已经跑到我的肚子里了。到医院打胎就等于把孩子杀死，这样做太残忍了，可也没有别的办法。我听说打胎很疼，要流很多很多血，我很害怕，你能陪我一起去吗？"韩春秀可怜巴巴地问道。

周华歆点了点头。

"那打胎的钱……"

"我找个借口跟家里要。"

县医院妇产科的人流室里，神色紧张的韩春秀战战兢兢地走到手术台前，恐惧地看着上面的白床单、床上半圆形的缺口和像铁铲一样朝两边张开的脚踏，夹着两条腿好半天都没敢脱裤子，尽管做手术的江雪医生一再催促，都有些不耐烦了。此时此刻，她特别希望周华歆能站在身边陪着她，那样的话，她就有更多的勇气去面对即将遭受的苦难。

"赶紧的，后面还有好多病人排队等着呢。"江医生一边戴手套一边说道，"没什么不好意思的，来了都一样。早知道有这么一天，提前就采取措施别让自己怀上。"

听了她的话，韩春秀的心里更难过了，她觉得医生的话音里分明带着一丝对这种未婚先孕行为的鄙视。

她强忍着内心的耻辱，慢慢地褪下一条腿的裤子，光着下身爬上床，羞得满脸通红，只差一点就哭出来了。

医生消毒完后，一个坚硬冰冷的器械很快便伸进了她的体内，下身就像被撕裂了一般，疼得她"啊啊"连叫几声，抬起身子捂住肚子不让医生再继续操作。

"你这女子，还没开始呢就这样，让我后面怎么进行？没生过娃的女子一般宫口紧，就是这样。你忍一忍，我尽量手轻一点，很快就好了。"江医生的声音稍微变得温和了一些。

"得几分钟？"韩春秀怯生生地问道。

"最多七八分钟吧。"江医生答道。

她又重新躺好，感觉下面更疼了，腰困得非常厉害。她实在无法忍受这样的疼痛，不由得低声啜泣起来。她哭，不仅仅是因为流产带来的痛苦，还有她即将面对的难堪处境。就在她走进妇产科的门诊前，左躲右躲，还是被邻村的一个女人看见了。那女人认得她，专门走过来用狐疑的眼神看着她问道："女子，你来干啥？"

"我月经不调，来开点药。"韩春秀连忙用提前想好的话搪塞道。

"月经不调应该看中医，吃中药最管用。"那女人不知是有意还是无意地说道。

"我已经挂了号了，看完再说。"韩春秀尴尬地笑着说道。

她猜想那个女人回去以后，肯定会添油加醋地在周围人面前大肆宣扬，说她在县医院遇到了某个年轻女子可能做了什么事。她知道自己的脸色瞒不过她。此外，最让她感到伤心的是，她痴心爱过的那个男人（她觉得他已经算是个男人了）怕被熟人撞见，把她送到医院就跑了。她刮完宫后，他肯定再也不会理睬她了，更不会跟她结婚，她为他付出的一切全都没用，很快就会被他遗忘。

手术的过程对她来说特别漫长，她能听见医生用器械剐蹭她血肉的声音，还能隐约看见地板上溅下的星星点点的血迹。她一直用手挡着脸不敢朝下看，却又忍不住透过指缝偷看。她觉得眼前的这一切很残忍，无论对她，还是她的孩子，都很残忍。她曾经天真地以为她可以生下他，和周华歆一起把他养大。当然，假如她能考上中专，他们能顺利地订婚、结婚的话。唉，现在一切都完了，爱情，理想，人生。她痛彻心扉地想道。

好不容易等到手术做完，韩春秀刚要直起身子，江医生对她说："慢点起，实在难受的话可以多躺一会儿，小心晕了。"说完就摘掉手套出去了。

她慢慢地从床上爬起来，穿好衣服，只想赶快离开这个她一辈子都不愿意再想起的地方。刚走出诊室眼前一黑，感觉天旋地转，整个人连站都站不稳，连忙用手撑在墙面上。一位陪着儿媳妇做人流的老婆婆赶紧走过来扶住她，让她坐到门口的椅子上，然后关心地问："女子，你家里人呢？谁陪你来的？"

"没人陪我，我自己一个人。"她低声说道，又快要哭了，强忍住内心的冲动没有哭出来。

她没敢休息太长时间便离开医院，一步一挪地走到大街上，住进周华歆提前登记好的旅店内。第二天一大早，她独自一人乘坐班车回到了村子里。下车后，她迈着虚弱无力的双腿，就像一片轻飘飘的树叶在凉风中缓缓地移动着。尽管宽大的纱巾遮住了大半个脸，她还是担心自己异常的脸色会引起旁人注意。只要一看见熟人，她就低下头，把忧伤失落的目光躲藏起来。

"那不是春秀吗？脸色咋那么难看？"远处有几个婆姨正在硷畔上拉话，一看见她就小声议论起来。

"好几天都没见这女子了，前几天一直听见她在院子里哇哇地吐，听说她在学校里一满不乖，和一个城里的男娃娃成天钻在一起……"

"是吗？她大和她妈知道不？"

"咋能不知道，天天晚上都骂女子哩。"

听到这些刺耳的话语，她恨不得把自己的耳朵眼堵上赶紧回到家里。

进了家门，她悄无声息地爬上炕，拉了一床被子盖在身上蒙头就睡。虽然她什么话也没说，家里人还是从周围人的风言风语和她的种种异常表现中猜出了她在城里发生的事情。

韩春秀的大哥正在箍石窑，很多亲戚都来帮忙，除了雇来的几个匠人外，小工基本上都是自家人。窑洞里不停地有人进进出出，几乎每个进来的人看到炕上躺着人都要问："这是谁呀？"

"是春秀。"

"咋啦？"

"不知道，大概是感冒了吧。"

新窑就在原来的土窑洞旁边，刚刚进入挖地基的阶段，每天土方量很大，韩春秀的父亲也拉着架子车加入铲土、运土的行列当中，干得比谁都卖力。平坦的道路很快就被无意间撒落到地上的湿土垫高了，形成了一个个小土坡。这天下午，老汉大概是干活干累了，拉车的时候一不小心脚一歪，把车轱辘陷入了一个被雨水冲出来的泥窝子，任韩春秀的姐姐和大嫂在后面怎么推，他在前面怎么拉都拉不出来，只好在原地停下休息，准备歇口气再拉。

韩春秀的大嫂小声问她姐："春秀到底是怎么回事？"

"唉，真是亏了人了，死女子念书花了那么多钱，学没考上，还叫人白耍了，简直把咱家的人都丢完了。"她姐没好气地说道。

"我早就说过，女子家大了脑子就变笨了，念不下书了，还不如早早地出嫁了，省得家里费心，你们就是不听！"她大嫂不满地撇了撇嘴，"这下可好，看人家谁还敢要她！"

韩春秀的父亲一言不发，弓起背又开始拉车，三人努力了一番还是没用。

"把春秀给我叫来，让她帮忙推车！"老汉大声命令道。

两个女人相互看了一眼，她姐果真跑去叫春秀，不一会儿，那女子便无精打采地来了，她姐夫也跟着来了。

"春秀，好好用劲，别偷懒！"她姐夫半开玩笑半认真地说道。

韩春秀咬着牙拼尽全身的力气和众人一起推车，只听"轰隆"一声响，车子从泥窝子里弹跳出来，冲上了土坡。眼冒金星满身虚汗的韩春秀刚要转身回去，被父亲叫住了。"别走，跟着帮忙干活去！"她畏怯地看了父亲一眼，跟在他身后来到工地上铲土、推车，一连干了一个小时才回去。原本就有些隐痛的小肚子疼得更厉害了，腰困得就跟快要断了似的，身子下面不停地往外流血，就像来了例假一样，把两层裤子都渗透了。

晚上她躺在炕上，感觉自己在发烧，肚子里就像装了一块铁饼似的沉甸甸地直往下坠，还有一股说不出的难受劲。她猜想一定是自己干活累出了病，但是又没法跟家里人说，只好把头捂在被子里偷偷地哭。她母亲等亲戚们都走了，边脱衣服边在后炕上气愤地骂："你这个死女子，整天在外头疯跑疯逛，咋不死到外头去？还跑回来干什么？全家人舍不得吃，舍不得穿，辛辛苦苦把你供了几年，书没念下，还做下那么不要脸的事，怎么有脸回来见你的大和妈？见你的哥和嫂？咱们家人老几辈都没有让人说过一句闲话，没想到在你大、你妈的手里偏偏出了你这么个野女子，把全家人的脸都丢尽了，你让我们以后怎么在人前活呀……"

她父亲也在不停地叹气。韩春秀拼命咬住被角不让自己发出哭声。她的身上在流血，心也在流血。那一刻，她特别想死。她记得以前看过的书里都说女人的贞操比生命还重要，那些被男人玷污了的女人大都选择去死，因为这是让自己和家人摆脱耻辱的唯一方式，可以把很多人对她们的厌恶和埋怨浓缩成几滴眼泪和一声叹息，以最快的速度掩埋到坟墓当中。以死明志，以死抗争，这种行为既勇敢又伟大，千百年来一直受到人们的推崇和赞扬，在小说和戏剧中，往往会成为一个悲剧故事最合情合理最震撼人心的结局引起读者的共鸣。故事的主人公虽然没有成为贞女，但也算得上是烈女，能够流芳百世，让人既惆怅又感动。可是一想到自己才十几岁，还没有在这个世界上好好地活一回，她不甘心也不愿意就这样不明不白地死去，只是为自己不幸的命运感到难过。

第二天早上，家里人照旧各忙各的，没有一个人问她哪里不舒服。她的烧一直没有退，浑身疲乏无力。一晚上她用光了两大卷卫生纸，感觉身上的血都快要流光了，可还在往外流。她非常害怕，心里想：再这么下去，非死在家里不可。就挣扎着爬起来，喝了点开水，收拾了几件衣服，背着书包出了家门，径直朝公路上走去。恰好有个同村的小伙子开着拖拉机要上城里去，她就跟着他一起走了。

韩春秀找到蒋美丽，哭诉了自己的遭遇，蒋美丽带着她找到自己的妈妈郑雨兰，让她帮忙找个医生给自己的同学看病。郑雨兰说，从交道镇卫生院调上来的孙淑敏大夫是妇产科专家，找她看绝对没问题。三人来到妇产科门诊，办公室里坐着一位四十多岁的中年妇女，头上别着黑色的发卡，面容十分慈祥。郑雨兰介绍说这就是孙淑敏大夫。孙淑敏笑眯眯地问韩春秀怎么了。郑雨兰见她吞吞吐吐的有些难为情就借口有事躲开了。

"孩子，你不要有任何顾虑，你对阿姨说的话，我一定会替你保密。我只管看病，其他的事跟我无关，我不会出去乱说的。"孙淑敏耐心地鼓励道。

韩春秀被她的真诚打动了，鼓起勇气说出了事情的经过。孙淑敏详细地了解了病情以后，为韩春秀做了妇科检查。

"小姑娘，你还很年轻，要好好地爱惜自己的身体呀！"从检查室出来后，孙淑敏叹息着说道。她告诉韩春秀，她得的是流产后合并感染，子宫收缩不良，给她开了一些药，嘱咐她回去以后要按时吃药，好好休息，千万不要再干重体力活，否则的话就会留下后遗症，影响以后的生育。

从妇产科出来后，蒋美丽问韩春秀打算去哪里。韩春秀苦笑了一下说："那个家我是不会再回去了，我这辈子就是死也要死在城里。我暂时先住在咱同学家，等病好了就在城里打工，自己挣钱养活自己。"

十四

从东正县驶往新安城的长途汽车天刚蒙蒙亮就摇摇晃晃地出发了，一路上走走停停，左一个弯，右一个弯，拐了十几个弯还没有到站。此时，天已经大亮了，路上的雾气渐渐散去，可以清清楚楚地看见路边挺拔的白杨，河畔绿油油的花生地，叶子已经开始泛黄的玉米地，顶着硕大的圆盘像士兵一样排列整齐的向日葵，还有收割过后尚未耕种的干巴巴的空地。对面山上林木间裸露的黄土，就像穷人的破衣裳下面不小心露出的白花花的肉，透着说不出的寒酸和凄凉。在陕北，同一个地区的植被和地貌基本上没有太大的差别，唯一不同的是各个地方的建筑。陈灵均发现，越靠近川道，越接近市区，沿途的村镇越发达，人们的穿着打扮也越体面，就连脸上的精神气也跟久居大山的人不一样。他想象不出真正住在大城市里的人是什么样子，他只在电影和电视中看到过他们。他也想象不出他即将就读的那所学校又是什么样子。他下意识地看了一眼放在司机座位后面的铺盖卷和小木箱。这只小木箱是父亲亲手为他做的，陪伴他读完了初中，现在又要去读中专。从前一天中午开始，他带着这只小木箱从家门口坐上班车到了县城，在车站的长凳上睡了一夜，第二天一大早又坐上去往新安城的车。每逢有人上下车，他都要警觉地查看一下自己的行李，生怕被人顺手牵羊扛走了。箱子里其实没有什么值钱的东西，除了几本书、一身旧毛衣毛裤、几件内衣外，还放着姐姐为他买的一双新球鞋，大嫂亲手为他纳的两双新鞋垫，母亲为他做的几张白面芝麻烙饼和二嫂给他带的两瓶西红柿酱。西红柿酱装在带橡皮塞的玻璃瓶里，瓶口封着蜡。从瓶子外面就能看见红色的西红柿汁、青色的辣椒、黄色的花生豆、黑色的花椒粒、白色的芝麻仁，非常馋人。二嫂说，这种瓶子只有医院里有，一般人还弄不到，她是专门找了一个在镇医院上班的医生才弄下的。瓶子里原先装着药水，给病人吊完针后没用了，医生就收集起来，洗干净了装西红柿酱。用吊针瓶保存西红柿酱的办法也是医院里的医生最先发明的，可以放好几个月都坏不了。

洁净光滑的玻璃瓶似乎把他与医院之间的距离突然拉近了。在这之前，他对医院的所有印象仅仅来自中考过后经过县医院时看到的一幕情景。那天下午，天气晴朗，阳光明媚，医院新修的门诊楼前的花坛里盛开着五颜六色的鲜花，一位年轻的女医生穿着雪白的大褂站在花坛边背对着他，两只手随意地插在衣兜里，乌黑的头发就像瀑布一样披在肩上。一阵风吹来，大褂的后摆飘了起来，远远望去，就像一只白色的蝴蝶在风中飞舞。如今，这只白色的蝴蝶已经成了他们全家的希望。得知他考上卫校的那天晚上，父亲捧着录取通知书哭了。长这么大，他还是第一次看到他流泪。平时对他父亲冷嘲热讽从来没有正眼看过他一眼的吴有仁破天荒走进他家，坐在炕上和他父亲拉了半宿的话，不停地夸他父亲教子有方，夸他有出息。村里的其他人也争相上门祝贺，仿佛他家一夜之间变成了名门望族似的。

开学的前一天，哥哥嫂子姐姐姐夫全都回来了，母亲特意包了一顿饺子给大家吃，全家人高兴得就跟过节一样，大家都嘱咐他好好学习，将来一定要当一名好医生，他的心情也特别激动，一晚上都没怎么睡好。

"快看，宝塔！"车上不知谁喊了一声，一车人呼啦啦全挤到左侧的玻璃窗前好奇地望着远处的山上那个标志性的建筑。陈灵均的心跳马上加快了，他知道，自己朝思暮想的新安城就要到了！

车子突然晃动了一下，一位个头很高长得特别壮实的小伙子不小心踩到了他的脚，连声说："对不起，对不起！"那位小伙子背着一个黄书包，穿一身带两条白道的蓝色运动衣，布料已经很旧了，颜色有些发灰，一条裤腿被他卷到了小腿中间，腿肚上发达的肌肉就像发酵过度的馒头一样高高地朝外鼓着。

"没事，没踩疼。"陈灵均见对方一脸诚恳的笑容，便含笑答道。

"太好了，马上就到了！"小伙子握了一下拳头，脸上浮现出掩饰不住的喜悦，肉乎乎的脸颊因为过于激动变得红扑扑的，看上去十分可爱。过了两三分钟，他退回到右边的座位上，脚尖兴奋地上下摇晃着，好像已经坐不住了。

到站后，陈灵均扛着铺盖抱着箱子在候车室里四处张望。通知书上说学校有车来接，他不知道车在哪里，怎么去找。正着急呢，突然看见门外走进来一位戴眼镜的男人，手里举着一个牌子，上面写着"新安地区卫生学校欢迎新生入学"。他就像找到了自己的部队一样赶紧跑过去，迎接新生的老师让他先在候车室外面的台阶上等着。很快他的身边又来了几名新生，其中一名就是和他坐同一辆车来到市里的背黄书包的小伙子。他看到陈灵均也在这里很惊讶，问他叫什么名字，在哪个班。问完后高兴地拉着他的手说，他俩都是医士班的，他叫杜海军，也是东正县人。

"以后咱们就是同班同学，说不定还会分在一个宿舍里呢。"

陈灵均说："有可能，能坐一个车来上学是咱俩的缘分。"

两人兴致勃勃地说起原来就读的学校和家庭住址，发现他们虽然在两个乡镇，但是住的地方并不远，两个村子只隔一道沟，相距十几里路。陈灵均问他怎么没拿铺盖，他说，两天前有顺风车到新安城给他提前捎过来了。

在他们说话的中间，一位穿着黑西装白衬衫黑皮鞋，戴着手表的男生一直笑眯眯地看着他俩。这位男生中等身材，白净的面容看上去既文静又老实，尖尖的鼻子跟新疆人有点相似。两人刚一说完，他就腼腆地自我介绍说，他叫沈若拙，也是东正县的，高中毕业后考上了九〇农医班。农医班学的也是临床医学，三年制，属于自费班，比他们早一年毕业。沈若拙是周围十几名学生中唯一一个穿着新衣服来上学的学生，但是他身上没有丝毫的傲气，反倒显得有点不好意思。

司机见来的人够一车了，就让大家上车。大卡车上站了将近二十个人，连东西带人挤得满满的。车刚刚发动，远处跑来一位女老师大声喊着"等一等!"带着一位提着行李的女生直往车跟前撵。陈灵均和沈若拙赶紧帮她们把行李拉到车上。杜海军伸出手要拉那位女生，被她拒绝了。"不用，我能上来。"她抓住车挡板下面的把手，脚踩着轮胎，非常敏捷地爬了上来，动作比一般的男生还要利落，大家都为她叫好。站在后面的男生主动将她让到前面，她紧挨着陈灵均站在左侧的挡板旁。这位女生的脑袋后面梳着两条细长的辫子，穿一件白色碎花上衣，衣服的质地大概本身就不太好，经过反复搓洗变得很薄很透，从外面能清清楚楚地映出里面黑色的内衣。已经是初秋了，学生们大都穿的衣服颜色比较深，非黑即蓝，而她身上的颜色显然已经跳出了这个季节应有的色彩，与周围的人显得格格不入。她的长相十分平常，扁平的脸颊像是被太阳暴晒了一个夏天似的，黄中带黑，鼻子周围还有不少斑点，眉毛又细又淡，眼睛不大，眼皮光光的，薄薄的嘴唇微微向外翘起，下颌抬得很高，似乎有意让自己头部的位置显得比别人更高一些，眼睛一直看着高处的风景，仿佛周围的人不存在似的。从侧面看，女孩的身体格外消瘦，浑身上下几乎全是平的，就像一块用布裹着的木板。一位女生问沈若拙是哪个班的，她听到沈若拙的回答后突然转过身来，略显羞涩地自我介绍说她也是九〇农医班的，名叫顾一萍。沈若拙问她是哪里的，她说是东正县的，沈若拙就把刚刚认识的两位老乡介绍给她。见到自己的老乡，顾一萍显得很惊喜，话也慢慢地多了起来。

　　卡车沿着河道边的公路向北行进，市中心一簇簇高大的建筑像徐徐展开的画卷不断向前延伸。新安城是一座有着上千年历史的塞上古城，勤劳智慧的祖先给子孙后代留下了许多宝贵的文化遗产，闻名遐迩的宝塔就是其中之一。新中国成立前，这里曾经多次遭受日军敌机轰炸，当地的抗日武装与共产党带领的红军在这块伤痕累累的土地上建立了西北地区重要的革命根据地，为全国的抗战胜利打下了坚实的基础。如今，随着现代工业经济的崛起，新安城已经旧貌换新颜，呈现出几分大城市的繁华与热闹，是许多怀揣"淘金梦"的青年朝思暮想的理想之地。这里五六层高的楼房，对于平常习惯于低着头干活写字的农民和学生来说，已经高到了他们不得不仰视的地步。

　　路上步行的、骑车的、等车的、坐车的人特别多，喧嚣的人声和汽车发动机的轰鸣声伴随着呼呼的风声，不断从耳畔掠过。前面的一辆公交车到站了，恰好停在这辆车的前面，十几个人从车里走出来，又有更多的人挤了进去。透过车窗，挤得变形的人脸露出各种各样的表情，有的人张开嘴像哑巴一样说着外面的人无法听清的语言。相比之下，学生们乘坐的卡车则显得自由而空旷，尽管车上的风很大，但是阳光却很温暖。感觉是个晴天，头顶却看不到太阳，只有一层灰蒙蒙的雾霭飘浮在上面。据说这就是新安城特有的天气，一年四季都是这样。河边的柳树叶子已经显出衰败的迹象，在风中哗哗地抖动着，让人有一种恍若隔世的感觉。

　　有人指着沿途的景观给众人介绍："这是万佛山，那是凤鸣山，那儿就是新安中学，那边是师范……"

　　路过卷烟厂时，巨大的烟囱里冒出的黑烟让车上的学生几乎同时发出惊呼。

　　没过多久学校就到了。

　　新安地区卫生学校位于北郊的半山腰上，距离市中心有五公里的路程，是西北地区第一所中等卫生专业学校，成立于1952年。三十多年来，从这所学校培养出来的医务工作者遍布城乡各个医疗机构，其中一部分人在从事临床工作的同时，还抽出时间回校任教，担负起培养下一代的职责。尽管在过去的几十年当中，新安城的市容市貌已经发生了很大变化，新安地区卫校依然保持着原来的样子，久经沧桑的面容老态龙钟，并且留下了许多难以修复的伤痕。通往山上的路是之字形的，坑洼不平，破破烂烂的大门里全是破旧的房屋，没有一处是新的。校园面积很小，呈半封闭状态。近处靠近河畔的右侧是一座顶上

125

刻着红五星的旧食堂，旁边是一排教室，墙上有很长的一块黑板，像生产队的自留地一样被人均匀地分成十几块，播撒着五颜六色的文字和图案。食堂和教室的前面有一个长方形的小花园，花儿大都衰败了，只有几朵粉红的月季和金黄色的菊花开得正艳。紧挨着教室的那一侧有一栋四层高的教学楼，和实验楼连在一起，一正一侧，像折扇一样把东南面投射过来的阳光严严实实地遮挡在校园之外，使大半个院子长年都沉浸在阴冷之中。教学楼对面靠山的那一侧有两层红砖楼，南面那一半是女生宿舍，北面那一半上面是办公区域，下面是男生宿舍，其余的宿舍都在山上的窑洞里。从实验楼和红砖楼中间的通道里穿过去就是操场，地面粗糙不平，杂草丛生，到了夏季跑道边还会长出野花，因此大家都说这是一个"活"操场。操场的近处有单双杠、秋千架、乒乓球桌、吊环等健身器材，远处有一排小房子，饲养着羊、狗、猪、兔子、小白鼠等动物，大部分都是做完手术或实验后幸存下来的，由一名饲养员定时来喂养。操场东面的山上长满了杨树、槐树、榆树等树木，春夏秋三季，这里也是学生读书和约会的好去处。

单纯从校园的环境和设施来讲，这里还比不上一般的县级中学，很多学生为此感到很失望。但是对于像陈灵均这样的贫困生来说，能有一张独立的床铺，能吃到免费的饭菜，每月还能领到十元钱的生活补贴，是莫大的幸事。当然最重要的，是他们可以在这里学到专业知识，这是实现自己的职业理想必须迈出的第一步。

让陈灵均感到特别高兴的是，他和杜海军真的分到了同一个宿舍。宿舍在山上的窑洞里，一共住六个男生，全都睡在架子床上。他们刚来的时候，已经有一个名叫汪学义的学生先到了，正坐在床上边读小说边嗑瓜子，跟两人打了声招呼又低下头看起书来。陈灵均一看书名和封面的配图就知道是金庸的武侠小说。他选了一个下铺，杜海军把自己的铺盖卷放在他的上铺，笑着说，这样晚上躺下拉起话来比较方便。

九一医士班的班主任叫郑浩然，是一位教药理学的老师，三十多岁的年纪，一米七五的个子，长方脸，留着精干的小平头，皮肤黑黑的，长得算不上英俊，但是却透着这个年龄段的男人特有的成熟和刚毅。他不说话的时候整张脸看起来就像一块深褐色的大理石，但是当他张开嘴巴露出笑容时，唇齿间陡然闪现的两道白光使那张脸显得立体而生动，就连嘴唇上的胡须都会透出几分温柔。郑老师说话干净利索，声音很有磁性。班里一位叫苏雅玲的女生说，郑老师很可能是唱美声的男中音，她从他说话时发声的位置和气息能听出来。杜海军则认为郑老师身上有一种军人气质，说不定从前当过兵。他们对老师的判断仅仅来自在教室外面站队排座位时听到的几声铿锵有力的命令。当自习课上，郑浩然站在讲台上给他们上了入学后的第一堂课后，他们对他的印象马上就改变了。

"同学们，不管这是你们自己选择的还是别人为你们选择的职业，从今天开始，你们就是未来的医生了。这意味着你们的肩上有了一份沉甸甸的责任和使命，有了和别人不一样的人生。知道医生是干什么的吗？呵呵，有人说救死扶伤。这样说没错，我们就是要用自己学到的医学知识和医疗技术救治病人，扶助病人，维护他们的生命和健康。但是今天我想要告诉你们的是，到目前为止，在疾病面前，人类的认识还是非常有限的，我们所掌握的医疗技术远没有想象的那么神奇。事实上，在很多情况下，我们是无法战胜疾病的，只能为病人减轻痛苦或者延缓和控制疾病的发展速度。"看到底下的同学都露出惊讶的表情，郑浩然不动声色地继续说，"千万不要以为把这四年的学上完了，你们一走出校门就是一名合格的医生。要想成为一名真正的好医生，需要经过很长时间的学习和磨炼才能逐渐地成熟起来。这段时间可能是几年，也可能是十几年，几十年，甚至是一辈子。所以你们必须要做好以下几个方面的准备。

"首先，要做好终身学习的准备。我们从事的是直接关系到人的生命和健康的职业，容不得一丝一毫的马虎。如果没有扎实的理论基础，是很难胜任这份工作的。另外，医学在飞速发展，疾病也在不断发展变化，人们对医疗方面的要求也在日益提高，我们要不断获取新的知识，掌握新的技术，才能跟上时代的步伐，否则的话就会被淘汰。

"其次，要做好吃苦的准备。对于一名医生来说，病人的生命永远高于一切，只要病人需要，随时都要投入紧张的工作当中。大家都知道，临床医生是二十四小时值班制，上满二十四小时能不能按时下班，并不取决于你，而是取决于你的病人，只要病人没有脱离危险，你的工作就没有结束。因此很多时候，你可能连续工作了三十个小时还不能回家。遇到特别复杂的大手术，有时要在手术台前连续站十几个小时，中间不能吃饭、喝水、睡觉，也不能上厕所。所以你们一定要锻炼好身体，良好的身体素质是一名医生必须具备的首要条件。

"再次，要做好远离亲人和朋友，没有娱乐和休闲时间，经常以医院为家的准备。因为我们的工作性质决定了我们无法同时兼顾事业和家庭，只能舍小家顾大家。

"还有一条非常重要，要做好不计回报默默奉献的准备。如果你当医生只是为了得到一份丰厚的报酬，那么我奉劝你现在就走出这间教室，永远不要踏入医院的大门。一个只看重金钱不重视生命的人是不可能成为一名好医生的，因为他的内心是自私的，功利的，在没有利益的前提下，是不会为别人全心全意地付出的。我们的这支队伍需要的是敬畏生命，珍视生命，真心热爱这个职业，并且能够在工作中获得价值感和成就感的人。

"最后，你们还要做好随时面对误解和质疑的准备。因为医学是永远没有止境的，没有一个医生可以做到全知全能，总会遇到无法诊疗的疾病，无法治愈的病人。尽管你已经尽力了，但是病人和家属不一定能够理解你，信任你。如何跟他们沟通、解释，也是我们应当具备的一种职业素质。因此，作为医生，一定要有良好的心态，能够冷静地对待工作中出现的一些问题。"

看到很多同学露出迷惑不解将信将疑的表情，郑浩然冷峻的面容突然变得温柔起来，笑着说："好了，关于医生需要了解的最基本的东西和应当具备的素质我已经全说完了。我说这么多，并不是要打击你们的学习热情，让你们对自己的前途感到迷茫和害怕。相反，我希望当你们真正了解了这个职业以后，能够坚定自己的信念，勇敢地去面对各种挑战，为人类的健康和幸福做出应有的贡献。如果有一天当我听到有人在我面前提起你们的名字，伸出大拇指夸奖你们的时候，我一定会为你们感到骄傲的，同时，我也为自己曾经是你们的老师感到自豪。下面，全体同学起立，请大家举起右手，跟我一起来宣誓……"

教室里立刻响起一片整齐而洪亮的声音："健康所系，性命相托。当我步入神圣医学学府的时刻，谨庄严宣誓：我志愿献身医学，热爱祖国，忠于人民，恪守医德，尊师守纪，刻苦钻研，孜孜不倦，精益求精，全面发展。我决心竭尽全力除人类之病痛，助健康之完美，维护医术的圣洁和荣誉，救死扶伤，不辞艰辛，执着追求，为祖国医药卫生事业的发展和人类身心健康奋斗终生。"

晚上回到宿舍，学生们依然在激动地谈论着和自己的职业有关的话题。大家都说，郑老师的话几乎完全颠覆了他们之前对医学和医生的认识。

"报志愿的时候我爸说，就当医生吧，工资高还受人抬举，他根本不知道学医有多辛苦，担的责任有多大。哎，你们几个都说说，当初为啥选这个专业？"来自红原县的汪学义早早地就躺在床上，拿着一本新书随意地翻看着，浓重的乡音很有地方特色。

"中专的专业就那么几个，咱们地区只有师范、卫校、农校和林校，我和我们家的人商量了以后，第一志愿报了卫校，第二志愿报了师范，第三志愿报了农校。结果被第一志愿录取了。"范睿一边洗脸一边笑着说道，"相比而言，我还是比较喜欢当医生。成天跟小孩子打交道，我没有那么大的耐心。"

"你跟我报的志愿一样，不过我是自己报的，我从小就想当医生。"陈灵均说道。他正在整理箱子里的东西，把大部分的饭票和菜票都夹在书里，只留下几张装在身上。

"这样最好，做自己喜欢的事肯定不觉得累，干起来也特别有劲。"范睿说道。范睿是从新安郊区的农村来的，长得有点像港台明星，乌黑的头发是自来卷，刘海儿朝一侧梳着，嘴唇上留着一小撮胡子。他是宿舍里年龄最大的学生，脑袋里储存的知识好像也比别人多，说话时总是一副振振有词的样子，很像久经世事的成年人。

刚刚从操场上跑完步回来的杜海军运动裤的一条裤腿还朝上卷着，脸上汗津津的，两颊的皮肤更加红润了。

"杜海军，你的志愿是谁报的？"陈灵均问道。

"我姐。她说当医生好，像我这种性格最适合当外科医生，不过她认为我有一个缺点，就是性子太急，要是能慢上一点，再细心一点就好了。"

"那你喜欢这个职业吗？"汪学义问道。

"我以前没有认真地想过这个问题。不过今天晚上听了郑老师的话，我突然喜欢上这份工作了，我觉得我天生就是当医生的料。你们瞧瞧，我的这把身体不要说在手术台前站十几个小时，就是站二十个小时也不会晕倒。"为了证明自己的体力，他故意在结实的胸口上用力拍打了几下，"我补了两年才考上，一定要好好学习，否则的话就对不起家里的爸爸妈妈。他们都是受苦人，挣钱不容易。"

"咱们都是凭自己的本事考上的，都不容易。有个别人是走后门上的学。我认识一个学生，他平时在班上只是中下等的学生，这次也顺利地通过预选考试和正式考试上了中专。我听说他爸爸是煤老板，考试前给招生办的主任送了一车煤。一车煤很值钱的，差不多有一千块吧。"汪学义愤愤不平地说道。

"应该有。"范睿肯定地点了点头，"人家爸能行，靠爸；咱爸不行，靠咱。

咱凭自己的真本事吃饭，虽然苦点累点，不管走到哪里都扛扛硬硬的，谁也不用怕。那些学习不好靠他爸走后门上了学的娃，在学校能学到东西吗？分配到单位上能把工作拿下来吗？我看，这些人多半像他们的老子一样，整天混吃混喝，只能靠歪门邪道升官发财，给社会做不出什么贡献。他们的老子有权有钱的时候还能风光一阵子；等老子老了，没权没钱的时候，日子就不好过了，说不定哪天父子俩就一起相跟着蹲班房去了。"

"说得很对。"其他人马上表示赞同。

第一学期安排的课程大都是语文、英语、化学、政治、生物学等文化课，只有一门专业课，那就是解剖学。课前大家都显得很兴奋，对课本上的专业知识感觉很神秘。

唱课前歌的时候，坐在前排的学生注意到，一位戴着银边眼镜的男老师夹着书本早早地就站在教室门口，手里还拿着一大堆奇形怪状的东西。歌声刚一落，他便大步流星地走了进来。当他把脸转向全班同学时，不少人聚在一起窃窃私语，显然，是他特殊的容貌引起了大家的注意。

"同学们好，我叫彭抱瑜，是你们的解剖课老师。"他转过身用粉笔在黑板上用力写下自己的名字，"彭德怀的彭，傅抱石的抱，周瑜的瑜。请大家一定要记住，以后见了我要喊彭老师，千万不要喊解剖老师。以前有很多学生这样叫我，说实话我很不高兴。解剖老师，老师是你们随便可以解剖的吗？"

底下的同学全都大笑起来。

"我的样子很好记，大家看看我的脸：粗糙不平，上面还密密麻麻地长着高低不平的疙瘩，看上去是不是很恐怖？不要害怕，这是一张典型的'福尔马林脸'。知道福尔马林是什么东西吗？说得很对，是一种防腐剂，对皮肤有很强的刺激性，我们通常用它来浸泡教学用的人体组织和器官。我已经教了十几年的解剖课，经常要接触福尔马林，所以久而久之就变成了这样。其实我年轻的时候长得很帅，不信大家可以问问校长和年纪稍微大点的老师，不然的话，我怎么可能娶到那么漂亮的老婆，生下那么可爱的女儿。我老婆不知道你们见过没有？她在学校的图书馆工作……"

"我的天哪，真是太可怕了！"

"彭老师真可怜！"

前面的男生在笑，后面的女生却露出同情和惋惜的神情。

"彭老师的爱人我见过，确实很漂亮，看上去比他要年轻好几岁呢。"坐在中间靠前一点的位置的罗泓玉小声说道。罗泓玉这个女孩子皮肤白白的，脸蛋很圆，弯弯的浓眉下面闪烁着一双聪慧的大眼睛，模样看上去十分俊秀，却偏偏留着小子头，穿着男孩子的衣服，虎背熊腰地坐在座位上，从后面根本看不出是个女孩子。

"好，现在开始上课。"彭抱瑜拿着粉笔似信手涂鸦般，三下两下就画出了极为形象的头颅和颈椎的轮廓，然后开始讲解。讲完后，他先让学生们低下头，摸自己脖子后面突出的硬结，然后拿出几块形状奇特大小不一的椎骨和颅骨让大家传着看。

"这是真的，还是假的？"杜海军伸长脖子好奇地问道。彭抱瑜正在和坐在前排的陈灵均说话，没有听到。

教具传到陈灵均手里以后，他以为是模型，摸摸这儿，摸摸那儿，对照课本上的例图用心记忆每个部位的特征和名称，感觉有一股刺鼻的气味老呛着嗓子眼，心里想：为什么这个玩意儿这么难闻呢？就把手里的骨头凑到鼻子底下仔细地闻了闻。

"这是福尔马林味。"彭抱瑜望着他微笑着说道，然后朝教室里扫了一眼，大声提醒道，"福尔马林对皮肤有刺激性，大家摸了这个东西以后，千万不要再摸脸和眼睛，回去以后记住一定要洗手。"

陈灵均马上意识到，握在他手里的是真正的人骨，也就是死人的骨头。他的手腕明显地软了一下，但是并没有把东西立刻放下，又强装镇定仔细地看了看，才递给后面的同学。周围有很多双眼睛投射出期待的目光，他们似乎因为这是真实的，跟自己身体里的脊椎一模一样的骨头而感到兴奋和激动。

苏雅玲刚把骨头拿到手里就"哇"的一声差点吐出来。她看到同学们都把视线集中在自己身上，强忍住恶心对照课本匆匆忙忙看了一遍，赶紧转身递给罗泓玉，然后趴在桌子上不停地发呕。罗泓玉认真地看了好几分钟，才传给同桌折志明。折志明看过后传给了范睿，范睿又传给坐在最后一排的杜海军。这时，全班所有的同学都看到模型了，其他人早就把教具交上去了，只有杜海军还拿在手里像拿着心爱的玩具似的，翻来覆去看个不停。

彭抱瑜只好走到他面前问："看好了没？"

杜海军迟疑地看了老师一眼，笑着说："差不多了。"

"看看就行了，回头对照课本再加深一下记忆。"

彭抱瑜把东西收走以后，范睿扭过头问杜海军："你刚才是怎么回事？"

"我想拿到宿舍里再仔细地研究研究。"他把手挡在嘴巴上悄悄地说道。

"你就不怕把鬼带回宿舍吗？放在被窝里肯定会做噩梦的！"范睿瞪着眼睛龇着牙齿故意做出一副发瘆的样子。

"没准是好梦呢。看到这么帅这么爱学习的小伙子，她要是个女的，一定会爱上你的。"罗泓玉转过身来调皮地加了一句。

"有可能。"杜海军还是一副笑嘻嘻的样子。

十五

苏雅玲上完解剖课后，鼻子里老是有一股浓浓的福尔马林味，她把自己的袖子和衣服挨个闻了一遍，发现气味是从自己的手上散发出来的，很想马上洗掉，但是又没地方洗，只好坚持到中午放学以后。回到宿舍，她用香皂连洗了三遍，那种令人恶心的气味总算变淡了，但是残留在心中的记忆并没有完全消退，让她觉得整个世界都充满了从坟墓里散发出来的阴冷、潮湿、腐败的气息。

宿舍里的同学叫她一起去打饭，她说胃里难受不想吃，就像生了病似的靠着床边的栏杆懒洋洋地坐着，不想再用手去碰桌上的杯子、床上的被子，好像会被那种可怕的液体污染了似的。

也有几个同学说有点反胃，但是她们照旧吃喝。她听见外面有两位女同学端着饭碗站在过道里边吃边说话，其中一位发愁地说，细粮票只有十九斤不够吃，粗粮票有十一斤半，每天早上只能喝稀饭又喝不完，感觉挺浪费的，不知道该怎么办好。

"我听说陈灵均早上不买馍，一次打两份稀饭两份小菜，他早上喝两份稀饭就一份小菜，剩下的那份小菜留着中午就着两个馍吃，下午他只吃一个馍就一份热菜。这样的话每月就不用再额外买饭票和菜票了。"

"这个办法好，像咱们这种块头大饭量也大的女生就得这么算计着过。像人家苏雅玲那样身材苗条又爱美的女生，早上只喝稀饭，中午和下午一顿只吃一个馍，细粮票还愁吃不完呢。"

"我不知道咋啦，一天到晚老觉得饿，一顿赶不上一顿，稍微少吃点就会觉得心慌。你说，那些吃得少的女生真的一点都不饿吗？"

"谁知道呢。我估计人家的胃比咱们小，没有被完全撑开，稍微吃点就饱了。啊呀，不要再说这个话题了，成天光说吃吃吃，感觉自己就跟饭桶似的……"

听到这里，苏雅玲抿着嘴一脸耻笑的表情。她用两只脚相互搓着把鞋子蹬掉，然后歪着身子慢慢地躺倒在床上，把两只手轻轻地举起来放在枕头边，好像那是临时跟别人借来的，还有点不大习惯。一想到未来的学习生涯中不知道还会遇到什么稀奇古怪的事情和难以克服的困难，心里不免有些忐忑和担忧。

"苏雅玲，你小姨看你来了！"门外突然响起罗泓玉的声音，隐隐约约还有她小姨的说话声。

苏雅玲一骨碌从床上爬起来，赶紧穿上鞋子以最快的速度冲到门口，拿起窗台上的梳子，对着墙上的小圆镜把凌乱的头发梳理整齐。这面小圆镜是她开学的时候买的，挂在这个位置光线很好，梳头、化妆特别方便，全宿舍的女生都很感谢她提供的这项贴心福利。

不到一分钟的时间，一位穿着时髦的年轻女人从门外走了进来，一看到苏雅玲就亲热地拉住她的手，两人坐在床边说起话来。罗泓玉悄悄地端来一杯茶水放到客人面前，礼貌地请她喝水。那女人马上露出开心的笑容，连声说谢谢。

苏雅玲向罗泓玉和其他同学介绍说，她小姨在市里的一家商店工作，利用午休时间特意来看她。

"学校的条件怎么样？"

"教室很宽敞，上自习课的时候灯光很亮，晚上熄灯以后还可以到电教室去看书。宿舍里比较潮，食堂里的饭菜口味不太好。"

听到她的评价，舍友们全都投来惊讶的目光。

她小姨大概觉察到了什么，问坐在旁边的冯卓："这里的饭菜你吃得惯吗？"

"我觉得挺好的，比我妈做的都好吃。我们家在农村，平常吃饭不太讲究。"冯卓不好意思地答道。她是一位身材特别瘦小的女孩子，看上去文文弱弱的，比较胆小。

"那么，你呢？"她小姨又问站在旁边的罗泓玉。

"很好吃，尤其是炒菜，闻起来都很香，我一顿能吃满满一碗，连菜汤都喝了。"

"你家是在……"

"在安定县城。我爸是县医院的外科医生。"

"雅玲，咱们到学校来主要是为了学习，不要在生活上要求太高。你也是从县城考上来的，以后要像其他同学一样努力适应新环境，不要显得自己太特殊。没事多跟大家说说话，多交一些新朋友，你看这些同学多朴实，好好学习人家的长处……"

父母都是事业单位职工从小娇生惯养的苏雅玲原本憋了一肚子的委屈想跟小姨诉说，没想到刚说了几句就挨了一顿批评，心里特别郁闷，她强装笑脸对小姨假意应承，心里却对跟自己唱反调的同学充满了怨恨。小姨刚一走，就捂着被子偷偷地抹起了眼泪。

何宏伟考上师范以后听说陈灵均在卫校上学，开学后的第二星期就跑来看他。两个学校离得不远，中间隔一条河。他进了校园很快就打听到陈灵均的宿舍，沿着陡直的台阶爬上山，来到一个很小的院子里，见宿舍的门开着，里面黑咕隆咚的没有人，门前不远的地方有一位高个子男生正在晾晒衣服，长长的线绳上床单、衣服一件紧挨一件，晾得满满的，地上"吧嗒吧嗒"不停地往下滴水，没有用水泥硬化过的土院子已经变成了稀泥堆，被粗心大意的人踩出了好几个泥脚印。

"这位同学，请问这个宿舍里的人都到哪里去了？"他走到那位男生跟前试着问了一下。

男生看了他一眼，反问道："你找谁？"

"陈灵均，我是他初中同学，刚从师范过来。"

那位男生马上露出热情的笑容，示意他到宿舍里休息："他到后山的小树林里看书去了，你稍微等一会儿，我晾完衣服带你去找他。"

何宏伟走进宿舍，发现里面的床铺大都很凌乱，只有后面的一个下铺被子叠得方方正正，床单洗得干干净净，铺得平平整整的，没有一点皱褶，床头放着两本书，分别是《平凡的世界》上部和下部。他估计这个铺位是陈灵均的。因为上初中的时候他就是一个干净整洁的人，还特别爱看书。他在床边坐下，拿起放在上面的那本书，发现里面夹着一张自制的书签，上面写着"腹有诗书气自华"，一看就是陈灵均的笔迹。书已经看了一百多页，他怕翻乱了，又合起来放回原处。

这时，门外的那位男生拎着脸盆走了进来，"咚"地往地上一放，说了声

"走"，两人便出了门，下了山，穿过红砖楼与实验楼之间的通道，来到操场上，沿着旁边的小路往后山上走去。那位小伙子走路时腿抬得很高，两只脚习惯地朝两边分开，脚底下就像有弹簧似的，步伐特别轻快，一看就是经常锻炼的人。何宏伟听他说话的口音很像自己家乡的人，就问他是哪里的，叫什么名字。小伙子说他叫杜海军，是南涧公社的。何宏伟在安门公社，一说起来，两人对对方的家乡都很熟悉，马上就亲近了许多。

上山后，杜海军先在低处的树林里转悠了一圈，没有找到人，就带着他又往上爬了一段路，果然看到了正在用心读书的陈灵均。陈灵均还穿着初中时穿过的那件旧军装上衣，衣服比原来合身多了，颜色褪得很浅，袖口已经成毛边了，但是洗得非常干净。杜海军说他有事，转身回宿舍去了。陈灵均抱住老同学的肩膀亲热地拍打了好几下，两人坐在他带来的报纸上聊了起来。何宏伟告诉陈灵均，东正县中学三百多名考生中，除了一个名叫杨博文的城里学生考上了市重点中学——新安中学外，一共有九名学生上了中专，其中只有两名是应届毕业生，那就是他和何宏伟。两人都为自己能顺利考上中专感到很幸运。何宏伟说，班上没有考上中专的同学，农村的除了三四个家庭条件比较好的选择了在别的学校插班补习，准备明年再参加中考外，大部分都退学了，男的出去打工，女的在家务农，有一个已经订了婚，马上就要结婚了。陈灵均对此十分感慨，发了一阵议论，回忆了学校里的一些人和事，不知不觉就到了中午。陈灵均带着何宏伟到食堂吃了午饭，饭后一起回到宿舍。何宏伟之前坐过的那张床果然就是陈灵均的，他指着床头的书好奇地问他："你们学医的还需要看这些？"

"这只是我的个人爱好。医学书籍对我来说，就像走路时穿在脚上的一双运动鞋，能让我在专业的道路上走得越来越远；文学书籍则像登山时拄在手里的一支手杖，有了这支手杖的支撑，能让我在人生的道路上站得更高，看得更远。我觉得像咱们这种从初中直接考入中专的学生，还应该多看看历史、哲学、政治、经济、艺术等方面的书籍，只有这样，才能弥补知识结构上的不足，让我们更好地适应时代发展的潮流，不至于在未来的社会被淘汰。"陈灵均认真地答道。

"我发现你说话的语气越来越像政治老师了，说出来的话也特别老成。我想不出你将来到底会变成什么样的人，最起码不是一个平庸的人，多少能干出点事情来。我平常读文学作品不多，比较喜欢《三国演义》《水浒》《聊斋志异》那一类红火热闹的小说，还有像金庸的《射雕英雄传》《倚天屠龙记》那种充满了浪漫主义、英雄主义和传奇色彩的小说，我看得最多的是历史人物传记和哲学方面的书籍，我读过王阳明的《心经》，也读过黑格尔的《精神现象学》《逻辑学》，最近刚从学校的图书馆里借了两本书，一本是曾国藩写的《冰鉴》，另一本是尚明轩写的《孙中山传记》。如果你感兴趣的话，看完了咱俩可以交换着看。"何宏伟注意到，一个假期没见，陈灵均的头发变黑了，皮肤有光泽了，人也比以前更自信了。

"快别损我了，我现在只是空想主义者，将来到了社会上能不能干成事，还是未知数呢。你的那两本书我没看过，看完了给我拿来。"

两人又说了一些关于人生和社会的话题。下午三点多，何宏伟说他要回去写作业，陈灵均陪着他一直步行到河边的小桥上才转身离去。

何宏伟并不知道，此时的陈灵均正在努力成为全年级最优秀的学生。他希望自己能像古希腊的医学之父希波克拉底、中国外科之父裘法祖、心胸外科开创人吴英恺、著名妇产科专家林巧稚那样，为人类的生命健康做出贡献。这些前辈的事迹已经深深地刻印在他的脑海中，成为悬挂在他头顶的明灯，鼓舞着他义无反顾地在学习的道路上勇往直前。他不仅用心学习专业课程，对文化课也很重视。由于他在语文课上的表现十分突出，很快就引起了夏清辉老师的注意。

星期二的语文课上，夏老师布置的作业是写一首诗歌。陈灵均只用了五六分钟就把作文本交上去了。夏老师看完后，马上拿着作文本走下讲台，来到他身边，指着那首诗用怀疑的眼神看着他问道："这是你刚才写的?"

"不是，是原来写的，我只是照着随笔本上的内容抄了一遍。"陈灵均老老实实地答道。他把随笔本拿给老师看。

夏老师拿起本子静静地看了一会儿，对他说："能把这个本子借给我看看吗?"

"当然可以。"陈灵均惊喜地看了老师一眼，毫不犹豫地答道。

两天以后，夏清辉把他叫到自己的办公室里，详细地询问了他在文学创作方面的情况，微笑着对他说："咱们学校有一个四瓣花文学社不知道你听说过没有? 现在他们正在招募诗歌编辑，我觉得你是个不错的人选，可以试着报一下名。我也非常爱好文学，家里有很多藏书，如果你想看什么书，可以随时到我家来，我的书柜永远为你敞开，你可以随便看，随便借。"四瓣花是医学生们对红十字形象化的比喻，以此来象征医者的人文精神。

陈灵均一听乐坏了："那可真是太好了，谢谢你夏老师，文学社我一定争取加入，至于你的书柜呢，我恨不得现在就去看呢。"

"好，那我现在就带你去。"

夏清辉带着陈灵均来到校门外的家属楼上，走进一套两室一厅的单元楼里。楼房的客厅很小，卧室也不大，但是每一个房间里都有一个很大的书柜，几乎占去整面墙壁，收藏着上千册的图书，规模之大，几乎都快赶上学校的小图书馆了。在跟夏清辉的交谈中他得知，夏老师其实是西北地区很有名的散文家，在国内很多有影响的文学杂志上发表过文章，还出过两本书，在省内外拥有众多的读者。

在书柜里，陈灵均发现了许多他向往已久的书籍，爱不释手地看看这个，又看看那个。

"看中了随便拿，只要看完了记得还我就行。"夏清辉坐在沙发上一边削苹果，一边大方地说道。

"没问题。"陈灵均斟酌了半天，挑选了一本巴尔扎克的《高老头》，一本《泰戈尔诗集》和一本《文学概论》准备带回去阅读。他坐在夏清辉身旁，一边吃水果、喝茶，一边跟老师谈论有关文学方面的一些话题。外面的天气很好，金色的阳光透过玻璃窗洒落在客厅的地板上，照耀着窗台前的花草，被温暖的阳光拥抱着的花叶显得分外舒展，有几株已经结出小小的花蕾正在含苞待放。恍惚间，他仿佛又回到了熟悉的家乡，眼前是广阔的田野，身边坐着慈爱的老父亲。他情不自禁地向老师笑了一下，他也报以同样的微笑，彼此之间没有丝毫的生疏感。

陈灵均回到宿舍，马上就给四瓣花文学社写了一封自荐信，并把自己在杂志和报纸上发表过的文章也附在后面。几天以后，他接到通知，文学社已经吸收他为会员，并聘任他为诗歌编辑，负责每期校刊诗歌版面的审编和刻印等工作，文学社的社长还夸他写的字跟字帖一样漂亮。陈灵均自豪地说他的字是他父亲教的，社长很羡慕他有一个有文化的爸爸。

陈灵均当上文学社的编辑以后，很多同学拿着自己的习作来找他。一天下午活动课的时候，沈若拙也拿着两首诗来投稿。他有点害羞地说，自己水平不高，只是来试试，选不上也不要紧。沈若拙也很喜欢读书，尤其是古典文学书籍。他和陈灵均一样都非常喜欢《红楼梦》、《平凡的世界》和《静静的顿河》。他不仅熟悉《红楼梦》里的人物和情节，还能背出宝玉、黛玉、史湘云在海棠诗社赛诗时作的诗，知道其中的佳句好在哪里，和人物的性格有什么关系。沈若拙说他特别欣赏晴雯聪明伶俐、真诚率直、爱憎分明、刚正不阿的性格。陈灵均也是。他们为彼此有这么多的共同处既感到惊讶又很高兴。

沈若拙的诗写得循规蹈矩，带一点古风。不过难得的是，他的诗歌感情真挚，语言精练，富有节奏感和韵律感，读来朗朗上口，倒也别有一番韵味。在当天收到的稿件中，有一位笔名叫"飞浪逐雪"的作者的作品给陈灵均留下了非常深刻的印象。这位作者可能受到西方现代主义思想的影响，诗歌具有鲜明的主体意识，语言简洁、凝练、大胆、犀利，具有丰富的想象力和敏锐的洞察力，通过简单的叙述和深度的思考，直抵读者灵魂深处，让人读后能够获得精神的超脱和心灵的自由。作者在文末没有注明班级和真实姓名，他猜不出对方到底是男生还是女生，感觉这个人很神秘，特别想了解他，就问同桌冯卓有没有看见是谁送来的。她摇着头说："刚才我也不在，没看见。"

他又问其他同学是否知道这份稿子是谁送来的。大家都说没注意。

"好像是一位穿白衣服的女生送来的，人长得很漂亮。"坐在后面的杜海军高声嚷道，嬉皮笑脸的样子很像在开玩笑。

"你骗人吧？"陈灵均回过头来望着他说道。

"没骗人，是真的。你不相信就算了。"杜海军显得很不高兴。

陈灵均还是无法判定杜海军说的到底是真是假。不过从作者俊逸的笔迹中还是隐约能够感受出一丝女性的细腻和温婉，让他不得不怀疑这是一位极具个性不同寻常的女孩。她也许像罗泓玉一样留着短短的小子头，自由洒脱，活泼开朗，但是模样肯定比她更秀气，说话的声音也更加悦耳动听，充满智慧和思辨的语言散发着迷人的魅力。她也许像苏雅玲一样秀发及腰，身姿窈窕，但是她的目光一定比她更加成熟，更加自信，敢于藐视世俗的偏见，能够穿越重重阻碍，坚定不移地向成功的彼岸驶去。

他在脑海中不停地想象她的模样，直到临睡前还是无法停止内心的活动。当思维的马车终于疲累到极限，再也没有力量带着他四处神游时，两只眼皮就像被谁放了两个铅块似的变得格外沉重，慢慢地就睡着了。

睡梦中，他迷迷糊糊地听到杜海军在叫自己："陈灵均，快起来，外面有位女生叫你！"他赶紧爬起来，发现太阳已经照到窗子上了，杜海军站在门口焦急地冲他直招手。他穿上鞋，跟着他出了校园，沿着北边的公路一直往前走，来到一个公园前，入口处竖着一个旧式的牌楼，上面写着"利乐向善"。进去后，看到许多精美的仿古建筑，庭院的中间还种植着各种各样的花草，乍一看很像《红楼梦》里的大观园。杜海军带着他穿过一重又一重的门，路上遇到很多美丽的少女，但都不是他要找的那个。最后，他们来到一个山坡前，沿着狭窄陡峭的小路一直往上爬，路边的一侧是长满了青草的山梁，另一侧是万丈深渊，非常可怕。到达山顶后，眼前豁然开朗，出现一大片红色的花海。他从来没有见过那么鲜艳那么美丽的花儿，蹲下身刚要仔细看，杜海军在旁边提醒道："她在那儿！"抬头一看，前面果然走过来一位身穿白色长裙留着披肩长发的女孩，大概十六七岁的模样，身姿飘逸，楚楚动人，很像世界名画《泉》中的少女。那幅画是他上初中时在美术老师家中看到的。虽然画上的女孩是裸体，但是不会让人产生一丝邪念，只有泉水一样纯净的美在心中流动。她似乎比画上的少女还要美，因为她的身上有一种说不清的东西在吸引着他。他立刻站起来满怀喜悦地向她走去。因为他知道，这就是他等待了十六年的女孩，她跟他想象得一模一样。她也目不转睛地看着他，清澈的眼眸中含着一丝温柔的笑意。杜海军不知道哪里去了，全世界似乎只剩下他和她，还有满地的花儿。

"你好，我就是飞浪逐雪。"她大方地伸出手。他刚要去握，脚下一阵晃动，就像发生了地震一样，紧接着，巨大的撞击声刺穿了耳膜，发出震耳欲聋的响声。他猛地一下睁开眼睛，发现自己躺在宿舍的床上，杜海军正从架子床上抓住铁扶手往下爬，梦中奇怪的声音原来就是他制造出来的。他不无遗憾地回味着梦中美好的画面，不知道把这个梦继续做下去还会发生什么。

"几点了？"他小声问道。

"五点半了。"杜海军回答道。他又穿上那身蓝运动衣和球鞋准备跑步。和陈灵均一样，杜海军的衣服很少，除了这身运动样式的线衣外，只有一身旧中山装外套。他没有陈灵均那么勤快，衣服洗得次数比较少，穿在身上总是灰不拉唧的，显得人很邋遢。

陈灵均一骨碌从床上爬起来，穿好衣服，拿着解剖学课本向外面走去。

天还很黑，雾气很重，头顶的天幕上看不到星星，也看不到月亮，隐约能看到一片片厚厚的云层堆积在上面，整个校园里只有电教室外面的路灯是亮的。路灯下站着一个人，个头不高，肩膀很宽，手里拿着书边低头看边原地转悠。陈灵均从那人弓起的脊背和走路时熟悉的姿势一眼便认出，那是他们班的折志明。折志明是从青泉县的农村来的，浓眉大眼，很有男子汉味道，唯一的缺陷就是嘴巴略微有点扁，用农村人的话来形容就是"老婆嘴"。他平常不大爱说话，学习非常用功，常常坐在教室里连看一两个小时书都不动一下。陈灵均每次到这里看书都会碰见他。有时他来得早，有时陈灵均来得早。虽然谁也没有明说什么，但是暗地里却有点竞争的味道。

陈灵均从山上一路往下走，走完最后一级台阶时，一阵冷风从侧面吹来，露在外面的脸和手顿时觉得冷飕飕的。他搓了搓冰凉的脸颊，走到路灯下面跟折志明打了声招呼，便看起书来。不到五分钟的时间，又来了几位看书的学生，大都是各个年级医士班和妇幼医士班的学生。十几分钟后，罗泓玉、沈若拙、范睿也来了，读书的人越来越多，大概有二十几个。不久，天亮了，灯光由黄渐渐变白，几乎和天色一样了。他和周围的同学不约而同地开始转移阵地，来到操场边的草坪上。杜海军还在跑道上跑步，跑了几圈后站在操场中间开始做一些跳跃、转体、大幅度的拉伸动作。快到正式上操前，看书的人和锻炼的人纷纷离去，回到宿舍洗漱。

"早上跑步对身体很有好处，锻炼完了感觉精神气特别足，一整天不睡觉也不觉得困。"杜海军一边洗脸一边鼓动陈灵均加入他们的锻炼行列中去。

"早上起来人的大脑最清晰，记忆力最好，我觉得还是把宝贵的时间用来读书比较好。学校本来就安排有晨跑和课间操，下了晚自习再到操场上走走就可以了。"正在刷牙的陈灵均坚持己见，毫不动摇。

"学校安排的那点运动强度根本不够。虽然从表面上看，长时间的锻炼会占用不少时间，但是锻炼之后学习效率会大大提高，不信你试试看。"杜海军还在婆婆妈妈地唠叨。

"不用试，我这样学习效果也挺好的。"

两人相互看了一眼，同时无奈地摇了摇头。

"汪学义，大懒虫，能起床了，再不起就迟到了！"杜海军俯下身子把汪学义乱糟糟的长头发使劲拨弄了几下。

汪学义翻了个身，闭着眼睛不耐烦地说："知道了，我再睡两分钟就起来。"

"你这个人呀，常是晚上不睡，早上不起，几乎天天迟到，以后把武侠小说少看上一会儿。"陈灵均没好气地说道。

汪学义没有吭声，依然在呼呼大睡。

"天都这么冷了，你还把裤腿卷那么高，不嫌冷吗？"陈灵均望着杜海军小腿上发红的皮肤不解地问道。

"不冷，我的身体素质好，怕热。"他坐在陈灵均的床上，一边对着镜子用剪刀剪胡子，一边笑嘻嘻地说道。

"再有五分钟了，快走！"不知道谁喊了一声，四周立刻响起一片踢踢踏踏的脚步声和关门的声音。

过了一会儿，汪学义醒了，感觉四周出奇的安静，睁开眼睛一看，宿舍里一个人也没有，整个院子里听不到一点声音，这才慌了，赶紧穿上衣服脸也没洗就往操场上跑去。

早操已经开始了，各个班级按照固定的次序喊着口令从操场对面的跑道上向汪学义站立的方向跑来。他躲在半截围墙后面，乘叫操的体育老师不注意，偷偷混进自己班的队列里。体育老师吹着哨子放慢脚步，渐渐退到他们的队伍前，斜着眼睛不满地瞪了他一眼。

"注意脚下！"

"大家都往脚下看！"

前面的同学一个接一个冲后面的同学小声传话，汪学义不知道发生了什么事情就问身边的人。范睿"扑哧"笑了一声，指了一下地上。他一看，原来是一小卷被人踩了很多遍的沾着血迹的卫生纸，赶紧一脚踢到边上，心想：是哪个女生来了例假，怎么这么不小心？看着真让人恶心！做女人可真麻烦，除了吃饭睡觉，还要应付一些令人尴尬的生理现象，幸好我妈把我生成了男娃，光溜溜的，啥也不用管，想怎么跑就怎么跑，想怎么跳就怎么跳。

"你可真是好人！"后面的人在他背上拍了一下。

汪学义不屑地笑了一下，没有说话。

十六

下午上完课，陈灵均一个人正在宿舍里洗衣服，杜海军进来问他有没有申请贫困生助学金。陈灵均说："没有。在这里上学免费发饭票、菜票，每月还有生活补助，感觉差不多够用了，生活上没有多大的困难。"

"你还是考虑一下吧，过了这个村就没这个店了。我听说有几个家庭条件不错的学生也报了，咱是真的有困难，为什么不报？我想申请甲等助学金，一年可以领到五十块钱。我的饭量大，学校发的饭票根本不够吃。我粗略算了一下，一学期至少要额外交两袋面才能不受饿。要是能拿到这笔钱，家里就可以少补贴点。"杜海军常在陈灵均面前抱怨自己吃不饱，吃饭的时候常往菜汤里掺开水喝，一晚上要往厕所跑好几次。

陈灵均觉得他说得也有道理，就是不好意思递交申请，感觉自己就像无缘无故地跟人伸手要钱似的，但是他没有勇气把实话说出来，只是说："让我想想再说。"

晚自习课结束后，男生们正在宿舍里嘻嘻哈哈地打闹，郑浩然突然敲了两下门进来了，慌得一群男生又是整理床铺，又是打扫卫生。陈灵均把老师领到自己的铺位上坐下，杜海军跑到前面倒了一杯开水准备端给老师，被汪学义挡住了："等等。"他从自己那只棕色的皮箱里拿出一包茶叶，抓了一撮放在里面，然后说："好了，端去吧。"眼尖的范睿提前拉来一个凳子放到老师面前，让他把茶水放在上面。郑浩然让他把其他宿舍的男生都叫来，大家有的挤坐在床上，有的站在地上，围成一圈听老师说话。

郑浩然问学生们对学校的环境是否适应。

"能适应。"

"挺好的。"

"已经习惯了。"

"宿舍里现在冷不冷？"

"不冷。"

"食堂的饭菜感觉怎么样？"

"很好。"

"很喜欢吃。"

"饭够吃吗？"

宿舍里顿时变得静悄悄的，学生们相互交换着眼神谁也不说话。

"大家有什么意见和建议就大胆地提出来，千万不要有顾虑。我今天来就是想了解你们的真实情况，把你们的困难和需要反映给学校，希望能为你们解决一些实际问题。"郑浩然往两边看了看，一脸诚恳的表情。

"郑老师，说实话，细粮票大多数男生都不够吃，能不能让食堂定期给我们做一些粗粮？比如：玉米团子、窝窝头、钢丝面，不管什么都行。这样的话，粗粮票也能派上用场，免得浪费了可惜。"范睿的话给了其他同学很大的鼓励，大家纷纷说出了自己的心里话。

"要是食堂里嫌粗粮不好做，也可以按照一定的比例把粗粮票兑换成细粮票。"

"宿舍里应该安排值日生打扫卫生，不然的话老是乱糟糟、脏兮兮的，干活的老是干活，偷懒的一直偷懒……"

郑浩然从衣兜里掏出一个小本子，边听边记，不时给学生解释："关于让大灶上做粗粮的建议以前也有人提过，但是统计了人数以后，真正想吃的人并不多，所以用粗粮票兑换细粮票的办法可能更容易实现，不过我可以试着把这些建议都反映上去……各个宿舍里的舍长明天就开始安排值日生，班里每周不定期检查卫生……"

了解完情况以后，郑浩然又用非常亲切的语气对学生们说："大家在这里上学，家人都不在身边，平时要相互关心，相互照顾。如果谁在生活上遇到什么困难就告诉我，我一定会尽力帮助你们。要是谁生病了，也要告诉老师，千万不要自己硬扛着……"

平平常常的一番话让学生们深受感动。郑浩然又和大家说笑了一阵，便离开了。

"陈灵均，你出来一下。"郑浩然刚出了门，忽然像是记起了什么，又朝里面喊道。

陈灵均走到老师身边，他低声问道："你为什么没有写申请？"

"我觉得自己的生活还不是特别困难，想把这个机会让给那些比我更需要的同学。"他嗫嚅着说道。

"你的情况我了解，完全符合申报的条件，明天赶紧给我报上来，不然的话就来不及了。"他看到陈灵均似乎还有顾虑，便说，"这是国家专门为贫困生设立的一项基金，目的是减轻贫困家庭的经济负担，改善贫困生的生活条件，减少学习上的压力，没什么丢人的。要是把这个机会给了那些不符合条件的人，就失去了真正的意义，不符合设立这项基金的初衷。"

"我明白了，谢谢老师。"陈灵均感激地看了一眼郑浩然，握了握他的手，把他一直送到山下的小路上才折回来。

陈灵均准备申请助学金，但是他不愿意跟杜海军竞争最高等级的助学金。因为他知道，全班只有一个甲等助学金的名额，于是，他申报了乙等助学金。一个多月后，助学金的名单批下来了，杜海军果然获得了甲等助学金，陈灵均得到的是乙等助学金，两人的补助相差十五元钱。这在当时来说是一个不小的数目，因为八元钱就可以买到一袋五十斤的白面。与此同时，学校也针对学生提出的建议出台了一些新举措。比如：大灶每周蒸两次玉米面团子，做一次钢丝面（玉米面）饸饹，允许学生以三比一的比例用粗粮票兑换细粮票。这样一来，大部分女生仅凭学校发放的饭票便可以填饱肚子，但是男生还需要补贴一部分钱粮才能吃饱。

开学后的第五个星期，陈灵均收到了两封信。一封是肖子熠寄来的，另一封是他父亲寄的。

肖子熠在信里首先讲了陈灵均问到的几位同学的近况。他说袁华、蒋美丽和艾慕蓉都上了高中和他分在一个班里，叶华萍顶了她妈妈的班在副食公司当售货员，周华歆和乔艾艾这两位油矿职工子弟上了技校，毕业后肯定会安排到矿上工作。周华歆已经跟韩春秀分手了，韩春秀在东正县卷烟厂当临时工。肖子熠问陈灵均是否见过同年级的杨博文，听说他就在新安中学上学，离他们学校不远。最后，肖子熠又提到自己现在的学习生活，说高中的课程和初中差异很大，他有点不适应，正在努力调整自己的状态。他非常羡慕陈灵均能考上中专，早早地就有了工作，还说陈灵均是全班同学的骄傲，他们现在还时常提起他，很想念他。

陈灵均读完后心情十分复杂。他不羡慕那些无须奋斗便轻轻松松地拥有了一份好工作的同学，但他也不像别人想象的那样，认为自己已经获得了成功。他对脚下的这条道路并不满意，只是一种无奈的选择。他也很想上高中考大学，可是家庭条件不允许，所以一提到杨博文这个名字，他的心里难免有些惆怅和失落。他甚至还很羡慕那些没有考上中专不得不选择上高中的同学，和他们相比，他觉得自己的人生是不完整的，三年的高中对他来说，不仅仅意味着能学到很多知识，还会带来不同的机遇，延伸出不一样的人生轨迹。他认为这样的缺憾可能一辈子都无法弥补回来。想到这里，他闭上眼睛，把身子靠在座位后面的桌子上，稍微平复了一下心情，又打开了第二封信。

陈儒生的信是用细毛笔写的蝇头小楷，字迹十分工整。他在信中说，家里的秋粮在大儿子陈灵峰的帮助下已经收回来了，收成不错。他们老两口身体都挺好的，他现在什么活儿都能干，一天到晚特别忙碌，自从去年从虎沟镇中学回去以后，再也没有出去跟人要过钱。罗雪娥自打儿子考上中专以后，心情很好，常夸儿子有出息，想儿子的时候就摸他盖过的被子，写过的作业。前段时间她心口子疼，吃不进去饭，陈灵峰带着她坐班车到虎沟镇医院看病，医生说她得了胃炎，开了些药，吃了以后已经好多了。上个星期村里选举村干部，陈灵峰以全票当选为村长。支书也换了，由吴有仁的侄儿担任。现在村里住的人不多，以老人和娃娃居多，人心不齐，很难管理，村里除了几块集体所有的耕地和一片果园外，基本上没有什么公共收入，陈灵峰感觉压力很大。陈灵辉最近回来了一次，把自家的地也种上了，他买了一辆三轮车从城里批发大棚蔬菜到乡下卖，生意还不错。罗雪娥过生日的时候，陈灵芳带着梦月、梦溪都回来了，给他们包了饺子吃。梦月已经上五年级了，梦溪也上了二年级，学习成绩都不错。他告诫儿子出门在外与人交往要有宽广的胸怀，能忍则忍，能让则让，尽量不要与他人发生矛盾。学校的供应粮要管饱吃，不要节省，在学习上要多下苦，不要牵挂家里的父母。他还讲了一个很有意思的事情，说村里的一位老人经常腿疼，听说陈灵均考上医生了，念叨着要等他回来给自己看病。陈儒生对他说娃刚上学，还没学会，老人不信，非要等陈灵均回来当面问他不可。

读到这里，陈灵均忍不住笑了。但是笑过之后，又感到了一种无形的压力。于是，他放下信，拿起床头的笔记本和钢笔，像往常一样向学校的阅览室走去。

阅览室里人已经坐满了，都在静悄悄地看书。他怔怔地站了一会儿，刚要转身离开，坐在门口对面的沈若拙突然合起书站了起来，示意他到自己坐过的座位上就座。他赶紧走过去把手里的东西放在桌子上，冲着他感激地笑了一下。沈若拙朝他摆了摆手便出去了。他走到门口的角落里，从书报架上取了几份《新安日报》和一份《人民日报》，坐下来认真地浏览起来。大部分学生对专业课以外的报刊不感兴趣，管理员也懒得收拾，报纸上覆盖着一层薄薄的尘土。读完报纸，他又找了一份医学类的杂志翻看，他能读懂的文章不多，遇到不懂的知识点就记下来，跑到图书馆去查阅资料。为了读懂更多的文章，他不得不逼迫自己提前学习一些没有学过的课程。他就像饥饿的春蚕一样，不停地咀嚼各种各样的"桑叶"。虽然味道苦涩而难咽，消化起来也十分痛苦，但是收获却极为丰厚。

10月中旬，学校按照惯例又组织学生到野外植树。郑浩然主动要求把路途最远地势最高的任务摊派给他们班，说医士班男生多，应该多干重活累活。星期天早上七点半，校车把学生们拉到十几公里外的一条山沟里，连人带东西卸下后就回去了。植树的地点在山上，山路十分陡峭，需要通过人力把工具和树苗运送上去。全班同学人均一棵树，一共领到五十棵又高又大的油松。杜海军自告奋勇背了十五棵树苗先往上走，陈灵均没有他力气大，背了十棵树苗紧跟在他身后，折志明和另外两名男生承包了剩下的二十五棵树苗。范睿见树苗没有了，就扛了好几把铁锹和镢头。汪学义穿着一身干净的西装装作跟人拉话站在一边偷偷观望，等大件的东西都拿完了，才乐颠颠地跑过来提了一只空水桶和一个空筐子，混在女生堆里边走边跟她们说笑。

山上的风很大，体重只有八十多斤的苏雅玲在上山途中几次差点被风吹倒。她站在路边紧张地抓住一丛灌木，望着背着树苗的男生一个接一个从身边走过，不禁为他们的安危担忧起来。"大家都走慢点，注意安全!"她大声呐喊道。

"没事，他们底盘重风刮不走的。"汪学义安慰道。他让苏雅玲抓住自己的衣服跟在他身后走。苏雅玲照着他说的做了以后，果然心里踏实多了。

上山以后，郑浩然让全班学生分组劳动。他们的任务是先挖坑，后栽树，再从山下抬水浇灌栽好的树苗。郑浩然看到第四组的人少，就加入他们的队伍当中去帮忙。

对于经常在农村劳动的男生来说，这点活儿根本算不了什么，刚干了十来分钟，杜海军、折志明、范睿、陈灵均所在的第一组的进度就与其他组明显地拉开了距离。第二组和第三组的女生多，男生大部分都是城镇上长大的，没干过农活，也吃不了苦，刚干了一小会儿手心就磨起了血泡，疼得直叫唤，你歇一阵，他歇一阵，老半天都没有太大的进展。第二组的冯卓无意间发现第一组的几位男生使唤起工具来特别老练，干得又快又好，马上就从半山腰上跑下来抢人。第三组的两位女生也学着她的样子忙不迭地跑来说要借人。三位女生不约而同地都跑到块头最大体力最好的杜海军面前，拽着他的胳膊让他到自己的队伍中帮忙。

"不行，杜海军是我们的主力干将，不能借给你们。"苏雅玲挡在杜海军面前，不让她们拉走。

冯卓又看中了干活既稳当力气又大的折志明，刚要动手拉，被苏雅玲拦住了："这个也不行。"

"啊呀，你咋这么小气，你们那么多壮劳力，就支援我们一个嘛。"冯卓用撒娇的语气商量道。

"要不，让我跟你们走吧。"罗泓玉提着一把铁锨走过来说道。

三位女生"扑哧"一声笑了："我们才不要女生呢，我们组里的女生多得是。"

罗泓玉指着旁边的另外几位男生说："看在你们是我亲同学的分儿上，允许你们从那几个男生里带走一个。"

冯卓马上跑过去站在那几位小伙子面前，左瞄瞄，右看看，觉得范睿的块头比其他人相对大一点，指着他说："这个人我要了。"她看到没有人反对，就拽着范睿走了。

另外两名女生把剩下的三位男生打量了半天，失望地说了句："算了，不要了。"就撇着嘴走了。

平常在班里很少被人注意的杜海军突然成了受人保护的珍稀动物，心里美滋滋的，干起活来更卖力了。陈灵均虽然身材没有他高大，但是干活的速度和质量一点也不比他逊色。苏雅玲笑着对罗泓玉说："傻瓜挑人的时候才光看块头呢，范睿哪有人家陈灵均干得好。"

"就是，没一点眼力见儿。"罗泓玉应和道。

干了四十多分钟后，汪学义已经撑不住了，借口要撒尿躲在阴凉处半天都没有回来。罗泓玉感觉不对劲，跑到旁边的低洼处找人，发现汪学义坐在地上休息。他看到罗泓玉来了，一点也不害臊，像招呼客人似的对她说："坐下歇会儿。在大太阳底下一个劲儿地干活，不把人累死也能晒死。"

罗泓玉也坐下歇了几分钟，听见老师叫喊着让大家再坚持一会儿，觉得有点心虚，就回到他们组所在的地方干活去了。汪学义又待了几分钟才磨磨蹭蹭地走了过来。

"大家都累了，坐下歇一会儿！"郑浩然挥着手喊道。

四周马上响起一片"丁丁通通"的扔工具声，不到一分钟的时间，满山干活的人几乎全跑到下面的地畔上了，只剩下杜海军一个人还在不慌不忙地铲土。

"海军，歇歇吧！你难道不累吗？"苏雅玲朝着上面高声喊道。

"不累，才干了这么点活，用不着休息。"杜海军往手心里啐了口唾沫，抡起镢头又开始挖新坑。

"别干了，下来拉拉话吧，活儿你一个人干不完。"汪学义也冲着他一个劲儿地招手。刚才他看到有些人比自己干得少心里很不舒服，没想到还有不怕吃

147

亏主动多干的人。

"不了，我懒得下来。"杜海军还是无动于衷。

"天真晒，回去了脸肯定会晒花的。"苏雅玲用两手遮挡在白皙的脸颊上，噘着红红的嘴唇显得很不高兴，"真后悔没戴帽子。"

"你们这些女生脸皮嫩，经不起晒，像我们这种从小在风里雨里大太阳底下跑惯了的后生，本身皮肤又粗又黑，再怎么晒也看不出什么变化。"折志明笑着说道。

"你怎么能跟人家女生比，女生要是长成你这模样，就没人要了。"陈灵均开玩笑说道。

"瞎说，女生要是长着像我这样的大花眼睛，那才叫一个俊呢！"折志明调皮地眨巴了一下好看的眼睛。

"什么时候给咱们送饭？我已经饿了。"冯卓用手揉搓着上腹部，好像胃已经发出了抗议。

"不知道，大概得到十二点左右吧。一会儿饭来了可没水洗手，要用我们的黑爪子拿着馍吃，你们吃得下不？"陈灵均问道。

"洗不成手？那多脏呀！"苏雅玲一脸的愁容。

"大家都起来干活了，再干上一个小时饭就来了，吃完饭休息上一阵，咱们再接着干，早点干完早点回家！"郑浩然头上戴着一顶破草帽声嘶力竭地吆喝完后，扛起工具又回到原来的阵地上埋头干起活来。

"郑老师脸那么黑还戴着草帽，这不是白白地浪费资源吗？苏雅玲，跟他要草帽去。"折志明故意戳了一下身旁的苏雅玲怂恿道。

"我不敢，你去要吧。"

"我也不敢。"

"哈哈哈，两个怂包……"罗泓玉笑着说道。

就在众人又渴又饿又累，怨声载道地偷偷嚷着要罢工时，姗姗来迟的校车终于出现在山下的公路上。山上的学生立刻放下手里的工具欢呼起来。

吃饭的地点在半山腰的一处平地上。没有水洗手，众人只是用卫生纸擦了擦泥手就排着队开始领饭。没有一个人嫌手脏不愿意吃饭。午饭是夹着生菜和耳丝的热饼子和小米稀饭。排在最前头的一位女生蹲在地上舀完汤后，刚往起一站就晕倒了，几位同学赶紧将她扶起来抬到一边休息。

"大家注意，蹲着往起站的时候动作一定要慢，先半蹲，再半站，最后再完全站直身子，这样的话就不会晕了。"刚刚从山上走下来的郑浩然看到后，赶紧大声提醒后面的同学要注意自己的动作。他的经验果然很有效，再也没有发生晕倒的现象。

这顿饭所有学生的饭量都超出了平常一倍以上，就连饭量最小的苏雅玲都吃了三个半饼子，吃得最多的杜海军说他吃了七个。

"谁说大灶上的饭不好？看来还是平常活动得太少，日子过得太舒服了，要是天天都这么劳动，个个都吃得贼香！"范睿幽默的话语引来一片哄笑。

苏雅玲也不好意思地笑了。

干完活回到学校已经是下午四点多，男生们回到宿舍洗漱完，换了干净的衣服，吃过饭，全都躺到床上开始睡觉。陈灵均刚躺下没多久就听见有人敲门，打开门一看，原来是夏清辉老师。

"新安大学今天晚上六点半有一个文学讲座，你想不想去？"

"想去。"

夏清辉抬起手腕看了看表说："现在已经六点了，想去的话我带你过去听课。"

陈灵均转身回去拿了一个笔记本一支笔，就跟着他出去了。

宿舍的门"砰"的一声从外面关上了。被两人的说话声吵醒的汪学义皱着眉头不满地嘟囔着说："这人是不是铁打的，哪来的这么好的精神？干了一天活不好好睡觉，还跑去听什么文学讲座，真是吃饱了撑着没事干！"

陈灵均一直到晚上九点钟才回来，躺在床上还兴奋得半天睡不着觉。

"有意思没？"睡得迷迷糊糊的杜海军用含混不清的声音问道。

"当然有意思了。"

"明天给我说说。"

"好。"

第二天陈灵均问杜海军还记得昨晚说过的话不，他显得有点莫名其妙："我说啥了？我好像没说啥呀。"

"那就算了。"陈灵均失望地答道，这才意识到昨晚听到的是杜海军的梦话。

十七

解剖学讲到肌肉组织那一章时，课堂转移到了解剖实验室。可能是受到从小接受的教育和周围环境的影响，陕北人多多少少都有一点迷信思想，比较惧怕死人，一般情况下能躲就躲，生怕沾上邪气或晦气。学生们第一次面对人体标本前，大部分都需要进行心理建设，陈灵均也不例外。中午在宿舍休息的时候，他躺在床上还没来得及想如何去上下午的课，睡在上铺的杜海军轻手轻脚地溜下来，在他身上拍了拍，附在耳边轻声说："别睡了，早点走，一会儿人多了占不到好位置。"杜海军的胆子很大，上课用的人体标本就是他帮助彭抱瑜老师从地下室的池子里捞上来的。他去过解剖实验室，了解那里的环境，知道五十个人进去后是什么样的情形。

陈灵均马上就明白了他的意思，一声不吭地穿好衣服跟着他走了。

"你俩干啥去？"被两人的动静弄醒的范睿疑惑地问道。

两位小伙子都装作没听见，飞快地向山下走去，生怕有人跟了来。

他们提前半小时来到实验室门口，门外除了他俩一个人也没有。十几分钟后，折志明来了，紧接着，罗泓玉也来了。等老师开门的时候，门口已经站了十几个人。门刚一打开，学生们便迫不及待地涌了进去，就像扛着枪准备打仗的士兵一样，争着抢夺有利地形，不到一秒钟的时间就把实验室里的床围得严严实实。陈灵均个头小，站在最前面还不显眼，杜海军个子高人又壮，往前面一站，站在他后面的人几乎什么也看不见，但是他丝毫也不理会，不管谁说都不让位。苏雅玲从小就特别胆小，参加过几次亲戚的葬礼，从来不敢抬头看死者的遗体和遗像，怕晚上会做噩梦。她以为其他同学都不敢到解剖床跟前去，结果稍微一犹豫，连个巴掌大的缝隙都没有了，只好踮着脚尖站在陈灵均和范睿的身后，连半个标本都看不到，内心十分着急。正在这时，陈灵均突然转过身来把她让到了自己的前面。她感激地看了他一眼，赶紧把注意力集中到正在讲课的老师身上。

"同学们，大家可能不知道，我们上课用的人体标本非常来之不易，有的是死者生前自愿捐献的，有的是家属捐赠的，还有的是通过复杂的程序或者特殊的途径得到的。所以，我们一定要好好珍惜难得的学习机会。人体解剖学是现代医学的基础，学好这门课对我们将来学习生理、病理、诊断以及临床各个学科的课程具有非常重要的意义。尤其是将来想从事外科的同学更要专心学习。可以毫不夸张地说，如果没有这些伟大的捐赠者为我们提供宝贵的医疗资源进行医学研究，人类的医疗技术绝不可能发展得如此迅速，取得如此巨大的成就。另外，我还要特别提醒大家，在学习的过程中，一定要尊重死者的个人隐私，千万不要随便议论，更不能出去乱说，随意泄露他们的相貌特征或身份等敏感信息。记住了没有？"讲课前，彭抱瑜严肃地做了说明，并提出了要求。

"记住了！"全班同学异口同声地答道。

彭抱瑜提前按照课堂上的要求，把学生需要了解的部位逐层剖开，一边讲解，一边指着每一块肌肉的起止位置，比画出大体的轮廓。被福尔马林浸泡过的肌肉是暗红色的，可以看到清晰的纹理和完整的形态，给人留下的印象直观而立体，很容易记忆。在讲课的过程中，整个实验室里静悄悄的，所有的学生都在全神贯注地听讲。苏雅玲刚好站在靠近头部的位置，能够清楚地看到死者的脸部和整个身体的姿态，不知道是因为寒冷还是恐惧，她的身体一直在微微地发抖。

彭抱瑜讲完后就出去了，陈灵均弯下腰好奇地摸了一下标本，罗泓玉也大胆地触摸了一下刚才讲过的肱二头肌和肱三头肌。旁边一位女生小声问："什么感觉？"她说："潮潮的，有点凉。"苏雅玲的好奇心马上被勾了起来，也想摸一下，还没有伸出手，心已经在胸腔里怦怦地跳动起来。她既紧张又兴奋，内心有些犹豫不决，不知道该摸还是不该摸。等前面的几名男生走过去后，她鼓起勇气伸出手快速地按了一下，果然很潮湿、冰冷，而且硬邦邦的，没有一点弹性。

大部分的同学都走了，只有五六名同学还在用心地学习。陈灵均站在解剖床前静静地观望了一会儿，轻声对身旁的同学说："按照咱们北方的传统观念，死者应该入土为安，人去世以后，要尽可能保持身体的完整性，如果生前做过截肢，截去的那一部分肢体会一直完好地保存着，最后要和死者埋在一起。这些人能够不顾世俗的偏见，把自己或者亲人的遗体捐献给医学事业，需要付出很大的勇气，我很敬佩他们。"

"是呀，不光思想上要能接受，还要有一定的胆量，胆小的人肯定做不到。"苏雅玲说道。

"让我们给他鞠个躬吧！"杜海军提议道。

几个人马上站成一排，对着解剖床恭恭敬敬地鞠了三个躬。

开学已经一个多月了，陈灵均早就答应何宏伟到师范看他，一直没有时间。这天恰好是周末，他和班里的几位男生结伴去师范玩。一行人在卷烟厂附近过了河，往南走了一千多米，看到路边气派的大门上写着"新安地区中等师范学校"几个大字，便走了进去。师范的校园既宽敞又漂亮，门口的花坛中种植着不少花草，一大片红色的美人蕉开得正艳，边上还有十来株金色的秋菊。教学楼、实验楼、图书馆看起来都很新，颜色也很亮丽。来过师范的那几位同学都知道他们要找的人在哪里，唯独陈灵均一片茫然。虽然何宏伟给他描述过自己宿舍的地理位置，但他早就忘了。大家正在为他感到焦急，一位穿着黑色紧身练功服的高个子女孩袅袅婷婷地走了过来，用忽闪闪的大眼睛瞟了他们一眼，裸露的后背和颈部光滑洁白的皮肤就像会发光的天体一样，把几位男生的目光一下子吸引住了。从女孩高高的盘扎在头顶的发髻和脚上的舞蹈鞋不难看出，这是一位受过专业舞蹈训练的艺术生。女孩已经走过去十来米远了，陈灵均突然冲着她的背影喊了声："哎！"

女孩转过身来，莫名其妙地看着身后的一群男孩，似乎对这个不雅的称呼有些不快。

"同学，能不能告诉我，八七级普通二班的男生宿舍在哪里？"师范的年级和卫校刚好相反，是按入学时间算的。

"一直往后走，看到右边的小门进去，从右往左第二栋公寓楼的第三层就是。具体在哪个宿舍你问一下就知道了。"

"谢谢你！"陈灵均道了谢，便和众人又往前走，很快就打听到了何宏伟的住处。

进去后，他见宿舍里坐着很多人，有男有女，看起来忙忙碌碌的，似乎在筹备一件大事。何宏伟刚给他倒了杯水，两人还没来得及说话，就被一位方脸大嘴的男生拉到一边，说起悄悄话来。

陈灵均听见那位男生问何宏伟："你说她家离你家很近，你到她们村去过没有？"

何宏伟说："当然去过。村子里条件不错，离城很近。她二哥跟我大哥是同学，她家总共兄弟姐妹四个，两男两女，她是女子里的老大，前面的两个哥哥一个在他们乡的信用社上班，另一个在城里做生意，家庭条件都很好。她妹妹正在上初二，明年就考学了。她爸她妈人勤快又实在，家里有石窑，还拦着十几头羊，在农村算是好光景了。"

"你跟我说实话，这女子人品到底怎样？"

"我不是早跟你说过了嘛，一点问题都没有。怎么，你不相信我？"何宏伟有些生气。

"不是，是小田让我再好好向你打听打听。喏，他就在那边坐着，我给他说清楚以后，一会儿咱们就过去。"

"那我同学怎么办？"

"让他先等着，咱们用不了多久就回来了。"

那位男生走到对面的架子床边，俯身跟一位瘦长脸尖下巴的男生小声说起话来。被他称作小田的男生跷着二郎腿，两只手拘谨地放在膝盖上，不停地向他点头。

"你是不是有事？"陈灵均觉得自己好像来得不是时候。

"没事。是这样的，八六级普通班的一位外县的男生看上了八七级体育班咱们县的一位女生，他通过我们班的贾延利来找我，想让我在中间牵个线。我从来没弄过这种事，也弄不了，可他们非要我帮忙不可。没办法，只能赶鸭子上架了。我们提前已经跟那位女生说好了，待会儿，把那位男生带到她们宿舍，给双方做完介绍后，稍微拉上几句话我的任务就算完成了，剩下的事就看他们自己了。你在这儿先坐着，我马上就回来。真不好意思，你不常来，咱俩好不容易见一面，偏偏赶上这么个事！"何宏伟一脸歉意地说道。

"去吧，咱俩的关系还用说这个。那位男生是哪里的？"陈灵均好奇地问道。

"红原县的，家也在农村，跟咱们县挨得很近，也算半个老乡。"

"宏伟，走了！"贾延利和小田站在门口催促道。

"我过去了。"何宏伟忍着内心的失笑拍了拍陈灵均的肩膀。

"祝你们成功！"陈灵均做了个加油的手势。

宿舍里的其他人全都站起来跟着那三人走了，耳朵里闹哄哄的声音一下子全消失了。眼前如同舞台剧一般令人啼笑皆非的情景让陈灵均十分震惊，他没有想到自己的同龄人活得这么现实，这么匆忙。这些只有十七八岁，最多超不过二十岁的年轻人似乎被一双无形的手推着已经步入了生活的快车道，在尚未完成自我的同时，迫不及待地为未来的幸福勾勒草图。人生对于他们来说，似乎就是上学、考学、工作、恋爱、结婚、生育、养老这样一个简单的过程。在这个阶段郑重其事地谈婚论嫁，很大程度上是因为中考的成功给他们吃了一颗定心丸，让他们对未来的前途和命运不再担忧，认为自己已经有资本考虑终身大事了。而爱情，令无数年轻人向往的美好生命过程，被世俗的染缸洗去了神秘的色彩和浪漫的情调，变得极其功利。看到他们通过如此陈旧的方式拉开序幕，直奔主题，曾经心怀美好憧憬的陈灵均受到沉重打击，内心倍感失落。他不知道今晚的相亲活动能否取得成功，他只是为他们曾经在求学的路上付出的努力感到悲哀，为他们的父母感到痛心。尽管他们的父母很可能也会支持这样的行为，毕竟社会上现实的人太多，真正希望子女有大志向大作为的人还是很少。作为一个十六岁的少年，陈灵均还没有想过恋爱这个问题，他目前的生活重心只有一个——那就是学习。男人应当先立业后成家，这个观念深深地根植于他的内心，左右着他的一切思维和行动。他计划在二十五岁以前完成专科、本科的理论学习和临床实践方面的研修，二十八岁左右成家，到三十五岁力争在事业上有所突破，四十岁之前做出一番成就。他没有想过在个人的物质享受方面达到怎样的标准，他只希望自己将来能成为一个对社会有用的人，一个活得有价值有尊严的人，能够用学到的知识和技能为自己的母亲和许许多多像她一样的穷苦老百姓解除病痛。母亲的眼病一直是压在他心上的一块石头，只要一想起这件事情，他的内心就特别焦虑。他强迫自己回到现实中，把注意力转移到眼前的事物上，以摆脱背负在身上的压力。他看到地上堆着不少瓜子皮和糖纸，还有茶水洒下的湿痕，脏脚印踩得满宿舍都是，立刻站起来从门背后拿了一把扫帚，认真地打扫起来。扫完后看到宿舍里还不干净，就跑到旁边的水房里拿了一只拖把把地拖了一遍。打扫完后，他一个人坐在宿舍里还是闲得慌，见何宏伟的床头放着一本《万历十五年》，便拿起来随手翻了翻。

这是一本历史书籍，但是写法比较新颖，作者以清朝万历十五年为时间节点，通过广阔的时代背景，复杂的人物关系，典型的历史事件，张弛有度地跨越了清朝一百多年的历史，把封建社会僵化落后的政治管理体系、腐朽严格的宗法制度以及君臣之间微妙复杂的关系分析得十分透彻，细腻的文笔，活泼的语言，个性鲜明的人物形象，让人觉得不像史书，更像长篇小说。他很快就被书中的内容吸引住了，埋着头一直往下看。看到第十一页时，楼道里突然传来一阵嘻嘻哈哈的说笑声和凌乱不一的脚步声，毫无疑问是何宏伟和他的室友回来了。

"事情办得怎样？"他赶紧问道。

"结果目前还不知道，我们完成任务以后就走了，留下小田跟那个女生单独在一起说话。"何宏伟如释重负般说道。

"小田说了，要是谈成了一定请你喝酒。"贾延利看上去很高兴。

"好啊，到时候把咱宿舍的人都叫上，有两瓶长脖子西凤酒就差不多了。"

"两瓶不够，光你一个人就得半瓶，最起码要三瓶。"

"意思意思得了，谁还真喝呀。灵均，你能喝白酒不？"何宏伟问道。

陈灵均摇了摇头："我酒量不行，一般不入酒场。"

"你在卫校学的是什么专业？"贾延利问道。

"临床医学。"

"那就是医生了，这个工作好呀，将来到了社会上很吃香的。你们卫校我去过，在北郊的半山上，路很难走，校园不大，楼都旧了，估计好多年都没修了，印象最深的是你们那里的水，又咸又苦，不放茶叶很难喝下去。你们平时一直喝这样的水吗？"一提到卫校的水，贾延利的脸上马上露出痛苦的表情，仿佛那种熟悉的味道又从胃里泛了出来。

"你说的是学校挖的水井里的水，一般情况下是用来洗碗筷洗衣服用的。如果自来水供应不上就只能喝那种咸水，喝起来的确不太好喝。自来水厂的人化验过，很多指标都超标了，按理说是不能直接饮用的，但是没办法，我们就那条件，上千人要吃要喝，只能凑合。你看见我衣服后面的那几道白印没有？那就是用井水洗完后留下的。"陈灵均转过身子，把后背露在两人面前。

贾延利惊奇地摸着衣服上残留下来的盐渍，点着头说："还真是，含盐量也太高了，喝的时间长了对人肯定不好。"

"你进门的时候我就看到了，还以为你没把衣服洗干净。"何宏伟笑着说道。

"是呀，幸好我只上四年学，我们那些老师可就惨了，几十年都要待在那里。"陈灵均顿了顿又说，"你们当教师的也挺好的，被成群的孩子和家长围着老师长老师短地叫着多幸福呀。每年还有寒暑假可以休息，我们医生是没有那么长的假期的，我还很羡慕你们呢。"

"那倒也是。我这个人呢，没啥才能，也不上进，将来就是一名普普通通的教师，你同学何宏伟就不一定了，他现在混得可牛了，全师范没有一个人不知道他的大名……"贾延利夸张地挥了一下胳膊，仿佛眼前竖着一杆红色的大旗正在哗哗地抖动。

"别听他胡吹，我就是一般人，跟其他人一样。"何宏伟给贾延利挤了一下眼睛。

贾延利兴奋地张开大嘴滔滔不绝地说着，似乎开关已经失控了："你敢说你跟我一样吗？你是学生会主席，我是什么？普通班的普通学生！学校竞选学生会干部的时候，你在台上演讲，有没有注意到台下那些女生看着你的眼神？真让人既羡慕又嫉妒……"

贾延利正说得起劲，外面有人叫他去看电影，他喝了两口水匆匆忙忙地走了，临走前还反复地问："看电影不？陈佩斯和陈强演的《傻帽经理》，听说可有意思了。"

何宏伟说："你先去，我们一会儿再说。"

何宏伟在师范的表现大大出乎了陈灵均的意料。他问何宏伟将来有什么打算。何宏伟见宿舍里没有其他人，便坦然地告诉他，毕业后不想当教师，希望改行从政。他认为一个男人当一辈子教师没意思，应该在社会上多长一些见识，经历一些大风大浪才活得更有意义。他列举了东正县好几位弃教从政的大人物，把他们当作成功的范例，还说他哥也是放弃了原来的农机专业改行从政的，现在无论工作环境还是生活条件都比原来要好。

"这话我只告诉你一个人，千万不敢传出去，否则的话对我很不利。"他再三叮嘱道。

"你放心，我不会出去说的。"陈灵均含笑许诺道。

"电影马上就要开演了，你想看电影不？"何宏伟问道。

陈灵均说："闲着也没事，看看也行，不好看咱就回来。"

两人搬着凳子来到操场上，电影已经开演了，陈佩斯滑稽可笑的形象刚一出来，底下的人便哈哈大笑，开心得不得了。这部电影讲的是陈佩斯扮演的二子开旅店的事，二子在没开业之前，是个吊儿郎当的社会青年，当了经理以后特别神气，虽然他在创业过程中遭遇了种种挫折，最后结局也不太好，但是开放的市场给个人带来的种种机遇和他通过自己的聪明才智收获的财富、得到的认可，却深深地触动了陈灵均。他的心里突然冒出了这样一个念头：要是能当上一个手下有几十或者上百名职工的公司的经理，在社会上开创出一片属于自己的天地，肯定很有成就感。不过，这样的想法与他的职业理想似乎有点冲突，但是他觉得两者可以在时间上适当地做些调整。比如，年轻的时候先当医生，退休后再当经理，这样的话，他的人生就近乎完美了。

第二天，陈灵均跟着何宏伟参观了他们的校园，在学校的图书馆里看了一会儿书，中午吃完饭又到操场上打了一个多小时的篮球便回去了。

十八

刚到 10 月下旬，陕北的冬天便早早地来到了这片覆盖着寒霜的土地上。宿舍里和教室里已经生起了炉子，一点都不冷，但是煤块燃烧后产生的烟尘很大，校园里一天到晚黑烟不断，烟煤子飘得到处都是。靠近锅炉房的地方更加严重，打水的时候烟气特别呛人，很多学生都在咳嗽。头顶原本灰蒙蒙的天空变得更加晦暗，成天被黑色的雾气笼罩着，让人倍感压抑。

第一学期的学习生活已接近尾声，很多学生都在为期末考试做准备，电教室里经常人满为患，稍微晚去一会儿就没位子了。为了早点占到座位，陈灵均总是提前准备好随身携带的东西，最后一节晚自习的下课铃声一响，便以百米冲刺的速度往楼下飞奔，等他到了门口，有时拿钥匙的老师还没来。门一开，他就往里冲，屁股都坐到座位上了，心还在胸腔里一个劲儿地狂跳。有时运气不好没占到座位，他只好坐在宿舍里看书，熄灯铃一响只能按时睡觉。躺到床上半天睡不着，感觉特别浪费时间。

一天中午，范睿买回来一盏台灯，同宿舍的男生和旁边几个宿舍的男生都围着看。折志明听说了以后也跑过来，问范睿台灯是多少钱买的。范睿说五块钱。他拿在手里翻来覆去看了好半天，嘴里不停地说："这是个好东西！"范睿问他是否也打算买一盏。他笑着说："我考虑一下再说。"几天以后，班里又有两名男生买回了不同颜色的台灯。折志明又到跟前详细地询问了一番，眼睛里露出羡慕的目光。有人问他什么时间去买，他说："完了再说。"始终没有买回来。陈灵均虽然也很眼红，但是他连想都不敢想，只能沿用过去的老办法到处"借光"。不管宿舍里的人复习得多么紧张，多么用功，汪学义依然无动于衷，有时连自习课也不上，谁也不知道他到底在外面干什么。

星期天的下午，陈灵均正在宿舍里和范睿相互抽查刚刚复习过的功课，杜海军兴高采烈地走进来说："听说了没？学校元旦要举行越野赛，前六名有奖品。第一名奖励一套运动衣，第二名奖励一双运动鞋，第三到第六名的奖品是一个保温杯。"

"那你赶紧报名啊，咱宿舍你是最有希望拿到奖的人。"陈灵均急切地催促道。

"还没有正式通知，我是听学生会的人说的，希望这件事情是真的。从现在开始，我要好好锻炼，争取拿到第一名。我那身运动衣已经穿了好几年了，都快穿烂了，要是能给我奖一身新运动衣就太棒了！"杜海军激动得手舞足蹈，连说话的声音都变细了。

"估计是真的。学校每年冬季都要举办越野赛，今年肯定也少不了。"范睿一边喝水一边慢悠悠地说道。

"好好加油，你的梦想一定会实现的，哥看好你！"正坐在床上擦皮鞋的汪学义马上高声鼓励道。

杜海军听了更有信心了，嘴里哼哼唧唧地唱起了歌。

"这鬼地方，出去走一圈皮鞋都土得不成样子了，白衬衫压根就不敢往身上穿，一不留神就落上烟煤子了。就算招呼得好没落上烟煤子，一天下来领口就发黑了，脖子和头发洗得再勤也没用。"汪学义嘟嘟囔囔地抱怨道。

"别说衣服了，一觉睡起来照照镜子，鼻窝里全是黑的，就连吐出来的痰、流出来的鼻涕都是黑的。你就别瞎讲究了，胡乱刷刷得了，人俊不俊关键是看脸，不是看鞋，我就不信哪个女生会对你说，她看上你是因为你的鞋刷得亮，不是因为你的脸长得好。"陈灵均揶揄道。

"人俊不俊是一回事，干净不干净是另外一回事。判断一个人爱不爱干净，看一下他脚上的鞋就知道了。只要鞋是干净的，身上其他地方肯定也差不到哪里去。你要是不注意脚上的卫生，为什么每隔几天就要洗一次你的布鞋和球鞋？"汪学义振振有词地反驳道。

陈灵均仔细地想了想，觉得他说的还真有点道理。杜海军平常不大注意卫生，脚上的鞋看上去也脏兮兮的。范睿虽然没有杜海军那么邋遢，但是也比不上汪学义那么爱干净，皮鞋的光泽度确实比汪学义差一点。

众人正在说笑，杜海军一声不吭地出去了。

"这小子，心劲儿真大！"范睿看着他的背影，有些失笑地说道。

"他干吗去了？不是刚从街上回来说要睡一会儿，怎么又跑出去了？"汪学义不解地问道。

陈灵均和范睿对视了一下，异口同声地说："跑步去了呗！"

"我的天哪！"汪学义马上露出崩溃的表情，"早知道这样就不给他鼓劲了，照这么练下去，这小子非练疯了不可！"

两天以后，学校举行越野赛的消息果然被证实了，杜海军把晨跑的地点从学校的操场转移到了越野赛的赛道上。按照规定，正式比赛时，选手要从校门口跑到北面的枣树林附近再折返回来，全程大约六公里。为了精确地记录训练成绩，他跟范睿借了表，每次跑完都要计算自己这次用时跟上次相差多少，不断地调整长跑过程中的节奏和体力分配，力求达到最科学最完美的状态。他早上出去的时候，天还是黑的，公路上只有为数不多的几盏路灯散发出暗淡的光芒。在通往枣树林的路途中，大约有三四百米的距离完全看不到一点亮光，两边都是黑黢黢的树林，每次经过那个路段时，他就像突然变成了盲人一样，只能凭着感觉跑。有一个疯男人总在那个时间段出现在路上，模仿部队里的士兵大声叫操。有一次，那个疯子竟然捡起一块大石头朝杜海军砸来，幸亏被他及时躲开了，否则的话非被砸伤不可。不管遇到什么困难这个倔强的小伙子都没有退缩，他跑得越来越快，赛前最好的成绩已经超过了上一届比赛的冠军。尽管如此，他还是不太自信，因为学校里还有十几名学生像他一样每天都在刻苦地训练。

元旦那天，全校一共有一百多名男生参加了男子组的比赛。枪声刚一响，排在最前面的选手全都开始全速奔跑，速度比杜海军预想得要快得多。为了进入第一梯队，他不得不改变原来的节奏，在前半程消耗了大量的体力。从枣树林折返回来以后，速度明显开始下降，有四五个人跑在他前面，第一名已经看不见影子了。他感觉自己的小腿肌肉绷得很紧，微微有些发疼。他调整了一下呼吸，在心里对自己说，这是过于紧张的表现，不是肌肉拉伤的迹象，然后逐渐加大步幅，加快频率，渐渐地追到了第三名的后面。距离终点五百多米时，他累得浑身都快要散架了，但是一想到再不努力就没有希望了，便拼尽全力不顾一切地向前冲刺。路边的观众看到他像野马一般在马路上狂奔，速度快得就跟脚底上了发条一般，都惊呼起来，主动为他鼓掌加油。他超过了第三名，第二名，接近了第一名。那名选手察觉到以后也开始加速，两人几乎在同一个水平线上奔跑。在距离终点三十米时，杜海军突然大吼一声，整个人都快要飞起来了。当他冲过终点线弯下腰大口大口地喘气时，感觉脸颊上仿佛有团火在燃烧，脑袋和手脚又涨又麻，心脏就像一颗失控的皮球在胸腔里来回乱撞，仿佛隔着衬衣都能摸到。在他身后，一条红色的飘带懒洋洋地躺在地上，画出了一个大大的问号。

"太棒了!"

"你真牛!"

班里啦啦队的女生都跑过来争相为他祝贺,没有参加比赛的范睿也冲他竖起了大拇指。

"我是第几名?"他迫不及待地问道。

"第一名!怎么,你还不知道?"范睿搀扶着他往前走,不让他蹲下以防晕倒。

杜海军摇了摇头,一副筋疲力尽的样子,嘴角却露出了灿烂的笑容。

"杜海军,好样的,你可给咱们班争了光了!"郑浩然从记分员那里确认完名次后走过来,紧紧地拥抱了一下杜海军,还递给他一杯水让他喝。

杜海军终于如愿以偿地得到了他向往已久的奖品——一身红色的运动衣。回到宿舍以后,他立刻把身上的旧衣服脱下,换上了新的。舍友们都说他穿上特别精神,特别好看,杜海军高兴得脸上就像开了花似的。整理旧衣服的时候,他悄悄地把陈灵均拉到身边,当着他的面把折叠着缝在一起的裤脚拆开,抻平,里面赫然露出一块长方形的黑色补丁。"我妈缝的,家里没有一样颜色的布料。"他笑着说道。

陈灵均终于明白了他为什么常卷着裤腿的原因了。

元月十五号的早上,宿舍里的其他人都起来了,只有汪学义还蒙着头在睡觉。

"这个死小子,一晚上把手电筒晃来晃去,影响得别人都没有睡好。"范睿边给钢笔吸水边抱怨道。

"快起来,都八点了还赖在床上干什么?也不看看今天是什么日子!"陈灵均狠狠地在汪学义的身上推搡了一把。

"今天是什么日子?"汪学义从被窝里伸出头迷迷瞪瞪地问道。

"期末考试呀!是不是想留级了?"陈灵均又好气又好笑地答道。

汪学义"噌"的一下翻身坐起来,生气地说:"你们为什么不早点叫我?"

"你是干啥的?这么重要的事情自己都不操心,还怨别人。早知道你说这样的话,我们就不叫你,让你一直睡到中午,睡够了再起来!昨天晚上你几点睡的?在床上窸窸窣窣地折腾什么?"杜海军收拾好东西走过来,顺手在他头上扇了个秃瓢。

"看书复习呀。我一直看到两点多才睡的,看到最后眼皮都快粘到一起了。"

"这两天怎么这么用功？真是稀奇。"杜海军一脸的嘲讽。

"不用功就考不及格了。哎呀，谁看见我的皮带了？"汪学义提着裤子站在地上着急地嚷道。

全宿舍的人都低下头帮他四处寻找，结果在床下找到了。

"快走，再磨蹭一阵就迟到了！"范睿喊了一声，几位男生都开始向外跑。汪学义手忙脚乱地也跟在后面出了门，边锁门，边大声喊："等等我！"等他转过身来的时候，其他人早就跑得没影了。

第一门考的是政治，汪学义昨晚刚看过，感觉考得还不错，考完后得意地对其他同学说："政治这玩意儿只要记性好就行，没什么难的。"第二门考的是英语，从考场上出来后，他的脸上一点笑容都没有，只是一个劲地翻书。考完有机化学后，脑袋便彻底耷拉下来了，不管谁问光摇头不说话。

临放假前成绩已经全部出来了，汪学义考了全班倒数第一，有两门课不及格，需要下学期补考。宿舍里的其他同学成绩都在前十名以内，考得最好的陈灵均几乎全是满分，名列全班第一。

"真是丢死人了，考了这么点分，让我回去怎么跟家里人交代？"得知成绩的当天，汪学义躺在床上没有吃晚饭，回家的东西也没有心情收拾，一个劲地唉声叹气。

其他人都各忙各的，谁也不说话。

"其他人考得好，是因为人家平时比我用功，我心里服；杜海军考那么高，我有点想不通。他成天在操场上跑来跑去，这么高的分数到底是哪儿来的？不可能天生什么都会吧？"汪学义不服气地说道。

"人家比你用功。"

"人家比你聪明。"

"你光看见人家跑步，你又没看见人家怎么用心地学习，凭什么怀疑人家的成绩？真是没事找事。"

宿舍里的人你一句我一句，没一个向着他的。

"我的小汪同学呀，学习要靠平时学，临时突击是不顶用的。以后，少贪玩，少看武侠小说，把心思多用在学习上，我就不信你学不好。"范睿笑眯眯地劝道。

汪学义羞愧地低下了头。

陈灵均回到家里以后，已经是腊月十九了。为了让儿子吃上新鲜的热豆腐，罗雪娥专门在他回来后的第二天做豆腐。一家人从前一天晚上就忙活开了，陈灵均早上一起来就在院子里推着磨盘磨起了豆子。乳白色的豆汁顺着磨盘边沿的出口源源不断地流进地上的桶里，陈儒生用一块笼布包裹着磨碎的豆渣，放到石头上用力往盆里挤压，罗雪娥在灶台前烧水。陈灵均回家的消息已经传遍了整个村子，不少人跑到他家跟他拉话，还主动帮他们干活。

　　"灵均，你会打针不？你要是会打的话，我就到虎沟镇卫生院把药买回来。前几天我头晕去看病，医生说我是贫血，得打维生素 B_{12}，我怕村里没人会打，没敢买。"灰灰婆姨一只手熟练地用一把干净的小笤帚把磨盘顶上的湿豆子往磨眼里扫，另一只手端着一瓢水，不时往里面添加。灰灰去世的时候这个女人才二十几岁，因为家里有两个儿子，很长时间都没人来提亲，前几年好不容易找了个比她大十来岁的男人，因为性格不合又离了。

　　"嫂子，我们第一学期学的大部分都是文化课，还没开始学打针呢。"陈灵均老老实实地说道。

　　"哦，那就算了，我还以为你已经学会了。"灰灰婆姨的脸上露出失望的神情。

　　"嫂子，你别忙了，这些活儿我们自己能干了，你赶紧回去忙你们家里的事去吧。"陈灵均劝道。

　　"我回去也闲着，再帮一会儿再走。"灰灰婆姨说道，"那你们下一学期学啥？"

　　"应该会增加一些基础的专业课。"

　　"哦，这些名词我连听都没听过，解不下。"灰灰婆姨憨憨地笑着说道。

　　这时，陈来生从坡上下来了，老远就扯着嗓子打起了招呼："哎呀，咱们的中专生回来了，多时不见，真想你呀。"

　　陈儒生一家三口都呵呵地笑了起来。

　　"二大，你们家里都好吧？"陈灵均礼貌地问道。

　　"唉，怎么说呢？也好，也不好。"陈来生皱着眉头说道。

　　"什么意思？"

　　"这半年来，家里倒是没有发生什么大事情，就是你二妈身体不太好，成天不是说这儿疼，就是说那儿疼，老是怀疑自己得了什么大病。我带上她到虎沟镇卫生院看了两回了，医生说没什么大毛病，只是消化不好，她不信，非要让你看看不可。"

"我才学了半年，还没学会看病呢，你还是请人家专业的医生看看更放心。"陈灵均羞愧地说道。

"没事，你就装着会看，看完给她说上些宽心的话就行了。"陈来生说道。

陈灵均为难地看着父亲，不知如何是好。

"去吧，一会儿忙完了你就去转转。我知道，你二妈那是思想病，以为自己害上了和别人一样的病。"

"村里跟她一样有思想病的人多着哩，我有时候肋子底下一疼就不由得胡思乱想，生怕害上要命的病。不过，过上几天又不疼了，心里想，大概是岔住气了，真要是病得厉害了，怎么可能自己会好。"灰灰婆姨说道。

几个人拉了一阵话后，灰灰婆姨和陈来生先后回去了，没过多久陈灵峰一家三口又来了。红梅把守在锅边的陈儒生替换下来让他在一边休息，然后用一根长长的高粱秆特别麻利地在锅里搅拌豆浆，打卤水。陈灵峰则帮助弟弟推磨，敬医也主动帮奶奶烧火。第一锅豆花刚舀出锅，赵志刚的母亲卢红娟来了，说她的小女儿前几天在路上摔了一跤，把膝盖给碰肿了，想让陈灵均去看看骨折了没有。陈灵均只好又跟她解释了一遍自己目前的学习情况，说自己看不了病，可卢红娟还是想请他亲眼去看看。陈灵均实在磨不开两家人的情面，只好硬着头皮答应了。

"他婶，别走，等我把豆腐做好了，坐下吃碗热豆腐。"正用笼布把松散的豆花往紧实裹的陈儒生看见卢红娟要走，连忙热情地挽留道。陈灵峰已经准备好了方形的筛子和石盖，准备给豆腐"定型"。

"不了，我女子躺在炕上动不了，我还要回去给她做饭呢。"卢红娟说完便急匆匆地走了。赵劲去世的时候，卢红娟已经四十多岁，她没有再找人家，独自一人带着小女儿在家中生活。村里像她和灰灰婆姨这样的寡妇很多，日子大都过得很清苦。

到了傍晚时分，豆腐终于全部做好了。陈儒生先让陈灵均和陈敬医给赵志刚家、陈来生家和灰灰家送了三大块热气腾腾的鲜豆腐，等他们回来以后，一家人便正式开吃了。拌着蒜汤、盐、酱油、醋、油辣椒、芝麻等调料的热豆腐是陈灵均最爱吃的一道陕北美食。在品尝豆腐宴之前，罗雪娥还特意把红梅前几天拿来的黄米面摊馍馍热了，让大家就着吃。陈灵均边吃边称赞热豆腐和摊馍馍好吃，罗雪娥和红梅听了都特别高兴。

吃完饭，陈灵均先到赵志刚家查看了他妹妹的伤势，告诉母女俩观察上一两天，如果红肿的地方不见消退，最好到镇卫生院再去看看，以免把病情延误了。紧接着，他又来到陈来生家，了解了一下高慧琴的情况，按照陈来生提前嘱咐的那样，告诉她没什么大事，把医生开的药吃了，好好吃饭病自然就会好。高慧琴将信将疑地看着他，似乎并没有完全打消心头的疑虑。作为一个没有专业的医疗知识和技术经验的医学生，在给人"看病"的过程中，他感到特别心虚，很讨厌自己装腔作势的样子，但是又不得不那样做。因为他知道，在这个医疗资源十分匮乏的小山村里，村民们太需要医生，太需要医疗了。

从陈来生家回来以后，已经快七点了，陈灵峰邀请父母亲和弟弟到自己家看电视。到了陈灵峰家以后，新闻联播刚好开始了，一家人都挤坐在炕上欣赏电视节目。虽然刚买的十四英寸电视机屏幕是黑白的，但是却给这些孤陋寡闻的农村人增添了很多乐趣，他们一边嗑葵花子，一边聊天。新闻刚一播完，敬医便迫不及待地扑到电视机跟前，拧着上面的开关把电视频道转到了其他台，想找个动画片或武打的电视剧看。父子仁又拉起高慧琴的病，陈儒生说，村里这半年又有两个人患上肝癌去世了，大家都说还是风水有问题，吴有才又找了一个别的塬上的阴阳师来看，说是新修的学校院墙有问题，村民们商量了以后，准备拆了重建。

"这也太荒唐了，我才不信是风水的问题，肯定是一些大家平常没有注意到的东西造成的。"陈灵均说道。

"县防疫站的人都没有找出原因，不是风水是啥？"陈灵峰大惑不解地问道。

"你们信不信，我将来一定能找出真正的原因。"陈灵均用十分坚定的语气说道。

"灵峰，灵峰！赶紧出来，吴有才婆姨和灰灰婆姨又骂起来了，吴有才这阵不在，周围的人谁都拉不开，你快去劝劝她们。"门外突然传来一个男人焦躁的呼喊声。

"真想不通大过年的有啥吵的？"陈灵均有点失笑地说道。

"今年夏天这两家人因为水沟的问题闹过矛盾，估计心里的疙瘩还没有解开，这是没事找事，故意撒气哩。"陈灵峰一边穿衣服，一边往炕下溜。

"去了以后，两边都说一说，语气稍微软和一点，尽量别惹人。"陈儒生安顿道。

"说是肯定要说，但是和稀泥抹光墙解决不了问题，谁对谁错道理必须要讲清楚，不然的话，她们还会没完没了地吵。"陈灵峰说道。

陈灵均发现，大哥自从当了村长以后，比原来有主见了，不再是家里大人说什么就做什么的小后生了。

十九

陈灵均上卫校以前，一直以为医院是一个非常干净的地方，医生每天穿着整洁的白大褂，只要坐在干干净净的办公室里用听诊器给病人听听心脏，听听肚子，会开处方就行了，然而第二学期的一堂生理学实验课彻底改变了他对这个行业的认识。

一天下午上自习课的时候，班主任郑浩然突然走进了教室。

"哪几位男生下过河会游泳？"他站在讲台上问道。

马上有七八名学生高高地举起了手。

折志明拍了一下罗泓玉的胳膊说："人家要的是男生，你瞎掺和什么？"

罗泓玉吐了一下舌头把手放下，不高兴地说："为什么不要女生？我也想跟他们一起出去玩。"

"男生游泳是不穿裤衩的，你要是不怕羞就跟着去吧。"折志明附在她耳边悄悄地说道。

"讨厌！"罗泓玉对着他的肩膀伸手就是一拳，疼得折志明直咧嘴："我又没骗你，打我干吗！"

"你，你，还有你，出来一下，让刘老师给你们讲讲一会儿活动课的时候要干什么。"郑浩然点了几个人转身就出去了。

杜海军、汪学义和陈灵均来到教室门外，看到教生理学的刘钊老师站在那里，他对几名学生说："明天上午有一节实验课，需要你们几个帮忙到河边抓一桶青蛙。怎么样，这个任务可以完成不？"

门口放着一只带盖的水桶和两只渔网，大家马上就明白它们的用途了。

"没问题。不过，要抓多少只才够数呢？"汪学义问道。

"全班一共五十名学生对吧？那就抓上五十几只好了。记住，一定要抓活的，不要死的，越精神越好。抓之前先舀上少半桶水，水不能太多，否则这些家伙会跳出来逃走的。到了河边，大家一定要注意安全，不要到水深的地方去，也不要到河里去游泳……"刘老师再三叮嘱道。

"好，我们记住了。"

三位小伙子拿起捕捞工具就出发了。

陈灵均完全没有想到老师布置给他们的是这样一项特殊的任务。青蛙在他的眼里一直是一种特别丑陋特别肮脏的动物，先别说圆鼓鼓的眼珠子、跟人手一样的爪子有多吓人，时常吐着涎水的嘴巴和黏糊糊的皮肤一想起来浑身就会起鸡皮疙瘩。上小学的时候，有一天下过雨后，赵志刚在放学的路上抓到一只小青蛙，高兴地拿来让他看。那只青蛙不知道被赵志刚怎么折磨来着，放到他面前的时候已经跳不动了，看上去半死不活的。赵志刚用一根小木棍在它身上捅了好几次都没有任何反应。"咦，这是怎么回事？刚抓到它的时候还能蹦老高呢。"赵志刚把小青蛙抓到手里，反复地用手拨弄它的头，摁它的屁股和后腿，好半天青蛙才在他的手心里微微地挪动了一下。"快看，它动了！"他把青蛙放到陈灵均的手里让他玩。陈灵均还没拿稳，突然注意到赵志刚的手心里有一滩深褐色的黏液正在往下滴，再一看自己的手，也涂上了那玩意儿。

"这是什么？"他茫然地问道。

"糟了，它尿了！快扔掉，尿里有毒！"

陈灵均吓得一把将青蛙扔在地上，学着赵志刚的样子不停地甩手，还拔了一把草使劲擦拭手上的污渍。他无意间看到被他抛出去三四米远的那只青蛙四脚朝天躺在地上，口里吐着白沫，翻着白肚皮好像已经死了，心里顿时有一种说不出的冰凉和恶心。回家后他怕自己没有把尿液擦干净，又用水洗了好几遍。这件事情在他的心里留下了难以磨灭的阴影，打那以后，他再也没有碰过青蛙。他今天本来不想去抓青蛙，又怕同学笑话自己胆小，只好硬着头皮跟在他们后面。

"你们说，青蛙的尿液到底有没有毒？"在路上他第一句话问的就是这个。

"应该没有吧。不过，千万不能弄到眼睛里，那样对眼睛不好。"杜海军说道。

三个人根据刘钊的建议来到离学校不远的一处浅水区，那里的河水比较混浊，几乎半个河床都是墨绿色的，河边漂浮着成片的水藻，此起彼落的蛙声在空旷的河谷中发出巨大的回声，仿佛七八个声部组成的和声在尽情地演唱生命中最辉煌的乐章。当他们的脚步刚一靠近这些晚霞中的歌者，它们立刻闭上嘴巴，纷纷跳进水里躲了起来。

汪学义从小生活在城市里，住得离河近，以前常抓青蛙，比较有经验，他在河边的石头下面挖出了两窝青蛙，但是数量还远远不够。三个人只好挽起裤腿下河去捕捞。青蛙在水里游得很快，遇到危险又蹦又跳，不时钻进密集的水藻中，特别难抓，必须全神贯注反复努力多次才能有所收获。捕捞到青蛙后，陈灵均每次用手从混杂着泥沙、柴草和水藻的渔网里抓出一只，胃里就会蠕动一下，起一身的鸡皮疙瘩。抓了十几只以后，感觉已经麻木了，再也没有出现明显的生理反应。他们一直抓到第一节晚自习课上了才抓够数。回来的时候，三个人又冷又饿，裤腿全都湿漉漉的沾满了泥巴，身上和手上全是泥腥味，泡着青蛙的水桶臭烘烘的，气味更加难闻。但是他们无暇顾及这些，一路上还要提心吊胆地观察这群俘虏中是否有比较机灵的家伙从桶里跳出来。如果发现逃兵，就要不惜一切代价再抓回来。

回到宿舍后，舍友帮忙打回来的饭菜已经凉了。他们换下湿衣服，洗干净身上以后，用开水泡饭胡乱填饱肚子，又匆匆忙忙去上晚自习。

然而与课堂上发生的一切相比，他们经历的这些根本算不了什么。

这堂实验课做的是蛙坐骨神经腓肠肌刺激实验。刘钊老师先在课堂上给同学们示范如何将处死后的青蛙解剖开，只留下一小段脊椎、完整的坐骨神经和一侧的腓肠肌做成标本，然后用针刺激坐骨神经，让大家看刺激强度与腓肠肌收缩程度之间的关系。实验完成后，他讲解了神经反射的原理和实验的要求，让全班同学每四人一组，按照他刚才的步骤完成整个实验过程，其中包括用剪刀剪断青蛙的脊椎骨、剥皮、分离神经和肌肉等操作。

他刚把作业布置完，底下的学生就像炸了锅似的，吵得特别厉害。

"天哪，刚才老师解剖的时候我都不忍心看，现在让我亲手把活蹦乱跳的青蛙弄成这样，我可下不了手。"一位女生说道。

"我长这么大从来没有杀过任何动物，我不敢，我害怕。"另一位女生说道。

"老师，我一见血头就晕，能不能光写报告不做实验？"一位男生问道。

……

见此情景，刘钊语重心长地说："同学们，作为一名医生，我们必须要有一双灵巧的手，能够完成各种各样的操作。因为在临床上，医疗检查设备和药物在疾病的诊治方面发挥的作用十分有限，很多时候，我们要通过抽血、穿刺、活检等方法来做诊断；当疾病发展到一定程度，人体的器官或组织出现了严重病变，比如，大面积溃疡、坏死、化脓、梗阻、癌变等，就需要通过外科手术来治疗。当病人奄奄一息地躺在你面前，家属把你当成上帝，满怀希望地恳求你挽救亲人的生命时，你肯定不能说：'我胆小，我害怕，我不敢为他做手术，你还是找别人去吧！'因为你是医生，你的职责就是治病救人。虽然从表面上看，我们使用刀子、剪子之类的器械在人的身体上进行操作时，会让病人流血、疼痛，引起各种各样的不适，似乎对人体造成了一定的伤害，但是与人的生命相比，这样的伤害是非常必要的，而且是有益的。一般情况下，病人和家属是能够理解和接受的。要熟练地掌握这些操作技能，就要反复地练习。在学习的初级阶段，我们肯定不能直接在人体上做实验，所以就要借助这些小动物来完成一些简单的操作。这样，既锻炼了我们的手和脑，也锻炼了我们的胆量。也许有人会说，我将来不想搞外科，是不是就可以不学这些？目前从世界医学发展的整体趋势来看，未来内外科是没有严格的界限的，很多外科手术借助内镜完全可以在内科完成微创治疗。所以，就算你当了内科医生，也离不开外科操作……"

他刚把话说完，折志明已经第一个完成了标本的制作。和他同组的罗泓玉动作稍微慢了一点，用半开玩笑半妒忌的语气说："你的手咋那么快？使唤剪刀比我们女娃娃家都使唤得老练，上一辈子是不是谁家的巧婆姨这辈子错转成了男人？待会写实验报告的时候你要是当了第一名，我非把你的作业本撕烂了不可。"

折志明斜看了她一眼，笑着说："你放心，我写到最后一个字的时候一定停下来等你，等你慢悠悠地把作业本上的最后一个圆圈画上了，我再把那个字写上去。"

"那还差不多，够哥们意思。"罗泓玉满意地抿着嘴笑了。

陈灵均用手捏着青蛙软绵绵的肚皮，松散地朝两边耷拉着的爪子不时碰触到他的手掌，童年时刻骨铭心的记忆仿佛又被唤醒了，他感到特别恶心，很想一把将手里的死青蛙扔掉，但是他知道自己不能那样做，就拼命地诱导自己把手中的青蛙想象成泥捏的玩具，他要用灵巧的双手把它改变成另外一种形态。当引起不愉快的联想的形象被转移和替代之后，接下来的操作就变得顺利多了。他并不害怕鲜血，也不忌讳生肉，只是在心理上需要克服某种障碍而已。

刘钊在教室里不停地巡视各组的实验情况，耐心地鼓励胆小的同学，好几位女生在他的帮助下完成了实验。临下课前，他在清点各组上交的作业时，发现只收到四十九只标本，立刻挨组进行追查。嫌疑组很快被锁定，这个组有两名男生和两名女生，男生都笑眯眯的，神态十分自然，女生则低着头，谁也不说话。

"是谁没有做？勇敢地站出来，没有人会笑话你。只要你现在补做，时间还来得及，老师是不会责怪你的。"刘钊和颜悦色地说道。

他说完后见那几个人没有反应，便加重语气对他们说："傻孩子，你想骗老师蒙混过关，其实是在骗你自己。等你将来参加工作以后遇到了难以解决的问题，你觉得到时候谁能帮你？你能逃避过去吗？"

所有人的目光都聚集在那两名女生身上，大家饶有兴趣地观察着她们的表情，偷偷地分析到底是谁没有做实验。

"肯定是苏雅玲，她平常又胆小又娇气。"

"我看像是冯卓，她的眼神很虚。"

"冯卓平时学习很认真，从来没有发生过不交作业的现象，我想应该不会……"

等了两三分钟，见没人承认，刘钊的神情变得严肃起来："如果没有人承认的话，那只能罚你们组全部重做。"

四个人相互看了一眼，还是没人回答。僵持了一分钟后，冯卓突然抬起头红着脸说："老师，是我没有做。"

"为什么不做？说说原因吧。"刘钊的语气变得缓和起来。

"青蛙的样子实在太可怕了，我不敢用手去摸。"冯卓刚说了两句，眼睛里就闪出了泪花。

"别怕，我帮你抓出来，咱俩一起来完成好不好？"刘钊和蔼地问道。

冯卓低着头没有吭声。

"来，勇敢地试一下，没有你想象得那么难。你看咱们班那么多同学都完成了，他们刚开始的时候也和你一样很紧张，很害怕，不是都顺顺利利地把作业交了嘛！"说话间，刘钊已经从桶里捞出一只青蛙走到冯卓面前。冯卓一听到青蛙"呱呱"的叫声，看到它乱蹬着长腿，尖尖的爪子在空中不停地划动，吓得用手捂住了眼睛。

"没事，你睁开眼睛好好看看，它就这么一点点，力气肯定没有你大。我先帮你处理一下，等它不动了，你拿在手里，另一只手拿起剪刀，我们先来进行第一步……"

刘钊把一动不动的青蛙塞进冯卓的左手，用自己的手握住她冰凉发抖的右手，一步一步教她做。当鲜红的血液溅到冯卓手上的那一瞬，她"哇"的一声哭了，怎么也不肯进行后面的操作。

"在医院里工作，经常会接触到鲜血、脓液、尿液、粪便，甚至还有毁损、断裂的肢体，能够接受这些东西，敢于面对它们的血腥、丑陋和肮脏，我们才能挽救病人的生命，维护他们的健康，否则的话什么也做不了。别哭了，接着再来，相信自己一定能做到……"刘老师一边说，一边引导冯卓继续操作，很快就完成了作业。

他的话让陈灵均不由得想起了母亲流血流脓的眼睛，想到最后一次见到孙亮时从他身上散发出来的特殊气味，以及被赵劲的鲜血染红的那片土地，还有寒假里，抱着渺茫的希望来找他看病的乡亲们体内无法用肉眼看见的种种病痛。他多么不想让他们失望地离去，带着痛苦和悲伤继续生活，可他除了深深地惭愧外，什么也不能给予他们。作为一个刚刚踏入医学大门的年轻人，他太需要这样的学习和锻炼了。这堂课，不仅让他和他的同学学到了一些生理学知识，还教会了他们如何战胜内心的紧张、恐惧和脆弱，强忍着恶心和厌恶完成自己的工作。一想到将来走上工作岗位或者回到家乡以后，他们要依靠这些一点一滴积累起来的经验、教训、勇气、信心和力量，去挽救那些被病痛折磨着的人们，陈灵均的心情特别激动。他的脑子里突然冒出了这样两句话：

越是肮脏的地方，越需要洁净的灵魂。

只要你怀着一颗爱心真心实意地去帮助别人，那么，无论你看到多么丑陋多么肮脏的东西，在你的眼里都不过是一缕尘烟而已。

这学期，他开始刻意地关注和肝病有关的各种研究报告和学术论文。一天，他在《医学研究通讯》上看到一篇论文，认为部分肝癌病人的病因与感染乙肝病毒有关。这个因素他马上就排除了。因为他对村里患病的几个人非常了解，知道他们发病前都没有查出得了乙肝。不久，他又在 1988 年第一期的《临床肝胆病杂志》上看到了启东肝癌研究所的一位专家写的一篇题目为《原发性肝癌有关病因研究新动向》的论文，提出了多达十余种的病因，其中包括：亚硝胺、饮酒、吸烟、肝吸虫病、胆管炎症和结石、滥用性激素、低硒等。他知道，江苏省南通市启东市是肝癌高发区，肝癌发病率高达万分之五左右，启东肝癌研究所成立于 1972 年，多年来一直致力于肝癌的病因研究和防治工作，在学术上取得了很大的进展。回到宿舍后，他立刻列了一张表，把村里所有肝癌患者的姓名、年龄、发病时间、死亡时间都填入表中，然后根据论文中提到的那些致病因素逐个进行排查，试图找出共同的元凶。全村一共有八名肝癌患者，其中，两名饮酒，三名吸烟，一名得过胆结石，没有一个人有滥用药物的病史，也没有人得过肝吸虫病，但是他们都有一个共同的特点，就是患肝癌的同时还伴有肝硬化。这些情况县防疫站都做过调查，他很清楚，因此可以排除不是导致群体性发病的共同因素。亚硝胺含于腌制的蔬菜、肉类、酱油、啤酒等食物当中。在陕北农村，入冬前家家户户都要腌制酸菜，酱油也是很多家庭必备的调味品，所以这个因素不能完全排除。但是这样的饮食习惯并不是他们村特有的，如果仅仅用这个原因解释八个人在短时间内离奇患病并相继死亡的现象是站不住脚的。因此，他断定，除了上述的那些原因外，一定还有别的因素。没过多久，他又在一份报纸上看到一份研究报告，认为部分肝癌病人的病因跟饮水污染有关。小时候，村里人吃水一直是用牲口从沟里的水井中汲取，那口水井县防疫站的人化验过，水质很好，没有一点问题。他上了小学五年级之后，村里引水上塬，人们开始饮用自来水。自来水是公社的水厂供应的，全公社的人吃的都是一样的水，从来没有听说水被污染过。因此，这个因素也被排除了。4月中旬的时候，他又在《癌症》杂志的第三期看到启东肝癌研究所的另一份研究结果，提到了一个新名词：黄曲霉毒素。他的心头猛地一震，似乎在黑暗中看到了一丝光亮，赶紧跑到教室里翻开免疫学与微生物学书，查找与这种毒素有关的内容，在第二十三页专供药剂士专业学习的附页里关于霉菌的介绍中，他只看到了这样一段话："如黄曲霉菌产生的黄曲霉毒素，青霉菌产生的毒素，可使人畜中毒。"除此之外，什么也没有了。

刚好第二天有一节免疫学与微生物学课，老师讲完课后，他赶紧举手提问，黄曲霉毒素有哪些致病作用？一般活跃在什么地方，或者隐藏于什么物质当中？老师告诉他，黄曲霉毒素是黄曲霉菌释放的一种毒性极强的剧毒物质，主要损害人和动物的肝脏组织，这种毒素在体内堆积的含量只要超过1mg就会致癌。黄曲霉菌一般藏在发霉的花生、玉米、谷物、豆类等淀粉含量很高的食物当中。其中，以花生和玉米最多见。他听后顿时惊呆了。

在他童年的记忆中，霉变的小麦、玉米、谷子，家里几乎全都吃过。其中印象最深的就是用发霉的玉米磨的面蒸的团子。那呛人的气味和舌头上、喉咙里留下的久久无法淡去的哈喇子味，他一辈子都无法忘记。霉玉米是孟正虎在村里蹲点时队里分的秋粮，当时，村里很多人家因为没有粮食吃，和他们一样把这些有毒的食物吃了。他发现所有得了肝癌的病人都吃过霉变的玉米。第一个病人发病时间距离分玉米的时间只有两年，最后一个病人的死亡时间距离分玉米的时间长达九年！这些人全都是青壮年，年龄在 20—49 岁之间，其中，除了一名是女性外，其余的全是男性。为什么这个年龄段的人发病率这么高呢？他马上想到，这些人都是家里的主要劳动力，平常干活苦重，饭量也大，摄入的黄曲霉毒素自然比其他人多，堆积到一定程度就会导致慢性中毒，肝细胞变性、肝硬化，最终诱发肝癌。他又把那些没有领过霉玉米的人想了一遍，村里的支书、队长、会计……这些人的家里没有一个得肝癌的。他们是不可能得上的，因为他们的家中从来没有缺过粮食，偶尔吃一顿有了霉点的馒头或熟猪肉是不要紧的，体内的排泄系统完全有能力把那点毒素排出去。让他感到特别后怕的是，他和他的家人一连吃了好几个月发霉的玉米面，那些可怕的毒素早已进入了他们的体内，潜伏在肝脏组织里，谁也无法预知会不会在某个时间像定时炸弹一样突然爆炸。

老师看到他脸色苍白地坐在座位上一个劲地发呆，问他怎么了。他说："没什么，我只是随便问问，想了解一下相关的知识。"

"其实在内科学书里关于肝癌的病因中也提到了黄曲霉毒素，你要是感兴趣的话可以找来看看，这些内容等你们上了三年级的时候就会学到。"

课后，他又到图书馆查阅相关资料，很快就得到了更加详细的解释，果然和老师讲的一模一样。这越发证实了他的推断。

隐藏了多年的秘密终于被揭开了。然而，这个重大的发现并没有给他带来任何快感，相反，他感到特别愤怒，特别悲哀。他的胸腔里填塞着太多太多的东西，这些东西在不断地发酵、膨胀，挤压得他的肺无法呼吸，心脏也不能正常地舒缩，两侧的肋骨仿佛要从根部被硬生生地撑开、撕裂。因为在他小小的胸膛里无法盛放的，不仅仅是愤怒和悲哀，还有疑惑、不解、恐惧和绝望。他多想穿过时间的长廊，把他憎恶的那些东西全部打碎，让一切按照新的秩序重新开始，让那些不该发生的事情不要发生，让那些不该死去的人不要死去！遗憾的是，那段历史已经成为过去，谁也无法改变。

一连好几天，他都没有心情吃饭，感觉自己的喉咙好像被什么东西堵住了，腹部饱胀得特别厉害。他整天都处在极度的烦躁和焦虑之中，觉得自己如果不把这件事情说出来，就没有办法继续活下去。

"一定要把真相告诉所有的人，一定要让那些愚昧无知独断专行的家伙受到应有的惩罚！否则的话，就无法告慰那些无辜的受害者；否则的话，这样的悲剧还有可能发生！"他冲动地在心底呐喊道。

他决定把这件事首先告诉自己的父母，因为他们是他在这个世界上最信赖的人。当他提起笔滔滔不绝地把心里话流泻到纸上的时候，在他的胸腔中翻滚了多日的气流已经化作冲天大火在熊熊燃烧。写完信，他的心里一下子轻松多了，胃里空得特别难受。那天下午，他破天荒吃了一大碗四两的面条外加两个馒头。看到周围人惊异的目光，他拍着肚皮调皮地说："行军打仗，粮草先行。不管将来能不能成为英雄，千万不能亏待了这帮跟班兄弟。"

"没想到你还这么幽默，平时常见你夹着书匆匆忙忙地在校园里走来走去，我还以为你是个不食人间烟火的书呆子呢。"顾一萍正好也在食堂里吃晚饭，她和另外一名女生端着碗饭站在陈灵均的旁边，碗里只盛了二两面。

"看书是为了让脑袋变得更加聪明，更加灵活，要是越看越呆，越看越傻，那书就白念了。我平常也很少碰见你，一天天忙啥呢？"陈灵均笑着问道。

"上课，吃饭，睡觉。除了这些，没有别的。"顾一萍转过身来温柔地一笑，面部刚好从阴影处转到了有亮光的地方。直到这时陈灵均才注意到，她的脸上抹着颜色很白的面霜，就像在坑坑洼洼的墙面上涂了一层腻子似的，有效地遮住所有的斑点，头上的两根辫子已经变成一根垂在脑后，虽然身上穿的衣服还是很普通，但是整个人看上去比刚入学的时候洋气多了。

"噢，对了，我在校刊上看到你的名字了，你的诗写得真好，作为你的老乡，我感到非常骄傲，以后我要向你好好学习。"她的眼睛里流露出钦佩的目光。

"你要是喜欢写作的话也可以向我们投稿。"他真诚地邀约道。

"唉，我可没有那种天赋，只能做你们的读者。"她惭愧地低下了头。

两个星期后，陈灵均终于等到了父亲的回信。

陈儒生以一个饱经世事沧桑洞悉人情世故的老人的口吻告诉儿子，从他的来信中，他们老两口已经明白了村里的那几个人为什么会得上肝癌的真正原因，同时也懂得了一些生活常识，知道霉变的食物有毒，以后不会再吃了。由此能够看出，儿子在学习中非常用心，很善于分析和解决问题，是一个具有独立思想和独特见解的人，他感到特别高兴。关于陈灵均在来信中提到的要把自己得出的结论反映给有关部门的想法，他是不赞同的。理由有三点：一、虽然陈灵均对整个事件分析得有理有据，但是由于时间过去太久，所有的受害者（不包括现在活着暂时还没有发病的人）都死了，缺乏证人和有力的证据，况且这个事件还牵扯到县级和村级干部，恐怕没人敢支持他的说法。二、他们一家只是普通老百姓，无权无势，而他们的对手虽然现在都离职了，但是在当地都有很强硬的社会关系，要把他们告倒绝非易事，多半不了了之。万一传出去，自己明明有理反而会背上造谣生事的罪名，对他的前途不利。三、就算有人相信陈灵均的说法，把整个事件曝光了，死去的人不能复活，活着的人吃进去的东西也吐不出来，已经于事无补。把其他涉事人抛开不说，原来的村干部跟陈儒生一家抬头不见低头见，这些人若要受到处罚，其家属必定跟他家结下死仇，一定会打击报复。他们老两口已经老了，倒也无所谓，就怕那些人跟他们的儿子和孙子过不去，那是他们最最担心且不愿看到的。他还劝儿子不要把这件事写成论文或报告发表在报纸和杂志上，多一事不如少一事，自己心里知道是怎么回事就行了，得饶人处且饶人。最后，他说，自己窝窝囊囊过了一辈子，现在已别无他求，只求儿孙们平平安安地奔个好前程，希望儿子能明白老父亲的一片苦心，千万不要让他老来生悲。

读完信，陈灵均满腔的斗志顷刻间化为灰烬。父亲的话并不是没有道理，他一个学生娃娃，单枪匹马地能折腾出什么动静来呢？既然悲剧已经发生了，还是为活着的人多想想吧！他决定不再去想让谁承担责任这个问题，但是他一定要把这个教训告诉更多的人，让这样的悲剧不要再发生。他不无悲哀地意识到，普通老百姓太缺乏医学常识了，如果他们提前知道霉变的玉米有毒，肯定没人敢吃，那样的话也就不会有那么多的人因此丧命了。作为一名医学生，他认为自己有义务为大众普及一些医学知识。于是，他开始留意报刊上的科普文章，认真学习作者的写作方法，并且尝试着写一些精短实用的文章投给公开发行的报纸和杂志。

二十

每年秋季新生入学都比旧生晚一个多星期，负责迎接新生的老师通常会叫上几个比较机灵的学生协助自己的工作。这一年学校把接新生的任务布置给了彭抱瑜和另外一名男老师。彭抱瑜跟杜海军关系很好，就叫他去帮忙。两人一共接了两车学生，一路上，他俩不停地讲笑话，回来的时候跟学生们基本上都混熟了。到了学校，杜海军热情地带领新生参观校园，到各班报到，到总务处领取饭票、菜票，还指出食堂、水房、厕所等重要场所的具体位置，让他们记牢。因此，给大家留下了非常好的印象，争相邀请他有空来玩。等他忙完回到自己的宿舍时已经是下午五点钟了。

"今年招的护士里有一个女生是咱们东正县的，名叫周敏慧，是个非常可爱的小妹妹。下了晚自习，咱俩把沈若拙叫上一起到护士班认老乡去，你觉得怎么样？"杜海军一进门就用手扶着架子床兴奋地对陈灵均说道。他的中山装外套像是刚洗过，看上去非常干净，领口处能看见里面的红色运动衣。

"好啊，没问题。"陈灵均一把合上手里的书从床上站了起来，饶有兴趣地问道，"她家是哪里的？"

"在矿上。"

"哦，那她一定很漂亮吧？"

"当然，你见了肯定不会后悔。"

"是嘛，怪不得你那么着急地要去，肯定是喜欢上她了。"

"你不喜欢俊女子吗？别假正经了，做梦的时候嘴里都喊着人家女娃娃的名字……"

两人说着说着就没正形了，你打我一下，我搡你一下，相互乱开玩笑。

晚上，杜海军带着陈灵均和沈若拙来到红砖楼上面的宿舍区，刚走到楼道中间，从第三个门里出来一个扎着马尾辫的高个子女孩，她惊喜地喊了一声杜海军的名字，问他找谁。

"找我的老乡周敏慧。"

"她在。"女孩马上转身朝门里喊道，"周敏慧，你的老乡看你来了！"

一个穿着紫色圆领上衣留着整齐的娃娃头的女孩马上跑到门口来迎接他们，她一边微笑着说："欢迎你们，快请进来！"一边落落大方地做出邀请的动作。

她招呼三位男生坐在前面的一张下铺上，给他们一人冲了一杯橘子粉，从身上掏出几块钱对刚才的那位女孩说："方媛，到小卖部去给我买几包瓜子。"

杜海军等她搬了个板凳在对面坐下后，把两位好朋友一一向她做了介绍。他每介绍一个人，周敏慧都含笑看着对方礼貌地点点头。周敏慧个子不高，脸蛋很圆，皮肤白白的，眼睛很大，年纪看上去最多超不过十五岁。她说话时语速不紧不慢，语言表达能力很强，不说话的时候则显得很文静。

"能认识你们真是太高兴了，以后放假的时候几位哥哥回家时千万别忘了叫上我，我平常很少一个人出门。"

"没问题，我们帮你买票、拿行李。"杜海军豪爽地答应道。

"你在哪个学校上的初中？"沈若拙问道。

"油矿子弟学校。我家住在油矿的家属区，我从幼儿园到初中一直在那里上学。"

"你的父母都是做什么工作的？"

"我爸是工程师，我妈是教师。你呢？"

"我们家原先在农村，我爸和我妈都是农民。我上小学四年级的时候我爸在城关大队承包了一个蔬菜大棚，这几年收入还不错，就再也没回去，一直住在城里。我就是在城里上的初中。"

周敏慧又问陈灵均。

他说："我是典型的乡巴佬，从小在农村长大，和他一样也是在城里上的初中。"

"胡说，我才是真正的乡巴佬，我上中专以前从来没有离开过我们公社，参加升学考试的时候第一次进城，就跟刘姥姥进了大观园一样，见了什么都稀罕得不得了。"杜海军风趣的话语把一屋子的人都逗乐了。周敏慧也用手挡在嘴唇上微微地笑了一下。

沈若拙问她为什么要选择护士这个专业。

周敏慧说："我连护士是干啥的都不知道，报志愿的时候和你们一样也报的是医士班，没想到录取通知书下来以后却被护士班录取了。"

"我听说学校招生的时候报医士班的人最多，报护理专业的最少，他们统一进行了调配，否则的话，没有几个人愿意上护士班。"陈灵均说道。

"说得没错，招生的老师肯定因为我是女生才将我调到了护士班。"周敏慧不满地说道。

沈若拙马上安慰道："护士这个工作也挺好的，医院里光有医生没有护士也不行。"

"没事，你好好学，万一将来毕业了不想当护士，还可以再考临床医学的大专班。"杜海军说道。

"也是。"周敏慧笑着点了点头。

　　说话间，方媛已经把瓜子买回来了，周敏慧撕开包装袋把瓜子倒在饭盒的盖子上，亲手抓起来放到每一个人的手里。当她的手无意间碰到杜海军的手时，他的眼神显得很慌乱。

　　陈灵均问周敏慧平时有什么爱好。周敏慧说她喜欢音乐和文学。陈灵均问她有没有读过海明威、托尔斯泰、司汤达、巴尔扎克、罗曼·罗兰等中外名家的著作，周敏慧说她全都读过，然后一一做了点评，两人聊得热火朝天。沈若拙不时插一句，简短地表达一下自己的观点。杜海军却孤零零地坐在一边显得很落寞。

　　快打熄灯铃时，三位男生跟周敏慧告了别，向山上的宿舍走去。刚走到石阶前，正好碰上从反方向走来的罗泓玉，她在杜海军身上拍了一下，粗声问："哪儿去了？"

　　"到护士班认老乡去了。"

　　"怪不得没见你出来锻炼，很好，多到那边跑跑，万一跟哪个女生对上眼了，毕业了可以直接领回家去。"

　　"我哪儿有那本事！"杜海军挠了挠后脑勺怏怏地低下了头。

　　新生入学后的第二个星期学校举行开学典礼，会场就设在食堂里，各班的学生带着凳子按照班级分组就座。校长致完欢迎词后，表彰奖励了上一年的优秀学生。周敏慧听到获得乙等奖学金的学生名单里好像有杜海军的名字，因为高音喇叭回声很大，没有听清到底是杜海军还是杜海江，正在猜测是不是自己的老乡杜海军，坐在她旁边的方媛戳了一下她小声问道："这个杜海军是你那个老乡不？"她马上点了点头说："应该是。"紧接着，她又听见获得甲等奖学金的学生中有一个"陈灵均"，心里想：真的是我刚认识的那个陈灵均吗？这也太巧了吧？要是获奖的真是他俩的话，这两人也太厉害了。获得奖学金的学生教务处主任只是宣读了一下名单没有要求他们上台领奖，紧接着，他又念了几名三好学生的名字，第一个走上台领奖的就是陈灵均。周敏慧一把抓住方媛的手，激动地说："快看，我老乡！就是上周来过咱们宿舍的那个。"然后和大家一起拼命地鼓掌。陈灵均站在台上，单薄的身体外面寒酸的衣着与闪闪发光的奖状以及他脸上骄傲的神色形成了鲜明的对比。她从他身上读出了他没有讲过的故事，内心十分感动。

　　9月的天气对于喜欢在户外活动的人来说是绝佳的时令，早晚锻炼时感觉不到冷，中午外出时又不会觉得太热。平常大部分时间杜海军不是在宿舍里就是在教室里，唯有星期天才能自由地行走于天地之间，呼吸到相对比较新鲜的空气。其实，和家乡的空气质量相比，新安城的空气简直糟糕透了，但它毕竟是一个市，除了糟糕的空气外，还有许多乡下没有的东西，比如：昂贵的衣服和日用品，高档的饭馆，高级小轿车，还有高高的楼房和许多高不可攀的人。杜海军一直在这些拥挤的物体之间努力晃动着自己渺小的身影，不想被汹涌的人海吞没，只要能发出一点点微弱的光亮就会让他无比的兴奋。这个星期天，他像往常一样早早地起来跑完步，吃了早饭，然后和几个常在一起打篮球的队友到师范和那边的篮球队打了一场比赛。中午回来睡了一觉起来后体力已经恢复得差不多了，胳肢窝里夹了一本书摆动着两条长腿优哉游哉地向后山上的小树林走去。操场上人很少，只有三个小伙子聚在一起打篮球，还有一男一女两名学生站在排球网前说笑，神情十分暧昧。前几天刚下过雨，操场中间的泥土下面又冒出不少低矮的小草，颜色特别鲜亮。他意外地发现，在操场西边用碎石围成的跑道内侧的草丛里居然开了一朵淡紫色的小花。当他经过它身边时，微风吹得花盘上下摇晃，仿佛一位清纯的少女在向他点头示意。看到这一幕情景，他不禁心花怒放，哼唱起了流行歌《溜溜的她》，身形也随着歌曲的旋律变得更加放浪起来，边走边做出夸张的动作。刚踏上后山的小路，便听到从树林深处隐隐约约传来一阵口琴声。琴声非常舒缓，节拍很慢，但是曲调空灵而优美，就像一个人伫立在深谷中静静地追忆美好的往事，又像面朝茫茫云海在深情地呼唤着什么。他原本快乐无忧的心竟被那琴声勾起了一丝淡淡的惆怅和莫名的伤感。他一边向上走，一边猜想这个吹口琴的人是谁，为什么要吹这样一首乐曲？在他的观念里，人只有高兴的时候才会跟音乐联系在一起，好的乐曲应该给人带来快乐，让人振奋，不应该让一个好端端的人突然感到伤悲。小树林面积不大，没费多大工夫他就找到了那个人。当他看到她的那一瞬间不由得吃了一惊，原来是那个外表十分单纯可爱的小妹妹——周敏慧！她也注意到了他，但是并没有把琴声立即停下来，又吹了二十几秒坚持把最后一个音符吹完才收起口琴开了腔。

"来，坐这儿。"她指着身边的空地说道，然后抬起屁股把垫在下面的报纸撕成两半，拿出其中的一半递给杜海军。她低头的时候，柔顺的秀发就像波浪一样在脸颊两侧轻轻地摆动着，从树缝里投射过来的阳光在她紫色的上衣上照出好几个闪闪发光的亮点。

"你吹得真好，这是什么曲子？"杜海军问道。他接过报纸小心翼翼地放在离周敏慧不远也不近的地方坐在上面。

"《天空之城》，是日本音乐家久石让写的，本来是一首钢琴曲，我觉得用口琴吹出来也很好听。"她的声音略带一点童音，听起来很甜美。

"确实很好听，我就是被你的琴声吸引过来的，我还以为是哪个男生在这里吹口琴。"杜海军笑着说道。他忽然抬手摸了一下自己嘴唇上的胡子，想起早晨用剪刀剪完胡子以后汪学义说没剪整齐，让他用自己的刮胡子刀再刮刮，被他拒绝了，本来准备吃完早饭再剪，结果忘了。他猜想周敏慧看到自己胡子拉碴的样子一定觉得很可笑，就有点后悔不该好奇心那么重专门跑到山上来找她。

"我从小就喜欢音乐，这把口琴已经陪了我六年了，本来打算上完高中再换，没想到却跑到这里来了。"她淡淡地一笑，嘴角浮现出一丝不易察觉的伤感。

"你真是一个多才多艺的女娃娃，那天在你们宿舍跟你拉话的时候我就觉得你非常优秀，你的家庭条件那么好，为什么不上高中考大学?"杜海军不解地问道。

"我很想上高中，可我爸妈不同意。我爸说，女娃娃家能有一份稳定的工作就行了，用不着活得太累，既然已经考上中专那就上吧，万一上了高中将来考不上大学，他们可没办法给我找工作。再说，就算我能考上大学，将来毕业了还不是要工作、结婚、生孩子。我妈说，她只希望我成为一个普普通通的人，不要求我一定要大富大贵，出人头地，我能考上中专她已经很满足了。我还有一个弟弟正在上初一，他们希望他将来能上大学。"

"你不想上中专填报志愿的时候可以不报呀，为什么一定要听他们的话呢?再说，就算你父母偏心，想让你弟弟受到更好的教育，问题是，他有没有你学习好，能考上不?"杜海军更加迷惑了。

"说实话，我的志愿根本就不是我报的，专业也不是我自己选的。从小到大，凡是关系到我的大事基本上都是我爸妈说了算。他们对我管教很严，经常对我说你要干什么，不要干什么，我一直是一个很听话的孩子，从来不敢对他们说一个不字。我要是稍微不顺从他们的意愿，他们就说我不懂事，不孝顺，我最害怕听到的就是这几个字。"周敏慧低下头，不自然地用手揪扯着衣服的下摆。

杜海军双手抱膝长长地叹了口气："唉，我原来一直以为，贫穷和自卑是成长过程中最大的敌人，没想到，落后的观念也会影响到一个人的命运和前途。那你现在打算怎么办？"他关心地问道。

"我原来是有自己的梦想的，但是现在所有的梦想都破碎了，我也不知道自己到底该做什么，我想我唯一能做的，就是慢慢地接受现实。"周敏慧的瞳孔周围涌出很多红血丝，有薄薄的泪光在上面闪动。

"说起来很惭愧，我从来没有远大的理想，是一个活得很现实的人。作为一个农村娃娃，能考上中专有一份正式工作，对我来说就是最好的结果，所以我对自己现在的生活很满意，没有太多的要求，也没有任何遗憾。我的父母都没有念过书，他们从来不管我的事，因为他们觉得我可能比他们懂得更多。相比而言，我反倒觉得自己很幸运，可以自由地选择自己的人生。但是你，"他侧过头看了她一眼，又接着说，"这样对你太不公平了。不过我相信，像你这么优秀的人，无论将来把你放在哪里，都能放射出自己的光彩。"

"谢谢你的鼓励。"周敏慧擦了一下眼角的泪花笑了。

两个人聊了一会儿又分开去看书，快到下午开饭的时间才一起从山坡上下来，向校园里走去。路过操场边的健身器材时，一位高大英俊的小伙子正在双杠上做大回环，潇洒标准的动作一下子就把周敏慧吸引住了。她停下脚步呆呆地看了半天，低声问杜海军："这是谁呀？"

"九一药剂班的秦枫，渭南人。"

秦枫猛地一发力，反身跃上杠子，双臂支撑在上面，正准备做下一组的动作，突然发现旁边有一男一女正在注视着自己，似乎有点不好意思继续表演了，从杠子上慢慢地吊下身子，跳到地上，一声不吭地走了。

"哈哈，他被你看羞了！"杜海军拍着手大笑着说道。

"男娃娃还那么胆小，真是的，也太经不起人看了！"周敏慧不屑地撇了撇嘴。

两人继续往前走，刚走到过道中间，正好碰上彭抱瑜迎面走来。

"解剖老师！"周敏慧高兴地喊了一声。

彭抱瑜站住脚，用半是嗔怪半是无奈的表情看着她说："你这个女孩子，不是早就跟你们说过了吗？我姓彭，你们应该叫我彭老师，怎么又叫起解剖老师来了！"

"不好意思，彭老师，我不是故意的，请你原谅，下次一定改正！"周敏慧连忙做出求饶的手势向他道歉。

"这还差不多。"彭抱瑜的脸上又露出了熟悉的笑容。

"彭老师，马上要吃饭了，你匆匆忙忙地这是要到哪儿去呀？"杜海军问道。

"到解剖实验室去为明天的课做一些准备。我已经提前在家里吃过了，早点开始好早点结束。"

"老师，你一个人在实验室里工作不害怕吗？"周敏慧好奇地问道。

"害怕？怕什么？你是说怕死人吗？这么多年我一直干这个工作早就习惯了。死人其实没什么可怕的，他们身上所有的生命体征都消失了，就跟一块木头似的一动不动地躺在那里，活人才可怕呢。我活了三十几岁从来没有怕过死人，只怕过活人。"

"还有个问题我一直想问你，就是不好意思开口。"周敏慧迟疑地看了老师一眼，吞吞吐吐地说道。

"有什么问题，尽管问吧。"彭抱瑜大方地说道。

"你说，这个世界上到底有没有鬼？"

她刚一说完，彭抱瑜和杜海军笑得前仰后合，连话都说不出来了。好半天，彭抱瑜才止住笑声非常坦率地说："反正我活到这个岁数还从来没有亲眼见过。要是真有鬼的话，我一个人做实验的时候就不会觉得寂寞了。"

"是呀，那些女鬼说不定还很愿意跟你聊天呢。哎，彭老师，你上回讲的那个笑话很有意思，今天能不能再给我们讲一个？好久不见，真的好想你啊。"杜海军细声细气地模仿女人的声音说话。彭抱瑜听了笑得更开心了。看到两人的反应，周敏慧突然觉得自己的想法很荒谬，不由得也失笑起来。

"还有什么问题？"彭抱瑜笑眯眯地问道。

"没了。"

"那好，我先走了，再见！"彭抱瑜弯着手掌像逗小孩子似的跟两人招了招手，便转身走了。

彭抱瑜像往常一样走进空荡荡的实验楼，打开解剖实验室的门，顺手关上，戴上口罩和手套，坐在解剖床前的椅子上，又开始忙碌自己的工作。四周静悄悄的，只能听见墙上的挂钟发出的铮铮的响声。

他全神贯注地进行着精细而复杂的操作，完全忘记了身边的一切。忽然，身后传来"咚"的一身巨响，像是什么东西被人碰倒了。他被这个意想不到的声音吓了一跳，全身的寒毛都竖起来了。他非常清楚地记得，进门后为了避免受到不必要的干扰，他从里面把门反锁上了，决不会有人偷偷地闯进来，也不可能有任何动物钻进来，因为他每次进门后都会特别仔细地在房间里查看一遍。作为一名无神论者，他从来不相信这个世界上有鬼神，但是作为房间里唯一的一个活人，这个无法解释的现象显然超出了他的认知范围，他的脑子里突然冒出一个连自己都感到吃惊的想法："难道人死了以后真的有灵魂吗？"他大着胆子慢慢地转过身，想弄清楚这个奇怪的声音到底来自哪里。他看见右侧的门依然紧闭着，身后的桌子、椅子以及桌上物品的位置都没有发生任何变化，左侧的窗子也关得好好的，没有一点缝隙。再看看眼前，除了他和他的研究对象外，房间里没有第三个人或者与人相似的物体。不，肯定有某个细节被他遗漏了。他重新转过身，把目光投向地面，一眼就看见墙上的挂钟可怜巴巴地躺在墙角，秒针依然按照严格的节奏在有条不紊地转动着，耳边清晰地传来铮铮的响声。他终于明白是怎么回事了，一个人坐在实验室里嘎嘎地笑了起来。

二十一

吃过晚饭，周敏慧刚一进教室就被一个人紧紧地抱住在脸上亲了一下。"亲爱的慧慧，一天没见你，想死我了！"从那又脆又甜的嗓音里她很快便听出是张晓凤的声音。她不知道怎么回应她，麻木地接受了她的亲昵动作后，走到自己的座位前坐下。张晓凤就像影子一样跟了过来，眼中热情的目光依然保持着很高的温度："你的化学作业做完了没有？"

"完了。"

"借我抄一下。我星期六下午出去了，星期天回来已经很晚了，一直没时间做。学习委员第一节自习课就要收作业，我怕做得慢了来不及。"张晓凤伸出手冲她眨巴了一下眼睛，就像两人提前已经有了秘密约定似的。

"好的。"周敏慧刚从抽屉里拿出作业本，张晓凤迫不及待地拿走了，临走前又在她脸上亲了一下："谢谢可爱的小妹妹！"

张晓凤走到过道中间，看见一位同学正在吃零食，故作惊讶地说："哟，偷偷地吃什么好吃的呢？让我也尝尝。"对方递过来袋子让她品尝，没想到她一把抢过袋子就跑了，嘴里还咯咯地笑个不停。

"周敏慧，张晓凤抄完了让我也抄一下，我现在正在写生物作业，还有两道题没写完，都快急死了。"周敏慧的同桌方媛也抓住机会跟她预约。

"行。"

"周敏慧，你的英语作业能不能让我看看？我有几个填空题不会做。"邻桌也探过身来跟她借作业。

无论哪位同学提出要照抄作业，周敏慧都有求必应。虽然她知道这样做不好，但是不知道该怎么拒绝。她不明白大家为什么不爱学习文化课，她特别喜欢这些课程，总觉得没学够，恨不得让书里的知识长进肉里，渗入血里。她非常害怕有一天在社会上遇到那些比她接受过更好的教育的同龄人时，在他们面前显得分外无知和浅薄。她知道自己并不比别人笨，只是缺少良好的学习平台而已。她非常珍惜每一次学习机会，因为她学习不是为了分数，而是为了学到有用的知识。她看了一下课程表，明天有英语课，就拿出英语课本，像往常一样认真地预习起来。那些新的单词和短语在她的眼里就像奇妙的音符在舌尖上顽皮地弹跳着，不断地变换出各种各样的旋律。她全身心地沉浸在学习的快乐当中，觉得这样的时光就是人生中最美好的享受。

"慧慧，作业用完了，给你。"张晓凤突然戳了她一下，把化学作业放在桌子上，眼尖的方媛一把就拉了过去。

"晓凤，这两天你到哪儿去了？晚上都没回来。"周敏慧放下书，随口问道。

"我不是跟你说过了嘛，星期六的下午我对象王鹏来了，我俩到外面随便溜达了一圈，一起吃了饭，晚上住在一个亲戚家里。今天上午他又陪我逛了公园，中午的时候就坐车回去了。我刚回到学校我小姑的对象又来了，请我和我小姑一起吃饭，我们到卷烟厂外面吃了羊肉面。我小姑的对象叫赵秦中，在省城博物馆工作。人家是大学生，又有文化又有涵养，说话特别幽默，我俩很能聊得来。他夸我人很聪明，反应又快，我觉得他也是，他比王鹏有意思多了。我现在越来越觉得王鹏那家伙太闷了，八棍子都敲不出一句好话来，我俩在一起的时候，一路上光能听见我一个人唠叨，真是烦透顶了。我想不通我小姑的命怎么那么好，能碰上赵秦中那样的好男人？他俩要是结了婚，她将来肯定会调到西安。要是我的对象也在西安该多好，那样的话我就不用再回我们那个破县城了。"张晓凤扬起俊俏的瓜子脸，双手紧握在胸前，眼神里满是羡慕的神色。

张晓凤补习了两年，已经十八岁了，她家在青泉县一个偏远的小村子里，父母在她三岁时就离婚了，她被判给了父亲，她父亲再婚后继母又生下一个儿子，平常不太管她，她由爷爷奶奶抚养长大。周敏慧听说张晓凤家条件不好，她上学的学费和生活费都是跟亲戚借的。她的男朋友王鹏是她初中时的体育老师，曾经在经济上给过她很大的帮助。她小姑比她大两岁，名叫张婉月，也在卫校上学，是九〇妇幼班的学生，比她高一级。张婉月长得没有张晓凤漂亮，性格也没有她活泼，是一个非常稳重的女孩子。

"这些话你光说给我一个人就行了，千万别在你小姑面前说，她听了会吃醋的。"周敏慧善意地提醒道。

"没事，我又不是傻瓜。我和我小姑平常关系可好了，就算当着她的面开玩笑她也不会计较。我俩是在一个被窝里睡大的，常在一起没大没小地抢东西吃，我比她厉害，她抢不过我，常气得噘着嘴哭，我奶奶哄一哄就没事了。我爷爷特别疼爱我小姑，我奶奶喜欢我，她背着爷爷常让我小姑让着我。"张晓凤快速地翕动着薄薄的嘴唇，话刚说完又咯咯笑着跑了。

这一学期，九一医士班除了政治课外，其他的文化课都停了，又增加了几门基础专业课。药理学由于内容枯燥，课堂上的气氛一直不太活跃。第一次上药理学实验课，陈灵均以为跟上初中时一样，老师只是拿着几支试管和烧杯让大家看看药物的化学反应，对这堂课并没有抱太大的期望，上课铃声响了，还低着头跟杜海军说话。听到周围的同学叽叽喳喳吵闹得特别厉害，抬头一看，发现讲台上放着几只铁笼子，里面关着几十只白色的小老鼠。农村的家鼠颜色都是灰的，或者灰黑的，瘦长的身子，尖尖的嘴巴，嘴边长着几根长胡子，成天钻在脏兮兮的水沟里或者厕所里，让人感觉特别恶心。眼前的这些小老鼠长着雪白的绒毛，乌黑的眼睛，半圆形的耳朵几乎是透明的，耳朵里的皮肤和鼻子、脚趾、尾巴的颜色都是粉红色的，圆滚滚的身子既灵活又柔软，乍一看，很像刚出生不久的小白兔。它们似乎比兔子还要活泼，在笼子里不停地爬上爬下，举着像婴儿一样的小手，"吱吱"叫唤着好像在向把自己关进笼子的人抗议。

"哇，好可爱的小老鼠！"

"太亲了，真想摸摸它！"

好几位女生看到小白鼠激动得两眼放光，恨不得把它们抱在怀里狠狠地亲上一气。

"没想到世界上还有这么好看的老鼠，待会我给咱偷一只带回宿舍里养着。"杜海军悄悄地在陈灵均耳边说道。

"这些小白鼠肯定有数，老师不会让咱们带走的。"范睿在身后笑着说道。

"噫……"汪学义摇着脑袋一副难受的表情，"我最讨厌的动物就是老鼠！"

郑浩然看到学生们的反应也显得很开心，他告诉大家今天这堂课要用这些小白鼠做药理学实验，在开始实验前，他先教大家如何用正确的方法捉拿小白鼠。

"用两只手捉小白鼠是这样的，"他打开笼子，抓起一只小白鼠边说边做，底下的学生争先恐后地来围观。"先用右手提起老鼠的尾巴，把它放在笼子盖上或其他物体的粗糙面上，向后轻轻一拉，瞧，小白鼠的前肢就固定在笼子面上动不了了，这个时候你要迅速用左手的拇指和食指捏住小白鼠颈背部的皮肤，并以小指与手掌尺侧夹持在它的尾巴根部……"他熟练地操作完以后，伸长脖子大声问周围的同学，"大家都看清楚了没有？"

"看清楚了！"几位男生大声回答道。

"好，下面大家分组进行练习，每个人都要动手，必须人人掌握，回头要考试的。"

苏雅玲和陈灵均、杜海军、汪学义分在一组。杜海军第一个打开笼门，刚把手伸进笼子里，小白鼠立刻警觉地扭过头来冲着他连叫带咬，他赶紧把手缩回来，笑着说："哟，脾气还挺大的！"

苏雅玲看到小白鼠的牙齿又尖又长，吓得尖叫一声，躲到汪学义的身后。

"你咋这么大声？把小老鼠都吓晕了！"杜海军故意装出一副严肃的样子批评道。

"它看起来好凶啊，我怕它咬我。"苏雅玲委屈地说道。

"它还以为你想咬它呢！"陈灵均开玩笑说道。

几位男生哈哈大笑起来。

杜海军稍微定了下神，又把手伸进笼子里，瞅准小白鼠的尾巴一把提溜起来放在笼盖上，然后乘着老鼠往前跑的工夫，用力往后一拉，另一只手快速抓住其颈背部把它拿了起来，小白鼠四脚朝天在他的掌心里无力地挣扎着，已经失去了抵抗能力。杜海军兴奋地喊道："哈哈，我成功了！"又反复练习了好几次，才把小白鼠放回笼子。陈灵均接着练，他好像天生就会抓老鼠似的，操作起来特别轻松娴熟。

苏雅玲正心惊胆战地看着，突然被人从身后戳了一下："快看罗泓玉！"

她转过身，惊异地发现罗泓玉手里抓着一只小白鼠，就像拿着玩具似的，随心所欲地摸来摸去，还故意把老鼠往其他女生身上放，吓得那些女生吱哩哇啦乱叫一气。她钦佩地看着罗泓玉，想不通她到底哪来的胆量敢那样跟老鼠玩。

她感觉手心里有点痒，低头一看，吓得魂都快要飞了。原来杜海军乘她不注意偷偷地抓着老鼠把毛茸茸的爪子放进了她的手里。她一把甩开老鼠，脸涨得通红，嘴里骂道："混蛋，一边去！"感觉还不解气，又追着他在头上连打了好几下。

"大家别闹了，要注意安全，千万不要让小白鼠咬了，老鼠的身上携带很多病菌，咬伤后很容易造成皮肤感染。"郑浩然在一旁提醒道。

班里的同学听老师这么一说，果然收敛了很多，开始安安分分地练习起来。

汪学义虽然很讨厌老鼠，但他毕竟是男生，该怎么做就怎么做，所以没费多大劲也练会了。全组只剩下苏雅玲一个人迟迟不肯动手，不管大家怎么劝说她都不愿意去碰笼子里的小白鼠。

见此情景，郑浩然走到她身边用非常温和的语气说："不要害怕，只要操作方法是正确的，就不会被老鼠咬到。"他又给苏雅玲示范了一遍，鼓励她大胆地去试。

苏雅玲横了一下心，战战兢兢地把手伸进笼子，刚碰触到老鼠的身体，那家伙立刻转身跳起来龇牙咧嘴地做出咬人的动作。

"妈呀！"苏雅玲猛地抽回手吓得脸色都变了。

这时，其他同学全都完成了任务，好几位女生围过来给她加油。

"勇敢一点，苏雅玲！"

"相信自己，你可以做到的！"

还有几位男生也在为她鼓劲。她被这种来自团队的热情和友谊感动了，含着眼泪再次伸出颤抖的手指，不顾一切地抓住小白鼠的尾巴一把提了起来。小白鼠在半空中扭动着身体不停地挣扎，她紧闭着眼睛不敢直视它，既不想放手，又不知道该怎样继续进行下去。

"把它放到笼盖上，让它向前跑！"

"往后拉，不要犹豫，赶紧用手去抓耳朵后面的皮毛……"

周围的同学七嘴八舌争着给她当指导。她边哭边按照他们的提示去做，果然成功了，四周响起一片掌声。

郑浩然让大家休息了十分钟，又给大家讲解如何用不同的方法在小白鼠的身上给药，然后开始用小白鼠做药理学实验。他把四只小白鼠分成甲乙两组，分别称了体重，先让大家观察它们的活动情况有无异常。学生们都说两组小白鼠看起来都很活泼健康。他按照0.8mg/10g的剂量给甲组小白鼠腹腔注射了0.4%氯丙嗪，又按照0.2ml/10g的剂量给乙组小白鼠注射了生理盐水。过了一分钟后，给两组小白鼠按照一定的剂量灌服0.4%酒石酸锑钾，然后分别放在笼子里，开始记录给药时间，让大家观察小白鼠会出现什么样的反应，并且比较两组的反应有什么不同。

"酒石酸锑钾是一种催吐药，正常情况下注射这种药物后动物会出现呕吐现象。"郑浩然解释道。

"已经十五分钟了，注意看，它们快有反应了。"他看着手表轻声说道。学生们都屏住呼吸全神贯注地看着笼子里的四只小白鼠。不一会儿，乙组的一只小白鼠嘴里吐出了一些东西，很快，另一只也开始呕吐起来。随着时间的延长，两只老鼠吐得越来越厉害，身体也变得越来越虚弱，连路都走不稳，东倒一下，西歪一下，看起来十分可笑。

"瞧，这哥俩喝多了，在打醉拳呢！"杜海军指着笼子里小白鼠开心得直笑。

"哈哈，太有意思了！"周围一片笑声。

"知道为什么甲组的小白鼠没有呕吐吗？那是因为它们提前注射了氯丙嗪。氯丙嗪是吩噻嗪类抗精神病药，其作用机制主要与其阻断中脑边缘系统及中脑皮层通路的多巴胺受体有关。小剂量使用可抑制延脑催吐化学感受区的多巴胺受体，大剂量时直接抑制呕吐中枢，产生强大的镇吐作用……"郑浩然乘机给大家讲授了一些药理学知识。

同学们这才恍然大悟，明白了两组小白鼠进行对比的目的是什么。

"郑老师，如果乙组的小白鼠就这样呕吐下去，结果会怎样？"陈灵均突然问道。

"它们最终会因为严重脱水导致体内电解质紊乱、酸碱平衡失调而死亡。"

所有的人都怔住了。陈灵均低下头看着地板不再说话。一旁的冯卓红着眼圈说："小白鼠太可怜了，求求你给它们打一针解药吧！眼睁睁地看着它们死太残忍了。"

"老师，快救救它们，不要让它们死！"苏雅玲也哽咽着说道。

"看着它们痛苦的样子，心里好难受！"

"快给它们打针吧，求求你了，老师！"

几位女同学含着眼泪拉住郑浩然的衣袖不停地央求他，有一位同学甚至还哭出了声。

"好吧，既然大家都不愿意让它们死，那我就满足你们的心愿吧。本来按照课程安排是没有这一项预算的，幸好剩下的药物还够。"郑浩然根据两只小白鼠的体重计算好精确的剂量给它们各打了一针。不一会儿，两个小家伙停止了呕吐，慢慢地又恢复了活泼的状态。

"它们好了，谢谢郑老师！"一群女生高兴得又是叫又是笑。郑浩然的脸上也露出了欣慰的笑容。

"郑老师笑起来真好看，我有点喜欢上他了。"冯卓悄悄地对苏雅玲说道。

"别自作多情了，人家已经有女朋友了。"苏雅玲说。

"我只是随便说说而已，不是那个意思。"

"有意思也没用，人家对你一点意思都没有！"杜海军突然在身后说道。

"讨厌！偷听人家说话的贼，看我怎么收拾你！"冯卓飞起一脚向杜海军踢来，他灵活地闪到一边，朝她扮了个鬼脸。

下课后，罗泓玉手里拿着一张纸笑眯眯地走到苏雅玲面前一本正经地说："苏雅玲同学，我想送你一件礼物，希望你能喜欢。"

苏雅玲高兴地说："太好了，谢谢你。是不是给我画了一幅画像？"

罗泓玉狡黠地眨了眨眼睛没有回答，把纸反扣到桌上转身就跑了。

苏雅玲拿起来看了一眼，立刻像被什么东西烫到了手似的，"啊"地惊叫一声，两只手一松，纸片飘落到了地上。

范睿恰好从旁边经过，捡起来一看乐坏了——纸上用铅笔画满了老鼠，大大小小有二三十只，作者采用的是线条为主的速写，但是却抓住了老鼠的主要特征，画出了它们不同的形态和动作，并通过简单的涂抹，表现出明暗和虚实，使画中的老鼠栩栩如生，惟妙惟肖。

"没想到咱们班还有一位出色的画家，你要是不喜欢就送我好了。"他把画上的土拍打干净，小心翼翼地夹进自己的书里。

杜海军看到后也凑过来欣赏，嘴里啧啧地赞叹着说："太有才了，画得真像！"

范睿不以为然说："这有什么，人家罗泓玉还把书上所有的解剖图都原模原样地画下来了，那才叫绝呢！"

两位男生好奇地聚拢到罗泓玉身边要看她的那个本子，折志明看到后也围了过来。罗泓玉反倒有点不好意思了，从课桌里拿出来放到他们面前说："瞎玩呢，只是觉得这样有利于记忆。"

这些图是严格按照一比一的比例画的，跟书上印的几乎一模一样，就连阴影部分都没有被忽略，包含了目前学过的所有课程的例图。众人一边看一边啧啧称赞。

折志明好奇地问："你是怎么想出来这样的学习方法的？"

"陈灵均也画了一本，我就是跟他学的。"罗泓玉说道。

这时，陈灵均从旁边走过来，他看了一下罗泓玉的画说："我只画了一部分，但是没有她的全，回头我要把剩下的补齐。"

"你要是当不了好大夫，我就不姓范了。"范睿抬起头，意味深长地看了罗泓玉一眼。

"你将来搞内科绝对没问题。"折志明冲她竖起了大拇指。

罗泓玉的嘴角掠过一丝轻笑，似乎对此不屑一顾。

二十二

自从考上卫校以后，在短短的两年时间里，陈灵均的身高由原来的一米六二长到一米七，体重也由原来的九十六斤增加到一百零四斤，身上的外套比原先更加破旧了，两个袖口全洗化了，右侧有半圈一厘米宽的布条垂在手腕处，已经没法缝补了，但是他没有一点多余的钱为自己添置新衣服。他那笔令人眼红的甲等奖学金、贫困生助学金、所有的生活补贴以及为数不多的稿费全都用在学费和生活费上，偶尔结余几块钱便用来买书。自从上了中专以后，他再也没有花过家里一分钱，有时还用自己的钱接济家里。面对如此难堪的形象，他安慰自己说，衣服只是包裹在身体外面的一层廉价的包装纸，只有笃定的内心和出众的才华才是最美的衣装。

五一劳动节前的那个周末，晚饭结束后，食堂里的大师傅刚刚打扫完卫生，空气里飘浮的灰尘还未落定，悬挂在头顶的大彩球便飞速地旋转起来，在散发着淡淡的馒头味、土豆味、卷心菜味、小米稀饭味的大厅里，投射出无数五彩斑斓的光圈，节奏感极强的打击乐不断撞击着年轻的渴望燃烧的心，让他们放下沉重的压力，纷纷走入这个梦幻的世界，尽情释放自己的青春和活力。随着人流的不断涌入，擅长霹雳舞、机械舞、太空舞、迪斯科等舞种的舞者争相竞技，各展风采，围观者不时发出阵阵喝彩。在这些人群当中，有很多人不会跳舞，只是作为观众来欣赏。陈灵均就是其中的一位。他本来不想到人多的地方凑热闹，杜海军硬把他拉来让他放松。出来前陈灵均指着自己的衣服自嘲地说："你看这像跳舞的人的样子吗？"杜海军说："饭堂里光线那么暗，连人的脸都看不清，谁还能注意到你穿什么衣服。"于是他只好跟着他来了。杜海军对霹雳舞很感兴趣，刚开始学，还没有掌握动作要领，跳得很生硬，但是他依然兴致勃勃地跟在一位学长身后努力模仿对方的动作。他每跳上几分钟就回到陈灵均身边问他："怎么样？你要不要也来跳一会儿？"陈灵均笑着直摇头："不了，我没有舞蹈细胞。"

平常在校园的喇叭里他们听得最多的是那种十分悠扬动听或激昂欢快的钢琴曲或萨克斯，比如《致爱丽丝》《秋日私语》《春野》《命运交响曲》《回家》等。这些乐曲一般在活动课的时候开始播放，播完音乐后，播音员还会念几篇通讯稿，有校园新闻，也有学生写的诗歌、散文等作品。相比而言，陈灵均更喜欢那种安静优雅的氛围，这里的音乐对他来说太吵闹了，舞者的动作也过于夸张和做作。在所有跳舞的人当中，最引人注目的是一位染着黄头发脖子上挂着一条细长的白纱巾的女孩。她留着短发，薄薄的嘴唇上涂着颜色很浓的口红，上身穿一件深色夹克衫，下面配一条蓝色牛仔裤，身材很瘦，动作也像人一样特别精干利落，不像是在跳舞，更像是在认真地做着某项工作。她的头扬得很高，面部的表情十分孤傲，一副旁若无人的样子。陈灵均觉得那个女孩有点面熟，但是又想不起来在哪儿见过。

"哎，你看那是谁？"杜海军边跳边指着那位女孩问他。

陈灵均又盯着她看了一会儿还是认不出来。

"顾一萍。没想到吧？"杜海军嘿嘿地笑了。

"他们农医班的学生快实习了吧？"

"后半年一开学就离校。"

顾一萍的变化实在太大了，陈灵均简直不敢相信自己的眼睛。她看上去完全是一个时髦的城市女青年，一点也看不出原来土气的样子。究竟是什么改变了这个女孩？陈灵均无从得知，只是觉得难以接受。

劲爆的迪斯科音乐突然转换成了流行歌曲，简单直白的歌词直入心扉。"嘿在那盏路灯的下面 \ 有一个小姑娘在哭泣 \ 也不知道她从哪里来 \ 嘿小姑娘哭得多悲伤 \ 不知道是谁把她抛弃 \ 她现在该到哪里去 \ 亲爱的小妹妹 \ 请你不要不要哭泣 \ 你的家在哪里 \ 我会带你带你回去……"

更多的同学走到舞池中央，开心地跳起了舞。

陈灵均把目光转移到身旁的观众身上，看到了许多陌生的面孔。那一瞬间，他突然想："飞浪逐雪"会不会就在这些人当中？那位穿着红格子外套正在和同伴窃窃私语的女孩是不是她？那位穿着绿上衣黑裙子，静静地站在角落里面带微笑的女孩是不是她？也许，她此刻根本就不在这里，说不定正坐在宿舍里看书或写诗呢。她也很有可能去校外拜访某位朋友或亲人去了。昨天晚上，他又梦见她了，他是在一个婚礼上碰见她的。他是新郎，但是却不知道自己的新娘是谁。后来，在熙熙攘攘的人群中他看见她慢慢地走了过来，身上穿着浅黄色的套裙，胸前别着红色的玫瑰花，神情十分忧郁。他问她怎么了。她说："我爱的那个人离开了我，我很难过。"他心里一惊，连忙问她："那个人是谁？"她低着头说："他的名字叫陈灵均。"她说到这个名字的时候仿佛那是另外一个人，跟眼前的他没有丝毫的关系。这时，陈灵均突然醒了，感觉自己似乎真的跟这个女孩有了某种神秘的联系，她有时好像离他很近，有时又很远。他们肯定在校园里相遇过，说不定还面对面打过招呼，只是他不知道而已。自从那次收到她的投稿以后，他再也没有见过她的文字。他不知道是她不想写了，还是写了不愿意再发出来。他越想心里越乱，跟杜海军打了声招呼说自己头疼就一个人先回去了。

这天晚上，周敏慧也没有出来跳舞。她一个人坐在宿舍里翻看舍友不知道从哪里弄来的一本校刊。封面上的文字显示出这是 1987 年的第四期，下面注明是季刊。她先看了前面综合类的内容，又看了散文版面的几篇文章，感觉内容平平没有什么新意。翻到诗歌版面时，她很快就被其中的两首诗吸引住了。第一首的作者是陈灵均，诗歌的题目为《拥抱生命的冬天》，全诗如下：

拥抱生命的冬天

如果冬天是上天对我们的考验

那么就坦然地接受这特殊的礼物
就像接受生命中无法逃脱的苦难
咬咬牙
没有过不去的坎

既然我们是茫茫人海中
最平凡的水滴
就应该像草一样
弯下纤细的腰杆
脱去浮华
告别温暖
把脸颊贴近冰冷的地面
让思想在远离喧嚣的季节慢慢沉淀

既然我们是广阔天地间
最智慧的生灵
就应该像树一样
张开赤裸的臂膀
拥抱风雪
拥抱严寒
把双腿踏入刺骨的冰河
让体魄在艰难的跋涉中渐渐强悍

不要害怕疼痛
不要拒绝苦难
结着血痂
依然能背起石山的脊梁
一定能背起岁月赋予的重担

不要害怕孤独
不要拒绝寂寞

流着热汗
依然能撬动钢梁的汉子
一定能撬动命运紧闭的门扇

当生活像一条皮鞭
狠狠地抽打着你快速奔跑
有谁会相信
膘肥体壮的马儿
曾经围着磨盘
发出过轻轻的长叹

从容地走在生命的冬天
不用去丈量春天还有多远
当你不断越过一个又一个挑战
春天自然会在桃红柳绿的地方
等你出现

刚开始读这首诗的时候，她的内心微微有些疼痛，同时又像作者那样，对未来怀着一份坚定和执着。到了结尾，眼前豁然开朗，让她觉得之前所有的疼痛都是值得的。

第二首诗的题目是《写给春天的谏言》，写得也很不错，作者用的是笔名"飞浪逐雪"，她猜不出对方是男的还是女的，感觉那个人的思想比同龄人成熟，文学功底也比较深厚。诗歌全文如下：

写给春天的谏言

借一把二月的风刀
把冰封的秩序打破
将大地上
纵横交错盘踞千年的枯藤全部砍掉
让阳光照进黑暗的洞穴

让所有有根或无根的生命

在广阔的天地间

自由呼吸

快乐奔跑

让迟迟未开的花朵

说出埋藏在心里的

苦与甜　悲与喜

尽情地呐喊　质问或欢笑

涓涓不息的泪水

将汇聚成崭新的河流

洗净严冬残留的污垢

那是一个无比明亮无比疯狂的春天

万物都攒足了劲儿蓬勃向上

我痴迷地爱上了这个陌生的世界

像一棵小小的草芽重新开始生长

除此之外，九〇农医班的沈若拙写的诗歌也值得一看，虽然立意不够新颖，但是语言质朴，富有哲理，作为中专生来说已经很难得了。读完后，她觉得和这些同学的习作相比，自己写的诗歌也有一定的长处，也可以拿出来发表，就翻出随笔本用心地筛选起来。

有人敲门。她打开一看，不由得愣了一下，是九一药剂班的帅小伙秦枫。

"请进。"她赶紧招呼他坐下，倒了一杯茶水递到他手里，故意用调侃的语气问道："你今天晚上也没事呀，怎么想起到我们宿舍来玩？"

"我来找我们老乡方媛。她没在呀？"秦枫结结巴巴地说道，一只手使劲抓住身旁的栏杆，似乎一松手就会摔倒似的。

"她到外面散步去了，已经出去很久了，应该快回来了，你坐着稍微等一会儿吧。"周敏慧刻意地挽留道，非常希望能和他多说一会儿话。

"好的。"秦枫端着水杯很温柔地笑了一下，被浓密的睫毛遮挡在下面的黑眼睛越发朦胧醉人，唇角嚅动时泛起的波浪在她的心里划出一道美丽的电弧，让她的全身都炙热起来，怦怦的心跳震荡着整个房间。她怀疑那巨大的心音已经大到足以震动他的耳膜，可他静静地坐着显得很沉默，好像并不知道发生了什么。

周敏慧只好没话找话跟他聊天。在将近半个小时的时间里，她问一句，秦枫答一句，答完就把秀气的嘴巴紧紧地闭上，一直低着头看自己的脚，不敢大大方方地正视她的眼睛。她也不好意思盯着他看，气氛异常尴尬。

过了一会儿，周敏慧隐隐约约听到下面的院子里传来方媛说话的声音，刚要跑出去看，秦枫突然站起来说："时间不早了，我该回去了。"

"再等一等，她马上就回来了。"

"不了，我明天再来。"秦枫说完就慌慌张张地出去了。

周敏慧跟在他身后出了门，站在黑漆漆的楼道里望着他远去的背影，不由得想：他到底是来找方媛，还是来找我？如果是找方媛，为什么方媛快回来了他却走了？要是他来找我，为什么却说要找方媛？难道那只是一个借口？从刚才近距离的接触中，她能够看出秦枫是一个非常老实的男孩子，不大善于跟人交流。她很喜欢他身上的那股子老实劲，有点后悔自己不该在他面前表现得那么矜持，应该再热情主动一些。在人来人往的校园里，以后像这样单独相处的机会恐怕很难碰上了。她趴在栏杆上，望着校园里浓重的夜色下隐隐闪烁的点点灯光和远处模糊不清的人影，内心充满了怅惘。方媛的声音又大了起来，好像还有张晓凤的声音，她似乎在跟什么人吵架，方媛在一旁劝架。另外一个人的声音没有她们的声音高，所以她没听出是谁。不到几分钟的时间便传来几声尖叫和一片吵闹声，有人在旁边喊："打起来了！"不到两分钟的时间便安静下来。不一会儿张晓凤在方媛的陪同下气呼呼地上来了。

"真是不讲理，自己没本事还怪别人！"张晓凤边走边说。

"别说了，也不怕让人听见笑话。"方媛制止道。

张晓凤猛地回过头说："笑话什么？现在的社会大家都是自由恋爱，只要人家双方愿意，关其他人什么事？法律又没有规定，跟谁谈对象就一定要谈到底，就是结了婚，不合适也可以离……"

等两人回到宿舍后，周敏慧赶紧问出了什么事。方媛把她拉到一边悄悄地告诉她，张晓凤背着她小姑和赵秦中约会，被她小姑发现了，两人吵了一架，她小姑吵不过她就扇了她一个耳光，于是两人就打起来了。刚才她们走的时候她小姑哭了，说是再也不认她这个侄女了。

张晓凤知道她们在说刚才的事，用手理了一把凌乱的头发满不在乎地说：

"我不管走到哪里都可以理直气壮地说，我没有做什么偷鸡摸狗的事，我敢公开承认，我就是喜欢赵秦中，他也喜欢我。人活在世上就要为自己的幸福努力争取，傻瓜才会把到手的幸福白白送给别人！她要是不服气，那就让赵秦中找她去呀，人家不干我有什么办法！"

周敏慧完全没有想到张晓凤是这样的人。从小接受的教育告诉她，人要有道德，凡是违背道德的事情，不管多么符合情理，都不能去做。在国内的文学作品和电影电视中，大多数的女性在爱情和婚姻当中都遵循这样的原则，尽管这些女性有时为了他人的利益牺牲了自己的幸福，但是她们的行为却受到了很高的赞扬，一直被人们视为道德榜样广为宣传。作为一个生活在纯净的理想世界里的小女孩，周敏慧自然也不能接受这种不道德的行为，感觉自己的室友突然间变得面目可憎，如同异类一般。因此她对这个事件没有发表任何言论。

张晓凤嘟囔了一阵见没人理自己，又像往常一样开始慢条斯理地洗漱起来。宿舍里又恢复了原来的气氛。

"方媛，秦枫刚才来找你了。"周敏慧突然像是记起了什么试探着问道。

"是吗？他找我干吗？"方媛的反应很平常。

"没说。"

"估计没什么事，我昨天刚见过他，我俩是一个县的。"

"他家在农村，还是城里？"

"在县城附近的一个村子里。"

"他父母是干啥的？有几个兄弟姐妹？"

"他爸爸做点小生意，家里还种着地，他妈妈是家庭妇女。他们家有三个孩子，他是老大，也是家里唯一的男孩，他毕业后可能要回去。他是一个很不错的男孩，人品很好，就是不大爱说话。"

周敏慧听了以后马上就想到，自己毕业了也要回到家乡的小县城去，她父母是不可能让她出去工作的。这样的话，即使她跟秦枫真的恋爱了，也没有可能在一起。唉，缘分真是捉弄人，为什么偏偏要让两个不可能有结果的年轻人相遇呢？她不无埋怨地感叹道。心里虽然有些遗憾，但是因为理智及时地阻止了这段尚在萌芽状态中的恋情，因此痛苦减轻了不少。

临睡前，周敏慧无意间发现方媛趴在床头上津津有味地在看一本日本作家写的小说《狂野的爱》，便带着几分好奇问她："这本书里到底写了什么，把你们几个吸引得晚上都不睡觉，一个接一个抢着看？"

　　方媛"扑哧"一笑，环顾了一下四周，轻声说："是一本黄色小说。"

　　周敏慧几乎不敢相信自己的耳朵，又问了一句："真的吗？你不会是在骗我吧？"

　　"真的，没骗你。"

　　她越发惊讶了："这书是从哪儿弄来的？"

　　"从男生宿舍借的。"

　　周敏慧常听人说黄色小说不能看，但是她并不知道"黄色"究竟代表着什么。她在头脑中模糊地认为，电影中的男女主角半裸着身体拥抱或接吻就已经很"黄"了。

　　"想不想看？想看的话我看完借给你。"方媛笑眯眯地问道。

　　"像她那么正经的女孩怎么可能对这种书感兴趣？"张晓凤嘲讽地说道。在她的印象中，周敏慧和宿舍里的其他女生有点不一样。不知道是不是年龄的关系，只要一提起男女之间的话题，就害羞得不得了，有时还批评她们思想不健康。女生们大部分都爱读琼瑶的小说，周敏慧却说书里的故事太假，她喜欢读金庸的小说。尽管在张晓凤看来，金庸的武侠小说里的故事也是假的。周敏慧不光爱读武侠小说，还爱做武侠梦，说自己在梦里是一位身怀绝技的女侠，骑着白马，舞着长剑，到处打打杀杀，拯救了很多被坏人欺负了的好人。

　　"好看吗？"周敏慧又问了方媛一句。

　　"说实话，文笔真的不错。"

　　"那我一定要看看。"她就像故意跟人赌气似的跟方媛下了订单。

　　两天以后，周敏慧如愿以偿地拿到了那本让她既兴奋又害怕的小说。让她感到意外的是，书里的文字的确翻译得不错，文笔温婉细腻，很注重人物心理活动的描写。在这本书里，她第一次看到了大胆而直接的性爱描写，在这之前，她对这方面的知识一无所知。虽然上初中的时候老师把男女生分开给他们讲过一些生理学知识，让她了解了男女生殖系统不同的构造和生理功能，但是对于人类究竟是如何在荷尔蒙的作用下产生原始的冲动，如何通过具体的行为方式交合的过程，却避而不谈。在公开场合，这样的话题更是禁忌。而在家庭当中，这类事情作为成年人的隐私，总是被保护得严丝无缝，在很多时候被形容为丑陋的、污秽的，见不得人的"丑事"。从小到大，她受到的教育一直在提醒她：未婚的女孩子是不能对那种事情感到好奇的，那是不"纯洁"的象征；作为低智商的弱小群体，女性在两性关系中总是处于劣势，每一个有意接近她们的男性都有可能做出伤害她们的行为，因此她们应该对男人这种既凶猛又阴险的动物时刻保持警惕。这本书恰好在最懵懂的年纪弥补了她在性教育方面的缺失，改变了她一想到男欢女爱就会产生的厌恶感和罪恶感，开始认识到那也许是一件非常自然而美好的事情。当然，随之产生的副作用就是不可抑制的性幻想和生理反应。她终于明白了女孩子之间说的那些悄悄话和莫名其妙的笑声了。

与此同时，正处在青春发育期的陈灵均内心也发生着一些微妙的变化。

医士班心理学课程刚好讲到青少年心理卫生这一节内容。作为一名男孩子，陈灵均早已通过其他途径了解到了他这个年纪的男生应该了解的一些生理知识，无论人体外在的形态还是内在的结构，无论人们在白天还是黑夜，面朝人或者背着人做的那些事，对他来说已毫无神秘可言。虽然在现实生活中他还没有碰到让他心动的女孩，但是在梦里，他一直在跟"飞浪逐雪"谈情说爱，有时还会梦见和一些陌生的女子做《红楼梦》里警幻仙姑教宝玉做的那种事。这是人的主观意识无法控制的事情，但是他仍然觉得很心虚。学校明令禁止学生谈恋爱，在全校的一次大会上，校长公开点名批评了和他同级的农医班的一对男女学生，并予以记大过处分。校长宣读处分决定时严厉的神色和他初中时的班主任鲍书简提到"早恋"这个词时深恶痛绝的样子给他留下了非常深刻的印象。他一心专注于学习，不希望自己心生"淫邪"之念，但是那羞于出口的尴尬事让他倍感沮丧，总觉得自己是一个穿着"好孩子"外衣的"坏孩子"。通过这一堂课的学习他认识到，进入青春期以后，随着生殖系统的不断成熟，人的生理功能也日趋完善，异性之间相互产生好感、出现朦胧的性意识、性冲动，是人体发育到一定阶段必然会产生的心理生理现象。就像春天来了，河流自然会解冻，柳枝自然会发芽，桃树自然会开花一样，完全没有必要觉得羞耻或恐慌。想要人为地压制或者对抗这些自然现象，不让它们在特定的年龄发生，或者将其视为"罪恶"，是十分荒唐可笑的行为。老师在课堂上说，每个正常人从出生开始，都要经过同样的阶段逐渐走向成熟。因此，每一位成年人过去经历的那些变化和他们现在看到的未成年人是完全一样的，为什么要表现得那么敏感、恐慌、紧张、害怕呢？早恋，真的只有百害而无一利吗？他回想起初中同学韩春秀和周华歆在最初交往时两个人都是积极的，快乐的，那个时候，韩春秀的学习成绩很稳定，周华歆在她的影响下学习态度也有了很大的转变。当他们的恋情被老师发现并遭到当众羞辱以后，两个人长时间地陷入痛苦、自卑和消沉当中，学习和生活都受到了极大的影响。他想，如果当初老师能够正确地认识这件事，宽容地对待两个孩子，心平气和地坐在办公室里告诉他们应该如何处理恋爱和学习的关系，把他们当作两棵脆弱的小树苗小心翼翼地去呵护，而不是粗暴地训斥他们，无情地伤害他们，并且试图强行中断他们的关系；如果家长能够早一点教给他们必要的生理常识，提醒他们在两性交往中应该保持怎样的尺度，那么，韩春秀就不会发生那样的悲剧了。韩春秀的事他也是从其他同学那里听说的。他并不歧视她，反而很同情她。他认为她是一个好女孩，只是太单纯太天真了，不懂得如何保护自己。

陈灵均看了周敏慧投来的诗歌后认为写得不错，说是准备发表在下一期。初次投稿成功让周敏慧信心大增，她用在写作上的时间越来越多，笔下的文字也比以前更加流畅生动，受到了很多同学的喜爱。

二十三

阵阵风沙就像海浪一样，一浪紧接着一浪，把缺衣少被的黄土地吹得面色无光，肌肤紧缩，把群山环抱的小城吹得昏天黑地，暗无天日，把无处躲藏的人也吹得头晕目眩，口眼干涩，不由得打起瞌睡来。

"快了没？都等了二十分钟了怎么还不来？"杜海军朝路边用力啐了一口含着沙子的唾沫，用手捂住被风吹疼的脸颊着急地跺着脚说道。

"应该快了吧？1路公交车已经上去好一阵了。"范睿慢条斯理地说道。

杜海军转身环顾了一下站牌四周密密麻麻的人群，估算了一下差不多有四十个人，心里想："就算车来了能挤上去吗？"卫校没有直达市中心的公交车，他们每次到城里去都要步行到卷烟厂前面的新安大学坐车。那里是北郊人流最集中的地方，上下车十分拥挤。但是没办法，这个地方离城里太远了，不坐车不行。有一次他和陈灵均从城里返校时坐不上车步行过一回，走了近一个小时才走到。陈灵均此刻就站在他的右侧，脸朝着站牌外面一副心事重重的样子。最近一段时间，他老是皱着眉头不大跟人说话，晚上躺在床上不停地唉声叹气。问他怎么了，却说没事，这让杜海军很不满意，感觉陈灵均没有把自己当朋友。他估计多半是他家里出了什么事。陈灵均在学校的生活目前看来一切都很正常，这学期学校又表彰了第二学年的优秀学生，他再次以优异的成绩名列全年级第一，和杜海军、折志明一起获得了甲等奖学金。他平时跟老师同学相处得很好，从来没有跟任何人发生过矛盾。既然他不愿意说，杜海军也就不问了，任由他折腾，但是心里却忍不住为他担心。因此今天早上，他硬拉着陈灵均和室友们一起到街上去逛，想让他散散心。

车站旁边等车的大都是新安大学的学生。虽然杜海军并不认识他们，却很容易从外观上把他们同自己的校友区分开来。关于如何区别大学生和中专生，罗泓玉有一段很经典的总结，她说："卫校的学生大多数都长得跟蔓青（一种扁圆形的萝卜）一样，又低又胖；新安大学的学生则长得像胡萝卜一样又细又长。"杜海军认为可能跟学生的年龄段有关，在青春期发育最旺盛的阶段，谁不是又粗又壮的样子呢？不过除了这个特征以外，他觉得两个学校的学生穿着打扮和气质也不一样，大学生普遍看上去比较洋气，中专生则显得比较土气。陈灵均说："那是因为在学习好的学生中，大部分农村家庭和家庭条件比较差的都上了中专，城市家庭和家庭条件比较好的都上了大学。"他觉得很有道理，至少他眼中看到的就是这样。

"往前站一点。"范睿戳了一下杜海军小声说道。他又把同一信息传递给了其他室友，大家马上挤到人群前面提前做好上车的准备。一些反应比较灵敏的人也跟他们争抢有利位置，人群骚动了几分钟后又安静下来。车还是没有来。

"算了，不等了，咱们干脆步行去吧。要是早走的话，说不定都快到了。"杜海军不耐烦地说道。

"要不别去了，下个礼拜再出去。"汪学义说道。

"别急，再等等。"范睿劝道。

就在所有的人都快失去耐心时，公交车终于姗姗而来。等车一到跟前，站在路边的人几乎同时发出惊呼，车是满的！

公交车缓缓地在站牌前面停了下来，弯曲变形的车门顶着巨大的压力艰难地拉开一条缝，有人在里面用力推了一把，终于把门完全打开，到站的人一个挨一个走了下来。汪学义第一个冲到门口，其他人紧随其后，前门刚一开，几个小伙子便仗着强壮的体格和良好的体力抢先挤了进去。范睿是几个人中倒数第二个上车的，他发现身后的陈灵均没有跟上来，便艰难地在拥挤的人群中转过身子，喊了几声他的名字。好半天才听到前面靠近门口的角落里传来一声回答。他长长地吁了口气，向身旁的同伴做了个"V"的手势。

原本就拥挤的车厢由于涌入了更多的人塞得更满了，所有人前胸贴后背紧紧地挤在一起，就像被无形的胶水黏合在了一起似的。车子每摇晃一下，人群就会集体朝一个方向倾倒，不少人发出惊慌的尖叫声。有些女孩被无意或有意的侵犯行为弄得面红耳赤，对身旁的男人怒目而视。还有人被混在人群中的小偷摸走了钱包，又气又急地在乱骂。

中等个头的范睿能够明显地感觉到身旁的高个子男人嘴里喷出的酒精含量极高的混合气体，耳朵里除了周围人的说话声外，还能清楚地听到粗重的呼吸声、咳嗽声、打喷嚏声、吞咽唾沫声，以及把堵塞在鼻腔里的鼻涕用力吸入喉部的声音。他焦虑而又不无恐惧地扫视着那一张张陌生的面孔，不知道污浊的空气里是否飘浮着流感病毒、结核杆菌等病原微生物，也不知道被别人的手臂不停地碰来碰去的左手和右手中握着的黏糊糊的栏杆上是否附着有让人能得上"红眼病"、传染性肠炎、甲肝等疾病的病原体。每次上完街回到学校，他都要反复地洗手，生怕在密集的人群中传染上某种疾病。他站在中间看不见外面，不知道车走到了哪里，只能不停地询问靠近窗子的人，以免错过站。

在闷热的车厢里摇晃了半个小时后，终于到了中心街，范睿叫上几个室友跟在其他乘客后面下了车，来到二道街的入口处。

这里是市中心最繁华的地段，一条南北走向的街道被东西方向的马路横切为两半，北边那一半主要经营餐饮、五金、水暖、家电、自行车等物品，南边这一半是销售服装、家纺等商品的轻工市场。站在二道街的外面，喧嚣的人声就像汹涌澎湃的洪水向他们奔涌而来，把两只耳朵塞得满满的。放眼望去，近处是两排由临时搭建的简易柜台和三轮车组成的鞋帽市场，远处隐隐约约可以看见许多一人多高的货架矗立在街面上，上面挂满了各式各样的衣服，中间的货架一排一排平放着，两边的货架侧放着，人进去以后感觉就像进了弯弯曲曲的迷宫一般。每天一到上午十点就有无数个人头在这个市场里晃动。这是所有爱美的年轻人最喜欢流连的地方，也是让他们脆弱的自尊心最受伤害的地方。一方面是因为干瘪的口袋无法满足过多的欲望，另一方面则是因为这些缺乏社会经验的买家在奸诈的商人面前表现出来的怯懦和愚蠢。

汪学义和范睿想到二道街去买衣服，陈灵均说他要到附近的新华书店去买书，杜海军没有具体的目标和方向，就陪他一起去了。

进了书店以后，杜海军顺着门口的书架一一浏览起来，看到感兴趣的书就抽出来随手翻阅。陈灵均则直奔社科类图书，眼睛盯着目录一个不漏地认真查阅起来，一脸沉重的表情已经卸下，暗淡无光的眼神又恢复了往日的神采。当他看到一本北京大学出版社出版的《科普创作概论》时，马上露出了惊喜的表情。

这是他经过半个多月的痛苦沉沦之后为自己开出的一剂"药方"。他的痛苦主要因为两件事。

第一件事情跟他母亲的病有关。从懂事的那一天起，母亲的眼病一直牵动着他的心，他很小的时候就向母亲许诺长大后要为她治好眼睛。因为家里没钱，住的地方又比较偏远，他母亲从来没有到大医院做过眼科检查，家里人谁也不知道她得的是什么病。自从第三学年卫校开设了各个临床学科的课程以后，陈灵均对五官科格外重视，每学到一节课的内容就要对照一下母亲的症状和体征，想知道她究竟得了什么病，有没有办法治好。当他刚刚了解了眼部基本的解剖构造和生理功能以后，便不无悲哀地意识到，他母亲的右眼连眼球都没有了，何谈正常功能！要复明是不可能的，除非再给她移植一只健康的眼球。为什么她的眼睛会变成这样？在学习眼科常见疾病的过程中，他根据书中描述的结膜病的症状和体征，推断她的右眼很可能是因为得了细菌性结膜炎没有得到及时治疗，引发角膜化脓性病变、睑球粘连等并发症而失明的。虎沟镇卫生院的中医大夫说她的左眼得的是"云翳"，其实就是角膜受损后形成的瘢痕；眼睛表面肉眼可见的那条不断变长变粗的"鱼肉"，就是西医上说的"翼状胬肉"；眼仁里的那层"灰皮"，很可能就是影响她视觉功能的"白内障"。他把母亲的病情详细地跟老师描述了以后，老师对疾病的分析和诊断与陈灵均预先猜想的结果基本上是一致的。他问老师，她母亲的左眼还有没有办法治好。老师说："如果病程太长，白内障到了过熟期，眼底不好的话，已经没有太大的希望了。"这个结果宛如晴天霹雳一下子就把他击倒了。他怎么也没有想到，支撑着自己一直走到现在的最大动力竟然是一场虚无缥缈的梦！一想到慈爱的母亲至今还在家里苦苦盼望着儿子毕业后带她到大医院诊治眼病，渴望有生之年能重见光明，他的心就像被无数把刀子在上面划扎过一样痛到了极点。

让他痛心的不仅仅是自己无法实现对母亲的承诺，更主要的是他非常清楚地意识到，在疾病早期，如果家人能够对他母亲的病给予足够的重视，早点带她到县级以上的大医院治疗，她的病完全可以治好。

第二件事跟一封信有关。自从上了中专以后，从第二学期开始，他尝试着写一些科普类的文章给《大众医学》《科学大众》等杂志投稿，先后投了七次都被退了回来。在第七封退稿信中编辑回信说："陈灵均同学，感谢你长期以来对我们杂志的关注和支持。如果你真的有志于科普方面的创作，多看看写作技巧方面的书吧。"读了这封信，他在失落之余，终于认识到无论哪个领域的写作都有自己的特点和要求，仅凭自己的激情和文学方面的天赋是远远不够的。

他把那本珍贵的小册子拿起来爱不释手地翻看着，里面的内容确实是他需要的。但是当他看到后面的价格时一下子愣住了：八元钱。这个数字远远高出了同类书籍的价格，同时也超出了他的承受能力。他有点不相信地又看了一次，确定自己没有看错后，把书放在手心里掂了掂——很轻很薄的一本书，为什么要卖这么贵呢？这本书是1983年出版的，封面上落了不少灰尘，颜色有些发黄，看样子在书架上已经摆放了很久，很少有人翻看，估计感兴趣的人不多。他拿着书走到柜台前，试着问了一下营业员能不能打折销售。营业员用特别怪异的目光看了他一眼，冷冰冰地回了一句："不能。"他只好又把书放回书架上，站在那里反复地问自己：买，还是不买？思量了半天后还是放弃了。

回去的路上，他用半开玩笑半认真的语气对杜海军说："我在书店看到一本好书，但是价格有点贵，很想把它偷出来，但是犹豫来犹豫去没敢下手。"

杜海军一听就说："偷书不算偷，你应该早点告诉我，我可以给你打掩护帮你把那本书搞出来。咱们好不容易出来一趟，错过了太可惜了。"

"偷书真的不算偷？可我还是觉得有点不大光彩。算了，等我几时手头宽裕了再来买。"

"那本书叫什么名字？"

"科普创作概论。"

"对你真的很重要吗？"

"嗯。"

两人走到河边的公交站前，时间还不到中午十二点，等车的人不多。有几个穿着时髦的风衣和颜色亮丽的外套毛衣的女人提着大包小包的东西三三两两聚在一起说话，一脸满足的样子。一位二十多岁的小伙子一只手拿着刚买的面包大口大口地吃着，另一只手拿着一瓶橘子汁边吃边喝。

"等我一下。"杜海军突然转身跑了。陈灵均莫名其妙地看着他的背影，心里想：这家伙是上厕所去了，还是肚子饿了跑去买吃的去了？

他等了很长时间杜海军才笑眯眯地从远处匆匆忙忙地走来，两手空空的啥也没有。

"干啥去了？"陈灵均有点纳闷地问道。

"没干啥，上了趟厕所。"他淡淡地回答道，车刚一来就抢先蹿了上去。

上车后，杜海军眼睛望着窗外一直在默默地思索着什么，只要陈灵均一开口，他就示意他不要讲话。回到宿舍以后，杜海军突然从怀里掏出一本书递给他。陈灵均一看，正是他在书店里看了很久没舍得买的那本书！

"你买了？"他惊讶得几乎说不出话来。

"没有，我偷的。"杜海军悄悄地说道。

陈灵均听了顿时吓出一身冷汗："你在街上的时候为什么不告诉我？我要是知道了绝对不会让你拿回来。"

"公交站那么多人，我哪敢说，从书店出来后，都快紧张死了，生怕有人从后面追来。还好，总算平安地回来了。"杜海军用手抚着胸口惊魂未定地说道。

"你怎么能做出这样的事情？就算咱俩关系再好也不值得冒这么大的风险，万一叫人抓住了多丢人哪，弄不好还会背上处分的！"陈灵均又感动又嗔怪地说道。

"没事，偷书不算偷！"杜海军满不在乎地说道。过了一会儿又嘿嘿地笑起来，似乎对偷书的过程感到很好笑。

有了这本书做指导，陈灵均写起科普类文章思路清晰多了，他觉得自己终于开窍了。

随着学校学习的不断深入，外科学课堂上增加了越来越多的手术操作训练。老师先教学生们在牛肚上练习用缝合线打结，然后在猪皮上学习缝合技术，最后在狗身上模拟实施阑尾切除术。做手术时，全班需要六个人组成一组共同完成这台手术。谁也没有想到，在选人的时候竟然发生了一场矛盾。

事情的经过是这样的。

手术开始前，老师让想上手术的学生自愿报名，大部分人都不敢上，也有一些人对手术不感兴趣，只有折志明、杜海军、范睿、陈灵均和罗泓玉举手表示想参与。老师说服了班长让他打麻醉，六个人总算凑齐了。众人在商量各自的分工时，其他人还没有开口，罗泓玉抢先说："我来主刀！"

早已跃跃欲试的折志明脱口便说："女孩子家一边去，让我们男生做！"

罗泓玉一听就火了："女孩子家怎么了？我也是一名医生，为什么不能做这台手术？"

"哈哈，你看看临床上除了妇产科和眼科外，有几个女人进了外科当了外科医生？就算你真有本事搞，女人家麻烦事多，人家科室还不想要呢，顶多到妇产科做个剖宫产、切个子宫附件得了。学会做阑尾有什么用？真是白白浪费机会！"折志明的语气里带着明显的讥讽和蔑视。

"谁说外科没有女医生？那是你待在小地方没有见过大世面！我爸爸是县医院的外科主任，他在北京学习的时候见人家搞外科的女医生多了去了！你又不了解我的情况，凭什么断定我将来进不了外科？我今天就要响当当地告诉你：我当初报考卫校的医士班，就是为了将来有一天能站在手术台上做手术！你要是不信咱就走着瞧！"罗泓玉激动得脸都红了，丝毫没有让步的意思。

"吹吧，好好地吹！"折志明一脸鄙夷的神色。

"谁跟你吹牛，我是认真的！"

折志明看到罗泓玉的脸色更加震怒了，过了一会儿语气突然又软了下来："好了，不跟你吵了，姑奶奶，你要是实在想做，把你放到一助的位置上怎么样？不然的话，咱俩吵来吵去到下课也吵不出个结果，到时候谁也做不成了！"

"不行！"罗泓玉斩钉截铁地说道。

"好，这事也不是你一个人说了算，让大家说，到底该让谁主刀？"折志明把目光转向另外四个人。

范睿见其他人都不吭声，戳了一下折志明说："算了，你是男人，她是女人，好男不跟女斗，你就让她一回吧！你当一助，杜海军当二助，我给咱当三助，陈灵均当器械师。"

"不行，我等了整整三年好不容易才等到这么一台手术，让给她我就没机会了。"折志明铁青着脸说道。

"志明，你就别跟她争了，实习的时候有的是机会练习，少这一次，又不会影响你一辈子的发展。"杜海军也在一旁劝道。一心想当外科大夫的他本来也想主刀，但是看到折志明和罗泓玉已经为这事争起来了，就没敢再凑热闹，心里想：随便哪个位置都行，赶紧让手术开始吧，不然时间都浪费完了。

其他人也纷纷劝说折志明让步。

见此情景，折志明生气地说："那就让罗泓玉来做好了，我当一助。"

罗泓玉和范睿、陈灵均等人去刷手，几位男同学把狗按住，给它的嘴巴套上铁罩子，班长在老师的指导下用雾化的方法进行麻醉。等他们刷完手后，狗已经四脚朝天被大家固定在手术床上一动不动了。罗泓玉先给狗备好皮，对手术部位进行消毒，然后在其他五位同学的配合下开始实施手术。第一次上手术台，这几位年轻医生都显得很紧张，站在手术台前，有的人腿在抖，有的人手在抖。折志明整个身子都绷得直挺挺的，握着手术器械的动作特别机械、僵硬，仿佛他拿的不是手术钳，而是一杆随时会走火的猎枪。杜海军往缝合针的针眼里穿线时怎么也穿不进去，把旁观的同学都逗笑了。陈灵均的手几乎没离开过台上的器械，眼睛在手术区域和手中的器械之间来回转动，一听到有人要东西，赶紧低下头瞪大眼睛在里面翻找，找到后就赶紧递过去。罗泓玉在狗的肚皮上准备划刀时，手抖得特别厉害，调整了好几次呼吸才鼓足勇气切了下去。切口处刚一见血，大家便手忙脚乱慌作一团。幸好有老师站在旁边及时指出了出血点的部位，大声提醒他们如何操作，才得以顺利进行。罗泓玉果然比一般女生胆大，当腹腔完全打开以后，她的气息便沉了下来，一边口述寻找盲肠的要领，一边在堆满肠子的狭小切口内翻找，虽然花费了不少时间，还是找到了盲肠末端的阑尾。折志明紧跟着她的节奏，配合得比较默契。他手疾眼快，反应敏捷，尤其在最后缝合打结时动作又稳又准，受到老师的称赞。尽管老师在术前再三提醒参与手术的同学要有无菌观念，注意手下的操作不要跨越无菌区域，但是上台后大部分人心里一发慌就把老师的话忘了，只有陈灵均和杜海军这一点做得最好。

细心的范睿注意到，做完手术摘下手套后，罗泓玉的眼睛里浮出一层薄薄的泪光。

那天下午吃饭的时候，周敏慧和方媛一人打了一份莲花白炒肉端回宿舍吃。她俩刚吃了几口，张晓凤提着一暖壶开水进了门。放下暖壶以后，她看了一眼周敏慧碗里的菜，悄悄地附在她耳边说："我听说今天下午饭里的猪肉用的是医士班做过手术的猪。"

"真的？那猪肉里不是有麻药嘛，吃了会不会对人不好？"周敏慧马上就不想吃了，她扭头问坐在身旁的方媛，"你觉得今天的菜味道对不对？"

"和平常差不多吧。"

"老实说，有没有吃出什么奇怪的味道？"说话间，周敏慧感觉自己的嘴角似乎正泛着一股麻丝丝的凉意。

"好像有那么一点，我也说不清。怎么了？"方媛不解地问道。

周敏慧把刚才听到的话重复了一遍，方媛笑着说："我觉得没什么，既然学校敢让咱们吃，肯定能吃。"

周敏慧夹起一块肉又尝了一口，还是觉得不对劲。"我怎么老是能吃出一股麻药味，吃着有点恶心，我不吃了。"她把碗里的菜倒进放垃圾的簸箕里，倒了半碗开水把剩下的馒头吃了。方媛却很淡定地把那份菜一点不剩地全吃光了。

吃完饭，周敏慧在校园里无意间碰见杜海军，赶紧问他下午吃的猪肉是不是用他们班做了手术的猪做的。

"哈哈，这是谁说的？我们用的是狗。"他听了开心得不得了，"不过，做完手术以后还真的死了一只。"

"那你们把死狗怎么处理了？扔了，还是埋了？"

"没有，狗肉是可以吃的。"

周敏慧马上用手捂住张大的嘴巴，倒吸一口凉气，结结巴巴地问："难道，我们吃的是，是狗肉？"

"嘻嘻，那么稀罕的东西怎么可能送到食堂里去！"

周敏慧警觉地看了一下周围的人低声问道："让你们班的人合伙吃了？"

"怎么可能！这种事还用问，自己用脑子想去！"他冲她挤了一下眼睛转身跑了。

周敏慧一脸茫然地站在原地，还是猜不出狗的去向。

经过长时间的学习和锻炼，这群年轻医生的羽翼渐渐地丰满起来，终于有了几分从容和自信。业余时间，他们很少像一二年级的学生那样，长时间地坐在一起兴致勃勃地争论曹操和刘备谁是真正的英雄，黛玉和宝钗谁更像自己心仪的女孩，郭靖和杨过谁的武功更高，开口闭口都是自己的专业。说到人体、疾病，就像说起吃饭、睡觉一样平常，可以一层层从外到内细细地剖开，逐一梳理清楚，再逐层关闭缝合。整个过程就像拆装某个机器的零件一样，无关乎痛痒，也不掺杂任何情感。这样的生活对于大多数人来说非常正常，因为这就是他们未来的工作，而人体只是工作中的研究对象，能够认清疾病，治愈或控制疾病，就等于完成了自己的职责和使命，体现出了一定的水平和价值。但是陈灵均总觉得他们的学习生活当中似乎缺少了一些东西。比如：人与人之间情感方面的交流，关于同情心和爱的教育，理想、信念和信仰的树立和培养，有关人生观和价值观的深刻讨论等等。虽然这三年中政治课一直没有间断，但是这些东西是教科书和各个学科的老师不能给予他们的，或者不能在他们的精神世界里产生重要影响的。只有在文学作品中，他才能回到自己熟悉的人世间，感知到它应有的温度，觉得自己的周围不只有冰冷的肉体、冰冷的手术器械和一个个冰冷的专业名词。

5月的一天，郑浩然在晚自习课时间来到教室，告诉全班同学一个消息，全国中等专业学校联合举办科普写作大赛，问有没有人愿意参加。大部分学生都没有反应，只有陈灵均一个人举手说他想报名参加。马上就有人在后面冷嘲热讽起来。

"这是全国性的比赛，高水平的人多了去了，咱们只是一个地区中专学校，人家省校的学生里谁知道有多少写作方面的高手。依我看，还是别凑热闹的好，有时间多看看专业书吧。"

"是呀，这也太不自量力了！万一评不上奖多丢人哪。"

"你真的有把握吗？"就连杜海军也发出了质疑。

"试试看吧，不试怎么知道自己行不行。"陈灵均说道。他认真地阅读了比赛的主题和要求，大致确定了文章的内容，然后利用课余时间跑到图书馆查找资料，精心准备了半个月才开始动笔写。为了让文章看起来生动有趣，他别出心裁地运用拟人的手法，把人体的免疫细胞形象地比喻为守卫人体健康的骑士，于是，免疫系统对细菌、病毒的免疫反应就变成了一场狼烟滚滚惊心动魄的战争。写完又修改了好几遍，然后拿给夏清辉老师看。夏老师看了连一个字也没动，点着头说："写得很好，寄出去吧。"

二十四

6月下旬的一天晚上，刚刚结束了三年制学业的沈若拙来到陈灵均的宿舍跟两位老乡告别。陈灵均问沈若拙毕业后有什么打算。

沈若拙说："目前还没有具体的方向，回去了再说吧。万一找不到工作，可能会开诊所。"

"这样也挺好。反正现在还年轻，好好努力，以后的路还长着呢。"陈灵均在沈若拙的肩膀上拍了拍表示安慰。

沈若拙笑了笑算是回答。

"顾一萍的情况怎么样？"杜海军问道。

　　"前段时间她说找过人想到矿医院去上班，感觉希望蛮大的，不过最近再没有听说什么。"沈若拙提起顾一萍时表情怪怪的，仿佛那个女孩跟他不是一个世界里的人似的。

　　三个人又东拉西扯闲聊了一会儿。临走前，沈若拙站起来跟两人握了握手，诚恳地说："以后你们回来了一定要来找我，我们家就在东正县城，很好找的。"

　　"好的，有时间一定会来！"陈灵均说道。

　　"大家相互多联系，将来不管到了哪儿，谁也别忘了谁。"杜海军说道。

　　三人依依不舍地相互拥抱了一下就分开了。

　　暑假里，陈灵均回到东正县城，发现这里发生了很大的变化。街道上的商铺明显增多了，随手扔下的垃圾也多了，东街开了两家露天舞厅，西街有一家室内舞厅。东边的菜市场搬到西边去了，影剧院前面的那片空地像新安城的二道街一样，变成了服装交易市场，满地都矗立着不锈钢做的货架，上面挂着许多薄薄的女式绵绸花衬衫和男式的确良格子衬衣。街上穿着时髦的人变多了，已经很难分辨出油矿职工和普通市民。一位五短身材留着鬈发的中年妇女提着菜篮子恰好走在他和赵志刚的前面，她上身穿一件跟货架上的花衬衫一模一样的上衣，腿上穿一条紧绷绷的蓝裤子，把弯曲肥胖的腿型全都暴露出来了。这让他不由得想起上初中时街上最流行的高弹裤，女人们不管高低胖瘦都往身上穿。

　　"这是什么裤子？"他小声问赵志刚。

　　"这叫牛筋裤，是一种有弹性的牛仔裤，现在女人们最流行穿这种裤子。"赵志刚回答道。

　　"你觉得好看不？"他又问了一句。

　　赵志刚呵呵笑了两声摇了摇头。他双手插在黑色老板裤的裤兜里，穿着板鞋的脚慢悠悠地向前移动着步子，个头已经超过陈灵均大半个头。

　　"你好好瞅着，帮我买一身既便宜又耐穿的衣服，假期结束后我们就开始实习了。"陈灵均说道。

　　"多少钱的标准？"

　　"越便宜越好。"

　　赵志刚认为，如果打算春秋两季穿的话，最好买成西装或夹克之类的衣服。市场里只有两家卖这种衣服的，他为陈灵均选了一套深蓝色的西装，试穿了一下，感觉还不错。经过讨价还价之后，摊主最低要卖三十元。陈灵均嫌贵了。他们又到另外一家看休闲装。陈灵均看上了一件蓝黑色的夹克衫和一条灰裤子，穿在身上特别合身，颜色样子也很适合他。卖货的说两件最低要二十五块钱，陈灵均还嫌贵。他直接问那人最便宜的夹克衫一件多少钱。摊主说只能买那种颜色很浅的灰夹克，最低十四元。

陈灵均说："贵了。"转身便走了。

"那只能到卖旧衣服的地摊上去看了。"赵志刚无可奈何地说道。

"现在是夏天，我暂时还不急着穿，算了，等收假的时候卖秋装的多了再来看吧。"陈灵均用无所谓的语气说道。

赵志刚请他到饭馆吃饭。陈灵均不想让他破费，说随便吃碗凉皮好了。

"我现在兜里有钱。我二爸听说你回来了，专门给了我钱让我好好招待你。"赵志刚得意地拍了一下口袋。两人来到东街桥头的一个小饭馆里，要了一个凉菜，两瓶啤酒，坐在里面边聊边喝。起初，饭馆里除了他俩没有其他顾客，刚坐下不到五分钟，又来了四五个打扮得流里流气的年轻人在靠近门口的大圆桌旁坐下，要了几瓶白酒和几个凉菜热菜，然后开始划拳行酒令。

陈灵均问赵志刚高考的情况怎样。

"没戏，不过高中毕业证已经拿上了。我二爸前几天刚找过他们局的领导，说是下周让我到基层邮电所上班。"对于意料中的结果赵志刚的反应很平常，他说自己其实很想学开车，如果将来有机会能让他开邮车的话就再好不过了。

"这种机会应该会有，先稳定下来再说。估计会分到什么地方？"

"目前还不清楚。我二爸说尽量安排到离城近一点的地方，这样回家方便，条件也好一些。"

赵志刚举起酒杯，两人轻轻地碰了一下，一人喝了半杯。他又把杯子添满，刚要说什么，听见门口的那一桌人突然爆发出特别吵闹的口哨声和哄笑声，抬头看了一眼，戳了一下陈灵均压低嗓门说："吴小强来了。"

陈灵均扭过头，见一个留着光头穿一身脏兮兮的牛仔服的胖后生背朝他坐下，结实的身板很眼熟。

"五子，明天你到卷烟厂给我弄几条好烟，后天我要去找领导办事。小强，你带两个人把后街上开五金门市的四毛好好地收拾上一顿，我越看越觉得那后生不顺眼，有了一点臭钱就不知道自己是谁了。"一位长头发高个子面相很凶的后生对身边的几位小混混下令道。吴小强毕恭毕敬地听着，点着头连连允诺。

"知道不？他在河南的武术学校本来要学三年，只学了半年就因为品行不好被学校开除了，这段时间一直在城里跟几个街皮混。咱们今天这个地方没坐对，早知道他要来，我就不来这儿了。"赵志刚站起来走到老板跟前，小声说要两碗饸饹面，稍微做快一点，说完低着头向自己的座位走去。坐在吴小强旁边的那位后生不知道跟吴小强说了几句什么，吴小强突然转过身来朝赵志刚和陈灵均坐着的方向张望。赵志刚故意垂着眼皮假装没看见，陈灵均也把头扭到另一边尽量不去看他。两人继续一边喝酒，一边小声说话。正说得起劲，吴小强突然走了过来。

"两位老同学，还认得我不？"吴小强大方地伸出手跟两人握了握。

赵志刚和陈灵均同时站起来，礼貌地请他一起坐。吴小强坐下后，向服务员做了个要酒杯的动作，赵志刚连忙又喊了一声："再拿两瓶啤酒！"

吴小强端起斟满啤酒的酒杯，一脸歉意地对陈灵均说："灵均，小时候我这人比较调皮，不太懂事，常欺负你，现在想起来非常后悔。多少年来一直想跟你说声对不起，就是没有机会。今天，我借着这个地儿，借着咱赵志刚同学给的面子，诚心诚意地跟你说一声：'对不起，我错了，请你原谅！'"他双手把酒杯举过头顶，朝陈灵均微微鞠了个躬，说了句，"先干了。"扬起脖子一饮而尽，末了还把杯子倒过来让他看。

陈灵均微笑着说："小时候的事我早都不记得了，咱们是一个村的人，还在同一个教室里上过三年学，既然今天能坐到一起，也算是一种缘分，过去的事就让它过去吧，没有必要再去想。好，既然你有这个心，我也不是小气的人，这杯酒我干了。"说完也把酒喝了。

吴小强满意地冲他竖起了大拇指，把凳子往赵志刚身旁挪了挪，一只手端起酒杯，另一只手拉住赵志刚的手跟他称兄道弟，盛赞他的人品。赵志刚淡淡地笑着看着吴小强的一举一动，仿佛在看马戏表演。吴小强向赵志刚敬完酒后，又问起陈灵均在学校的学习情况和毕业后的打算，陈灵均一一做了回答，三人又喝了几杯。

"小强，兴武哥打完关了，该你了！"门口的那几个后生似乎已经等得不耐烦了，接二连三地催促道。他们所说的"兴武哥"是当地很有名的一个流氓，大名叫黑兴武，曾经因为打架时伤过人坐过牢，街上的人都很怕他。

吴小强跟两人说了几句客气话又回到原来的座位上。

吃完饸饹，赵志刚结账时老板笑着对他说："有人已经结了。"

赵志刚愣了一下，忙问："谁结的？"

"门口的那个胖后生。"

赵志刚顺着老板手指的方向看过去，吴小强正在冲他点头微笑。

从饭馆出来后，陈灵均听说孙静好在城里打工想去看她，赵志刚就带着他来到西街菜市场附近的一家餐馆里。进门的时候，孙静好腰间系着围裙正忙着收拾桌子，一看到两位老同学惊喜地说了声："啊呀，今天什么风把你们吹到这儿来了？快坐下。"孙静好动作麻利地收拾完桌子，飞也似的端来两杯茶水放到两人面前，还没来得及说话，便有新来的顾客嚷着要点餐。她拿着一个小本子走过去笑眯眯地问他们要什么，点完餐又跑来坐在两人对面，问他们吃了没有，得到回答说吃了，才放心地拉起话来。

陈灵均问起她家中的近况。她说她弟弟现在也在外面打工，两个人虽然日子过得不太宽裕，但是还能勉强糊口，不至于挨饿。说到这些，她的脸上没有一丝伤悲，一直带着乐观的笑容。陈灵均能够感觉到那笑容里隐藏着太多的心酸和不易，内心一时五味杂陈，不知说什么好。

"上饭！"厨房里突然传来厨师不耐烦的吼声。孙静好"呼"的一下站起来，嘴里喊着："来了！"笑着跑了进去，很快就用瘦小的双手端着两大盘炒面走了出来，稳稳当当地放到顾客面前，又坐到赵志刚和陈灵均面前，接着跟他们拉话。

吃饭的人越来越多，陈灵均见她实在太忙，就借口有事跟赵志刚一起走了。

晚上，陈灵均跟着赵志刚住在他二爸的家里。赵志刚二爸住的是四合院，厨房、客厅和两个卧室是分开的，赵志刚有自己的房间，面积虽然不大，但是收拾得十分整洁。赵志刚的二爸和二妈都认识陈灵均，对他非常热情，陪着他聊了很长时间才去休息。

"看得出，你二爸和二妈对你不错。"陈灵均发自内心地说道。

"是呀，自从来到这个家里，他们对我一直很好，生怕我受了委屈。不知道为什么，吃得再好，住得再好，还是觉得没有农村的那个家好。我每隔两三个星期就回去看看我妈，给我爸上上坟，陪他说一阵话。他要是能看到我高中毕业有了工作肯定很高兴。"赵志刚像大人一样长长地叹了口气，言语中不无苦涩。

"是呀，他不知道会有多高兴呢。"陈灵均双手枕在脑袋下面，望着玻璃窗外明晃晃的月光，眼前不由得又浮现出赵劲亲切的面容。

"以后再回到城里就来找我，只要我在，你就住在这里，不要去住旅舍。"赵志刚安顿道。

"能行。"陈灵均应承道。他从来没有花钱住过旅店，不是寄宿在熟人家里，就是睡在车站的候车室里。即使冬天也是这样。

第二天早上，赵志刚把陈灵均送到车站，亲眼看着他坐上班车才离去。

返校前，陈灵均再次经过县城时，在地摊上花了五块钱买了一身旧衣服，拿到学校用洗衣粉清洗干净，在阳光下连续暴晒了两天才穿上。上衣是一件土黄色的夹克衫，下面是一条黑色的直筒裤。买的时候他特意选的尺寸稍微大一些，这样到了冬天还可以套着棉衣穿。衣服看上去不是很新，样子也不时髦，但是比原来的那身衣服体面多了。因此，他对自己的这次消费还比较满意。

开学后又上了两星期的课他们便进入了实习阶段。就在出发前的那个星期，学校召开表彰大会，校长在全校师生面前宣布，陈灵均的科普文章《白衣骑士的战争》在全国中等专业学校科普写作大赛中荣获一等奖，同时，由于他在校期间品德良好，学习成绩非常优异，各方面表现特别突出，被评为六届学生中最优秀的三好学生。与此同时，他还收到了一个好消息，他写的入党申请书被校党委批准了。全班有二十多名同学同时递交了申请，只有他一个人成功地加入了中国共产党。

"这家伙肯定会留校的。"杜海军坐在台下用羡慕的目光看着陈灵均走上了领奖台。

"完全有可能，咱们的解剖老师彭抱瑜就是留校生。"坐在他前面的范睿扭过头来说道。

"唉，咱没有人家学习好，也没有什么扛硬关系，将来肯定是下基层的料。"杜海军沮丧地拍了一下大腿，低下了头。

"分到基层就在基层干呗，基层也是人待的地方，对不对？不管分配到哪里先干上几年，有机会再慢慢地往城里调。"范睿似乎对未来一点儿也不担心。

"你老爹歹住在城里，认识的人比较多，我大就是一个老农民，城里一个亲戚也没有，我要是分到乡镇上，估计这辈子就死守在那里了。"杜海军扬起头，看着山上的一排排土窑洞，语气依然很悲观。

"别把事情想得那么绝对，以后的事谁也说不准。万一哪个领导的千金看上你了，你不就解脱了嘛。"范睿调皮地冲他挤了挤眼睛。

"哈哈，托你吉言，我今天晚上就在梦里会她去！"杜海军乐得拍手大笑。

陈灵均下台后，见两人乐不可支的样子有点莫名其妙，问他们怎么了。

杜海军说："没什么，瞎开心呢。"

全校毕业班二百多名学生分别安排在四个实习点实习，陈灵均、杜海军、周敏慧、折志明、范睿、汪学义、苏雅玲等人的实习地点是东正县人民医院。

一个风和日丽的下午，三十多名学生乘坐一辆敞篷卡车，沐浴着金色的阳光向东正县驶去。卡车刚驶出市区，车上便响起了歌声，一首接一首，一直唱到东正县城。中间偶尔有人说上一两句笑话，马上就爆发出一阵欢乐的笑声。这些平日里看上去不太活泼的医学生个个意气风发，踌躇满志，就像刚刚结束了集训的新兵战士一样，准备真枪实弹地到战场上去战斗。尽管他们缺乏经验，有勇无谋，战场上形势复杂，敌人数目众多，情况不明，但是他们相信在指挥官的带领下，自己一定能够克服各种困难，圆满地完成各项战斗任务。

两个多小时后，车子缓缓地驶入县医院的大门，司机大概来过很多次了，不用任何指示，径直朝右行驶，在一个小铁门前停住了。很快就有一位头戴白色护士帽穿着素色花外套的女人笑呵呵地走过来打开门，让车进去。

陈灵均站在卡车上，怀着激动的心情环顾四周，看到自己的左前方是一栋三层的门诊楼，在二层的地方通过一条通道连接着右侧那幢四层的大楼，门厅前竖着"住院部"三个大字。后面的院子里有一排平板房，从构造和特点不难看出，分别是锅炉房、大灶和水房。翻滚着几片落叶的院子既宽阔又洁净，站在院子里的几个人也穿得很干净，每个人的脸上都挂着亲切的笑容，目光全都注视着车上的人，仿佛在迎接远方的亲戚。

"谁是带队的老师？我是医务科科长刘焱。"一位个子不高，外表斯斯文文的男医生快步走过来，紧紧地握住从司机楼里跳下来的郑浩然的手。握完后，刘焱指着那位嘴巴一直没有抿上的女人说："这是咱们手术室的护士马晓艳。"

"辛苦了，赶紧歇上一会儿。"马晓艳的话语热乎乎的。她跟郑浩然握了一下手，走到车跟前，帮助小姑娘和小伙子们拿行李。她看着这些年轻人的时候，目光中的热度丝毫未减，让他们觉得特别温暖。

陈灵均和周敏慧被刘焱临时指定为医士班和护士班的组长。刘焱带着他们到总务科领了扫帚、簸箕、火炉、工作服等日用品，让学生们到宿舍打扫完卫生把东西放好，然后到医务科和护理部开会。在欢迎实习医生的会上，刘焱简单地介绍了医院的情况，并对大家提出了一些要求，让组长当天就把实习计划交上来。

刚吃完下午饭没多久，陈灵均就把医士班的实习计划交到了刘焱手里。刘焱看到他给自己安排的第一个科室是儿科，笑着说："咱们儿科的徐若谷主任在工作上出了名的严格，她对实习生的带教工作十分重视，上班期间经常会不定时抽查，你要做好充分的思想准备，千万不要给她留下不好的印象。"

"好的，我会注意的。谢谢你，刘主任。"听了他的话，陈灵均的心里不由得忐忑起来，暗暗地想：她到底有多严厉呢？

二十五

早上七点四十五分，陈灵均和汪学义穿着崭新的白大褂戴着白帽子，一人手里拿着一本书和一个笔记本匆匆忙忙来到儿科病区。他们在楼道里只看到护士办公室，没看到医生办公室，问了人才知道，医生办公室设在护士办公室里边的套间内，交班会就在护士办公室里进行。他们进去的时候已经来了好多医生和护士，围在一起小声说话。一位女医生大概刚来，正打开衣柜换衣服，两名护士在治疗室里飞快地数着"一，二，三，四，五……"正在交接物品。医生办公室的门敞开着，里面坐着一位五十岁左右戴着眼镜的女医生，正在批评站在她旁边的年轻女医生。

"……激素类药物的用药原则是什么，记着不？刚开始用药的时候剂量要逐日增加，停药的时候要逐日递减。这个娃娃已经用了一星期的药了，怎么能一下子停了？如果出现'撤退'反应怎么办？幸亏昨天被收药的护士及时发现了，不然的话会出问题的。你说，你做得到底对不对？"

"徐主任，我错了，我以后一定会记住你的话，再也不会犯同样的错误。"年轻女医生满脸通红地说道。她看上去二十七八岁的样子，白帽子下面露着时髦的卷发，脸上敷着粉，显得皮肤很白，被大褂遮挡了一半的裤子熨得笔直，脚上穿一双闪闪发光的半高跟黑皮鞋。

"陶护士长，把方曼云的这个差错记上，不然的话，这些年轻人老不长记性。"徐若谷抬起头朝门外大声喊道。

护士办公室里一位身材矮胖的护士答应了一声："知道了，等开完晨会我就往差错本上记。"

"好了，没事了，你过去吧。"徐若谷冲方曼云挥了下手，等她走了以后，低头看了看手腕上的表，从座位上站起来向护士办公室走来。方曼云经过陈灵均身边时，一股浓烈的香水味飘了过来，气味特别清香，使他不由得对这位女士多看了一眼。徐若谷站在门口的桌子前说了声："现在开始交班。"办公室里顿时变得鸦雀无声。值班医生和值班护士先后读了交班记录，介绍了病区里的病人前一天的情况。徐若谷把她观察到的一些别人没有注意到的细节加以补充，提醒各位主管医生对危重病人加强管理。她说话时吐字清楚，条理清晰，语气虽然有些严厉，但是很诚恳，在场的人都听得很认真。徐若谷又提到科室的一些公用设施坏了，让护士长找工人维修，有些办公用品不够了，也需要及时领取。最后，她非常生气地说，尽管她一再强调工作人员不能在病区里吸烟，但是最近还是有人顶风作案，如果下次被她当场抓到一定会严惩。科室里的两名男医生都低着头不说话，几名护士在偷偷地笑。她把目光投向两名实习生，语气突然变得亲切而充满热情："这两位同学就是新安卫校刚来的实习医生吧？你们俩给大家自我介绍下叫什么名字。陈灵均？汪学义？好，知道了。下面，让我们用热烈的掌声欢迎他们的到来！"全科室的人都拍着手向两个小伙子露出了友好的笑容。陈灵均和汪学义一副受宠若惊的样子，似乎不知道该怎么样才好，陈灵均带头向大家鞠了个躬表示感谢，汪学义马上也照着做了一遍。徐若谷指定方曼云为陈灵均的带教老师，刘克明为汪学义的带教老师。刘克明的业务能力仅次于徐若谷，在当地也很有名。

"走，咱们一起查房去。"徐若谷在陈灵均的背上轻轻地拍了拍。陈灵均和汪学义马上跟在人群后面走了出去。

查房从一号病房开始，对所有的病人挨个巡查。每走到一位病人跟前，主管医生就会主动为大家介绍患儿的病情和治疗情况。徐若谷非常和蔼地跟患儿和家属说话，询问小病人吃饭、睡觉、大小便如何，有没有感觉好转一些，并且还亲自为重点病人做检查。她严格按照教科书上的要求为新入院的病人做全面细致的体格检查，望、触、叩、听，一个步骤都不马虎，边做还边给两位实习生和其他医生讲解，病人为什么会出现这种症状，说明什么问题，应该如何治疗或护理。有些孩子哭着不配合，她也不生气，总是耐心地哄劝，和家长一起抚慰，等孩子安静下来了再接着检查。

"这些步骤一个都不能省略，如果出现漏项，不光你写病历的时候写不上去，还容易造成漏诊。咱们儿科很多病人还不到一周岁，不会说话，哪里难受只会哭闹，表现出烦躁不安或萎靡不振的状态，需要我们勤观察、细观察、多分析，才能做出准确的判断。"

徐主任严肃的话语给陈灵均留下了很深的印象，他马上把"勤观察、细观察、多分析"几个字写在笔记本上。

查完一号病房，徐若谷刚要带着众人走，一位穿着打扮很像农民的患儿父亲拦住了她："我儿子现在病好多了，能不能让他早点出院？农村秋天地里活儿很多，我天天待在医院里心里就跟着了火似的。"

"你这个同志呀，家里的活儿要紧，娃娃的病就不要紧了？他的病要是完全好了，我们肯定会让他出院的。他刚来的时候病那么重，好不容易才出现好转，回去再犯了怎么办？到时候你还得把他再送回来，花钱更多不说，病情说不定也比现在更严重。你何必让娃娃多受那份罪呢。"她拍着那位农民的肩膀语重心长地说道。

"不是我不想让我娃住院，农村人你也知道，跟你们干部不一样，手里缺钱呀。不瞒你说，他的住院费全都是跟亲戚借的，多住一天就多一天的费用。要是能开点吃的药让我们带回去慢慢地调养，就不用花那么多钱了。"那人还一个劲地恳求。

"不行，他得的是急性肾小球肾炎，治疗不彻底的话会留下后遗症的。这样吧，我让主管大夫尽量给你们用便宜一点的药，行不？"徐主任用商量的口气说道。

那人还想说什么，被老婆一把拉住了："好了，别说了，废话咋那么多！"她不满地瞪了丈夫一眼，抱着孩子转身向窗边走去。那人垂头丧气地站在一旁再也没有吭声。

只要不是傻子，谁都能听出那个女人分明是对徐主任不满，但是她没有计较，一声不吭地带着大家离开了病房。

查房进行了一个多小时才结束。众人刚走进护士办公室，一眼便看见陶爱英护士长站在门口手抚着胸口直跺脚："气死人了，气死人了，这太不公平了！"

徐若谷忙问怎么回事。她愤愤不平地说："医院新订的奖金分配方案是，各科室的奖金从科室每月的业务收入里扣掉消耗，在结余中按照20%的比例提取，消耗超出的部分双倍扣除。我觉得这个制度本身没有问题，问题的关键是，医院给咱们科定的消耗太少了，虽然说儿科比其他科室使用的医用耗材确实少，但是我们总不能空着手去给病人做治疗呀。不行，我得找院长去。"说完，转身就走了。

"去了慢慢说，别太着急！"徐若谷安顿道。

方曼云一回到医生办公室就让陈灵均把她主管的几名患儿的病历抱过来，开始下医嘱、写病程记录。陈灵均坐在她身旁默默地观看着，大脑跟着她的节奏在飞速地旋转。他需要在最短的时间内把每位病人的病名和症状、体征以及使用的药物联系起来。方曼云一边写，一边给陈灵均做一些简短的说明。陈灵均在看和听的过程中，一遇到不明白的地方就记下来，准备等忙完了工作再想办法解决。从近处看，方曼云长得并不漂亮，脸又大又圆，皮肤很粗糙，五官的线条也比较硬朗，缺乏女性应有的精致和秀气，性格就像男人一样大大咧咧的，但是她说话做事干脆利落，很善于照顾身边人的情绪，让人感觉很舒服。

半个小时后，隔壁的护士办公室里传来嘻嘻哈哈的说笑声，原来是陶爱英回来了。刚上完厕所的徐若谷问她跟领导谈判的结果如何。她气喘吁吁地说："院长把咱们科室的消耗比例提高了！哎呀，累死我了，为了这事楼上楼下跑了好几圈，把我的腿都快跑断了。"

"你可真厉害！"徐若谷赞叹道。

"辛苦了，护士长，快喝点水。我们大家有你这个当家的，干活再累都觉得值。"一名年轻护士说道。

"快说说，你是怎么跟他说的。"

几名护士围着陶爱英七嘴八舌吵作一团。

"都别叫唤了，听我慢慢说。"她做了个安静的手势，小声讲述了事情的经过。

听了她的话，周围又是一片笑声。

"我听说上面要用市场化的手段管理医疗行业，不知道这个办法行得通不？"陶爱英用带着几分忧疑的语气向众人透露了刚刚听到的小道消息。

"医疗行业怎么能用市场化的手段管理？那不是瞎胡闹嘛！"徐若谷马上说了一句。

"就是，我也觉得如果那样搞的话，医疗服务的价格肯定会提高，老百姓会有意见的。"陶爱英说道。

"既然上面的领导提出了这样的思路，肯定也有人家的道理。咱们国家人口这么多，在医疗方面的需求也多，改革关系到十一亿四千万人的切身利益，做出这样的决定，需要很大的魄力和勇气，我相信领导也是经过长时间慎重考虑的，说不定这样改还真能改好。"一位老护士说道。

"陶护士长，8床的那个女娃娃头皮上的血管太细，我扎了两针都没扎上，麻烦你过去看看。"一位小护士愁眉苦脸地走进来说道。

"把酒精棉球给我。"陶爱英二话没说拿起装着酒精棉球的搪瓷缸就出去了。徐若谷见状也忙自己的活儿去了。

不到十分钟的时间陶爱英就回来了。

"扎上了？"小护士忙问。

"扎上了。"

"这么快，扎了几针？"

"一针。"她轻松地说道。

"咱们护士长的技术那是没得说，从来都是一针见血，我到儿科工作好几年了，从来没见她扎过第二针。"老护士的语气里不无钦佩。

"也有不好扎的时候。"陶爱英谦虚地笑着说道。

方曼云把长期医嘱和临时医嘱全部下完后，陈灵均抱着一摞专门折了页的病历送到护士办公室，护士们马上翻开病历照着上面的指令忙碌起来。医生办公室里不时有外面的人抱着孩子进来找熟悉的医生看病，还有几个本院的人带着亲戚来找徐若谷看病。这些人连号也不挂，开了药还要在科室免费打针、输液。徐若谷来者不拒，态度非常好，并没有因为她的挂号费因此减少感到不快。

中午下班的时候，陈灵均脱下工作服，正准备往方曼云为他和汪学义腾出来的柜子里放，看见已经换了便装的陶爱英急急火火地跑进治疗室，用装过一次性输液器的塑料袋装了几个酒精棉球，扯了几绺胶布缠在一根小木棍上，塞进手提包。

"护士长，你这是？"他不解地问道。

"我们邻居那个七十岁的老汉这两天又感冒了，他腿脚不好，行动不方便，我答应人家中午回去吃饭的时候到他家去输液。"她朝他莞尔一笑，便匆匆忙忙地出去了。从她的话语中陈灵均能够感觉到，这种义务劳动对于热心的护士长来说早已是家常便饭。

中午医院大灶上供应的是鸡蛋西红柿汤饸饹面。陈灵均和杜海军打好饭后瞅见院子中间的老槐树下有一个石桌，便把饭碗放在那上面吃。不一会儿，范睿、苏雅玲、周敏慧等人也来了，大家聚在一起边吃边聊。周敏慧在手术室实习，陈灵均问她忙不忙。周敏慧说："可忙了，我是巡回护士，一个人要同时照看两台手术。来做手术的尽是些做结扎的，女的多，男的少。你们不知道，做手术的时候有些男人还哭呢，哭得可伤心了。有一个农村来的双女户从手术一开始就抬起身子盯着医生做手术，怎么按都按不下去，他一直从头看到尾，做到最关键的步骤时脸涨得通红，哭得撕心裂肺的，就跟谁想要他命似的。"说到这里，周敏慧弯下腰已经笑得不行了。

几位男生相互看了一眼，谁也没笑。折志明沉着脸说："命根子都叫人割断了，怎么会不难过，不想哭那是假的。"

"他们每个人最少都有两个娃娃，为什么还不愿意做这个手术？不就是以后不能再生了嘛。"周敏慧还是不明白这么回事。

"男人做没做结扎手术跟有多少娃不是一回事。"杜海军说道。

"结扎手术其实很简单，我已经看会了。"折志明不以为意地说道。

"要是师父肯放手的话，用不了四五天我就能单独做。"杜海军一提起手术就显得很兴奋。

苏雅玲看了他一眼说："你老婆要是头胎生了个女儿，你们家肯定还会让她再生。"

杜海军点了点头说："有可能。"

折志明说："你要是超生了，我来给你做手术，保管不疼。"

"我老婆一肚子给我生两个，一男一女，让你做不着。我看，还是让我给你做吧，你小子最不老实！"杜海军在他头上轻轻拍了一下，折志明立刻反打过来，抬起胳膊的瞬间差点把杜海军的饭碗碰倒了，面汤洒到了石桌上。苏雅玲尖声喊着让他们小心，两人看了一眼还嘻嘻哈哈打闹个不停。其他人纷纷发出抗议，这才停了下来。

"哎，那个漂亮女女你们谁认识？她朝咱们这边看呢！"面朝灶房站着的范睿突然说道。

几个人同时回过头，看见一位穿着白上衣黑裙子的女孩提着一个空水壶，迈着优雅的步子正朝水房的方向走去。陈灵均说了声："我同学。"立刻放下筷子走了过去。

"陈灵均，你回来了。天哪，你怎么长得这么高？"蒋美丽高兴地叫了一声，放下水壶，吃惊地打量着比自己高出一截的陈灵均，似乎对他的新形象感到很陌生。"我早就听说你在这里实习还没碰见过。太好了，咱们又在东正县见面了！"

"你现在是？"陈灵均已经隐约猜出了她的身份，小心地问道。

"我已经高中毕业了，现在在县医院的财务科上班，刚上了还不到一个月。"

"不错，这份工作很适合你。"陈灵均的预感果然被证实了。从蒋美丽的表情中他能够明显地感觉出，良好的家庭条件和一帆风顺的成长道路给她带来的优越感。

"你在哪个科实习？"

"儿科。"

"哦，是徐主任的那个科室。徐主任是北京医科大学临床医学系毕业的，是儿科的专家，在长河滩公社医院工作的时候就很有名，她在基层待了十几年，1980年才调到咱们医院，你好好跟她学，将来也当一名医学专家。"

两人又聊了几句，蒋美丽说："我要提水去了，我妈还等着用开水做饭呢，你也赶紧吃饭去吧，咱们有空再聊。"然后踩着白色的高跟鞋走了。

陈灵均回到石桌前，几位男同学都对蒋美丽很感兴趣，问了不少关于她的情况，得知她的父母都是医院职工，她是家中唯一的千金宝贝之后，立刻便不吭声了。

杜海军看了一下周围的人，碰了一下陈灵均的胳膊小声问："你们儿科的徐主任是不是真的很厉害？"

陈灵均说："今天刚跟她上了一上午班觉得还可以。"

"很凶啊，反正我是挺怕她的。"汪学义说道。

"你说还可以，那是因为你还没有让她逮着什么，要是被她逮住犯了什么错，肯定不会像现在这么客气。"范睿笑眯眯地分析道。

"有可能。"陈灵均微笑着点了点头。

"哎，这个医院的院长是谁？自从咱们来了我还一直没见着。"杜海军好奇地问道。

"我听说他叫叶知秋，是从交道乡调上来的，他原来在那里的卫生院当院长的时候，医院里的病人可多了。"消息灵通的范睿说道。

"你们要是想见几位院长的话一会儿就能见着，他们每天都在大灶上吃饭。咱们医院的正院长叫叶知秋，业务副院长是章怀素，管行政后勤的院长叫王秉智。章院长是搞外科的，手术做得很好。"食堂的王师傅插嘴说道。这会儿院子里所有来吃饭的人都端上碗了，他没事干也在外面歇着。"这段时间计划生育手术多，医院的事也多，他们一般下来得比较迟。瞧，说曹操曹操到。那个走在最前面的胖胖的高个子男人就是叶院长，长得白白净净的书生模样的就是章院长。"

"老王，现在还有饭没？"叶知秋老远就笑着问道。他穿着白衬衫蓝西服，脖子上规规整整地系着一条蓝色斜纹领带，头发朝后梳着，显得额头很宽阔，浓黑的眉毛下，一双水泡眼就像两口半月形的水井，里面黑黢黢的，让人无法看清真实的底色，脸颊上饱满的肌肉随着走路的动作在微微地颤抖。从红润的肤色和明显隆起的肚子不难看出，这位领导有点营养过剩，血压、血脂和血糖的数值很可能已经超出了正常范围。他说话时中气很足，声音特别洪亮，就连发出的笑声都比一般人高亢浑厚。走在他后面的章院长身材瘦瘦的，身体略微有点发虚，他上身穿一件薄薄的青色夹克衫，下面配一条深灰色的休闲裤，脚上穿着软底皮鞋，走起路来没有一点声音，让人感觉他的身体很轻，包裹在衣服里的不是骨头和肉，而是棉花和报纸。

"有，锅正开着呢，马上就给你们轧饸饹。王院长不来吃饭吗？"

"他有事出去了，不来了。"章院长答道。

王师傅掀起门帘把两位院长让到灶房里，自己也进去了。

陈灵均吃完饭进去舀面汤喝，章怀素正好站在锅边用铁勺舀了半勺面汤倒进手里的空碗，熟练地转动了几下泼进下水道里，又拿了一双公用的筷子在滚烫的汤锅里使劲搅动了几下。

陈灵均跟他打了声招呼，他问陈灵均叫什么名字，在哪个科实习，然后把勺子递给他，笑着解释说："我今天没拿自己的碗和筷子，用开水烫烫就算消毒了。"

章院长端着热气腾腾的饸饹面到外面吃去了。王师傅走过来用火钳捅了几下炉子，脸上带着讥讽的表情说："一天天那么讲究还得上乙肝了，咱老百姓啥也不讲究，瞎吃瞎喝了大半辈子也没吃出什么病来。"

陈灵均听了不由得大吃一惊，他没有想到一位专业的外科医生竟然保护不了自己的安全，染上了慢性传染病，同时章怀素的话也让他意识到，公共场所中很可能隐藏着许多不为人知的传染源，良好的行为习惯能起到一定的防护作用。于是从那天起，他吃饭时尽量自己携带餐具，如果没有携带，饭前一定要用开水烫一烫碗和筷子。

下午除了上厕所，方曼云走到哪儿陈灵均就跟到哪儿，一直在努力适应医生这个角色。汪学义也跟在他的师父身后寸步不离。当晚，方曼云不值班下班后就直接回去了，陈灵均吃完晚饭又来到科室走进病房，主动和病人家属拉话，问孩子有没有按时吃药，用完药身体有没有什么反应，还询问了他们各自的家庭情况。他完全是按照徐主任的要求做的——勤观察，细观察，多分析。他的这一表现很快就赢得了家属的信任和好感，大家一下子就把这个实习医生记住了。他回到医生办公室又跟着值班医生刘克明一起上班，没事的时候就翻开从图书馆借来的《实用儿科学》杂志看，要是来了新病人，就和汪学义一起看刘克明怎么问诊、检查、开了哪些检查单、如何用药。晚上快到十点钟时，汪学义有事出去了，陈灵均把刘克明刚下的医嘱送到护士办公室，脱下白大褂正准备回宿舍，意外地发现上大夜班的护士马延梅已经提前来接班了，她的身边站着一位四五岁的小女孩，女孩一见到他就惊慌地钻到桌子底下藏了起来。

"笑笑，不用藏，这是妈妈科室里刚来的实习生哥哥。"马延梅俯下身子朝女儿喊了一声，尴尬地笑着对陈灵均说，"这是我女儿，她爸爸今天也在外科值班，家里没人，我就把她带来了。"

"我不，妈妈，他是陌生人，他会给院长告你的，院长要是知道你带我上班来了，肯定会批评你和我爸爸，扣你们的工资和奖金的，这样的话，咱们家就没钱花了。"黑暗的角落里传出笑笑稚气的声音，小小的身影即使离两三米远还是能被人隐约看见。

"笑笑，你别怕，我跟你妈妈是一伙的，你赶紧出来吧，桌子底下有老鼠。"

陈灵均的话音刚落，笑笑就猫着腰出来了。

马延梅用手拍了拍女儿身上的灰尘，说了声，"你先跟哥哥待着别乱跑，妈妈去病房里给小娃娃打针"。便拿着病历夹子进了治疗室，里面很快传出安瓿被掰开的声音。

"哥哥，你叫什么名字？"笑笑用手在桌子上的玻璃板上随意地画来画去，好奇地望着眼前这位青涩的脸颊上长着几颗小痘痘的哥哥。

"我叫陈灵均。"

笑笑看着妈妈端着治疗盘从门里出去了，往他跟前靠近了一步，怯怯地问："你能陪我玩一会儿吗？这里没有玩具，我觉得一点儿意思都没有。"

"玩什么？"

"捉迷藏。"孩子亮晶晶的眼睛里投射出期盼的目光。

陈灵均环顾了一下四周为难地说："不行，上班的地方不能捉迷藏。"

"那你会讲故事吗？我有故事书。"她拉开抽屉拿出一本书。

"这个我会。"陈灵均坐在椅子上，笨拙地把笑笑抱起来放在自己的腿上，然后打开书给她讲了起来。笑笑扎着两个小鬏鬏的小脑袋紧挨着他的下巴，就像有几根轻柔的羽毛在触碰他的脸，把他的心一下子就融化了。

不一会儿马延梅回来了，看到这幕情景厉声呵斥道："笑笑，不许欺负哥哥，赶紧下来！"

陈灵均连忙说没事，可是笑笑已经乖乖地从他身上溜下来，背着手站在墙角，害怕地看着妈妈。

"这孩子真不懂事，请你不要见怪。"马延梅歉意地说道。

"真的没事，笑笑很可爱，我挺喜欢她的。马老师，你刚才说你爱人也在咱们医院外科上班，他叫什么名字？"陈灵均问道。

"周云天。我们俩平时要是一个人值班，另一个人上正常班或者休息的话，还有办法照顾孩子；要是两个人同时上夜班的话，孩子就没人管了。小陈，你以后要是找对象，千万不要找临床上的，夫妻俩都在临床上工作，娃娃根本没时间管，大人累不说，娃娃也受罪。本来医院规定上班时间不让把娃娃带到办公室来，可是我们家今天实在没人，只能偷偷地带到这里来。科室的同事都知道我的情况，平常碰见了都装作没看见。医院里的几位院长笑笑全都认识，她只要一听见他们的声音就会躲起来。"马延梅苦笑着说道。

"马老师，你的难处我能理解。你放心，今天晚上的事我不会告诉任何人的。"陈灵均连忙向她许诺道。他看到马延梅大概有三十几岁，孩子却很小，就问她："你们家就这一个娃娃吗？"

"这是老二，老大已经上初中了，平时住校不回来。"

"哦。笑笑晚上在这里有地方睡没？"他关心地问道。

"护士办公室里有一张折叠床，柜子里还有被子、褥子和枕头。等我忙完了工作，没有什么大事的话，就安顿她睡觉。"

陈灵均从谈话中能够听出马延梅是一个值得信赖的老实人，乘着四周没人，悄悄地问她：“马老师，我听说章院长得了乙肝，他是怎么传染上的？”

“章院长刚来咱们医院的时候身体很好，什么病也没有。有一次他给一位乙肝病人做手术时，手指不小心让刀片割破了，病人的血液直接进入了他的伤口。他当时非常害怕，反复用双氧水冲，用盐水洗，但是没用，不久他就被查出感染上了乙肝病毒。咱们医院外科的刘宇杰也是在这样的情况下得上乙肝的。”

“那是哪一年的事情？”

“有十多年了吧。”

陈灵均若有所思地“哦”了一声，跟马延梅说了声再见，在孩子恋恋不舍的眼神中离开了护士办公室。

二十六

早上交班前陈灵均到厕所小便，发现刘克明一脸疲惫地蹲在厕所里抽烟。他想象不出烟草味与厕所的臭味混合在一起吸进喉咙里到底是什么样的感觉，就忍着笑故意逗他：“刘老师，你蹲在这里不臭吗？”

“臭啊，可是没办法，烟瘾太重，早上起来不抽一根特别难受。别的地方人家不让抽，只能在这里偷偷地过一过瘾。时间快到了是不？”他狠咂了几口，把烟头在地上弄灭了，用力扔向窗外，然后洗了手向护士办公室走去。

徐若谷正好站在门口，刘克明经过她身边时，她立刻敏感地抽动了两下鼻子，皱着眉头问：“这是什么味？”

“我这两天有点咳嗽，吃了几片甘草片。”刘克明装模作样地答道。

“不对，甘草片不是这个味。你又抽烟了是不是？没错，就是烟味！我已经闻出来了，你就别骗我了。你这个小伙子怎么还没有把烟戒掉？我不知跟你们说了多少遍了，不能在病区里抽烟，怎么不长记性？咱们病区里的娃娃那么小，本身就有病，再把你那烟味闻上，怎么受得了？我们常要求家属不要抽烟，我们的医生自己首先就要做到。再说，抽烟对你自己也不好……”噼里啪啦就是一顿批评。刘克明臊得直往人群后面钻，许多女医生和女护士都抿着嘴在笑。

陈灵均以为徐主任一定会兑现“下次发现一定要严惩”的承诺，没想到她却说："这次给你一个严重警告，下次再让我发现了就要罚款。好了，现在开始交班。"

交完班，又开始集体查房。查到中间的时候，碰到一个过敏性紫癜的病人，徐若谷突然对陈灵均说："说一下过敏性紫癜的鉴别诊断。"陈灵均略微稳定了一下自己的情绪，胸有成竹地答了起来。答完后她点着头说："回答得很好。"然后又问汪学义，"你把治疗原则给大家说一下。"汪学义被这个突然袭击吓得脸都白了，结结巴巴答了两三条没有答完整。陈灵均赶紧给他提示，只说了"抗凝"两个字，就被徐若谷打断了："不要你说，让他一个人回答。"汪学义的大脑顿时一片空白，实在想不出来还有什么内容，只能低着头僵在那里。徐若谷沉着脸说："回去好好看书。"又接着查下一个病人。

星期三的上午，徐若谷正在医生办公室里看病历，突然转过头来对坐在一旁的汪学义说："你算一下要给这个腹泻病人补多少液体。"汪学义又紧张得一塌糊涂，翻着眼皮嘴里念叨着孩子的年龄和体重半天反应不过来应该先从哪里算起。

"你先把他丢失的液体算出来，再把每天正常的需要量算出来，不就好算了嘛。"徐若谷提醒道。汪学义的蒙脑瓜一下子被点醒了，赶紧拿起病历找到出入量登记表，然后趴在桌子上计算起来，整整列了两页算式才算出来。徐若谷看了答案后微笑着说："对了。你这下会算了吧？"汪学义这才明白主任是在教自己计算补液的方法。为了防止下次遇到"偷袭"时再度沦陷，他下定决心以后要好好学习。和陈灵均相比，他的底子实在太差了，虽然从第二学期开始再也没有挂过科，但是每次考试都是勉强及格，不会的东西多着呢。

下午，汪学义和陈灵均正在科室看书，方曼云突然进来冲他们招了招手："有个疑难病例跟我们一起查房去。"两人走出医生办公室，见科室的几名大夫和主任都在外面等着。徐若谷又对方曼云说："把那两名护士也叫上。"护士出来后，一群人走进五号病房来到一张病床前。患儿只有一岁，还不会说话，家长说他这几天一直呕吐，还抽了一次风，经常莫名其妙地突然哭叫。徐若谷问护士体温高不高。护士说这两天体温一直在36.5℃到37℃之间。徐若谷做了一些常规的检查之后，看了看瞳孔，又摸了摸孩子的囟门，然后让两个实习生摸。陈灵均摸过后感觉比正常的孩子硬度高。这是颅内压增高的表现。

回来后大家坐在一起讨论，徐若谷要求每个人都要发言。有的说是急性胃肠炎，有的说是流行性脑膜炎，还有的说是结核性脑膜炎，并说出了各自的诊断依据。大部分人都倾向于结核性脑膜炎，与徐若谷的看法基本上是一致的。轮到陈灵均发言时，他不以为然地说："很简单，只要做个腰穿就清楚了。"教科书上对于这类疾病的检查方法首选的就是做腰穿。没想到徐若谷的目光立刻像剑一样射过来："你觉得给儿科的娃娃做腰穿很简单？我觉得这事一点儿也不简单。一是娃娃年纪太小不配合，操作的时候要是动作掌握不好很容易把针头折断，二是如果在颅内压过高的情况下做穿刺，放液过多过快，有引起脑疝的危险，刚才按囟门的时候大家应该都能感觉出这个娃娃颅内压很高；此外，腰穿还会引发低颅内压、头痛、皮肤感染等并发症。你敢说这是个简单的事情吗？"

听了她严肃的话语，陈灵均的脸红了，再也不敢轻易说"简单"两个字了。

经过科内集体讨论后，徐若谷决定先按照结核性脑膜炎对病人进行实验性治疗。几天以后，患儿的病情果然明显好转，很快就痊愈出院了。

科室进行病例讨论那天，方曼云看起来特别忙。她处理完手头的工作，趴在桌子上边看资料边写东西。陈灵均注意到她看的都是关于新生儿黄疸方面的内容，就问她："方老师，你在写论文吗？"她抬起头，用手拨开垂到额前的一缕刘海儿，笑着说："咱们科每周五是科内讲课时间，所有的医生护士都要轮流讲课，这一周轮到我了，得提前做好准备。"

晚上陈灵均到护士办公室去洗手，无意间发现马延梅也在看书，惊奇地问："马老师，星期五你也要讲课吗？"

马延梅不好意思地说："主任把我安排在下周，我脑子比较笨，要多花几天的时间准备。我原先是一个不爱学习的人，自从到了儿科以后，被主任成天逼着，慢慢地也养成了爱看书的习惯，否则的话就适应不了科室的工作环境。很多人以为当护士只要会打针、发药、量体温、测血压就行了，实际上要当好护士，还要有扎实的理论基础和丰富的临床经验，这样才能在护理病人的过程中随时发现问题，及时提醒医生解决问题，确保各种治疗和护理能够安全顺利地进行，为危重患者的救治赢得宝贵时间。"

"我是否可以这样理解，护士其实就是医生的左膀右臂，也是离病人最近的观察员？"陈灵均问道。

"也可以这么说。"马延梅笑着说道。

说话间，徐若谷穿着一身浅灰色的西装套裙神采奕奕地进来了。

"主任，今天晚上医院的大会议室里开舞会，你没去跳舞吗?"马延梅问道。

"我进去转了一圈，心里老惦记着科室的那两个重病号，实在放心不下，就来看看。"徐若谷穿上白大褂，从抽屉里拿出听诊器挂在脖子上，一只手习惯地把听诊器的听诊头握在手心里，径直向病房走去。正在值班的方曼云和陈灵均也跟在她后面出了门。徐若谷给两位病人分别做了检查，见病情都很稳定，便走了。

徐若谷走后，马延梅看书看累了，合上书页走进医生办公室看方曼云在干什么。方曼云已经把课备好了，一脸轻松地对着一个小圆镜在整理自己的妆容。

"你看看，我最近皮肤有没有什么变化?"方曼云扭过头问她。

马延梅左瞅瞅右瞅瞅，好半天才用不肯定的语气笑着说:"是不是皮肤比以前稍微红润了一点?"

"对。我用的这套面霜叫变肤霜，皮肤先变红，再脱皮，等长出新的皮层就会变得又白又嫩。这是内科的钟锦华给我推荐的，她也在用。"

"怪不得你总是看起来那么漂亮，在脸上花的钱也不少吧?"马延梅问道。

"还行。一瓶变肤霜九十九块钱。"

"我的天哪，要花去我半个月的工资，太贵了，我可用不起。我和周云天都是农村出来的，家里拖累多，还要养活两个娃娃，不像你和钟锦华，家都在城里，男人一个在银行，一个在油矿，都是有钱人。"

"你也买得起，只是你舍不得。女人家上了三十岁要是不保养老得很快，你看看人家徐主任都快五十岁了还那么显年轻，知道为什么吗?"

马延梅说:"不知道。"

"她平时很注意脸上用的东西，每天上班前都要化妆。"

"真的? 我一点都没看出来。"

"她化的妆很淡，所以一般人看不出来。不信你哪天到她跟前仔细看看，尤其注意一下她的眉毛和嘴唇。我觉得你长得也很好看，就是嘴唇太苍白，需要涂点颜色。我这里有一支新买的口红很适合你，你试着涂一下看看形象是不是大不一样。"

方曼云从抽屉里拿出口红，亲自为马延梅涂上。马延梅对着镜子看了一眼，马上羞得用手挡住嘴笑了起来。

"好看不？"

"好看。就是不好意思出去见人。"

"多见几次人就习惯了。"

第二天早上交完班后，方曼云为全科的医护人员讲了一堂课。她讲课的时候就像平常跟人说话一样语速很快，语言非常流畅，看上去一点儿也不紧张。为了让大家更好地理解疾病的病理变化，她在写板书时，还运用了形象生动的示意图，讲得既明白又透彻。

讲课结束后，马延梅特意找了个借口到徐若谷的身边转悠了一会儿，发现她的眉毛和嘴唇果然有化过妆的痕迹。不过，马延梅并没有立刻开始化妆，因为她的思想暂时还接受不了这种东西。

下午快下班时，科室来了一对农村来的年轻夫妇，带着一岁半的儿子找徐若谷看病。孩子高烧三四天了，还伴有咳嗽、气短，小脸黄黄的，一副萎靡不振的样子。徐若谷让家属解开孩子的上衣，指着他的胸部对方曼云和陈灵均说："你们注意看，他的胸部有什么特点？"

方曼云说："比较饱满。"

徐若谷用手指在胸部叩击了几下，又问："仔细听听，这是什么音？"

方曼云说："浊音。"

陈灵均说："实音。"

"都对。结合他的其他症状：高热、咳嗽、气短，我考虑这个娃娃得的是脓胸。这个病需要跟气胸进行鉴别诊断。如果是气胸的话，叩诊是什么音？"

"过清音。"方曼云和陈灵均异口同声地回答道。

徐若谷满意地点了点头，她让陈灵均取来一个五十毫升的针头和一个穿刺包，指导方曼云进行实验性穿刺。针头刺入胸腔后，很快就抽出满满一针管的脓液。针头拔出后，脓液还顺着针眼往外流，由此可见胸腔内的压力是非常高的。这一结果充分证明小病人得的就是脓胸。诊断明确后，徐若谷让方曼云将孩子收入院，马上用青霉素对其进行抗感染治疗。第二天早上查房的时候孩子的体温已经降下来了，精神状态也好多了。家属告诉徐若谷，昨天晚上针眼里一直在流脓。连续治疗了两周后，孩子便病愈出院了，但是却留下了一个后遗症——胸膜粘连。这不是人为的原因造成的，而是疾病发展的必然结果。家属对此很不理解，以为大夫给娃娃治出了什么问题，担心将来会对孩子的健康有影响，方曼云费力地讲解了近一个小时才消除了他们心头的疑虑。

从第二周起，徐若谷便开始训练两位实习生学习写大病历，要求每人完成三份，写好由她亲自审核。汪学义的第一份大病历一共写了三十五页，他认为自己写得已经很详细了，就交给徐若谷，心想她一定会表扬自己。一个小时后徐若谷把他叫到办公室里，指着病历上的字用责怪的口气说："你这娃娃太不认真了，连基本的格式和要求都不懂，主诉一定要简短，最多不能超过十八个字，你看你写了多少字？二十二个字！在病历书写中，语言一定要描述准确，比如：一周、两个月、半年，你怎么能写'数月'！还有，语句前后逻辑太混乱，专科检查也写得不详细，很多地方前后矛盾，漏洞百出，我都看不下去了，你给我重写去。"

汪学义尴尬地拿起来，见上面用红笔密密麻麻地画了不少叉和横线，打了很多问号，有些地方还批注着修改过的文字。他连午饭也没有心情吃，坐在科室里又重新开始写，一直写到晚上十一点才回去。这次他一共写了五十五页，写完先拿给刘克明看。刘克明又给他提了一些意见。大部分意见他都接受了，但是有些地方并没有完全按照老师的要求去改，因为他认为刘克明说的也不一定对。汪学义改完后又交给徐若谷，徐若谷看了还是觉得不行，又让他重写。他的脑袋彻底蒙了，不知道问题到底出在哪里。

当天下午，陈灵均也把自己写的大病历交了上来，徐若谷看了以后大加赞赏，第二天开交班会的时候还把这份病历当作范文向全科人展示。

汪学义问陈灵均一共写了多少页，他说四十二页。汪学义向他请教成功的秘诀，他说："关键是要查得细，记得全，写的时候注意语言的逻辑性、准确性，正确地使用修辞。"

汪学义这才认识到自己的症结所在。他又到病房重新给病人做了一次检查，详细地询问了病史，并做了笔录，然后回来开始写病历。这次果然顺利地通过了。

一天晚上，方曼云在值班的过程中收治了一位从基层医院转来的肺炎合并心衰的男孩。孩子只有一岁三个月，由于高烧持续不退，脸色是暗红的，精神状态较差，大部分时间都在昏睡，醒来就小声哼哼，似乎很难受。虽然他总是闭着眼睛，但是从睑裂的宽度可以看出，他的眼睛很大，上面覆盖着长长的睫毛，鼻子和嘴巴都长得很秀气。小病人入院后，方曼云立即按照常规的治疗方案，对他给予强心、利尿、使用扩血管药物等处理。下完医嘱后，陈灵均一直守在孩子身边观察。他观察了四十分钟，发现孩子无尿，根据自己所学的知识分析了一下，认为这是一个危险信号，提示孩子的情况没有改善。于是，他跑到医生办公室把这一情况告诉了方曼云。方曼云问护士："利尿药给了没?"护士说："刚给过。"她说："那就再观察观察吧。"

二十分钟后，孩子还是没尿，陈灵均的心里特别着急，他有一种强烈的预感，感觉孩子的病情正在朝不好的方向发展，于是再次询问方曼云是否需要采取相应的治疗措施。他走进医生办公室的时候徐若谷刚好也在里面，她到病房里亲自查看了病人，看到孩子睁开了眼睛，神志是清醒的，询问了治疗情况，认为各种措施都很得当，然后问护士医嘱执行得怎么样了。护士说还有一部分液体没有输完。徐若谷说："那就继续输液治疗。"

徐若谷是东正县最有名的儿科医生，在儿童疑难复杂病例的诊治方面具有丰富的临床经验，曾经成功地救治过很多危重患儿，在当地的口碑很好。听了主任的处理意见后，陈灵均心里想：主任的技术水平比一般人高，既然她觉得病人暂时没有什么危险，肯定也有她的道理，但愿我的担心是多余的。但是心里仍然有一丝不安，就守在孩子身边，继续观察病情变化。

半个小时后，看到孩子还是没尿，他不禁焦虑万分，又跑进医生办公室向主任汇报了这一情况。徐若谷带着方曼云再次来到病房，对病人进行了检查，发现除了无尿外，呼吸、心跳都比较平稳，各方面的情况似乎都得到了明显的改善，脸上露出一丝轻松的笑容，对陈灵均说："继续用药，继续观察。"说完便和方曼云一起回去了。

两人刚回到医生办公室不到五分钟，便听到楼道里传来急促的奔跑声，陈灵均一进门就气喘吁吁地说："快，十一床的病人不行了!"

徐若谷带着方曼云、陈灵均和当班护士推着急救车跑进病房，立即对病人实施大抢救。虽然他们用尽了各种方法想挽救病人的生命，但是由于孩子病情过急过重，最终还是以失败告终。

当所有的生命迹象完全消失以后，孩子就像睡着了似的静静地躺在病床上，圆圆的小脸、肉嘟嘟的小手和平常看上去一模一样，让人很难相信他已经永远地离开了这个世界。孩子的亲人们都守在病房里，并没有意识到发生了什么。刚刚做完心肺复苏的方曼云抬起头用询问的目光看着徐若谷，似乎在问："我们已经尽力了，怎么办?"徐若谷果断地下令："继续抢救!"靠近孩子头部的陈灵均马上又开始做人工呼吸，方曼云做胸外心脏按压。孩子就像没有知觉的橡皮人一样，小小的身体随着医生按压的动作一起一伏，任他们怎么吹、怎么按，还是没有丝毫的反应。十几分钟后，徐若谷用沉重的语气宣布："娃娃已经不顶事了，请你们节哀自重。"

此时，护士已经拔掉了输液器，陈灵均和方曼云收起所有的抢救用具，推着急救车正准备转身离去，他看到孩子的母亲和外婆同时扑到孩子面前，以为她们会抱着孩子的尸体失声痛哭。他特别害怕听到她们的哭声，因为他觉得这个可爱的孩子不应该在这么短的时间内被疾病夺走生命，是他和他身边的这些医生没有呵护好他。让他怎么也没有想到的是，那两个女人并没有哭，她们就像提前商量好了似的，一个站在孩子的头部模仿陈灵均做人工呼吸，另一个站在孩子胸前的位置模仿方曼云继续做胸外心脏按压。两人配合得非常默契，就像受过专门训练一样。孩子的父亲默默地站在一旁，瞪着血红的眼睛死死地盯着床上的孩子，似乎在等待奇迹发生。几分钟后，两个女人绝望地直起身子，发出了压抑而悲痛的哭声，孩子的父亲也跟着她们哭出了声。看到这一幕情景，在场的人全都流下了眼泪。

十一床的小病人去世后，虽然家属并没有对医生的治疗工作产生疑问，办理了正常的出院手续就走了，但是徐若谷和方曼云都觉得特别内疚。

按照惯例，每一位病人死后都要进行死亡讨论。这是医院里一项非常重要的核心制度，目的是让医生通过对死亡病例的分析，总结经验，吸取教训。讨论会就在科室内部举行，由徐若谷主任主持，儿科全体医护人员参加。主管医师方曼云首先汇报了患儿的病情、诊治及抢救经过、死亡原因初步分析、死亡诊断以及诊治中存在的缺陷和不足等情况。她没有隐瞒任何细节，非常客观地讲述了事情的经过，诚恳地做了自我检讨。她的嗓门比平时低了很多，讲到自己的失误时，声音是低沉的，脸上的神情十分沮丧。在场的其他人也一样，都显得很严肃。

等其他医护人员依次发完言后，徐若谷做了最后的总结。她认为这位患儿的主要死亡原因是心力衰竭，她对陈灵均高度的责任心和敏锐的观察力给予了表扬，批评主管医生方曼云缺乏经验，对患儿出现无尿症状未予以足够重视，最后又做了自我批评，说自己身为科主任，在病人的身体发出异常信号时反应过慢，过度相信以往的经验，被表面上的假象迷惑了，做出了错误的判断，导致病人病情进一步恶化，失去了宝贵的救治时机。

讨论会结束后，陈灵均问方曼云，为什么明知道后面的抢救毫无意义，徐主任还让他们继续抢救。方曼云说："一是为了给家属一段缓冲的时间，让他

232

们做好心理准备；二是让家属看到在抢救的过程中医生已经尽了最大的努力。不然的话，听到娃娃死亡的消息他们会觉得太突然，心理上一时难以接受。"

这件事情发生以后，徐若谷在科室进行病例讨论时十分重视陈灵均的意见，其他人也对他另眼相看，不再把他当作什么也不懂的毛孩子。陈灵均也通过这个特殊的病例认识到，在疾病面前，生命是如此的脆弱，就像流星一样稍纵即逝；人体的疾病和医学的关系，并不像人们想象的那样，一个是螺钉，一个是螺帽，只要掌握了一定的窍门，就能实现精准地对位诊断和对位治疗，面对复杂多变的病情，有时候即使是最有知识最有经验的医生也会迷失方向，做出错误的判断，只有时刻保持高度的警惕性和责任心才能减少失误发生的概率。

袁华、何宏伟、周华歆、艾慕蓉和叶华萍听说陈灵均在县医院实习，一起到宿舍来看他。肖子熠因为高考落榜了，心情不好，没有跟他们一起来，他已经报了补习班，准备下一年复读。

"你这小子可真能沉得住气，回到县上都三个星期了还悄悄地不吭声，是不是不想认这些老同学了？"何宏伟一见面就损他。

"我哪里敢呀，是想见你们不知道到哪里去找。再说实习期间工作很忙，根本没有时间出去。你现在在哪个学校教书？"陈灵均问道。

"我没当教师，改行了，在县志办上班。"何宏伟说道。

"真厉害！说不当教师真的没当教师。"

"唉，瞎混呢，这个单位也不好，暂时落个脚，以后有机会再往别的单位调。"何宏伟悻悻地说道。

"陈灵均，你将来毕业了回咱县上不？"袁华问道。

"没什么特殊情况的话应该会回来。"

"有没有可能留在县医院？"

"现在还不知道。"

"你要是在县医院里当了大夫，我看病的时候一定会来找你。"袁华毫不客气地说道。

"还有我。"

"还有我！"

艾慕蓉和叶华萍也抢着说道。

何宏伟笑吟吟地看着他说："到时候，你可要给我们走后门，让我们少花点钱。"

周华歆说："还要少受点疼。"

"哈哈，疼怕是免不了，少花点钱倒是有可能。那么，我要是找你们办事你们打算怎么照顾我？"陈灵均也不甘示弱地回敬道。

"你要是到副食公司买点心、买肉，叶华萍可以给你把秤抬高点，三斤的东西按两斤算。"袁华说道。叶华萍听了笑着直点头。

"你要是到百货公司来买东西，我给你打折。"艾慕蓉说道。

"你要是到了油矿，我让你坐免费的泵油车，想要汽油随便拿桶提。"周华歆豪爽地说道。

"那我要是进了县委大院呢？"陈灵均又把目光转向袁华。刚当上通讯员的袁华狡猾地转动了一下眼球，挥着手说："给你发放免费的通行证，亲自带你游览县委办公大楼！"

"这种空头待遇不行，应该说，想找哪位县领导办事，随便带你去找。"艾慕蓉说道。

"哈哈，这还差不多！"

陈灵均突然想起那年在师范的时候何宏伟曾经给同学当过红娘，就问他那次相亲成功了没有。何宏伟笑着摇了摇头："那女的没有看上小田，跟另外一个男生谈上了，毕业后嫁到外县了。"

几位同学胡乱说笑了一阵就走了。在简短的交谈中，陈灵均能够明显地感觉到，几位城里的同学对他的态度已经发生了很大的转变，仿佛坐在他们面前的不是那个长着一头营养不良的黄头发，衣衫破旧，人微言轻的农村小后生，而是一位有前途有地位的青年才俊。他突然有点想念自己的发小赵志刚。他在长河滩镇邮电所上班，平常很少到城里来。在陈灵均生活最困难的时候，他从来没有鄙视过他；当他在别人的眼里稍微有了点用处时，他也没有要求他为自己做什么。

二十七

周敏慧在手术室主要学习如何当巡回护士，这份工作相对比较简单，只要做好术前的准备工作，在术中遵照医生的口头医嘱完成一些治疗、护理工作，给台上递接一些药品器械就行了。她干活时，带教老师马晓艳经常站在旁边不停地唠叨："吸药前一定要看清楚安瓿上的药名，很多针剂外表长得一模一样，稍不留神就会看错。如果你不小心把10毫升的氯化钾溶液看成是10毫升的葡萄糖酸钙溶液，推注到病人的血液里，就会抑制心脏跳动，导致病人心脏骤停，甚至死亡……""做手术的时候，用盐水冲洗医生手套上的血渍或者病人的伤口时，千万不敢把酒精当成盐水，前段时间基层一家地段医院做女扎手术时，护士把装酒精的瓶子错当成盐水瓶，医生把酒精倒进病人的腹腔后，给病人造成了很大的痛苦，导致手术切口好几个月都没有愈合，家属为了这事到医院、计生办跑了好多次，到现在也不知道最后怎么处理了……"

马晓艳的话对周敏慧触动很大，她在工作中严格按照规定三查七对，丝毫不敢马虎。她平常除了完成自己的本职工作外，还要为做手术的医生提供一些特殊服务。比如，擦汗、扶眼镜、挠痒痒等。章怀素院长头上很爱出汗，做一个半小时的手术要擦三四回汗，妇产科的江雪人高马大体形又胖，脊背后面的汗能渗到衣服外面，她常让周敏慧把一整块干净的敷料垫在自己的内衣里面。崔万红医生有过敏性鼻炎，冷不丁就火急火燎地喊起来："小周，快来给我擦鼻涕，马上就要过黄河了！"她的鼻涕又多又长，大家都叫她"鼻涕大王"。

有时，周敏慧刚给外科医生刘宇杰擦完汗，冯炳琦又叫她去扶眼镜，扶完眼镜，又说脚后跟痒，她只好蹲在地上隔着袜子给他挠。刘宇杰一边做手术一边说："炳琦，我发现你有一个毛病。"

"什么毛病？"

"只要台上一有长得好看的护士，你的事就特别多。"

"瞎说！我才不是那种人呢。"

"你不是那种人？那你干吗三番五次地叫人家护士干这干那？人家都说你是老实人，我看你呀，一点都不老实。"

"我怎么不老实了？我又没干下什么见不得人的事，无非就是让人擦个汗，扶下眼镜什么的，就犯下滔天大罪了吗？"冯炳琦板着脸生气了。

"你要犯滔天大罪人家也不给你机会呀，哈哈，看你那熊样！我就喜欢看你生气时的模样！"两人半真半假地开着玩笑，周围的人都嘿嘿地在笑。

每位病人进到手术间，见到的第一位工作人员就是巡回护士。周敏慧第一次单独接待来做手术的年轻男人时，装作无所谓的样子，告诉他术前要脱下裤子自己躺到手术床上。等那人准备好后，她把无影灯打开对准手术区，将敷料一层层盖到对方赤裸的身体上时，心里其实尴尬得要命。她猜想自己的脸一定很红，不由得打心眼里感谢医用口罩的设计者为他们设计了足够大的口罩，能够把除眼睛之外的大半个脸遮挡在里面，让身旁的人无法看到细微的表情变化。

张晓凤听说手术室里做男扎的人很多，就好奇地问周敏慧："那些人真的当着你的面把裤子全脱光了？"

"没有，做腹部手术的一般脱到膝盖上就可以了。"

"每天有那么多男人光着身子在你眼皮下晃来晃去，心里是什么样的感觉？"她坏笑着问道。

周敏慧皱着眉头说："没一个好看的，都很脏！"

做手术的医生大概也很了解这个年龄段的女孩子的心理，经常拐弯抹角对她进行思想教育。

刘宇杰有一次做手术的时候跟马晓艳拉话时说："干咱们这一行的什么人都能碰上，什么事都能遇上，一定要有良好的心态，能够正确地看待工作中出现的一些特殊状况。特别是刚参加工作的年轻人，更要注意这一点。还记得前几年省医院的手术室里发生的年轻护士用手术钳打男病人的事不？回头给咱们的小同学讲一讲，千万不要让这种悲剧在咱们这里再次发生。"

马晓艳"扑哧"一声笑了："好的。我想一般人不会那么傻。"

"哎，这话你可别那么说，没结过婚的人对这种事很敏感的，说不定哪天刚好运气不好也碰上了，没有心理准备，脑子一冲动，也来上那么一钳子，那这两人的下半辈子就全完了。"

周敏慧赶紧问马晓艳怎么回事。她背过人悄悄地告诉周敏慧，有一位刚参加工作的小护士在手术开始前给一位男病人铺巾时，男病人的下体不知道什么原因突然变硬了，小护士又羞又气，骂他"不要脸，耍流氓"，呵斥他立刻恢复常态。病人也很不好意思，但就是没法控制自己。护士骂了半天见他那玩意儿还是不"听话"，慌乱之中顺手拿起一把手术钳打了一下，结果把那人的"命根子"打坏了，再也硬不起来了。男病人还没有结婚，便以影响自己生育为由将她告到了法庭上，要求赔偿自己的损失。小护士没有钱，便提出愿意和那人结婚照顾他一辈子，于是两人真的结婚了，婚后的生活可想而知。

周敏慧知道男人的生殖器对刺激很敏感，但是根据她这段时间的观察，发现男人在精神特别沮丧的情况下，是没有正常的生理反应的，尤其是那些来做

236

绝育手术的男人，不管医生怎么摆弄，那玩意儿都无精打采的跟蔫黄瓜一样。

周敏慧刚开始只负责一个手术台，后来手术室的工作越来越忙，马晓艳就让她同时照看两个手术台。这两个台子在一个手术间里，全安排的是男扎。她像兔子一样在两个台子之间来回蹿，一忙完手头的事情就站在台前观看医生的操作，心中默记着每一个手术步骤。她的心里偷偷地打着一个小算盘，准备毕业后找个机会改行当医生。她相信自己一定能成为一名好医生。

她发现冯炳琦在给一位三十岁左右的农村男人做手术时显得心神不定，不时停下手里的动作左右张望。给他当助手的刘宇杰问他怎么了，他叹了口气说："没什么。"慢腾腾地拿起手里的器械又继续进行后面的操作。周敏慧觉得很奇怪，又想不出到底哪里不对劲，依然目不转睛地看着他们怎么做手术。麻醉科的主任尤自明走过来在她肩上拍了拍，轻声问："你是不是想学怎么做男扎手术？哪天没人的时候我单独教你。"

周敏慧一下子窘得满脸通红，忙说："不是，我只是随便看看。"

"今天上午排队做结扎的人比较多，前面门口闹哄哄的秩序有点乱，这两个台子你先不要管了，出去给做手术的人安排一下次序，否则的话他们都快打起来了。我听计生办的人说，要是赶明天上午做不了的话就要罚款。"

"好的。可是我走了，谁来当巡回护士？"周敏慧迟疑地望着身后的台子说道。

"我让马晓艳来照。"

周敏慧走出门外，见门口只站着七八个人，很快就给他们安排好了手术次序，并且引导他们做了登记。等了一会儿，见再也没有来人，便回去了。她刚进入半清洁区，就被迎面走来的马晓艳笑嘻嘻地挡住了："你不要进去了，冯炳琦说，这台手术他要单独一个人做。"

周敏慧这才恍然大悟，不禁为自己刚才的"迟钝"羞愧万分。她不再"关心"台上的事情，一心一意做好自己的工作。她发现，几乎每位医生都有特殊的病人需要给予特别的"关照"。就连平常看起来为人特别正直的周云天也不例外。

下午到食堂吃饭的时候，做手术的医生和护士都坐在包间里，一边等着开饭，一边聊天，个个都说自己腰酸腿疼。桌上放着一摞空碗，横七竖八地扔着一大堆筷子，中间摆着一大盘酸菜。周敏慧把筷子整理好，一双一双递给各位老师，又把碗也分发给大家，然后在自己的座位上坐下来。

"今天有个做女扎的只有二十岁，应该是做绝育手术的人里面最年轻的吧？"周敏慧问道。

"不是，前几天还有一个十九周岁的。"马晓艳说道。

"啧啧，这也太不人道了。那么小，还没我女儿大呢。"坐在对面的尤自明夹起一筷子酸菜边吃边摇头。

"我的天哪，十九岁就有两个孩子！最起码十六七岁就结婚了。"周敏慧感到很震惊。她伸出筷子也夹了一筷子酸萝卜条放进嘴里，感觉又酸又脆，微微有点辣，但是特别爽口，不由得多吃了几口。

"农村娃娃一般都结婚早。"尤自明很平淡地说道。

"尤主任，做女扎，手术复杂，用时长，恢复慢；做男扎，手术简单，恢复也快，为什么这些超生的农民家庭大部分都让女人做，只有少数是男人做？"周敏慧疑惑地问道。

"在农村，男人都是家里的主要劳动力，身体要是出了问题，对家庭生活影响很大，所以，一般家庭只要女人没有手术禁忌症，都不让男人做。"

"看来，还是男尊女卑的思想在作怪。"

"也不是。"

"做男扎一般不会留下什么后遗症吧？"

"不好说。"

尤自明的话让周敏慧颇为费解，她越来越觉得这是一个非常复杂的话题。

"我听我老汉说，昨天晚上有一个怀娃娃婆姨跳楼跑了。"一直默不作声的江雪说道。江雪的爱人叫吴青，在县政府工作，是一位文职干部。

"怎么回事？"众人立即问道。

"那个婆姨前头生了两个女子，这次怀了一对小子，已经八个月了，本来藏在亲戚家里等着生娃，结果让人告了，叫公社干部逮了个正着。昨天晚上住在招待所里，公社干部在外头照着，准备今天拉到县医院引产。没想到半夜里那个婆姨从二楼跳下去跑了。"虽然公社已改为镇，人们还习惯地叫镇干部为公社干部。

"怀孕八个月的婆姨从二楼跳下去跑了？这不可能，肯定叫人放了。"刘宇杰说道。

"是真的。我们家吴青亲自到现场看了，不是从门口走的，窗子是开着的，床单和被套被撕开了，打成结绑在桌子腿上，估计下面有人接应。"江雪说道。

"人摔坏了没有？"

"肚子里的娃娃有没有受震？"

大家争着问道。

"不知道，现场只留下一小摊血，人目前还没有找到。"

"阿弥陀佛，但愿大人和娃娃都没事。"周敏慧双手合十喃喃地说道。

"娃娃都怀了八个月了，已经快足月了，按理说是不能引产的。"崔万红说道。

"我并不反对国家计划生育，控制人口，但是这样做太过头了！"刘宇杰愤愤不平地说道。

"是呀，这简直是伤天害理……"

众人纷纷表示难以接受。

"我不明白，那些人已经有了两个女娃，为什么还要冒这么大的风险非要生下男娃不可？"周敏慧不解地问道。

"一是传统观念的问题，二是和农村的生活环境有关。说实话，在农村，家里要是没有男娃是不行的。"马晓艳说道。

周敏慧似懂非懂地点了点头，没有再说什么。

正在这时，王师傅端着满满一大盆烩菜进来了，他放下盆，动作麻利地为众人舀好菜就出去了。周敏慧看到坐在旁边的马晓艳把碗里的肉块全都挑出来扔到桌上的空盘子里，就悄悄地问她："你也不吃肉？"

马晓艳笑着说："以前本来很爱吃肉，自从进了手术室就不想吃了。"

"我也是。每次手术一开台，闻到血腥味，看到人身上的肌肉、脂肪、内脏、骨头，和动物的差不多一个样，就不由得胡思乱想，心里感觉很不舒服。"

"都有这样一个过程，慢慢地适应了就好了。"马晓艳安慰道。

周敏慧心里想：这个后遗症恐怕很难消除，否则的话绝不会轻易地改变一个人的生活习惯。

外科主任殷志峰从省医院进修回来刚上班的第一周，便为一位重度颅脑损伤的病人实施了院内首台开颅手术。本院外科的三位骨干医生周云天、刘宇杰、冯炳琦都参与了这台手术，尤自明主任亲自为病人打麻醉。实习生们听说了以后，跑来一大群，都想进去观摩手术。

"人太多了，不能全进去，否则的话会造成病人伤口感染的。"一向慈眉善目的马晓艳站在手术室的门口拉下黑脸，将大队人马拦截在外面。实习生们面面相觑谁也不愿意离去。

"这样吧，陈灵均，你跟大家商量一下，只留三个人进来，其他人都回去。"马晓艳说道。

陈灵均把大家召集到一边开了个小会，他说："凡是目前不在外科实习的都不要去了，我是组长，先带头弃权。"他的话音刚落，马上就有四个人走了。"剩下的同学里，凡是将来不打算在外科发展的，或者觉得自己没有可能搞外科的，希望你们把这次宝贵的机会让给其他同学。"听他这么一说，苏雅玲和另外一位男同学也走了，只留下杜海军、范睿、折志明三个人。他们一直到凌晨一点才回到宿舍。

第二天早上刚一起床，三位男生就兴奋地议论起昨天的所见所闻，一副意犹未尽的样子。

"殷主任可真胆大，一下子就把病人的颅骨钻开了，那么大的手术做起来就跟玩似的，边做手术还边跟人开玩笑，看起来特别轻松。"

"病人打了全麻以后，瞳孔放大了，一点意识都没有，就跟木偶似的，任由别人摆布。等他苏醒以后，肯定很难受。"

"他做手术前已经啥也不知道了，难受不难受，恐怕一时还感觉不出来。"

……

"好了，你们别在这儿议论了，故意让人羡慕不是？"陈灵均没好气地说道。

几位男生嘿嘿笑着不说了。

经过一段时间的学习，几位外科的实习生已经从器械师、四助、三助、二助，渐渐地被带教老师提携到了一助的位置上。

这天下午，手术室里安排了一台由刘宇杰主刀的阑尾切除术，杜海军和折志明早早地就来了，刘宇杰刚一露面，两人便跟在他屁股后面刘老师长刘老师短不停地跟他套近乎。刘宇杰一边微笑着跟他们打招呼，一边提醒自己的徒弟苏雅玲刷手一定要刷彻底。杜海军刷完手举着两只胳膊往手术室走的时候恰好碰上了周敏慧，她奇怪地问："你师父今天不是没手术吗？你跑来凑啥热闹？"杜海军调皮地挤了下眼睛小声说："蹭手术。"他进门后笑嘻嘻地和折志明站在刘宇杰的对面想给他当一助，没想到刘宇杰却说："杜海军、折志明，你俩过来，站到我后面，那个位置是苏雅玲的。"杜海军尴尬地咧了咧嘴，只好乖乖地和折志明站在三助和器械师的位置上。因为二助的位置上是冯炳琦。苏雅玲一进来，刘宇杰便温和地对她说："赶紧准备好，我们要开始了。"苏雅玲反应比较慢，老是跟不上刘宇杰，有时一紧张还会犯错，幸好有冯炳琦及时补救，才不至于影响到整台手术。每次刘宇杰批评她，她缩着脖子咯咯一笑，说："师父说得对，我下次一定改正。"一台手术不知道做了多少次保证，还是改不了自己的毛病，把杜海军和折志明看得又着急又窝火，恨不得一把将她拉下台子自己替她去做。

就在这台手术即将结束时，旁边的手术间里又开了一台急诊手术，殷志峰和周云天带着周云天的学生范睿做。病人得了急性肠梗阻，来的时候已经休克了。范睿见没人跟自己抢位子，高兴得脸上都乐开花了。

晚上，杜海军闷闷不乐地回到宿舍，在范睿面前埋怨刘宇杰不够意思，放着自己的老乡不照顾，一心偏袒外县人，而且还是个女生。

"你们这两个傻帽儿知道为什么吗？"范睿故作神秘地问道。

"为什么？就因为她人长得漂亮，嘴巴甜，笑得好听？"杜海军没好气地反问道。

"不是。刘老师想把苏雅玲介绍给他的表弟，让她当自己的表弟媳妇。听说两人已经见过面了，苏雅玲还没有表态。"

"哦，原来如此！怪不得刘老师平时对她那么关心。"折志明这才反应过来。

"海军，你还是好好地跟你的师父冯炳琦学吧，他的手术做得好，人也很不错，前几天还在其他老师跟前夸你脑子聪明，手底下也利索。"

"人家不是想多练练手嘛。"杜海军说道，"要说县医院谁的手术做得最好，我看要数章院长。他的手法特别细腻，病人术后出血不多，伤口恢复得也快。"

"可他做得太慢了，做手术的时候见不得一点血，就像有强迫症似的。我比较喜欢看周云天老师做手术，他的思路非常清晰，手上的动作特别利索，简直就像开着飞机在跑，你必须高度集中注意力才能跟上他的节奏，稍一眨眼就被他丢下好几里地。"范睿说道。

"他的动作的确很快，但是缺点就是太粗糙了。"折志明说道，"我觉得还是殷志峰主任最厉害，他既胆大又心细，不慌不忙的，压得特别稳，会做的手术也比一般人多，可惜他不亲自带学生，不然的话我非拜他为师不可。我发现我现在特别喜欢神经外科，将来有机会的话一定要在这方面好好发展。"

"唉，我要是个漂亮女孩就好了，把这些老师的表哥、表弟、小舅子全都搞定，看他们肯不肯好好教我。"杜海军两手交叉着枕在脑后仰面躺在床上，对着天花板叹息着说道。

"你要敢脚踩几只船，那几位男老师非把你大卸八块不可！不过，你也可以考虑跟他们的表姐、表妹、小姨子什么的谈谈恋爱，没准谈成了还能分到县医院。"范睿说道。

"看他黑胡子麻碴的，一天脸也不擦，脚也不洗，胡子也不好好刮，就跟毛野人一样，哪个女子稀罕他！"折志明不屑地说道。

杜海军大叫一声用被子捂住了脸。

第二天下午，刘宇杰来到手术室请大家下班后到外面吃饭。原来前一天做了肠梗阻手术的病人是他的亲戚。周敏慧第一次遇到这种事，不知道该怎么办。她问马晓艳去不，马晓艳说家里孩子小，没人陪，要回家看孩子。周敏慧又问其他几位护士去不去，有的说去，有的说有事不去。她还是没主意，就问一起上过手术的范睿去不。他说晚上想看书不去。周敏慧便对主任说自己也不去。

"你晚上有事？"尤自明问道。

"也没什么事，我觉得自己去了不合适。"她说完发现自己这样回答很笨，应该说个理由才对。

"那就一起去红火红火，反正都是自己人，不用见外的。"尤自明劝道。刘宇杰也再三邀请她，她实在推辞不掉便跟着他们去了。到了地方才发现，来的大部分都是医生和麻醉师，说是吃饭，其实主要是喝酒，吵吵闹闹持续了好几个小时。她不会喝酒，也跟大家没有共同话题，干坐着很不自在。

吃完饭已经是晚上九点钟了。她在酒店上完厕所向外走的时候，听见刘宇杰跟他的亲戚在包间里一边收拾东西一边说话。

"喝了多少？"

"一共是六瓶白酒，两箱啤酒。"

"这些哈尿可真能喝！"刘宇杰笑着骂了一句。

听了他的话，周敏慧觉得自己身上就像沾了一层又腥又臭的黑油似的，特别难受，恨不得一头跳进河里把身上的脏东西全都冲洗干净。

在手术室连续高强度地工作了二十多天后，这位活蹦乱跳的小姑娘已经变得疲惫不堪，只要一停下站着都能睡着。但令人奇怪的是，只要一听到有人喊她，瞬间就会清醒过来，并且能以最快的速度准确无误地完成自己的工作。一

242

天下午，一位护士临时有事要出去，让她帮忙照看一下自己主管的手术台，她同时要兼顾三台手术，耳朵里接连不断地接到来自不同方向的命令，这个还没有完成，那个已经迫不及待地在催了，她不得不一直小跑，还是手忙脚乱，顾此失彼。

"怎么这么慢？这是在做手术，又不是在磨洋工，一群人等着你慢悠悠地散步是不是？"正在做女扎手术的江雪厉声呵斥道。她踮着脚尖把左手伸进狭小的切口内，在厚厚的脂肪层下面用两根手指费力地往上捞细细的输卵管。输卵管太深太滑，她的手指又短，怎么也捞不上来，急得直叫唤。

周敏慧跑过门槛时差点被绊倒，匆匆忙忙地将江雪要的止血钳递给她，又跑进另一个手术室为外科大夫夹碘酒棉球，感觉自己整张脸和两个眼皮都在发烧。

周敏慧一直忙到晚上七点才下班，吃完饭，天已经黑了。她提着一暖壶开水迈着沉重的步子走到住院楼背后，突然想起白天的事心里特别委屈，就背对人站着，用手背偷偷擦拭脸上的泪花。

"才下班呀，我帮你提回去吧。"身后突然传来陈灵均的声音。她窘迫地回过头，见他已经提起暖壶走到前面去了，赶紧跟了过去。

陈灵均一进女生宿舍，里面立刻传出一片欢迎声。他慌慌张张地放下暖壶要走，周敏慧说了声："我送送你。"跟着他一起出了门。

陈灵均见周敏慧神色不对，就问她怎么了。周敏慧把江雪训斥她的事说了一遍。陈灵均说："我觉得她不一定是对你有意见。这段时间妇产科手术本来就多，还要完成结扎任务，江雪和他们科的三名医生已经连续两个月没有休息了，每个人都特别累，心理压力也很大，情绪难免会有一些波动，你要理解她，原谅她。"

"可她也不能用那么难听的话说我呀，我怎么散步了？明明是在跑嘛，难道她看不见？"周敏慧很不服气。

"江雪那人就那脾气，说话又直又冲，很多人都说受不了她的脾气，但她是个有口无心的人，说不定今天说了明天就忘了，绝不会因为这样一件小事改变对你的印象。你在手术室工作认真，人又勤快，和各位老师相处得很好，这是大家有目共睹的事实，谁也抹杀不了。这件事既然已经过去了，就不要再想了，多想只能给自己增加不必要的烦恼，你说对不？"陈灵均认真地分析道。

周敏慧点了点头，脸上的表情轻松多了。她突然停下脚步，面对他站着，伸出一只手从他头上摘下一根小小的白色羽毛，举到他眼前笑着让他看。当她的衣袖和手指轻轻碰触到他的脸颊和发梢的时候，一股电流穿过他敏感的肌肤，让他的身体突然摆脱了地心的引力飞到了天上。四周朦胧的灯光化作满天的星星在他眼前闪闪发亮，身旁穿着短风衣的女孩飘飘若仙，仿佛从遥远的天宫降临到了人间。

陈灵均完全忘记了自己是怎么走回宿舍的。那天晚上，他又一次失眠了。他发现，这个可爱的女孩已经悄悄地走进了他的心里。他喜欢她单纯善良的性格，优雅大方的气质和清纯美丽的模样。他一遍遍默念着她的名字，感觉自己的心在怦怦乱跳。然而，一想到自己丑陋的外貌和贫困的家庭，他便浑身冰凉心灰意懒。如果说周敏慧是生活在一尘不染的宫殿里的白雪公主，那么他就是在黄泥中翻滚着长大的小矮人；如果把她看作人见人爱光芒四射的艾斯梅拉达，那么他就是心怀痴念自惭形秽的卡西莫多。他深深地吸了一口充满了浓重的脚汗味和淡淡的烟草味的空气，望着黑暗的房间里微微泛着白光的窗子，疑惑而又痛苦地问那位主宰自己命运的天神：在这个世界上，到底有没有一个像梦中的"飞浪逐雪"那样的女孩，不在乎金钱和地位，不看重外表，只爱他朴实无华的心灵？然而，除了室友熟悉的鼾声和外面公路上嗒嗒的拖拉机声外，他没有听到任何回响。

二十八

陈灵均到内科报到的那天下午，护士长王艳敏和护士朱婷站在门口的桌子前正对着几张试卷发愁，一见到他就像见了救星一样高兴地说："小陈来了，快帮忙答一下卷子。"

"什么卷子？"陈灵均问道。

"是我上函授大专的试卷，这段时间太忙，没怎么看书，我俩半天都翻不着答案。"朱婷说道。

"可我是中专生，没学过大专课程，会答吗？"陈灵均忐忑不安地问道。

"你学得那么好肯定能行。"护士长似乎对他很了解，笑着把他按到椅子上，朱婷将一支钢笔递到他手里。

陈灵均看了一下，一共有两套题，分别是内科学和病理学的试卷，便试着答了起来。试题都很简单，题量也不大，他很快就答完了，把卷子交给朱婷让她检查。

"不用检查了，肯定没问题。"朱婷马上就打发人往学校寄。

"朱老师，你在临床上工作了大概快二十年了吧，还这么有上进心，真让人佩服。"陈灵均感叹地说道。

"不学不行呀，现在中专文凭在社会上已经吃不开了。听说以后没有大专文凭就不让晋升副高，我也是被逼的，不然的话，都这把年纪了，上有老下有小的，哪里学得进去。"朱婷说着自己也忍不住失笑起来，干裂的嘴唇上黑色的血痂被绷开了，淌出了鲜血，她连忙掏出手帕捂在嘴上，"我这人一着急就上火，一点出息都没有。"

"小陈，你有没有参加自考？"王艳敏关心地问道，"咱们医院有几个年轻医生已经报了，还有两个省卫校的实习生也在参加考试。"

"没有。什么是自考？"

"自考就是自学大专院校的课程，然后参加全省统一考试，只要所有的课程全部过关就给发毕业证。"

"哦，这样挺好的，不用脱产，还省钱，我回头跟他们了解一下。"

内科的医生办公室也设在护士办公室内，陈灵均瞥见里面有一男一女两名医生和两个其他学校的实习生，不知道哪个是主任，就问王艳敏："罗主任在不？我还没跟他报到呢。"

"他到病房去了，你稍微等一会儿，应该快回来了。"她的话音刚落，一位身材高大、面色白净、高鼻梁高颧骨的男人从外面走了进来，一进门就嚷着说："刚才是谁在找我？"

"哈哈，耳朵真尖，是来咱们这儿实习的卫校同学。"王艳敏笑着说道。

"你叫什么名字？"罗晨阳边朝里走边歪着脑袋问。

"陈灵均。"

罗晨阳冲他笑了一下说："你们学校不是还有一个实习生吗？"

"对，他叫汪学义，上周他爸爸病了，他请了几天假回去照顾老人，估计下周就来了。"陈灵均答道。

罗晨阳走到办公桌的中间坐下，指着身旁正在写病历的女医生说："这是咱们科的钟锦华大夫。"钟锦华抬起头用非常灵活的大眼睛扫了他一眼，很矜持地笑了一下，又低下头去写病历，耳垂下面的黄金吊坠在脖子旁边来回乱

245

颤。这位女人二十三四岁的样子，眉毛画得又弯又长，嘴上涂着深红色的口红，面部的皮肤十分有光泽，大褂里面穿着深紫色的高领毛衣。罗晨阳又斜着身子从钟锦华背后吃力地拍了一下坐在她左边的那位戴着银边眼镜的男医生："这是陈淳，他的业务比较全面，专业理论特别扎实，看病看得很好。从明天开始，你就跟着他学习吧。那两位同学是渭南中医学院的实习生。"

陈灵均连忙和男老师男同学分别握了手，对钟锦华只是礼貌地点了点头。

陈淳看起来有三十多岁，黄里泛白的肤色一看就是长期待在室内缺少阳光照射的缘故。从坐相看，他的个头不高，身体比较瘦弱，但是举手投足之间颇有几分书卷气。他歪着脑袋把紧抿在一起的嘴唇拉成一道向上的弧线，略微有些松弛的双眼皮下面闪烁出真诚热情的目光："我听徐主任提起过你，欢迎你来内科实习。我也是卫校毕业的，咱俩是校友，说不定将来还有可能成为同事呢。"

"我也是卫校毕业的，钟锦华也是。其实，咱们医院大部分医护人员都是从卫校出来的。"罗晨阳立刻说道。

几个人就像对上了联络暗号的地下党似的全都笑了。

陈淳向陈灵均了解了他的基本情况后，问他有没有想过以后朝哪个学科方向发展。陈灵均毫不犹豫地说："内科。我在学校的时候就已经想好了，准备在你们科多实习一个月。"

陈淳赞赏地点了点头："好好学，以后医院要发展，主要靠你们这些年轻人。"

正在这时，一位干部模样的男人拿着心电图报告单进来让陈淳看。陈淳没有直接看单子上的结论，而是把心电图纸铺展开来，仔细地查看上面的波形变化。看完后，他示意陈灵均到身边来，其他两名实习生也主动围拢到他跟前听他讲解。他指着上面密密麻麻的波形说："这个病人有室早，二联的三联的都有，看这里，还有这里，都是。你们再看这儿，ST－T段明显压低了，其方向与QRS波主波方向相反，T波倒置，Q－T期延长，右侧分支有二度房室传导阻滞……"

讲完后，他转身对那名男子说："你爸爸是冠状动脉缺血性心肌病，现在心肌供血不好，还有心律不齐，前几天刚发生过晕厥，应该住院治疗。你和家里人商量一下，同意住院的话我就给你们开单子。"

那个男人说："不用商量了，我就可以做主，你把住院证开了，我现在就去缴费。"

陈淳让陈灵均把住院证开好，在上面签了名，交给病人家属去办理入院手续。陈灵均把桌上的心电图报告单拿起来对照了一下检查人员的结论，与陈淳的诊断完全吻合，暗暗佩服他的阅图能力。虽然陈灵均在学校学过一点简单的心电图知识，但是仅凭那点知识根本无法读懂这些复杂的心电波，只能依赖医技人员的分析报告做出判断，这让他认识到要当好一名内科医生，特别是心血管内科的医生很难。

几分钟后，一位七十多岁的老人弯着腰颤巍巍地走了进来，站在办公桌前，面无表情地对陈淳说："我孙子感冒了，给我开一盒感冒药。"陈淳详细地询问了孩子的年龄和症状，开药前笑着问："用你的名字开？"

"可不，这群龟孙子就知道吃他爷爷！"老人恼火地骂了一句，接过处方，整整齐齐地折叠好放进衣兜，又颤巍巍地出去了。

老人走后，陈淳对陈灵均说："这是住在十九床的老病号李佑山，患有高血压、冠心病、肺气肿、慢性萎缩性胃炎、退行性关节炎等多种疾病，每年都要来咱们科住好几回院。他是新中国成立前的老干部，退休以后工资很高，医药费国家全额报销，他的儿子和儿媳妇都没有正式工作，家里七八口人一年四季的药费全都让他一个人包了。老汉脾气很倔，他要是喜欢谁，你在他跟前怎么着都行；他要是看着谁不顺眼，连眼皮都不想抬一下，一句话说不对就会开口骂人，家里人都很怕他。你可不要轻易招惹他，跟他说话要像哄小娃娃一样，耐心一点，语气温和一点，只要把他哄高兴了，你让他干吗他就干吗。"

陈灵均默默地点了点头，有点疑惑地问道："一般干部的药费不报销吗？"

"大部分单位都不报销，只有少数经济条件比较好的单位按职工的工龄和职务报销一部分医药费。咱们病区里像李佑山这样的老干部一共有三个，情况都跟他差不多。"

护士办公室里走进来一位五十岁左右，穿着一身灰蓝色西装，气质十分儒雅的男子，他的手里拿着一个黑色的皮包，一进门就像到了自己家似的，把包放在桌子上，低下头整理里面的东西。医生办公室里的人全都站了起来，罗晨阳第一个走过去，紧紧地握住他的手问："章主任，你回来办调动手续来了？"

被他称作章主任的男子和蔼地笑着说："是呀，手续太多，一次两次还办不完。"

"彭向东、孙淑敏大夫现在和你都在地区医院上班吧？"

"对，我分到内二科了，彭向东在外一科，孙淑敏在妇产科。他俩比我去得早，我是这批人里调去最晚的一个。"

说话间，陈淳和钟锦华也先后走过去跟章主任握手问好。

"真舍不得让你们走。你们都是咱们医院几位元老里技术水平最高的医生，这一走，医院里就没有几个能看过眼的大夫了。"罗晨阳惋惜地说道。

"哎，可不敢那么说，叶知秋院长，徐若谷、李思贤主任不是还在嘛，他们在各自的专业里头也很厉害。刘焱哪儿去了？我要找他提档案。"章主任问道。

"他早上查房的时候来过，现在可能到别处去了。"

"那我再到其他地方找找。大家都工作忙，不打扰你们了。"章主任又分别跟众人一一握了手，便拎着皮包走了。

"刚才来的那个人就是1982年从交道公社医院调到县医院工作了八年，不久前又调到地区医院的章会珉主任，他是温州医学院毕业的六年制临床医学专业的大学生，人特别聪明。20世纪70年代刚开始到基层医院上班的时候，他在特别简陋的条件下想尽一切办法开展业务，曾经用自制的输液器给病人输液，自己消毒自己打麻醉在病人家中做剖腹产手术，用几根橡皮管连接在一起制作成蘑菇头导尿管，成功地给一位男病人实施了前列腺切除术，还和彭向东大夫一起先后开展了脾切除术、肝修补术、胃大部切除术，技术水平比县医院还高。"陈淳向陈灵均介绍道，"他调到县医院以后搞了内科。原来县医院里还有一批上过工农兵大学的北京学生和外地来的插队学生，跟他年纪差不多，现在全都调回去了。"

这时，一位穿着褪色的蓝工装长得五大三粗的男人风风火火地走了进来，人还没进门，声音先传了进来："哈哈，陈淳，你在呢。我妈的老毛病又犯了，这几天就住在我们家里，你知道，后面的山高，她的腿不好走不动，你能不能下班以后到我们家来看看？"

"能行。柏明，你这家伙这段时间忙啥着了？平常没事还见不了你的鬼面。"陈淳笑着说道。

"瞎忙呢。粮站这段时间加工的面粉多，任务很重，我白天干一天，晚上还要加班。今天出来都是请了假的。"柏明呵呵笑了两声，说话的语气显得很急。

"那你赶紧忙去吧，我一下班就来，你们家我能找着。"陈淳说道。

"啊呀，我们这家人爱害病，常来麻烦你，真不好意思。"柏明用手搔了搔头难为情地说道。

"没事，咱都是老熟人了，不要见外。"

柏明走后，陈灵均问陈淳："这是谁呀？"

"我跟他都住在后山上，相互认得。"陈淳笑着说道。

下午上班后，陈灵均给新入院的病人送了一张处方刚从门里出来，看见护士长王艳敏端着治疗盘站在楼道里跟朱婷说悄悄话，两人的神情十分诡秘。王艳敏不顾朱婷为难的神色，硬把治疗盘塞到她手里，便匆匆走回护士办公室。朱婷不知所措地站在那里，似乎有些愣神。当陈灵均走过她身边时，她一把拉住他问："你扎过针没？"

陈灵均说："只在学校的时候给同桌扎过一次。"

朱婷马上把手里的治疗盘递给他说："你去给十六床的病人吊一下针。"

陈灵均既惊讶又紧张，忙说："朱老师，我的水平不高，万一——针扎不上怎么办？"

"没事，那就多扎两针。"

"为什么呀？你不是扎得好好的嘛。"陈灵均不解地问道。

朱婷犹豫了一下，把他拉到一边，小声说："干脆实话告诉你好了，十六床的病人和护士长是一个村的，他年轻的时候是村霸，经常欺负护士长一家，护士长心里特别恨他，但是又不能明着报复，就让我替她多扎两针解解恨。我这人性格比较弱，平常跟人好说话，感觉跟人家无冤无仇的，下不了手，所以就想请你帮这个忙。"

"可是我……"

"去吧，赶紧去吧，咱们在这里站得久了让别人看见了不好。"朱婷不由分说把他推到了病房门前。

陈灵均站在门口，不知道为什么脑子里突然想起了电影《闪闪的红星》里的胡汉三，还有他们村的蹲点干部孟正虎，他们都是他这一辈子最痛恨的人。他听说孟正虎离开他们村后在县上当了大官，但令人纳闷的事，自从他来到县城以后，从来没有人在他面前提起过这个人，就像在世界上神秘地消失了一般。向阳村不少老百姓至今说起孟正虎还恨得牙根痒痒，诅咒他会遭到报应，难道他真的被报应了？不可能。他马上否定了这样的想法，甚至还毫无缘由地认为，他现在要去"整摆"的这个人，说不定就是那个即使剥了皮他也能认得的孟书记。就在他义愤填膺地准备以正义的名义去对"恶人"进行惩罚时，突然又想到，医学界倡导人道主义精神，老师曾经在课堂上说过："在医生的眼睛里，这个世界上没有好人、坏人、敌人和仇人，只有健康人和病人。哪怕是临刑前的杀人犯有了病，也有被救治的权利。"于是就想，别说是护士长的仇人，就是他自己的仇人，也不能进行报复。

推开门，他在病房里按照床号去寻找和大脑中那两个坏人相像的面孔。当他看到传说中的"村霸"时，一下子愣住了。那是一位十分瘦弱的老人，蜡黄的脸颊带着明显的病态，眉眼间没有一点凶狠之态，甚至还透着几分慈祥，牙齿几乎全掉光了，下巴下面松弛的皮肤就像高温下融化的红薯糖一样，没有了清晰的轮廓，软塌塌地堆积在脖子上面。老人躺在床上不停地喘息着，呼吸十分困难。别说让他现在去杀人放火，就是递给他一根木棍让他拄着走，都有可能被自己软弱的腿脚绊倒。看到这位年轻的男实习生来为自己输液，他没有露出丝毫的怀疑，主动挽起袖子让他扎针。老人的胳膊没劲儿，袖子只捋起来一点又掉下去了，一旁的儿子赶紧帮他用力挽到肘部。看到老人颤巍巍的动作，陈灵均竟然为自己拙劣的穿刺技术感到担心，生怕不小心扎疼了他。老人胳膊上的肉很少，薄薄的皮层下面就是血管，陈灵均刚把针头扎进去就看见输液器里有回血了。

"扎得真好，谢谢你，大夫。"听到老人的夸奖，陈灵均的脸红了。

他从病房出来后，一直在楼道里等待他的朱婷立刻迎上来迫不及待地问："扎了几针？"

他有点窘迫地回答说："我也不知道咋回事一针就扎进去了。"

"没事，咱们回去就给护士长说扎了三针。"

"朱婷，给十六床扎了没有？"王艳敏一边整理柜子里的东西，一边问。

"扎了，遵照你的指示扎了三针，可把他疼坏了。"朱婷一本正经地说道。

王艳敏转过身来用吃惊的目光看着她，嗔怪地说："呵呵，你还真能下得了手。说实话，连我自己都没有那个勇气。你们不知道他这人以前心眼有多瞎，做过多少坏事，我小时候特别害怕他，每次放学的时候路过他家门口都要绕着走，远远地一看见他就吓得直打哆嗦，直到现在有时候想起来还会气得流下眼泪。他现在老了，看上去可能没有以前那么厉害了，但是他留在我心里的伤痕永远也无法愈合，"护士长说着说着眼圈又红了，"谢谢你。"

"没事，咱俩谁跟谁呀。"

朱婷偷偷地看了陈灵均一眼，两人会心地笑了。

第二天正好是科室大查房的时间，陈灵均跟着罗主任和各位老师把所有的病房都走了一遍。

内科一共有九间病房，开设三十张病床，一个病房里最少住两个人，最多住六个人。医院没有感染科，内科也收治一些传染病。像肺结核之类传染性极强的呼吸系统疾病都单独隔离开，安排在楼道另一侧的干部病房里，乙肝、甲肝病人则住在普通病房里。虽然表面上说第一间和第二间病房是传染病房，实际上第二间病房里还住着几名患有其他类型消化系统疾病的病人。在其他病房里，不管是消化系统、呼吸系统、神经系统、心血管系统，还是泌尿系统的病人，也不管是男是女，都混住在一起。陈灵均查完房后，暗暗地想："为什么不把传染病人隔离开，把呼吸系统的病人和消化系统的病人也与其他的病人分开管理？这样既能避免交叉感染，也有利于进行临床研究。"在收治病人的过程中，他很快就找到了答案。内科大部分医生都没有自己的专业特长，平常萝卜白菜一盘抓，逮着什么病看什么病，来了什么病人就收什么病人。在所有的医生当中，来找陈淳看病的人最多。陈淳勤奋好学，为人谦和，没有一点架子，不管谁叫他看病，总是随叫随到。他不仅教给陈灵均一些专业知识和专业技能，还教他给一些跟病人沟通的技巧，陈灵均为自己遇到了一位良师益友深感荣幸。他回顾了一下自己在儿科的学习经历，总结出一条经验：病人入院后前三天的观察和治疗非常重要。所以，平时一忙完工作就到病房里去转，随时了解病人的病情变化和治疗情况。

星期一下午下班后，陈灵均在大灶上吃完饭，早早地来到病房里查看病人。他刚走到六号病房门口，就听到里面传来一位老人的吼骂声。进门后，一眼就看见李佑山气呼呼地躺在靠近门口的病床上，脸朝墙扭着。儿子和儿媳表情很不自然地站在一旁，凳子上放着一个带盖的小饭盆。

"陈大夫，吃了没？没吃的话一起来吃饭。"二十一床的陪人翟明礼坐在床边的凳子上热情地招呼道，他正端着饭碗服侍生病的妻子曲晓娴吃面。曲晓娴是一名高血压患者，和二十床的白新荣是同时住进来的。

"不了，我已经在大灶上吃过了。"陈灵均摆着手含笑说道。

"喝米汤不？我们下午带多了，还剩一大碗没喝。"白新荣的妻子也忙不迭地说道。白新荣夫妇都是农民，儿子在街上做生意。

"不喝了，我吃得很饱，你们喝吧。"他礼貌地推辞道，然后走到李佑山儿子身边轻声问，"老人家怎么了？"

还没等那人说话，李佑山便生气地抢着说："自从我住院以后，他们没给我送过一顿好饭，昨天我说要吃鸡肉，他们今天才给我拿来，肉根本就没有做熟，把他老子的牙都快硌掉了还咬不动！你说这些娃娃到底安的是什么心？把没有做熟的肉端来给我吃，这不是存心想毒死我吗？"

"爸爸，你怎么能这么说话？我是你的亲儿子，怎么会害你？你昨天要吃鸡，不遇集，街上买不到。今天中午一买回来就赶紧杀了给你炖，鸡是我买的，梅琴做的，咱家的高压锅坏了，有点漏气，她怕炖不熟，专门在炉子上多炖了半个多小时，可能是鸡有点老了，所以没有炖烂。今天晚上我拿回去再炖一会儿，明天给你端来还不行吗？"儿子用既委屈又畏怯的语气说道。

"再端来我不吃了！不想吃了。"李佑山一拧身子竟抹起了眼泪。

陈灵均把饭盆揭开，见里面除了鸡肉块，还炖着土豆和粉条，故意闻了一下说："好香呀，谁说这饭里有毒不能吃？要是没人吃的话我就端到楼下的院子里给要饭的吃，刚才我上来的时候有两个要饭的正在食堂门口要吃的，这会儿肯定还没走。否则的话倒了太可惜了。"

李佑山斜眼看着他说："我可没说要倒掉。"

陈灵均端着饭盆走到他身边笑着说："李老先生，作为一名医生我可以非常负责任地告诉你，没有炖烂的鸡肉是没有毒的，不会吃死人。这里面的鸡肉虽然咬不动，土豆和粉条都炖得很烂，你肯定咬得动，我建议你今天晚上先把这两样东西挑出来吃了，如果和肉一起再炖的话就变成糊糊了，另外喝点热鸡汤也很有营养，你胃不好，鸡汤比肉更容易消化。"

陈灵均看到李佑山脸上的表情发生了变化，赶紧朝他儿子挤挤眼睛。那个男人马上走过来弯下腰对父亲说："爸爸，我喂你吃点菜，喝点鸡汤吧。"

李佑山的鼻子里徐徐地喷出一股气，噘着嘴嘟囔着说："那就听小陈医生的，再吃几口。"

陈灵均见老人已开口吃饭就笑着说："这样就对了嘛，光吃药不吃饭怎么能治好病？"

坐在旁边的翟明礼接着又说："他叔，你仔细想想，这两个人又不是傻子，你老人家是国家的宝贝疙瘩，也是家里的宝贝疙瘩，要是没有你，哪里来的这一大家子人？一家人哪里能过上现在这么好的日子？再说，你现在虽然有病，可是退休工资还照样拿着，守着你就等于守着一个会生钱的聚宝盆，娃娃们恨不得怎么心疼你，哪里舍得谋害你！真要是不想让你活，早把你一个人丢在家里饿死了，一有病就把你送到医院，还天天做饭给你吃，这么孝顺的儿子媳妇你到哪里去找？"

他的话刚说完，一屋子的人都笑了起来，李佑山也不好意思地笑了。

陈灵均又走到白新荣的床边问道："今天的药按时吃了没？"

"吃了。"

"几时吃的？"

白新荣的儿子看了看表说："大概是十分钟前吃的。"

"吃饭怎样？"陈灵均看着白新荣苍白的脸色问道。

白新荣躺在床上有气无力地摇了摇头："老是觉得心口子难受，吃不进去。"说话间，又做了一个干呕的动作，儿子连忙把床底下的痰盂端起来放到他下巴底下，妻子也快步走过来把他扶了起来。

"是不是恶心、想吐？"陈灵均问道。

他点了点头。

"今天吐了没？"

"上午吐过一次。"儿子替父亲答道。

"几点吐的？里面都有些啥？"

"好像是九点左右，里面都是吃进去的饭。"

"下午饭是几点吃的？"陈灵均从口袋里掏出一个小本子飞快地记录着。

"你进门前半个小时吧。"

"大小便正常不？"

"小便基本正常，就是有点拉肚子。"

"一天拉多少回？"

"从早上到现在一共是四回，护士刚才已经问过一遍了。你们这医院到底是咋回事？光这个大小便一天要问好几遍。"病人的儿子似乎被问得有点不耐烦了。

陈灵均没有理他，又走到曲晓娴身边，像老熟人一样问道："阿姨，今天感觉怎么样？"

曲晓娴的脸颊看上去有些浮肿，但是精神气还不错，她边吃边说："好点了。"

"比刚来的时候强多了，血压现在不高了，头也不太晕了，就是晚上睡得还不好，老是翻身说睡不着。"翟明礼端着饭碗替老伴答道。翟明礼是县防疫站的副站长，已经到了快退休的年纪，还像年轻人一样精干利落，精力十分充沛，花白的头发理得很短，脸上的皮肤光滑而富有弹性，修长的眉毛下面，一双饱经风霜的眼睛透出炯炯有神的目光，鼻梁宽而直，鼻翼比较大，从厚厚的嘴唇里发出的声音既亲切又温和，一点也没有官腔，身上穿着质地很好的浅灰色夹克衫，衣襟随意地朝外敞开着，露出雪白的衬衣。

"哦，我一会儿给陈老师说一下，晚上可以给你加一点帮助睡眠的药物。"陈灵均说道。

曲晓娴刚把一口饭嚼到嘴里，旁边突然传来很响的打嗝声，紧接着"哗啦"一声便有人吐了。她用复杂的眼神看着自己的丈夫，艰难地咽下了嘴里的饭菜，把饭碗推开表示不想吃了。

陈灵均已经走到正在呕吐的白新荣跟前，仔细地观察他的呕吐物，并在本子上飞快地记录着，似乎对难闻的气味没有丝毫知觉。

陈灵均走后，白新荣的儿子清理完地上的污垢问翟明礼："刚才来的是什么人？"

"一个实习生。这娃娃很勤快，一天到病房里来看好几回。"翟明礼赞赏地说道。

"哦，我还以为是个医生呢。实习生娃娃能干了甚？顶多替医生跑跑腿，传个话什么的，看病主要还是靠人家有经验的老大夫。"那人不屑地说道，"我爸都住了两天了，又吃药，又吊针，病一点都不见好转，这个名叫陈淳的医生到底行不行？人家都说他很有本事，我咋觉得就那样呢？"

"你这娃娃咋这样说话，才住了两天急什么！再治上几天看嘛。"白新荣的妻子连忙训斥道。

年轻人大概也意识到自己说话太唐突，便不作声了。

"真是对不起，我的肠胃不好，害得这位大姐连饭都吃不成。"白新荣边用卫生纸擦嘴，边愧疚地说道。

"没事，都是病人，用不着见外。要是没毛病，谁也不会到这种地方来。"曲晓娴大度地说道。

"是呀，人活在世上，啥都可以有，千万别有病，自己受罪不说，别人也跟着受累。"白新荣的妻子也随声附和道。

翟明礼从床边站起来，用爽朗的声音说："人家上学时在一个宿舍里住的叫室友，当兵时在一个部队待过的叫战友，你们看病的时候在一个病房里住着，应该叫病友。既然是病友，就谁也别嫌弃谁，相互团结，相互鼓励，争取都早点治好，早点出院！"

"你说得很对，好好治病，争取早点出院。"白新荣有气无力地说道。

二十九

星期四下午的病历讨论会上，陈淳说，他主管的一位扩张型心肌病合并心衰的患者诊断明确，用药合理，但不知何故入院三天了病情丝毫不见好转。罗晨阳仔细地研究了这个病例，也觉得很奇怪，自言自语地说："这到底是什么原因呢？"他把目光投向众人，"大家都说说看。"

科室的人谁也说不出个所以然。

这时，陈灵均突然说："我知道是什么原因。"

所有的人都吃惊地看着这个胆大而鲁莽的年轻人。钟锦华非常轻蔑地瞟了他一眼，把头转向另一个方向。

"那你就说一下，是什么原因。"罗晨阳抬起眼睛看了他一下，漫不经心地说道。

陈灵均说："病人有胃肠炎，吃药后经常呕吐，把药都吐出来了，所以药物的作用一点儿也没有发挥出来。"

"你怎么知道他把药都吐了？"罗晨阳惊奇地问道。

"我忙完工作经常在病房里巡视，发现二十床的白新荣每天都会呕吐两到三次，呕吐的时间距离他吃药的时间一般在几分到十几分钟之间，所以口服的药物根本没有被吸收。"

听了他的话，在场的人"哄"的一声纷纷议论起来。

"这小伙子观察得真细心。"

"像他这么认真的实习生太少见了！"

……

"那你认为应该如何避免这种情况发生？"罗晨阳用欣赏的目光望着他，继续问道。

"把口服药改成静脉给药。"

"好，就按你说的做。"

第二周星期一的早上，罗晨阳带着一群医生和实习生来到六号病房，见白新荣正坐在床上和病房里的人谈笑，精神状态比入院时好多了。

"这就是上周咱们讨论过的那位扩张型心肌病患者，根据陈灵均的建议把口服的地高辛改为静脉推注去乙酰毛花苷注射液以后效果十分明显。"陈淳介绍道。他在白新荣肩上拍了拍大声说："白新荣，我们主任看你来了。"

白新荣马上转过身笑着跟主任打招呼。罗晨阳亲自为他做了检查，满意地点了点头。

一群人查完房走了以后，过了一会儿陈灵均又来给两位病人送新开的处方。他发现二十床的白新荣一家对他的态度完全改变了，见了面格外客气，翟明礼看着他的眼神热乎乎的，温度骤然上升了好几倍。"小陈，不忙的话坐下拉几句话。"翟明礼指着身边的陪人床说道。

于是陈灵均坐下跟他聊了几句。

"你今年多大了？"

"虚岁二十。"

"和咱家的书珍同岁。"翟明礼回头看了老伴一眼说道。翟明礼有两个女儿，先后都看望过母亲，陈灵均不知道他说的是哪个。

翟明礼接着又问："你家是哪儿的？"

"虎沟镇向阳村的。"

"那个地方我下乡的时候去过，离黄河不远，村子大，地又平，村里识字的人很多，是个好地方。"

"叔叔，你是哪年去的？"

"1974 年。"

"哦，已经过去十几年了，现在那里已经完全变样了，村里很多人都搬走了。不过我爸和我大哥还住在那里。你们老家是哪里的？"

"安门镇的。"

"离城很近呀。"

"是的。我看你字写得很好，是不是练过书法？"

"我小时候跟我爸学过，他教我练过楷书、行书、隶书，草书写得少一点。"陈灵均谦虚地说道。

"你练的是谁的帖子？"

"我主要练的是柳公权和王羲之的字体，本来很喜欢颜真卿的字体，我爸不让我练，他说我身体不好，写那种雄浑圆厚的字体笔力不够。"

"我也很喜欢颜真卿的字体，尤其是勤礼碑，已经照着帖子练了十年。咱们北方人大部分都喜欢厚重豪放的字体，我想这大概跟北方人的性格、生存环境、地域文化有关。"

"是的。南方人大都偏爱端庄秀丽的字体，比如柳体、欧体，他们写的诗词也比较温婉、清丽……"

两人很快把话题转移到了古典文学方面。翟明礼是一个很有文化修养的人，看过很多书，有时心血来潮还会写一两首诗词抒怀言志。两人越聊越开心，大有相见恨晚之意。陈灵均说自己还要看望其他病人就起来走了，翟明礼一直把他送到门口才折回来。

"快，院长来了，大家赶紧把桌上的东西收拾好。他们在儿科刚查完房，马上就下来了。"王艳敏踩着低跟皮鞋像箭一样从楼道里冲进护士办公室，上气不接下气地向众人说道。

护士办公室和医生办公室里立刻响起一片收拾东西的声音，汪学义和陈灵均一个拿着扫帚扫地，另一个用拖把在后面拖地。地还没干，外面已经响起了杂乱的脚步声和说话声。

罗晨阳推开护士办公室的门，叶知秋穿着白大褂不慌不忙地走了进来，后面紧跟着章怀素、王秉智、刘焱、办公室主任许伟等人。许伟背靠洗手池站着，看到治疗室的门背后露出的拖把还在滴水，笑着看了王艳敏一眼。

叶知秋把办公室扫视了一圈，查看了一下医护人员的上班情况，对罗晨阳说："哪个学生叫陈灵均？把他叫来。"罗晨阳朝医生办公室里招招手，陈灵均在众目睽睽下走到院长跟前，一脸的茫然和疑惑。叶知秋把手搭在他的肩膀上笑着说："不要紧张，我听说你实习期间表现很不错，想看看到底是怎样一个小伙子。"他询问了陈灵均的一些情况后，拍着他的肩膀说，"好好学，你将来肯定大有前途。"便带着众人走了。

几天以后，六号病房里的三位病人相继病愈出院。曲晓娴离院前，翟明礼专门来跟陈灵均告别，恋恋不舍地拉着他的手说："以后如果有什么事需要我帮忙，尽管来找我，我们家就住在县防疫站的院子里，只要提起我的名字，院里的人都知道。"

陈灵均笑着点了点头。这样的话他从病人家属那里已经听过不少，多半都是出于客气，因此没有放在心上。

吃过晚饭，陈灵均像往常一样来到医生办公室看书。他刚一坐下，从来没有主动跟他说过话的钟锦华突然问道："卫校九〇农医班有个叫顾一萍的女生你认识不？"

"认识。"

"那个女娃娃实习的时候眼眼可活了，那是我见过的最有心眼的娃娃。"她一提起顾一萍的名字便笑了起来。"陈淳带她的时候，刚说了一句：'今天我婆姨不在，下午开完会不知道能赶上接娃娃不。'她马上就说：'陈老师，我帮你到幼儿园去接娃娃。'陈淳把家里的钥匙交给她，她把娃娃接回家后，连饭都给他们做好了，陈淳回到家后特别意外，对科室的人说这娃娃太有心了。罗主任有一次跟科室的人闲聊时无意间说，他最喜欢吃那种红皮、白瓤、红心的红薯。刚过了三四天，顾一萍就托人从家里捎来一箱那种红薯送到他家，弄得罗主任很不好意思。她在咱们医院实习的时候跟江雪关系最好，她对江雪说她将来想搞妇产科，在妇产科实习了很长时间。"

"看来她上进心还挺强的。"

"实习快结束的时候她看上去很着急，到处找人看哪个单位要她。有个油矿上的后生在内科住了几天院，说矿医院的院长是他亲戚，顾一萍成天跟他混在一起，好得不得了。我们都说那后生肯定是骗她，她不信，结果最后叫那家伙给要了。你知道她现在在哪里？有没有找到工作？"

"自从她毕业以后我再也没有见过她，听说她好像在一个乡镇医院当临时工。"

"哦，那娃还挺有本事的。"钟锦华的脸上马上露出了半是讥讽半是钦佩的表情，"顾一萍这娃娃确实很聪明，可惜没有生在一个好家庭，否则的话，像她那种性格在社会上很能吃得开。"

"家庭好的靠家庭，家庭不好的靠自己。不管走到哪里，只要有真才实学，就不怕没饭吃。吃不起稠的，能吃到稀的也算数。"陈灵均冷冷地说道。

钟锦华没有想到自己的话在他心里会激起如此强烈的反应，略微愣了一下，马上露出笑脸说："你说得对。不过没有扛硬的社会关系，你走的弯路会比别人多一些，吃的苦也要比别人多得多。但是人家有些人天生不用努力学习，艰苦奋斗，就能过上非常优越的生活，这个世界根本没有什么公平可言！"她不满地说道，"你现在年纪小，可能在这方面还没有太深的体会，当你将来在社会上工作的时间长了就能感觉到。”

陈灵均淡淡地笑了一下算是回答。

陈灵均在内科一共实习了两个月，第一个月结束后，周敏慧也转到内科了。她在手术室实习完后，又到供应室实习了一个月，这是她实习的第三个科室。她一看到陈灵均就高兴地叫了起来：“你也在这儿？”

“我已经来了一个月了。”他腼腆地笑着说道。

“是专门为了等我吗？”她开玩笑说道。

“没错。”

“太好了，以后下了夜班我们可以一起相跟着回宿舍。”

“我给你当保镖。”陈灵均调皮地眨了眨眼睛。

“同学们，跟我到病房扎针去喽！”随着一阵轰隆隆的响声，上早班的护士余蓉推着治疗车从治疗室里走了出来。周敏慧冲陈灵均摆了摆手，赶紧跟在她后面和三名实习护士一起出了门。

余蓉先把几名实习护士带到三号病房做了一下示范，详细地讲解了静脉穿刺的操作步骤和注意事项，然后安排大家一人到一间病房进行实战。

周敏慧刚走进二号病房，就听见里面的人说：“没见过，肯定是实习生。”“这些娃娃才开始学，扎不上。”个个脸上露出不快的神情，态度十分冷淡。

她假装没听见，走到门口左边第一张病床前，拿出输液瓶，仔细核对完床号和姓名后，把瓶子挂在输液架上，准备给病人做静脉穿刺。病人是一位五十多岁的老太太，半躺在病床上一直斜眼看她，看见要动真格的了，忽然一掀被子翻身坐起来说：“我要上厕所。”拿着一团卫生纸出去了。

旁边的五床空着没人，她只好又推着治疗车走向六床。一位中年妇女盘腿坐在床中央冷冷地扫了她一眼说：“你先别挂，我的饭拿来了，等我吃完再打，不然的话扎上针手一动又漏了。你看，昨天漏针以后手背上的黑青都没有退下去。”她把左手抬起来让周敏慧看，手背上果然有一大片瘀青。

“我今天上午要拍片子，拍完片子再回来吊针。”站在窗子前面的七床的男病人马上接口说道，并拉开床头柜在里面装模作样地翻找东西，“我的单子呢？你把医生给我开的检查单放到哪里了？”他歪着脑袋问妻子。

“就在抽屉里。”那女人两手抱在胸前慢腾腾地走过去帮他找。

周敏慧刚看了一眼右侧的另外两张病床，躺在八床上的老婆婆便说：“我的血管细不好扎，护士长说一会儿她亲自给我扎。”另一个人也找借口拒绝做静脉穿刺。

周敏慧站在病房里窘得满脸通红，不知如何是好。

正在这时，一位农民模样的小伙子从外面进来了，他用很亮的眼神看着周敏慧说了句："小妹妹，你过来给我扎，我的肉厚不怕疼。"然后飞快地走到五号病床前躺下，撸起了胳膊上的袖子。

周敏慧感激地看了他一眼，赶紧走到病床前把输液瓶挂上，核对完床号、姓名、药名之后，排干净输液器里的空气，握住他的胳膊仔细地查看血管的分布情况。

"往这儿扎，这里血管粗好扎。"小伙子指着自己肘窝下面的正中静脉说道。

于是，她就把橡皮筋做的止血带扎在他指定的那个位置上面，用手在皮肤上轻轻地拍打了几下，那条血管马上就胀得圆滚滚的，有筷子那么粗。她先用镊子夹着碘酒棉球由内向外擦出一个直径约 5 厘米的圆圈，然后用酒精脱了碘，拿起针头手不住地发抖。

"别紧张，我来教你，我对扎针有经验。你先斜着从这一面进针，然后再直着往中间推就好了。"小伙子像老师一样耐心地引导她操作。可能是进针的角度不对，再加上速度又慢，针头扎进皮下以后，就像碰到了一堵韧性极强的软墙似的，怎么也穿不过去。

"使劲，再使劲！"小伙子忍着疼大声鼓励道。她猛地一发力果然把那层障碍突破了，但是针头却直接穿到了血管的另一侧。周敏慧喊了声："糟了！"头上已冒出了汗，"对不起，我扎偏了，拔出来重新给你扎一下好吗？"她怯生生地问道。

"不用全拔出来，我感觉没扎进血管里，你把针头稍微往外退一点点，再重新进一针就好了。"小伙子非常自信地说道。周敏慧按照他说的做了以后果然成功了。

"扎上了？"四床的病人上完厕所回来后看到五床已经挂好吊针惊讶地问道，"扎了几下？"

"一下。"小伙子抢着说道。

"啊，这娃娃技术还不错嘛，来，给我也扎一下。"她主动躺到床上让周敏慧给她输液。

有了一次成功的经验之后，周敏慧不再那么紧张了，同样也只用一针就给她挂上了。见此情景，病房里的其他人纷纷回到自己的床位上让她做治疗。除了八床的老婆婆仍然坚持叫护士长亲自扎针外，其余的人都是周敏慧扎上的。

为了不让病人遭受不必要的痛苦，周敏慧给自己定了一条原则：每位病人一次最多扎两针，如果扎不上就请有经验的老师来扎。因此，没有一位病人因为她技术差发生矛盾。

周敏慧白天工作比较忙，一般都闲不下来，晚上干完活没地方坐，就拿着一本书坐在医生办公室里看。她只要一坐下，陈灵均看书的时候注意力就很难集中到书上，不时偷偷地观察她，心里忍不住胡思乱想：她到底是喜欢看书，还是喜欢跟我在一起？她看我的时候跟看其他人的眼神一样，没有一点热度，她是故意装成这样，还是本来就对我没有一点意思？她要是对我有意思就应该明确地表示出来，对不对？她如果对我完全没有一点意思，我也不能对她表现得过于热情，否则的话会让她觉得我是在死皮赖脸地讨好她。一个男人可以没人爱，没人疼，但是绝不能没有尊严。他很注意自己在女孩子面前的言谈举止，从来不说一句轻佻的话。这样也许让他失去了很多跟她们近距离接触的机会，但是却能有效地保持自己的自尊和自信，不会被任何人看不起。

"陈灵均，我的小夜下了，你现在回不回宿舍？"已经脱下白大褂，换上白色羽绒服的周敏慧走过来倚在门框上含笑问道。

"回。你稍微等一下，让我洗了手把衣服换上。"陈灵均马上合上书，开始做下班前的准备工作。

几分钟后，他们像往常一样有说有笑地朝楼下走去。刚走出住院部的大楼，一股冷风迎面吹来，周敏慧叫了一声，用围巾捂住了脸。陈灵均也耸着肩膀冷得直打哆嗦。

"我从小特别怕冷，身上穿的衣服、鞋都比其他同学厚，大家都笑话我，说我是'小狗熊'。可我穿得再多，在不打炉子的教室里上完一天的课，脚还是会生出冻疮，到了晚上盖在被子里又痒又痛可难受了……我听说很多农村的男娃娃小时候是光着屁股长大的，特别耐冻，是真的吗？"她歪着脑袋问道。

"我小时候体质不好，也怕冷。不过我见过其他男娃娃大冬天光着身子站在门口尿尿，尿完也不会感冒。"

"哦，看来他们说的的确是真的，我的天哪，他们可真厉害！"

她和他并排走着，不知道怎么回事，两个人的身体老是会碰在一起。他被这有意或无意的刺激弄得心慌意乱，头晕目眩，感觉自己似乎受到了某种暗示，很想转过身来一把将她抱在怀里。只是轻轻地拥抱一下他就觉得很幸福很满足。可是理智却告诉他，这样的行为是极其卑鄙而可耻的，因为他事先没有得到她的同意，这对她来说是一种冒犯，也是一种伤害。他不忍心看到她又羞又气的样子，更不能想象自己被她痛骂或抽耳光的情景。她其实还是一个小孩子，他对自己说道。我要像哥哥一样保护她，尊重她，不能让她受一点委屈，把未来的一切都交给梦吧，只有在梦里，才能慢慢读懂那些难解的谜题。

到了女生宿舍门前，陈灵均亲眼看着她进了门才放心地离去了。

周敏慧刚一进去，就被满屋子的浓烟呛得喘不过气来，咳嗽着问："怎么回事？今天没有生火吗？房子里一点都不暖。"

"没柴了，只剩下巴掌大两小块木头，我费了好大的劲儿才用纸片点着，火刚开始烧得不旺，过了一阵儿就熄灭了。我只好用书在炉子下面扇，扇出一房子的烟还是没用。"张晓凤沮丧地说道。

周敏慧揭开炉子一看，里面的煤块果然一丝火星都没有。

"明天一定要多劈些柴，不然的话天这么冷会把人冻坏的。"她像是对别人又像是对自己说道。

周敏慧洗漱完爬到架子床上，脱下外套盖着被子和衣服躺下，心里暗暗地有些生气。宿舍里的女生轮流值日，大部分人都比较懒，每次劈柴时只劈够自己当天生火用的柴就不管了，有的甚至连一次也不愿意劈，用前面的值日生剩下的柴火凑合着用，张晓凤就是这样的人。因此，宿舍里经常因为没柴生火烧不暖。周敏慧决定不管别人怎样，自己多吃点亏，多劈些柴，免得大家都受冻。

第二天是星期天，周敏慧刚好不上班，她一吃完早饭就搬了个小凳坐在院子里，戴着一双棉线手套开始劈柴。生火用的木柴是她跟医院的木工要来的，都是做家具、做办公用具剩下的废料，木头长短不一，又粗又硬，很难用斧头劈开。她原先在家里没干过这种活，再加上力气又小，劈了好半天才劈了三四根。

汪学义提着一壶水从门前经过，看到她在干活关心地问："能劈开不？要不要我帮忙？"

"不要，我能劈开。"周敏慧倔强地答道。她竖起一根一尺多高的木头，故意装出很老练的样子，举起斧子在上面用力劈砍。连砍了好几次都砍在不同的位置上，把木头砍得就跟豁了牙似的，依然没有劈开。

"真的不用帮？"汪学义迟疑地问道。

"不用。"周敏慧头也没回果断地回答道。汪学义无奈地笑了笑便提着水走了。

他前脚刚走，折志明后脚就来了，看到周敏慧挥舞着笨重的斧头吃力地在劈柴，哈哈大笑着走过来说："这哪里是你们这些女生干的活儿，还是让我这个大老爷们儿干吧。你看，劈柴应该是这样。"他接过她手里的斧头坐在板凳上，往手心啐一口唾沫，对准面前的木头用力砍了一下，斧子砍偏了，只砍下薄薄的一层皮。

"这柴火还真不好砍。"他尴尬地说了一句，把失去重心倒在地上的木头捡起来重新放好，又砍了一下才砍开，然后拿起其中的一半搭在旁边的粗木头上用脚"咔嚓"一声踩成两段。

折志明劈了四五根木头之后，周敏慧说："好了，我学会了，你赶紧忙你的事去吧，剩下的我自己来劈。"

折志明看了看堆在地上的柴火笑着说："够生四五天火了。"便站起来走了。

周敏慧通过观察折志明干活时的动作掌握了一些要领，劈得比原先顺手多了，正干得起劲，杜海军两只手笼在袖子里，胳肢窝里夹着一本书晃晃悠悠地过来了。

"我来帮你劈。"他把书扔在窗台上，抢过周敏慧手里的斧子把她推开，一屁股坐在凳子上，戴上她从手上摘下来的手套非常熟练地劈起了木柴。他劈得又快又好，柴火不仅细，大小也很匀称。没一阵儿的工夫，地上的柴火就堆成了小山。

"够了够了，不用再劈了。"周敏慧蹲在地上一边把柴火往麻袋里装，一边阻止道。

"没事，让我再多劈一会儿，好不容易能为你们做点好事，我要好好珍惜。"他用胳膊上的衣袖蹭去头上的汗，乐呵呵地仍在用力劈砍。

周敏慧实在拗不过他，就回去倒了杯热水端给他喝。

"你先放着，等我干完再喝。"

杜海军给她们劈了整整一麻袋柴火才停下来。周敏慧把他拉到宿舍里请他喝水休息。张晓凤端来瓜子给他吃，苏雅玲削了一颗大苹果慰劳他。他坐在周敏慧身旁一边跟大家开玩笑，一边跟她小声说话，不时对她笑笑，似乎满屋子的人只有他俩最熟悉。他坐了一会儿说自己有事要走，临走前特意对她安顿道："以后再有什么体力活就跟我说，我从小在农村长大，常干农活，对你们来说比较难干的事对我来说只是小菜一碟。"

"好的，我记住了。"周敏慧笑着答道。

第二周周敏慧上小夜班的时候，给病房里的一位病人静脉推注了葡萄糖酸钙溶液后回到护士办公室，发现杜海军坐在医生办公室里正在和陈灵均说话。杜海军一看见她就喊道："忙完了没？不忙的话过来拉拉话。"

周敏慧问带教老师余蓉还有没有别的事，余蓉说暂时没事，她就走进医生办公室在杜海军身旁的椅子上坐下听他们聊天。

陈灵均说："罗主任说，没有大专文凭晋升职称会受到影响。过去函授大专的毕业证医院是承认的，以后只认自考和脱产进修的毕业证，通过其他方式获得的毕业证都没有用。我已经问过了，自考如果参加辅导班的话，要缴一千五百块钱的费用，自学的话只花买书的钱和考试的报名费就行了。目前我还不打算考，准备先好好实习，等毕业了再考虑参加自考的事。"

杜海军说："书其实不用买，我们可以借别人用过的书，只是每次考试都要到新安城去考，太不方便了，谁知道毕业后会分到哪个拐沟旮旯儿的乡镇上。"

"唉，命运真会捉弄人。没上中专前家里人都以为把我们送上了一条黄金大道，有了工作便万事大吉了，没想到还没毕业就要面临即将被社会淘汰的残酷现实。早知道是这样，直接上高中考大学多好啊。等着看吧，再过几年等咱们好不容易拿到大专毕业证，人家又会说，晋升职称必须要有本科文凭。等我们有了本科毕业证，人家却说，我们只认第一学历是本科的大学生，到那时候就傻眼了吧？怎么赶也赶不上喽。"周敏慧不无讽刺地说道，语气里充满了抱怨。

"谁让咱命不好，偏偏赶上了这个随时会被人超越和挤对的年代！"杜海军说道。

"被人逼着往前赶也未必是坏事。不要太悲观，面对现实，一步一个脚印走好自己脚下的路才是正道。"陈灵均笑着说道。

周敏慧点了点头，突然像是记起了什么，问杜海军："你最近在哪个科室实习？"

"五官科。"

"哦，我想起来了，你前几天说过。感觉怎么样？"

"我正跟五官科主任唐粤竹学习，他是一个很特别的人，五十多岁的人了，还非常注重自己的仪容仪表，衣服穿得整整齐齐，一尘不染，皮鞋擦得都能照出人影来。我从来没有见过像他那么爱干净的人，每天下班前都要把科室的扫把和铁土盘用水冲洗一遍，桌上的墨水瓶里常放着一个小纸筒，你们知道是干什么用的吗？"

周敏慧摇了摇头："没听说过墨水瓶里还放那玩意儿。"

"是不是用来掸笔的？把多余的墨水吸掉？"陈灵均问道。

"差不多。他要求我们每次把蘸水笔在墨水瓶里蘸过之后都要在纸筒上抹两下，这样墨水就不会弄脏手和本子了。他看病问诊问得很细，手术也做得很细致。我突然发现眼科其实也很有意思。原先在外科的时候拿着粗笨的钳子、电锯、扳手等器械做手术，感觉自己跟木匠差不多。到了眼科，看到特别小巧精致的镊子、刀子、剪子，感觉世界一下子变得很小很小，必须要用显微镜才能看清楚那些微妙的东西，医生就像钟表匠一样，在修理人体精密的零配件。科室手术不多，干完活，我没事就练习打肌肉针、扎静脉针。病房里有的病人好说话让我给他们扎，有的不让，我就自己在自己手背上练习。"杜海军把手分别伸到周敏慧和陈灵均跟前让他们看。

周敏慧惊骇地瞪大眼睛看着他说："真的有好多针眼，你不能再这么练了，会把血管扎坏的，万一形成血栓就麻烦了。"

"没事。"杜海军满不在乎地说道。

"他比一般人肉厚，耐扎。"陈灵均笑着说道。

这时，一位白头发的老人从外面走进来，看见主管医生不在，对陈灵均说："大夫，我儿子吊完针说他肚子疼，你过去看看吧。"

陈灵均马上站起来跟着他走了，医生办公室里只剩下杜海军和周敏慧两个人。

"你信不信？我现在一般的静脉血管都能扎上，而且基本上是一针见血。"杜海军非常自信地说道。

"我信。这个世界上没有你做不到的事情。"

杜海军惊喜地看了她一眼，马上就说："你手上的血管好不好？让我看看能给你扎上不？"突然握住周敏慧的手，做了个扎针的动作。

周敏慧一把抽回手，在他手背上打了一下："别碰我，我不让你看！"

杜海军神色黯然地低下头，再也没敢动一下。两人沉默了一会儿，周敏慧说："你先坐着，我去上个厕所。"便出去了。

陈灵均回来后见杜海军不在，就问周敏慧他到哪里去了。

"大概是瞌睡了，回宿舍睡觉去了吧。"周敏慧说道。

陈灵均说："这家伙屁股还没坐热就莫名其妙地回去了，不知道哪根筋又不对了，真是神经病！"

周敏慧听了没有说话。

三十

早上快到八点钟时，门诊楼二楼的楼梯上传来一阵很响的脚步声，正在楼梯拐角处跟崔万红说话的方曼云头也没回便笑着说："江雪来了。"

"不知道她一天到底忙啥？老是急急慌慌地跑来跑去。"崔万红用略带嘲讽的口气说道。

崔万红和方曼云是在上班的路上无意间碰上的，方曼云向崔万红打听昨天下午住在妇产科的亲戚生了没有。崔万红告诉她，她的那位亲戚肚子里的胎儿是臀位，昨天晚上九点钟的时候她和郑茜主任给产妇做了剖宫产手术，孩子已经安全地生出来了，大人也好好的。方曼云笑着说了几句感谢的话，然后委婉地问她现在是不是凡是胎位不顺的都要做剖宫产。崔万红说："这几年搞计划生育，娃娃生得少了，个个都很金贵，谁还敢冒险让产妇自己生？为了安全，只能这样。"此刻，两人已说完话，崔万红朝住院部的三楼走去，方曼云准备到一楼的儿科门诊去上班，她看见江雪高大臃肿的身体外面穿着一件特别宽大的紫红色呢子大衣，右手提着一个鼓鼓囊囊的蓝色布包已经走到妇产科诊室门前，头发乱糟糟的，看上去很滑稽，就喊了一声："江雪，你留的这是什么发型？上面扎了一个刷刷，下面还留着一小股长头发。"

江雪在后脑勺上摸了一下不好意思地说："早上起来太忙，梳头的时候没注意少扎了一股头发。"

"进去重梳一下，太难看了。"方曼云说完转身向楼下走去。

江雪走进办公室，见正在妇产科门诊实习的陈灵均已经来了，就对他笑了笑，放下手里的东西，一把将头上的橡皮筋扯下来，站在门口的镜子前，用双手很随意地把头发拢在一起，用橡皮筋重新扎好，摘下衣架上的帽子戴在上面，将露在外面的头发一根不剩地全塞进里面。

"每天都要戴帽子，头发扎得再整齐也没用，一摘帽子又乱了。"她自言自语地说道，似乎在对方曼云的批评做解释。

陈灵均装作没听见低着头看书，心里却在暗暗发笑。自从他认识江雪以来，从来没有见她把头发规规矩矩地梳好过一次，不是乱糟糟的没有梳光滑，就是把辫子扎得歪歪扭扭的，一个在天上，一个在地上。她跟人说话也是粗喉咙大嗓门，没有一点女人味。

两人坐到快九点了还不见来病人。平常逢集日妇产科门诊的病人一直很多。

门不断被人拉开又快速关上，门外有不少人在窃窃私语。

"里面怎么坐着个男医生？"

"妈呀，当着男人的面我可不敢脱裤子！"

"我连话都不好意思说。"

……

江雪走到门口，把门打开，见外面站着十几位病人和家属，正犹豫着要不要进来看病。

"大家不要害怕，里面坐着的是我们的实习医生。在咱们这种小地方你们在妇产科没有见过男医生，在人家大城市妇产科的男医生可多哩。大家快进来吧，你们从农村大老远的来一趟不容易，有我在这儿呢，你们担心什么？他是医生，又不是老虎！"

四周立刻响起一片笑声。有三个胆大一点的女人红着脸进来了，其他人还在外面观望。

江雪一一询问了病史，第一个直接开了药就打发走了，第二个打发到B超室去做检查，第三个需要到检查室做内诊。

"江大夫，是你做，还是他做？"病人站在门口不放心地问道。

"我做。别啰唆了，赶紧进去。"江雪不耐烦地说道。

病人上了检查床以后，江雪撩起门帘冲陈灵均招招手，他赶紧溜进来站在她身边观看操作。江雪一边检查一边讲解："这里疼不疼？这里呢……左边的好着呢，中间也没问题，右侧的附件粘连得很厉害。"她检查完，让陈灵均把有问题的那一侧又检查了一遍。病人发现后想阻止已经来不及了，只好默认了这一行为。

这位病人走了以后，陆续又来了几位，其中一位是个意外怀孕的已婚年轻女人。江雪亲自为她做了清宫术。江雪虽然平时看起来粗枝大叶的，脾气也不好，但是做手术的时候动作特别轻柔、利索，只用了几分钟就做完了，快得连躺在床上的病人都不敢相信。来找江雪做人流的人很多，都说她"手轻，动作快，刮完宫出血少"。

陈灵均暗暗地想：江大夫要是对病人的态度稍微好一点就是无可挑剔的好大夫了。

下午快下班的时候门诊上已经没有病人了，江雪一边洗手，一边在默默地思考问题。陈灵均跟着她已经上了一星期的门诊，这个小伙子既聪明又勤快，她非常喜欢他。她注意到他身上穿的旧毛衣是用腈纶毛线织的，特别单薄，每次来上班的时候都冻得鼻子通红，脸色发青。前段时间，她刚刚用了十几天的时间把丈夫一件半新旧的混纺毛衣拆洗了重新编织好，本来想让他和身上那件新织的纯羊毛毛衣轮换着穿，临时又改了主意，打算把这件毛衣送给陈灵均穿。这件毛衣含70%的羊毛，是用一斤七两毛线织成的，拿在手里沉甸甸的，穿在身上也很暖和。陈灵均的身材比吴青稍微瘦一点，她知道他肯定能穿，只是不知道该怎么跟他说。她知道他是一个自尊心很强的男孩子，如果说话稍微不注意，不但帮不了他，还会对他造成伤害。

她仔细地盘算了一阵儿，终于有了主意。她先当着陈灵均的面从包里掏出那件深青色的毛衣，在半空中打开，然后问他："你觉得这件毛衣好看吗？"

陈灵均说："是男式的吧？很好看。"

她满意地欣赏了一会儿，放下毛衣，用非常遗憾的语气对他说："你不知道，织一件毛衣特别费事，让人难受的是，辛辛苦苦织好以后发现织得窄了，穿不成。拆了重织吧，我嫌太麻烦；压箱底吧，明知道家里没人穿，纯属浪费。所以呀，我今天专门拿来想看看身边的人有谁能穿，如果穿上合适的话就做个顺水人情送给他好了，不然的话我的辛苦就白费了。"

她打量了一下陈灵均的身材说："小陈，要不你先来试试，看这个毛衣你能穿不？我觉得你比我们家那口子瘦，没有他撑衣服。"她把毛衣放到陈灵均面前，走过去把门关好，站在他对面笑眯眯地看着他。

陈灵均对她的话感到很意外，迟疑了几秒钟，慢慢地从座位上站起来，脱下白大褂，露出多处断了线头，孔眼很大，像麻绳一样没有丝毫弹性的棕黄色毛衣。这时，善解人意的江雪已经走进检查室，等着他换衣服。

陈灵均的贴身内衣特别破旧，松散的领口就像花瓣一样朝外张开着。他脱下毛衣以后，像做贼似的慌慌张张地把江雪编织的毛衣套在外面，把衣角整理好后，朝里面喊了声："好了，江老师，你出来吧！"

江雪走出来一看，立刻露出欣喜的表情："大小刚好，颜色也很适合你，你自己再好好看看！"她把陈灵均推到镜子前面，里面立刻映出了一位特别精神的小伙子，只是脸上的表情有点别扭。

"这件毛衣就是你的了，不要推辞哦，不然就是不给老姐面子。"她豪爽地挥了下手，表示自己已经做了决定。

"江老师，这怎么能行？你费了多少天的功夫才把毛衣织好，光这毛线钱也得花不少吧？我觉得你还是看自己的亲戚有没有能穿的，没有的话再给人也不迟……"陈灵均难为情地说道。

"我们俩的亲戚都不在这里，没有人要给，你穿着这么合适我心里特别高兴，要是给别人我还不愿意呢。赶紧收下吧，不然的话就是看不起我。"江雪说着说着脸上有点不高兴了。

陈灵均只好赶紧说："那我就收下了，谢谢江老师。"

江雪这才转怒为喜："这还差不多。"她见陈灵均又要往下脱，就劝道，"别换了，直接穿在身上好了，马上就下班了，外面冷，这件毛衣比较厚。"她拉开抽屉扯了一块卫生纸装在兜里就眉开眼笑地出去了。

陈灵均听她这么一说就没有把毛衣脱下来，把旧衣服装进一个袋子里准备带回宿舍。他看见时间不早了，就开始打扫卫生，抹了桌子，扫了地，倒了垃圾，又用拖把仔细地把地拖了一遍，还不见江雪回来，就到外面去看。他看见儿科护士长陶爱英和江雪远远地站在楼道里小声说话，陶爱英不知道说了什么，江雪一个劲地摇头，陶爱英急得直跺脚，不停地用手势求她，还搂住她满脸堆笑地讨好她。江雪沉思了一会儿说："你在外面等着。"径直走进办公室，拿起电话就打："护士长在吗？让她来接电话。我是江雪，麻烦你给我借个产包，有急用。没事，你放心，不会有事的，就是给家里的亲戚接生用一下。不过我借产包的事你可不要告诉别人，回头见了面我再跟你细说。我打发学生来找你好吗？好，好，我知道。"她挂上电话对陈灵均说，"赶紧到妇产科住院部跟护士长拿产包去，动作越快越好，就说是我让你来找她。还有，这事千万不能让任何人知道。"

"明白。"陈灵均马上就跑出去了。没过几分钟就气喘吁吁地空着手跑下来了。

"产包呢？"江雪着急地问道。

陈灵均从衣服的前胸里掏出一个深褐色的小包裹交给她。她让他负责锁门，自己跟着陶爱英急匆匆地向外面走去。

两人出了医院的大门沿着公路向东走。

"我表妹家就住在河对岸的山上。"陶爱英指着靠近山顶的两面土窑洞说道。

"临产前做过产前检查没有？"江雪问道。

"做过。胎位很顺，胎盘的位置正常，胎儿发育得也很好。"

"那也很难说生的时候会不会发生什么意外情况。比如，产力不够，胎盆不称，胎儿缺氧，产后子宫大出血什么的，如果出了事那就麻烦了。"

"没事，她都生过两个女子了，应该好生着哩。实在生不出来就拉到县医院处理，反正我妹夫也在，医院离她家不远。只要能把娃平平安安地生出来，一切就好办了。"陶爱英说道。

"你怎么会想起来叫我？万一出了事，这不是存心害我嘛！"江雪埋怨着说道。

"你不是心眼好，人实在嘛。"陶爱英抱住她的一条胳膊笑着说道，"这事只要你不说，我不说，谁也不知道。我表妹怀孕四个月从农村出来后一直住在这个院子里，从来没有下过山，他们一家人平时跟周围的人都不来往，邻居连她的面都没见过。山太高，那些计生办的人一般不上来，山下刚好住着她家的亲戚，一听到有人来查流动人口，就跑上来告诉她，她躲到山顶上，等人走了才回家。"

"关键是接生的时候大人娃娃都不能出问题。"江雪认真地强调道。

"是。希望老天爷保佑，一切都顺顺当当的。"

两人相互搀扶着从一座摇摇晃晃的钢索吊桥上走过去，沿着陡峭的小路往山上走。陶爱英在前面带路，不时回过头提醒江雪要注意脚下的路，遇到难走的地方还拉她一把。

冬天天黑得很早，到了那家的院子里时，外面黑乎乎的一片，四五米外已经看不清人影了。

一个胡子拉碴的男人站在硷畔上等她们，见两人来了打了声招呼，撩起了门帘。江雪进门后，见窑洞里亮着灯，一位三十岁左右的女人盖着被子靠在褥子上微微地呻吟着，两个年龄大概在四到七岁之间的小女孩端着饭碗正站在地上吃饭，看到家里来了生人，马上跑到后面躲了起来。

"小桃，小玲，别跑，这是大姨给你们的妈妈请来的医生。"陶爱英说道。两个孩子马上就变得放松多了，不再像之前那么紧张。

江雪气都没顾上喘一口便洗了手，爬上炕，戴着手套检查了一下。

"宫口已经快开全了。"她目测了一下两指之间的距离，对陶爱英说道，"一会儿我要是忙不过来，你就给我当助手。"

"好。"陶爱英马上答应道，打开产包，做好了接生前的准备。

"现在想不想用劲？"江雪问产妇。

"想。你没来的时候我一直忍着不敢用劲。"那女人皱着眉头痛苦地说道。

"这下你可以放心地用劲了。"江雪鼓励道。

十几分钟后，一个白白胖胖的婴儿顺利地落地了。江雪剪完脐带，在孩子的脚底拍打了几下，很快就发出了响亮的哭声。

"生了个啥？"产妇直起身子问道。

"又是个女子！"陶爱英失望地说道。

"女娃娃也挺好的，有三个女子比有三个小子享福。你看医院里老人有了病，守在跟前照顾的，大部分都是女子，逢年过节提着大包小包往家里走的，也是女子多，对不对？爱英姐。"江雪一边包裹孩子一边说道。

"对，你说的不就是像我这样的女子嘛！"陶爱英笑了，产妇和她的丈夫也笑了。

江雪把包在被子里的孩子交给孩子的父亲，两个小女孩子马上跑过来站在他身边好奇地看着自己的妹妹。

江雪让陶爱英给产妇按摩腹部。过了一会儿，胎盘娩出来了。江雪仔细地检查了一下如释重负般说："胎盘剥离得很完整，我再给你掏掏，把里面清理干净。"

干完活，江雪早已满头大汗，她摘下手套，把用过的产包包好，下炕洗了手，坐在炕沿上一边跟陶爱英拉话，一边观察产妇的情况。

陶爱英的表妹夫让她吃饭，她摇着头说："我一般都是回去吃，在别人家里不习惯。"

陶爱英知道她嫌生过孩子的窑洞里有气味，就让妹夫不要张罗了，说江大夫吃饭的事由她负责。

半个小时后，江雪看到大人孩子都平安无事，便和陶爱英一起离开了。陶爱英的表妹夫打着手电把两人一直送到山下，过了吊桥，才转身离去。

"今天幸亏什么都好好的，要是万一出了事，我的饭碗就砸了。"江雪心有余悸地说道。

"你的饭碗要是砸了就到我家来吃。"陶爱英说道。

"我要带一大家子人过来呢，你养活得起吗？"

"我要是养不起，就和娃他爸一起养。"

两人都忍不住笑了起来。

回到医院后，陶爱英把江雪带到门口的小饭馆里一人吃了一碗面就各自回家了。

不知不觉，冬天又到了，冬日的东正县城还和几年前一样荒凉。虽然这里年年都花费大量的人力和财力植树造林，累计造林面积已经超过了土地的总面积，但是放眼看去，四周的山峦依然显得十分苍白，很少能看到活泼的亮色，唯一能让自然界散发出一点生机的就是青翠的松柏。这些时常夹杂着枯枝和枯叶的树木由于严重缺水看上去已接近死亡，颜色就像从炉坑里掉出来的木炭一样干巴巴的，周身覆盖着厚厚的沙土。只要一场雪就能唤醒它们全部的活力，这些勇敢的男子汉稳稳地站在大地上，迎着呼啸的北风，默默地接受命运的洗礼，片片雪花是岁月献给这些虔诚的信徒最圣洁的花朵，是它们用生命灌出的唱片。被白雪改写过的世界已经变成了另外一副模样，没有荒凉，没有贫瘠，没有污染，没有丑陋，只有丰盈和美丽。就连眼前这个充满了哭声和笑声、幸运和不幸、绝望和希望的小小院落，也透出少有的温馨与恬静。

在闷热吵闹的病区里工作了一天的实习生小伙子们刚一走出住院大楼，看到地上厚厚的白雪就兴奋地叫了起来，抓起雪团相互追打、嬉戏。像小孩子一样撒了一会儿野之后，又肩并肩相跟着往前走。

"我说杜海军，你不好好在内科实习，老往我们外科跑干什么？"正在外科实习的汪学义问道。

"来给你们帮忙呗。"杜海军笑着说道。

"你是内科的人，不给内科帮忙，老来给外科帮忙，这是什么道理？"陈灵均也假装不解地问道。

"嘻嘻，实话告诉你们吧，我准备将来搞外科，希望能像章怀素院长、殷志峰主任那样做一个一流的外科大夫。殷主任是咱医院有名的'殷一手'，我要成为'杜一手'，为我们老杜家争光。"他举起拳头用力握了一下，似乎在对天发誓。

"得了吧，还'杜一手'，就你那呆笨样，能练成'二手''三手'已经很不错了！"汪学义调皮地在他肩上推了一把。他下意识地闪了一下，差点被脚下的暗冰滑倒。

"怎么就不行？他们不也是从学生时代过来的吗？"杜海军不服气地回敬了一句。

"你们到哪里去？"端着打来的饭正往宿舍走的苏雅玲看到他们没有回自己的宿舍，径直向院子外面走去，就随口问了一句。

"到江大夫家混饭去。"三位小伙子异口同声地答道。

"她到底做了多少饭，敢让你们这三只饭桶去吃？"苏雅玲用怀疑的口气问道。

"她今天下夜班在家里休息，刚才打电话说，她下午蒸了两锅肉包子，一锅红薯和南瓜，还熬了米汤，让我们一起去吃。你去不去？"陈灵均问道。

"不去。有你们去，她家够热闹了。"苏雅玲转身走进了宿舍。

虽然气温已经下降到零下十几摄氏度，但是陈灵均的身上一点都不冷，反而热乎乎的。昨天晚上，他在产房里顺利地接生了一位健康的小宝宝。这是他有生以来亲手迎接到这个世界上的第一个小生命。几天前，江雪转到病房上班，他也跟着她来到妇产科病区实习。那个新生儿的助娩工作就是在江雪的指导下完成的。她现在不仅是他的老师，也是他的朋友和姐姐。一到休息日，江雪就会做好多好吃的东西招待他和其他几位跟她关系好的学生。江雪虽然脾气不好，但是为人很正直，她主管的孕产妇手术率很低，一般能自然分娩的都让其自然分娩。和她相反的是，在主任面前威信最好，号称科室最能干的医生的崔万红，收治的孕产妇手术率最高。他越来越喜欢江雪和他敬重的其他几位老师，很想留在这里跟他们一起工作，但是他不知道这个愿望是否能实现。

三位小伙子熟门熟路很快就进了家属院敲开了江雪家的门。进门后，江雪的爱人吴青马上拿来笤帚让他们扫身上的雪，江雪在脸盆里倒好热水让学生们洗手。饭端上来以后，小伙子们毫不拘束地边吃饭，边大声说笑。江雪看到汪学义很喜欢吃红薯笑着说："你跟顾一萍一样，都长了个红薯肚子。"

杜海军说："江老师，你觉得顾一萍这个人怎么样？"

"她是个很不错的女娃娃，学习很用功，特别能吃苦。不知道她现在过得怎么样了？我已经很长时间没有见到她了。听说她在基层一家医院当临时工，娃娃学得那么好，把她亏了。"江雪的脸上露出惋惜的表情。

"自费生不包分配，他们那一级只发结业证，不给毕业证，所以找工作不太好找。"汪学义说道。

"其实在正式单位当临时工，还不如在外面自己开诊所，他们班有几个同学都在外面自己干。不过在单位干听起来比较有面子，有些人很在意这个。"陈灵均说道。

"关键是，在外面干不是铁饭碗，心里不踏实呀。"杜海军说道。

"那是。"江雪说道。

"沈若拙不知道在哪里上班？我回来后一直没见他。"陈灵均随口问道。

"忘了告诉你了，前几天我在街上碰见他，他说毕业后在家里闲待了半年，刚刚通过熟人联系好到药材公司坐门诊，还没有正式上班。"杜海军说道。

"大家多吃点，刚蒸的包子好吃，留到下一顿就不好吃了。"江雪拿起包子给几个小伙子一人又塞了一个。

"饱了，吃不下了。"汪学义叫道。

"歇一歇再吃，一定要吃饱。"吴青热情地劝道。吴青和江雪一样，都是大学本科毕业，他的老家在吴堡县的农村，两人一年前刚刚结婚，还没有孩子。小伙子中等身材，戴一副黑框眼镜，看上去比较文静。

"哟，家里来什么人了，怎么这么热闹？"棉布门帘突然被人掀开了，朱婷从门外走了进来。众人连忙给她让座，江雪热情地招呼她坐下一起吃饭。

"我已经吃过了，你送来的包子也尝了，味道特别香。怪不得你下午要跟我借锅，说今天做的饭多，一个锅不够用，原来是要招待这群帅小伙。"朱婷笑着说道。

三位小伙子看着她都嘿嘿地笑了。

"陈灵均，你这个月在哪个科室实习？"朱婷问道。

"妇产科。"

"哦。"朱婷似乎明白了什么，转动着脖子声音拐了好几个弯。

"朱老师，我上次给你答的卷子成绩出来了没有？"陈灵均问道。

"出来了，全部通过，成绩还蛮高的，都在八十五分以上。你不说我都把这个茬给忘了，谢谢你！"朱婷亲切地说道，"你是不是自学过大专课程？"

"没有全面系统地学过，只是平时遇到一些问题看过一部分相关的内容。"

"厉害！"朱婷称赞道，"你们慢慢吃，我不捣乱了，回家看电视去了，有空来我家玩。"她冲大家招了招手，迈着悠闲的步子又出去了。

吃完饭，几位小伙子帮江雪把家里收拾干净，又坐下喝了一会儿茶便回去了。

随着夏天的来临，历时九个月的实习期已宣告结束。杜海军在返校前的那天下午到外科跟几位老师道别，走到医生办公室门前，见门紧闭着，感觉有点奇怪，刚要抬手敲，被身后走来的冯炳琦拉住了。

"别敲，刘宇杰在里面跟人说话。"他小声说道。

"跟谁在说悄悄话？搞得这么神秘！"杜海军有点失笑地说道。

"跟苏雅玲。"一旁的许伟说道。直到这时，杜海军才发现房间里站着好几个人，都在等着里面的人开门。

杜海军早就听说刘宇杰的表弟在追苏雅玲，但是从来没有碰见他们单独在一起，每次都有刘宇杰在场，他看上去比那两个年轻人还要热心。苏雅玲在外科实习期间，刘宇杰对她的特殊照顾大家都有目共睹，他几乎每次上手术都带着她，手把手耐心地教她。这女子在他的精心培育下进步得很快，是女实习医生里唯一能单独拿下手术的人。

大概过了七八分钟，门开了，苏雅玲红着脸，低着头，迈着极快的步子穿过人群走了出去，没有跟任何人打招呼。

"都进来吧。"刘宇杰在里面大声喊道。

进门后，冯炳琦迫不及待地问："结果怎样？"

刘宇杰闷闷不乐地说："她刚才跟我说，认识我表弟以后，两个人接触了几次，她觉得我表弟这个人挺好的，只是她现在年纪还小，不想这么早就考虑个人问题，等过上几年思想成熟一些，事业稳定了再说。"

"瞎说，这明明是借口！她要是不想考虑个人问题，为什么一开始不明说？"许伟不满地说道。

"我是她的带教老师，娃娃大概不好意思拒绝。另外呢，我表弟那个人也有问题，都二十好几的人了还不会谈恋爱，在女娃娃跟前一点都不主动，也不懂浪漫，人家怎么可能看上他？"刘宇杰摊开手一副无奈的样子。

"我觉得你也有问题，干吗老插在两人中间不让他们单独相处？"冯炳琦慢慢地坐在对面的椅子上，许伟和杜海军也跟着坐了下来。这也是他们最想知道的答案。

"不是我要插在中间，是我表弟每次让我叫她出去，她非要把我拉上不可，我要是不陪，她就不去。"刘宇杰辩解道。

"哈哈，我懂了！"许伟拍着手大笑起来。

"我也懂了。"冯炳琦也笑了。

杜海军的脸上也露出了诡秘的笑容。

"你们懂啥？我不懂！"刘宇杰看到众人的表情，感觉自己的智商受到了羞辱，焦急地大声问道。

"兄弟，用脑子慢慢想去。"冯炳琦笑着说道，"小杜，你们明天就要返校了吗？"他转身问杜海军。

"是的，这下走了，不知道什么时候才能再见到你们，真有点舍不得离开县医院。"杜海军用带着一丝伤感的语气说道。

三十一

返校后，经过两个星期的复习，毕业班的学生们就要参加毕业考试。同样是自习课，医士班的课堂秩序已明显不如以前，老是有人喊喊喳喳地说话，还有人随意地进出教室。几个月没见面，大家的变化都很大，穿着普遍比以前洋气多了，尤其是女生，好几个都烫了头发，穿着时尚的新衣服，还有的短发已经变长，绑成马尾垂在脑袋后面，上面装饰着漂亮的头花。学生们的思想也变得复杂起来，开始谈论工作、收入、恋爱、结婚。有几个人实习期间已经有了男朋友或女朋友，三天两头跑来看望，钻在小树林里半天不出来，晚上成双成对地跑到街上去看电影。护士班谈恋爱的更多，有的已经订婚了，来学校的时候是被专车送来的，不用说回去的时候肯定也有人来接。赵秦中专门请了假来到学校和张晓凤一起跑毕业分配的事。张晓凤实习期间他曾经到东正县来过几次，张晓凤也去过西安，两人几乎一周一封信，似乎已经铁了心要跟定彼此。他们到教导处找了好几次王占文主任，由于遇到了许多意想不到的困难，这对年轻人相互责怪，经常吵架，张晓凤老是郁郁寡欢的，看上去很烦恼。她跟张婉月已经彻底闹翻了，姑侄俩见了面就跟仇人一样，谁也不跟谁说话。

周敏慧听张晓凤说她根本没有希望分配到省城，就问她打算怎么办。

"我不想回老家，市上也去不了，准备到其他县工作，等以后有机会再慢慢往西安调。自从我和我小姑为谈对象的事翻脸以后，家里人谁都看我不顺眼，成天把我骂得要死，连我奶奶都把我恨了，说我是白眼狼，没良心。你不知道我在那个家里看着别人脸色吃饭的日子有多难受，有时候实在听不下去那些难听话，都想从硷畔上跳下去。可我觉得自己没错，我和赵秦中是真心相爱，就算现在跟他分了手，他也不会跟我小姑结婚的。"张晓凤毫不羞惭地说道。

"那你想到哪个县去？"

"可能是东边的哪个县，也可能是北边的某个县。你呢？我听方媛说她准备参加统分，咱们班还有好几个人准备往市上留。"

"参加统分很有可能分配到比较偏远的劳改场、监狱等地方，我不想在那种环境下工作。要往市上分得找人，你知道我们家没有什么社会关系，我爸妈也不支持我到外面去，他们希望我能留在他们身边工作。县医院现在效益还不错，护士也比较缺，运气好的话，说不定还能留在城里。"周敏慧笑着说道。

"是吗？那我就到你们县去，最起码还有自己的同班同学可以说话。你欢迎我不？"她亲热地抱住周敏慧脸贴着她的脸问道，似乎她就是主宰自己命运的女神。

"当然欢迎了，我怎么敢不欢迎你这个大美女？"

"嗯。我出去一下。"张晓凤忽闪了一下妩媚的大眼睛，一把将桌子上的书收起来，塞进抽屉就要走。

"你把书摆在面前到底看没看，又急着要走？"周敏慧问道。

"我满脑子都是事，哪里看得进去！"

"那你坐在这里装模作样的干什么？"

"为了让大家知道我也复习过。"她抿着嘴笑着说道，"考试的时候还得请你帮忙，我已经跟第二排的同学说好了，我俩准备换座位，我坐在你后面答题，你把答过的题稍微露出一点能让我看见答案就行了。"

张晓凤走出教室，下了楼，迎面碰上郑浩然正朝医士班的教室走去，她礼貌地跟他打了声招呼，径直朝宿舍走去。

"陈灵均，你出来一下。"郑浩然趴在门上叫了一声。

全班同学的目光都投向前面的座位，陈灵均从容不迫地收拾好书桌上的东西跟着老师走了，身后很快响起一片议论声，大家都猜想他可能要留校。

277

陈灵均跟着郑浩然来到教务处，王占文坐在里面正在等他。事情果然不出众人所料，陈灵均因为表现特别突出，被学校选定为"留校生"，王占文就是代表校领导征求他的意见，希望他能留在学校从事教育工作。这种机会不是每年都有，而且竞争性很大，很多人为了留校想尽一切办法拉关系走后门。留校，意味着他如同鲤鱼跳龙门一般，从挤满了数百名中专生的泥窝里，直接飞跃到令人羡慕的白塔内，长期工作生活在新安城。一般情况下，只有大学毕业的本科生才有资格成为这里的教职员工。

王占文和郑浩然向他宣布这个喜讯时都显得很高兴，他们用期待的眼神看着他，似乎在说：只有傻瓜才不同意。

虽然对于这样的结果陈灵均早有预感，但是他仍然觉得心头一热，十分感动。他低下头略微沉思了一会儿，诚恳地对两位老师说："非常感谢校领导对我的信任。在二百多名毕业生当中，学校能把这样一个难得的机会留给我，说明各位领导和老师对我十分重视，希望能为我提供更好的发展机遇。说实话，我也很想为自己的母校做一些力所能及的事情，遗憾的是，我在上初中的时候就立志要成为一名医生，像白求恩大夫那样，为千千万万的普通老百姓解除病痛。经过几个月的实习期，我更加坚定了自己的理想和信念，对未来的从医路十分有信心，请你们理解我，支持我，把这个宝贵的机会让给别人吧。"他从椅子上站起来，朝着对面的两个人深深地鞠了一个躬。

王占文惊讶地看着他，有点不相信地问道："你真的想好了吗？将来要是后悔了是不能再回头的。"

"你不用急着做决定，回去再好好想几天，也可以征求一下家里人的意见。等你完全决定好了再把结果告诉王主任也不迟。"郑浩然赶紧在中间打圆场，生怕陈灵均错失了好机会。

"不用再想了，我早就想好了，我也用不着跟其他人商量，我的事情我自己做主。"他冷静地回答道。末了，又羞涩地笑了一下，似乎觉得很抱歉。

见此情景，王占文只好带着深深的遗憾对他说："既然是这样，那我们就不强人所难了。祝愿你在从医的道路上学有所用，学有所成，为咱们的母校争光，为家乡的父老乡亲造福！"他站起来跟陈灵均握了握手。

郑浩然也走过来拍着陈灵均的肩膀动情地说："回去以后，一定要争取在大医院工作，多寻找一些机会到外面去学习深造，否则的话就把你的才华埋没了。"

陈灵均的喉头一阵哽咽，点了点头，用沙哑的声音说："谢谢王主任，谢谢郑老师，你们的话我一定会记住的。"

陈灵均走后，郑浩然忧心忡忡地对王占文说："陈灵均是一个学医的好苗苗，需要有人好好地扶持和培养，可惜他是农村家庭，外头也没人招呼，回去了要分到县医院很难。"

王占文叹了口气，用拳头在桌上用力挤压了一下说："但愿老天爷能眷顾这个勤奋努力的娃娃，少给他一些坎坷，多给他一点成才的机会。"

几天以后，毕业班的学生全部参加了毕业考试。考试时，张晓凤通过照抄周敏慧三门课的答案所有课程的成绩都达到了六十分以上，顺利地毕业了。拿到毕业证的第二天，学生们便离开学校，回到各自家中，等待分配通知。

韩春秀初中毕业以后，通过熟人关系招聘到卷烟厂的生产车间当工人，那里工作环境差，噪声大，烟丝特别呛人。工厂对工人的工资实行基础工资加计件提成的方法计算，要想多拿钱就要多加班。工人们普遍文化程度很低，干的活技术含量也很低，只需要经过短期培训就可以掌握简单的技术。虽然通过高强度的劳动也能满足基本的生活需求，但是这样的生活与她向往的人生相差太远，她不想把自己的青春和热情全都埋葬在这种毫无意义的劳作当中。一个偶然的机会，她和一位女同事聊天时无意间听说对方的亲戚是交道镇的教育专干，就托她向亲戚打听有没有空缺的民办教师岗位。两个月后，专干托这位同事转告她，有位老教师刚刚办理了离岗手续，问她愿意不愿意去他所在的农村小学教书。韩春秀听了欣喜若狂，第二天就到厂里办了辞职手续，背着铺盖卷坐车来到交道镇报到。

当上民办教师以后，她一边教书，一边在同事薛砚清的帮助下自学高中课程，只用了两年的时间就学完了所有的课程，并通过考试拿到了高中毕业证。但是和身边的其他同事相比，她的学历还是低得可怜，于是这个要强的女孩子又省吃俭用上函授，学习师范的大专课程。薛砚清是高中毕业生，比韩春秀大四岁，已经教了两年书，也是未婚青年。这位小伙子长相比较普通，家庭条件也不太好，但是人特别老实，很懂得关心人，两个人在相互的接触中慢慢地产生了感情，相恋三年后结了婚。虽然民办教师工资不高，婚后的日子过得很拮据，但是两个穷苦人家出身的孩子都特别能吃苦，对物质生活没有太高的要求，所以生活得一直很安稳。不久前，他们生下一个十分可爱的男孩，取名东东。东东的皮肤像爸爸，特别白净，眼睛像妈妈，又大又亮，不管谁见了都喜欢得不得了。不知道什么原因，小家伙天生体质比较弱，特别爱感冒，还有一个怪毛病，一哭脸蛋和嘴唇就发紫，半天上不来气，经常把韩春秀夫妇吓得手足无措，寝食难安。现在东东已经六个月了，家里人还不太敢把他抱到外面，生怕受了凉又感冒。

这天下午吃过饭，韩春秀到外面转了一圈，感觉天气不凉不热，也没有风，就用一块床单把孩子裹住抱到院子里让他呼吸新鲜空气。

这时，一位名叫喜珍的学生家长手里拿着针线活来串门，韩春秀让薛砚清从家里搬来小凳让喜珍坐下。

喜珍逗了一会儿孩子便拿起针线活做了起来，边做边问她是否认识虎沟镇向阳村的陈灵均，她听人说他俩是同学。

"当然认识，我们俩还在一起上了一年学呢。你打听他干什么？"韩春秀不解地问道。

"噢，是这么回事。我外甥女在交道镇街上的税务所上班，有人给她介绍了一个对象，是个医生，叫陈灵均，刚安排到卫生院，两个人还没有见面，我姐托我打听一下这个娃娃的家庭情况和人品，所以就跑到你这儿来了。"喜珍笑着说道。

韩春秀如实向她介绍了陈灵均的家庭情况，提到陈灵均本人时，她说："这个娃娃聪明好学，很有上进心，他做事干脆利索很有主见，心善，人也实在，人品绝对没有一点问题。你要是相信我的话，就告诉你姐，你外甥女要是跟了他，将来肯定会幸福的。"

"韩老师，我相信你，不信你的话我就不会到这里来。照你这么说，娃娃确实是个好娃娃，就是家里的父母年纪有点大，光景不太好。这样吧，我把这些情况都告诉我姐和我姐夫，让他们自己去考虑吧。"

韩春秀突然觉得脸上有一股凉风吹过，赶紧让薛砚清把孩子抱回去，自己仍然坐在外面和喜珍拉话，直到听到屋子里传出东东的哭声，才急匆匆地跑进门。紧跑慢跑还是把孩子又哭得憋成了一个紫疙瘩，她一边焦急地给孩子掐人中，一边对丈夫说："哪天咱俩抱着娃到交道镇卫生院去看看，这娃到底是咋啦。我同学在那里当大夫，正好也可以见见他。"

韩春秀所在的北窑科村在交道镇北边的塬上，下了山再走五里路就到了镇上。由于孩子太小，平常她很少出门，跟以前的同学基本上没有什么联系，在她的想象中，大家肯定都比她过得好，除了实在没本事出去的农村娃娃，一般人是不会到这种地方来的。她没有想到，班里最优秀的同学陈灵均工作的地方与自己相距竟然不到十里路。他为什么不到县级以上的大医院去工作，到这里来图啥？她有点想不明白。她倒不是觉得乡镇上不需要好医生，而是觉得他来了以后肯定会对这里的环境感到失望的。基层的小医院和县医院相比，条件和设施差距很大，这里的医生也和县医院的医生不同，他要是在这里待的时间久了，说不定整个人都会变的，变得就像她认识的那几个卫生院的医生和护士一样——每天迈着慢悠悠的步子在院子里走路，慢悠悠地给病人开药、打针，慢悠悠地拿着筷子吃饭，坐在院子里慢悠悠地和人拉话，等着太阳慢悠悠地从山背后落下去，又升起来。

她所担心的这些陈灵均并不知道，尽管他已经知道自己分配到了哪里。

早上一吃完饭，陈儒生就到地里去了，陈灵均换了一身平常不穿的破衣裳，头上戴了一顶帽子，钻进放杂物的闲窑里整理东西。在等待分配的这段时间里，他自己跑到县医院联系了医务科科长刘焱，又到儿科跟着徐若谷实习了两个月。回到家里以后，他把自己能干了的活全都干了，就剩下这最后一项工作了。

不一会儿的工夫，随着一阵叮叮当当的声音，从屋子里扔出来一大堆破筐子、烂盆子、损坏得十分严重的家用小工具、被老鼠咬出许多窟窿眼的旧麻袋、腐烂的木头和没用的玻璃瓶。紧接着，又响起了唰唰的扫地声，不断有灰尘从窑洞里飘出来。等人从里面出来以后，浑身都是土，就连眼睫毛都变成白的了。

"这些都不能用了？"罗雪娥弯着腰半蹲在地上，用手心疼得摸着那些破烂玩意儿疑惑地问道。满头的银丝在阳光下闪闪发亮。

"不能用了，早就该扔了。"陈灵均刚要收拾自己清理出来的废物，发现很多东西都不见了，原来是被他母亲挑走了一部分，转移到了另外一个地方。他哭笑不得地站在那里，只好把剩下的垃圾倒了。

陈灵均把屋里屋外全部打扫干净以后，罗雪娥已经在盆里舀好热水让他洗脸。

"灵均，你还有事没？"罗雪娥站在一旁问道。

"没有。妈，你想到哪里去？"陈灵均边用肥皂水使劲搓脸边问。

"你带我到你二大来生家去一趟。"

"行。"

陈灵均洗完后换了一身干净的衣服，搀扶着母亲出了门。

两人刚走到公路上，便听到吴有仁远远地喊着问道："灵均他妈，听说灵均分到交道卫生院了，是真的吗？"

"是哩。"罗雪娥答道。

"咋不把娃分在咱们虎沟镇？这样的话以后看病的时候找他多方便呀。几时去上班？"

"后天。"

"你可真有本事，又供成了一个念书娃娃，后半辈子啥也不要干了，就等着享福吧。"

"呵呵，可不，我娃的福我能享上。"罗雪娥自豪地答道。

"灵均，再回来了到我家转来，走的时候需要帮什么忙就给你叔说。"吴有仁笑容可掬地说道。

"哎。东西都收拾好了，没什么要帮的。"陈灵均笑着答道。

没走几步，又碰到了刚从地里回来的卢红娟，开口便说："灵均，今晚上能顾上给我妈打针不？就剩下最后一针肌肉针了。"她说的"我妈"是指她婆婆。

"顾上了。"

卢红娟顺手从手里挽着的筐子里拿出几颗梨往陈灵均的手里塞："拿回去和你大、你妈吃去。"

陈灵均不要，卢红娟死活不肯，推让了半天只得收下。

到了陈来生家，罗雪娥一见高慧琴便对儿子说："好了，你先回去，我和你二妈说几句话，到了晌午你再来接我。"

陈灵均见两个女人手拉着手，头挨着头，马上说起悄悄话来，知道她们肯定又在说给他找对象的事，便转身回去了。

自从学校毕业以后，罗雪娥四处托人给他说对象，开口闭口都是东家女子长，西家女子短的，生怕儿子落了单。

"妈，我还小，现在不想谈对象。"他对母亲说道。

"不小了，虚岁都二十二了，再不说婆姨，妈赶死都抱不上孙子了。"年近七旬的罗雪娥嗔怪地说道。

一听这话，陈灵均便不吭声了，任由她闹腾去。

前几天，陈灵芳婆家的村里有人托灵芳来做媒。她说，那家的女娃刚上了自费护士回来，暂时还没有找到工作。罗雪娥并不在意这个，但是她一听说女娃的妈妈死得早，认为这是严重缺陷，没有答应。灰灰婆姨介绍了一个女子，是城市户口，没有工作，人长得也俊着了，就是说话有点结巴。罗雪娥觉得这个结巴娃配不上自己的儿子，也没有答应。高慧琴说的这个女子在税务所上班，家里的光景还不错，正好和陈灵均在一个街上上班，她很满意。可人家只提了一下便没了音信，所以她的心里很着急，想在儿子上班前问清楚对方到底是什么意思。

陈灵均回到自家的院子里，远远地就看见小侄陈敬医趴在院子外面的磨盘上写作业。敬医听见脚步声转过身来高兴地喊道："四大，我爸妈都不在了，我来你们家写家庭作业，写完你给我改一下好吗？"敬医已经六岁半了，刚上一年级。

"好，我给你搬个凳子坐着。"

陈灵均把小板凳放到敬医屁股底下，问道："你爸爸出门还没回来？"

"嗯。我妈说今天晚上就回来了。"

"好好写，写完了叫我。"陈灵均亲昵地在他的小脑袋上摸了一下。敬医看着他甜甜地笑了一下，又低下头去写字。

陈灵均回到家里，搬出父亲给自己做的新箱子放到前炕上，把换洗的衣服、书籍和日常用品整整齐齐地放在里面。可能是考虑到他参加工作了，平常用的东西比较多，这个箱子比原来的空间大，东西全放进去以后还差一大截没有装满。看着这些熟悉的物品，他不禁又想起了在县医院的学习经历，心里既怀念又失落。他一度以为自己是有希望留在那里的，以他的才华和能力完全可以胜任县医院的工作。可现实却告诉他，他的想法太天真了。实习结束前陈淳曾经提醒过他，如果想留到县医院，就去找叶院长。可他囊中羞涩，两手空空的，怎么上门去找？从杜海军的来信中他得知，他们那一级护士班的毕业生全都留在县医院工作，医士班的毕业生中，除了一名省卫校毕业的女生留在县医院外，其他人都分配到基层了。杜海军说那个女生家里有当官的亲戚，社会关系很扛硬。陈灵均要去的交道镇卫生院是乡镇医院中规模较大，条件较好的，杜海军所在的狼头山卫生院地理位置十分偏远，医院规模很小，条件也很差，听说到了那里还要自己担水劈柴。他把这次分配情况跟母亲说了以后，她说："灵均，别难过，人各有各的命。既然老天爷让你到那个地方去，你就去吧。只要我娃是好样的，到哪里都不会比别人干得差。"想到这里，他叹了口气，把箱盖盖好，挪移到合适的位置，然后打了盆水把脱下的脏衣服洗了。

"四大，我写完了。"敬医拿着作业本蹦蹦跳跳地跑过来让他检查。

正在拧衣服的陈灵均擦干净手，拿了支红笔认真地批改起来。

"嗯，作业全写对了，就是字没有写好。你以后做作业的时候稍微写慢一点，把字写好一点，就像我这样一笔一画地去写……"他在一张白纸上给敬医示范了几个字，敬医用敬佩的眼神看着他写完，抬起头说："四大，你写的字真好看，我要跟你学写字。"说完，便拿着那张纸跑到外面照着练字去了。

陈灵峰前几年虽然当了村长，但是在这个职位上没有什么油水，家里的光景还不如在外面做生意的陈灵辉一家。陈灵均觉得这个孩子长大了兴许比他爸有出息，对他寄予了很大的期望。

敬医练完字，估摸着家里人回来了，就背着书包走了。

中午一点多，陈灵均到陈来生家接母亲回家，发现老人一路上沉默不语，似乎有什么心事。

"妈，你咋啦？"他柔声问道。

"没事。"罗雪娥的声音很低。

"肯定有事，你就别骗我了，是不是你上回看中的那个女子没有看上我？"

"唉，不是人家没看上你，是没有看上咱这个家，嫌咱家太穷了。"罗雪娥神色黯然地说道。

"她看不上咱家，咱还看不上她呢。嫌贫爱富的，肯定也不是什么好人。你别急，等我上班了，给你谈一个人又俊脾气又好的女子，让那家人后悔去。"

"好，好。我娃真懂事，妈就盼着这一天呢。"罗雪娥转动了一下那只灰白的眼珠子，高兴得直点头。

三十二

吃过晚饭，陈灵均来到陈灵峰家，一进门就听见大哥"哎哟，哎哟"直叫唤。他顺着声音看过去，只见陈灵峰抱着个枕头趴在炕中间，脸色又黑又黄，满嘴都是血疱，敬医跪在他身旁正在用两只小手给父亲揉腰。

"灵均来了，快坐到炕上去。"红梅热情地招呼道。

"大哥，你咋啦？"陈灵均坐在陈灵峰身边关心地问道。

"腰疼。这段时间天天从早到晚东奔西跑的，把人能累死！"陈灵峰恼火地说道。

"又是为了计划生育的事？"

"可不。当这个烂尻村长，别的事没多少，就这个计划生育的事能把人麻烦死。现在谁要想当这个官，我立马双手奉送！"

"没人爱当，你送不出去。"红梅笑着说道。

"灵均，你不晓得我一天有多少事追在屁股上要弄。村里的年轻人刚一结婚就要给他们宣传计划生育政策；生了一胎的，刚一满月就要催着让那些婆姨上环。就算上了环，他们也有办法把那玩意儿取了，这帮子人是最危险的，弄得人成天提心吊胆的，像防贼似的把那些婆姨照着，一看见谁的肚子大了，就要跟到家里拷问是不是有了。要是有了，就劝人家去做人流，月份大的催着去引产。人要是跑了，还得到处撵。本来大家都是一个村里的关系挺好，现在见了面就像仇人一样，个个看着我眼黑，好像是我存心要跟人家过不去似的。好了，敬医，不用揉了，让爸爸翻个身。"敬医松开手，陈灵峰刚把身子歪了一下，又疼得叫唤起来。陈灵均赶紧帮他把体位调整好，让他比较舒服地平躺在炕上。当他的手挨到哥哥的脊背时，突出的肩胛骨就像又薄又硬的木头片一样硌手。

"现在村里怀上二胎的多不多？"陈灵均问道。

陈灵峰看了一眼门，示意他关上。陈灵均马上跑去把门关严。

陈灵峰小声对弟弟说："光我知道的有三个，有两个前两胎生的都是女子，一个头一胎是小子，现在全都不在村里住着。头一胎是小子的那家已经快怀够月了，我通过他们家里人给那两口子捎话说，不管躲到哪里，只要不让乡政府的干部逮住就行，先把娃生下再说。娃太大了，引产了是害命哩！有一个婆姨怀了六个月了，已经有人告下了，我看怕是躲不过去了。还有一个才四个多月，本来我也不想管，人家也不怕罚，可是最近县上给乡上下了硬任务，乡上又给包村干部咬牙，谁的工作搞不上去就处罚谁，那些干部怕得要死，又给村里施加压力，说是出了事要追究村干部的连带责任。我倒是不怕他们处理我，大不了不当这个烂尻村长了，巴不得早一点把这摊子烂事推出去呢。问题的关键是，他们说，如果这几家人在规定的时间不回来引产，后果十分严重，是要受到严厉处罚的。我和支书这几天跑出去就是为了专门找刚才说的怀孕四个多月的那一家，把政策给他们说明了，让他们自己考虑清楚利害关系做决定。你知道是谁家不？就是吴有才的二儿和二儿媳妇。我给你说了，你可千万不敢告诉别人。原先我也不知道他们藏在哪里，问了吴有才和他婆姨都不给我说，连哄带吓做了半天思想工作才告诉我那两口子躲在安定县的亲戚家里。去了刚开始见不上人，费了好大的周折才碰了个面，拉了一阵话，他们夫妻俩商量了以后同意回来引产，我就带着人一起回来了。明天还要找另一家谈判去。"

"这么严厉的政策，我估计没有人不怕。"陈灵均说道。

"大部分人都怕，也有少数人不怕，说宁可出去要饭，也要把娃生下。人的思想观念不是一下子能转变过来的，特别是咱这里的农村人。你宣传得再好，他还是按他的想法来做事。你二哥家头一胎生的是女子，其实，你二嫂还想再生一个小子，我说千万不敢有这个念头，等过上几年，形势稍微松动了一些再考虑也不迟。他们也就没敢再要。"

两人又谈到父母的年纪和身体状况以及陈灵均的婚姻大事。陈灵峰和罗雪娥一样，也希望他能早日成家。兄弟俩一直聊到晚上十点左右才分手。

两天以后，陈灵均扛着木箱子，提着铺盖卷，站在村前的公路上，搭上了通往县城的客车。到了城里，已经没有发往交道镇的车了，只能等到第二天早上再坐车去。车站旁边有个旅舍，一张床睡一晚上五块钱。他嫌贵没住，拿着行李来到邮电局的家属院外面，把东西寄存在门房里，来到赵志刚的二爸家敲了敲门。赵志刚的二爸从里面探出头，一眼就认出了陈灵均，热情地招呼他进屋。陈灵均没有进去，问赵志刚在不在。老人说："没回来，今儿是星期三，他正在上班。你有事没？"

"没有，我只是顺路过来看看。"他转身就走了。

从院子里出来以后，他能想到的第二个去处就是何宏伟那里。可是已经到了下班时间，他不知道他住在哪里。心里想：提着这么多的东西，万一打听不到又得白跑一趟。于是，就回到车站把东西放在候车室里，拿着杯子跟工作人员要了点开水，吃了家里带来的干粮，然后静静地看起书来。

晚上，他打开铺盖卷盖着被子和衣躺在椅子上。有两名流浪汉也睡在候车室里，不时有人进来查看发车的时间表。他怕被熟人认出来，用被子蒙住脸，想象自己一个人睡在空荡荡的大房子里，外面就是乡村的田野，有蛐蛐儿在轻声鸣叫，牛在打喷嚏，毛驴尥着蹶子在驴圈里来回转圈，谁家的门不停地被打开又关上，还有拖拉机在远处轰鸣，慢慢地就睡着了。

第二天早上刚到五点钟他就被坐车的人吵醒了，用厕所里的自来水洗了脸，坐在椅子上默默地看着周围的人，一直等到九点钟才坐上通往交道镇的客车。肮脏破旧的客车载着满满一车的人往东走了十里路，上了北面的山，在高原上行驶了一个多小时，过了好几个地形十分险要的崾岘，下了山，在狭窄的山沟里不停地拐来拐去，颠簸个不停。沿途经过好几个村庄，不时有人上车、下车。将近中午时分，眼前的视野逐渐变得开阔起来，在两条河流的交汇处出现了一个古老的小镇，不用说那就是交道镇。客车在路边缓缓地停了下来，车上的人都挤着向外走，陈灵均把行李拿在手上还没有从座位上站起来，便听见外面有人喊："陈灵均，陈灵均在不在？"他赶紧答应了一声，透过车窗看见路边站着一位穿着很朴素的中年男子正在朝车上呐喊，他向那人招了招手，对方看清他的眉眼后欣喜地笑了一下，很快又恢复了严肃的神情。他一下车，那人主动跟他握了一下手自我介绍说："我是吴建树，交道卫生院的院长，这儿你没来过，我怕你找不见，专门来接一下你。"说完便接过他手里的铺盖卷扛在肩上。

陈灵均来之前已经听说过吴建树这个人，知道他也是新安地区卫生学校医士班毕业的，已经在基层工作了十几年，连忙笑着说："吴院长，谢谢你亲自来接我，东西不多，我自己能拿了。"他想把铺盖卷夺回来，可吴院长说什么也不肯，只好抱着小木箱默默地跟在他身后，沿着一座小桥向河的北岸走去。

"咱们这个医院70年代初到80年代中期是全县各公社的医院里技术力量最强办得最好的一家医院，当时有二十几名职工，一到遇集天来看病的人可多了，有时队都能排到院子外面。病房里的病人住得满满的，大约百分之八十以上的病都能在家门口治疗，根本不用到县级以上的大医院去看。咱医院的那三排窑洞就是那时候盖起来的。"吴建树一边走，一边介绍道。此人身高一米七八左右，头顶的头发又长又旺，两侧的比较稀疏，额头有点窄，抬头纹很深，说话时面部的肌肉比较僵硬，眼神微微有些愁闷。

"1970年的时候，县上下放干部，把很多好大夫都调到基层了。章会珉、叶知秋和孙淑敏大夫就是从县医院下放来的。章会珉会做手术，叶院长看病看得好，既会开西药，还会开中药，孙淑敏主要看妇产科。彭向东大夫是学校毕业后直接分配到基层的大学生，李思贤是从长河滩公社卫生院调来的。这几个人后来调回县医院以后全都被送到北京的人民医院、友谊医院、积水潭医院、协和医院去进修，不过，那已经是1977年到1985年之间的事了。"

他带着陈灵均走进一条三四米宽的小巷，铺着小石子的道路两边是一排排整齐的平房和窑洞。上了一个土坡没走多远，悬挂着"交道镇卫生院"几个大字的牌子便出现在眼前。他停下脚步指着里面的院子说："这三排石窑全是咱医院的，第一排是门诊、手术室、药房、透视室和 B 超室。B 超现在没人做，里面只放一台旧机子，门诊和手术室的房子是相通的，手术室里有一张手术床。以前章会珉和彭向东在里面做过手术，要是医院来了生娃的就变成产房了，这条街上好多二十岁以下的年轻娃娃就是从这里出生的，现在不接生了，生娃的都到县里去生。"

窑洞看上去已经很旧了，门窗上的黄油漆被阳光晒得有些发白，外墙的泥皮好几处都剥落了，墙上有不少斜形的裂纹。尽管是旧地方，窑洞门前挂的白门帘却是新的，上面用红字印着医院的名称。虽然是上班时间，院子里一个人也没有，看上去特别冷清。

"第二排是职工宿舍和大灶，第三排是病房和库房，我就不带你去看了。你把东西先放到我的房子里，进去喝口水吃了饭再收拾。我把你安排在西面的第二面石窑里，房子已经腾出来了，你要是嫌不干净自己再打扫打扫。房子里有炉子，可以生火，生火的柴要自己想办法弄。医院有灶，职工都在灶上吃饭，一个月只扣五块钱伙食费，家属在自己家里吃。"吴建树把陈灵均带到东面停着一辆破旧的摩托车的窑洞前，打开门放下铺盖卷，倒了杯茶水让他坐下歇息。窑洞前面摆着一对套着蓝色布套的双人沙发和玻璃茶几，后面是土炕，花花绿绿的铺盖和农村人没什么两样。沙发对面放着一对黄色的高低柜，低柜上有一台十四寸的黑白电视，高柜上放着水杯、茶壶等杂物。两只柜子的表面没有用砂纸打磨平，看上去不太光滑，油漆的底色也没有调匀，颜色深一块浅一块的，低柜的玻璃门下面画着笔法十分拙劣的花鸟画。陈灵均注意到对面墙上的镜框里有许多老照片，就端着水杯去看。

照片中有吴建树插队时拿着《毛主席语录》拍的照片，还有他和家人、同学、同事的合影。吴建树见陈灵均对一张写着"交道公社医院全体职工欢送章会珉同志合影留念"的照片很感兴趣，就指着中间那位身材魁梧浓眉大眼的男子说："这就是章会珉，你见过没？他现在已经调到地区医院了。你看他长得气派不？"

陈灵均笑着点了点头说："很气派。我在实习的时候见过他一回。"

"他是温州医学院毕业的大学生，人特别聪明，北京医疗队在长河滩公社待了一年，又到县医院蹲点的时候，卫生院派他到外科去学习，有两个老中专生跟着医疗队看了一个月都没有学会做胆囊切除术，他只看了一次就学会了。他会拉手风琴，一到夏天吃过晚饭就坐在院子里拉《革命人永远年轻》《洗衣歌》《莫斯科郊外的晚上》。彭向东和孙淑敏两口子会跳舞，就在旁边给他伴舞。孙淑敏年轻的时候人长得很漂亮，常穿着花裙子，跳舞的时候转起圈来，花裙子就像花蝴蝶一样扑扇扑扇的，周围的老乡都跑来看。这个女的就是她，站在她旁边的就是她的爱人彭向东。彭向东是上海人，个子不高，但是手特别灵巧，会织毛衣，他给小娃娃织的毛衣可漂亮了，上面的图案比一般的婆姨女子都织得花哨。彭大夫很爱吃青菜，有时候孙大夫不在家的时候，他煮上半锅水，随便摘几片菜叶子扔进去，加点盐，就变成汤了，舀在碗里喝得可香哩。李思贤大夫是咱本地人，爱吃大肉，有一次他实在看不惯就问彭大夫：'你那汤里连一点油花花都没有，淡不溜溜的，有啥喝头？'彭大夫说：'你不知道，这菜汤里含有多种维生素，可有营养了，多吃蔬菜比多吃大肉有好处。'李思贤不会拉手风琴也不会跳舞，常常一个人坐在窑洞里看书。喏，这位面相稍微有点富态的就是李思贤，他在县医院上班，你实习的时候肯定见过。"

陈灵均说："见过，他还教过我呢。"照片中的人年纪都在二十到四十岁之间，个个神采飞扬，器宇不凡。彭向东头上的刘海儿整齐地梳向右侧，目光炯炯有神，显得特别自信。孙淑敏面容清秀，笑容甜美，眼神明亮，前额的头发大概烫过，看上去很蓬松，肩上搭一条一尺多长的粗辫子，辫梢上扎着蝴蝶结。年轻时候的李思贤也比现在帅多了，身材瘦瘦的，看上去十分精干。

两人看完照片又回到座位上坐下。

陈灵均想起进了医院以后感觉这里很安静，就问他："吴院长，医院现在职工好像不多，是不是大部分都调走了？"

"是的。我刚才说的那帮人和另外几名北京来的知青工作了几年以后就调回去了，有的调到县上了，有的调到了市上。他们在这儿的时候我刚参加工作，是一名护士，跟着叶知秋院长学过看病，后来'文革'结束后恢复高考制度，我考上卫校改行学了医生，毕业后又回到了这里。这些人都是我亲眼看着一个一个离开的。说实话，心里真舍不得让他们走啊，直到现在晚上做梦还梦见跟他们在一起。"吴建树感慨地说道。

"为什么那么短的时间内基层的好医生都调走了？难道是上面的人认为这里的医疗工作不重要吗？"陈灵均不解地问道。

"也不是。七九年以前，医务人员的工资由政府拨款，医生只管给病人好好看病就行了，啥负担也没有。六五年国家提出'把医疗卫生的工作重点放到农村去'，农村有了赤脚医生。赤脚医生挣的是工分，看病花钱少，医疗水平也不高。但是乡镇医院的基础医疗设施比较齐全，有很多高学历的医疗人才，整体水平比现在强。七九年改革开放以后，国家减少了对医疗卫生投入的比例，卫生系统开始运用经济手段管理卫生事业，对医院实行"五定"，即定任务、定床位、定编制、定业务技术指标、定经费补助。这样一来，医疗成本、医生的工作量就和医院的效益挂上勾了。很明显，这样的政策对县级以上的大医院更有利。八零年又出台政策允许个体开业行医，八九年开始推行承包责任制，让医院自行管理、自主经营、自主支配财务收支。我就是那个时候承包了咱们医院的。人家县医院通过社会集资和贷款购买了一些仪器设备，提高了医务人员的待遇，把好多人才都挖走了。咱这儿本身各方面条件都比较差，这样一来发展就更困难了，但凡有点本事的人都走了，别说大学生，就连中专生都留不住。全院一共九名职工，其中四名是正式工，五名是临时工。现在名义上说是有三名医生，实际上只有咱们两个人。另外一个娃娃只待了半年就不来上班了，听说谈了个对象是城里的，正在办理调动手续。你来了以后希望你能放开手脚好好干，争取在这儿给咱干出点名堂来。"吴建树鼓励道。

"老吴，你就别在这儿瞎说了，说得人家娃娃都想拍屁股走人了。"一位身上穿着变了颜色的白衬衫，手里拿着一个烟锅吸着旱烟的男人从门外走进来，说话的语气似乎根本没有把这个"院长"看成个"官"。

"我说的是实话，又没有哄人家娃娃。小陈，这是咱医院的会计，叫磨建平，你就叫他老磨好了。他也是咱这儿的老人员，跟我是同一年进来的，剩下的几个人都是承包医院以后招进来的。老磨，这是刚分来的中专生陈灵均。"吴建树介绍道。

陈灵均赶紧站起来跟老磨握了握手。老磨大摇大摆地在他身旁坐下，浓重的旱烟味特别呛人。

"老磨住在我隔壁，他就是这条街上的人，婆姨娃娃都跟着他住在医院里。这家伙很有苦，在山上挖了一块地，种的菜可好了，一年四季不用买菜吃。"

"不是我有苦，我老婆没工作，一个人挣钱四口人花，不想点办法这日子过不下去。"老磨深深地吸了口烟，朝空中吐出一大团蓝色的烟雾。

"你的烟瘾可真大，为什么要抽旱烟，不抽纸烟？"陈灵均问道。

老磨翻了他一眼，用沙哑的烟嗓子自嘲地说："旱烟便宜，纸烟贵呀。"老磨年纪不大，看上去四十岁左右的样子，头发微微有些秃顶，额头比较突出，淡淡的眉毛下面，一双布满细小皱纹的眼睛里透出经历过无数世事的中年人所特有的世故和老练，宽大的鼻子和鼻头上粗大的毛孔则显出几分农村人的厚道与实在，一张嘴，满口都是黑牙，上衣的衣领随意地敞开着，露出黝黑的脖子，一举一动很像农村的老汉。

三个人东拉西扯聊了一会儿，吴建树抬手看了看表说：“吃饭的时间到了，一起吃饭去。”

陈灵均从自己的箱子里拿出碗筷跟着吴建树和磨建平来到这一排窑洞西头的灶房里，护士、出纳（兼收费员）、药房的工作人员和厨师一见到他就纷纷站起来热情地打招呼。午饭是馒头、烩菜，味道很一般，但是管饱吃。在饭桌上，陈灵均认识了住在他隔壁的护士徐晓娟。徐晓娟是长河滩镇人，比他大两岁，是卫校八九级的学生，也是个农村娃。她的脸圆圆的，皮肤又黑又粗，身躯比较臃肿，性格特别随和。她大概已经适应了这里的生活，无论遇到什么事情都不急躁，总是以笑脸面对。她最大的特点就是慢，说话慢，吃饭慢，走路慢，干活慢。就连笑的时候都是先从瞳孔中间闪出一个亮点，慢慢地把充满喜色的光芒扩散到整个眼球，溢出眼眶后，逐渐延伸至眼角，然后再牵拉着脸颊的肌肉和两边的嘴角同时向上嚅动，把包裹在厚厚的嘴唇里宽大整齐的牙齿慢慢地露出来，整个过程很容易让人联想到花朵绽放的缓慢过程。不过这朵花虽然开得很慢，但是花期很长，很少看到枯萎的样子，有时甚至让人怀疑她睡觉的时候脸上也带着笑容。她平时除了当护士外，还兼管透视室的工作，听说陈灵均是自己的校友，马上就热情地招呼起他来，吃完饭主动帮他打扫了房间，整理好床铺，并且还再三安顿他，以后缺什么东西就到她的窑洞里去拿。

陈灵均的随身物品很少，窑洞里只放一张床，一个水缸，一套办公用的桌椅，一只木箱，一个脸盆架、一只暖水瓶和一个取暖用的炉子。脸盆、暖水瓶和喝水用的搪瓷缸（本来是漱口用的）都是单位发的，上面也印着“交道镇卫生院”的字样。窑洞的窗子上糊着麻纸，白天光线略微有点暗，后面的墙壁大概以前渗过雨水，留下很多黄色的印渍，乍一看很像彩色地图。可能长时间没住人了，房间里泛着淡淡的潮味，微微有些阴冷。

当天下午，吴建树给他放假休息。他到河对岸的街上逛了逛。所谓街道，其实就是横穿交道镇的那条马路，两边盖了几十间房子，遇到逢集日路边再增加一些卖菜的、卖肉的、卖山货、卖杂货的地摊。小镇四面环山，居民们大都在河滨南岸依山而住，北岸的居民较少。虽然是在农历八月，放眼望去，整个镇子除了稀稀拉拉有一些土槐树、白杨树和桃树夹杂在房屋之间，街道上几乎看不到一丝绿色，只有大片大片的黄土展现在人们的视野当中。每当有车辆经过，路上便会扬起半人高的浮尘，鼻腔里立刻涌入汽车尾气释放出来的臭味。当天不逢集，街道上行人很少，烈日下一切都显得很平静，就连清浅的河水也不愿意发出刺耳的喧嚣声，在人们的脚下静静地流淌着，闪烁着粼粼的波光。没有人能够想象出，千百年来这条河流经历过多少坎坷和磨砺，遭遇了多少风暴和雷霆。它似乎已经习惯了命运给予自己的各种考验，习惯了把喜怒哀乐全都隐藏在细细的波纹里。

陈灵均只用了五六分钟的时间就从街道的西头走到了东头。在南面的一间门面房里，他注意到有个个体诊所，一位胖胖的中年妇女手里提着用线绳捆扎好的中药药包从里面走了出来，身后不断传出叽叽喳喳的说话声。不用说，这个诊所里的医生会看中医，病人还不少。他在旁边的小卖部里买了一支牙膏、一块肥皂就回去了。

晚上，吴建树叫陈灵均到自己的窑洞里去看电视，他推说累了没去。老磨喊他和几位同事一起打扑克牌，他说不会打也没去。一个人坐在靠窗的桌子前，想象着十几年前医院里红火热闹的景象，耳边回响着曾经在这个小院里生活过的那群充满朝气富有才华的年轻人发出的笑声和歌声，内心充满了怅惘。他想：要是让我早生二十年和这些人一起工作生活该多好，我一定能从他们身上吸取到有益的东西，可我现在只是一只翅膀还没有长硬的小鸟，在这个封闭落后的山沟沟里能飞起来吗？长这么大，他从来没有像现在这样忧虑。

三十三

一吃过早饭，陈灵均就穿着单位新发的白大褂戴着听诊器坐在门诊上等待病人就诊。这天刚好逢集，先后来了十几个人，好几个人进门后一看到他转身就走了。他听到有人在外面议论说："怎么坐着个年轻娃娃？""大概是新来的大夫，谁知道能看了病不。"有几个人进来后直接就问吴建树在哪里。他告诉他们吴建树在自己的窑洞里，那些人便到他家去看病。

一连三天，没有一个病人找他看病，这让向来心高气傲的他自尊心备受打击。每天一到吃饭的时候端着饭碗就有一种深深的愧疚感，尤其不能听到别人询问他的工作情况，当他忍住眼泪艰难地吐出"没有人"那几个字时，恨不得一头钻进地缝里。

"没事，刚上班的时候都是这样。"吴建树安慰道。

"你不知道，老吴刚开始坐门诊的时候一个星期都没有人找他看病。"老磨也极力开导他。

他们的话让陈灵均内心的压力稍微减轻了一些。他分析可能是因为乡镇上地方小，人们来看病喜欢找熟人的缘故。可是万一——星期以后还没人来找他看病怎么办？一想到这里，他真想找一家美容院把自己整成三十几岁的样子，那样的话，也许就有人愿意相信他了。

第四天的上午，门诊上来了一位满脸焦急的农民，进来后没有马上扭头就走，迟疑了一会儿问道："彭向东大夫在不在？"

"老乡，彭大夫早就调走了。"陈灵均哭笑不得地回答道。

"什么时候走的？"那人不依不饶地问道。

"1985 年的后半年。"

"哦，我妈原来找他看过病。"他刚要转身走，又折回来问道，"你是看什么的？"

陈灵均愣了一下，反问道："你哪里不舒服？"

"不是给我看，是给我女子看病"。

"把她带来吧。"陈灵均说道。

那人出去以后，不一会儿就和一个女人搀扶着一个病恹恹的小女孩进来了。女孩只有十二岁，脸蛋红通通的，有点咳嗽。陈灵均询问得病的经过和症状，孩子的母亲说她已经病了三天了，一直高烧不退，夜里咳嗽得比较厉害，喉咙里还有痰。陈灵均给她量了体温，测得温度是 39.2℃，数了下脉搏，每分钟 109 次，有点快，用压舌板看了喉部，咽峡微微有点发红，肺部听起来呼吸音很粗。他检查完后首先想到的是要给病人做个化验，看看是病毒感染还是细菌感染，或者是其他病原体引起的发烧。可是这里没法做，只能透视一下肺部的情况。他让家属带着孩子去找徐晓娟，没想到孩子的父亲很快又跑回来说做透视的医生叫他。

陈灵均走进透视室，徐晓娟笑眯眯地对他说："我只会操作，不会诊断，一会儿做出来你自己看吧。"

灯拉灭以后，透视室里漆黑一团。过了一会儿，陈灵均隐隐约约看到眼前浮现出 X 射线投影出来的支气管和肺部的影像，他大致能判断出病人的肺部没有明显的炎症，但是不能完全肯定自己的诊断是对的。因为影像学在医学里属于一门独立的专业，中等专业学校的医技人员需要学习四年才能毕业。

"你等一下，我让吴院长再看看。"陈灵均没等灯拉亮就摸着墙壁跑出去，叫来了正在病房里查房的吴建树。吴建树看了一会儿，从透视室出来后又询问了患者的病史和症状，果断地说："急性支气管炎，你就按这个开药好了。"

陈灵均给病人开了一些对症治疗的药物，其中包括止咳药和解热镇痛药，至于病因治疗，由于缺乏相关的辅助检查作为诊断依据，只好同时使用了口服的抗生素和抗病毒药，并且嘱咐家属要让孩子多喝水、多休息，避免吃辛辣刺激的食物。家属买来药后，他拿着一支氨基比林针剂让徐晓娟给病人肌肉注射。徐晓娟正在治疗室里照着吴建树开的药单给住院病人配药。他随手拿起药单看了看，感到特别吃惊。几乎每位病人输注的液体中都含有大量的抗生素，有的是青霉素和链霉素两种抗生素联合使用，有的甚至使用了三种，即在上述两种药物的基础上增加了磺胺类药物。只有一个人只用了青霉素，但是 80 万单位的青霉素一次却使用了十二支，远远超出了正常的剂量，而这些病人所患的疾病仅仅是普通的感冒、急性胃肠炎、肺炎和扁桃体炎。这与他在学校里学到的用药原则是完全相悖的。通常情况下，只有感染十分严重，持续时间较长，使用单种抗生素不起作用的情况下才考虑联合使用多种抗生素。因为外面有病人家属在等候，他什么话也没说就出来了。

发烧的女孩打了退烧针，吃了药后，过了半个小时体温就降下来了。女孩的父亲说他住在附近的一个村子里，想把孩子带回家边休养边治疗，临走前又让陈灵均开了一支退烧药以备急用。陈灵均问他家里有没有人会打针，那人说，村里有赤脚医生，他便放心地开了药让他拿走了。

"陈灵均，你想不想跟我到病房里去扎针？"徐晓娟推着治疗车站在门口笑眯眯地问道。

"好啊，我正想练扎针的技术哩。"陈灵均见门诊上再没有来病人，就跟着她来到病房。

医院一共有六间病房，每间设置三张病床，病人原则上是谁收的谁主管。目前共有五个老病号在打吊针，大都是街上的干部、农民和生意人，年龄在五十到七十岁之间，住得近的吊完针就回去了，第二天再来，只有一个家在农村的晚上住在这里。陈灵均和徐晓娟进来的时候病人们正坐在一起聊天，看到来了个陌生的年轻人都好奇地打量着他。

"这个娃娃是不是吴建树新收的徒弟？"一位胖胖的中年男人问道。

"是哩。"陈灵均笑着答道。

"好好跟你师父学，老吴那家伙看病可能行了，我每回病了都来找他看，打上三四天吊针就好了。"胖男人用欣赏的眼光看着他说道。

"吴建树看得确实好，就是下药有点重。"一位六十多岁的白头发老人说道。周围的人都在偷偷地笑，还有人戳他的脊背不让他说。

"你老人家别在娃娃们跟前胡说，小心传到老吴耳朵里不给你看了。"胖男人吓唬道。

"我才不怕他哩，当着他的面也敢说。前几天我还对他说，能不能给我少开点药？他说，不行，少了治不好病。这是他的原话。"老人振振有词地说道。

"哈哈，人家说得有道理，就是这么回事。"胖男人一边挽起袖子让徐晓娟扎针，一边笑着说道。

徐晓娟给他扎好以后，挑了个血管好的病人让陈灵均扎。陈灵均知道老年人血管比较脆，怕扎穿了，刚开始没敢用劲，结果扎得浅了，针头恰好卡在软组织内怎么也动不了，疼得病人直咧嘴。徐晓娟给他使了个眼色，悄悄地接过他手里的针头又往前推了一下，输液管里很快就看到了回血。这是穿刺成功的标识。

"扎上了，这娃娃技术不错。"病人高兴地夸奖道。

那位白头发老人听徐晓娟说陈灵均是卫校毕业的大夫，便饶有兴趣地打听起他的姓名、年龄、家庭住址等信息，似乎在他身上找到了可以开发利用的优质资源。

打完吊针，陈灵均又回到门诊上继续坐诊。从那天开始，找他看病的人慢慢地多了起来，他走到街上有人能叫出他的名字，主动跟他握手、给他递烟，路过市场时，怀里会莫名其妙地被人塞进来一把蔬菜或者几颗瓜果，还有人在他看病的时候把一些当地的土特产放在他的诊室里。朴实的山里人这些小小的举动常让他感动不已。他自己平常不做饭，蔬菜瓜果一般都拿到大灶上和大家一起分享，小米绿豆等粮食则放到窑洞里准备过年回家的时候拿回去。

随着时间的推移，成功的喜悦越来越多，烦恼也不断增多。医院里缺乏专业的仪器设备和医技人员，很多辅助检查都做不成，给病人看病，根本不能按照书本上的流程去操作，除了详细地问诊外，主要靠望触叩听。所以，作为一名基层的大夫，除了具有专业知识专业技能以外，还需要丰富的临床经验，而他缺少的恰恰就是这个。不过，经验也是一个非常模糊的东西，有时可靠，有时并不可靠，即便是行医二十多年的吴建树也会被经验欺骗，更何况这个初出茅庐的年轻医生呢。因此，在很多情况下，他对自己的诊断是不自信的，对病人经常采取实验性治疗。"实验"成功，证明他的分析推断是正确的；"实验"失败，则说明他的诊断和治疗是错误的。有时候，他半夜里醒来，想起白天给某个病人开出去的处方，越琢磨越有问题，不由得后怕起来，生怕那人夜间病情突然加重被人送来急救。一般情况下，他拿捏不准的疾病会请教吴建树，但是用药却坚持自己的原则。有些过去常找吴建树看病的人看到他开的处方上只有一两种药物，就用怀疑的口气问："开这么点药，能治了病不？"不过，当他们吃了药病好了以后，就会比较出他的优点来。要是遇到吴建树也认不清的疾病，他就建议病人到大医院去诊治。他们只能治疗病情较轻的常见病、多发病，比如：感冒、腹泻、气管炎、肺炎、胃肠炎、泌尿系统感染等疾病。稍微复杂一点或者比较严重的疾病都打发到上级医院去了。这样虽然降低了医疗风险，但是对于技术水平的提高十分不利。另外，医院的药物品种很少，很多县医院用过的常用药在这里买不到。

由于老百姓普遍都很穷，价格便宜的止痛片和土霉素、四环素、氯霉素等广谱抗生素很受欢迎。很多人一来看病就要买这些消炎药，认为不管得了什么病都必须消炎，否则就治不好病。吴建树十分了解这些人，也学着外面个体诊所的样子，根据疾病的流行季节专门配制了一些治疗小儿腹泻、咳嗽的配方药，磨成粉剂包成小包卖给患者。只要花三四块钱就能买到，疗效也不错。但是这些药方中全都含有土霉素、氯霉素等广谱抗生素。陈灵均知道如果长期服用这些药物，不仅会引起很多不良反应，而且极易让患者对大量的窄谱抗生素产生耐药性。用老百姓的话说，就是用了这些药再用别的药，就拿不住了。

上班两个月后，陈灵均列了一张长长的药单交给吴建树，建议他下次采购时增加这些药物的品种。吴建树看了一眼扔在桌上，用十分淡漠的语气说："上面现在是按照正式工的人头费给基层医院拨款，经费十分紧张。我要是不进药，医院没法运转；稍微多进些药就没钱给大家发工资了，就这样凑合着干吧。说实话，你就是把好药进回来了，咱这儿的老百姓也用不起。门诊上来看病的，很多人身上只装几块钱，开的药稍微贵一点就不买了。比方说，一支氨苄青霉素比青霉素才贵两毛钱，在大医院用得很普遍，对吧？我以前也进过，放得都过期了还没人用，只好扔了，所以根本不敢再进。固定的几种抗生素用的时间长了病人自然而然地就有了耐药性，怎么办？只能加大剂量或者联合用药。有些药你觉得很重要，但是几个月甚至一年才用一次，进回来白白地压着钱，划算吗？不划算。你不当家当然不知道在小医院当院长有多难，我现在是把这个院长当够了，谁要是想收拾这个烂摊子我立马就给他。"

"吴院长，其他的药你嫌贵可以不买，但是有些比较便宜的常用药，特别是急救药，我觉得还是应该买回来。因为这关系到危重病人的生命安全，有时候，可能就因为少了一支药，让病人失去了活命的机会。"陈灵均大着胆子极力争取。

"呵呵，要是病真的害到了那个份儿上，光靠你我两人根本救不了。"吴建树冷笑了一声，固执地说道。

"可是在药物极度短缺的情况下，长期违规用药、超量用药迟早会出问题的！"

"谁说会出问题？"吴建树猛地一下转过头来，两只眼睛凶狠地瞪着他，脸涨得通红，"我干了这么长时间从来没有出过任何问题！年轻人，你才当了几天医生呀，就教训起别人来了。好好干你的活儿，进什么药我自己知道。好了，你回去吧，我不想再跟你说了。"

陈灵均回到自己的住处，想起吴建树粗暴专横的态度，心里既委屈又有些灰心丧气。院长一意孤行，不听取别人的意见，医院的医疗工作一直保持原有的状态无法打开新局面，这让他对自己的未来充满了担忧。他无法理解吴建树的工作目的是什么，仅仅是让医院生存下去，保住大家的工资吗？那他来到这里又是为了什么？只是为了从吴院长赐予的饭钵里分得一汤匙稀粥吗？如果真的是那样，他何必花费四年的时间辛辛苦苦学医，随便在街上摆个地摊，或者学个别的手艺活，照样可以糊口。

耳边突然响起了敲门声，他喊了声："进来。"从床上一骨碌爬起来坐在床沿上。虚掩的门扇被人轻轻地推开了，徐晓娟端着一碗冒着热气的蒸红薯笑眯眯地走了进来，一进门就把碗放到桌子上，热情地招呼他说："快过来吃红薯，我亲戚拿来的，刚在我的炉子上蒸的。"

陈灵均洗了手，用毛巾擦干净，走了过去。徐晓娟挑了个大的递给他，自己拿了个小的，两个人低着头开始剥红薯。出于职业习惯，他们的指甲都修剪得很短，几乎和指腹一样平，刚出锅的红薯很烫，皮又薄，剥起来很慢。陈灵均剥完已经开始吃了，徐晓娟才剥了一半。她剥得特别仔细，一丝皮都不留，红薯的内瓤既完整又光滑，就像一件精美的艺术品。

"好吃不？"她问道。

"好吃，味道特别甜，水汽又大，吃到嘴里还不噎人。"陈灵均夸奖道。

徐晓娟脸上的笑容更加灿烂了。

"今天你跟吴院长吵架了？"

"你听见了？"

"嗯，我刚好路过他的窑洞，听见几句。别当回事，他那人脾气不好，跟谁都这样，原先分到咱医院的大学生贾继民就是因为跟他合不来才走了的。以前还来过一个做B超的，待了一年也走了。吴院长虽然个性很强，但是心眼不坏，有时候住进来重病号，一晚上守在跟前不合眼，等病人病情平稳了才回去睡觉。现在医院效益不好，院长偶尔犯点急也是可以理解的。"她心平气和地劝慰道。贾继民来办理调动手续的时候陈灵均见过他。小伙子中等身材，背有些驼，左脸上有一块片状的黑色胎记，头发又黑又旺，眉毛很粗，左右两边的眉头连在一起，乱眉一直长到眼皮上，一对不大的水泡眼总是透出阴郁的目光，一看就是个不大好惹的主。

"没事，我不生他的气，大家都是为了工作，以后该怎么着还怎么着。"陈灵均微笑着说道。他张开嘴狠狠地咬了一口红薯，一下咬多了，烫的嘴巴和舌头乱颤。

"慢点吃，别急，没人跟咱抢。"徐晓娟看着他的样子扑哧一声笑了。

"晓娟姐，你有没有想过以后怎么办？准备长期待在这里，还是想办法调到城里去？"陈灵均试探着问道。

"顺其自然吧。要是结婚以后我那口子有办法把我调回城里，我就回去；要是调不走，就待在这里算了。"

"你有对象没？"

"没有。不过最近有人介绍了一个城里的干部还没有见面。"

"哪个单位的？"

"县委。哦，对了，前街上弹棉花的老赵让我问你，他的孙女今年虚岁二十，人长得可俊了，在这条街上开了个理发店，看你考虑不考虑跟她见面？"

陈灵均的脸一下子变红了："老赵？他怎么认得我？"

"他在咱医院住过院，你刚来的时候给他打过吊针。"

陈灵均"哦"了一声便不吭声了。

他的心底涌上了一股莫名的惆怅。他不无伤感地认识到，生活并不像书里写的那样，总是充满了浪漫和惊喜，它会随时打破你的幻想，把自己残酷冰冷的那一面展现在你面前。当这位年轻自信的小伙子对美丽的城市姑娘周敏慧的好感还没有完全消退时，周围的人已经把他划分到另外一个阶层的人群当中，自作聪明地为他开始规划未来的人生。来到交道镇卫生院的两个月里，已经有多位同事和街坊先后给他介绍过对象。这些据说是"百里挑一"的女孩大都没有受过良好的教育，要么是吃商品粮的，没有正式工作，要么就是卖服装的、站门市的、开理发店的、在饭店当服务员的，没有一个是他喜欢的与他志趣相投的那一种。老磨倒是给他说过一个技校毕业的有单位，听说人长得不错，性格也比较开朗，那个女孩偷偷地跑到医院看他，嫌他个子矮，长得丑，没有被相中。他不由得在心中暗暗发问：在现实生活中，婚姻真的不需要爱情，只需要相互般配的门第、地位、工作、收入和能够取悦对方的外表，对双方的家庭和个人而言，只是一场相对比较公平的交易吗？是不是我太理想主义了？他怀疑那个美丽的梦并没有什么真实的寓意，只是他心中的乌托邦而已，而他却天真地以为那是上天给予他的某种暗示，希望梦中的情景在未来的某一天能够实现。

"这种事情不用勉强，你要是不想见她，我就跟老赵说你暂时不考虑个人问题。这样既委婉地拒绝了对方，又不至于伤人家的面子，免得以后见了面尴尬。"徐晓娟似乎看出了他的心思，满不在乎地说道。

"行，就那样说吧。说心里话，我真的不想早结婚，还想再好好地学习一段时间。我已经让我同学杜海军帮我报了元月份的自考，来的时候书已经买下了，最近一直在自学，根本没有心思考虑自己的个人问题。男人应该先立业后成家，你说对不？晓娟姐。"

"对，特别是作为医生，业务上的提升非常重要。我估计你也不想一直窝在这里，早晚有一天会飞出去的。"

陈灵均笑了笑没有说话。

两个人吃了五六个红薯以后肚子已经撑得吃不下了，徐晓娟就端着碗回去了。陈灵均坐在书桌前又拿起书看起来，感觉心情比之前舒畅多了。

两个星期后，药房的工作人员专门跑来告诉陈灵均，院长这次进药回来把急救药品配齐了，还购买了几种以前没有的药物。他听了十分高兴，心里想：也许我真的误解吴院长了，他不是不想搞好工作，确实有不为人知的难处。

12月3日早上六点钟，陈灵均正在睡觉，吴建树突然来敲门，说他父亲突发脑出血在城里住院了，他要回去照顾老人，让陈灵均暂时负责管理医院的门诊和住院工作。陈灵均赶紧穿好衣服出来，跟吴建树面对面交接了工作。吴建树反复叮嘱他要注意医疗安全，千万不要出事，如果急需钱可以找老磨借。陈灵均问他家里是否需要帮忙，吴建树说："不用了，你把咱医院的这摊子照料好就行了。"老磨、徐晓娟等人也起来了，众人把吴建树送到路边，看着他骑着摩托车走了便一起回来了。

吴建树走后，医院里越发冷清了。四天后正值二十四节气的"大雪"，气温骤降至零下15℃，门诊上一个病人都没有来。下午吃饭的时候徐晓娟开玩笑说："天凉了，病人反倒少了，是不是抵抗力都提高了？"

老磨看了她一眼抽着旱烟慢吞吞地说："你到前街上去看看就知道了。"

陈灵均马上明白病人都跑到个体诊所去了。那里的治疗费比医院稍微便宜一点，看病的程序也简单，很多老百姓就是冲着这两点去的。

平常病人少的时候陈灵均就在诊室里或者自己的窑洞里看书，有时也写一些随笔和散文，记录自己的生活感悟。他在给夏清辉老师的一封信中这样写道：

小镇的生活很平静，日子过得很慢。看着太阳每天从头上升起又落下，常常会因为虚度了时光感到不安。我在这里除了师姐徐晓娟，几乎没有能说上话的朋友。医院里只有两名大夫，院长一走，我就成了这里的顶梁柱。可我实在没有能力把这个小医院的门面撑起来，这里除了一台透视机，什么检查设备也没有，学校里学的很多东西都用不上，我有劲没处使，心情特别郁闷。说实话，作为一个从大山里走出来的农民的儿子，我很愿意为基层的医疗事业做贡献，可是，在这样的环境下，我能贡献出多少力量呢？实在少得可怜！面对病人期盼的目光，我感到十分惭愧，觉得自己不配受到他们的信任。说实话，有时候就连我自己都对自己的医术不信任。

医院效益不好，我来到这里三个月了，一分钱工资也没发，只好从会计那里借了些钱用。物质上的贫穷对我来说不算什么，我从小到大已经习惯了过艰苦的生活，我只是觉得自己参加工作以后应该为家庭多承担一些责任，让父母

过得比以前稍微好一点。所以，对于家里我始终怀着一份歉疚，希望他们能够
理解我。你问我是否还坚持读书、写作，是的，我仍然在坚持，从来没有想过
要放弃。在我精神最苦闷的时候，书是我最亲密的朋友，我跟书里的智者交
谈，请他们帮我解答心中的困惑，同时还努力通过笔下的文字让自己重新认识
生活，理解生活，思考人生的意义。有时我也练习书法，楷书、行书、隶书、
篆书、草书，什么都写，纯粹把它当成一种消遣来调剂生活。我可能很长一段
时间都要待在这里，我不知道该如何保持积极的状态，让自己不要失去对生活
的热情，对未来的希望。身边的人大都被各种各样的经历磨去了棱角，心甘情
愿被柴米油盐包围着成了它们的奴仆。他们的世界里没有理想，只有工作、收
入、家庭和娱乐。这里的娱乐活动主要是打麻将、打扑克、看电视。我除了偶
尔到老磨家看看电视，晚饭后和几位同事到河对面去爬山外，其他的娱乐活动
一概不参加。那座小山不高，但是我从来没有爬到顶，不是嫌累，而是怕爬得
太高来了急诊病人找不到我。我在周围人的眼里就像怪物一样，但是他们对我
来说同样也很奇怪。这些人既不满足现状，又不愿意努力，我要是说起自己对
医院管理上的看法，他们就会投来怪异的目光，认为我是在"显能"，想管自
己不该管的事，这真是既可笑又可悲。虽然这里的一切都不太令人满意，但是
我并没有向命运屈服。我想我现在唯一能做的，就是努力学习。

　　好了，就写到这儿吧。下次来到新安城，我一定来看你，咱们当面再好好
谈谈。

陈灵均
1991 年 12 月 11 日

　　夏清辉老师一直很关心陈灵均的学习和创作情况，经常给他写信。陈灵均
在他的指导和帮助下，写作水平得到了很大的提高，已经有多篇散文和诗歌在
省市级报刊上发表。夏老师既是他文学上的导师，也是生活中的挚友，精神上
的父亲，他可以跟他谈论很多不能在公开场合谈论的话题。夏清辉听说他元月
份要到新安城考试，给他回信说，让他不要住旅店，到自己的家中来住，他们
两口子都闲得很，正希望有人来说说话。所以，陈灵均决定无论如何都要抽时
间去看看他。

三十四

一个星期后，天气逐渐回暖，到了 20 号，最低气温已经上升到零下 5℃，最高气温达到零上 9℃。这天恰好是周末，又逢集，医院里来了很多远路来的感冒、发烧、咳嗽、气喘的病人。上午十一点钟，有位农村来的男人抱来一个一岁多的男孩看病，那娃娃皮肤白白的，长着一双水汪汪的大眼睛，模样特别可爱。男娃的父亲说前段时间孩子因为发烧、咳嗽，曾经在村里的赤脚医生那里打过几天庆大霉素，现在不发烧了，咳嗽还没好，屁股上又长出许多硬疙瘩，不让人碰，一碰就会哭。那人把孩子的裤子脱下来露出屁股蛋儿。陈灵均一看，孩子的屁股上有许多针眼，四周红红的，他刚在上面按了一下，孩子就尖声哭叫起来，用手拨拉他的手，挣扎着不让他再摸。他逐个按了一下，有的地方很硬，有的地方是软的，有明显的波动感，显然这些地方已经化脓了，最大的脓包直径大约五厘米。他问孩子的父亲赤脚医生是怎么给针管消毒的。那人说："我们去了，见他把玻璃针管和针头放在一个碗里，用开水烫一烫就捞出来用了。"

陈灵均听了半天没有吭声。他知道农村的医疗条件很差，赤脚医生的水平也不高，但这显然是缺乏医疗常识和没有责任心的结果。他自己也在家里给别人打过针，玻璃针管和针头每次使用前都要在开水锅里蒸煮四十五分钟。虽然不能杀死芽孢，但是一般的细菌和病毒是可以消灭的。像这样只用开水烫一烫的做法，不仅会造成病人肌肉注射部位皮肤感染，还会使病人之间相互发生交叉感染，极易传播上血源传播性疾病，比如乙肝、丙肝等。这段时间，像这个娃娃一样因为打针屁股上打出硬疙瘩的病人他在门诊上已经见过好几个，这个最严重。

"娃娃的咳嗽好治，吃点药就行了，屁股化脓了需要切开引流，咱这儿条件不好，没有专门用来引流的油纱条，你把他带到县医院的外科去治疗吧。"陈灵均说道。

"打针、吃药不能好吗？"孩子的父亲不情愿地问道。

"好不了，脓肿已经被结缔组织包裹起来了，打针、吃药都不顶事。"

男人叹了口气，抱着孩子走了。陈灵均一想到年幼的孩子做手术时将要遭受的痛苦，内心特别不忍。

"以后有了病需要打针，还是尽量到医院来打吧。在农村自己打，或者让赤脚医生打，要是消毒不严格就会像这个娃娃一样，一个病变成两个病。"他对后面的几位病人说道。

"是呀，那娃娃看着真让人心疼。"

"今天要不是你说，我们还真的不了解打针消毒这么重要。"

病人纷纷回应道。

陈灵均看到板凳上已经坐下一位六十多岁的老人，就问他怎么了。老人说他心口子疼。陈灵均检查了以后笑着对他说："你疼的那个地方是胃，不是心，你得的是胃炎，我给你开点药回去吃了看看效果怎样。"

老人盯着他快速滑动的钢笔，见上面开了三种药，就问："得多少钱？"

"七八块。"

老人皱着眉头说："这么贵？算了，我不买了，你给我开点止疼片吧。"

陈灵均马上意识到可能是老人身上带的钱不够，就对他说："要不我去掉一样药，剩下的只要五块钱就够了。你吃止疼片不治病，时间长了还怕把你的病耽搁了。"

老人想了一下说："行。"然后就拿着处方走了。

这时，一位留着短发的瘦高个儿女人抱着孩子从后面走过来，一边往他面前坐，一边笑着问："陈灵均，你还认得我不？"陈灵均仔细地盯着她扁平的脸颊、尖尖的下巴和笑起来眼角生出许多皱纹的眼睛，愣了一下神，迟疑地问："你是韩春秀？"

"对，认不出来了吧？大家都说我现在跟以前变化很大。"她不好意思地低下了头。

"你怀里抱的是？"陈灵均简直不敢相信自己的眼睛。

"我儿子。这是我们家那口子，他叫薛砚清，和我一起教民校。"她指着身边那位戴着眼镜的男人说道。他们一家三口有一个共同的特点，那就是特别瘦。

陈灵均抬起头微笑着跟薛砚清打了声招呼，便给孩子看起病来。他先询问了孩子的症状和病史，然后对孩子做了详细的检查，问韩春秀怀孕的时候有没有得过感冒，家里人有没有什么遗传性疾病。韩春秀说他们夫妻双方的家族里都没有遗传性疾病，她怀孕的时候得过一场感冒，当时怕吃药对肚子里的娃娃不好，拖了很长时间才自己好的。陈灵均怀疑她儿子患有先天性心脏病，由于这里不能做心电图和心脏 B 超来证实他的推断，建议韩春秀两口子带着孩子到县医院做进一步诊查。

韩春秀一听说孩子的心脏可能有问题，马上就愁开了："这种病有办法治没？"

"那要看具体是哪一种病。病情轻的话，有的自己可以慢慢长好；病情重的话，等孩子长到三到五岁就要做手术。你不要着急，我只是说可能是那方面的病，还不能完全肯定，只有做了相关的检查才能确诊。"他安慰道。

"做心脏手术得花不少钱吧？"韩春秀问道。

"是的，至少得两三万。"

周围的人立刻发出一阵惊叹。韩春秀抱起孩子刚要走，被薛砚清又摁回到板凳上："好不容易来一趟，顺便给你也看看。"他把孩子抱到自己怀里，让陈灵均给妻子看病。

"算了吧，我没事。"心神不定的韩春秀苦笑着说道。

"你怎么了？"陈灵均问道。

"她常头晕、发软。"薛砚清说道。

陈灵均问了一下她平时吃饭、睡觉等情况，翻开她的眼睑看了一下，结膜是苍白的，划了一下手上的指甲，血运不太好，说她这是由于营养不良引起的贫血，开了一盒补血的药让她回家服用，并叮嘱她回去以后多吃一些肉、蛋、奶和新鲜的蔬菜补充营养。韩春秀两口子跟他说了几句感谢的话就抱着孩子心事重重地回去了。

晚上，陈灵均坐在自己的书桌前看书，脑海里不时浮现出韩春秀单薄的身影和愁苦的面容，觉得特别心酸。他能想象出这对年轻夫妻平时是怎么省吃俭用过日子的，如果他们家有钱，韩春秀绝不会患上贫血，孩子也不会长得那么瘦小。他不明白生活为什么这么残酷，把一连串的厄运都降临在一个柔弱的年轻女子身上，让她承受了那么多的苦难。她和他曾经坐在同一间教室里上学，同样勤奋，同样努力，同样怀着对未来美好的期待，而如今，他和她却仿佛被人隔离在两个不同的世界里。和她相比，他经历的那些波折根本算不了什么，只能说是一种考验吧。

外面突然传来拖拉机的轰鸣声和嘈杂的说话声，好像有很多人涌进了院子里。他赶紧叫上徐晓娟往前面的门诊跑。透过朦胧的夜色，他看到大门口停着一辆拖拉机，发动机刚刚熄火，四五个农民抬着一个浑身沾满了泥土和血迹的人正从拖拉机后面的车厢里往下走，旁边的地上还站着一个浑身是血的女孩，看上去只有十二三岁。

"大夫，大夫在哪儿？"来人焦急地喊道。

陈灵均连忙跑过去问："有几个受伤的？"

"两个。"

他走到女孩跟前，刚想问她怎么了，女孩却说："我没事，受伤的是我爸爸和我弟弟。"

伤者全都抬下来以后，陈灵均借着院子里的灯光检查了一下病人的情况，年纪大的已经死了，年纪小的不停地大声呻吟，看上去很痛苦，就让他们把那个伤者抬到门诊的手术台上。

他让徐晓娟给病人量血压，一边查看伤势，一边询问病人的受伤经过。护送伤者的人说，这家人今年前半年刚打成一面土窑，夏天的时候才住进去，秋天的时候窑洞的墙上出现了裂缝，没有引起家里人注意，今天晚上窑洞突然在毫无征兆的情况下塌方了。事发时其他人都出去了，只有三口人正在睡觉，女儿反应快跑出来了，父亲和儿子睡得太死被压在土里。女儿叫来人挖土救人，父子俩都受了重伤，父亲刚挖出来的时候还有气，刚走到半道上就不行了。陈灵均对伤者进行了全面检查后，发现他面色苍白，呼吸急促，心跳很快，血压很低，有创伤性休克的表现，肩、腰、腹部多处软组织损伤，双腿开放性骨折，其中一条腿的骨头都露出来了，伤口不停地往外渗血，便让徐晓娟立即建立两条静脉通道，以便进行输血、扩容、抗休克、抗感染等治疗。他亲自给病人打了一支破伤风抗毒素，然后向陪同的家属交代了病人的情况。

"大夫，求求你救救他吧，我爸爸已经死了，我弟弟才十一岁，你一定要想办法把他救下，不管花多少钱都行！"男孩的姐姐跪在地上泣不成声地说道。

"我们这里治不了，要转到县医院救治，你们赶紧商量一下，同意的话，我就联系救护车来接病人。"陈灵均的心情格外焦虑，生怕自己哪一步措施处置不当，让病人陷入更加危险的境地。

"不用商量了，赶紧打电话吧。"伤者的二叔说道。

陈灵均马上给县医院打电话让救护车来接人，并且告诉他们病人失血较多，来时需要带一袋血浆过来，然后立即对病人展开了抢救。

"姐姐，我疼得实在受不了了，快让医生给我打一针止疼针吧！"陈灵均刚用剪刀剪开病人的裤子，男孩便握着姐姐的手用嘶哑的声音哭喊着说道。他的整个身体绷得很紧，一直在剧烈地颤抖。姐姐哽咽着说，弟弟受伤后先用架子车从山上抬到山下，然后坐着拖拉机又走了一个多小时才到镇医院。半路上她抱着弟弟，他的腿一直在流血，不停地喊疼，自己身上的血就是他流下的。由于检查手段十分有限，无法判断病人是否有内伤，陈灵均不敢贸然给伤者打止疼针，怕掩盖病情。在清创的过程中，男孩不时发出惨叫，让人倍感揪心。在等待救护车的时间里，他一直守护在病人身边密切观察病情变化，随时调整用药。病人的血压忽高忽低，说明情况不容乐观。"要是能输血就好了。"他在心中暗暗想道。可是这里连血型都没法化验，就是有血也输不成。他只能盼望救护车早点来，早点把伤者送到县医院救治。

一个多小时后，救护车终于来了，跟车的医护人员立即给病人挂上血浆，吸上了氧气，并且根据病情采取了一些治疗措施。由于天色较晚无法将死者运回家里，家属强忍着悲痛将尸体暂时寄放在医院的一面空窑里，然后全部跟着伤者到县医院去了。有的是坐着救护车去的，有的坐着拖拉机跟在后面。

病人走后，陈灵均和徐晓娟把到处都是泥土和血迹的诊室打扫干净，锁好门，向各自的住处走去。此时快凌晨一点了，浸透在天地间的夜色越发浓重而幽深，就像无数披着黑色斗篷的怪兽张着大嘴从不同的方向朝他们扑来。诊室里公用的那支手电筒电池大概快耗尽了，投射到地上的光圈很淡，而且不停地忽闪着，好像随时会熄灭一般。院子里的地面不平，两个人相互提醒对方慢点走，但是脚步却分明是急促的，慌乱的，带着清晰的尾音，很像有人在身后悄悄地尾随着，也要跟他们回家似的。徐晓娟死死地抓住陈灵均的胳膊，恨不得把手指直接焊进他的肉里，生怕被隐藏在黑暗中的某种力量突然拉了去。陈灵均尽量把腰板挺直，让自己显得比平时更伟岸、更强壮一些，以增加她的安全感。到了徐晓娟的门口，她不肯进去，两手抱在胸前，用颤抖的声音说："灵均，我害怕，能不能让我今天晚上待在你的窑里？"死者的尸体就停放在她隔壁的窑洞里。

陈灵均把她让进窑洞，心里想：不管什么原因，孤男寡女的晚上待在一个窑洞里，周围的人知道了肯定会说闲话的。于是就对她说："要不咱俩换一下，你睡在我这边，我睡在你那边，好不好？我一个男人家胆子大，不怕鬼。"说完便去抱自己的被子。

"不行，我一个人待在窑里还是不敢，我只要一闭上眼睛，脑子里就会想起那个人黄蜡蜡的脸。"她拽住他的衣袖，眼睛里闪着泪花，都快要哭出来了。

陈灵均只好把被子放下，又坐回到床上。徐晓娟走过来紧挨着他坐下，似乎离他越近，心里越踏实。

"晓娟姐，咱们都是学医的人，你要相信科学，不要相信迷信。其实人死了，就跟一块土疙瘩，一根烂木头一样，没有任何生命力，根本不可能对活人造成伤害。所以，你完全用不着害怕，害怕是因为联想造成的……"他极力想用科学知识驱散她心中的恐惧。

"你不要再说了，你越说我越害怕。你说的那些道理我都知道，可我就是没法说服自己。"徐晓娟蜷缩着身子说道。

看着她的样子，已经困得哈欠连连的陈灵均一点办法都没有，只好把身子斜倚在被子上，一边揉眼睛，一边想：怎么办呢？一晚上睡不成明天还要上班呢。

他突然灵机一动想出了一个好主意，从床上一跃而起，问徐晓娟："你的箱子里有没有红布？只要一小块就行。"

"有。怎么啦？"

"你给我拿来，我有用。"

"你陪我去拿。"

"好的。"

陈灵均跟着徐晓娟找来红布，用剪刀剪了几下，缝成一个小口袋，到药房里抓了一点朱砂装进去，用针线缝在她的内衣上，然后一本正经地对她说："朱砂在中医上有安神镇静的作用，在民间常用来辟邪，只要把它放在身上，再厉害的妖魔鬼怪都不敢靠近。我小时候身体不好常做噩梦，我妈就把这玩意儿缝在我的枕头边，特别管用。你就放心地睡吧，有什么事随时叫我，我睡觉很灵醒，你一叫，我马上就会跑过来看你。"

这一招果然很灵验，徐晓娟马上就同意跟他换窑洞睡，睡下后一次也没有叫他。

早上陈灵均起来到自己的窑洞去刷牙，紧赶慢赶还是被端着尿盆去厕所倒尿的老磨看见了。吃早饭的时候，陈灵均专门在同事们面前讲了头一天晚上发生的事，以免引起误会。其他人听了只是一笑而过，老磨过了半天才幽幽地说："女娃娃家出门在外身边没有个人照顾不行，我看你们俩都挺乖的，年龄也差不多，干脆以后就别姐姐弟弟地叫了，铺盖一卷直接搬到一块儿过成一家人算了，咱就在这个院子里摆上两桌八碗，把喜酒一喝就完事了，省得让你们的父母操心。从今后，你们小两口一个给一个照怕怕，就谁也不怕了。"

他的话音刚落，周围的人立刻一齐起哄道："这个主意好，肥水不流外人田，干脆今儿个就把这门亲事定下算了。"

"这两人还真有夫妻相，保险能过上个好光景！"

"赶紧结，明年娃娃生下再给你们过满月。"

徐晓娟羞得满脸通红，头都快垂到桌子底下去了，笑着直摆手："别瞎说了，我比陈灵均大，不合适。"

"女大三抱金砖，大点更有福！"

陈灵均急得站起来直嚷嚷："晓娟姐有对象，在县委上班，工作比我强多了。"

"定了没？"老磨问道。

"没有。"徐晓娟答道。

"没定不算，把那个甩了，跟咱小陈谈，城里乡里来回跑，多麻烦哪！"老磨果断地一挥胳膊，似乎把这事已经弄成了铁板钉钉的事实。

其他人叫嚷得更欢了。徐晓娟实在招架不住扔下饭碗跑了，不到一分钟的时间，陈灵均也跟在后面跑了。

打那以后，同事们一见到他俩在一起就开玩笑说是"小两口"，跟陈灵均和徐晓娟说起对方也是"你那口子"，弄得两个人很长一段时间见了面都很不自然。

冬日的新安城街道两边的树木全都光秃秃的，被煤烟熏黑了的房屋蒙着一层烟尘，显得整个城市异常灰暗。一阵狂风吹过，地上卷起缕缕黄尘，一幢幢高楼仿佛也像步履匆匆的行人一样被风吹得有些站立不稳。

"我走不动了，你们上去看看这家招待所怎么样。要是还能凑合的话就住下算了。"和周敏慧同在外科上班的徐丽娜蹲在地上揉着发疼的脚踝说道。她的身旁放着一个很大的背包，里面装着好几本书。

刘宇杰回头看了一眼十来米外，被周敏慧扶着正靠在树上闭着眼睛休息的崔万红，笑着对冯炳琦说："小崔晕车还挺厉害的，才坐了这么点路就要死要活的，我估计她也不想往前走了。咱俩上去看看这家百姓宾馆卫生条件怎么样，顺便再问问价格。"

"不管贵贱就这家了！"周云天提着黑色的皮包不耐烦地说道，长长的头发被风吹得像荒草一般，"前面那家其实就不错，你们嫌贵不住，再走下去鞋底都磨破了。出门在外能凑合就凑合，不要那么讲究。"

陈淳在一旁笑着说："我随便，怎么着都行。"

"百姓宾馆"是单边楼，一共有五层，客房部设在二楼。刘宇杰和冯炳琦沿着楼梯噔噔噔地跑上去，过了六七分钟便下来了。

"怎么样？"徐丽娜问道。

"房间挺干净的，有二人间，也有三人间，里面可以洗澡，但是没有厕所，要方便的话得上公共卫生间。公共厕所你们知道，比较脏。三人间一张床一晚上十五块，二人间一张床二十块，住不住？"刘宇杰问道。

"住！"周云天拿着包就往上走。

"那就住这儿吧。"崔万红说道。

其他人也没有提出异议。

七个人一共开了三间房，男的住的是两人间，女的住的是三人间。

"这家宾馆我以前住过，亲眼看见服务员洗床单被套的时候用84消毒液浸泡了才洗的。"崔万红脱掉外套仰面躺在宾馆的床上有气无力地说道，脸白得就像纸一样。

周敏慧把包里的书和水杯、洗漱用品逐个取出来，整整齐齐地摆放在床头柜上，扯了一张卫生纸刚要出门，徐丽娜皱着眉头从外面进来了："臭死人了，真恶心！"

"厕所很脏吗？"周敏慧忙问。

"嗯，熏得我气都上不来了。早知道是这样，就不在这儿住了。哎，你上的时候千万别往左边走，那个里面不晓得谁上了没冲，记住一定要朝右走！"

"好。厕所在哪儿？"

"水房里面，女左男右。"

周敏慧刚一进水房，就被里面的气味呛得捂住了鼻子。她扫了一眼满是污水的洗手池，心里想：外面都这么脏，谁知道里面是什么样！她揭开悬挂着"女"字的布帘子走进去，直接打开了右边的木门，一眼就看见厕所下半部分的墙壁被粪便、尿渍、泥水涂得五颜六色的，特别肮脏，纸篓里用过的手纸盛不下都堆到地上了。她拉好门闩蹲下后，发现门上用钢笔和圆珠笔密密麻麻地写着很多字。有的像情书，比如：×××我爱你，×××我想你了。有的像检举信或大字报：×××和×××乱搞男女关系。还有的是骂人：×××是驴日的。在头顶上方最醒目的位置居然有人用蓝墨水画了一幅超大的男性生殖器图，作者具有较高的绘画水平，画得特别逼真，下面还写着一句不堪入目的话，旁边留有一个电话号码。这幅画不像是新作的，应该有些时日了，估计已经被成百上千位顾客欣赏过。她看得目瞪口呆，心里想：这个人为什么要蹲在臭烘烘的厕所里花费几十分钟，甚至一两个小时创作出这样一幅令人震惊的"杰作"？是因为他觉得在这种阴暗、隐蔽的地方人更容易回归动物的属性，有些人在办完"大事"的同时捎带着会安慰一下饥渴的身体？还是认为已经解决了温饱问题的现代人，心满意足地排泄完体内过多的废物之后，自然而然地会产生性需求？他似乎很想让人知道自己的真实目的，又不想让太多的人知道。周敏慧马上联想到男厕所的门上是不是也有一幅与之对应的画。刘宇杰说这家宾馆是国营的，按理说公家的地方有人管，厕所里不应该出现这样的画。可如今是市场经济，国营企业要是让个人承包了也未必不可能。她觉得这些从事特殊服务的人太胆大了，如果有人举报的话，公安局的人随便打个电话假装要联系业务，不就可以抓到他们了吗？她不明白宾馆里打扫卫生的人为什么不把它擦掉，难道他们都不长眼睛吗？

在参加这次自学考试之前，周敏慧以为贴着治疗性病广告的东正县车站的厕所是世界上最肮脏最恶心的厕所，直到现在她才发现，与新安城这家招待所的厕所相比，那里根本算不了什么。上完厕所，周敏慧回去后什么也没有说，洗了把脸就坐在沙发上看起书来。徐丽娜也靠在被子上看书。崔万红躺了一会儿精神似乎好点了，也翻出书坐在床上低着头看，嘴里还念念叨叨地在背。

过了一个多小时，刘宇杰敲开门叫她们出去吃饭。崔万红说她胃里还难受，不想吃，让他们回来时给自己带个饼子就行了。

六个人下了楼，见旁边的巷子里有个小面馆，进去一人要了一碗面。

"周老师，你复习得怎么样了？"周敏慧一边喝服务员倒下的茶一边问。

"我一天到晚忙得要死，基本上没怎么看。白天上班的时候要查房、写病历、做手术，晚上回家还要给我女儿辅导作业，把作业辅导完刚拿起书，科室来了病人又叫我去做手术。"周云天用手拨拉了几下头发，紧蹙着眉头说道，"我只报了两门，这次就是来看看考试到底难不难，要是太难的话就不考了。"

"像你这样的年纪，我觉得只要业务能力强就行了，不能跟我们是一样的要求，有没有大专文凭说明不了什么问题。"周敏慧说道。

310

"就是。"徐丽娜也表示同意。

"我倒是不想考，觉得快四十岁的人了没必要把文凭看得那么重，我老婆非让我报名不可，说是人家都报了，你要是不报，将来没有大专文凭怕人家笑话哩。"

"呵呵，看来还是老婆厉害，在外头天王老子都不怕的人也有听话的时候。"陈淳拍着他的肩膀说道。

徐丽娜见刘宇杰在饭桌上还不停地翻书，便开玩笑说："刘老师真用功啊，看一看就行了，考一百分跟考六十分结果是一样的。"

刘宇杰抬眼看了一下她说："我报了四门，其他三门都复习得差不多了，只有《微生物与免疫学》没看。我准备来到这里以后，用两天的时间好好突击一下，这门课第三天才考。你复习得怎样？"

徐丽娜摇了摇头说："看了遍数倒是不少，就是记不住，生了娃娃脑子变笨了。"

"不是生了娃变笨了，是你本来就不聪明。"正在剥蒜的冯炳琦说道。

"你……"徐丽娜拿起刘宇杰的书做出用力拍打的动作，吓得冯炳琦缩着脖子往旁边一躲，把桌上的醋壶都碰倒了，幸好被反应敏捷的刘宇杰及时扶起来才没有洒出来太多。他一边用卫生纸擦拭，一边嗔怪地说："胡骚情什么？把这壶醋洒了，等着让老板娘骂你吧。"

"骂什么？大不了赔钱得了。"冯炳琦满不在乎地说道。

"周敏慧，你娃娃家肯定能记住，这次考试没问题吧？"周云天一边用筷子夹咸菜一边问道。

"谁知道呢。以前在学校考试从来不紧张，这次参加自考还没到新安城心就扑通扑通地跳开了。"周敏慧笑着说道。

"那不是紧张，是一想到能和同学见面高兴的。"徐丽娜说道。

"没错。"周敏慧笑着点了点头。

吃完饭，周敏慧和徐丽娜在烤肉摊买了个孜然烤饼子给崔万红带回去。进门后，见她还弯着腰坐在床上看书，额前的刘海儿都快把眼睛遮住了。崔万红一闻到烤饼子的香味就高兴地说："啊，买了这么高级的饼子，我明天一定要好好考，不然就对不起你的饼子。"

"吃了饼子，小心明天烤个大饼回来。"徐丽娜说道。

"我辛辛苦苦看了两个月的书，要是烤了大饼我就从楼上跳下去。"崔万红不悦地说道。

"你一定能考两个大饼加一根葱。"周敏慧赶紧说道。

"这还差不多。"崔万红马上转怒为喜。

周敏慧看到八点半就不想看了，洗了澡直接上床去睡觉。

徐丽娜问她："水怎么样？"

她说："还可以。"迷迷糊糊地刚睡了一小会儿，就被徐丽娜气急败坏的叫声吵醒了。

"停水了！快到水房给我打点水回来，身上刚打完香皂。"

周敏慧推开洗澡间找盆，见徐丽娜抱着身子蹲在地上，头上身上全是泡泡，不由得哈哈大笑，故意逗她说："水房里肯定也没水，你就这样蹲一晚上吧。"

"没水你也得给我找，不然我钻到你被子里去，把泡泡都蹭到你身上。"徐丽娜叫嚷道。

周敏慧拿着脸盆来到水房，里面果然也停水了。她只好去找服务员，从宾馆的暖水瓶里倒了半盆开水端到自己的房间里。徐丽娜用毛巾蘸着开水擦身上的肥皂泡，烫得直叫唤。洗完后，她穿着睡衣出来抱怨说没洗干净。

"行了，能不让你裹着一身泡泡睡觉就蛮好了，没洗干净回家洗去。"周敏慧说道。

徐丽娜没话了，悻悻地爬到床上睡了。

崔万红一直看到十二点才躺下休息。而住在她隔壁的刘宇杰却越看越清醒，到凌晨两点才睡下。

三十五

早上八点钟，距离考试时间还有一个小时，新安医学院的院子里已经站了不少考生，大部分都是女的，用围巾和口罩把头和脸裹得严严实实的只露出一双眼睛，缩着脖子，弓着背，手笼在袖子里或者插在裤兜里不停地跺脚。地上很多地方都能看到残留的积雪和薄冰。

"我的脚指头快被冻掉了，好疼！"周敏慧叫道。

"我的已经冻麻了。"方媛说道。

她们的周围聚集着好几位同班同学，都在兴奋地交谈着分别以来各自的工作生活情况。有的胳肢窝里夹着书，有的身上背着装书的挎包。

"只要受点冻能拿上毕业证也值。方媛，你们地区医院的奖金肯定很不错吧？"周敏慧问道。

"还可以。平常下了班，我还到民营医院去兼职，那里给的待遇很高。不过，我们护士的收入比起人家医生就差远了，很多外科医生都是这边下了班又到那边去上班，拿双份的工资和奖金，收入可高了！"方媛说的那家民营医院刚开业不久，就在市中心一栋四层高的商业楼里，医院只开设内科和创伤外科两个科室，一楼是门诊和行政管理科室，二楼是医技科室，三楼和四楼全是病房，生意特别火爆。周敏慧来的时候刚好路过那里，看到大楼的前方挂着一个十分显眼的牌子"康乐医院"，院长听说是一位退休的创伤科医生。

"医护人员跑到外面兼职，你们医院就不管吗？"周敏慧很惊讶。

"现在上面允许医生搞兼职，人家利用自己的特长既服务了老百姓，又能赚外快，何乐而不为呢！再说了，这种事谁也不会大张旗鼓地去做，都是私底下偷偷地去。"方媛说道。

"还是在大地方工作好，我们在县医院上班，一个月的奖金才几十块钱。"张晓凤羡慕地说道。

"你们东正县医院在全地区的县级医院里已经算是效益好的了，有些地方还不如你们呢。"方媛说道。

周敏慧看到方媛比以前瘦了，脸上的皮肤也没有光泽了，就问："你这样一天到晚地连轴转，不累吗？"

"呵呵，要想多挣钱不想受累怎么行？已经习惯了。"方媛不以为意地说道，"我们科的医生护士都是攒上几个月的钱出去旅游一次，可潇洒了。我也准备明年夏天到青岛去玩。"一提到旅游，方媛显得特别自豪，口气里带着几分炫耀的味道。

"你们知道医生在哪里考试吗？怎么没看见咱们那一级医士班的同学？"张晓凤问道。她比周敏慧来得早一天，没跟本院的人在一起。

"他们的考场在财校，我昨天跟咱们医院的大夫们住在一个宾馆。你在哪儿住着？"周敏慧问道。

"我在方媛的值班室里睡的觉。"张晓凤说道。

"真能找着地方，也不怕病人吵死你。"周敏慧揶揄道。

"要是真瞌睡了，就是耳朵边架着大炮也能睡着。"张晓凤说道。

"你们都复习得怎么样了？我现在感觉特别紧张，之前看过的东西好像都忘了，不行，我得再翻翻书。"方媛拿起书转身就走了。

"我不看了，临考前越看越紧张，还是放松一点好。"周敏慧镇定自若地说道。

"说实话，我可没怎么看，就是来碰碰运气。要是能照抄的话，就能过；要是抄不上的话就没戏了。"张晓凤从衣袖中拿出一沓纸条得意扬扬地让周敏慧看，一不留神一头掉到地上，她下意识地往回一拉，竟然扯出一米多的长度，这还不算手里折叠着没打开的那部分。

"赶紧收起来，别让监考老师看见了。"周敏慧赶紧提醒道。

"没事，他们还没来呢。"张晓凤从容不迫地折好又放回原处。

周敏慧第一门考的是生理学，题大部分都会做，答完检查了一遍，估计能考八九十分，就交卷了。她刚一走出考场所在的教学楼，远远地就听见张晓凤在校园里大喊大叫，顺着声音看过去，那女子就像疯了似的两只胳膊在空中乱抢一气，看上去特别激动。

张晓凤一见她的面就怒气冲冲地骂道："这是什么考试？监得太严了，一点都抄不上，我连四十分都考不了。"

"你不是坐在最后一排吗？拿的纸条没抄上？"周敏慧忍着笑问道。考试的时候她跟张晓凤不在同一间教室，她坐在第一排，看见两位监考老师不停地在教室里巡视，还有一位巡考人员进来查看了一圈，听见他们不时提醒考生要遵守考场秩序，还呵斥个别人把夹带的纸条收起来，所以完全不知道后面的人到底有没有作弊。

"我们考场里有一男一女两位监考老师，刚开始他们看得很牢，我不敢把纸条拿出来，时间过半以后，我看不能再等了，就拿出纸条，刚抄了两道小题，就被监考老师看见收走了。那位男老师长得很帅，我对他笑了笑，他也对我笑了笑，我伸出手把纸条试着往回拉了一下，他又朝外拉了拉，不肯给我。过了一阵，我看实在没办法了，就把压在屁股底下的书拿出来翻，心里想，不抄肯定过不了，干脆冒险再试试看。结果，被女老师看见了，一把抢走了，还警告我说，如果再发现类似情况就记违纪，两年之内不让报考。这下完了，下一门肯定也不顶事。"张晓凤垂头丧气地说道。

"别泄气，考完再说，没准你运气好题不难，刚好能考六十分。"周敏慧安慰道。心里却在想：像你这样的人要是能考过了，那就对我们太不公平了！

不一会儿方媛也出来了，周敏慧问她考得怎么样。她非常自信地说："六十分应该能考得了。"方媛问她考得如何，她说："还行。"

方媛和张晓凤下午还要考一门，准备吃完饭在学校附近等着，周敏慧当天再没有要考的科目就到街上去逛。她坐着公交车来到市中心的南门，刚一下车就看见范睿、陈灵均和杜海军站在路边说话。

她马上跑过去跟他们打招呼，问他们所在的基层医院情况怎样。

"只能做一些简单的清创缝合，看看感冒、发烧、拉肚子之类的小病。"杜海军说道。

"我们那儿也一样。"陈灵均说道。

"我在区里的一个地段医院上班，那里可以做一些小手术。不过，我用不了多久就要换单位了，我叔叔找了个人帮我搞调动，准备到地区医院去。"范睿笑眯眯地说道。

"你可真有本事。"杜海军羡慕地说道。

其他人也纷纷表示祝贺。

"你们下午都不考试吗？"周敏慧问道。

"不考。我总共报了五门，今天上午一门，明后两天各两门，他俩都是明天上午和后天考。"陈灵均答道。

周敏慧问他们住在哪里。

杜海军说他跟医学院的同学住在宿舍里，范睿说他住在南关的一个宾馆里，陈灵均说他住在夏清辉老师家里。

"你住在卫校？那里到医学院可远了，坐车得一个小时呢。"周敏慧惊讶地说道。

"没事，早上早起一阵能赶上。我在夏老师那里管吃管住，还有人陪聊天，可美气了。"陈灵均笑着说道。

"你们要是没事的话咱们一起逛逛吧。"周敏慧提议道。

"好。"

众人走进了二道街。街道中间一排排琳琅满目的货架不见了，靠近河畔的那一侧变成了工地，正在盖楼，地基已经打起来了，上面竖着好多钢筋，可能是天冷了工地上放假了，一个工人也看不到，工地四周都用绿纱网和竹栏杆围着。

"这里要盖两栋十几层高的商贸大楼，里面有卖鞋的卖衣服的商场，还有宾馆和吃饭的地方。现在东关新街的安居工程已经开始施工，南关的铁路客运站也修好了，马上就要通车了，以后，新安城会变得越来越繁华，住的人也会越来越多。"常来新安城的范睿介绍道。

杜海军出神地望着那些绿纱网，轻轻地说："要是咱也能生活在这里该多好！"

范睿笑着说："那就好好努力吧。"

"原来那些卖货的都搬到哪里去了？"周敏慧好奇地问道。

"在西边那条街上。"范睿答道。

周敏慧还要说什么，突然被后面跑来的人咯咯笑着搂住了脖子。

她回过头惊喜地喊了一声："顾一萍！"

顾一萍还染着黄头发，身上穿着一件黑白两色的羽绒服，脸上擦着厚厚的粉，嘴唇抹得红艳艳的，显得皮肤很白。她的身后跟着一位三十岁左右的男人，面相十分严肃，两人像是一起来的。

"你也来参加考试？"陈灵均问道。

"我随便来看看。"顾一萍狡黠地眨了眨眼睛，不置可否地答道。

"你现在工作怎样？"陈灵均又问。

"还可以。"顾一萍很自信地答道。她跟几位同学简单地寒暄了几句后，在同行的男人的催促下走了。

"唉，好好的一个女子成天跟这个混那个混，把自己的名声一点儿也不当回事。"杜海军惋惜地说道。

"那个男的不是她男朋友吗？"周敏慧有点纳闷地问道。

"不是，是他们医院的院长。我听说他答应给顾一萍转正，让她兼任出纳，出来进药办事常带着她，单位的人都在议论。"

"她怎么能这样？就算为了工作也不应该这么糟践自己。现在弄得满城风雨的，以后还怎么嫁人呀！"周敏慧不无担忧地说道。

"唉，一个人一个命，说不定像她那样的人以后比咱还混得好呢。"范睿悻悻地说道。

"人到了社会上为什么变化这么大？是因为我们以前相互不了解，还是有些人被各种各样的事情推着身不由己地进入了复杂的环境，变成了连自己都不认识的人？"周敏慧自言自语地说道。

316

"别人瞧不起他们，不理解他们，但是他们肯定有自己的理由，否则就不会做出那样的事情。"范睿说道。

"有道理。"杜海军表示赞同，"咱们班这次考试碰到的女生很少，是不是大部分都没报？"

范睿说："估计都忙着谈对象结婚呢。"

"哎，你们有没有见到苏雅玲？自从实习结束后，我再也没有见过她，挺想她的。"周敏慧马上接嘴说道。

"前几天她给我打电话说也要来考试，估计她报考的课程在明后天吧。"范睿说道。

"瞧，那不就是她！"陈灵均突然指着前方说道。

众人顺着他的手指看过去，在人潮汹涌的转角处，一抹亮丽的紫色从周围灰暗的颜色中跳了出来，正向他们飘来。那是一件束腰的深紫色翻领毛呢大衣，穿着这件时髦衣服的女孩留着大波浪卷披肩发，脚蹬黑色高跟鞋，肩上背一个很大的深棕色皮包。从化着淡妆的美丽容颜上不难认出，这就是他们的校花——苏雅玲。她的脚步十分急促，像是有什么急事。

"雅玲姐！"周敏慧兴奋地冲她招了招手。

苏雅玲看到几位同学后也露出了惊喜的表情，步子迈得更快了。走到跟前后，她一把握住周敏慧的手使劲摇了摇，然后跟众人一一打了招呼，焦虑不安地说："我下午要考一门课，刚刚从县上坐车上来，再有一个多小时就开考了，时间很紧，得赶紧去。"

"那你就快去吧，我住在南关附近的百姓宾馆，考完了来找我拉话。"周敏慧说道。

"别急，能赶上，过马路的时候稍微走慢点，注意安全！"陈灵均叮嘱道。

"好的。"苏雅玲跟大家摆了摆手，便转身匆匆离去了。

"她变得更漂亮了。"周敏慧望着她的背影喃喃地说道。

"比以前更自信了。"范睿用欣赏的语气说道。

几个人走到二道街北边的出口处，陈灵均说他要到北关的"教育书店"买几本书，不跟他们继续转了。周敏慧问他准备买哪个版本的书，他说打算买本科的教材。

"本科的教材比专科要厚近一半呢，你也不嫌看着麻烦？"范睿说道。

"不麻烦。反正我在基层比较闲，有的是时间。"陈灵均说道。

他走后，杜海军和范睿陪着周敏慧在对面街上的店铺里买了一双皮鞋，三个人一起吃了一顿饭，便分道扬镳了。

　　陈灵均参加考试前吴建树已经回来了，说是老人已经出院，身体还不能动，暂时由家中的哥哥嫂嫂照顾。陈灵均考完试回来后是腊月初七，阳历已经到了1992年。单位的工资还没有发，大部分同事都在老磨那里借了钱，少则几十元，多则一两百。陈灵均听徐晓娟说他们已经有半年没发工资了，偷偷地问老磨为啥不发工资。老磨说，是因为上面没有拨款。东正县是贫困县，多年来一直靠国家政策扶持。已经到年底了，大家都分析说钱肯定到了县卫生局，只是暂时还没有分配到乡镇上。

　　腊月二十三那天，医院终于给职工发了工资。陈灵均从毕业那天算起，一共补发了六个月的工资。单位根据上面的拨款情况结合医院的效益，扣除了百分之三十，再扣掉他预支的那部分钱，实际拿到手的只有三百多元。奖金一分钱都没有。吴建树把他叫到自己的窑洞里商量过年期间值班的事。在征得陈灵均同意后，决定两人轮流值班。吴建树从腊月二十四值到正月初四，陈灵均从正月初五值到十五那天。其他人也分批轮休。接到放假通知后，陈灵均马上跑到街上置办了一些年货，到药房里给家里买了几种常用的药物，第二天一大早便提着大包小包坐着客车回家了。

　　陈儒生和罗雪娥见到小儿子特别高兴。罗雪娥逢人就夸灵均孝顺，说家里这也是灵均买的，那也是灵均买的，惹得两位哥哥好不嫉妒。

　　陈灵均见父母年事已大，怕他们的身体出问题，亲自给他们检查了身体，没有发现什么大问题，心里特别宽慰。晚上，他给母亲滴眼药水时，想起小时候曾给母亲许诺说长大后要治好她的眼睛，就说："妈，我把你带到县医院把眼睛里的'鱼肉'做了吧？这是个小手术，几天就好了。"

　　"做了手术看东西能看清楚不？"罗雪娥问道。

　　"比原来稍微能强一点，主要是眼前没有东西挡着了，感觉上能舒服一点。"

　　"那我不做了，都七十来岁的人了，不想再受那份罪。"

　　陈灵均见她态度很坚决，自己也觉得这个手术意义不大，就没有再坚持。他又对父亲说："大，你现在年纪大了，腿脚不灵便了，以后就别种地了，家里的吃喝我给咱管。你儿现在一个月能挣一百多块钱呢。"

　　陈儒生满心欢喜地说："好，好，听我娃的。"

陈灵均从衣兜里掏出二百块钱放在父亲面前。陈儒生拿出一百块钱又塞回儿子手里："我们在农村待着花钱的地方不多，你在外头费钱，留着自己用吧。"

陈灵均说："我们还会发的，我平常上班离家远，万一你和我妈有了病拿着去买药。"

陈儒生不肯收，父子俩推让了半天，陈灵均实在拗不过父亲只好把那一百块钱又揣回身上。

腊月二十八那天，村里又有人跑来给陈灵均说媒，说的是邻村的一个女子，在城里的机械厂当工人。那女子跟着媒人专门来了一次，人长得不高不矮不胖不瘦，性格也很温和，她倒是没有对陈灵均和他的家人提出异议，但是陈灵均死活不同意跟她谈恋爱。不是嫌那女子长得不好，而是因为他听说那女子的父亲爱"抠两把"。农村人说的"抠两把"就是打麻将，打麻将一般都是带有赌博性质的，他平生最痛恨的就是"赌博"二字。媒人走后，罗雪娥着急地对儿子说："我的儿啊，你东挑西拣的，照这样下去，妈赶死也看不到你成家。"

"妈，不是我太挑，真的不合适。等我碰上合适的，一定会结婚的。"陈灵均认真地说道。

罗雪娥用手抚摸着自己的膝盖说："看来真的是命里没造下，那娃娃真要是你的人，这回就跑不了了。"

初五的早上，天还没亮，卫生院的院子里就传来噼里啪啦的鞭炮声。陈灵均睁开眼睛看了一下床头的手表，才五点多钟。心里想：谁家的人这么勤快，早早地就起来赶"穷媳妇"了？床头的那块电子表是他过年回家的时候路过县城时买的，价钱不贵，走得还挺准。他估计家里的母亲这会儿也起来了。每年一到这个时候，她都起得特别早，说初五是赶"穷媳妇"，填"穷波波（窝窝）"的日子，要是没用鞭炮把"穷媳妇"赶跑，用包子、饺子把"穷波波"填起来，就得过一年的穷日子。家里没有白面的时候，她就是用豆子面、荞面也要包饺子、蒸包子给家人吃。他用被子裹紧身子又闭上眼睛睡觉。窑洞里一个多礼拜没有生火了，昨天晚上睡觉前他只烧了两个多小时的炉子，没有把窑洞烧暖，到了凌晨特别冷。年轻人瞌睡重，再冷也扛不过那股困劲儿，他的眼皮很快又黏合到一起了。不到十分钟的时间，门外又是几声爆竹，离窗子很近，把他一下子又吵醒了。他想肯定是老磨放的。老磨这人很迷信，对农村的讲究特别重视。他翻了个身，用被子捂住耳朵继续睡觉，仍然有声音断断续续地打破他的美梦，使他无法像往常一样享受安静完整的睡眠带来的愉悦和舒适。到了早上七点左右，炮声从小规模的碎片状，变成了大规模连续性的轰炸。他实在躺不住了，就穿衣起来，按照家里的习惯在上厕所的时候顺便在门口放了两个花炮，然后回来洗漱。他一边洗脸，一边想：昨天来的时候灶上已经放假了，大师傅回家过年去了，晚饭是在吴建树那里吃的，今天的包子、饺子肯定吃不上了，只能用徐晓娟的蒸锅把家里带来的馒头、酥肉和丸子热一下吃了。徐晓娟放假前把钥匙留给他了，让他帮忙照门。

门"吱呀"一声被人推开了，一团白色的雾气从门帘下面飘了进来。

"快吃热饺子，你嫂子刚煮出来的。"老磨一只手端着一大碗圆鼓鼓的饺子，另一只手端着漂着辣椒油的蘸料走了进来，说话的时候满嘴都是热气。

他的心头顿时热乎乎的，笑着说："这么早就起来包饺子，把你和我嫂子累坏了吧？"

"不累，吃完了想喝饺子汤就过来自己舀。"

老磨转身走了，陈灵均坐在桌前吃了饺子，喝了一大碗饺子汤，不慌不忙地走出家门。天已经大亮了，淡青色的天空显得特别高远，院子里空旷的水泥地泛着青光。一阵冷风吹来，伴随着窸窸窣窣的响声，一堆破碎的花炮纸屑滚到了他的脚边，就像顽皮的孩子在故意撩拨未泯的童心。空气中弥漫着淡淡的火药味，那就是年节的味，和家乡的一模一样。院子里每面窑洞的门上都贴着红对联，就连前面的诊室和药房也一样。门诊的门框两边写着：内外妇儿中西结合，轻重缓急有序施治，横批是：救死扶伤。药房写的是：医者非神仙勤学苦思方能有专攻，药物有属性严查慎对确保无差错。横批是：厚德敬业。大门口挂着两只大红灯笼，门上不知道是谁用行草龙飞凤舞地写着：胸怀大爱潜心钻研医疗技术，不辞劳苦全力守护百姓安康，横批是：为民服务。他昨天来的时候只顾低头走路，没有注意到这些，现在看到这幅喜气洋洋的情景，不由得笑了：原来这里的职工和老百姓一样，也很注重过年时的年味。这一年的春天比往年来得早，除夕那天就立春了，可是对面的山头依然覆盖着白花花的积雪，路边的树木光秃秃的，发黑的树干就像被煤烟熏烤过似的，没有一点生机。大河、小河全都结着冰，一群群的孩子滑着冰车大声欢笑着在冰面上疾驰而过，河边有人在放爆竹，河床上到处撒着红色的小点。每年人们都是在冰天雪地中探听到春天的消息，虽然春姑娘跋山涉水需要很长时间才能走到这里，但是一样能在人们的心里激荡起融融的暖意。

陈灵均走进诊室把炉子里的火生好，坐在里面一边看书，一边等待病人。他读的是从夏清辉老师那里借来的美国作家海明威的代表作《老人与海》。房间太大，炉子太小，刚开始室温很低，他坐一会儿，站一会儿，不时搓搓脸，跺跺脚。每当他读到年老体衰的老渔夫忍饥挨饿在疾风恶浪中与鲨鱼拼死搏斗的场面，就不由得联想起在命运的旋涡中无力挣扎的自己。这次在新安城见到夏清辉老师以后，他俩谈了很多。当他谈到自己目前的处境和内心的困惑时，夏老师说："大多数的人走上社会以后，都不能按照理想的道路去发展，总要经历一些挫折和磨砺。不管你的航船被风吹到哪里，只要你紧握住自己手中的舵，始终朝着最初的方向行驶，那么，你就不会被生活的海洋吞没。"他的话给了陈灵均很大的启发，使他的心境豁然开朗。读了半个小时小说后，他又拿起专业书看起来。他喜欢交替着阅读不同种类的书籍，这种读书方法能够有效地保持阅读兴趣，提高学习效率。

他其实完全可以待在自己的窑洞里上班，那里空间小，容易烧暖，病人来了也能找到他，可他怕诊室里的炉子灭了病人来做治疗要挨冻。另外，万一来了急诊也影响病人的救治。昨天晚上临睡前就来了一个被爆竹炸伤手的孩子，他缝合完伤口后，给孩子打了一支破伤风抗毒素。他现在打肌肉针、扎静脉针都很熟练，可以同时兼任医生和护士的工作，但他还是觉得远远不够。作为一名基层的医务工作者，他认为自己还需要努力掌握心电图、B超、透视等医技检查的操作和诊断技术，只有这样，才能不断提高自己的诊断水平，减少漏诊、误诊的发生率。如果有可能的话，再好好地研究一下中医。在基层，中医的实用性比较强，能够解决一些西医无法解决的问题。本来他是不想在这里长期待下去的，但是看眼前的情况，三五年内根本没有希望调进城，只能老老实实地待在这里。他已经想通了，既然走不了，就慢慢地学习、实践，等他工作上几年积累了一些临床工作和医院管理方面的经验，就敢像吴建树一样承包医院。他相信自己一定比吴院长搞得好。等他有了钱，第一件事就是在虎沟镇的街上买一个独院，里面有两三面石窑，可以让他成家后和父母同住；第二件事是外出进修一次。自考虽然省钱，但是自己摸着石头过河，毕竟没有老师教的知识更全面、灵活、实用，如果在进修时能碰上一位好导师，那他在业务上一定会进步得更快。

门诊上一直到晚上也没有来一个人。震耳欲聋的花炮声不仅把"穷媳妇"

赶跑了，似乎连疾病也吓跑了。吃晚饭的时候，老磨请他去家里吃饭，他没去，自己在炉子上热了些从家里带来的饭吃。

初六晚上过小年的时候，老磨硬把他拉到自己窑里，让他跟自己的家人一起过年，还拿出一瓶白酒跟他喝了几盅。他按照当地的风俗习惯给了两个孩子一人十块钱压岁钱，老磨看见后不仅当场制止了，还将他训斥了一番，说他也是个孩子，不该这么见外。吃饭的中间，来了一个被鱼刺卡住喉咙的女病人，因为没有喉镜和专用的医疗器械，他只能打发病人到县医院去治疗。对于这样的结果，家属很失望，陈灵均也深感歉疚。他深切地感受到，农村的病人虽然少，但是他们和城里人一样，也需要专业的医疗团队来维护他们的生命和健康，遥远的路途不仅给他们的就医带来不便，还让很多本来有希望得到救治的病人失去了生还的机会。

初七的下午有人告诉他，那位女病人在县医院取出了鱼刺，平安地回来了，一直为她的安危担心的陈灵均不由长舒了一口气。不过，另外两名煤气中毒的病人却没有那么幸运，一个在转运的过程中死了，另一个由于送去太晚，失去了最佳治疗时机，成了植物人。

初八过后，大部分的工作人员来了，病人也逐渐增多了，这个破旧衰败的小医院又开始慢慢地跟着时针运转起来。一切仿佛又回到了原位，处处弥漫着熟悉的令人困乏的气息。面对这样的生活，要保持始终如一的热情很难，除非你有足够的能力去改变它。

三十六

自考的成绩出来以后，陈灵均报考的五门课程全部过关，他按照4月的考试科目又报了四门，用心复习后再次全部通过。第二次去新安城的时候，一起参加过考试的县医院的几位老师和同学大部分都来了，唯独周云天没有来。刘宇杰说周云天第一次报考的两门课只过了一门，他嫌自考太难，放弃了。其他人成绩都不错，刘宇杰那门只看了两天的课程竟然考了八十分。

6月的一天上午，陈灵均突然接到姐姐的电话，说他母亲病了，让他赶紧回来。

陈灵均心里一紧，忙问母亲得的是什么病。她说："你回来了就知道了。"

陈灵均赶紧办好请假手续就往家里赶。

到家的时候已经是第三天的下午，他一进门就看见父母和姐姐全都笑盈盈地坐在炕上拉话，母亲比过年的时候明显得消瘦了，整个人缩小了一大圈，身板单薄得就像十二三岁的女娃娃。

"妈，你哪里不舒服？"陈灵均走到母亲跟前，端详着她苍白的脸色问道。

"没什么大病，就是胃不好，你姐已经带我到公社的医院看了，正吃着药呢。"罗雪娥靠在褥子上用虚弱的声音答道。她还按照原来的习惯管虎沟镇叫虎沟公社。

"妈的病不要紧，我那么说是想让你回来跟你商量个事。"已经下炕开始忙着做饭的陈灵芳笑着说道，"等你吃完饭让妈给你说。"

"姐，你怎么回来了？学校放假了？"陈灵均突然想到这天是星期六，纳闷地问道。

"没有。我让你姐夫先招呼着，我回来住两天。"

晚饭吃的是面条，陈灵芳特意给母亲多煮了一会儿。吃饭的时候，罗雪娥用左手按着上腹，拿起筷子没吃几口就不吃了，说心口难受。

吃完饭，其他人都借口有事出去了，罗雪娥拉住儿子的手说："灵均，妈没念过书，活了一辈子人，从来没有在家里做过一回主，这次，我提前没和你商量，为你做了件事，不晓得做得对不对，要是这事没做对，你不要怨恨妈妈。"

陈灵均忙问："什么事？"

罗雪娥低下头忐忑不安地搓着自己的手背说："上个礼拜来了个说媒的，说城里有个当官的干部想把女子说给你，他们一家人都见过你，看下你这个人了。那个当官的叫翟明礼，是县防疫站的副站长，他的小女子叫翟书珍，和你同岁，前年招工的时候招到了中医院，是合同制工人。媒人说那女娃娃可乖了，从小到大没有跟大人顶过一回嘴，虽然父母都是干部，上面也有哥哥姐姐，从来不娇生惯养，什么家务活都会干，是个会过光景的好女子。唯一不好的一点就是娃没咋念书，上小学三年级的时候害了一场病休了一年学，原来学习就一般，长时间没到学校去，病好了以后就跟不上了，留了一级还是不行，那女子哭着说不想上了，家里人也没有逼着她再念，就在家里待下了。娃虽然文化不高，但是吃的是商品粮，还是正式工，家里的条件好得很。那家老大是个小子，两口子都在油矿上班，大女子在财政局工作，女婿在税务局，光景都可好哩。给你说的这个女子是他们的二女子。我找人看了你俩的八字，合婚着哩。我怕那女子人样不行，让你二哥二嫂到城里进货的时候专门去看了一回，你二嫂回来说，那女子脸白生生的，长着一对大花眼，模样可俊了。我还不放心，又托赵志刚的二大打听那家人的情况。他说没什么说道，好着了。我就寻思着，像咱这样的家庭，能给你说下这么好的一门亲事也算是一种福气。将来你成家以后在外面有了事，你大你妈没本事，给我娃出不上力，你妻家的人要是能帮上忙，就能让我娃少走些弯路，少受些操磨。你大也说，这个对象好着了，不要再挑了，赶紧说上吧。我就给媒人说，我们老两口同意了，等你回来商量好了就订婚，赶秋天就把婚结了。那个翟明礼还说，一定要问一问你家小子，必须要让本人同意。你看这人开通不？"说到最后，罗雪娥的语气里透出掩饰不住的喜悦。

陈灵均听了半晌没有说话。

罗雪娥用手顺着他的膝盖一直摸到脸上，发现他的胸口在剧烈地起伏着，脸上的肌肉绷得紧紧的，惊慌地问："咋啦？"

"妈，你怎么能不经过我的同意就随便答应人家？结婚是关系到人一辈子幸福的大事，要慎重地考虑好了才能做决定。"陈灵均强忍着内心的不满，淡淡地抱怨道。

"我和你大就是慎重地考虑了才给你做的决定。你要是不放心，就到城里自己去看看那个女子和那家人。要是实在看不上就算了。"罗雪娥失落地回答道。

母子俩都不吱声了。

过了一会儿，陈儒生和陈灵芳先后回来了。陈灵芳见屋里的气氛不对，悄悄地跟母亲耳语了几句，在她手腕上捏了一把，似乎是让母亲放心。

"灵均，咱俩到你大哥家去一趟，他要跟你商量个事。"陈灵芳对弟弟说道。

"噢。"

陈灵均跟着姐姐来到陈灵峰家，见陈灵辉也在那里，兄弟俩看上去灰溜溜的，像是有什么心事。

四个人在炕上坐下后，红梅问他们喝水不，都说不喝，她就端来一碟自己炒的南瓜子，抓了一大碗红枣放在炕上，借口要跟邻居找一双小孩的鞋样子给敬医做单鞋，带着孩子出去了。

陈灵峰说："灵均，我们把你叫回来，主要是想跟你说一下咱妈的病。"

陈灵均的心里咯噔了一下，接口就问："是不好的病吗？"

陈灵峰看了他一眼缓缓地说："妈大概胃上早就有病了，一直没对人说，直到吃不进去饭了，人一下子瘦了很多，才被我发现的。我觉得不大对劲，就和咱姐带着她到虎沟镇卫生院去看病。医生背过妈悄悄地对我说，他怀疑是胃癌，建议到县医院去做个胃镜。妈说什么也不去，想吃点药再说。医生说吃完药要是觉得不顶事就赶紧往外头走，不然就把病耽搁了。回来以后，妈自己说吃了药好像强了点，可我看她气色还是很差，人也越来越瘦，就给咱姐说了。她说你是医生，这种事比我们懂得多，还是把你叫回来商量一下比较好。"

"没什么好商量的，有病赶紧去看，咱明天就上城里去，后天刚好是星期一，早上让她不要吃饭先做个胃镜把病诊断清楚了再说。"陈灵均毫不犹豫地说道。

"妈都是七十来岁的人了，做胃镜能受了不？"陈灵辉担心地问道。

"做胃镜是有点难受，但是一般人都能承受得了。要是不做的话，就没法知道她得的是什么病，也没法给她治疗。所以，这个检查必须要做。"陈灵均说道。

其他人都表示同意，于是开始商量如何筹钱看病。姐弟四人都愿意把自己所有的财力贡献出来，很快就凑够了钱数。

"灵均，还有个事我想再跟你商量一下。"停了半晌，陈灵峰又说道。

"什么事？"陈灵均问道。

"妈现在身体不好，万一检查出来是大病，往后的日子就不长了。她常念叨着说怕自己看不到你结婚成家，你能不能在妈走之前把她的这个心愿了了？"

陈灵均低下头陷入了沉思。

"咱兄弟姊妹四个，妈最亲的是你，最放心不下的也是你。你是一个懂事的娃娃，我想，你肯定也不希望她老人家留下任何遗憾。"陈灵辉说道。

陈灵均的头垂得更低了。

"灵均，我知道你是一个心气很高的人，不管是在事业上，还是在婚姻上，都不想胡乱凑合，肯定还想往更高的山头上奔，可是咱家这情况……唉，真叫人没办法！"陈灵芳掏出一块手绢擦拭着眼里的泪水，哽咽着说不出话来。

陈灵均心底最脆弱的那根弦被拨疼了，他用顽强的意志力控制住自己的情绪，抬起头对哥哥姐姐说："你们的意思我明白，我已经不是小娃娃了，我会认真地考虑这件事的。"说完下了炕，穿上鞋头也不回地走了。

回到家中，他又详细地询问了母亲的病情，为她做了一次体格检查，心中已经有了几分判断，但是仍然把希望寄托于县医院的胃镜检查和病理检查结果，默默地祈祷神灵能保佑母亲平安。

"妈，我准备明天到城里去见一下那个女子，顺便再给你检查一下胃上的病。"他拉着母亲的手，轻轻地抚摸着她那弯曲枯瘦的手指温和地说道。

"见一见好，妈就等着你这句话哩。"罗雪娥笑得嘴都合不拢了，"我的病不用看了，都这把老骨头了，治不好就死了算了。你的婚姻大事要紧，省下钱好给我娃娶媳妇用。"

"不行，你要是不去，我也不去。"陈灵均故意任性地说道。

"好，好，我去。只要我娃听话，妈怎么着都行。"

晚上躺下后，陈灵均像小时候一样紧挨着母亲睡在她身边。罗雪娥掩饰不住内心的激动，一遍又一遍地对儿子说："你说，那翟明礼的婆姨迟不住院早不住院，偏偏瞅着你在县医院内科实习的时候来住院，还偏偏就住在你管的病房里。医院里有那么多实习的小子娃，他们家的人没有看上别的娃，偏偏看上了你，也不嫌弃咱家是农村人，你大你妈年纪大，家里又穷。这就是命啊，你的命，我的儿！你要不信，还真说不过去……"

陈灵均一动不动地躺着，假装自己睡着了，心里却像刀割一样难受。他想不通过年的时候母亲看上去还好好的，怎么几个月不见就病成了这样？是她早就有了病自己没有检查出来，还是在他走后疾病才发展到了如此严重的程度？他觉得老天爷太残酷了，一点儿也不怜惜这位吃了一辈子苦受了一辈子穷的女人，没有让她过上一天好日子，在她进入古稀之年后，还不肯放过她，又用更加严重的病痛来折磨她。

半夜里，一阵哼哼声把熟睡中的陈灵均吵醒了。他睁开眼睛一看，窑洞里黑洞洞的，有个人影端坐在炕上正在痛苦地呻吟。他一眼就认出那是自己的母亲，赶紧爬起来问："胃又疼上了？"她点着头说："嗯。白天疼是疼，还稍微能受住，晚上疼得受不了。妈不想出声，怕把你吵醒了，可是忍不住。"

"她这一个月天天晚上这样，我都习惯了。"陈儒生无奈地说道。

陈灵均再也睡不着了，穿上衣服，拉亮灯，从药箱里取出解痉药给母亲服下，然后坐在她身边观察病情。半个小时后，她说好点了，又躺下睡觉。但是天还没亮，又坐起来叫唤开了。他这才意识到母亲病得确实不轻。

东正县县城东街大桥以北的河畔上有一排坐北向南的四合院，每个院子有三面相互连通的石窑，全都按照楼房的布局隔出客厅和主卧、次卧，外面还有一间厨房。有些勤快人在院子里的空地上栽着花，种着菜，夏天的时候，绿油油的葡萄藤、南瓜蔓爬满院墙，俨然一幅世外桃源的样子。翟明礼的家就在这里。翟明礼的儿子翟书海和大女儿翟书玉都已经成家，只有小女儿书珍和父母住在一起。翟明礼的妻子曲晓娴体弱多病很少干家务活，平常身体好的时候偶尔在家里做一两餐饭，收拾一下屋子，剩下的事全由翟明礼和翟书珍承包了。曲晓娴每天中午都要雷打不动地睡一小时的午觉，否则的话就有些体力不济。

"老翟，快给我倒杯水，口渴死了。"曲晓娴刚一睁开眼睛就嚷嚷开了。正在客厅里看报纸的翟明礼从沙发上站起来，提起地上的暖壶准备倒水，发现里面已经空了，就到外面的厨房去提另一个暖壶。

两分钟后，他把盛着开水的杯子端进卧室，乐呵呵地对老伴说："今天下午咱们家要来客人。"

"你听谁说的？"曲晓娴诧异地问道。

"谁也没说。我刚才一推厨房的门，挂在墙上的抹布掉到地上了。你不是常说，抹布掉了家里要来人么。"

"呵呵，农村人都那么说。不知道来的是什么稀客，让我赶紧起来把被子叠好。"曲晓娴煞有其事地忙活起来。

翟明礼无声地笑着又回到客厅看报上的新闻。

"阿姨，请问防疫站的翟站长家住在哪里？"墙外传来一位年轻小伙的问路声。

"就是前面这一家。"隔壁的邻居答道。

翟明礼连忙站起来朝卧室里喊了一声："来人了！"便走出家门站在门前的台阶上迎接客人。小伙子刚一进院门，他一眼就认出来者正是他期盼已久的贵宾——他们全家人集体相中的"乘龙快婿"陈灵均！

"啊呀，是小陈大夫，快请进！"翟明礼双手握住陈灵均的手将他让进窑洞在沙发上坐下，自己搬了把椅子坐在他对面，拿出家里最好的茶叶招待他。曲晓娴早已洗好苹果端来糖果放在茶几上，热情地跟陈灵均打招呼，还亲手削了一个苹果递到他手里。陈灵均没好意思吃，又轻轻地放到茶几上。

"这是我前段时间从云南带回来的普洱茶，是生普。生普是指新鲜的茶叶采摘后自然放干，没有经过渥堆发酵处理的普洱茶。这种茶的茶性比较烈，有一点苦涩味，比较接近绿茶的口味，在夏天喝能起到消暑去燥、清热止渴的作用。我平时很喜欢喝，不知道你能喝惯不。"他倒了一杯茶放在陈灵均面前。陈灵均喝了一口点着头说："不错，很好喝。"翟明礼满意地笑了。

陈灵均环顾了一下客厅，里面既宽敞又整洁，彩电、冰箱、洗衣机等现代化家具应有尽有，一看就是家底非常殷实的人家，但是翟明礼两口子在他面前毫无傲慢、轻贱之意，这让他心中对有钱人素来怀有的戒备与隔膜顿时消减了大半。

翟明礼问他单位上的工作如何，他简单地回答了一下。翟明礼又问起他父母的身体情况。

"我妈最近身体不太好，我这次上城里来就是专门给她做检查的。"陈灵均答道。

"检查结果怎样？"

"胃镜检查出来有点问题，又做了个活检，要等一个星期才能出报告。"陈灵均闷闷不乐地说道。

曲晓娴马上就说："有病就抓紧时间治。人活在世上，什么东西都能往下攒，唯独病不能攒，治得越早越好。"

翟明礼跟陈灵均拉了一会闲话，又把话题渐渐地转到了自己的家庭情况上，将已婚的两个儿女的工作、家庭、每个人的脾气、性格一一做了介绍，然后问陈灵均是否认识自己的小女儿书珍。

"我在医院应该碰见过她，但是没认下人。"他老老实实地回答道。

"今天是星期天，她不上班，上午到同学家去了，估计一会儿就回来了。你今天下午就别走了，在家里吃顿便饭，咱俩好久都没见面了，一定要好好地拉拉话。"

翟明礼把陈灵均带进卧室，让他欣赏自己收藏的字画和书籍。两人评说了一阵，他又兴致勃勃地在书桌上铺开纸，研好墨，当着陈灵均的面写了一幅字，上书：人淡如菊。他又请陈灵均写。陈灵均几乎连想也没想就写了四个字：天道酬勤。翟明礼看着他的字点着头说："你的书法确实有功底，比我写得好。"

陈灵均连忙谦虚地说："哪里，我平常练得少，写得很一般。"

两人又重新回到客厅喝茶。厨房里传出叮叮当当的做菜声，还有人柔声细语地在跟曲晓娴说话，似乎在打听来的是什么人。此时，午后的阳光恰好从门口挂帘的缝隙间投射过来，那一串串五颜六色的挂坠就像彩色的雨滴在闪闪发光。

"这门帘真好看！"陈灵均情不自禁地赞叹道。

"这是书珍做的纸门帘。"翟明礼笑眯眯地说道。

"我还以为是买的。纸门帘不怕雨淋吗？"陈灵均几乎不敢相信自己的眼睛。

"不怕。这玩意儿其实做起来挺简单的，我一说你也会做。你只要把有颜色的旧报纸或旧杂志剪成一样大小的长三角形，一圈一圈地缠起来用胶水固定在同样长短的铁丝上就行了。铁丝的两边都用老虎钳子弯成挂钩，做好以后挂起来，在外面刷上一层清漆，晾干以后，就变成这个样子了。"

陈灵均本来很想走到跟前把挂帘拿起来仔细看看，一听是书珍做的，便打消了这个念头。

一位中等身材体形丰满的女孩子掀起挂帘从门外走了进来。她穿着绿上衣，黑裤子，脑后垂着一条很粗的马尾辫，眼睛长得又大又美，但是里面没有一丝亮光，仿佛是用彩色石膏雕刻出来的艺术品。

"这就是我的二女子书珍。"翟明礼介绍道。

"来了？"书珍慌张地看了陈灵均一眼，红着脸打了个招呼，便低着头向卧室走去。

陈灵均早已羞得连脖子根都红了，一时不知该怎么回答，反问道："你回来了？"书珍点了点头，刚要进门，被父亲叫住了。

"书珍，你别走，坐下拉拉话。"

书珍转过身，看了看坐在沙发上的陈灵均和对面的父亲，从墙根拉了个小板凳，远远地坐在后面。

"书珍，你妈把饭快做好了没？"翟明礼问道。

"快了，她正在炖排骨，还有一个青菜没炒。"书珍说道。

"我去看看。你给小陈的杯子里再添点茶水。"翟明礼给女儿使了个眼色便出去了。书珍走过来给陈灵均的杯子里续了些热茶，在爸爸的座位上坐下来，低着头还是不说话。

为了打破尴尬的气氛，陈灵均主动问道："你在中医院什么科上班？"

"收发室。"

"平时工作忙不忙？"

"不忙。"

"哦。那你平常有什么爱好?"

"没什么爱好。"书珍羞怯地答道,"我平常下了班没事就在家里看看电视,织一织毛衣什么的,也不知道这叫不叫爱好。"

……

两人有一句没一句地拉着话。书珍虽然话不多,性格特别温柔随和,言语中始终透着一份对来客的尊重。

二十几分钟后,翟明礼两口子把做好的饭菜端进来,在茶几上摆了满满一桌子,还打开一瓶白酒请陈灵均喝。四个人围坐在一起边吃边聊。席间,曲晓娴不停地给陈灵均夹菜,劝他不要客气,一定要吃饱吃好,弄得他都有点不自在了。

"县医院的叶知秋院长跟我很熟,我们俩是几十年的老交情了。他是一个有远见有魄力的领导,1984年刚当上县医院院长的时候,正是医院里医务人员青黄不接的时候,老人员大部分都外流了,年轻的队伍还没有建立起来,医疗技术很低,很多从基层转上来的病人看不了又转到市上去了,大家都叫县医院是'中转站'。他向卫生局的领导承诺说,一定要在两年内摘掉这顶'中转站'的帽子。为了给医院多吸收一些医疗人才,他天天跑到卫生局、人事局要人,从基层调回不少业务骨干,还争取到了不少卫校毕业的中专生和县中学毕业的高中生,从中选拔出一批优秀青年送出去培养。医院缺乏医疗设备,他动员职工集资买设备。到了第二年底,全地区卫生系统交叉检查,县医院从倒数第一名上升为正数第四名。从那以后,再也没有人叫县医院是'中转站'了。"翟明礼说起陈年往事,对叶知秋充满了钦佩之情。

"县医院能发展到今天确实很不容易。"陈灵均感叹地说道。

"是呀,要不是叶院长这些年的努力,绝不会发展得这么快,这么好。叶院长是一个非常爱惜人才的人,前几天我跟他说起你,他还说,陈灵均那娃娃各方面都很优秀,就是人太老实了,想留县医院提前来找一下我,肯定会留下的。其实你分配前跟我说一声也能把事办成。"翟明礼举起酒杯跟陈灵均碰了一下,似乎在责怪他没有找自己帮忙。

陈灵均笑着饮下了那杯酒,心里暗暗冷笑道:叶院长可真会说话,当初他要是真的看中了我这个人,只要一句话就能留下我,明知道我没钱没靠山还装聋作哑,这到底演的是哪门子戏?

吃完饭，书珍到厨房里帮母亲洗碗。翟明礼压低声音对陈灵均说："虽然我们两家大人都很愿意把你俩撮合在一起，不过婚姻大事还是要尊重本人的意愿。你要是愿意的话就叫媒人来订婚，不愿意的话也没关系，就当交了一回朋友。"

翟明礼的话深深地触动了陈灵均的心，他不敢抬眼看他，只是默默地点了点头。

陈灵均利用给母亲看病的间隙到翟家的这次探访让他看清了一个事实：在这个和谐富裕的家庭当中，他也许找不到理想的爱情，但是却能得到每一个人的尊重。于是，他当即决定，如果他母亲的检查结果不好的话，他就答应这门婚事。

三十七

几声炸雷过后，狂风大作，不慌不忙地行走在马路上的行人尖叫着四散开来，争相朝附近的门市部和医院的院子跑去。风就像顽皮的孩子在后面紧追不舍，扬起大把的沙尘向他们干净的衣服和头发抛去，似乎特别喜欢看他们惊慌失措的样子。铜钱大的雨点很快就从翻滚着乌云的天空中洒落下来，在水泥地上砸出大朵大朵的水花。雷声越来越大，不到一分钟的时间雨点便密集起来，变成千万条水柱从天空中横流而下。往日清晰美丽的山川河流被突如其来的暴雨淋得面目全非，整个世界陷入了少有的静默之中，只有雨在尽情地倾诉、呐喊、跳跃、奔腾。

县医院门诊楼的前厅成了人们临时的避难所，不少人站在凉气袭人的雨帘前叽叽喳喳地说话。有的是从外面跑来躲雨的，有的是看完病拿着药准备回家的，每张脸上都透着焦急的神情，眼睛始终盯着眼前的雨滴和地上的水花，不时将手和头探到外面，看雨势是否变小了。在二楼走廊尽头的玻璃窗上映出一张模糊的人脸，那是一张年轻男人的脸，弯弯曲曲的雨线把他的五官弄歪斜了，唯有那双悲痛忧郁的眼睛始终望着远处，像是在思索着什么。很久很久，他像雕像一样伫立在窗前，脸上的表情也随着窗外的大雨一直在变化。很显然，他一个人站在这里，是不想让别人看到自己脆弱的一面。他是个男人，可他也是一个有感情的人，也有无法控制自己的时候，只能避开身边的亲人和熟人用这种方式来调整自己的心情。他的手里拿着一张纸，那是一份病理检查报告，此刻，报告中的一些诊断名词正在他的脑海中飞旋：低分化腺癌，浸润溃疡性，淋巴结癌转移……这些字就像一把把尖刀，一刀连一刀，狠狠地扎在他的胸口上，让他的内心感到撕裂般的疼痛。

"灵均，你要是再不结婚，妈赶死都抱不上孙子了。"罗雪娥的话在他的耳边轰轰作响，比雷声还要响亮。他紧紧地抓住窗棂，似乎想从那些朽木中获得一丝能够支撑起即将垮塌的信念的力量。他很想推开窗户，朝天空大喊一声，表示自己不愿意屈从命运的安排，但是他忍住了，在眼中转动了很久的泪水也被强大的意志力逼了回去。

不到十分钟的时间，雨渐渐地小了，雷声也消失了。他转过身，拖着绵软无力的双腿，向住院部走去。到了内科病房的楼道，他沿着墙根一边走，一边低着头默默地思索。只听"哎呀"一声叫唤，刚刚从病房里走出来的一位女孩与他的身体左侧撞到了一起，女孩手里的东西撒了一地。

"对不起！"他连忙蹲在地上帮她捡起从塑料袋里掉出来的饭盒、汤匙、卫生纸、药盒、胶布卷、一次性输液器等物品。

女孩说了句："没事。"也俯下身子手忙脚乱地捡起来，柔顺的长发从右侧的肩头垂落下来，遮住了半张脸，只能看见露在左侧发际线外面的白皙的长着细小绒毛的耳朵、秀气的下巴和左脸上粉白的皮肤。当她收拾好东西从地上站起来，把目光投到陈灵均身上时，显得有些吃惊，略微愣了一下，羞赧地说："刚才也不全怪你，是我自己出门的时候太慌张，没有看清楚旁边来了人。你没事吧？"

"没事。"陈灵均不知道她问的是什么意思，随口答道。直到这时他才看清，这是一位没有经过任何人工修饰的美女，她长着一双聪慧而富有灵气的眼睛，眉梢和眼角微微向上扬起，棱角分明的翘鼻子和薄薄的嘴唇看上去既活泼又富有个性，透着孩童般的纯真。看到她的第一眼，直觉便告诉他，这个女孩肯定在哪里见过，但是一时又想不起来究竟在什么地方见过。因为心里有事，他没有跟她多说一句话就走了，心里暗暗地解释说，也许是某位病人的家属吧。

陈淳看了罗雪娥的病检报告后，又把单子交给罗晨阳和殷志峰看。三人一致认为，罗雪娥的胃癌已经转移到周围的淋巴组织和其它脏器，不适宜做手术；她本人年纪大，体质又差，还有严重的贫血，如果进行化疗，身体要是耐受不了反而会加速各个器官的衰竭，建议采用姑息疗法，兴许这样还能多维持一段时间生命。陈灵均接受了这一治疗方案，默默地走出医生办公室，看到经常在医院卖血的南方小伙阿祥站在护士办公室里似乎在等人，旁边的治疗室里传出一个男人和朱婷争吵的声音。

"应该是210。"

"明明是200，怎么突然多了10毫升？我给你抽的血难道我还不清楚吗？200毫升上面的泡沫不能算！"

"你们的人刚才说是210毫升。"

"谁说的？你把她叫来！"

"我不知道名字，是一位实习生。"

"实习生娃娃？她肯定不知道多加10毫升要跟病人多要钱，你有本事自己跟病人说去！"

……

阿祥一看到陈灵均出来了，马上转过身笑眯眯地问："听说你母亲要输血，是不是？"

"是。"

"她是什么血型？"

"B型。"

"打算什么时间输？"阿祥装作很随意的样子问道，英俊的脸庞上微微眨动的大眼睛透着几分南方人的清秀和生意人的精明。陈灵均知道，他是一群长期在医院卖血的社会人员的组织者，大家都叫这群人为"输血队"。阿祥提前打探清楚献血的时间是为了在抽血前做一些相关的准备。东正县没有血库，医院所需的血源主要靠这些外地人提供，虽然挽救了不少人的生命，但是有些血型的卖血者由于短期内频繁献血，已经接近贫血，抽出来的血液不像正常人一样颜色是黑红的，而是粉红的，所以不到万不得已，医生是不会用这些人的血的。

"我们准备用自己人的血。"陈灵均明确地答复道。

阿祥的脸上马上露出失望的表情。这时，阿祥的同伴阿明一脸不高兴地从治疗室里出来了。显然，他的"阴谋"没有得逞。阿明跟陈灵均打了声招呼，和阿祥相跟着走了。阿明的身高接近一米八，比阿祥高半个头，深陷的眼窝下面，明显突出的颧骨就像两块磨尖了的石头包埋在脸颊下面，他的身体完全是扁平的，袖管和裤管都很宽大。两位瘦得像麻柴秆一样的男人，就像两根长短不一的筷子不协调地向前移动着，钉着铁掌的皮鞋底在楼道里"叮咣叮咣"地响着，就像他们表面上看起来十分安逸的生活一样，充满了虚空的味道。

陈灵均回到病房以后，把哥哥姐姐都叫到外面，交代了母亲的病情，提出想和他们一起化验血型为母亲输一次血。几个人都同意了。经过化验，只有陈灵均和陈灵辉的血型和罗雪娥是一样的，符合献血的条件。陈灵辉心疼弟弟，怕他瘦弱的身体承受不了，说自己一个人可以献400毫升血。陈灵均知道二哥在外面蹬三轮给人送货、做小生意很辛苦，坚决不答应。于是，兄弟俩经过商量之后，决定一人抽200毫升血。

看到自己从母亲身上获得的血液又重新被输送回她的体内，让她的生命得以延续，两位小伙子的心情特别激动。

"妈，你回去以后要好好保重身体，一定要等着看你儿子结婚成家。"陈灵均坐在母亲的床头动情地说道。

"好，我一定要好好地活着。儿子，妈这辈子受了那么多罪，吃了那么多苦，现在日子刚刚好过了，我还没有活够。你放心，你不成家我不会死的。"罗雪娥坚强的话语给了陈灵均莫大的安慰，他决心尽一切努力和死神赛跑。

输了血，用了镇痛药和营养性的药物后，罗雪娥的气色好多了，两个星期后就出院了。在她回去之前，陈家与翟家已经商定好了订婚和结婚的日子。

订婚那天，媒人带着陈儒生、陈来生、陈灵均、陈灵峰等人，提着用红线绳绑着的生猪肉、红葱、粉条，拿着好烟好酒，抱着一大箱礼品早早地来到了翟明礼家。翟明礼两口子和翟书珍都穿着新衣服喜气洋洋地迎接客人的到来，翟书海和他爱人郑春红忙着招呼来客，翟书玉和她丈夫则在厨房里做饭。翟书海九岁的儿子翟鲲四平八稳地坐在客厅里的小板凳上吃瓜子和糖，似乎眼前的一切就像电视里演的动画片一样。孩子的眼睛又黑又大，看人的时候一点都不露怯，圆圆的脸蛋是奶白色的，皮肤特别细嫩光滑，就像剥了壳的新鲜荔枝一样。

翟明礼与来客一一握了手，简单地寒暄了几句，把陈灵均单独叫到卧室里，悄悄地对他说："你不要紧张，一会儿只是走个过程，彩礼我一分钱都不会要，回头全退给你。我们看中的是你这个人，不是你的家庭，也不是你的钱。弄这样一个形式，主要是为了避免亲戚们说闲话。你把钱弄下了没？不够的话把我这里的拿上。"说完从衣兜里掏出两千块钱给陈灵均。

陈灵均连忙说："不用，我弄下了。"

"那就好。"翟明礼如释重负般点了点头，又和他一起来到客厅。这时，翟书珍的二爸、四大、姑姑、姨姨和舅舅等人都来了，站了满满一屋子，正在翻看书珍前一天在街上买的新衣服，看到陈灵均出来了，好奇地打量着争相议论："书珍好眼力，这小伙子长得一表人才。"

"精精干干的是个好后生。"

"这后生白白净净的，模样很秀气，就是身体看上去有些饥瘦。"翟书珍的大姨曲晓梅说道。

"这娃娃人瘦，但是身体没有一点毛病。"陈来生立即解释道。

"娃长这么大没有吃过一颗药，没有打过一针。"陈儒生补充道。

"只要身体健康，人瘦不是毛病。"翟书海看了大姨一眼笑着说道，"小陈是卫校毕业的，学得可好了，现在在交道镇卫生院当医生。你们以后有了病，可以找他看。"

"好，我这人爱害病，肯定会来找你的。"曲晓梅说道。

书珍的姑姑翟明芳用手摸着书珍身上那件粉青色的软料上衣，啧啧地赞叹着说："这料子真不错，颜色也好看，穿在你身上显得皮肤更白了。咦，脖子上怎么没戴金项链？现在结婚都流行买金货，多少也得有一件吧？"

陈灵均没有想到有人会提出这样的要求，内心特别尴尬，不知道该如何回答。书珍却不慌不忙地说："金项链买了，在我的柜子里放着，今天没戴。"

"我昨天看见了，样式挺漂亮的。"正在上菜的翟书玉也帮着打圆场。

"噢，我就说嘛，不管是谁要娶我们书珍这么好的女子，不拿出点像样的东西怎么行。"翟明芳撇了撇嘴高傲地说道。

"姑姑，你对我们书珍比对你女子还关心。"翟书海拍着她的肩膀笑着说道。其他人全都笑了起来。

订婚仪式开始后，媒人说了一些客套话，让陈家父子把带来的礼物当着众人的面一一清点清楚，交给翟明礼，然后又提到了提前说好的一千元彩礼。陈灵均把用红线绳绑好的钱双手递交给岳父。翟明礼按照礼节从里面抽出二百元钱退还给他，众人纷纷鼓掌表示赞赏。接下来两位准新人分别给双方的亲人敬酒、改称呼。陈灵均改口叫翟明礼"爸爸"时，因为心里觉得这个陌生的名词和"大"是两种含义，所以没太费事，叫"妈"时憋得满脸通红才叫出口。翟书珍却显得很大方，"爸""二爸"叫得又脆又响。两人每敬一次酒都有红包送上。翟家的亲戚也纷纷拿出见面礼给新女婿。陈灵均不好意思要，翟明礼说："拿着吧，今天的姨姨、姑姑、舅舅可不是白叫的，你要是不拿，就便宜他们了。"亲戚们都被他逗乐了，纷纷开起玩笑来。陈灵均推让了一番后便顺水推舟收下了红包。

亲戚们刚一走，翟明礼就把彩礼原封不动地塞给女儿，翟书珍又转交给陈灵均。

"咱们明天就去买金项链。"他果断地承诺道。

第二天早上刚一吃完饭，陈灵均就带着翟书珍出门了。

由于受国际黄金价格下跌的影响，金价从原来的一克一百三十元下调至一克一百元，人行里前来抢购黄金首饰的人络绎不绝。

"想买黄金就抓紧时间，我听说非洲的好多金矿都停产关闭了。这样一来，矿石的价格肯定会上涨，用不了多久金价又会回升的。"县医院防保科的何亚梅站在拥挤的人群中间，两只手扳着陶爱英的肩膀贴着她的耳朵小声说道。

"你听谁说的?"陶爱英将信将疑地问道。

"我听钟锦华说的，她爱人不是在人行上班嘛。"何亚梅穿着一件紫红色的上衣，领口的第一颗纽扣故意没系，露出波纹状的黄金链条和鸡心形的吊坠，耳朵下面晃荡着两只比五分硬币直径还要大的金耳环。"你们家要是有闲钱的话就多买一些黄金首饰放着，人民币将来说不定会贬值，黄金永远都不会贬值，买成金货放在家里比存在银行里保险。"

"你知道，我们两口子都是农村人，两边的老人年纪大了都需要照顾，两个娃娃正在上学很费钱，再加上生了二胎刚受到处罚，每人每个月单位只给发一百二十块钱的生活费，哪里有什么闲钱。我只是随便来看看，价格要是不贵的话就买个小东西戴着，贵的话就算了。你们家娃娃少负担轻，两口子都在医院，庄正杰又是采购，比我们有钱，你可以多买一些。"陶爱英回过头来笑着说道。

"我们也没钱，这些买金货的钱都是我平时省吃俭用攒下的。"何亚梅马上辩解道。

"亚梅，你怎么又来了? 昨天不是刚给你买了一条金项链一对金戒指嘛，今天准备再给谁买?"银行的女职员一眼就认出了何亚梅，热情地跟她打招呼。

"我想给我儿媳妇买一只金手镯。"

周围的人惊讶地看着这位三十五六岁的女人。站在何亚梅身后的一位老年妇女问她："你儿子多大了？"

"十岁。"

"呵呵，怪不得你长得这么年轻！这么早就给儿媳妇准备上了，真是个好婆婆！"

听到别人的夸奖何亚梅笑得眼睛都挤成一条缝了。

"你这么早就给儿媳妇准备下结婚用的东西，过上十几年样式肯定不流行了，要是儿媳妇不喜欢就白花钱了。"陶爱英说道。

"没事，到时候她要是看不上眼，可以花点钱打成她喜欢的样子。"何亚梅不以为意地说道。她已经提前选好了手镯的款式，很快就买好了。

轮到陶爱英了，她仔细地询问了不同规格不同款式的首饰价格后，犹豫了好半天才在何亚梅的鼓动下买了一对金耳钉。她挽着何亚梅的胳膊刚要向外走，在后面排队的人群中意外地发现陈灵均带着一个女孩也来买金货。

"小陈，你怎么在这儿？是不是要结婚了？"陶爱英好奇地打量着依偎在他身边的翟书珍。

"嗯。这是我对象，我们准备买一条金项链。"陈灵均红着脸答道。

"这么快呀，恭喜恭喜！"陶爱英赶紧向他祝福。

"马上要结婚了，那就多花点钱好好选上一条。"何亚梅说道，"女人一辈子就风光这一回，一定要买得称心如意，不然将来会后悔的。"

两位年轻人笑了笑算是回答。

银行的工作人员听说他俩准备结婚，极力推荐 24K 的新款纯金项链："现在金价便宜，不到一千块就能买一条好项链，连吊坠都有了，原先得一千多呢。"

书珍心不在焉地看了看，发现旁边还摆着好几条比较细一点的项链，问价格有什么差别。女职员说："那些是 18K 的，含金量低，价格也便宜，没有这边的好。"

"我不喜欢太粗的项链，那些 24K 的样子都很老气，就把这条细的给我拿来吧。"书珍指着一条只有二百多元钱的细项链说道。

"那边的你真的都不喜欢吗？多花点钱没关系的。"旁边的陈灵均提醒道。一想到翟家的亲戚挑剔的眼光他的心里就直犯怵。

"不是钱多钱少的问题，真的不喜欢。"书珍低声解释道。

"要不要配个吊坠？"女职员问道。

"不要，越简单越大方，配上吊坠就俗气了。"书珍不由分说拿起项链就让对方开票。陈灵均只好在众目睽睽之下给未婚妻买了一条最便宜的金项链。

"真是个会过光景的好婆姨！"

听到别人的夸赞陈灵均恨不得一头钻进地缝里，拉着书珍匆匆离开银行，赶到附近的幼儿园旁边去看房子。翟书海听说那里有一间平板房要出租，已经和房主约定好了时间等他们过去。

路上，翟书珍告诉陈灵均，翟明礼已经说服了儿子和大女儿，让他们两家合买一台洗衣机，他自己准备买一台电视机给女儿做嫁妆。

"爸爸这么做，哥哥姐姐没意见吗？"陈灵均问道。

"我哥开玩笑说我爸偏心，他说，书珍两口子现在正是最困难的时候，咱们要齐心协力帮助他们。等书珍的女婿将来发展好了，全家人谁也吃不了亏。"翟书珍说到"两口子""女婿"这些字眼时显得有些害羞，但语气却是兴奋的。

陈灵均听了许久没有说话。

两人看了房子以后觉得还不错，商量好了价钱，付了租金后，简单地粉刷了一下，买了几件家具和一些常用的电器放进去作为婚房，紧接着就开始筹备结婚用的东西。陈灵均给双方的父母一人买了一身新衣服，给翟书珍买了两身婚服，自己只花了三十元钱买了一件白衬衫，配了一条十元钱的红领带，打算穿着订婚时的裤子充数。翟书珍实在看不过眼，就用自己的私房钱给他买了一条新裤子。

在短短的二十几天里，陈翟两家人就像打仗似的，紧赶慢赶，到了两个孩子结婚那天，罗雪娥躺在床上已经无法进食了，只能靠输液维持生命。

早上五点钟，陈灵均给母亲扎好吊针，让二嫂秋雁照看着，和陈灵峰一家三口、高慧琴等人一起坐车到县城去"引人"。陈灵芳和梦月、梦溪、孙静好负责布置新房。本来按照乡俗没结婚的女子是不能进新房的，因为时间太紧，实在找不到合适的人，陈灵芳便破例让这几个黄毛丫头来帮忙。新房临时借用的是陈灵峰家的一面空窑，打扫干净后，用报纸把墙裱了一下。众人在陈灵芳的安排下，吹气球、做纸花、剪窗花，忙了一个多小时。孙静好的手特别巧，会剪各种各样的窗花，她专门设计了一龙一凤的图案与喜字连接在一起，与陈儒生的书法作品"龙凤呈祥"相呼应。得知陈灵均结婚的消息后，她在婚礼的前一天就回来了，一直跑前跑后在帮忙。梦月只会折纸花、吹气球，她看到炕上已经堆了将近二十朵红纸花，停下手里的活儿，不耐烦地说："够了，够了，不用再折了。"梦月刚刚考上师范，这位十六岁的少女身材高挑，容貌出众，性格外向，说话特别干脆。

"我觉得还有点少，不够花哨。"陈灵芳低着头边折纸边说。

"不能太花哨，应该突出主题，简单大方才好看。"梦月说道。她扫视了一下炕上的东西，无意间发现纸花下面压着几张年画，全都是大胖娃娃，蹙着眉头不悦地问道："这是谁买的？"

"妈让我买的。"梦溪笑着说道。

"我的天哪，这也太俗气了。都什么年代了，谁家还往墙上贴这玩意儿。我觉得炕上的那面墙把我爷爷写的那幅字和静好剪的喜字贴上就行了，地上这面墙挂上我四爸和我四妈的婚纱照，两边绑上些气球会显得既雅致又浪漫。"梦月不由分说立即爬上炕，拿起剪好的喜字和爷爷写的书法横幅就要往墙上贴。

"梦溪，赶紧过来帮忙。"她大声命令道。

"那我买的胖娃娃往哪里贴？"陈灵芳问道。

"不贴了。"

"不贴？结婚的时候农村谁家的墙上不贴几张大胖娃娃？你们这些傻女子啥也不懂还爱瞎指挥，你知道吗？贴上几张娃娃图意思是让他们早生贵子，多子多福。"

"窗花里不是有胖娃娃嘛。"

"不一样。反正不管你们觉得好看不好看，这几张娃娃我非贴不可！"陈灵芳生气了，爬上炕，拿着画也在墙上比画开了。

梦月看到母亲想把娃娃贴到前面的墙上，马上就说："这样不好，你实在要贴就贴在后面去。"

"后面光线那么暗，贴上谁能看见！"陈灵芳反驳道。

"怎么会看不见？只要不是瞎子谁都能看见。"梦月抢白道。

"要不这样吧，把喜字和那幅书法作品贴在中间的位置，娃娃贴在两边，这样会显得对称一些。"孙静好笑着为两人打圆场。

"不行！"陈灵芳和梦月异口同声地说道。

孙静好被她俩一下子给逗笑了："你们娘儿俩都太有个性了，吵吧，好好吵，等新人回来了新房也布置不好。"

"梦溪，你说怎么贴好看？"陈灵芳把目光投向小女儿。

"我觉得怎么贴都行。"梦溪笑嘻嘻地说道。

"要不你俩干脆石头剪刀布，谁赢了听谁的。"孙静好提议道。

"我同意！"梦溪拍手说道。

"好什么好，真会瞎掺和！"陈灵芳不满地说道。

梦月觉得这样僵持下去不好，就对母亲说："妈，要不咱们就听静好的，娃娃一边贴一个好了。"

"好吧。"陈灵芳勉强地答应了。

贴好画，陈灵芳让梦溪把隔壁院子里的一个男娃叫来给墙上四角订了四颗铁钉，拉了两根线绳，然后和三个女孩子一起往上面固定彩色拉花。挂完以后，陈灵芳便指挥众人把所有的纸花都绑在上面。

绑了几个后，梦月又不干了："好了好了，有几个做点缀就行了，太多显得很凌乱。"

"凌乱什么，多绑些花看上去花花绿绿的才像新房的样子。"陈灵芳说道。

"妈，你到底懂不懂审美呀！"梦月又好气又好笑地说道。

"我不懂，你懂！才念了几天书呀，就觉得自己了不起了，连你妈的话都不愿意听了，好像你什么都知道似的。"陈灵芳恨声恨气地说道。

孙静好见母女二人又杠上了，便对梦月说："其实这只是个形式，弄成什么样子无所谓的，用不着那么认真。"

"就是，有些人确实太认真了。"陈灵芳接嘴说道。

梦月无奈地笑了一下，走到母亲身边搂住她的腰，亲昵地把下巴抵在她肩膀上，故意撒娇说："亲爱的妈妈，我的好妈妈，你这几天操心这操心那的，一定累坏了吧？这样吧，你到我外爷家帮忙招呼客人去，这里有我们三个人干活就行了。我估计那里现在乱哄哄的，正缺个人去管管呢。"

见此情景，陈灵芳忍不住笑着骂了一句："这个尿女子，真会哄你妈。好吧，我不管了，你们几个随便弄，想怎么弄就怎么弄吧。"说完跳下炕出去了，三个小丫头顿时高兴得欢呼起来。

她们很快就达成了一致，按照梦月的意见把新房布置好，然后把门关好，安排梦溪守在外面，不许没有结过婚的小丫头和大肚子婆姨进去。

三十八

快到中午十二点的时候，隐隐约约听到村口传来唢呐的声音，梦月赶紧嘱咐放鞭炮的后生做好准备。远远地一看到婚车，听到人们的嬉笑声，鞭炮便噼噼啪啪地响了起来。

身着白衬衫、蓝裤子，脖子上扎一条红领带的陈灵均端着盛放着面兔的脸盆先下了车，穿着红色套裙的书珍推开车门刚一露面，周围的人就啧啧地称赞个不停。

"看人家这城里女子穿得多洋气，长得多俊，老陈家可把儿媳妇寻好了。"

"是呀，现在他们家儿女都成事了，四小子也有了工作，一家人过好了，偏偏老婆子害上那么个病，唉，真是命苦呀！"

……

部分议论声被陈灵均清清楚楚地听到了耳朵里，为了让全家人都高高兴兴度过这个特别的日子，他强打起精神，装出笑脸，努力完成好每一个环节。

两位新人刚走进新房，门帘就放了下来。陈灵芳让一男一女两个亲戚娃端着一个崭新的脸盆送到里面。脸盆里盛了少半盆水，放了一块新毛巾，供长途跋涉后的新娘洗漱，俗语称：递鸳房。在城里化了妆的书珍只是在盆里洗了下手，就算完成了任务，塞给两个娃一人五块钱，把娃娃们乐得连蹦带跳就出门了，水盆差点都忘了再端出来。紧接着，两位新人爬上炕，背靠背坐在一只木桶上，由高慧琴和送亲的队伍中另外一位年长的妇女为他们举行"上头"的仪式。两人轮流用一把新梳子在新娘的头上梳一下，又在新郎的头上梳一下，嘴里念念有词，大意是说两人将永结同心，百年好合，早生贵子，福禄安康。

仪式完成后，新人又在主事人的引领下来到陈儒生家的院子里。陈灵均和翟书珍进门后，陈灵峰和陈灵芳把罗雪娥扶起来靠在被褥上，陈儒生抱着最小的孙子坐在她身旁接受了两位新人的跪拜，这就是陕北人所谓"抱孙子"仪式。这个小孙子是陈灵辉家的娃，只有四岁。

陈灵芳从母亲的衣兜里帮她掏出提前准备好的红包，让她亲手送给翟书珍。仪式结束后，陈灵均爬上炕坐到母亲身旁，示意翟书珍也到跟前来，拉着母亲的手让她抚摸自己的新娘子："妈，这就是你的小儿媳妇。"

罗雪娥一边摸，一边问："个子不低，有你高没？"

"和我一样高。"

"人白不？"

"白。你给儿子说句心里话，你对她满意不？"

"你叔没骗我，娃真的长了一双俊个蛋蛋的大花眼，妈心里可满意了。"罗雪娥枯瘦的脸颊上浮现出一缕灿烂的笑容。

她爱不释手地抚摸着翟书珍圆润光滑的手背，感慨地说："书珍啊，妈当初生灵均的时候都快五十了，灵均生下就跟一只鞋那么大，妈没有奶，眼睛又看不见，人家都说我养活不大他，劝我把他送给人，可我就是舍不得，硬是用手摸着拿米糊糊一点一点地把他养大了。灵均小时候瘦得皮包骨头，到了三四岁连路都走不稳，有人又说，像他这样的娃娃就算养活大了也是个拖累，我赶死都享不上他的福。你看，咱灵均现在给我买回来吃的、穿的，带我到外头看病，连婆姨都给我娶回来了，我这不是已经享上儿子的福了吗？妈心里真高兴，我觉得我儿是个好样的，给妈争上气了！"她把下巴微微朝上扬起来一点，转动着那只无神的眼睛叹了口气，又苦笑着说，"可惜妈的身体不争气，偏偏这个时候又添了病，让你们为我受累了。你俩好好地过吧，赶明年生上个大胖小子妈更高兴。我大概是等不到这一天了，你们的大肯定能等上。"

"妈，你不要这样说，你肯定会好起来的！"陈灵芳在一旁哽咽着说道。

"我的病我知道，你们不用骗我了。说实话，我今儿很高兴，真的高兴。"罗雪娥的声音变弱了，似乎已经很疲惫。陈灵芳和陈灵均搀扶着她又慢慢地躺到炕上。陈灵均转身下炕的时候，翟书珍看见一颗亮闪闪的泪珠垂在他的眼眶下面，他背转身子蹲在地上假装穿鞋，用衣袖拭去了脸上的泪水。

一阵噼噼啪啪的鞭炮声过后，喜宴正式开始，悠扬高亢的唢呐声伴随着欢快的鼓点把婚礼的气氛推向高潮。亲友们围坐在院子里的几张圆桌前吃"八碗"，男人们划拳喝酒，女人们三三两两聚在一起说话，不时发出响亮的笑声。靠近硷畔的那张桌子旁边坐着陈灵均卫校的几位同学，他们不时把目光投向院子里那面破旧的土窑洞小声议论着。

折志明说："陈灵均结婚结得真早！"

"我没有想到他喜欢的是这种类型的女子。他平常很爱写诗，给人的印象是一个特别浪漫多情的人，我还以为他会找一个跟自己有共同爱好的女娃娃做老婆。"杜海军似乎对好友的选择很意外。

"听说女方家庭很好，将来对他的事业肯定有帮助。"范睿说道，"人都是很现实的，不是吗？"

"不管怎样，只要他自己满意，我们就应该为他高兴。来，干一杯！"沈若拙举起酒杯说道。

范睿一边和他碰杯，一边问："我听说你在药材公司坐门诊，待遇怎样？"

"临时工待遇，不怎么样。"沈若拙笑着说道，"怎么没见你们宿舍的汪学义？"

"他今天值班，来不了。陈灵均是班里第一个结婚的，本来他也很想来，可惜咱们那工作，唉，没办法！"杜海军无奈地摇了摇头。

"是啊，幸亏我不在临床上，不然的话说不定也来不了。"沈若拙说道，"哦对了，汪学义这阵在哪里上班？"

"他刚开始也分到基层了，前段时间刚调到县医院，在儿科上班。"

"他不是最怕儿科的徐主任吗？怎么偏偏分到他们科了？"

"谁说不是呢！只能说他的命不好，怕什么偏来什么。"

正在这时，赵志刚穿着邮电局的工装走了过来。他一只手拎着一瓶白酒，另一只手端着酒杯热情地对众人说："你们是陈灵均卫校的同学吧？我是他的发小，今天专门负责招呼你们，大家一定要吃好喝好。来，我先敬大家一杯！"

众人纷纷站起来与他碰杯，爽朗的笑声使热闹的庭院显得越发不同寻常。

翟书珍给宾客们倒酒前特意换了一次衣服。房门关上以后，一直站在门口等着看新娘子的孩子们相互推搡着玩耍起来。

红梅端着一碟饺子走过来，见门不开就暂时在外面等着。她看到梦月、梦溪、敬医和一大群孩子挤在一起好奇地透过窗眼朝里头张望，便笑着问梦月和梦溪："你们的四妗子俊不？"

梦月和梦溪一齐点着头说："俊。"

"喜欢她吗？"

"喜欢。"

"再过几年就轮到吃我们梦月的八碗了，等你师范一毕业就能结婚了。"红梅望着已出落成大姑娘的梦月说道。

"我还小呢。"梦月被她说羞了，一拧身子跑了。

红梅又拍着敬医的胳膊说："好好学习，将来长大了像你四大一样考上中专在城里工作，娶个城里的女子做媳妇。"

"我不考中专，我要考大学！"敬医用十分神气的语气说道。

"这娃娃人不大，心还不小哩。"她爱怜地抚摸了一下儿子的脑袋，眼睛里充满了喜悦的神情。

翟书珍换好衣服开了门，红梅进去把饺子放下，嘱咐他们一人吃六个。陈灵均吃了两个就放下筷子不吃了，红梅说吃不完不吉利，他又拿起筷子勉强吃完。

翟书珍刚迎亲回来的时候穿的是一身大红的连衣裙，倒酒时换成了酒红色的礼服，显得更加妩媚动人，村里人无不夸赞，无不羡慕。陈灵均在人前尽量装出高兴的样子，跟来客一一问好、敬酒，心里却暗暗为母亲的身体担忧。

婚礼结束后的第二天罗雪娥便陷入了昏迷，陈灵均利用有限的药物对她进行救治。到了第三天的夜里，经过一番痛苦的挣扎后，这位出生于民国的小脚女人终于走完了自己黑暗的人生。她再也不用费力地用模糊的眼睛去辨认世间的黑与白，明与暗，再也不用迈着残疾的双脚小心翼翼地行走在危机四伏的道路上，像一粒尘埃一样被风轻轻地吹落到大地上，与厚厚的黄土融为一体。就在她刚刚停止呼吸的那一刻，窑洞里突然停电了，四周一片漆黑，唰唰的雨声从门外隐隐传来，越来越响，越来越急促，就像一个人匆匆走过的脚步声。

陈儒生强忍着悲痛借着打火机的亮光去找煤油灯，陈灵芳跪在母亲身旁正在放声痛哭，陈灵峰和陈灵辉也在轻轻地啜泣，只有陈灵均没有出声。

几分钟后，窑洞后面猛烈跳动的火苗陡然放大了好几倍，把半个窑洞都照亮了，淡淡的光晕仿佛让时光又退回到某个遥远的年代，幻化出一家人曾经有过的温馨与甜蜜。橘黄色的灯光很快被移动到窑洞前面，沉浸在黑暗中的几张脸依次在火光中显露出不同的表情。陈儒生无意间发现小儿子面色苍白，牙关紧咬，两只手抱着肩膀在剧烈地抖动，惊慌地问："灵均，你怎么了？"

"我冷。"

陈灵辉赶紧从炕上拉了一件衣服披在他身上。他还是说冷。陈灵芳索性拉了一床被子裹在弟弟身上。可他仍然在不停地发抖。

"是不是感冒了？"陈儒生摸了摸小儿子的头，一点都不烫，心里想：这娃从小跟他妈亲，肯定是悲伤过度的缘故，便含泪劝道，"灵均，你要是心里实在难受就哭出来吧，没有人会笑话你的。"

"灵均，你就哭上两声吧，憋在心里会憋出病的！"陈灵芳也心疼地抚摸着弟弟的后背哭着劝导他。

陈灵均摇了摇头，面无表情地说道："我不想哭，我只是觉得冷。"

星期一的早上，叶知秋刚坐到办公室里，二甲办（二级甲等医院创建办公室的简称）的主任、医务科科长刘焱就来汇报第四批外出考察人员的学习情况。汇报完后，他又拿出抽调到二甲办的人员名单请叶知秋过目。

叶知秋拿起桌上的老花镜戴上，挨个看了一遍，随口问道："陈灵均来了没?"

刘焱说："还没有，他母亲去世了，估计办完丧事过上两三个星期就会报到。"

"这个娃娃文字功底好，来了可以让他给你帮忙写材料。不过，把他安排在哪个科还是个问题，儿科和内科都抢着要他，两个科主任在我这儿都快打起来了。"叶知秋笑着说道，习惯地伸出右手在光滑整齐的头发上捋了一把，"他在这儿实习的时候我就觉得这个娃娃不错，前段时间县防疫站的瞿站长来找我，说是想把自己的女婿调到咱们医院工作。我问他女婿是谁，他说是陈灵均。我说行啊，没问题，只要是优秀人才我们双手欢迎。现在医院创二甲已经到了最关键的阶段，正是需要大量人才的时候，咱们一定要把好钢用在刀刃上。这张名单上的人都是从各科室挑选出来的精兵强将，一定要向他们说明这项任务的重要性和紧迫性。咱们只剩两个半月的时间了，10月就要进行模拟评审，11月正式评审。去年咱医院在全地区创先争优活动中拿了第一，这次一定要力争成为全省首批上二甲的县级医院，不然的话会被人家笑话的。"

"咱们的创建工作已经准备了一年多，无论在财力、物力、人力上都付出了很多，我想应该没问题。"刘焱笑着说道。

"付出再多也不能掉以轻心，一定要抓好每一个细小环节，不丢掉任何一分有可能拿到的分数。我和几位院领导都交流过了，咱们硬件不够，不要强攻，主要在软件上下功夫。医院现在缺少流动资金，本身有些设备就是职工集资买的，再增加新设备缺口就更大了。二甲评审标准中必须配备的像浩特（Holter 心脏监测仪）那样价格不超过十万元的仪器设备我们可以考虑买一两台，"叶知秋拿起桌上的二甲评审标准分解细则指着上面具体的条款说道，"像CT那样的大型设备花几十万才能拿四分，这样的钱花得太冤枉了，还不如在软件上多拿一些分数。比如，医院质量管理体系和医疗管理组织这一条就占二十分，这是通过人力完全可以做到的嘛。你说对不对?"叶知秋双目灼灼地看着刘焱，眼神中透出沙场老将的狡猾与自信。

"你说得很对，"刘焱心悦诚服地说道，"这个思路太聪明了！"

"没办法，医院的实情就是这样，只能走曲线救国的道路。还有，咱们的床位数量还差一点，你根据各科室的情况把短缺的床位按比例分配一下，让他们想办法把床位增加到规定的数目。"

"好的。"

"对了，你的同学不是在洋县县医院医务科吗？他们医院的评审工作安排在咱们医院前面，你通过个人关系跟他打听清楚，评审组检查的流程是什么；到了各个科室具体检查哪些内容，通过什么方式检查，这样的话，轮到咱们医院的时候就能提前做准备了。"

"没问题。"

刘焱拿起名单刚要走，又被叶知秋叫住了："你们科刚来的那个大学生怎么样？"

"你是说安振国呀，小伙子工作态度挺认真的，下周就准备让他单独值班。"

"很好。"叶知秋满意地点了点头，"年轻人刚参加工作，平时要多关心关心他。这两年县上分配回来的医疗方面的大学生很少，我到卫生局要了好几次才争取到两个。好了，你回去吧。"他站起来拿起窗台上的暖水瓶给自己沏了一杯茶，又坐回到椅子上。屁股还没坐稳，只听"砰砰"两声敲门声，一位中年男人已经从外面推门进来了。

"叶院长，你可真忙呀，我来医院找了你好几回今天总算见到你了。自从你当了院长，要见一面真不容易。"来人是他的老熟人柏明。柏明一改往日的邋遢模样，梳洗得格外干净，身上那件褪色的蓝色工装换成了紧绷绷的西装，扣子没系，衣襟随意地敞开着。他一进门就毫不拘谨地在沙发上坐下来，习惯地跷起了二郎腿。

叶知秋连忙站起来笑着给他倒水、递烟："柏明，咱俩在一个院子里住了好几年，现在又住在一条街上，是你没工夫来看我，又不是我藏在哪里不想见你。来，抽根烟。"

柏明接过烟，掏出身上的打火机点着，吧嗒吧嗒地吸了起来，朝着空中肆无忌惮地吐着烟圈，办公室里很快变得烟雾缭绕，就像西游记里潜伏着妖魔鬼怪的洞穴一般。

柏明用手拍着沙发的扶手，先把医院的院容院貌大大地夸赞了一番，然后又扫视着办公桌上摆放的那盆文竹和地上的松石盆景，以及墙上的字画，挨个点评了一番，言语间不免透出熟人间惯常使用的羡慕和揶揄的口气。

叶知秋知道对方此行的目的绝不是叙旧，便和颜悦色地对他说："你今天来有什么事就直说吧。"

柏明咳嗽了一声说："我侄儿前年中专毕业，分配到长河滩镇工作，听说你们单位效益不错，想来你们这儿上班，你看行不？"

"他学的是什么专业？"

"他是农校毕业的，学的是水土保持专业。"

"不行，来我们单位工作必须是卫生专业的中专生或者大学生，你侄儿学的专业不对口。"

"你们单位不是还有行政后勤科室吗？他当不了医生，还可以干别的工作，比如管设备、管库房、抓药、收费、当个出纳什么的。"柏明不以为意地说道。

"管医疗设备、抓药也不是简单的事情，必须要懂专业知识。现在，我们医院管库房、收费的人都配够了，没有多余的岗位。要当出纳，也得是财校毕业的学生。"

柏明一听脸色就变了，坐在沙发上紧蹙着眉头一个劲地抽烟，好半天才冷冷地问道："照你这么说，一点戏都没有？"

"是哩。柏明，不是我不给你面子，医院这种单位和社会上其他单位不一样，不是随便来个人就能顶上用的。我是全院一百多号职工的当家人，你不知道，我们的光景难过得很，我要是当不好这个家，就没法给大家交代。"叶知秋诚恳地说道，"你侄儿要是真的想调到城里，你可以联系一下其他单位，说不定……"

"好了，你别说了。既然是这样，我走了，咱们以后再聊。"柏明从座位上站起来十分机械地跟叶知秋握了下手，头也不回地走了。远远地，从楼道的另一头传来"呸"的一声，像是有人把痰直接吐到了地上。正在喝茶的叶知秋把茶杯放到桌子上，轻轻地盖好盖子，拿起桌上的文件专注地看了起来。

几分钟后，外面传来一阵吵闹声。

"别拦着我，我找叶院长有急事。"说话的是一位声音沙哑的中年男人。

"你有什么事就跟我说吧，院长现在很忙，你不要去打扰他。"办公室主任许伟劝道。

"你解决不了，赶紧让开。叶院长，叶院长，快来救命呀！"那人不顾一切地喊叫起来。

叶知秋打开门，见流浪汉栓狗手里拿着一张纸正和许伟拉拉扯扯，便示意许伟将栓狗放开，一边把人往办公室里带，一边问："栓狗，你怎么又来了？上个月你婆姨不是刚在妇产科生过娃嘛，现在又咋啦？"

"唉，我那憨女子又病了。叶院长，麻烦你在住院证上签个字，不然的话他们不让住。"栓狗把手里的东西放在桌上。

栓狗只有四十多岁，腰已经弯了，头上也谢顶了，穿着一身露着肩膀的破衣裳，看上去有五十多岁。他虽然没念过几年书，但是对人情世故十分通晓，在某些方面显示出来的智慧远远地超过了那些受过高等教育的知识分子。

叶知秋拿起住院证一看，见上面写着：孙二女，3 岁，门诊诊断：支气管肺炎。右上角用钢笔注明"缴纳押金十元"。很显然，这家伙来看病身上只有十元钱。

"我说栓狗，像你这种情况应该去找民政局，我们医院不能老是给你们贴钱看病。"

"找民政局不算事，那些人连我们一家人的饭钱都不管，还管给你看病！"栓狗气呼呼地说道。

"你年纪轻轻的，有手有脚，不好好劳动，成天出去要饭，民政局当然不想管。"叶知秋用半开玩笑半责备的语气说道。

"不是我不想劳动，你说我一个人带着憨婆姨和憨女子过活，一下看不住我那憨婆姨就跑得找不见了，让我怎么劳动？"栓狗振振有词地辩解道，"医院是救死扶伤的地方，我女子现在有病了，你说，不让我来找你们再去找谁？不管怎样，你先让我娃住下，钱不够我回头再出去想办法。唉，人太穷了没办法，一遇到事就得到处给人说好话，我这个当大的再没本事，也不能眼看着让娃娃病死吧……"他说着说着，抬起肮脏的衣袖抹起了眼泪。

叶知秋不由得动了恻隐之心，拿起桌上的签字笔在住院证上飞快地签上自己的大名，然后对他说："栓狗，不要哭了，赶紧带着娃去住院吧。"

"哎。叶院长，你真是一个大好人，我就知道你肯定不会见死不救的。"栓狗马上破涕为笑，拿着住院证出去了。

三十九

早上是儿科最忙的时候，医生、护士、患者就像走马灯似的来回走动不停。方曼云正趴在桌上写病历，陶爱英突然笑嘻嘻地进来对她说："曼云，你们家的亲戚又来了！"方曼云抬头一看，原来是栓狗来了。

"你胡说，那是你们家亲戚。"方曼云笑着在陶爱英的胳膊上轻轻地捏了一把，放下笔，走到栓狗跟前接过住院证看了看，问道，"娃娃在哪儿？"

"那边。"栓狗指着护士办公室说道。

方曼云走出医生办公室，一眼就看见栓狗的憨婆姨丑毛敞着衣襟叉开两腿，抱着傻女子坐在门口的椅子上。她两眼呆滞，面无表情，满头一尺多长的头发由于长年累月从不清洗，一股一股地黏合在一起，就像用发胶专门固定过似的，自然地形成了十几个不同方向的"朝天椒"。那女人的脸大概也有好几个月没洗了，颜色很黑，裸露的胸腹部的皮肤也是黑色的，如果不仔细看，会让人误以为是内衣的颜色，就连下垂的乳房也看不出明显的轮廓，完全没有女性的裸体带来的感官刺激。她的脚上没有穿鞋，脚丫子很大，脚底结着厚厚的老茧。身上的衣服已经不能称作是衣服，只能算是布片或布条，而且长短不一，千疮百孔，颜色就跟从烟囱里刚拉出来似的，又黑又脏。如果不是因为这家人名气太大，方曼云知道她一个月前刚生过孩子，很难相信这就是一个刚出了月子的女人。而她怀中的孩子虽然已经三周岁了，连路都不会走，话也不会说，只会咿咿呀呀地叫唤。可能是因为患病的原因，孩子的脸色很苍白，不时发出一两声咳嗽。她穿的比她母亲稍微严实一些，最起码没有露肉，不过衣服的颜色也是黑的。

方曼云给孩子检查完后，突然像是想起了什么，转身问栓狗："三女呢？"她指的是那个刚出生不久的小女孩。

"给了人了。我养活这两个已经够费事了，哪里还有能力再养一个。"栓狗粗声说道。

"肯定是卖给人了，他前面生的那个小子和女子都卖了。"旁边有位女家属悄悄地趴在方曼云耳朵边嘀咕道。不想偏偏被栓狗听到了，他马上就说："憨婆姨生下的憨娃娃谁愿意花钱买？白送人都不好送！"还不满地瞪了那女人一眼。吓得那女人再也不敢吱声。

"丑毛，把娃娃抱紧点，小心掉了！"陶爱英大声提醒道。

昏昏欲睡的丑毛猛地打了个激灵，果真听话地把差点儿从膝盖上滑落下去的孩子往上抱了一把。

正在这时，徐若谷从外面进来了，方曼云连忙拿着住院证向她请示："徐主任，你看这个病人怎么用药啊？十块钱开两瓶药很快就用完了。"

徐若谷略微沉思了一下说："你先给她把基本的药物用上，后续的治疗以后再说。"

"钱不够我出去弄！"栓狗马上叫嚷道。

当这一家三口带着他们唯一的行李，一个污秽不堪的旧麻袋出现在儿科的大病房里时，就像在一家干净整洁的宾馆里放置了一个臭气熏天的敞口垃圾桶，许多人露出嫌弃、厌恶、惊恐、愤怒的表情。他们唯恐沾染上这些人的鼻涕、涎水、虱子和病菌，纷纷躲避到一边，聚在一起小声议论。一个两岁的孩子看到丑毛奇怪的装束和狰狞的面容，吓得扑到母亲怀里，连看都不敢朝这边看一眼。

"大家不要害怕，这个小病号的妈妈虽然脑子有点糊涂，但是她从来不打人，也不骂人。她的娃娃病了，在这儿暂时住几天，病好了就会走的。"陶爱英赶紧向众人解释道。听了她的话，病房里的人稍微松了一口气，但是心里一时还是无法接受这几位特殊的"病友"。

栓狗把妻子和女儿安顿好后出去要钱去了，临走前用一根绳子把女儿拴在床头上。孩子每次摇摇晃晃地试图站起来，都被绳子拽倒了，逗得几个孩子哈哈大笑。

"别笑了，看那个娃娃多可怜，生病了身边都没有人照顾。"一位母亲说道。

大家围观了一阵新鲜劲过去了，便各自回到自己的床边，像往常一样哄逗孩子，给他们讲故事，吃水果，吃零食，照顾他们上厕所。

方曼云带着几名学生给二女做了全面的体格检查后，护士很快就过来给孩子打了针，还亲自喂她吃了药。

中午吃饭的时候栓狗没有回来，病房里的人都在吃家里送来的饭，只有那母女俩干坐着。到了下午四点多，一直坐在病床上独自玩耍的二女突然放声大哭起来。

"娃娃怎么了？尿下了？"一位好心的老婆婆跑过去把二女抱起来看了看，屁股下面是干的。

"肯定是饿了。"邻床的小孩的母亲说道。直到这时大家才想起来，从一大早到现在，孩子一点东西都没有吃。

这时，恰好老婆婆的女儿送饭来了。老婆婆赶紧盛了半碗稀饭给二女喝了，又抓了一个馒头塞进她手里，孩子马上就停止哭泣，大口大口地吃起来。谁知这个时候，坐在床旁不停地在身上挠抓的丑毛又哇哇地大哭起来，眼睛直勾勾地盯着女儿手中的馒头，突然像饿虎扑食般扑到女儿身边，从她的手里抢夺馒头。二女不给，尖叫着护住手里的东西也哭开了。老婆婆赶紧又拿了一个馒头跑过去，把丑毛的手使劲掰开，将馒头放进她手里。丑毛有了吃的东西很快就不哭了，变得安静下来。二女也乖乖地吃着自己手里的馒头。

"这厌男人哪儿野去了？把婆姨娃娃扔下一天都不管。"邻床的女人气愤地骂道。

"是呀，再憨也是两条人命，逢上这么个当家的，命可真够苦的！"另一位女人说道。

"这婆姨能碰上栓狗算她走运了。原先她一个人在外面疯跑，捡垃圾桶里的东西吃，冬天没衣裳穿差点儿被冻死，幸好被栓狗捡回去当了老婆才活到现在。"门口病床旁的男人说道。

听了这话，所有的人都不作声了。

栓狗直到下午六点多才回到病房，坐在病床上一边数着要来的钱，一边愤愤不平地骂道："……别看你们一个个穿得光灿灿的，吃得嘴油腻腻的，心肝全都坏了，装了一肚子坏水，成天就想着怎么出去哄人、坑人、害人，身上没有一点人情味！老子就是再没本事，再不值钱，也是一个堂堂正正的人，既不偷，也不抢，只不过想把你们指头旮旯里漏下来的小钱要来一点活命，不想给就算了，凭什么打人、骂人？还说什么就是给狗吃，也不想把钱给我。难道你们的狗活得比人还尊贵？你们到底是人养的，还是狗养的？……"

他的手里总共攥了六张一元的纸币，却用手指蘸着唾沫反复数了好几遍。见此情景，刚才为他鸣不平的那位男人从衣兜里掏出一块钱笑眯眯地走过来说："再给你加一张。"

"我这儿还有。"邻床的女人说道。她从凳子上站起来，前倾着身子，隔着病床把钱递到了栓狗的手里。病房里还有两个人也把身上的毛票翻出来捐献给他。栓狗苦大仇深的脸上顿时堆满了感激的笑容，他抱起女儿摇晃着她的小手高兴地说："二女，咱们今儿个碰上好人了！快谢谢你叔叔和你阿姨。"

二女在儿科一共住了五天院，栓狗几乎每天都是早出晚归。他走了以后，病友们主动帮他照顾妻子和女儿，一到吃饭的时间总有人拿出自家带来的饭菜给两个傻子吃，医生和护士有时也从大灶上买饭给这家人吃。栓狗除了入院的第一天缴纳了十元押金外，再也没有为女儿的病花过一分钱，所有需要用现金支付的检查费和药费都由方曼云一人垫付。因此，到孩子出院时，栓狗衣袋里的钱反倒比来的时候多了十几元。他坐在床头当着众人的面心满意足地清点完自己的财产后，一只手拎起破麻袋，另一只手拉着怀抱女儿的妻子，佝偻着脊背走出病房，又开始了四处漂泊的流浪生涯。

星期二的早上叶知秋来查房的时候，徐若谷向他如实汇报了栓狗的女儿住院期间的花费情况和拖欠的住院费、治疗费，问他怎么处理。

"拖欠的费用就按长期欠费的死账处理吧，由医院承担这部分费用。"叶知秋说道。他没有提及个人垫付的那部分费用，徐若谷便对方曼云说，让科室职工集体分摊这部分钱。方曼云很大方地说："钱不多，不用了。"独自一人承担了。

周三下午两点半，抽调到二甲办的人员在门诊三楼会议室开会。到了两点二十左右大部分人已经来了，聚在一起猜测将会接到什么样的任务。开会前会场里像往常一样播放着轻柔的音乐，方曼云穿着浅棕色的格子套裙刚一进来，就被几个女人围了起来。她像时装模特一样在众人的提议下优雅地转了个圈，引来一片赞叹。有两位女同事当即表示会后要试穿她的新裙子，如果好看的话也买一套。当方曼云告诉她们这套新衣服是自己乘坐一晚上的火车到西安买的，那两个女人顿时就泄了气，其他人则好奇地问起坐火车的感受。"坐在车上很稳，桌子上放一杯水，从新安坐到西安，一滴也洒不出来。要是坐在车窗跟前的话，还可以透过玻璃看路上的风景。不过车是烧煤的，煤烟味有点呛，另外，车厢里老是叮叮咣咣的，噪声也比较大……"

"呵呵，有机会我也要体验一下坐火车的感觉。"

轻松的说笑声冲淡了会前的紧张气氛，惹得不少男同事侧目注视。

宽敞高大的会议室如果没有中间成排的桌椅，看起来更像一个舞厅。顶棚中央安装着一个大彩球，表面凸凹不平，镶嵌着很多亮片。只要按下墙上的开关，这个美丽的彩球就会让整个房间变得华丽多姿，温情脉脉。主席台右侧有两个大音箱，音效跟舞厅里的一模一样，可以播放出立体感很强的音乐，即使站在门诊楼下也能听到打击乐"咚咚"的震动声。在创二甲工作开始以前，这里曾经是许多中青年职工周末晚上休闲放松的好去处，遇到重大节日时，房间里还会装饰气球和彩带，显得更加欢庆热闹。

开会的时间到了，刘焱坐在主席台上清点了一下人数，发现周云天没来，就叫许伟打电话询问是什么原因，很快就接到回复说他正在做手术，还得将近半个小时才能结束。

"好了，咱们不等了，现在开会。"刘焱把麦克风往近处拉了一下，清了清嗓子说，"同志们，今天我把大家召集到这儿，是要把一项非常重要的任务布置给大家，希望你们克服一切困难全力配合医院的创建工作。这项工作关系到医院能否顺利地通过病历评审这个环节，在评分表中占有很大的比重，绝不能马虎大意。"他顿了顿，用严肃的目光扫视了一下坐在下面的十几名科主任和业务骨干，接着又说，"你们的具体任务就是，用两个月的时间把近三年的病历全部按照病历书写要求严格地审核一遍，发现不合格病历全部重新书写，破损严重的病历和字迹太潦草的病历也要重新翻修。因为按照评审要求，只要查出一份不合格病历，我们医院的这项指标就不达标。为了保证字迹前后一致，病历中所有的内容都要更换，其中包括体温表和护理记录……"

底下的人"嗡"的一声吵开了。

"三年的病历量也太大了吧？内容还要全换，麻烦死人了！"

"病历里的内容随便能换不？会不会出什么问题？"

……

"大家都别吵了，这是院务会的决定，必须无条件服从。接下来我把具体的要求和注意事项再说一下……"刘焱用手敲了一下讲台继续说道。

过了一会儿，门"吱呀"一声开了，周云天匆匆忙忙地走了进来，一屁股坐在最后一排的位置上，习惯地用手拨拉了几下被帽子压扁的头发，让它们恢复自由独立的个性。他听到刘焱正在宣布纪律：凡是参与修整病历的人，在工作期间没有特殊情况一律不准请假；在评审工作准备阶段，所有外出学习培训活动一概取消；各科室不许在下午两点以后给修整病历的人安排其他工作，相关的工作交给其他人完成。他没有弄懂到底是怎么回事，就戳了一下坐在前面的罗晨阳，向他打听让自己来干什么。

罗晨阳简要地给他说明情况后，他一听就火了："本来我今天下午还有一台疝气手术，说是有十万火急的事非得来不可，害得我给病人说了半天好话才改在明天。早知道是通知这个，我连来都不来。真搞不懂这些人一天到晚劳民伤财地做这些事有什么意义!”

周云天这番不合时宜的论调刚一出口，周围的人都露出又惊又怕又痛快又讥笑的表情，罗晨阳却一个劲地给他眨眼睛。原来，会议结束后从主席台下来的刘焱正朝门口走来。他听到周云天的话走过来拍着他的肩膀笑着说：“老周啊，你是老同志了，在集体场合一定要注意自己的言行。现在全省好多县医院都在创二甲，咱们院领导对创建工作这么重视，全院上下都为创二甲不分昼夜地忙碌，你一定要认清形势，顾全大局，给年轻人起到表率作用，千万不能跟大家唱反调。对医院的工作安排有什么意见，咱们可以私下里交流嘛。”说到最后一句，他压低嗓门，给周云天使了个眼色。他知道周云天性格耿直，向来我行我素，连院长都得在他面前小心对付，所以跟他说话就像哄小孩子一样尽量用策略缓和矛盾。

周云天平时跟刘焱关系不错，见此情景，便不再吭声了。

二甲办的人员上午在各自的岗位上工作，下午到会议室集体办公到五点，统一在医院大灶上吃晚饭，吃完饭又到会议室去加班。

“真讨厌，把我的电视剧都误了，已经看了十集了，真有点舍不得落下。”从灶房出来后，崔万红边走边噘着嘴说道。

“你看的是哪个电视剧?”方曼云问道。

“《年轮》。”

“我也看过几集，拍得不错，不过我还是觉得《苏雅的故事》更好看，我看得都哭了好几次鼻子了。”

“是吗，要是将来哪个台重播的话，我也要看看。今年好看的电视剧太多了，像前半年演过的《半边楼》《风雨丽人》《唐明皇》都很好看。”崔万红恋恋不舍地念叨道。

走在后面的男人们谈论更多的是北京申奥、海湾战争、列宁格勒核泄漏事件等话题。

“这个世界上本来穷人就很多，打来打去，吃不上饭的人更多。另外，由于化学武器对人造成的伤害、对生态的破坏，以及工业发展过程中对环境的污染，再过一二十年，得怪病的人也会越来越多。所以，在今后很长一段时间里，贫穷和疾病仍然威胁着人类的生存。”殷志峰站在三楼的楼梯口，歪着脑袋一边用牙签剔牙一边评论道。

陈淳正慢悠悠地沿着台阶向上走，听到他的话马上反驳说："在 21 世纪，对人类威胁最大的，不是贫穷和疾病，而是贪婪和无知。"看到身旁的人疑惑的目光，他淡淡地笑了一下，解释道，"为什么这样说呢？因为社会在不断向前发展，人类的欲望也在不断攀升。从最简单的温饱问题转变为对充足的物质条件的需求，对更加优越的生存环境的向往，对权力和地位的追逐。人一旦有了贪念，就会把自己的利益无限放大，而对别的事物视而不见，比如情感、道德、法律、制度、约定等。当膨胀的欲望远远地超过了自己的实际能力时，在自私自利的心理驱使下，就会产生欺诈、掠夺、侵占、破坏、杀戮等行为。不仅个人如此，国家也一样，有时为了达到一定的目的，甚至不惜以全人类的安危为代价进行交换。否则的话，这个世界上就不会出现战争，也不会发生核泄漏、核污染等现象。发达的科技其实是一把双刃剑，用好了会造福人类，使用不当就会成为自戕的工具。至于无知，是指当人尚未构建起来健全的精神世界时，物质财富增长过快，生活条件过于优越，就会让人失去学习的愿望和兴趣，认为有了钱就能拥有一切，可以在社会上为所欲为，甚至还能为荒唐可笑的行为涂上保护色。你们有没有注意到，近几年没文化低素质的暴发户越来越多了，他们在社会上的所作所为不就是最好的说明吗？"

众人不知不觉已经走进会议室，坐在椅子上继续交谈起来。

"说得很有道理，很多人有了钱以后就没有追求了，成天只想着怎么去享受。"一直跟在陈淳后面的刘宇杰说道。

"社会越发达，人受教育程度就会越高，文化素质也高，怎么反倒会更加无知？我不同意这样的说法。"殷志峰不屑一顾地摇了摇头，推开桌边的书，拿起杯子喝了一口水。

"受教育程度高，并不等于文化素质高，有学历没文化的人多的是。不信你们就等着瞧吧。"陈淳挪了一下屁股下面的椅子说道。

殷志峰还想说什么，坐在他对面的刘宇杰突然压低嗓门说："刘经理来了。"众人马上默不作声地干起活来。

"刘经理在哪儿？"江雪看到门口只进来刘焱一个人，奇怪地问道。

"嘿嘿，他们说的刘经理就是刘焱。"殷志峰小声说道。

"为什么叫他经理？"江雪还是一头雾水。

"大家都说他是造假公司经理，咱们是公司职员。"

江雪这才恍然大悟，低着头咯咯地笑了起来。

"这里面真热，为什么不开风扇？"刘焱边说边去动墙上的开关。

两个风扇刚在头顶转动了几秒钟，桌上的纸便哗啦啦吹得到处乱飞。刘宇杰和陈淳赶紧去捡掉落在地上的纸页，腰还没有直起来，桌上又有几张纸被电扇吹走了，其他人赶紧找来重物压在病历和书本上面。

"你这下知道我们为啥不开风扇的原因了吧？"看到刘焱闯下的祸，殷志峰幸灾乐祸地笑了起来。

刘焱尴尬地笑了一下说："还是开着比较好，房间里太闷热，时间长了会把大家热出病来的。"

身后的门被人轻轻地推开了，殷志峰的爱人高巧燕带着五岁的儿子帅帅走了进来。帅帅一进门就直接钻到了桌子底下。

"瞧这两口子感情好的，一阵不见面就想得不行了。"罗晨阳开玩笑说道。

"哪儿呀，她是来跟我拿钥匙的。"殷志峰一边从衣兜里往外掏钥匙串，一边解释道。

"我刚才出去打麻将的时候忘了拿钥匙了。"高巧燕补充道。这位三十一岁的女人是一名幼儿教师，平时工作相对比较清闲，心宽体胖，长着一脸福相，闲暇时常喜欢带着孩子到外面和同事朋友一起打麻将。她接过钥匙赶紧喊儿子："帅帅，快出来，跟着妈妈回家去！"

桌子底下传来一阵快速移动的脚步声和孩子调皮的笑声："我不，这儿好玩。"

殷志峰追过去厉声呵斥道："你出来不出来？再不出来就不给你买玩具了。"

帅帅很快就从李思贤的腿边钻了出来。他站起来后并不急着走，用手在李思贤明显凸起的肚子上摸了一把，天真地问："李伯伯，你肚子里的宝宝几个月了？"逗得众人哈哈大笑。

殷志峰一把将儿子拉开，推搡着向门外赶，低声骂道："真是个没教养的娃娃，胡说些什么呀，伯伯的肚子里装的是饭，哪里有什么宝宝！"说完这句自己也忍不住笑了。

"没事，娃娃小，不懂事。"李思贤宽容地说道。

"不光是饭，还有屎和尿。"罗晨阳小声说道。

旁边的人笑得更厉害了。

帅帅到了门外后，硬缠着殷志峰要了五块钱才走了。

会议室里很快又恢复了安静的秩序，只听见一片沙沙的写字声和哗哗的翻动病历的声音。众人一直加班到八点半才下班。

殷志峰回家后看了一会儿电视，到了十点半洗漱完刚躺到床上，就听见外面有人敲门。

他穿着睡衣走到门口高声问道："谁呀？"

传来一个陌生男人的声音："殷主任，我是你们科的病人家属，刚才科室来了一个脾破裂的车祸病人，值班大夫让我叫你去帮忙处理病人。"

"好，你先回去，我马上就来。"殷志峰三把两把换上衣服就出去了。

第二天早上上班的时候，药剂科主任庄正杰在院子里碰见套着黑眼圈的殷志峰随口问道："昨天晚上你们是不是加班很晚才回去？"

"在会议室加完班倒是不晚，晚上刚睡下，科室来了个急诊病人叫我帮忙做手术。那个人全身好几处都骨折了，还有脾破裂，我们就跟打仗似的，刘宇杰跟家属谈话，我通知手术室做术前准备、让化验室配血，谈完话就把病人往手术室拉。进了手术室，病人失血过多已经休克了，赶紧输血抢救，做完手术观察了一阵，等病人病情稳定了回到家里已经凌晨两点多了，睡到早上快七点又爬起来，吃了口饭就跑来了。"他说到昨晚抢救病人时的惊险过程显得特别兴奋，似乎比年终评上先进还要激动。

"只睡了那么一会儿你不瞌睡吗？"庄正杰看到他还像往常一样精力充沛，有些疑惑地问道。

"没事，中午不忙的话补一觉就好了。我们上班常这样，习惯了。"

两人相跟着走到住院部的入口处，庄正杰看到一位大眼睛瘦高个的帅小伙从前院走过来跟殷志峰打了声招呼便进去了，忙问："这是谁呀？"

"内科新来的大学生安振国。我们科也来了一名大学生叫钟成志，是新安医学院毕业的。"

庄正杰"噢"了一声沿着左边的走廊向前院的办公室走去，殷志峰从一楼进去了。

中午快下班时，外科又来了一位从脚手架上坠落到地面的建筑工人，来的时候人已经处于昏迷状态，正准备回家的殷志峰赶紧指导值班医生对其进行救治，直到下午四点钟才来到会议室。晚上加完班回到家里已经是九点钟了。

四十

星期五下午五点半以后，内科的医生办公室里只剩下安振国一个人。这是他参加工作后第一次单独值班，心里既紧张又兴奋。作为县医院为数不多的"高等"人才，他知道有无数双眼睛正看着自己，他在工作中的表现将直接关系到他在大家心目中的印象和地位。一听到楼道里传来脚步声，他的心就扑通扑通地跳起来。门被人推开后，看到来者是罗晨阳，他不由得暗暗舒了口气。

"怎么样？病人的情况都平稳吧？"罗晨阳笑眯眯地问道。

"目前看起来都挺好的。主任你怎么还没回去？"

"我刚才到儿科看望了一个亲戚，顺便再回来看看。好，没事我就回去了。晚上要是来了重病号就打发人来叫我。"

"哎。"

罗晨阳放心地走了，脚步声越来越远，安振国的心却越来越慌，感觉非常不踏实。他到病房里把所有的病人都巡视了一遍，然后回到医生办公室开始写病程记录。接班后他已经看过两次病人了。写完病程记录，他在值班室里看了一会儿电视，到了晚上十点半，又到病房里溜达了一圈，到了晚上十一点多还没有来新病人，心里想：今晚大概没什么事了。便和衣躺下眯了一会儿。

他在梦里梦见自己骑着自行车正在大街上转悠，突然被一阵急促而响亮的敲门声惊醒了，听见一个男人在门外焦急地呐喊："大夫，大夫！我爸爸的心脏病犯了，快救救他！"

他一个激灵从床上翻身坐起来，穿上鞋，一把拉开门，见门口站着四五个人，其中一个人手里拿着住院证和心电图检查报告单，旁边的地上放着一个担架，上面躺着一个满头虚汗烦躁不安的老年男人。他拿起住院证一看，上面写着：急性心肌梗死。心电图报告显示，这名病人广泛前壁大面积心肌梗死，还伴有频发性室性早搏，情况十分危急。他的头"嗡"地响了一下，赶紧指挥家属把病人抬到急救室抢救，并打发其中的一个陪人跑到院外去叫罗晨阳。

他和值班护士几乎一分钟都没有耽搁，立即对病人采取了一切能采取的急救措施，其中包括心电监护、吸氧、镇痛，肌肉注射异丙嗪、静脉推注地塞米松、静滴尿激酶溶栓等。就在抢救刚刚进行了六七分钟的时候，病人突然出现室颤。科室没有配备除颤器，他迅速进行心脏叩击，然后开始按压患者心脏，按压了几下，想起来还应该再加用一些药物急救，就让护士给病人静脉注射利多卡因等药物。五分钟后，心电监护仪上的心电波变成了一条直线，他继续进行胸外心脏按压急救，心里急得就跟着了火似的，暗暗祈祷病人能恢复心跳，千万不要死去。然而，无论他怎么努力都无济于事，那人最终还是离开了这个世界。

从病人入院到死亡，只用了十几分钟的时间。这一切对安振国来说就像做梦一样，还没有来得及做出太多的反应，就早早地结束了。他原本以为自己就像有勇有谋的战士一样，至少会在战场上与敌人势均力敌地厮杀一番，即使不能大获全胜，也虽败犹荣，没有想到刚举起枪打了几下就缴械投降。听到家属悲恸欲绝的哭声，他既羞愧又难过。尤其是回想起自己刚才一接到病人手忙脚乱的样子，在抢救的过程中慌乱无序、顾此失彼，丝毫也没有表现出经验丰富的临床医生所具有的冷静与从容，恨不得找个地缝一头钻进去。

罗晨阳的家离医院比较远，当他赶到科室时，家属已经把死者拉走了。安振国呆呆地坐在医生办公室里，就像丢了魂似的。他一看到罗晨阳就紧张地站起来，急切地向他解释道："罗主任，病人一来我看见他病情很重，就赶紧抢救，我全都是按照教科书上的治疗原则对他进行抢救的，可药还没有全用上他就不行了，才十几分钟就死了。我没有想到会这么快，这简直太快了……我真没用，竟然眼睁睁地看着病人在我面前死去，却一点办法也没有！"他说话时嘴唇在哆嗦，手也在微微地颤抖，说到最后，实在忍不住心里的难过，竟失声痛哭起来。

"没事，我知道你已经尽力了。在临床上班，难免会遇到救不活的病人，只要我们尽到了自己的责任，就不用害怕什么。"罗晨阳走过去在他的肩上拍了拍，拿起桌上的病历认真地翻看起来，看完后轻轻地说，"这个病人的病情确实很严重，估计在来医院前也耽搁了不少时间。你不要再多想了，把病历中该记录的内容全都记录完整，明天下午要进行死亡讨论。"

安振国低垂着脑袋，两只手捂在脸上，长长地叹息了一声，喃喃地自语道："当医生太难了，早知道这样，我就不报考医学院了。"

"在从医的道路上，每个人都会经历挫折和失败，这是很正常的现象。你不要灰心，大多数情况下我们还是能给病人带来希望的。再说，谁也不会因为一次失败就否定你。"罗晨阳安慰道。

两个人又说了一会儿话罗晨阳便回去了。安振国却一夜未眠。一想到未来还不知道会遇到什么样的风险和困难，他的眼前一片灰暗，心中既恐惧又惶惑。

科室的死亡病例讨论本来是正常的工作程序，但是在这位初出茅庐的年轻医生看来，却如同召开集体批斗会一样，让他异常难堪。他仿佛听到有人在背后议论："原来大学生就是这么个水平，还没有我们中专生扛硬！""刚上班就死人，这个人到底会不会看病呀？"……强烈的挫败感、失落感、羞辱感一直笼罩在他心头，一连几个星期都无法从消极的状态中走出来，成天长吁短叹，自责自怨。好几次他流露出不想干了的念头，在罗晨阳、陈淳等人的反复开导下，才逐渐摆脱心理阴影，又鼓起勇气继续在自己的岗位上战斗。

陈灵均到县医院报到时，叶知秋问他想去哪个科，他说内科。叶知秋说："咱俩想到一块儿了，我也觉得你适合搞内科。"

陈灵均来到内科的第一天罗晨阳便给他安排了一大堆的事。罗主任给陈灵均一个星期的时间让他熟悉环境，之后便单独上班，在这一周的时间里，陈灵均要按照二甲的评审要求整理和完善科室的各种资料，还要建立几个新的登记本，补记一年的记录。罗晨阳还通知他第二天下午四点参加全院医生的理论考试，第三天下午同一时间参加操作考试。

"时间有点紧哦，你忙完工作抓紧时间看书。这次考试是专门为迎接评审做准备，院长亲自出题，亲自监考，全院人人必须过关，过不了关的限期补考，补考再不过关就要受处罚。有没有问题？"罗晨阳笑着说道。

"没问题。"陈灵均答道，马上就翻找出资料开始工作。

周敏慧听说陈灵均上班了，特意跑来看他，埋怨他结婚时没有邀请自己。

"不好意思，当时时间很紧，我妈病得又重，没有来得及联系太多的人，只叫了几个离得比较近的同学和基层上班的同事。"陈灵均歉意地解释道。

"好吧，以后再有什么事千万别忘了老同学。"周敏慧嘟了一下嘴甜甜地笑了，又跑到外科上早班去了。

中午吃完饭，还不到两点钟陈灵均就来到科室，准备接着整理资料。他刚走到护士办公室门前，见护士长王艳敏和朱婷倚在门框上说话。

"齐令晖说她上完大专还要上本科，女娃娃家像她这样上进心强的不多。"王艳敏的语气里透出由衷的敬佩之情。

"是呀，她人很聪明，学得又好，真是太优秀了。说句实在话，我觉得李军配不上她。"朱婷说道。

"李军高中毕业，工作一般，只不过人长得比较帅，家里也有钱。他追齐令晖追了近一年的时间才追上，上个月两个人刚刚订婚。齐令晖说，李军答应订婚后供她上学，她家条件不好，她爸爸肯定不会再供她念书了。"

"上成人大专得两年才能毕业，上学期间肯定不能结婚。李军他妈其实不太愿意，嫌拖得时间太长，又拗不过儿子，只好答应了。那女人个性很强，在单位名声不太好，很多人都不愿意跟她打交道，我真担心他俩结了婚齐令晖会在家里受气。"

"齐令晖那么单纯，那么善良，怎么能斗得过一个凶得跟鬼一样满肚子心眼的女人？我也很为她担心。"王艳敏停了停又说，"不知道为什么，我特别喜欢这个女娃娃，看着她哪儿都亲，就连头发梢梢、舌头尖尖看着都是亲的。"她仰着脸望着房间的斜上方，仿佛那里映照着一位青春少女的倩影。

"你们说的到底是谁呀？"已经走到医生办公室里的陈灵均忍不住问道。

"是去年分配到咱们科的一个女大夫，前段时间考上新安医学院，已经上学去了。"朱婷说道。

"她就像你一样，可有才了。你要是早点来，你俩肯定能拉到一块儿。"王艳敏说道。

陈灵均笑了一下，心里想：她已经有了对象，我也结婚了，就算我俩能聊得来又能怎样？

由于工作任务重，时间紧，他下班后回家吃完饭又跑到科室加班，快十点了才回去。临睡前突然想起考试的事，翻了一会儿书便睡了。心里想：不管院长出的题再偏再难，都是书上学过的内容，只要自己基础学得扎实，就不怕过不了关。

看到理论考试题后，他觉得没有自己想象的那么难，只用了半个小时就答完了。当他走出考场后，不少人露出异样的目光，在背后窃窃私语："这也太快了吧？我连题都没审完呢。""是不是交了白卷？神仙来了也没这速度。""这是谁呀，咋这么嚣张？答完了连检查都不检查就交卷了。"

就连站在门外的叶知秋都用怀疑的语气问："答完了？"

"嗯。"他自信地点了点头。

操作考试的时候他抽到的是"气管插管"。考完后安振国特意跑到负责打分的刘焱跟前看了一下评分表上的分数，出来后对陈灵均说："我的扣了4分，你的1分也没扣，真是神了。你是怎么做到的?"安振国比陈灵均大三岁，也是从农村出来的，两人因为年龄相仿，家庭背景相似，很自然地就走到了一起。

"原先练过，一直在心里记着。"陈灵均微笑着说道。

从早上七点钟开始，住在县城里的病人家属提着各种各样的饭菜从四面八方赶来，组成一支浩浩荡荡的队伍源源不断地走进县医院的各个病区给亲友送饭。在内科二号病房送饭的人群当中，最引人注目的是一位又矮又胖打扮得非常俗气的女人。她一进门就坐在丈夫白锦明身边，叽叽喳喳地说昨天谁借了她几千，谁又借了几万，她跟谁要回几千，那人还欠她几千，她自己买衣服花了多少钱，给了娃娃多少钱。白锦明则咋咋呼呼地提起某位县领导的名字和财政局局长的名字，声称病好了以后要找他们再弄点贷款。

一位农村老婆婆看到那女人两只手上戴了十几个金戒指，好奇地问："凤英，你手上戴了那么多金环子，做饭不误事吗?"

"一点儿也不误事，早习惯了。"赵凤英抬起胳膊，故意张开十个手指好让对方看清楚铂金和黄金不同的颜色，然后用高傲的神态满不在乎地说，"有些人说戴着戒指洗衣服做饭时间长了会磨损，我嫌摘来摘去太麻烦。戴了好几年了，上个月到银行测了一下，好像也没有磨损掉多少。"

白锦明吃了几口老婆蒸的素包子，皱着眉头说："没味。"扔在碗里不吃了。

"不想吃包子，那你想吃啥?我给你到街上去买。"赵凤英说道。

"现在没想好，到中午再说。"白锦明歪着身子躺在床上瓮声瓮气地说道。

"县医院的条件也太差了，六七个病号住在一起，又闷又热，卫生也不好。"赵凤英小心翼翼地把吃剩的包子装进一个塑料袋里扔进外面的垃圾桶。白锦明得的是甲肝，有传染性，她可不想把病带回家里去。

"我昨天碰见叶院长跟他说，你们这么大的一个医院，连几间像样的病房都没有，挣的钱都花到哪里去了?叶院长哈哈笑了两声说，医院花钱的地方可多了，要买仪器设备、进药、还要送医护人员出去学习培养，光靠上面拨的那点钱根本不够，现在干部病房的条件稍微好一点，但是不收传染病。唉，这人一害上传染病走到哪里都让人嫌弃，还是早点治好早点出院为好。"白锦明垂头丧气地说道。平时常跟他在一起喝酒的五个好哥们有三个都得了甲肝，他说是那两个人传染给他的，那两人都不承认，还说是他传染给他们的。其实他心里也知道，喝酒的时候为了防止有人作弊，大家都爱用一个酒杯轮流喝，因此，到底是谁传染给谁的根本说不清楚。

"你们是做生意的吧？"一位事业单位的女职工笑着问道。

"是呀，我们在街上开了一个烟酒批发门市，也带零售，门市的名字就叫'锦明烟酒门市'，你们以后要买好烟好酒就到我们那儿来买。"赵凤英满脸堆笑地说道。

"现在做生意的比在单位上班的有钱多了。"女职工感叹道。

"大人教育娃娃常说要好好学习，将来考上这个，考上那个，实际上念书念得太多根本没用！好多学习好的人念到最后都念傻了。"白锦明接嘴说道。看到周围的人目瞪口呆，面面相觑，他得意扬扬地继续说，"像我们这样上学时调皮捣蛋的娃娃脑子都很聪明，到了社会上一个比一个混得好，早早地就学会怎么赚钱了。有些人念完大学，又念硕士、博士，到最后找了份工作为的是啥？还不是为了赚钱养家！我们家云云在学校学习不好，老师叫我去谈话。我说，没事，我这个娃娃长大了不用愁，现在的社会，只要老子有钱，还怕娃娃上不了好学校，找不下好工作？你们等着看吧，我女儿将来肯定比班上那些学习好的娃娃有出息！"

白锦明在东正县是个很有名气的生意人，不仅因为他做生意时间长，认识的人多，还因为他跟当地的很多大人物交往甚密。他的烟酒生意一直很好，尤其是逢年过节的时候，货能从店里堆到店外。有知情人在背地里偷偷地说，他卖的名烟名酒全都是假的，生人来了，他给人家拿的是用酒精勾兑的劣质酒和用劣质烟丝加工的假烟；熟人来了，他拿的是装在名牌包装里的普通烟酒，美其名曰：高仿品。据他本人声称，在东正县根本就买不到正品，名烟名酒全都是假的。

"既然念书没用，你就把娃娃领回家不要念了。"一位农民开玩笑说道。

"我不是说让娃娃纯粹不要念，在学校念上几年书稍微能认下些字就行了。"

周围的人全都哄笑起来。白锦明似乎并不愿意深究那笑声背后的复杂含义，依然摆出一副不可一世的样子说："我活了三十几算是看明白了，现在的社会谁有钱谁就是爷爷，谁没钱谁就是孙子。别看有些人仗着有点权牛得像个什么似的，只要你能把钱给足，给你办事的时候跑得比狗都欢。去年我妈到省里的大医院做手术，主管大夫说要排队等一星期，我对家里人说，谁一天天没事干了等那么长时间，找了个人，给主刀大夫和麻醉师一人送了一个红包，三天以后就做了手术。我们都出院了，病房里那些没钱的人还在干等着。"

这时，一大群穿着白大褂的医生在罗晨阳的带领下走了进来。刚才说话的那位农民盯着其中一位年轻医生看了好半天，走到他跟前激动地说："陈大夫，你调到县医院了？"

陈灵均打量着来人笑着说："对，刚上班没几天。"

"我是交道镇的，今年前半年找你看过病，你还认得我不？"

"有点印象。"陈灵均想起来这个人曾经因为患了急性胃肠炎到门诊上看过，当时上吐下泻的精神状态很差，输了液以后很快就好了。

那人转过头来对其他病人说："别看陈大夫年纪不大，看病看得可好了，我们那儿的老百姓有了病都爱找他看，这个娃娃将来了不得！"

众人纷纷投来赞赏的目光，把陈灵均看得都不好意思了。

罗晨阳走到白锦明的病床前，亲切地问："这两天感觉怎么样？"

"比刚来的时候好多了。罗主任，能不能把好药多给我用上点，让我好得快些？我们这些生意人你知道，开一天门有一天的钱，不开门就一毛也挣不来了，耽搁不起呀。"白锦明焦虑地说道。

"锦明，我给你实话实说，药没有好坏之分，只要用对了就能治病。你才住了三天，太心急了，这种病一般都得十来天才能出院。你就安心地住在这里好好治疗吧，治好了肯定会让你出院的。"

听了他的话，白锦明露出失望的表情，深深地叹了口气。

罗晨阳又带领众人看其他病人去了。白锦明走到交道镇的那位病人跟前，悄悄地向他打听陈灵均的名字，似乎对这位年轻人很感兴趣。

在查房的过程中，陈灵均注意到内科病区同时住着十几名甲肝病人，他听说这一年夏天东正县城内得甲肝的人特别多，中医院也收治了不少这类病人，查完房后陈灵均问陈淳其中的原因是什么。陈淳说，防疫站的人已经做过流行病学调查，认为造成甲肝群体性暴发的主要原因有两个，一是可能跟人们在外面吃饭时混用没有消毒的餐具有关，二是公共厕所管理不当，携带病原体的粪便没有经过消毒处理便通过地下管道排出，污染了饮用水所致。罗晨阳说，为了消除人们的恐慌心理，街上的小吃摊已经开始流行用塑料袋套碗的做法避免食客之间相互交叉感染。

"塑料都是高分子化合物，遇到高温会释放有毒物质，我觉得这样也不科学。"陈灵均忧心忡忡地说道。

"是呀，没有人能找到两全其美的办法。"陈淳说道。

说话间，众人已经走到护士办公室门口，科室的电话铃声刚好响了，罗晨阳走过去接起来，马上就笑出了声，连声说："好，非常好。"挂上电话，他满脸春风地走进医生办公室，大声对几位医生说："同志们，考试成绩出来了，咱院里有个医生考了双百，大家猜猜是谁？"

医生们从他喜形于色的表情中都预感到这个人应该就在内科，有人说是陈淳，有人说是罗晨阳。罗晨阳摇了摇头："再猜，是个年轻人。"

"那就是安振国。"钟锦华马上说道。

"不是我，我得不了双百。"安振国摆着手赶紧否认道，然后用试探的语气问罗晨阳，"是不是咱们科的陈灵均？"

"没错，就是他！"

"小陈，你可真是好样的，你在县医院创造了一个奇迹！"陈淳拍着陈灵均的肩膀高兴地说道。虽然他没有解释自己所说的奇迹是什么，大部分人都明白他说的意思是：第一次有人理论和操作考试得双百，第一次出现中专生打败了大学生的现象。

"哇，这也太牛了吧？"安振国惊奇地看着笑而不语的陈灵均，发现他对此一点儿也不意外，脸上的表情既谦逊又自信。安振国刚来到县医院的时候听到内科的人提起陈灵均普遍评价很高，心里有点不服气，认为中专生学得再好，教材上的知识毕竟有限，绝不可能比大学生优秀。如今看到陈灵均用出色的表现向大家证明，学历不一定与能力成正比，不得不对这位新同事刮目相看，暗暗下决心一定要好好学习，争取把丢掉的面子赢回来。

"所有的人都考过了吧？"钟锦华问道。

"有一名医生理论考试没有及格。"

"谁？"安振国连忙问道。

"儿科的汪学义。"

好几个人同时"哦"了一声，脸上露出意味深长的笑容。

"这次考试咱们科算是圆满地通过了，今天发的《创二甲应知应会》小册子，大家都好好地看看，刘焱说过两周也要考试。"罗晨阳说道。

"我的天哪，以前是每个季度考，现在几乎是月月考，周周考，学习都把人脑子学得快裂开了！"钟锦华崩溃地说道。

"那没办法，现在的形势就是这样。陈灵均，你资料准备得怎么样了？"罗晨阳问道。

"再有一天差不多就完成了。"陈灵均答道。

"那就好。前面的内容补完以后，今后要按照上面的要求把这几项工作作为常规工作来开展，你负责监督大家执行，不能出现任何差错。医院要求凡是和评审相关的工作都要安排到具体的人，将来评审的时候如果扣了分可是要处罚的。"罗晨阳的语气柔中带刚，似乎有意让对方感到某种压力。

"请主任放心，我一定会认真负责好这几项工作。"陈灵均笑着说道。

四十一

医生的考核结束后，医院马上又对护士进行了考核。周敏慧的理论考试和操作考试都得了很高的分数，张晓凤的理论考试只得了 55 分，需要补考，她埋怨考试的时候坐在自己前面的周敏慧没有给她照抄，让她在院里丢了人。周敏慧说："考试的时候监考的一直在考场里来回走动，你戳我的时候，护理部主任一个劲地看我，我哪里敢给你递纸条。这次考试这么严，如果被领导抓住咱俩作弊，那我还能在医院里混不？我劝你还是好好看看书，自己记下最好。再说了，就算我这次帮你侥幸过了关，要是到了正式评审时，评审组的专家不凑巧刚好抽查到你，你回答不出来问题那不是麻烦更大！"

"你的胆子也太小了，考场里考试的人那么多，他们怎么可能看得过来？算了，不跟你说了，我还是自己想想怎么应付补考的事吧。唉，我也想用心地往下记，可我这几天脑子里有事，心完全是乱的，看书的时候根本静不下来。"张晓凤皱着眉头忧郁地说道。

张晓凤毕业后不仅没有把工作联系到省城，连市级医院都到不了，只好找人安排到东正县人民医院妇产科当护士。因为调动工作屡屡受阻，她和赵秦中的关系受到影响，在最近的一封信中，赵秦中委婉地流露出想跟她分手的意思，张晓凤约他面谈，于是赵秦中便从单位请了假坐车来了。张晓凤提前跟同事换了班，专门腾出时间陪他。周敏慧觉得这事不好解决，很为她担心，暗暗地祈祷两人千万不要发生矛盾惹出什么乱子来。

连着上了一周的班，周敏慧一直住在单位，晚上本来准备回趟家，因为身体不舒服临时改了主意又回来了。她用钥匙开宿舍门的时候，听见张晓凤在里面发出一串很奇怪的笑声，紧接着便是娇嗔的哼哼声，心里不由得一阵反感：这女子也太胆大了吧？光天化日的，在集体宿舍里乱搞啥？她把钥匙退出来不想进去了。但是转念又想：大晚上的不住宿舍到哪里去住？就算我今天不回去，宿舍里的其他人肯定也会回去的。于是在门外站了一会儿，大声咳嗽了两声，用力跺了几下脚，又去开门。里面的人大概意识到了什么，马上变得安静下来。进门后，她一眼就看见张晓凤的床下多了一双男式皮鞋，床上的蚊帐里有个人影在晃动。她口渴了，提起门口的暖水瓶倒了一杯水，以为赵秦中会从床上下来跟她打招呼，她就装作什么也不知道的样子跟他寒暄几句。没想到，几分钟后，床上的两个人又发出了之前听到的那种让人浑身不自在的声音。她感到自己的人格受到了侮辱，打开放衣服的箱子，装作在里面翻找东西，故意发出很大的响动表示抗议。过了一会儿，她实在没法待下去了，便出去到外面的马路上溜达。

一个小时后，当她回到宿舍以后，室友们全都回来了，屋子里明晃晃的，五六个女孩挤坐在一张床上聊得热火朝天。让她感到不解的是，张晓凤和赵秦中还赖在床上不起来，时而还不安分地制造出几个不和谐的声音。

"这两人可真怪，下午刚见面的时候还吵得不可开交，现在却黏糊成这样！"一个女孩捂着嘴巴低声说道。其他人都露出暧昧的表情。

到了晚上十一点以后，有几个人因为第二天要上班实在困得不行上床睡觉去了，周敏慧因为不习惯有男生待在屋子里，一直坚持到凌晨十二点。她靠在上铺的墙上拿着一本外科护理学在看，不知不觉打起了盹。只听门"吱"地响了一声，一个穿着灰衣服的男人像老鼠一样蹑手蹑脚地溜出去了。

第二天周敏慧刚好休息，张晓凤送走对象以后也没去上班。周敏慧问她谈判的结果如何。张晓凤说："那家伙听了他妈的话想甩我，被我狠狠地收拾了他一顿。过段时间轮休的时候我还要到他家去，跟他父母谈。"

"你可真有本事，收拾人收拾到床上去了。"周敏慧用嘲讽的语气说道。

"啊呀，我的好妹妹，你说话能不能稍微给人留点情面？"张晓凤尴尬地笑着抱住了她，"跟男人打交道，有时候得硬，有时候得软，要看情况决定。不管怎样，这个人我嫁定了，想甩我，没门！"

她说完便哼着歌坐在床沿边脱下袜子剪起脚指甲来。

张晓凤熬夜看了几天书，第二周补考的时候勉强过了关。隔了一周，她果然去了一趟西安，穿着一身新衣服高高兴兴地回来了。

周敏慧问她什么情况。她得意地说，她到了西安跟赵秦中的父母理论他俩的事，刚开始对方很冷淡，说他们工作在两地，既然解决不了这个问题不能老拖着，还是早点分开来好，以免把双方的终身大事给耽搁了，赵秦中已经二十七八了，等不起。张晓凤把赵秦中拉到他父母跟前让他表态，赵秦中表示他愿意等，不想跟张晓凤分开。于是，张晓凤连哭带嚷向他父母诉说了自己和赵秦中好上以后，跟爷爷奶奶小姑反目成仇被逐出家门，父亲也因此对她有看法，不愿意再搭理她，她一个人孤苦伶仃地在外地生活受尽了委屈。她质问赵秦中的父母，当初他们谈恋爱的时候他们是知道她的情况的，如果仅仅因为两个人是异地，就要把他们拆散，道理何在？她为这份感情付出了那么多，他们是否一点都感觉不到？现在，他是她唯一的依靠和至爱，如果连他都不能接纳她，让她如何在这个世界上活下去？赵秦中的父母被她问得哑口无言，连连跟她赔不是，并且还答应找人给她调动工作。为了安抚她那颗受伤的心，赵秦中的父母给了她一笔钱让她买新衣服，她身上穿的新衣服就是用那笔钱买的。

张晓凤说话的时候，周敏慧一直盯着她脸上的表情看，没有看到一丝忧伤。她完全想象不出她在别人家中声泪俱下地为自己据理力争时是什么样子，只是觉得这个女孩子太厉害了，本事大得不可思议，竟然能够把在她看来完全不可能改变的事情扭转成对自己有利的结果。她相信张晓凤讲到自己的委屈时不是在刻意地表演，因此，周敏慧第一次对这个女孩子产生了一点点同情，同时也为她取得了阶段性的胜利感到高兴。

陈灵均刚来内科的时候，罗晨阳和陈淳正在开展一项新业务：颈动脉注射蝮蛇抗栓酶治疗脑血栓。他们将脑血栓病人分成实验组和对比组，实验组采用颈动脉注射溶栓药物，对比组通过静脉血管给药。罗晨阳问他愿意不愿意参加这项课题，他表示愿意，加入他们的科研团队后很快就掌握了这门新技术。从理论上讲，通过患侧颈动脉注射蝮蛇抗栓酶，药液可以直接进入脑部的病灶，使局部血液内的药物浓度很快升高，可以达到提高疗效缩短疗程的目的；从实际效果看，实验组的病人确实比对比组的病人恢复得快。项目进行得很顺利，大家都十分高兴。在工作中，只要一遇到特殊病例，陈灵均就会细心观察，认真记录，反复研究。在救治病人的过程中有了心得体会，也会随时总结，为以后的工作积累经验。他对待病人态度很好，从来不乱用药用贵药，不少他主管的病人康复后请他吃饭，都被婉言谢绝了。平常下了班，他除了偶尔和汪学义、安振国一起吃顿饭，跟个别关系要好的同事和朋友喝点酒外，一般情况下很少参加其他的社交活动。一方面是因为工作太忙，另一方面是他特别反感一些年轻人下班后喜欢聚在一起打麻将、"诈金花"（一种带有赌博性质的扑克牌游戏）的风气。在他的头脑中，这些娱乐方式跟他父亲过去喜欢玩的"摇骰子"一样，都是害人的东西，能给家庭和个人带来深重的灾难。在大多数人的眼里，他这种社交观念基本上还属于正常范畴。从来不跟任何人来往只顾埋头看书的外科新来的大学生钟成志则被大家视为"怪物"。他最出格的行为是，连同事结婚、孩子满月的喜宴都不参加，每次都是托人随礼，经常有人在背后指责他高傲、不合群。

　　陈灵均第一次见到他的时候，是去外科给一位术前的胆石症患者会诊的时候。当时，身高一米八的钟成志像座铁塔似的站在医生办公室门口的桌子旁，一只胳膊撑在桌面上，弯着腰正在跟病人家属谈话。听两人说话的意思，那人好像是病人的儿子，嫌手术费贵不愿意给他的母亲做手术，还提出住院后让医生不要给病人做检查也不要开药。钟成志果断地拒绝了他的要求，毫不留情地批评说："老人辛辛苦苦把你抚养大，现在她有了病，正是需要你回报她为她尽义务的时候，怎么忍心看着她活活地受罪，被一个普通的疾病折磨死？没钱你可以出去借嘛，怎么能装模作样地哄骗老人呢？如果这个生病的人不是你妈，是你儿子，说句良心话，你治，还是不治？"那人红着脸低着头一句话也不说，过了半晌才嗫嗫着说："让我再跟家里人商量一下，商量好了再来。"家属走后，钟成志气得在科室里大骂："真是没良心的东西，老人家要是早知道自己养下这么几个无情无义的儿子，还不如一生下来就用屁股直接压死算了！"他无意间扭过头，发现半个小时前开了住院证的一位病人家属还站在医生办公室门口看着手里的纸发呆，就问他在等什么。那位农民模样的家属有点难为情地对他说来的时候走得太急，身上没带够钱。"你咋不早说？差多少？"钟成志边说边从口袋里掏出了钱包。"差一百。"家属说道。钟成志毫不犹豫地拿出一百元钱递给他："赶紧缴押金去，你们这个病人病情很急，不敢再等了，住下了要马上做治疗。"家属接过钱连声说谢谢，马上就把费缴了。

　　钟成志见陈灵均来了，非常友好地跟他点了点头然后开始介绍病人的情况，把心电图检查报告拿给他看。陈灵均到病房里查看了病人的情况后，认为病人的心电波虽然有点异常，但是心功能没有问题，可以施行手术。临走前，钟成志跟他握了下手，说了声："辛苦了，谢谢！"

陈灵均觉得这位小伙子性格一点儿也不古怪。因为他知道，社交场上的人际关系都是通过对等的利益交换建立起来的，刚参加工作的穷大学生仅靠微薄的收入很难支撑起光鲜的门面，与其被人指责太小气，还不如主动回避为好。钟成志在学校时学习成绩很好，由于没有人情关系分配到了小县城里，对工作环境很不满意，一心想通过考研改变命运。他瞧不起那些成天吃吃喝喝不求上进的人，认为把专业学好才是正事，抓紧一切时间备考，因而显得很另类。

陈灵均来到县医院后碰见过几次贾继民，那后生不知道是性格内向的原因，还是对人缺乏热情，见了他只是礼貌地点了点头，没有打招呼。贾继民的身上一直穿着一件皱巴巴的蓝色条纹短袖，看上去已经有些年代了。不过在社交场合他露头的次数比钟成志要多，因此科室的人对他评价还比较好。

让陈灵均感到有些意外的是，他的初中同学曹丽军就在县医院旁边的乡镇企业局工作。曹丽军比上初中的时候长高了，模样出落得越发俊秀了，身上穿着熨烫得十分平整的衣服，走路时腰身挺得特别端正。两个人第一次在医院门口碰见的时候，陈灵均感到特别惊奇，他想不通像曹丽军那么贪玩的人怎么能接受单位的约束。曹丽军连高中都没有考上，是通过他爸爸的关系找到工作的，但是他在陈灵均面前一点儿也不觉得羞惭，反倒看上去比班里其他人都自信，似乎为自己能像陈灵均一样拥有一份体面的工作感到很骄傲。

两人手拉手聊了一会儿，临分手前曹丽军热情地对他说："没事到我办公室来谝一谝，我在单位有一间大办公室，光线很好，还配有一张床。晚上拉得迟了，住在那儿都没有问题。"

"我哪里有时间，有时忙得太厉害连饭都顾不上吃。"陈灵均笑着说道。

他说得一点都不为过。自从来到县医院以后，他每天就像陀螺一样，在医院的医疗、科研、创二甲工作、各种培训考试之间不停地旋转，没有一点闲暇的时间。可偏偏就在这个节骨眼上，家里又发生了一件让他意想不到的事情。

就在他跟曹丽军见过面的那天晚上，他回到家中已经十点多了，书珍还没有睡，正坐在沙发上看电视。她看到丈夫进来了，慢腾腾地站起来，走到他身边轻声说："你的衣服脏了，脱下来我给你洗一洗。"

"不早了，放下明天再洗吧。"陈灵均一边脱衣服一边说道。

"没事，天这么热放到明天就馊了。"翟书珍马上打了一盆水在洗衣板上开始搓洗衣服，刚洗了几下突然干呕起来。

"你怎么了？"陈灵均敏感地问道。

"有点恶心。"

"是不是下午的饭没吃对？"

"我只吃了点面条，应该不是。"

"是不是感冒了？"

"好像没感冒。"

"身体不舒服就别洗了，让我来洗。"陈灵均走过来挽起袖子说道。

"不用，已经好点了。你工作那么辛苦，我一天白白地闲着，这么点活儿累不着。"

翟书珍坚持把衣服洗完，晾好。躺下后，她羞怯地对丈夫说："我这几天身上有点懒，也没有胃口吃饭，我们单位的常伶俐说可能是怀孕了，让我到医院检查一下。"

"你的例假是不是推迟了？"

"比上个月推迟了一个星期还没有来。"

"那就再观察几天看看。出去的时候小心一点，尽量不要干重活。"

"嗯。"

听了丈夫的话，翟书珍的心里踏实多了，很快就安心地睡着了。

陈灵均表面上不动声色，实际上内心起伏很大。他可能要当爸爸了，这件事情让他既高兴又烦恼。他高兴的是，这意味着能让年迈的父亲在有生之年抱上小孙子；他烦恼的是，这个小生命来得太突然，他还没有做好准备迎接他，也没有时间和精力去呵护他。可他又怎么忍心拒绝他的到来呢？他是他的孩子。只要一想到"孩子"这两个字，他的心马上就变得柔软起来，比平时多了一份像女人一样细腻的情感。

"书珍，你问了陈灵均没有？他是怎么说的？"第二天早上，翟书珍刚到单位，跟她合用一个办公室的图书管理员常伶俐便迫不及待地问道。

"他说再观察几天看看，让我注意保护好身体。"

"哦，看来这小子心里有数，八成是有喜了。"常伶俐十分自信地做出了判断。她拿着一块抹布一边慢悠悠地抹桌子，一边用打探的口气问书珍："我听说他平时工作很忙，回到家里常帮你干活不？"

书珍低着头一边拖地，一边说："家里就两个人，没什么活儿。我一般比他回去早，反正闲着也没事，三下两下就把饭弄好了。吃完饭只有两双筷子两个碗一个锅，收拾起来也容易。衣服也是脱下随手就洗了，用不着他帮忙。"

常伶俐无奈地摇着头说："人要是太勤快了真是没办法，别人想干活也没机会干。对了，他们农村的那个家你回去过没？"

"结婚的时候和我婆婆去世的时候回去过。"

"家里怎么样？你能住惯不？"

"能。他们家虽然在农村，条件也一般，但是他爸爸是一个有文化的人，家里收拾得很干净。他是家里的老小，哥哥姐姐都挺照顾我们的，两个嫂子也很能干，我回去了什么也不用干，成天和外甥女、侄儿、侄女待在一起。他们都爱跟我玩，我也很喜欢他们。"

常伶俐听了她滴水不漏的回答后，一脸的好奇劲消失殆尽，淡淡地问道："那你婆婆去世以后，你公公现在谁管着？"

"弟兄三个说好轮流管，现在我爸由我大哥照料着。"

翟书珍对公公和婆家哥哥亲切自然的称呼让那个女人颇感意外，她用嘲笑的语气说："你的嘴可真甜，我们结婚十年了，我在人前说起他家的那两个老人从来没有这么叫过，常说是娃娃他爷爷、娃娃他奶奶。"

翟书珍笑了一下不置可否。她始终记着父亲的一句话：这个娃娃将来肯定有前途。所以她愿意接纳他生活中的一切，其中包括他贫困的家庭和浑身散发着泥土味的亲人，心甘情愿和他一起面对人生中的各种考验。

连续一个多月没有下雨，马路上铺满了厚厚的粉尘，一脚踩下去就是一个白脚印。空气干燥得就像烧干了的泥水锅一样，飘散着一股热烘烘的土腥味。最要命的是，在温度最高的下午一点到三点之间，外面连一点风都没有，坐在会议室里整改病历的人个个汗流浃背。头顶的风扇因为吹出来的是热风而且还不停地"捣乱"，已经被关掉了，十几扇窗子全都开着，房间里依然热得让人窒息。江雪一边翻看病历，一边用担忧的语气说，她爱人从农村下乡回来，看到地里大部分的庄稼都晒死了，担心今年秋天农民没有收成，很多人要饿肚子。

"别担心，咱陕北本来就不是产粮区，粮食供应主要靠四大粮仓。只要四大粮仓的粮食丰收了，咱们就有饭吃。"崔万红说道。

"吃供应粮的当然不用担心，不吃供应粮的农民肯定担心吃饭问题。"陈淳揉着脖子说道。

规定的整改期限马上就要到了，各科室的工作人员不得不加快工作进度，成天低着头不停地翻看病历，累得腰酸脖子疼。这些困难对他们来说都可以忍受，唯一忍受不了的是从某个地方散发出来的浓烈的脚汗味。那玩意儿不光臭，还特别呛。那令人作呕的气味仿佛沿着一根又粗又长的管子直接从喉咙眼捅进了胃底，好几个人忍不住咳嗽，还有人用手偷偷地遮挡住鼻子，用书在面前来回扇，就是不敢公开表示抗议。因为那股讨厌的气味不是来自别人，而是脾气火暴的周云天。他旁若无人地光脚穿着凉拖鞋，粗大的脚趾上长长的脚毛无拘无束地朝天直立着，个个理直气壮，牛气冲天。被殷志峰叫来帮忙画体温表上的体温、脉搏和血压的马晓艳委婉地跟他说："老周啊，没想到你也学会赶时髦了，像人家女娃娃一样光着脚片子穿凉鞋。"

"一天忙得跟龟孙子似的，哪里有时间赶时髦。刚才在手术台上站了四个小时，鞋里的袜子都湿透了，脱了透透气。"周云天头也不抬地回答道。

"我说咋看着这么别扭，原来是这样！说句实在话，人家女娃娃的脚又白净又秀气，露在外面就是好看；你的脚又黑又大，长得难看不说，还带着烟雾弹，把一屋子的人都快炸晕了。"马晓艳乐呵呵地说道，幽默的话语把周围的人全逗笑了。

周云天似乎意识到了什么，不好意思地挠了挠头，嘴里叽里咕噜地说了几句什么，仍然低着头在干活。这时，一位病人家属推门进来，站在他身边低声说："周大夫，我妈现在肚子胀得厉害，麻烦你下去看看。"

"噢。"周云天马上站起来跟着来人走了。脚汗味瞬间减小了一半，众人高兴地直呼："谢天谢地，总算能爽快地出两口气了！"

方曼云却懊恼地说："糟了，又写错了！"烦躁地将写错的那张纸揉作一团放在桌角上，桌上的废纸已经堆成了小山。

"你今天到底是怎么回事？老写错字，是不是有什么心事？"崔万红问道。

"我儿子感冒发烧，体温 39.5℃，吃了两次药烧还没有退下去，我坐在这里心里不安稳呀！"方曼云眼泪汪汪地说道。

"让你妈用物理降温，拿酒精给娃擦擦。"

"中午回去的时候已经试过了，刚擦完体温降下来了，过上半个小时又升上来了。"

"耐心点，不要着急，疾病的康复是需要一个过程的。"

"是。可我是当妈的女人，由不得。"方曼云苦笑着说道。

十几分钟后，周云天又回来了。细心的人发现，他脚上的凉拖已经换成了皮鞋，鞋里还套着一层塑料袋。他的屁股还没有坐稳，又有人来找他。

"周大夫，我老婆的胆囊炎又犯了，麻烦你再给她看看，人已经坐到你们的医生办公室里了。"

"好。"周云天二话没说站起来又走了。过了差不多半个小时才回来。他连续工作了两个多小时，两只脚也在塑料袋里捂了两个多小时。

吃下午饭的时候，江雪半开玩笑半心疼地问他："你的脚快蒸熟了吧？"

"差不多。"周云天一本正经地答道，脸上没有丝毫的笑容。

叶知秋很关心病历的修整进度，先后来过三次。他亲自带队到各科室各部门督查创二甲工作，对照《二级综合医院评审标准实施细则》和《创二甲任务分解表》上的具体要求，逐条考核各项制度的落实情况和任务完成情况，发现问题要求限期整改，并且在会上经常通报整改情况，还对一些完成不好的责任人给予了处罚。每个职工的头上都好像压着一块沉甸甸的砖头，压力非常大。

陈灵均回家的时间越来越晚，翟书珍的妊娠反应却越来越重，几乎吃一口吐一口，人瘦了，脸也变黄了，成天有气无力地躺在床上连班都上不成。曲晓娴心疼女儿想把她接回家照顾，但是书珍死活不同意，她只好每天在自己家和女儿家来回奔波，帮助他们料理家务。陈灵均担心书珍呕吐的时间长了营养跟不上，便利用晚上休息的时间在家里亲自为她输液。书珍输液的时候他有时坐在床边看书，有时趴在桌子上写东西。书珍问他写的是什么，他说："都是业务上的东西，你不懂。"书珍也就不问了。

四十二

为了在评审组专家面前展示出全院上下良好的精神风貌，叶知秋专门为职工定做了毛呢面料的院服。厂家把做好的院服发过来以后，负责行政后勤工作的王秉智特意拿来一套让叶院长验收。

他刚一进办公室的门，正在低头看文件的叶知秋兴奋地冲他直招手："老王，你来得正好，这是国务院今年 9 月发的《关于深化医疗体制改革的几点意见》，赶紧过来看看。"

王秉智把手里的东西放到沙发上，走到他身边。叶知秋拿起文件先让他看了前面的红头文字，然后翻开，指着里面的内容说："你看这里，"用很重的语气一字一顿地念道，"'建设靠国家，吃饭靠自己。'再看这里，说的是要在'以工助医，以副为主'等方面取得新成绩。现在政府对医疗行业的投入虽然减少了，但是通过宽松的政策放权让利，给我们提供了很好的发展机遇，医院已经有了一定的自主经营权，允许搞市场经济，我们可以利用这一点为职工和医院谋取福利。你先坐下好好看看，看完了咱俩再说。"他把手里的文件交给王秉智，然后坐在办公桌前大口大口地喝茶，呼吸比平时粗重多了。

王秉智坐在沙发上大致浏览了一遍。他注意到，卫生部出台的文件中提到要逐年增加对卫生事业的投入，鼓励医疗单位拓宽筹资渠道用于卫生建设，但是并未在资金上予以明确的支持，而是让医院自己想办法。在"以工助医，以副为主"方面，继续免征所得税，支持有条件的单位办成经济实体或实行企业化管理，实际上还是只给政策不给钱。这一点让他有些失望，他让叶知秋说说自己的想法。

"我有三个想法。第一，以集资建房的方式给职工盖一座住宅楼，听说有些地方已经开始这样搞了，我们可以借鉴一下人家的做法；第二，把医院大门口的那排旧房子拆了，盖两层平板房，底下那一层建成商业用房，既可以对外出租，也可以自己用；上面那一层全部盖成办公用房；第三，在街上开第二门诊，采取承包制，把部分医务人员分流出去，这样既能扩大医院对外影响力，又能减轻医院的财政负担。不过这个想法还不成熟，还要好好研究研究。"叶知秋在勾画医院未来的宏伟蓝图时激动得两眼放光，眉梢上扬，就连额头上颤动的刘海儿都快要飞起来了。

王秉智听后马上笑着说："看来你把文件的精神全都吃透了。这些想法确实很不错，估计能给医院带来不小的变化。不过，咱们现在正在创二甲，要实施这些方案大概得等到这件大事忙完了以后才行。"

"那是。我先跟你交流一下，到时候得经过院务会讨论才能决定。你拿的是什么？是不是咱医院定做的院服？"叶知秋这才注意到王秉智带来的东西。

"是。这套就是你的，要不要穿上试试？"王秉智拆开包装把衣服递到叶知秋手里。

叶知秋高兴地哈哈大笑，马上关上门把新衣服换上，站在门口侧面的镜子前仔细地端详自己的新形象。深蓝色的西装显得人既干练又庄重，里面的白衬衫则通过深浅色对比，给着装者增添了一份知性，深红色的领带既不刺眼，又充满活力，把五十多岁的他衬托得年轻了好几岁。

王秉智帮叶知秋抚平后面的衣摆后夸赞道："穿上真精神，特别能显出大领导的气派！"

　　"是吗？样式挺好看的，做工也不错，赶紧给大家发了，以后上面来了人检查，行政后勤人员一律穿院服，院内外搞大型活动，所有的参与者也统一着院服。"

　　"好的。"

　　"咱们定做的病号服也快回来了吧？能不能赶上这次评审？"叶知秋转过身来问道。

　　"昨天刚跟厂家联系过，他们说再有十来天就好了，肯定误不下事。"

　　"很好。"叶知秋马上露出了满意的笑容。

　　11月上旬的一天上午，县医院里一派繁忙的景象。门诊大楼前，门诊部主任指挥着几名工人把租借来的大型盆栽树搬到门口的台阶两旁。大厅里摆放着不少盆花，新增的导医台前，护理部主任正在对两名身穿橘红色礼服的年轻护士进行岗前培训。一名女清洁工迈着匆忙的脚步把新买的痰盂挨个放到各个诊室门口。所有的科室都在认真地打扫卫生，地板冲洗得一尘不染，窗户干净得就像没有安装玻璃似的。行政后勤人员全都穿上了新做的院服，女同志的头上还清一色地扎着蓝色的头花。临床上的医务人员穿着干净整洁的新大褂，规规矩矩地戴着白帽子。治疗室里盛放各种消毒液和消毒棉球、纱布的旧搪瓷缸不见了，全部被洁白的新搪瓷缸代替。供应室里使用过久锈迹斑斑的手术器械已经停用了，更换成闪闪发光的新器械，外面有破洞或开了线的棉布包皮也换成新的了。病房里的病人已经穿上统一配发的蓝色条纹病号服，护士耐心地教他们如何正确地回答评审组的专家提出的问题。就连大灶上的王师傅都穿上了崭新的厨师服，头上戴一顶很夸张的厨师帽，洗漱得干干净净。

　　这家每天人来人往早已被人们熟知的医院，就像一位身着盛装的新娘，处处显示出与平日不同的娇媚之态，让每一位置身于其中的人都有恍然若梦的感觉。

　　"你们这是在干啥？"

　　"明天要来省上的专家对我们医院进行评审，我们要创建二级甲等医院。"

　　"评上能怎么样？"

　　"呵呵，评上了好呀，说明我们医院管理得好，等级高，以后可以按二甲的标准收费。"

"收费要提高了？那还是别评上的好。"

"唉，看你说的，要是评不上，我们这一年多就白忙活了。"

这样的对话在很多地方都可以听到。

下午下班后，医院大院里来回走动的人少了，显得安静而又冷清。一辆灰白色的面包车在医院大门外面停了下来，几位拎着手提袋、背着背包的外地人从车上下来后直接走进院内，然后站在门诊大楼一侧的角落里小声说着什么。毫无疑问，这几个人就是省卫生厅抽调的评审组的专家。为了检验这家医院真实的急救水平，专家们决定给他们来一个突然袭击。

"丁零零"，内科护士办公室的电话响了。值班护士朱婷拿起来刚"喂"了一声，马上转头对刚刚从病房回来的安振国说："快来接一下，是急诊！"医院没有单独设立急诊科，急诊的救治工作一直由内科的医务人员兼任，很多医生为了工作方便，值班的时候会把急诊室的电话和科室的电话串联在一起。负责当天晚上出急诊的安振国拿起电话，听见一个本地口音的男人说有人在医院库房旁晕倒了，回答了一句："好的，我马上就来。"挂了电话却一脸的迷惑，好像觉得哪里不对劲。

"会不会是评审组的专家打的？我听说他们今天下午到。"朱婷提醒道。

安振国一听就慌了，看了一下手腕上的表，撒腿就往外跑。

他气喘吁吁地赶到车库门前，看到地上躺着一个神志清醒的本地人，边上围着几个表情严肃气度不凡的外地人，马上就证实了之前的预感——这不是真正的急救，而是一场严格的考试！心里越发紧张了。

专家们看到出诊的医生两手空空，毫无准备，个个脸上露出不悦的神情。

安振国半蹲在地上，先试探伤者的反应，被告知此人"深度昏迷"。他手忙脚乱地对患者进行体格检查，这才发现来时跑得太匆忙，没有按照要求携带直尺、软尺、标记笔等物品，只好边检查边口述具体的步骤。他的大脑一片空白，很多东西都忘记了，想起哪儿查哪儿，查得又快，次序又乱，还漏掉了很多项目，专家们看了直摇头。他们随即进行现场提问，安振国结结巴巴有好几个问题都没有回答完整。之后，他又按照要求对病人进行心肺复苏，虽然做得不错，但是综合起来没有达到评审标准。

急救能力考核没有通过的消息很快传到叶知秋那里，犹如晴天霹雳给了他当头一击。之前的多次模拟评审都显示出，经过一年多的精心准备，县医院的各项工作整体评分情况已经达到了二甲的标准，原本信心十足的他又气又急，当着刘焱的面拍着大腿痛惜地说："咱的运气咋这么差？安振国呀安振国，你平时每次考试都表现得好好的，怎么偏偏到了最关键的时刻给咱掉链子呢！"他连饭也顾不上吃，马上叫来几位院领导召开紧急会议商议对策。经过一番讨论之后，大家一致决定到专家们所在的下榻——县宾馆去，恳求他们再给一次机会，重新考核一下这项内容。叶知秋和刘焱来到专家的房间里，反复地给专家们解释说，县医院的急诊救治能力没有问题，这个参加考核的医生平日里各方面表现都很优秀，只是因为他觉得自己是在考试，心情过于紧张才造成如此重大的失误。专家们不相信他们的说法，坚决反对进行二次考核，认为这样做有悖评审的原则。叶知秋的头上不停地冒冷汗，感到有些绝望，但是他没有放弃努力，依然从情与理两个方面耐心地劝说。经过两个多小时的沟通后，终于有一位专家松了口，同意在未来的几天内不定时再抽查一次。

陈灵均被指定为此次考核的对象。方案刚一订下，他就像国宝大熊猫一样，被人严丝无缝地层层保护起来。为了让陈灵均一心一意地完成好这项工作，叶知秋让科室暂时不要给他安排其他工作，还特意叮嘱其他院领导千万不要找陈灵均谈话，以免给他增加压力。罗晨阳给陈灵均临时安排了几个急诊班，让他一天二十四小时都待在科室里，每餐饭都有人直接送到值班室。

安振国平时的理论操作考试成绩在内科仅次于陈灵均，已堪称十分优秀，这次他发挥失常，是罗晨阳万万没有想到的。他心里想，如果陈灵均这次表现再不好，那他们科、他们医院就全完蛋了。他知道陈灵均的心态比安振国好，但是他担心安振国的意外失利会对陈灵均的心理状态产生影响，每天都要抽出时间跟他沟通，故意说一些轻松的话题让他放松心情。每次谈完话问陈灵均是否紧张，如果听到回答说"有一点"或者"还行"，就分外忧虑，认为这是心态没有调整好的表现；如果得到的回答是"不紧张""你放心，没一点麻达"就安心了。专家组进行的第一次急诊演练是在下午，他分析第二次很可能是在晚上或者早上，每晚都要陪着陈灵均待到深夜才回去。

评审工作一共进行了四天半，前三天都没有接到急诊电话。在那三天的时间里，全院上下如履薄冰，言谈举止异常小心，只要一听说马上要抽查到自己的阵地，个个如惊弓之鸟，早早地就弓起脊背，慌张地拍打着翅膀，做好了求生的准备，生怕像安振国一样出现差错成为千古罪人。

第四天早上七点二十分，急诊值班室的电话铃声突然响了，一位男士在电话里说，在东关大桥北侧的广场上有一位煤气中毒的病人需要急救。

陈灵均接到电话后，和一名护士乘坐救护车来到病人所在的地点，当着所有专家的面有条不紊地完成了各项检查，该使用的工具全部使用到了，没有任何缺项，而且准确无误地回答了专家提出的所有问题。在抽查病历的环节中，他的一份病历受到专家组的高度评价，被认为可当作病历书写方面的范本。

评审组的专家在东正县考评期间受到了贵宾一般的待遇，他们对陕北人热情好客、朴实厚道的性格留下了非常深刻的印象。专家们临走前，叶知秋已经知道考评顺利通过了，这个振奋人心的消息很快就传遍了全院。

专家组离开后的第二天，门诊大楼前租借来的盆栽树全都被拉走了，大厅里摆放的鲜花也都还回去了，导医台和年轻漂亮的女护士不见了，诊室门前的痰盂被人偷去了一半，没过几天便全军覆没。病房里的病号服有的被住院病人穿走了，有的莫名其妙地丢失了。不到半个月的时间，所有的病人又换上了自己的衣服。大灶上王师傅身上的那件白褂子渐渐地也不白了，恢复了往日油腻腻的状态，头上的白帽子已不知去向。不过，创二甲时制定的各种规章制度、工作流程和购买的仪器设备全都留了下来。蒋美丽的妈妈郑雨兰因为年纪大在护理岗位上已经跑不动了，被叶知秋给予特殊照顾，安排在浩特室上班。那里基本上没有什么病人，她拿着平均奖，成天坐在办公室里嗑瓜子、聊天，很多临床上的护士对她既羡慕又妒忌。

三个月后，县医院终于挂上了"二级甲等医院"的牌子。县卫生局局长被叶知秋邀请来参加挂牌仪式，两人当着全院职工的面共同掀开了牌子上的红绸盖布。在随后的庆祝大会上，叶知秋当场宣布奖励全院职工每人两百元奖金，台下顿时一片欢腾。

当天晚上，会议室里沉寂了一年多的大彩球又欢快地转动起来，球体上厚厚的尘埃随着流星般的光点飞散到房间的各个角落，被人们不知不觉地吸入口鼻，沉积到肺部。由于过度兴奋急剧扩张的肺叶就像一个个快速抽动的风箱，把歌声、笑声和说话声用力抛向半空中，与砰砰作响的音乐声交织在一起，使得整栋大楼都在微微地颤动。

刚开始，几位早到的年轻人轮流拿着话筒站在门口自由演唱，其他人有的在边上站着，有的坐着，边看边聊。女人们大都化了妆，穿上最漂亮的裙子或毛衫，脚蹬尖头细高跟皮鞋，男人们则穿着西装或夹克，脖子上系着领带，个个看上去风度翩翩，英俊潇洒。叶知秋刚一进来，众人马上起哄让他唱歌。他假意推辞了一番，说了句"那我就献丑了"，清唱了一段京剧《智取威虎山》

选段，洪亮的嗓音、丰富的表情和有模有样的动作赢得了一片掌声。

"叶院长唱得好不好?"站在他身旁的许伟高声喊道。

"好!"

"再来一首要不要?"

"要!"

听到全场如雷般的呐喊声，叶知秋激动得脸都红了，甩了一下额前的刘海儿，又唱了一首《三国演义》的主题歌《滚滚长江东逝水》，声音和杨洪基颇有几分相似，不少人夸赞他演唱水平高。在他唱歌的过程中，章怀素挽着方曼云的手臂走到房间中央跳起了慢四步，刘宇杰也拉着徐若谷步入了舞池，有几个年轻女孩子等不上男士邀请，带着女伴也在边上慢悠悠地摇晃起来。叶知秋唱完后把话筒交给殷志峰说："外科家给咱们也唱一首。"殷志峰冲刘宇杰招了招手，刘宇杰立刻松开舞伴的手走过来，用美声演唱了一首《我的太阳》，嗓音浑厚，感情饱满，节奏音准都掌握得不错，表演堪称惊艳。他在众人的惊叹声中刚准备把话筒交给罗晨阳，这时马晓艳乐颠颠地跑过来抢着说："我代表手术室给大家唱一首《南泥湾》"，马上就用浓重的方言尖声尖气地唱起来。紧接着，不甘示弱的妇产科推出了女汉子崔万红上台表演。她的嗓音粗犷、沙哑，音量很高，离话筒又近，震得人耳朵里嗡嗡直响，把伴奏完全遮盖住了，而且唱得忽快忽慢，跳舞的人不得不停了下来。儿科的方曼云擅长唱流行歌曲，一首《像雾像雨又像风》给科室挣足了面子。

"接下来请内科的同志给大家演唱。"

话筒里的声音刚一传出，王艳敏便对坐在身旁的陈灵均说："小陈，你给咱上。"陈灵均正在和汪学义聊天，听到护士长的命令吓了一跳，赶紧摆着手说："我不会唱，你让其他人去吧。"

"年轻人怎么可能不会唱歌? 别不好意思，随便唱什么都行。"罗晨阳走过来直接拉他。

"真的唱不了，我五音不全，一开口会把你们吓跑的，不信你问汪学义。"陈灵均使劲用手扳住椅子背，死活不起来。

"他真的不会唱歌。"汪学义赶紧为他解围。罗晨阳见状只要作罢，又挨个去请科室其他人唱，全都表示不会唱。

"晨阳，你来唱吧。"叶知秋提议道。

"叶院长，你又不是不知道，我这个人没有一点艺术细胞，从来不唱歌，也不跳舞，只会当观众。"

"连歌都不会唱，怎么能当好科主任？回去好好练练。"许伟揶揄道。

"要是齐令晖在就好了，"王艳敏说道，"她是咱们医院的百灵鸟，什么歌都会唱，去年元旦晚会的时候她唱了一首《篱笆墙的影子》，我觉得比毛阿敏唱得都好听。"

"是呀，可惜她进修去了，一时回不来。"罗晨阳也遗憾地说道，他把手里的话筒轻轻地放到桌子上，于是拉歌的环节便自然而然地终止了。内科的人虽然因此失了面子，但是那些热衷于跳舞的人却暗暗地高兴再也不用在信马由缰的歌声和若隐若现的伴奏之间辛苦地找节拍了。

创二甲的成功带来的喜悦就像滚滚的热浪，在生活的海洋中只是沸腾了几日便逐渐消散了，医院里的每个人都乘着自己的一叶扁舟按照不同的轨迹继续向前划行，从基层医院调到县医院的贾继民也不例外。他凭着亲戚的关系挤进了医院里最热门的科室——外科，拿上了手术刀之后，又迎来了人生中的第二次重大转折——结婚。他的婚礼非常简单，除了从老家赶来的父母和几个兄弟姐妹外，只邀请了科室的同事和几位刚进单位不久的年轻人作为见证人。新娘是他初中时的同学，没有固定职业，结婚前在一家理发馆打工。她没有化妆，也没有佩戴任何首饰，只是穿了一件粉红色的裙子，胸前别了一朵红花。

陈灵均没有想到自己也是受邀的嘉宾，他觉得既然人家看得起自己，就应该给对方面子，于是和其他人一起来到婚礼现场，主动帮助贾继民招呼客人。

吃饭前，冯炳琦在饭店门口燃放了一挂鞭炮算是婚礼正式开始。贾继民的家人性格都比较木讷，不善言辞，殷志峰代表他们说了几句客套话，贾继民站起来端起酒杯说了句："谢谢大家！"和众人一同饮了一杯酒，然后和新娘一起给各个桌上的人敬酒。吃饭的时候，饭桌上静悄悄的，听不到唢呐声，也没有任何音乐，显得分外冷清。殷志峰和刘宇杰时不时冒出一句玩笑话，稍稍能调节一下气氛。婚礼结束后，殷志峰在回去的路上悄悄地告诉大家，贾继民家里很穷，他上大学靠的是助学贷款，结婚的钱全是借来的。陈灵均回想起贾继民额头上与年龄极不相称的抬头纹和平时习惯紧皱在一起的眉头，终于明白了他为什么不笑的原因。

"农村娃娃刚参加工作都是这样，过上几年就好了。"同样也是农村家庭出身的刘宇杰说道。

"晚上大家没事的话都到他家去坐坐，女的也可以来，咱这儿有讲究，结婚不闹洞房不好。我刚才已经问过了，他们家亲戚没有安排人闹洞房。刘宇杰和冯炳琦你俩负责出节目。"殷志峰说道。

冯炳琦挠着后脑勺说："这种事情我从来没弄过，不会呀。"

"没事，随便玩玩，能把气氛调节起来就行了。"殷志峰安慰道。

"你没有闹过房，还没有见过别人闹房吗？这个很简单，我来给咱唱主角，你只要配合我就行了。"刘宇杰说道。

冯炳琦听了马上就愉快地接受了任务。

当天晚上，除了值班人员外，其他人全都来到贾继民租住的小屋里，跟两位新人调笑了一番，让他们当众表演了几个不荤不素非常文雅的小节目。贾继民两口子特别高兴，闹房结束后抓起盘子里的花生和糖拼命往众人怀里塞，对他们千恩万谢。打那以后，贾继民一见到陈灵均就主动跟他打招呼，脸上还会露出极为罕见的笑容。

奔跑的叶子

（下）

杨晓景◎著

中国出版集团　现代出版社

目录

C O N T E N T S

一

"二甲"评审结束后不久，医院盖楼的议题被正式提到院务会上。叶知秋刚把自己的想法说完，章怀素立即问盖楼的资金如何解决。叶知秋乐呵呵地说："可以借鉴兄弟医院的做法，通过跟财政上要钱、职工集资和银行贷款三种渠道来解决。"

"咱们原先盖门诊住院楼的贷款还没有还清，再投入上百万盖家属楼和门口两层的平板房，将会加重医院的经济负担，我觉得你还是再慎重地考虑一下再做决定，万一将来资金方面出了问题，医院的运营恐怕会受到影响。"章怀素认真地说道。

"你这个人太多虑了，车到山前必有路。叶院长日思夜虑一心想为职工做点好事，我们应该支持他，多为他出谋划策，解决困难，怎么能一开口就踢人家的摊子呢？"王秉智马上用责怪的语气说道，"再说现在医院已经不是过去吃大锅饭的时候了，你看单位这两年效益这么好，照这样发展下去，绝对没问题。"

章怀素冷笑了一声说："这两年效益好是沾了计划生育的光，等这个政策结束以后，你们再看看病人还有没有现在这么多。"

"病人多不多关键看医院管理得好不好，技术水平高不高，现在咱们医院

1

无论发展规模还是技术力量都是全县最强的，我相信未来病人一定不会少。"叶知秋的神情微微有些不快。

其他人纷纷说叶院长的眼光看得远，决策水平高，这样做既解决了职工的住房问题，又能发展市场经济，是双赢的事情，表示大力支持。

章怀素耷拉着眼皮一言不发。到了投票环节，他见其他人全都举起了手，迟疑了片刻后，也缓缓地举起了自己的右手。

在召开职代会之前，叶知秋跟所有参会代表分别进行了单独谈话，耐心地解释、沟通，因此，这两项决议顺利地一次性通过。

医院盖家属楼的消息传出后，在职工中引起了不小的轰动，不少人跑到财务科查看集资名额评分表，估算自己能不能排上队，能分到大套还是小套，需要缴纳多少集资款，每天上班的时候一有空就聚在一起议论。

"护士长，你去看了没？按照分数算下来你能不能分到大套？"刚从病房做完治疗的朱婷对站在桌前按着计算器的王艳敏说道。

"唉，分是能分到，可是买楼的集资款上哪儿找去？我们两口子都是农村的，结婚的时候啥都没有，家里的东西都是工作以后自己攒钱慢慢添置的，现在要养活两个娃娃，本来经济负担就很重，去年因为超生二胎受了处罚，每个月发的生活费刚够维持基本的生活。我们两家的兄弟姐妹经济条件都不好，谁也帮不上忙，我正和我老汉商量着，这单元楼到底是要，还是不要？"

"当然要，为什么不要？过了这个村就没这个店了。家里帮不上忙，可以跟同学朋友借，现在稍微过得紧巴点，等处罚结束了就好了。"

"说的也是。你大概刚能赶上这个机会，我看集资方案上写的条件是：参加工作五年以上，在本院工作至少两年。"

"赶上了。我也正犹豫着要不要呢。我首次付款要缴一万多，可我这几年压根就没攒下钱。"

"多少总有点吧，不够跟爸妈要，跟公公婆婆要。他们都有工作，肯定会帮你的。"

"呵呵，那怎么张得开口，说是借还差不多。"

两人正说着，中医科的李思贤进来了。

"李大夫，你应该不用为钱发愁吧。你都工作快三十年了，我估计集资两套都没问题。"王艳敏马上转头说道。

"你们不知道我们家的情况，我老婆是民办教师，还没有转正，工资很低，

2

我在中医科就拿一点死工资，基本上没什么奖金。我们家有三个娃娃，老大上自费大学，老二上自费中专，老三念初中，光三个娃娃的学费就花了我好几万块钱，欠下一屁股债，再买楼，债得堆到天上去。"李思贤苦笑着慢吞吞地说道。

"像你这个年龄要是不住楼以后可能就没有机会了，能想办法就尽量想想办法吧。"朱婷说道。

李思贤没有吭声，说是找罗晨阳有事走了。

王艳敏看见防保科的何亚梅正好从门口路过，笑着对朱婷说："这个女人肯定不缺钱，两口子是双职工，老汉是药剂科主任，常跟着院长出差，多少还不沾点油水。"

王艳敏的话恰好被何亚梅听到了，她停下脚步走过来说："要是好处都叫他拿了，要人家领导干啥？你们不知道，自从医院从东街搬迁到西街以后，医院进药基本上全是赊账，人家药厂能给咱赊已经不错了，哪来的回扣？要说谁家有钱呀，我看要数你们科的钟锦华，她那口子在银行上班，单位效益可好了。"

正在病历架子前翻看病历的钟锦华"哼"地笑了一声没有说话。

何亚梅刚走，陈灵均又进来了，听见两个女人还在议论集资买楼的事，便笑着对她们说："你们赶紧往楼上搬，等你们把医院的旧房子腾空了，好让我们这些没房子的年轻人住进去。"

"哟，这么急赶我们干吗？盖楼可不是一天两天的工夫能盖成的，你们就耐心地等着吧，我就是想搬，早了也搬不了。"王艳敏说完拿着领物本到库房领办公用品去了。

在规定的缴款日期内，除了个别人因为家庭经济实在太困难主动弃权外，其他有资格集资单元楼的职工全都缴清了首付款。李思贤是最后一个缴款的，他之所以下定决心要住楼，原因是一位常来找他看病的包工头主动借钱给他。与此同时，叶知秋也使尽浑身解数向各级领导展开外交攻势，大谈医院修建住宅楼的重要性，希望能得到经济上的支持。县领导以东正县是贫困县财政困难为由，象征性地给了一点精神抚慰费。钱拨到县卫生局后又被截留了一部分，到了老叶手里，已经少得不能再少了。原先计划的三个集资渠道最后主要靠后两个渠道来完成，银行贷款的数额比预算多了近一倍。在住宅楼开工前，门口的二层平板房已经动工，没用多久就盖成了，一楼的商铺很快就租了出去，被租赁户分别用作饭店、商店和理发馆，院领导都感到很高兴。不过，大多数职工更关心住宅楼的施工进度，开工后每天都有人站在工地旁围观，开口闭口都是和楼房有关的话题。相比之下，没有条件住楼的职工则对此缺乏热情，认为那些人的反应过于夸张，多多少少有点炫耀的意思。大多数人的生活目标暂时还没有那么明确，那么具体，对于一些家庭条件比较好的年轻人来说，辛辛苦苦地工作了一天，和几个关系要好的同事朋友坐在一起喝点小酒、打打麻将，就是人生最快意的时刻。

听到科室里的人嚷嚷着又要搞活动，陈灵均借口家里有事，趁别人不注意的时候早早地就开溜了。他路过钟成志的住处，恰好碰见钟成志刚从外面回来，盛情邀请他进去坐坐，便同意了。钟成志租住的是一面窑洞，墙壁黑乎乎的，看上去很长时间没有粉刷了，里面的东西很少，主要集中在靠近门口的地方，除了一张单人床，一张桌子，一把椅子，一台学习机外，看不到灶具，也没有其他家具，显得特别空旷。地上放着两个纸箱，一个存放衣服，一个装着书，让人感觉这面窑洞的主人只是临时住在这里，并不打算长期居留。

"没有见过这么简单的房子吧？我现在过的完全是流浪汉的生活，除了这些书，几乎没有任何朋友。"钟成志笑着说道。

"想学习就要趁年轻的时候，你现在虽然物质上比较贫乏，但是精神上却是富有的。"陈灵均说道。他翻看了一下桌上的书籍，全都是考研的课程。钟成志挽起袖子洗手的时候，陈灵均无意间发现他的肘关节底部结了一层厚厚的老茧，觉得很奇怪，问他怎么回事。钟成志坐在桌前，两只手捧着书模仿自己平常学习的样子，让他看到自己肘部的骨头刚好抵在坚硬的桌面上。陈灵均终于明白了那层老茧是怎么生起来的。

回家后，他感慨地对妻子说："外科的人都不爱搭理钟成志，说他没有人情味，成天独来独往，把谁都瞧不到眼里，那是因为他们根本不了解他。燕雀安知鸿鹄之志哉！"

"你最后说的那句话是什么意思？"翟书珍一脸茫然地问道。

"就是说普通人根本不知道胸怀大志的人到底在忙碌什么，为什么而忙碌。"

"我还是听不懂。"

"不懂就算了，没什么意思。"

他坐到饭桌前，书珍把做好的饭菜端来，一边和他吃饭，一边说单位里的女同事谁今天穿了什么，买了什么，谁跟谁好，谁又跟谁闹了别扭。她脸上的气色比前几个月好多了，饭量也增加了不少，比他吃得还多，已经能够正常地料理家务了。他耐着性子听她讲完后说："咱爸在大哥、二哥家都住过了，现在轮到咱们家了，我想把他接来住两个月，等你快生的时候再把他送回去。他平时不需要人照顾，还能帮你做家务，你看行不行？"

"行。"书珍一口就答应了。

陈灵均利用轮休的时间把父亲接到了城里。陈儒生穿着土气，卫生习惯也没有城里人好，书珍一点儿也不嫌弃，反而对他特别敬重。陈儒生平常话不多，人又勤快，言谈举止很有分寸，三口人相处得十分和谐。

早晨十点钟，人流稀少的西街口一前一后地行走着陈灵均和他的妻子翟书珍。刚才在小巷子里的时候书珍还挽着他的胳膊，一到大路上他就把她甩开了，有意走在她前面拉开一段距离，不想让别人看出这个挺着大肚子的女人就是他的老婆。路边的幼儿园里一大群人跟着一位身穿白绸服的中年男子扬胳膊伸腿，似乎在练什么功夫，录音机里传出声调极为缓慢的引导声："神元大法……"关于神元功的原理和神奇功效陈灵均早有耳闻，看到自己的同事庄正杰和洗衣房的一位女工居然也混在人群中像煞有介事地比画着，感觉十分荒唐可笑。两人依次走过西街的小学和中学，来到药材公司门前。陈灵均瞥见沈若拙穿着白大褂坐在里面，便进去跟他拉话。书珍跟在他身后也进了门。

药材公司里只有一个人在买药，药剂师很随意地从货架上取了一盒龙胆泻肝丸扔在柜台上，懒洋洋地报了药价，收了钱。沈若拙坐在柜台侧面的椅子上看上去很清闲。他一看到翟书珍赶紧站起来拉过自己的椅子让她坐下。

"你今天怎么有空出来了？"沈若拙问道。

"今天是星期天，我不值班，中午要到街上参加我的小学同学孙静好和我们单位职工刘彬彬的婚礼，人家请的是我们全家，书珍说想早点出来给我爸买两件衣服，顺便到你这里看看。你们这儿的效益怎么样？"陈灵均问道。

沈若拙和药剂师异口同声地说："不行。"药剂师跟陈灵均也认识，他悻悻地解释道："原先全县所有的医院都是从药材公司进药，我们光靠批发就能挣不少钱，药品在市场上放开以后，很多医院直接从药厂拿药，我们这儿就没什么生意了。"

陈灵均问沈若拙："你的工资待遇怎样？"

他"哼"地笑了一声说："不怎么样。"

"够生活费吗?"

"还能凑合。"

门口又进来一个人,药剂师跟那人搭话去了。沈若拙压低嗓门对陈灵均两口子说:"我不打算长期待在这儿,想出去再学习一回。"

"学什么?"陈灵均问。

"中医。你觉得怎么样?"

"挺好的。咱们这儿的老百姓普遍对中医比较信任,认为中药的副作用比西药小,可以标本兼治,尤其在基层,中医比西医更加实用。你准备到哪里学?"

"我想报考省中医学院。你说我能考上不?"

"能,只要你好好复习肯定能考上。"

说话间,药剂师忙完了又走过来,陈灵均跟两人闲聊了几句,便带着书珍离开了。

书珍在百货公司给陈儒生买了一身外套,又到合营门市买了一套内衣。陈灵均和书珍结婚的时候借了不少钱,婚后两人省吃俭用一直在还钱,书珍好几个月都没有给自己买过一件新衣服,却花了不少钱给自己的公公买衣服,她的细心和体贴让陈灵均既温暖又感动。

两人来到婚礼现场,看到已经来了不少宾客,穿着新娘装的孙静妤格外美丽动人,她站在门口笑着跟来客一一打招呼。孙静妤已经辞去小餐馆的工作,学了裁缝,在一家裁缝店干活。她的丈夫刘彬彬个头不高,看着挺机灵的,他不时侧身跟孙静妤柔声细语地说话,发现她背后的衣服弄皱了小心翼翼地帮她抚平,仿佛那是一件特别珍贵的物品。参加婚礼的绝大多数都是刘彬彬的亲友,孙静妤那边只有她弟弟一个人陪着。孙静妤看到陈灵均来了,握住他的手激动得半天说不出话来,只是一个劲地傻笑。她跟陈灵均握完手,又拉住翟书珍的手问长问短,就像见到了自家的亲戚一样。这位坚强的女孩在婚礼上一直努力地微笑,没有流下一滴眼泪。但是陈灵均的心里却很难受,感觉喉咙里、眼窝中仿佛有一支高压水龙头在疯狂地喷射。看到坐在对面的汪学义异样的目光,他使劲咳嗽了几下,假装嘴里有痰走到厕所里平稳了一下情绪又回到座位上坐下。

"你怎么了?"汪学义关心地问道。

"这几天没睡好,眼睛和嗓子又发炎了。"

　　翟书珍听丈夫说起过孙静好的身世，她深深地叹了口气说："这姐弟俩无依无靠的真是太不容易了，真心希望他们都能过好。"

　　"刘彬彬这娃人实在，心又细，脾气也很好，孙静好跟了他肯定不会受罪的。"和刘彬彬关系很好的刘克明说道。

　　听了他的话，陈灵均感到莫大的安慰，暗暗地在心里为她祝福。

　　陈灵均两口子吃完喜宴回到家中，书珍拿出新衣服让公公试穿，陈儒生一副受宠若惊的样子，特意洗了脸和手才把衣服换上。外套很合身，老人说内衣穿在身上也特别舒服，书珍十分满意。

　　陈儒生自从来到城里以后，被儿媳从里到外换洗得干干净净，穿上新衣服很像退休老干部，很多原先不认识他的人问他以前在哪个单位工作，他笑着说："我一直在农村待着，没有工作，不过字倒是认得几个。"陈灵均怕父亲寂寞，常鼓励他到外面跟人交往，还给他一点零花钱自由支配。陈儒生一分钱也舍不得花，整天转悠来转悠去，还是离不开那些带点小输赢的棋牌摊。陈灵均假装没看见，从来不说他。

　　星期一的早上，陈灵均收治了一位患有多种老年病的病人，他听说那人一年前曾经在内科治疗过冠心病，便跑到病案室去借阅病历，想了解一下原来的诊治情况，一进门，他就听见庄正杰和洗衣房的女工正在向病案室的工作人员吹嘘神元功修炼到最高境界的状态。

　　"连续十几天不睡觉也不觉得困，心中不喜不怒不悲不愁，不会得任何疾病。连续一个月不吃不喝也不觉得饿，人还特别有精神，哪怕有人把世界上最好吃的东西端到你面前也不想吃。"

　　陈灵均一边在借阅本上登记病案号和病人姓名，一边用嘲讽的语气说："人不吃不喝时间长了就会得厌食症，得了厌食症就没有正常的食欲，身体变得越来越虚弱，已经离死不远了。"

　　庄正杰默默地看了他一眼没有说话。

　　"那你们现在修炼到什么级别了？"正在给陈灵均取病历的刘璐好奇地问道。

　　洗衣房的女工说："初级。"

　　"我觉得我应该到二级了，可以给人发功，你把手伸过来。"庄正杰竖起右手食指和中指在距离刘璐掌心三四厘米的位置隔空做了个"戳指"的动作，急切地问道，"有没有感觉到手心凉凉的？"

刘璐点了点头说："好像有点。"

"对了，就是这种感觉。"庄正杰得意扬扬地说道。

"你来给我发个功看看。"陈灵均主动把手伸过去让庄主任示范。

"怎么样，凉不凉？"庄正杰做完后用期待的眼神看着他。

"你这样的功力我也有。不信，我也给你发个功让你感受一下。"陈灵均学着他的样子在他的掌心里做了一遍，笑着问，"凉不凉？"

"凉。奇怪，你没有练过神元功怎么也会发功？"庄正杰的眼睛瞪得和铜铃一样大。

"这无非就是空气流动的原理，任何人在你面前做个动作都会产生空气涡流，在一定的范围内可以形成风力，让你能感受到凉意。不信大家都可以试试。"

在场的五六个人都试了一下果然证实了他的说法。

"庄主任你被骗了！"众人笑作一团。

庄正杰似乎也对之前的"信仰"产生了动摇，一脸疑惑地对他说："上个礼拜我师父说有位大师晚上十二点在千里以外给我们发功，让我在院子里接功，只要后背能感到发凉就是接收成功了。我们当时在外面站了近两个小时，大家都说感到后背凉凉的。你说这是怎么回事？"

"在院子里站那么长时间，外面不可能一点风都没有，这么冷的天风吹得后背不发凉才怪。你要是把衣服脱了，浑身都会发凉呢。"

听了陈灵均的话，病案室的一位男同志笑得把喝进去的水都喷出来了。

"这么说我觉得凉的那阵儿，其实是自然界的风在作怪？"

"没错。这个世界上根本就没有包治百病的神药，也没有能预防一切疾病的神功，否则的话医院早就没有存在的必要了。记住：疾病和死亡是人类永远无法逃脱的两种自然淘汰方式，你只能适应自然，不能完全战胜自然。"陈灵均说完就夹着病历走了。

"快别练了，再练就练成精神病了！"其他人纷纷劝道。

"我平常闲着没事干挺无聊的，便寻思着跟着这群人锻炼锻炼身体总比喝酒打麻将要强，没想到却被人给忽悠了，以后再也不上当了。"庄正杰不好意思地笑着说道。

二

晚上，内科的值班医生安振国正坐在医生办公室里看书，一个男人慌慌张张地从外面闯了进来，不停地东张西望。他连忙站起来问："你找谁？"那人也斜了他一眼没有吭声，转身出去了。不一会儿楼道里就传来很响的骂人声。值班护士余蓉问那人怎么回事。他气咻咻地说："你们这是什么医院？病人都快要死了，连个值班大夫都找不到，出了事看你们怎么负责！"

"大夫就在办公室里面呀，你怎么乱说一气！"余蓉诧异地说道。

"可我刚才进去的时候怎么没看见？"

"不可能，不信你跟着我进去再看看。"

那人一边跟着她往回走，一边说："你说的大夫就是那个瘦麻格列的后生？我还以为是个实习生。碎娃娃家，能看了病不？"

安振国听到后肺都快要气炸了，他强忍着怒气收下了病人，但是脸上冷冰冰的没有一丝笑容。

病人是那人的父亲，得的是老年性慢性支气管炎，病情不是很严重，一连三天，安振国除了正常的查房外，没有跟那家人多说一句话。只要那家的儿子找他问事，总是爱理不理的。他的这一表现全科人都看出来了，好几个人在背地里偷偷地笑着议论。陈灵均劝他不要跟那人一般见识，说病人又没有惹他，应该好好地对待人家。可他根本听不进去，生气地说："太欺负人了，既然瞧不起我，就别来找我看病；要想找我看病就得尊重我！"

老人从主管大夫的言行中隐隐察觉出一丝端倪，就问儿子是不是哪里得罪了人家。儿子如实说明了情况以后，老父亲让他给安振国道歉。于是第四天的下午，那人乘着医生办公室没有其他人的时候走进来向安振国认了个错，赔着笑脸请他原谅自己。安振国的自尊心终于得到了满足，马上表示自己并不是有意冷落他们，不高兴的原因是这两天牙疼，并且还眉开眼笑地拍着那人的肩膀说："不要多心，我这里没事，让你父亲安心养病，我会尽力为他医治的。"

之后他主动跑到病房里看望了病人，和颜悦色地说了一些安慰鼓励的话，双方的关系马上就变得融洽多了。

回来后，他对身边的同事说："这种人肯定平常在外面嚣张惯了才敢那样对我，经过这次教训之后，我相信他一定能学会尊重别人。"

科室的人对他的做法褒贬不一。大多数年轻人都觉得他的行为是可以理解的，年纪大的人则认为他做得过头了，但是他丝毫也不为自己的行为后悔。因为在短短的职业生涯里，他已经明显地感觉到医生在社会上具有很高的地位，没有人敢轻易地貌视他们，尤其是当那些人有了病需要治疗的时候。想让医生救命，又不把医生当人，这是什么逻辑？他暗暗地在心里说道。因此，他觉得只有这样，才能让那些骄傲自大的人长点记性。

星期六的下午，罗晨阳和王艳敏开完周会回来一副心事重重的样子。陈淳问主任怎么了。罗晨阳说："今年初县医院和县卫生局签订任务的时候，是按去年最高月收入计算的，所以，今天的业务收入要比去年多三分之一才能完成。前两个月的业务收入都没有达到任务数，叶院长很着急，把任务按比例分摊到每一个临床医技科室，以后咱们的奖金要和科室的收入挂钩，任务完成不了就没有奖金。医院为了鼓励医生多看病多开药，制定了一条新政策，就是给开药多、开检查单多的医生予以奖励。院长在会上还特别强调，开检查单时，凡是症状体征符合浩特（Holter 心脏监测仪）检查范围的，一定不要忘了让病人做这项检查，具体情况到星期一的晨会上我再给大家说。"

"哼，郑雨兰刚调到那个科室的时候闲着没事干心里肯定挺美的，现在闲得坐不住了想找点事干。我就说过，这世上没有那种白白坐着拿钱的好事！"钟锦华幸灾乐祸地说道。

"让医生多开药多开单子，这不是瞎胡闹吗？万一有些人为了钱黑了良心怎么办？我可真为医院的未来担心！"陈淳忧心忡忡地说道。

"这样下去肯定会出乱子的。"王艳敏也不无担忧地说道。

"真的会有人为了多拿奖金乱开药？我觉得应该没有这样的人。"朱婷说道。

"重金之下必有勇夫。"正在写病历的陈灵均突然冒了一句。一群人都沉默了。

"唉，咱们都是普通老百姓，说什么也没用，还是乖乖地干自己的活儿去吧。"钟锦华说完就到病房里去了。

周一的晨会上，罗晨阳传达了院周会的会议精神，并且还详细介绍了Holter 心脏检测仪的功能和适用范围，末了又补充了一句："以后大家能开的就开。"

会后，朱婷不解地问陈淳，为什么医生都不愿意给病人做浩特。

陈淳说："Holter 心脏监测仪通过连续记录 24 小时或 48 小时心脏跳动情况，可以发现普通心电图无法发现的一些问题，比如偶然发作的心律失常等。这种动态心电图最大的优点就是，既可以记录患者在休息或睡眠状态下的心肌供血、心脏跳动情况，也可以记录患者在运动或者劳动时的情况。但是它的记录导联只有两到三个，不能完整地反映心脏的情况，而且病人经常处于活动状态，多少会对记录质量带来影响。再加上记录时间长，很多病人嫌背在身上麻烦，很难在临床上推广开来。"

朱婷"哦"了一声，似乎终于明白了其中的奥妙所在。

一个月后，备受全院人关注的三月份的奖金终于核算出来了。护士长在分发奖金时淡淡地笑着说："真是没有想到，结果比预想得要好，咱们科的任务全都完成了，院里有近一半的科室没有完成，有的科主任嫌任务定得太高，找院长去了。"

"我心里想着能比上个月稍微多点就行了，没想到咱们科还成了受表扬的对象。"正在奖金表上签字的罗晨阳说道。

钟锦华清点完钱数，打开柜子，把钱放进精致的皮包里，马上跑到护士办公室的水龙头前洗手，还兴奋地对众人招呼道："大家快来洗一洗，钱其实是世界上最脏的东西，谁知道被多少人的手摸过。"

朱婷等她抹上肥皂液后，也凑到跟前洗手，笑着说："是挺脏的。那上面不光被人摸过，没准还被谁用嘴亲过，用脚踩过，掉在地沟里过，在水盆里泡过，在墓地里埋过，沾着人的唾液、汗液、尿液、粪便、尘土和数不清的污垢。说不定还有杀人犯行凶时从刀尖上滴下来的血液，投毒者制毒时不小心溅上的毒液呢。我从来不用手直接拿钱。"她是用三四层卫生纸包着钱装进口袋的。

"谁要怕脏就别要了，我不怕脏。我要是像你们那么爱干净就没法当这个护士长了。"王艳敏瞥了她们一眼，不满地说道。她捻不开钱，习惯地往手指上啐了一口唾沫，接着又点。

"你们就别装了，嘴里说嫌钱脏，心里巴不得多发点揣在身上。我敢打包票，钱就是掉到粪坑里也有人抢着捡。不信咱们可以做个实验。钟锦华，你拿一张一百的钱给我，我扔到咱们楼道男厕所的便坑里，我敢说，用不了十分钟钱就不见了。"正在排队等候的陈淳说道。

"连五分钟都用不了。"罗晨阳说道。

"只需要一分钟。不，说不定几秒钟就不见了，上厕所的人那么多，只是一眨眼的工夫而已。"余蓉说道。

"呵呵，钱脏是脏，可谁也离不了，我可没说不想要，付出了劳动就应该得到回报。"钟锦华洗完手，把湿淋淋的双手举到胸前等待自然晾干。下班后，她哼着歌第一个离开了办公室。等其他人都散开以后，朱婷悄悄地问王艳敏："护士长，上个月哪个医生开药最多？"

"第一名是外科的贾继民，第二名是儿科的汪学义，第三名你猜是谁？"

朱婷迟疑地看了一眼隔壁屋里的几位医生，搡了一下她的胳膊说："我不敢乱猜，你快说是谁。"

"咱们科的钟锦华。"王艳敏说到人名时只做了个口型。

"啊?！她那么有钱还……"朱婷说到一半的时候似乎意识到了什么，赶紧用手把自己的嘴巴捂上。

"没想到吧？她开检查单的数量也排在前面，是全院第四名。方曼云开的药也不少，好像是第五名还是第六名……"

朱婷听完愣了好半天，嘟着嘴连连摇头。

发完奖金的第二天，安振国向主任请教如何在不违反治疗原则的前提下适当地多完成一些任务。

罗晨阳略微沉思了一下说："同样的疾病我们可以根据病人的实际情况选择不同的治疗方案。对于经济条件不好的农村人，尽量选用价格便宜、疗效较慢的常规药、普通药，对于经济条件较好的城里人，可以选用价格稍微贵一点、疗效较快的新药。因为给城里人开的药少了，他们反倒不信任你，怕花钱太少治不了病。"

安振国把他的话全都记在了心里。到了第二个月，他开出的药也比原先增多了，全院受到奖励的医生名单也发生了一些微妙的变化。

自从医院改革了分配制度以后，很多人路过浩特室时，发现经常悠闲地坐在办公桌前喝茶嗑瓜子的郑雨兰不见了，里面时不时传出她跟病人说话的声音。下班后碰见她，随口问："最近忙不忙？"她紧赶着话尾说："忙，特别忙！"语气里透着掩饰不住的高兴劲儿。因此，羡慕她的人比以前更多了。每当有人用酸溜溜的语气在郑雨兰面前说长道短时，她不以为然地说："比起人家大夫我拿的那点钱算个啥呀，不信你们到咱们的外科去看看，大夫们哪个不是赚得盆满钵盈的。"

外科门诊的病人除了逢集日外，依然稀稀拉拉的。周云天早上八点开门后，一直坐到九点还不见来人，他上了一趟厕所回来，发现诊室里已经站了五六个人。他一眼就认出这是一个星期以前来过的一位胃贲门癌的患者刘海旺和他的三个儿子。这一家人全都是农民，家里的光景都不太好，当时问了做手术所需的费用后，大儿子说是要回去商量一下，就搀扶着六十多岁的父亲回去了，周云天还以为他们不来了。

"把钱弄下了？"周云天站在洗手盆前一边洗手一边问。

"弄下了。周大夫，你把住院证开下，赶紧给我大安排手术，能早点做就早点做了。"被家里人称作"老大"的大儿子用焦急的语气说道。

"行。"周云天开好住院证，对老大说："上次你们回去的时候说钱差得很远，怕一时凑不够，没想到这么快就弄齐了。"

老大笑了一下没有做任何解释，他让家人先带着父亲去办理住院手续，说他要单独和医生拉几句话。

等其他人走后，老大关上诊室的门，坐在父亲刚才坐过的凳子上，沉默了几秒钟后低声对周云天说："家里实在没钱，可是我大的病又不能耽搁，我就对两个兄弟说：咱三个小的时候，咱大长年累月没明没黑地在地里受苦，辛辛苦苦地把咱们拉扯大，到了成家的年龄，又和咱妈省吃俭用给咱三个娶了媳妇。现在咱大老了有了病了，给他看病、给他养老就是咱们的责任，咱三家人一定要齐心协力想尽一切办法把钱凑齐，实在不行，就是出去给人磕头作揖也要把钱弄够，不然的话咱们的良心就是叫狗吃了。我先把给儿媳妇订婚的钱拿出来，我儿的婚事可以先放一放，救大的命比娶儿媳妇当紧。我们家老三结婚时间不长，娃娃也小，只拿来二百块钱，还是跟婆姨的娘家人借的。老二刚盖了房子，手头一点钱也没有，就把家里的牛拉出去卖了。我们弟兄三个平常就靠这一头牛轮流耕地、干活。"他咧开厚厚的嘴唇露出纯朴的笑容。

"那你们以后怎么办？"周云天关心地问道。

"管不了那么多了，救人要紧。周大夫，我把实话全跟你讲了，你可千万别让我大知道，我大要是知道了肯定不同意做手术。"

"你们弟兄三个是真正的男子汉，你大有你们这样孝顺的儿子一定感到非常幸福。"周云天感动得热泪盈眶，他紧紧地握住那个男人的手说，"放心吧，我一定尽最大努力把手术做好。不过前几天我也跟你交代过，癌症不同于一般的疾病，我不能保证手术百分之百可以成功。"

"没事，我相信你，就算手术失败了我们也不后悔。"

两人就像相识多年的好兄弟一样相互对视着露出了会心的笑容。

那人走后不久，又来了一位住在街上的揽工汉带着妻子来看病，做完检查后确诊为急性胆囊炎合并胆石症，也需要住院手术治疗。

"做这个手术费不费钱？"揽工汉问道。

"不太费钱。"

"我有九百块钱，连住院费和手术费够不够？"

"够了。"

"那就住下吧。"揽工汉向妻子投去询问的目光。

那女人紧皱着眉头用手捂着肚子，有气无力地说："快给我把肚子里的石头挖出来，我可不想再受疼了。"

周云天开了住院证后，那对夫妻因为当天要回家安排家里的事情，直到第二天早上才办了住院手续。

前一天入院的胃癌病人由钟成志主管，第二天入院的胆石症病人由贾继民主管，两位病人都跟周云天提前说好由他亲自主刀。胃癌病人的手术安排在星期一，胆石症病人需要在术前消炎，暂时还没有定下具体的手术日期。

星期天的下午，周云天正在外科值班室里休息，那位胆石症患者的丈夫突然敲门进来，神色黯然地对他说："周大夫，我婆姨不做手术了，准备明天就出院。"

"病还没好为什么不住了？"他有些纳闷地问道。

揽工汉低下头，声音蓦地变小了："没钱了。"

"九百块钱全都花完了？"周云天一下子从床边蹦了起来。

"嗯。"

"这些龟孙子，还让不让人活了？"周云天挥舞着拳头大声骂道，两只手叉在腰上就像一头发怒的狮子在房间里来回转圈。"贾继民在哪里？让他到我这里来！"

"他昨天值了班，今天休息。你别说他，我们走就是了。"揽工汉害怕得看着他充血的眼睛说道。

"你们别办出院，我答应了给你老婆做手术一定会给你们做，谁要是敢不让你老婆住，我就跟他没完！"

揽工汉走后，周云天气得一夜未合眼。第二天早上，他一见贾继民的面就当众指着他的鼻尖吼道："以后你把那烂屁药少开点！世上的钱可多了，你就是再爱钱也要看这钱能不能挣！别忘了，你大也是农村人！"

全科的人都莫名其妙地看着满脸通红的贾继民，不知道究竟发生了什么。

贾继民知道自己做了亏心事，却不知周老师到底是为了哪位病人，就把周云天拉到一边，唯唯诺诺地问他自己到底哪里没做对。

周云天把事情说清以后，生气地说："你把人家的钱都糟蹋完了，这个病人的手术费你替人家掏了！"

殷志峰在一旁听得清清楚楚，他劝说了几句余怒未消的周云天，打着哈哈说："这件事暂时不说了，咱先交班。"

交完班，周云天立刻带着钟成志到麻醉科为刘海旺做胃癌根治术。

手术室外黑压压地站了十几个人，全都是刘海旺的陪人。他的儿子、儿媳、孙子、孙女和老伴都来了，有的坐在门前的长椅上发呆，有的透过门缝朝里面张望，有的两手合十闭着眼睛念念有词，还有一个人蹲在地上抽烟。这些人全都穿着寒酸的旧衣裳，脸上露出农村人面对陌生环境时所特有的拘谨和畏怯。每当有医务人员从里面出来，老大立刻向对方打听老人的手术进展情况。

"早着了，手术刚开始，至少还得一个小时，关键要看胃里的病灶怎样，有没有转移，才能知道手术做多大。你们留两三个人在这里等，其他人可以先回病房去。抽烟的赶紧把烟灭了，这里不能抽烟！"马晓艳严肃地说道。抽烟的老三马上讪笑着用手掐灭了烟头。

马晓艳进去以后，外面的人一个也没有离开。除了老大和老二蹲在一起低声说话外，其他人都静静地等着，谁也不出声。

十几分钟后，一位护士拿着一张处方从侧面的小门里出来，让家属去买药，并且嘱咐道："跑快点，里面等着用。"

老三拿上处方噔噔噔地跑下去了，不一会儿就捧着一堆药气喘吁吁地上来了，递给门口的护士，她拿着药进了门以后又把门关上了。

半个小时后，护士又拿着一张单子出来让家属缴费。老大看了一眼上面的项目名称，不解地问："怎么还有一项麻醉费？手术费里不包含打麻醉的钱吗？"

"不包含。医生负责手术，麻醉师负责打麻醉，这是两项工作，当然要分开计费。"

老大拿着单子刚要下楼,老二说:"大哥,让我下去缴费,你在这里等着。"老大掏出一大把钱,点够数目后交给弟弟,老二小心翼翼地揣进内衣的口袋里神色凝重地下去了。

缴完费,又过了一个多小时以后,大门上的铁链子突然哗啦啦地响了几下,里面传出几个人的说话声,一群人全都扑到跟前去看。

尤自明穿着绿色的手术衣光着胳膊第一个走出来,一边把门用力往开拉,一边大声说:"陪人都站到两边去,小心被推车碰着。"正站在中间过道上的孩子吓得撒腿就跑。

"我大怎么样了?手术顺利不顺利?"老大紧张地问道。

"好着了,喏,人已经出来了。"尤自明朝身后努了努嘴。

伴随着隆隆的车轮声,脸色发黄的刘海旺被马晓艳和钟成志推了出来。周云天穿着手术衣跟在后面,脸上的口罩还没有摘下来,瘦瘦的胳膊被手术刷刷得有些发红,他高声提醒道:"注意胳膊上的吊针!"说话间,只听"吱"的一声响,略微有些倾斜的推车在门上剐蹭了一下,担架上面挂着的输液瓶猛烈地晃动起来。马晓艳赶紧用手抓住。

住院部没有安装电梯,刘海旺的三个儿子和大孙子从担架上把病人抬下来,两个个子高力气大的走在前面,个子矮的走在后面,老大媳妇高高地举着输液瓶走在侧面的中间位置,沿着陡直的楼梯一层一层往下走,相互照应的声音和重重的脚步声整栋楼都可以听见。

尤自明亲自把病人护送到一楼的外科病房里,观察了一会儿,见病人没有什么异常就回去了。

二十几分钟后,已经换上白大褂的周云天神采奕奕地来到病床前,关心地询问老人术后的情况,并做了一些检查。已经苏醒过来的刘海旺认出了自己的主刀大夫,用感恩的目光看着他,似乎还没有力气说话。

"老人家,好好养病,你有几个这么孝顺的儿子、儿媳妇和孙子,病好了要多享几年福,争取活到一百岁!"周云天俯下身子笑着对他说道。

老人微微地咧了一下嘴唇算是回答。老大用袖子抹了一下眼角的泪花,跟着家人一起笑了。

周云天转过身来把手搭在他的肩膀上说:"你大现在身体很虚弱,需要好好休息,病房里陪人太多,围在一起吵吵闹闹的不好。你给大家排个班,全家人分组轮流照顾,每组最多留两个人就行了,不然的话时间长了都累坏了。"

"噢，我马上就打发他们走。周大夫，辛苦了！"

周云天害臊地摆了摆手说："这本来就是我的工作，应该的。"转身就走了。

下午，殷志峰把周云天单独叫到自己的办公室里，悄悄地跟他商量怎么处理贾继民惹下的"乱子"。他非常坦诚地对周云天说，科室出了这样的事情实在不应该，贾继民年纪轻，头脑简单，在工作上把握不住原则，确实做得不对；他作为科主任在管理上也负有一定的责任。他认为贾继民的出发点既是为了个人也是为了集体，所以病人的手术费应该由全科室的人共同承担。周云天见自己的目的已经达到，也没有细想主任的解决方案是否科学，马上表示同意。

第二天交班会结束后，殷志峰专门给医生们开了一个会，强调道：科室虽然有任务，但是看病开药一定要在病人的承受范围内，绝不能为了个人利益违背最基本的原则。

两天后，周云天顺利地为胆石症病人实施了手术。

三

外科住院部的护士每天早上都跟打仗一样，忙得不可开交。治疗班配好药后，上早班的人要在短时间内给所有需要输液的病人做静脉穿刺，还要给一些病人打肌肉针，根据临时医嘱完成静脉推注药物、导尿、备皮等工作。上早班的周敏慧和徐丽娜分头作战，徐丽娜负责给一号到四号病房的病人输液，周敏慧负责给五号到九号病房的病人输液。周敏慧扎完五号、六号的吊针刚走进七号病房，二号病房里一位名叫何刚的病人从门口探进头来，笑嘻嘻地问："小周，你快忙完了没？"何刚是电力局的职工，已经二十七岁了还没有结婚。他身高一米八二，皮肤和女孩子一样白皙，说话声音细细的，带一点娘娘腔。

"最少还得半个小时吧。咦，你怎么不在病房里等着扎针，跑到这儿来干什么？丽娜姐估计快到你们病房了。"

"我看见她了，我不想让她扎，想让你扎。"

"为什么？"

"你扎得不疼。"

周敏慧没有理他，心里想：这人怎么还挑人？谁扎不是一样嘛。昨天她上治疗班的时候何刚说他来迟了，错过了正常的治疗时间，她已经破例给他扎过一次了。

她走到八号病房，何刚也跟了过去站在门外等她。八号的病人最多，一位八十多岁的老人血管很细，因为扎针时间长疼怕了，很抗拒治疗，她劝说了好半天才同意配合。六个正式床位的病人再加上两个加床病人，一共用了二十分钟才扎完。九号病房只有三个人，进行得很顺利。她刚一走出门，何刚就兴奋得搓着双手连蹦带跳地说："终于轮到我了！求求你，今天再给我扎一次，我已经等了一个小时了，腿都快站麻了。"

"丽娜姐比我工作时间长，手法也熟练，我不相信我比她扎得好。"周敏慧说道。

"说实话，其他人扎针我很害怕，只有你扎的时候我一点也不怕。"

周敏慧只好跟着他来到二号病房。其他病人一见她就莫名其妙地笑起来，何刚显得很得意。睡在他左边的男病友用半开玩笑半认真的语气说："徐大夫刚才扎针时见你又不在很生气，她说以后再也不给你打吊针了。"

"老娘才不怕呢！"何刚一边往床上躺，一边阴阳怪气地说道。

周敏慧本来对他印象还不错，听了这句话内心特别反感，心里想：这人怎么动不动就骂人？一个男人家竟然自称是"老娘"，他到底在心里把自己当作什么？可见他的心理是不正常的，这种人最好少搭理为妙。

徐丽娜刚才已经把何刚的输液瓶挂在输液架上了，周敏慧仔细地核对完姓名、床号、药名之后，把对方纤细的胳膊用止血带扎紧，刚在上面拍打了一下，何刚就轻轻地叫了一声，嗔怪地说："你的心可真狠！"

"嫌我心狠，你下次找别人好了。"她把针头对准他的血管，一下子就穿了进去。

何刚仰着头闭着眼龇牙咧嘴地做了好几个怪相，等疼痛过去以后，又笑着说："我是跟你开玩笑的，你扎得是有点疼，但是我心里很舒服。"

她走出病房后，听见何刚不知道在里面说了一句什么，众人又是一片哄笑声。

下午忙完了工作，周敏慧站在窗台前透过玻璃窗向外张望。刚刚恢复了作业状态的工地上挖出的打地基的大坑比原来更宽更深了，工人们拿着各种工具在里面跑来跑去，一派忙碌的景象，小小的身影让她不禁想起了蚁穴里个头儿最小数量最多贡献最大的工蚁。他们即将建成的这座楼多像蚂蚁们的城堡，未来将有三十户人家住进这座城堡享受美好生活。从某种意义上说，她也是一只工蚁，只不过她的蚁穴里居住的都是老弱病残，他们之所以来到这里，是为了有一天能够健健康康地走出去，重新回到庞大的族群当中，按照不同的分工去履行自己的职责，收获更多的幸福与甜蜜。工地背后是一排排错落有致的平板房和窑洞，窑洞背后的山上已经萌发出浅浅的绿意，一只燕子自南向北飞去。

"周大夫，忙什么呢？"何刚手插在裤兜里摇晃着身子走进来，嬉皮笑脸地望着她，似乎想跟她套近乎。

"不忙。"她冷淡地说道。"有事吗？"

"没事，就是想来看看你。"

何刚已经离她很近了，还往跟前凑，她敏捷地躲闪到一旁，厉声说："你要干吗？"

何刚脸上的笑容僵住了，呆呆地站了一会儿，转过身，像瘸子一样拖着沉重的双腿回病房去了。

一位家属进来说十七床的病人液体输完了，让周敏慧去拔针头。她到治疗室去取酒精棉球，发现门关着，使劲敲了几下，听见徐丽娜在里面慌张地喊了声："稍微等一下！"紧接着便传来搬动凳子和开关柜子的声音。门打开以后，周敏慧一眼就看到半开的柜门里露出半截没有织好的毛衣。徐丽娜从她的目光中感觉到自己露出了马脚，赶紧返回去把毛衣又往里放了放，满脸通红地说："天已经暖了，我儿子过了年长了个子，原来的毛衣小了，我心里特别着急，除了晚上赶着织外，还想利用上班时的空闲时间偷偷地织上几针。你可千万不要对科主任和护士长说，要是让他们知道了肯定会收拾我的。"

"丽娜姐，放心吧，我不会出卖你的。不过下次你可得提前藏好，那个地方太显眼了，很容易被人发现。"

"好妹妹，谢谢你的理解。"徐丽娜立刻把毛衣拿出来转移到护士办公室的衣柜里。

周敏慧给病人拔完针回来，见徐丽娜在护士办公室的椅子上坐着，就对她说："现在工作不忙，我一个人能应付，你进去继续织吧，来了人我提前通知你。"

"不了，我估计一会儿来的人会多，万一被人发现了划不来。"她拉住周敏慧的手，笑着对她说，"小周，你年纪小不知道，女人结了婚当了妈以后，好多事情不操心不行，特别是孩子身上的事，不管其他人急不急，你的心里急得就跟着了火似的，哪怕不吃饭，不睡觉，也要盘算着怎么别让娃受罪。"她说着说着眼圈就红了，"其实我也不想这样偷偷摸摸地干私活儿，可我忙得实在没时间干。上早班治疗班的时候，下了班娃娃早就放学了，我回去做好饭，看着他吃了饭，洗了锅，还要给他辅导作业。这几天我妈又病了，我还要抽空给她打吊针，每天一直要忙到晚上十一二点才能睡下。"

"她爸爸也很忙吗？"

"是的。不过他就是闲着也不管娃，不做家务，好像这些事都是我一个人的。"

"真是大男子主义，你不能老这么让着他。"

"呵呵，也跟他吵过，不顶用。"

两人聊了一会儿，周敏慧去上厕所，回来的时候，看见楼道里迎面走来一大群人，走在最前面的是一位左手包着白纱布的中年妇女，右胳膊被一位二十四五岁的小伙子搀扶着，旁边跟着一位神色紧张的中年人。队伍中间最引人注目的是一位身材微胖趾高气扬领导模样的人，许伟附在他耳边正在小声嘀咕着什么，他们的身后还跟着两个人，很像政府部门的干事。快到护士办公室门口时，许伟对周敏慧大声命令道："来病人了，快把门打开！"

门本来就开着，只是没有开到最大限度，周敏慧又使劲拉了一把。

病人和陪人进来后一下子就把护士办公室全站满了。许伟拉来一把椅子放到那位领导跟前，恭恭敬敬地说："史局长，您坐下歇一歇。"

史局长毫不客气地坐下来，傲慢地问道："殷主任今天在不在？"

"在，他正在手术室做手术，我刚才已经打过电话了，他一做完手术就下来。"许伟点着头说道，原本微驼的脊背显得更弯了，"今天是刘宇杰值班，他正在给一位病人缝合伤口，缝完就过来。"

徐丽娜从年轻小伙手里接过住院证坐在桌前办理入院手续，周敏慧找了支体温表夹在病人左侧腋下，本来准备让她坐下量血压，见椅子已经坐到局长的屁股底下了，就暂时没有吭声。

许伟走到正在查看床位的徐丽娜跟前说："给局长的爱人安排一个两人间，最好是不住病人的空房间。"

徐丽娜说："两人间只有三号没有住满，已经住进去一个病人了。"

许伟趴到墙上的病人一览表上仔细地研究了一会儿果断地说："把这个病

人转到八号的大房间里，那边还有一张空床。”

“三号的病人是我们科冯炳琦的亲戚。”徐丽娜为难地说道。

“没事，我亲自跟冯炳琦说。”

于是，在征得冯炳琦的亲戚同意后，徐丽娜把局长夫人郝凤梅安排在三号病房里，把三号病房原有的病人转到了八号病房。她刚要站起来忙别的事情，又有一位病人来办理入院手续，只好继续为其服务。

这时，刘宇杰迈着迅疾的步子从外面进来了。

“刘大夫，这是咱们县劳动人事局的局长史德全，受伤的是他的爱人郝凤梅。”

刘宇杰捧起郝凤梅的手指看了看说：“哦，已经包扎过了。怎么受的伤？”

“剁排骨的时候不小心剁到了指头。”郝凤梅答道。

“伤了几根手指？”

“一根。”

“刚才没包扎前流了很多血。”随行的工作人员特意补充道。

“好，我知道了。”刘宇杰走进医生办公室，工作人员也跟着他一同进去了。

“麻烦大家让一下，我要给病人量血压。”周敏慧等了半天实在等不上，拿着血压计走到门口的桌子前大声提醒道。

史德全马上明白她是让自己腾位子，从椅子上站起来走到门外，许伟也跟了出去。

周敏慧给郝凤梅量完血压，从她的腋下取出体温表，把这两项内容记录在护理病历上，然后简单地介绍了一下病区的情况，对一直陪在郝凤梅身边的年轻小伙子说：“你是她的什么人？儿子？麻烦你在这里签个字。好了，现在可以到右侧拐角处的库房里去领被褥了。你母亲的病房在左侧背面的这一排房间里。”

“谢谢你！”郝凤梅的儿子史树林礼貌地对周敏慧说道，明亮的眼神里含满了笑意。这位小伙子个头不高，长相谈不上俊，也不算丑，但是穿着打扮十分清爽。

“史局长，我带你们到病房去。”许伟做了一个邀请的动作，弓着腰带着外面的人走了。

“病人跟我来。”刘宇杰从医生办公室里走过来说道。

史树林陪着母亲来到换药室，刘宇杰把简单包扎过的伤口打开检查了一下，看到病人左手食指前端半个指甲连同下面的指腹被斜切掉了，伤口比较深，隐隐约约可以看到骨头的形状，从肉眼基本可以判断出没有伤到肌腱和骨头，于是对两人说："我看问题不大，只是伤到了皮肤和皮下的软组织，不过一会儿还要等殷主任看了怎么说。"

　　他仔细地给伤口消了一遍毒，重新包扎好。

　　郝凤梅回到病房不久，殷志峰做完手术回来了，听了刘宇杰的汇报，又把伤口打开看了一次，马上就说："有没有拍片子？没拍的话就去拍一下。这样可以排查一下有没有我们肉眼观察不到的轻微的骨质损伤。"

　　片子洗出来后，报告单上显示左手食指指端缺损，肌腱和骨头都没有异常。殷志峰说："现在诊断已经明确了，指尖缺损较大，具体的治疗方案最好还是请示一下章院长，他是我们医院外科的权威，在诊治外伤方面最有经验。"

　　殷志峰走后，正在开会的章怀素过了半个多小时才来。他看了片子以后，又要看伤口。

　　已经被人为地制造了三次剧烈疼痛的郝凤梅实在不愿意让人再碰触自己包好的手指，哭丧着脸说："不用了吧？片子上不是写得很清楚了吗？"

　　"你看你，人家章院长工作那么忙，专门抽时间来看你，你怎么反倒扭扭捏捏地摆起架子来了？不就是解开纱布再看一下伤口嘛，怕什么呀！"史德全不满地瞪了妻子一眼。

　　郝凤梅只好又来到换药室。她靠在儿子的肩膀上，右手紧抓着他的胳膊，脸色煞白。刘宇杰刚用镊子夹住纱布往外剥了两层，她就疼得叫唤了一声，冒出一头的冷汗。凝固的血痂已经和纱布粘到一起了，刘宇杰用盐水把纱布浸湿，又扯了一下才扯开，创面上很快又渗出了血。他用消毒棉球沾干净血迹让章怀素查看，殷志峰也凑到跟前看。

　　"伤口的情况我已经看到了，你打算怎么处理？"章怀素问道。

　　"伤口虽然没有伤到骨头，但是皮肤缺损比较严重，最好植个皮，否则的话很难愈合。"殷志峰答道。

　　"嗯，我看就这样吧。准备在哪个部位取皮？"

　　"这要看病人的意见，女人嘛，肯定是比较隐蔽的地方好一点，比如腹部、臀部、腋窝。"

　　"好，注意预防感染。"

病人下午一点半入院，直到四点二十刘宇杰才把下好的医嘱送到护士办公室。

周敏慧配好液体端着治疗盘在满满一屋子人的注视下走进了三号病房，发现许伟的爱人内科护士余蓉也坐在里面。余蓉一看到周敏慧就接过她手里的治疗盘说："我来。"像在自己科室一样很自然地把东西放到床头柜上，拿起输液瓶挂在架子上，熟练地排完气，然后蹲在地上握住局长夫人的手仔细地端详起来。

"余蓉已经当了十几年的护士，扎针的技术还是可以的。"一旁的许伟介绍道。

"老护士肯定比新来的护士技术强。"史德全说道。他看到余蓉一针就扎上了，高兴地说，"看来许伟不是胡吹，你的技术果然不一般。"

"当了十几年护士，要是连针都扎不好，那就白干这么多年了。作为一名护士，跟病人接触的时间越长，越能理解他们的痛苦。你想啊，人家生病本来就挺难受的，因为你技术不好让人家白挨几针，自己心里都过不去，更别说人家心里是什么感受了。"余蓉用非常温柔的声音笑着说道。她的笑容比任何时候都甜，鼻子和眼睛挤在一起都变形了。她用胶布固定好针头，把用过的治疗盘又交给一直站在门口的周敏慧。从周敏慧进门到出门的整个过程中，史德全和郝凤梅两口子谁也没有正眼看她，仿佛她不存在一般，只有史树林一个人满脸笑容地将她送到了门外。

郝凤梅的植皮手术由殷志峰和刘宇杰共同完成。手术开始前，一向很自信的殷志峰显得非常紧张，一个人坐在办公室里连着抽了好几支烟。从医二十多年来，他已经为数百名病人做过植皮手术，由于种种复杂的原因，这些人当中有的成功了，有的却失败了。其实，无论成功还是失败，对于医生来说都是很正常的事情，但是他却很担心自己做不好这个手术，尽管他要移植的那块皮已经小得不能再小。因为无论手术大小风险都是一样的，从健康的皮肤上切下来的皮片最薄的仅有 0.2 毫米，像今天这样中厚的也不过 0.3 到 0.45 毫米，皮层的厚度、整个皮瓣的平整度、均匀度全靠医生的感觉，稍有一丝偏差就会影响到皮瓣的成活。

取皮时，在场的医务人员都惊异地发现，殷主任的手在微微地颤抖，他调整了几次情绪都无法控制住自己的双手。刘宇杰看得特别着急，想替他做，但是殷主任不让，执意要自己亲自做。等了好几分钟他才开始实施手术，术中所有的步骤进行得很顺利。植完皮后，殷志峰每天都要到病房查看补皮部分的皮肤颜色和血液循环情况，直到确认那块皮肤已经成活才松了口气。

郝凤梅入院后的第二天，叶知秋院长亲自来看望她，笑眯眯地说了几句安慰的话。病房里一天到晚前来探视的人络绎不绝，地上的礼品很快就堆成了山，史德全不得不叫手下的工作人员利用晚上的时间把这些东西偷偷送到附近卖副食的商店折价处理。许伟和余蓉夫妇俩几乎每天都会出现在他们的病房里。只为局长夫人扎过一次吊针的外科护士长覃爱莉笑着对护士们说："要是经常有人来抢着干活，咱们就省事多了。"

周敏慧除了按照规定时间给郝凤梅测量过几次体温和脉搏，收取过第二天要用的药物外，也没有跟他们有过多的接触。让她感到特别高兴的是，何刚自从在她那里碰了钉子之后再也没有纠缠过她。

郝凤梅出院那天，史树林特意跑来跟周敏慧告别，诚恳而又热情地对她说："谢谢你这段时间对我妈的关心和照顾，我在交通局上班，以后有什么事尽管来找我，没事也可以到我那里去转转。"

周敏慧感到很意外，心里想：这个小伙子怎么看起来不像是那个家庭教育出来的孩子？不但没有架子，对人还特别有礼貌，希望他将来不要变得像他爸爸一样。她把这件事对张晓凤说了，张晓凤诡秘地笑着对她说："史树林肯定是看上你了，不然的话，怎么不去跟殷主任、刘宇杰、护士长他们告别？他们付出的比你多多了。"

她马上反驳说："你胡说！我没有感觉到他对我有那种意思，只是比普通人稍微热情一点罢了。"在她看来，张晓凤只不过比她多交了两个男朋友，就觉得自己对全世界的男人都很了解，如果她真的了解男人的心理，怎么连自己的对象都搞不定？王鹏虽然跟她的关系没断，但是在工作调动问题没有解决之前，不同意跟她订婚、结婚，所以她觉得他俩的事还有点悬。

四

晚上十点多，外科病区的走廊里静悄悄的，隐隐约约能听见个别病房里传出的说话声。所有病人的治疗工作都结束了，无事可做的周敏慧便利用空闲时间学习自考课程。护理专业总共十二门课程，她已经过了九门，还有三门没考，准备下次一次性全部通过。临床医学专业一共十五门课程，陈灵均到了1993 年春天已经全部过关。他连续三次都是四门全部通过，她简直太佩服他了。

外面突然传来急促的跑动声，有人在楼道里大声喊："大夫，大夫在哪儿？"

她跑到门外一看，原来是三个社会青年抬着一位浑身是血的男青年在呼救。其中一个留着光头的男青年用一块毛巾捂在伤者的肚子上，毛巾已经被鲜血染成红的了。

"这个人怎么了？"她连忙问道。

"被人用刀子捅了。"一个头发很长的红脸膛男青年说道。

"捅到哪里了？"

"左边肚子上一刀，右边两刀。唉，平时都是好兄弟，没想到喝了一场酒喝出这么大的事！"

"有住院证没？"

"没有。人都昏迷了，院子里黑洞洞的，找不到急诊，我们就直接抬到这里来了。"

周敏慧低下头看了伤者一眼，不由得心里一阵发怵——原来这是街上有名的流氓黑兴武。此人曾经在群殴中打死过人坐过牢，刑满释放后依然恶习不改，在当地称王称霸，欺负平民老百姓，靠敲诈勒索维持奢侈的生活。去年夏天的时候，有一次她和张晓凤晚上看完电影回来的时候时间比较晚，街上行人很少，在西街路过一个岔路口时，黑兴武恰好和一帮流氓站在那里。黑兴武冲着她们吹了个口哨，几个流氓便朝她们追来，吓得她魂飞魄散，拉着张晓凤的手拼命向前奔跑。跑了一段路后发现那几个人并没有跟上来，像故意恶作剧似的，站在离他们三四十米远的地方狂笑。打那以后，她们晚上出去一定要约一两个关系要好的男孩子陪同，否则的话就乖乖地待在宿舍里，生怕再遇到危险。面对这个人人憎恶的大坏蛋，说实话她真的不希望这种人继续活在这个世界上，但是医者的职责告诉她，无论她面前的病人是谁，都应该一视同仁。于是，她马上通知医生接诊。正在值班的冯炳琦得知病人没有缴纳住院费也没有说什么，立即对其进行检查，发现伤者脾脏破裂，腹腔内有大量积血，左侧腹部有一处深达七厘米的伤口，右侧腹部靠近腹股沟的地方有一处四厘米深的伤口，右侧大腿根部还有一处三厘米深的伤口，人已经处于失血性休克状态，于是让陪人马上通知家属前来谈话签字，准备在最短的时间内为其实施腹部探查术和清创缝合术，并下医嘱为病人配血 400 毫升，以便在术中使用。

陪人中无人献血，家属同意让住在医院的输血队的人献血。黑兴武是 A 型血，输血队里只有阿明一个人是这种血型，他半个月前刚刚为两名病人献过400 毫升血。抽血的时候，冯炳琦和周敏慧再三问他身体状况如何，能否承受这个数量，如果不行的话，就不要抽，或者少抽一点，然后发动家属到社会上寻找别的血源。阿明表示自己没有问题，但是要求躺在病床上献血。抽血的过程中，周敏慧一直在观察他的脸色，不停地询问他有无不适，他都笑着说没事。看着粉红的血液源源不断地从阿明的血管里抽吸到输液瓶内，周敏慧的心里有一种莫名的恐惧，她担心再抽下去会把这个男人干瘪的身体抽干，他就像冬天里被饥渴和严寒夺去了生命的蚊子一样，只留下一张干皮躺在这张床上。所幸的是，他平安地撑下来了。抽完血后，阿明在病床上又躺了半个小时，然后在同伴阿祥的陪伴下摇摇摆摆地离去了。

经过整整一夜的抢救和治疗，黑兴武终于转危为安，住进了外科的四号病房。

周敏慧上完小夜班后，又连着上了三个大夜班。从白班倒到夜班，刚开始总有些不适应，生物钟很难调节过来。夜班医院管得不严，没事的话护士办公室里有床可以休息一会儿，一有事就得马上起来，基本上都是碎片式的睡眠。下了夜班后宿舍里老是有干扰，马上又睡不着。到了第三个夜班结束后终于把习惯改过来了，她躺在床上从早上八点四十一直睡到下午一点才爬起来。张晓凤和她一样前一天上的也是夜班，两人起来后一起到附近的餐馆吃饭。周敏慧感觉肚子很饿，给两人要了一斤饺子，吃完觉得没吃饱，问张晓凤还能吃多少。她说："再来半斤。"结果，一斤半的饺子被两个女孩吃得一干二净，把邻桌的几个小伙子都看傻了。

那天是她过得最舒服的一天，一想到接下来又要上三个白班，她的心里就有些不快。因为刚刚调过来的生物钟又要被拨回原来的位置。

第二天是早班。她和徐丽娜一起上，两人依然是分工协作，执行完长期医嘱和一些临时医嘱后，她们便坐在护士办公室里随时等待医生和病人的传唤，又先后完成了备皮、导尿、输血、静脉推注药物等工作。

中午在外面吃完饭，周敏慧稍微休息了一会儿又回到科室，发现治疗室的操作台上还放着一瓶已经配好的液体，上面连着一根长长的输液管。显然有人到这个时候还没有把液体输上。她一看姓名是黑兴武，便问上午去过这个病房的徐丽娜是怎么回事。

"我进去的时候陪人说病人上厕所去了，我就把输液瓶挂上，排好空气等他回来扎针。没想到他一见我在房子里就骂了一句：'往出滚！'我不知道这人怎么了，无缘无故地发那么大的火干吗，出来后再也没敢进去。自从这个人住下以后，四号病房就成了他的'包房'，没人敢跟他一起住。房间的门老是关着，没经过他同意谁也别想进去，我们几个都被他骂怕了，每天大家都推来推去谁也不想踏进那个门。"徐丽娜心有余悸地说道，"敏慧，要不你去试试看，说不定他对你还客气一点。"

周敏慧听了以后对黑兴武更加害怕了，可是不去又找不到合理的借口，只好硬着头皮去碰运气。

她端着治疗盘走到病房门前，见门口蹲着黑兴武的光头兄弟，刚要推门进去，那人站起来冲她直摆手："里面有人，我哥正忙着呢。"

周敏慧只好回到护士办公室等着。过了十分钟又过去，见那人还在外面，背靠着墙一脸疲惫的神情，便问他："人走了没？"

"没有，今天大概不走了。"

"我可以进去吗？"

"不知道。"

周敏慧心想迟进早进都一样，于是便心一横直接推开了房门。门刚打开一半，她一眼就看见床上的被子鼓得像山包一样，有人在里面蠕动，同时还传出一个女人娇滴滴的笑声。

"谁？"黑兴武厉声问道。被子也不动了。

"我是护士，来给你打吊针。"

被子的侧面探出了黑兴武头发蓬乱的脑袋，他冷冰冰地看了周敏慧一眼说："过一阵再来。"

她赶紧退了出去，心里原本只有百分之五十的自信只剩下百分之五。

"丽娜姐，还是你去吧，他说话声音很凶，我有点害怕。"她对师姐央求道。

"好妹妹，你试着再去一次。他让你一会再来还是你去更合适。"徐丽娜极力推辞道。

再次站在四号病房门前，周敏慧感到前所未有的恐惧和紧张，就像有人硬逼着她从悬崖上往下跳一样。门外站岗的人已经不在了，她无法预知里面的情况，就在门上轻轻地敲了几下，听到里面说："进来吧。"便大着胆子进去了。

黑兴武已经穿好衣服躺在床上，被子乱糟糟地堆在身体的一侧，只在肚子上斜盖着一个被角，用纱布包扎着的伤口特别显眼。如果不是亲眼所见，周敏慧根本不敢相信刚才在病房里胡闹的是一个身上有三处刀伤做了手术不到一周的病人。他身下的"大床"是由两张病床拼成的，这样的排场周敏慧在医院里还是第一次见到。床旁靠近窗户的凳子上坐着一位打扮得很时髦的女人，正对着小圆镜化妆，窗台上放着一只闪闪发光的红色皮包。

"黑兴武，我给你先打一针肌肉针，再给你扎吊针，行不行？"周敏慧试探着问道。

"行，你可要打慢一点，我怕疼。昨天有个护士技术不好，打得我屁股疼了一下午。"黑兴武用充满警告意味的眼神瞪了周敏慧一眼，恼火地说道。

周敏慧不由得在心里打了个寒噤，暗想：打针哪有不疼的道理！除非打在无痛点上。她刚把消毒棉球挨到黑兴武肥硕的屁股上，那块地方的肌肉便剧烈地收缩了两下。

"别紧张，还没开始呢。你放松一点，越紧张越疼。"乘着对方注意力转移的工夫她以闪电般的速度将针头插入了黑兴武臀部的肌肉内。

"哎哟！"黑兴武就像条件反射一般在进针的同时叫唤了一声，把旁边的那个女人都逗笑了。

周敏慧心想：完了，肯定要挨一顿臭骂。

针打完后，黑兴武没有吭声，眼睛看着天花板，似乎还在回味刚才打针的过程。她赶紧又给他做静脉穿刺，生怕扎不好惹得他更毛。所幸的是他的血管很粗，针扎得很顺利。

从病房出来后，周敏慧长长地舒了口气，心中暗念阿弥陀佛。常在门口站岗的那个光头后生又来了，正在和一个陌生男人说话。

"吴小强，你们老大不打算起诉吗？"

"起诉什么呀！大家都是哥们，平时关系特别好，怎么好意思把这事闹到法庭上？私下里能解决就解决了。"被人称作吴小强的后生说话时笑嘻嘻的，仿佛黑兴武被人用刀子捅了不过是小事一桩，根本用不着大惊小怪。

那天过后，只要周敏慧上白班，护士们都让她去给黑兴武做治疗。她每次去的时候心里都七上八下的，不知道会发生什么，特别不愿意自己一个人把最难干的活儿全包了，但是又不知道怎么拒绝别人。因为害怕见到黑兴武，她甚至连班都不想上了，很想请假到哪里躲几天，天天盼着他出院。

一天下午，她正在治疗室里配药，徐丽娜像一阵风似的跑进护士办公室，用既紧张又神秘的语气对众人说："四号病房里打起来了！"

"怎么回事？"覃爱莉赶紧问道。

"前几天一直待在四号病房里的那个女的跟今天早上来的那个女的刚才吵得很凶，没说几句话就扭打在一起了。有人说，前面来的那个女的是黑兴武的情人，后面来的那个才是他老婆。"

"要不要叫保卫科的人？"覃爱莉迟疑地问道。

"不用，有人在拉架。"

几个女人透过敞开的门悄悄地观察着斜对面那间病房里的动静。

房门突然被打开了，黑兴武的情人穿着高跟鞋迈着急促的步子向外面走去，吴小强手里拎着她的红皮包从里面追了出来。他凑近那个女人赔着笑脸说了几句道歉的话，把包递到她手里。那女人接过包背在身上，头也不回地走了，依然是一副很高傲的样子。

几天以后，黑兴武出院了。据知情人透露，他已经跟那个捅了他的哥们协商好了，让对方赔了一笔钱把这事私了了。外科的护士全都松了一口气，为自己再也不用担惊受怕地上班感到高兴。

"5·12"护士节过后，周敏慧和同事倒了几天班，利用连休的机会回了一次家。到家的时候已经是下午了，家里只有妈妈在做饭，爸爸和弟弟还没有回来。

"妈，今天吃什么好吃的？"她站在母亲刘怡芬身旁问道。

"烙饼子，炖排骨。"

"太好了，我已经很久没有吃排骨了，灶上这段时间几乎天天都是烩菜、面条，把人都吃腻了。"她用力翕动鼻翼，像馋猫一样贪婪地嗅着高压锅里散发出来的肉香，口水都快流出来了。

不一会儿，她的父亲周文青下班回来了，一见面就问起女儿单位上的事。

"今年的护士节又是知识竞赛，我们科派我和徐丽娜作为代表参赛。提前两周看书复习，搞得人特别紧张，感觉比平时还累。比赛的时候绝大多数题我都会，就是按键的动作没有别人快，只拿到集体第三名的成绩。比赛结束后，在颁奖的时候，总护士长除了给获奖的科室和个人颁奖以外，还表彰了上一年的先进护理单元和优秀护士。上台领奖的优秀护士几乎全是各科室的护士长，我觉得这种现象太不正常了。难道普通护士都不优秀，都没有资格获奖吗？我们科投票选优秀护士的时候我就没有选护士长，我给徐丽娜投了一票。我觉得她平时工作认真，对病人态度也很好，不管领导布置的工作任务再难再累，从来没有一句怨言，这样的护士就是优秀护士。"

周敏慧刚说完，周文青接口就问："最后你们科选出来的是谁？"

"当然是护士长了。去年年终选先进的时候，选上的是我们殷主任。其实在大家的心里并不一定认为他们在工作上表现最好，但是因为某些不能明说的原因又不得不这样选。"

"你这个娃娃太傻了，别人都选护士长，你也应该跟大家一样投她的票，为什么偏偏要跟大家不一样呢？如果让护士长知道了对你印象多不好。另外，平时在单位不要随便议论别人，说这个好，那个不好，有什么想法都放在自己心里。记住：你只是一名普通员工，在领导手下工作就得顺着领导的意思听人家的话，否则的话会给自己带来很多不利，容易让周围的人把你孤立起来。在工作上不要太落后，也不要表现得太突出，俗话说，枪打出头鸟。在这个社会上，谁最爱出头最容易倒霉。你年纪小，不知道人嫉妒人、人整人的那股子狠劲，把名利都看淡一点，没有意思。"

周文青的话让周敏慧很震惊，他向女儿表述的这些思想与她从小接受的教育是背道而驰的。她清清楚楚地记得，上学的时候父亲一直鼓励她好好学习，各方面尽量表现得优秀一些。而如今，当她走上社会以后，他却表现出另外一番态度。

"不管什么事情都跟着别人的步子走，那我还要脑子干什么？我平时不喜欢议论别人，只是在家里跟你们说说而已。爸爸，你不了解我们的工作，不管我想不想受到奖励，都得认真地工作，否则很容易出问题。"周敏慧辩解道。

"唉，你这个娃娃真是太天真了，社会上的事情很复杂，不要把人都想得那么好。听我的没错，这都是我活了大半辈子总结出来的人生经验。"周文青说道。

"饭好了，别光顾着说话，赶紧趁热吃。"刘怡芬把盛好的排骨端到丈夫和女儿面前，又把切好的烙饼也端到饭桌上。

这两样饭菜都是周敏慧最爱吃的。她高兴地拿起筷子刚要吃，脸上的笑容突然消失了："妈，你怎么又在排骨里放了胡萝卜？"

"胡萝卜里含有很多维生素，电视里不是常说多吃胡萝卜有营养嘛。"

"可我不喜欢吃炖熟的胡萝卜，你就不能少放一次吗？"周敏慧不悦地说道。她从小就不爱吃做熟的胡萝卜，但是妈妈经常在吃饭的时候故意把胡萝卜炖在菜里。

"不要那么挑食，你这个习惯必须改过来。胡萝卜又不是药，能有多难吃？多吃几次就习惯了。"周文青也在一旁帮腔。

"好好吃，看你都瘦成什么样了，还挑这挑那的。"刘怡芬继续批评道。

周敏慧不再说话，她用勺子把碗里的菜舀出来一半，然后用筷子夹起带着浓烈的胡萝卜味的排骨艰难地咀嚼着。

"你的自考考完了没？"刘怡芬问道。

"还没，只剩下三门了。"

"考完了就不要再考了，轻轻松松地生活，啥也不要想。女娃娃家用不着太辛苦地去奋斗，找个好婆家，比靠你自己去努力要强很多倍。我对你的要求不高，做个平平常常的人就行了。说实话，你能考上中专，妈妈已经很满足了。"

周敏慧夹起一块胡萝卜极不情愿地放进嘴里，脸上的表情就跟谁逼着她服毒似的。

正在这时，她弟弟周敏杰吹着口哨从外面回来了，满头打着卷的黄头发非常刺眼。

"敏杰，快去洗手吃饭，妈把你的饭留在锅里了，你要是再迟回来一阵就放凉了。"刘怡芬马上迎上去接过儿子的包亲热地说道。

"什么饭？"

"炖排骨。"

"我不吃，我今天下午想吃凉皮，刚才已经跟我们同学说好了，一起到街上吃凉皮去。"周敏杰毫不在意母亲失望的眼神随口说道。他看见姐姐坐在饭桌前吃饭，惊喜地说了声："姐，你回来了？"便坐在她身边拉起话来。

"这孩子，放着好好的炖排骨不吃，偏要去吃凉皮，真是不知好歹！"刘怡芬嘟囔了几句，又坐在桌前吃饭。周文青似乎对儿子任性的态度已经习以为常，叹了口气什么也没说。

"敏杰，你什么时候把头发染了？"周敏慧惊讶地问道。

"上个礼拜。怎么样？"

"我有点欣赏不了。"周敏慧咻咻地笑了起来。

"本来很亲的一个娃娃，染了一头黄头发能把人脏死！"刘怡芬说道。

"我的头在我的身上长着，我爱留什么头发就留什么头发，不要你管！"敏杰粗暴地吼道。

"能不能好好跟你妈说话？"周文青用筷子敲了一下桌子不满地说道。

"谁让她多管闲事来着？为了这件事都说了几十遍了，烦死人了！"敏杰用力拉了一下凳子蹙着眉头说道。

"敏杰，上了技校感觉怎么样？"周敏慧故意岔开话题问道。

"挺好的，作业很少，考试也监考得不严，基本上没什么负担。"敏杰甩了一下挡在眼睛前面的长刘海儿说道。刘怡芬和周文青本来想让他上高中考大学，可他却执意要上技校。他们这一届"石油班"的学生包分配，毕业后可以直接到油矿工作。周敏慧估计他是为了少读几年书才选择了这条道路。

"姐，你慢慢吃，我去洗个头。我同学还在外面等着我呢。"

敏杰钻进卫生间好半天才出来，对着镜子拿着吹风机把头发吹干以后，换了身膝盖上有窟窿的牛仔服便出去了。

"唉，这孩子，从小就不听话，真拿他没办法。幸好敏慧还比较听话，要是都像了他，就没我们好日子过了。"刘怡芬望着门口说道。

"敏慧，你平常下了班不要在外面乱跑，尤其是晚上，街道上喝酒打架的人很多，女孩子家出去了不安全。"周文青说道。

"嗯，我晚上很少出去。"周敏慧答道。

"碰见不认识的男娃娃不要跟他们随便搭话。有些人表面上看起来很和气，其实心眼坏着呢，万一被他们骗了就麻烦了。有什么事情最好先告诉爸爸妈妈，我们会帮你拿主意的。"刘怡芬说道。

"上班了穿衣服也要适当地注意一点，不要在人群中显得太突出，与别人反差太大……"

周敏慧坐在父母中间感到一阵窒息。吃完饭，她自觉地走进厨房去洗碗。收拾干净厨房以后，回到自己的房间，打开衣柜翻找上次回家时洗了没带走的衣服。她刚把衣服拉出来，就发出一声惊叫："妈妈，妈妈，你快过来！"

刘怡芬快步走进女儿的房间，看到她的床上摆放着一条牛仔裤和一件带圆点的裙子，周敏慧指着牛仔裤上部用不同颜色的布缝接上去的那一截腰身和裙子的鸡心领中间重新裁剪过加了一颗扣子的奇怪设计，愤怒地问："谁把我的衣服弄成这样的？"

"是我。我觉得你的牛仔裤腰有点低，加上一截能暖和一点，不会让腰受凉；裙子的前面开得有点大，钻风，缝起来会好看一点，还显得比较庄重。"刘怡芬不以为然地说道。

"妈妈，这两件衣服是我刚买的，才穿了一次，你改成这样就不能穿了！"周敏慧简直哭笑不得。

"怎么不能穿？上衣的衣襟一般都把牛仔裤的腰遮住了，你穿上别人是看不见的，裙子的领口稍微改了一下，颜色又没有变。"

"好了，你忙你的吧，我不跟你说了。"周敏慧装作没事的样子说道。母亲刚一走出房间，她就抱着衣服抹起了眼泪。

陈灵均和翟书珍的"造人"工程在五月底圆满竣工。翟书珍生下一个六斤重的男孩，孩子眉清目秀，十分招人喜欢。陈灵均在产房里第一眼看到他的时候情不自禁地流下了眼泪。罗雪娥生前一直希望儿媳妇能生下一个男孩，他觉得这个孩子似乎就是带着母亲的嘱托来到他身边的。他小心翼翼地抱起孩子到病房里向父亲和岳父、岳母、妻哥等人报告喜讯，两家人都十分高兴。

他把孩子交给岳母后，又跑到产房里把书珍接回来，见亲友们都围在病床前看翟书玉和曲晓娴给孩子穿衣服，有的叫"毛娃"，有的叫"狗蛋"，还有的喊娃娃是"丑蛋"，便对他们说："快给我儿子起个名字，不要毛娃狗娃的乱叫一气。"

"亲家，你是公家人，学问高，见识广，这个任务就交给你啦！"须发皆白的陈儒生俯身看着小孙子笑着说道。

"他是你们陈家的人，应该由你来起名。你可是响当当的大秀才，比我厉害多啦。"翟明礼坐在女儿身边一边为她擦汗，一边说道。

"我的肚子里装的都是陈词老调，跟不上现在的形势。还是你来吧！"陈儒生谦让道。

于是，两亲家相互推来推去，谁也不肯受命。见此情景，陈灵均对父亲说："大，那就你来起吧，不管新词还是老调，只要寓意好就行。"

陈儒生沉吟了一会儿说："《老子·第四章》中说：和其光，同其尘。要不就叫陈和光，你们看怎么样？"

"好，非常好！"翟明礼拍手说道。

"咱亲家起的名水平真高，不光叫着响亮、顺口，意思也特别好。"曲晓娴连连夸赞。

"我也觉得很好，书珍，你觉得呢？"陈灵均转头问妻子。

"只要你们觉得好，我没有意见。"书珍含羞说道。

"那就这么定了，从今以后这小子就叫陈和光。"陈灵均蹲在儿子跟前，疼爱地看着他的模样，觉得这是上天赐予自己的最完美的礼物。

陈和光的到来给陈灵均和翟书珍冷清的小屋增加了不少温馨的气氛，曲晓娴长住女儿家中伺候月子，翟明礼天天都跑来看小外孙，翟书玉和翟书海的儿子翟鲲也隔三岔五过来凑热闹，一天到晚欢声笑语不断。家，对于陈灵均来说，不再是一个男人忙完了工作吃饭和睡觉的地方，而是让他的心能够安静下来，与另一颗心相互碰撞、相互取暖的地方。当然，那颗心并不是静静地跳动在书珍胸腔里的那颗安于天命自得其乐的心，而是活泼的、好奇的，像水晶一样透明的婴儿的心。温柔贤惠的妻子更像和他坐在同一张饭桌上吃饭的亲人，彼此相敬，但并不相爱。

五

陈和光满月的前一天又轮到周敏慧上大夜班。她起得比较晚没有吃早饭，快到中午了才出来。路过工地时，她发现住宅楼的地基已经打好了，地面上用白线画出了单元楼的内部结构，工人们忙着在边上垒砖，庄正杰和冯炳琦正在画好的线内用步子测量卧室、客厅、厨房和卫生间的大小，似乎已经开始计划怎么装修，怎么摆放家具。看到他们迫不及待的样子她忍不住笑了。吃完喜酒，她回来睡了一觉，醒来后见屋子里只剩下她一个人，起来看了一会儿书，感觉眼睛有些疲劳，便拿出口琴吹起了俄罗斯歌曲《莫斯科郊外的晚上》和《红莓花儿开》。吹完觉得不尽兴，又照着歌词大声唱起来。

"嘭嘭嘭！"门外突然响起了敲门声。她打开门一看，原来是马延梅。

"我刚才到收发室取包裹的时候看到有你一封信就帮你取回来了，下班后顺路捎给你。"

周敏慧接过信，说了声谢谢，请她进屋坐。马延梅笑着说："不了，我要赶紧回去做饭，笑笑马上就放学了，吃完饭还要到学校去开家长会呢。"说完便匆匆忙忙地走了。

　　信上的地址写的是东正县城关小学，周敏慧猜测写信的人很可能是这所学校一位名叫曹沐塬的数学老师，心马上就嘭嘭地跳开了。他们是在县上组织的一场大型文艺晚会上认识的，她表演的是口琴独奏，曹沐塬表演的是吉他弹唱，她的节目恰好排在他的前面。曹沐塬比周敏慧大五岁，个头中等，浓密的秀发非常富有光泽，脸颊瘦瘦的，戴着一副黑框眼镜，面相比较成熟，浑厚的嗓音低沉而富有磁性，唱歌时感情特别真挚，语气也很自然，就像跟好朋友说心里话一样娓娓道来。周敏慧一下子就被他的歌声迷住了，他似乎也很喜欢她的琴声，两人特别能聊得来。排练节目时，曹沐塬经常帮她占座位、照看东西。有时候晚上排练结束后时间太晚，他怕周敏慧一个人走夜路不安全，专门绕路送她回宿舍。自从那次晚会结束后，两人已经很长时间没有联系了，她特别想念他。这封信就像一道来自天宇的光，把她那颗忐忑不安地躲藏在角落里苦苦等待的心一下子给照亮了。尽管信中从头至尾没有一句热辣露骨的表白，但是字里行间透出的真诚和朴实却让周敏慧十分感动。她一连看了好几遍，看完把信纸小心翼翼地照原样折叠好，夹进自己的笔记本，锁进门口的小箱子里。

　　曹沐塬说想约她在某个休息日再见一面，她计算了一下时间，觉得周六最合适。因为那天她上早班，晚上没事，曹沐塬刚好学校也放假了，天黑了一起出去不会引起太多人注意。于是就趴在床上给他写回信。

　　"给谁写信呢？"耳边蓦地传来张晓凤的声音。

　　周敏慧吓得一把将信压在枕头底下，红着脸说："你怎么跟鬼一样偷偷地就进来了？知道吗？偷看别人的信件是犯法的！"

　　"偷看情书不犯法，说不定我还能帮你出主意呢。"张晓凤的脸上露出狡黠的笑容。

　　"这不是情书，是写给我同学的。"

　　"是嘛。那你紧张什么？明明是此地无银三百两嘛！"张晓凤抬高声音说道。宿舍里刚刚走进来的两个人被她们的谈话吸引过来，争相问周敏慧到底在跟谁谈对象。她坚决否认，于是那两个人便失望地走开了。

　　"晓凤，你调动的事办得怎么样了？"周敏慧看到张晓凤坐在床头一副百无聊赖的样子，关心地问道。

　　"原先说是三月份就能办好，现在都快七月了还没见调令，谁知道又在哪个地方绊住脚了。"她嘟着嘴快快地说道。

"别急，这种事情说慢就慢，说快也快，说不定过不了一个礼拜调令就来了。"周敏慧说道。

"但愿如此。要是到今年底调令还不来，我就不干了，停薪留职到西安的大医院当聘用护士去。大医院的效益好，收入不比咱们这里少。"张晓凤似乎对遥遥无期的等待已经失去了信心。

"不管怎样，先把婚结了，不然的话你心里老不踏实。"一位室友说道。

张晓凤听了没有吭声。

已经到了吃晚饭的时间，室友们有的拿着饭盒到大灶去打饭，有的到外面的小餐馆去吃饭。周敏慧的动作最慢，她刚准备出门，殷志峰突然敲了两下门探进头来问："小周，你现在忙不忙？"

她赶紧说："不忙。"

"那就跟着咱内科大夫出诊去。刚才护理部要从咱们科抽一名护士出诊，我想你应该在，结果真的没白跑。"殷志峰乐颠颠地说道。"你直接到前院去，有辆黑色的小轿车停在那里，东西咱们的大夫已经带上了。"

周敏慧来到前院，看到一辆桑塔纳小轿车停在车库门前，司机摇下玻璃示意她坐到副驾驶的位置上。上车后，她才发现后座上坐着陈灵均和一位陌生的小伙子，两人看上去很熟。陈灵均介绍说那是他的初中同学袁华，在县委办公室当通讯员。袁华微胖的身体外面穿着蓝色的中山装，领口处露着雪白的衬衫领子，眼睛里含满动人的笑容。他听陈灵均介绍完周敏慧后，主动伸出手跟她握了一下，用十分热乎的语气说："辛苦了！下了班还要为病人服务。"

周敏慧笑着说："应该的。"转过身来坐好。

司机问人来齐了没有。陈灵均说："齐了，可以走了。"

司机立即发动车驶出了医院大门。

"咱们这是去哪儿呀？"周敏慧好奇地问道。

"到牛县长家去。他女儿放暑假后带着一位外地的同学来玩，那女子大概是路上受了凉感冒了，有点发烧，想让医生过去看看。"袁华说道。牛县长是主管农业的副县长，周敏慧见过，此人性格沉稳，在群众中印象还不错。

"体温多少度？"陈灵均问道。

"中午没吃药前量的是38度多。我看她精神挺好的，应该没什么大事。领导大概觉得人家女娃娃大老远地跑到咱们这里来，在他家生了病，有点不放心。"袁华的语气十分轻松，似乎是在例行公事。

陈灵均笑了一下，表示理解。

小轿车直接开进了县委大院，在办公楼前停了下来，袁华带着陈灵均和周敏慧步行上到四楼走进牛县长的办公室。

进门后，牛县长立刻从茶几上站起来跟陈灵均握了一下手，又冲周敏慧点了点头，然后指着身后单人床上躺着的一个女孩说："就是这个娃娃。"床旁还站着县长夫人和她的女儿。两个女孩看上去都很知性、文雅，一看就是在校大学生。

陈灵均详细地询问了病情，给病人量了体温，做了一些检查后，对牛县长说："不要紧，只是有点感冒，让她把中午吃过的药继续按顿数吃上两三天，再打一针退烧药就行了。"

牛县长紧张的表情立刻放松下来，连连道谢。

陈灵均从随身带来的急救箱里取出一支氨基比林注射液，周敏慧低声问袁华哪里可以洗手。袁华把她带到楼道里的卫生间，说了句："稍等一下。"然后像兔子一样飞快地跑出去，很快就取了一块香皂递给她。周敏慧洗完手，给那个女孩打了一针。陈灵均跟牛县长一家聊了一会儿，观察了十几分钟，见病人没有什么异常，便和周敏慧一起离开了。

袁华又坐在车上亲自将他们送回医院。回来的路上，周敏慧感慨地说："当领导真好！"

"你才知道啊？"陈灵均失笑地说道。

"其实也好，也不好。他们平常操的心要比普通老百姓多，压力都很大，说不定你晚上呼呼大睡的时候他们还在翻来覆去地想事情呢。"袁华说道。

周敏慧想起牛县长头顶那几根稀疏的头发，觉得他的话也有一定的道理。

快到医院时，袁华提出要请两人吃饭，被他们婉言谢绝了。医院大灶已经过了饭点，周敏慧只好到外面的小餐馆吃了一碗肉丝汤面。

大夜班本来是从晚上十二点上到早上八点，为了让上小夜班的护士早点安全回家，周敏慧不到十点就去接班。此时，工地上依然是一派繁忙的景象，几十盏大瓦数的白炽灯把四周照得和白天一样明亮，轰隆隆的机器声和人工的机械声几乎半个县城都能听到。为了加快盖楼速度，工人们分白班和夜班一天二十四小时不停地干活，她听说有些工人为了多赚点钱，上完白班又上夜班。

快走到住院部跟前时，周敏慧迎面碰上了正背着手在院子里踱步的叶知秋。

"小周，上夜班去呀？"叶院长亲切地问道。

"嗯。叶院长，这么晚了你还没有休息呀？"

"人老了，早了睡不着，出来看看，散散心。"

周敏慧已经走过去很远了，忍不住又回头看了一眼，见叶知秋独自一人站在医院的院子里，看看灯火辉煌的施工现场，又看看灯光明亮的住院大楼，光线暗淡的门诊大楼，以及楼上闪烁着彩灯的"歌舞厅"，似乎在默默地回想自己担任院长以来的几年间，县医院从东关只有十几间平房、四十多名医务人员、设备简陋的小医院，发展成如今有两栋气势恢宏的高楼、一百多名职工、设备齐全的二级甲等综合医院的艰辛历程。她听说，这位容光焕发的中年男人头发早就全白了，他的"精神气"主要靠染发剂来支撑。

上完夜班，休息了一天后，周敏慧早上刚到办公室，徐丽娜便走过来悄悄地说："听说了没？中医院的顾大夫在外面开的诊所出事了！"

"出什么事了？"她连忙问道。

"有一位病人吊针时突然死了，家属把顾大夫告到卫生局，他现在已经停职了，正在接受调查。"

"吊的是什么液体？"

"盐水里加了些青霉素。"

"吊青霉素除了发生严重的过敏反应外，一般情况下应该不会死人，估计是因为病人突发某种急病引起的，比如心肌梗死什么的。"周敏慧分析道。

"可家属不会这么想，他们认为人来的时候好好的，吊了一会针就死了，肯定是吊的药有问题。所以呀，咱们以后到外面给熟人输液、打针一定要小心一点，谁知道这种倒霉事会不会落到自己身上。"

两人换好衣服后，当天上班的医生护士已经全来了，自觉地站成一个圆圈等待交班。交班会上，殷志峰又把徐丽娜讲的那件事情向大家说了一遍，告诫医护人员不要再随意地在院外为患者提供医疗服务，一旦发生问题很有可能被家属告上法庭。

会后，医护人员们没有像往常一样很快散开，仍然聚在一起议论着刚才的那件事。

"凡是跟咱开口的，不是亲戚就是熟人，直接拒绝他们，真的很难说出口。"护士长覃爱莉一脸困惑地对主任说道。

"是呀，以前经常给他们免费打针、输液，突然说不给弄了，肯定把人惹下了。"徐丽娜也有些为难地说道。

殷志峰说："这样吧，你们就说单位有规定，不让医务人员外出打针、输液，否则的话就要受处罚。"

"这个办法好，我以后就这样对他们说。"覃爱莉高兴地说道。

"那要是领导开口叫我们呢？"周敏慧问道。

"那就自己看着办吧。"殷志峰冲她眨了眨眼睛，旁边的人都笑了起来。

"现在回过头来想想，自己以前确实太胆大了，什么药都给病人在家里吊过，幸亏没出事，不然的话吃不了兜着走。"徐丽娜心有余悸地说道。

周敏慧也有同感。

"好了，大家都干活去吧！有什么话下了班再说。"护士长一声令下，护士办公室里马上安静下来，上早班的、上治疗班的护士纷纷走向自己的工作岗位，又开始了紧张忙碌的一天。

星期六下午吃完饭，周敏慧等到七点钟天色有些朦胧的时候才出去，在城关小学门口见到了如约前来迎接她的曹沐塬。他把她带到自己的宿舍里，又是倒茶，又是削苹果，就像接待贵宾一样。两人随便聊了一会儿，周敏慧说想听他唱歌。

曹沐塬说："好。"拿起吉他坐在床上调好弦后，反问她，"你想听什么歌？"

周敏慧毫不犹豫地说："《橄榄树》。"这是一首由台湾作家三毛作词的流行歌，她上初中的时候经常在校园的大喇叭里播放，歌声中透出的深深的孤独感和飘零感，非常贴合她当时的心境。

曹沐塬略微定了下神，低下头开始弹奏，房间里很快就响起了熟悉的旋律和低沉的歌声："不要问我从哪里来，我的故乡在远方。为什么流浪？流浪远方，流浪……为了天空飞翔的小鸟，为了山间轻流的小溪，为了宽阔的草原……"

他唱歌的时候两颊变得异常饱满，就像阳光下鼓满了风的帆，唱到动情处，两眼微闭，浓黑的眉头紧蹙在一起，从喉底发出的颤音就像阵阵海潮激荡着她的心灵。

唱完后，他摇着头说："今天嗓子有点发干，没唱好。"放下吉他，抬起亮晶晶的眼眸看了她一眼。两人的目光对视的那一刻，她的心跳得很快，赶紧垂下眼皮，不敢再去看他。

"今天晚上外面不凉，咱们出去走一走吧。"曹沐塬提议道。

"好的。"周敏慧愉快地答应了。

两人出了门，从黑暗的楼梯上向下走的时候，曹沐塬说了声："小心一点，别摔着。"像大哥哥一样拉住了她的手。他的手掌宽大而又温暖，她感觉被他握着很舒服，就没有拒绝。下了楼，她怕被人看见，又抽回了自己的手。

这天刚好是农历十五，月亮很圆很亮，虽然校门口的路灯坏了，街道边泛着青光的水泥路和四周的景物依然可以看得清清楚楚，只是颜色比白天稍微灰暗一些。她迈着很慢的步子和他并排走着，两人的影子相互重叠在一起不时在脚下晃动。

"我们家在农村，我是在高原上长大的。我从小就喜欢唱歌，常常站在山峁上对着崖畔唱。山谷中会传来回声，就像安了扩音喇叭一样。要是有风的话，你会觉得自己的声音飘得很远，必须使劲唱才能听见。小时候我的嗓门又高又尖，像女孩子一样，唱歌是这样的……"他故意捏着嗓子模仿小女孩的声音唱了几句《我爱北京天安门》，唱完咳嗽了一下又接着说，"长大了变声以后，就变成这样了，"他又夸张地用美声唱了几句。"简直跟老牛的叫声差不多。"

周敏慧被他幽默的表演逗乐了，笑着说："比老牛的叫声好听多了。你小时候声音尖，那是童声，现在的声音才是真正的男子汉的声音。"

"是吗，看来我的声音还不太让人讨厌。你要是喜欢，就多到我这儿来，我天天唱歌给你听。咱俩还可以用口琴和吉他合奏，这叫什么来着？琴瑟和鸣？"

"哎呀讨厌！瞎说什么呢，让别人听见会误会的。"周敏慧羞涩地说道。

"不好意思，我比喻得不恰当，请你原谅。"曹沐塬连连道歉。

"你是什么时候学会弹吉他的？"

"上大学以后。吉他是我用带家教赚来的钱买的。"

两人从东街一直走到西街，路上一个熟人也没有碰见，周敏慧特别高兴，渐渐地放松了警惕，两个人越走越近，不知怎么搞的，曹沐塬的胳膊竟搭上了她的肩头，搂住了她的脖子。她一直在用心聆听他说话，并没有觉得这是对她的一种冒犯，反而觉得特别享受。快到医院大门口时，身后突然有人用惊讶的语调喊了声："敏慧！"

周敏慧挣脱曹沐塬的胳膊扭头一看，原来是张晓凤。

"我看着侧影很像你，就试着叫了一声，对不起。"张晓凤对自己的失礼感到有些不好意思。

"好了，你回去吧，那我就跟我的室友一起相跟着走了。"周敏慧慌张地向曹沐塬说道。

曹沐塬向她挥了挥手，转身走了。

"我不是故意要捣乱的，真的没注意到那个男的，还以为是过路的人。"张晓凤仍有些过意不去。

"没事。不过你回去以后千万要保密，不能让宿舍里的人知道，否则的话我饶不了你。"

"好的。不过，你得给我老实交代，他到底是谁，跟你认识多长时间了……"

两个女孩咯咯笑着放慢了脚步，夜风中不时传来隐隐约约的说话声。时令已经过了春分，门诊楼前的柳树长出了鲜嫩的绿芽，柔软的枝条在微风中轻轻地摆动着，就像春心萌动的少女在抚弄着飘逸的长发。

从那天过后，曹沐塬和周敏慧见面的次数越来越多，到了暑假的时候，已经黏乎得分不开了，就连周敏慧上夜班的时候曹沐塬都要偷偷地跑来看她。宿舍里的女生都知道周敏慧在谈恋爱，科室里不少护士也碰见过他们。有一天，家里捎话让周敏慧回去一趟。她不知道是不是自己和曹沐塬的事传到爸妈的耳朵里了，心里特别紧张。曹沐塬安慰她说："女孩子家大了，哪个不谈恋爱，反正咱俩的事迟早都要让家里人知道，你就大大方方地承认好了。要是到了一定的年龄你找不到男朋友，他们反倒会着急的。"

周敏慧回到家里，见家人都健健康康平平安安的，父母的脸上全都带着笑容，便略微舒了一口气。

吃过晚饭，周文青打发儿子到外婆家去送一袋大米。周敏杰走后，夫妇俩一边一个围坐在女儿身边。

"他爸，要不你来说吧。"刘怡芬望着丈夫显得有些不太自信。

"还是你说吧，母女之间还有什么话不能明说。"周文青又把皮球踢给了她。

"什么事搞得这么神秘？"周敏慧的心里隐隐感到一丝不祥的征兆。

"这件事应该算是一件好事。敏慧，你是不是认识一个名叫史树林的后生？"刘怡芬笑眯眯地问道。

"史树林？没印象。"周敏慧摇了摇头。

"他说他在医院见过你。这个小伙子的爸爸是县劳动人事局的局长史德全。"

"哦，想起来了，他妈妈在我们科住过院。"

刘怡芬和丈夫惊喜地对视了一下："你觉得他人怎么样？"

"对人挺有礼貌的，其他的就不了解了。"

"长相呢？"周文青问道。

"不难看。"

"那就好。"刘怡芬用手在腿上拍了一下，然后斟字酌句地对女儿说："是这样的。前几天史局长托人来找我，说他儿子看上你了，看你愿意不愿意跟他谈对象。那个小伙子是省交通学校毕业的，虽然上的也是中专，但是有他爸爸那层关系，将来在社会上肯定比一般的年轻人发展得要好。"

"妈，你跟他们说我不愿意。"周敏慧没等母亲说完便一口回绝了。

"为什么？"两人异口同声地问道。

"他的父母都很有架子，眼睛里根本没有平常人，我到他们的病房去，从来没有正眼看过我，也没有跟我打过一声招呼。将来要是进了他家的门，我才不愿意看他们的脸色，受他们的气呢。"

"那时候他们大概还不认识你，如果真的成了一家人，我想他们不会那样对待你的。"刘怡芬说道。

"就算不认识人，也不能那样对待别人，我最讨厌这种牛哄哄的人了。好了，你们都别说了，我说不愿意就是不愿意！"

"你这孩子，看问题怎么这么偏激？当官的都被人抬举惯了，肯定跟咱普通人不一样，仅凭一两次接触怎么就能断定人家全家都不是好人？你就不能试着多了解一段时间再下结论？你现在年纪小，对社会对人生都缺乏正确的认识，找对象不能光看本人，还要看对方的家庭。家庭背景好，可以让你少走很多弯路，少吃很多苦。像你爸你妈这样都是农村家庭出来的人，辛辛苦苦奋斗了一辈子是什么结果，你不是已经看到了吗？我们可不想让你再重复我们的老路。"周文青用不容置疑的语气批评道。

"结了婚是跟本人过，又不是跟他们的家长过。他爸爸要是将来官倒了，儿子没有出息，我靠谁？还不得靠自己！你觉得你们过得不好，可我觉得挺好的，不就是没当官，没发大财嘛，我们同学里比咱家穷的人多得是。"周敏慧

42

不服气地辩解道。

周文青听了半天没有说话。

刘怡芬叹了口气，语重心长地对女儿说："在我们的同龄人当中，人家那些在社会上有关系的人比你爸你妈混得强多了，他们真的比我们本事大吗？不见得。所以呀，我们才希望你能通过婚姻改变自己的命运。我听说你跟一个小学教师来往得比较多，是不是在谈恋爱？那小伙子家在农村，兄弟姐妹很多，像这种家里有拖累的千万不要找，将来结了婚麻烦事很多，搅和得连你自己的光景都过不好。我和你爸对你的婚姻的态度是：最起码找个家在城里的有正式工作的男娃娃，最好家里有房子，不用自己去买。这样的话，你结婚以后只管轻轻松松地生活就好了，我们也省得为你操心。"

"就是。不要以为生活就像小说里写的那样只有浪漫的爱情，一接触到柴米油盐，再美丽的肥皂泡都会破灭。"周文青接口说道。

周敏慧被他们训得一句话也说不出来，对自己和曹沐塬的未来感到有些灰心，背着父母偷偷地哭了一场。她觉得父母一点儿也不考虑她的感受，把她当成了一个没有思想也没有感情的物品，可以随意地放置在任何地方。她本来有很多理由可以反驳他们，但她就是说不出来，在外面被人误解了的时候也是这样。

她小时候不是这样，她妈妈说她原来伶牙俐齿的，可会说了。为什么后来变成了这个样子？她记得在她五岁的时候，有一次不小心做错了事情，妈妈批评她，她跟她辩解，刚说了一句话就被无情地打断了："不要跟我犟嘴！"

"妈妈，我没有犟嘴，你听我说……"

她的话还没有说完，又遭到了更加严厉的斥责："闭嘴！小小年纪就学会狡辩了，这是什么毛病！"

满肚子的委屈憋在心里没处诉说，她忍不住"哇"的一声哭了。

"别哭，给我憋回去，做错了事还有理了！"妈妈用手指着她的嘴巴大声说道。

她不知道妈妈为什么那么凶，心里特别害怕，于是便用手捂住嘴巴，喉咙里呜呜咽咽地抽噎了很久才把哭声忍住。结果第二天她就变成了结巴子，用了很长时间才慢慢地恢复过来。可能就是从那个时候开始，只要跟父母意见不合，那条负责与外界沟通的通道就会自动关闭，她就像一个习惯了蜷缩在笼子里的小动物一样，不敢向外面多迈出一步。仿佛只有这样，她才是安全的，正常的，完全符合别人为她设定的"好孩子"的身份。也正是因为这个原因，她才变成了今天这样一个不断地突破自己的底线，宁可反复地伤害自己，也不敢跟别人对抗的懦夫。

六

周敏慧只在家里睡了一个晚上，就跑回单位去了。还没进宿舍的门，就听见里面传出一片说笑声。推开门，见室友们都围坐在张晓凤的床上，床单上铺着一张报纸，上面摆放着很多水果和零食。张晓凤平时很小气，从来没有大大方方地给大家买过吃的东西，她觉得有点奇怪。

张晓凤一看到她就剥了一块牛奶糖硬往她嘴里塞。她摇着头说不想吃，张晓凤不依，嘴里还兴奋地嚷着说："姐今天有好事，必须和你分享！"

"快吃，这是她的喜糖。"一位室友笑着说道。

"你结婚的日子定了？"周敏慧把糖块含进嘴里，惊讶地问道。

"没有。告诉你一个好消息：我的调令来了！"

"太好了，真为你高兴。"周敏慧嘴里说高兴，心里却想着张晓凤调走以后她们恐怕很难再见面，不免有些惆怅。

张晓凤把她拉到自己的床边坐下，笑着用略带一点酸涩的语气说："盼星星盼月亮盼了多少天，终于盼到了这一天，却突然有点舍不得离开这里了。不知道我走了以后，你们会不会忘了我这个疯疯癫癫的傻女子？"

"不会。"

"我们一定会想你的。"

室友们七嘴八舌地说道。

"我也会想你们的，以后到了西安一定要联系我。"

"好的。"

张晓凤把自己的工作单位和联系电话留给几位室友，众人相互说了一些安慰鼓励的话，一个热热闹闹的晚上又过去了。

几天以后，张晓凤办好了离院手续，特意找时间单独和周敏慧说了一会话。她对周敏慧说："敏慧，你是一个非常单纯善良又善解人意的女孩，无论做什么事情都会顾及身边每一个人的感受，尽量让所有的人都感到舒服和满意，有时候为了别人，甚至会委屈自己。大家都很喜欢你这种性格，但这也是你身上一个致命的弱点。人活在世上，我们关心别人爱别人的同时，也要关心自己爱自己。我们不光是为别人活，还要为自己活。凡是关系到自己终身大事和切身利益的原则性问题，一定要有自己的主见，绝不能轻易地妥协。我这么说，你可能会在心里笑话我，觉得我有时候为了达到自己的目的，会做一些没脸皮的事情。我并不是要你学我，我只是真心地希望，从今以后，你能够把自己的命运牢牢地掌握在自己手中，不要再随随便便地任人摆布。记住：我们的人生只有一次，一定要认真地对待自己的每一次选择，否则的话将来一定会后悔的。"

听了这番发自肺腑的话语，从小到大，从来没有被人如此地关心过真正理解过的周敏慧感动得泪流满面。她紧紧地抱住张晓凤，泣不成声地说："晓凤姐，你的话我记住了，我一定会努力改变自己软弱的性格，认认真真地走好后面的路。我真心地祝愿你和赵秦中永远幸福！"

张晓凤临行前的这番话对周敏慧触动很大。以前，她因为张晓凤抢了小姑的男朋友认为她的行为很不道德，和其他人一样对她怀有偏见。后来，看到晓凤对爱情如此执着，如此坚定，她打心眼儿里佩服她，心里想：我要是有她一半的个性就好了，那样的话就不至于活得像现在这么压抑。她决定首先用行动表明自己在恋爱上的态度。她不再像原来那样在人前有意掩饰自己和曹沐塬的关系，每当有人问起曹沐塬的身份，便羞涩地说："是我对象。"

一天，周敏慧和曹沐塬正在大街上散步，迎面碰上了史德全。他看到周敏慧和曹沐塬亲密的样子脸色变得异常难看，把头用力扭到一边，迈着十分僵硬的步子走过去了。

"那人是谁呀？"曹沐塬奇怪地问道。

"一个神经病！"周敏慧不屑地说道。

见此情景曹沐塬不再多问，轻轻地用胳膊肘碰了一下她说："敏慧，我们家里人都知道我跟你在谈对象，他们很想见见你，你想不想到我们家去玩？"

"好啊。你们那里我还没去过呢。"

"这个星期天怎么样？"

"让我回去看一下排班表。万一这周去不了，下周跟谁倒个班，连休上两天。"

"太好了。"曹沐塬高兴地捏了一下她的手，疼得她叫唤了一声。

"干吗掐我？"

"没有。我想给你传递一个信号，表示我很喜欢你。"他附在她耳边低声说道。

"讨厌！"她佯装嗔怒的样子用拳头在他身上轻轻地捣了一下。

曹沐塬的家离县城很远，周敏慧坐了将近两个小时的车，翻了两座山才到。这位从城里来的漂亮姑娘来到曹家以后，立刻受到热情接待，全家人准备了满满一桌子丰盛的饭菜款待她。在饭桌上，曹沐塬的父母不停地招呼她吃这吃那。周敏慧因为晕车吃了几口就吃不下去了，曹沐塬的母亲说："塬儿，敏慧难受，带她到中间的窑洞里睡上一会儿，等她睡醒了再做饭给她吃。"

曹沐塬马上放下筷子把周敏慧带到旁边的窑洞里。那面窑里收拾得非常干净，炕上的床单和枕巾都是新的，被面看上去也很新，像是特意为她准备的。她脱了外套躺下后，曹沐塬把被角掖好，在她脸上轻轻地吻了一下，便蹑手蹑脚地出去了，顺手带上了门。

在乡村特有的宁静气氛当中，头昏脑涨的周敏慧躺在柔软舒适的褥子上，嗅着新棉布散发出来的淡淡的清香，很快就进入了梦乡。她美美地睡了一大觉，在母猪哼哼唧唧的叫声中睁开眼睛，发现四周静悄悄的，听不见说话声，也没有脚步声。她起来自己倒水洗了脸，梳了头，到院子外面去泼水的时候，见院门紧闭着，其他窑洞的门都上了锁，好像院里的人都出去了。

夏日的阳光热烘烘地照着她的脸，有只蝉在墙外的树上"吱——吱——"地叫着，院墙内用树枝围起来的菜园子里整整齐齐地种着一排排辣椒、茄子、芹菜、韭菜等蔬菜。靠近大门的地方，还有一丛红苕花，花儿含苞待放，叶片绿油油的，长得十分茂盛。

她闲待着无聊，便回到窑洞里搬了个小板凳坐在房檐下的阴凉处，望着院子里悠闲自在的鸡和天上缓缓移动的云朵纳闷地想："这些人都到哪里去了？怎么这么长时间还不回来？"

大约过了半个小时，门外的小路上隐隐传来几个人的说话声。不一会儿，曹沐塬就和家人一起回来了。他爸爸肩上扛着一把锄头，他母亲提着一个筐子，里面装着半筐西红柿、黄瓜、豆角和南瓜，西红柿又大又红，皮上还沾着泥巴，像是刚刚从地里摘下来的。曹沐塬的怀里还抱着一个个头不大的西瓜，他妹妹一只手提着一只空水桶，里面放着一只水瓢，另一只手拿着一束野花。小姑娘只有十二岁，身材瘦瘦的，细眉细眼，看上去格外活泼。

"起来了？"他母亲笑眯眯地问道。

"嗯。"周敏慧不好意思地答道。

"饿了吧？我这就给咱做饭。"

"不饿。离吃下午饭的时间还早着呢。你们刚才到哪里去了？"

"到我们家的地里去了一下。"曹沐塬答道。

"为什么不叫我？我也想去看看。"

"我们走的时候看你睡得正香，就没有叫你。你要是想去的话我明天早上带你去转转。"

曹沐塬的妹妹把水桶放到院子里，蹦蹦跳跳地跑来把手里的花递到周敏慧面前："姐姐，这是给你的。"

"谢谢！"

"你觉得好看吗？"

"好看。"她低下头闻了一下，禁不住喊道，"哇，真香！"

"这是我在地畔上摘的，我摘花的时候我哥在挑瓜。地里的西瓜大部分还不熟，我哥挨个敲了一遍，只有这一个好像还差不多。"小姑娘向周敏慧汇报道。

"谁知道熟不熟，只有切开才知道。"曹沐塬皱着眉头说道。

进门后，曹沐塬用抹布把西瓜的外皮擦干净，放到案板上，先用菜刀把瓜蒂周围的硬皮切掉，然后把刀口对准瓜身，嘴里念了句："阿弥陀佛！"便切了下去。随着手起刀落，裂成两瓣的西瓜露出了粉红色的瓜瓤。他失望地嘟囔着说："还差几天。"然后利索地把西瓜切成小块。曹沐塬的母亲没等他切完，就抢先拿了一块西瓜递给周敏慧："快尝一下，不晓得酸不酸。"

周敏慧咬了一口，瓜瓤不是特别甜，但是口感非常新鲜，情不自禁地称赞道："好吃！"

其他人都乐呵呵地笑了起来。

曹沐塬的爸爸又拿来两块放到她面前："好吃就多吃点。"

"敏慧，下午想吃饸饹，还是鸡肉？"曹沐塬的妈妈问道。

"饸饹吧。"周敏慧答道。

做饭的时候，周敏慧跑到灶台前要帮忙，被他母亲推开了："你们一天上班那么辛苦，好不容易休息两天好好歇着，我成天闲在家里就做几顿饭，用不着帮忙。"

曹沐塬怕周敏慧肚子饿了等不及饭熟，在柴火上给她烤了一个馒头，皮烤得黄黄的，外焦里软，吃到嘴里有一种特殊的香味，周敏慧对他的烤馍赞不绝口。曹沐塬的母亲做汤的时候周敏慧悄悄地问曹沐塬："阿姨做的是什么汤？"

"瘦肉豆角洋芋西红柿汤。放心，没有放胡萝卜，我提前已经给她说了，她记着呢。"

周敏慧听了顿时觉得心里暖暖的。

晚上，曹沐塬带着她到村子里转了一圈，两个人坐在麦场边的田垄上，一边无拘无束地说话，一边看天上的星星。高原上的天空很低，星星很亮，就像刚刚被人用绒布蘸着水擦拭过一般。除了低矮的草木和房屋，放眼望去，四周几乎没有什么障碍物。平日里在川道上眺望到的那些大山已经显示不出任何高度，变成了环形的地平线躺在他们脚下。和心爱的恋人在一起，这些在普通人眼里再平常不过的事物，对于周敏慧来说，全都是那么新奇，那么有趣，就连身边吹来的风似乎都带着与众不同的甜味。

"敏慧，你在我们家能住习惯不？"曹沐塬问道。

"能。"

"那就好。"他笑着低下头用手抚摸着身边的小草说，"我常想，你这么乖巧懂事，各方面又十分优秀，在你们家里爸爸妈妈肯定很疼爱你吧？"

"是的，他们都非常爱我，尽量为我创造良好的生活环境，提供优越的物质条件，不希望我在外面受一点苦。我从小比较胆小懦弱，属于那种特别听话的孩子，从来不敢对父母说一个不字。因为在我很小的时候他们就教育我说，懂事的娃娃是不会让父母伤心难过的。所以，很多时候我做事情的目的不是为了让自己高兴，而是为了让爸爸妈妈高兴。他们永远都不会想到，自己的高兴是用女儿无数的眼泪换来的。特别是当我违心地听从了他们的意见上了卫校以后非常后悔，常常梦见自己又回到中学的校园，上了高中考上了大学。当我醒来发现这一切不是真的，心里特别难受。有时候在家里，当我听到了我不想听的话，遇到了我不想做的事时，很想像我弟弟敏杰那样跟他们大吵大闹，把自己心里所有的委屈都说出来，可是一想到这样做会伤害他们，我又忍住了。"周敏慧含着眼泪低下了头。

曹沐塬掏出一块手绢替她擦了擦眼泪，叹了口气说："当爱成为一种枷锁让人感到特别沉重的时候，已经失去了它本身的意义。年幼的时候，因为我们太弱小，需要在父母的引导下认识这个世界，学会一些最基本的生存的本领，所以只能被他们的爱捆绑着向前走；当我们长大以后，有了足够的勇气和力量去面对人生的风雨的时候，就应该努力挣脱他们的束缚，否则的话就会被压倒在爱的十字架下，成为牺牲品。"

"是的。现在我已经逐渐明白了这个道理，我不会踩着他们的脚印重复他们的人生，我要按照自己的意愿去生活。如果将来有一天我也有了自己的娃娃，绝不会把自己认为好的和对的东西强加给他，而是把他喜欢的和需要的东西给予他。"周敏慧抬起头望着闪烁着点点银光的天空说道。

"我相信你将来一定会成为世界上最好的母亲。"曹沐塬紧紧地搂住她的肩膀说道。

第二天早上吃完饭后，曹沐塬专门带着周敏慧到地里去了一趟，由着她的性子胡乱采摘了一气，又带回家一堆半生不熟的瓜果蔬菜。家里人见了谁也没有流露出不满的情绪，全都表现出宽容的态度，只当是不懂事的小孩子在玩耍而已。

刘怡芬听几位邻居说好几次碰见周敏慧和同一个男孩子在一起，便问女儿是不是确有其事。周敏慧没有否认。于是，夫妻俩轮番用轰炸式的说教劝她放弃这段感情。由于从小的习惯所致，周敏慧不敢像敏杰那样在父母面前用粗暴的方式抗议，只是以沉默相对，背过他们，依然我行我素。

她的坚持渐渐地取得了成效，很多准备提亲的人得知她有了对象，都放弃了对她的追求。周文青多次对女儿劝说无效后，对妻子说："咱们该说的已经说了，娃娃要是铁了心非要跟他谈，就不要再阻拦了。要是硬把他俩拆散，万一敏慧将来过得不幸福会抱怨我们的。"

刘怡芬说："她小时候一直很听话，不知道什么原因长大了变得这么不懂事。唉，女儿大了，当爸当妈的管不住了。现在的年轻人跟咱们那时候真的不一样，咱们的父母让咱干啥谁还敢说一个不字。可他们呢？说句心里话，她找的这个对象我是真的看不上眼，他们俩要是结了婚，我一辈子心里都过不来。"

"可是有什么办法呢？人家愿意呀。你要是高兴了，女儿就不高兴了。算了，你就别再瞎操心了，女儿的事让她自己做主吧。"

"好吧，我不管了，女儿的事你自己跟她去说。"刘怡芬赌气说道。

"那就这样定了，我跟她说，你可别后悔。"周文青说道。

"不后悔。再说，我说什么她也不听呀。"刘怡芬一脸的无奈。

星期三的早上，陈灵均刚查完房回到医生办公室，钟锦华就对他说："叶院长刚才打来电话，让你到他办公室去一趟。"

陈灵均猜不出叶院长找他有什么事，急急忙忙来到三楼，见院长办公室的门开着，就径直走了进去。

"小陈来了，快请坐。"叶知秋热情地招呼道，亲自倒了一杯水放在他面前。

陈灵均忐忑不安地坐在他对面问道："叶院长，您找我有事？"

"嗯。我今天把你叫到这里来，是想跟你谈谈咱们医院开二门诊的事。原先咱们的干部病房和内科病房是分开的，现在因为医院增加了几个科室，医疗用房不够，再加上病人对干部病房需求不大，就把两个科室合并了，目前内科的人员比较充足，拉出去几个人不影响工作，我觉得在这个时候开二门诊时机非常成熟。本来年初我就想把这事弄起来，先后跟刘焱、罗晨阳、陈淳这几个年龄大点的医生谈过，看他们愿意不愿意带几个人出去搞承包。他们掐着指头算来算去，都说心里没底不敢去。所以呀，我就想到了你，觉得你业务能力不错，思想也比较前卫，说不定还能弄成这个事。我的想法是这样的，在街道的中心位置租两间门面房，挂县医院二门诊的牌子，从内科抽调两名医生，一名护士，配一名收费人员，设置六张观察床，让你们独立经营，自负盈亏。房子的位置我已经瞅好了，只要你同意，由医院出面跟房东谈。如果将来二门诊效益好的话，你肯定吃不了亏；如果效益不好的话，合同到期以后，没卖完的药品和配备的内部设施由医院照价回收……"

陈灵均没有想到叶院长会把如此重大而富有挑战性的任务交给他，他的心里不由得一动：带三个人开二门诊，这不跟电影里的二子带几个朋友开旅店是一个道理吗？这是一件多么让人兴奋，多么有意思的事情！但是他拿不准自己能干还是不能干。于是他对叶知秋说："请您给我三天时间考虑一下。"

"不急，一周也可以，想好了再告诉我。"

陈灵均下班后直奔翟明礼家，把这件事情告诉了老丈人。

翟明礼笑眯眯地听完以后，对他说："我觉得这是一次难得的机会，等于给你提供了一个能够施展才华的舞台，可以试着挑战一下。如今时代变了，人的思想也要改变。这几年不是很流行'下海'吗？你看人家稍微有点本事的人离开单位在社会上都发展得很好，要是目光只停留在体制内，缩手缩脚的啥事也不敢弄，只能窝窝囊囊地过一辈子。我可以帮你分析一下，目前县城里一共有三家个人门诊，其中，开业时间最长的是牟万里，他以前是赤脚医生，只在县上念过几个月的乡村医生培训班，主要靠自学成才，多年来一直看中医，靠卖中药赚钱，不管学历还是技术，都没有你全面。另外，他开的是私人门诊，咱挂的是响当当的县医院二门诊的牌子，比他扛硬多了。其他两家的医生都是自费卫校毕业的，一个主要靠卖药维持生意，另一个位置比较偏远，对二门诊不会造成多大的威胁。县城东边虽然有中医院、妇幼保健院，西边有县医院，但是二门诊在中间，地理位置最好。老百姓又不是傻子，哪里看病方便又省钱，当然愿意到哪里去看。你要是创业成功了，家里欠的那点钱简直是小菜一碟，用不了几个月就还完了，说不定还能赚到一大笔钱呢。"

陈灵均听了以后马上就有了主意，回去把翟明礼的话跟翟书珍说了，她一边奶孩子，一边笑着说："我是女人家，对外面的事情不懂，咱爸说敢弄你就弄吧。"

"嗯，不过，想弄这个事要投资不少钱呢。"

"得多少？"

"大概得七八千吧。"

翟书珍想了想说："你先跟医院把合同签了，然后咱们再想办法弄钱。我们家有好几个亲戚家里的光景都不错，我试着跟他们说一下，只要一人凑一点，肯定能凑够。"

"我要是到二门诊上班，就没时间管家里的事了。"陈灵均说道。

"没事，有妈呢。"翟书珍温柔地笑了一下，似乎一点儿也不犯愁。

两天后，陈灵均告诉叶知秋自己已经想好了，决定冒险下一次海，不过他提出一个要求，要带着内科的安振国和刚刚从基层医院调到县医院的徐晓娟跟自己一起干。他已经跟那两人商量过了，都表示同意。叶知秋接受了他的条件，跟他签订了两年的合同。

合同刚一签完，陈灵均便开始四处筹钱。他先试着问了几个关系比较好的同学，这些同学都是农村家庭出身，刚参加工作没有攒下钱，几天下来，竟然连一分钱也没有借到。他心灰意懒地回到家中，不由得后悔当初的决定，心里想：合同已经签了，没有钱可怎么办？实在不行，就到银行去贷款。可他一无所有，拿什么做抵押呢？

书珍从他的表情中看出了端倪，劝丈夫别愁，说钱的事包在她身上，一吃完晚饭把孩子安顿给母亲之后，就背着包出去了。

她没有跟父母开口。因为她知道父亲是单职工，退休后经济上本来就不宽裕，她结婚时又花了不少钱，现在手头也很紧，因此，她直接跑到她姑姑家去借钱。她姑姑家是他父亲兄弟姊妹中光景最好的，两口子平时花钱特别大手，经常到外面旅游。翟明芳听说陈灵均准备离开医院承包二门诊，惊得眼珠子都快掉出来了："你女婿胆子可真够大的，一分钱工资都不要，还要挣钱养活四个人，这样做太冒险了，弄不好一毛挣不了连老本都要赔进去。你回去好好劝劝他，不要在外面瞎折腾，安安分分地待在医院最好。"丝毫也没有表现出愿意凑钱的意思。

书珍又跑到她小姨曲晓梅家去借钱。曲晓梅在单位上班，她爱人是做生意的，儿女都有工作，家庭情况非常好，她平时出去打麻将的时候包里常背着很多钱。她听了书珍的来意后，也不支持陈灵均开门诊，认为个人门诊根本竞争不过公立医院，病人有了病肯定直接往县医院、中医院跑，她借口说自己家的钱都让儿子拿去买房子了也没有借钱给她。

书珍一连碰了两鼻子灰，回到家中坐在沙发上一个劲地发呆。

陈灵均说："别再求人了，实在不行，我到外面贷贷款去。"

"别急，让我试着再问问我哥，说不定他能帮上咱家的忙。"书珍说道。

翟书海听说陈灵均要开二门诊，眼睛马上就变亮了，连声说："这是好事呀，应该支持。"他说他虽然没有做过生意，但是亲眼看见在县政府上班的吴青被单位分流出去以后，在县城西郊开了个修理厂，依靠社会上的人脉和一些单位合作，把生意做得特别红火。身边的很多人都说，现在"下海"做生意钱特别好挣，怎么着也比上班强。他早就按捺不住心中的那股子热乎劲，也想谋个好事情做，可惜一直没有合适的机会。

他问妹妹需要多少钱。翟书珍说了以后，他非常豪爽地说："你不要到别处跑了，我存折里的钱够，你都拿去吧。"

第二天，翟书海就把家里的存款全都取出来交给了自己的妹妹，书珍马上把钱交到了陈灵均的手里。

作为一个男人，陈灵均觉得自己在外面弄不来钱，只能眼巴巴地看着老婆低三下四地去求人，自尊心受到极大的伤害，暗暗下决心一定要把二门诊办好。

门面房租好以后，他立即按照医疗行业的要求，参照县医院门诊住院病房的卫生标准开始装修，和安振国、翟书海一起租赁柜台，购买桌椅、病床等设施。

汪学义听说陈灵均要带几个人到外面去开门诊，有点不相信，亲自跑到他家来问他。

"是真的，我跟医院把合同都签了。"陈灵均平静地说道。

"你是不是想钱想疯了，还是缺心眼？刘焱、罗晨阳和陈淳都当了十几二十年的大夫，在县城里要名气有名气，要技术有技术，他们都不敢出来搞怕赔钱，你怎么这么胆大，敢带着三个人一起出去？你有没有算过，光四个人的工资一个月得挣多少钱才能赚回来？万一弄不好，赔到沟里去怎么办？"汪学义焦急地说道。自从参加工作以后，汪学义穿着打扮比以前更讲究了，是医院里公认的帅小伙，他对自己的收入十分满意，言谈中经常流露出满足感和自豪感。他还像上学的时候一样吊儿郎当的，不好好学习，陈灵均经常批评他，但他根本听不进去。

"我就想试一试这潭水到底有多深。不把腿伸到水里去，光站在岸上看，怎么知道自己到底能不能蹚过去？说不定他们不敢做的事，到我这儿偏偏就做成了。就算将来真的失败了，我也不后悔，就当是人生中的一段经历吧。"

"你的心态可真好，我算是服了。既然你已经决定了，那就好好干吧，希望你成功！"汪学义用无奈的语气说道，在老同学的肩上重重地拍了一下。

"呵呵，要是有熟人来找我看病，告诉他们我在二门诊上班。"陈灵均安顿道。

"没问题。"

七

二门诊装修布置停当后，陈灵均在安振国和翟书海的陪同下，坐了七八个小时的长途汽车来到省城西安，三人下车后马不停蹄地坐上公交车直奔城西成药批发市场。市场内有上百家大大小小的医药公司，同一种药品因生产厂家、制作工艺、剂量和规格不同，价格相差很大，从几元到几十元、上百元，最多可以分七八个档次。三个人转了一圈以后，安振国摇着脑袋对陈灵均说："我的天哪，我看进药比进衣服都难，谁知道买哪家的药价格不贵，质量又有保障。"

"既然这些药都是经过国家审批的，允许在市场上公开出售，质量应该都没有问题。我看还是买便宜一点的吧，管它什么厂子生产的，只要能治病就行。"翟书海一边抽烟一边说道。

陈灵均一句话也不说，眼睛望着天花板似乎在思索着什么。

"陈老板，你是不是脑袋也转晕了？别急，坐下休息一会儿再买。"安振国拉了一块废纸板坐在上面，示意陈灵均也在边上坐下来。

"我的脑袋没晕。我已经想好了买哪几家的药，等你们稍微歇上一会就去买。"陈灵均胸有成竹地说道。

安振国和翟书海对视了一下，从地上爬起来说："走，看好了就赶紧买去，不然多住一天旅馆要多一天的费用。"

陈灵均带着两人走进一家门脸较大的医药公司的门店，掏出身上提前列好的药单，把他要购买的药品名称和数量一一报给店家，让对方打包后暂时寄存在库房里，第二天早上再来拉货。付了押金，把能买到的药买好后，又来到第二家医药公司，继续购置之前没有买齐的药品。还差几种药没有买到，他们又去了第三家医药公司。这几家公司销售的药品价格属于中等或中高等水平。陈灵均边走边对身后的两个人解释说："凡是建厂时间长规模大的制药厂都比较正规，生产的药品基本上都是合格的；那些刚成立的小厂，有些原来根本就不是生产药品的企业，药品价格放开以后，他们看到药品的利润空间很大，就转到这个行业里来了。因此，生产的药品无论是原材料还是制药的技术，相对都差一些，绝对不能买这些厂家的药。干医疗这一行，不能像市场上卖商品一样只考虑成本和利润，不管挣钱多少，一定要对得起自己的良心。要是昧着良心挣黑心钱，就是怀里抱个金砖睡在床上也睡不安稳。"陈灵均还告诉他们，国家正式取消绝大部分药品定价之前，全国只有几百家制药厂，几乎一年的时间就增加到了几千家。

安振国久久地看着他，激动地说："陈灵均，我终于知道叶院长为什么要让你来开门诊了。他没有看错你，我也没有看错你，咱们的二门诊要是办不好，我就不姓安了！"

"不姓安了姓啥？姓陈？"翟书海故意逗他。

"我啥也不信（姓），就信（姓）他！"安振国指着陈灵均说道。

三个人都笑了。

把西药采购停当后，陈灵均看着时间还早，说有几位同事托他买几根好一点的人参带回去。于是，三个人又急急忙忙往东郊的中药批发市场赶。

到了地方以后，一进大厅，眼前的情景让他们一下子就呆住了——所有的卖家各占一个摊位，药材全部用麻袋装着或者直接堆放在地上，密密麻麻连成数排，进货的人有的扛着麻袋，有的提着编织袋在里面穿来穿去，吵吵闹闹的，跟县城里的菜市场没什么两样。唯一不同的是，这里闻不到蔬菜的清香，只能闻到浓烈的中药味。

已经快到下班时间了，三个人走得很快，边走边看边问。中药药材的质地和价格差距也很大。价格高的，不仅外观完整，清洁度好，色泽鲜亮，嚼起来味道也很浓；价钱便宜的，药材破损十分严重，几乎全是药渣，里面掺杂着不少泥土，看上去很脏，吃到嘴里药味很淡，满嘴都是土腥味。

陈灵均来之前特意请教过庄正杰如何鉴别人参的优劣，因此看了几家以后，很快就挑选好了要买的货，经过一番讨价还价之后，根据同事订购的数量逐一称好，装进不同的袋子，贴上标签，分别交给翟书海和安振国保管。他付了钱刚走了几步，翟书海突然从后面拉了一下他的衣襟，悄悄地指着蹲在地上的一个人让他看。

那是一位五十多岁的老头儿，留着一把花白的胡须，干瘦的身体外面穿着半旧的青灰色中山装，操一口地道的东正县方言，用手指捻着麻袋里的药末向摊主问价。陈灵均很快就认出，这个人就是在西街开个人诊所的牟万里，他看中的药材是市场里质量最差的，价格当然也是最便宜的。

"回去以后告诉家里人，再也不要到他的诊所里抓中药了。"走过去一段路之后，陈灵均对翟书海说道。

"第一个要告诉咱妈，她最相信牟万里了，经常到他的诊所里号脉。"翟书海说道。

"公家的医院绝不会进那么差的药。这些人的心也太黑了，怎么敢把那么烂的药卖给病人？"安振国愤愤不平地说道。

翟书海说："为了钱呀。"

"良心都叫狗吃了！"安振国骂道。

三个人拿着买来的人参又坐车回到城西，在医药市场附近的小旅馆里登记了一个三人间，出来一人吃了一碗岐山臊子面，回去洗漱完便早早地休息了。

第二天早上不到七点钟陈灵均就把两个同伴叫醒了，三个人退了房，在门口的地摊上吃了早餐，等市场八点钟一开门便进去，提了货，付了钱，叫了一辆三轮车，直奔城南汽车站。

一个小时后，他们来到发往东正县的长途汽车旁。陈灵均爬上车顶，安振国和翟书海把货递上去，他用绳子仔细地捆好便下来了。

"药放在车顶上，万一下雨淋湿了怎么办？"安振国担心地问道。

"顶上有油布，货全装好了司机会盖在上面的。"经常出门的翟书海说道。

"那我们就上车吧，站在外面怪冷的。"安振国缩着脖子转身上了车。

"你们先上去，我在下面再等一会儿，还有装货的人，我得照看着别让他们把咱们的东西压坏了。"陈灵均冲着他喊道。

"我也等会儿再上去。"翟书海说道。

安振国上车后，见里面只坐着三四个打扮得花枝招展的女人，嘻嘻哈哈地说着在西安游玩的经历，相互看身上新买的衣服。他因为前一天半夜里醒来很长时间没有睡着，有点犯困，便坐在座位上闭着眼睛休息。没过多久，就被"嘭、嘭"的声音惊醒了，发现车厢里大部分的座位上已经有了人，很多都是街上做生意的。陈灵均和翟书海的位置依然空着，有人正往车上放货，货物很重，每次落到车顶上车子就会震动一下，隐隐约约能听见外面的说话声，好像是司机和卖票的正在计算货物的数量和重量。他以为装货的过程很快就结束了，没想到一连半个小时都没有停歇。最先跟他一起上车的那几个女的被越来越强烈的震动吓坏了，一齐朝车门外喊："不敢再装了，装得太多了不安全，车子已经不稳了！"

"没事，我在这条路上一年跑几百趟，心里有数，你们不用担心！"司机满不在乎地说道，依然指挥着外面的人往上搬运货物。

"小心，小心！"

"慢点，别着急！"

安振国焦虑地抬起头，望着越来越重的车顶，浑身的瞌睡劲一下子全跑光了。他拉开车窗，把头伸出去冲着司机不满地吼道："行了吧？已经装得够多了！"

"快把头伸进去，小心货包掉下去砸在你脑袋上！"陈灵均立刻喊道。

他赶紧把头缩回来，把窗子关上，心里不由得为整车人的安全暗暗地担忧起来。如果还有别的选择，他肯定早就下车走了，可他是这个由三个人组成的临时团队中的一员，不能擅自离开，只能在痛苦的纠结中继续坐在车上等待发车。

装车的声音突然停下了。

"你的东西到底装完了没有？"车顶上传来司机不耐烦的声音。

"只剩两包了。"是一个女人的声音。

"啊？还有两包，我以为只有前面那两包。不行，太多了，剩下的不能装了。"

"求求你装上吧，剩下这两包东西你让我往哪里送去？都是老熟人了，你就照顾照顾我，女人家出来进货不容易。"那个女人用乞求的声音说道。

"好吧，拿上来。"司机极不情愿地答道。

随着沉重的货包"咚"的一声砸到车顶的那一刻，车上近一半的人都惊叫起来。

"不要再装了！"

"再装我们就不坐了！"

装货的声音并没有因此而停止，第二包货很快又重重地压在了车顶上，车子明显地摇晃了一下。安振国不敢想象此时车顶上的货物到底堆得有多高，只是觉得头皮一阵阵发紧，好像那一包包的货物全都压在他的头顶上。

不到一分钟的时间，陈灵均、翟书海和一个个子不高身材特别结实的女人鱼贯而入，车顶传来呼啦啦的声响，像是有人在拖动油布。那个女人恰好坐在他们前面的座位上，她坐好后扭过头来，冲着陈灵均笑了一下，说了声："谢谢！"嘴角两边圆圆的灸疤特别显眼。

"不客气，都是老乡。"陈灵均答道。

几个人用非常厌恶的目光看了他们一眼，安振国也觉得那声"谢谢"让自己的同伴显得很不光彩。

司机上车后，一位穿着红衣服的女孩跑到跟前不放心地问道："装了这么多东西超载了没有？走到路上安全不安全？"

"哈哈，超载了没有？没有超载！你放心吧，我也在车上坐着呢，难道我不怕死吗？我也不想出事。"司机边说边发动了车。

安振国低声问坐在旁边的陈灵均："车上到底装了多少货？"

"大概有三四吨吧。"

"这不明显超载了吗？他刚才还骗我们说没有超载。"

"长途汽车没有不超载的，他们天天都这样。多拉一包货就多赚一份钱，三四吨货有不少利润呢。"翟书海说道。

说话间，车子一转弯，车身猛地向外倾斜了一下，车上又是一片惊叫声。

"我不想坐了，咱们下车吧！"穿红衣服的女孩突然站起来对同伴大声说道。

安振国心里想，只要有人下车，他也拉着陈灵均和翟书海下去。

"快坐下，小心摔倒了！"女孩的同伴说道。

车上的人全都静悄悄的，谁也不说话。女孩站了一会儿见众人都没有反应，又坐下了。

卧铺车摇摇晃晃地驶出了车站，来到了大马路上。车开得很慢，安振国能够明显地感觉到车身很沉。他估计轮胎已经被压扁了，说不定到了半路上就会爆胎。

市区的路上人多车也多，卧铺车时走时停。出城以后，司机加快了车速，卧铺车行驶得还比较平稳，车上的人悬着的心渐渐地放松下来，开始喊喊喳喳地说话、喝水、吃东西。

大约过了二十几分钟，到了一个急转弯的地方，车身随着惯性又剧烈地来回摆动起来，尤其当重力向一侧倾斜的时候，全车人的身子也跟着一齐歪倒了，人身与座位之间的仰角几乎超过了一百二十度。安振国怀疑另一侧的轮胎已经脱离了地面，紧张地用手死死握住把手，脑子里已经做好了万一翻车的话如何自救的准备。他知道车内空间很小，短时间内肯定跳不出去，唯一的选择就是蹲在地上抱着脑袋尽量缓冲车辆坠落时带来的巨大冲击力，是死是活只能听天由命。一想到自己才二十几岁，好不容易读完大学刚刚走上工作岗位，满怀雄心壮志还未大展宏图，就被无良的司机断送了年轻的生命，内心充满了愤怒、怨恨和悲伤。

他偷偷地观察陈灵均和翟书海的反应，见陈灵均也显得很紧张，翟书海大概已经习惯了这种有惊无险的旅行，竟然两只手抱在胸前呼呼大睡。

早晨的阳光特别刺眼，车窗的帘子大部分都拉着，他不知道走到哪里了，感觉路途特别漫长。前面的几个女人依然不时发出惊叫，有时还骂骂咧咧地抱怨几句。司机不理睬她们，一边开车，一边和卖票的闲聊。

过了两个小时以后，人们的反应渐渐地淡漠了，但是危险并没有因此而减退。随着频繁的颠簸和摇晃，陈灵均把目光投向脸色煞白的安振国，握住他的手说："是不是晕车了？咱俩拉拉话吧。"他跟安振国说起二门诊开业以后的事，两人经过商量之后决定：为了方便病人就诊，二门诊节假日照常上班，工作人员采取轮休的方式每人每周休息一天；病人来看病没有挂号费和诊查费，留观病人只收床位费、治疗费和药费，没有其他费用；不收危重病人，只收患有常见病和多发病的内儿科患者。陈灵均还说，虽然他们在院外营业，暂时不受医院的约束，但是还要严格按照行业规范开展医疗活动，尽最大努力防止医疗事故发生。说了一会儿话后，安振国的状态好多了。

下午一点左右，汽车停在一个小镇的饭馆门前，全车人下车上厕所、吃饭。过了半个小时又回到车上继续前行。到了四点半，汽车终于安全地到达东正县。

"老天爷啊，我们总算活着回来了！"下车后，安振国紧握着拳头狠狠地叫了一声。几个同行的男人发出了轻笑，似乎觉得他太矫情。

一阵噼里啪啦的鞭炮声过后，陈灵均怀着激动的心情小心翼翼地拉开了蒙在诊所牌子上的红绸布。

"好！"几位同事用力鼓了几下掌便乐呵呵地走进门诊，开始了第一天的工作。被鞭炮声吸引过来的路人纷纷停下脚步，好奇地看着马路北侧"东正县人民医院第二门诊"几个大字。周围几个做生意的先后围过来，有的对着门诊指指点点大声议论，有的直接走进去看。第一个跨进门的是马路对面服装店的老板娘，她一看到陈灵均穿着白大褂坐在里面就惊喜地问道："你是医生？"

"嗯。"

"那天咱俩一起坐车回来，你帮我装了半天货，我还以为你也是卖货的。"

"我不卖货，只卖药。"陈灵均笑眯眯地答道。

那女人挨个把诊所里的房间参观了一遍，诧异地说："这里面还有床呢，你们中午上班累了还能在里面休息一会儿。"

"那是给打吊针的病人睡的，没有病的人是不能睡的。"安振国笑着说道。

那女人伸了一下舌头不好意思地笑了。她走到药柜前冲着徐晓娟友好地笑了一下，自我介绍说："我叫惠彩玲，和我老汉在对面的门市里卖男装，以后咱们就是邻居了，你们谁想买男装就来找我，我们的男装质量很好，你们要的话一定会算便宜点。"

"好。"几个人异口同声地说道。

惠彩玲挨个问了医护人员的名字，趴在柜台上看了一会儿，指着里面的药说："给我拿一盒含喉片。我平常做生意的时候说话多，嗓子老是发干、发痒。"

"跟我来。"徐晓娟把药取出来放到收费员曹敏跟前，等惠彩玲付了钱以后亲手交给她。

"像你这种情况要多喝水，多吃水果蔬菜，平时不要太劳累。"陈灵均嘱咐道。

"唉，不劳累不行呀。我老汉爱打麻将，成天在外面瞎逛，根本不管店里的事，大部分时间我只能一个人守在那里，哪里也不敢去。娃娃幼儿园放学了出去接的时候，他要是不回来，我就让跟前那些做生意的人帮我照看一会儿门市，把娃娃送到她奶奶家，又赶紧跑回来。"惠彩玲无奈地说道。

"那还真是没办法。"徐晓娟同情地说道。

"我要过去了，再见！"惠彩玲说完恋恋不舍地转身出了门，啪嗒啪嗒地跑到马路对面去了。那家服装店正对着二门诊，牌子上赫然写着"四季红男装"。

惠彩玲走后，二门诊的人一直没有断头，有的和她一样是来了解诊室情况的，有的是来买药看病的，出门前都说："县医院的门诊开在这里真是太方便了！"

这一天陈灵均和安正国一共接诊了十几位病人。大部分人问诊之后，做了一下简单的检查就开药打发走了，只有两个病情较为复杂的病人陈灵均让他们到县医院去做检查。检查结果出来后，病人又跑来找他，他给其中的一个人开了点药，让他回去一边服药一边观察，五天以后再来复诊。另一位病人需要留观，在二门诊输液之后，当天就回去了，第二天白天再继续治疗。

下午下班前，陈灵均给所有的工作人员开了一个会，总结了当天的工作，并对后面的工作提出了一些具体的要求。

散会后，四名工作人员在一起说说笑笑收拾东西打扫卫生。安振国一边拖地一边对徐晓娟说："我发现你这个人干活的时候看着动作不快，实际上效率很高。"

"她属于那种干一下顶一下的人，手底下没有任何废动作。有的人表面上看起来急急忙忙的挺利索，实际上脑子里没谱，东抓一下，西摸一下，尽做重复劳动。"陈灵均一边整理桌子上的资料，一边说道。

"看来你对她还挺了解的。"

"当然了解了，我们俩在一起工作了将近一年，还差点被同事撮合成两口子。"

"瞎说，我长得又胖又丑，你哪里看得上我。"徐晓娟马上反驳道。

"我怎么会看不上你？是你嫌我太小了。"

"哈哈，你俩都别谦虚了，我看谁都不是随便将就的人。不过你俩还真是挺有缘分的，他头一年刚调到城里，你第二年就追着屁股来了。你们那个医院的人大概都走空了吧？"安振国问道。

"没有，我们走了以后，人家又调来新人员了。县上年年都有新分配回来的中专生、大学生，不缺人。"徐晓娟边擦桌子边说。

"可惜基层医院留不住人呀。你们走了以后，院长肯定挺遗憾的，好不容易才培养出来两个能干了活的人，没待多长时间全走了。"曹敏说道。

"我走了他们遗憾不遗憾我不知道，反正陈灵均走了他们挺遗憾的。老磨成天在人前念叨着说：'我早就说过，赶紧给陈灵均找个对象把他拴在这里，你们就是不当回事。看，人家走了不是？这么好的娃娃再上哪里找去？'"徐晓娟说道。

陈灵均的嘴角立刻浮出一丝不自然的笑容。他等众人全部收拾停当之后，锁好门，和安振国一起拉下了卷闸帘。

"陈大夫，你们下班了？"隔着马路，远远地传来惠彩玲略带沙哑的嗓音。

四个人回过头，见她站在服装店的门口，旁边放着一把椅子，一位五六岁的小女孩坐在小板凳上趴在上面写字。女孩的头上扎着两个细长的马尾辫，模样长得很秀气，穿得也很洋气。

"下了。你们还不关门？"陈灵均问道。

"时间还早着呢，我再守一会摊。明天再见！"惠彩玲满脸笑容地冲他们挥了挥手。

徐晓娟也朝她摆了几下手，几个人分头向各自的家中走去。

二门诊的人走后，男装店旁边卖化妆品的女老板走过来问惠彩玲："今天下午你们娘儿俩打算吃什么？"

"强娃一会回来了带着妞妞到他妈家去吃饭，我随便吃点凉皮什么的凑合一下算了。"

"你这个人过得可真仔细，攒下那么多钱干什么？"

"攒下钱给我娃花呗。她现在还小，正在上幼儿园，以后还要上小学、初中、高中、大学，花钱的日子长着呢。"惠彩玲认真地说道。

"你可真能吃苦，换了别人，早扔下这个摊子跑了。强娃不知道上辈子积了什么德，娶了你这么个又能干又不爱花钱的老婆。"女老板用半讽刺半夸赞的语气说道。

"我是从农村出来的，从小吃惯苦了，要是像别人那样大手大脚地花钱心里不习惯。"惠彩玲低着头轻声说道。

女老板用不可理喻的眼神扫了她一眼，摇晃着肥大的屁股走了。

八

快到中午十二点了，二门诊的门口依然有人不停地进进出出，看上去特别热闹。惠彩玲站在服装店的门口踮着脚尖张望了好几次，估摸着里面的人不多了，才走了过去。

自从开业以来，这里的病人一直很多，几名医务人员从早上八点一直能忙到下午五六点，有时忙得连午饭都顾不上吃，看着很叫人心疼。为什么这里的病人这么多？常带着家人和朋友来看病的惠彩玲和身边的小老板们分析过，主要原因是两位医生看病看得好，还不给人乱开药，病人到这儿来看病不用挂号，直接坐在医生面前就看了，花的钱还不多。当然还有一个很重要的原因就是，不管是这里的医生、护士，还是收费员，对病人的服务态度都非常好，工作再忙，从来不发火，不管病人问多少遍，也不嫌烦，总是耐心地给他们解释，所以他们都很愿意到这里来。

惠彩玲在攒动的人头中间瞅了好半天才瞥见陈灵均的身影。他正在给一位四十多岁的妇女量血压，量完后他对那位女人说："你的药可以停了，回去以后要劳逸结合，保证充足的睡眠，平时多吃肉、蛋、奶等有营养的食品。"

那位妇女高兴地说："我也觉得我的病好了，这几天头不晕了，人还特别有精神。陈大夫，麻烦你再给我老汉看一下，他常说心口子疼哩。"她从凳子上站起来，让一旁的男人坐下。

陈灵均详细地询问了病史后，给病人听了听心脏，又在他肚子上按压了几下，然后一边开药，一边说："你这不是心脏的问题，是胃病，先吃点药，如果感觉有效，吃完了再来复诊，继续按疗程服药；如果没有效果就要做进一步的检查。"

那位病人站起来后，惠彩玲以为陈灵均会说："已经下班了，你们下午上了班再来。"没想到他坐着压根没动，又给另一位瘦高个儿的女人看上病了。

惠彩玲把目光转向别处，见安振国的身边也围着好几个人，他对一位刚看完病的病人说："上午吊针的人太多，你下午两点半左右再来吧。"那人说："行。"留观室的六张床上全都有人在输液，有的坐着，有的躺着，旁边还站着三四个人。徐晓娟刚给一个人拔掉手上的针头，另一个人马上就躺到了那个人腾出来的空床上。其他还没有轮上的病人不争也不抢，似乎知道在这里做治疗是有次序的。

见此情景，惠彩玲只好转身出去了。

半个小时后，惠彩玲手里提着一个塑料袋又出现在二门诊的门口。她见里面看病的只剩下一男一女两个人，便进去坐在一个空凳子上。

男的是病人，看上去有二十七八岁，身材瘦瘦的，像是单位职工。女的大概是那人的妻子，打扮得很漂亮。

"……我说我有特异功能，他们都不相信。昨天晚上我还接收到外星人从二十万光年外的地方发来的信号。他们说：到 20 世纪末地球就要爆炸，让我们跟他们随时保持联系，做好移民的准备……一般人我都不想说，只给我最信任的人才说。"男病人神秘兮兮地讲道。

"你就别瞎说了，鬼才相信你的话呢。"女家属不屑地打断他的话头说道。"陈大夫，你看，他练神元功都练疯了，成天尽说些胡话。你说他是不是练成神经病了？"

"谁说我在胡说？你们这些没有修炼过的凡夫俗子根本听不懂我说的话。陈大夫，你是一个聪明人，我给你说，我真的有特异功能，我不光能接收外星人的信号，还能给他们发送信号呢。不信，我现在就给你发一次功，你把眼睛闭上感受一下。"

"好。"陈灵均很配合地闭上了眼睛。

那人"噌"的一下从座位上站起来，朝后倒退几步，扎着马步，模仿电影里武侠的动作，把两条胳膊在空中乱抢一气，然后对着陈灵均的后背隔空做了一个推掌的动作，然后迫不及待地问："接收到了没有？"

"没有。"陈灵均答道。

"不可能，让我再试一次。"那人换了个姿势，两条腿一前一后迈了个弓箭步，又用"二指禅"指向陈灵均。

"有没有？"

"没有。"

惠彩玲被他这番可笑的表演逗乐了，捂着嘴赶紧跑到另一边。正在洗手的安振国问她："有事吗？"

"有，等病人走了再说。"

陈灵均睁开眼睛示意男病人坐下，非常严肃地对他说："你知道二十万光年是什么意思吗？就是以光在宇宙中沿直线传播的速度行进了二十万年。你没有任何仪器设备，怎么能检测出来你接收到的信号是来自二十万光年前，而不是十万光年、五万光年前的？又有什么证据能够证明那是外星人发送过来的信号，而不是你自己想象出来的东西？……人类已经在地球上生存了上万年，从目前科学发展的现状来看，还没有证实地球以外有其他形式的生命存在，也没有一台仪器设备能够接收到任何有价值的信号。练功能够强身健体这是不可否认的，但是通过练功能练出超自然的能力，这是不可能的。如果有人真的有这么神奇的能力，那么国家根本不用那么多士兵保家卫国，打仗的时候只要派一个大师发一下功，就能把敌人的炮弹全部击落；地震或海啸的时候人们也用不着逃生，完全可以人为地阻止嘛，你说是不是？"

男病人被他说得哑口无言，低着头一个劲地咬自己的手指。

陈灵均看着他的妻子说："这是精神方面的问题。我给他开些药，你回去让他按时服用，不要让他再练功了，有时间多关心关心他，好好地开导开导，千万不要让他再胡思乱想了……"

一男一女走了以后，惠彩玲把手里的塑料袋放在办公桌上，对几位医护人员说："这是今天早上我妹妹从安定县带过来的煎饼，你们快尝尝，可新鲜了！"

"她到底给你带了多少，你一下子就拿来两份，还是留着给你的家人和娃娃吃吧！"陈灵均拿起来又往她手里塞。

"我妹妹拿来五份呢。我给娃娃的爷爷奶奶送了一份，给我老汉留了一份，我和姐姐吃一份。这东西不能放，必须当天吃掉。这两份一份是豆腐干的，一份是凉菜的。"惠彩玲硬把东西又放回桌上。

"彩玲，你成天忙得又要做生意又要带娃，自己都没时间吃饭，还给我们送好吃的东西，真是让人太不好意思了。"徐晓娟说道。

"姐姐一有病我就带过来，可把你们麻烦坏了。尤其是上周，她早上起来连拉带吐，身上软得连路都走不成，吓得我赶紧把她背到你们这里来，以为娃得上什么大病，哭得一塌糊涂。陈大夫看了说：'没事，是娃吃得不对了，得了急性胃肠炎。'我一听心里马上就踏实了。在你们门诊上给娃吊了两天针就好了，没花多少钱，吊针的时候还不用我在跟前陪，都不知道该怎么感谢你们才好。"惠彩玲眼泪汪汪地说道。

"不用谢，我们的工作就是给人看病，只要娃娃健健康康的比什么都强。"陈灵均乐呵呵地说道。

"好了，你们赶紧吃饭吧，一会儿病人又来了。我回门市上去了，那边来生意了。"惠彩玲说完就匆匆忙忙地跑过去了。

安振国解开塑料袋，把两份煎饼分别放在两个饭盒里，然后淋上由辣椒油、西红柿酱、蒜汤、醋和白芝麻粒配成的蘸料。白色的荞面煎饼与红色的酱汁颜色搭配得十分完美，看着都叫人眼馋。他先尝了一个，开心地叫道："好吃，味道太正宗了！"

"吃慢点，给我们留下几个。"徐晓娟和曹敏马上跑过来和他抢着吃。

安振国见陈灵均磨磨蹭蹭地还没有忙完，便用一双干净的筷子夹了一个喂给他吃。

"怎么样？"

"嗯，真的很不错！"

"大夫，我的吊针快完了！"留观室里的一位病人喊道。

"好，我马上就来！"徐晓娟放下筷子，洗了一下手就进去了。

艳阳高照的午后，闷热的天气似乎让天上的云朵也感到几分倦怠，久久地停泊在窗子上方，移动得特别缓慢。不远处，建筑工地上嗡嗡的电焊声和沉闷的撞击声依然接连不断地传来，丝毫没有收敛的意思，仿佛它们知道自己已经成为人们生活中的一部分，不管他们是否愿意，都得以宽容的心态去接纳它们。午睡起来刚刚坐到办公室里的许伟打着哈欠从皮带上的钥匙链上摘下指甲刀，百无聊赖地修剪着左手的小指上长达两厘米的指甲，尽量把它剪得光滑圆整一些。一阵狂风突然从外面吹来，敞开的窗门"啪"的一声闭上又迅速弹开，合页被来回移动的窗户牵拉得"吱吱"作响。他赶紧直起身子把窗户拉上，铁扣扣好，然后又坐下继续修剪指甲。

门被人轻轻地敲了两下。他抬起头，看到一位年轻护士怯生生地向自己走来。

"许主任，叶院长在不在？"

"你找他有什么事？"

"我，我想跟他谈一下调科室的事。"护士犹豫着说道。

"你先回去，过一会儿再来。"

"他出去了？"

"没有。"

"在开会吗？"

"也没有。他正在办公室里休息。"

"什么时间能起来？"

"你这不是在说笑话嘛，我怎么知道他什么时候能起来！说话前也不先过过脑子！"许伟没好气地瞪了那位护士一眼。

护士的脸红了，怔怔地在地上站了一会儿说："你能不能等他起来了给我打个电话？我的工作很忙，出来一次不容易。"

"你们忙别人就不忙了？我一会儿还要出去呢！"他用嘲讽的语气呵斥道。

护士咬了一下嘴唇一拧身子出去了。

"也不看看自己是谁，凭什么让我给你打电话！"许伟气哼哼地在背后嘟囔道。这位高中毕业，没有专业职称的中层领导，会套用固定的格式写一些简单的材料，自认为很有本事，特别看不惯那些高学历高职称在社会上有一定影响力的医务人员，觉得他们成天牛哄哄的，其实没什么了不起的，只不过是沾了特殊职业的光。在人前，出于各种利益方面的需要，他不得不对医生们装出尊敬的样子，心里却妒忌得要命。至于护士，连眼皮都懒得抬一下，一般的后勤人员就更不用说了。

不到一分钟的时间，对面办公室的门开了，叶知秋走过来问："许伟，刚才是不是有人找我？"

"来了一个护士，已经走了。"

"没什么要紧事吧？"

"没有。"

"哦。"叶知秋用手在后脑勺上挠了一下，懊恼地说："我今天中午根本就没睡着，脑子里一直在想乱七八糟的事。走，咱们下科室去。"

"要不要把书记和那几个副院长叫上？"

"不用，就咱俩，随便下去看看。"

两个人下到二楼以后，许伟问："先去哪儿？"

"内科吧。"

两人沿着走廊一直朝北走，拐了一个弯后，眼前便呈现出内科病区空荡荡的楼道。病房里的门大部分都锁着，只有两间半开的，里面传出很小的说话声，显得特别安静。

他们走进护士办公室，没有看到护士，便直接来到医生办公室，见里面只坐着两名医生，一人面前放着一杯水，桌上除了一本内科书什么也没有。两人一见院长进来了马上不约而同地站了起来。

"住院病人的数量还没有升起来？"叶知秋皱着眉头问道。

"没有。"陈淳低声答道。

"现在住多少人？"

"住三个。"

"都是些什么病人？"

"一个脑梗，一个急性肾盂肾炎，一个甲肝。"

"好了，我们走吧。"

两人顺原路返回，到了楼梯口，许伟又问："再到哪个科室去看？"

叶知秋停住脚想了一下说："不看了，回！"背着手头也不回地朝三楼的办公室走去。

"现在的年轻人真是没法说，给鼻子就上脸了，连自己端的是谁给的饭碗都不知道了，真是不像话！"许伟一边紧追在他身后走，一边用特别生气的语气说道。他的话一下子戳到了叶知秋的心坎里，他长叹了一口气，眉头皱得更紧了。

"几个学校刚毕业没几天的年轻人嘛，我就不信他们还能折腾到天上去，差不多就得了，也有点太不够意思了。出去这么多天，你们以为你们一直能待到外面，永远都不回来了？人家领导是不想搭理你们，不然的话有的是办法。"许伟越说越起劲。他说的每一句话都是叶知秋一直憋在心里没法说出口的。人家都说他这个人做事很精明，可他这一次却完全失算了。本来他觉得内科病房和干部病房合并以后科室人员太多，想学着社会上其他行业的样子分流出去几个，目的是减轻医院的财政负担，没想到这四个毫不起眼的年轻人居然会抢了县医院的生意。虽说人家也是凭本事吃饭，经营得好完全符合常理，可让他心里很不舒服的是，陈灵均自从开了二门诊以后，居然一次也没有来看望他。如果换了许伟，早就把他的门槛给跑断了。许伟前面说的那些话，其实只是替他泄愤而已，最后这句话却仿佛一下子解开了他的死穴，脑袋上就像被谁开了天

67

眼似的突然变得灵光起来。他停下脚步，用犹豫的眼神看着许伟说："合同签了还没到时间呀。"

"不管签了什么合同，他还是医院的人不？是医院的人就该服医院管！"

"不行，这样行不通。"叶知秋摆了下手打断了许伟的话，两人都沉默了。

走了一段路后他转身对许伟说："通知各科室的科主任，明天上午十点开会！"

"好。"许伟立刻答道。

第二天的会议上，叶知秋通报了医院目前面临的严峻形势：近两个多月来，医院的门诊量急剧下降，其中内科最明显，儿科次之；内科病区住院人次锐减，连续两个月平均留院人数都在五人以下，很多时候连一个人也没有。据知情人透露，二门诊的病人非常多，他们开出的检查单数量远远地超过了本院内儿科医生开出的总和。叶知秋认为，这种现象极不正常，很可能是部分医务人员与二门诊的工作人员之间达成了某种默契，为他们提供了部分病源。他下令：任何人都不准给二门诊介绍病人，一旦被发现将受到重罚。同时，他还要求罗晨阳认真反省科室在管理方面存在的问题，找出根源，尽快采取有效措施，努力提高门诊住院人次。

会后，医院的人议论纷纷。有人说，二门诊办得好是因为陈灵均管理有方，也有人认为叶知秋根本就不应该把陈灵均放出去，这样做等于人为地给自己制造了一个竞争对手，更有甚者竟然跑到叶知秋那里给他出主意，让他找个借口把陈灵均调回来。叶知秋知道这样做有失诚信，便摇着头说："不是这么回事。他纵有天大的本事也只是个从学校刚毕业的年轻娃娃，二门诊无论技术、设备还是环境，都比不上咱们县医院的大内科，我看这股子热劲只是暂时的，时间长了情况会改变的。"

随着天气逐渐转冷，门诊上呼吸系统疾病患者骤然增多，一些年老体弱患有慢性病的病人病情也出现反复，县医院内科的住院病人逐渐增加到十人左右，但是与往年同期相比，情况依然不容乐观。每到发奖金的时候，科室的人全都无精打采的，没有一点高兴劲。

"咱们科现在的奖金连人家儿科都比不上，原来儿科的人常说他们的奖金是全院最低的，现在咱们成垫底的了。"余蓉看了一眼奖金分配表上的零字，悻悻地说道。

"以前病人多的时候总觉得工作太忙，现在病人少了，反倒觉得闲得慌。"

朱婷靠在窗台上笑着说道。

"谁要是闲不住，我给你们找个地方，既能让你们忙起来，心里还不觉得累。"钟锦华从医生办公室里走过来一本正经地说道。

"哪儿呀？"余蓉和朱婷齐声问道。

"二门诊。"

"人家现在才不要我们呢，几个人的小光景正过得美着呢，再多两个人就成了累赘了。"余蓉说道。

几个人都嘿嘿地笑了起来。

下午六点半以后，学生早已放学回家，下班的人大部分都回去了，街道上的人流变得稀疏起来，天色也变暗了。二门诊的几名工作人员关上门以后，没有像往常那样分路回家，而是跟在陈灵均身后走进了对面的市场。刚一进市场的院子就碰上庄正杰和几位穿着西装打着领带的外地小伙子站在一起。

"你们几个人到哪儿潇洒去呀？"庄正杰笑着问道。

"我们一起吃个饭，一会儿到县医院去看望安振国的妈妈，老人今天早上刚做了手术。你上哪儿去？没事的话，一起去吃饭。"陈灵均热情地邀请道。

"不了，来了几个外地的朋友叫我去喝酒。你们的门诊办得很不错呀，我过来好几次都见里面人站得满满的。"

"还行。"陈灵均谦逊地说道。"庄主任，你现在还练功吗？"

"自从你上次说神元功的那套理论是骗人的，我再也没练过。"

"那就好。我们这儿前段时间来了一个小伙子练神元功都练成精神病了，治疗了一段时间以后总算恢复得差不多了。"

"是吗？幸好我没接着练，不然的话也会练出毛病的。"

陈灵均和庄正杰闲聊了几句，带着众人继续往前走，到了一排餐馆前停住了。

"大家想吃什么？"陈灵均问道。

徐晓娟说："随便什么都行。"

曹敏说："这家的砂锅不错，你们吃过没有？"

"没有。那就去这家吧，我请客。"陈灵均说完径直走了进去。

服务员将众人带到一个小包间里，提来一小壶招待茶，拿着菜单让他们点菜，陈灵均点了一份排骨砂锅，徐晓娟点了一份丸子砂锅，曹敏要了一份素三鲜砂锅。

徐晓娟用卫生纸一边擦拭油腻腻的桌子，一边对陈灵均说："那个得了癔症的小伙子最近好像再没见，不知道现在怎么样了？"

"你是说练神元功的那个吗？已经有两三个月没来了。"陈灵均说道。

"他跟老婆离婚了。"曹敏漫不经心地说道。她把茶水倒进杯子里挨个烫了一遍，然后再倒满水放到三个人面前。

"为什么？"陈灵均和徐晓娟异口同声地问道。

"你们不知道呀，他是我哥高中时的同学，我哥说，他成天沉迷在神元功里，很少跟老婆交流。老婆觉得很寂寞，就天天打扮得漂漂亮亮地到舞厅去跳舞，认识了一个做生意的外地人，两个人慢慢地就好上了。前段时间他老婆跟他离了婚，跟着那个外地人走了。"

"那他的病好了没有？"陈灵均问道。

"不知道。反正这事对他打击挺大的，他压根没想到老婆会红杏出墙，气得差点跳了楼。他父母都住在农村，见他离婚后精神状态不好，就把他接回去了。"

"唉，好好的一家人硬是叫这个害人的妖魔功夫给毁掉了！"徐晓娟叹息着说道。

曹敏到外面去上厕所，徐晓娟见四周没人悄悄地问陈灵均："你有没有听说医院要把咱们二门诊收回去？"

"听说了，我想他们不能这样，我跟医院是签了合同的，合同具有法律效应，他们要是违约，是要负法律责任的。按照合同上签订的日期，还有四个月才满一年。"陈灵均不以为然地说道。

"如果他们违约了，你真的会去告他们吗？我想应该不大可能吧，除非你以后不想在医院待了。"

陈灵均仔细地想了一下说："你说得也对。不过，这只是传言，要是真的发生了什么意外到时候再说吧。"

不一会儿，热气腾腾的砂锅端上来了，曹敏也回来了。三个人吃完饭，走出市场，路过白锦民的烟酒副食门市时，陈灵均说："咱们进去买点东西吧，不能空着手去看望病人。"两个人都说好。东西挑好以后，两个女人结账都抢着要掏钱，被陈灵均拦住了："这个钱从咱们集体的收入里扣除，一会儿到了医院给老人的慰问金也由集体来承担。大家都这么关心集体，热爱集体，为了工作从来不说一句辛苦的话，家里有了事，也应该受到集体的关心和帮助。以后其他人的直系亲属有了病，或者家里有了困难，也是这样。"

徐晓娟和曹敏听后愉快地接受了他的建议，三个人提着东西一起向县医院走去。

到了病房，安振国刚好在里面。陈灵均向他仔细地了解了老人的手术情况，三个人分别说了一些安慰的话，并把带来的礼品和慰问金放在床头上。安振国不要钱，陈灵均坚持让他收下，然后握着他的手说："你请了三天假，要是家里人手不够，需要多照顾几天老人，你就继续在病房里待着，二门诊那边有我呢。"

"病人那么多，你一个人忙得过来吗？"安振国不放心地问道。

"忙是有点忙，还能应付过来。咱们都是医生，平常总是给别人看病，但是咱们也和普通人一样，有家庭，有亲人，亲人有了病，也应该尽到家属的责任。你就安心地待在这里吧，只要老人能早点康复，我们也会在心里感到高兴的。"

"好好照顾老人，需要帮什么忙尽管开口。"徐晓娟说道。

"要是需要轮椅的话，我家里有。"曹敏说道。

安振国看着同事们一双双诚挚的眼睛，感动得连话都说不出来。他把众人一直送到医院的大门口才回去。

九

从医院出来以后，天已经完全黑了，正是华灯初上的时候，很多人吃过晚饭迈着悠闲的步子在马路上散步。陈灵均没有回家，直接向县城东街的丈人家走去。自从陈和光过了百日书珍上了班以后，孩子白天都由外婆带着，晚上才抱回去。现在他已经十个月了，正是最活泼最闹腾的时候，老人累得成天说腰疼，他怕她血压又升高了，雇了一个保姆来帮忙。光儿刚开始学说话，学会的第一个词居然是"爸爸"，让书珍好不嫉妒，说她付出的比爸爸多却没有让儿子先学会叫"妈妈"。陈灵均每次见到儿子都抱不够，亲不够，一想到孩子不知道又有了什么新变化，恨不得一下子飞到他身边。

再次从街道上经过时，他看见惠彩玲和强娃正在服装店门口锁门。强娃又白又胖，穿着一件黑呢子短大衣，里面配着鸡心领的格子毛衫，毛衫的领口处露出雪白的衬衫，上面打着红色的领结，神采奕奕地站在那里，一副大老板的姿态。惠彩玲穿着一件很普通的碎花棉布外套，看上去比前段时间瘦了一些，面容显得很憔悴。两人看到他走过来热情地跟他打招呼。

"陈大夫好！"强娃笑吟吟地说道。

"你也没回家呀？"惠彩玲有点意外地问道。

"我早都下班了，刚才到县医院去看了个人。彩玲，你这么晚才关门，真是太辛苦了，赚钱要紧，也要爱惜身体呀。"陈灵均关心地说道。

"呵呵，没事，我的身体好着呢。"惠彩玲笑着说道。

陈灵均一下也没停直接就走过去了，身后传来夫妻俩的说话声。

"你到市场里吃碗羊肉面吧，不要回去做了。"

"我不想去，家里还有一碗昨天晚上剩下的汤面，在液化气灶上热一下就可以吃了。"

"倒了算了，咱家又不缺那点钱。都这么晚了你回去还要做饭，也不嫌累。"

"我不怕累。热饭只要几分钟就好了，倒了怪可惜的。"

……

陈灵均进门后，见保姆已经走了，翟书海和翟明礼靠在沙发上看电视，曲晓娴坐在一旁摆弄着一件小孩子的衣裳，书珍抱着光儿正在地上转圈，翟鲲拿着一只拨浪鼓在她身旁跑来跑去逗孩子玩。光儿指着拨浪鼓"啊啊"叫唤着要。翟鲲把拨浪鼓放到他手中，他刚摇了一下便甩到地上了。周围的人同时发出了一声："唉！"

"他是故意摔的，今天都摔了好几十遍了。"曲晓娴无奈地笑着说道。

"那就别给他了。"陈灵均说道。他从妻子的怀里接过儿子，抱起来在脸上亲了两下。光儿看到爸爸兴奋地用手在他脸上乱摸，还用嘴巴啃他的下巴和鼻子，口水涂了一脸。

翟鲲看到陈灵均来了，高兴地走到跟前喊了声："小姑父！"

陈灵均在他头上亲昵地摸了一下，随口问道："作业都写完了？"

"早就完了，在学校上活动课的时候我已经写了一半，到了我奶奶家又写了一半。"

"真是个自觉的好孩子。"陈灵均笑着夸奖道。翟鲲不但自律能力强，学习成绩也很好，在班里一直保持在前三名。

"不把拨浪鼓给光儿他就会哭，不信你们等着看。"翟明礼说道。果然光儿又指着地上的拨浪鼓要，还挣扎着要自己到地上去捡，陈灵均只好又捡起来递给他。

"吃过了没有？"书珍问道。

"吃了。"

"你可真是没口福，妈妈今天下午烙了你最爱吃的韭盒，没想到你有事偏偏没回来，还剩下一大张放在锅里。"

"没事，留着我明天再吃。"

"用蒸锅热了就不好吃了，拿回去吃的时候放在铁锅里用小火慢慢烙热还可以。"曲晓娴说道。她的话音刚落，光儿又把手里的拨浪鼓扔了，陈灵均赌气不给他捡，孩子立刻哭闹起来，不在他怀里待了，书珍连忙把儿子抱过去自己哄。

陈灵均坐下以后，翟书海问他二门诊那边的情况怎样。

"挺好的，病人一直很多。"

"树大招风，听说不少人都眼红哩。"翟书海笑着说道。

"你这话是什么意思？"翟明礼问道。

"有人说，叶院长想把陈灵均调回去，不让他在二门诊干了。"

"呵呵，你抢了人家的饭碗，人家当然不高兴了。"翟明礼说道，"如果他真要这么干，你打算怎么办？"

陈灵均苦笑着说："我能怎么办？只能乖乖地回去呗。"

"依我看，你干脆把工作辞了，自己在外头干。凭你的本事，收入绝对不比在单位少。从二门诊目前的营业情况来看，个体门诊只要办得好，在市场上是很有发展潜力的。你刚开业两个多月就把成本收回来了，现在在刚刚六个月，不仅能保证四个人的工资和奖金，把你原来欠下的一千多块钱的账还完了，还有两三万元的利润。你说，世上还有比这更保险更有前途的生意吗？"翟书海摊开两手，用极富煽动性的语气说道。

陈灵均默默地思考着没有说话。

"把公职丢了不太好，还是要从长计议。"翟明礼说道，"再说，自己开门诊也有一定的弊端。比方说，万一在看病的过程中病人死了，如果是在县医院，家属大都可以理解，医院也可以出面进行调解；如果发生在个人门诊，家属的心理就不一样了，认为自己花了钱，医生没有尽心尽力地看，就要跟医生闹事。市上的那家康乐医院不就是因为医疗纠纷太多，才办了两年就办不下去了，只能关门。"

"你们说得都很有道理，不过对我来说，赚钱并不是唯一的目的，作为一名刚毕业的年轻医生，我觉得自己的业务能力还需要提升，希望将来能到更好的学习平台去学习。"陈灵均诚恳地说道。

"你这样想是对的，爸爸支持你。"翟明礼欣慰地说道，"不过，老叶作为一名领导，应该不会出尔反尔吧？"

"唉，现在的事情，谁知道呢！"翟书海说道。

"实在不行的话，让灵均拿上些东西去看看老叶，给他说上些好话。"曲晓娴提议道。

"我不去。合同是具有法律效应的，他是领导，更应该明白其中的利害关系。"陈灵均说道。

"和那个没关系。"翟明礼也表示反对，"老叶现在其实也挺难的。他这人做事原则性太强，尤其在医院的人事方面卡得太严，不管大小的官来找他说情一律不买账，结果把领导全都得罪完了。所以他出去办事人家也卡他，某些人为了报复他，故意把上面拨给医院的钱扣住不给。医院要养活那么多的人，他这个领导不好当呀。"

"是不好当，不过就算他再难，也不能胡来。"陈灵均说道。

几个人又聊了一会儿，陈灵均见时间不早了，便从书珍手里接过儿子，把他放到床上，用一块小被子仔细地裹好抱在怀里，准备和妻子一起回家。临出门前，曲晓娴把特意为他留下的韭盒用笼布包起来放进塑料袋里，让女儿带上第二天早上吃。

回家以后，光儿已经睡着了，陈灵均和妻子一起把孩子安顿在床上。他一边洗漱一边对妻子说："等二门诊合同到期了我想到外面去进修。"

"进修什么？"

"先上本科，再到大医院的临床科室去学习。"

"得多长时间？"

"脱产上本科的话，最少得两年半。临床进修得一年。"

"不去不行吗？光儿这么小，你怎么舍得把他丢下那么长时间不管？"书珍的脸上露出不悦的神情。

"我要是不去的话，业务上就没法进步，原来学的东西已经不够用了。"

"你不是已经上过大专了吗？光有这个学历还不行吗？"

"学历其实并不重要，说实话，本科的教材我参加自考的时候都看过，但是要参加临床实践方面的学习，没有本科学历就没有资格得到优秀导师的带教，这对一名医生来说非常重要。光儿还不到一岁，我也舍不得离开他，要是等他长大了再出去，就有点晚了。另外，我的心里一直有一个大学梦，很想脱产上一回真正的大学。我的初中同学肖子熠高中毕业后补习了一年考上了新安医学院，卫校同学沈若拙去年也考上了省中医学院，一想到他们现在正在良好的环境中学习，将来在事业上能得到较快的发展，我感觉坐在家里心里很不踏实。以前咱们家经济条件不好，我不敢想上学的事，现在终于有条件了，希望你能支持我。"

"医院里所有的医生都要出去学习吗？"

"凡是想在事业上有所发展的都会出去。因为选择了医生这个职业就等于选择了一条一辈子都要学习的道路，而你选择医生做丈夫，就注定要活得比别人辛苦。有没有后悔跟了我？"他半开玩笑半认真地问道。

书珍低着头没有说话。

"你要是实在不愿意，我迟一两年再出去也可以。"

书珍还是不吭声。

陈灵均刚擦完脚，书珍便端起洗脚盆出去倒水了。他能够明显地感觉到她的内心正在激烈地斗争。

躺到床上以后，书珍不停地翻身，似乎很烦恼。他也很长时间没有睡着。他并不是一个十分看重学历的人，更看重的是自己的实际能力。仅仅为了拿到本科文凭花两年半的时间脱产上大学，他也觉得有点不值得。如果再加上临床进修的时间，先后要用三年半的时间，书珍不同意他是完全能够理解的，也能够想象出一个女人带着年幼的孩子独自生活有多么不容易。可是如果让他为了家庭放弃事业，又觉得很不甘心。于是他就想：怎样才能既不浪费时间又能达到自己的学习目的呢？除非他可以直接申请到跟导师学习的机会。想来想去，觉得唯一的办法就是"造假"。从小到大，他无论做什么事情都是靠自己的真本事，从来没有走过任何捷径，一想到这个名词就觉得脸红心跳，好像已经做了见不得人的事情。算了，别想了，还是先睡觉吧，烦心的事以后再说。他对自己说道。然后翻了个身，把脸埋在被子里，放松心情，很快就进入了梦乡。

似乎一眨眼很多年已经过去了，他成了一位成熟稳健技术高超的内科医生。早晨明媚的阳光透过玻璃窗照射在医生办公室的桌子上，他专心致志地低着头写病历，感觉生活特别充实特别美好。护士长王艳敏突然来找他，神秘兮兮地说要带他见一个人。她把他带到一位优雅端庄的女子面前。看到那位女人的第一眼，他的心都快从胸腔里蹦出来了：她就是他多年来一直苦苦思念的飞浪逐雪！

他惊喜地看着她动人的模样，心里想：我已经四十岁了，孤孤单单地生活了半辈子，终于等到了最爱的人，我一定要跟她牵手走完剩下的人生。飞浪逐雪深情地望着他，眼神里似乎有千言万语要对他诉说。他们一步一步向对方走去，就在两人的身体即将碰触到一起的那一瞬间，他猛然想起来，他已经结婚了，有妻子，还有孩子。怎么会是这样？他被这意想不到的残酷现实狠狠地抽了一鞭子，手捂着胸口心痛得说不出话来。他很清楚地记得自己是结了婚的，但是却想不起来自己的妻子是谁，为什么要跟她结婚。当他沮丧地意识到自己跟心爱的人已经不可能在一起了，便转身在大马路上狂奔起来。风很大，雨就像瓢泼一样，他的鞋子跑丢了，赤裸的脚掌踩在石子路上分外硌脚。他边跑边朝着天空怒吼，风声、雨声和他的声音混合在一起，连他自己都不知道自己在说什么……

"灵均，灵均！你怎么了？"翟书珍一边摇他一边喊。

陈灵均睁开眼睛才知道自己刚才又做了一个奇怪的梦。他不禁问自己：如果将来有一天，他真的遇到了梦中的她，该怎么办？片刻后，他又为自己不切实际的幻想感到好笑：还是活得现实一些吧，在这个世界上有多少人是因为爱情结合到一起的呢？大部分人都是搭伙求柴凑合着过日子，能被人关心，能在寒夜里得到一丝温暖，就足够了。

"我刚才做了一个噩梦，幸好被你摇醒了。没事，你接着睡吧。"他对妻子轻轻地说道，"我暂时不考虑到外面学习了，你心里不要有什么负担。"

"真的？"书珍高兴地抬起身子看着他，见他睁着眼睛不是在说梦话，便放心地躺下了。

上午刚上班不久，陈灵均正在给病人看病，对面化妆品店的女老板慌慌张张地跑进来上气不接下气地说："快！彩玲晕倒了，说她肚子疼！"

陈灵均提起急救箱赶紧飞跑过去，见惠彩玲蜷缩着身子躺在地上，烦躁不安地呻吟着，头上布满了汗珠。他快速地检查了一下对跟在身后跑来的徐晓娟说："可能是心肌梗死，赶紧给县医院打电话，叫救护车来接人。"然后又对女

76

老板说，"叫人去叫强娃，越快越好。"

几分钟后救护车来了，陈灵均帮助医护人员将惠彩玲抬上车，然后跟着他们来到县医院，亲自把彩玲送进内科的急救室，交代给陈淳后就回来了。

下午两点多，二门诊的外面突然传来一阵嘈杂声，中间隐隐约约夹杂着一个男人的哽咽声。曹敏跑到门口一看，回过头来对众人说："是强娃在哭！"陈灵均和徐晓娟处理完手头的事情相继走出门外，见服装店的门口围着一大堆人，强娃蹲在地上泣不成声地在向几位生意上的伙伴诉说着什么，好几个女人都在擦拭眼泪。

陈灵均不敢相信自己的直觉，走到马路对面想一看究竟。强娃一见他就哭着说："彩玲走了！在医院没抢救过来。"

他一下子愣在那里，眼前不由得闪现出昨天晚上遇见彩玲时的情景。她看上去很疲惫，一副营养不良的样子。

陈灵均拖着沉重的双腿回到诊室后，站在门口观望的一位老婆婆叹息着说："彩玲这个娃娃真是太傻了，只晓得做生意赚钱，一点儿也不晓得心疼自己的身体。钱留在世上，人走了有什么用！"

"是呀，她特别能吃苦，心眼又实在，平时对谁都好，就是对自己不好。"曹敏红着眼圈说道。

来看病的病人和家属也纷纷说着惋惜的话。

"刚才轮到谁了？过来坐下。"陈灵均坐在办公桌前，强忍着悲痛继续给病人看病。

徐晓娟的心里也不好受，但是并没有表现出过度悲伤的样子，她似乎已经习惯了这种生离死别的场面。

对面的男装店关了两个星期门后又开张了，开门关门的人换成了强娃。三个月后，他又结婚了，娶了一个娇滴滴的城里女人。那女人很少到店里来，碰见二门诊的人显得很客气，脸上却没有彩玲那样热情的笑容。妞妞常跟在后妈身后，看上去既落寞又乖巧。没过多久她就改口喊那女人妈妈，街上的人都说那女人对孩子还不错。

"唉，省了半天顶什么用，省下的东西都变成别人的了。"徐晓娟看着对面的人说道。

其他人都不说话了，各自在想各自的心事。

周敏慧上完早班刚要离开办公室，从供应室换完消毒物品的徐丽娜一进护士办公室的门就嚷道："知道不？陈灵均回来了！"

"下午刚上班的时候我也在院子里碰见他了，他穿着一件黑衬衫，看起来好帅！"覃爱莉说道。

"他在内科上班了？不是合同还没到期嘛。"周敏慧有点不相信地说道。

"他说本来签了两年的合同，医院只让他干了不到一年就把他叫回来了。"徐丽娜说道。

"那现在谁负责二门诊的工作？"

"二门诊已经撤了，所有的人员都调回来了。"

"他们怎么能这样？太不守信用了吧？"周敏慧不满地说道。

这时，拿着刚下完医嘱的病历从医生办公室走过来的周云天大声说："院领导不应该这样，二门诊刚成立的时候没人去冒险，他们打发陈灵均第一个去做实验，现在见人家管理得不错，赚了点钱，又翻脸不认账了。"

"嘘，说话小声点，别叫外人听见。"覃爱莉看着门外来回走动的人戳了一下他。

"怕什么，这是实话，就是叶院长来了我也敢当面这么说！"周云天的声音更高了。

"你可真是个二杆子，心里一有火就炸。不知道马延梅是怎么跟你过下来的，能受得了你的脾气不？"覃爱莉笑着说道。

周云天一听到马延梅的名字"哼"的一声笑了。

"他在老婆跟前才不是这样呢，温柔得就跟小绵羊似的。我听马老师说，他在家里从来不发火，让他干啥就干啥。"徐丽娜说道。

"她那人脾气好，又讲道理，我跟她吵不起来。"周云天不好意思地摸着后脑勺说道。

"看来不是咱周哥不好，是外面的这个社会不好，不讲道理的人太多了。"覃爱莉说道。

"就是。"徐丽娜故意附和道。

周敏慧换好衣服，背上包，出了办公室，穿过门诊大厅来到前院，准备到街上去买东西，无意间一回头，看到陈灵均穿着白大褂坐在内科门诊的诊室在向她微笑，便折回去看他。诊室里刚好没有病人，两人便随便拉了一阵话。周敏慧问陈灵均为什么二门诊开得好好的不让开了。

陈灵均说："人家是这样说的：根据单位目前经营发展情况，院领导班子经过认真研究后决定，重新对医院的各个门诊进行统一规划和调整，暂时撤回二门诊，所属人员回到原来的科室上班。"

两人都不约而同地笑了起来。

"听说你快要结婚了，是真的吗？"陈灵均问道。

"嗯。"

"几个月不见，速度挺快的呀。"

"还没你快呢，我俩都谈了一年多了。"周敏慧害羞地低下头说道，"哎，我说，合同还没到期叶院长就把你调回来了，你就这样白白地认了？"

"不认咋的，人家是领导，咱是职工，总不能为了这事闹到法院去吧。"陈灵均笑着说道。

"那是。"

两人又聊了几句，来了一位病人要看病，周敏慧跟他打了声招呼便走了。

十

元旦前夕，历时两年多的县医院职工住宅楼修建工程终于顺利完工，通过验收。虽然中间由于资金链断裂，曾经停工好几次，被职工们怨声载道，背了不少骂名，但是到了这个时候，所有的住户都是高兴的，激动的。装修完没晾几天，就纷纷上楼入住，成天呼朋唤友相互"暖窑"。年后，一些已婚的年轻职工陆续搬进了老职工腾出的旧房子里，陈灵均和周敏慧都选了家属院里的同一排窑洞，成了门挨门的邻居，孙静好和曹彬彬则住在窑洞上面的平房里。没过多久，刚刚调到县医院的杜海军也搬来了，住在陈灵均的隔壁。杜海军通过熟人介绍跟街道办一名工人身份的女职工吴芷瑜结了婚。吴芷瑜的父母都是城关镇的农民，在街上做一点小生意，家境比普通农民要好一些。杜海军本来想进外科，谁知调来的时候叶院长说外科的人已经满了，把他安排到耳鼻喉科上班。耳鼻喉科属于五官科下面的一个科室，原先只有一名从基层调上来的四十多岁的男医生，名叫方铭印。那人脾气很古怪，平常上班的时候很少跟杜海军说话，看到他稍微哪里做得不对就会给他瞪眼。科室除了一个老式的耳镜、一个简易的喉镜外，什么设备也没有，能开展的业务也十分有限，除了偶尔给病人切除一下肥大的腺样体，用镊子从鼻孔里夹出被顽皮的孩子塞进去的异物，从耳朵眼里掏出奇形怪状的耵聍，在喉咙里取个鱼刺外，几乎没有什么外科操作。杜海军对自己的工作环境很不满意，成天愁眉紧锁，不像原来那样见了谁都笑嘻嘻的。

陈灵均安慰他不要灰心，暂时先把工作稳定下来，等以后有了机会再调整科室。他嘴上说没事，却始终打不起精神，连走路都抬不起脚，鞋底老在地上磨来磨去。

吴芷瑜第一次到周敏慧家串门，仔细地把她家中所有的家具和摆设都研究了一遍，眼神里流露出羡慕的神情，向周敏慧详细地询问曹沐塬的家庭情况。听到周敏慧说她的公公婆婆也在农村，便用埋怨的语气说："都是农村人，看人家曹沐塬的爸爸妈妈多有本事，对儿子媳妇多好。再看看杜海军他们家的那两个老人，成天抱着土疙瘩就知道死受苦，劳动了大半辈子连一千块钱都拿不出来，我们结婚的时候除了一套家具什么也没有。"

"其实曹沐塬他们家也没花多少钱，很多东西都是我娘家陪嫁的。"周敏慧笑着解释道。

"那也比我们强！"

周敏慧在茶几上摆好瓜子和水果招呼她坐下，她背着手摇了摇头说："我不坐，随便过来看看。你有没有到上面的平房里看过？平房的面积比窑洞大，光线也好。"

"看过。不过平房的窗户多，冬天肯定很冷。"

"冷了可以多烧点火。窑洞里空间很小，还有些泛潮，我觉得还是住在上面的平房里好。当初挑房子的时候我想住平房，杜海军偏偏不听，现在想起来真是能让人后悔死！"她说到最后几个字时咬字太重，把唾沫都喷出来了。

周敏慧对她的反应感到很诧异，安慰她说："住在哪里都一样，只要习惯了就好。杜海军和陈灵均是同班同学，我和他俩都是同一年毕业的，以后咱们三家人没事可以随便串门，还能打打扑克什么的。谁家要是有了事，只要对着门口呐喊一声，其他人听到了肯定会跑来帮忙的。"

"那倒也是。"吴芷瑜一直昂着头两眼看着头部的上方，一步也没停就出去了。

周敏慧中午睡了一觉起来坐在餐桌上又开始看书。她拿到自考大专文凭以后，又准备参加自考本科的考试。她听同事说，以后要是没有本科文凭，职称和工资都会受到影响。她和张晓凤是县医院第一批参加自考的护士，张晓凤总共考了两次，只过了一门，嫌自考太难不考了，只有她一个人坚持考完了。医院里最近又有几名年轻护士准备学习自考大专课程，大部分人则处于观望状态，四十岁以上的护士几乎全都放弃了对学历的追求。她没有把自己参加本科考试的事告诉父母，嫌他们又要唠叨个没完。她看了一个小时的书感觉有点累了，就走出家门来到院子里，瞅见杜海军家的门开着，里面传出切菜的声音，心想肯定是吴芷瑜在做饭，便进去看她。

吴芷瑜家的煤气灶摆在门口，旁边用砖头支着一个木案板，吴芷瑜正低着头在上面慢条斯理地切菜，左手的手指上戴着一只金戒指，右手的手腕上还戴着一只银手镯。

"芷瑜，你平常做饭的时候一直戴着戒指和手镯吗？"周敏慧小心翼翼地问道。

"是啊，我嫌摘来摘去的麻烦。"

"你大概不知道，这些东西上面藏着很多细菌，如果戴着做饭，很容易让人感染上肠道疾病。"

"是嘛，那我赶紧摘了。"吴芷瑜马上放下菜刀从圆滚滚的手指上摘下戒指，又弯着膝盖用力往下摘手镯。手镯太紧，费了很大的劲才摘下来。她连手也没洗又接着切菜。"你们下午吃什么？"她随口问道。

"面条。你们呢？"

"也是面条。我干活比较慢，常要早一点准备，不然的话时间赶不上。"吴芷瑜说话的麻利程度和干活的速度完全相反，动作也相当笨拙，这让周敏慧感到很意外。

"你随便坐，家里有点乱，我不太会收拾房间。"她指着身后的沙发说道。

周敏慧坐下后，看到她家收拾得非常整洁，一点也不乱，房间后面的地上放着一个水盆，里面泡着几件衣服，似乎还没有来得及洗。

"你们家曹沐塬大概比较爱干净，我们家杜海军可邋遢了，穿上衣服出去了随便乱坐乱靠，用不了两天就穿脏了，害得我常得给他洗衣服。"她絮絮叨叨地抱怨道。

"曹沐塬还比较爱干净，我们家的脏衣服是两个人轮流洗，有时候谁也不想洗，就石头剪刀布，谁输了谁洗。"

"呵呵，你们俩可真浪漫，杜海军这人一点情调都没有，跟我一句话说不对就吵架。家里的衣服从来都是我一个人洗，我要是不给他洗，他就穿脏衣服。”

"他不是工作忙嘛，你稍微体谅一点。"

"你们同学都这么说，可我也知道累呀，哪个女人不希望被男人伺候着。"吴芷瑜用酸溜溜的语气说道。

见此情景，周敏慧不好再说什么，便回家做饭去了。

过了几天，周敏慧又到吴芷瑜家串门，发现她还带着戒指和手镯做饭。看到周敏慧疑惑的目光，吴芷瑜笑着说："原来常戴着这些东西，摘掉不习惯。"

周敏慧把婆婆从老家捎来的黄米面摊馍馍给吴芷瑜放下几个，让他们两口子品尝。

吴芷瑜说："人家大老远的捎来，还是你们留着自己吃吧。"

"家里还有很多呢，我们一下子吃不完，刚才还给书珍他们家送了几个。"

吴芷瑜说了声谢谢收下了。

周敏慧走出院子，看见杜海军已经回来了，站在一间房子背后抽烟。她走过去笑眯眯地问："你怎么不回家？"

杜海军扬了一下手指中间的烟头，低声说："她不让在家里抽。"然后连着几口把烟吸完，对她尴尬地笑了笑。

"你什么时候学会抽烟的？"

"基层上班的时候。"

周敏慧若有所思地点了点头，便转身回去了。

陈灵均也有好几次碰见杜海军躲在院子里的围墙外面、站在垃圾桶旁、蹲在厕所里抽烟。他对杜海军说："既然老婆不让你抽烟，你也知道抽烟对身体不好，干脆戒掉算了。"

杜海军的鼻孔里"哼"了一下，摇晃着长腿对他说："她让我戒烟根本不是心疼我的身体，是为了攒钱给家里买东西。我们刚结婚的时候家里没有洗衣机，她成天念叨着要。我省吃俭用买下洗衣机，她又要攒钱买冰箱。你等着看吧，冰箱有了，她还会说没有录像机、照相机、摩托车。只要是身边的人家里有我们家没有的，她都要有。"

"人要是有了攀比心理，那就永远也不会满足了。不过女人家像她那样的人也很多，你要是改变不了她，就要适应她的性格。过日子嘛，谁家都一样，马马虎虎的得了。"陈灵均劝道。

"不马虎还咋的？"杜海军乜斜了他一眼，掐灭烟头狠狠地扔在地上，摇晃着身子无精打采地走进了家门。

一天下午，跟杜海军一起上班的方铭印就跟换了个人似的，一见面就拍着他的肩膀眉开眼笑地说："海军，你知道我刚才在楼道里碰见谁了？儿科的徐主任。她对我说，杜海军现在是你的徒弟？我说是啊。她说，这娃娃原来实习的时候我带过，人可聪明了，你好好地教他，只要多给娃一些锻炼的机会，他将来肯定能成为一名好大夫。海军，你放心，只要你愿意学，我一定尽本事教你。"

杜海军没有想到徐主任会给予自己这么高的评价，脸一下红了，感激地对方铭印说："谢谢方老师！我从基层医院调到县医院就是为了学东西，只要是为了学习，我不怕吃苦。"

两人的关系马上就变得亲近起来，下了班还坐在一起喝了两杯，拉了一些家常。

几天以后，杜海军到儿科去找汪学义，碰巧也遇见了徐若谷。徐主任非常和蔼地对他说："小杜啊，我昨天在病案室评病历的时候看到你写的一份住院病历，内容写得很规范，也很全面，就是字迹有点潦草。我看你那边上班也不太忙，有空多练练字。要好好向你的同学陈灵均学习，你看人家的字写得多漂亮，让人一看心里就特别舒服。其实字写得好不好，不光是好看不好看的问题，主要是能体现出写字人的态度，只有态度端正了，我们才能把工作做好。"

"徐主任，我以后一定会好好练字的。"杜海军惭愧地说道。

回去以后，他立刻到新华书店买了一本字帖，一有空就练字，一笔一画写得非常认真。周敏慧看到后夸他说："海军同志不练则已，一练惊人，字确实写得比以前漂亮多了。"

"光字写得好有什么用，能多挣些钱才有用。看看咱们周围的邻居，哪个医生不比他挣得多？待在那个没人去的烂科室，挣的奖金我都不好意思跟别人说。"吴芷瑜马上用尖刻的语气嘲讽道。

杜海军的脸唰的一下变了，冲着老婆大声吼道："你一天就知道钱、钱、钱，等你将来死了，干脆把你埋在钱堆里算了！"

"人活在世上谁不爱钱？谁家过日子离得开钱？自己没本事挣钱就算了，还不让人说，这分明就是理短的表现！"吴芷瑜用刀子一样的利嘴回敬道。

"好了好了，你俩别吵了，既然两个人走到了一起，就相互包容一点，谁也别挑谁的毛病。要是光挑毛病的话，谁家也过不下去。"周敏慧连忙给两人劝架。

杜海军手抖得写不下去了，把笔扔了气咻咻地坐在床上，用手摆弄着扫床的刷子。吴芷瑜也铁青着脸坐在沙发上头扭到了另一边。

周敏慧见两人都不作声了，又说了几句和事佬的话，便回家去了。身后很快又传来两人唇枪舌剑的声音。

"我没有本事挣钱那你去挣呀！"

"女人生来就是靠男人养的，我要是有本事的话就不会跟你这种人结婚！"

"那你当初眼睛瞎了呀？"

"是呀！"

……

妇产科的医生办公室连着一个露天的阳台，很多人来了以后，喜欢搬个小凳坐在阳台上俯瞰院子里的风景，许伟也不例外。早春的一个上午，许伟跟正在门诊上班的郑茜主任约好在妇产科病房给他的一个亲戚做产前检查，来得稍微早了一些，就坐在阳台上一边等人一边晒太阳。他突然"嘎嘎嘎"地哑声笑了起来。

"许主任，看到什么了那么高兴？"崔万红高声问道。

"你过来，快过来！"徐伟冲着身后直招手。

崔万红放下手里的笔走了过去。江雪也被他诡秘的表情吸引住了，挺着明显隆起的肚子也跟了出去。两个女人趴在栏杆上，顺着他的手指往下一看，原来是陈灵均抱着儿子身后跟着妻子正从院子里走过。翟书珍的头发绾成一个发髻，高高地盘在脑后，耳朵上戴着金耳环，脖子上戴着金项链，丰腴的身体外面穿着一件宽大的羊毛长裙，黄花暗红底，看上去很时髦。

"快看，这个女人生完孩子以后变成什么样了，还穿了一件又宽又大的裙子，就跟袍子一样，高跟鞋的后跟都快被她那身肉给压断了。"许伟笑着说道。

"这有什么好笑的，很多女人生完孩子都是这样。"崔万红不以为然地说道。

"关键是她身上带着一股子傻气，穿得再好也掩饰不住的傻气。和她在一个办公室上班的常伶俐说，有一次，他们医院的两位医生到图书室借书，无意间说起法国作家司汤达的名著《红与黑》里的故事，讨论于连这个人物的个性和命运，她在一旁听到后居然问人家：于连是哪个村的？还有一次，她的一个亲戚受了外伤在县医院做了脾脏切除术，别人问起时，她竟然说成是心脏摘除术。哈哈，你们说可笑不可笑？"许伟笑得前仰后合。

"她虽然读书不多，但是人品很好，陈灵均的母亲去世以后，他父亲经常住在他们家，书珍对老人非常孝顺，从来没有因为他是农村人嫌弃他。"江雪说道。

"我最最讨厌的就是农村人，又穷又脏，走到哪里坐没坐相站没站相，特别讨人嫌！"许伟深恶痛绝地说道。

两个女人一下子都不说话了。因为他们的父母都是农村人。许伟却丝毫没有意识到这一点，依然很张狂。

"陈灵均今天不上班吗？"崔万红有些疑惑地问江雪。

"大概在休息。我听说他过段时间要到唐都医院去进修，已经跟那边联系好了。"江雪说道。

"咱们医院的年轻人里面数陈灵均和钟成志最上进。陈灵均其实学得一点也不比钟成志差，只可惜起点太低了。"崔万红用感慨的语气说道。

"钟成志研究生快毕业了吧？这娃娃还真是有志气，考了两年总算考上了。"江雪说道。

"人家本来就学得好，刚来的时候大家都觉得他挺傲气的，跟别的人不一样，但是我觉得这娃娃挺好，挺有个性。我估计他压根就没打算长期留在县医院。"许伟说道。

"钟成志是 1993 年底考上的，听说正在四医大学习。"崔万红说道。"人家有本事的人只要离开了咱们这种小地方，一般都发展得比较好。"

说话间，陈灵均一家三口已经走到了院子中央，陈和光突然从父亲的怀里溜下来，甩着两只小胳膊自己跑开了。翟书珍赶紧跟在他身后追赶，喊着让他跑慢一点别摔着。

"陈灵均的老婆要是个聪明人的话，就不应该放他出去，像他那样既年轻又有本事的男人，万一让哪个漂亮女人勾引住了，说不定就不回来了。"许伟一脸暧昧的神情。

"真是狗嘴里吐不出象牙来。你以为人家都跟你一样，忘恩负义，没一点人情味！"崔万红狠狠地瞪了他一眼。

"要是换了你这种势利眼，还真不保险；不过像他那么实在的人我看不会。"江雪也毫不客气地讽刺道。

"我怎么忘恩负义啦？谁说我是势利眼？我不跟你们一样嘛！"许伟放下跷着的二郎腿，伸长脖子反问道，连眼睛都急红了。

两个女人谁也不理他，咻咻笑着又回到医生办公室继续写病历。

楼下突然传来两声摩托车的喇叭声。

"江雪，你老汉在叫你！"许伟高声喊道。

江雪已经听出来是吴青向她发出的信号，在他喊叫的同时从桌边站起来，走到阳台上向下俯瞰。

院子的正中央停着一辆没有熄火的摩托车，吴青穿着一身水洗牛仔服戴着墨镜神气十足地骑在上面，看到江雪出来了，冲她招了招手："我把家里的煤气罐换了，你回去做饭的时候注意把开关稍微拧小一点，新罐压力大，小心喷火。昨天吃剩下的那两个馒头我早上全吃了，你下班后在大灶上重买上几个。"

"你晚上回来不？"江雪问道。

"有几个朋友下午要一块喝酒，喝完酒还要打麻将，估计不回来了。"

"好，你去吧，路上骑慢点。"

江雪回到办公室后，崔万红说："你们家吴青这两年在外头赚了不少钱吧？你看人家一天天过得多潇洒，你也出去好好买几身衣服把自己打扮打扮。"

"我一天大部分时间都待在单位里，穿得再好套在白大褂里面别人也看不见，没必要花那些钱。"

"谁说没必要？吴青现在是大老板，人有钱又长得帅，小心叫外面的婆姨女子勾搭了去。"

"我们结婚都好几年了，谁还不了解谁呀，不可能。"江雪笑着说道。

正在这时，郑茜从门外探进头来冲着许伟招了下手，他便带着病人和家属出去了。

许伟走后，郑茜来到医生办公室对江雪说："明天县上计划办和咱医院联合下乡搞计划生育宣传活动，我准备派你去。一共两天时间，明天下午去，后天下午就回来了。你今天晚上回去准备一下，借这个机会顺便给农村妇女讲一讲孕期的保健知识。"

"派我去？主任我这周每天都要做好几台手术，在台上站的时间太长腿都肿了，晚上躺到床上感觉特别累。你知道我都结婚好几年了，好不容易才怀上这个娃，吴青特别担心我的身体，还准备让我请几天假呢。再说我现在肚子里的娃娃才四个多月，乡下的路又不好，万一颠着了就麻烦了。你能不能派其他人去？"

"科室里实在没人呀，一共才六个大夫，还有一个学习去了，崔万红今天值完班明天还要上门诊，刘颖在人流室上班，齐燕在病房值班，我上副班。你说还能派谁去？本来我想让刘颖跟你换一下，她说她感冒了头疼。我要是明天下午不开会的话也可以去，但是现在没办法，只能让你去。"

"我明天还有手术呢。"江雪说道。

"你管的那个病人是择期手术，可以再往后放一两天。齐燕的那个不能等了，再等就会出问题的。你现在怀孕四个多月已经过了危险期，不会有事的。我怀孕的时候没有请过一天假，该干什么还干什么，一直上班上到把我儿子生下来才休的假。咱们医院临床上的人都是这样，不信你问崔万红，她怀孕的时候有没有下过乡。"郑茜把目光转向崔万红。

崔万红马上笑着说："我怀孕的时候下过两次乡，一次是四个月的时候，一次是六个多月的时候。生娃娃的当天还给病人做手术呢，正做到中间肚子疼得不行了，主任把我换下来，我躺到产床上只用了一个多小时就把娃娃生出来了。"

江雪于是不说话了，心里七上八下的拿不定主意，不知道该答应还是不该答应。

"好了，就这么说定了，明天下午三点到医院大门口坐车。"郑茜说完转身就走了。

"为什么每次没人去的活儿都派给我？星期天、节假日来了急诊手术叫得最多的也是我。"江雪低声咕哝道。

"谁让你人缘好呢！"崔万红说道。

"不是人缘好，是太好说话了。吴青常这么说我。"江雪闷闷不乐地说道。

"啊呀，手术时间快到了，咱们赶紧叫上病人上手术室去吧。"崔万红看了一眼腕上的手表站起来说道。

江雪马上就跟着她急急火火地走了。

第二天中午，江雪回家以后吴青碰巧也在家，已经提前把饭做好了。她刚吃了几口，便跑到院子里呕吐起来。

"你没事吧？"吴青走过来站在她身后担心地问道。

"没事。"江雪擦了擦眼角呛出的泪花，又回到家里继续吃饭。和往常一样，没吃多少就不想吃了。

"你要忍着恶心多吃一点，这样对肚子里的娃娃有好处。"吴青说道。

"我知道，可我实在咽不下去。不知道为什么，别人怀上娃娃最多反应两三个月就没事了，我都四个多月了还这么难受。"江雪一脸倦色地说道，她比怀孕前整整瘦了十斤。

"你需要好好休息几天。假请了没？"

"没有，主任还叫我下乡呢。"

"你答应了？"

"不答应不行，科室里其他人都顾不上。"

"你这个人怎么那么傻，她说别人忙你就信了？如果你将来生了娃娃以后，是不是整个地球都没法转了？"吴青一听就火了，"我承认你们医院的工作是很重要，但是医生的身体也很重要，要是为了病人的健康牺牲了医生的健康，那这个世界上的病人是不是更多了？病人的生命也没有保障了？这就好比一个开长途汽车的司机拉着一车人在路上走，如果他突然晕倒在方向盘上，谁来保证车上人的安全？不行，我得找她去，你挺着大肚子下乡太危险了。"吴青急得连饭都吃不下，放下筷子就要走，被江雪一把拉住了。

"别去，我已经答应主任了，应该不会有事的。我们科的医生全都是女的，大家怀孕的时候都没有得到额外的照顾，该干什么还干什么，我不能搞特殊化。"

"好吧，那你可得小心点儿。"吴青盯着她看了好一会儿才勉强地同意了。

"好的，我会注意的。放心，我是医生，知道怎么保护自己。"江雪故作轻松地说道。

和江雪一起下乡的有两个人，一个是计划办的主任，另一个是计划办的干事。他们见江雪挺着孕肚让她坐到前面副驾驶的位置上，说那个位置相对不太颠簸。江雪不好意思坐在领导前面，执意要坐在司机后面，那两人便同意了。计划办的吉普车在大路上开得很平稳，走到半路上过了一条河，拐了一个弯后，便剧烈地颠簸起来。刚开始江雪以为只是一小段路不好就没有吭声。谁知路上一直坑坑洼洼的，似乎总也走不到头。她感到小腹一阵阵发紧，不由得害怕起来，用手使劲扳住前排的座椅，问坐在正前方的司机："这条路一直都是这样吗？"

"不是。这段时间正在修路，咱们走的是便道，便道走完了剩下的都是好路。"

她的头嗡地响了一下，心里想：我怎么这么倒霉，偏偏赶上修路的时候下乡？不由得暗暗后悔不该听主任的话挺着大肚子下乡。

"师傅，麻烦你停一下，我有点不舒服。"她拍打着椅背大声喊道。

吉普车在路边稍微宽敞一点的地方停了下来。和她并排坐在一起的那位女同志关心地问她："怎么样？不行的话你就下车，拦一辆车回去算了。"

"你不舒服应该在过河之前就告诉我，这个地方过路的车很少，把你一个人丢在这儿，万一搭不上车回不去怎么办？"司机用略带责备的语气说道。

坐在前排的领导没有吱声，江雪不敢央求司机掉头送自己回去，就问他："还得多长时间才能走到好路上？"

"大概还得十几分钟吧。"

"怎么样？还能不能坚持？不行的话你坐到前面来。"计划办的主任打开车门从车上跳下来，站到她身边征求她的意见。

她跟他换了座位，车又继续往前开。后半段的路颠簸得更厉害了，江雪不得不又叫停了一次车。整车人都被她弄得特别紧张，司机吓得连车都不敢开了，不停地问众人："怎么办？怎么办？"

江雪比较了一下，离目的地的距离比回县城更近，便决定继续向前走。

到了当地的镇政府以后，江雪一吃完饭就赶紧躺到炕上休息。睡到半夜里，她被肚子疼醒了，感觉孩子在里面蠕动得很厉害，就愧疚地在心里对孩子说："亲爱的宝贝，对不起，妈妈今天让你跟着我受罪了！你要勇敢一点，坚强一点，不要紧张，也不要害怕，乖乖地睡上一觉明天就不那么难受了。"她两手合在胸前，暗暗祈祷老天爷保佑自己的孩子平平安安的，千万不要出什么问题。不知道是母子之间有心电感应，还是她的祈祷起了作用，过了一会儿肚子就不疼了，她又迷迷糊糊地睡着了。

第二天上午的宣传工作进行得很顺利，她给农村的育龄妇女讲的课也很受欢迎。下午回来之前，还没上车她又开始发愁了，坐到车上感觉路途特别漫长。半路上她就感觉有点不太对劲，没有对身边的任何人说，只是盼着能早点进城。到了单位她一下车就往厕所跑，褪下裤子一看就慌了：已经见红了！她直接来到科室，见到正在值班的崔万红眼泪一下子就涌出来了："姐，快给我打保胎针，我肚子很疼……"崔万红一边安慰她不要紧张，一边搀扶着她躺到病床上，立刻让护士给她用药。吴青听说妻子有先兆流产的症状马上就跑来了。郑茜也在第一时间赶到她身边，看到这种情况心里也很着急，晚上没有回家，一直待在科室观察她的病情，指导用药。到了后半夜，一阵强烈的宫缩过后，江雪出血更多了，天刚亮就流产了。看到娩出的胎儿性别后，众人都露出惋惜的神情。那是一个发育良好的男孩，手指都已经分开了。郑茜要给她清宫，她不让，执意让崔万红来操作。

上班后，科室的医护人员得知了这个不幸的消息都来看望江雪，她躺在病床上号啕大哭，不管别人怎么安慰都无法平静下来。她一边哭一边对众人说："我说我太累了不想下乡，主任就让我下；我说肚子里的娃娃太小，怕路上颠着了，主任就说没事。现在出了事，主任你能为我负责吗？你说，你对得起我吗？你还我儿子，还我儿子！……"

"我没有想到你的胎那么不牢，我也不知道下面在修路，这完全是个意外……"郑茜窘得满脸通红，解释了几句，感觉特别尴尬，便借口有事出去了。

十一

陈灵均听说江雪流产了，带着妻子也来看望她。进门后，他看到平时像男人一样，喜欢用粗喉咙大嗓门说话，干起活儿来精神气十足的江雪脸埋在被子里，不停地抹眼泪，脆弱得跟个小姑娘一样，吴青颓然地坐在病床旁的椅子上，胳膊肘撑着脑袋一个劲地叹气，心里特别不是滋味。他不能多说什么，只好安慰江雪想开一些，不要太难过。

吴青用埋怨的语气淡淡地说："我早就提醒过她，不要在工作上太卖命，要注意自己的身体，她就是不听，你看，结果是什么？不但害了自己，把娃娃也给折腾掉了。"

江雪听了以后哭得更伤心了，呜呜咽咽地对陈灵均说："我也不想太听话，可我不听不行呀，人家是领导，咱只是个普通老百姓，我要是不下乡，主任就会说我思想觉悟不高，不服从管理。我承认，我作为医生是应该把工作放在首位，可我也是一个普普通通的女人，我的身体又不是铁打的，怀孕的时候也跟别的女人一样需要休息，需要得到别人的关心和照顾。我现在算是看明白了，他们根本就没有把我当人看，在他们的眼里，我只是一台干活的机器……"

书珍本来就是个心肠很软的人，听了这番话，也不由得跟着她抹起了眼泪。

陈灵均强忍着内心的伤感对江雪说："可是现在有什么法子呢？事情已经发生了，再说什么话都没有办法挽回了。江老师，你一定要坚强一点，好好地保重身体，娃娃以后还能再怀，你要是把身子哭坏了，遭下了病，后半辈子就麻烦了。"

不管他说什么，那两人都无法摆脱内心的怨恨，依然沉浸在悲痛之中。

陈灵均调到县医院以后，虽然不跟江雪在一个科室上班，但是她还和以前一样关心他，常问他跟书珍过得怎样，有没有什么事情需要帮忙。看到江雪发生不幸之后，依然有人向着郑茜说话，说这事不怪她，怪江雪自己太傻，怕孩子颠着了不想下乡也可以不下，人家又没硬拉着她去，心里很为她不平。他对那些人说："你们真是站着说话不腰疼，换了自己试试看，领导要是安排你上门诊做手术，你说你身体不舒服不去，那你觉得自己还能在单位混下去不？再说出了事谁负责？还不是你的责任！如果有人一定要说她有罪，那她最大的罪过就是太老实，太善良，太相信自己的同事了。"

一连好几天，他都为这些人的冷漠和自私感到寒心，认为发生这样的悲剧充分说明有些人根本就没有把医生当人，没有把医护人员肚子里的孩子当作和其他胎儿一样宝贵的生命来看待。

"幸好我不是医生，不然的话，怀娃娃的时候谁知道大人娃娃得遭多少罪。"书珍一边坐在床上低着头缝刚拆洗过的被褥，一边说道。这床被子是她准备让陈灵均往学习单位带的。"唉，当医生的老婆和娃娃也不好，过不了几天你就丢下我们娘儿俩到外面去了。"说这话的时候，她抬起头偷偷地瞄了他一眼，脸上带着一丝羞怯的笑意，仿佛不小心说了一句不该说的话似的。

陈灵均坐在沙发上没有吭声。书珍今天给他布置了一个任务——那就是在她干活的时候帮她照看儿子。陈和光一会儿要喝水，一会儿要吃饼干，一会儿要爸爸陪着玩，一会儿又要爸爸讲故事。陈灵均被他搞得筋疲力尽，感觉比上班还累，他无可奈何地摸着儿子汗津津的脑袋说："光儿，你累不累？能不能在沙发上稍微坐一会儿？"

陈和光挣脱他的手，拿着小飞机在窑洞里边跑边说："不累，我还要开飞机到北京去呢。"

"你别嫌娃娃麻烦，多陪陪他，等你到了西安想儿子的时候再要见他就不容易了。"翟书珍说道。

这时，家里的电话铃声响了，陈灵均接起来以后，里面传出陈灵芳的声音："灵均，你现在忙不？姐有个事想请你帮忙。"

"姐，有啥事你就说吧，只要我能帮上肯定会帮你的。"陈灵均说道。

"梦月马上就要毕业了，你认识不认识教育局的人？要是认得的话，给人家说一说，看能不能给梦月安排个条件好一点的学校。县城的各个学校我连想都不敢想，要是能分到我现在教书的长河滩镇小学最好，这样的话，她平时可以在家里吃饭，有什么事我也方便照顾……"

她的话还没说完就被梦月打断了："小舅，我可不想跟我妈在一个学校教书，我俩要是天天在一起，就等于给我脖子上栓了根绳子，一点自由都没有了。"

"这个死女子，你当你妈一天没事干在遛狗呀？不想来长河滩镇小学就算了，干脆把你分到离县城最远的黄河畔上去教书！"陈灵芳的话语里明显地带着赌气的成分。

"去就去，黄河畔也是人待的地方。"梦月在一旁嚷嚷道。

陈灵均听了不由暗暗发笑：这母女俩脾气太像了，在一个地方教书肯定弄不到一块。

"好了好了，不开玩笑了，我想给你说的是，要是能分到青川镇、安门镇这些地方也可以，实在不行，哪怕分到交道镇也行，千万千万不要分到南边最远的那几个乡镇。"陈灵芳说道。

"好的，我试试看吧，现在还不敢给你打包票。"陈灵均说道。

陈灵芳听了似乎心里有了一丝着落，笑着对身边的人说："我说过这事就看灵均有没有办法，他要是没办法，只能听天由命了。"

姐弟俩又在电话里聊了一阵家长里短。通话的中间，翟书珍已经干完家务活，带着儿子到院子里玩去了。

陈灵均刚挂上电话，门被人轻轻地敲了两下，一位个子高高的年轻女人撩起门帘从外面走了进来。陈灵均一看来人是初中同学韩春秀，连忙给她让座、倒水，问起她的近况。

韩春秀说："我还在农村教书，今年前半年参加了县上的事业单位招干考试，感觉考得还不错，一直没见公布成绩。有人说这事已经黄汤了，还有人说录取的都是有后门的人，人家早就上班了。"说到这里，她停顿了一下，凄然地笑着说，"我跟薛砚清说，看来咱这辈子没有吃公家饭的命，只有给人揽工的命。"

"不管录没录上，最起码应该公布一下成绩，这样做太不阳光了。"陈灵均说道。

"没事，我就当多复习了一回。"韩春秀笑着说道。

陈灵均猜她来找自己肯定有事，就主动问起他家里的老人和孩子的情况。

韩春秀说她儿子那次在交道镇卫生院看完病后，又先后到市医院、省医院做了检查，都说是先天性心脏病，她正准备带儿子到西安去做手术，医院已经联系好了，做手术的医生也定了。

"做手术的钱凑够了没?"陈灵均问道。

韩春秀摇了摇头。

"还差多少?"

"七八千。"

陈灵均开门诊一共挣了十万块钱，花了九万元在幼儿园旁边买了一个有两面石窑的独院，装修完后已经所剩无几，现在身上只装几百块钱，工资本上倒是还有一些钱，可是储蓄所已经下班了，便让她第二天上午上班时间到单位去取。韩春秀道了谢便走了。

陈灵均的工资本上一共攒下三千三百元钱，他取了三千元借给韩春秀，并且再三嘱咐她，自己不急着用钱，让她慢慢还，先把孩子的病治好再说。

韩春秀拿着钱刚离开医生办公室，吴小强风风火火地闯了进来，一见陈灵均的面就说："灵均，我婆姨快生了，住在你们医院妇产科，你赶紧去给大夫安顿一下。我在这儿除了你，一个熟人也没有。"

"胎顺不顺?"

"顺。"

"谁给她接生?"

"崔万红。"

"我知道了。你先到病房里去招呼你婆姨，等我把病人处理完了就来。"陈灵均一边下医嘱一边说道。

吴小强见他没有表现出很积极的态度，显得有些失望，站了一会儿又说："那你忙完了早点来，医生说宫口已经开全了，马上就要生了。记住。她住在六床!"

"好的，我记住了。"吴小强走后，陈灵均不慌不忙地处理完手头的工作，来到妇产科病区。他刚一推开病房的门，一眼就看见吴有仁两口子喜气洋洋地坐在病房里，他老婆的怀里抱着刚刚出生的婴儿，正咧开嘴冲着襁褓中的孩子笑。

"灵均，你来了？哎呀，你工作那么忙，还专门跑来为我们家的事费心，真是太麻烦你了。快看，娃娃已经生出来了！"吴有仁激动地指着小孙子说道。

"生的是女子，还是小子？"

"女子。不过她婆姨还年轻，过上一两年还能再生。"吴有仁的老婆抢着说道，"你看这家伙长得跟我们小强小时候一模一样。"她抱着孩子走到陈灵均跟前让他看。

刚生下来的孩子长得都很丑，陈灵均一点也看不出哪里像吴小强。

"你儿子大概都会跑了吧？小强不争气，在外面成天给我惹乱子，不然的话，娃娃应该比你们的还大。"吴有仁叹息着说道。

陈灵均知道，吴小强前几年因为打架伤了人，被派出所拘留过，周围知底的人都不敢把女儿嫁给他，他老婆是一个品行不端的社会青年，两人一见钟情，还没结婚就同居了，婚后才四个月就生下了这个娃娃，于是便装作不知情的样子安慰吴有仁说："我儿子还不到三岁，小强现在有了娃也不算晚，人家大城市的人到三十岁左右才结婚，我们都算早婚。"

"那倒也是。"吴有仁听了马上表示赞同。自从他从支书的位置上退下来以后，见了人十分和气，尤其是面对像陈灵均这样在外头混得有模有样的年轻人，越发恭敬客气。

耳边突然传来"砰"的一声巨响，病房的门被人从外面撞开了，所有的人都被这个突如其来的声音吓了一大跳，目光唰的一下投向门口，看到一个虎背熊腰的小伙子从门外走了进来，紧跟着他进来的是一个面色苍白身体虚弱的女人，一看就是刚刚生完孩子的产妇。

陈灵均赶紧上前帮助吴小强把他的妻子搀扶到病床前。吴小强等妻子坐在床上自己脱去了鞋后，抱起她的双腿粗鲁地将她的身体挪移到床上。他冲着陈灵均笑了笑，用炫耀的神情向病房里的人介绍说："这是内科的陈大夫，我们是一个村的。你刚才见到主管大夫了没有？"

"还没有，我来的时候她正在产房里。"

"这会儿已经出来了，咱俩一起过去。"吴小强说道。他刚要出门，无意间发现他母亲撩起衣襟，露出干瘪松弛的乳房，把黑乎乎的奶头塞到孩子嘴里让她吸吮，立刻用手指戳着母亲的鼻梁大声呵斥道："你这个老婆子是不是疯了？娃娃刚生出来就让她吃你的奶。你知道你的奶上有没有毒？把她吃出来病怎么办？"

他母亲窘迫地看了儿子一眼，赶紧放下小孙子，把上衣扣好，嗫嚅着说："我看她刚才哭得很厉害，怕她饿了。"

"饿了就让她吃你的奶？你的奶里有奶水吗？真是越老越糊涂了！"吴小强气愤地说道。病房里的人都用异样的眼光看着这个奇怪的家庭。在村里向来说一不二的吴有仁在儿子面前似乎没有一点脾气，只是眨巴着眼睛看，不敢多说一句话。

"小强，咱们赶紧过去吧，一会儿崔大夫忙起来又找不着人了。"陈灵均不想让吴小强继续丢人，赶紧拉着他向医生办公室走去。

崔万红还没有来得及更换溅上羊水的白大褂，正在水龙头跟前洗手，一见陈灵均进来就主动问他有什么事。

"崔大夫，六床的病人是我们村的。"陈灵均笑着说道。

"还是亲戚。"吴小强又补充了一句。

"好，我知道了，你该忙什么就忙什么去吧，这里有我。"崔万红豪爽地说道。

从医生办公室出来后，吴小强对陈灵均再三感谢，一直把他送到楼梯口才回去。

下午上班后，陈灵均给以前曾经找他看过病的县教育局的熟人打了个电话，约他晚上一起吃饭。那人直接问他有什么事。他觉得在电话里说不合适，坚持见了面再说。那人说不用客气，只要他能帮忙一定会帮。于是，他就把姐姐嘱咐的事跟那人说了一下。对方沉思了一会儿，说他可以试着跟局长说说，但是不一定管用。陈灵均对他没有抱太大的希望，暗暗祈祷教育局的领导不要把梦月分得太差。

半个月后，陈灵芳打来电话高兴地说，梦月分到安门镇了，那地方条件还不错，离城也近，问他要怎么感谢人家。陈灵均想了想说，给他捎上两箱土鸡蛋，一箱老家的红薯就行了。这事就这样顺利地解决了。

农历二月底，当陕北高原上的树木坚硬的树梢刚刚发白，荒野中隐隐闪现出一丝绿意的时候，古城西安已经被温暖的春风吹得娇媚多姿，风情万种。位于雁塔区的西安交通大学每天都有不少游客前来踏青，在众多的人流当中，一位年轻的小伙子显得分外激动。他先是站在校园门外让人给自己拍了张照，又走进校园，仔细地观赏里面的每一栋建筑，每一处风景，似乎要把这里的一草一木都记在心里。这个人不是别人，正是刚刚到唐都医院学习了三个星期的陈灵均。他之所以抽出半天的时间专门跑到这里来，原因是他的大专毕业证上写的毕业院校就是"西安交通大学"。而他作为这个学校的学生，还从来没有踏入过这所给自己的人生镀上了第一层亮光的学校。如果把读研究生比作是镀金，那么，只上过大专的他只能算是镀了一层铜。早在两年前，钟成志便实现了给自己的学历镀金的梦想，而和他同一年参加工作的陈灵均大概只能守着这块铜到老了。一想到这一点，陈灵均的心里不免有些淡淡的酸涩。不过让他欣慰的是，他用安振国的毕业证"克隆"出来的新安大学医学院的本科毕业证成功地"骗"过了唐都医院心内科主任杜格一教授，成了他旗下的一名进修生。和他同时进修的还有来自全国各省市的十一名临床医生，都是本科以上学历。杜格一教授是唐都医院心内科主任，研究生导师，曾在澳大利亚留过学，回国后因为没有设备无法开展工作，和西安仪表厂的科研人员联合研发出国内首台射频消融仪，成功地开展了导管射频治疗心动过速，并且首创用射频法完成迷宫术治疗房颤，在业内享有很高的声誉。杜教授五十多岁的年纪，身高一米七八，是个身体健壮精力特别充沛的中年男人。可能是为了弱化鬓角的白发增加的苍老感，他经常把头部两侧的头发打理得很短，故意让头顶浓密的黑发显得更突出一些，他的眉毛靠近眉头的那一端又浓又黑，到了末梢渐渐变淡，很像用水墨描画出来的两只蝌蚪。眼睛不大但是很有神，从那双眼睛里透出的目光很少能看到笑意，也不轻易露出愠色，不知道为什么周围的人都很怕他。杜教授是一个非常爱整洁的人，穿着打扮很有品位，从来不会头发乱糟糟的穿着一身皱巴巴的衣服出现在公众面前。单单从外表你就能看出，这个人在工作中同样也是一丝不苟，不允许出现任何疏漏。陈灵均来到唐都医院以后，特别担心会遇到安振国的同学。他想，杜教授要是知道他的学生是个不诚实的人，肯定会对他有看法的。所幸的是，他担心的那种情况并没有发生。让他怎么也没有想到的是，他在这里遇到的第一个熟人竟然是钟成志。钟成志正在唐都医院心胸外科学习，见到陈灵均以后特别高兴，专门抽时间请他到外面喝了一次茶。钟成志比以前开朗多了，特别能说。他说考研彻底改变了他的命运，否则的话他至今还待在那个小地方。他让陈灵均好好跟着杜教授学，说杜教授是省内一流的专家。陈灵均知道自己的短板在哪里，希望在正式接触临床病人之前先到心电图室学习一段时间。冥冥之中仿佛有天意在相助似的，杜教授为他安排的第一个科室恰恰就是心电图室。

他在心电图室学习了还不到一天，脑袋就开始嗡嗡作响，感觉那些弯弯曲曲的线条就像一团团被人抽乱了的线绳，不管导师怎么讲解，他怎么狠劲地看书，丝毫也理不出个头绪来。别急，慢慢来，只要用心肯定能学会。他安慰自己。可是，一天，两天，转眼间十多天过去了，他每天从早到晚不停地琢磨，就连走路吃饭都不停歇，把脑仁都想疼了，还是开不了那一窍，手里拿着心电图就像在看天书一般。怎么办？就这样硬着头皮继续蒙混下去，还是尽快找个专业方面的大神来解救自己？他的心里特别着急。学不会肯定是不行的，心电图是心内科的基础，基础打不好，后面的学习就没法进行。可是找谁呢？怎么跟人家开口？就说自己学不会？那多丢人哪。从小到大，从来没有被任何难题难倒过的他，被眼前的窘境弄得都快精神崩溃了，恨不得拿起石头把自己的榆木脑袋砸开，用一根电极把书里的知识和自己的脑细胞直接连接起来。就在他感觉自己的人生已经进入至暗时刻，对自己的智商产生严重怀疑时，他突然想到了一个人——叶知秋院长。叶院长没有走上管理岗位之前，是东正县有名的内科专家，在心血管疾病的诊治方面有很高的造诣，陈灵均曾经亲眼看到他为病人解读心电图。陈灵均进修心内科其实也是叶院长的意思，他认为心血管内科在内科系统占有很重要的地位，县医院缺少这方面的人才，建议他朝这个方向发展。叶院长让安振国学习消化内科，安振国和陈灵均是一起出来的，他去了无锡。于是，陈灵均就给叶院长打了个电话，向他请教学习心电图的诀窍。叶院长说，阅读心电图时，只要把三个心电向量环：QRS 环、P 环、T 环的运动轨迹记住了，就能看懂。他让陈灵均用铝丝做成三个环的形状，晚上拿着手电筒从不同的方向打在不同的轴上，然后观察投射到墙上的图像，说那些不断变化的图像其实就是临床上的心电图。他下班以后，赶紧按照叶院长说的方法去做，然后对照着书上的内容稍微一琢磨，那些抽象的图形马上就变得好理解了。不知道是老院长的方法和经验起了作用，还是老天爷被他的恒心和执着感动了，到了第十六天的时候，再次面对那些复杂的图形时，脑袋里那条紧闭的通道仿佛突然被人打开了，他轻松地穿过所有的障碍来到一片广阔的天地，眼前的一切都是那么简单明了，清晰可见，他就像一条快乐的小鱼自如地穿梭于那些如同波浪般自由起伏的线条之间，用自己手中掌握的神奇密码成功地解读出一个又一个疾病的信息。那一天，他感觉天高地阔，云淡风轻，世间的一切还是那么美好，那么奇妙。

业余时间他还经常到图书馆看书，图书馆里的书籍非常齐全，给他的学习提供了很多便利。医院隔三岔五邀请省内外知名专家讲课，科室还有自己的实验室。他发现，这里的医生既会工作，又会学习，两者结合得非常好，不由得感慨：大医院的学习环境太好了，学习平台多，条件又好，只要不是傻子，哪个人都能学到有用的东西。他非常庆幸自己能有机会出来，跟这些优秀的导师一起工作、学习，希望能在这里多待一段时间，多学到一些先进的理念和先进的技术。

他在交大教职工楼前面的院子里逗留了一会儿，穿过右侧的通道，眼前豁然开朗。东西方向是一条宽阔的自行车道，两边栽种着高大的梧桐树，青色的树叶还没有完全长大，白色的树干在分叉的地方冒起好几个结节，像弯曲的手掌向上托举着什么东西。这条路的中央与另一条南北方向的小路交叉，那条路的两旁开满粉红色的樱花，稠密的花瓣散发着沁人的芳香。旁边的草地上矗立着许多挺拔的云杉和尖顶圆底的油松，就像穿着绿色长裙的西班牙女郎在向人们展示婀娜的舞姿。树下低矮的土丘上，一只白鸽咕噜噜地叫着正在昂首阔步。他向那迷人的花间走去，看到一位身穿浅蓝色牛仔服、留着特别短的短发，模样十分娇俏可爱的女孩站在樱花树下仰着脸赏花。女孩听到他的脚步声后转过身来一个劲地看他，他也觉得那位女孩很眼熟，不由多看了两眼。当他走到她身边时，忍不住大着胆子问了一句："你是不是东正县的？"

女孩抿着嘴笑着答道："是的。"

"怪不得看着这么熟悉，原来是老乡。"

"咱俩不光是老乡，还是同事。"

"你是……齐令晖？"他的脑子里猛地闪现出这个名字。这是县医院所有的年轻职工中他唯一没有见过面的同事。

"对。咱俩以前见过面。"

"什么时候？"陈灵均感到很惊讶。

"有一次是在1992年的夏天，内科的楼道里。当时你把我手里的东西碰掉了，还对我说了声对不起。"

陈灵均的嘴巴一下子张了老大，怎么也不能把眼前这个留着小子头眼神中闪烁着几分调皮劲的女孩跟那个长发飘飘的淑女联系在一起。

"我把头发剪短了。"女孩缩了一下脖子咯咯地笑了起来。

"还在什么时候见过面？"

"还有一次是在你们卫校的校园里，当时我跟我外甥苗雨泽在一起，你跟他打了声招呼，你可能没有注意到我。"

"你说的是九〇医士班的苗雨泽吧？他也是我们四瓣花文学社的，喜欢写诗，曾经给校刊投过稿，我对他有印象。天哪，你俩居然是姨姨外甥的关系！"陈灵均上下打量着这位与他年龄相仿的女孩，似乎有点不相信她的说法。

"她是我大姐的儿子，只比我大一岁。我们家有四个女娃，我是老四。我大姐比我整整大二十岁。"

"你也是来玩的吗？"

"不是，我在这儿上本科，在职的那一种，平常在慈善医院上班。"

陈灵均在心里说：怪不得我只在工资表上看见过你的名字，一次也没有见过你本人。

齐令晖问他来这儿干什么，他说他在唐都医院进修，星期天出来随便转转。

"我刚好没事，陪你在校园里参观一下。本来我今天心情不太好，遇见你以后，不知道为什么心情一下子变好了。"齐令晖嘟了一下嘴巴，把手里的树叶用力抛向远处，侧着脑袋看着他，又发出了清脆的笑声。陈灵均被她的笑声感染了，也跟着呵呵地笑了起来。齐令晖就像导游一样，详细地给他讲解校园里每一个地方的名字和故事。这所百年名校更像一个美丽的大花园，许多建筑都有自己的特色，尤其是图书馆和教学楼前面的广场非常富有艺术性，他一下子就爱上了这个地方，心里想：能在这样的环境里读书该有多幸福啊。

参观完校园，陈灵均请齐令晖到外面吃饭，她爽快地答应了。两人来到附近的一家牛肉泡馍馆，一人要了一碗泡馍，洗了手，面对面坐着开始掰馍。

"我听说你爱人在咱们县城工作，你一个人在这儿上学、工作，他不反对吗？"陈灵均一边用手掰馍一边问道。

"我们俩是去年结的婚，因为上本科的事他跟我闹了好几个月，上个礼拜刚离婚。"她说到最后声音变小了，头也低了下去，过了两三秒又抬起头笑着说，"两个人的人生观和价值观如果差别太大，就没法在一起生活，既然在一起相互都很痛苦，还不如分手各走各的路更好。"

"我同意你的观点。对不起，我不知道你家里的事。"陈灵均连忙道歉。

"没事，我并不觉得自己有什么不幸，和那些一辈子被道德的绳索捆绑在一起凑合着过日子的人相比，我应该算是幸运的，至少我获得了自由，还有机会重新开始新的生活。"她平静地说道。

"你是我见过的最有勇气最有个性的女孩，我很欣赏你这种敢想敢为的性格。"陈灵均发自内心地说道。

"呵呵，我也很敬佩你。"

"敬佩我什么？"他惊讶地问道。

"你的才华。我上学的时候读过你写的诗。"

"哪一首？快说说看。"他迫不及待地问道。

"《拥抱生命的冬天》，是在你们的校刊上看到的。我当时还以为是一位三四十岁的老男人写的，听我外甥说作者是他的校友，我简直惊呆了，觉得你的思想太成熟了。你肯定有过特殊的人生经历，否则的话像你这个年龄是不可能写出这么深的感悟的。"

"也可以这么说。"

"你读过《平凡的世界》吧？我从这首诗里能读出来。"她非常自信地看着他，习惯地抿了一下薄薄的嘴唇。

"你真是太聪明了，这首诗就是我读了《平凡的世界》以后写出来的。我和孙少平一样，也是在贫穷、饥饿和自卑中长大的。"他简单地向她介绍了一下自己的家庭情况。"那么，再跟我说说你吧，你一定是在城里长大的吧？"

齐令晖的动作比陈灵均快，她把自己的馍掰完叫来服务员端走以后，接着他的话头说："我六岁以前跟我妈住在农村，上了小学以后跟我爸来到了城里。我爸是农机厂的工人，我妈没有工作，是农村妇女。我小时候在村里的时候很喜欢跟男孩子一起玩，性格也像男孩子，不怕磕，不怕碰，哪儿都敢去，什么都敢玩，脾气倔得要命，只要是我想做成的事情没有人可以阻拦我。我学习不用功，但是脑子比较好使，平时很喜欢异想天开，是那种认为自己有一对别人看不见的翅膀，可以飞得很高的人。读完初中以后本来还想上高中考大学，我爸说家里没钱，只能把我供到中专毕业。所以参加工作以后，我的第一个想法就是上大专。我跟李军结了婚以后，本来想念完本科再要娃娃，可他坚决不同意，他跟他母亲想尽一切办法想让我怀上娃娃断了上学的念头。为了达到目的，什么卑鄙的手段都使用过。"齐令晖的嘴角露出一丝冷笑。

"我们从一开始就是抱着不同的目的结合到一起的，所以这段婚姻注定要失败。好在一切都结束了，我又恢复了自由的状态。等我本科毕业了，我还打算考研究生，我不相信我们中专毕业的人永远追不上那些大学毕业的人，只要好好努力，照样可以成为出类拔萃的人才。"

陈灵均看着她倔强的表情，仿佛从她的身上看到了另一个自己。虽然他们刚刚认识不到两个小时，却没有丝毫的距离感，就像久别重逢的老朋友一样。

泡馍端上来以后，两个人都不说话了，低着头默默地吃饭。陈灵均看了一眼小口碟里的糖蒜，很想吃又怕吃了嘴里有气味，没敢动筷子。

"没事，咱俩一起吃，吃完嚼个泡泡糖就好了。"齐令晖先带头吃了一瓣糖蒜，然后把碟子推到他面前。陈灵均也跟着吃了。吃完饭，两个人在马路上散了一会儿步，陈灵均看到天色已晚，便跟她告别，准备乘坐公交车回去。

"我在西八里村附近租了一间房子，你没事可以过来转转。你把你的地址也留一下，我下周星期天上午过来看你。"齐令晖大方地说道。两人互留了地址和联系方式便分开了。

十二

唐都医院不给进修生提供住宿，陈灵均和陕北来的一位老乡合租一间民房，离医院有一千多米的距离，他每天早上六点左右起床，洗漱完到外面随便吃点早饭，然后步行到单位上班，不到七点钟已经坐在科室开始看书了。星期一的早上，他像往常一样，胳肢窝里夹了两本从图书馆借来的《冠心病学》和《介入心脏病学》，从北门进来，沿着宽阔的车道朝南走，一位身穿蓝色运动装的男人从后面跑来与他擦肩而过。看到那张熟悉的面孔，他不由得叫了一声："杜教授！"

杜格一听到叫声停下脚步，等他跑到跟前时，继续小跑着对他说："小陈，你早上起来这么早，为什么不在外面跑一跑？当医生身体素质不好可不行，来，跟我一起跑。"

陈灵均连忙甩着胳膊在他身后跑起来。

"你现在年轻，大概还没有意识到身体的重要性，等你工作时间长了，就会越来越认识到这一点。医生是一种高强度高负荷的职业，二十四小时的值班制可不是谁都能撑得下来的，在大医院，很多时候要工作三十个小时以上才能休息。除了工作，我们还要做实验，搞科研，没有好的身体怎么行？你看我现在都是五十多岁的人了，身体一点也不比你们年轻人差。"教授用力拍打了一下硬朗的身板朗声说道。和他相比，陈灵均的身体显得单薄多了。

"另外，早上跑完步后，你会感觉自己精力充沛，思维敏捷，工作效率大大提高，不信你坚持跑一周试试看，肯定和原来的状态不一样。"

杜教授跑步不但速度快，步伐还特别轻松，陈灵均气喘吁吁地跟在后面，第一次觉得自己未老先衰。

杜教授径直跑到药学楼西侧的一块空地上，在那里转着圈跑。这个地方原本是职工停放自行车、摩托车和汽车的地方，但是由于使用率不高，空的地方较多，很像一个天然的操场。刚开始，陈灵均努力不让自己落后，两人并排跑了两圈后，渐渐地他就跟不上教授的脚步了，和他拉开了距离。又跑了三圈后，已经筋疲力尽，再也跑不动了，只好停下来休息。

以后一定要像杜教授一样，好好锻炼身体。他对自己说道。

这一天他在心电图室的工作十分顺利，他写的报告全部被导师审核通过。晚上下了班吃完饭以后，他又来到心内科一病区跟着值班大夫上班。这是他为自己加的"餐"，目的是尽早地进入临床学习阶段。

他走进医生办公室的时候，看到侯文杰教授正在给几位进修生讲解一张单子上的心电图。他看了一下图，觉得并不复杂，但是侯教授却解释得很牵强。等教授讲完以后，他把自己的观点说了一下，侯教授惊奇地看着他说："你的阅图能力真强。"马上就跟他攀谈起来。陈灵均来唐都医院以前，专门把心内科所有专家在杂志上公开发表过的论文全都看了一遍，知道每位专家的研究方向是什么，他主动跟侯教授提起他在心电生理学方面的论文中涉及的一些课题，两人聊得十分愉快，很快就成了无话不谈的朋友。从言谈中他得知，侯教授的英语水平很高，看电视的时候，可以边看中文边口译英语。"以后在外文翻译方面遇到什么困难我可以帮你。"侯教授主动说道。"我的英语只是初中水平，将来肯定要来找你帮忙。"陈灵均高兴地说道。

一周的时间很快又过去了。星期天的上午，陈灵均到科室查完房后回到自己的住处，赶紧手忙脚乱地开始整理房间。他是一个非常爱整洁的人，东西从来不乱放，可他的室友却恰恰相反。在征得对方同意后，他帮他把东西大体归了一下类，放在固定的位置上，然后开始扫地，抹桌子。把卫生打扫完后，他把自己早上买回来的橘子和香蕉码得整整齐齐地堆放在两个碗里，沿着一条水平线放在桌子中央，感觉心情特别紧张，心里不由得胡思乱想：齐令晖说她今天上午要来看我，只是随便说句客套话，还是认真的？她要是不来，我是不是显得有点儿傻？他想起分手时她坚定的语气，觉得她应该不会骗自己。

他怕她第一次来找不到准确的地理位置，便出门到路口去接她。等了大约十几分钟，远远地看见一个女孩穿着白毛衣、牛仔裤，背着一个帆布包迈着非常有节奏的步伐走过来，模样很像齐令晖，心里特别慌乱，比参加考试还要紧张。等对方走近后，他高兴得都快跳起来了：没错，就是她！

"不好意思，路上有点堵车。"齐令晖笑着说道。她的脸上化了一层淡妆，涂着玫瑰色口红的嘴唇张开时显得牙齿很白。

"没事，我也是刚出来。"陈灵均把齐令晖带到自己的住处，室友跟齐令晖打了声招呼说自己有事便出去了。

"你猜我今天给你带来了什么？"齐令晖坐在床上一边用手在背包里掏，一边笑眯眯地问坐在对面椅子上的陈灵均。

陈灵均被她问得丈二和尚摸不着头脑，只好傻笑着说："不会是什么好吃的吧？"

"不是。"齐令晖笑得更厉害了。她从包里拿出一份颜色有些发旧的油印杂志递给他。杂志薄薄的，只有十几页，封面写着"四瓣花 1987 年第四期"。齐令晖翻到印着陈灵均的诗歌的那一页，指着上面的标题说，"我特别喜欢这首诗，没事的时候常拿出来读一读，用它来激励自己。"

陈灵均没有想到自己的诗会在一个女孩的心里留下如此大的影响，内心十分感动，又拿起来看了一眼，对她说："其实这一期的作品中，那个笔名叫'飞浪逐雪'的作者写得也很不错。"

"是吗？你觉得她的作品好在哪里？"齐令晖歪着脑袋问道。

"她不像一般的青少年只会写青春、爱情、理想和身边的花花草草，作品中融入了自己对社会的思考以及对微小的生命个体的关注。"

齐令晖认真地听完后，白皙的脸颊浮现出一层红光，轻声说："她要是听到你这么夸她，肯定会很高兴。你猜这位作者有多大？"

"单纯从心理年龄来说，至少有二十五岁。"

"哈哈，猜得真准，她今年就是二十五岁！"

"你怎么知道我猜对了？莫非你认识她？"陈灵均疑惑地问道。

"我当然知道啦，因为——她就是我！"齐令晖两只手放在膝盖上，咬着嘴唇兴奋地说道。

陈灵均惊得目瞪口呆："你不是在省卫校上学吗？你的诗怎么会出现在我们的校刊上？"

齐令晖告诉他，那年暑假，她的外甥苗雨泽到她家来玩，在她的本子上看到了这首诗，非常喜欢，就抄下来带走了。开学后，他没有经过她的许可，私自将这首诗投给了四瓣花文学社，因为齐令晖不是他们学校的学生，所以他在署名时故意采用了她的笔名"飞浪逐雪"。作品发表后，苗雨泽把这本杂志寄给她，她一直保存至今。当她在新安地区卫生学校的校园里跟着苗雨泽第一次见到陈灵均时就记住了他的模样，后来他调到县医院后，她也听说了一些和他有关的事，但是内心对他的敬佩始终没有改变。

陈灵均怎么也没有想到，齐令晖就是自己苦苦寻找了多年的"飞浪逐雪"。他马上跟她谈起了文学，问她喜欢哪些中外名家的作品。齐令晖说她比较喜欢阅读近当代一些名家的文学作品，最喜欢的国内作家有曹雪芹、鲁迅、陈忠实、韩少功，她觉得铁凝的《笨花》也不错。国外的作家中，她最喜欢的男作家有印度的泰戈尔，法国的巴尔扎克、司汤达，苏联的肖洛霍夫，最喜欢的女作家是法国的乔治·桑。说到乔治·桑，她动情地说："我最喜欢她的那句名言：我爱，故我在。"

陈灵均和她同时说出了那五个字，两人都会心地笑了。

陈灵均说，他也很欣赏乔治·桑的才华和特立独行的性格，但是对她混乱的两性关系感到很厌恶，认为她是一个用情不专品行不端的女人。齐令晖不同意他的看法，她说，乔治·桑生活在 19 世纪的法国，当时的女性不像现在这样开放、独立，社会地位很低，她在男权社会中强调女性的权利，敢于追求精神上的自由、平等和独立，是非常难得的。乔治·桑蔑视传统、崇尚自由的生活，喜欢抽雪茄、饮烈酒、骑骏马、穿长裤，总是一身男性打扮。最让人敬佩的是她不仅是一位民主主义者，也是同时代人公认的最伟大的作家之一。对于她先后拥有多位情人不能从一而终的问题，齐令晖是这样看的："男人和女人都是为了追求幸福才走到一起的，如果婚姻中没有爱情，那么人的幸福感就会大打折扣。虽然每个人都希望自己在人生当中能用最短的时间找到最合适的人，但是事实上很多人并不能只通过一次选择就获得成功。如果一开始就选错了人，难道要为这个错误的决定承受一辈子的痛苦吗？我认为只要不是以玩弄别人的感情为目的，哪怕谈一百次恋爱，结一百次婚也没有关系。婚姻不应该成为爱情的坟墓，而是应该成为爱情的天堂。"

陈灵均仔细地想了想，觉得她说的也有一定的道理。

"你跟我身边的那些女人很不一样。"说完这句话，他突然发现，齐令晖进门后，他只顾跟她说话，竟然连水都没有倒，也没有拿水果给她吃，赶紧倒了一杯水双手递到她面前，又把桌上的橘子和香蕉端来让她拿。齐令晖拿了一个橘子，低下头熟练地剥起来。

"不是我跟别人不一样，而是因为你见过的女人太少了。"齐令晖意味深长地笑着说道，把剥好的橘子掰了一瓣放进嘴里吃了起来。

"你在慈善医院哪个科上班？"

"眼科。"

"将来也准备朝这个方向发展吗？"

"是的，我喜欢眼科，研究生考试也打算报这个专业。"她毫不犹豫地答道，又掰了两瓣橘子放进嘴里，侧身对他甜甜地一笑。当他的目光和她相遇时，就像被什么东西刺到了似的，赶紧不自然地躲开。

齐令晖的学识、才华和与众不同的个性深深地吸引了他。她就像夜空中突然闪现出的一颗又大又亮的星星，照亮了他单调而又孤寂的生活，让他的世界不再冰冷，不再灰暗，充满了令人向往的光芒。他一面强装镇定跟她侃侃而谈，另一面却在心里难过得想哭。至于为什么想哭，他也说不清楚。

两个人在房间里待到中午快一点时才出去吃饭。吃完饭齐令晖说她前一天刚值完班，要回去休息，便跟他告别了，临走前一再邀请他在某个休息日到自己的小屋去玩，陈灵均答应了。

当天晚上，陈灵均躺在床上怎么也睡不着，眼前不断浮现出齐令晖弯弯的眉毛、小巧的鼻子、秀气的嘴巴和说话时的神情，感觉心里特别烦乱，胸口一阵一阵的刺痛。我这是怎么了？他翻了个身问自己。难道是生病了吗？他摸了一下自己的脸颊，微微有些发烫，就把手放在胸口上，感觉里面突突地跳动着似乎有只小鹿在乱窜。他很快便意识到这不是一般的"病"。因为他很想再见到她，根本等不到下次的休息日，恨不得马上就跑到她的小屋里继续跟她坐在一起说话。那种发自内心的渴望越来越强烈，仿佛不能立刻实现他就会在明天死去一样。直到这时，他才猛然意识到，那种说不清道不明的"病"，其实就是年轻人恋爱时特有的一种感受，是一个人对另一个人痛彻心扉的思念！他知道自己不该有这样的念头，因为在他看来这是非常卑鄙、可耻，甚至是很荒唐的，但是这种从心底自然而然地滋生出来的感情似乎并不受理性的支配，依然没完没了地折磨着他。他只好眼睁睁地看着房顶，任由自己被夜幕中倾泻下来的海浪一般的思绪卷入其中，无助地在里面打着旋。

"飞浪逐雪"的突然出现打乱了陈灵均原来的生活节奏，给他的内心带来了很大的困扰，但是他非常清楚自己来西安的目的是什么，竭力用顽强的意志力控制着自己的感情，把主要精力投入学习和工作当中。他每天坚持跑步，在工作之余大量地读书，读懂了很多晦涩难懂的专业书籍，其中包括北京阜外医院心内科专家黄婉编写的《心电图图谱》，这使他的心电图诊断水平得到了很大的提高。在心电图室学习了三个月后，陈灵均进入了临床学习阶段。在病房上班的第一天杜格一便告诉他，进修生必须要有三份病历通过病案室的审核才能给处方权。

这天上午九点钟，陈灵均主管的三十一床的病人要做射频消融术。这位病人患有频发性室性早搏，之前多次进行药物治疗效果不佳，主管医生请示了杜格一教授后，决定用手术来治疗。射频消融术属于介入手术，术中的放射线对人的生育功能有影响，科室里未婚的和正在备孕阶段的年轻医生都不参加手术。一位同样来自县级医院的进修生说："把介入手术学会了，回去在县医院八辈子都开展不了这项技术，白白吃很多射线。"因此他从来不到导管室去。陈灵均心里想：我来到这儿就是为了学习县医院不开展或者没有条件开展的技术，等我将来回去了，一定要想方设法把新技术和新业务推广到临床工作中去，否则的话就白来了；即便有些技术现在用不上，说不定若干年后，医院发展到一定程度还能用得上。所以在上手术前，他已经通过查阅资料，了解清楚了射频消融术的作用原理、操作步骤和操作方法。当杜教授的学生郑维祥教授和侯文杰教授刚说要去做手术，他立刻站起来跟着他们走了。

到了导管室，他们先在男更衣室换了鞋，穿上刷手衣，戴上帽子口罩，然后再套上厚厚的铅衣。铅衣摸起来软软的，但是提在手里很沉，大概有二三十斤，上衣没有袖子，领口很高，齐着下巴沿，两个衣襟一片压着另一片，贴得很紧。这是为了防止射线辐射到甲状腺、心、肺、肝、肾等重要脏器。铅衣的下半部分很像女人穿的裹裙，没有穿在身上的时候其实就是一块长方形的布片。全副武装好后，浑身沉甸甸的，有明显的下坠感，就像衣服的下摆上绑了一圈沙袋似的。尤其是喉咙的那个地方被衣服卡着，感觉很不舒服。穿完铅衣还要洗手、刷手、消毒，再穿手术衣。他们快把衣服穿好时，杜教授来了，站在窗口外面观摩手术。三十一床的病人也在护士的引导下躺到了手术床上。

手术开始后，台上除了两位做手术的教授外，有三名进修生旁观。郑维祥教授和他的助手侯文杰教授说话声音很低，陈灵均屏住呼吸，睁大眼睛，张开耳朵，努力调动全身的每一根神经，全神贯注地接收来自台上的每一个视觉信号和听觉信号，不敢遗漏任何一个细节。

郑教授先在病人的右侧股静脉穿刺并置入鞘管，再把消融电极通过鞘管送入血管。直径只有0.6毫米的电极在弯弯曲曲的血管内要运行一两米的距离才能到达心脏内指定的区域，如此精细的操作仅凭医生的手感和电子屏幕上显示出来的画面来定位，非常难。郑教授第一次放电极没有成功，侯教授把那根电极退出来，又换了一根加硬电极，还是没有运送到准确的位置。手术进行得很不顺利，郑教授和侯教授一直做到中午十二点还没有把五根电极分别放置到指定的位置，急得满头是汗。杜教授一直在外面隔着玻璃窗观看手术进程，看上去也有些焦急，但是依然以极大的耐心等待着，没有说一句责怪的话。他看了一下表，离开了监控室，不一会儿便穿上铅衣进来了，只用了五分钟就把所有的电极都放好了，然后在心肌上选取了几个点进行射频消融。当电子屏上清晰地显示出病人的心脏改变了原来病态的搏动，开始有节律地跳动时，杜教授的眼睛里闪烁出一丝欣喜的亮光。

手术一共持续了两个多小时才完成。在观摩手术的过程中，陈灵均的喉咙里一直感到恶心，后背黏糊糊的，出了很多汗。做完手术后跟其他同事说起，都有同感。

三十一床的病人术前浑身大汗淋漓，心慌得很厉害，呈阵发性，伴头晕，并且发作频繁，做完手术后症状明显减轻，不到两天就可以下床活动。目睹了这一神奇过程的陈灵均不禁想起了年纪轻轻就被心脏病夺去生命的惠彩玲，心里想：如果当时县医院有条件做介入手术的话，说不定她现在还活着，那样的话，可怜的妞妞就不会失去妈妈，强娃也不会失去妻子，他们还是幸福的一家三口。唐都医院还能做心脏支架手术，惠彩铃的病就需要做这种手术。

杜教授每台手术都放手让弟子们做，他站在他们身后默默地支持他们，鼓励他们，一步一步地锻炼他们，直到他们把所有的技术全部学会。他和他的弟子们敢如此放心大胆地做介入手术，是因为唐都医院拥有国内一流的心胸外科专家，如果介入手术一旦失败，他们可以在最短的时间内为病人实施开胸手术。

三十一床的病人出院前的那天晚上，陈灵均坐在科室里一直写到十点才把病历写完，反复检查了几遍觉得没有问题才回去。第二天一大早便送到病案室了。

二十几天后，陈灵均意外地接到了病历评审小组专家打来的电话，说他写的第一份病历已经通过审核，破例提前获得处方权。和他一起进修的人员当中，有的人半年以后才拿到处方权，有的人直到学习结束也没有拿到处方权。

两周后的一天，科室进行疑难病例讨论。主管医生介绍说，他一个月前接诊了一位胸痛的女病人，这位病人三年前做过乳腺癌根治术，住院后做了很多检查始终查不出病因。病人夏天的时候每天早上五点到七点疼痛开始发作，持续时间从几分钟到十几分钟不等。刚开始按照心肌梗死治疗可以缓解症状，换成维生素 B_6 和维生素 C 治疗，也能缓解症状，但是不能根治。陈灵均看到心电图上没有明显的心肌缺血表现，症状不也像心肌梗死。典型的心肌梗死发作的时候病人会有"濒死感"，表现得很烦躁，常常会突然终止自己的活动，但是她却照常活动，疼痛看起来并不剧烈，至于是什么病，他也很难诊断清楚。科室的医生有的说像是心绞痛，有的说可能是心脏神经官能症，杜教授认为是放射性心肌炎或放射性心包炎，依据是病人有放疗史。很多人都支持他的观点，认为主任的思路确实比一般人宽。于是，主管医生决定按照放射性心肌病对病人进行治疗。

讨论会结束后，陈灵均查阅了病人原来的病历资料，发现她只做过短期的放疗，量很少，并且还有保护措施，认为杜教授的诊断不能成立。为了搞清病人的病因，他整整一周住在病房里，对病人进行近距离的观察，结果发现，病人胸痛的发作和饮食有关。于是，他来到杜教授的办公室，十分自信地对他说："杜教授，我认为这位病人得的不是放射性心肌病，而是胃食管反流症。"

"诊断依据是什么？"杜教授问道。

陈灵均把自己观察到的情况向他做了详细的汇报，然后有理有据地做了分析。

"仅凭这一个原因不能确定他得的就是胃食管反流症。"杜教授淡淡地说道，似乎对他的说法并不信服。

"我敢跟您打赌，我的诊断肯定没有错，不信的话咱们可以给他做食管下段 pH 值测定。结果出来了，就能证明我说得到底对不对。"陈灵均用非常坚定的目光看着自己的导师说道。

杜格一作为全国心血管内科领域的权威人士，从来没有人敢如此大胆地怀疑他做出的诊断。他静静地看了一会儿面前这个梗着脖子在跟自己较劲的小伙子，对他说："这样吧，你联系一下心胸外科的孙健行博士给病人测定一下食管内的 pH 值。他正在做这个课题，是这方面的专家。"

陈灵均立即联系上了孙健行博士。孙博士给病人的食管内下了一个电极，观察她二十四小时内胃食管反流次数、数量和 pH 值，结果果然证实了陈灵均的推断。病因明确后，主管医生按照胃食管反流症对病人进行治疗，病人只住了一周便痊愈出院了。

通过这件事情，杜格一教授不得不对这位陕北来的小伙子另眼相看。他让陈灵均把这位病人的病历资料整理出来，组织全市各大医院讨论学习，还让他写了一篇论文，不久后就在《中国实用内科》杂志上刊发了。从那以后，杜教授每次做实验都要叫上陈灵均，还让他参与自己主持的科研项目。

工作上取得的成绩渐渐地淡化了陈灵均对感情生活的需求，时间和空间虽然暂时拉远了他和齐令晖的距离，却无法扑灭他对她的思念。特别是当他收到她的来信时，仿佛看到她就站在自己面前，用哀怨的眼神看着他，问他为什么不来看望自己，是不是她哪里做错了。他觉得她也许并不知道自己心里那种"不洁"的想法，他用如此决绝的方式疏远她，等于无形中伤害了她纯洁的感情。但他又害怕再次见到她，担心自己对她的感情会陷得更深，内心也更加痛苦。他不敢把真实的想法告诉他，只是在回信中用委婉的语气对她说，不是他不想来，而是真的很忙，忙到没有一点空闲的时间。然而事实上，在节假日和星期天，他多次接受室友和同事的邀请，和他们一起游览了西安的很多名胜古迹，比如大雁塔、小雁塔、兵马俑、华清池、大明宫等，感受着十三朝古都在历史的长河中积淀下来的优秀文化的同时，也密切地关注着这座现代化城市在改革浪潮中发生的种种变化。

十三

陈灵均来到西安以后，给沈若拙写了一封信，告诉他自己在唐都医院进修。沈若拙在一个周末坐车从咸阳来看他。陈灵均发现沈若拙的精神面貌和他在药材公司上班的时候大不一样。沈若拙已经是大三的学生了，再有半年就毕业了。

陈灵均问他上学后感觉怎么样。

他说："我觉得我选择学中医这条路选对了。你不知道，中医这东西，越学越有意思，越学越让人喜欢，它不但改变了我的医学思想，还改变了我的人生态度。"他认为，中医的"阴阳学说"和"五行相生相克"的原理蕴含着深厚的哲学思想，不仅可以用来辨病治病，还能用来解释宇宙万物的运行规律，帮助人更好地理解人生，认识社会。学了中医以后，他的心态比原先平和多了，遇事不再毛躁，能够更加冷静地看待问题、解决问题。

"那很好啊，真为你感到高兴。"陈灵均说道。

"我的收获不光是这些。去年夏天我和几位同学去了一次新疆，那次的旅行让我终生难忘。"一提到新疆，沈若拙的语气变得格外激动，眼睛里仿佛有个小太阳在闪闪发光。

陈灵均没有去过新疆，让他给自己详细地讲一讲。

"我发现越是荒凉的地方，越能看到奇异的景象。我们坐在车上，从一个景点到另一个景点有几百公里的距离，大部分的时间路上看到的都是一眼望不到头的沙漠和寸草不生的戈壁。这种重复的画面很容易让人感到疲劳，心情也像灰蒙蒙的大地一样变得灰暗起来。然而，就在那茫茫的戈壁滩上，突然会闪现出一条耀眼的绿带，只有几米到十几米宽，中间是一条细细的河流，准确地说是小溪或者是浅浅的水潭，周围生长着翠绿的小草和五颜六色的野花，有蝴蝶和蜻蜓在上面飞舞。清晰的色彩会让你觉得自己的眼睛就像被水洗过似的，格外明亮。我想，这些绿带大概就是人们常说的绿洲吧。亮得出奇的绿洲与满眼黑黝黝的石山以及光秃秃的戈壁形成了鲜明的对比，就像被谁故意画了一道分界线似的。你可以想象一下：象征着死亡和荒凉的戈壁中间，跃动着一股活泼的积极向上的生命力，生与死之间只有一步之遥。特别让人感到震撼的是，在路边盐碱池旁的地畔上，竟然有一株顽强的小草站立在那里。戈壁滩上有很多这样的盐碱池，它们的面积在不断地扩大，所到之处，没有任何生命可以存活。所以，没有人知道这株小草何时会被脚下的盐碱吞没，但是它却在有限的生命里努力展现出自己最动人的姿态。"

他喝了一口水接着又说："就在那条不知道延伸了多少公里的绿带上，我看到了几只牛羊，它们的身边没有牧人，也没有皮鞭，看上去十分悠闲。有一头母牛低着头在溪水边静静地吃草，那是我见过的最美的牛，她的皮毛是棕黄色的，非常光滑，像缎子一样闪闪发光，她的体形丰满而又健硕，全身的轮廓和线条十分完美，让你几乎挑不出任何瑕疵。虽然那只是一头牛，但是她的身上却散发着一种迷人的魅力，看到她的第一眼，我便情不自禁地爱上了她，很想变成一头公牛站在她身旁，和她一起在清澈的小溪边喝水、吃草，过着自由自在宁静快乐的生活。我真后悔当时没有让车停下来，好让我在她的身边多站一会儿，哪怕只是在她身上轻轻地抚摸一下也好。"沈若拙惋惜地说道。

"你压根就不该回来。"陈灵均说道。

"为什么？"

"你找了二十几年，好不容易才找到自己最爱的那个'她'，应该执子之手，与子偕老。我命令你赶紧回新疆把她牵回来，等你们结婚的时候，我愿意做你的伴郎，为你见证这段人牛之间的奇缘。"陈灵均伸出双臂用充满戏剧感的幽默语气说道。

沈若拙"扑哧"一声笑了："也只有你这样的人，才能促成这样的好事。说不定她更愿意让一头牛做我的伴郎，一蹄子踢飞了你。"

两人都俯身大笑起来。

沈若拙问起陈灵均的近况，他把自己在唐都医院进修的情况说了一下，沈若拙也为他感到高兴。

陈灵均盯着沈若拙看了很久，有些迟疑地说："我有一位朋友最近在感情上遇到了一个难题来问我，我不知道该怎样回答，特别想问问你，看你能不能帮到他。"

"说说看吧。"沈若拙笑着说道。

"一个男人在不得已的情况下，和一个自己不喜欢的女人结了婚，当他有一天遇到了和自己心灵相通的爱人，还有没有权利追求爱情？"

"他有没有娃娃？"沈若拙问道。

"有一个儿子。"

沈若拙用手托着腮帮子想了一会儿说："那就要看他的儿子和那个与他心灵相通的爱人哪个在他的心里更重要。"

"儿子和知心爱人不能同时拥有吗？"

沈若拙想了想，用非常迟滞的话语说："也可以。不过，要让两个人同时都得到幸福恐怕很难。我还没有结婚，对感情上的事也说不准，仅供你参考。"

陈灵均的目光闪烁了一下，若有所思地点了点头说："我明白了。等我再见到他，一定会把你的话转告给他。"

沈若拙走后，陈灵均实在按捺不住对齐令晖的牵挂，在一天下午下班后来到了她租住的小屋。

齐令晖的房间很小，但是布置得十分雅致。玻璃窗上挂着淡绿色的窗帘，床上撑着白色的蚊帐，两边用银色的挂钩钩着，床单是淡蓝色的，被子和枕巾都是淡粉色，显得房间里既干净又舒适。她的书桌上整整齐齐地摆着几十本书，有医学、文学、哲学等方面的书籍，还有几本《歌曲》杂志。窗台上放着一盆米兰，开着米粒一样淡黄色的小花。

"它的花是有香味的，但是非常非常的淡，如果你不仔细闻是闻不出来的。"齐令晖走到米兰旁边俯下身子先闻了一下，又让陈灵均闻。陈灵均刚开始什么也没有闻到，使劲抽动了好几下鼻子才闻到一丝淡淡的幽香，还没有来得及回味，便消散了。

"我喜欢它普普通通的叶片和从骨子里散发出来的清雅和孤傲，既不张扬，也不颓废，当别的花大红大紫争奇斗艳时，唯独它静静地守护着自己内心的那份纯粹，只在属于自己的季节绽放出纯净明丽的花朵。"齐令晖望着那盆米兰动情地说道。

陈灵均以前从来不注意身边的花花草草，齐令晖的话让他对这些微小的生命有了全新的认识，内心充满了敬畏。

他们很快从花说到了人。陈灵均跟她提起了自己去世的母亲，讲到她被疾病早早地夺去光明的眼睛，从旧社会蹒跚着走来的残疾的双脚，受尽饥寒没有温饱的生活，以及逆来顺受善于忍耐的性格。这是他第一次在外人面前说起自己的母亲，因为他相信她不会嘲笑自己，能够理解埋藏在他心里的那份永远不能化解的遗憾和伤痛。

齐令晖一边听一边流泪。他在她面前痛痛快快地哭了一场。

那天晚上，从齐令晖的小屋里出来后，陈灵均感到特别轻松，一直沉沉地压在他头顶的天空好像突然升高了，整个世界变得宽广而又明亮。齐令晖陪着他到公交车站去等车，外面的风很大，吹得电线呜呜直响，到处都是被风卷起的垃圾和树叶。他怕她着凉劝她先回去，她不肯，执意要把他送到车上再走。两人路过一家商店的门口时，一阵狂风吹过，路边一块巨型广告牌突然"咣当"一声掉了下来。陈灵均下意识地把齐令晖往旁边拉了一把，广告牌刚好砸在她刚才站立的地方。她回过头来吓得尖叫了一声，扑进他怀里直打哆嗦。他张开双臂紧紧地抱住了她。他对她并没有什么企图，只是出于一种本能的反应，一个男人看到自己喜欢的女人受到伤害时很自然的反应。因为他想让她在自己的怀里感到安全，感到踏实。她没有躲闪，也没有抗拒，像一只乖巧的小兔静静地伏在他的胸口上，仿佛这是两个彼此相爱的人心照不宣的默契。当他们的身体紧挨到一起的那一瞬间，她的呼吸和体温似乎融入了他的身体，与他合二为一，让他感到从未有过的幸福和愉悦。长久地压抑在心底的激情和冲动似乎被什么东西点燃了，像一股冲天的大火在他的体内炽烈地燃烧，烧掉了那道由自卑、自尊和理性构筑起来的防线，让他的内心变得坦坦荡荡、无所畏惧。与此同时，包裹在他灵魂外面的那层躯壳则变得更加轻薄，更加脆弱，只要一个温柔的眼神就能让他彻底沦陷。仅仅过了几秒钟，两人就分开了，都显得很不好意思，但是脸上的表情却分明是兴奋的，快乐的。

自从那天过后，两人的接触多了起来，谈论的话题也越来越多，相互之间越来越了解，常常一个人话刚出口，另一个人就知道下一句要表达什么，好像他们是相识很多年的密友。他们都能够理解对方目前所处的困境和对未来的种种设想，相互鼓励，相互安慰，从来没有觉得对方的性别、身份和地位跟自己有什么差别。而这，恰恰是他们从前的和现在的伴侣不能给予他们的东西，这让他们既高兴又惆怅。

七月份的时候陈灵均回了一次家。到家的时候已经是下午了，家里一个人也没有。他洗漱完在沙发上休息了一会儿，翟书玉领着陈和光进来了。陈灵均叫了一声："光儿！"想要抱抱儿子，陈和光害羞地躲到大姨身后，不让他抱。翟书玉跟他打了声招呼，便忙着给孩子洗手、倒水喝，呵斥他不要在家里乱跳乱蹦。

"光儿，快过来，看爸爸给你买回来什么了？"陈灵均拉开手提包的拉链冲儿子喊道。

陈和光马上跑过来自己在包里翻找起来。他先找到一辆绿色的小汽车，带回力的，可以自己向前跑的那一种，接着又发现了一架银灰色的小飞机，高兴地"哦哦"直叫。他把手伸进包里继续寻找，又找到一大堆零食。他让爸爸把零食袋打开，一边津津有味地吃，一边蹲在地上玩小汽车和小飞机。

"儿子，喜欢不喜欢爸爸买的玩具？"陈灵均欠着身子问道。

"喜欢。"

"小点心好吃吗？"

"好吃。"

这些礼物都是齐令晖帮他挑选的。看到儿子很喜欢，他的心里既欣慰又有一丝不安，就像背着家人做了什么对不住他们的事情似的。

"你在外面学习这段时间，书珍又要上班又要带孩子，特别辛苦。你这次回来要是不忙的话，多陪陪她。"翟书玉说道，语气里隐隐透着几分责怪之意。

"嗯。"陈灵均轻轻地答应了一声，心知她是嫌自己回来太少，对妻子关心不够。

翟书玉走后，翟书珍过了很久才提着一大包东西回来了，里面有肉有菜，还有很多日用品。她看到陈灵均以后就像见了外面来的客人似的笑着问了句："回来了？"很快就收敛起笑容，眼神里露出一丝掩饰不住的忧伤和失落。

陈灵均连忙接过妻子手里的东西挽起袖子要帮她一起做饭。书珍说他累了不让他干，他非要抢着干不可。

"你去陪儿子玩吧，他还小，脑子里没有安全意识，稍微不留神就跑出院子到公路上玩去了，路上车多，他不知道躲。"书珍朝门外努努嘴。

陈灵均这才注意到儿子已经不见人影了，赶紧跑出门，见陈和光和几个小孩正在院子里玩，他手里拿着小飞机"呼"的一下跑到这边，又"呼"的一下跑到那边，动作非常快。在奔跑的过程中，他的脚被地上的小石头绊了一下，差点摔倒。陈灵均提心吊胆地跟在他身后心里不由得忽闪了好几下。"跑慢一点，注意脚下！"他边追边喊。可孩子根本不听，依然像野兔一样来回乱窜，一会儿蹲下去，一会儿又站起来，一群孩子围绕在他身边不停地嬉笑，眼神里透出羡慕的神情。一个六七岁的大孩子要玩陈和光的飞机，陈和光不给，那个孩子便从他手中硬抢。陈灵均劝儿子说："光儿，你放开手，让哥哥玩上一小会儿。"

"我不，这是爸爸给我买的飞机，又不是给他买的。"陈和光用身子死死地护住飞机，腰都快拧成麻花了。

大孩子力气大，很快便把飞机抢了过去，转身要跑，陈和光急了，两只手拽住他的后腰，在腿上踢了两下，嘴里还嚷着："还我飞机，把我的飞机拿来！"结果被大孩子一把推倒在地上，手摸着屁股哇哇大哭起来。

"光儿怎么了？"翟书珍腰间系着围裙，两手沾着面粉从门里冲出来惊慌地问道。

"没事，刚才被一个大娃娃推倒了。"陈灵均一边把孩子从地上往起拉，一边答道。

"你在跟前怎么不招呼着点？"翟书珍用埋怨的眼神看着他说道。

"娃娃家正要着突然恼了，一眨眼的工夫就打起来了，根本照不住。"陈灵均歉意地说道。

翟书珍走到儿子跟前，心疼地看着他哭红的眼睛，柔声哄劝。陈和光一边哭一边指着那个大孩子给妈妈告状。翟书珍走到大孩子跟前把他训斥了几句，把飞机要回来还给儿子。陈和光看到飞机后马上就不哭了，又咧着小嘴含着泪花笑起来。

晚饭是陈灵均爱吃的烙饼、炖排骨、酸辣土豆丝，他吃得特别开心。吃过晚饭，陈和光坐在茶几旁边的小凳上看动画片，陈灵均坐在沙发上喝茶。翟书珍洗完锅从床上拿来织了半截的毛衣坐在他身边问他在省城的生活情况。她问一句，陈灵均答一句。书珍织着织着不由得就走了神，织错好几次，反复拆掉又重织。当她第三次织错的时候，索性扔下毛衣不织了，低着头不停地抠自己的手指。

"我听说县医院的齐令晖也在西安，她住的地方是不是离你很近？"她用很小的声音慢吞吞地问道。

陈灵均心里一惊，装作很镇定的样子说："我跟她不太熟，不知道她住在哪里。你问这话是什么意思？"

书珍沉默了一会儿说："有人说常碰见你跟她在一起，我不知道是不是真的。"

"别听他们瞎说，我跟她是遇见几次，只是同事之间的正常来往。"

"我想你也不会。咱们的光儿才三岁多，你就算不看在我的分上，也要为儿子想一想。他那么小，现在根本就离不开爸爸妈妈，要是这个家散了，娃娃不知道有多可怜！"书珍的头垂得更低了。

"既然你觉得不会，就不要再胡思乱想了。咱们俩能走到今天很不容易，我心里很清楚自己应该怎么去做。"陈灵均把手搭在她的手背上安慰道。

书珍掏出手绢擦了一下眼角的泪花，不好意思地说："女人家就是这样，遇到事情没有别的本事，就会哭。"

看到她难过的样子陈灵均的心里也很不好受。自从他和齐令晖成为知己以来，他从来没有认真地考虑过他们的感情将何去何从，更没有想到他们的关系这么快就影响到了家庭。他尽量在书珍面前表现出一个丈夫应有的态度，比离家前要勤快许多，甚至勤快到了连他自己都感到惊讶的程度。家，对他来说还是原来的那个家，但是家里的生活却像一盆没有添加任何佐料的清汤，寡淡无味，令人厌倦。在没有认识齐令晖以前，他并不觉得这样的生活有什么不对，然而现在，在家的每分每秒对他来说都十分难熬，他实在想象不出这几年自己到底是怎么过来的，他不明白到底是他变了，还是他身边的世界变了。

何宏伟得知陈灵均回来了，打电话说肖子熠刚好大学毕业也回来了，想请几位初中的同学一块聚一聚。陈灵均二话没说就答应了。他按照约定的时间到了聚会的餐馆，见大部分人已经来了，桌上摆放着四五个凉菜，肖子熠坐在何宏伟身旁正在跟他说话。

"哎呀，西安人回来了！"何宏伟和肖子熠同时站起来异口同声地说道。

"哎呀，新安人回来了！东正县的人也在这儿。"陈灵均也用同样的语气回敬道。他跟众位男生一一握了手，对女生只是点了点头。

"子熠，你毕业后打算到哪里去上班？"陈灵均坐到肖子熠左侧的凳子上问道。

"我想到新安大学附属医院或者新安市（地区已改市）人民医院去上班，不知道能不能分配进去，结果现在还没有出来。"肖子熠说道。

"找人了没？"

"找是找了，可现在的事谁知道呢。"

"真是没有想到你这家伙也当了医生，采访一下：当初报志愿的时候是怎么想的？"乔艾艾问道。

"我爷爷是医生，他老说想让我学医，我也觉得当医生挺好的，所以高考的时候就报了医学院。"肖子熠笑着说道。

"陈灵均当了医生我觉得还像个医生的样子，你那脾气，应该当个狱警才对，我可真为你的病人担心。"乔艾艾捂着嘴哧哧地笑开了。

"担心什么？我又不是坏人。小时候因为不懂事爱冲动，现在是成年人了，不会随便跟人动手了。其实，你们不知道，我这个人表面上看起来很凶，其实内心是很温柔的。"肖子熠把手放在胸口上诚恳地说道。

"噫……"众人马上开始起哄，做出呕吐的动作。

"怎么，不相信？等你们来看病的时候就知道了。"肖子熠有点生气地说道。

"听说我们的陈医生现在很厉害，在唐都医院比那些本科生都受欢迎。"何宏伟拍着陈灵均的肩膀用夸赞的语气说道。

"不厉害。在那些全国知名的专家教授面前，我只能算个小学生。"陈灵均谦虚地说道。

"我估计咱们的肖大夫将来毕业了，比陈灵均还要牛，人家是本科生，起点就高。像咱们这种初中、高中毕业的人，迟早要被社会淘汰。"周华歆说道。

"咱们这桌人当中，现在高中以下的学历大概没有几个了，我和叶华萍、袁华、何宏伟都有大专文凭。"艾慕蓉一边抽烟，一边傲慢地说道。她穿着一件低胸的闪光面料上衣，脸上化着很浓的妆容，性感的红嘴唇就像涂了一层红油漆似的特别引人注目。她说的这几个人，除了何宏伟以外，其他人工作都比较清闲，平时没事的时候不是喝酒，就是打麻将，没有一个是爱学习的人。

"你什么时候上的大专？我怎么不知道？"周华歆惊讶地问道。

"要你知道干吗？我上的是函授。不管这毕业证是怎么弄来的，上面的钢印可是货真价实的，不信你可以拿去验。"

"你有大专毕业证又能咋样？现在的社会得有钱有地位才行。看看人家何宏伟，年轻轻的就是副科了，这两年手里的票子也哗哗地响着一直没断过头。"周华歆不屑一顾地说道。

"嘘，小声点，别让外人听见。"何宏伟赶紧制止道，"这曹丽军到底是怎么回事？昨天还说陈灵均回来了他一定要来见见老同学，保证第一个就到，负责给大家倒茶，到现在还不见人影，是不是不来了？"他嘟囔着朝外面走去。

"周华歆刚才说的到底是怎么回事？"乘着何宏伟出去等人的机会，陈灵均悄悄地问坐在他身旁的袁华。

袁华告诉他，何宏伟和他弟弟在农村承包了几十亩地栽种树苗，利用各县区每年植树造林的机会卖树苗赚钱，利润很大。有人说实际上何宏伟的哥哥也入了股，是三个人在搞，只不过这两人是明的，他是暗的。何宏伟的哥哥已经从基层调到县委组织部了，和主管农业的牛县长关系很好。

有人问曹丽军现在干什么。袁华说他原先在乡镇企业局上过几个月班，嫌收入太低，跑到外面去了，他也不知道他在干什么。

艾慕蓉说："我前几天在街上碰见他穿着西装打着领带，背着个皮包，很像搞推销的。"

陈灵均说："看样子他过得还可以。"

"谁知道呢。"艾慕荣的脸上露出一丝令人捉摸不透的表情。

"我觉得人呀，不管过得好不好，只要没病最好。我最不喜欢去的地方就是你们医院，一闻到那里面消毒水的气味，就会想起护士手里又长又尖的针头。小时候我一不听话我妈就吓唬我要带我到医院去打针，所以现在一看见针头就晕，有了病宁可吃再多的药也不打针。"穿着一条花裙子的叶华萍说道。她说话的声音是直的，调门比普通人能高半个音阶，总是带着不容置疑的语气，很像单位里的女领导。原先这些特征并不突出，自从她从副食公司调到林业局以后，渐渐地越来越明显。她看人的时候和艾慕蓉一样，眼光也是斜着向下的。

袁华说："你跟何宏伟刚好相反，他是宁可打针也不吃药。"

正在这时，何宏伟恰好回来了。

"宏伟，你为啥不吃药？"陈灵均问道。

"我喉咙眼细，咽不下去药片，一吃药就恶心。"何宏伟说道。

"真会装，我看你吃肉的时候这么大的肉块连嚼都不嚼就咽下去了。"肖子熠用指头比画出七八厘米长的直径说道。

"哈哈，那么大的肉块没噎死可真够命大的！"艾慕蓉笑得连嘴里的茶水都喷出来了。

"瞎说，那还是人的喉咙嘛。"何宏伟白了肖子熠一眼。

"哎，陈灵均，我想问一下你，到医院打个针怎么还要收费？我记得以前带人去打针的时候好像从来没跟我要过钱呀！"叶华萍用手转动着茶杯有点纳闷地问道。

"你记错了，打针一直都收费的。"陈灵均说道。

"你以前没交过钱，那是因为你每次带家里人打针的时候都找陈灵均，他拿公家的针管给你免费服务，你光顾着占便宜，没有想到人家是给你走后门，所以还不领人家的人情。"何宏伟分析道。

"我们打针只是用了一下你们的针管和针头，用完了东西还是你们的，凭什么要交费？"叶华萍还是想不通。

"玻璃针管和针头本身是有成本的，使用的过程中也有损耗，而且每次使用前都要用专业设备消毒。打针的动作看似简单，实际上包含着很多技术成分和专业知识，比如：打针时要用皮内注射、皮下注射还是肌肉注射，应该选取什么位置注射，哪些药物可以同时使用，哪些药物相互之间有交叉反应，不能同时使用，每种药物的治疗作用和副作用是什么，如果出现严重的不良反应应该如何处理等等。医院里的护士全都是受过专业培训的专业人员，她们也像我一样上过好几年卫校，学的课程基本上也是一样的，人家在工作中付出的劳动是有劳动价值的，当然要计算到医疗服务的价格当中。所以，打一针给你算两毛钱，你凭良心说，到底贵不贵？"陈灵均反问道。

"这样说来，还真的不贵。"叶华萍若有所思地说道。

何宏伟看到凉菜已经上齐了，挥了一下胳膊说："算了，不等了，咱们开始吧。"举起酒杯向众人敬了一杯，然后带头开始打关。

袁华第一个应关。他连赢了何宏伟三下，又打了一局，两胜一输，心满意足地喝干杯中的酒后，坐在座位上歪着脑袋问陈灵均什么时候学习结束。陈灵均说还有半年多。袁华抱怨说到县医院的内科门诊看病，好几次都碰上钟锦华上班，她下药很重，花了不少钱。有一次遇到罗晨阳上班，比钟锦华开的药稍微能少点，但是也不便宜。

"他们下药重，我下药不重，你以后再看病直接来找我好了。"陈灵均笑着说道。

"你又不在东正县，我怎么找你？"

"坐车到西安去找呗，你又不是不知道他在哪里，省下的钱来回的车费估计也够了，还能顺便逛逛大城市。"何宏伟边和肖子熠对摇骰子边说。

"有道理。"袁华点着头笑着说道。

众人一连喝了两个小时，把肖子熠喝得头都抬不起来了，何宏伟也有点醉了。吃完饭，袁华又提出请大家唱歌。肖子熠说他头疼先走了，剩下的人全都来到歌厅，有的拿着麦克风唱歌，有的两个人搂在一起跳舞。周华歆借着酒劲不停地挑逗几位女同学，艾慕蓉骂了他几句，吓唬说："你小子放老实点，要是让你老婆知道了，晚上不让你跪搓衣板才怪！"

"她在家里不会知道的。"

"别人看见了不会给她说吗？我刚才看见你小舅子了。"

周华歆马上就变得老实了。周华歆的老婆是他高中时的同学，家庭条件十分优越，从小娇生惯养，个性很强，周华歆很怕她。两人结婚以后周华歆经常在外面酗酒，老婆流产过好几次，一直怀不上孩子，别人都劝他戒酒，但是他死活不承认跟自己喝酒有关，还在不停地喝。

震耳欲聋的音乐声中，陈灵均独自一人静静地坐在角落里看着这群男女肆无忌惮地打情骂俏，胡扭乱吼，仿佛眼前的一切离自己很遥远。

何宏伟唱了两首歌后坐到他身边，问他为什么不跟大家一起玩。陈灵均说他什么也不会。

"你这个人呀，不会就学嘛，以后要尽量多入群，不要老是摆出一副清高的样子，让人家觉得你好像啥都看不惯似的。人在社会上生存，只能适应社会，不可能改变社会，要想混得比别人好，光靠自己的才华是不行的，还要懂得一些必要的规则，否则的话一不小心就会摔跟头。你说，明朝的大学士张居正有没有才？他的本事大不大？为什么到最后却落得满门抄斩的结局？就是因为他自恃才高，目中无人，给自己树立了太多的敌人，无形之中把自己给孤立起来了。刘备有没有诸葛亮聪明？没有。为什么他能坐拥江山，诸葛亮只配在他鞍前马后跑来跑去给他出主意？那是因为他会笼络人，会利用人，遇事能软能硬，进退自如。有时候为了保命，甚至可以像女人一样哭哭啼啼的，用鼻涕和眼泪换取敌人的同情。我为什么要跟你讲这些呢？因为你是搞业务的，没有在行政上待过，不了解人与人之间那种微妙的关系。像你这种性格在社会上是吃不开的，说不定到了一定的年纪，你身边那些业务上远不如你的同事一个个都当了科主任、院长了，你还是普普通通的医生，那样面子上多下不来呀。所以，以后要多关心单位里的事，不要只顾着搞自己的业务。有时间多到领导跟前走动走动，如果听说领导家里有了什么事，尽量去给人家帮忙。你看人家袁华就是因为会伺候领导，从工人身份已经转成了干部身份，我估计将来牛县长走的时候肯定会给他说个什么（给他个一官半职）。"何宏伟像老师一样语重心长地给陈灵均讲了一番大道理后，拍了一下他的肩膀说："对了，殷志峰的爸爸住院了，过两天要做手术，你知道不？"

"不知道。"

"你看你，我刚才说你什么来着？成天就知道关心自己，不知道关心单位里的事情。听说了没？叶院长马上要调走了，殷志峰很可能要提拔为你们医院的院长。明天赶紧到病房里去看看。"

陈灵均接受了他的建议，决定去看望殷志峰的父亲。不过，他做这个决定的原因并不是为了巴结未来的院长，而是因为他母亲住院的时候殷主任曾经看望过她。

十四

第二天上午，陈灵均买了一些礼品和周敏慧一起来到外科病房。周敏慧已经怀孕六个多月，体形看起来有些臃肿，鼻梁上长出来一块长条状的色斑，皮肤干巴巴的，没有以前那么好看了。

两人走进殷志峰父亲所住的病房时，许伟正在里面跟殷志峰两口子说笑，看到陈灵均来了，脸上的笑容稍微收敛了一些，非常客气地跟他打了声招呼，等周敏慧走到跟前时，笑容已经完全消失了，脸上没有任何表情，也没有跟她说话。周敏慧知道许伟的老婆余蓉原先是临时工，许伟当了办公室主任以后跟叶院长走得比较近，是在叶院长的帮助下把余蓉转成正式工的，现在看到他又在殷志峰跟前献殷勤，马上便猜出他这么做肯定又有什么目的，打心眼儿里瞧不起这种人，也没有理睬他。殷志峰的父亲得的是胃癌，家里人怕他知道了接受不了，骗他说得的是肠梗阻，老人心情很乐观，坐在床上和众人有说有笑的，看上去一点儿也不像是得了大病的人。殷志峰乐呵呵地跟两位同事拉了一会儿话，脸上也没有忧虑的神情。陈灵均问他准备让谁主刀，他用手指着自己的胸口说："我呀！当了半辈子医生，给病人做了上千台手术，现在我爸有了病，我作为儿子更应该用自己的本事为老人尽一尽孝心。他谁都信不过，就信我，说别人给他做手术他害怕，我给他做手术他不害怕。"

"殷主任，你给自己家里人做手术不紧张吗？"周敏慧有点担心地问道。她平时给别人打针一点问题都没有，但是给自己的弟弟打针却有点下不了手。

"不紧张。他睡到手术台上跟别的病人一样，该怎么做还怎么做。"殷志峰满不在乎地说道。

从病房出来后，周敏慧和陈灵均都对殷志峰良好的心理素质深感敬佩。然而仅仅过了一天，他们便听到了一个令人悲痛的消息——殷志峰父亲的手术失败了。

这台手术是殷志峰亲自带领刘宇杰和冯炳琦做的，开台前殷志峰对手术很有信心，认为只要把父亲患病的胃切掉一部分，再把周围的淋巴组织彻底清扫了，老人最起码还能活三四年。打开腹腔以后，结果完全出乎了他的意料。他怔怔地看了一分钟，一刀也没动，又把腹腔原封不动地关闭好，逐层缝合起来。看到这一幕情景，刘宇杰和冯炳琦的心里都很难受，手术下来后，安慰主任要想开一些。

殷志峰仰天长叹了一声说："我平时只顾忙工作，对父母关心得太少了。要是能早一点发现他得了病，就不会是这样的结果。"

这位性格开朗的男人突然变得沉默了许多，但是他依然坚守在自己的岗位上，像往常一样尽职尽责地工作。科室里的人都在背地里说，主任果然不是一般的人，要是换了别人早就撑不下去了。

仅仅过了二十多天，老人便去世了。殷志峰怀着悔恨的心情埋葬了父亲。为了警示身边的年轻人不要再发生同样的悲剧，他以自己的教训为例，教育科室里的医护人员要多关心父母，尽孝必须趁早，否则的话就会留下终身的遗憾。

陈灵均回来的第四天下午，吴芷瑜刚好回娘家去了，曹沐塬见她家只剩下杜海军一个人，便把杜海军和陈灵均叫到家里喝酒。周敏慧给两人倒好茶水，洗了一些水果摆在茶几上，便挺着大肚子到灶台前给爱人帮忙。曹沐塬腰间系着围裙挥舞着铁铲，动作熟练地在煤气灶上炒菜，两人不时头挨着头小声说话，看上去十分亲密。

"看人家这两口子还像两口子的样儿，哪像我们，见了面就跟敌人似的，不是吵就是骂，待在家里感觉还不如待在单位里自在。"杜海军用羡慕的眼神看着他们感慨地说道。

"像周敏慧那样知书达礼的好女人，不管跟哪个男人结了婚我估计都吵不起来。曹沐塬，你可真是个有福气的人，要好好地珍惜啊。"陈灵均说道。

"我们也有说不到一块儿的时候，是你们没看见，不过大部分时间还是相处得挺好的。我是一个特别知足的人，知道自己运气好，碰到了一个百里挑一的好老婆，所以很珍惜我们的缘分，平时尽量不惹她生气。"曹沐塬扭过头来笑着说道。

"尽量不惹我生气？是真心话吗？别听他瞎吹！"周敏慧见锅里的蒜薹炒肉丝已经炒好了，递给爱人一个盘子，曹沐塬把菜盛到盘子里，她端着热气腾腾的菜放到茶几上，用一只空碗盖上。旁边已经摆好了两个凉菜，一盘是黄瓜拌耳丝，另一盘是凉拌胡萝卜丝。

"别搞得太复杂，有两三个菜就够了，赶紧坐下开始吧！"陈灵均冲着后面喊道。

"再弄一个韭菜炒鸡蛋就好了。"曹沐塬边用筷子打鸡蛋边说。

菜上齐后，四个人围坐在茶几旁，兴奋地举杯欢庆。其他人的杯子里都是酒，只有周敏慧盛的是白开水。刚开始，大部分时间都是周敏慧、曹沐塬和陈灵均在说话，杜海军在听。喝了半个小时以后，杜海军的话慢慢地多了起来。他说他也想出去学习，吴芷瑜不支持他，原因是出去学习单位只给发百分之六十的工资，他的收入本来就少，在外面生活家里还要贴钱，认为不划算。他的工资本一直由老婆拿着，没有一点私房钱，所以即便已经联系好进修单位也出不去，心里特别苦恼。陈灵均给他出主意说，进修所需的钱可以先向同学、同事、亲戚朋友借，等学习结束了再慢慢还，目前最主要的是要做通吴芷瑜的工作，让她在思想上先接受这件事。周敏慧说她跟吴芷瑜来往得比较多，做他老婆思想工作的事可以交给她，由她负责搞定。杜海军又说起他老婆跟家人的关系，说他的家人都在农村，比较穷，吴芷瑜瞧不起他们，对他们态度很不好，每次家人来过以后，两口子都要吵架。他在结婚以前没有发现吴芷瑜是嫌贫爱富的人，现在看到她这个样子十分后悔，很想跟她离婚找一个门当户对的农村女子过日子。

"不要随便说离婚的话，两个人结婚以后因为脾气性格不一样，都有一段磨合的时间，过一段时间慢慢会变好的。"周敏慧劝道。

"我觉得这不是脾气性格合不合的问题，是价值观和人生观是否接近的问题。我建议你找个合适的时间跟她坐在一起，心平气和地谈一谈。既然当初她选择你的时候知道你的家庭情况，说明她当时是能够接受的，现在成了一家人，就不能嫌这嫌那的。两个人在一起，要心往一处想，劲往一处使，才能把光景过好。"曹沐塬说道。

"像她那种人说什么也没用，她的脑子里只有钱。我估计她从一开始就不喜欢我的家人，现在看到家里人成了拖累就更反感了。"杜海军说道。

"人的思想观念一旦形成了是很难转变过来的。"陈灵均摇着头说道。

几个人都不说话了。

"快别说不高兴的事了，大家好不容易聚到一起，好好喝酒，今宵有酒今宵醉，把烦心事都抛到一边去吧！"曹沐塬举起酒杯高声说道。

"好，什么也不说了，喝酒！"杜海军从沙发上猛地一下直起身子也拿起了酒杯。

"为友谊干杯！"

"为今夜美好的时光干杯！"

四个人碰了一杯酒后，曹沐塬提议用扑克牌推"十点半"赢酒玩。输了的人，除了周敏慧可以随意地喝水、喝饮料外，其他人都得喝酒。屋子里的气氛一下子变得热闹起来，吵闹声把正在院子里串门的翟书珍都吸引过来了，看到他们玩得很尽兴，带着孩子坐了一会儿便放心地过去了。几个人一直玩到十点钟才结束。临走前，醉眼蒙眬的杜海军咧着嘴用含混不清的话语说："好长时间都没有这么痛快地出来和大家一起玩了，我没有钱，请不起别人喝酒，不敢往人堆里凑，也没人请我。"话刚说完，眼圈便红了。曹沐塬和陈灵均扶着摇摇晃晃的杜海军把他送到家里，帮他洗了脸和脚，看着他躺到床上才离去。临出门前还听见杜海军在不停地嘟囔："今儿真高兴，太高兴了。你们不要走，再干一杯……"

第二天早上，陈灵均起来上厕所的时候碰见杜海军，跟他提起前一天说过的话，杜海军不好意思地打断他的话头说："快别提了，丢死人了，让你们大家看笑话了。"他似乎因为无意间泄了家丑有些后悔。

"大家都是朋友，丢什么人呀，谁家里没个磕磕碰碰的。"陈灵均说道。

但他仍然摆着手不让他说。

这天方铭印请假了，耳鼻喉科门诊只有杜海军一个人上班，一上午只看了四个病人。快到中午的时候，白锦明从门外探进头来，见里面没有其他人，进来后把门关上，叉开两腿坐在专门为病人放置的凳子上，眉开眼笑地对杜海军说："杜大夫，有个事想跟你商量一下，不知道你愿意不愿意花几分钟听我讲一讲。"

"什么事？你直接说吧。"杜海军停下手里写字的笔，看着他说道。

"这件事应该算是一件好事，不管对你、对我、对病人都有好处。"白锦明从手提袋里拿出一个包装袋，上面画着一头奶牛，旁边用很显眼的字体印着"高钙奶粉"几个字。他把那袋奶粉放到杜海军面前说："这是一个生产奶粉的企业最新研发出来的产品，含有包括钙在内的十几种微量元素和营养物质，给娃娃喝了以后对身体特别好。我是咱们这个地方的代理商，你在上班的时候给来看病的人推销一下，每卖出一袋都有很高的提成，只要你卖得好，收入绝对可观。"

"白老板，来我这里看病的，都是看耳朵鼻子喉咙的人，成年人比较多，你应该到婴幼儿比较集中的地方去卖，比如托儿所、幼儿园等场所。另外，我对你销售的产品根本不了解，仅凭包装袋上的说明不能证明这种奶粉确实比普通奶粉含钙高，营养价值也高，谁知道娃娃们喝了以后安全不安全，有没有什么毒副作用，你还是找别人去吧。"杜海军冷冷地说道。

"托儿所和幼儿园我都去过，介绍了产品以后，没有人相信我。你是医生，你要是用专业术语给他们讲一下，他们保管相信。"白锦明说道，"你虽然不为娃娃们看病，可是来你这里看病的大人里面说不定有些家里就有娃娃，只要大人想给娃娃喝，那不就卖出去了吗？至于这种产品是不是比普通奶粉含钙高、有营养，你不用在这上面纠结，只要能卖出去赚到钱就行了，没有人会追究这上面的说明到底是不是真的。这些奶粉我可以免费供应给你，卖出去了，你把批发价给我，赚来的差价直接留下就好了，卖不了可以直接退还给我，你看行不行？"白锦明提起手里的袋子准备往桌子底下放，被杜海军拦住了。

"别往下放，我不会为你代卖这种东西的。我是医生，不是商人，我是靠自己的良心和本事吃饭的，不是靠糊弄病人吃饭的。真是奇怪，儿科有那么多的娃娃，你不去找儿科医生，却偏偏跑来找我一个耳鼻喉科的医生，这到底念的是什么经？难道是因为你觉得我比他们穷，比他们更需要钱吗？"杜海军就像受了侮辱似的愤怒地说道。

"呵呵，你误会了。说实话，儿科我去过，找了几个大夫都说不敢代售，怕徐主任知道了会收拾他们。妇产科和内科也去过，他们都不相信这种奶粉比普通奶粉好，怕娃娃们喝了会出事。其实我在做代理商之前做过试验，让我们全家人都喝过这种奶粉，喝了一个月后都说感觉比原来有精神，身体也变得更瓷实了。不信你也可以回家试试。"白锦明仍然用试探的目光看着他。

"不用了，我的身体不缺钙，你还是留下自己用吧。"杜海军从座位上站起来，不耐烦地把桌上的东西甩来打去，做出要下班的样子。见此情景，白锦明只好收起东西跟他打了声招呼溜出去了。

杜海军见他走了以后，把门打开，又重新坐回到自己的位置上，心里正在骂做生意的人为了赚钱什么手段都能使出来，一位农村的老病号手里提着一把葱从外面走了进来，一见到他就满脸羞惭地说："杜大夫，上回我来住院，结账的时候身上带的钱不够，跟你借了五十块钱，隔了这么长时间才来还，真是太不好意思了。"他从衣兜里掏出钱放到桌上，又把手里的葱也一同放下："家里实在没有什么东西给你带，这几根葱是我自己栽的，你别嫌少，拿回去炒菜的时候可以放一点。"

"没事，谁都有遇到困难的时候，能帮到你我也很高兴，你来了就行了，干吗还拿东西？你现在恢复得怎么样了？"杜海军关心地问道。

"自从用了药以后，耳朵里面不疼了，听话也听得很清楚。"

"那就好。"杜海军满意地点了点头。

来人走后，杜海军提着葱回到家里，把五十块钱扔到桌子上，对吴芷瑜说："我跟你说过，病人一般情况下都是讲信用的，他们说了会还钱就一定会还。瞧，人家这不是一分不少地还回来了吗？你成天为这事嘟囔来嘟囔去也不嫌烦。"

"我不是怕你被人骗了吗？"吴芷瑜噘着嘴不高兴地说道，顺手把钱揣进自己的衣兜里，"这次没有被骗，说明你运气好，谁知道下次又会遇上什么样的人，反正能不给人借就尽量别借，咱们的日子也紧巴着呢。"

杜海军没好气地看了她一眼没有吭声。

"去西安的，赶紧上车，再有十分钟就发车了。"下午三点多钟，县运输公司门口，一位皮肤晒得很黑的小伙子脖子上挂着一只人造革皮包，用略带沙哑的嗓音冲着路上来往的行人不停地吆喝。他看见陈灵均肩上挎着一个包迈着轻快的步子从远处走来，马上就撵到跟前问："大哥，是不是要去西安？坐我们的卧铺车去吧，四点就发车，车上有被子，能睡觉，可舒服了。"

"我就是来坐卧铺的。"陈灵均边说边向里走。那人伸出手要帮他拎包，被他拒绝了。"东西不多，我背得动。"

两人来到一辆崭新的白色大巴跟前。

"又来了一个！"男人朝车上喊道。

"知道了。"里面的司机答道。

陈灵均刚一上车，就看见赵志刚坐在驾驶员的位置上。

"这是你的车？"他有点不相信地问道。

"算是吧，我跟我二大家的小子合伙买的。"赵志刚笑眯眯地答道。

"单位上不干了？"

"我办了停薪留职手续。在单位上班绑得死，还挣不下钱，感觉特没意思。"

"什么时间开始跑卧铺车的？"

"上周，还没来得及跟你说。"

赵志刚告诉陈灵均，他原先在单位开过一段时间邮车，本来就有驾驶证，为了开卧铺车，又专门考了一次 A 证，办理了营运证和资格证，买车的钱都是贷款。平时，他和另外一个司机轮流驾驶，开一阵，睡一阵，感觉还不太辛苦。陈灵均问他生意怎么样。他转过身来，看着后面的乘客晃了一下脑袋说："你也能看见，还行。"

"那你就好好干，早点把贷款还了，先给自己手里攒上几个钱再说。"陈灵均拍着他的肩膀笑着说道。

赵志刚把陈灵均带到车厢后面，看到下铺全睡满了人，便把他安排在上铺中间的位置，歉意地说："你要是提前打个招呼，我一定留个好位置给你。"

"我不知道你跑卧铺，下次再出门的时候一定早点联系你。没事，只要能睡觉就行。"陈灵均把包扔到床铺上，踩着踏板非常灵活地爬了上去。床上的被子乍一看很新，颜色白得发亮，但是凑到近处看，被套的表面已经磨出了一层黑色的绒毛。车上闹哄哄的，比较闷热，他暂时还不想睡，就侧坐着朝车窗外张望。这辆车的左侧还停着一辆卧铺车，里面空无一人。另一侧还有好几辆长途汽车，分别发往西安市、新安市和附近的几个县。除了发往新安市的那辆车也在装人外，其他车已经打烊了。大概是发车的时间快到了，赵志刚把车子发动了，发动机嗡嗡地轰鸣着，能感觉到车身在微微地震动。

书珍本来想出来送陈灵均，中午的时候接到幼儿园的通知让她下午参加家长会，她走得比他还早，临出门时依依不舍地看着他，似有千言万语要说，却什么也没有说出来，只是安顿了一句："到了记得给家里打电话。"

在家的一周时间里，书珍的温柔体贴和儿子的懂事可爱，让陈灵均认识到眼前拥有的一切也很珍贵。这种触手可及的幸福和他心中暗藏的那个虚幻的未来相比，前者似乎更加真实可靠。这些年来，他已经习惯了这种安稳而又固定的生活，如果一旦将它打破，会有太多的未知数。他想自己肯定是头脑发昏了，竟然异想天开地想与心中的"女神"在一起。她能像书珍一样踏踏实实地跟他过日子吗？能像书珍一样全心全意地呵护他的宝贝儿子，给予他母亲一样的爱吗？他想起小时候和母亲相依为命相互取暖的日子里，自己对母亲的依赖和依恋，非常担心他和书珍分手后，儿子的心理健康会受到影响。

一阵叽叽喳喳的说话声打断了他的思绪，他回过头一看，车上又上来好几个人，卖票的还没有把这些人的床铺安排好，车已经缓缓地开动了。站在车头跟前的一个男人突然惊呼了一声："糟了，我把一包东西丢在家里了！"让司机停下车，退了票又匆匆忙忙地下车跑了。车还没有开出大门，又有一个人跑来要坐车。车上已经没有空位置了，赵志刚让那人挤在后面专门供司机休息的通铺上。睡在上铺的陈灵均突然觉得自己很幸运。虽然和车上的其他乘客相比，他的铺位不是最好的，最起码没有因为意外的事误了车，也不用受挤。他回想起结婚以来，跟翟书珍一起走过的这段时光，特别是他们节衣缩食共渡难关的时候，书珍从来没有说过一句抱怨的话，她和她的家人无论在事业上，还是生活上，都给予了他最大的支持和帮助，觉得自己欠他们很大的一份人情。如果有一天他抛弃了她，别说书珍会怎么想，全东正县的人都会指着他的鼻子骂他。

他胡思乱想了一阵，感觉有点累了，便躺下来，拉开被子盖在身上。被子虽然不太干净，但是盖在身上很软和，他很快便迷迷糊糊地睡着了。

卧铺车照例在半路上停下，司机和乘客全都下车上厕所、吃饭。接着又往前开。到了西安以后才凌晨两点多，一车人睡到五点多天亮了才陆续下了车。一路上谁也没有让陈灵均买票，他知道是怎么回事，便掏出车钱直接交给赵志刚，赵志刚说什么也不要。

"你要是把我当成好朋友，就不要再跟我争了，我自己开车，要是连你的车钱也收，那我就不是人了！"他生气地说道。

"这车又不是你一个人的，你们买车摊了那么大的本钱，再说开车跑长途也是很辛苦的，我又不是不挣钱，不给你车钱让我心里怎么过得去！"他把钱又硬塞到赵志刚的手里，没想到他一下子就火了："我再缺钱也不差你这几个钱，生意人也和其他人一样有朋友兄弟，谁还没有个人情关系？你赶紧拿着钱上班去，难道还要我开着大巴亲自送到你单位去吗？"

见此情景，陈灵均只好收起钱跟好朋友道了别，转乘公交车向医院赶去。

十五

上班后的第二天下午，齐令晖给陈灵均打电话，约他下班后到网吧见面。他本来想找个借口暂时不见她，不由得随口问了一句："干吗要到那里去？"

"你不是说想学电脑吗？我教你。"

这个理由他实在没法拒绝。来到唐都医院以后，他发现很多地方都要用到电脑，人们开口闭口都说网上如何如何，他如果不尽快学会使用电脑，就意味着要落后于这个时代了。

到了网吧以后，齐令晖让他先了解清楚电脑的硬件是由哪几部分组成的，各自的功能是什么，教会他开机、关机，又教他打字，然后给他注册了一个QQ号，说是通过聊天可以提高打字的速度。

"得给你起一个网名。快说，叫什么？"她坐在电脑前歪着脑袋问道。

"网名和我们平常的名字有什么区别？"他茫然地问道。

"一般都很随意，只要能体现出自己的个性就行。"

"你的网名叫什么？"

"飞浪逐雪。"

"那我也起个四个字的名字。叫什么好呢？嗯……就叫'落霞涌金'吧。"

齐令晖站起来让他坐下自己输名字，他右手握着鼠标在桌面上不停地来回晃动，怎么也捕捉不到屏幕上光标的位置，急得满头是汗。

齐令晖咻咻地笑着说了声："真笨！"然后用自己的手握着他的手帮他定位。她的手心柔软而又光滑，贴在他手背上的那一刻，他浑身都战栗起来。最让他不敢相信的是，她的脸跟他挨得很近，只差一点就挨在一起了。她的唇齿间散发出一股淡淡的清香，那沁人心脾的香味仿佛具有一种神奇的魔力，深深地吸引着他，让他很难从她身边离开。

"你把我加为好友，这样的话，咱们平时见不了面的时候就可以在 QQ 上说话。除了我，你还可以加一些认识或不认识的人，男的女的都可以。"齐令晖一边教他如何加好友，一边说道。

"我不加别人，只加你一个人。"陈灵均说道。

她瞟了他一眼，用嗔怪的语气说："干吗那么认真？加好友只是为了方便人与人之间交流，不一定就是真正的好友。"

等陈灵均学会了基本的操作之后，她又在旁边开了一台电脑，用 QQ 跟他聊天。她先发了一个微笑的表情，陈灵均不知道那是什么意思，在表情栏里点了一个握手的动作以示友好。她马上发来一个大拇指夸他，他又回了一个咧开嘴的笑脸，表示自己很高兴。紧接着，她又发来一颗又大又红怦怦跳动的心脏。他的心也不由自主地跟着屏幕上的那颗心突突地跳个不停，心里想：这是在向我表白吗？还是仅仅表示一下她激动的心情？我应该怎样回答才好？是不是也应该把自己的心交给她？于是，他也发了一颗心给她。但是他的那颗心非常小，看上去不像她的那么真诚、那么热烈，于是他又在下面补发了三朵小红花。她看到后抿着嘴不出声地笑了，过了一会儿扭过头来，用充满柔情的目光看着他。

他被她看得浑身燥热、心慌意乱，赶紧低下头装作打字。他费了很大的劲才打出一行字：认识你真好。然后抬起头，勇敢地向她回报了一个微笑。坐在他身旁的她脸顿时变得比桃花还要红，脸上的笑容更加甜美了。他在心里轻轻地打了一个呼哨，又低下头开始打字。

"我要学会打字。"

"我要学会上网。"

"用一个月的时间把你会的全都教给我。"

……

她说了句好，给他发来一连串的大拇指。

他不由在心底里发出赞叹：这个女人太聪明了，非常了解我需要什么，总是在最适当的时机恰到好处地帮助我。他觉得，她是这个世界上唯一一个他不用戴着面具去面对的人，也是唯一一个能走进他灵魂深处的人。跟她见面之前，无论他下了多么大的决心要远离她，只要一听到她的声音，看到她可爱的模样，便失去了所有的抵抗力，只能乖乖地向她缴械投降。

从网吧出来以后，已经是深夜十一点了，他陪着她向她的住处走去。过马路时，他主动伸出手要牵着她走，她没有拒绝。两个人的手指相碰触的那一瞬间，他感觉有一股强大的电流在自己的身上穿过，整个世界都在震颤。过了马路，两个人的手依然拉着。尽管谁也没有说一句话，但是却感到了心照不宣的默契。快到她的住处时，她把他的胳膊挽得更紧了，他索性一把搂住她的肩膀，让两个人的身体紧紧地贴在一起，恨不得把她的骨头捏碎，与她完全融合在一起。他已经感觉不到包裹在身体外面的衣服和皮肤了，只有坚硬的骨头硌得生疼。那一刻，他觉得世界上已经没有任何力量能把他们分开，哪怕迎面飞来一列火车、一颗原子弹，也休想让他从她身边逃走。

一进门，两个人连外套也来不及脱就紧紧地拥抱在一起。

"令晖！"他低声呼唤着她的名字。

"灵均！"她的声音显得特别娇羞。

"我爱你！"

"我也爱你！"

他们急切地用身体和动作向对方表达自己的思念和渴望。耳鬓厮磨间，他隐隐约约看见她的眼睛里有亮光在闪动，内心百感交集，异常酸楚。因为他知道那是她克制了很久的眼泪终于找到了释放的空间，而他踏遍千山万水、历尽各种挫折，似乎就是为了在这一刻与她紧紧相拥。因为他是她的，在这之前，从来没有属于过任何人。他的感情世界一直是冰冷的、压抑的，只有在她面前，才是自由的、奔放的，有温度、有力量的。就像一座沉睡了一亿年的火山突然在瞬间喷发了，炽热的岩浆从他的眼角流淌下来，源源不断地滑落到下巴上、脖子上，就连周围的空气都是热辣的、滚烫的。他一遍遍吻着她散发着淡淡香味的面颊，仿佛他们是一对遭受了世间所有的苦难好不容易才辨认出对方前世的模样终于走到一起的恋人。看到他如此激动的样子，她伸出手抹去他脸上的泪痕，哽咽着说："别哭，我在这儿呢。"温柔地拨弄着他浓密的头发，抚摸着他的耳朵、鼻子和下巴。两个人忘情地相互亲吻着，忘记了世间所有的一切。

那天晚上，陈灵均第一次真正地体会到了爱情的甜蜜和幸福，真正懂得了什么叫知心爱人。他们都为这份迟来的爱既欢喜又忧虑。

没过几天，陈灵均收到了杜海军的一封来信，他在信中告诉他，在周敏慧和曹沐塬的劝说下，吴芷瑜已经同意让他外出进修，他打算向财务科借些钱作为学习期间的费用，目前进修单位正在联系中，很可能是在西京医院。等他来了，估计陈灵均还没有回去，两个人可以经常聚一聚。陈灵均从他的话语中能够明显地感觉到，杜海军又重新鼓起了生活的勇气，对未来十分有信心。他回信向他表示祝贺，说他已经等不及跟好友见面的日子了，希望他尽快来西安。

陈灵均等了一个月杜海军都没有来，便猜想是不是进修单位没有联系好，或者他家里有什么事暂时走不了，把进修的时间推迟了。又等了半个多月，还是没有消息，便写了一封信，问他到底是怎么回事。信发出后很长时间都没有回音，他觉得有些蹊跷，便给周敏慧打了个电话，向她打听情况。杜海军家没有安装电话，平常有人找他都是打到周敏慧家或者陈灵均家。周敏慧用十分沉重的语气告诉他，杜海军前段时间在工作中出了事，家属闹腾得特别厉害，他没有办法上班，已经在家里待了一个多月，现在住到他姐姐家去了。陈灵均问杜海军出了什么事。周敏慧说，两个月前的一个深夜，耳鼻喉科门诊上来了一个误吞了玩具汽车零件的一岁的男孩，家长带着孩子来到医院的时候，可能是异物卡在喉部压迫了气管，孩子出现严重窒息，情况特别危急。杜海军给孩子取异物时，由于异物位置太深，卡得太紧，取起来特别困难，费了很长时间。异物取出后，孩子一直呛咳，呼吸十分困难，到儿科就诊，诊断为肺部感染，住院观察治疗。一个星期后，孩子病情加重，又转到新安大学附属医院儿科重症监护病房，诊断为食管气管瘘、肺炎。经过一段时间的治疗，命虽然保住了，但是却留下了严重的后遗症。家属认为这是由于杜海军技术水平差责任心不强造成的，来医院闹事，要求医院不仅要承担孩子所有的医药费，还要负担他们一家人的生活费。虽然杜海军觉得自己没有违规操作，孩子之所以出现这样的后果，是由于疾病本身的原因造成的，但是又不得不在家属的威胁恐吓下向对方妥协。他找人跟家属谈判，希望一次性处理好这件事，谁知对方索要的赔偿数额非常高，远远地超出了他的承受能力，谈判没有成功。陈灵均知道，按照医院的规定，如果发生医疗纠纷需要赔偿的话，医院和医生各承担一半的费用。现在出了这么大的事情，对于经济拮据的杜海军来说，无异于灭顶之灾。他怕杜海军想不开，让周敏慧见到他多开导开导。周敏慧说，杜海军在家的时候她已经劝过了，但是没什么效果，他回老家之前对她说，自己惹下这么大的乱子，给病人和家属带来了很大的痛苦，让医院也跟着自己丢人，活着还不如死了算了。陈灵均怀疑他得了抑郁症，让周敏慧赶紧去找吴芷瑜，对她说，哪怕不上班也罢，时刻守在杜海军身边盯牢他，以防发生意外。周敏慧说她马上就到吴芷瑜的单位去，一定把他的话转告给她。

挂掉电话，陈灵均的心里就像堵了一块石头似的特别难受。他觉得命运太不公平了，总是让善良的人不断地经受坎坷和磨难，当他们好不容易看到一丝亮光时，又无情地摧毁了全部的希望。他暗暗祈祷杜海军能够尽快从阴霾中走出来，千万不要做出极端的行为。

一连好几天他都睡不好觉，恨不得回到东正县亲自去开导自己的好友。可他在进修单位要管理很多病人，肩负的责任不允许他这么做。后来，他又给书珍打了好几次电话，询问杜海军的情况。书珍说杜海军已经回来了，成天闷在家里睡觉，见了人偶尔还露个笑脸，于是他便放心了。

12月30日早上，陈灵均刚到单位，前一天的值班大夫对他说，早上六点钟有个女的打电话找他，说是有急事，让他尽快按照留下的号码回个电话。陈灵均一看是周敏慧的号码，赶紧打过去，对方没人接听。他又给自己家里打了个电话，问书珍医院里或者自己家里有没有发生什么事情。书珍哭着对他说："海军出事了，你赶紧回来吧！"

"出什么事了？"他的头"嗡"地响了一下，连忙问道。

"他今天早上跳楼自杀了！"

仿佛一道霹雳把陈灵均的头颅劈成了几瓣，刺骨的冷风沿着那一道道裂隙迅速袭遍了他的全身。他的身体猛地哆嗦了一下，感觉胸口就像被人扎进去一把刀子似的，一阵一阵地刺痛。

"你怎么了？"同事看到他脸色异常苍白，一只手撑在桌子上，似乎有些站立不稳，连忙问道。

"我同学今天早上出事了，我得请假回去。"他低声说道。

早上交完班后，他向主任请了假，强忍着悲痛处理完所有的病人，把他们全部交代给科室的另一名医生，便坐着当天下午的卧铺车回去了。

回到东正县的时候，已经是第二天的早上了，他下车后在家里稍微休息了一会儿，便到医院的太平间去看望杜海军。太平间的外面已经搭起了灵棚，不少人在进进出出。卫校同学男生全都来了，还来了好几位女生。除了杜海军的姐姐和吴芷瑜坐在灵堂里发出一两声单调的哭声外，没有人为他哭灵。杜海军静静地躺在一块木板上，身上盖着一块白布，脸上蒙着麻纸。那双奔跑起来特别有力的双脚换了一双生硬的新鞋，被人用麻绳紧紧地捆绑在一起。陈灵均想去看他的遗容，被汪学义拦住了。

"不要看了，他右半个脸的骨头已经全部摔碎了，模样变得很难看，还是留着原来的那份记忆，让我们永远记住他最美好的样子吧。"汪学义哽咽着说道。

陈灵均跪在灵堂前烧了纸，将正在哭泣的杜海军的姐姐和吴芷瑜全都拉起来，一起走到外面，其他人纷纷围过来跟他打招呼。陈灵均看到刘焱也在里面，便问他杜海军发生了医疗事故以后医院是怎么处理这件事的。

刘焱说："家属刚开始闹事的时候，我建议他们通过司法途径解决这件事情，但是他们不同意。后来，见家属实在闹得不行，我又找人协调，想用和平的方式把这件事处理了，谁知他们狮子口大开，一张嘴就要一百万，根本就没法拉这个事。我听说杜海军也找过人，也没有拉成。前几天我在院子里碰到海军的时候还劝过他，让他不要太担心，没想到他的心眼这么小，一时想不开，竟干出了这么个糊涂事。"

"在发生这件事之前，你们没有发现他有什么异常吗？"陈灵均看着杜海军的家人问道。

吴芷瑜说："他平常不爱跟我说话，在家里不是看电视就是睡觉，很少出去，我说你老待在家里会憋出病的，让他到外面转转。他一听就跟我吵，说我是撵他走，我就不敢再说了。他在他姐姐家待了一个月，周敏慧说怕他想不开会出事，我还请假专门去照顾他。刚住了几天他就嫌我烦，我俩吵了一架，我就从他姐家回来了。过了一段时间，他又跟他父母住了几天，回到家里以后，还是吃了睡睡了吃，没觉得有什么不对劲。前天半夜里，我听到门响了一下，问他出去干什么，他说去上厕所。我当时瞌睡得很厉害，没有起来跟着他出去。现在想起来真后悔，他肯定是早就谋算好了要在那天早上寻死的！他走之前的那一周把家里人全都看了一遍，和关系好的同学朋友大部分也都见过面了。早上曹彬彬跑来叫我，说他从楼上跳下去了，我根本不相信，才一眨眼的工夫，他好好介的，怎么就出事了呢？"她抹着眼泪，边哭边嘟囔着说，"他就是个没出息的男人，平时看起来咋咋呼呼的好像很厉害，真正遇到了厉害人，心里尿得要命。那个娃娃出事以后，家属把他堵在医生办公室里闹腾了整整五个小时，没让他喝一口水、吃一口饭，还在他脸上扇了几巴掌，把胳膊也抓烂了。他回来后气得浑身打战，当天晚上头捂在被子里委屈得嚎了一夜，说他不想活了。我把他骂了几句，他才消停下来。过了几天，他到单位去上班，那些人在半路上截住他骂，撵到办公室骂，还跑到我们家闹，把家里的东西砸了个稀巴烂。他在家里实在待不下去，只好跑回老家去避难。回去又怕碰见熟人问起他在单位的事，住了一段时间又跑回来了……这个傻小子，你觉得活着丢人，你死了就不丢人了吗？你死了，那个娃娃的病就好了吗？那娃娃的父母就高兴了吗？你也不想想，你走了以后，让你的老婆和你的父母怎么活？他们白发人送黑发人，心里有多难受……"吴芷瑜说着说着又哭起来。

杜海军的姐姐含着眼泪说："海军一来到我们家我就看着不对，跟他姐夫说，咱兄弟心情不好，你平时在家里说话注意一点，不要老是粗喉咙大嗓子的，让人家觉得好像是敲打自己似的。我那口子性子直脾气大，老毛病很难改掉，见娃娃一不听话就吼开了，我提醒过他很多次都没用。我看见每次我掌柜的训了娃娃，海军都显得很不自在。后来有一天他说要回去看我爸妈，看过老人之后就直接回城里去了，没过几天就出事了。"

一直站在旁边低着头听众人说话的汪学义说："原来你在的时候咱们几个还常在一起走动走动，你走了以后他从来不跟我们喝酒，也不打麻将，只有上下班的时候能碰个面。他出了事以后我也劝过他，我说干医疗这一行本来就有风险，当医生的谁也不愿意碰到这种事，既然碰上了，只能走一步看一步，熬过了这阵子，慢慢地就好了。实在干不下去，还可以找别的出路。他苦笑着说，恐怕没有别的出路了，孩子的病一天不好，我就没有一天的好日子过，摊上了这么个事，我这辈子算是完了。我说应该没那么严重，多半就是赔钱，背上几十万元的债。他听了，头一低，转身走了。"

"他平常很少回村里来，在兄弟们面前从来不提医院里的事，所以我们只知道他在工作上遇到了麻烦，不知道到底是怎么回事。"杜海军的大哥说道。

和陈灵均几乎同时赶到县医院的范睿问杜海军的父母在哪里，汪学义说住在招待所，他们怕老人在这里待得时间太长，情绪过于激动，身体会出现问题，特意安排一名医生和一名护士照顾老人。

陈灵均问吴芷瑜："他走之前有没有跟你说过什么话？"

吴芷瑜摇了摇头说："没有。"

"有没有留下字条或书信？"

吴芷瑜还是摇头。

范睿和折志明提出要看杜海军的遗物，吴芷瑜同意了，于是二十几位同学跟着吴芷瑜来到她的家里。杜海军的被子和衣服已经全部打包准备烧掉，桌子上整整齐齐地放着他的书，有好几十本，摆在最上面的是一个练习钢笔字的描红本。陈灵均把字帖拿起来打开后，看到里面写满了工整的字迹，翻到最后一页，突然出现了几排沿着不同的方向写得特别潦草的大字，全都写着同样的四个字：天空之城。同学们看了都不懂是什么意思，正在这时，周敏慧进来了，陈灵均把字帖上的字递给她看，她一看就哭了："他出事前的那天晚上到我们家坐了一会儿，我们聊起上学时候的事，我说那时候的你性格多开朗，活得多有劲，一天到晚总是笑嘻嘻的，不管谁见过你都能一下子记住你。他说他也特别怀念那段时光，很想回到过去再重新活一遍。他想听我在卫校的山上给他吹过的那首《天空之城》，我就用口琴吹了一遍。他边听边流泪，临走前还对我说了声谢谢。早知道会发生这样的事，我一定为他多吹几遍。"

"他真的没有留下遗书吗？"折志明有点不相信地问道。

吴芷瑜说："我把整个家都翻遍了，什么也没有。"

从杜海军家里出来以后，苏雅玲满脸疑惑地说："我总觉得哪里不对劲。一个人不管受了多大的委屈，怎么可能一声不吭地就走了？肯定有些话想对自己的亲人和朋友说。也许是他老婆把遗书藏起来了，不想让别人看见。"

"不可能，海军去世以后遗体是我帮忙处理的，"汪学义说道，"他的口袋里空荡荡的，浑身上下没有一分钱。"看到众人投来惊异的目光，他接着又说，"那起医疗纠纷发生以后，海军被医院停职了，这几个月来一点收入都没有。他老婆的性格陈灵均是知道的，平时在经济上对他控制得很严，想跟她多要一块钱简直比登天还难。"

"有时他好不容易攒下一点私房钱就让我替他保管着。因为回到家里，就算把钱藏到鞋底都会被那个女人搜出来。"陈灵均说道。

好几个人都红了眼圈，谁也不再说话。

众人又到招待所看望了杜海军的父母。两位老人看上去很伤心，杜海军的妈妈说："他最后一次回来的时候临走前对我说，妈，儿子不争气，让你们把我白供了几年书。我走了以后你们不要惦记我，好好地照顾自己，平时身体有了病一定要给哥哥姐姐说，让他们带你们去看病。你们可以骂我，也可以恨我，千万不要想我，你们就当没生过我这个不孝顺的儿子。我总以为他说的是要去坐禁闭，没想到他说的是寻死。早知道是这样，当初他考学的时候说什么也不让他学医。"

老人难过得说不下去了。杜海军的爸爸红着眼圈说："海军刚考上中专的时候对我说，爸爸，等我将来当了医生挣了钱以后一定在城里买两间房子，把你们接过去住，等你们老了我养活你们。海军啊，你把你大你妈都哄惨了，你怎么说话不算数？你大你妈还没老，你却狠心地把我们抛下自己先走了……"他哭得停都停不住，几位同学也跟着老人一起落了泪。

两天以后，杜海军被家人安葬在家乡的一座土山上。那是他年少时曾经对祖先发誓一定要考上中专走出山沟沟的地方。

一阵噼噼啪啪的鞭炮声过后，盛放着杜海军伤痕累累的躯体的灵柩被人缓缓地放进了墓坑，荒野里响起了稀稀拉拉的哭声。陈灵均站在墓地里，望着墓堆上刚刚从地下翻出来的潮湿的新土，内心充满了悲痛和愤怒。他能够想象出，他的朋友在独自走完的最后一段生命旅程中，曾经背负着多么沉重的压力，当他面对患者和家属的指责，受到他们的侮辱和威胁时，内心是多么悲凉，多么无助。他曾经那样热爱生活，热爱生命，热爱自己的职业，然而，仅仅因为一次意外，这位年轻医生的尊严遭到了无情的践踏，不得不含着屈辱离开了这个世界，沉睡于无尽的黑暗之中。

葬礼结束后，陈灵均和同学们做了一个约定：将来无论遇到什么挫折，什么坎坷，谁也不许轻易地放弃自己的生命。

就在杜海军死后不久，医院和病人家属终于达成了赔偿协议。院方虽然没有公开赔偿的数额，但是职工们都议论说肯定不会少，否则的话他们绝不会就此偃旗息鼓、鸣金收兵。

十六

陈灵均在东正县和同学聚会的时候，听说曹丽军也回去了，一直没有见到他，没想到回到西安后，曹丽军却突然跑到科室来找他。

"陈灵均，你能不能借点钱给我？我刚才和我表哥在康复路上转，他被一辆车碰了，司机开着车跑了，我挡了一辆出租把他送到西京医院，医生检查了以后说他的大腿骨折了，要住院做手术，我身上带的钱不够缴住院费，刚才已经给我舅舅打过电话了，他说明天就下西安来，到时候我一定把钱还给你。"曹丽军急急火火地闯进医生办公室，连坐都顾不上坐，直接开口跟他借钱。

陈灵均看到他嘴唇干裂，神色慌张，确实像是遇到了急事，马上就产生了同情心，边往外掏钱边问："还差多少？"

"再有二百多就够了。"曹丽军说道。

陈灵均的身上一共装三百多块钱，他拿出三百对曹丽军说："看病的时候最好多准备点钱，这是我这个月的生活费，你先拿去给你哥看病，救人要紧。"

曹丽军接过钱说了声"谢谢"就急匆匆地走了。

"你那位同学多半是在骗人，哪里有这样的家属，病人出了车祸，半死不活地睡在医院里，他却坐着公交车跑这么远的路来借钱。既然他知道你在唐都医院上班，为什么不把病人直接送到这里来？这样你不是更方便照顾他，能让病人得到更好的救治吗？"一位年纪稍长的同事说道。

陈灵均觉得他分析得也有道理，但是他不相信自己的同学会骗自己。第二天，他等了一天都没有等到曹丽军来还钱，就想着他可能是在照顾病人，没有时间出来。到了第三天，还是没有动静。直到一个星期过去了依然不见曹丽军的踪影，这才意识到自己受了骗。陈灵均日常开销主要靠工资，单位只给发百分之六十的工资，而且拖欠得很厉害，书珍上个星期刚刚帮他取了工资寄过来，下次什么时候发根本猜不到。他知道老婆和孩子在家里也不宽裕，就没有跟书珍说，自己硬撑着，每天早上只吃一个菜夹馍，中午和下午都吃面，因为面条便宜。齐令晖知道后，马上给他送来二百块钱，听他讲了受骗的经过后，笑他傻得可爱，人家跟他要二百多块钱，他还嫌少，多给了人家几十块钱。

"你这下终于知道我的缺点了吧？跟我在一起，小心以后把你也拉着一起上当。"说这话的时候，他握着齐令晖的手，两人穿着厚厚的羽绒服坐在广场的花坛后面，身后是一排修剪得很整齐的冬青，长得有半人高。虽然还不到六点钟，但是天已经黑了，从周围的路灯和建筑物上投射过来的光芒让他们脸上的线条显得格外柔和。

"上当就上当，就算上当我也愿意。"齐令晖把头靠在他的肩膀上，任性地说道。

"你为什么喜欢我？难道你不觉得我长得很丑吗？"他有些疑惑地问道。

齐令晖抬起头，很认真地看了看他说："我觉得你一点儿也不丑，很帅。不过你的帅不是那种写在脸上的帅，是从骨子里散发出来的帅。我喜欢你，是因为你是我生命里的另一半，你比任何人都懂我。"

他长长地吐了一口气说："在没有见到你之前，我在梦里反复地梦见自己和一个非常美丽的女孩谈恋爱，我认为她就是我这辈子的爱人，总是期待在某一条路上和她相遇。可惜我没有耐心一直等下去，早早地就跟一个我既不讨厌也不喜欢的女人结了婚。直到现在我才发现，我在梦里梦见的那个女孩就是你。你是除了我母亲之外，我唯一爱过的女人。和你在一起的这段日子，是我生命中最幸福最快乐的日子。我原来最渴望得到的，就是现在拥有的一切。我不想再回到原来的生活中去了，因为我已经厌倦了每天戴着面具在别人面前扮演各种各样的角色，让他们以为我是一个好父亲、好丈夫、好女婿，一个循规蹈矩服从管理的好职工，一个为了科室和医院的利益，努力收治病人的好医生。自从我在二门诊赚了一点钱以后，很多人都羡慕我、嫉妒我，以为我过得很幸福，把我看成是占尽天时地利的命运的宠儿。事实上，我头顶那些美丽的云彩和火热的太阳是他们用自己的想象为我画上去的，我从来没有感觉到一丝一毫的幸福，除了把我儿子抱在怀里的那一刻。我活得太累了，很想撕下蒙在自己脸上的那层假皮，做回真正的自己。我常常觉得我是一只关在笼子里的鸟，一边低着头在沾满泥污的盘子里拼命地啄食，允许别人用鞭子抽打我、用凉水泼我，一边还要抬起头不时地为我的主人唱赞歌。他们嘴里说：你飞吧，飞吧，好好往高飞。事实上，却用一条无形的锁链锁住你的翅膀，只要你的双脚一离开地面，就会把你立刻拉回到原来的位置上。我非常讨厌这样的生活，很想从这个圈子里跳出去。可是要迈出这一步太难太难了。因为你的生活环境决定了你的生存方式，你要对抗的不是一个人、两个人，而是周围所有的人。你知道吗？在咱们那种小地方，很多人成天没事干，就爱关心别人。他们不关心你在工作上做出了多少成绩，为社会做出了多少贡献，只关心你的私生活。只要你的行为稍微超出了他们的道德底线，就会把唾沫星子喷向你，用软刀子毫不留情地去捅你，直到你遍体鳞伤，跪在地上痛哭流涕地向他们求饶，才会放过你。一想到这些，我觉得自己活得就像懦夫一样，不像真正的英雄能够顶着风暴无所畏惧地向前行走。"

"灵均，我们每个人在这个世界上只能活一次，我们不能只为别人活，还要为自己活。不要畏惧别人的眼光，也不要害怕眼前的困难，勇敢地跟着自己的内心走，大胆地去追求你的理想、你的幸福吧。否则的话，当你有一天离开这个世界的时候一定会后悔的。自从在西安遇到你以后，我更加坚定了自己当初的选择，我认为我跟那个人离婚是对的，在这个世界上，总有一些人无论怎么努力都没法在一起，也有一些人似乎命中注定最终是要在同一条路上相遇的。自从认识你以后，我觉得我的生命比以前更加充实，更加快乐，更加有意义了。咱们好不容易才走到一块儿，我不想离开你。你不要回去了，留在西安发展吧。我们可以一起学习，一起发展各自的事业，这里有很多大医院，凭你的才华，一定能找到适合自己的发展空间。要是咱们结婚以后你怕光儿受委屈，我可以不生孩子，把他当作自己的亲儿子全心全意地去爱他、照顾他。"齐令晖紧紧地搂住他动情地说道，好像生怕他被谁从自己身边拉走似的。

"说实话我也很想留在这里。但是不行，我是单位派出来的，他们花了那么多钱培养我，我连一天都没有给单位做贡献就直接走了，这样做太自私了。"

"可是你回去以后我怎么办？现在，我的心里除了你，已经装不下任何人了。"齐令晖忧郁地说道，"要不然我们干脆私奔吧，远远地离开这里，一起到外省去发展。"

"私奔？这样做恐怕不太好。东正县有我的儿子，我的父亲，还有许许多多的亲人和朋友，我不可能一辈子都不去面对他们。再说书珍也没有什么过错，我一句话也不说就突然消失了，让她怎么想？这样对她太不公平了。男子汉大丈夫做事要敢做敢当，既然要分手，就光明正大地说出来。我回去以后，你读完研究生要是愿意回到东正县，当然好；要是不想回去，可以继续留在外面，我会想办法再出来的。"他诚恳地说道。

"要是你爱人不想跟你离婚怎么办？"

"我会跟她慢慢地说，这可能需要一定的时间，你要有耐心。"

"不管等多久，只要能跟你在一起就行。"齐令晖两只手搭在他的肩膀上，下巴抵在他的肩头亲昵地说道。

一阵冷风迎面吹来，陈灵均连着眨了好几下眼睛，他竖起衣领对齐令晖说："不早了，咱们走吧。"

两个人从长凳上站起来，手牵着手向附近的公交车站走去。路过街角一家商店的门口时，门前围了一大群人，地上放着一台卡拉 OK 机和两只大音箱，伴随着立体感很强的音乐，一个圆脑袋粗脖子身材微胖的男人拿着麦克风站在人群中大声吆喝道："唱一首两块钱，唱两首送一首，想唱歌的赶紧过来，机不可失，时不再来……"他看到齐令晖和陈灵均走过来，马上凑到跟前问："这位漂亮的小姐姐想不想唱歌？我一看就知道你是个会唱歌的人，我们的音响效果很棒，唱一首才两块钱，很便宜的。先生，给你爱人点一首歌吧。"

陈灵均看到齐令晖有些犹豫，就在她腰间轻轻地戳了一下，低声说："唱一首吧。常听人家说你唱歌唱得好，我还从来没有听过呢。"

"好吧，那我今天就专门为你唱一首歌。"

陈灵均给了老板两块钱，齐令晖接过话筒大大方方地站在人群中央说："请放一下蔡琴的《你的眼神》。"

前奏响起后，她仰起头略微酝酿了一下情绪，便用极为深情的歌声开始演唱："像一阵细雨洒落我心底，那感觉如此神秘。我不禁抬起头看着你，而你并不露痕迹……"

歌曲开头音调很低，她的声音虽然不高，但是深沉、宽厚，就像一条泛着微波的小河在深谷中缓缓地流淌。到了后半部分的高音区，河水逐渐汇聚了更多的力量，变成一条宽阔的大河直上云霄，在半空中划出一道闪着亮光的弧线后，又轻轻地回落下来，鼓动着新的浪潮向前奔涌。那一浪接一浪汹涌澎湃的浪花不断撞击着陈灵均的心房，化作阵阵热流在他的胸腔里涌动，让他觉得这个冬天比他生命中的任何一个季节都温暖。现场所有的观众都被齐令晖的歌声吸引住了，静静地站在那里，谁也不说话。他们不时看看齐令晖，又看看站在她对面的陈灵均。因为她的眼睛一直没有离开他，而他则面露微笑含情脉脉地看着她。唱完后，周围响起一片热烈的掌声，还有人大声叫好。

"唱得太好了！我想免费让这位女士给现场的朋友们再唱一首歌，大家说好不好？"老板激动地说道，并带头鼓掌。周围的人全都说好，陈灵均也跟着他们一起鼓掌，并用鼓励的目光看着齐令晖。

"那我就再唱一首邓丽君的《我只在乎你》，献给我的挚友和爱人陈灵均以及现场的各位朋友。"齐令晖带着甜甜的笑容向他做了一个手势。四周又是一片掌声，旁观的人比之前多了一倍。

陈灵均以前也听过这首歌，只是觉得好听，但是今天听到同样的歌词，突然觉得这首歌里的每一字每一句都是专门写给他的，诉说的就是他和她之间的爱情。在动人心扉的歌声中，看着眼前青春靓丽的齐令晖和围观者羡慕的欣赏的目光，他不由心旌荡漾、神思恍惚，对自己刚刚被授予的"爱人"的身份没有丝毫的怀疑，对周围的世界也失去了应有的警惕和戒备，仿佛未来的大门已经向他敞开，通往幸福的大道就在他的脚下。

"叔叔，给阿姨买朵花吧。"一位七八岁的小男孩捧着一束玫瑰花走过来，抽出一支递到他面前。

"多少钱一支？"他连忙问道。

"两块钱。"

他买了一支花拿在手里，等齐令晖演唱完后，马上走上前把玫瑰花送给她。齐令晖接过花，很自然地拥抱了一下他。旁边的年轻人马上跟炸了锅似的，有的吹口哨，有的"嗷嗷"叫着起哄，还有的嚷着让他俩合唱一首歌。

老板也说："小姐，再唱一首吧，你唱得太好听了，大家还没有听够呢。"

陈灵均悄悄地拉了一下齐令晖的手，她把话筒交还给老板，两人便匆匆忙忙地走了。身后很快传来一个男人嘶哑的歌声："苦涩的沙吹痛脸庞的感觉，像父亲的责骂母亲的哭泣永远难忘记。年少的我喜欢一个人在海边，卷起裤管光着脚丫踩在沙滩上……"

在秦岭以北三百多公里的东正县城，狂风正在呜呜地嘶吼着已经吹了两个多小时，隔着门窗都能听见院子里飞沙走石的声音。翟书珍躺在床上，一只手撑着脑袋，另一只手伸进儿子的被窝里，不时摸摸他滚烫的手脚，一脸焦急的神色。陈和光小声哼哼着，闭着眼睛烦躁地在床上翻来翻去，脸蛋红通通的，干裂的嘴唇上蒙着一层白皮。

"别动，等妈妈把体温表拿出来了你再动。"书珍柔声制止道。

五分钟后，她拿出体温计一看，见上面显示的温度接近四十度，吓得从床上爬起来，赶紧给儿科的徐主任打电话。

"徐主任，你睡下了没有？我是书珍，我儿子又发烧了，刚才量的是三十九度七。他今天一口饭都没吃，老说恶心，在床上已经躺了大半天了。"她颤声向徐主任介绍了儿子的病情。光儿生病的第一天她就带着他让徐主任看过，回来后一直不见好。

"你给他按时吃药了没？娃娃已经烧了三天了，用上药烧一直不退，这可真有点奇怪。我前天看他的时候，只是发现咽部有点红，没有其他异常。这样吧，你把他带到儿科病房，方曼云正在上班，我给她打个电话，让她给娃娃把液体挂上。我再给护士安顿一下，用酒精擦浴的办法给娃娃物理降温。等娃挂吊上针以后，你出去到小卖部买个冰袋，枕在娃娃的头底下保护大脑，不然的话会把神经烧坏的。"

书珍说了声"好，我知道了"，赶紧给儿子穿衣服，准备背着他去医院。她刚拉动了一下孩子的身体，他"哇"的一声哭开了，挣扎着不让她碰："我不起来，我很瞌睡，我要睡觉……"

这时，床头的电话铃声响了，书珍连忙放下孩子去接电话。是她姐姐书玉打来的，问孩子的病情怎么样了。

"烧得还是很厉害，温度一点都没降。"书珍刚说完眼睛里便扑簌簌地滚下一串泪花。

"不行的话给陈灵均打个电话，让他明天赶紧回来。"书玉说道。

书珍手里拿着电话半天没有说话，努力控制好自己的情绪后说："我刚才已经给徐主任打过电话了，她让我把娃娃带到儿科打吊针，等打完吊针再说吧。他在外面学习，离家太远，工作又忙，能不请假最好别请假。"

"你这个人呀，成天就知道心疼男人，不晓得心疼自己。好吧，你先往医院走，我马上过来。"

挂掉电话，书珍趴在儿子跟前说了半天好话才把他哄好，给他穿好衣服，裹上围巾，在包里装了一卷卫生纸，塞了一个水杯，便背着孩子出门了。

外面的风很大，刮得人几乎睁不开眼睛，她只好眯着两眼，顶着强大的阻力向前走，每走一步都很困难。她一边走，一边不停地叮嘱背上的儿子："手手抓牢妈妈的肩膀。"可是孩子一点力气都没有，她只好尽量把腰弯得低一些，两只手死死地搂住儿子的屁股，以防他滑落。不到一分钟的时间，她便感觉到嘴里含进去不少沙子，脸颊也被寒风吹得生疼。已经是晚上十点多了，院子里黑乎乎的一个人也没有，幸好从前面的住院楼里投射出许多灯光，照得地上亮堂堂的。她抬起头望一望上面的灯光，心里顿时充满了力量，很快就走到了楼下。贾继民刚好迎面走来，认出了书珍，问她到哪里去。得知孩子生病了，马上就说："我帮你背娃。"把孩子接过来，背到背上。到了儿科，方曼云已经把药开好了，贾继民帮她买来药和冰袋，看着孩子挂上液体，把冰袋枕好后才离去。不一会儿书玉赶来了，看到护士正在用酒精给陈和光擦拭身体，孩子躺在床上不停地哭闹，心疼得直掉眼泪。酒精擦浴后，孩子的体温很快就降下来了。书珍稍微舒了一口气，可她仍然担心一会儿物理效应消失后孩子的体温会反弹。

陈和光一共吊了两瓶液体，一瓶是消炎的，另一瓶是补充能量的，针头小，滴得又慢，吊完已经是凌晨两点了。书珍见孩子的病情没有出现反复安静地睡着了，便让姐姐睡在旁边的一张空床上，自己蜷缩着身体躺在儿子脚底凑合到天亮。

早上起来，书玉临上班前又问她要不要给陈灵均说一下孩子得病的事，她说不用了，娃娃的病已经好多了，说了怕他担心。

书玉走出住院部，路过医院大门口，见那里停着一辆黑色的奥迪小轿车，叶知秋站在车门前，身边围着五六个人，正在依依不舍地跟他告别。

叶知秋说："快到上班时间了，你们赶紧回去吧，到了铜川联系我。"说完钻进车厢，刚要关门，一位三十多岁的小伙子从旁边飞快地跑过来，拽住车门说："叶院长，你欠我们药厂的钱什么时候还？"

叶知秋有点不耐烦地说："我已经不是县医院的院长了，你跟新上任的院长要钱去吧。"

"我不认识他，求求你帮帮我吧，咱们打了这么多年的交道，你不能丢下这么多账不管呀。为了要钱，单位给我放了假，我已经一年多没有上班了，一家老小都快揭不开锅了……"小伙子望着他苦苦哀求。

"你这个年轻人怎么一点道理都不讲，我已经说过了，我不在这里工作了，你求我没用。把手放开，我还要到新安市赶火车呢。"叶知秋在两位同事的帮助下强行掰开小伙子的手指，关上车门扬长而去。

"叶院长，叶院长……"小伙子发疯般追着小轿车跑了一段路，见车子已经远去，便蹲在路边呜呜地哭起来。早在十二月中旬书玉就听说叶知秋要调走了，殷志峰将担任下一届的院长，没想到今天早上刚好碰上他准备悄悄地离开，看到这一幕情景内心十分复杂。由于时间的关系，她不敢多做停留，迈着急促的脚步向街上走去。路上来回行走的人很多，后面的人很快就把前面的人留下的脚印踩碎了，一阵风吹来，刚刚被人踩实的马路又蒙上了一层薄薄的浮土。

和众人一起满脸堆笑地送走了叶知秋的许伟刚走到后院，就在大庭广众之下大骂叶知秋不算人，把职工的工资拖欠了几个月，给医院欠下上百万元的贷款，却像没事人一样一拍屁股走了。

"叶院长是不是出什么事了？"周敏慧从院子里经过时刚好看到了这一幕情景，奇怪地问和她同行的覃爱莉。

"没有，叶院长今天早上走了。"

"是吗，我提前一点都不知道。"

"我也是刚听说的，本来应该跟他道个别才对。徐主任也退休了，今天下午坐车回河北老家，为了欢送她，咱们科上午十点在医院大门口跟她合影留念。"

"什么？你们也安排到十点了？那我们十点二十再出来。"一旁的庄正杰说道。

"十点二十该我们科了，你们安排到十点半吧。"后面的郑茜说道。

徐若谷要离开的消息很快就传遍了整个医院，所有的科室都争着和她合影留念。临走前，来了很多人为她送行，大家都拉住她的衣袖哭着不让她走，她也情不自禁地流下了眼泪。坐在车上，她留恋地看着自己工作了三十多年的地方，感慨地对身边的人说："我刚来这儿的时候还是一个二十刚出头的小姑娘，第一次骑着毛驴走进陕北的山沟沟去当医生，越走越害怕，越走越难过，走了一路哭了一路。唉，一转眼已经变成一个老太婆了。我这辈子最宝贵的记忆都留在这里，真舍不得走呀，可是没有办法，我的家不在这里。"

十七

转眼间，古城西安又到了春暖花开的时节。星期天一大早，307 路公交车上挤满了外出踏青的人，几对年轻的情侣依偎在一起，指着街道上的樱花、桃花和垂柳兴奋地议论着，计划着下车后的路线。不知道谁的录音机里用很低的音量播放着流行歌："一百年前我眼睁睁地看你离去/一百年后我期待着你回到我这里/沧海变桑田，抹不去我对你的思念/一次次呼唤你，我的 1997 年……"陈灵均和齐令晖兴高采烈地坐在中间的座位上，齐令晖上身穿一件天蓝色的短风衣，配着白色的休闲裤，头上戴一顶米白色的太阳帽。陈灵均一身深青色的运动装，脚上穿一双白色的旅游鞋。进修学习生活即将结束，他跟着杜教授做的科研课题已在上个月顺利结题，教授让他执笔写论文，写好后教授看了很满意，已经发给《实用内科》杂志，昨天接到通知说将在下期发表。在短短的一年时间内，他在国家级和省级医学杂志上一共发表了七篇学术论文，都具有很高的医学研究价值和临床实用价值。英文部分的内容都是侯文杰教授帮他翻译的，侯教授是一个信守承诺的人，答应给他帮忙果然没有食言。为了把学到的新知识和新技术应用到临床实践中，在征得殷志峰院长的同意后，他通过杜格一教授在上海一家大医院低价购买了一台二手的动态心电图仪和一台心电生理仪，估计用不了一周就可以运到县医院。齐令晖对他缜密周到的计划大加赞赏，为了祝贺他的新业务即将开展，同时也为了让他在回家前好好地放松一下，她邀他到小寨春游。她听说那里有一座大兴善寺，寺庙里开着一种比较罕见的花，非常好看。

"那种花叫什么花？"陈灵均好奇地问道。

"彼岸花。"

"是热带植物，还是温带植物？"

"不知道。"

"属于哪个科？"

"不知道。"齐令晖喷笑着说道，似乎被自己的回答逗乐了。

"提前应该在网上查一下，了解一下大致的花期。"陈灵均说道。

"昨天晚上才听同事说的，还没有来得及查。"

公交车开到大雁塔以后，他们下车换乘 5 路车继续前行。上车后不久，坐在后排座椅上的一男一女很快引起了陈灵均的注意。女的说话声音又高又哆，和身旁的男人不停地相互推搡，举止十分轻佻。男的嗓音比较粗，虽然有意压低了声调，声音却十分耳熟。陈灵均扭头一看，发现那个男人是江雪的爱人吴青，和他坐在一起的是一位打扮得比较风骚的外地女人，人长得很瘦，高颧骨，尖下巴，纤细的腰肢似乎只有一拃宽，满头的长发打着蓬松整齐的小卷，染成了均匀的淡黄色，乍一看很像绵羊堆满长毛的脊背。他不敢相信自己的眼睛，悄悄地让齐令晖看。齐令晖看了以后也说那个男人是吴青。他不由在心中暗暗猜想：是不是吴青和江雪离婚了，或者背着她又有了新欢？江雪流产后一直怀不上孩子，心里特别着急，他上次回家的时候跟她拉起话，她还说过了春节要和吴青一起到外面去看病。他认为两人在短时间内离婚的可能性不大，最大的可能是吴青出轨了。他听说吴青在半年前把修理厂转给了别人，又回到县政府上班了，但是此时的他和陈灵均原来认识的他已经大不一样了。陈灵均不想让对方注意到自己，假装没有看见。对方大概也出于同样的原因，中途下车时也没有跟他打招呼。

到站后，齐令晖带着陈灵均走进兴善寺西街。那是一条宽阔而宁静的小街，里面有许多卖文玩和字画的商店，行人很少。走了大约三四百米，马路右侧出现了一座古香古色的寺庙，明式两层歇山式建筑，上面那层檐角很尖，高高地向上翘起，圆形的红色窗棂和青色的石砖搭配在一起，显得既温暖又庄重。下面的山门南侧题写着"大兴善寺"四个字，东侧镌刻着"庄严国土"，与之对称的西侧镌刻着"利乐有情"，山门北提写着"五岗唐镇"字样。拱形门洞的门扇自然地向外敞开着，门槛很低，看不到把门的人，也没有售卖门票的窗口。两边红色的围墙把里面的景物遮挡得严严实实，让人感觉很神秘。走进门庭的那一瞬间，就像走进了熟人的小院，没有丝毫的生疏感。这座寺庙外面看着不大，里面却别有一番洞天，视野非常开阔。南面的正前方是天王殿，其后东西两侧分别是平安地藏殿和救苦地藏殿。这样的设置与其他寺院完全不同，从供奉的神像不难看出，这是一处佛教圣地。

陕北是一个有着多元文化的地方，既有儒家、佛教、道教三大教派，也有天主教、基督教等外来的宗教。大部分的陕北人没有严格而固定的信仰，平日里既不念经，也不拜佛，遇到难事，有了愿望，才去烧香磕头，而且烧香的时候几乎见门就进，见庙就拜，上布施时出手极其大方。似乎在他们看来，花得钱越多，佛办事的积极性就越高。陈灵均的老家所在的塬上有一座小庙，每年的四月八都有庙会，罗雪娥因为眼睛不好，脚也不好，去的少，陈儒生几乎年年都去，哪怕身无分文，也要带着儿子在庙会上感受一下热闹的氛围。所以，陈灵均很小的时候，就对玉皇大帝、王母娘娘、释迦摩尼、弥勒佛、观音菩萨等神像的形象十分熟悉。陕北的佛教寺院绝大部分属于禅宗，而这里显然属于另外一种门派，他马上就被其独特的佛教文化吸引住了，站在门口右侧的石碑前，仔细地阅读上面的简介，得知大兴善寺始建于晋武帝泰始二年（265 年），原名"遵善寺"，属于"佛教八宗"之一"密宗"祖庭，是西安现存历史最悠久的佛寺之一。隋文帝开皇年间扩建西安城为大兴城，寺庙占城内靖善坊一坊之地，故而取城名"大兴"，取坊名"善"字，赐名大兴善寺。隋开皇年间，印度僧人那连提黎耶舍、阇那崛多、达摩笈多等先后来长安，在此译经弘法。

唐开元年间，印度僧人善无畏、金明智、不空先后驻锡该寺，设坛传密，再经一行、惠果传承弘扬，形成了博大精深的佛教文化——密宗，后又传播到日本、韩国、马来西亚等地，成为举世公认的中国佛教密宗祖庭。1956年被列为陕西省重点文物保护单位，1983年被国务院列为全国重点开放寺院之一。曾在唐武宗时期和清同治年间遭遇两次浩劫，寺中文物大部分被毁，他们现在看到的基本上都是后来重建的。这让他不禁联想起家乡的小庙里那尊文化大革命期间被红卫兵砸坏了的王母娘娘神像，被人们用一块石头代替头部，虽然外形已残缺不整，却丝毫也没有影响人们心中狂热的信仰，年年都有人前去敬香叩拜。从某种意义上说，那座小庙已经成为高原人的精神依托，他们无法离开那尊塑像，就像他们活得再苦再难都无法放弃心中的希望一样。

他看完简介刚要随游人进殿参观，听见齐令晖问一位从院中经过的僧人："师父，请问在哪里可以看到彼岸花？"

"你说的是石蒜花吧？在后面法堂门前的花坪上面。"僧人手指着院子西北方用河南口音答道。

齐令晖道了谢，向陈灵均招了下手说："咱们走吧。"

"已经到了跟前，拜拜再走吧。"陈灵均有点不情愿地说道。

"好吧，你速度快点，我在外面等你。"齐令晖说道。

陈灵均走进天王殿内，见正面供奉着眉开眼笑的弥勒佛，两侧站立着威风凛凛的四大天王，塑像色彩明丽，形象逼真，做工十分精细。他像往常一样在蒲团上跪下磕了三个头，从身上掏出一点零钱放进功德箱内，然后走出殿门，和齐令晖一起朝后面走去。他不信神，给神像磕头行礼上布施只是出于从小养成的一种习惯。

两人穿过西侧的小门，眼前出现了一进更加宽敞的庭院，里面矗立着一座气势恢宏雄伟庄严的建筑，这座建筑上方的门楣上悬挂着"大雄宝殿"牌匾，下面还有三个牌匾，分别写着"光大法门"、"五方五佛"、"丕振宗风"十二个字。门前的廊柱上还有五副楹联，门前的广场上矗立着一个造型很独特的宝鼎，通往大殿的台阶中央雕刻着精美的龙形图案。他很想走到近处仔细地欣赏一下楹联上的书法，却被齐令晖紧紧地拉着直接走过去了："等看完花再来。"

他们穿过门庭，又看到一个院落。院中有二十多个圆柱形的基石，像青色的莲花在静静地绽放，南侧设有一个在其他地方从来没有见过的法坛。旁边供奉着一个体型健硕的黑褐色天神铜像，其头戴样式奇特的帽子，左肩背一个袋子，右手举着不知名的法器，右脚踩在半球形的物体上，面带微笑矗立在方形的台子上。这尊铜像后面还有两个背对背坐着的女性形象神像，一个坐在莲花上，一个坐在牛背上。看了介绍他们才知道，前面这位威武而慈祥的神像这是大黑天神，为大日如来的化身。

他们又从侧门走进第四个庭院，看到里面郁郁葱葱生长着十几株古柏，木架上爬满长着绿叶的紫藤，几只黄鹂和鸽子在院子里飞来飞去，不时发出悦耳的叫声。院子前方的石阶下有两个放生池，池中是莲花鲤鱼的造型，石雕的鲤鱼呈跃起状，体型肥硕，身姿灵动，栩栩如生，由于年代过久，潮湿的鳞片上竟然长出了碧绿的苔藓，就像那鱼儿有了生命随时要活过来似的。池中的水很浅，几十只大小不同的绿皮龟在水中缓缓地蠕动着，池底堆积着一层闪闪发光的硬币。两位白发苍苍的老人正在放生池边照相，女的穿着颜色十分鲜艳的羊毛衫，脖子上围着淡黄色的纱巾，摆出优雅的姿态面露微笑，男的猫着腰手里举着相机，一边按快门，一边向她指挥："一、二、三，好！再换个姿势。"旁边还有一位中年男子正用流利的英语给一位白皮肤的外国人做讲解。院子上方有一个平台，绿树掩映的殿门上隐隐露出"觉悟群生"字样，门前两侧有不少花草树木，几块白色的山石夹杂其间，很有几分诗情画意。一位大学生模样的女孩坐在一块圆形的大石头上，面前支着画架正在聚精会神地写生。

齐令晖快步跑上台阶，绕着平台转了一大圈，见里面有树有草，唯独不见花。她失望地咕哝着："哪个是彼岸花的叶子？这些花的叶子看起来都差不多啊。"

"那种细长的叶子就是彼岸花的叶子。"画画的女孩走过来指着地上的植物说道，"它们从冬天一直长到现在，到夏天就落了，花儿也进入了休眠期，到了秋天花杆会从地下钻出来，开出非常妖艳的花朵，有红的、黄的、白的。这里开的都是红花，特别漂亮。"

齐令晖还以为那是她家乡的金针花的叶子，两者看上去非常相似。

"所以，彼岸花的叶和花虽然长在同一条根上，却永远不能相见，叶出时花还没有开放，花开时叶子已经落了。"女孩顿了顿又说道。

陈灵均望着那些忍着饥渴和严寒静静地伫立在泥土中的叶子，忽然想到了那些和它们一样，怀着火热的梦想在平凡的世界中艰难跋涉的人们，想到了他们也许一生一世也无法到达的彼岸，心中一阵刺痛，转身向右侧的竹林走去，无意间发现一棵大树的树杆上挂着一个木牌，上面写着"曼珠沙华"四个字，不由念出了声。

一位女义工恰好从观音殿里走出来，听到声音后对他说："曼珠沙华也叫彼岸花，这是一种吉兆之花，象征着纯洁、美丽、思念、热情和独立；也是一种成就之花，佛曰：般若波罗蜜，意为智慧到彼岸，凡善业成就，皆言彼岸，彼岸花开，悉地成就。也有人说，这是一种情爱之花，关于这个寓意，还有一个美丽的传说呢。"

"这个我知道。"站在齐令晖对面的女孩说道。"相传，守护着彼岸花的有两个妖精，一个是花妖，叫曼珠，一个是叶妖，叫沙华，它们是一对恋人。虽然生长在同一条根上，却很难相见，它们日夜思念着对方，非常渴望能相聚在一起。有一年的七月，曼珠和沙华背着天神偷偷地见了一面。天神知道了以后，为了惩罚他们，把他们打入轮回，让他们生生世世在人间遭受痛苦磨难，永世不得相见。曼珠和沙华每次转世的时候，在黄泉路上闻到彼岸花的花香就会想起前世，发誓一定要找到对方再也不分开。但是由于受到了诅咒，又跌入了下一次的轮回。"

"难道就没有打破咒语的方法吗？"陈灵均问道。

"有人说，要想解除诅咒，除非能够找到真正的曼珠沙华，并用他们当中一个人全部的血液染红那朵花。因为那是两个人的眼泪结成的花朵，只有用鲜血才能唤醒迷失的记忆。可是千百年来，他们始终没有实现彼此的夙愿，直到现在依然不断地重复着相同的命运，爱得热烈而又绝望。"

"她讲得很好，故事大概就是这样。"那位工作人员称赞道。

女孩见两人都陷入了沉思便回到花园边画画去了。

陈灵均听了这个故事心情十分沉重，他觉得他和齐令晖似乎就是受到诅咒的花妖和叶妖，在等待无法预知的未来。他抬头看了一眼齐令晖，发现她两眼红红的，正在用手绢擦拭眼泪。

"别难过了，这只是个传说。"他安慰道。

"在人间没有自由，在天堂也是这样！人要是不能驾驭自己的灵魂只留个空壳在世上，活着有什么意义，还不如早早地死了化成灰埋在树下算了。"她泣不成声地说道。

"快别瞎说了，你不是说你从来不讲迷信不信鬼神吗？怎么还跟一个传说较起真来？这可真有点不像你。"他亲昵地用手在她秀气的鼻子上刮了一下，然后装出很生气的样子说，"这是谁编的破故事，我觉得一点也不好。要是让我来写结尾，一定写得让人觉得既圆满又欢喜。"

"那你就成了三流的作家了，你的作品只配印在卫生纸上给人擦屁股。"齐令晖破涕为笑，毫不客气地批评道。

"我宁可叫人擦屁股，也不想让人拿着它去擦眼泪。"陈灵均振振有词地说道。

齐令晖的眼光猛地震动了一下，似乎被什么东西刺到了，又显出快要哭的样子。陈灵均连忙拉住她的手说："没有看到花，咱们看看这个寺院吧。"

法堂内禁止游客进入，两人走下台阶，发现东面有一个小门，通往另外一个院落，不喜欢走回头路的齐令晖便建议出去看看。他们出门后看到一堵祈愿墙，上面悬挂着几十串相互交织连接在一起的红带子，中间夹杂着不少白色的纸条，写着来自天南海北的人不同的心愿。让他们感到十分惊喜的是，墙对面的亭子下面放着一张桌子，桌上有一只盒子，里面装着寺院免费提供给游客使用的纸和笔。齐令晖取了两张纸条，把笔递到陈灵均手里说："咱们来许愿吧，谁也别看谁的。"陈灵均说："好。"两人写好后，仿照别人的样子挂在同一串红带子上。齐令晖看到陈灵均写的是：和知心爱人永结同心。陈灵均看了一下齐令晖写的内容，见上面龙飞凤舞地写着一行大字：希望能和我最爱的人永远在一起。两人相视一笑，又开开心心地继续向前走，一直在寺院里待到下午才回去。

陈和光三岁半上的幼儿园，等陈灵均学习结束后已经上中班了。不知道为什么，陈灵均这次回来孩子特别黏他，晚上睡觉前非要听他讲故事，还要跟他钻一个被窝睡觉，早上一睁开眼睛，就伸出小胳膊嚷着要爸爸给他穿衣服，就连吃饭的时候都故意不拿筷子，张着嘴说："要爸爸喂饭。"

"这娃娃怎么一下子变得这么爱撒娇？他平时自己会吃饭的。"书珍又好气又好笑地说道。

"爸爸，妈妈说我了，你快管管她！"陈和光用娇滴滴的声音噘着小嘴向父亲告状。

"好好说话！怎么跟女孩子一样嗲声嗲气的。"书珍又说了一句。

"你看，她又说我。"陈和光"哇"的一声哭了，扑进陈灵均的怀里赌气不吃饭了。

"儿子别哭，妈妈批评你是对的，男孩子就应该有男孩子的样儿。爸爸昨天刚回来，知道光儿想爸爸了，所以先不说你，过了今天可要学乖点，不然的话爸爸也不喜欢你了。"陈灵均替儿子擦干眼泪，耐心地给他喂完饭，帮他背好小书包。书珍拉着孩子准备出门，陈和光站在门口怎么也不走："我要爸爸送我上幼儿园。"

"爸爸累了，让他休息休息，妈妈带你去吧。"书珍说道。

"我不。"陈和光任性地说道。

陈灵均只好站起来亲自去送他。在路上，陈和光一遇到认识的小朋友就高兴地对他们说："我爸爸回来了。"还不时抬起头，用充满爱意的目光看着自己的父亲。陈灵均的内心涌起一股莫名的疼痛和感动，他默默地在心里对儿子说："光儿，你爱爸爸，爸爸也爱你，爸爸并不想伤害你，但是我有不得已的苦衷。如果有一天，我们一家三口人因为某种原因不得不分开，希望你能原谅爸爸。你现在年纪太小，可能无法理解爸爸的行为，等你将来长大了，就会明白爸爸为什么会那样做。"他暂时不想跟书珍提离婚的事，准备过段时间再说。

陈灵均把儿子送到幼儿园后，在回家的路上刚好遇见刘焱。刘焱让他休息一周，下个礼拜再到单位报到。他准备带着妻儿回一趟老家，看望一下年迈的父亲。他们已经有好几个月没有见面了。

星期五的下午，陈灵均一家三口回到了久别的家乡，在陈灵峰新箍的石窑里，见到了七十多岁的老父亲。陈灵峰的石窑是半年前箍好的，陈灵均听说大哥要箍窑，没等他开口主动借了两千块钱，让他购买基建材料。陈灵辉在村里也有三面石窑，他箍得比陈灵峰早一年。村里好多年轻人都箍了石窑，整个村子的面貌变化很大，已经实现了"三通"，生活条件比以前便利多了。

陈儒生的头发全白了，但是精神依然很矍铄。他看到小孙子多日不见，不仅长得越发清秀，行动十分活泼，嘴巴也很灵巧，欢喜得不得了，晚上躺在小孙子身旁，不停地给他讲故事，逗他说话，直到孩子睡着了才肯休息。第二天一大早，他又带着小孙子到村子里四处游玩。陈和光穿着一身迷彩服，身上斜背一把带鞘的玩具手枪，手里拿着塑料宝剑神气十足地在路上走着，不时对路旁的树和石头砍砍杀杀。一遇到村里的乡亲，陈儒生便告诉他这个应该叫什么，那个应该叫什么。陈和光很懂事，爷爷让他叫什么他就叫什么。村里人都夸光儿不仅模样长得亲，人也特别有礼貌，陈儒生听了高兴得嘴都合不拢了。村子里一共才住八九户人，不知不觉就把门认完了，爷孙俩便走到村外，在乡间的小路上散步。陈和光站在地畔上，看到对面的山上光秃秃的，没有一点绿色，奇怪地问："爷爷，春天已经到了，为什么山上没有草？"

"这座山上本来土就少，草也不多，刚一露头就被羊吃掉了。"陈儒生回答道。

"羊为什么要吃草？"

"因为羊的肚子饿了，它们吃草就像人吃饭一样。"

"要是这座山上的草都被羊吃光了怎么办？"

"我们就把羊赶到另外一座山上。"

陈和光想了想又问："这里的羊很多吗？"

"多。"

"为什么要养这么多羊？"

"为了卖钱。"

"我大大家有羊吗？"

"有呀，好几十只哩。"

陈和光转过身，又蹦蹦跳跳地往前走。不一会儿，路边出现了一块绿油油的庄稼地，陈和光兴奋地喊道："哇，这里的草长得真旺！"

陈儒生笑着说："傻孩子，那不是草，是小麦！"

"为什么小麦没有被羊吃掉？"

"因为小麦是种下给人吃的，不能给羊吃。"

"要是地里的小麦不小心被羊偷吃了怎么办？"

"那地的主人就要跟羊的主人吵架，让他赔钱。"

陈和光听了仰着脖子哈哈大笑，似乎觉得这些人特别可笑，陈儒生也跟着他一起笑了。

时令已至晚春，陕北的春天才刚刚来临，杏花和桃花已经落了，叶子还没有长大，槐树的枝头只冒出一点鹅黄色的小芽，地上的白草还是干枯的，只能在根部隐约看到一丝绿意，四处看上去十分荒凉。他们走了很久才看到一棵枝繁叶茂的柳树。陈儒生折了一根嫩枝，做了个柳笛给陈和光玩。孩子弯着腰用力吹着柳笛，好半天才听到"呜呜"的声音，皱着眉头说："好难听啊。"仍然不停地在吹。陈儒生怕孙子走累了，要带他回去。陈和光见周围除了他俩一个人影也没有，就问："爷爷，村子里的人咋这么少？"

"因为住在村里没钱花呀。"

"羊不是可以卖钱吗？"陈和光纳闷地问道。

陈儒生一时竟语塞了。他尴尬地摸了一下孩子的脑门笑着说："你这个小家伙和你爸爸小时候一模一样，就爱问为什么。有些事爷爷也给你说不清楚，等你长大了自己去研究吧。"

一阵风吹来，地面上瞬间扬起一股巨大的黄尘，陈儒生赶紧用身体挡在小孙子前面，怕尘土迷住他的眼睛。身后突然传来"嗒嗒嗒"的响声，他转过头看了一眼，高兴地对孙子说："你大大开着拖拉机过来了，咱们坐拖拉机回去。"

不到两分钟的时间，陈灵峰果真驾驶着拖拉机出现在他们面前。陈儒生把小孙子抱上拖拉机，三个人有说有笑地往回走。陈灵峰还在村里当村长，为了方便家里运输农具和农产品，刚买了一辆机动三轮车在乡间的路上跑，逢集日偶尔也开着三轮车到虎沟镇去卖菜卖粮食买一些日用品。他这几年种烤烟挣了一些钱，小日子过得还不错。

回到家里以后，红梅已经把饭做好了，全家人坐在一起吃了炖土鸡和烙饼。正在虎沟镇上初中的敬医没有回来，学校正在开运动会这周不放假。

星期天的下午陈灵均一家三口离家时，陈儒生依依不舍地搂着小孙子不停地抹眼泪，伤心地念叨着说："光儿，你别走，跟爷爷住上几天吧。你要是走了，爷爷不知道还能不能再见到你。"几句话，把满院子的人都说得难过起来。见此情景，陈灵均当即决定把父亲带到城里小住几日。陈儒生马上放开小孙子跑进窑洞收拾东西，不一会儿就提着个挎包满脸笑容地出来了。

回到城里以后，陈儒生主动承担起接送小孙子上幼儿园和给全家人做饭的任务。陈灵均怕儿子上学走了父亲一个人待在家里太寂寞，给了他一些钱，特意嘱咐说，没事可以跟院子里的几个老头老太太打麻将玩。老人们大都没有钱，玩一局只有一毛钱的输赢，在一般人的眼里根本算不上赌。陈儒生愉快地接受了。

十八

上班第一天，陈灵均到院长那里去报到，敲了几下门见里面没反应，便到院办去打探情况。进门后，他看到沙发上坐着两位神情严肃的陌生人，许伟的办公桌对面还站着三位背着包的中年人，焦躁不安地在地上走来走去。

"许主任，殷院长去哪儿了？"陈灵均问道。

"他不在，到外面开会去了。"许伟说完，趁其他人不注意，偷偷向他挤了一下眼睛，把脑袋向右侧歪了一下。

陈灵均马上就明白了他的意思，知趣地退了出去。他边走边琢磨：许伟指的是院长在右侧楼道的哪一间办公室里，还是在后面住院部的哪一层楼上。身后突然传来急促的脚步声，他转身一看，原来是许伟手里攥着一团卫生纸出来了，经过他身边时低声说了句："在图书室里。"然后一步不停地朝厕所走去。

陈灵均推开图书室的门，见殷志峰果然坐在里面。他一进去殷志峰马上让他把门关好。

"这几天简直没法在办公室里待，一天到晚要账的能把人烦死。"殷志锋懊恼地说道，"你学完了？"

"嗯。"

"这次到唐都医院学习感觉怎么样？"

"收获特别大。"陈灵均简要地向他汇报了自己的学习情况。

殷志峰问他回来后有什么打算，陈灵均说希望能把学到的东西应用到临床工作中，他建议把内科医生按照不同的亚专业进行分组，分别成立呼吸内科组、消化内科组、内分泌和肾内科组、心脑血管组，如果让他负责心脑血管组的话，一定能更好地发挥自己的特长。

"你的想法很好，再把这些建议跟罗晨阳具体地沟通一下，看他怎么说。"殷志锋说道。

陈灵均见到罗晨阳后把自己的想法说了。罗晨阳沉思了一会儿，有点为难地说："咱们科的医生大部分都没有明确的专业方向，目前只有你和安振国是专门学了心血管内科和消化内科的，所以分组管理没有多大的意义，等以后再派人学了不同的专业再说吧。"

于是，陈灵均再也没有提过分组管理的事。

下午上班后，护士长王艳敏拿着一个小本子刚一走进护士办公室，罗晨阳便吆喝道："不干活的都过来，领奖金了！"几位护士马上就嬉笑着围了过去。

正在医生办公室里写病历的陈灵均和安振国相互看了一眼，都坐着没动，脸上的表情似乎在说：真是奇怪，平常发奖金的时候都是护士长吆喝，今天怎么换成主任了？

不一会儿护士办公室里就传出一片大呼小叫声。

"怎么这么少？"

"大家的奖金数额怎么不一样？"

"让我看看，医生的整体比我们护士高，我们的奖金才是人家的一半。"

"为啥要变成这样？"朱婷不满地问道。

"这个问题让主任来回答吧。"王艳敏说道。

罗晨阳咳嗽了一声，讪笑着说："殷院长说，医生对医院做的贡献大，在工作中担负的责任也比护士大，所以奖金就应该比护士高。"

"难道我们就不担负责任了？这也太不公平了！"朱婷气愤地说道。

"就是，同样在一个科室上班，差别也太大了！"

愤懑的吵闹声只持续了几分钟便消失了，但是科室里的气氛却发生了微妙的变化。

过了一会儿，陈淳和钟锦华先后从外面走进来，王艳敏连忙招呼他们签字领奖金。

陈淳没有看其他人的数目，直接在王艳敏指出的空格中签了名，拿着奖金悻悻地说："盼星星盼月亮，总算盼到发奖金了，这几个月就靠这点奖金活着，工资，谁知道拖到猴年马月才能发下来。"

"咱们的工资到底发到哪个月了？"钟锦华一边签字一边问。

"应该是元月份吧，看来你不缺钱。"王艳敏的话音里明显地带着弦外之音。

"不是不缺钱，是拖得时间太长把人都弄糊涂了。"钟锦华笑着解释道。

"一天到晚忙死忙活的，才拿这么点钱，真是亏死人了！"正坐在桌前画体温单的朱婷"噌"的一下站起来，拉着脸走进治疗室，"啪"的一声甩上了门。

三个人吓得都不敢说话了。

安振国下好医嘱走进护士办公室，除了护士长没有看到别的护士，就随口问了一句："人呢？"

"我不是人呀。"王艳敏说道。

安振国笑了一下说："我是说咱们的护士都到哪儿去了？十一床要导个尿。"

"自己下尿管去！医院给你们医生那么高的待遇，既然拿的钱比别人多，就应该多干点活儿。"王艳敏半开玩笑半带气地说道。

安振国愣了一下，尴尬地搔着后脑勺说："让我下尿管也可以，只要有包就行。"

"把牌子放那儿吧，人在治疗室里。"王艳敏说道。

她的话音刚落，治疗室的门"嘭"的一声被人打开了，朱婷手里拿着一个导尿包恼凶凶地从治疗室走出来，翻了一下病历里的医嘱一声不吭地出去了。

陈灵均见护士长发钱的时候没有提到药品和检查单的提成，悄悄地问陈淳怎么回事。陈淳告诉他，上面不让医院那样搞了，不过，有些药厂的医药代表私下里给医生推销新药，提成很高，个别医生一个月的提成比奖金还多。陈灵均进修期间回来的时候，曾经碰到过一位背着黑皮包的外地小伙子频繁地进出医院，他估计那人就是其中的一位医药代表，也就是俗称的药贩子。他注意到，科室里大部分医生穿着打扮变化很大，只有陈淳没有变，身上穿的还是原来的旧衣服，鼻梁上架的还是原来的旧眼镜，就连发型也跟原来一模一样。全科室的医护人员每人腰间都挂一部BB机，只要一听到"BB"的响声，都低下头看自己呼机上的号码。

"同志们，看一下我们科开展的新业务，以后遇到需要做这类检查的病人，把单子开过来。"检验科的一位工作人员从门外走进来，手里拿着一张通知单放在医生办公室的桌子上，特意用手指在上面使劲敲了几下。

罗晨阳看了一下说："细菌培养和药敏实验，一次三十五元，价钱不便宜啊。"

"结果得多长时间才能出来？"陈淳走过来接过单子问道。

"痰、尿、便、脓液、分泌物的细菌培养一般四十八到七十二小时出结果，血细菌培养需要一周。"

"时间太长了。咱们这里的病人一住院就急着用药，哪里有耐心等两三天结果出来以后再让医生慢悠悠地开药。要是等上一星期的话病人早都出院了。"陈淳带着失笑的神情说道。

"让他们花几十元钱买药一般没问题，要是让他们花这么多钱做检查，恐怕接受不了。"钟锦华坐在办公室的桌前，一边写病历一边不以为然地撇了撇嘴。

"对于急性期的感染病人可能意义不大，不过对于慢性感染，特别是对一些药物已经产生耐药性的病人肯定有意义。"那位工作人员说道，"好了，你们慢慢研究，我还要到其他科室去发单子呢。"说完像一阵风似的出去了。

陈淳看完，把单子递给陈灵均，陈灵均看了又给了安振国，两人谁也没有吭声。

第三天下午陈灵均就开出了一张做细菌培养和药敏试验的化验单。与病人沟通时他费了不少口舌，把喉咙都快说破了，对方才勉强接受了他的建议。

又过了两天，安振国也给一位刚入院的病人开了一张一模一样的化验单，向对方解释说，由于他肺部感染时间太长，对很多药物都产生了耐药性，做了这个项目，医生就知道怎么精准地下药了。

病人一听就火气冲天地跟他吵了起来："你这个年轻医生到底会不会给人看病？是不是离了化验单连药都不会开了？我活了五十来岁，到医院看病，从来没有一个医生是先化验后开药的，照样把病看好了。你这明明是想瞒哄我多做检查嘛，多做检查你就能多拿提成对不对？现在的人心眼怎么瞎成这样！眼里只有一个钱字，连一点医德都没有……"

安振国又急又气，不由得也抬高声调争辩道："老乡，你没理解我的意思就不要瞎说嘛。我刚才已经说过了，不是我离了这张化验单不会开药，我是怕给你下不准药，让你又白花一通钱。你得病时间太长了，我不能像别人一样凭着感觉给你乱用药，这叫精准治疗！"

"谁说别的医生是凭感觉乱用药？我看你才是这种人！别说了，我不做，坚决不做。实在不行的话，我就不住了！"病人怒气冲冲地从医生办公室里出去了。

安振国只好把已经开好的单子撕掉，坐在座位上好半天都难以平复内心因遭受误解带来的委屈和伤痛。

"别生气了，万事开头难，要让老百姓接受新事物需要一个过程。"陈淳劝道。

已经到了下班时间，陈淳脱下白大褂离开了办公室。走到医院的后院里，刚好碰到女儿和他的儿子在同一个班上学的陶爱英，两人说起学校最近开运动会的事，聊了七八分钟。聊天的过程中，安振国、陈灵均、汪学义和贾继民一人穿一身西装从住院部鱼贯而出。陶爱英用欣赏的目光看着四个小伙子的背影，对陈淳说："你看咱医院的这几个小伙子帅不帅？"

"帅。"

"是衣服帅还是人帅？"

"都帅。"

"注意到了没？贾继民比以前穿得好多了。"

"大家都这么说。人要是有了钱，谁都知道穿上好衣服有面子。"

"他们科的奖金一直不错。"

"光靠奖金不可能那么有钱，我听说他给病人推销高钙奶粉赚了不少钱。"

"他现在开药还像以前那么凶吗？"

"差不多。"

"周云天不是因为开药的事狠狠地收拾过他一次吗？"陶爱英不解地问道。

"呵呵，人要是有了谋利的思想，就像不小心打开了被神灵施了咒语的瓶子，一旦让里面的魔鬼获得了自由，尝到了甜头，你觉得它还愿意再回到原来那个又小又窄的空间里吗？显然是不可能的，除非你有足够的力量为它打造一个更大更坚固的笼子。"陈淳冷笑着说道。

陶爱英若有所思地点了点头，过了一会儿又说："殷志峰升了院长以后，我还以为他会让周云天当主任，没想到他用了从中医院调来的外科大夫赵泊平。真是奇怪，放着身边的人不用，偏偏找个外面的人使唤。"

陈淳笑着说："你没听说过吗？有句老话叫：外来的和尚好念经。"

两人同时笑了起来。

"时间不早了，我得赶紧去提水，老婆还在家里等着做饭呢。"陈淳弯下腰去提地上的水壶。

"咱们说好了，下周开运动会的时候谁家的大人有空谁去，把两个娃娃都招呼上。"陶爱英说道。

"好的，没问题。"陈淳爽快地答应道，提着水壶径直向水房走去。

陈灵均回到东正县后，逢人就问有没有见过彼岸花，很多人都说不知道，有人建议他去问药剂科的主任庄正杰。被医院里的人称为"养花专家"的庄正杰对花草非常有耐心，他的家里和办公室里养着很多花，有些并不是他的，因为被前任主人照顾不周生了病，暂时寄养在他那里。令人奇怪的是，病恹恹的花草刚搬过来不久就焕发出动人的生机，变得跟其他花草一样精神。一天上午，陈灵均上副班的时候提前吃完饭来到医院接班，路过庄正杰的办公室时看到他正好在里面，就问他有没有养过彼岸花。

庄正杰说没有。

"彼岸花还有一个名字叫石蒜花。"陈灵均连忙又加了一句解释。

"石蒜花我以前养过，花开了以后很好看，有点像咱们陕北的山丹丹花，不过花盘比山丹丹稍微大一些，花瓣又细又长，还打着卷儿，拉着丝，显得很洋气。"

"这种花一般什么时候开？"

"在野外的话一般是在九月到十月之间，在室内的话就不好说了。这种花的花期很短，两到三天就凋谢了。"

"提前没有办法知道花开的时间吗？西安大兴善寺有这种花，我很想看看花开的样子。"

"一般都在秋季，具体的时间没法确定。因为花开的时间跟它所处的环境和温度有关，天气暖和的话会开得早一点，天冷的话就会开得比较迟。"

"网上也是这么说的。"陈灵均有点失望地说道。

庄正杰听说检验科最近开展了一项新业务，就问他给病人做细菌培养和药敏试验的时候是否顺利。

"呵呵，还行。昨天有个慢性肺部感染的老病号，入院前在其他地方已经治疗过一段时间，听说做了检查可以准确用药很高兴。我对病人和家属说，我先用一种抗生素进行实验性治疗，等结果出来再调整用药，他们同意了。"

庄正杰说："现在滥用抗生素的现象比较严重，很多医生使用抗生素时，不是从最基本的药物用起，而是直接选用专门针对耐药菌株的价格昂贵的新药，根本不考虑患者长期使用会不会产生耐药性。个别人甚至连娃娃都不放过，婴幼儿得了感染，竟然直接用头孢。有些医生只要病人发热，不管有没有感染指征一律用抗生素。这样下去，将来耐药菌会越来越多，耐药性也会越来越强，最终会出现无药可治的局面。患者不懂这些常识，只想着让病快点好，这情有可原，但是医生作为专业人士不可能不懂。因此，在这种情况下开展细菌培养和药敏实验非常有必要。虽然这两项检查用时比较长，但是结果对患者一生的健康有益。我相信随着医疗知识的普及，老百姓肯定能理解我们的良苦用心的。"

"我一直在想，那些人昧着良心做没有原则的事，不知道晚上躺在床上能睡踏实不？能对得起医生这个称号不？人要是只为钱活着，就活得太不值钱了。"陈灵均说道。

庄正杰笑了一下说："肯定能睡着，不然的话他们就不会成为那样的人。"

陈灵均从庄正杰的办公室出来后直奔内科病房。快到中午十二点了，科室的医生正在洗手、换衣服，不一会儿就走得只剩下他一个人。病区里一共住着十六名病人，病情暂时都很平稳。陈灵均安安稳稳地坐在桌前看书，刚翻了两页，一位穿着十分得体的外地小伙子彬彬有礼地走进来，非常老练地带上门，跟他握了下手，微笑着自我介绍说，他是西北某制药厂的医药代表，想让他了解一下该厂刚上市的一种新药。陈灵均一眼就认出，这位小伙子就是他曾经在医院里碰到过的那位频繁地出入各科室病房和门诊的医药代表。

小伙子从随身背的包里掏出一盒药和一张说明书，放在他面前轻声说："这种药已经进了医院的药房，但是要广泛地应用到临床上，还要靠咱们医生。"

陈灵均拿起来一看药名、成分和治疗作用，马上就明白这是一种临床辅助药物，对治疗所起的作用十分轻微，但是价格却不便宜，一盒要卖十二块钱。

"药厂为了鼓励医生多开药，每开出一盒，给开处方的医生提两块钱。这笔钱由我们厂直接发给医生，只要您不对外说，没有人知道这回事。我们每月统计一次，到下个月五号前准时把提成发给大家。表现特别优秀的医生，药厂还会不定期组织外出旅游。"

小伙子用热情而灵活的眼神看着陈灵均，就像一位技术熟练的老钓手胸有成竹地看着即将上钩的大鱼。

"好的，我知道了。"陈灵均冷冷地说道。

"陈大夫，咱们医院里有好几位医生都开始用这种药了，以后遇到合适的病人，一定要记着开呀。"小伙子收起药，从座位上站起来，把说明书又往他面前推了推。

"如果病人确实需要我会考虑的。"陈灵均不悦地说道。

那人刚一出门，他就把说明书扔进了垃圾桶。但是他的心已经被这件事情扰乱了，食管里就像吞进去什么脏东西似的很不舒服。他索性拿来一块抹布，把那人坐过的凳子和胳膊肘碰过的桌面全都擦了一遍，还是觉得心里膈应得慌。直到这时，他才反应过来，是那人刚才说的"咱们医院里有好几位医生都开始用这种药了"让他感到不快。

陈灵均在县医院已经工作了五个年头，总以为对身边的同事很了解，直到现在才发现他们一个个是那样陌生。他不知道是他们把自己身上最隐秘的那部分东西隐藏起来了，还是他根本就没有看穿他们的本性，或者是外界的某种东西让他们不知不觉发生了改变。一想到未来的某一天，那种东西就像瘟疫一样会传染给更多的人，让他们身不由己地走向未知的世界，坠入黑暗的深渊，他就不寒而栗。

"无论面对多么强大的诱惑，一定要坚守自己的底线，绝不做金钱的奴隶！"他在心中暗暗发誓。

"朱护士，我爸本来跟大夫说好明天出院，可是前几天让中医科的大夫开的治胃的药吃了一点作用都没有，你说我们明天到底是出，还是不出？"护士办公室里传出一位男家属的声音。

"你到医生办公室问你们的大夫去。"朱婷冷冰冰地说道，话音里明显地带着气。自从新的奖金分配制度实行以来，科室里有好几个护士闹情绪，她们不像以前那么好使唤了，弄得医生们干工作时特别被动。大家把情况反映给罗晨阳后，他不以为意地说："任何事情都有一个接受的过程，别急，先忍一忍，过段时间就没事了。"可是陈灵均觉得事情没有那么简单。医院已经拖欠了职工三个月的工资，四月份的奖金直到七月份才发的，医生每人领到一百八十元，护士只有九十元。发完奖金后，陈灵均发现护士长独自一人坐在护士办公室里偷偷地抹眼泪。那一瞬间，他突然觉得这些护士很可怜。虽然他们认为医院的薪酬分配制度不公平，但是没有一个人为此罢工，也没有一个人敢在院领导面前抗议，除了偶尔在科室里发发牢骚外，平时该怎么干工作还怎么干工作。相比之下，企业上的工人就不那么好惹了，前段时间他听说东正县的油矿职工因为待遇问题连续罢了三天工，直到得到领导明确答复才复工。

那个男人进来以后，陈灵均一看是十一床病人的家属，了解了情况后说："你爸是以冠心病收入院的，现在心电图基本上已经恢复正常，如果没有别的问题的话，明天就可以出院。"

那人马上像被人触到了痛处似的，抬高声调气咻咻地说："都说中医科的李思贤看中医看得好，我看纯粹是胡说，吃了五服药屁事都不顶！他下午上班不？我要去找他。"

"他下午上班以后刚好要到这里来签字，我跟他说一声，让他到病房里找你。"

李思贤在东正县名气很大，找他看过病的人普遍对他的医术比较认可，但他也不是包治百病的神医，听到家属对这位老中医的评价，陈灵均并不觉得奇怪。

李思贤得知病人服用了自己开的中药毫无作用，认为其中必有蹊跷。他问家属把熬过的药渣倒了没有。家属说中午刚倒到水房里的筛子上，他连忙走进水房去看，发现药渣还没有被清洁工倒掉，便抓起一把凑到亮光处用手指反复揉搓着仔细观察。看完后，他问跟在他身后的家属："你爸的中药是在哪里抓的？"

那人略微迟疑了一下说："医院的中药房。"

"不可能，里面有好几种药都被换掉了。你看，这是麻黄，这是车前子，我开的方子里根本就没有这些药材。你老实说，药到底是在哪里抓的？"

那人避开他的眼神，嗫嚅着说："在街上牟万里的药铺里抓的。抓药的时候他说有些药材他那里没有，可以用其他药代替，作用是一样的，我就同意了。"

"不同的药，作用怎么可能完全一样？一个方子里总共十来种药，换了四五种，就不是原来的方子了，难怪你爸吃了不起作用。"

那人有点不好意思地说："本来我准备在医院抓药，我妈说牟万里那里卖的药比医院便宜，所以就跑到那里抓了。"

"唉，你们光图药价便宜，不知道便宜的原因是他卖给你们的药根本就不值钱！你看看这药渣，脏兮兮的，沫子那么多，药材的质量根本不过关。"李思贤把那人拉到药渣前用一根木棍扒拉开来让他看。"最主要的是，方子里的药材不能随便替换，这完全是糊弄人的做法。"

"李大夫，你说得太对了，药熬好以后，碗里沉淀下来很多泥沙，确实很不干净。以后我再也不乱买药了，钱花了，病还是病，让人白白受了些罪。对不起，我错怪你了。"那人连连道歉。

"没事，只要病人不出事就好。这样吧，从上次给你爸看过病到现在已经过去好几天了，我现在重新给他号一下脉，开好药后，你拿着新处方到我们药房去买药。"李思贤和颜悦色地说道。

"好的，太谢谢你了！"家属感激地说道。

李思贤坐在内科医生办公室里开完药，等家属把处方拿走后，把事情经过告诉了一旁的几位大夫。

陈淳说："牟万里根本就没有学过几天医，原来在农村一直装神弄鬼看迷信，到了城里以后，来他那里看病的人少，买药的人多，来找他的大部分都是农村人和没有文化的市民。这些年他靠卖药挣了不少钱，在东郊的后沟里盖了两院房子。"

罗晨阳说："病人恐怕不光是把中药处方拿到外头去买药，西药也有可能在外头的小诊所里买。有些药物商品名称一样，生产的厂家不一样，成分、含量、规格和生产工艺也不一样。"

陈灵均说："出现这种情况的根本原因是药品生产厂家太多，差价太大。

老百姓又不是不会算账，谁都想少花点钱把病治好。更何况，绝大多数人都是自己掏钱看病，害上一场大病，说不定大半辈子的血汗钱都没了。"

"是呀，我的好多亲戚就生活在农村，有了病治不起的都有呢。"李思贤深有感触地说道。他在病历上写好会诊意见，签完字就到门诊上去了。

十一床的病人出院后，陈灵均有一次在街上碰到他的儿子，问起病人的情况，那人高兴地说他爸胃上的病已经好多了，又让李思贤开了几服中药，准备多吃几个疗程，看能不能彻底根除。李思贤得知病人治疗效果不错也很满意。

十九

陈灵均通过导师杜格一购买的动态心电图仪和心电生理仪终于运回来了，全科人都惊奇地围着看，有一半以上的医护人员从来没有听说过设备的名称。

"你们不看医学类的杂志和报纸吗？"罗晨阳惊讶地问道。

"看得很少。"钟锦华羞愧地说道。

几位护士都摇了摇头。

"平时下了班都在家里干什么？"罗晨阳用温和的语气问道。

朱婷说："看电视。"

王艳敏说："带娃。"

余蓉低声说："打麻将。"

她刚一说完，好几个人同时笑了起来。

罗晨阳叹了口气说："不看杂志也不看报纸，肯定不知道内科的新进展。以后要多向人家陈灵均学习，好好把专业搞上去。当然，第一个要学的是我，我也没有把这个头带好。"

新设备运回来之前，罗晨阳通过和医院协商，把医生办公室旁边放置杂物的一间房子腾出来作为检查室。设备调试好后，立即投入了使用。东正县的老百姓听说县医院有位内科医生专门到唐都医院学过心血管疾病的诊治，有了这方面的疾病都来找陈灵均看。

县粮食局一位女职工头疼了六七年，先后到好几家医院看过，一直查不出原因，中药西药吃了一大堆，始终没有效果。她在熟人的介绍下慕名前来就诊，陈灵均详细询问了病史后，建议她做二十四小时动态心电图。病人在检查室里整整待了一天，通过观察动态心电图，陈灵均得出结论：这位病人的头疼是心律失常引起的。经过对症治疗，病人很快痊愈了。这件事情迅速传遍了整个县城，使他名声大震，不少知名人士通过各种途径主动前来结识这位年轻医生，希望能和他建立特殊的关系，以便日后看病时能寻得一份"方便"，就连县上的部分领导也对他另眼相看。

动态心电图仪和心电生理仪只有陈灵均一个人会使用，科室没有为他配备助手，也没有人主动前来学习。他每天在检查室和病房之间来回奔波，非常辛苦，但是内心却是充实的、快乐的。尤其是看到病人痛苦地躺在担架上进来，带着愉快的心情走出去的时候，特别有成就感。然而，不久后发生的一件事情却让他对自己的处境担忧起来。

一天下午，陈灵均正在会议室里开会，许伟推门进来叫他，说科室打来电话，他主管的一位六十多岁的冠心病病人发生房颤，让他赶紧回去。他立刻冲出会议室，以百米冲刺的速度跑到病区的急救室，马上用药物对病人的心律进行复转。在复转的过程中，病人突然发生休克，他连忙对其进行心肺复苏，同时还要口头下医嘱让护士用药。一人难以兼顾两头，恨不得有分身之术变成两个、三个人一齐工作。虽然累得满头大汗，依然无法将病人的心律恢复至正常。抢救了四十多分钟后，家属看到医生已无回天之术，病人也遭受了极大的痛苦，主动提出放弃治疗。几分钟后，病人的心脏停止了跳动。陈灵均带着深深的遗憾在家属悲伤的哭声中离开了急救室。

回到办公室后，他怅然若失地坐在椅子上，一遍遍地回想着刚才惊心动魄的一幕，不由得感到后怕：如果病人病危时他不在医院里怎么办？如果病人死了，家属不体谅他的难处，以"抢救不及时，措施不到位"为由责难他怎么办？最让他不敢相信的一个残酷现实是，听到病人病重的消息后，科室里和他一起开会的医生没有一个跑来给他帮忙，值班医生虽然也在科室，却像没事人一样对病人的情况不闻不问。一方面可能是他们认为他有足够的能力应对突发情况；另一方面是这些人缺乏心血管疾病治疗的技术和经验，不知道如何来帮助他。至于其他原因，他不愿意去想，宁愿相信只有这两个原因。通过这件事情，他深刻地认识到，要在学科上有所建树，光靠一个人的力量是远远不够的，必须要有一个强大的技术团队做支撑，大家相互支持，相互协作，才能取得成功。可他只是一名普普通通的医生，要改变自己不难，要改变别人是不可能的。因为，如何培养人才，如何在科室内部建立合理的人才梯队，如何在日常工作中加强彼此之间的协作，那是管理者的事情。管理是一门科学，并非人人都懂。因此，他开始注重这方面的学习，希望有一天通过自己的努力能改变医务人员的工作环境。

自从那件事情发生以后，他再也不敢放手去干了，接诊病人时变得分外谨慎，遇到病情较重的患者，一般情况下都建议转到上级医院去治疗。

七月中旬医院召开上半年总结会，殷志峰亲自主持。他对医院各科室任务完成情况很不满意，认为没有完成的原因是科室的管理没有跟上，说到这里，他扔下手里的讲稿，激动地说："科主任不能光顾着看病做手术，你们的主要任务是管人，尤其是把科室里的大夫管好，没事到门诊上看看，看这些人上班的时候能不能坚守岗位，有没有把该收的病人收进来。有些年轻大夫一遇到复杂的病例就把病人打发到外面去了，你们光看简单的常见病、多发病，照这样下去，业务水平能提高不？"他伸出两只手在空中用力抖了抖，接着又说，"另外，还要把工作态度和工作作风好好地抓一下。说到这里，我特别生气。个别医技科室的年轻技师水平不高，态度还极不认真，做完检查，随便瞟一眼就出报告。医生认为有问题，打回去让重做，还是吊儿郎当的态度，发来的还是一模一样的结论。我想问问你，你凭什么对自己的眼力那么自信？你连精确的数值都没有测量出来，怎么跟标准对照？怎么敢在报告上随便写上'正常'二字？幸亏医生有自己的判断，要是相信了你的诊断，病人出了问题，你负得起责任吗？你知道老天爷为什么要给你长两只手吗？那是让你来干活的！有手不用，干脆剁掉算了……"

台下有人在哄笑，有几个人头挨着头在小声议论。

"说的是谁呀？"周敏慧好奇地问坐在一旁的覃爱莉。

"我也不知道说的是谁。"

"是心电图室的一个人。"坐在前排的马晓艳回过头来说道。

"我知道了。"坐在周敏慧身后的崔万红抿着嘴笑着说道。

周敏慧还是丈二和尚摸不着头脑："是马？白？还是高？"

马晓艳冲着她做了个"白"的口型。

"到底是怎么回事？"周敏慧越发着急了。

殷志峰听到底下乱哄哄地在吵，用力咳嗽了两声。马晓艳朝台上看了一眼，低声说："等一会儿散了会再给你们细说。"

殷志峰总结完上半年的工作，在对下半年的工作做部署时提到了医院目前面临的困难。他说由于医院欠外债太多，资金运转困难，工资奖金不能按时发放，希望职工能够理解。到了结尾的部分，他不像叶知秋那样用政治性很强的话语对职工进行思想教育，也没有结合当前的社会形势高谈阔论，只说了一句："希望大家保持成绩，戒骄戒躁，团结协作，再创佳绩!"便结束了。

等台下的掌声过后，他侧身问两位副院长还有没有什么要说的。两人都摇了摇头，他便把话筒递给书记做最后的发言。书记只用了两分钟的时间强调了三点。听到话筒里传出"散会"的声音，很多人还没有反应过来，呆呆地坐在座位上，好像不相信会已经开完了。

周敏慧看了一下表，整场会议只开了四十分钟，还不到以前一半的时间。当坐在前面的人站起来要离开时，在拥挤的人群中，出现了许多新面孔，从着装上看，大部分都是行政后勤人员。她刚要说什么，早就等着听马晓艳爆料的覃爱莉和崔万红已经从人群中挤到"万事通"马晓艳身边，戳着让她快说。马晓艳说，两个星期前的一个晚上，儿科来了一位两岁的急诊病人，门诊上以"肺炎，高热，心律不齐"收入院。由于患儿病情较重，请求内科会诊。罗晨阳打发陈灵均去会诊。陈灵均听了孩子的心脏后，怀疑他的心功能有问题，开了一张心电图申请单就回到科室等待结果。过了一会儿，值班医生汪学义打来电话说心电图做出来了，报告单上写的是"正常心电图"。陈灵均不相信，跑到三楼亲自阅了图，认为检查单上显示患儿心功能不全，是心电图室的工作人员没有看出来，让儿科赶紧对孩子进行救治。儿科的科主任刘克明相信他的判断没有错，一面把报告打回去让心电图室的工作人员重写，一面组织人员和陈灵均一起对孩子进行抢救。谁知药物还没有用上，孩子已经发生心衰，众人抢救了近一个小时孩子才转危为安。

马晓艳说："你们知道吗? 小白去年名义上说是到大医院去进修学习，实际上只是报到了一下，根本没去，躲在乡下的姑姑家里生了个二胎。她本来在学校就没有学下多少东西，还自命不凡，态度极不认真，所以才闯下这么大的祸。"

小白是教育局局长的儿媳妇，平时特别高傲，周敏慧对这个人没有好印象。"我的天哪，我好几次都带人找她做过检查，谁知道报告单上写的诊断是对还是错!"她心有余悸地说道。

马晓艳笑着说："毕竟在科室待了几年了，基本的常识她应该知道，主要是没有认真看。"

"以后病人再做心电图的话，一定要安顿他们尽量找大马和小高看。病情比较严重情况特别复杂的，单子出来了还是让陈灵均看了更放心一些。"崔万红对众人说道。

周敏慧不满地说："小白也太不负责了，这种人就不应该学医。"

覃爱莉说："不负责任的人搞哪一行都不行，到哪儿都害人。"

"可是搞其他行业最起码不会害死人呀。"周敏慧说道。

"学医的门槛太低了，不能谁想进来就进来，应该把人的专业水平、职业素质和道德修养都作为考量的标准，不达标就不让上班，就算文凭再高也不行。"马晓艳说道。

众人都表示赞同。

"这几个婆姨叽叽咕咕地在这里说什么？其他人早都走了，你们怎么还待在这儿？快走，再不走就把你们锁在门里了！"许伟一边拉门，一边咋呼道。

"你敢！"崔万红瞪了他一眼，笑嘻嘻地跟几位同事一起出去了。

不到两个小时的时间，院长在会上没有点名的那名工作人员的名字便传遍了医院的各个角落。打那以后，只要她上班，很少有人来找她做心电图。凡是心电图室发出的有疑问或不肯定的报告单，医生们都来找陈灵均看。他不管工作再忙，从来不拒绝任何人，总是认真地阅读，耐心地分析，并且乐此不疲。

陈儒生在小儿子家住了两个月又到陈灵辉家去了。陈灵均两口子每天按时上下班，照常接送孩子，见了同事和邻居还像往常一样热情，很多人都没有看出来他们正在经历一场感情风暴。

翟书珍完全没有想到自己的婚姻会出现问题。虽然在陈灵均进修期间她听到过一些闲言碎语，但是她认为也许真的像他说的那样，两个人只是比其他人接触得稍微多一些，并没有特殊关系，或者也有可能是他一个人出门在外太寂寞了，偶尔对一个女人动了心思，回到家里以后那种感情自然而然地就消失了。因此，当陈灵均提出分手时，她非常吃惊，还以为他在跟自己开玩笑。当她得知丈夫的确是认真的，并且态度十分坚决，没有丝毫回旋的余地时，一下子就慌了。

翟书珍是家里最小的孩子，从小是在父母的疼爱中无忧无虑地长大的，从来没有独自面对过任何难题。因为在家里，父母就是她的主心骨。结婚以前，无论遇到什么事，都有父母为她做主，她只管照着他们的话做就是了，一般情况下是不会出什么差错的；结婚以后，丈夫就成了她的依靠，她什么都听他的，因为他比她聪明能干，而且还特别有主见，跟她的父母一样能为她撑起头顶的那片天。当初她刚嫁给这个穷小子的时候，有些人并不看好这段婚姻，等着看他们的笑话。她听从父母的嘱咐，牢牢地守护着这个小家，不给任何人窥探的空间。正如她父亲预言的那样，经过几年的奋斗，陈灵均的事业终于有了起色，家中的光景也好了，周围人都很羡慕她，那些曾经笑话过她的人反倒又刻意地奉承她，成天追在她屁股后面想沾她爱人的光。她表面上不动声色，心里却既开心又满足，认为自己是世界上最幸福的女人。如今，曾经为她遮风挡雨的那半边天要塌了，谁知道又有多少人会同情她、嘲笑她，甚至直言不讳地骂她傻。一想到这些，她羞愤难平，委屈至极，很想跳河自杀，但是她忍住了。因为，她还有另一半天没有塌，那就是一直站在她身后默默呵护着她的亲人。他们夫妻俩就是在他们的撮合下结合到一起的，现在，他们的婚姻面临危机，他们自然也有责任对这件事情做出必要的反应。

翟明礼在小县城里算是个响当当的人物，在人前向来说一不二，在家庭中也有很高的地位，儿女们都很敬重他。两位女婿当中，他最看重陈灵均，两人因为有共同的爱好关系很亲密。听到女儿哭着说陈灵均要跟她离婚，翟明礼十分意外，很想知道原因是什么。翟书珍说不清楚，他便把陈灵均叫来单独谈话。他先问陈灵均自己的女儿是否做错了什么，得到的回答是没有。他又问两人是否发生了什么矛盾，陈灵均也说没有。于是，他就问他为什么突然要提出离婚。陈灵均非常坦诚地告诉他，自己结婚的时候年纪小，不懂得什么是婚姻，什么是爱情，和书珍尚未相互了解就糊里糊涂地结了婚，婚后相处的几年中，他发现两个人根本没有共同语言，彼此之间只有亲情，没有爱情，她无法理解他的痛苦、快乐、烦恼和悲伤，他无处诉说，也无人分担，感到很孤独。家对他来说，只是吃饭、睡觉的地方，他和书珍始终是一对熟悉的陌生人。他觉得书珍是一个好女人，虽然这样做会伤她的心，但是他不想再欺骗自己，欺骗书珍，希望两人分手以后都能找到属于自己的幸福。

翟明礼叹了口气，委婉地问他，外面传说他有了新的恋情，是否和离婚的事有关。陈灵均承认自己遇到了一个能跟他说得来的女人，但他认为这不是真正的原因，就算他现在没有跟书珍分手，将来也不会跟她长久地生活下去。

翟明礼听后久久没有说话。他盯着茶几前面的地板，喝了半杯茶才慢悠悠地说："书珍确实跟你有一定的差距，她也许懂得的东西不多，但她是真心实意地跟你过日子，绝无二心；有的人表面上看上去既风流又浪漫，但是真正接触到柴米油盐，未必能像她那样无怨无悔地为家庭付出，一心一意地为你和孩子着想。总之一句话，婚姻不是小事，先不要急着做决定，好好地想清楚了再说吧。"

陈灵均点了点头，表示自己会认真考虑的。

翁婿俩的谈话还没有结束，翟书海闻讯赶来了，怒气冲冲地把陈灵均质问了一番。听了他的回答后，直言不讳地说，他不相信这些所谓的理由，明明是陈灵均有了别的女人，不再爱自己的妹妹了，还想找借口抛弃她，难听话说了一大堆。面对妻哥的指责，陈灵均时而低着头一言不发，时而不卑不亢地为自己辩解几句，丝毫没有愧疚之意。过了一会儿，翟书玉两口子也来了，他们对陈灵均的做法非常不理解，说了几句他的不是，又用中国人的传统观点劝说他不要只考虑自己的感受，应当从整个家庭的角度出发，看在书珍对他的情意和孩子的情面上，斩断与他人的私情。几个人你一句，我一句，硬一阵，软一阵，想到什么说什么，批斗会从下午五点半一直开到凌晨一点。不管别人怎么说，陈灵均始终不改主意。他走后，翟家人都对书珍的未来感到担忧，书珍也对这次谈话结果感到很失望，哭着不肯睡觉。

翟明礼说："别哭了，明天把他老子和大哥叫来，看他们怎么说。"

听了他的话，书珍的心头重新燃起了希望，同时又有一些怀疑：万一他们父子兄弟几个提前已经串通好了，都向着陈灵均怎么办？可她只剩下这一步棋了，不管结局怎样，都应该试一试。

二十

陈灵均下班回来，一眼就看见陈儒生和陈灵峰风尘仆仆地坐在沙发上面，铁青着脸谁也不说话。陈和光趴在茶几上一边看电视，一边吃零食，不时跑到爷爷身边拉着他的手问长问短。陈儒生跟小孙子说话时努力装出笑脸，话刚一说完，又把脸板上了。他看到陈灵均进来了，对站在灶台前忙着做饭的翟书珍说："书珍，你不要做饭了，把光儿带上到你爸那边去，我们要跟灵均单独拉几句话。"

"爸爸，你们吃了饭再拉吧，已经到饭时了。"书珍犹豫地看着公公，似乎有些不忍。

"我们在家里吃了饭来的，不饿，一会儿饿了再说。"陈儒生说道。

书珍只好关上煤气灶的开关，带着孩子走了。经过陈灵均身边时，她的脸红了，嘴角不自然地抽动了一下，就像自己做了什么对不住他的事情似的。

她刚一出门，陈儒生便走过来照着儿子的脸就是一个耳光："你还知道你是谁不？你怎么能做出这么没良心的事情？"可能是用力过猛，也可能是情绪过于激动，他一个趔趄差点摔倒在地上。陈灵峰赶紧上前扶住父亲，让他靠在一旁的柜子上。

从小到大，陈灵均从来没有挨过父亲的打。这个耳光不仅打疼了他的脸，也打疼了他的心，他捂着肿痛的嘴角，委屈的泪水一下子溢出了眼眶。他用痛苦的眼神看着自己的父亲，使劲咬住嘴唇，过了好半天才用坚强的语气回答说："我知道我是一个农民的儿子，我现在做的事情跟我的良心无关，只跟我的幸福有关。当初我答应跟书珍结婚，只是为了让我妈去世的时候不要留下遗憾，并不是真的爱她。这些年，我过得一点儿也不幸福，不快乐，我不想再这样活了。我虽然出身没有别人高贵，没有资本跟人家攀比，可我也是一个有感情的人，和其他人一样，也有权利选择自己的人生。为什么我不能跟我喜欢的女人在一起，非要按照别人的意思跟一个我不喜欢的女人过一辈子？"

"父母都是为了娃娃好，我和你妈辛辛苦苦地把你养大，费尽心思给你挑了一个好婆姨，难道还成了罪人不成？既然当初你不愿意，谁又没逼着你，为什么到现在娃娃都长大了才想起来要离婚？平民老百姓过日子，都是马马虎虎地在一起过，能吃上能喝上没病没灾的就算命够好的了，还说什么喜欢不喜欢的。你能有今天，你以为是你的能耐大吗？没有翟家人帮忙，你能调到城里吗？能有钱开二门诊吗？能有机会出去学习吗？知恩图报，这是几岁的娃娃都明白的道理，你都快三十了，怎么反倒一点都不懂，真是把书都白念了。你要是跟她离了婚，我不知道你的脸上害臊不害臊，我都觉得没脸见人！"陈儒生用拳头使劲敲打着自己的胸口，声嘶力竭地吼道。说完一口连一口地喘气，似乎胸腔里憋胀得很厉害。

陈灵均很想说，你们没有逼我，那是谁替我订下的婚事，跟我说这是我的命？又是谁在我妈病重的时候坐在我哥家里说"不希望她老人家留下任何遗憾"？我以前没有想到跟书珍离婚，那是因为我从来没有尝过恋爱的滋味，不知道爱情是什么东西，但是现在我懂了。我不是忘恩负义的人，翟家人对我的好我都记着，难道就因为他们在我人生关键的阶段改变了我的命运，就要背着这笔沉重的感情债，把自己的幸福永远埋葬在不合理的婚姻当中吗？但是他没有说出来。

陈灵峰看到父亲脸色发青，气得胡子都在抖，说了句："大，你别急，有话坐下慢慢说。"将他搀扶到沙发跟前坐下，然后转过头来对弟弟说，"灵均，说句心里话，书珍真的是一个实实在在的好婆姨。她对你，对娃娃，对咱家的老人、亲戚，都没说的。你们俩已经过了五六年的光景，你怎么忍心无缘无故地把她一脚踢开，光顾着自己高兴？她要是犯了什么错，还好说；你连人家一点毛病都挑不来，说不过就不过了，情理上讲不通啊。"

"两个人过不到一块就是过不到一块，没有什么讲得通讲不通的，不一定非要打呀骂呀的……"陈灵均的话还没说完，就被父亲粗鲁地打断了："你别说了，我不想听你讲那些大道理。我今天来到这儿，只想告诉你一句话：只要我没死，你休想跟书珍离婚！你要是不服气，就抬着棺材来见我！"陈儒生说完无力地躺倒在沙发的靠背上，两只手又开始剧烈地颤抖，嘴唇变得乌紫。

陈灵均没有想到父亲会气成这样，看到这位年近八旬的老人情绪已经完全失控，几乎要昏厥过去，不由得为他的安危暗暗地担忧起来。

他在西安决定跟书珍离婚和齐令晖走到一起的时候，内心是非常坚定的。因为他知道，如果不勇敢地迈出这一步，他恐怕今生今世再也碰不到像齐令晖这样与他情投意合心灵相通的爱人了。他当时认为最难对付的是他的妻子和丈人一家，已经做好了充分的心理准备，打算用最强硬的姿态去对抗一切反对的声音，不管别人怎么骂他、打他，绝不动摇。可让他万万没有想到的是，他还有一个更强大的对手，那就是他的父亲陈儒生。父亲要是被他气出了病，有个三长两短的，他永远也无法原谅自己。于是他赶紧扑到父亲跟前抚着他的胸口说："大，你别生气，有话慢慢说。只要你说得有道理，儿子一定听你的。"

听了他的话，陈儒生的怒气消减了不少，他休息了一会儿用略微和缓的语气对儿子说："不是你大说的话没有道理，是你在外面跑得多了，跟着现在的年轻人把脑子学坏了，不认过去的老理了。你以前不管在外头干什么大都没有管过你，但是在婚姻这件事情上我非管不可。这次上来我不准备走了，我要住在这个家里，看看谁敢当着我的面把我的好儿媳妇给离了！"

谈话没法进行下去了。陈灵均怕父亲和哥哥不吃饭饿坏身体，同时也为了缓解尴尬的气氛，起身到房间后面的灶台前去做饭。饭做好后，两个人都说不想吃，又原封不动地端了下去。

第二天一大早陈灵峰就回去了，陈儒生果真留了下来。他没有再说什么，直接采取了一个致命的高招，让书珍把家里的户口本、结婚证都取出来交给他，装进随身带来的布包里，一天到晚不离身，就连晚上睡觉都要压在枕头底下。因为他知道，没有结婚证和户口本是办不成离婚手续的。

陈灵均无法跟父亲沟通，又不能和书珍单独交流，憋得简直要发疯。他苦苦哀求父亲先回去，让他自己处理自己的家事，并且保证短时间内不再提离婚的事。陈儒生不相信他的承诺，坚持观察了一个月，逼着儿子写了一份保证书，和身上的户口本、结婚证放在一起，然后背着东西放心地回家了。

陈灵均和翟书珍闹离婚的事传出去以后，很多人都劝他不要这么做，说是把新罐子摔烂换个破罐子划不来，还有人直言不讳地说他做得不对，理由和陈儒生、陈灵峰说的一样。就连跟他关系最好的汪学义、安振国、徐晓娟等人也不支持他的做法，让他为了孩子凑合着过得了。后来，听说翟书珍在公公的强力干涉下成功地保住了婚姻，都为她感到高兴。因为她的胜利，对他们来说是代表正义、原则和公理的胜利，是人心所向。而对于另外的两个人在这场风暴中遭遇的挫折和失败，则感到幸灾乐祸，并报以无情的嘲笑。和翟书珍在一个办公室上班的常伶俐把翟书珍和陈灵均的感情风波当作教科书式的典型材料在人前大肆宣扬，骂齐令晖是不要脸的狐狸精，还在书珍跟前撺掇说，如果换了她，非把那女人的脸皮撕烂不可。

东正县的延河南岸有一座形似少女脸庞的山峦，陡峭的山崖上生长着上百亩野丁香。每到"五一"前后，漫山遍野的丁香花开了，浓郁的花香会从山上飘到山下，吸引无数游客前去观赏、采摘。由于遭到人为的破坏，野丁香的数量急剧减少，但无人在意。一年前，一位外地的官员到南山游玩过后，极力呼吁当地政府对这块野生的自然景观尽快予以保护，于是县林业局便派人在山上设置了围栏，禁止游人随便出入。

晚上七点多，一阵风过后，阴云密布的天空落下了稀疏的雨点。两位林业干部巡完山后，正从浮土很厚的小路上往下走，突然看到一个男人翻过围栏向山上爬去。低个子的林业干部大声喊道："不要上去，赶紧下来，这里是自然保护区，破坏了林草是要罚款的。"

那个男人转过身来看了他们一眼，继续向山上走去。

"你是哪个单位的？怎么不听劝？要是被我们查出来汇报给你们领导，有你好看的！"另外一位高个子干部生气地威胁道。

那人依然一个劲地往山上走，就像没听见一样，很快就消失在树林当中。

"怎么办？上去追，还是原地等他下来？"低个子干部问自己的同事。

"下雨了，咱们先找个地方避避雨吧。等会他要是下来得早，就直接把人扣住，要是一晚上都不下来，或者他从另外一条路上往下走，咱们就白等了。"高个子望着越来越大越来越密集的雨点说道。

"好，那就先等等看。"两人走到半山腰的一个山洞里，一边拉话一边观察山上的动静。

"你说，他这么晚了上山去干吗？"低个子干部问道，"是跟人约会吗？这个地方比较隐蔽，很多年轻人都躲在山上谈恋爱。"

"不可能。这种天气哪个女娃娃肯出来，除非脑子有病才跟他冒雨上山。"

"不会是遇到什么事想不开了吧？"

高个子干部看了他一眼，神情一下子变得紧张起来："谁知道呢。去年'五一'的时候有一对年轻人就是因为两个人谈恋爱家里不同意，结果手牵手从山上跳下去了，第二天被人发现的时候我也在现场，死得很惨。"

"要不，过一会儿等雨小了咱们上去看看。"

"好。"

几分钟过后，雨势渐渐减弱，变成轻柔的细雨，发出沙沙的响声。山上的风依然很大，高大的野杏树、山桃树和低矮的丁香无助地摇晃着身子，就像一团团青色的火苗在阴郁的天空下来回晃动。山顶的一棵老榆树旁，浑身湿淋淋的陈灵均跪在树下，朝着东南方叩了三个头，垂下脑袋用双手捂住脸放声大哭。他边哭边说："妈，你临走前为儿子找了个让你称心如意的儿媳妇，你到底是为了儿子，还是为了这个家？在你的心里，儿子的幸福和快乐重要，还是咱们家的面子重要？你知道吗？我听了你的话跟她过到现在，过得既不幸福，也不快乐，唯一能让你得到安慰的就是我不缺吃，不缺穿，不用像你们一样受穷。可是妈，我不能像猪狗一样只为了一口饱饭活着，我想活得像一个真正的人，幸福、快乐，又自由的人。他们不让我那么活，我已经没路可走了，你快告诉我，我该怎么办？你活着的时候，我做的一切都是为了让你高兴；你不在了，我这样活着到底是为了谁？如果说当初我答应你的时候已经把路选错了，是不是就要为这个错误的选择付出一辈子的代价？"

这时，一道闪电从天空划过，头顶传来几声炸雷。他抬起头朝天空伸出两只手大声喊道："老天爷呀，能不能给我一个机会，让我再重新选择一次？这样活着太难受了，活着和死了有什么两样……"轰隆隆的雷声很快就把他的声音淹没了。

一连几个小时不见陈灵均的身影，书珍的心里特别恐慌。她打电话问了好几个人都说没看见他，到医院把每个楼层都看遍了，也没有见到他的踪影。回想起这段时间以来，陈灵均一直闷闷不乐，在家里一句话也不说，饭吃得很少，夜里不停地翻身叹气，她非常担心丈夫一时想不开像杜海军一样做出傻事。她连忙把这一情况告诉自己的家人，全家立即出动，到街道、河边、山上四处寻找。书珍把儿子托付给吴芷瑜，也加入寻人的队伍中。

天快要黑了，雨也停了，四周的景物一片模糊，路面稍微有点泥泞。她一遇到熟人就问有没有看见陈灵均。汪学义说，下班后在医院门口看见过他，后来见他沿着公路向东走了。贾继民问她陈灵均有没有呼机，可以试着打一下。她出门前已经打过十几次，一直没有接到回复，后来发现呼机放在床头柜的抽屉里。她知道他这么做就是不想让别人找到自己，心里越想越害怕，沿着公路一直向前走，眼睛除了看路上的行人外，还注意盯着河边的沟渠跟河畔。下了班的陈灵均有时会到河边散步。

"快看，水头子下来了！"有人突然指着河道中间大声喊道。路人争相跑到路边的围栏跟前，探着身子向西边张望。

"妈呀，山水可真大！"

"河柴真多！"

书珍看到，浅浅的河水中间高高地涌起一米多高的浪头，那浪头就像一只灰色的豹子披着宽大的长袍从上游飞奔而来，所过之处，仿佛被人迅速拉开带着麻点的泥黄色皮毛，把整个河床都铺满了。水位不断上升，河边常被人坐着的几块白色的大石头瞬间被河水吞没了，河水的颜色越来越深，由黄变黑，漂浮着大量的柴草、树枝和浮沫。如果不是天太黑，肯定会有很多农民拿着工具站在河岸边捞河柴。夏天发洪水的时候，经常有捞河柴的农民因不慎失足坠落到河水中丧命，也有在河里玩水的孩子、在河边走路的行人没有察觉到洪水突然袭来被淹死了。她知道陈灵均这段时间心情不好，脑子里老是在想事情，特别担心他在河边走路的时候发生意外。但她马上又命令自己不要往不好的地方想，认为这是对亲人极大的不敬。

书珍绕着县城走了一大圈，没有找到自己的男人。在街上碰到跟她同时出来的姐姐翟书玉，问她有没有打探到什么消息。书玉摇着头说没有，劝妹妹回家等等看，说没准妹夫已经回去了。书珍觉得毫无目的地找下去没有什么意义，便向家里走去。走到西街，恰好又碰上打着手电刚刚从南山下来的翟书海。他说漫山遍野都找遍了，上面一个人也没有。书珍听了心里稍微安稳了一些，但是心情还没有完全放松下来。

走到医院大门口，她看到门诊大楼前停着一辆车轱辘上沾满泥浆的面包车，两个人正抬着一个小伙子从车上往下走。冯炳琦穿着白大褂站在车前，指挥来人把病人往门诊的急救室里抬。

"这个人怎么了？"旁边有人问道。

"刚才被车撞了。他不知道是喝醉了，还是脑子里想问题想得走神了，一头就撞到车上了，我根本就来不及躲。"司机的语气十分恐慌。

伤者侧身躺着，脸色灰白，两眼紧闭，似乎已经丧失了意识。她无意间看到病人身上的衣服跟陈灵均下午出门时穿得一模一样，侧脸也跟他长得很像，心里咯噔了一下，腿一软，差点晕厥过去。是她害了他！都是因为她只考虑自己，不为他着想，让大家全都责怪他、埋怨他，才让他浑浑噩噩地被车撞到。他看起来伤得很重，要是抢救不过来怎么办？她感到天旋地转，两眼发黑，手扶着墙，暗暗地在心里说：老天爷，我到底做错了什么，让你这样对待我？求求你，不要把我的灵均夺走，让他继续留在我身边吧，哪怕胳膊腿留下残疾我也不嫌弃。想到这里，眼泪猛地一下涌出了她的眼眶，模糊了她的双眼。但她很快又意识到，自己还没有完全看清伤者的容貌，不能百分之百地确定伤者就是陈灵均，便擦干眼泪，一声不吭地跟在那几个人身后进了急救室。

一进门，冯炳琦和徐晓娟就开始忙忙乱乱地给病人做检查、量血压、测体温，司机紧张地站在床旁，一副手足无措的样子，谁也没有注意到她的存在。她穿过人缝来到病人右侧的头部，仔细地观察他的容貌。那人已经平躺在床上了，脸还是朝一边侧着。大约过了五六分钟，他终于转动了一下脑袋，发出了轻微的呻吟声。她低下头仔细一看，不由得长出一口气：不是她男人！

"你认识他？"徐晓娟好奇地问道。

"不认识。他跟我的一位亲戚长得很像，我认错人了。"书珍说完匆匆离开急救室向家中走去。虽然只是虚惊一场，但她却像真的经历了一场灾难似的，整个人都快要虚脱了。一想到如果那一幕可怕的情景真的发生了，自己的命运谁知会怎样，她就难过得想哭。

书珍迈着疲惫的脚步走到自家门前，掏出钥匙打开门，刚拉亮电棒，一个黑乎乎的人影赫然出现在沙发上，把她吓了一大跳。看清那人是自己的丈夫后，她惊喜得差点哭出来。

"你到哪里去了？"陈灵均纳闷地问道。

书珍一时竟不知如何回答。

"我刚才洗了锅闲着没事干，到外面溜达了一圈。你去哪儿了？"她反问道。

"到山上呼吸了一阵新鲜空气，被林业局的干部碰见非要罚二百块钱，跟他们理论了好半天才放我走的。"他有点失笑地回答道。

书珍看到他的眼仁有些发红，心里立刻明白了几分，走到他身旁坐下，抓住他的手哽咽着说："以后天黑了不要再到山上去了，万一不小心摔着了，碰着了，让人多担心呀。"

"没事儿，我又不是小孩子。"他甩开她的手满不在乎地说道。

正在这时，门"吱呀"一声被人推开了，吴芷瑜牵着陈和光的手走了进来。她一见陈灵均就笑着说："回来了？你这个坏家伙，刚才跑哪儿去啦？害得书珍到处找你，都快急疯了。"

"找我干吗？"陈灵均显得很惊讶，很快就像意识到了什么哈哈大笑着说，"是不是以为我想不开从河里跳下去了？你们放心，我是不会寻死的，我年纪轻轻的，还没有活够呢。"

"不许胡说，光儿还在这儿呢。"书珍连忙给他使了个眼色制止道。

"爸爸！"陈和光猛地一下子扑到陈灵均怀里紧紧地搂住他，好像怕他真的走丢了似的。陈灵均在他的小脑袋上爱怜地抚摸了一下，把孩子抱起来让他坐到自己的膝盖上。陈和光仰起头用两只手托住他的下巴拉到自己跟前，连着亲了好几下。

吴芷瑜见陈灵均平安归来，家中的气氛温馨和谐，便放心地回去了。

齐令晖自从和陈灵均分开以后，经常在QQ上问他："在干吗？""最近好吗？"陈灵均看到后，有时说"昨天在值班"，有时说"前几天回了一趟老家，没顾上上网""最近挺好的，只是比较忙"。同时还不忘给她发几个"想你""爱你"的字眼和充满爱意的表情。

香港回归前的那天晚上，齐令晖正在网吧上网，突然看到"落霞涌金"上线了，头像一直在朝她闪，点开一看，见对话框里写着："在吗？"平常这个时间陈灵均都在家里，她连忙问："你今天喝酒了吗？怎么还没有回家？"他说：

"在家。昨天买了一台电脑，今天刚刚安装好宽带，试一下网速。"

齐令晖马上就警惕起来，小心翼翼地问："你一个人？"

陈灵均说："她已经睡了。等过了七一我准备跟她谈判。"然后发了一个微笑的表情。

齐令晖马上问："紧张不？"

他说："说不紧张是假话。但是我想，香港回归的时候遇到了那么多的坎坷全都迈过去了，我要面对的那些困难又算什么。祖国没有香港，领土是不完整的；我的生命中没有你，同样也是不完整的。请你给我一点时间让我去努力争取属于我们的幸福。"

齐令晖给他回了一个加油的表情，又给了两个拥抱。

之后很长一段时间他的头像都是灰的。她不敢问谈判的进展，怕他会有压力。一个多月后，她实在忍不住在 QQ 上问了一句："最近怎么样？"

一个星期后得到回答："不太好，见了面再跟你细说。"

他又问她在做什么，她告诉他自己在为考研做准备，他给了她十几个赞，还发了好几朵小红花。

陈灵均到西安时已经过了中秋，大概是因为陕北的天气已经变冷，他穿得比较厚，脸上黯淡无光，脸盘也变窄了。他是下午六点多到的，还没有吃饭，两人就在一家小饭店里见了面，坐在包厢里要了一荤一素两个热菜，一个凉菜，两碗米饭，外加一份汤。吃完饭，陈灵均把他跟书珍闹离婚的事详细地说了一遍，说完用苦涩的语气笑着说："感觉就像我一个人拿着枪和全世界的人战斗似的，输得一塌糊涂。对不起，我把你闪下了。"

齐令晖低着头沉默不语，房间里顿时充满了令人伤感的气氛。陈灵均看见一颗大大的泪珠滴落到桌面上，就像不小心从她胸口掉落出来的透明的心脏，突突地颤动了很久才平静下来。

齐令晖默默地抽泣了几分钟后，用餐巾纸擦干眼泪，很快就控制住了情绪，用微微有些哀伤的语气说："9月底的时候，我听人说大兴善寺的彼岸花开了，那两天单位工作忙没顾上去看，值完班去了以后，花已经开败了，只剩下枯萎的花瓣和光溜溜的花杆，满地血红的残花就像大地淌着血水的伤口，让人看了心里特别难受。我总共到寺院两次，都没有赶上花开得最艳的时候，也许这就是上天有意为我们写下的一个预言，暗示今生今世你我的缘分注定是没有结果的。如果能有来生，希望我们能早点相遇。"

"既然命中注定没有结果，为什么还要让我们在这里相识、相知、相爱？老天爷真是太会捉弄人了！"陈灵均幽怨地说道。

"世界上最遥远的距离，不是相互瞭望的星星没有交汇的轨迹，而是纵然轨迹交汇，却在转瞬间无处寻觅。"齐令晖用满含惆怅的语调背诵着泰戈尔的诗。

"世界上最遥远的距离，不是转瞬便无处寻觅，而是尚未相遇，便注定无法相聚……"陈灵均接着念道，念完最后一句声音明显地哽咽了一下。

齐令晖看了他一眼，眼圈又红了。她用手理了一下垂到脸颊前面的刘海，轻轻地吐了一口气，齐肩的长发跟他初次见到她的时候一模一样，身上白色的长裙则让这个忧伤的女孩显得越发楚楚动人。

陈灵均望着她，突然回想起自从在西安邂逅了齐令晖，他再也没有梦见那个白衣女孩。他觉得梦里的女孩就是她，女孩身后那片红色的花海就是传说中的曼珠沙华。

当天晚上，两人分手后，陈灵均到附近的宾馆去住宿，齐令晖一个人回到自己的小屋，躺在床上久久难以入眠。她隐隐约约地看到，曾经被他们轻松地跨越过去的那道障碍，如今却变成一道沉重的锁链，将他死死地锁在婚姻的高墙之内，她和他只能隔墙相望。一想到他们的爱情从此将埋葬在世俗的尘埃之中，周围那些伪善的面孔将带着胜利者的表情发出的无情的嘲笑，她的心就像被针扎了似的疼痛不已。她伤心地哭了整整一夜，到天亮的时候枕头都被泪水打湿了。

由于违背了当初的诺言，陈灵均觉得自己没有资格再跟她谈情说爱，回去以后很长时间都没有上 QQ，也没有给她打电话。

二十一

12 月份，陈灵均利用休假的机会一个人去了海南。

当辽阔的大海远远地出现在他的视野里，奔腾不息的海潮发出震耳欲聋的喧嚣声，让整个世界都归于平静时，他赤着双脚，张开双臂，迎着清凉的海风不顾一切地向海里奔跑，激动得泪流满面。当他的手指刚一碰触到冰凉的海水，脚下涌起的海浪便扑倒了他。他像孩子一样跌跌撞撞地站起来，兴奋地叫喊着向它再次冲过去，用尽全身的力气跟它摔跤、对打，一次又一次摔倒，又顽强地爬起来。咸咸的海水让他想起了自己曾经流过的汗水和泪水，那是生命中不可缺少的滋味，刻骨铭心的滋味。

在海浪的抚慰下，在海风的洗浴下，他终于放下了身上的一切包袱，还原成最真实最自然最洒脱的那个他，暂时拥有了一个纯净而美丽的世界。

他在海南一共住了七天，天天都泡在海里，身上晒得脱了一层皮，但是却学会了在海里游泳。

就在那个月的月底，章怀素退休后回到老家颐养天年。刘焱调到一家市级医疗单位去工作，罗晨阳被提拔为医务科科长，陈灵均成了内科主任。

很多人都在背地里议论这件事，有人说陈灵均之所以能得到重用，是沾了丈人翟明礼的光，虽然他已经退休了，但是社会影响力还在。也有人认为陈灵均本身就很优秀，殷志峰主要是看上了他的业务能力和管理才能才对他委以重任的。不过这些人也承认，如果陈灵均在这件事情上表现得不够积极主动，绝不可能得到这样的机会。

在任用结果公布以前，内科大部分人认为如果论资排辈，陈淳最应该被提拔为主任。

"这也太不公平了，凭什么不让你上？"暗中也参与了竞争的钟锦华当着好几个人的面忿忿不平地对陈淳说道。

"呵呵，自己的事情自己知道，咱没有投入任何成本，领导怎么可能用我？这个世界本来就没有什么公平可言。"陈淳自嘲地说道。

"在这样的单位越干越没有信心。天无绝人之路，我就不信离开了某些人，咱们就没有别的出路。"钟锦华说道。

两个月后，陈淳被陕南一家市级医院当作"宝物"悄悄地挖走了，成了这家医院内一科的主任。东正县人民医院的职工都为单位流失了一位难得的人才感到惋惜，但同时又不得不承认，这对于他个人来说却是最好的结局。

陈灵均当上科主任后，马上对科室进行了一系列改革。他将所有的医生分为四个组：心脑血管组、消化内科组、内分泌和肾内科组、呼吸内科组，分别由他本人、安振国、钟锦华和另外一名高年资的医生担任组长，并且制订了五年学科发展计划；在征得院方同意后，他将所有的传染病患者转到中医科隔离治疗，内科病区不再收治此类病人；为了加强人才队伍建设，跟医院又要来了一名大学生；效仿徐若谷的做法，将每周的星期四确定为科内讲课日，要求医护人员轮流讲课。他雄心勃勃地想：只要用心管理，用不了几年科室就会在学科建设方面取得重大突破。

和他相反的是，刚上任不久的殷志峰院长面对医院满是窟窿眼的破烂光景却一筹莫展。他没有心思去考虑别的事情，像农村婆姨一样成天精打细算，死死捏住手里的钱，不允许家里人有一丝一毫的浪费。

这天，陈灵均上门诊的时候找他看病的人很多，好几个人看完病都要诊断证明，抽屉里原先存放的空白诊断证明本来就不多，一下子就用完了，他怕后面再来人要开，趁着病人走了的空档，到中医科门诊向李思贤去借。进门后，他一眼就看见庄正杰坐在桌前跟李思贤拉话。

"单位拖欠职工工资老不发，这到底是怎么回事？我被身上的债逼得都快跳楼了。"李思贤恼火地说道，"原先买楼的时候说是半产权，交了一万六；前段时间医院把产权全部卖给职工，又加了一倍的钱。借来的钱老是给人家还不上，把人能急死！"

"医院欠下外债很多，不停地有人来要账，院长这个给一点儿，那个给一点儿，几万块钱一下子就没影了。当然，最重要的是，咱们县去年摘了贫困县的帽子，上面的扶贫款没了，财政上很紧张，殷院长好不容易从上头给咱们要来点钱，一到局里就给扣住了，拖上几个月，十分里能给咱拨回来六七分就算好的了。我们现在出去采购药品，没有厂家给咱赊账了，全都是现金交易，拿的钱少，买的数量也少，常要往省里跑，能把人烦死！"庄正杰也是一脸的懊恼相。

"怪不得药房里很多药都没有，我常得打发病人到外面的药店去买。"站在一旁的陈灵均说道。李思贤这才注意到他，忙问有什么事，听说要借诊断证明，随手扯了两张给他。

"李大夫，你也太小气了吧？人家跟你借东西，好不容易开了一次口，才给这么两页。"庄正杰开玩笑说道。

"医院要求各科室控制成本，护士长成天叫唤着让我们节约，已经小气惯了。我们这些小科室不能跟人家大科室相比，收入少，消耗也少，多花一分钱都有人心疼。"李思贤耷拉着眼皮慢条斯理地说道。

"没事，我能理解。今天先凑合着够用就行了，明天早上交班的时候我就到护士长那里去领。"陈灵均笑吟吟地说道，他拍了拍庄正杰的肩膀问，"你怎么在这里？"

"老胃病又犯了，刚才让李大夫开了点中药。"庄正杰晃动了一下手里的处方说道。

陈灵均冲他笑了一下，转身便走了。

他回到诊室，看到下班时间快到了，赶紧拿起桌上早已开好的处方跑到药房去划价、买药。回家后，翟书珍早就把饭做好了，正在等他。他洗了手，先到床上看了一下发烧的儿子，摸了摸头，问书珍："现在多少度？"

"半个小时前量了还是三十九度五，又用酒精擦了一下，估计这阵没那么高了。"书珍说道。陈和光得的是急性扁桃体炎，这是陈灵均进修的时候落下的病根。

"没事，再打两天吊针就能好一些。"陈灵均说道。

陈和光不想吃饭，翟书珍给他喂了一点小米稀饭，夫妻俩就着青菜一人吃了一个馒头。吃完饭，陈灵均配好药，用输液网把瓶子挂在墙上的一枚铁钉上面，对儿子说："把手手伸出来，让爸爸给你扎针。"

"我不要你扎！"陈和光护住手背说道。

"为什么不让爸爸扎针？我的技术可高了，给你妈妈都扎过。"陈灵均说道。

"因为你是男的，医院里扎针的阿姨都是女的。"

陈灵均被他逗笑了，问道："那你想让谁扎？"

"周阿姨，童童的妈妈。"

书珍故意问他："为啥要周阿姨扎？"

陈和光用被子捂住脸害羞地说："因为我喜欢她。"

陈灵均刚要到旁边的院子里去叫周敏慧，陈和光突然喊道："爸爸，我要尿尿！"

陈灵均带着儿子到外面上完厕所回来，书珍说科室打来电话，说他主管的一位病人病情有变化，让他过去看看。陈灵均便急急忙忙地走了。

书珍安抚好孩子，来到医院的家属院，见周敏慧家的门开着，她婆婆表情不自然地站在墙根下面，似乎有意在回避什么，看到她走到自家门口，示意她进去。进门后，书珍一眼就看见一岁多的童童竖躺在茶几上，头对着门正在呼呼大睡，周敏慧坐在门口的小板凳上，一只手拿着酒精棉球擦拭孩子头顶左侧刮掉一小片头发的头皮，另一只手握着尖尖的输液针头正准备往里扎，见书珍进来了，让她不要出声，用左手摸了摸细细的静脉血管，手腕一动，针头便穿刺进去了。童童惊得身子猛地一颤，"哇"的一声哭了，两只手下意识地向头上摸去。周敏慧把她的手挡开，不慌不忙地用胶布固定好针头。在固定的过程中，孩子的头不停地来回晃动，头动的时候她就松开手任扎进肉里的针头自然摆动，一停下来，她就继续操作，看得书珍心惊肉跳目瞪口呆，中途想要给她帮忙，被她拒绝了。

"你也太胆大了，一个人给娃扎吊针，就不怕漏了吗?"书珍不解地问道。陈和光小时候扎头皮针的时候，常要两三个人同时按住他的头和身体。

"没事，我常扎，习惯了。"周敏慧轻松地说道，"妈，针扎上了，你回来吧!"她冲着门外喊道。

周敏慧的婆婆这才掀起门帘进来，眼里含着泪水笑着向书珍解释道："我的眼睛软，见不得给娃娃扎针，她怕我心疼，不让我在旁边看。"老人见孩子已经醒了，就在周敏慧的帮助下把她抱起来哄。只哄了几声童童就不哭了。

"曹沐塬呢?"书珍问道。

"去学校了。"周敏慧答道。

"现在不是放寒假了嘛，还去学校干什么?"

"他带两个毕业班的数学，要给娃娃们补课。"

"没想到当老师也这么辛苦，不过他们的工作压力应该没有医生那么大。"

"也有压力呀。现在学生的考试成绩和老师的工资奖金挂钩，上个学期曹沐塬就受罚了。"周敏慧伸了一下舌头笑着说道，"你找我有事吗?"

"想让你给光儿扎一下针。他这两天扁桃体又发炎了，一直发高烧。童童怎么了?"书珍反问道。

"急性胃肠炎。"

周敏慧洗了手，准备和书珍一起向外走。走到门口，书珍无意间看到墙上贴着一张非常醒目的全家福，不由停下脚步盯着照片上的人仔细地打量起来。

"这个女的看起来很面熟，好像在哪儿见过。"

"你肯定见过，她就是从我们医院调走的我的同班同学张晓凤。"

"天哪，她怎么变成这样了!脸圆得都快认不出来了。"书珍惊讶地张大嘴巴说道。

"她说自己生完孩子就变成这样了，一直瘦不下来，都怪她爱人坐月子的时候给她吃得太好了。她原先在我们班也算是班花级的人物。"

"她现在在哪儿?过得怎么样?"

"她在西安的一家医院当护士，一家人过得很幸福。喏，这就是他爱人，长得帅吧？这是她女儿，三岁了，比我们童童大，跟她长得很像。看他们笑得多开心哪！"

周敏慧告诉书珍，张晓凤的公公婆婆对她很好，一家人相处得十分和睦。

周敏慧来到翟书珍家里，见液体已经配好了，问书珍里面加的是什么药，书珍说不清楚，周敏慧便给陈灵均打了个电话问了一下，得知液体里加的是青霉素，前一天在医院吊过，没有出现什么问题，这才放下心来。

挂掉电话，周敏慧来到陈和光身旁给他扎针。陈和光一声也没哭，扎完还说了声："谢谢阿姨！"

"真是好孩子！"周敏慧夸赞道。"说来也怪，医院职工的娃娃都不怕打针，不像外面的那些娃娃，一提打针又哭又闹，有的还骂人呢。"她捡起用过的棉球扔到地上的垃圾盘里。

"你说这是为啥？"书珍问道。

"我想大概跟从小接受的教育有关。医护人员的娃娃很小就知道，人有了病就要打针吃药，否则的话病就好不了。家长从来不用打针这件事吓唬娃娃，对他们在治疗过程中出现的疼痛和不适也不会表现出过度的心疼和难过的样子，所以，从某种程度上来说，娃娃的脆弱和恐惧是在不正确的引导下形成的。"

书珍听了以后脸上露出怪异的神情，好半天才吞吞吐吐地说："敏慧，你说的话我都能听明白是什么意思，但是从我的嘴里永远也说不出来你那样的话，只要一开口，人家就知道我是个没文化的人。"她惭愧地低下了头。

"你也有你的长处，谁都不是十全十美的人。"周敏慧安慰道。她观察了一会儿，见吊针滴速正常，娃娃没有出现什么不良反应，就回去了。临走前再三叮嘱说，如果孩子哪里不舒服可以随时叫她。

陈和光打了一个星期的吊针才恢复健康。病好了以后又和以前一样，一放学就跟着院子里的孩子疯跑疯玩，直到天黑了听到妈妈的叫声，才恋恋不舍地跟小伙伴分开，浑身脏兮兮地跑进家门。这天他进门后，看到前面写字台上的灯亮着，桌上铺着一块毛毡，上面摆放着纸、墨、砚台和压条，爸爸手里拿着一支毛笔正在专心致志地写字，又宽又长的宣纸垂到了地上，随着他手指的晃动，不停地向上移动，而桌下的另一头，用浓墨书写的大字一截一截地往下滑落。屋子里飘散着淡淡的墨香，完全没有他平常熟悉的那种令人昏昏欲睡的味道。陈和光站在跟前一动不动地看着爸爸写完，觉得他手中的毛笔特别神奇，特别有趣，嚷着跟爸爸要。

"你想写毛笔字？好，把脸和手洗干净，衣服换了再过来。"陈灵均温和地说道。

陈和光果真听话地跑到洗脸盆旁边，自己用小毛巾擦洗完脸，又用肥皂洗了手。洗完让妈妈换衣服的时候，眼睛还盯着前面的那张桌子。衣服的下摆还没有完全拉下来，就迫不及待地跑到爸爸面前，张开白白的小手让他检查。陈灵均帮他把衣服整理好，点着头说："这下可以开始写了。"

孩子个头太低，够不到桌子，陈灵均搬来一个小凳，让陈和光踩在上面。他先教儿子如何用正确的方法握笔，然后让他左手向内侧撑开手掌，用力支在桌子上，右手悬腕提笔沿着一把直尺的上方，在白纸上拉横线。刚开始陈和光手抖得很厉害，画的线弯弯曲曲的，像虫子一样。他一边鼓励，一边提醒道："把笔拿稳，用力向下按……好，坚持住，继续向后拖……"练习了几次后，陈和光画出的横线比较直了，粗细也很均匀。陈灵均夸了几句，他一口气画了两页才停下来，累得站在地上直喘气。

"儿子，写毛笔字有意思没？"陈灵均故意问道。

"有！"

"明天还写不？"

"写！"

一连好几天，父子俩都在画线，废纸扔得到处都是，书珍对此不胜其烦。吃饭的时候，她对陈灵均说："你们科朱婷家的女儿和外科徐丽娜家的儿子都在外面学弹钢琴，咱们儿子要不要也跟着去学？"

陈灵均问儿子想不想学弹钢琴。

陈和光摇了摇头说："不想。"

书珍又说："要不报个画画班吧？我们单位徐伶俐的儿子就是从幼儿园开始学画的，现在上三年级了，画得可好了。"

陈灵均又问儿子喜欢画画不。

陈和光说："不喜欢。"

书珍不满地说："娃娃学什么应该是大人说了算，你怎么老是问他，他那么小懂什么！"

陈灵均说："培养娃娃的特长，要根据娃娃的兴趣爱好来选择，不能家长一厢情愿地硬逼着娃娃去做他不喜欢的事情，那样的话，就算学的时间再长也学不出什么名堂。人只有在做自己真心喜欢的事情时才能把内在的潜力发挥出来，才能做到最好。光儿虽然年纪小，但他也是一个有思想有感情的人，我们要尊重他的意愿，让他按照自己的个性去发展。既然他喜欢写毛笔字，就让他跟着我练好了。书法也是一门艺术，不一定别人练什么，什么就是最好的。"

书珍听了不再说什么，任由父子两在家里折腾。

二十二

白天刮了一整天的风，入夜以后，风刮得更猛了，家属楼紧闭的门窗发出微微的震荡声，尘土从窗户不太严实的缝隙里吹了进来，客厅里充满了淡淡的泥土味。马延梅给女儿笑笑辅导完作业，看着她洗漱完上了床，才开始洗衣服。大部分都是周云天的衣服，又厚又重，颜色也洗得掉色了，她要拉着他上街去买，他不肯，说衣服能穿就行了，打扮得再好也是几十岁的老男人了。虽然他们夫妻俩在同一个单位上班，但是已经有好几天没有见面了。她上早班的时候他刚好值班，他中途回家吃饭的时候她在单位，她下了班回去的时候他已经走了。他下夜班的那天她上的是治疗班，她离家的时候他还没有回来，她中午下班后回到家里他已经出去了，晚上也没有回来，从科室打来电话说县城以西的公路上发生重大车祸，有十几个伤员送到医院需要急救，他被叫去处理病人。第三天她上的是小夜，他上的是白班，下午五点半她去单位接班，晚上快十二点才回来，见他的皮鞋在门口放着，知道他已经睡了，就没有打扰他。第四天早上她起来的比平时稍微晚一点，七点半上卫生间的时候发现笑笑和周云天都已经走了。今天她上大夜，他又在值班。马延梅洗完衣服看了一下墙上的表，快十点了，就穿上外套，裹上围巾，戴着口罩出发了。

她一进护士办公室的门就搓着手说："冻死人了！如果明天继续降温的话，我就把柜子里的棉袄拉出来穿上。"

"你怎么这么早就来了？"小夜班的护士惊奇地问道。

"天气不好，我早点来，你就能早点回去休息，反正在家待着也没什么事。"

正在病历架前翻看住院病历的汪学义抬头看了她一眼，发现她上身穿着绿色粗呢子外套，下身穿着冬天的厚裤子，忍不住笑着说："你穿得也太夸张了吧？都4月份了，还能冷到哪里去！我里面只套了一件线衣。"刚说完就打了一个喷嚏，鼻涕都流出来了，连忙掏出卫生纸擦了擦。

"看看，穿得少感冒了不是？以后天气变了还是多穿点比较保险。"马延梅马上像爱唠叨的老母亲一样数落道。

"感冒跟穿的多少没有多大关系，关键是看抵抗力。"汪学义固执地说道。

马延梅穿上白大褂，询问了一下病人的情况，便到治疗室去交接物品。几分钟后，小夜班的护士走了，马延梅坐在办公桌前翻开护士交班本，认真地阅读里面的内容。汪学义走过来问她："马老师，你那里有没有感冒药？我现在头疼得厉害。"

马延梅打开自己的衣柜，翻出两包克感敏冲剂递给他："这个行不行？"

"行。"汪学义迫不及待地撕开包装就往自己的水杯里倒。

"一次只能吃一包，吃多了会瞌睡的。"马延梅提醒道。

"没事，我这个人对感冒药不敏感，吃两包跟你们吃一包的效果是一样的。"汪学义满不在乎地说道，把两包药都倒进杯子里，用开水冲化以后，一口气喝了下去。他坐在医生办公室里写了一会儿病历，到了十点半无精打采地走出来对马延梅说："马老师，我的头晕乎乎的，特别瞌睡，到值班室稍微躺一会儿，有事叫我。"

"我说不敢吃两包你偏不听，"马延梅既生气又无奈地说道，"到了那边千万别锁门，睡觉灵醒一点，咱们儿科晚上事多……"

汪学义没等她说完就走了。

十点四十五分，一位三十岁左右的男人抱着一个两眼紧闭脸颊微红的小女孩跑进儿科病区，直接来到医生值班室门外，推了一下门，没推开，便用脚边踢门边喊："里面有没有医生？快给我娃看一下。"很快又跑来一位比他略显年轻一点染着红头发的小伙子和一位三十刚出头的女人。那女人像是孩子的母亲，心疼地摸着孩子的头，小声喊她的乳名。红头发小伙子让前面那位男人让到一边，用拳头一边使劲擂门，一边大声喊："大夫，大夫，来病人了……"

马延梅闻声赶过来问怎么回事，孩子的父亲把一张住院证交给她，上面写着：高热抽搐待诊。"值班大夫在哪儿？"那位男人着急地问道。

"应该就在里边。"马延梅也帮他们一起敲，一起喊，里面就是没有反应。

"人是不是死在里头了？这么敲都不出来！"红头发小伙子气愤地骂道，开

186

始用身子撞门、用脚踹门。"咣、咣"的巨响在楼道里发出很大的回声，整栋楼都能听见。正在内科病房值班的安振国听到声音持续了将近一分钟，而且越来越大，猜想儿科肯定出了什么事，跟护士打了声招呼，跑上楼去看。

孩子的父亲发现右侧的走廊里快步走过来一位身穿白大褂的男人，大声对众人说："那不就是大夫吗？"

红头发小伙子马上停止踹门的动作，向医生走去。对方刚问了句："怎么了？"便被他一拳打倒在地。"给老子不好好待在值班室里，乱跑什么？病人要是出了事，你负得起责任吗？……"

安振国毫无防备，一个趔趄跪倒在地上，刚要爬起来，打人者又在他屁股上狠狠地踹了一脚，他"扑通"一声便趴到了地上。那人乘机用膝盖死死地压住他的背部，边骂边对准他头部狠劲殴打，疼得他不停地叫唤。

"不要打了，他不是值班医生！"马延梅已经从安振国的侧脸认出了他，连忙上前制止。

红头发小伙子一把将她推倒在一边，仍然不住手地在打："别哄老子了，他不是值班医生，穿那身白皮干什么？"

马延梅艰难地从地上爬起来跑进护士办公室，赶紧给保卫科打了个电话，又给值班领导打电话说明了情况。

就在这时，儿科医生办公室的门终于开了。从敲门到开门，大概用了两分多钟的时间。睡眼惺忪的汪学义刚一出来，小女孩的父亲便对同伴喊道："值班医生在这儿！"

打人的小伙子看到汪学义火气更大了，松开安振国，转身走到他跟前，揪住头发连踢带打，一拳头下去汪学义的鼻子便肿了，鼻血"呼"的一下冒了出来，喷到了白大褂上面。

刚刚从护士办公室走出来的马延梅不顾一切地冲过去，拽住打人者的胳膊哀求道："求求你别打了，娃娃病得那么重，救人要紧，再拖下去就把人耽搁了！"小女孩的母亲也说："别打了，赶紧让医生给孩子看病吧。"打人者这才停下动作，黑着脸对蜷缩在墙角瑟瑟发抖的汪学义说："赶紧给我救人！你要是把我外甥女救不过来，我跟你没完！"

家属把孩子抱到值班室的桌子上，汪学义用手背擦了一下鼻血，边哭边掏出衣兜里的听诊器给孩子听诊，手抖得根本放不到正常的位置上去，鲜血依然一滴一滴顺着他的嘴角往下淌。

马延梅赶紧跑过去看趴在地上的安振国，见他一动不动地躺着，吓得心都要跳出来了，拍着他的肩膀连喊了好几声，才听到一声微弱的呻吟声。她把他的身体翻过来，见他眼镜上的一只镜片被打碎了，左侧眉弓处有一道特别醒目的伤口，右侧的嘴角和右半个脸全都肿了，牙齿上沾着血迹，下巴也擦伤了，连忙将他扶了起来。

　　保卫科的两名保安穿着制服匆匆忙忙地赶来了，简单地问了一下情况，把那位红头发小伙子叫到一边严厉地警告了一番，一名保安叫了两名陪人把安振国扶到外科去做检查，另一名保安留在现场等待派出所的人来。几分钟后，正在值班的王秉智副院长和刘克明主任先后赶来了。刘克明换下汪学义，让保安带着他到外科包扎止血，自己亲自为病人诊治。家属知道他是儿科主任，立刻毕恭毕敬地站在一边，冲着他点头哈腰，和之前完全是两种态度。

　　经过细致的检查，刘克明排除了脑部器质性病变和癫痫等重大疾病后，认为孩子是由于炎性发热引起的抽搐，入院后针对病因和症状及时进行处理，病情很快就稳定下来。

　　一个小时后，派出所来了两位民警，分别跟涉事的家属、医生、护士以及目睹了打人过程的几个人谈了话，做了笔录，把打人者带走了。

　　第二天上午，方曼云到病房里去查看昨天晚上来的小病人，惊异地发现打人的那位小伙子竟然坐在病房里和孩子的父母谈笑风生，就跟什么事情也没有发生一样。他看到方曼云还专门冲着她笑了一下，那笑容分明带着一丝挑衅，似乎在告诉她：他在派出所有人，根本不用为自己的行为付出任何代价。孩子用了药以后烧已经退了，精神状态还不错。方曼云强忍着内心的激动查完房，回到医生办公室气得用手抚着胸口好半天都说不出话来。刘克明问她怎么了。她说了以后，刘克明有点不相信，以为她看走了眼，又亲自跑到病房看了一次，回来后脸色大变，骂了几句粗话，立刻跑到医务科找罗晨阳去了。

　　第三天上午，罗晨阳和刘克明、陈灵均一起来到派出所询问案件进展情况。到现场勘查过情况的一位民警用很冷淡的语气告诉三人，根据他们的了解，病人家属是因为长时间敲不开门，担心孩子出问题，心急之下才打人的，被打的两名医生只受了一点轻伤，对身体没有什么大碍，家属也已经认错了，所以他们认为没有必要立案，只要风波平息了就行了，打人者当天晚上做了笔录就放了。刘克明听了非常气愤，当场就跟那位民警吵了起来。

　　"家属带着病人到医院找医生看病，病还没看，先把医生打伤了；医生受了伤，还要被他们硬逼着给病人看病，这是正常人干的事情吗？这样的行为符合不符合法律规定？法律是用来维护公民的合法权益的，法律面前人人平等。家属是人，我们的医生也是人，为什么我们的人被打了不能受到法律的保护，家属打了人却可以逍遥法外，不受制裁？你说家属已经认错了，他到底给谁认的错？是给受伤的医生？还是给医院认的错？都没有！你们这样做，不是在捍卫法律的尊严，保障人民的生命安全，而是在包庇和纵容犯罪分子！你们等着看吧，他们现在敢随便动手打人，说不定将来有一天敢用刀子杀人！医生辛辛苦苦地治病救人，要是连自己的命都保不住，谁还敢再当医生？今后你要是有了病，就自己给自己看好了，别到医院来找医生！"

民警被他怼得面红耳赤，拍了一下桌子粗声吼道："有话好好说，别随便骂人！这是派出所，不是精神病院，想发疯到外面去！"

"我活了三十几岁从来没有骂过人，今天第一次骂人，是因为我说的话根本就没人听，站在我面前的人根本就没有把我们当人！"刘克明气得脸都发青了，指着他的鼻子大声嚷道。罗晨阳赶紧拉住他，示意他不要过于激动。

那位民警大概也意识到这样吵下去不会有好结果，缓和了一下语气，对他们说："我只是一般的工作人员，这事不由我说了算，你们要是觉得处理得不合理，找我们领导去。"

"好，那你告诉我你们的领导是谁？"陈灵均马上问道。

民警用眼睛瞟了一下墙上贴的所长的照片。罗晨阳说了声："咱们走。"便带着刘克明和陈灵均直接找那位领导去了。

经过反复交涉，一个多月后，派出所终于给出了处理结果：打人者支付两名医生两百元的医药费，并当面向医生道歉。两个星期后医药费收到了，但是道歉却始终没有兑现。

汪学义参加工作以后，自由散漫，工作不认真，经常受到批评。刚开始听到别人的批评，感觉很没面子，心里特别恼火，背地里常嘟嘟囔囔的，很不服气。后来时间长了，说的人多了，他渐渐地也意识到自己身上确实有一些毛病，下决心要改，但是由于太贪玩，老是改不了，就摆出一副死猪不怕开水烫的样子，厚着脸皮硬挺着。这次因为自己在工作中开小差吃了大亏，人一下子变得灰溜溜的，再也精神不起来了。虽然他一向很讨人嫌，但是由于在这起医疗纠纷中受了伤，受到不少好心同事的关心和教育，此后工作态度发生了很大转变，不像原来那样马虎大意了。

安振国出于做人的良知和正直的本能，想到兄弟科室去帮忙，却被家属无缘无故地打了一顿，心里特别委屈。他本来是一个心地善良的小伙子，对病人一直抱着同情理解的态度，尽量尊重他们，安慰他们，呵护他们脆弱的情感，尽最大努力维护患者的身心健康。每当看到患者康复出院，听到他们充满敬意的问候，特别是在一些公开场合被人认出是"安大夫"时，心里特别高兴，特别自豪，对自己的事业和前途越来越有信心，打算像从东正县医院走出去的章会珉大夫一样，成为当地闻名的内科专家，悬壶济世，造福百姓。然而让他万万没有想到的是，他的正直和善良却遭到了粗暴的对待，施暴者凶狠的拳头不仅打疼了他的身体，打碎了他的尊严，伤害了他心中神圣而美好的感情，也打破了他做人的底线，让他看到了人作为一种高级动物，在兽性的冲动下表现出的自私、残暴、冷酷的那一面。通过这次教训，他认识到，在与患者的接触中，面对陌生的人群，应该适当地保持一定的距离，不能完全信任他们，在看"病"的同时，还要学会看"人"。因此，在日常工作中一遇到难缠的家属，他就委婉地用各种借口劝说他们带着病人到别的地方去诊治，即使病情不重，自己完全有能力诊治的也是这样。

沈若拙从陕西省中医学院毕业以后，拿着自己的毕业证到地区人事局入人才库，因为是农村户口，在办理时遇到了阻碍。他四处找人，好不容易才通过个人关系把这件事情解决了。不久，新安地区从人才库中招聘了一批乡镇合同制干部，其中包括教育、卫生、计生、农技等行业的人才，他幸运地成为这批人员中唯一的一名卫生系统干部，到地委党校进行了为期一周的干部岗前培训，回来后和县卫计局签了合同，成为乡镇合同制干部，分配到东正县城关镇卫生院工作。这份合同规定，他们这批干部必须在乡镇上干够十五年才能调动到县级单位。在读大专前，他在药材公司只干了一年就离开了，之后被城关镇卫生院雇用过一段时间。当时卫生院连院长在内一共八个人，其中有三名医生。除了他，还有院长和一名妇科医生。在工作中，他发现卫生院的医生缺乏基本的医疗常识，喜欢乱用药，他觉得这样对病人很不好，就耐心地给他们讲解用药知识，把正确的用药原则传输给大家，逐渐改变了其他人的用药习惯，得到了同事和群众的一致认可。这次他回来以后，恰好赶上卫生院要派人承包位于县城东郊的钻采公司门诊。由于原来的负责人不善于经营管理，钻采公司门诊亏损很严重，成了无人敢接的烂摊子。他刚刚从学校出来，身上还带着一股子初生牛犊不怕虎的闯劲，就毛遂自荐得到了这个机会，成了那里的负责人，带领四名医护人员为钻采公司的职工和周边的群众服务。

他上任后，首先对库存的药品和物资进行盘点，发现很多药品都过期了，医用设备也比较陈旧。他将不合格的药品全部报废，对医疗器械进行了维修和更新，然后根据临床工作的需要，又采购了一批西药，并且增加了中药的品种和数量。他买回来的全都是价格偏低质量有保证的基本药物。当时，国家对药品的进货渠道没有明确规定，药品在市场上的利润很高，部分名贵药利润可达50%，其中包括一些伪劣药品。他不愿意用伪劣药品蒙害病人，更不想为了钱违背自己做人的原则，决心凭借良好的医疗质量和科学的管理扭转不良的局面。

沈若拙的办公室只有一间房子，面积比较大，他用放中药的木柜把房间隔成两半，前半部分是工作区，放着桌椅和柜台，后半部分是生活区，有床、炉子和锅灶，可以做一些简单的饭菜。他平常不住在这里，睡在那张床上的是他雇来抓药的临时工丁郁芳。丁郁芳的父亲是一名乡医，跟他是同乡，丁郁芳高中还没有毕业就在父亲的卫生室里抓药，对中药制剂非常熟悉。这位女孩身材高挑，五官清秀，眉眼间透着北方女孩特有的纯真和朴实，举手投足落落大方，说话声音就像山里的鸟儿一样清甜婉转，很多来看病的人都喜欢跟她拉话，她跟同事们相处得也很融洽。

这天下午快下班的时候，沈若拙正在办公室里整理东西，门帘一掀，一位身穿白衬衫、蓝西裤，头发吹得很整齐的年轻小伙子从门外走了进来。沈若拙看到来人后马上露出惊喜的表情："灵均，什么风把你给吹来了？"

"是从你这儿吹去的带药味的香风啊。"陈灵均说道。"你到钻采公司门诊后，都开张快半年了，怎么不提前说一声，好让老同学来给你捧捧场。"

"小生意，不值得到处张扬。"沈若拙谦卑地说道，连忙给他让座。陈灵均先把他的办公室前前后后仔细地查看了一番，才在他的办公桌前坐下，点着头说："干净，整齐，像那么回事。"

丁郁芳倒了一杯茶水双手递给陈灵均，然后站到柜台前招呼前来买药的病人。

陈灵均问起门诊的运营情况，沈若拙笑着说："还能凑合。"

两人很快说起同级毕业生的近况。沈若拙说，农医班的学生普遍都没有正式单位，有的在医院当临时工，有的开个人诊所，还有几位女同学结了婚以后放弃了自己的专业，成了家庭妇女，成天洗衣做饭带孩子，让人特别惋惜。他们班目前只有少数几个人转成了正式工，其中大部分都有社会关系，只有顾一萍谁也不知道她到底靠的是什么，不但有了正式工作，还从乡镇医院调到了县防疫站，找了一个在税务局上班的男人，日子过得很滋润。本县医士班的学生中，他认为陈灵均和汪学义工作环境都不错；在外县的学生中，他们一致看好折志明和苏雅玲这两个人。沈若拙的舅舅正月里在新安大学附属医院做了白内障手术，当时苏雅玲刚好在那里进修，是主管医生。手术定下由苏雅玲和主任一起做。沈若拙的舅舅术前非常紧张，血压呼的一下蹿到180/100毫米汞柱，怎么也降不下来，医生只好将已经排好的手术延期。为了缓解老人的精神压力，沈若拙提出做手术的时候陪在舅舅身边给他壮胆。老人听了特别高兴，心情一放松，再加上药物的作用，血压很快就恢复了正常。在征得主任同意后，手术当天沈若拙像其他医护人员一样，换了鞋，更了衣，刷了手，穿上手术衣，跟着苏雅玲进了手术室。这台手术名义上是主任主刀，实际上主要是苏雅玲在做，主任在一旁指导。苏雅玲沉着冷静，手法细腻而娴熟，并没有因为有熟人旁观感到紧张。由于眼科的手术比较精细，需要术者全神贯注地操作，台上的工作人员交流得很少。沈若拙从主任的眼神中能够感觉到，他对苏雅玲的表现十分满意。做完手术的第二天，沈若拙的舅舅就能看清东西了，几天以后便出院了。沈若拙听说苏雅玲正准备脱产读本科，未来的目标是到大医院去发展。折志明刚开始也分到了基层医院，待了两年后调到他们县中医院的外科，业务能力很强，前年从无锡学了一年的脑神经外科，刚刚被提拔为外科主任。他今年还不到三十岁，未来肯定大有前途。不过，让沈若拙大惑不解的是，折志明竟然找了一位没有工作的农村女青年做妻子，长相很普通。

　　"老辈人常说，找对象要门当户对，他这么做肯定有这个原因。只要他自己喜欢，我觉得没什么不好。"陈灵均说道。沈若拙同意他的看法，又问起范睿的近况。范睿是医士班的学生中最早调到区医院的，也搞了外科。陈灵均说，范睿没有杜海军和折志明那么上进，思想相对比较保守，对人情世故倒是颇有研究，比较适合从政，在专业方面估计不会有大的突破。

　　"罗泓玉那个女娃娃也挺有才的，不知道现在怎么样了？"沈若拙问道。

　　"她在县医院外科干得挺不错，还像在学校的时候一样，留着个小子头，混在男人堆里成天喝酒、吃肉、吹牛，哪一样都不厌人。我前段时间到他们医院去了一次，那些比她年龄小的同事一提起她的名字就说：'找我们罗哥呀。'就连他们院长都'罗哥'长、'罗哥'短的，名气可大了。她一见到我就拍着我的肩膀说：'兄弟，下午下了班咱们好好闹一瓶！'"陈灵均说着说着就笑开了。

"只可惜她是个女的，现在还年轻，在县医院外科干上十来年应该不成问题，过了四十岁，恐怕体力和精力就赶不上了。想到市级以上的大医院几乎是不可能的，他们不要女的。"沈若拙说道。

"现实的确就是这样。如果她是个男的，肯定前途无量。"陈灵均不无遗憾地说道。沈若拙给两人的杯子里续了些茶水，刚要端起来喝，一旁的丁郁芳指着面前一位背驼得很厉害的年轻人高声问道："沈大夫，这个人说他口苦，应该买什么药？"

沈若拙示意那人过来，陈灵均马上端着杯子从座位上站起来，让病人坐下。沈若拙给那人号了脉，看了舌苔，问了大小便和睡眠等情况，用商量的语气说："我给你开点中药吧，回家熬着吃几服看看怎么样。"

"我不吃中药，太苦太难喝了，能不能开成中成药？"

"中成药没有中草药效果好。"

"效果再好我也不吃。"

"那就给他拿一盒龙胆泻肝丸。"沈若拙对丁郁芳喊道，然后又回过头来对病人说："你吃完了如果好了就不用来了，要是不好的话我再给你调整用药。"病人说了声"好"便买了药走了。

病人走后，沈若拙把桌上的东西重新放回到原来的位置，两只手放在膝盖上，转过身来对坐在身旁的陈灵均说："咱们这一级的同学，特别是你们这些有正式工作的，现在发展得都不错，在事业上已经有了一些基础，我现在一切才从零开始，跟你们差距很大。"

"可你脱产上了一回大专，执业医师证考下了，工作也正式了，也没有亏到哪里去。将来如果发展得好，后来居上也是有可能的。对了，你在新疆爱上的那头母牛到底找到了没有？"陈灵均一本正经地问道。

沈若拙"扑哧"一声笑得把嘴里的茶水都喷出来了，白皙的脸庞涨得通红："没有，这辈子恐怕也找不回来了。不过，我找到了一个非常温柔的女人，我觉得这个女人比那头母牛更适合我。"

"那个女人是谁？"陈灵均连忙问道。

沈若拙朝丁郁芳努了努嘴，丁郁芳害羞地低下了头。

陈灵均这才恍然大悟，他还以为他们只是同事关系。

二十三

周敏慧参加工作以后，不到一年的时间就掌握了所有的操作技术，能够独立完成各种工作任务。在接下来的几年时间里，科室在护理方面没有开展任何新业务和新技术，她几乎每天都在重复着大同小异的工作，虽然心里想着要上进，却有劲没处使，只好安慰自己说，分配到各医疗单位的卫校同学都和她一样，拿着稳定的收入，干着固定的工作，遇不到大风大浪，也不会有大起大落。直到有一天，当一个她连做梦也没有想到的人突然出现在她眼前，才改变了原来的想法。

下午刚一上班，覃爱莉让周敏慧到总务科的库房给科室领几个笔记本，她抱着东西正准备往回走，无意间发现秦枫背着包在庄正杰办公室的门外来回转悠。秦枫穿上西装以后比上学的时候更帅气了，只是脸上堆满了愁苦的表情，像是遇到了什么难事。她连忙走过去，问他怎么会在这里。

秦枫告诉她，他在本地的泰康制药厂工作，想找庄正杰洽谈一下为医院供货的事情，正苦于找不到熟人，跟庄主任拉不上话，心里特别着急。他不知道周敏慧在这里上班。

"周敏慧，你跟药剂科的主任熟不熟？"秦枫有点不好意思地问道。

"认识倒是认识，关系很一般。"周敏慧说道。她看到秦枫露出失望的表情，心里非常不忍，但是不知道怎么去帮助他。

余蓉刚好走过来，见两人正在嘀嘀咕咕地商量怎么找庄正杰，就把周敏慧拉到一边小声问道："他是你的什么人？"

"我同学。"

"那你就跟庄主任实话实说，让他照顾照顾。"

"我们，就这样直接敲门进去吗？"周敏慧呆呆地问道。

"傻女子，你怎么连这个都不懂！我告诉你，应该……"余蓉趴在她耳边偷偷地传授了一些找人的诀窍。周敏慧听了如醍醐灌顶，赶紧让秦枫照办。半个小时后，两人先后走进庄正杰的办公室，事情很快就顺利地办妥了。

事后，秦枫为了感谢周敏慧，执意要请她吃饭。两人在医院外面的小饭馆里要了两个菜，一瓶红酒，边吃边聊。席间，周敏慧问秦枫毕业后的经历。秦枫告诉她，他毕业后跟一位家在新安市的学妹结了婚，没有回老家服从分配，应聘到了新安市的泰康制药厂。刚开始他在厂里当技术员，后来爱人生了孩子，他为了多抽出一些时间照顾家人，就出来跑销售。这是他第一次出差，在东正县城已经住了一个星期，跑过好几家医院，因为没有熟人介绍，自己也不懂得与人沟通的技巧，屡屡遭到冷遇，眼看身上的盘缠路费快花完了，却连一单生意也没有订下，在碰到周敏慧之前，一直犹豫着要不要见庄正杰，心里都已经泄气了，准备空着手回去，没想到通过周敏慧的帮助把这单生意做成了，总算可以回去跟老板交差了。

周敏慧听了心里不禁懊悔万分。她没有想到秦枫为了自己心爱的女人，可以放弃稳定的工作，远离家乡到外地的企业去打工，为了尽到家庭责任，甚至愿意承受巨大的压力，冒着风险去尝试自己完全没有能力完成的工作。早知道他如此看重感情，当初她应该在他面前表现得更加热情一些，主动一些，说不定现在朝朝暮暮陪伴在她身边的不是曹沐塬，而是她曾经迷恋过的他。

"真是没有想到咱俩能在这里见面！我更没有想到，像你这么老实的人居然也跑到社会上做起生意来了。在我的印象中，卖药的都是些特别能说会道的人，像你这么木讷的还是头一次见到。"周敏慧感慨地说道。她向来对"药贩子"很反感，觉得这个名词用在秦枫的身上很不合适。

"其实，我这种性格不适合搞销售。这是我第一次跟单位打交道，也可能是最后一次。昨天我在电话里也跟我老婆说了，这完全是赶鸭子上架，太难太难了。以后我主要给药店供货，哪怕少赚点钱，也不想低三下四地去求人。"秦枫皱着眉头说道。他皱眉的样子也很迷人，周敏慧觉得自己还是很喜欢他。

"我真的不知道该怎么感谢你，以后你自己或者家里人需要贵重药品的话，可以随时给我打电话，我按批发价卖给你，绝对比零售价低得多。"他诚恳地说道。

"好的，没问题。"周敏慧欣然答应道。她举起手中的酒杯和他碰了一下，然后端起来慢慢地饮下，脸蛋顿时变得红扑扑的，就像刚刚参加完长跑比赛似的。

回到家里，她仍然觉得之前发生的一切就像做梦一样，反复地在心里对自己说：秦枫也在陕北，这怎么可能，怎么可能呢？

这一年县医院门诊和住院病人一直不多，直到年底工作任务才勉强完成。考评结束后，县卫生局又给县医院下达了新的任务，任务数比上一年增加了百分之三十。在晨会上得知这一消息后，外科的医务人员全都一筹莫展。还没来得及多想，又听到了一个更坏的消息。为了确保任务顺利完成，医院重新制订了薪酬分配方案，把每个人的月工资分成百分之六十五和百分之三十五两部分。百分之六十五的工资作为基本工资每月照发，剩下的那部分工资和奖金作为奖励工资合在一起发，与科室的月任务挂钩，任务全部完成才能拿到百分之三十五的工资，超出任务的部分按比例提奖。听完这一决定，谁也没有说什么，但是脸上都写着强烈的不满和深深的忧虑。因为这意味着，他们将付出比原来更多的辛劳，却不能得到和原来一样的待遇。

交班会结束后，伴随着一声声长长的叹息，医护人员各就各位，又开始忙忙碌碌地工作起来。周敏慧推着治疗车推开三号病房的门，意外地发现住在里面的病人和陪人都不见了，他们所有的随身物品也不见了。这位病人是周云天主管的病人，外伤后小腿上缝了八针，在医院已经住了六天，还没有拆线呢。这种情况她已经遇见过好几次，都是家庭贫困的患者因为没钱支付住院费，趁医护人员不注意偷偷逃跑的。她赶紧回到护士办公室把这一情况报告给护士长，护士长又给主任说了，两人查看了一下病历上的病人姓名和地址，发现那个地方离县城很远。

"谁知道是真是假，就算派人真的找到地方，那些人肯定早就躲起来了，不会让我们找到的。"覃爱莉嘟着嘴说道。

"真拿这些人没办法。不治吧，这是一条人命，咱不能眼睁睁地看着他们受罪；治了，就是这样的结果。"赵泊平摊开两手，一副无奈的样子。

"以后能不能让病人入院的时候多预交些钱？这样咱们的损失就会减少一些。"覃爱莉说道。

"这个倒是可以做到，问题是每个病人的病情不一样，有的住的时间长，有的住的时间短，对于住院时间短的人来说，交得太多，他们肯定不能接受。"

"那你们可以灵活一点，预计花费大的多交一点，花费少的少交一点。"

赵泊平刚要说什么，殷志峰、王秉智、罗晨阳等几位院领导走了进来。殷志峰问了一下科室的住院人数和门诊量，笑眯眯地说："好好干，外科是医院创收的主要科室，你们一定要给全院当好这个龙头老大。"

"大家肯定都在好好干。不过病人来不来不由咱，现在交通发达了，家庭条件好的、病情稍微复杂一点的都直接跑到市上去了。"赵泊平说道。

"那倒也是实情。作为医务人员，我们只要把医疗质量抓好，把服务质量搞上去，病人自然就会增多的。"

赵泊平听了连连点头。

"最近再有没有出现逃费的情况？"殷志峰问道。

"今天早上又跑了一个，这个星期已经是第二个了。"

殷志峰一听眉头就拧了起来，面向其他院领导严肃地说："刚才咱们去了好几个科室，都说逃费、漏费的现象很严重，这种情况一定要采取措施严加防范。我原来在会上强调过好几次，但是效果一直不明显，实在不行的话就实行主管医生责任制，谁的病人跑了，谁负责追回欠款，追不回来的就由医生垫付这部分费用。"

几个人谁也没有吱声。刚刚从护士办公室门外走进来的周云天把院长的话一字不漏地全都听到了耳朵里，气得脸都白了，把手里的病历夹子"咣当"一声砸到桌子上，大声说："这是什么亏人的政策？医生给病人看病，一天把苦贴上，再把自己的钱贴上，这还让不让人活了？谁敢扣我的钱，我就到他家混饭吃去！"

他狠狠地瞪了一眼殷志峰，一把将头上的白帽子扯掉甩在桌子上，使劲在脑门上搔抓了几下，两只手叉在腰上怒气冲冲地在地上走来走去，乱蓬蓬的长发就像张牙舞爪的刺猬一样在人前晃来晃去。

在场的人全都怔住了。殷志峰尴尬地看着他，半天没有说话。见此情景，站在一旁的周敏慧赶紧知趣地躲进治疗室，正在配药的徐丽娜幸灾乐祸地小声对她说："周老师可真厉害，什么人都不怕，什么话都敢说。"

"这个二杆子厥，一点都不给人面子！"覃爱莉捂着嘴笑着紧跟在周敏慧身后也跑了进来。

这时，外面传来了殷志峰的声音："关于追费的问题，回头院务会还要认真地研究一下才能决定。老周啊，你别激动，有什么问题到我办公室来谈。"紧接着便是一阵向外走动的声音，护士办公室里很快便安静下来。

周敏慧和覃爱莉走出治疗室，见周云天坐在凳子上，几位医生正在安慰他，劝他不要太生气。

"平时干工作再苦再累我都不怕，就怕被人欺负。这些人刚当了几天官，就不知道自己是谁了，有本事换个个儿来试试！"周云天依然余怒未消，脸色十分难看。

"我估计他也就随口那么一说，真要实行起来问题很多呢。"刘宇杰说道。

"他要真那么搞，全院的医生干脆都放假出去要账算了，来了病人，看他们找谁去！"冯炳琦看上去也很生气。

"好了，大家都别议论了，赶紧干活去，吵吵闹闹地聚在一起，让外面的人看见多不好！这件事情最终怎么决定，到这周开周会的时候就知道了。"赵泊平说道。

于是众人一哄而散，关于此事的话题自然而然地终止了。

"周大夫，周大夫！"

正在这时，一位四十岁左右的男人从楼道里跑过来叫住了正往病房走的周云天。

周云天一眼就认出来人是刘海旺的大儿子，忙问他有什么事。

"我把我大引来了，想让你再复查一下。"那人气喘吁吁地说道。

"你大不就是五年前做过胃癌手术的那个病人吗？"覃爱莉问道。

"是呀。周大夫给我大把手术做好了，他回去以后能吃能喝，什么活儿都能干，可欢实了。"刘海旺的大儿子高兴地说道。

周云天听了脸上的表情马上由阴转晴，问病人在哪儿。那人说在住院部外面。周云天让他把老人带过来，说自己在医生办公室里等着他们。

刘海旺来了以后，周云天询问了他的基本情况，开了张胃镜检查单让他去做检查。几位医护人员看到老人精神矍铄，脸色红润，都感到特别欣喜。经过检查，老人的病情很稳定，没有发现复发的迹象，一家子又高高兴兴地回去了。

星期四下午五点钟，马晓艳搀扶着一位手捂着肚子表情十分痛苦的女病人走进了手术室的二号手术间。这位病人名叫杨雯雯，三十二岁，在县城信用社工作，是贾继民主管的病人，入院时的诊断是急性阑尾炎。贾继民术前跟家属谈话的时候，杨雯雯的丈夫韩东升问他能不能将几个月前检查出来的子宫肌瘤捎带着切了，那个瘤子早就该做手术了，因为杨雯雯怕疼，一直拖着没做。贾继民想跟妇产科的大夫联合完成这两个手术，赵泊平说不用叫妇产科的大夫，他一个人就可以把两台手术全都拿下，于是就定下这台手术由赵泊平主刀，贾继民和冯炳琦配合他做。手术采用腰硬联合麻醉，打了麻醉以后，杨雯雯紧缩在一起的眉眼慢慢地舒展开了，姣好的面容就像画儿一样呈现在医护人员面前。马晓艳做完静脉穿刺后不时盯着那个女人看，尤自明轻声问她："你怎么老看人家？"

马晓艳说："因为她好看嘛。"

尤自明笑着说："没想到女人也喜欢看女人。"

"美好的事物人人都喜欢。难道你不喜欢看吗？"马晓艳反问道。

尤自明嘿嘿地笑了。

由于阑尾离子宫的位置较远，切口比平常切得长。打开腹腔以后，赵泊平先找到子宫，准备把瘤子摘掉再切除阑尾。因为阑尾的切口属于感染切口，这样能避免术中发生交叉感染。

负责看台的马晓艳跟他开玩笑说："赵主任，你可真行呀，把外科的手术做了不过瘾，还要做人家妇科的手术，让妇产科的人以后怎么混呀。"

"呵呵，妇产科本来就属于我们外科系统里的一个学科，我在中医院的时候什么手术都做，结扎、附件切除术、子宫全切……我们医院的人都说我比妇产科大夫还利索，像子宫肌瘤剔除术这种手术，根本算不了什么。"他一边操作一边轻描淡写地说道。

杨雯雯的瘤子是单个的，比较大，靠近子宫基底部，位置很低，一般的妇产科大夫在做这类手术的时候非常小心，怕误伤到周围的脏器，但是赵泊平丝毫不露怯，手法显得特别娴熟，贾继民对主任的技术赞不绝口。两人一边说笑，一边做手术，不善言谈的冯炳琦一句也插不上嘴，只是默默地做着自己该做的事情。

把瘤子剔除干净后，赵泊平很快就找到了发炎的阑尾，三下五除二就切掉了。做完手术，他跟着病人回到病房，看到她一切正常就回家去了。

晚上十二点多，正在家里休息的殷志峰被熟人的一个电话叫到了外科病房。正在值班的贾继民指着病床上不断翻滚着身体脸色异常苍白的女病人说，下午刚做了阑尾切除术和子宫肌瘤剔除术的杨雯雯肚子又胀又疼，虽然尿道里插着尿管，尿袋却是空的，里面一滴尿液也没有。令人奇怪的是，尿液会从下身的其他地方渗出来。杨雯雯的丈夫韩东升说，术前刚插入尿管的时候一切都很正常，做完手术把术中流下的尿液倒掉以后，就再也没有流出来尿。

"妈呀，疼死我了！殷院长快给我看看，这到底是怎么了？是不是你们的医生把做手术的刀子留在我肚子里了？怎么比做手术前还疼？"杨雯雯就像濒死的溺水者突然发现了一根救命的稻草，紧紧拽住殷志峰的衣襟，大声号哭着说道。

"别瞎想了，不可能。你别紧张，让先我检查一下。"殷志峰的手还没挨到杨雯雯身上，就被她惊恐地挡开了："别碰我肚子！"

在众人的协助下，殷志峰十分勉强地完成了检查，让贾继民给病人开个 B 超检查单做个腹部 B 超。报告单上显示，腹腔内有大量液体。殷志峰用注射器试着抽了一下，抽出来许多橙黄色的液体。他马上意识到可能是术中误伤了膀胱，形成了膀胱瘘，使尿液渗入了腹腔。他给出的解决办法是立即做腹腔引流，把这些液体通过引流管引流到体外。

得知刚刚做完手术的妻子又要在肚子上开刀引流，韩东升非常愤怒，向参与过手术的贾继民质问道："这到底是怎么回事？是不是你们的手术做得有问题，又要拆开来重做？给我们解释一下！"

杨雯雯也哭着说不让医生再给她做手术。

"不是要重做，就是在肚皮上另外一个地方切个小口把引流管放进去，好让她肚子里的液体顺畅地流出来。至于造成这个情况的原因现在还不好说，需要观察一段时间才能得出结论。"殷志峰说道。

"真是没见过，刚从手术台上下来又要折腾人，你们的水平也太差了吧！"韩东升心疼地看着妻子，狂躁地对贾继民吼道。他已经不相信县医院的医生了，拒绝在当地治疗，要求直接转到新安大学附属医院去治疗，并提出要医院派人陪护。殷志峰考虑到病人是女的，派女同志照顾比较方便，就让周敏慧陪同他们前去就诊。

救护车将杨雯雯送到新安大学附属医院以后，时任新安大学附属医院普外科主任的彭向东经过检查后认为，杨雯雯肚子胀疼、有阴道漏尿的现象，很可能是做子宫肌瘤剔除术时医生误伤了膀胱造成了膀胱腹腔瘘、膀胱阴道瘘造成的。他先对病人采取了引流、消炎等治疗手段，随后又进行了第二次手术。在剖腹探查的过程中，他发现病人膀胱后壁有七厘米长的纵行切口，阴道前壁和子宫膀胱反折处有多处撕裂口，与阴道相通，于是进行了修补。由于撕裂口太多，伤口又密集，修补的时候难度很大，费了不少功夫。术后杨雯雯的肚子不疼也不胀了，但是阴道漏尿的问题仍然没有解决，病人和家属心情都不好，整天在周敏慧面前恶声恶气地说话，动不动就爆粗口，让她特别难堪。

回到东正县以后，家属带着一大群社会青年来医院闹事，并扬言要找主刀医生算账。贾继民吓得连面都不敢露，请了十天假躲到外头去了。赵泊平平常手术多，会议也多，大部分时间都不待在科室，老实巴交的冯炳琦就成了主要的攻击对象，每天既要面对家属的指责，又要忍受周围人的议论，成天愁眉紧锁，不停地唉声叹气。当着主任的面，他不好说什么；背过主任，跟其他同事提起这件事，他觉得自己特别委屈，明明可以让妇产科大夫帮忙完成的手术，偏偏被主任抢着干了。有人干脆替他总结为主任的手"伸得太长了"。

冯炳琦到内科会诊的时候，安振国向他询问了杨雯雯目前的治疗情况和院方的处理意见。冯炳琦说，杨雯雯的丈夫很难说话，殷志峰找了好几个人跟他协商都商量不成。他们为了扩大这件事情在社会上的影响力，不仅在外面到处宣扬，还多次带人来医院给殷志峰施加压力。殷志峰劝他们冷静地看待问题，向他们承诺一定尽最大努力为病人医治疾病，并且愿意承担看病所需的一切费用。

安振国问他是不是院长真的要让医生垫付逃费病人拖欠的医药费。冯炳琦说，是在他们科提了一下，被周云天狠狠地顶了一气，在周会上再也没有提起，估计不会执行。安振国听了马上舒了一口气，他一直为这事担心呢。因为他负责的两个病人都跑了，欠下四百多元的费用，要是让他全部垫付的话，他觉得太冤了。

两人正在医生办公室里说话，有人喊陈灵均到护士办公室接电话。他从隔壁的办公室跑过来拿起听筒，听到对方的声音后马上哈哈大笑，连着说了几句"好的，好的，没问题"。挂上电话，他看到冯炳琦来了，就笑眯眯地进来跟他打招呼。

"什么事那么高兴？"冯炳琦问道。

"蒋美丽刚刚被提升为财务科副科长，下午请我去吃饭。"

"她是什么学校毕业的？"

"好像上的是什么学校的函授本科，我没记住学校的名字。"

"还是人家行政后勤人员好呀，函授电大弄来的文凭都能算数。咱们医护人员非要一门一门正儿八经地参加完自考，或者专门脱产去上学，拿回来的毕业证医院才承认。这真是太不公平了！"冯炳琦说道。他和陈灵均一样，也是通过自考拿到的大专文凭。

"谁说不是呢。我上次喝酒的时候跟她开玩笑说，以后你少在我跟前嚣张，你吃的穿的用的都是我给你赚来的。她瞪大眼睛说，我花的是我自己的工资和奖金，跟你有什么关系！我说，你们财务报表上的业务收入是从哪儿来的？那些检查费、治疗费、药费，难道都是你们自己挣来的吗？她说没错，是你们医生的功劳，可你们也需要我们为你们提供后勤服务呀，你要是有意见，就让院长把后勤上的人全打发了，光留下你们医生和护士赚钱去。"陈灵均说道。

几个人同时笑了起来。

"听说咱们上个月的奖励工资快算出来了，不知道这次是凶是吉。"安振国惴惴不安地说道。

"估计凶多吉少，刚才碰到儿科的陶护士长还提起这事了呢。"陈灵均说道。

"你一会吃饭的时候跟蒋美丽提前打听一下，好让我们有个心理准备。"

陈灵均说："好，你们忙，我有个事得到院长那里去。"便出去了。

几分钟后，他手里拿着一份信函来到殷志峰的办公室。在跟院长开口之前，他一直在想：到底是先说小事呢，还是先说大事。

殷志峰扫了一眼他手里的东西，问道："又接到学术交流会议的通知了？"

"嗯。"

"这次在什么地方？要求去几个人？"

"这次是国家级的，交流的内容主要是脑血管方面的学术新进展，地点在山西太原，通知上要求各医院去两个人，一名科主任和一名内科医生。"陈灵均提到国家级的时候，故意加重语气以引起院长的重视，并且还专门强调了一下对学科建设的重要性，"咱们医院在脑血管方面的诊治还停留在比较落后的层次上，特别需要通过学习来提高。"上一次是省级的一个关于肾病的培训班，地点在乌鲁木齐，院长嫌路途太远，花费太多，没有同意，这次比较近，级别还很高，他觉得应该有希望。

殷志峰连想都没想就说："不要去了，咱医院内科是综合内科，又不是人家专科医院专门针对脑血管疾病设立的神经内科，能开展一般的业务就行了，没必要去追求高精尖的技术。就算你真的去学了，也没有条件开展。再说医院现在的经济情况你也知道，除了上面要求的必须要参加的特别重要的会议和活动，一般需要外出的会议一概不予批准。"

听了他的话，陈灵均半天没有吭声。

"还有什么事？"

"我想再跟你沟通一下关于今年选派我们科的业务骨干外出进修的事……"

"到明年再说吧。"

殷志峰连话都没让他说完就把他的意图完全否定了。看到院长对临床科室的业务工作和人才培养如此不重视，陈灵均觉得特别灰心，连声招呼也没打便站起来走了。

下午吃饭的时候，蒋美丽偷偷地告诉陈灵均，新的考核制度实行后，第一个月除了外科和 B 超室保住了百分之百的工资，拿到了数额很少的奖金以外，大部分科室都没有奖金。

几天以后，王艳敏领到了内科的奖励工资，结果出乎了所有人的意料——每人只有三十二元！按科室最低工资计算，这个月大家实际拿到的只有全额工资的百分之七十。发钱的时候，医护人员一个一个默默地在工资表上签了字，没有一个高兴的。轮到钟锦华时，她说："我不想领，在你那儿放着吧。"

王艳敏说："你的工资放在我这里算怎么回事？快领走吧，别人的东西我拿着会有负担的。"

钟锦华说："反正我就是不想要。"转身便走了。

等其他人都走了以后，王艳敏对陈灵均说："一个月从早到晚忙个不停，成天担惊受怕，累得要死要活的，才领到这么点儿钱，我就是蹲在马路上摆地摊，一个月也能挣到这么多吧？仔细想想真叫人难受。"说完便红了眼圈。

"咱们科应该还不是最惨的，估计有人比你更难受。"陈灵均说道。

儿科的奖励工资每人只有十二块钱。陶爱英看了工资表以后，连领都没领直接就回来了，气呼呼地对刘克明说："主任，不知道你是怎么想的，反正我是打算去找院长，否则的话我心里憋得难受。"

刘克明沉默了一会儿说："这不是单纯的一个月的收入问题，关系到以后大家的长远利益。这样吧，等我忙完了工作咱俩一起去。"

两人来到院长办公室门前，那里站着好几位科主任和护士长，门是开着的，可以清晰地听见里面有个女人在抽抽噎噎地哭泣："……我辛辛苦苦上了一个月的班，就算给医院挣得钱再少，总比那些请了病假连一天班都没上的人功劳大吧？上了班的和没上班的收入一样多，拿到的都是百分之六十五的工资，你觉得公平不公平？早知道这样，我还不如请了假坐在家里好了。娃娃上初三了，可怜的一天吃不上饭，成天在外面胡凑合着吃，我请了假，还不能给他做两顿好饭吃吗？……"说话的是中医科的一位女大夫，她说着说着又伤心地哭开了。

"好了好了，你的情况我知道了。你别哭了，先回科室去吧，回头我详细地了解了情况再跟你说，好吗？"殷志峰用非常温和的态度安慰道。

"你要是不给我一个满意的答复，我还会来的。"那位女医生说完便出来了。

　　陶爱英刚想进去，耳鼻喉科的方铭印已经抢在她前头进去了。她见找院长的人太多，怕排不上队，就跟刘克明商量了一下，准备第二天再来。妇产科的郑茜主任这几天请假了，崔万红暂时替她管理科室，她问了一下各科室的情况，发现妇产科的收入还算是比较好的，最起码百分之百的工资保住了，便决定不找领导了。

　　回来的路上，崔万红非常恼火地问道："这到底是哪个臭参谋给院长出的馊主意？"

　　"还有谁？院长跟前的大红人许伟呗。"陶爱英说道。

　　"这个臭不要脸的哈巴狗，真想拿把刀子把他的狗尾巴给割了！"崔万红用力挥了一下手，好像手里真的拿把刀似的。

　　"他出主意是一方面，另一方面也要有人愿意听呀。"陶爱英笑着说道。

　　"殷院长这下头大了吧？真不知道他到底是怎么想的。"崔万红说道。

　　"他也是被债逼得实在没办法了。听说建行因为咱们医院老拖着不还贷款，都已经起诉到法院了。"刘克明说道。

　　"医院也和一个家一样，光景不好过呀。"陶爱英理解地说道。

　　"好医生不一定就是好院长，看病和管理医院是两回事。"刘克明说道。

　　崔万红说："不管院长再难，也不能把职工的饭碗夺了。"

　　其他人都表示赞同。

　　第二天，陶爱英和刘克明见到殷志峰以后，他笑着听完两人的意见，表示自己爱莫能助，说全院的制度不是只针对他们一个科室，好几个小科室比他们的收入还少也接受了，希望他们能顾全大局，做好职工的思想工作。事后，陶爱英打听了一下，找过殷志峰的科室基本上都没有改变目前的收入状况，大部分科室负责人发了一通牢骚之后还是把奖励工资发了。她拖了半个月后，见其他科室把奖励工资都领走了，便把儿科的也领回来发了。这项新的绩效分配制度就这样被强硬地推行下去了。

二十四

上午十一点四十分，北京 301 医院妇产科门诊外面的大厅里站着不少人，正式号还没有看完，临时加号已经排到了十号。周敏慧看了看自己手中的号，是加三，心里想：门诊十二点下班，我们能轮上吗？就这个号还是她通过"后门"加的。大厅里人太多，环境又封闭，尽管头上的电扇"哗哗"地转动个不停，依然非常闷热。她的右前方坐着轮椅的那位老先生比她来得还迟，刚开始有个小伙子拿个蒲扇在背后给他扇凉，后来扇子交给了一个中年妇女，现在又传到一个小姑娘的手里。看着他们焦急的神情和手中不停摇晃的扇子，周敏慧的心里越发烦乱了。她侧身看了一眼坐在候诊区椅子上的杨雯雯，发现她又不见了，她的爱人韩东升坐在那里。不用说她肯定又去上厕所了，她不到十分钟就要上一趟厕所，每次都要用两个卫生巾，否则的话尿液就会从裤子外面渗出来。早上出来的时候，韩东升的背上背着满满一包卫生巾，才两个多小时的功夫包就瘪下去了。周敏慧的背上也背着一大包卫生巾，这是他们出门时的必备品。宾馆的沙发上、桌子上、地上，到处都是卫生巾。刚到北京的时候，她和韩东升提着大包小包到商场里去买卫生巾，卖货的还以为他们是来批发卫生巾的生意人。周敏慧在东正县的时候去过一次杨雯雯的家，卧室里堆着半房间的卫生巾，就像专门堆放杂物的仓库一样，让人看了心里很不是滋味。

杨雯雯是一位非常漂亮的女人，一米七的个子，身材既端正又苗条，弯弯的眉毛总是用棕色的眉笔描画得十分精致，美丽的大眼睛里不时透着冷艳高贵的目光，高直的鼻梁，棱角分明的嘴唇，走动时像浪花一样在肩背部微微摆动的卷发，以及包裹在裤子里的修长的双腿，让她在人群中分外引人注目。她很注意自己的穿着搭配，什么样的衣服配什么样的项链和耳环，涂什么颜色的口红，穿什么样的鞋，都要认真地研究之后才会做出最佳的选择。为了掩饰自己发黄的脸色，她每天早上起来都要花很长时间一层一层地涂抹护肤品和化妆品。虽然是在夏天，她依然穿着又厚又长的外套，因为只有这样才能把下身的敏感部位遮住，否则就会在人前出丑。

在一年多的时间里，从市级医院到省级医院再到北京 301 医院，周敏慧已经带她外出就诊三次，每次都要花费十几天的时间。医院多次跟杨雯雯的丈夫协商赔偿事宜，希望尽快解决这起医疗纠纷，但是对方索要的金额堪称天价，远远地超出了院方能够承受的上限。很多人都觉得这家人太贪心了，杨雯雯却对周敏慧说："钱其实对我并不重要，我只想把我的病治好。"说这话的时候，是在他们刚刚来到这个城市的第一个晚上，两个人洗完澡后都躺在宾馆的床上，灯已经拉灭了，一丝微微的亮光从窗帘的缝隙里透进来，映在对面的墙上。杨雯雯不喜欢把窗帘全部拉严，说她很怕黑。"这个手术把我的生活完全改变了。我以前很喜欢出去玩，现在哪里也不想去，只想待在家里。我特别害怕出门，尤其是到自己不熟悉的地方，因为我不知道厕所在哪儿。我从来不参加同事、同学、朋友的聚会，怕自己会出洋相。最让人难过的是夏天，身边有人突然吸着鼻子说能闻见尿骚味，你知道我心里有多尴尬吗？还有，当你心情好好地坐在外面休息的时候，无意间发现苍蝇越来越多，专门绕着自己飞的时候，内心真的都快崩溃了。在爱人面前，我也无法尽到一个女人的责任和义务，我们已经很长时间没有夫妻生活了……"她的声音哽咽了，周敏慧的心情也特别沉重。她觉得自己比任何人都理解她、同情她，真心盼望这位可怜的女人能早日康复。

十一点四十七分，终于轮到加一了。周敏慧看到杨雯雯已经从厕所出来了，赶紧走过去拉住她说："快走，马上就轮到我们了。"韩东升陪着她们站在门口等着叫号。十一点五十五分，加一出来了，加二又进去了。就在这时，杨雯雯突然说："不行，我得上趟厕所。"转身就要走。周敏慧一把拉住她说："下一个就是你，要是叫到你的名字怎么办？"

"那你先进去。"杨雯雯不顾她的阻拦迈着急匆匆的步子又走了。

加二进去不到三分钟就拿着一张检查单出来了。"加三，谁是加三？"叫号的护士在门口大声喊道。

"在这儿！"周敏慧赶紧展开手里的号给她看，同时转过头在人群中快速地搜索杨雯雯的身影。"快进去，大夫在里边等着呢。"护士催促道。

"你先往里走呀！"韩东升几乎是用暴怒的语气对周敏慧说道。周敏慧犹豫地站在门口，缓缓地推开门，刚把一条腿跨进去，杨雯雯"呼"的一下跑到她身边，气喘吁吁地说："轮到我了吧？我来了。"看到护士疑惑的眼神，周敏慧赶紧解释说："她是病人，我是陪人。"

两个人进去以后，周敏慧先做了自我介绍，专家马上就想起来这是熟人给自己嘱咐过的病人，询问了病情之后，让杨雯雯躺到床上做检查。她用窥器撑

206

开杨雯雯的阴道之后，生气地质问道："这是谁给病人做的手术？怎么把人家弄成这样了？"

周敏慧的脸上顿时火辣辣的，就像被人打了一耳光似的，只能装聋作哑不敢吱声。

专家检查完后，说是要住院做手术，但是目前没有床位，需要等。

"得等多长时间？"周敏慧问道。

"大概得一个星期左右吧。把电话留下，有了床位我随时通知你们。"

得知要住在宾馆里等一个星期左右才能有床，韩东升张嘴就骂娘，还把周敏慧狠狠地瞪了一眼，仿佛她就是制造了这起医疗事故的罪魁祸首，他们的一切烦恼都是因她而起。韩东升在东正县城开一家汽车修理厂，为了给妻子看病，生意受到了很大的影响。周敏慧默默地等他发泄完后，对两人说："你们要是愿意等，就在宾馆待着；要是不想等这么长时间，可以先回去，一有床我就打电话给你们，你们再赶过来。"

"已经来了，还回去干什么！那就等着吧。"韩东升没好气地说道。

第七天的深夜十二点，周敏慧接到电话说有人出院了，赶紧叫上韩东升夫妇赶到医院办理住院手续。她一个人在黑洞洞的院子里来回穿梭，楼上楼下不停地跑，把病人安顿好后已经是凌晨两点了。

做完手术，杨雯雯住了十二天才出院。回去以后，病情稍微有所缓解，但是仍然没有完全康复。两个月后，周敏慧又到北京去了一次。这次是她一个人先去预约床位，等了一个多星期有了床位后，才打电话给杨雯雯，韩东升开着车拉着妻子连夜往北京赶，又住了十几天才出院。

回家前的那天晚上，周敏慧跑到外面给家里打了一个电话。曹沐塬关心地问她这次出来是否顺利，吃的住的都怎么样。她说都挺好的，问女儿这两天表现怎样。曹沐塬说，童童不知道怎么了，晚上老是睡不踏实，半夜里哭醒过两次，有一次喊着要妈妈，哭得特别伤心，哄了好半天才哄好。周敏慧的眼泪"唰"的一下就流出来了，她用手使劲捂住自己的嘴巴，不想让电话那头的爱人听见。童童大概在电话里已经听出了妈妈的声音，抢过听筒要跟她说话。

"妈妈，你什么时候回来呀？我想你了。"孩子奶声奶气地说道。

周敏慧强忍着心里的难受劲儿，努力用高兴的语气对她说："妈妈明天就回来了。"

"今天十点就回来！你走了都有一百天了，今天必须回来！"童童不高兴地命令道。这个两岁多的孩子对时间还没有清晰的概念，"十点"对她来说已经是非常遥远的极限了。

周敏慧被她天真的话语逗笑了，擦了一下眼角的泪花说："好的，宝贝。那你要乖乖地听爸爸的话，妈妈给你买好吃的。"

"耶，耶！"电话那头孩子的声音渐渐地远了。曹沐塬笑着对她说："没事，娃娃家玩上一会就忘了。你路上慢点，注意安全。"

周敏慧两眼红红地回到宾馆的房间里，杨雯雯轻声问她："想娃娃了？"

她点了点头没有吭声。

杨雯雯走到她的床边坐下，拉着她的手用非常温柔的语气说："敏慧，谢谢你这么长时间一直陪着我，像家里人一样关心我、照顾我，到处找人给我看病，连自己的娃娃都没有时间管。不管将来治疗结果怎样，我都会永远记着你对我的好。"

周敏慧没有想到她会说出如此情真意切的话语来，内心一阵感动，连忙笑着说："照顾你是应该的，这是我的工作。只要我做的能对你的康复有好处，付出再多我也愿意。"

杨雯雯张开双臂，两个人紧紧地拥抱了一下，嘴里都呵呵地笑着，眼里却含满了泪水。

医院经过多次协商，终于和杨雯雯一家达成一致，一次性支付了医药费和精神损失费，让他们自己到北京、上海等地继续治疗。这笔钱大部分都由医院承担了，主刀医生赵泊平和两位助手只是象征性地罚了点款。从北京回来以后，周敏慧再也没有见过杨雯雯，但是这段经历却深深地留存在她的记忆当中，让她对这些因为特殊原因遭受不幸的人有了不同的认识，对身边孱弱的生命更加敬畏，更加尊重，深切地感受了自己肩负的责任对他们是多么重要。

雄壮激昂的音乐声中，罗晨阳站在主席台上大声念着年度受表彰的职工名单。一排排身着院服的医务人员在观众的掌声、欢呼声、口哨声中，有序地走上台领奖。几位院领导用灿烂的笑容迎接他们，热情地一一握手之后，把荣誉证书和奖金当场发给他们。

蒋美丽看到好几个人反复上台去领奖，其中领奖次数最多的就是陈灵均。坐在她左边的何亚梅已经算出来了，陈灵均一共获了五个奖，奖金合计七百多元。

"啧啧，看看人家多有本事，一下子能领这么多钱，真让人羡慕！"蒋美丽情不自禁地说道。

"快别羡慕了，领的奖越多，赔的钱越多！"坐在她后面的覃爱莉笑着说道。

"这是什么意思？我怎么听不明白。"蒋美丽转过头来不解地问道。

"让刘主任给你解释吧。"覃爱莉戳了一下身旁的刘克明。

"比方说，那个优秀论文奖，在国家级的杂志上发表是一等奖，医院奖励一百二十元，可是你知道吗？在杂志上发表一篇论文光版面费就要四五百块钱。再比如科技进步奖，一等奖医院奖励二百元，临床上开展一项新业务、新技术，要投入几千甚至上万元。再比如这个先进科主任奖，医院奖励一百元，请大家吃饭最少也得二百吧？你说，他赔了，还是赚了？"刘克明两手抱在胸前笑眯眯地分析道。

"在杂志上发表论文不给稿费，还要版面费？这个我还真不知道。开展科研活动既然需要花费那么多钱，而且钱还要自己掏，那你们干吗还要搞呢？"蒋美丽的脸上露出困惑的表情。

"医生要是不搞科研不写论文，技术就不能得到提高，晋升职称也会受到影响。不过，一般情况下，开展科研活动真正自己掏腰包的很少，都是想办法通过其他途径解决的。唉，小地方干啥都难，要是在人家大地方，医院专门拨出一部分钱作为科研经费支持大家搞科研，能争取到的市级、省级、国家级的科研项目也多。"

"怪不得医生都喜欢往大医院跑，我想这也是一个重要的原因。"蒋美丽说道。

刘克明笑了一下表示赞同。

领奖的环节已经结束了，殷志峰拿着讲稿开始讲话。

覃爱莉歪着脑袋小声问刘克明："你们科的先进是怎么评出来的？"

"投票选出来的。为了这事，科里的人吵吵闹闹意见很大，说是选上的都是人情票，我也觉得这样很不合理，但是又没有办法。你们呢？"

"我们科不投票，大家轮流当。原先也是投票选，结果有的人当了三四次了，有的人一次也没有当过。所以征求了大家的意见以后就这么搞了，非常公平，谁也没意见。"

殷志峰上台以后，对医院的评选先进制度进行了改革，不允许科主任和护士长参加科室先进个人的评选活动。于是，如何做到公平合理，就成了科主任和护士长最头疼的事。

"大家平时工作都挺辛苦的，相互之间确实差别不大。不过表面上看起来最公平的事也许最不公平……"刘克明看到院长突然停下讲话的声音向他们投来严厉的眼神，赶紧闭上嘴巴，装出专注的神情看着台上。殷志峰咳嗽了一声，又开始用铿锵有力的声音继续讲。

等他讲完以后，很多完全没有听清讲话内容的人机械地跟着众人一起鼓掌，掌声还和往常一样热烈。

3月份，陈灵均利用到西安参加学术交流会的机会特意去看望齐令辉，两人约好在一家名叫"蓝月亮"的咖啡馆见面。他们以前来过这个地方，齐令晖很喜欢那里的柚子茶和小点心。看到熟悉的地方，听到熟悉的音乐，陈灵均的脑海中浮现出的全是甜蜜的记忆。恍惚间，他觉得一切似乎都没有改变，她还是他深爱的女子，他还是她痴恋的情人，他们只是分别得太久，需要找回某种特别的联系而已。他的座位正对着门，她一进来他就看见了。她的头发高高地盘在脑后，身上穿一件小圆领的深青色中式棉大衣，大衣底部有一朵白色的莲花，腿上是黑色的灯笼裤，配着平底尖头绣花短布靴。远远看去，很像一位从明清的笔记小说中走出来的带着书香的女子。她不是一个人来的，身后还跟着一位三十多岁的男人，那人穿着麻灰色的休闲装，方脸盘，鼻子尖尖的，嘴巴很宽，黑色的眼镜框里闪烁着一双机敏而冷静的圆眼睛。

陈灵均看到这一幕情景感到很意外，马上站起来让座。

"这是我原来的同事陈灵均，这是贺鹏远，大学教授。"齐令晖介绍道。

三人落座后，服务员走过来问他们想要什么。齐令晖要了一杯柚子茶、一份水果沙拉、一份华夫饼，然后侧着身子问贺鹏远想喝什么，他说要一杯美式咖啡加两块糖。陈灵均点了一份黑胡椒牛排，一份抹茶蛋糕，要了一杯不加糖的现磨咖啡。他喜欢原汁原味的咖啡淡淡的甜味后面令人回味无穷的苦涩。那种苦涩能让他浮躁的心沉静下来，想起童年时经历的苦难，想起老家的烟囱里冒出的烟火和生长着豆子、高粱的土地。出于礼貌，陈灵均主动询问贺鹏远的工作情况和业余爱好，对方不冷不热地回答了一番，然后提起齐令晖过去在县城的工作生活情况，拐弯抹角地探问两个人的关系，眼神中透着一丝淡淡的醋意。陈灵均装作不懂，没有理会他。齐令晖很自然地回答完问题后，又把话题转到陈灵均身上，问起他父亲和儿子的近况。一提起儿子，陈灵均马上兴奋起来，两人聊得热火朝天。坐了一个小时后，齐令晖对贺鹏远说："你不是今天下午要到你二舅家去给他过生日吗？赶紧到蛋糕店取蛋糕去，不然的话一会儿就迟了。我跟我同事再聊会儿。"

贺鹏远不太情愿地站起来，跟陈灵均握了一下手便走了。

"他现在正在追我，我觉得他人还不错。"齐令晖低着头一边用叉子吃水果，一边说道。陈灵均内心的猜想终于得到证实，胸腔里不由一阵刺痛，强装着笑脸对她说："能碰到合适的人不容易，好好珍惜。"

"是的，我也是这么想的。如果不出意外的话，我打算今年冬天跟他结婚。到时候我就不请你了，因为我的内心不够强大。"她缩着脖子咯咯笑了两声，然后又说，"去年考研英语差六分没考上，今年我准备再考一次。在大医院工作学历低了不行，我不想让他们瞧不起我。"

"好好看书，你那么聪明，肯定能考上。"陈灵均鼓励道。

齐令晖抬眼对他笑了一下，依然在吃那盘水果沙拉。两个人很久都没有说话。

她把盘子里最后一块草莓吃完后，对他说了句："忘了我吧，咱们下辈子有缘再见。"然后用餐巾纸擦了擦嘴，就头也不回地走了。

他一个人呆呆地坐在那里，仿佛从梦境中回到了现实，又好像被可怕的梦魇从明亮的白昼拖回到无尽的黑暗当中。

"先生，您还需要什么吗？"服务员走过来问道。

"什么也不要了，买单。"他站起来说道。

二十五

1997 年，当歌手刘欢在电视上第一次用沧桑中略带悲怆的声音唱出《从头再来》这首歌时，许多观众情不自禁地留下了滚烫的泪水。其中不少人就是东正县的首批下岗职工。他们有的在歌声中找到了慰藉，获得了力量，跳入市场经济的汪洋大海中寻找"捞金"的机会；有的在经历了刻骨铭心的伤痛之后，忍辱含羞，从单位上体面的脑力劳动者变成了市场上廉价的体力劳动者，用辛勤的汗水换取微薄的报酬；还有一些人则接受了命运的安排，放弃一切努力，在家吃闲饭，生闲气，在外头说闲话，养闲心，成了实实在在的"闲人"。三年多来，随着这首歌在大江南北迅速走红，县城里无论大小人都能随口唱那么两句，而东正县的国营企业也在人们的歌声中相继倒闭，比如卷烟厂、陶瓷厂、砖瓦厂、水泥厂、机械厂、国营食堂……一些既迷信又无知的下岗工人便说，都是刘欢的歌把好端端的社会给唱乱包了，否则的话他们就不会沦落到如此的地步。街道上出现了越来越多锈迹斑斑的铁门和落满尘埃的玻璃窗。与此同时，大批小规模的民营企业、零售门市和各种各样的服务业如雨后春笋般争先冒出头来，从城市的中心位置不断向周边扩展、蔓延。其中，饭馆、卡厅和服装店数量最多。在这个衰败与繁荣同时存在，传统与现代相互交织，落后与先进相互更迭的时代里，医院就像隐藏在城市的丛林深处的神秘城堡，依然稳稳地矗立在原来的位置上，城外的人想进去，城里的人想出来，就跟钱锺书的《围城》里说的一模一样。

这天下午六点多钟，从西郊的"城堡"里走出来三位二十八九岁的女人，她们打扮得非常普通，走在行人当中毫无特别之处，唯一能吸引到路人的，就是她们无拘无束的笑声。这三位女人分别是吴芷瑜、周敏慧和孙静好。本来周敏慧和吴芷瑜想拉着翟书珍一起逛街，但是翟书珍说陈灵均跟人到外面喝酒去了，孩子没人带，没法出去。两个女人站在院子里正嚷嚷着说再叫谁呢，恰好叫住在窑洞上面平房里的孙静好听见了，说自己刚好没事，也想出来散散心，便一起出来了。

孙静好结婚以后再也没有出去打工，为了补贴家用，买了一台缝纫机，在家里给别人做些针线活挣点零花钱。好长时间没出门，她发现医院门口前段时间正在装修的那家酒店开业了，枣红的大门和门柱，朱红的牌子，上面写着四个镶金的大字"天一食府"，许多衣着光鲜的食客不停地进进出出，看上去生意十分兴隆。西桥小学外面她以前当过服务员的那家小饭馆已经变成了文具店，门前坑坑洼洼的地面被垫平了，铺上了整齐的地砖。这里已经成为学校的清洁区，被学生们打扫得干干净净。不远处的路口，一位头发花白的老人站在一台冰柜前正在卖雪糕。孙静好停下脚步，问两位女伴想不想吃雪糕，两人都说不吃，她便没买。

这时，一辆北京212吉普车"嘎"的一声停在马路的右前方，司机从车窗里探出头来，大声问："你去哪儿？"三个女人相互看了一眼似乎不知道对方问的是谁，紧接着，孙静好和周敏慧同时走上前去，周敏慧笑着对那人说："我们没事瞎溜达呢。"

"坐车不？"那人又问了一句。

"不坐，你忙去吧。"孙静好摆了摆手说道。

车尾喷出一股黑色的烟雾，"呼"的一声开走了。

吴芷瑜问周敏慧那人是谁。

周敏慧说："那个后生叫赵志刚，是陈灵均的发小，常到他家来，被我碰见过好几次就认下了。他前几年从邮政局辞职下海以后，开了两年卧铺车，现在把车卖了，在银行贷了一些贷款打油井，已经出了不少油，特别有钱。"

"我们俩是一个村的，不知道算不算发小。"孙静好说道。

"你们那个老乡可有意思了，看上了我一个初中同学，不敢追，托陈灵均让我去问。刚开始人家连话也不愿意搭，我好说歹说才见了一面，没想到两人聊得热火朝天，居然谈上了。"周敏慧笑着说道。

"你说的是他老婆吧？我还以为他俩是自己谈上的。"孙静好说道。

"我也就是在中间牵了个线。他丈人是城关镇的农民，有三个女儿，他老婆是老大。他丈人听说赵志刚是单亲家庭，不让女儿跟他，他就天天往那家跑，主动帮他们干活，到了吃饭的时候就坐着不走。他老婆做饭的时候故意多做一点，给别人舀饭的时候顺便给他也舀一碗。时间长了，周围的邻居都知道那家的大女儿有了对象，谁也不给她介绍对象了，他丈人也觉得这个小伙子人品不错，就同意了这门婚事。"周敏慧说道。

"你知道是谁给他出的这个主意吗？"孙静好问道。

"谁？"

"陈灵均。"

周敏慧惊讶地张大嘴巴弯着腰咻咻地笑开了："这家伙平时看起来挺乖的，怎么还会给人出这样的鬼点子？"

"男人家到了一块儿，什么损招想不出来？什么坏事不敢去干？人家都说杜海军很听我的话，我不在家的时候他还不是跟那些狐朋狗友在一起胡吃海喝。"吴芷瑜说道。

"看看现在两个人过得多好，他丈人心里不知有多高兴呢。"孙静好说道。

"还是人家外面做生意的人挣得多，咱们这些在单位上班的只能拿那么点儿死工资，饿不死也吃不饱！"吴芷瑜恨声恨气地说道。她所在的单位最近也不景气，不过全额工资还能保住。

"做生意也有风险，有挣的，也有赔的。"孙静好说道。

"想在外头挣大钱不但要有能力，还要有魄力，不是人人都敢辞了工作下

213

海的。"周敏慧说道。

"再有本事，关键还要有人帮你！唉，像咱这样既没有本事，又没人帮忙的人，只能受一辈子的穷。"吴芷瑜叹息着说道。

三个人默默地走了一会儿，吴芷瑜突然像是记起了什么，偏着头问周敏慧："我听说你们单位的余蓉到新安大学附属医院急诊科学习去了，你怎么没去？"

"我也想去呀，但是人家院长没有派我。我们科的徐丽娜也到新安大学附属医院骨二科学习去了。最近还有两名护士调到了心电图室和B超室，改行当了技师。我实在想不通她们到底是通过什么渠道得到这些机会的，我提前一点消息都没有听到。"周敏慧纳闷地说道。她听人说余蓉这次学习回来可能要被提升为急诊科的护士长。

"你可真傻！成天只知道上班，不知道到领导跟前走动，你提前没有把自己的想法告诉领导，医院里有那么多的护士，关键时刻人家领导怎么会想到你！"吴芷瑜的脸上露出讥讽的神情。

周敏慧这才恍然大悟，觉得自己又蠢又笨，简直跟傻子一样。

"以后好好努力，你有文凭，又有能力，曹沐塬也有文化，有时还能给你出谋划策。不像我，孤零零的一个人，身边连个说话的人都没有，能胡乱活下去就不错了。"吴芷瑜消沉地说道。

"芷瑜，你还年轻，是时候考虑一下自己的个人问题了，遇到合适的人不要错过。"孙静好说道。

吴芷瑜低着头半天没有说话。

"最近有给你介绍对象的人没？"周敏慧关心地问道。

"有。"吴芷瑜抬起头说道。她说自己本来不想考虑再婚的事，前些日子有人给她介绍了一个比她大十几岁的男人，在油矿工作，带着一个十二岁的女儿，家庭经济条件还不错，那人脾气也很随和，家里人都劝她跟了那人算了，她嫌对方年纪太大。

孙静好认为年龄不是最主要的问题，只要两人合得来就应该考虑一下，女人年纪大了更不好找。

"我觉得你应该到他家看看，过日子的男人能看出来。"周敏慧说道。

"我已经到他家去过了，地方挺大的，东西都摆放得整整齐齐，收拾得挺干净的。他的父母我也见了，七十多岁，身体很好，都是油矿的退休职工。"

"那就跟了他算了，这么好的条件再到哪里找去。"孙静好说道。

"关键是本人不合适，我不想找一个老头子过日子。"吴芷瑜皱着眉头说道。

"我听说前段时间还有人给你介绍过一个教师，你觉得那人怎么样？"孙静好问道。

"那人年龄倒是和我差不多，但是人太窝囊了，没有一点个性，我不喜欢那种性格的人。"

"不要太挑，能凑合着过日子就行了。"孙静好笑着说道。

"我一点儿也不挑，这些人确实不合适。"吴芷瑜固执地说道。

不知不觉已经走到大街上，周敏慧看到一家女装店还没有关门，就拉着两人一起去转。她看上了一套白格子上衣黑色直筒裤的套装，问了一下价格觉得有点贵，两位女伴就帮她一起砍价，从二百四十元砍到了一百三十元，她还嫌贵，只肯掏一百二十元。

"想买就买，不想买就算了！"女老板冷着脸说道。

早就等在一旁看中了店里最贵的一套衣服的一位油矿女职工马上就问："这套衣服多少钱？"

老板说："二百八十元。"

"给我拿套大号的。"她轻蔑地看了周敏慧一眼，从兜里掏出三百元扔在柜台上。

周敏慧的心里特别不是滋味，转身就从门里出来了。孙静好和吴芷瑜追上她，反复问她是不是真的喜欢那套衣服。她说是，但她不想再回头了，因为她不喜欢女老板说话的语气。

"你要是真心喜欢的话，多十块钱也无所谓。我帮你去买，就说我想要。"孙静好诚恳地看着她说道。得到她默许后，孙静好拿着钱跑进服装店，不到五分钟的时间就抱着衣服气喘吁吁地赶来了。

"老板问我要不要试一下，我说不用，我知道自己肯定能穿上。"孙静好兴高采烈地说道。

"她肯定猜到你是给我买的。"周敏慧脸上露出一丝窘色。

"管她怎么想，只要你得到了自己喜欢的东西就行。"孙静好说道。

周敏慧高兴地接过衣服三个人继续向前走。

马路对面的一家卡厅正在营业，吴芷瑜指着半遮半掩的卷闸门说："这里面肯定不干好事!"

说话间,吴青带着一位打扮得很时髦的外地女人来到门前,鬼鬼祟祟地往两边看了看,便钻进去了。

周敏慧知道男人们喜欢到那种地方去的原因是什么,她没有想到表面上看起来斯斯文文的吴青居然也是这种人,心里特别不舒服,暗暗骂了几句,问身旁的小姐妹要不要把这事告诉江雪。两人都说还是不要说的好,江雪要是知道了夫妻俩肯定会闹矛盾的。

"那她一直被蒙在鼓里不是更不好吗?"周敏慧不解地问道。

"夫妻之间其实是最敏感的,她早晚会知道的,但是最好不是由我们来告诉她。"吴芷瑜说道。

周敏慧不知道这到底是一种什么样的逻辑,但她还是接受了两人的建议,决定不把吴青在外面胡闹的事告诉江雪。

三人路过一家烟酒门市时,黑兴武和他老婆分别坐在门口两边,那女人跷着二郎腿正在悠闲地嗑瓜子,黑兴武面无表情地看着周敏慧从门前经过,没有跟她打招呼,周敏慧也装作不认识他,仰着头自顾自地往前走。黑兴武自从那次被人用刀子捅伤以后,已改邪归正,和老婆一起安安分分地做生意、过日子。他手下的兄弟都散伙了,有的另立门户当起了大哥,有的去投奔其他的黑老大。他的家里和店里都挂着很大的一幅"忍"字,他脸上的乖戾气和强悍劲也消散了不少,很少和人高言低语。

周敏慧走过去以后,旁边有人问黑兴武:"刚才那是谁呀?"

"县医院的护士。"

"护士是干啥的?"

他老婆抢着说:"就是给病人端尿盆的。"

"瞎说什么,是给病人打针发药的!"黑兴武低声呵斥道。

周敏慧听到那女人的话,很想扭过头跟她争辩几句,又忍住了。走到影剧院对面的十字路口以后,同伴们问她打算到哪里去。周敏慧想到体育场里面的露天舞厅去玩,于是,三个人便向河畔的方向走去。

到了地方以后,眼前的情景让她们大失所望。露天舞厅上面的彩灯都撤掉了,看门的人也不见了,圆形的舞池中央只有白锦明带着七八位小姐在搔首弄姿,镂空的红砖围墙上面放着一台小型录音机,里面正在播放邓丽君演唱的《夜来香》。周围的人只是远远地看着,谁也不愿意走近他们。白锦明在卷烟厂外面开了一个规模很大的卡厅，里面全是包厢，养着很多小姐。很显然，为了招揽生意，他这是在大庭广众之下明目张胆地做广告。那帮小姐的年龄在二十到三十岁之间，全都浓妆艳抹，涂着黑色的唇膏，穿着虽然不暴露，但是身上都带着一股妖媚气，一看就不是良家妇女。

"真讨厌，没地方跳舞了。"周敏慧噘着嘴闷闷不乐地说道。

"咱们到那边走走吧。"孙静好指着旁边的运动场说道。她不会跳舞，常在边上当观众，所以并不觉得有多扫兴。

于是三个人沿着跑道慢悠悠地转着圈走，在她们身前和身后还有一些锻炼身体的人在慢跑或散步。靠近北边的一侧有卖气球、卖玩具水枪、卖爆米花的人，很多大人带着小孩在里面乱跑，吵吵闹闹，特别混乱。

"你认识那个女人不？"吴芷瑜用胳膊碰了一下周敏慧，朝排球网那边努了一下嘴。

周敏慧侧身一看，发现顾一萍和她爱人带着儿子在那里玩。孩子看上去三岁左右，抱着一个皮球在地上滚来滚去，顾一萍穿着白色的套裙、细细的高跟鞋跟在后面小心地照看着，刚刚烫染过的卷发垂到了脸颊的一侧。

"认识，她是我们那一级的同学。"周敏慧说道。

"这个女人太能耐了。"吴芷瑜笑了一声，马上就打开了话匣子，滔滔不绝地说起了顾一萍的风流韵事，"她是卫校自费班毕业的农村娃娃，啥关系也没有，凭自己的本事硬是从临时工转成正式工，从乡镇卫生院调到了县防疫站。她跟原来的那位领导相好的时候，刮过好几次宫，怀的娃娃要是全生下来，大概都有五六个了。"

"不可能，她是学医的，肯定知道怎么避孕。"周敏慧反驳道。

"你们不知道，那个男人有个怪癖，就是做那种事的时候不喜欢戴避孕套，她当时还没有结婚，不敢长期吃避孕药，所以就……"

"你怎么知道她的这些事儿？"周敏慧奇怪地问道。

"人家都在说呀。"吴芷瑜满不在乎地说道。

"现在这种人还不少哩。"孙静好笑着说道。

"这个社会肯定病了，而且还病得不轻，我很不喜欢现在的这个样子。"周敏慧皱着眉头不悦地说道，"我不想待在这里了，咱们回去吧。"

两人都说好。刚走到体育场门口，迎面碰上周敏慧家原来的一位邻居。

"哎呀，好长时间不见你，真是越来越俊了！"那女人上下打量着周敏慧，用极其夸张的语调说道。

"还就那样儿，没怎么变。"周敏慧笑着说道。

"你现在还在县医院上班吗？"

"嗯。"

"快升成医生了吧？"

"没有，我是护士。"

"什么时候能当上医生？"

"阿姨，护士和医生是两个职业，护士永远都是护士，不会变成医生的，除非你要改行。"周敏慧哭笑不得地解释道。

"哦，是这样啊。"那女人依然用疑惑的眼神看着周敏慧，欣喜的表情已经被失望取代。

"护士怎么了？难道当了护士就低人一等吗？这些人简直是神经病，我都快被他们气疯了！"走在回家的路上，周敏慧恼火地用脚踢了一下路上的小石头气愤地说道。

"别跟他们计较，没文化的人都是这样。"孙静好劝慰道。

夜幕已经降临，马路上亮起了昏暗的路灯，三个人的影子在地上摇曳着、变换着，就像电视里的皮影戏一样。

当天晚上，陈灵均在外面跟人喝酒却早早地就回到了家里。这次由陈灵均做东，主客是沈若拙，陪酒的是安振国和汪学义，吃饭的地方就在医院大门外面的"天一食府"。进去的时候包厢已经全满了，四个人便坐在大厅里的一张圆桌前，老板拉来一面屏风挡在前面。旁边还坐着两桌人，其中一桌有一个药贩子，他们都认识，但是那人背对着他们没有注意到他们进来了。

穿着一身唐装的女服务员前来点餐。在钻采公司医务室承包了一年，刚刚调到长河滩镇卫生院当院长的沈若拙打量着四周的环境，好奇地说："我听说现在城里好多大饭馆都有小姐，这个地方有没有小姐？我这个土老帽都不知道小姐是干啥的。"

其他人都嘿嘿地笑了起来，避开话题催他点菜。他只点了一个麻婆豆腐，说剩下的让陈灵均看着办，陈灵均接过单子熟练地点好菜交给服务员。

服务员刚走，一位打扮入时的女人便扭着屁股大摇大摆地进来了，站在桌边用十分轻佻的语气说："刚才是谁要小姐？"

四个男人同时愣了一下，反应过来是怎么回事后，不由哈哈大笑。沈若拙的脸涨得通红，恨不得找个地缝钻进去。他完全没有想到自己随口一说竟被人当真了。

小姐一点儿也不觉得难堪，等他们笑完后不耐烦地说："我的时间很宝贵，每一项服务都是要收费的。你们是一个人要陪呢，还是四个人都要陪？"

汪学义故意逗她说："都有哪些服务项目，怎么收费呀？"

"亲一下五十，抱一下一百，陪酒一百五，要是晚上出去的话……"

"好了好了，别开玩笑了。对不起，我们刚才只是随便问一下，不需要你提供任何服务，赶紧忙你的工作去吧。"安振国打断她的话连忙说道。

"不行，我是不能出空台的，既然来了，老板们总得意思意思。"那女的索性坐在沈若拙和陈灵均中间的空凳子上，跷着二郎腿，大大咧咧地看着众人，摆出一副不给钱就不走人的样子。

见此情景，沈若拙这才明白自己把乱子惹下了，紧张得不停地用手帕擦头上的汗。其他人连忙赔着笑脸给小姐说好话，哄了大半天才跟她达成协议，给了五十块钱把人打发走了。

"我的妈呀，城里的人太复杂了，我以后再也不敢乱说话了。"沈若拙长长地吁了一口气，后悔地说道。

"没事，就当长了一点知识，最起码知道小姐是干啥的了。"汪学义说道。众人又哧哧地笑起来，沈若拙更不好意思了。

菜已经上来了，四个人边喝酒边聊天，很快就把刚才的事抛到了九霄云外。

陈灵均问了一下沈若拙所在的长河滩镇卫生院的情况。他笑着说，也是个没人愿意去的烂摊子，前任院长欠下两万多元的债务，职工人心涣散，有的长期不上班，有几个上班的人各干各的，看完病直接把钱收进自己的腰包，不给医院上缴，特别混乱。

"那你能管好吗？"安振国担心地问道。

"没事，慢慢整顿。钻采公司门诊我刚去的时候也不行，我想了很多办法提高业务质量，扩大对外影响，比如到幼儿园给娃娃们打防疫针，利用我的专业特长给钻采公司的中老年职工治疗慢性病等。干了一年以后，病人明显增多了，不光把欠下的账还完了，还给账户上留下一万多块钱的结余。我走的时候，职工们都不想让我走，因为我来之前他们连工资都发不开，我来了以后除了能保证工资以外，还能拿一点奖金。我现在已经把这里的情况摸清楚了，只要把里面最难管的人管住了，其他人自然就跟着变过来了。"沈若拙胸有成竹地说道。

众人都对他表示佩服，在陈灵均的提议下共同碰了两杯以后，便开始摇骰子打关。

这时，屏风外面紧挨着他们的那张桌子上的人大概喝高了，把酒瓶和酒杯推倒了，乒乒乓乓响了半天，一个男人扯着公鸡嗓子高声说："我不是跟你们吹，凡是我找过的大夫，没有一个不被拿下的。兄弟我，兄弟我，在药品销售这一行，绝对是老大。谁说自己不爱钱，那是假的……干，干！"

"你可真有本事！"

"牛！"

又是一阵乒乒乓乓的声音，紧接着便是震耳欲聋的划拳行酒令的声音。四位大夫面面相觑，谁也不说话。

陈灵均端起面前的酒杯仰头一口喝下，快步冲出屏风，走到那桌人面前，"啪"地拍了一下桌子，指着自己的胸口对那位药贩子说："睁开你的狗眼好好看看，站在你面前的是谁？"

药贩子摇摇晃晃地站起来，眯着眼睛把他瞅了一会儿，张开流着涎水的嘴巴笑着说："你是陈，陈大夫。"

"你给大家说句实话，你来找我，我被你拿下了没有？"陈灵均虎着脸问道。

那人似乎意识到了什么，畏怯地说："没有。"

"那你刚才放什么屁，说凡是你找过的大夫没有不被你拿下的。赶紧把你的臭嘴闭上，以后再敢胡说，看我不撕烂你的嘴！"他用手指着那人的鼻子大声吼道。

药贩子大概被他的气势镇住了，连忙赔不是。跟在陈灵均身后走出来的安振国和汪学义见旁边有个人骂骂咧咧得很不服气，赶紧将陈灵均拉回到自己的桌上。

陈灵均回到自己的座位上以后情绪依然很激动，从来不抽烟的他向汪学义要了一支烟，点着后大口大口地吸着对众人说："人要活得有尊严，就要有羞耻心，不管在外面做什么事情，都要对得起天地良心。否则的话，当别人在大庭广众之下打你脸的时候，只能忍气吞声被人家羞辱。这个道理其实非常简单，可惜很多人一看到利益就把什么都忘了，也难怪咱们医生在老百姓心目中的地位越来越低。"

大家都没有心情喝酒了，干了杯中的酒，吃完饭，便结了账回去了。

二十六

晚上八点多，当都市里各种热闹景象吸引着精力旺盛的人们流连忘返时，县医院的妇产科病房却一反常态，连一个生娃的都没有来。正在值班的江雪下午吃饭的时候忘了吃药，便给护士打了声招呼，趁着这个空当回家去取药。她吃的药是在北京协和医院买的，专治不孕不育。自从头胎意外流产后，她再也没有怀上孩子，心里特别着急，每次跟同事们提起这件事都对主任怨气很大。大家都说，妇产科医生就是这样，工作太忙，发生那样的意外也是没有办法的事情，趁着年轻赶紧再怀一个。她家就在医院的家属楼上，不到五分钟的时间就到了家门口。她用钥匙打开门，看到客厅里面是黑的，便顺手把灯按着，心里想：吴青怎么这么早就睡了，是不是白天上班太累了？换拖鞋的时候，她发现吴青的皮鞋旁边放着一双非常精致的红色女式高跟鞋，马上联想到过几天就是自己的生日，会不会是吴青偷偷买来送给她的意外惊喜，就把脚放到那双鞋旁边比了一下，结果让她大失所望——鞋比她的脚足足小了两个码！心里马上咯噔一下，有了不祥的预感。她走到大卧室的门口刚要推门，吴青头发乱糟糟地从里面出来了，不自然地笑着问她："你不好好值班，跑回来干吗？"

她听见卧室里有响动，要进去看，吴青挡住她不让她进去。

"里面是什么人？让她给我出来！"江雪气急败坏地吼着，非要进去不可。

"没谁，就我一个人。"吴青抱住她使劲往沙发跟前推。

"你骗谁啊，要是没人，为什么不让我进去？"

她知道里面肯定藏着一个女人，这会儿估计正在穿衣服，就不顾一切地掐他，扭他，用牙齿咬他，想伺机摆脱他的控制，给那个女人一点颜色看看。吴青疼得叫了一声，在她脸上用力抽了一耳光，然后把她的胳膊拧住反背在身后摁倒在沙发上。卧室里的脚步声越来越响，但是一点儿也不慌张，足足过了五分钟才向门口走来。江雪用自己能想到的最恶毒最难听的话骂吴青和那个女人，拼尽全身力气想爬起来。但她毕竟是个女人，没有男人力气大，只能眼睁睁地看着一个穿着黑裙子背着白色皮包的黄头发女人大摇大摆地走到客厅，换

221

上高跟鞋扬长而去。

那个女人走了以后，吴青又跟她扭打了好几分钟才放开手。她知道自己追不上那个女人了，便坐在客厅里绝望地放声大哭，气得浑身发抖。

"丁零零……"电话突然响了。她知道肯定是科室打来的，便止住哭声，努力咽下肚子里的泪水，拿起了听筒。

"江大夫，来病人了，你赶紧上来。"是护士的声音。

"好，我马上就来。"她挂上电话，不甘心地看了丈夫一眼。他站在客厅的窗台前正在抽烟，脸皮绷得光光的，没有一丝愧疚之意。

小夜班护士看到江雪从家里回来以后眼睛有些发红，问她发生了什么事。她说没事，只是胃里有点难受，马上就去看望产妇。这是一位三十岁的高龄初产妇，经过检查胎儿是头先露，胎位正常，宫口已经开了两指。产妇听说年纪大了头胎不好生，想做剖宫产手术。江雪对她说："娃娃不大，你的身体条件又好，只要心里能用上劲，肯定能生下来。现在你的肚子已经疼上了，如果做手术的话，生的时候有麻药倒是不疼，可是生完孩子既要忍受宫缩疼，又要忍受伤口疼，两样罪哪样都少不了。再说，自己生产后恢复得快，一般不会留后遗症；做了手术恢复得慢，术后子宫上还会留下疤痕，以后要是还想生二胎，下次生的时候还得做手术。你觉得划算不划算？"

那个女人听了觉得她说得有道理，马上就对自己有了信心。

江雪刚把这个病人安顿好，又来了一个生娃的。那个女人肚子很大，她本人和家属都很紧张，不停地问医生情况怎么样。江雪检查了以后，发现胎儿虽然比较大，但是产妇个子高，骨盆也宽，经过严格测算之后，觉得应该能从产道分娩出来，也建议自己生。产妇答应试试看，但心里还是有些忐忑不安。

江雪刚走出产房，护士让她接电话。电话是麻醉科的尤自明主任打来的，询问妇产科晚上是什么情况。

"目前有两个生娃的，胎位正常，产妇的情况也不错，我看自己能生出来。其他病人都很平稳，暂时没有要做手术的。"

"哈哈，太好了。小江，今天早上接班的时候我一看外科值班的是高云天，妇产科值班的是你，心里可踏实了，能和你们俩在一起上班真是太高兴了。希望咱们能像往常一样，安安稳稳地把这个班上下来，一晚上平安无事。"

"放心吧，尤主任，不到万不得已，我是不会把病人打发上来的。"

"好，那你先忙，有什么情况随时联系。"

　　在江雪的鼓励下，两位产妇都通过自然分娩的方式把孩子顺利地生了下来，两个新生儿都是女孩，母女平安。当晚所有跟江雪一起上班的人都觉得她跟平常不一样，好像有什么心事，但是她还是一丝不苟地完成了所有的工作。

　　下了夜班以后，江雪把当天值班的崔万红单独叫到值班室里悄悄地问她："吴青在外面有人了，这件事你知道不？"

　　"你听谁说的？"崔万红反问道。

　　"被我当场逮住了。"江雪说完便嘤嘤地哭了起来。

　　崔万红叹了口气说："我原先是听人说过，但是不知道是真是假。"

　　"你知道那个女人是谁吗？"

　　"好像说她原先在外地当过小姐，来到东正县以后在矿区租了一间房子住着。有人碰见吴青到她那里去过。"

　　"你为什么不早点告诉我？"江雪用吃惊的眼神看着她责怪地问道。

　　"我以为你知道。"

　　"我不知道！"

　　"那你就一点儿感觉也没有吗？"

　　"没有。"江雪沮丧地摇了摇头，"他们交往的时间应该很长了吧？是不是全县的人都知道了，只有我不知道？"

　　"这个我也不好说。"

　　江雪回到家里以后，吴青已经不在了，但是屋子里似乎还飘散着令人作呕的气味。她把所有的门窗都打开，依然觉得胸腔里憋得难受。一想到自己平常值班的时候，家里的床单和被子不知道被那对狗男女睡过多少次，留下了多少肮脏的污渍，她又气又恨又恶心，觉得自己简直愚蠢到极点。她的心里有无数个为什么需要解答，而她最先想到的能为自己答疑解惑的人，就是自己的亲人。她给在东正县工作的妹妹打了个电话，把吴青出轨的事告诉她，然后问她是否知道这件事。

　　"我知道一点儿，但是没敢跟你说。"

　　"为什么不敢跟我说？你是我的亲妹妹呀，我最疼爱的人！咱俩从小一起长大，我有什么秘密总是和你一起分享，从来没有把你当成外人。你怎么能这样对待我？"江雪捶胸顿足地说道。

　　"你的个性那么强，又爱急躁，我怕你接受不了。我让我那口子专门说了一次吴青，我以为他会改的。"妹妹胆怯地说道。

这个结果是她完全没有想到的。她又给居住在新安市的父亲打了个电话。因为她突然想起来，有一次她值班的时候父亲来看她，她把家里的钥匙交给他，让他自己去开门。结果他用邻居的电话打来说门打不开，问她门锁是否有问题。她赶紧给吴青的单位打电话，想让他回去看看。他的同事说，吴青说他感冒了在家休息。她又打到家里，吴青果然在，说他睡得太死没听见开门声。

门是怎么打开的她再也没有问过，之后她多次开门也没有遇到任何问题。当时她没有把这件事往深里想，但是现在却觉得那个"门锁"事件也许并不是简单的技术问题，很有可能隐藏着一个重大的"案件"，她父亲应该最清楚那天到底发生了什么。她先跟父亲聊了一会儿，像往常一样关心地询问二老的身体、吃饭、作息等情况，问他们有没有钱花，然后装作很随意的样子问父亲那次进门后有没有发现什么异常。

"没有啊，你问这个干什么？"老人敏感地问道。

"吴青在外面有人了，爸爸。"她强忍着内心的痛楚很认真地问道，"你跟我说句实话，你那次是不是碰见他跟一个女人在家里？"

"别瞎想啦，他不是那样的人。"父亲马上说道。

她哭着把头一天发生的事告诉父亲，他半天没有说话，过了好一会儿才用冷静的语气问道："那你打算怎么办？不可能要跟他离婚吧？"

"我还没有想好，我只想知道你事先知道不知道有这样的事情？"

"小雪，你让我怎么回答好呢？父母都是为了孩子好，有时候在特殊的情况下也会说一些善意的谎言。你都是三十多岁的人了，身边也没有孩子，我和你妈不想让你跟他离婚。不管发生了什么，该原谅的就原谅，谁还没有个犯错的时候。忍一忍吧，事情闹大了，对你也不好……"

江雪听了如五雷轰顶，五内俱焚："爸爸，你和妈妈是我在这个世界上最信赖的亲人，这种事情别人不告诉我，我可以理解；但是你们应该在第一时间告诉我呀，我不能像傻子一样一直被蒙在鼓里。你们这样做不是为了我好，而是在害我呀……难道在你们的心里，女儿的人格和尊严还没有一个不负责任的男人重要吗？"她用手抓挠着自己的胸口，连哭带喊地说道，感觉气道里就像被什么东西堵死了似的，呼吸特别困难。

挂上电话，她软绵绵地靠在沙发上，脑子里不停地在胡思乱想。如果说丈夫的背叛让她感到特别伤心，特别难过的话，那么，朋友和亲人的欺骗让她更加伤心，更加难过。

"骗子，全都是骗子！我曾经那么爱你们，信任你们，掏心挖肺地对待你们，你们却这样无情地对待我，眼睁睁地看着我往火坑里跳，把我往悬崖下面推。这究竟是为什么？为什么？"她焦躁不安地在房间里来回走着，不停地自言自语。当她想到父亲之所以不想告诉她吴青出轨的原因，是因为她怀不上孩子，怕她跟吴青离婚，便把自己一切不幸的根源都归结到郑茜的身上——是这个女人不顾她死活，让她挺着大肚子下乡，夺走了孩子幼小的生命，让她失去了做母亲的资格，也让吴青对她心怀不满，宁愿跟一个小姐鬼混，也不愿跟自己的妻子在一起。怒火在她眼中燃烧，牙齿在嘴里咯咯作响，她攥紧拳头，发誓一定要把这个恶毒的女人搞得身败名裂，否则就难解心头之恨。

第二天早上交班的时候，江雪迟到了十分钟。她头发蓬乱，眼神呆滞，上衣的扣子也扣错了，一长一短，十分可笑。护士已经念完交班报告了，崔万红又把昨晚病人的情况简要地说了一下。紧接着，郑茜向全科人传达了院周会的精神，说这个星期全院要进行卫生大检查，要求科室的医护人员和清洁工把病房和各个办公室的卫生打扫好，争取拿到流动红旗。自从全院开始卫生评比以来，她们科连一次也没有评上先进，许伟说好几次想把流动红旗给她们科，因为卫生实在太差没法给。

"骗子！别再说那些骗人的鬼话了，你演戏演了那么久，不觉得累吗？"江雪没等她说完，便声色俱厉地说道。

众人都惊愕地看着江雪，不知道发生了什么。

"你们全都被她骗了，让我来揭开她的真实身份吧：她其实是一个小姐，每天打扮得漂漂亮亮的，就是为了勾引男人，好让他们给她钱花，给她官当。别看她在咱们跟前装得一本正经的，在那些男人面前可下贱了，为了讨得他们的欢心，什么恶心的事都做得出来。只有在我们这些老实人面前，她才穿上强盗的衣服，用手里的鞭子恐吓我们，抽打我们，用我们的血和肉喂养自己……"江雪越说越起劲，嘴里冒出来的话也越来越离谱。

郑茜尴尬地看着众人说："她这是怎么了？说的话我一点儿也听不懂。"

站在江雪身旁的崔万红说："江雪，你胡说什么呀！是不是昨天没睡好脑子发蒙了？不行的话回去休息一会儿。"不由分说拉着她便向外走。

江雪一把推开崔万红冷笑着说："别拉我，我知道你们都是一伙的，她是杀人犯，你是帮凶，我儿子就是被你们俩害死的。"

郑茜一听就急了，连忙辩解道："江雪，你流产的事我真的不是故意的，我敢对天发誓，我当时只想着工作，没有一点私心。我确实没有想到会发生那样的事情，你说，咱俩无冤无仇的，我为什么要故意害你呢？……说实话，事情过去以后，我一直很自责，常常在心里骂自己，怨自己，可是已经太晚了，没有用了。对不起，我真的没有想到这件事情会在你的心里留下这么深的创伤，我知道自己错了，可是世上已经没有回头路了……"她说着说着便捂着脸哭了起来。

"不要再用你的眼泪骗人了，你这个自私自利的家伙，你所做的一切都是为了你自己！"江雪愤怒地说完后，又转过身来指着崔万红说，"别以为我不知道你们背地里做的那些事情，我只是不想说而已。你也是个骗子，跟她一样！你们和吴青串通好了合伙来骗我，目的就是把我从这个地方赶出去，好让你们这些臭味相投的人逍遥自在地过日子。因为我跟你们不一样，我是一个有良心的人，我瞧不起你们这些人，这些骗子、小姐、强盗和杀人犯！"她不顾其他人的拉扯，用异常悲愤的语气接着说，"我现在总算看明白了，这个世界是骗子、小姐、杀人犯和强盗横行的世界，老实人是没有办法活下去的。你们其他人都不敢说，那是因为你们已经习惯了被骗，也想成为和他们一样的骗子，正等着从他们的碗里分到一两勺沾着人血的肉汤呢！我才不怕呢，因为我跟你们不一样……"

几位同事都觉得江雪不对劲，连拉带拽好不容易才把她弄出护士办公室。江雪一边身不由己地在众人的推搡下往前走，一边把手放在鼻子下面，嘘声细气地对路人说："我知道我不能再说了，因为有人不想让我再说下去。看见了没有？他们掐住我的喉咙，绑住我的手脚，就是不想让我再出声……"

几分钟后，崔万红走进主任的办公室，对正在生闷气的郑茜说："江雪家里前天晚上出了点事，估计精神受了刺激，平常她不是这样的，你别往心里去。"郑茜忙问她怎么回事。崔万红一五一十地说了以后，郑茜当即决定让江雪的家人把她带回家休息，怕她会出事。考虑到江雪两口子现在关系正僵，把吴青叫来不太合适，郑茜便用电话联系上了江雪的妹妹，让她把姐姐带回去好好地开导开导。

江雪走了以后，科室的人得知她的遭遇后都很同情她，大家觉得休息一段时间以后，在家人的关爱下，她应该能够恢复正常。

江雪的妹妹和妹夫看到平日里精明能干的姐姐一夜之间变成了这个样子，特别心疼，就把吴青叫回家狠狠地收拾了一通。

　　吴青因为江雪长期怀不上孩子心情十分郁闷，一次偶然的机会认识了这个外地女人，觉得她温柔体贴又多情，比线条粗大直来直去的妻子有意思多了，时常跑到外面跟她寻欢作乐。但是作为一名公职人员，他毕竟也是有头有脸的人，不可能离开本科学历的妻子，跟一个名声不好又没有文化的女人结婚。得知妻子的精神出现问题以后，回想起孩子夭折以来江雪承受的压力和痛苦，还有她多年来对自己全心全意的付出，吴青特别后悔，向妻妹和妻妹夫保证说，以后再也不会跟那个女人来往了，一定好好地对待自己的妻子，想尽一切办法帮她把心结打开，让她重新过上正常人的生活。他到单位请了假，专门在家里陪伴自己的爱人。不管他在江雪跟前说什么，她都在笑，脸上的表情似乎在说：你是个骗子，我已经不相信你了！

　　吴青看到妻子这个样子十分痛心，晚上躺在床上怎么也睡不着。半夜里，他好不容易迷迷糊糊地睡着了，突然听到卧室的门"吱呀"一声被人推开了，睁开眼睛一看，床前站着一个披头散发的女人，手里握一把明晃晃的菜刀。他看不清那个女人的相貌，不知是人是鬼，吓得寒毛倒立、冷汗直流，战战兢兢地摸到台灯的开关把灯拉亮，看清是自己的老婆江雪，才稍微松了口气。

　　"你要干吗？"他紧张地问道。

　　"我刚才梦见尤二姐了，她对我说，奸情出人命，让我时刻防备着你。"江雪用阴森森的目光看着他说道，"我听见厨房里有响声，知道你比我下手快，所以我也拿了一把刀准备跟你拼命。你老实说，你今天晚上是不是要害我？"

　　"我在床上一直躺着，哪儿也没去。不信你看，我身边什么东西都没有。"吴青把床上的枕头拿起来，被子抱起来，床单揭起来，让她一一查看。江雪看了还是不放心，又把头伸到床底下看了一遍，见下面什么东西也没有，才放下心来，走到另一间卧室里，把菜刀压到自己的枕头底下，反锁好门，搬来一把椅子顶在前面，然后和衣躺下。她的身旁放着一个穿着小男孩衣服的小枕头，她拍着小枕头说："宝宝别怕，爸爸不要我们了，让妈妈陪着你。"

　　等她睡着以后，吴青蹑手蹑脚地爬起来，把家里所有的刀子剪子全都藏了起来，回到自己的卧室还是不敢睡觉，只好把门从里面锁上。

　　江雪在家里住了一段时间以后，情况没有任何好转，父母把她带到外面去看病。两个月后，江雪住进了西安的一家精神病院。

　　郑茜听说江雪被确诊为精神分裂症，心里特别内疚，她对崔万红说："江雪刚得病那会儿，常说我是杀人犯，我想，是不是那次我让她下乡，她回来后流产了，心里一直怨我，老是想不开这事，结果导致精神出现了问题。"

崔万红说："你瞎说什么呀，跟你一点关系都没有。她精神失常，主要是因为她老公出轨，她心性太强一时接受不了才造成的。你有没有发现，她那个人本来就跟其他人不太一样，平时看起来疯疯癫癫傻不拉儿的，成天只知道埋头工作，啥也不知道。她男人在外面常不回来她从来不问不管，钱挣多挣少也不太关心，平时跟人拉话人家说东，她说西，哪个正常人是她这样。说不定她早就得上病了，家里出了事受到刺激才表现得更加明显。我甚至怀疑她家的遗传基因有问题。你见过她妈没有？我觉得她妈看起来就不太对劲。"

"是吗？我没有见过她妈，真要是这样，家里的人应该早点带她去看看医生。"郑茜心里的负罪感马上减轻了许多。

江雪的病时好时坏，始终没有彻底治愈。吴青见她短时间内没有康复的可能，便通过法律手段和她离了婚。离婚前他特意到精神病院看望了她，当时她的脑子是清醒的，没有说一句责备的话，也没有掉一滴眼泪。吴青走后，她很快就把这件事情忘记了，错乱的神经让她依稀记得，她在东正县曾经生过一个男孩，取名叫"宝宝"，她离家前孩子一直寄养在她父母家中，她日夜思念着"宝宝"，成天念叨着要回家。她的父母听说了以后把她接回了家。她一进家门就到处找"宝宝"，父母见她找不到孩子急得要发疯，便顺手拉起她外甥女的洋娃娃骗她说那就是"宝宝"。江雪如获至宝般接过娃娃很快就安静下来，再也不哭不闹了。

第二天早上，江雪抱着"宝宝"站在阳台上看楼下的人跳舞，一不留神把手里的娃娃掉了下去，她尖叫了一声："我的宝儿呀！"纵身从楼上跳了下去。

家人听到动静后赶紧跑到楼下，看到她倒在血泊之中，头部受到严重创伤，但是鼻子里还有气，赶紧将她送到医院抢救。在急诊室里昏迷了两天两夜后，这位年仅三十六岁的女人停止了呼吸。

江雪住院的时候，县医院大部分职工都来看望过她。听到她去世的噩耗，尤自明痛惜地说："东正县最有良心的妇产科大夫走了。老天爷呀，你杀人的时候到底有没有长眼？为什么不让这么好的一个人留在世上？"

二十七

何宏伟的老婆要生了，去医院前给陈灵均打了个电话。陈灵均提前联系好医生，安排好床位，等人一到，直接带到妇产科病区办理了住院手续，并让郑茜亲自为产妇做了检查。

何宏伟平时很少来医院，看到住院部病人十分稀少，楼道里脏兮兮的，墙面上有不少污渍，卫生间的水龙头坏了，自来水哗哗地流个不停，许多医护人员从旁边走来走去，就像没看见一样。最让他感到不可思议的是，他老婆做完检查后悄悄地对他说，产房的玻璃窗破了，有一个人头那么大的洞，风呼呼地从外面直往进灌。他把老婆扶进病房，纳闷地对陈灵均说："你们医院应该不缺钱吧？怎么乱包成这样？连最基本的设施都舍不得投入。"

"呵呵，你不知道，我们医院现在穷得要命，连职工的工资都保障不了，我已经半年没有拿到全工资了。"

"这怎么可能？老百姓看病花那么多钱，收来的钱都到哪儿去了？"

"你觉得不可能，那是因为你不了解医院的情况。我们不是全额拨款的事业单位，大部分收入要靠自己挣，医院这两年效益不好，还要不停地还外债，所以光景很不好过。"

"你是科主任，应该比普通职工收入高，要是连你都拿不上，其他人就更不用说了。"

"你说得很对，我们中层干部每月比普通职工能多拿几十块钱管理费，他们的收入更低。"

何宏伟把厕所漏水和产房玻璃破损的事给他说了以后，陈灵均说："护士长知道，也找过领导，但是没人管。单位效益不好，很多人都没有心思上班，我听说有些后勤科室的人成天跑到外头做生意。"

"医院跟其他地方不一样，这样下去早晚会出问题的。你们院长一天天忙啥呢？也不好好管管。"

"不是不管，是管不住。"陈灵均低声说道。

正在这时，五六个外地人提着大包小包的行李扛着铺盖卷从楼上下来了。陈灵均对其中一位长得十分英俊的小伙子说："阿祥，你们今天就回去吗？"

"是呀，我们全都回老家去，再也不来了。"阿祥停下脚步，把手里的纸箱放在地上笑着说道，语气里透着一丝淡淡的惆怅。

"回去打算干啥？"

"做水产生意。"

"其他人回去都有事情干吗？"

"阿明和阿强准备回老家种地，俊哥打算到重庆他表哥开的面馆里去打工，宁哥已经跟老婆商量好在家门口开个小卖部。"

"那就好。再见，祝你们一路平安！"他伸出手跟阿祥用力握了握。

"陈大夫，再见！"阿明路过他身边时也友好地打了声招呼。

"再见！"其他人也纷纷说道。

"再见了，各位朋友！祝你们生活得越来越好！"陈灵均向众人一一挥手致意。

"这些人是干什么的？"何宏伟好奇地问道。

陈灵均告诉他，这些外地人十多年来一直住在县医院里为需要输血的病人献血，靠微薄的输血费为生。由于过去医疗机构在输血方面管理比较混乱，出现了很多问题，国家卫生部近期出台了新政策，制定了临床输血管理制度，各地也在2000年初相继成立中心血站，于是，这些非法的卖血组织就被遣散了，卖血的人不得不改变原来的生存方式寻找新的出路。

"管得好，早就应该这样管了！"何宏伟发自肺腑地称赞道。他在央视的《焦点访谈》栏目看过一些非法组织和个人通过不正常的渠道把不合格的血液卖给患者，导致患者输入后感染上传染病的报道，觉得非常可怕，他没有想到这些危险的献血者其实就在自己身边。

陈灵均听郑茜说产妇的宫口才开了两指，胎心胎位都正常，就先回科室上班去了，临走前嘱咐何宏伟有事随时叫他。

陈灵均回到办公室后，护士长王艳敏很快就跟在屁股后面进来了，气呼呼地说，医生办公室的门坏了，她到总务科找人修理，连着敲了三个办公室的门里面都没人。陈灵均劝她不要生气，下午先打电话联系上人再去，要是他碰见总务科的科长也会跟他说的。他听说这个月的奖金发了，问王艳敏领了没有。

"还没领。听说全院平均奖励工资只有八块钱，咱们大概也好不到哪里去。"王艳敏悻悻地说道，"现在真怕发工资，难听话能听到一大堆，就好像是我把大家亏待了似的。有几个临时工和单职工说家里快揭不开锅了，还有个别年轻医生正想办法要往外面调。这样下去可真让人发愁，我听说个别小科室已经开始偷偷地私收费了。"

"不管别的科室怎样，咱们可不能这么搞。这不是钱多钱少的问题，而是医务人员的道德素质问题。谁要是不想在这里干，那是人家的自由，我们没有权力干涉；只要在这里干一天，就要遵守这里的规定。"陈灵均斩钉截铁地说道。

王艳敏笑着说："我也是这么想的。明目张胆地把公家的钱装进自己的腰包，万一被人发现就太丢人了。回头你在会上再给大家说一说，稳一稳人心，否则的话都吊儿郎当得不好好上班，会出乱子的。"

"好，没问题。我再找一下蒋美丽，看财务科能不能给困难职工借点钱。"

"你想得可真周到，我都没有考虑到这个。"

当天晚上，何宏伟的老婆顺利地生下一个七斤重的胖小子。生孩子的时候，陈灵均也来到病房，看到孩子平安出生后才离开。

第二天中午，何宏伟叫来一辆车拉着妻儿高高兴兴地回去了。临走前，他特意来跟陈灵均道别。老同学之间无须客套，他只是对自己享受到的优质待遇表示满意。陈灵均说了几句祝福的话，嚷着说吃满月酒的时候要好好地喝两盅。何宏伟跟他开了一气玩笑，收敛起笑容正色说道："你们医院现在烂干成这样，像你这么有才的人待在这里太亏了，有机会到外面的大医院去干吧。不管到了哪里，保管比在这儿强。"

"我也想出去，可是没有合适的机会呀。前段时间有人跟我说，他有个当官的亲戚，只要给五万块，市上的大医院随便进。我开门诊的时候挣下的钱都买了房子了，哪里有多余的钱弄这事，再说花那么多钱也划不来。"

"和一个人的前途相比，花五万块钱能办成事也值。不过这种事也不敢轻易相信，骗人的可多了，慢慢地瞅机会吧。"

何宏伟走后，陈灵均陷入了深思。作为科室的负责人，他原来以为只要用学到的知识用心地去管理，肯定能带领大家走上一条良好的发展道路。然而现在看来，这样的想法太天真了。他对科室管理的重点是学科建设和人才队伍建设，殷志峰更加看重的是科室的工作量和业务收入，每当他向院方提出在人员、设备、资金等方面予以支持时，都被院长以医院没钱、资源有限等理由拒绝，很多省级、国家级的学术交流活动也因为医院不批准没有机会参加。除此之外，更为严重的是，现有的人才也在逐渐流失。前年分配来的女大学生勤奋好学，是个难得的好苗子，他本来想把她培养成一名心血管内科的技术骨干，没想到她只干了两年就考上研究生走了。自从陈淳和刘焱相继调出科室以后，钟锦华和安振国也多次流露出想调离县医院的想法。而他作为一名医生，在这样的环境下工作，不仅业务能力很难得到提升，就连正常的治疗工作都受到了影响。给病人用药时，经常被告知药房短缺某种药物，不得不打发病人到市上去买。他想起卫校毕业时班主任郑浩然对他说过的话："回去以后，一定要争取在大医院工作，多寻找一些机会到外面去学习深造，否则的话就把你的才华埋没了。"他觉得老师说的确实有一定的道理。在这个特别看重人情关系的社会里，他知道找人办事一定要花钱，但是这种在事前公开索要巨额"好处费"的行为，让他极其反感。他不愿意通过这样的途径改变自己的命运，但是这并不代表所有的人都不接受，很多人像何宏伟一样，在衡量一件事情的利弊时，仅以自己最终的得失为前提，不考虑其他因素。他不知道到底是自己的价值观有问题，还是社会上流行的办事"规则"有问题。

和陈灵均相比，思想单纯的周敏慧很少关注复杂的社会问题，也不喜欢在人前议论单位里的人和事，不管工资迟发，还是早发，发多，还是发少，从来没有怨言，只是默默地做好自己分内的事情，尽量不让自己的工作出现差错。然而，近日里科室频频出现的一些反常现象，让她不得不和其他人一样开始关注大家的整体命运。刚开始，她发现科主任、护士长和两三位年龄稍长的医护人员经常关起门来开小会，有时还三三两两聚在一起窃窃私语。后来，开小会的人越来越多，大部分人在开完会后，似乎形成了一种心照不宣的默契，仿佛只有极少数跟她一样的年轻人被隔离在这个群体之外。她猜不透到底发生了什么事情。直到有一天，护士长覃爱莉单独找她谈话时她才明白，自己将要接受一个特殊的"任务"。这个任务正是经过半数以上的人同意后达成的共识。

第一次听到科室里的秘密"协议"时，她简直不敢相信自己的耳朵，以为是在做梦。就算在梦里，她也不敢做这样的事情，既危险又令人羞耻的事情。于是她毫不犹豫地告诉护士长，自己无法按照她的要求去做，因为她从小就是一个安分老实的孩子，从来没有拿过别人的东西，也没有占过人家一分钱的便宜，更何况，这种假公济私的做法很不道德，有悖于她做人的原则。

覃爱莉耐心地对她解释说，大家之所以这样做，也是被逼无奈，很多职工因为收入没有保障，生活受到了严重影响，既然医院不把职工当回事，职工也没有义务遵守苛刻的制度。再说，他们只是从病人缴纳的正常费用当中，拿出了很少的一部分作为自己应得的报酬，病人的利益并没有受到任何损失，医院也不会因此影响到正常运转。

"护士长，你说的这些道理我都能明白，但我真的不敢这么做。我胆小，心里害怕。"周敏慧愁眉苦脸地说道。

"不管你敢不敢，这是科室的决定，从今天开始正式执行——哪个护士的班上哪个人负责收取一次性导尿包的费用。记住，这件事暂时先不要告诉周云天，那家伙跟其他人不一样，倔脾气上来会坏事的。"覃爱莉说完转身便走了。

周敏慧的头顶顿时像压了一座大山似的，整个脑袋都是蒙的。她悄悄地问和她一起上早班的徐丽娜打算怎么办。

"看大家呗。"徐丽娜狡猾地笑着说道。

周敏慧一边干活，一边暗暗祈祷：千万别来导尿的病人！结果那天真的没有碰上让她犯难的事。第二天她上治疗班，有两位手术病人术前用了一次性导尿包，上早班的护士很自觉地把费用通过现金的方式收了回来，看上去好像并不难。第三天，轮到她上小夜的时候，晚上七点多钟来了一位急性尿潴留的男病人，值班医生下医嘱让她去导尿，她马上就想起了护士长的命令，心情特别紧张，就像和别人预谋了一场入户抢劫的犯罪计划似的，生怕在犯罪现场被人当场抓住。给病人导尿时，她的注意力老是不能集中，手有点发抖，平时非常熟练的操作竟然出现失误，穿了两次才成功。家属不高兴地看着她，犀利的目光就像刀尖一样戳到她的心里，让她特别心虚。她拿着用过的一次性导尿包回到科室，病人的哥哥跟了过来，询问后续的治疗情况。这是个绝佳的能够完成秘密协议的机会，但她试了几次都没有勇气说出来，最后还是按照医院的规定让家属把钱缴到收费室。

上了三天大夜，休息了一天以后，又轮到她上早班。覃爱莉把她叫到一边，有些诧异地问道："敏慧，刘宇杰说星期三的晚上你给病人导了一次尿，为什么没有把钱收回来？"

"不好意思，我忘了。"她红着脸说道。

"你这个娃娃，这么重要的事怎么一下子就忘了，其他护士都按照科室的要求做了，只有你是个例外。下次一定要记住，不要让我再提醒了。"护士长用责备的语气说道。

周敏慧的脑袋一阵发昏，感觉压在上面的大山瞬间又重了十倍。下午两点多，护士办公室的桌子上又出现了一份导尿的医嘱，周敏慧看到后紧张得心怦怦直跳，不知道该如何处理才好。她拿着导尿包刚要向病房走，正好碰上了护士长，她冷冷地看了她一眼，意味深长地说："记住我给你说过的话，一会儿千万别忘了。"

导完尿后，周敏慧轻声对家属说："跟我到办公室来缴一下费。"

她把家属带进没有窗户的治疗室，关上门，尴尬地说明了情况。虽然脸上戴着口罩，她依然觉得自己面红耳赤的样子能够被人看出来。

"缴到这儿？"家属用疑惑的眼神看着她问道。

"嗯，直接给我就好了。"

家属一声不吭地掏出钱放在桌子上转身走了，简单的动作里分明透出几分鄙夷和不满。她去给另外一位病人推药时恰好路过那间病房，听见有人在小声议论："……钱都跑到个人的腰包里去了，这些人可真胆大！""看他们一个个吃得多肥，乱收病人的钱，还一点儿都不害臊……"她疑心说话的人当中就有刚才给她缴费的家属，而她正是他们指责的对象之一。她羞愧得无地自容，不明白自己为什么要在病人和家属面前扮演如此卑鄙的角色。难道她比工地上下苦力的那些揽工人还穷吗？比那些躺在病床上，穿着露着脚趾的破袜子和破衣裳的农民还穷吗？比那些睡在马路边靠捡垃圾为生的流浪汉还穷吗？他们虽然穷，但是穷得有骨气，而她和她身边的这些人竟然活得还不如那些表面上看起来十分贫贱十分卑微，正处在社会最底层的普通老百姓。

带着深深的疑虑和困惑，她利用在家吃饭的机会，举了一个例子问曹沐塬："假如你们学校除了你以外，所有的老师都向家长私收费，他们也要求你那样做，你会怎么办？"

曹沐塬马上说："这是不可能的事情。"

"我只是打个比方，假如这种情况真的发生了你会怎么办？"周敏慧继续追问道。

"我没有遇到这样的事情，很难回答你。从人的主观意识上说，我会尽量坚持自己的原则，但是如果所处的环境中，所有人都站在统一的立场上逼迫我那样做，出于生存的需要，我可能暂时会违心地顺从他们，但我绝不会一直那样做。"曹沐塬说道。"你为什么突然问这样的问题，在工作中遇到什么不开心的事了吗？"

"没有。"周明慧赶紧矢口否认道。她其实很想告诉他，自己现在每天都害怕上班的时候来导尿的病人，只要一听医生说要导尿，就紧张得浑身冒汗，给病人做治疗时经常精神恍惚，焦虑不安，好几次差点出了错。但是出于自尊心的需要，同时也为了保守他们共同的"秘密"，她忍住了。

晚上，她躺在床上翻来覆去，怎么也睡不着，脑子里尽是一张张鄙视的面孔和唾骂的声音。躺到十二点，还是没有丝毫的睡意，便悄悄地爬起来吃了一片安定。

"亲爱的，你最近老是失眠，是不是心里有什么负担？"曹沐塬关心地问道。

"没有。"她努力装出没事的样子，但是声音听上去可怜巴巴的，显得很失落。大约过了半个小时，她总算睡着了。

呜呜的警车声突然从远处传来，"嘎吱"一声停在院子外面的公路上。不一会儿，几位警察敲开周敏慧家的门，严厉地对她说："周敏慧，有人控告你私收病人费用，贪污公款，经过警方调查取证，已经证实了你的罪行，现在对你进行拘留，择日将对你的案件公开审理，公开宣判。"

"警察同志，我是冤枉的，我本来不想这样做，是他们硬逼着我这么做的！"周敏慧连忙辩解道。

"有什么话到法庭上说吧。"警察凶狠地说道，一双冰冷的手铐马上铐住了她的手腕。

曹沐塬震惊地看着她，痛心地说："敏慧，我一直觉得你是一个正直善良的女人，没有想到你竟然这么爱钱，我真是错看你了。"

"不是这样的，不是这样的！请你相信我，我还是原来的我！"她被警察推着一边身不由己地向外走，一边哭着喊道。

"别把我妈妈带走，我要妈妈！"童童紧紧地抱住她的双腿，撕心裂肺的哭声把她的心都揪疼了，她再也控制不住自己的感情，朝着黑洞洞的天空放声大哭。

"敏慧，醒一醒！你梦见什么了？"

正在伤心哭泣的周敏慧突然被丈夫推醒了，这才发现自己刚刚做了一个可怕的梦。她摸了一下潮湿的眼角，心里依然十分难过，转过身来抱住曹沐塬哽咽着说："我不想在县医院待了，你把我调到别的医院去吧。"

"你是在说梦话吧，好好地为啥要调工作呢？"他有些失笑地说道，从枕头边扯了一块卫生纸给她擦拭眼泪。

"我不是在说梦话，说的是真心话。"

曹沐塬让她说原因，她吞吞吐吐不肯说。

早上，周敏慧上班走了以后，曹沐塬在家收拾东西，无意间发现桌上丢着一块折叠得方方正正的信纸，打开一看，发现里面是一首用圆珠笔写的诗，好奇地拿在手里看了起来。

追问

我美丽的天使
你到底怎么了
为什么我看不清你的脸
你的身影变得好陌生

是谁让你甜美的笑容
蒙上了灰色的阴影
是谁让你洁白的翅膀
沾上了浓重的墨印

请你坦诚地告诉我
你是不是像人们传说的那样
迷失在灯红酒绿的十字街头
把自己的灵魂出卖给魔鬼
在本该播撒希望飞扬青春的季节
走向了堕落
走向了罪恶

我可爱的天使
你到底怎么了
为什么我听不清你的声音
你划过耳边的呐喊变得好微弱
是谁让你艰辛的劳动
变得比尘土还要轻薄

是谁让你满腔的热忱
遭遇了比深秋还要萧瑟的冷冬

请你勇敢地告诉我
那鄙夷的目光里
失去了纯真的孩子
到底是不是你
那愤怒的咒骂声里
忘却了初心的医者
到底是不是你

你还是不是
我曾经敬仰的那个人
你还是不是
我声声呼唤热切期盼的那个人

你曾经说
你一生都在追逐阳光
传递温暖
你曾经说
你永远都会救死扶伤
无私奉献
这些话
从我认识你的那天起
就深深地刻在了我的心里

请你大声地告诉我
现在的你
还是不是你
曾经的你
又去了哪里

为什么面对别人的疑问
你总是低着头沉默不语
为什么面对我含泪的目光
你的眼里同样也涌动着泪水

我忧伤的天使
我迷惘的天使
我那被上帝放逐到人间的天使
我那被风雨湮没在红尘里的天使

请你轻轻地告诉我
当人间再次开满幸福和谐的花朵
在洁净温暖的春风里
我是否还能遇到
和从前一样美丽
和从前一样让人难忘的你

读完这首浸满血泪的诗歌后，曹沐塬越发坚定地认为，周敏慧肯定在工作中遇到了无法解决的难题。

等她回来以后，他反复地询问她，耐心地引导她，并向她保证，无论发生什么事情他都能理解她，信任她，愿意尽最大努力去帮助她。

周敏慧犹豫再三后，把自己的遭遇全都告诉了丈夫，曹沐塬终于明白了她这段时间为什么会出现异常表现的真正原因。他说他能体谅她的感受，但是也想不出什么好办法让她摆脱眼前的困境。

"要不然这样吧，我试着让我同学打听打听，如果市上哪家医院招聘护士的话，咱们就报名去试试。"

"好。"周敏慧似乎从他的话语中得到了某种安慰，脸上露出了开心的笑容。

两个月后的一天下午，外科护士办公室里突然想起了电话铃声，周敏慧接起来后里面传出许伟的声音，他让徐丽娜接电话。徐丽娜接完电话后脸都白了，用哭音对周敏慧说："卫生局的人叫我到会议室谈话。敏慧，我好害怕，他们要是问起那个事我该怎么回答？"

周敏慧本来想让她问护士长，但是看到护士长不在，就安慰她说："我想大概不是为那个事吧？别慌，人家问你什么，你仔细想清楚了再回答。"

徐丽娜慌慌张张地走了。不一会儿，覃爱莉回来了，听说徐丽娜被卫生局的人叫走了，赶紧给许伟打电话打探风声，得知卫生局的人就是为外科私收费的事情来的，惴惴不安地念叨着说："小徐不知道脑子精明着不？要是一时犯了糊涂见什么说什么，那就麻烦了。"科室里所有的人都感到特别惶恐，生怕牵连到自己。

三个小时后，徐丽娜红着眼圈回来了，一看到护士长就哭了起来，哭声特别委屈。几位同事问她怎么说的。她说："我能怎么说，我还能怎么说？只能怨自己倒霉！"覃爱莉把她拉进自己的办公室劝导了一番，徐丽娜还是觉得心里不平衡，成天哭丧着脸不停地叹气。

一周后，县卫生局向全县卫生系统通报了县医院外科护士徐丽娜私收费的情况和处理结果，同时还针对医院近期出现的其他问题提出批评，要求自查，限期整改。当事人徐丽娜在全院大会上公开做了检查，几乎所有的人都知道是她一个人背了"黑锅"。

周云天得知真相后只说了一句话："纯粹是瞎胡闹！"

会后，殷志峰把几位关系较好的老同事叫到自己家里，弄了几个菜，一一倒上酒，谈了工作中遇到的一些难题，真心实意地请大家提意见、出主意。

刚开始谁也不说话。沉默了一会儿后，罗晨阳说："医院之所以出现这些问题，跟管理上的漏洞和缺陷有关。我认为不管医院财政上多困难，都要给职工留一条活路，最起码把大家的饭碗保住，不要让干活的人流汗又流泪。"

"我跟他的看法一样。我其实早就想跟你说，又怕你听不进去。"刘宇杰说道。

其他人这才七嘴八舌地说起来，纷纷表示新的薪酬分配制度不合理，医院给科室定的任务跟实际情况相差太远，医务人员的主要工作是治病救人，不能要求他们像生意人一样成天研究怎么营销、怎么赚钱。又说他们平时干工作如何担惊受怕，受苦受累，怨气很大。

殷志峰笑着一个劲地点头，表示能理解。

坐在殷志峰身边一直聆听众人发言的许伟等大家都把话说完了，才笑眯眯地说："其实大家都不知道，殷院长上任以后，为了咱医院的生存和发展，想了很多办法。他通过个人关系，跟上面的领导要了不少钱，可惜前面留下的窟窿太大，大部分钱都用来补窟窿了……"

"许主任，你不要再说了，"殷志峰打断他的话羞愧地说，"医院之所以会出现这样的局面，主要还是我在管理方面缺乏经验，没有给大家把这个家当好。我向大家保证，从下个月起，所有上班的人无论科室收入多少，都能拿上全工资。"

他的话音刚落，周围马上响起一片掌声，众人齐声叫好。

殷志峰说到做到，第二个月便兑现了诺言，同时还采取了一些措施加强医院各个方面的管理，歪风邪气终于得到了有效遏制，医院又恢复了正常的医疗秩序。

二十八

8月份的一天，赵泊平在外科的晨会上讲了近期发生的两起暴力伤医事件。一件是7月13日下午两点，武汉市某家医院一名患者做膀胱镜检查时突然遇到停电，膀胱镜上的一个金属片掉进患者的膀胱，医生于当晚九点取出了金属片，医患双方在医药费上发生争执，家属带人暴打、拘禁医生，导致其颈、胸多处受伤，右脚趾骨折。第二件事是几日前，武汉市另一家医院的一名患者因为对病理检查未查出阳性结果不满，把硫酸泼到医务科一名工作人员的脸上导致其毁容。参会的人员听后都十分震惊和愤怒，纷纷表示出现这样的事情特别心寒。赵泊平提醒大家，给病人看病的过程中，一定要注意多沟通，做好各种解释工作。

有人提出如何防范此类安全事件的发生，赵泊平说，有些医院采取的措施是不让医生看病时独处一室，医生的座位尽量不要背对门，这样的话，万一出现紧急情况，医生能在第一时间发现异常，及时逃生，还有一些医院加强了安保，给每个楼层都配备了保安，不定期在病区巡逻，至于他们自己，还是要注意自我保护。

散会后，医生们边向病房走边议论。

"医院停电这事咱们这儿也避免不了，夏天用电高峰期常会发生，断电后发电机最起码要过十几二十分钟才能工作。电停了，手术又不敢停，打着手电照样往下做。要是真的遇上了不讲理的病人，非要跟你找碴儿，谁也没办法，只能自认倒霉。"冯炳琦闷闷不乐地说道。

"病理检查是手工操作，阳性检出率不可能达到100%，咱们学医的都懂得这些医疗常识，可是病人不懂，就为这事给人泼硫酸，医生太难当了！"周云天摇着头说道。

"我看以后要保命，上班得头戴钢盔、身穿防弹服。建议每位医务人员上岗前都学习一下武术、散打、拳击或者跆拳道，否则的话遇到突然袭击连自己的命都保护不了，还怎么给病人看病？真搞不懂这些人为什么那么恨医生？为什么会做出这么残忍的行为？"刘宇杰不解地说道。

这两件事迅速成了全院医务人员议论的焦点，没有一个人不感到恐惧和担忧。余温尚未散去，8月底又传来一个让大家更为震惊的消息。江苏省某市一家医院整体被拍卖，所有的职工一夜之间也跟着这家医院卖给了一家企业的老板。据说，他们之所以要这样大胆地改革，是因为当地的财政收入较低，对医疗行业投入不足，医院无法正常运营。东正县也存在同样的问题，县医院的职工人人自危，异常恐慌。他们很自然地联想到旧社会被一纸卖身契卖给有钱人做牛做马的穷人家的儿女，每个人都觉得自己的脸上印着一个被烧红的烙铁烙上去的"奴"字，心中无限悲凉。

开院周会的时候，殷志峰在上面传达上级下发的文件精神，有几个人在下面小声说话。

"知道吗？这个地方不光把医院卖了，连一些学校、国营企业都卖了，全都成了民营企业。"

"这样做有什么好处？"

"财政上没负担了。不过普通老百姓恐怕就遭殃了，个人企业肯定要追求利润最大化，因为企业是以盈利为目的的……"

"咱们这儿会不会有一天也改成这样？我的妈呀，想想就害怕，还是人家钟成志有远见，考上研究生分配到省医院，比在咱们这儿上班强多了。"

"是呀，内科的白薇也是个聪明娃娃，只待了两年就走了。唉，像咱们这样不上进的人，留在县医院只能听天由命，任人摆布。"

……

会场里的吵闹声越来越大，殷志峰连着看了好几眼都不顶用，不得不放下手里的文件，冲着台下厉声呵斥道："谁在底下乱吵？这个会是你开，还是我开？有本事到台上来讲！"

几个女人伸了下舌头，赶紧闭上嘴巴，低下头偷偷地笑。

县医院的锅炉房冬天上班的时候比较忙，天气暖和了一般事情很少，刘彬彬晚上吃完饭在家里待不住，有时跟身边的同事打打麻将、玩玩扑克牌，只带很小的一点输赢，孙静好觉得这算不上赌博，所以也不管。他们的女儿已经六岁半了，刚上一年级；她弟弟两年前结了婚，也住在县城里，订婚和结婚的钱大部分都是她和刘彬彬省吃俭用攒下的。她倾家荡产帮扶弟弟，刘彬彬没有一句怨言，因此她对丈夫更加体贴疼爱了。

10月1日上午吃完饭，几天没有摸牌的刘彬彬正跟老婆念叨说怎么没人叫我呢，住在隔壁的贾继民让他去接电话。不一会儿，刘彬彬心事重重地回到家里，对孙静好说："这不是考人吗？院长叫我去他家打扑克。不去吧，肯定说我架子大，请不动；去吧，谁知道输赢有多大，我陪得起吗？就算能陪得起，我咋跟他玩呢？人家是领导，我好意思赢他钱吗？"

正在洗锅的孙静好说："院长也是人，既然坐到一起了，该怎么着就怎么着。"

"你女人家不懂，没你想得那么简单。"刘彬彬说道。

殷志峰就住在医院的家属楼上，刘彬彬进门后，殷志峰的爱人高巧燕指着小卧室说："都在里面呢。"刘彬彬换了拖鞋，迈着很轻的步伐小心翼翼地踩着光溜溜的地板走进那间房子，看到桌前已经坐了三个人，分别是殷志峰、许伟和王秉智，许伟正在笑眯眯地洗牌。他惶恐不安地向几位领导点了点头，拘谨地坐在留给自己的空位置上。他的上手是殷志峰，下手是王秉智，许伟坐在他对面。

"咱们怎么玩？"许伟问道。

"捉老麻吧，输一张牌算五毛，一个炸弹两块，怎么样？"殷志峰说道。

刘彬彬平时玩输一张牌只算一毛，他见众人都说好，便硬着头皮说行。许伟把牌掀开，让殷志峰先摸，他哈哈一笑说："那我就不客气了。"伸出手边摸牌边说："平常上班的时候忙得跟龟孙子一样，闲下来了反倒有点不适应。尤其是"十一"放了假以后感觉心里好像缺了点啥似的，特别难受。刚才在电话里跟许伟说起，他说那就叫几个人来玩一玩。他叫了好几个人不是在上班，就是有事不在家，最后想到了你，没想到一叫你就来了，真是个好人。别拘束，大家坐到一起就是朋友，放随便点。"

刘彬彬听了连忙笑着说："不拘束。"脸上的肉还是紧绷绷的。

"巧燕，忙什么呢？赶紧过来给大家把茶水倒上！"殷志峰大声朝外面喊道。

高巧燕走过来给众人一一倒好茶水，又端来一盘洗好的苹果让大家吃。几个人都说拿着苹果误事，谁也没要。她便放在床边，转身走了。不一会儿，一股淡淡的孜然味从门外飘了进来。

"帅帅，手洗了没？赶紧过来吃烤肉。"高巧燕在厨房里高声喊道。

几分钟后，帅帅两只手各举着几只用铁扦子穿着的烤肉串走了进来。

"这是我嫂子自己烤的吗？"许伟惊讶地问道。

牌已经全摸完了，刘彬彬手里拿着黑桃三，第一个出牌，他把两张牌轻轻地放在桌子上，小声说："一对'3'。"

王秉智压了一对"7"。

"不是。我让人从西安捎回来的。帅帅最爱吃南稍门那边的里脊烤肉，我一次给他买五百串，放在冰箱里让他随便吃。我的妈呀，手里的牌也太烂了，让我怎么打呀。"殷志峰看到许伟又出了一对"10"，说了声："过。"让刘彬彬出。刘彬彬便用一对"J"打住了许伟的牌。他看到帅帅吃的肉串比街上卖的肉串大，便问一串多少钱。殷志峰说五毛钱，他听了直咋舌。东正县的肉串一串才一毛钱。

王秉智用一对"K"压住了他。许伟和殷志峰都吃不起，他的手里拿着四个"8"，是炸弹，因为对"A"和对"2"还没出来，就没有吃。王秉智没有想到自己竟然是最大的，甩下"3，4，5，6，7"五张顺子，其他人都不吃。王秉智得牌后又打了一张单牌。

许伟用一个"9"压住，兴奋地对殷志峰喊道："有大的快上，别让他跑了！"

殷志峰直接上了一个"2"。刘彬彬的手里除了那副炸弹，还有一个"9"和三张"5"，放在一起叫"三带一"，可以全扔出去。在这种游戏中，单牌"2"最大，而且只有一张，其次是"A"，有三张，"炸弹"可以炸任何牌。他要是把"炸弹"扔出去，肯定赢了，那殷志峰就输惨了。他犹豫地看着桌上的牌，不知道该炸还是不炸。

"赶紧出呀，怎么跟小脚婆姨似的！"许伟不耐烦地催促道。

"你到底能吃得起不？"王秉智用疑惑的目光看着他问道，"是不是手里有炸弹？"

刘彬彬觉得刚开始玩第一局就给院长一个"下马威"不好，就说："吃不起。"

殷志峰高兴地把一对"4"放了出去，刘彬彬又让了一下，王秉智马上用一对"A"压了上去。王秉智的手里只剩下一张牌了，刘彬彬再不炸就输了，但是他想：刚才没炸殷院长的牌，现在把王院长炸了，他肯定认为自己故意偏向殷院长，不能炸。结果让王秉智赢了。

大家都把手里剩下的牌扔到桌子上，殷志峰问刘彬彬剩下些什么牌。他说："都是些碎牌。"把牌反扣着插进了牌堆里。

"爸爸，你赢了，还是输了？"腮帮子被肉块塞得鼓鼓的，满嘴都是油的帅帅关心地问道。

"输了。"殷志峰一边掏钱一边说道。

"啊?! 你们竟然赢了我爸爸的钱，真是太坏了！"帅帅气愤地冲另外三个人喊道。

"没事，刚开始玩，爸爸后面会赢的。"殷志峰自信地笑着说道。

"你一定要赢钱，千万别输了！"帅帅高声嘱咐道，拿着吃完的肉串跑出去了。

第二局刘彬彬的手气没有第一局那么好，手里拿的全是 10 分以下的牌，想压住别人也没有机会。殷志峰的手里摸到的全是大牌，很顺利地就赢了。帅帅听见爸爸赢了钱，马上就跑进来跟他要钱。殷志峰问他要钱干啥，他说要买饮料。殷志峰给了他两块钱，他嫌少，又多抢了两张。

"这小家伙，真是拿他没办法。"殷志峰爱怜地看着儿子的背影，溢满了笑容的脸上没有一丝责怪的表情。

第三局刘彬彬的手气又变好了，令人奇怪的是，牌不好的时候他打得很轻松，现在牌好了心里反倒有了负担，生怕自己哪一张出得不对，得罪了哪位领导。许伟他倒不怎么在乎，最主要的是殷志峰和王秉智，赢他们的牌对他来说，就像明着抢走人家的钱似的，感觉特别不自在。他发现殷志峰在牌桌上跟平常在单位完全是两副模样，手气好的时候像小孩子一样高兴得哈哈大笑，手气不好的时候就会晦气地咕哝几句，跟他的那帮子牌友没什么两样。唯一不同的是，他从来不说脏话。王秉智泰然自若地坐在自己的位置上，不管牌好牌

244

赖，都很认真地打，只要有机会赢，绝不放弃任何机会。坐在殷志峰和王秉智中间的许伟，一会儿跟殷志峰调侃两句，一会儿又逗逗谨慎思考的王秉智，就像同时伺候着两位主子的奴才似的，忙得不亦乐乎。四个人从早上九点半一直打到下午一点才结束。结果只输了刘彬彬一个人，其他人全赢了，但是每个人赢的钱数都不大。殷志峰赢得最多，才拿到二十一块钱，王秉智赢了十五块，许伟赢了五块。但是对于刘彬彬来说，一下子输了四十多块钱已经很心疼了。尤其让他感到不舒服的是，在打牌的过程中，有一局打到中间的时候殷志峰说自己不会打了，许伟公然把头伸过去看他的牌，扑哧笑了一声说："你干脆别出了，当老麻好了。"殷志峰没听他的话还是出了一张牌。刚过了一圈，王秉智又说自己碰到了难题，许伟又看着他的牌给他出主意，让刘彬彬觉得人家三个人好像是一伙的，只有自己是局外人。他始终无法融入这个小团队中，不知道怎样才能拉近彼此的距离，让他们觉得自己也是在随随便便地"玩"，而不是认认真真地在"赌"。

打完牌，高巧燕已经把午饭做好了，让大家一起吃。刘彬彬虽然肚子很饿，但是不好意思吃，谎称家里有事走了。

他回家以后见孙静好已经吃过了，就自己给自己热了一点剩饭吃了。孙静好询问了战况后，开玩笑说："钱输了，饭也误了，你这一上午玩得可真划不来。"

殷志峰头一天跟三位同事玩了一上午扑克牌，感觉余兴未尽，第二天晚上又兴致勃勃地张罗起这事来，刘彬彬再次被他叫到家里。打牌的时候，刘彬彬还是找不到自己在牌桌上应有的位置，不知道该怎么打才对，脑子里不停地胡思乱想，瞻前顾后，犹豫不决，结果又输了。这一次殷志锋赢得最多，赢了三十几块钱，王秉智赢了十几块钱，许伟没输也没赢，刘彬彬一个人输了五十几块钱。

刘彬彬是单位的合同工，又是单职工家庭，收入本来就不多，两天连着输了将近一百块钱，孙静好很不高兴。第三天晚上，孙静好见他愁眉苦脸地又要出去玩牌，挡在门前说："你别去了，就说你肚子疼。"

"不行，这样骗不了人的。周围的邻居都是一个单位的，万一让谁说出去，殷院长肯定对我有看法。再说我已经答应了人家我会去的，不能食言。唉，说句心里话，我压根就不想去，但是又没办法。"刘彬彬说完硬从她的身体前面挤过去走了。

孙静妤坐在家里，越想心里越不是滋味，感觉几个当官的就像专门捉弄老实巴交的刘彬彬似的。她觉得不能再这么下去了，否则的话，她家的光景就没法过了。她隐隐地预感到自己的男人还会输。结果跟她预料的一样，刘彬彬又输了三十几块钱。他说这一天晚上殷院长的手气出奇地好，一卷三，赢了一百多块钱，临走的时候还特意嘱咐说，明天如果大家没事的话再到他家来玩。

　　殷志峰下午吃完饭正在卫生间漱口，外面突然传来敲门声。他以为是哪个性急的牌友来了，乐颠颠地跑出去开门。打开一看，不由得愣了一下，来人是孙静妤，刘彬彬的爱人。他看到这位稀客特别惊奇，连忙让她进来坐下。孙静妤站在门口笑着说自己不坐，跟院长说两句话就走。殷志峰问她有什么事，孙静妤说："殷院长，求求你以后不要再叫刘彬彬玩牌了，我们全家人就靠他一个人挣钱，一个月总共才挣两三百块钱，输完了就没法生活了。你要是再想玩的话，就把那些家里是双职工的、挣钱多的人叫来，人家赢得起，也输得起。我已经跟刘彬彬说了，他要是再出来打牌，我就跟他离婚。"

　　殷志峰的脑子嗡的一下仿佛从一节车厢猛地甩到了另一节车厢，愣了两三秒钟，才用手搔着脑袋瓜结结巴巴地说："不好意思，我真的没有想到打个扑克牌会影响到你们两口子的感情，给你们带来了这么大的烦恼。我向你保证，以后再也不会叫刘彬彬来玩了，你回去了也别说他，都是我的错，我向你赔礼道歉。"边说边朝孙静妤拱手作揖。

　　孙静妤被他弄得有点害羞了，抿着嘴笑着说："没事，也怪他自己没主意，打扰了，让你见笑了。"说完转身就跑了。

　　殷志锋关上门，怔怔地坐在沙发上，把打牌的过程从头到尾仔细地想了一遍，发现刘彬彬跟他们坐在一起时确实很不自然，当时他只顾自己心里痛快，根本没有注意到这一点。他不禁为自己的粗心大意暗暗自责，伸出拳头在自己头上狠狠地打了几下。

　　过了一会儿，许伟又打来电话，问他晚上要不要再张罗一桌。他说："算了吧，已经玩了好几天了，大家都玩累了，在家里休息休息，看看电视，陪陪家里人吧。"

　　收假后，殷志峰还没有从闲适的状态完全回归到工作状态，一连接到的几份调令和辞职信让他的心立刻变得火烧火燎，不得不重新思索医院的管理问题。因为，这支原本稳定团结的大军已经变得不那么听话了，稍微有点本事的人都在朝外扑腾，此时的他，就像独自徘徊在乌江边的楚霸王一样，已经到了众叛亲离、四面楚歌的地步。

最先调离县医院的是方曼云和安振国，他们一个调到了新安大学附属医院儿科，一个调到同家医院的消化内科，紧接着，和殷志峰同年分配到县医院的刘宇杰也调到了新安市卫生学校。没过多久，钟锦华聘用到新安市仁星医院内科。仁星医院是一家刚建院不久的民营医院，床位规模和东正县人民医院差不多，院长是一位福建的商人，很会做生意，那里的医务人员待遇很高。

为了防止人员继续流失，殷志峰提高了科主任和护士长的管理费，提高了医生的提奖比例，医生和护士的收入差距更大了，引来很多不满的声音。但是并没有收到理想的效果。

上午十一点二十分，伴随着急促的鸣笛声，一辆带有东正县人民医院标志的救护车驶入了新安市人民医院，停在急诊科门前。早已等候在那里的医生和护士在病人家属、跟车的医务人员的帮助下，把一位吸着氧气的老人抬到平车上，推进一楼的急救室。

负责护送病人的陈灵均向值班医生介绍说，患者在县医院诊断为脑梗塞，已经住了三天，因病情较重，家属要求转院，他怕路上发生意外便跟了来。经过进一步检查，患者被确诊为大脑基底节梗塞，看到病人安全地转入神经内科，陈灵均放心地离开了。

已经快到下班时间了，市医院的大院里人来人往，热闹非凡。有的人提着饭盒、拿着保温杯风风火火地向病区里面走去，有的人三五成群说说笑笑地向外面走。在纷乱的人群当中，有不少是穿着病号服的住院病人，有的头上缠着绷带，有的脖子上吊着受伤的胳膊，有的腿上打着石膏、手里拄着拐杖，还有一些人面色发黄、眼神黯淡、步履沉重，很难从外观看出来身体里到底隐藏着什么疾病。陈灵均站在一棵金合欢树下给肖子熠打了个电话，问他是否在儿科上班。手机很快接通了，肖子熠得知陈灵均来了非常高兴，让他先别回去，说是中午请他吃饭，一起好好聊聊。陈灵均爽快地答应了。就在他打手机的过程中，一位笑容甜美的女人把一本制作精美的杂志塞到他的手里。他看到杂志封面的主色调是粉红色，上面用十分优雅的字体写着"玛妮·女人的美丽人生"，以为是市妇联新发行的文学内刊，就随手塞进自己的包里，准备回去的路上再看。

肖子熠宴请的宾客除了陈灵均外，还有市人民医院儿科主任赵景行教授和几名医生护士。肖子熠说，他外甥前段时间得了病毒性脑炎在儿科住过院，现在已经康复了，他请这些人来，是为了感谢大家对孩子的关心和照顾。市委副秘书长徐君利恰好有事来找他，也被一块请来了。徐君利原先是市委党校的一名讲师，博学多才，为人十分谦和，他和赵景行相互推让着谁也不肯坐在主宾的位置上。后来，赵教授实在拗不过徐君利，便在最中心的位置上坐下来，徐君利坐在他左侧的位置上。众人落座后，肖子熠把桌上的人一一向陈灵均做了介绍，然后告诉大家，自己的同学也是一名非常优秀的医生，在东正县人民医院内科当科主任。坐在陈灵均旁边的一名男医生马上跟他攀谈起来，其他人也见缝插针询问基层的医疗情况。赵景行端端正正地坐在自己的座位上，面相比较严肃。此人大概五十多岁，脸上看不出一点被岁月打磨过的痕迹，五官的棱角特别分明，大眼睛、高鼻梁、宽嘴唇，一看就是关中人。从侧面看，这些特征更加突出，很适合做美术专业的人像模特。他的头发又粗又硬，特别浓密，每一根都是独立的、自由的，谁也不挤压着谁，微微向前翘起的发梢，让人觉得这个男人如果一旦兴奋起来，就像孕育了无数创作灵感的贝多芬一样，会在瞬间迸发出无可比拟的才华和激情。他原先在唐都医院工作，是省内著名的儿科专家，让陈灵均感到意外的是，这位年薪二十万元的专家穿着十分朴素，乍一看跟东正县的老百姓没什么区别。

肖子熠给赵教授敬酒，他摆着手说下午还要上班，不敢喝。其他医护人员也都说不喝，只有徐君利和陈灵均、肖子熠的妹夫相互碰了几杯。肖子熠在饭桌上十分活跃，只要他一开口，屋子里立刻热烘烘地充满了欢乐的气氛。他能够巧妙地照顾到桌上的每一个人，让大家都能感受到主人的热情。当他一走出房间，就像把所有人的灵魂全都带走了似的，包间里顿时静悄悄的，显得异常冷清。徐秘书长似乎很喜欢肖子熠的性格，两个人很能聊得来。所有的人都对徐君利和赵景行教授十分尊敬，不停地给他们添茶水，把好菜推荐给他们吃。桌上的年轻人大都比较拘谨，只有肖子熠是个例外。赵景行教授好像已经习惯了他的粗喉咙大嗓门，每当他讲笑话的时候，也会在众人的笑声中微微地笑一下。

陈灵均问身边的人市医院是不是有个叫南婧的护士。

"你说的是我们原来护理部的主任吧，她已经退休了。你打听她有什么事？"

"大约在二十年前，她在我们老家给我大嫂接生过，救了他们母子两个。当时我嫂子胎位不顺……"陈灵均向众人讲述了事情的经过，并且告诉大家，他就是在南婧的影响下走上医学道路的。

"她走了以后，很多人常提起她。你不知道，我们南主任人可好了，平时对护士特别关心，说话从来不伤人，但是大家还很敬重她，因为人家说的句句都在理……"一位护士说道。

"她性格直爽，特别善良，很喜欢帮助别人。"另一位护士说道。

其他人也谈起了对南婧的印象，没有一个人不喜欢她。陈灵均原来以为在市医院还能碰见南婧，没想到她已经离开这里，跟着女儿移居到上海了，心中不免有些遗憾。

饭店里中午吃饭的人多，菜上得比较慢，快到一点半了，菜还没有全部上齐，急得肖子熠到厨房催了好几次。赵景行不停地抬起手腕看表，刚到一点四十就对众人说："上班时间快到了，我得回去准备一下。"说完便站起来走了。徐君利诧异地看着他，似乎觉得赵教授的举止有些怪异。

"您别在意，我们主任就是这样一个人，任何时候工作第一。"肖子熠连忙向他解释道。

"这样很好，当医生的人就应该有责任心。"徐秘书长马上称赞道。

最后一道汤终于端上来了，儿科的医护人员谁也没喝，相互使着眼色想走。见此情景，徐秘书长笑着说："大家都吃好了吧？吃好了咱们就撤。我知道你们工作都很忙，上班不能迟到。"

于是来宾们对家属说了几句感谢的话，便匆匆忙忙地走了。

二十九

救护车早就回去了，陈灵均只能乘坐长途汽车回家。在路上闲着无聊，他从包里取出那本杂志，随便翻了翻。从目录看，好像是一本文学性很强的女性杂志，分了好几个栏目，第一个栏目的名称是：真情故事，头题的标题为《所有的磨砺都是为了成就最美的人生》，讲述的是一位都市女白领的爱情故事。作者的文笔很好，特别擅长描写女性细腻的情感和复杂的心理，故事情节也很吸引人，他一口气读了好几页，当文中突然跳出"玛妮妇产科医院"几个字时，才猛然反应过来，这是新安市刚开业的一家民营医院的宣传材料，阅读兴趣一下子没了，感觉自己仿佛不小心掉入了一个"陷阱"，由美丽的文字编织成的陷阱。那家医院就在距离新安市人民医院五百多米的南关街上，只有一栋楼，外墙是粉红色的，看起来很漂亮，晚上闪烁着彩灯的牌子特别显眼，远远看去，根本不像一家充满了病痛的医院，而是像这本杂志里描写的每天都在发生着许多动人故事的女性的天堂。这家医院也是福建人开的，听说在省内好几个城市都有同样品牌的医院，并且是连锁经营，生意都很不错，新安电视台和当地的报纸上经常能看到这家医院的广告，名气似乎比公立医院还大。去过那个地方的人都说，看病很贵，但是服务态度特别好。

"爸爸，我饿了。"身后突然传来一个小女孩和一个男人的说话声。他无意间回过头一看，发现好几年没有见面的老同学曹丽军就坐在后面的座位上，和他隔了两排座椅。这位在外面的花花世界里周游了十多年的帅小伙带着两个孩子，看上去很落魄。

陈灵均主动跟他打了声招呼，问他到哪里去。曹丽军说，他准备把女儿和儿子送到他母亲那里去，他和第二任妻子刚刚离婚，一个人带着孩子没办法生活。这两个孩子分别是他的第一任老婆和第二任老婆生的，全都判给了他，一个刚刚读小学，另一个在上幼儿园。他的生意赔了，生活无法保障，只好向家人求助。说到自己的不幸遭遇，曹丽军的眼圈红了，声音也哽咽了，看上去很可怜。让陈灵均感到特别吃惊的是，曹丽军投资的所谓"生意"，居然是一款带有赌博性质的网络游戏。陈灵均劝他好好地思考一下自己今后的道路，找个正经营生干，不敢再这么瞎折腾了。曹丽军点了点头，表示同意。他始终没有跟陈灵均提起以前借钱的事，陈灵均也没有跟他要。

陈灵均回到家里以后，翟书珍告诉他，韩春秀上午刚刚来过，把借了他们的那三千块钱还回来了，还给陈和光买了一套衣服。韩春秀很不好意思地说，她和她男人薛砚清现在在陕南一家私立学校教书，那里的待遇比在老家好，孩子也跟着他们在那里念书，由于路途太远，回来一次不方便，还得有点晚了，请他们原谅。陈灵均忙问孩子做了心脏手术以后恢复得怎么样。翟书珍说恢复得很不错，现在已经上小学四年级了，学习成绩很好，她看见韩春秀的穿着比原先好多了，人也变得洋气了，只是身体还是很瘦。陈灵均听了特别宽慰，暗暗为老同学高兴。

翟书珍把还来的钱交给陈灵均，他从里面抽出一千二百元对妻子说："韩春秀还钱还得正及时，今年你大哥家的翟鲲考上了西安财经学院，我大哥家的敬医考上了新安大学医学院，两个娃娃马上就要开学了，正好能派上用场。我大哥昨天在电话里说敬医的学费还差一点，想跟咱们借点钱，我答应给他借一千，另外再给上娃二百块钱红包，等敬医明天晚上来了，你这个当四妈的把钱给了娃。翟鲲走的时候我也给二百表达一下心意。"

翟书珍笑着接过钱说："你的心眼就是比我多，想得也细，好，这个人情我来做。大哥不来送娃吗？"

"不来，他这几天正在村里忙着栽树。从去年开始，咱们这儿不是实行退耕还林嘛，农民在地里栽上树，政府按面积补贴钱粮。刚开始村里人都不相信有这种好事，没有几个人愿意栽。今年把钱和粮兑现以后，家家户户都抢着栽树哩。连咱二哥都眼红了，也跑回去给自己的地里栽上树了。"

敬医来了以后，书珍按照陈灵均的吩咐把钱给了孩子，还对他说了一些鼓励的话。敬医拿着钱，眼里闪动着感激的泪花，连着说了几句："谢谢四妈！"看着书珍的目光比以前更亲切了。敬医已经是十八岁的小伙子，个头长得比他父亲还高，差不多有一米八，模样看上去特别帅气。他填报志愿的时候是陈灵均帮忙填的，选的全是医学院校，最后录取到了新安大学医学院。当医生是敬医从小的理想，看到孩子的愿望实现了，全家人都为他感到高兴。

第二天早上，敬医自己背着行李到车站去坐车，陈灵均两口子各到各的单位上班。

下午两点钟，陈灵均接到徐晓娟打来的电话，让他到病案室去评审病历。徐晓娟是去年才调到病案室的，之前一直在急诊科当护士。她来病案室前请过三个月病假，休完假后人胖了不少，有知情人说她偷偷地在外面生了个二胎，孩子现在寄养在她小姑子家里。她头胎生了个女孩，这个是男孩。不过，作为一名医生，不用听人说，陈灵均就能看出来她现在的身体情况是怎么回事。徐晓娟的爱人在县委宣传部工作，为了给她调岗位，专门找了一回院长。晓娟到这儿以后成天乐呵呵的，看上去生活得挺滋润的。她说，她现在主要的生活重心就是照顾好孩子。

陈灵均忙完手头的工作赶紧跑到四楼的病案室。自从当上科主任以后，他被医院抽到病案评审专家组，每月都要对抽调出来的出院病历进行评审。刚坐下没多久，手术室的马晓艳做完手术跑过来到阳台上透气，嘴里直喊"累死了"。

徐晓娟问她做了多少台手术累成这样。她说："从早上八点到现在，一共是三台。台数倒是不多，关键是一下都没停，还把人紧张得要死。"

徐晓娟问她怎么回事。马晓艳一边用书在脸旁扇风，一边说："最后那台剖腹探查术是急诊，害病的是一个小姐，做手术前冯炳琦问她有没有什么传染病，她说没有。结果把腹腔一打开，满肚子都是淋病结节，把台上的人全都吓了一大跳，冯炳琦和周云天赶紧一人又加戴了一双手套，相互叮嘱操作时一定要小心。做完手术，两个人又泡了好半天的手才走的。我把台子彻底消了毒，谁知道洗了多少遍手，心里还是不踏实。"

说话间，周云天头上戴着还未换掉的一次性蓝帽子从门外进来了。

"真不好意思，刚做完手术就把你叫来了。"徐晓娟歉意地说道，忙给他让座。

"下到科室屁股还没挨到凳子上，就接到电话又跑上来了。"周云天气喘吁吁地坐下说道。

听了他的话，徐晓娟脸上马上显出窘色，连连向他道歉，说自己不该催得那么紧。

惊魂未定的马晓艳跟周云天又提起那台淋病病人的手术，他呵呵笑了两声并没有显出大惊小怪的样子，似乎已经习惯了这种突发状况。

刘璐把抽好的病历抱到周云天面前，接着前面的话题说，崔万红一次跟她拉话的时候说，现在妇产科门诊患性病的病人很多，有些漂亮女人来检查的时候连内裤都不穿，裙子一撩就直接上床了，她很难相信社会上的人已经开放到了这种地步。

陈灵均看了她一眼，冷冷地说，男人得那种病的不比女人少，有位领导偷偷地来内科找他看病，不敢把自己得病的事告诉妻子和儿子，结果全家都被传染上了。

"现在的人为了钱，什么恶心的事都做得出来，害上这样那样的怪病，都是遭到了老天爷的报应！"周云天气愤地骂道。

陈灵均说："五六十年代，很多人口袋空空，脑袋不空；八九十年代，口袋空空，脑袋也空空；到了21世纪的今天，口袋不空，脑袋空空。未来的社会，人们最缺少的恐怕不是金钱，而是文化，没文化的人最无知，也最可怕。"

"你说得很对，我一直不相信有钱就有一切。人的健康、教养、文化、技能、良知和亲情，都是用金钱买不到的。"马晓艳接着说道。

徐晓娟也赞同两人的说法，她对一些在不良的教育观念下成长起来的孩子表示担忧，认为80年代出生的孩子所处的环境相对比较复杂，如果得不到正确的引导，很容易形成扭曲的价值观和人生观。

她的话引起了马晓艳的共鸣，又发了一通议论。

这个月出院的病人少，抽调的病历不多，陈灵均很快就评完了。刘璐看了一下评分表上的分数，笑着说："最近半年连一份丙级病历都没有，这是怎么回事？是不是咱们的医生写病历的水平都提高了？"

陈灵均笑了一下没有说话。

正在翻看病历的周云天抬起头说："原来要求每个质控专家每月至少评出一份乙级病历，每半年至少评出一份丙级病历，只有我和陈灵均做到了，其他人都没有做到。所以现在我们也不评了，省得挨骂。"

按照规定，乙级和丙级病历是要罚款的，众人听了都会意地笑了。

马晓艳说医院最近又走了几个人，问陈灵均和周云天有没有什么想法。周云天说自己快退休了，在医院工作了半辈子，已经习惯了这里的环境，不想再出去折腾了。陈灵均说他的老婆和儿子都在这里，两边的老人年纪也大了，暂时也不打算调走。

马晓艳笑着说："既然不准备走，就好好地再努力一把，争取当上院长。"

陈灵均的鼻孔里轻轻地"哼"了一声说："就算当了院长也改变不了什么。"

"最起码工作待遇高呀。"马晓艳说道。

陈灵均摇着头说没意思，他问她有何打算。

马晓艳笑着说："我哪儿也不去。虽然现在医院的效益不太好，但是我相信将来慢慢会变好的。"

从病案室出来后，陈灵均突然接到苏雅玲打来的电话。

"陈灵均，你知道不知道范睿得病的事？"

"不知道，他得了什么病？"

"白血病，是急性粒细胞性的，昨天刚住到新安大学附属医院血液科。"

一听到这个可怕的病名，陈灵均的胸口紧缩了一下，有点遗憾地说："你怎么不早说？我昨天还去新安市送了个病人。"

"我也是刚刚听折志明说的，他现在就在附属医院。你再给汪学义说一下。"

"好。"

于是没过两天，陈灵均坐着长途汽车又跑到新安市了。到了附属医院以后，折志明已经走了，汪学义、苏雅玲、罗泓玉都在病房的走廊里，正和范睿的家人商量是否需要留下一部分同学轮班照顾范睿。大家的情绪都很激动，现场的气氛十分压抑。自从杜海军走后，班里的同学好像都特别害怕他们的群体当中又有人会离开自己。范睿的爱人说范睿住在隔离病房，不需要陪护。大家看到陈灵均来了争相跟他打招呼，陈灵均忙问范睿的情况怎样。

"还不错，你看他就在那里面。"罗泓玉指着旁边的一间病房说道。

"范睿，陈灵均看你来了！"苏雅玲在门上一边使劲敲一边大声喊道。

见范睿没反应，汪学义说："别喊了，他听不见。"

陈灵均趴在一尺见方的玻璃窗上，看到范睿穿着一身蓝色条纹的病号服正朝门口走来，人比以前瘦了，身体异常单薄，头顶的头发也比原来稀疏了，但是脸上却带着浅淡而平静的笑容，看不到一丝忧虑。他的目光与陈灵均相遇后，眼睛突然一亮，露出惊喜的表情，张合着嘴巴好像在对他说什么，但是隔着门什么也听不到。

"你还好吗？现在感觉怎么样？"陈灵均一边用手指比画，一边努力用口型表达自己的意思。

范睿疑惑地看了他一会儿，笑着拍了拍自己的胸膛，抬了两下腿，又指了指身后的病床，上面倒扣着一本翻开的《百年孤独》，床头还有一个小型收音机。他似乎想告诉外面的人，自己的身体很好，在里面过得还不错。

明明知道对方听不见，陈灵均还是忍不住安慰他，思想上不要有负担，好好治疗，一定会康复的。

范睿把耳朵贴在玻璃窗上，用心地听了一会儿，脸上露出迷惘的表情，用手指敲了几下脑壳，似乎有了主意，快步走到病床前，趴在床头柜上，在一张纸上写了几个字，乐呵呵地走过来，举到众人面前。只见上面写的是：见惯生老病死，笑对人生考验；借病偷闲几日，乐得好友相见。

门外的人都被他的话逗乐了。苏雅玲一边笑，一边擦拭着眼泪骂道："这个坏小子，平常尽爱说些玩笑话，害了一场病突然变得文绉绉的，像诗人一样会写诗了。等他病好了，一定要好好糟蹋他几句。"

陈灵均问范睿的爱人，他的病是怎么发现的。她说是在单位体检时发现的，范睿平常刷牙的时候有时牙龈会出血，一直没当回事，医生说幸亏发现得早，不然的话就把病耽搁了。他得知自己的病情后，怕爱人担心，先通过熟人把床位联系好，在单位请了假，才告诉她，怕她接受不了，还给她做思想工作，让她理性地去看待生病这件事。范睿刚调到市医院的骨一科，没想到才干了一年就得上了这么大的病。

大家都说定期体检很重要，牙龈出血不能小看，说不定就是某些疾病的先兆。一旁的护士说："我们医院上次体检的时候很多医护人员都查出血液有问题。我的白细胞一直很低，平常只有两千多，请假休息了一段时间，吃了药稍微升上来一点，一上班又掉下去了。"

"可能跟长期接触化学药品有关吧。"汪学义说道。

"有可能。"苏雅玲马上表示认同。

陈灵均见他们在这里闲待着没什么用处，就和同学们都回去了。

范睿在新安大学附属医院住了一个多月的院，病情得到了有效的控制，很长时间都没有复发过。几位同学说起这事都为他感到庆幸，大家认为他之所以预后好，一是病情发现得早，二是有特效药可以治疗，三是本人的心态也起到了积极的作用。不过，让陈灵均感到十分意外的是，范睿出院后刚过了四个月就上班了。他知道后马上就给他打了个电话。

"你怎么这么早就上班了？身体那么虚弱，就不怕感染吗？自己是医生，不可能连这点常识都不知道吧？"他生气地质问道。

"唉，我当然知道，可我也要生活呀。"范睿说道，"这两年医院人员流动比较大，为了防止有些人请假到外面去应聘、试岗，坐在家里吃空饷，单位的请假制度定得越来越严了。院方规定，除了婚丧假和产假外，病事假一个月以内的，根据工龄按比例扣工资，奖金按缺勤天数扣；超过一个月的，扣百分之五十的工资，没有奖金；超过两个月的，工资和奖金全扣。我们主任还嫌不严，又加了一条，病事假超过半个月的扣除当月奖金；累计超过三个月的，扣除半年的奖金；超过半年的，扣除全年的奖金。我没得病以前，常见一些年轻护士因为请假扣钱的事在主任护士长跟前哭哭啼啼的，从来没有关心过他们，还觉得这些年轻人麻烦事真多。自己得了病以后才发现这纯粹是活亏人的制度！你不知道我长期服用的治疗白血病的药很贵，要不是我的兄弟姐妹家光景好，都尽力帮忙，光靠我们夫妻俩的收入根本负担不起。除了治病，一家三口还要生活呀，我要是不上班没了收入，一家人根本没法活下去。我找主任想让他照顾一下我，他说：'咱俩平时关系很好，我也很想照顾你，但是科室一直是这样执行的，不能搞特殊化。'我又去找院长，他也说没办法，不过建议我可以暂时离开临床科室，到工作比较轻松的行政科室去。于是我就找人私下里做了些工作，调到图书室了。这里管得不严，平时没事可以待在家里。"

听了他的话，从来不说脏话的陈灵均忍不住骂了一句。范睿笑着说："在大医院就是这样。我还算好的，最起码该休息的时候让休，想上班的时候让上，有些临时护士头一天做了流产第二天就上班了，有的年轻医生做了手术连线都没拆就来了。"

"这说明病人得了病是病，医生护士得了病不是病。"

两人都呵呵地笑了。

持续下了五天的连阴雨后，长河滩镇终于迎来了难得的好天气。中午十二点，泥泞的地面尚未完全干透，镇卫生院的几名医务人员便搬来凳子，整整齐齐地摆放在大门口，站在一旁的阴凉下说笑。蝉在树上扯着天生的破锣嗓子拼命叫唤，明显涨宽的河水"哗哗"地流淌着，响声比平时更大了。

"老高，你怎么把墨水弄到大褂上了？赶紧换去。"妇产科医生陈兰兰对内科医生高海洋说道。

高海洋低头一看，自己左侧的胸前果然有很大一块墨水渍，赶紧跑进去换衣服。陈兰兰见药房的白巧云头发乱了，又帮她重新梳了一遍。又有三四个人先后走出来，个个都穿着干净整洁的工作服。

不一会儿，身穿白大褂头戴白帽子的沈若拙和照相的师傅一起出来了，他边走边问："人都来齐了没有？"

"就差老高一个，他刚才已经来了，发现白大褂脏了，又跑回去换衣服了。"陈兰兰大声说道。

"好，照相嘛，就应该穿戴得整齐一点，打扮得漂亮一点。"沈若拙调皮地说道，"让我看看你们都打扮俊了没有？"

医务人员看到院长在挨个打量大家，都忍不住笑了起来。沈若拙在那排凳子的中间位置坐下，然后点名让其他人都过来站队。十几个人分成两排，前面的人统一坐在凳子上，后面的人站着。陈兰兰安排在沈若拙的左侧，右边空出的位置是留给高海洋的。照相的师傅根据身高调整了两三个人的位置，正在调试镜头，高海洋从院子里跑出来了。

照相师傅等他落座后，举起相机数着"一，二，三"开始拍照，所有人在他的指挥下满面笑容地齐声喊："茄子，茄子！"

这是沈若拙在长河滩镇卫生院留下的最后一张合影。因为他即将调离这家医院，到交道镇卫生院工作。想起往昔点点滴滴的记忆，他心潮起伏，感慨万千。

他记得第一次找陈兰兰谈话要求她停止私收费的行为，并交出私藏的收费票据和赃款时，这位性格十分强势，在单位具有一定势力的女人态度十分强硬，说自己干自己的活儿挣自己的钱是天经地义的事情，谁也奈何不得。一些人效仿她的样子也不把钱交到收费室。他觉得对这种人光靠讲道理不行，便采取了强硬的措施，在全院大会上宣布：今后再发现有人私收费，第一次给予警告处分，按收费数目的五倍罚款，停发三个月的工资；第二次发现，立即停职，并将其工作关系介绍到县卫生局。

他说到做到。三天后，人赃俱获的陈兰兰在会上果真被他点名批评，予以严重警告，不仅罚了款，工资也停发了。从来没人敢碰的陈兰兰就像农村的泼妇一样，在他的办公室里连蹦带跳，连哭带嚷。他丝毫也不害怕，一把推开门，撩起门帘，专门让围在外面看热闹的人看清她的丑相，然后当着众人的面呵斥她说："你别哭了，你给大家说清楚，我到底把你怎么了让你哭得那么厉害？我打你了吗？"

陈兰兰的哭声变小了，哼哼唧唧地说："没有。"

"我骂你了吗？"

"没有？"

"那我占你便宜了？"

陈兰兰摇了摇头，没有说话。

"那你哭什么？喊什么？你好好说，到底是我哪里不对，还是你不对？"

陈兰兰大概被他严厉的气势给镇住了，一句话也说不出来。

"既然你说不出来我哪里不对，那就是你的不对。一个堂堂的国家干部，受过教育的人，已经是四十几岁给娃娃当妈的人，动不动就撒泼，你有事说事，有理讲理，连哭带号的像个啥？成天还教娃娃做人，自己连最起码的做人的道理都不懂！你觉得你像话不像话？我真为你感到羞耻！明天写份检查，把你的问题深刻地检讨一下。如果你对我的处理结果不满意，可以写成材料上报给纪检委，他们肯定会拿出意见来的……"

陈兰兰没有想到平时看起来温文尔雅的沈院长发起火来竟然这么凶，垂着脑袋乖乖地回去了。没过几天，她主动把自己私藏的收费票据和部分赃款交给医院，并向院长道了歉，保证以后绝不会再出现违规行为。其他人见状也不敢再跟他对着干了。

高海洋因为老婆和孩子都在城里，没有心思待在基层医院，有时一两个月不打招呼也不来单位上班。沈若拙告诉他，要么好好上班，按时给他发工资；要么按旷工处理，累计旷工超过一个月，必须办理停薪留职手续，定期给医院交钱。如果他不同意上述意见，只能将他的工作关系介绍回县卫生局。高海洋又拿出对付前一任院长的手段，想给他一点"好处费"，继续延续自己安逸舒适的生活，但是被他拒绝了。高海洋一计不成，又生一计，试图拿自己在卫生局当官的亲戚压他，他丝毫不理会。高海洋见这位新院长确实跟其他领导不一样，便服软了，回到单位老老实实地上班，有事便履行请假制度。

　　虽然刚来的时候与几位职工都因为工作上的事发生了不愉快，但是沈若拙并不因此记恨在心。工作中，他对所有人一视同仁，严格要求；在生活上，与大家和谐相处，不管谁家遇到困难，都主动伸出援手尽力帮助。到最后，曾经最恨他的人反倒成了最支持他最信任他的人。卫生院也在他的精心管理下逐步走上正轨，由于业绩突出，多次受到上级部门的表彰奖励。医院的效益比原先翻了好几番，职工的收入也明显增加了。他离开前查了一下账，卫生院的账户上不仅没有欠款，还结余两万多元钱。

　　"好了。"照相师傅朝众人挥了一下手，大家脸上矜持的表情马上就放松了，笑容比刚才在镜头前更甜了。

　　"沈院长，你真的马上就要走吗？"白巧云问道。

　　"吃了饭就走，高海洋已经帮我把东西收拾好了。"沈若拙说道。

　　"这么快，刚听说调令来了没过几天你就要走。"白巧云嘟嚷着说道，眼里透出几分不舍。沈若拙不自然地笑了一下，低下头装作整理衣服没有说话。几名职工已经自觉地搬起凳子往办公室走。

　　午饭是最后的"散伙饭"，桌上的气氛有些沉重。陈兰兰好几次走出门外，偷偷地擦拭眼睛，两名女职工的眼圈也红红的。

　　"再见了，亲爱的同事们，祝大家身体健康，工作顺利，家庭幸福，万事如意！有时间到交道镇来玩，我一定会热烈欢迎！"沈若拙强忍着内心的伤感与大家一一碰杯。

　　吃完饭，职工们把他送到街上，亲眼看着他坐上长途汽车才离开。车发动的时候，很多人都喊着他的名字朝他拼命地挥手。看到这一幕情景，坐在车窗前的沈若拙也抑制不住自己的情绪流下了感动的热泪。

　　"沈院长，你这是要到哪里去呀？"同车的一位大爷诧异地问道。大爷姓刘，就住在长河滩镇的后街，街上的人没有一个不认识卫生院的沈院长。

"我调到交道镇卫生院了，以后不来这儿上班了。"他用略带惆怅的语气笑着说道。

"在这儿干得好好的，为什么要走呢？真舍不得让你走。"刘大爷动情地说道。

"什么？你要调走了？我是不是听错了？"坐在刘大爷身后的信用社的小赵惊讶地探着身子问道，"能不能不要走？你要是走了，我再有了病想看中医，到哪里去找你？"小赵以前月经不调，吃了沈若拙开的中药后好了。

"以后还会来新的院长和新的医生，你可以去找他们。"

车上的其他人听到三人的谈话后，马上嘁嘁喳喳地吵成一团。一位六十多岁的老婆婆对身边的人说："沈院长可是个好人哩，看病认真，对人又和气，不管谁家的人有了急病，不管是白天还是晚上，路远还是路近，随叫随到，没有一点架子。"

一位小伙子说："自从他来了以后，医院里的卫生和服务态度比原来好多了。"

听到众人的评价，沈若拙的心里特别有成就感。一想到自己很快就要见到久别的妻子和女儿，心情又变得激动起来。自从有了孩子以后，他的爱人丁郁芳留在县城的家中，一心一意做他的贤内助。沈若拙是个急性子的人，一忙起工作来，有时候两三个星期，甚至一个月都顾不上回家。丁郁芳非常通情达理，从来没有因为他"不顾家"闹情绪。有时候实在等不上他回来，就会在电话里非常含蓄地说："若拙，女儿想你啦。什么时候不忙了，能不能回来看看我们娘俩？别把我们都忘了。"他知道那是她表达爱意的一种方式，尽量不让她等得太久。虽然和城里工作的同学相比，他们聚少离多，生活条件也差一些，但是他觉得自己活得很充实、很快乐。尤其是看到自己诊治过的病人摆脱病痛后，又满怀信心地去劳动、去生活，心里格外欣慰。

随着县城越来越近，他的心跳也越来越快。他仿佛看到了妻子和女儿甜甜的笑容，听到了她们温柔可爱的声音，不由得对着窗外笑了。

就在这一年秋天的一个晚上，八十四岁的陈儒生毫无征兆地在睡梦中离开了这个世界。三个月后，翟明礼查出患了肺癌，保守治疗了两个月后也离开了人世。翟明礼病重期间，陈灵均尽最大努力关心他、照顾他。翟明礼临终前拉着女婿的手说，他是一个识大体明事理的好男人，感谢他给了自己的女儿一个温馨幸福的家庭，他从此无牵无挂，可以安心地到天堂里去了，他鼓励陈灵均在事业上继续努力，相信他将来一定会有所作为。

送走了两位老人，陈灵均仿佛送走了整整一个世纪的风霜和烟雨，无论从肉体上还是精神上都得到了彻底的解脱。他常常在半夜里醒来，看着窗外的微光穿过黑暗，慢慢地把黎明点亮。休息日的时候，独自一人行走在冰河边，听呼呼的风声卷走一地的尘埃为春天开道。他在QQ空间里写了很多散文和诗歌，都是有关他的母亲、童年和故乡的记忆，他不仅写出了自己经历的苦难，还站在人类文明史的角度上，竭力探寻苦难的根源。不少网友评论说，这些文字充满了生活气息，读起来既疼痛又温暖，引人深思，让人落泪。文章后面点赞的人特别多，齐令晖也在其中。她的QQ空间一直没有更新，所有的内容都定格在1997年的秋天。

三十

2003年4月中旬的一天，穿着密不透风的防护服在发热门诊工作了八个小时的陈灵均又累又渴地回到家中，还没有来得及喝一口水，身上的手机响了。他拿出来一看，是院办打来的，接通后，很快传出许伟的声音："陈主任，明天上午市委巡查组要来咱们医院督查'非典'抗疫工作，院长让我给大家通知，这个星期天全院取消休息，所有科室提前一个小时上班，临床上七点半开始交班……"

挂上手机，陈灵均马上开始拨打科室人员的电话号码。

翟书珍端着一杯热茶走过来说："先喝点水吃了饭再打吧？再忙也不在这阵儿上。"

陈灵均看到她快走到自己跟前了，连忙伸出手大声制止道："别过来，把水杯放在桌子上，我自己去端！跟你说了多少次了，我现在的工作环境不一样，你要时刻注意点，千万不要把病毒感染上。不是我不想吃饭，今天是星期六，打得迟了有些人就出去了。"

科室里有的人有手机，有的没有，只能拨打固定电话。全部通知完后，他才让书珍把晚饭从锅里端了出来。

为了给战斗在抗疫一线的丈夫补充营养，书珍天天变着花样做饭。这一顿又是一个凉菜，一个热菜，配一份汤。书珍怕他吃得太快伤胃，不时提醒他吃慢点。

"晚上你和光儿到隔壁睡吧。从明天开始，你俩都不要过来了，我一个人住在这面窑洞里，我回家后，你把饭放到门口就行了。"陈灵均一边吃一边说道。

"我不。你工作那么累，身边没有人照顾可不行。"书珍倔强地说道。

"你怎么这么不听话呢？'非典'可不是一般的传染病，得上了是有生命危险的。我是医生不和病人接触不行，你们完全可以避开这些危险因素，跟我隔离开来。你就算不为自己着想，也得替咱儿子想想。"陈灵均嗔怪地说道。

"我不管，一家人要死就一块死，要活就一块活。"书珍像孩子似的说道，眼里已经涌出了泪花。

"快别犯傻了，我告诉你，全国现在已经有七个省一千多人感染上了'非典'，就连西安也出现疫情了，形势非常严峻，咱们每个人都要做好个人防护，这不仅是对自己负责，也是对家人、对社会负责……"陈灵均就像老师教育学生一样，耐心地给妻子做思想工作。劝说了好半天，书珍才勉强答应和他暂时分房居住，他不由得长长地舒了口气。

吃完饭，陈灵均躺在沙发上正在看电视，翟书海突然来了电话，一开口就问陈灵均现在忙不忙。

陈灵均听见他的语气很急促，忙问有什么事。

"翟鲲刚才打电话说，西安各大院校全都停课了，他待在学校里哪儿也去不了，什么好吃的也吃不到，很想回家。我准备趁晚上八点以后路上的关卡撤了开车到西安去接他，路途太长，一个人开车容易犯困，你要是没事的话能不能陪我一起去？"

陈灵均想：这不是明着违反工作纪律吗？现在正是防控疫情的关键阶段，全县全省全国人民都在遵照政府的指示严防死守，他这么一来，说不定把很多人的心血都白费了，绝对不能支持。可是作为一个父亲，他又特别能理解妻哥此时此刻的心情，于是婉转地对翟书海说："明天早上市委巡查组要来我们单位检查工作，我七点就要上班，我作为一线工作人员和科主任责任很大，不敢乱跑。说实话，我觉得你没有必要把他接出来，娃娃待在学校里其实挺安全的。这一去一回的，在路上难免会接触到一些陌生人，对你对翟鲲都不好。再说，从东正县到西安要经过好几个关卡，你在咱们这儿能够顺利出去，到了其他地方未必那么好过。就算你真的到了西安，学校的大门关着，能把翟鲲接出来吗？"

"他说他观察过了，可以用手抓着栏杆爬到大门上面翻出来。我们父子俩提前已经商量好了，下午都没多吃，也没敢喝水，就是为了防止路上要上厕所。各个关卡的位置我也打听过了，有些地方可以绕道走。"

"我劝你最好还是别去，娃娃虽然吃不好但是也饿不着，万一你这次出去让别人知道了，当作反面典型抓起来，在社会上的影响多不好。"

"好了我知道了，你忙你的去吧，我回头跟你嫂子商量一下再说。"翟书海不耐烦地挂上了电话。

陈灵均知道翟书海是一个很固执的人，为了达到自己的目的可以不惜一切代价。如果是为了孩子，哪怕冒着生命危险也在所不惜。因此，他隐隐地预感到，妻哥肯定会在当晚开车出去的。

事情果然跟他预料的一样。从接到翟鲲的电话的那一刻起，翟书海无时无刻不处在焦虑之中，一心盘算着怎么把儿子从疫区接出来。在给陈灵均打电话之前，他已经联系过大妹夫，得到的回答是他今天感冒了，刚吃了药，路上肯定会打瞌睡的。

"唉，关键时刻谁都靠不上，还是靠自己吧。算了，谁也不联系了，我自己一个人去！"翟书海失望地说道。

"我陪你一起去。"他的妻子郑春红主动说道。

"行。"

一个小时后，一辆黑色的小轿车在夜色的掩护下悄悄地驶出了东正县城。翟书海坐在驾驶员的位置上，既紧张又兴奋地转动着方向盘，郑春红坐在副驾驶的位置上，一边跟他聊天，一边警惕地观察着前方的情况。其实，在出城前他们的心里都没有底，因为有些地方的关卡可以绕行，有些地方是绕不过去的，只能碰运气。

走了快一半的路程时，远远地就看到前方有一排车灯在闪烁，旁边站着一大群穿着警服和防护服的工作人员，正在逐一盘问司机，给车辆消毒。翟书海暗暗地在心里说了声"真倒霉"，脸色马上变得阴沉起来。郑春红安慰他说："别慌，问到咱的时候你就说我半夜里哮喘病又犯了，需要到西安去救治。"说完调整了一下座椅，半躺着准备装病。翟书海也不知道这样是否管用，没有吭声。

就在这时，排在前面的一辆车掉转车头，顺着原路又返回去了。见此情景，翟书海更加紧张了，搭在方向盘上的两只手的手心里全是汗。

交警和医务人员很快便走了过来，每个人的脸上都戴着厚厚的口罩。在那几个人当中，翟书海意外地发现有一名工作人员长得很像自己的高中同学，试着喊了一声对方的名字，没想到马上就听到了回应。他的心里顿时乐开了花，按捺着激动的心情赶紧走到外面，把同学拉到一边说明了情况。那人和其他队员沟通了一下，给他们夫妻二人测量了体温，做了登记，给车辆消毒后就放行了。

之后再也没有碰到盘查的人员，一路畅通无阻。翟书海两口子渐渐放松了心情，车速也明显得加快了。快到西安城时，已经是深夜十二点了，两人呵欠连连，不像先前那么精神。为了活跃气氛，翟书海搜肠刮肚不断挖掘新的话题和妻子聊天，一分钟都不敢停歇，生怕由于自己的疏忽大意会犯下致命的错误。"还记得咱儿子上幼儿园后第一次登台表演的样子吗？小家伙由于太紧张，胳膊腿都成了顺拐了……"

他说了好半天见妻子久久没有回应，一转头，发现她头靠着座椅已经睡着了，想把她喊醒又有一点不忍心，便对自己说：这个女人太累了，就让她睡上两分钟吧。

这个念头刚闪过没几秒，整个世界突然变得异常安静，他眼前一黑，什么也不知道了。当他再次睁开眼睛的时候，吓得心都快要从胸腔里蹦出来了——车子已经偏离了公路，正以极快的速度朝路边一棵两搂粗的大树撞去，车与树的距离还不到一米！来不及做出太多的反应，慌乱之中他本能地把方向盘朝里撸了一把。车头紧贴着树干开了过去，隔着玻璃都能听到剐蹭的声音，车身因为巨大的摩擦力微微地晃动了几下。

随着一声长长的刹车声，熟睡中的郑春红身体猛地前倾了一下，陡然被惊醒。她看到车子已经停下了，丈夫脸色煞白地伏在方向盘上，就像得了大病似的，忙问他怎么了。

翟书海缓缓地抬起冒着虚汗的脑袋，用责备的语气对她说："你是专门来陪我说话的，怎么自己先睡着了？"

"我也不知道自己是怎么回事，感觉刚才还和你说话呢，只是一眨眼的工夫……到底发生了什么事情？你是不是哪里不舒服？"郑春红既内疚又有些不安地问道。

"知道吗？刚才咱俩差点都死了，只差一点车就撞到树上了！"翟书海心有余悸地说道，然后详细地描述了事故发生的经过。郑春红听了浑身都瘫软了。两人坐在车上稍微缓和了一下情绪，先后走下车，查看了一下车辆的情况，发现除了右侧的保险杠撞出一个大坑，车前镜碰碎了，车门外面划出很长的一道斜印外，没有什么大毛病。

"没事，还能跑。"翟书海笑着拍了拍车子，上车后，继续朝西安的方向前进。从那一刻起，两人再也没有打过瞌睡。

到了学校接上翟鲲以后，已经快到凌晨一点了，翟书海一刻也不敢耽搁，拉上人就跑，在天亮前终于把儿子接回了家。

为了安全起见，他让翟鲲待在家里哪里也不要去，还嘱咐妻子不要对任何人透露翟鲲回来的消息，其中也包括他的家人。因此，当翟书珍第二天打电话问起前一天的事情时，郑春红骗她说，他们听了陈灵均的话没有出去，一直在家睡觉。

新安市"非典"防治领导小组一共派出十五个督察组到各县和市直单位督查抗击"非典"工作，市委副秘书长徐君利亲自带领其中的一个小组来到东正县城，第一站就是县医院。当天上午，他在县卫生局和县医院领导的陪同下查看了发热门诊和隔离病区的预检分诊、隔离筛查等情况，没有发现明显的漏洞和管理上的问题。紧接着，又到中医院、妇幼保健院、防疫站等医疗单位视察工作，还深入小区、街道、路口，了解交通、公安、社区的配合情况，看到各单位各部门都十分重视疫情防控工作，严格按照上面的要求进行安排部署，工作人员态度认真，无缝衔接，十分满意。随后，他又亲自下基层到乡镇卫生院进行督导检查。

当时，由国家构建的三级农村医疗服务、疾病预防控制和社区卫生服务体系，是以市、县为中心，乡镇为枢纽，村级为基础，乡镇卫生院属于非常重要的一个环节。然而，走进交道镇卫生院后，眼前的情景让徐秘书长大吃一惊。

医院的三排窑洞近三成是危房，有的窑洞顶部坍塌成倒写的"几"字，有的外墙裂开有小孩拳头那么大的裂缝，窑腿子已经倾斜，里面用几根木椽支撑着，没有一孔窑洞的内墙是光滑的，全都发生过渗漏。未用一砖一石铺垫过的土院子经过雨水长年累月地冲刷，地基明显下沉，坑坑洼洼，凸凹不平。医院的医疗设备十分陈旧，唯一的一台老掉牙的X光机已经无法使用，心电图机因为长期闲置不用，蒙上了厚厚的灰尘，没有B超，没有检验设备，也没有专业的技术人员。药房里基本药物配备不全，专用的消毒水不够用，短时间还买不到。全院连院长在内，一共只有两名医生，其中一名还没有行医资格证。职工的学历整体偏低，除了院长本人是大专学历外，剩下的九名人员中，只有三名中专学历，一名高中学历，其他人员只有初中文化水平。由于缺乏必要的检查手段，医生看病几乎全靠经验，医疗技术还不如六七十年代的水平。虽然医院按照要求也设立了发热门诊和隔离病房，医务人员每天都对病房和门诊消毒，对发热病人进行分诊、筛查，二十四小时不间断值班，按时上报疫情，院长和职工每人身兼数职，忙得团团转，但是各方面的条件和实际开展的工作远远达不到防控要求。徐君利痛心地看到，在所谓的三级医疗网络中，到了乡镇这一级已经完全破溃，根本无法抵御任何一场大规模的传染病的侵袭。

徐君利越看眉头皱得越紧。检查完后，他指着那几面随时都会倒塌的窑洞，用特别生气的语气问道："你们一直就在这种环境下工作？"心里说：这还是人住的地方吗？恐怕连农村像样点的牲口棚都不如。

沈若拙一边让徐秘书长一行人到自己的办公室就座，一边苦笑着说："医院里凡是能住人的窑洞全都被利用了，实在不敢住的就空着。每到阴天下雨的时候，我特别担心职工和病人的安全，三番五次去巡视。去年10月份的一天夜里连续下了一个多小时的暴雨，我凌晨四点钟起来，把所有的职工全都叫醒，让大家穿上衣服转移到户外安全的地方等待雨停。雨停了以后，和一名老职工逐个查看了窑洞里的情况，确认没有问题，才让大家住进去。当时，我跑去叫职工出来的时候，有些人正睡得香，嫌天冷不愿意起来，认为我这是小题大做，跟我犟嘴。我说：'你不怕死，觉得你的命运你自己掌握得了，可你现在住在医院里，你的安全就不是你一个人的事情了，而是我和整个医院的大事。你要是出了事，责任不在于你，而在于我，我要是眼睁睁地看着你塌在窑里，让我的良心一辈子怎能安宁？'那人听了觉得我说得很有道理，就乖乖地爬起来了。"

"这些情况你给上面反映过没有？"徐君利坐在门口的椅子上问道。好几名检查组的工作人员抬头望着窑顶钉着的塑料布，脸上露出惊异不安的表情。因为塑料布上面堆积着厚厚的一层泥皮，把塑料布压得垂下足足半米宽的距离。

沈若拙长叹了一口气说："反映过。我给上面打过好几次报告，想让政府拨点钱把医院重修一下，一直没有得到重视。"

头顶突然"嘎叭"响了一声，把检查组的人全都吓了一大跳，就连徐秘书长都从椅子上站了起来。

"没事，窑顶上掉了一块泥皮。"沈若拙镇定自若地说道。眼尖的人已经注意到，有一块巴掌大的厚泥皮从窑顶坠落下来，重重地砸在塑料布上，位置正对着床头。如果是在夜里，没有塑料布挡着，很有可能砸到沈若拙的头上。没过两秒钟，一小股尘土从塑料布的破损处漏了下来，窑洞里能够闻到淡淡的土腥味。

"一年四季待在这窑里，谁知道能吃进去多少土！"沈若拙的嘴角浮现出一丝无奈的笑容。

"长期这样下去可不行。"徐君利忧心忡忡地说道。

"巧妇难为无米之炊。你说，在这种环境下，我一没钱，二没人，三没设备，除了维持现状，还能做什么！"

从交道镇卫生院出来后，徐君利的心里沉甸甸的。他完全没有想到基层卫生院的条件会这么差。他又到附近的几个村子去视察，看到有的村子有医生，有的没有。给病人看病的大部分都是过去的老赤脚医生，还有一部分是自学成才的中医大夫。这些人连办公的地方也没有，都住在自己的家里，药品和消毒设备短缺十分严重。他回去以后，把自己了解到的情况如实汇报给市委、市政府。他在报告中写道："乡镇医院建设投入不足，基础设施差，医疗设备短缺，器械陈旧，专业人才匮乏，农村医疗防疫保健工作薄弱，重医疗轻防疫的现象十分严重，村级卫生网络基本处于瘫痪状态……"

经过举国上下的努力，几个月后，疫情终于得到了有效的控制，除了少数患者死亡外，大部分患者都通过注射血清和对症治疗痊愈出院。"非典"结束后，国家加强了农村医疗卫生建设，借助国债项目，拨付专款用于基层基础设施建设，交道镇卫生院成为首批基建单位。

开工仪式上，沈若拙用颤抖的双手剪开了用红绸布做成的礼花。一阵响亮的鞭炮声和热烈的喝彩声过后，他抬起头，看到郁郁葱葱的青山上面，一条宽阔而美丽的蓝色大道伸向未知的远方，无数白色的玫瑰、白色的蝴蝶、白色的灯盏、白色的骏马在跟他一起奔跑……

三十一

这一年的 9 月份，翟家人也迎来了一件喜事，翟鲲大学毕业后安排到市接待办当会计。虽然为了解决翟鲲的工作问题翟书海找了不少人，花了不少钱，但结果是令人满意的。接到通知后，翟书海两口子把全家人请到家中庆贺。

二十二岁的翟鲲言谈举止尚未脱去学生气，但他努力学习成年人的样子给长辈一一敬酒，不停地招呼家里的大人小孩吃好喝好。陈灵均看到他脸色有些苍白，悄悄地问他有没有查过肝功。翟鲲说："好着哩。"语气里微微透出一丝不快。陈灵均第一次见到他的时候就注意到这个娃娃的脸色比普通人白，看得时间久了，越发觉得他脸上的白有几分病态。听翟鲲这样一说，心想自己大概是出于职业习惯多心了，就没有在意。翟书海乐呵呵地看着儿子潇洒地端着酒杯喝酒的动作，一副心满意足的样子。众人喝了一个多小时后，他看到翟鲲喝了十几杯酒仍然余兴未尽，跟姑姑、姑父不停地碰杯，淡淡地说了一句："差不多就行了。"

"我知道。"翟鲲满不在乎地说道，仍然不肯放下手中的酒杯。

"娃娃大了，别老管人家。"曲晓娴笑着说道。

其他人也随声附和，于是翟书海也没再说什么。

晚上回家后，陈灵均正在给儿子批改家庭作业，肖子熠打来电话兴奋地告诉他，新安市人民医院新的门诊住院大楼建成后，增加了科室和床位，正面向社会招聘医护人员，陈灵均的条件完全符合招聘公告上的要求，如果被录用，一年后就可以解决编制问题，希望他认真地考虑一下。陈灵均知道，新安市人民医院是一家三级甲等医院，无论规模、设备，还是人员，都比东正县医院要强很多倍，技术水平在全市乃至陕北均处于领先地位，这对他来说，无疑是一个十分难得的跳槽机会。挂上电话，还没有来得及细想，铃声又响了，是周敏慧打来的，她跟肖子熠说的是同一件事情，但是她的情绪显得特别激动，就像是长年累月被人囚禁在暗无天日的牢房里的囚犯突然看到了光明一样，隔着电话他都能想象出她眉飞色舞的样子。她听她的同学方媛说，市医院是市政府主办的公立医院，效益很不错，平常如果通过个人关系调动的话难度很大，她认为现在大家能坐到同一个考场里参加统一的考试，非常公平合理，这样的机会就是专门为他们这些无门无路靠本事吃饭的人安排的，应该去试一试。陈灵均知道，曹沐塬已经在半年前应聘到新安市实验小学当老师，童童也被他带到市上上幼儿园了，周敏慧早就盼着这一天了。

周敏慧调皮地问他："不知道嫂子舍得放你走不？"

正在一旁看电视的翟书珍已经把电视机的音量调小了，周敏慧的话听得清清楚楚。她从丈夫手里抢过电话说："我哪里管得了他，他要是觉得在市医院上班好，那就去吧，只要不把这个家忘了就行了。"她嘴上说管不住他，心里其实很不情愿放他走。人常说，一朝被蛇咬十年怕井绳。她之所以那么说，一是为了在人前给丈夫面子，二是她知道自己拦不住他。自从家里的两位老人去世后，再也没有人能替她管着他了。

周敏慧呵呵地笑了起来："那就让你老汉报名的时候把我叫上。"说完就把电话挂了。

"爸爸，赶紧报名吧，你肯定能考上！"陈和光急得冲父亲大声嚷道。

"爸爸到市上工作，你不想我吗？"陈灵均故意逗儿子说道。

"我现在已经是五年级的学生了，马上就要升初中了，我想报考新安市实验中学，你可以在市上等我。"陈和光信心十足地说道。他常听父亲跟同事谈话时提到县医院在管理上存在的种种弊病，非常渴望父亲能到更好的环境中工作。从小到大，父亲一直是他心目中的偶像，每次在人前提起父亲的职业，他都感到特别自豪。他在父亲的指导下坚持练毛笔字，软硬笔书法已经有了很大的进步，因为作业本上的字写得特别漂亮，经常受到老师表扬。

陈灵均马上又把这个重要的消息透露给自己的老同学汪学义，问他是否也去报名。汪学义懒洋洋地说，在市医院工作固然有好处，但是压力肯定比这里大，他不想活得太辛苦，觉得自己比较适合在县城工作。

陈灵均背着科室的人偷偷地跑到市医院去参加考试，发现县医院竟然来了十几名医生、护士和医技人员。见面后，大家都像做贼似的相互露出会心的微笑。陈灵均的笔试和面试都进行得很顺利，自我感觉没什么问题，但是他不知道这样的考试会不会受到个人能力以外的一些因素的影响，便抱着听天由命的心态回到了家中。

这个星期天恰好是赵志刚承包的鸿瑞大酒店开业的日子，他查完房早早地就跑去帮忙。

从前一年的冬天开始，东正县的扫黄行动取得了显著成效，市容市貌发生了很大的改变，街上所有的卡厅都贴上了封条，一些涉黄的酒店经过停业整顿又恢复了营业，外地来的小姐绝大多数都卷着铺盖卷回家了，即使有少数不愿回去的，也不敢再明目张胆地干那种肮脏的勾当，大街上再也看不到一个个妖里妖气涂着黑色唇膏的女人了。很多酒店的老板抱怨说，自从把小姐打发走后生意已经不行了，特别是县城以外位置比较偏远的几家庄园式的豪华酒店亏损特别严重，正在面临倒闭的命运。赵志刚在这个时候停止了打井的生意转行开酒店，很多人都为他暗暗地捏了一把汗。赵志刚对陈灵均说，他刚开始投资打井的时候只知道这种生意很赚钱，其他的啥也不懂，干上了以后才知道，能不能打出油运气很重要，要是运气不好的话，出上几口空井几百万就没了，所以乘着自己运气好赚了点钱赶紧见好就收，不然的话再干下去说不定连老本都保不住。他之所以选择餐饮行业，是因为他发现到目前为止，县城里还没有环境稍微好一点能够一次性承接四百人以上的大型宴会的酒店，如果他的酒店开业以后，饭菜的质量有保证，价格比较实惠，肯定能吸引不少顾客。

鸿瑞大酒店位于县城外马路北侧的一栋商业楼上，一、二层是餐饮部，三、四层是住宿部，楼的外部刷着赭红与深灰相间的颜色，看上去特别豪华气派。陈灵均还没走到跟前，一眼就看见赵志刚穿着西装扎着领带风度翩翩地站在门口，正在指挥几名服务员铺红地毯，酒店门口十几米远的正前方已经支起了红色的塑料拱门，两边悬挂着气球和彩带。走近以后，他看到门口贴着一副很宽的红对联，左联是"美酒佳肴誉四海"，右联是"华庭雅座客满楼"，横批"开业大吉"。门前的台阶上摆放着两棵一人高的发财树，还有两个精致的花篮，上面斜贴着两道彩带，分别写着"热烈祝贺鸿瑞大酒店顺利开业""祝鸿瑞大酒店生意兴隆财源滚滚"，其中一个上面署着白锦明的名字。街上所有的卡厅中数白锦明的规模最大生意最好，前半年县公安局扫黄，他的卡厅自然也成了整顿的对象，关了两个月的门后，已经改成了澡堂子。

陈灵均刚走到门口，栓狗拉着一个头发花白面容有几分痴呆的女人不知从哪里冒了出来，弯腰驼背地站在赵志刚面前伸手跟他要"喜钱"。保安不耐烦地推开他，吼着让他走，栓狗不满地瞪着眼睛说："我是来给老板道喜的，干你什么事！老话常说，有钱不打上门客。你们还没开业就不想让人上门，以后还想不想赚钱了？"赵志刚示意保安不要再说话，从衣兜里掏出十元钱给了栓狗。栓狗看了看手里的钱数似乎不太满意。保安说："行了，拿着赶紧走人，我们老板还要招呼客人呢。"

栓狗边走边骂："这些屄娃娃真是狗眼看人低，就是县长见了我也不敢这么牛气。"

陈灵均刚好跟他打了个照面，随口问道："栓狗，丑毛和二女呢？"

"我那个憨婆姨去年害病殁了，留下那个娃娃我也管不了，给了人了。"

"哦，那你手上拉的是谁？"

"刚拾揽的一个婆姨，这个婆姨比丑毛强，自己会吃会喝，说的话也能解下哩。"栓狗高兴地夸耀道。

"你有过好几个婆姨了吧？"有人故意逗他。

"算上头一个离婚了的，这是第四个，县长都没有娶过这么多的老婆。"栓狗的语气很自豪，他跟对方要了一支烟，点着后美滋滋地吸着烟拉着老婆走了。

赵志刚看到陈灵均来了，安排他负责接待来宾。街上所有的老板都来了，各行各业凡是有点头脸的人物也被请来了。大部分客人陈灵均都认识，见了面相互嘻嘻哈哈地握手、寒暄，说些场面上的客套话。

退耕办副主任何宏伟自然也是受邀的嘉宾。何宏伟中专毕业后，通过自考先后取得了大专和本科学历，本科学的就是水土保持专业，搞了退耕还林工作，也算是专业对口了。自从前年调到新单位以后，他瘦了一大圈，皮肤变黑了，穿戴得也土气了，从表面上看跟农村的受苦人差不多。让陈灵均没有想到的是，他初中时的同桌乔艾艾打扮得花枝招展地也来吃酒席。从远处看，她脸上的皮肤特别光滑细腻，在阳光下闪闪发光。到近处细看，除了两颊最丰满的地方比较饱满紧实外，其他地方微微有些松弛，布满了细小的纹理，尤其是笑的时候更加明显，极像用精美的包装纸包裹起来的打了蜡的廉价水果。她走进餐厅，一看到何宏伟便走到他的身边坐下，尖声喊着陈灵均的名字让他忙完了也过来坐在一起。

"你怎么也来了？"何宏伟故意调侃道。

"我怎么不能来？我和赵老板住在一个单元楼上，还是门挨门的邻居呢。"乔艾艾说话时还是那副得理不让人的样子。她看到周围的人不停地跟何宏伟打招呼，便用揶揄的口气说："我发现县上的领导你没有不认识的。"

"在行政上待的时间长了，自然而然地就认识了。你这个小老板认识的人也不比我少。"

何宏伟说乔艾艾是"小老板"，是指她利用工作之余卖高档女式内衣赚钱。

她卖的内衣据说有塑身美体的功能，一套售价三四千元。为了让何宏伟和他的妻子目睹这种内衣的神奇功效，乔艾艾有一天晚上敲开他家的门，当着他妻子和儿子的面脱掉外套，亲自当了一会儿模特，把他们一家人都惊呆了。碍于同学之间的面子，何宏伟不得不劝说妻子买了一套。乔艾艾走后，他八岁的儿子笑着说："爸爸，你们班的女同学可真开放。"

"其他人都一般，只有这个比较特殊。"何宏伟有点尴尬地解释道，感觉妻子和儿子都在心里笑话自己的同学脸皮太厚，为了钱一点儿也不怕丢人。乔艾艾并不属于特别缺钱的人，她在油矿上班，丈夫在信用社当出纳，双方的父母都有工作，孩子出生后一直由婆婆公公带着，吃喝拉撒全都不用她管，可她还在人前哭穷，想尽一切办法赚钱。

"我认识的人都是普通老百姓，没什么用处。不像你，接触的都是大领导，随便甩个手就是几十万几百万的工程。"乔艾艾说道。

何宏伟瞥了她一眼说："几十万几百万的工程跟我有什么关系？我只干自己的工作，拿自己的工资。"

"那谁知道呢。要是没有额外的好处，怎么会有那么多人争着当官？"乔艾艾用尖刻的语气说道。

何宏伟懒得理她，笑了一下没有说话。

赵志刚见客人都到齐了，走到餐厅中央，拿着麦克风用非常谦恭的语气说了几句感谢的话，然后在两位经理的陪同下开始给客人敬酒。

此时，陈灵均已经在何宏伟和乔艾艾的中间坐下，向同桌的人敬了一圈酒后正在吃凉菜。乔艾艾用半调侃半讽刺的语气对陈灵均说，何宏伟的家里有一张超大的地图和数百粒特制的棋子，上面写着全省副科级以上干部的名字，他每天都要研究每个棋子的进退，随便拿起其中的一个都能把其背景和阅历说得清清楚楚。

"你这张八哥嘴可真能编。我到了退耕办以后，一年至少有半年的时间都在农村跟农民打交道，把东正县的山山峁峁都跑遍了，有时候白天忙不完工作，晚上还要加班，哪里顾得上玩那么高级的游戏。"何宏伟苦笑着说道。

"难道你们当官的不是靠这样爬上去的吗？反正人家都这么说。"乔艾艾似乎并不相信他的话。

"你说的那种本事根本不算什么，前几年我听说外县一位干部把全国副科级以上干部的背景都研究透了，可以一字不差地全背出来。"陈灵均不以为然地说道。

"我的天哪，这样的人要是爬不上去谁能爬上去！"乔艾艾惊诧地听完后，咋着舌头说道。"我特别想知道，这个人现在混到什么地步了？"

陈灵均说："副科级。"

看到乔艾艾失望的表情，何宏伟说："光研究这些东西没用，关键还要自身抗硬。"

这时，乔艾艾最爱吃的干炸带鱼上来了，她夹了两块放在自己面前，有滋有味地吃起来。

两个男人碰了两杯酒，拉起了行政上的事情，各有各的困惑，各有各的苦衷。乔艾艾饶有兴趣地听了一会儿，插嘴问道："我听说社会上有好多人都在看《厚黑学》，不知道你们俩学习过没有？"

何宏伟冷冷地说："我没有看过。"

"没看过的话我倒是建议你看一看，里面有些东西还真的值得研究研究。"陈灵均说道。

"当医生的还研究厚黑学？真是没想到。"乔艾艾吃惊地看了他一眼，捂着嘴笑了起来。

"不要被书名欺骗，里面写的东西跟你们想象的不一样。"陈灵均把书里的内容简要地讲了一下，两个人都连连点头，表示确实没有想到李宗吾先生要表达的东西跟他们理解的完全是相反的。

乔艾艾问陈灵均在西安的时候有没有碰见过曹丽军。陈灵均说见过，问她打听他干什么。乔艾艾马上就嘟嘟囔囔地骂开了，说死小子几年前跟她说做生意进货没钱，借了五百块钱到现在还没还。

陈灵均听了大为惊讶："你俩不是有仇吗？你怎么还借钱给他？"

乔艾艾不好意思地说："那是小时候的事，谁还真的记一辈子仇呀。再说，我刚开始做生意的时候他主动帮过我忙，他向我借钱我也没好意思说不借。他当时说他的生意很好，只是临时倒借一下，一个星期后就可以还我，没想到把钱拿走以后人就没影了。"

何宏伟对陈灵均说："他就是个骗子，到处跟人借钱，你可千万不敢借钱给他。"

陈灵均笑着说："你提醒得太迟了，已经借了。"然后把曹丽军借钱的事说了一遍，疑惑不解地说，"他这些年一直做生意，成天在外面一会儿跟这个女人好，一会儿跟那个女人好，感觉手里挺有钱的，为什么还老跟人借钱？"

何宏伟说："他从小娇生惯养没吃过苦，哪里是干正事的人，在外面从来没有做过一宗正经的买卖。刚开始和人合伙开皮包公司，骗了一些人后被人家发现了，很快就干不下去了，又开始卖保健品，先后卖过神功护脐带、三植口服液、摇摆机，还卖过进口的美容化妆品。这些东西成本很低，都是暴利，只要有人肯买，就能赚钱。他卖三植口服液的时候，为了做宣传，连死人都不放过，跑到人家家里偷拍害了癌的死人的照片，差点没被人打死。他常常一有钱就去赌博，赌完了再借钱去赚钱，有了钱再赌。"

"他为啥要这样？"乔艾艾有点想不通。

"嫌做生意挣钱太慢，想一夜之间变成百万富翁呗。"

说到这里，三个人都感慨万分，觉得曹丽军那个人既可怜又可恨，如果以后不改赌博的老毛病，恐怕就没救了。

正在这时，赵志刚端着酒杯走过来了，全桌的人都站起来跟他碰杯。一位卖煤的老板凑到他耳边小声问道："赵老板，你的酒店里有没有小姐？"

"没有。你需要的话可以自己叫，只要不怕被扫黄的抓住就行。"赵志刚一本正经地说道。

周围的人全都哄笑起来。

赵志刚走后，白锦明又过来给桌上的人敬酒。他见陈灵均跟何宏伟很亲密，便指着两人问："你们俩是？"

陈灵均说："初中同学。"

白锦明马上伸出拇指称赞道："有文化有本事的人同学也个个都行。像我们这种只念过小学的大老粗，同学不是种地的、骑三轮的，就是挖煤的，没有一个能混到场面上。等我们家云云长大了，同学就不一样了，你们医院殷院长的儿子跟她是同班同学，都在市上的实验中学上学，市财政局局长的儿子也跟她同班。"

他跟两人分别碰了杯，自称是陈灵均的老交情，跟何宏伟要手机号码。何宏伟眨巴着眼睛说："我常不在城里，手机多半打不通。你有什么事跟陈灵均说，他知道怎么能找到我。"

"你想找他办事直接跟我说好了。"陈灵均马上接嘴说道。白锦明的脸上不自然地笑了笑，把刚刚掏出来的手机又放回了裤兜。

招聘考试成绩公布后，陈灵均和周敏慧分别是医生组和护士组的第一名，招聘到新安市人民医院的心内科和神经外科，试用期是一个月。县医院还有四名医护人员也被录用了。

陈灵均找殷志峰去请假。殷志峰不知道从哪里已经知道了他请假的目的，虎着脸半天没有说话，后来大概实在憋不住了，冲着陈灵均狠狠地发了一通脾气："陈灵均呀陈灵均，一般人员嫌医院待遇不好要跳槽，我想得通；你这个科主任放着好好的待遇不要，偏偏要跑到市医院去当一名普通大夫，这我就想不通了。听说那里的内科大夫收入也不见得比咱这高，你老婆娃娃都在县上，你去了市上要房没房，要车没车，到底图啥？再说，咱医院辛辛苦苦培养了你这么多年，送你出去学习，把你提拔为科主任，还给了你那么多的荣誉，你这样做对得起信任你支持你的各位领导，对得起这个医院不？"他激动地拍打着自己的胸口，仿佛那里就装着陈灵均的良心，正在被他反复地叩问，"再说，工作上的事也是大事，我劝你还是慎重地考虑一下，不要这么草率地做决定。"

"殷院长，我承认我是从咱县医院成长起来的，医院待我不薄，但是仅仅因为这个原因就把我一辈子都绑在这里，这是不合理的。我离开县医院，不是因为待遇的问题，也不是因为职务的问题，只是想找个更适合我的平台去发展。这是我经过长时间认真思考做出的决定，不用再考虑了。如果你同意给我请假，我就请；你要是不给我请假，我就辞职。"陈灵均不卑不亢地说道。

"经院务会研究决定，这次所有到外面试岗的人员一律不予准假。"殷志峰冷冷地说道。

"好，那我就立刻辞职。"陈灵均收起假条转身就走了。刚走出办公室没几步远，便听到后面传来殷志峰的声音："小陈，等一等。"

殷志峰追出来，满脸通红地说："我刚才是站在院领导的角度跟你谈话，代表的是院方的态度。站在个人关系的角度上，咱俩还是朋友。我这人性子急，说话直，请你不要计较。"

"没事，我能理解。"陈灵均大度地说道。

"不走不行吗？"他再次追问道。

陈灵均微笑着摇了摇头，跟他握了下手，算是正式道别。

周敏慧的父母得知女儿要辞掉县医院的工作，到市医院去当聘用人员，坚决不同意。刘怡芬说，曹沐塬当初招聘到实验小学的时候，就是在没有编制的情况下辞职的，他们虽然不太愿意，但是觉得至少周敏慧的工作还是稳定的，现在夫妻俩都把正式工作丢了，这样做太冒险了，要是周敏慧因此失去了编制，他们就等于白供女儿念了一回中专。周敏慧解释说，她的工作相对比较保险，只要一年后考核合格，就能解决编制问题。

"万一考核不合格怎么办？现在的领导一时一个样，到时候说话不算数，你能把他们怎样？"刘怡芬说道。

"这种可能性很小，就算真的出现这种情况我也不后悔。反正，无论如何我非要离开县医院不可，我可不想一辈子待在一个地方等死。"周敏慧毫不犹豫地说道。

"哼，你现在想得简单，到时候后悔了可别怨我没警告你。"

"我已经想好了，将来不管如何绝不后悔。自己做的决定，为什么要埋怨别人？"

"不要瞎折腾了，娃娃都那么大了，好好抚养娃教育娃才是正事。一个女人家，再怎么折腾还能折腾到天上去？爸爸不希望你将来多有名、多能行，只要平平常常地能生活下去就行了。像现在这样轻轻松松地活着不好吗？"周文青有些恼火地问道。

"爸爸，我有了娃娃并不意味着我的人生已经奔到头了，我有自己的追求，不想这么年轻就这样停下来过老年人的日子。有的人喜欢做平平常常的人，那就让他们按自己的想法去生活好了，我不是那样的人。"

"唉，咱们老了，谁也管不了了，在娃娃们跟前说的话已经没人听了。"刘怡芬叹息着说道。

"爸爸妈妈，我听不听你们的话，关键看你们说得有没有道理，和你们的年龄无关。你们觉得我小时候听话，那是因为我那时年龄小，什么都不懂，有些事情确实需要你们的指引和教导。现在我长大了，对一些事物有了自己的认识，想按照自己的想法去生活，这是很正常的事情，没有必要那么伤感。我们每个人只能在这个世上活一次，每个人的人生都是属于自己的，不应该受到任何人的控制。我尊重你们的想法和建议，理解你们对我的关爱，但是我不想重复你们的人生，成为和你们一模一样的人，请你们理解我、支持我。如果实在理解不了的话，请你们尊重我的选择。"周敏慧诚恳地说道。

"你怎么能用这样的语气对我们说话？我们年轻的时候从来不敢在长辈面前说一句不是，不管他们说得对不对，只是默默地按照他们的要求去做，绝不可能跟他们说，你们不应该这样，不应该那样，没有必要这样，没有必要那样。"刘怡芬用责怪的语气说道，"好吧，你现在翅膀硬了，想干什么就干什么，我们管不了你，也不想管你了。"

她的话让周敏慧的心里很难受。她很想说，为什么父母跟孩子之间必须是管和被管的关系呢？成长，对他们来说是一件很可怕的事情吗？当孩子成年以后，做父母的为什么不能跟孩子平等地坐在同一个位置上非常坦诚地去沟通和交流呢？是谁规定，在家庭当中父母意味着最高权力，他们的权威神圣不可侵犯？她也是一个孩子的母亲，但她在自己的家庭中完全打破了这种腐朽而可笑的秩序，跟女儿像朋友一样相处。她从来不认为，自己在孩子面前说的每一句话做的每一件事都是对的，如果有人告诉她，某件事情她做错了，她愿意及时改正。她希望童童长大以后，能够走上自己选择的人生道路，而不是父母根据自己的意愿为她设计的道路，只要女儿过得快乐幸福，她就满足了。

话已经到了嘴边，又被她咽了回去。因为她怕这些话会伤害到父母的感情，所以宁愿自己一而再，再而三地受到伤害。

周敏慧从家里出来以后，周敏杰也跟在她身后出来了，接过她手里的包和她并肩向楼下走去。

"姐，他们说他们的，你做你的。咱爸妈就是那样，老脑筋改不了。他们只了解他们生活的那个年代，不了解现在的社会。你没有必要跟他们争什么道理，也没有必要生他们的气。以后有些事情做了再让他们知道，比做之前跟他们说要好。"

弟弟的话给了周敏慧莫大的安慰。她感觉鼻腔里一热，憋在心里的委屈顿时化作滚烫的泪水，扑簌簌直往下掉。为了不让弟弟看见自己的样子，她赶紧背过身子用手背偷偷擦去了泪花。

和周敏慧相反，周敏杰从小就是一个"不听话"的孩子，父母为周敏慧定下的那些规矩，在他那里统统都不起效。起初他们也因为管束不了儿子难过了好一阵子，后来实在拿他没办法，便听之任之。周敏杰从石油技校毕业后，安排到钻采公司上班，工作不忙，收入也不高，他一天无忧无虑，只管吃喝玩乐，特别逍遥自在。他现在的生活状态，恰恰非常符合父母对周敏慧的要求，那就是——生活没有压力，过得轻松快乐，在人群中平平常常，没有什么出众的地方，也不会因为"出格"的言行招惹来是非。但是父母对儿子的现状并不满意，一方面是他的收入没有达到他们期望的那个数值；另一方面，他们觉得他成天无所事事，和一帮二流子打麻将喝酒，属于不务正业，希望他发展一些积极的阳光的爱好。可是对于一个既没有理想，也没有追求的平常人来说，除了这些无须耗费太多脑力也无须花费很长时间去学习的爱好外，你还能要求他做什么呢？

周敏慧虽然不能接受弟弟待人接物的方式和人生信条，但是很欣赏他自由独立的性格和不易受外界干扰的个性，觉得自己身上最最缺少的就是"个性"。然而从小养成的过度迁就、忍让、顺从别人的习惯已经很难改变。

三十二

新安市人民医院对面有一栋破旧的老式楼房，原先是煤炭公司的办公楼，近两年由于煤炭开采量急剧下降、使用受到限制等原因，公司的业务萎缩，人员大量分流，一至二层有许多房子空了出来，被职工私自出租给附近的人。陈灵均来看房子的时候，恰好一楼有个租户刚搬走，便把房子租下，打扫了一下卫生就住进来了。房间只有十几平方米，里面有房东提供的一张双人床和一个旧柜子，肖子熠送给他的一对旧沙发和一个旧茶几。肖子熠刚搬到单位家属楼一百五十平方米的大房子里，旧家具全都送人了。夏清辉老师也给他送来一套旧的煤气灶。夏老师听说他租下房子以后还专门来看了一回，询问了他的工作和生活情况。夏老师已经退休了，写作成了他的主要职业。这位出版了十几本书、多次荣获国内外大奖的散文家经常受邀到全国各地给文学爱好者讲课，兼任好几家杂志社的编辑。陈灵均每次写下新作品都会在第一时间发给夏老师。他笑着对夏老师说，不管将来事业和生活怎样，文学永远是他不变的情人。夏老师称赞他近两年在文学创作方面有了很大的突破，尤其是对社会、对人性的思考特别难能可贵，他认为这与陈灵均的职业有一定的关系。房间的窗前摆放着一套简易的木质桌椅，上面有一台电脑，早晨天气好的时候，阳光会透过玻璃窗照射到桌子上。楼道对面还有一排房子，方向和这边相反，因此平日里外面的过道黑乎乎的，光线很差。房子的北边紧挨着楼梯，南边的楼道尽头是水房和公用厕所。虽然条件有些简陋，但是对于刚刚来到这座城市，满怀雄心壮志正在积极寻找发展机会的陈灵均来说，全新的环境和全新的感受比这些更加重要。十多年前，新安市曾经是他青春的梦想起飞的地方，如今他又回到这里，以不同的身份、不同的心情再次出发，内心激荡着火热的激情，就像攒足了浑身的劲准备参加马拉松比赛的运动员一样，正在做赛前的热身运动。

家具全部固定好位置以后，他一个人在家里忙忙碌碌地收拾着房间，耳边突然传来响亮的说话声，抬头一看，发现窗户外面正中央有一根很结实的尼龙绳自下而上正在缓缓地移动，似乎在往上吊什么东西。十几秒后，绳子下面吊上来一个椭圆形的竹筐，里面装着大半筐东西，篮子经过窗子中间时突然停顿了一下，他看到里面放着牙膏、肥皂、蔬菜、水果、食盐等日用品和一盒水彩颜料，还散乱地堆放着几张票面大小不一的钞票。

"黎姨，慢点！"一位三十岁左右的小伙子从外墙的侧面闪了出来，仰着头跟楼上的人说话。

"呵呵，没事，我拉得动。"听声音站在上面拉东西的应该是一位五六十岁的女人，她站的地方离陈灵均很近，应该就在二楼。

过了四五秒，筐子又不紧不慢地移动起来，不一会儿就看不见了。

"小亮，东西都买齐了，这周估计不用你再跑腿了。如果需要什么，我会给你打电话的。"楼上的黎姨说道。

"好的，再见。"小亮朝上面招了招手，带着很阳光的笑容走开了。从小伙子的穿着打扮和言谈举止不难看出，这是一位在城市的丛林中跋涉了很久的漂泊者，熟悉这里的生存法则，知道怎样放低自己的身份寻找各种各样的生存机会，并且在与人交往的过程中能够最大限度地获取他人的信任。很显然，他与这位主顾不是第一次打交道，彼此合作得很愉快。陈灵均觉得这位上了年纪的阿姨很聪明，用一根绳子和一只篮子省去了好多腿。他估计黎姨的腿脚不方便，否则的话从二楼到楼下是没有多少距离的。她专门找人帮自己买东西，难道是一个人独居，没有亲人陪伴？她为什么要买画画的颜料？给自己用，还是要送给她的小孙子、小孙女？陈灵均在心中暗暗猜想道。在他认识的人当中，像她那个年纪的人大都没有什么特别的爱好，偶尔能出去唱唱歌跳跳舞就已经很不简单了，真正想在艺术上发展的没有几个。这位神秘的邻居引起了他的好奇，凭直觉他觉得她应该是一个有故事的人，相信随着时间的推移，有些谜团慢慢会解开的。

他把东西全部整理好后，到水房打了一盆水，在房间里擦了个澡，刚要休息，手机铃声响了，是他大哥陈灵峰打来的。陈灵峰在电话里说，敬医医学院毕业后学校不包分配，娃不想回东正县，和一位同学一起应聘到西安的一家民营医院当内科医生，他想让弟弟帮自己劝劝敬医，还是回到父母身边工作比较稳妥。陈灵均认为，学校不包分配，家里又没有后门，谁也不敢保证娃娃回来后肯定能安排正式工作，还不如让他凭自己的本事到外面闯一闯。

"你原来在县医院上过班，找一下你们的院长说说不行吗？"陈灵峰笑着问道。

"没你想得那么简单。县医院今年有好几个职工子弟从医学院校毕业了，都想到县医院上班，社会上有些领导的亲戚也托各种关系找殷院长给娃娃安排工作，事情难办得很，我估计他现在也正头疼着呢。"

"哦，那就算了。"陈灵峰不悦地挂上了电话。

陈灵均知道哥哥以为自己不想求人，对他产生了误解，他也不想解释，觉得这是人人都明白的道理，只有他大哥还天真地活在自己的想象当中，以为找人办事是一件很容易的事情。作为陈家唯一的门外人，凡是他能办到的事情总是尽力而为，但令人遗憾的是，作为一名普普通通的医生，他的能力毕竟有限，不能每次都让家人满意。他脱了衣服躺在床上，心里不由得想：现在中专和大学毕业生不包分配，学校特别好专业特别抢手的学生出路都没有问题，家里有当官的亲戚的也没有问题，最可怜的就是普通老百姓的孩子，拿着一纸文凭只能干着急。本来改革应该越改越公平，越改越合理，为什么却恰恰相反呢？其中的原因不言自明。

灯拉灭以后，房间里黑洞洞的，外面也黑洞洞的，只能看到一丝微弱的光亮，就像他曾经生活过的东正县和正向他一步步走来的新安市。除了西安和海南，他没有去过更远的地方，不知道其他地方的人是怎样生活的，是否也面临着和他们一样的困境，只是觉得这里的黑夜特别漫长，长得让人感到绝望。他凭着自己的感觉摸索着向前走，心里不停地问：天快亮了没有？什么时候才能亮？他又像是在梦里了，希望碰见一个同样迷惘同样孤独的女孩，他以前总是毫不费力地就能找到她，然而这一次，路上的景物完全变了，熟悉的道路再也找不到了……

第二天早上，陈灵均拿着自己的证件到市医院人事科报道，接待他的是人事科副科长吴彩华，一位打扮得非常精致的女人。虽然没有见过她怎么化妆，但是看到她脸上不同区域色调不同、浓淡相宜的高级"涂料"，他能够想象出这个女人肯定每天早晨五点钟就起床了，匆匆洗漱完毕，从坐上马桶的那一刻起，就开始对着镜子一丝不苟地描画起来，其认真程度绝不亚于即将登上某个大舞台的演员。她家卫生间的梳妆台上摆放着各式各样的小刷子、粉扑、粉底、化妆盒和香水，她要把自己最光彩动人的形象留在每一位观众的心里，尤其是观众席上离她最近的那一排嘉宾。陈灵均知道，在这种岗位上工作的人一般都不是医疗专业毕业的，学历也不高，但是她脸板得平平的，看上去很高傲。从外表看，这个女人年纪不大，也就是刚参加工作两三年的样子，能在这么短的时间内升成副科，绝对有很硬的马掌。

吴彩华给了陈灵均一张聘用通知单和一张写着全院各科室名称的名单，让他到院领导和各科室的主任那里去签字报到。

"院领导都在开会，你稍微等一下，应该快出来了。"临出门前她善意地提醒道。

陈灵均刚走出办公室的门，一位身材高大器宇轩昂的中年男人迈着矫健的步伐走到院长办公室门前停了下来，从裤兜里掏出钥匙开门，身上的黑色冰丝短袖下垂感很好，整齐的发型与英俊的面庞十分协调。他一看便知道此人就是市医院的院长邬成钢。

陈灵均等邬院长进了办公室后，走到门前轻轻地敲了两下，听到一声声调不高声线比较洪亮的"进来"，才跨进门去。邬成钢已经在气派的老板桌前坐下，听他做了自我介绍后，很快就签了字，微笑着对他说："欢迎你来到市医院工作，我们这里的学习平台多，发展机会也多，只要你干得好，我们一定会给你提供施展才华的舞台。"邬成钢看人的时候，目光就像一把闪闪发光的钳子，能够准确地钳夹住眼前一切细微的有价值的东西，咄咄逼人的气势会让身边的人感到一种无形的压力。可以看得出，这是一位有着敏锐的洞察力，强烈的控制欲，敏感、自信、自尊心很强的男人，思想前卫，行动敏捷，雄心勃勃，斗志昂扬，善于抓住一切机会利用一切可能成就自己。恍惚间，陈灵均在他的身上仿佛看到了另外一个自己。但他很快就意识到，他们之间最大的不同就在于：邬成钢已经成为这个时代的宠儿，站在改革开放的潮头正在乘风破浪，而他却依旧在社会的底层艰难地徘徊着，怀抱无人知晓的梦想在与自己的实际能力不相匹配的岗位上默默打拼。

陈灵均跑了一上午才签了九个人。原因是很多领导不是在开会、下乡，就是在做手术。为了提高办事效率，每到一个地方，只要人不在，他就把自己的手机号码留给科室里的工作人员，嘱咐对方如果人回来了马上打电话给他。这个办法非常有效，之后的办事效率大大提高。

到了儿科，他直接跑到医生办公室去找肖子熠。进门后，恰好碰上两位患者家属拿着锦旗来感谢赵景行教授。肖子熠一见到那两人就哭笑不得地说：

"不是早跟你们说过了嘛，不要花那个冤枉钱，只要娃娃的病好了主任就高兴。"

"我们看见他办公室的墙上一面锦旗都没有，还以为没人送，专门买了一面想让他挂在上面。那些私人诊所的墙上锦旗挂得满满的，看起来可风光了。"女家属说道。

"我们是正规医院，医生看病靠的是技术和口碑，不需要那样。既然拿来了，那就放下吧，我代他谢谢你们。不好意思，主任正在抢救病人，没时间接待你们。"肖子熠接过锦旗说道。

"那我们就不打扰了。见到赵教授一定要替我们转告他，梁宇凡现在恢复得很好，已经上学了，我们全家都非常感谢他。"男家属说道。

"好的，没问题。"

家属走后，肖子熠一边把锦旗往桌子底下放，一边笑着对他说："家属送来的锦旗教授从来不看，全放在箱子里。报纸上关于他的报道很多，他也从来不关心，你跟他说了，只是笑一下，该干吗还干吗。我常给家属说不要破费花那个冤枉钱，他们就是不听。来找教授签字？"

陈灵均说是。他让陈灵均坐下稍微等一会，就出去了。几分钟后，他匆匆走进来说："教授现在正在办公室，你跟我来。"

两人来到赵教授的办公室，赵景行头上汗淋淋地坐在办公桌前，口罩的一边在耳朵上挂着，另一边耷拉在下巴下面，似乎还没有从紧张的状态中完全放松下来。他抬眼看了一下陈灵均，笑着说："哦，原来是你，咱们在一起吃过饭。"飞快地在单子上画了几下，交给陈灵均。

从儿科出来后，他又来到神经外科去签字。神经外科的主任王宏涛一米八的个子，身板很宽，脸盘很大，长得特别敦实，见了人笑眯眯的，笑容特别憨厚。如果让他脱下身上的白大褂，换上受苦人的衣服，很容易被人当成一个一天能挖二亩地、扛着二百斤的麻袋依然健步如飞的庄稼汉。

"你在卫校上过学？哪一级的？认识不认识区医院去年调来的神经外科的主任折志明？"王宏涛一边跟他握手，一边问道。听到陈灵均回答说跟折志明是同班同学，他的眼睛里闪过一道惊喜的光芒，笑着说，"我跟他很熟，常在一起开会。你以后有什么事情需要帮忙，尽管来找我。"

"好的，一定。"陈灵均微笑着答道。

上班后的第一天，陈灵均在交班会开始前见到了心内科的主任南晟业。南主任跟业务副院长是大学同学，是医院高薪聘请的知名专家、教授、主任医师。此人五十多岁的年纪，个头不高，体质瘦弱，头发花白，面相比较显老，鼻子和下巴都很短，两扇薄薄的嘴唇抿在一起的时候几乎看不见任何轮廓。初次见面，南晟业用十分自豪的语气向陈灵均介绍说，他们科一共有十名医生，除了他本人是博士学历外，有两名研究生，五名本科生。言下之意，只有陈灵均和另外一位名叫王占斌的医生是大专学历。南晟业问他会不会看心电图，有没有做过介入手术。听了回答后，脸上傲慢的神色略微有所缓和，接着又告诉他，科室实行三级医师负责制，分三组进行管理，职称最高的南晟业和主治医师黑建学、住院医师罗丹为一组，副主任医师高攀和主治医师王占斌、住院医师刘玉栋为一组，副主任医师顾学勤和主治医师陈灵均、住院医师范晓琪为一组，另外一位学校刚毕业的医生为机动人员。他要求陈灵均认真学习各种规章制度，尽快熟悉新的工作环境。陈灵均来的时候，顾学勤这一组刚调走一名主治医师，他正好补了这个空位。

交班会上，南晟业首先通报了医院上周的周报，重点强调了一下全院各临床科室的工作量，并与上上一周的工作量做了对比。

"同志们，昨天晚上我让高攀统计了一下咱们科前半个月的工作量，目前时间已过半，任务还未过半，尤其是住院人数数量还差很多。二线上门诊的时候一定要好好收病人，不要敷衍了事，病人说不住就不住，该做的解释工作一定要好好做。病人收到科室以后，凡是符合手术指征的，一定要做好术前的沟通工作，给家属和病人说清楚手术的必要性以及术中术后的风险……今天，我要特别表扬一下高攀同志，上周市领导来检查工作的时候表现非常好，他提前带领两名实习生和清洁工把医生办公室和值班室收拾得干干净净，把科室的资料也整理得很整齐。"南晟业提到高攀的名字时，大部分人都笑着把目光投向一位大约三十七八岁，中等个儿，身体有些虚胖，长着一对眯眯眼的男医生，只有一位身材不高四十岁左右的男医生头朝着另一侧，面无表情地直视着前方，与其他人拉开一定距离站着，显得很孤独。

表扬完高攀，南晟业又把他自己那一组的人表扬了一下，唯独没有提到顾学勤这一组的人。

会后，南晟业向全科人介绍了陈灵均，男同事全都走过来跟陈灵均握手，女同事大都只是笑着跟他点点头，只有一位长着兔牙的鹅蛋脸女孩友好地向他摆了摆手，羞涩地说："我叫乔柏燕，上个月刚聘用到咱们科当护士，以后我在工作上有什么做得不到位的地方，请老师多多指导！"

"这位就是你们组的组长顾学勤，"南晟业指着旁边那位四十岁左右的男医生说道，"他是西南医科大学毕业的高才生，家在安定县，也是从县医院调上来的。"如果没人跟陈灵均说顾学勤是安定人，他肯定不相信。安定县的男人一般额头宽而平，面部扁平，颧骨微凸，脸颊窄长，下巴较尖，整体缺乏立体感。顾学勤的脸偏偏因为多肉显得很饱满，五官的轮廓比较接近西方人，再加上自来卷的头发、多须的下巴、经常接受日光浴的微黑肤色和健美的形体，让人不由联想起古希腊神话中的普罗米修斯。当然是缩小版的普罗米修斯。

在陕北人的印象中，安定县人是整个新安市最蛮横无理最难打交道的人，他们自认为自己居住的地方是一个独立王国，可以不受世间任何制度规则的约束，只要他们觉得自己有理，真理就永远跟他们站在一起。有一个非常经典的段子是这样说的，一大早，法院外面来了一个安定县的男人，在门口来来回回地踱步。法官问他："老乡，你要告谁？"那人十分神气地仰着下巴说："我现在还没有想好到底要告谁。"外县人在评论安定人时，往往会有意忽略一个不可否认的事实，在当地上千年的历史当中，面对强权的压迫，不少揭竿起义的英雄好汉也是安定人。陈灵均卫校的同学中，除了罗泓玉外，还有两名男生也是安定人，这几个人个性都很强，他从来没有跟他们深交过，不知道人们传说的到底是真是假，但是心里却隐隐约约对这些人有一丝害怕。

"一块去查房吧，咱们管的病人在这边。"顾学勤跟陈灵均握了握手，马上领着他和范晓琪向所管的病房走去。

"顾老师，明明咱们组完成任务数最多，资料也是咱们提前准备好的，主任却表扬了另外两个组的人，真是太不公平了。"范晓琪不满地嘟囔道。二十八岁的范晓琪脑袋后面扎一个小小的马尾，白白的瓜子脸上长着十分秀气的眼睛、鼻子和嘴巴，眼球来回转动着看人的时候，眼神里带着几分淡淡的哀怨和无辜，很像电影演员陶虹。

"他爱表扬谁就表扬谁，咱们只管做好自己的工作就行了。"顾学勤满不在乎地说道。

从一床到二十床全都是他们组的病人，顾学勤重点查看了危重疑难病人，他查得很细，态度特别认真。当范晓琪拿着一位病人的心电图给他看时，他第一句话就是："这是谁做的？"

"我。"

283

"上面的单位是用纸上的分格目测的，还是用分规量的？"

"分规量的。"

"量准了没有？"

"量准了。"

"你把分规拿来，让我再量一下。"

范晓琪马上跑出去拿来分规，顾学勤亲自测量完后，肯定了她的诊断。让陈灵均感到不可思议的是，顾学勤一丝不苟地要求准确测量的这位病人的心电图表现仅仅是窦性心律不齐，一度房室传导阻滞。在临床上，成年人只要 P－R 间期大于 0.20s，后面有 QRS 波群，就可以诊断为一度房室传导阻滞，稍微多 0.01 或 0.02，并不影响诊断。如此严谨的大夫他还是第一次遇见，内心十分震撼。

查完房，顾学勤刚回到医生办公室，马上就被找他看病的人包围起来，陈灵均主动坐到他身边帮忙开处方。来者大部分都是从安定县来的，那些人在办公室里粗喉咙大嗓门地说话，感觉就像到了自家的地盘上一样特别理直气壮。一位秃顶的男人刚一露面，正在电脑前下医嘱的罗丹小声对一旁的黑建学说："讨厌，这人怎么又来了？上次出院的时候跟我美美地吵了一架，还把顾主任也骂了一气，气得他直瞪眼，好不容易才劝走那人，还给我解释了好半天。我以为那家伙闹得那么凶，以后再也不来咱们科了，没想到刚过了不到一个月又来了。"

"我要是顾主任，这辈子都不搭理他。"黑建学说道。

"不得不佩服他的涵养，成天被人吵着还不嫌烦。我可是真怕这些安定人，一看见他们就头大。"罗丹说道。

当顾学勤看完上一个病人，发现那位跟他吵过架的老乡又来找他时，没有流露出任何反感的情绪，像对待其他人一样客气地让他坐下，问他怎么了，然后耐心地听他诉说，用心地给他诊治。这一切都被陈灵均清清楚楚地看到了眼里，他不由得想：顾主任工作这么认真，对病人态度又好，为什么在科室不受欢迎？他跟别的安定人到底一样，还是不一样？

三十三

陈灵均上班后的第二周，范睿联系了苏雅玲、折志明和肖子熠专门为他接风洗尘。苏雅玲是在两年前招聘到市医院眼科的。范睿听说肖子熠跟陈灵均是初中同学，把他也请来了。被请的人当中，折志明住得最远，他是开车来的，后备厢里拉着一整箱白酒。车是白色吉利，牌子虽然一般，不过比起刚刚从基层上来的陈灵均来说，已经够牛气的了。折志明一见到陈灵均就告诉他，他把家从县上搬来了，两个孩子都在市里的重点小学上学，妻子专门负责给一家人做饭。他在区医院的工作环境很好，待遇也不错，在本地区神经外科领域已经算得上是屈指可数的权威人士，全家人都特别高兴。他的弟弟妹妹也在他的帮助下先后创业成功，光景过得都不错。五一节放假的时候，他和弟弟妹妹一人开一辆车，专门带着家人到外地游玩了几天。谈到班上其他同学的近况，他非常自豪地说："咱们这些七〇后的中专生爱学习，能吃苦，做事认真，工作踏实，在社会上个个都是好样的。"

"当医生只要你专业技术好，自然受到大家认可。在行政上可就不一样了，有些靠关系混上去的人，不懂业务还爱瞎说，成天牛哄哄的，好像医院里除了院长他就是老大，把谁都不放在眼里。我觉得人还是实在一点好，干啥要像啥，光充面子不行。我特别想看看，那些人混到最后到底能混出啥名堂来。"范睿不满地说道。他现在在市医院医务科工作，专门负责管理资料，平时跟行政上的人接触得比较多，一提起来就有很多感慨。

肖子熠不屑地说："混到科主任就差不多到头了，难道还能让他们当上副院长、院长？医院的院长可不是谁想当就能当了的。"

范睿问陈灵均跟哪些人分到一组了。陈灵均说了以后，折志明马上就说："跟顾学勤在一起？那可是个怪人，跟其他人不合群，听说跟主任关系搞得很不好，院长对他也不太感冒。"

"你听谁说的？"范睿问道。

折志明说："市医院心内科的人。"

范睿说："我带人找他看过病。我倒是觉得他人挺好的，技术水平也很高。他原先是安定县医院最有名的内科大夫，来到市上以后，把当地的病人拉来不少。"

肖子熠说："我也觉得他人不错。他们科人际关系比较复杂，有些年轻人会拉拢关系跟主任走得比较近，顾学勤人老实、不会来事，跟主任弄不到一块儿。你们想想看，主任要是看着谁不顺眼，在领导面前能添好话吗？陈灵均，把你分到顾学勤那一组就分对了，跟着他能学到很多东西。要是分到其他组，你肯定跟他们合不来。"

陈灵均相信范睿和肖子熠更了解市医院的情况，暗暗为自己感到庆幸。

四个男人差不多拉了半个小时的话，苏雅玲才背着包匆匆赶来，一进门就说："对不起，我来迟了。今天下午有个手术，好不容易做完，回到科室七事八事的又忙个没完，所以拖拖拉拉直到现在才来。"她脱下身上白色的风衣搭在身后的座椅上，大大方方地坐在众人留给她的空位上。她的鬈发已经变成了直发，模样依然很漂亮，上身穿着浅灰色的羊绒衫，下面配一条很短的黑色皮裙，深肤色的连裤袜外面是及膝的白色长筒靴。当初的校花，现在是名副其实的院花。不过她虽然人长得不错，从来不在外面胡来，名声一直很好。

范睿说："你每回聚会都迟到，每次迟到都有借口，不行，罚酒！"拿起酒壶倒了三杯摆在她面前，硬要她喝。苏雅玲跟他吵了半天实在拗不过，便把那三杯酒全喝了，喝完面不改色，照常说笑。

"苏雅玲女士在市医院可是个响当当的人物，她是眼科刘主任的高徒，主任常在外面夸她。"范睿说道。眼科的刘非同教授是一位留洋博士，在市内外名气很大，具有很高的技术水平，他作为学科带头人被高薪聘请到市医院后，开展了很多新技术新业务，院长对他十分器重，在大会上经常表扬，还把他作为医院的标杆人物向外界展示。

"快别瞎说了，我哪有那么牛，只是跟着主任学习而已。"听了他的话，苏雅玲笑得把嘴里的东西都喷出来了。

"话虽然说得有点大，不过咱们的小苏同学确实非常上进，年终表彰的时候经常上台领奖。"

"我觉得我们科学习氛围很好，主任对教学和科研也比较重视。他总是想办法给我们争取各种学习机会，所以大家出去得比较多，在业务上提升得也比较快。"

"能遇到这样的好主任真是太难得了。"陈灵均感叹道。

"是呀，我们主任真的对我们非常非常好，经常向大家征求意见，看看在临床工作中有没有什么需求，平时谁家里有了事，也会关心……"苏雅玲一口气说了很多主任的优点，惹得陈灵均越发羡慕了。

乘着范睿给其他人敬酒的工夫，苏雅玲悄悄地告诉陈灵均，顾一萍通过个人关系也来到市医院了，在总务科上班。她没有执业医师证，只能放在后勤科室。

"她来这儿干吗？"折志明有些纳闷地问道。

"来当新安人呗。你能来，凭什么人家不能来？"苏雅玲故意戗了一句。

"好好好，只要有本事，谁都可以来，我怎么能管得着人家。"折志明笑着说道。

"说错话的罚酒！"肖子熠举起酒杯就往折志明的嘴里灌。

几位年轻人无拘无束地一边说笑，一边相互拉扯，把酒洒得满桌子都是，声音大得能把整个房间抬起来。

陈灵均中途出去上厕所，在卫生间碰上翟鲲，发现他也在这家酒店里跟人喝酒，已经喝得红光满面，微微有些醉意了。翟鲲方便完后，拉住陈灵均的胳膊笑嘻嘻地跟他打招呼。陈灵均见四周没人，小声对他说："少喝点，喝多了对身体不好。"

"小姑父，酒场上的事你知道，一旦喝开了谁也少喝不了。在我们这种单位上班，你要是不喝酒就没法工作。"

"就算是那样，也得控制着点。酒是人家的，命是自己的……"陈灵均不由得又啰唆了几句。

"放心，我已经是二十几岁的成年人了，能不能喝，能喝多少，自己心里知道。"翟鲲把手搭在他的肩膀上，用大人哄小孩的语气说道。

正在这时，包间里有人高声喊着翟鲲催他快去。他朝陈灵均挥了挥手，摇摇晃晃地进去了。陈灵均用担忧的目光看着他的背影消失在白色的门里，无奈地摇了摇头。

两个小时后，众人酒足饭饱打算离开酒店，折志明又邀请同学们到自己的办公室里喝了一会儿茶，欣赏了当地一位书法家赠送的字画，言谈中透露出掩饰不住的成就感和满足感。晚上九点多钟，几位年轻人依依不舍地分开，各自归家。

周三是科室大查房的时间，这一天上午正好是顾学勤上门诊的时间，陈灵均和范晓琪跟着南主任及科室里的其他医生一同去查房。查到一个疑难病例时，陈灵均向南晟业请示指导意见，他拿起检查单看了以后，只说了一句："进一步检查后再说。"陈灵均听了顿时愣住了，因为无论在东正县医院，还是在唐都医院，他作为下级医师向上级请示指导意见时，从来没有听到过这样的回答。当其他组的医生遇到难题请教主任时，得到的也是同样的回答。

三十几名病人全部查完已经快十点了。黑建学、罗丹和范晓琪坐在医生办公室的电脑桌旁忙着下医嘱、开检查单、在病历上做各种记录。黑建学的眼睛近视得比较厉害，眯着眼睛看东西的时候都快挤成一条缝了。他平常不爱戴眼镜，只有做手术的时候才戴，自己说自己的可视范围只有一米，超出一米的距离就看不清了。他的性格不温不火，嘴角常挂着一丝令人捉摸不透的微笑。刚值完夜班的刘玉栋端着一杯浓茶也坐在他身旁处理病历，昨晚来了两个急诊，他一夜没睡。刘玉栋的性格和黑建学恰好相反，他性子很急，特别爱皱眉头，现在眉头皱得更紧了，额头上高高隆起的肌肉似乎比身上其他地方更加发达，让人感觉这个男人时常需要集中全身的力量去思考复杂的问题，他的头上压着的不是一块石头，而是一座石山。这是一位上进心很强的小伙子，正准备考研，平常一有时间就看书学习。

陈灵均在电脑上审核了两位明天出院的病人的病历，在需要签字的地方签了字。范晓琪看到他在电脑上打字、浏览病历十分熟练，感到很惊讶。陈灵均笑着说："我97年就给家里买了一台电脑，开始学习上网。生活在这个高科技年代，要紧跟时代的脚步向前奔跑，跑得慢了就会被社会淘汰。"

"陈老师，你一点儿也不像从基层上来的人，比我们这些学校刚毕业的大学生思想还要开放。"范晓琪用钦佩的语气说道。

陈灵均笑了笑算是回答。受徐若谷的影响，陈灵均对病历的审查很严格，不允许出现任何细小的差错。看完病历后，他不仅把发现的问题告诉范晓琪，还让她知道为什么是错的，应该如何避免此类错误的发生。范晓琪听得心服口服。

忙完工作已经十一点半了，此时，前一天值了班的刘玉栋终于写完了病历，拖着疲惫的身子离开了医生办公室。门口传来罗丹又甜又润的嗓音："……你让我说进口的支架好，还是国产的支架好，怎么给你形容呢？就像拿进口的汽车跟国产的汽车相比，你觉得差距大不大？……价钱当然有区别了，这要看你从哪个角度去考虑……好，好，就这样。"罗美女的脸蛋也像她打电话的声音一样，既光滑又甜美，涂满了优质的护肤品，白大褂里质地很好样式新颖的名牌服装则显示出一位现代女性对高品质生活的追求。本着宁缺毋滥的原则，已到而立之年的她依然在耐心地等待着自己的另一半。她对另一半的要求非常现实，只看重对方现在拥有什么，未来还能拥有什么，不像那些天真的小姑娘一样，盲目地相信某些人今天没有明天会有的鬼话。

办公室的另一头，黑建学正在跟病人和家属谈话："心电图显示病人是心肌梗死，还需要做进一步检查，你们现在有两种选择，一种是做增强 CT，一种是做心脏血管造影术。增强 CT 的价格便宜一点，属于无创检查，但是看得不是很清楚，做出来有问题，还要做心脏血管造影才能准确地判断出梗死的位置和面积；做心脏血管造影可以一步到位，做完如果需要做支架，在术中直接就做了，不过，这项检查属于有创检查，价格比较贵，需要住院治疗。你们商量一下，选择哪一种。"家属不知道该如何选择，征求他的意见，他说，"当然是住院做造影更好。"家属同意了。看到病人和家属去办理住院手续，他的脸上露出了开心的笑容，似乎为自己又成功地收治了一位病人感到高兴。

罗丹打完电话没过几分钟铃声又响了，范晓琪走过去接起来，是外院的一位同学找她，问晋升职称的论文发表了没有。"还没好呢，已经交了五百块钱加急费，连版面费下来都花了一千多了，没办法，9 月份就要用，只剩一个月了，时间很紧。书我正在看呢，晚上写完病历回到家里都七八点了，常磊要是在的话，帮我看会娃还能看两三个小时，他要是上夜班的话，豆豆一个劲地黏我，等他睡着了我才能看书……我公公婆婆白天已经看了一天娃了，我怎么好意思让他们晚上再带娃，自己辛苦点算了。哦，对了，你的论文怎么样了？找人代写的？那论文里的数字是怎么弄出来的？我的天哪！"她捂住嘴咯咯地笑了起来。范晓琪的爱人常磊是本院泌尿外科的医生，工作特别忙，他们的儿子豆豆才两岁半，一直由两位老人带着。

范晓琪刚挂上电话，护士长刘佳走了进来。范晓琪问刘佳前段时间投出去的论文怎么样了。

"杂志社那边已经发来通知，下个月就发表。这事我压根就没愁，我愁的是答辩的时候没找下人，到时候过不了怎么办。"正准备晋升副主任护师的刘佳愁眉苦脸地说道。

"你平时学得那么好，早早地就开始复习了，到时候肯定没问题。晋升高级真好，不用考试，只要把论文和资料准备好，顺利地完成答辩就行了。我们晋升中级得考试，压力可大了。"

"考试才好呢，能考上就上，考不上直接砍掉，最怕的就是这种软杠子。其实我压根不想找人，可人家都在找，我要是不找，万一那些专家偏偏把我卡住不给我过怎么办？"

"也是。唉，现在的这个社会，真是让人没办法。"范晓琪摇着头一脸的无奈。

下午上班以后，陈灵均在病房里巡视完病人刚回到医生办公室，范晓琪气呼呼地走进来，手里拿着一张化验单说："陈老师，六床的家属不给病人做化验。"

　　"为什么？"陈灵均有点纳闷地问道。这位病人是一位七十多岁的农民，名叫刘万贵，是顾学勤在安定县的一位亲戚，上午刚住下。说是亲戚，其实跟顾学勤拉扯得太远，已经论不清辈分了。不过，顾学勤这人很看重人情关系，非常热情地接待了刘万贵和他的儿子刘江，还把刘万贵特意安排到范晓琪主管的病房里。刘万贵入院的时候病情很重，是被人抬到病房里的，门诊诊断是冠心病、糖尿病，合并肺部感染。顾学勤对他的病情很重视，亲自为他做了体格检查，所有的检查单都是按照他的意见开的，血常规只是其中的一个项目。

　　"他说他们县医院化验一个血常规才十块钱，到咱们这儿要算十二块钱，认为收费不合理。"范晓琪说道。

　　陈灵均听了觉得特别可笑："你有没有跟他说，市级医院和县级医院收费标准不一样？"

　　"说了，他不听，非要缴十块钱不可。"

　　"让我去看看。"陈灵均接过化验单向病房走去。还没进门，便听见一个操着安定口音的男人正在声嘶力竭地叫骂："这是什么亏人的医院？做一个小小的化验，就要这么多钱，我要去找院长，让他看看这个收费合理不。他要是不管，我就找卫生局的领导告他们医院乱收费！"

　　如果不是在医院，面对的不是病人，陈灵均很想对他说："那你到便宜的地方去做呀！"可他不能，只能耐着性子去跟家属沟通解释。

　　他和颜悦色地对刘江说："老乡，我们医院所有的检查治疗费都是按照上面的规定统一定价，经过物价局和审计局审查的，不管谁来了都一样，你找院长不管用，找卫生局也不管用。我想，你们大老远地从安定县上来，肯定是奔着咱医院的医疗技术和服务质量来的，虽然钱花得可能比县医院要多一点，但是对你们来说，只要能把老人的病早点治好，让他少受几天罪，不是也挺划算的嘛。"

　　刘江眼睛一瞪，手一挥，歪着脖子振振有词地说："你们医院的医疗技术和服务质量好不好我不知道，我大老远地跑到这儿来，就是因为我们家老人跟老顾是亲戚，想让他照顾我们少花点钱，要是比县上花得还多，那我图什么！你把他叫来，让他跟我说是怎么回事！"

"他来了也一样。"

"他就那尻本事？我在县上看病的时候，只要能认得人，有时候连一毛钱都不花就把病看了。我就不相信到了这儿，连一点人情味都不讲。"

"医院又不是他开的，想给谁算多少就多少。再说，这是在市上，收费标准和县上不一样。"

"呸！"那人朝地上吐了一口痰，骂了一句特别难听的话，"市上的人就比别处的人尿得高？凭什么做一样的检查收不一样的钱？你们开下医院到底是给老百姓看病了，还是专门为了收钱哩？"

两人说话的中间，刘万贵虚弱地躺在床上，一直眨巴着眼睛在看，不时微微地咳嗽几声，似乎连说话的力气都没有。然而掌握着他生死大权的儿子却丝毫也不担心，依然为了他心中的公平正义据理力争。

陈灵均跟他说了半天也没有说出个名堂，只好从病房里退出来，到值班室去找顾学勤。他推开门，看到吴彩华带着一位三十几岁的农村妇女正在跟顾学勤说话。原来上午给罗丹打电话咨询支架情况的就是她。吴彩华说得病的是她亲戚的老母亲，这一家的父亲去世了，母亲没有工作，医药费全靠在外打工的儿女承担，家属对罗丹给出的答案不太满意，想再听听顾学勤的意见。她又问顾学勤国产的支架和进口的支架到底差别大不大。顾学勤说两者没有什么区别，想做哪种就做哪种，然后问病人是什么情况。了解清楚病人的病情后，他认为这位病人暂时不需要做手术，通过药物治疗就可以缓解病情。家属听了马上转忧为喜，说是回家准备好钱就带人来住院，想让顾学勤亲自为病人诊治疾病。顾学勤一口就答应了。

吴彩华走后，陈灵均把六床的情况给顾学勤说了一下，他马上就到病房去了。

陈灵均回到医生办公室继续做自己的工作，猜不出顾学勤会怎么处理这种棘手的事情，只是从心底里觉得安定人真的太难对付了。

护士乔柏燕突然从外面跑进来，站在墙角念念叨叨地背着什么。刚过了两三分钟，有人在外面喊："查房的来了！"乔柏燕忽地一下跑出去了。

陈灵均听说领导要来查房，马上就紧张起来，看到身边的医生都没有反应，就问了一句："来查什么？"

"是护理查房。"站在他身后的范晓琪说道。

陈灵均上厕所的时候路过护士站，看见里面站着好几位其他科室的护士长，有的在翻看护理交班本，有的在查看物品。乔柏燕结结巴巴地给神经外科的护士长胡海瑜背制度，背到中间突然卡壳了，翻了两个白眼，重复了一遍前面答过的内容，又接着往下背，背完把自己都逗笑了。

乔柏燕是科室里陈灵均最喜欢的一名护士，因为他每次拿着医嘱来到护士站，只要乔柏燕在，肯定会第一个站起来问他有什么事，然后甜甜地笑着说："好的，我马上就去。"虽然这个女孩子脑子有点笨，但是心眼特别实在，上班的时候总是跟其他护士抢着干活，不怕吃亏，也不嫌累，平时见了年纪稍微大点的病人和家属，一开口就是爷爷奶奶叔叔阿姨哥哥姐姐，让人觉得特别暖心，因此她的一举一动总能引起他的注意。

呼吸内科的护士长从治疗室里走出来说："消毒液的容器外面没有写更换的时间，给你们记上吧。"

"消毒液是今天早上换的，这个我知道，当时还专门嘱咐治疗班的护士一定要把时间写上，可能是她工作太忙忘记了。"刘佳说道。

"要不算记了？"胡海瑜望着呼吸内科的护士长试探着问道。

"那你明天去跟领导交班吧。"对方不悦地答道。

胡海瑜尴尬地跟刘佳对视了一下，没有说话。

陈灵均路过六床病人的病房时，听见里面吵吵闹闹的，像是家属在跟顾学勤吵架，听不见顾学勤的声音，只能听见家属怨气冲天地在骂人。他上完厕所回到医生办公室已经是两点四十了，刘玉栋佝偻着脊背从外面走了进来，一进门就拉开抽屉找咖啡。他自己买的喝完了，跟范晓琪要了一袋倒在杯子里，用开水冲开，坐在电脑桌前用汤匙不停地搅拌。

"你怎么又来了？"范晓琪问道。

"不是说让咱们下午三点开会嘛。"

范晓琪这才想起来上午快下班的时候接到过通知，便问刘玉栋回家后有没有睡觉。

"回去洗了个澡，吃完饭已经一点多了，陪我儿子做了一会儿手工，把娃娃送到学校，直接就到单位来了，现在头疼得要死，就像快要裂开一样。"刘玉栋紧皱着眉头无精打采地说道。

这时，一位家属走了进来，在房间里东张西望了一会儿，看到刘玉栋眼前突然一亮，走到面前说："刘大夫，你还没走呀？我妈说她吊完针小肚子有点疼，麻烦你去看看。"

"知道了。你先过去，我一会儿再来。"刘玉栋手里端着杯子轻轻地摇晃着，用带着几分疲惫的语气淡淡地说道。

过了三四分钟，家属又来催他。

刘玉栋瞪着眼睛不耐烦地说："我已经说过了，让你稍微等一会儿，又不是不给你看！"

家属也很生气："我只是提醒一下你，没说你不给看。"

"医生也是人，也有累的时候。我从昨天早上八点开始值班，忙到现在连口气都没喘，喝口水再给你看都等不及！"刘玉栋边说边从椅子上站起来，向病房走去。

家属用力咽了两下唾沫，什么话也没说，跟在他身后走了。不一会儿，两人又回来了。刘玉栋在电脑上开了药，打印出来以后签了名，又从衣兜里掏出一个精致的小章子盖上印章，然后详细地告诉那人药买回来后应该怎么服用，语气已经变得温和多了，就像换了个人似的。

乘着其他人不注意的时候，陈灵均小声问范晓琪，要不要到那间病房去看看。

"不用。顾主任那人没脾气，跟谁都吵不起来，一般情况下等那些人凶够了，他把道理讲完了，好话也说尽了，那些人就暂时消停了。"范晓琪笑着说道。

说话间，顾学勤已经从门外进来了，一副筋疲力尽的样子。

"两点五十分了，咱们走吧。"他就像什么事也没有发生一样平静地说道。

众人来到会场，会开始后，刘玉栋听了不到一半就打起了瞌睡，后半段基本是在呼噜声中度过的。会议一直开到五点半才结束。

下班后顾学勤换好衣服刚要走，被陈灵均拉住了："晚上没事的话咱们到外面喝两杯。"

"好。"他爽快地答应了。

两人走进医院附近一家小餐馆，要了几瓶啤酒，点了两个菜。酒过三巡后，顾学勤用特别兴奋的语气地对陈灵均说："看得出来，你也是一个老实人，能和你一起工作我很高兴。跟你说句实话吧，咱们科的情况比较复杂，你能不能跟主任搞好关系，并不完全取决于你；如果主任对你印象不好，也不代表你有问题。你用不着专门去讨好他，但是也不要有意去顶撞，尽量和大家搞好团结。我作为组长可以向你保证，我绝不会为了个人的利益，损害大家的利益。

好好看病，啥也别想。不要把科室的任务太当回事，能完成多少就完成多少，给病人看病，一定要考虑到他们的经济承受能力，千万不敢把钱看得太重……"

顾学勤的话让陈灵均既惊异又感动，连连点头表示赞同。他真诚地说："顾老师，你的话我都记住了。我放弃了县医院的待遇来到市医院，并不是冲着高收入来的，而是为了跟你这样高水平的老师学习的。今后无论是在临床业务上，还是在人际关系上，要是我遇到了不懂的地方，你一定要多多提醒，多多指导。"

两人举起酒杯连连相碰，就像遇到了知己一般。虽然陈灵均暂时还不明白顾学勤说的"个人的利益"和"大家的利益"具体指的是什么，但是他隐约感觉到很多事情和自己想象的不一样。在交谈中他得知，顾学勤有两个孩子，爱人没有工作，全家四口人只靠他一人养活着，家中的经济很拮据。单位里像他这种情况的职工有好几个，大部分都通过找院领导把爱人安排到医院的行政后勤科室工作，有的当了临时工，有的还弄到了正式编制成了正式工。

"要不，你也试着找找领导，哪怕让嫂子当个临时工也罢，总比待在家里强。"

顾学勤摇了摇头说："我就是饿死也不会去求他。"

陈灵均听了没敢再说什么。

喝了一会酒，吃完饭，顾学勤放心不下科室里的危重病人，两人又到病房里巡视了一圈。六床的刘万贵白天做了治疗，病情看上去比较平稳，他大概没有想到这么晚了顾学勤还来看望自己，心情有点激动，眼睛里闪烁着亮光。

顾学勤握住他的手笑眯眯地说："你来到市医院找我看病，我尽最大的本事给你治病，你一定要好好配合，心里要对自己有信心，千万别着急。只要把药用上了，慢慢会好的。"

老人躺在床上微微地动了动下巴，表示他明白。刘江站在一旁，用十分冷漠的眼神看着眼前的一切，似乎觉得这是他们理应得到的待遇。

顾学勤和陈灵均回到科室的时候，罗丹正在值班，黑建学和范晓琪都坐在电脑前写病历。顾学勤对范晓琪嘱咐了一些注意事项便走了。他们走后没多久黑建学就回去了，范晓琪还坐在那里打字。在她写病历的过程中，病房里的病人和家属老来叫她，她不停地进进出出，累得一个劲地长出气。她的手机每隔几分钟就响一次，不是公公打来的，就是婆婆打来的，他们说常磊晚上值班，孩子不知道为什么老是哭闹，问她什么时间可以回家。她嘴里说快了快了，一直拖到九点多才离开科室。

三十四

星期四上午有两台心脏介入手术，都由南晟业亲自主刀，陈灵均、顾学勤和高攀、刘玉栋分别当助手，两名进修生在台上旁观。科室里未婚的和正在备孕阶段的年轻医生都不上手术，只有他们四个和黑建学轮流配合主任做。南主任非常看重自己在台上的位置，像护食的猫儿一样警惕地盯着周围的人，不让他们有一丝一毫的幻想，就连跟他走得最近的高攀也一样。作为医院介入手术方面的权威人士，他不喜欢别人追上或者超越他，只想让他们仰望他、膜拜他、敬畏他。仿佛只有这样，他才能心安理得地拿着三十万元的年薪坐在外聘专家的办公室里，被人称为知名专家或教授，才能在科室的交班会上理所当然地对所有的医务人员发号施令，在救治病人时可以不受任何人的干扰，完全按照自己的思路实施救治方案。

细如发丝的导丝通过导管内的轨道，从病人前臂处的动脉穿入，沿着弯弯曲曲的血管壁运行一米多的距离，才能到达指定的位置。术者仅凭极其微弱的手感和电子屏幕上的图像操作，难度很大。第一台手术做得很顺利，第二台导管怎么也不能进入冠状动脉开口，先后试了十余次都没有成功，南主任显得很急躁，把第一根导管撤出来后，随口骂了一句脏话。在场的人面面相觑，谁也没敢吭声。他调整了一下自己的状态，换了一根导管继续尝试，终于送进去了，这才舒了一口气。给心脏打入造影剂后，屏幕上的图像显示，病人前降支血管近段完全闭塞。南主任确定好位置，将支架准确地输送到指定的地方并释放，堵塞的血管马上就疏通了，患者衰弱的心脏开始有力地跳动起来，在场所有的人都露出欣慰的笑容，一位进修生抑制不住激动的心情低声说了句："好！"

手术做完回到科室以后，刘玉栋、黑建学和高攀走进值班室很长时间都没有出来。陈灵均以为他们在讨论刚才的手术，进去以后，看到办公室里烟雾缭绕，几个人竟聚在一起偷偷地抽烟。他刚一进去，刘玉栋就把门赶紧关上，生怕被人看见。

看到他惊异的目光，高攀解释说："在心内科上班，大家的工作压力都很大，再加上常吃射线，难免会出现一些生理反应，抽烟可以减轻痛苦。"

刘玉栋说："你哪天乏得不行了，也可以试着抽一根。"

"以毒攻毒？这个办法可真好。"陈灵均笑着说道。

几个人说起南晟业在台上骂人的事，都觉得很好笑。

高攀说："主任平时说话很文明，我还是头一次见他骂人。咱心内科的手术病人大部分都是急诊，病情比较凶险，在术中很容易发生突发状况，医生要顶着巨大的压力面对很多挑战，主任估计也是实在憋不住了才发泄出来的。"

"那是肯定的，心里急呀。"黑建学说道。

"遇到这种事，主任有资格骂，咱们可不能。人常说，屁股决定脑袋。像咱们这些毛毛虫，心里就是再急，也得乖乖地忍着。顺便提醒一下，大家出去了千万不敢对外人说主任骂人的事，说出去了影响不好。"高攀郑重其事地说道，三名年轻医生连连点头。

陈灵均嫌烟味太呛，只待了一小会儿就出去了。

下午上班的时候，他刚走到大院里，恰好碰见顾一萍抱着一箱东西往科室走，就主动跟她打了声招呼。

顾一萍把箱子放在地上，笑着对他说："你看咱俩都在一个医院平常还很难碰见。要不要醋？要的话给你拿上两瓶。"她大方地指着地上的箱子说道。顾一萍还是瘦瘦高高的样子，上身穿一件带披肩的黑色毛衫，下面配一条白裤子，脸上的妆比以前自然多了，估计化妆品的价格也比原来高多了。

"我一个人住在这儿，平常不太做饭，用不着。你买那么多醋干吗？"陈灵均问道。

顾一萍附在他耳边小声说："给我们科长买的。他听说我老公是洛源县的，念叨那里出产的荞麦香醋好吃，我就托人给他买了一箱。"

总务科的朱耀先主任陈灵均见过，个子又矮又胖，尖尖的鼻子像鹦鹉嘴一样倒勾着，说话时鼻音很重，在人前特别爱装腔作势。他名义上说是高中毕业，实际上连小学都没有念完，在一些公开场合拿着别人写好的讲稿连句子都不会断，念出来的尽是些笑话，就连邬院长听了都忍不住要笑。他有事没事特别喜欢在行政楼上转悠，在院长面前早请示晚汇报，跟各位院领导关系都很好。

陈灵均问顾一萍来到市医院以后感觉怎么样，她不好意思地说："连编制都没有，瞎混。我来这儿其实不是为了我自己，是为了娃娃。我女儿已经上三年级了，市里初中和高中的教育质量都比县上好，在小学阶段先做好准备，等将来升初中的时候看能不能考上实验中学。如果娃娃成绩不好光凭关系往好学校转，得花很多钱，还不一定能办成。"

顾一萍说话声音很轻，不像一般的职业女性那么自信。如果之前没有听说过这个女人的绯闻，陈灵均肯定认为这是一个谦卑稳重的弱女子，他不知道这是她故意在人前装出来的样子，还是她本来就是这样。

"咱们这个年龄的确要为娃娃考虑，娃娃的事就是头等大事。"陈灵均接着她的话头说道。

"可不是嘛。自从住到这儿花费可大了，光靠那点工资奖金根本不够花。我平常还捎带着卖点化妆品和护肤品，是韩国的一个品牌，质量很好。你老婆要是需要好一点的水呀、乳呀、霜呀什么的，就到我这里来买，买多了还有折扣呢。市医院很多女同事都在用我的护肤品。"

陈灵均试着问了一下价格，不由吓了一大跳。每件东西都在八百元以上，如果配套使用的话，每套至少需要三千元左右。书珍从来没有买过高档护肤品，最贵一瓶也就两三百。他注意到，顾一萍把她的单眼皮做成双眼皮了，虽然眼睛看着变大了一点，但是很不自然，看人的时候凶巴巴的，就像故意瞪着眼睛一样。

"同志们，快来看看，咱们科有没有人上了黑名单。"下午快下班的时候，刘佳参加完周会回来，一到科室就拿着文件嚷嚷开了。医生和护士闻声纷纷跑了过来。

乔柏燕好不容易才挤到人群中间，拿起文件一看，星期三护理查房心内科又扣了一分，这个月他们科护理上总共扣了九分，光她一个人就扣了四分，要罚两百块钱，当场就哭了："我一个月连工资和奖金加起来总共才七八百块钱，两个月就扣了四百，半个月都白干了。"

刘佳叹了口气说："谁让你工作时不多操点心呢？我常给你们讲，要用脑子干活，就是记不住！"

"当护士一天工作太忙，要求又多，干了这个，又忘了那个。看来，我天生不是当护士的料，就这么下去我赚的钱连扣都不够扣！"乔柏燕沮丧地说道。

"别这么想，你刚参加工作，适应环境需要一个过程，慢慢会好的。"刘佳安慰道。

等几名护士看完后，刘玉栋迫不及待地凑到跟前去看，当他看到自己的一份病历被病案评审组的专家评为乙级病历，扣了两分，窘得满脸通红："这不可能，绝对不可能！肯定是评病历的专家哪里搞错了。病人出院时，我把每份病历都审了好几遍，确定没问题才交出去的。不行，我要到病案室去问一下，这简直太丢人了！"

"玉栋，不要去问，问了更丢人。我觉得你还是自己悄悄地看一下评审表上批注的扣分理由，以后注意一点就行了。"高攀给他使了个眼色，低声劝道。

"我也觉得你最好别问，问了不合适。"罗丹说道。

见此情景，刘玉栋变得犹豫不决起来，考虑再三后，决定放弃冲动的想法，对这件事进行冷处理。

这时，范晓琪从外面走了进来，吴彩华带着她的亲戚跟在后面。范晓琪给病人开好住院证后，家属出去缴纳住院费，吴彩华看到罗丹也坐在医生办公室里就跟她打了声招呼。罗丹笑着说了一句客套话，转过脸去马上露出不悦的神情。因为这位病人初诊时是她接诊的，之前还在电话里咨询过手术方面的情况，现在却住到了顾学勤那一组的病床上，说明家属对她的医术不信任，让她觉得特别尴尬。由于顾学勤对疾病的处理意见总是跟其他人不同，经常会发生此类现象。虽然他本人并非有意要这么做，但是在别人看来，却明明是在跟他们"抢"病人。

经过十多天的精心治疗，刘万贵终于达到了出院的指征，此时的他和入院时简直判若两人，不仅不咳嗽不气短了，吃饭睡觉都很正常，还能自己下床活动。他听说当天要出院，把自己洗漱得干干净净，早早地就收拾好东西等着儿子结账回家。范晓琪、陈灵均和顾学勤先后来到病房，送来了需要购买的药物的处方、出院证、一日清单等东西。顾学勤当着刘江的面对他千叮咛万嘱咐，让他回去以后不要劳累、不要生气、吃饭不要吃得太饱，也不能饿着，要按时作息，定时服药。他怕老人年纪大了爱忘事，还专门在每种药物的外包装上用黑笔清晰地注明每天服用的次数和每次服用的剂量，临走时还特意告诉刘江，等范医生把病区的出院手续全部办好他就可以到收费室去结账了。

同一个病房五床的病人也是这一天出院，他们结账结得早，发票拿回来以后，刘江跟他们要过来仔细地看了好一会儿，暗暗估算着父亲住院的大致费用。范晓琪主管的病人有四个人同时出院，办理得比较慢，被心急的刘江催促了好几次。下午两点，刘江终于接到了结账通知，拿着押金条、住院证等物品，直奔一楼收费窗口。

"一共是四千八百五十元，除去前面的押金，你还得缴一千八百五十元。"收费员说道。

"什么？还要缴这么多钱！"本以为会退钱的刘江，没想到还要补交钱，有点不相信自己的耳朵，又让对方重复了一遍。听清了费用的金额后，马上就说："你把东西拿来，让我问大夫去，肯定是弄错了，哪里会结下这么多钱！"拿上东西气哼哼地走了。

此时大部分医生都在医生办公室里，顾学勤正拿着一份典型病历给范晓琪和陈灵均做病例分析，门"咣当"一声被人撞开了，刘江铁青着脸闯了进来，直接走到顾学勤面前，当着众人的面把手里的东西"啪"地往他面前一甩，指着他的鼻尖大声吼道："姓顾的，你还算人不算人？把自己的老乡纯粹当成憨憨了！你不照顾我们，还给我们算得比别人贵，你的心眼咋这么瞎，啊？你给我说说，我咋得罪你了，让你对我们这样？"说话间，唾沫星子四处乱溅，口水都溅到范晓琪的脸上了。

所有人都把目光投向顾学勤和他的老乡，眼神中露出惊异、不解、厌烦、蔑视的神情。顾学勤窘迫地站起来，一只手搭在刘江的后背上，慌乱地笑着对他说："老乡，你别急，有什么事咱到病房里慢慢说。"然后推着那人向外走。

"别推我，咱就在这儿说，只要你没做亏心事，就不怕别人知道！"刘江挣扎着摆脱他的手，赖着不走，还故意抬高声音生怕别人听不到。

"啊呀，你怎么能这么说话。我是你老乡，又是你的亲戚，怎么会对你有意见，你肯定是误会了。我没做亏心事，也不怕人知道，我让你出去说，是因为这里是我们医生办公的地方，吵吵闹闹地影响大家的工作……"顾学勤连拉带劝，好不容易才把刘江从医生办公室弄出去，把他带到走廊尽头的一个角落里，问他到底是怎么回事。刘江说明原因后，顾学勤又好气又好笑，耐心地给他解释说，他父亲的病和五床病人的病虽然第一诊断是一样的，但是合并症不一样，病情的严重程度也不一样。但是刘江根本不认这些理，还跟他胡搅蛮缠。其实他不是听不懂他的话，真正让他恼火的原因是嫌顾学勤没有给予他们特殊照顾。因为他觉得顾学勤职称那么高，手底下还带着两个人，在科室里多多少少有点权力，应该给他们免去一部分费用才够得上老乡的情分。他不相信顾学勤对待其他熟人也是这样。

顾学勤和刘江离开医生办公室不久，南主任闻声从他的办公室里走过来，皱着眉头问："刚才是谁在大声嚷嚷？"

好几位医生相互看着不说话，陈灵均说："是六床的一位病人家属，他对住院费有疑问，顾老师已经把他带到外面去了，正在给他解释。"

"这些人不知道有什么了不起的，成天头仰得高高的以为自己是皇帝老子，能把医院闹翻天。再碰上这种人，让他们说话小声点，注意一下周围的影响。"

"哦，知道了。"陈灵均答应了一声，心里稍稍有点不快，感觉南主任不像是在说病人，而是在说他们这组的人。

顾学勤口干舌燥地劝说了半个多小时才把刘江打发走。刘江结完账离开医院的时候连声招呼也没给他打，走进电梯嘴里还在骂骂咧咧。

刘江走后，顾学勤一个人坐在值班室里，内心难免有些伤心、失落。病人当初来的时候，是躺在担架上被人抬进来的，现在自己能够精精神神地走回去，这中间他付出了多少心血、承受了多少压力，旁人都是看得见的，可他的老乡非但不感激他，反而责怪他不够意思，他觉得心里很委屈。

陈灵均进来取东西的时候，看到顾学勤神色不对，就坐在他身边安慰他不要生气。

"人家都说安定人难打交道，有时候这些人真的很气人。唉，没办法，都是自己的老乡，咱又是专门干这个工作的，再怎么着，也得打烂门牙往肚子里咽。没事，我在县上也是这样，已习惯了。"顾学勤和蔼地笑了一下，似乎那些不愉快的事情已经被他的宽容和大度融化了。

这时，值班室的门上响起了轻轻的叩门声，顾学勤说了声："进来。"一位年轻帅气的小伙子推开门朝里面看了一眼，笑着说："你们先谈，我一会再来。"

见此情景，陈灵均赶紧站起来说："没事，你进来吧，我们已经谈完了。"主动退了出去。

那位小伙子在值班室里待了一小会儿就走了。过了一会儿，又来了两个陌生人。这些人离开以后，各组的医生先后被组长叫到值班室，每人给了一个信封。每个月的这一天他们都会收到这样的"礼物"，内部人叫"提成"，外部人叫"回扣"。这是大部分药品生产厂家争相效仿的一种营销模式，只要医生在治病的过程中给患者使用了这些厂家生产的药物，他们就会想办法统计出具体的数量和金额，然后按照固定的比例给医生提取一定的"奖励"。这部分钱在药品出厂前已经计算在成本内，对于厂家来说，虽然表面上好像增加了一部分开支，但是，这样的开支与企业的效益是直接关联的，支出越多，说明企业的效益越好。所以，他们很乐于通过这样一种方式与医生们建立某种"契约"，生怕他们被别的厂家抢走。而对于医生们来说，不拿这部分钱，患者支出的医药费并不会减少，反而会让厂家获得更多的利润；拿了这部分钱，心里又有那么一点别扭，因为毕竟不是正常收入。在无力改变的普遍规则面前，很多人都接受了这种来自单方面的额外"补助"，陈灵均自然也不例外。尽管他一开始十分痛恨这样的做法，但是随着时间的推移，当他发现自己在正常行医的情况下，也为药厂的利润做出了一定的"贡献"，不拿提成反而被人嘲笑为傻瓜，便像其他人一样，也拿回了属于自己的那一份"酬劳"。不过他有一个原则，绝不为多拿回扣乱开药。

三个组的人相互之间谁也不问谁拿了多少，但是大家都很清楚，数顾学勤这一组拿得最多。因为无论门诊病人、住院病人，还是手术病人的数量，都数他们组最多。

收到提成后不久，高攀走进了主任的办公室，在里面待了足足半个小时才笑嘻嘻地出来。之后，顾学勤也走进了主任的办公室，只待了几分钟就出来了。

医生们就像什么事也没有发生一样，继续坐在办公室里工作。范晓琪听到坐在她旁边的刘玉栋不停地唉声叹气，打字的时候故意把键盘弄得很响，悄悄地侧身问了句："你怎么了？"

"没事。"刘玉栋沉着脸答道。

她知道他心里肯定有事，只是不方便说，就没有再问。

快下班的时候，科室里其他人陆陆续续出去了，只留下范晓琪、刘玉栋和陈灵均三个人。

"辛辛苦苦干了一个月，本来就没挣下几个钱，让上面扣上些，再给当官的上贡上些租子，还让不让人活了？"刘玉栋突然低声骂道。

"这个月跟你们收了多少？"范晓琪小声问道。

刘玉栋伸出四个手指头，范晓琪露出惊讶的神情。

"还是你们组好呀，组长一个人把租子全包了，其他人一点都不吃亏。"刘玉栋不无羡慕地说道。

"也好，也不好。我们组长不会拉关系，活不下人呀。"范晓琪叹息着说道。

301

陈灵均听了心里一惊：难道科室的医生还要把自己的收入拿出一部分给主任？这种事情他以前连听都没听过。

"听说咱们上个月的奖金没有上上个月高，这个月肯定更不行。"刘玉栋说道。

"我见到奖金表了，捎带着瞄了一眼其他科室的奖金，我的妈呀，不看不知道，一看吓一跳，人家外科系统的奖金比咱要高好几倍呢。"

"咱不能跟人家比，不过比起呼吸内科、消化内科，还能好点。"

县医院内科每月的奖金最多只有七八百元，市医院心内科的奖金高达一两千元他们还觉得少，认为和自己付出的劳动不匹配。

陈灵均磨磨蹭蹭地等刘玉栋走了以后，偷偷问范晓琪他们刚才说的到底是怎么回事。范晓琪告诉他，科室有个不成文的规矩：各小组的组长每月都要主动从本小组的收入中提取一部分上缴给主任，高攀那一组虽然总体收入不高，但是高攀会按照一定的数额均摊给大家，因此，他们交给主任的"租子"很高；他们这一组虽然收入高，但是顾学勤从来不收取大家一分钱，只是从他的个人收入里拿出一部分上缴给主任，因此数量很少，主任很不高兴。

得知这个惊人的秘密后，陈灵均终于明白了顾学勤那天跟他喝酒时说的那番话到底是什么意思了，感慨之余，对顾老师又多了一份尊敬。

三十五

星期一早交班时，南晟业没有来。代替他主持会议的高攀解释说，南主任的老母亲生病了，他请假回家照顾老人去了。

当天晚上八点，科室来了一位八十一岁的心肌梗死病人，病情十分危重，已经达到手术指征。范晓琪是值班医生，陈灵均作为二线也住在科室，他亲自和家属谈话，告诉他们目前最佳的治疗手段就是手术，但是手术是有风险的，不可能百分之百成功，弄不好会人财两空；如果不做手术的话，老人几乎没有生还的可能，希望他们慎重地考虑后尽快做出决定。老人的四个儿子都在场，一致表示要尽最大努力挽救母亲的生命。大儿子红着眼圈说，他父亲去世得早，母亲三十几岁就守了寡，四十多年来含辛茹苦地把儿子孙子抚养大，现在他们的经济条件都不错，要是放弃治疗良心有愧。老人早就查出患有冠心病，他们已经做好了心理准备，把棺材都买好了，万一人不行了，随时拉回去，绝不找医院的麻烦。家属的态度让陈灵均深受感动，他把情况汇报给顾学勤，顾学勤认为还应该把这几个人的舅舅叫来，因为在农村舅舅是娘家人，也是家里最主要的拿事人。当舅舅的非常通情达理，说他理解外甥们的心情，尊重他们的意愿，并和四个外甥在手术同意书上签了字。手术是顾学勤带着陈灵均做的，从晚上十点开始，刚到十点半就结束了。老人的儿子们看到母亲平安地从导管室里推出来，被医护人员护送到 CCU 病房，紧紧地拥抱在一起，喜极而泣。

凌晨零点左右，救护车又拉来两名危重病人。其中一位刚拉到急诊科就发生心脏骤停，急诊科的医生马上对其进行心肺复苏。为了让病人得到快速有效的治疗，他们立即开通绿色通道，将其迅速转往心内科。在转诊的途中，病人连续数次发生室颤，来接诊的范晓琪一边跟着平车跑，一边为其电击心脏。每次病人的心跳恢复正常不到一两分钟再次出现异常，就像质量特别低劣的保险丝一样，反复被熔断，又被迅速接通。体质瘦弱的范晓琪手里举着电击枪，就像全副武装的狙击手紧握着子弹上了膛的狙击枪，随时做好精准射击的准备。而她面前的病人则像一只快速移动的靶子，她必须拼尽所有的体力、精力，集中全部的注意力才能有效地命中靶心。急诊科的医护人员紧密地配合着她，一群人就像集体在救火一般，既要安全地推着病人向前奔跑，还要不停地抢救病人，个个累得气喘吁吁，满头大汗。他们从急诊科的一楼经过医院的大院，跑到住院部的大厅，乘坐电梯几经辗转，好不容易才让病人的生命体征维持到心内科的 CCU。一到那里，顾学勤立即组织医护人员对病人进行全力抢救。在由顾学勤、陈灵均和范晓琪以及当班护士组成的急救小组中，顾学勤的职称最高，按照规定，他是临时组长，负责指挥现场的抢救工作，在他的指导下，几个人忙碌了整整一夜才让病人的病情稳定下来。

第二天上午，陈灵均照常去上门诊，顾学勤在病区查房、指导下级医生处理病人。

中午，顾学勤在值班室的床上刚躺下准备休息一会儿，一位远房亲戚打电话说下午要带爱人来市医院看病。他问病人怎么了，那位亲戚说，他和爱人结婚快两年了还没有孩子，昨天到玛妮妇产科医院不孕不育科去看病，做了一大堆检查，医生说他爱人内分泌失调，开了近千元的药物。今天早上起来，她爱人说感到浑身乏力、恶心，不想吃饭，他不知道该看哪一科。顾学勤问他爱人末次月经是什么时候来的。他说，他老婆的月经一直不规律，这个月像往常一样已经推迟了十多天还没有来。顾学勤建议他先到妇产科去就诊，并为他联系了一名医生。挂上电话，顾学勤又躺了十来分钟，值班医生敲门进来问病人治疗过程中出现异常反应如何处理。他给了处理意见后，闭上眼睛睡了不到五分钟，手机的铃声又响了，是一位老病号打来的，咨询病人的用药问题，两人聊了十来分钟，挂上手机，已经到了上班时间，压根就没有睡成，起来感觉头昏脑涨的，特别难受。他沏了一杯浓茶给自己提神，喝了以后感觉头脑清醒多了，但是后脑勺还是有些发沉。

下午两点半还有一台介入手术。做手术的是前一天晚上后半夜入院的两位病人中病情较轻的那一位。病人只有四十二岁，是个专门给工地上供应沙石的老板，家里很有钱，平常毫无节制地抽烟、喝酒、吃肉，身体异常肥胖，躺在手术床上几乎把整张床都占满了。老板娘通过术前谈话得知手术有风险，又不能不做，特别害怕术中发生意外，手术还没有开始，就在外面哭了起来。他们十几岁的儿子也从学校请了假陪在母亲身边，不停地安慰她。毫无疑问，这位正值壮年的男人是家中唯一的顶梁柱，他的生死直接关系到了整个家庭的命运。

南晟业虽然把科室的管理工作交给了高攀，但是高攀的业务能力远不如顾学勤，因此他主动把术者的位置让给顾学勤，自己心甘情愿充当他的助手。两人刷了手，穿上铅衣，上了台以后，高攀检查台上的器械和物品时，发现消毒包里少了一把钳子，就喊坐在外面监控室里的赵月月把东西送进来。赵月月是导管室的护士，本来按照要求上班的时候也要穿铅衣，但是她觉得自己大部分时间都在手术室外面，穿上铅衣又沉又热，穿脱起来也很麻烦，平常只穿一件白大褂。进来的时候，她怕射线辐射到自己，随手把开关关了，把东西放下就赶紧出去了。

按照预定的方案，这台手术先做造影，再根据具体情况决定是否放支架。病人的心率比较慢，顾学勤提醒大家注意监测患者的心率变化，以防发生意外。他刚要开始手术，突然发现屏幕上什么图像也没有，火一下子就上来了，冲着外面厉声问道："赵月月，你到底在干什么？赶紧把射线打开！"

赵月月答应了一声，几秒钟后，屏幕上清晰地投射出患者的心脏及周围器官和组织的显影。

"赵月月，把铅衣穿上，给我进来！"顾学勤大声命令道。

　　赵月月又答应了一声，离开工作台，几分钟后果真穿着铅衣进来了，一脸迷惑地看着高攀和顾学勤。

　　"站到我的右边看着我们做手术！"顾学勤毫不客气地说道，"知道为什么叫你进来吗？"

　　赵月月胆怯地说："不知道。"

　　"我把你叫进来是想让你知道，我们是医务人员，病人把性命交给我们，我们的责任就是尽最大努力去挽救他们。在手术台上，任何事情都没有病人的生命重要，病人的安危永远是第一位！你怕吃射线，难道我们医生不怕吗？要是我们都带着私心来工作，成天怕这，怕那，谁来保证病人的安全？……"顾学勤一边做术前准备，一边教训道。

　　赵月月羞愧得满脸通红，连声说："顾老师，高老师，对不起，我错了，以后一定改正。"

　　"你对不起的是台上的病人，不是我们。我并不主张我们的医护人员做无谓的牺牲，能避免射线伤害尽量避免。但是在必要的情况下，为了病人，该牺牲的一定要牺牲。"顾学勤说道。

　　"嗯，我明白了。"赵月月连连点头。

　　一切准备工作就绪后，顾学勤拿起导丝，屏住呼吸，正准备往细细的导管里穿，病人突然发生室颤，他立即下令高攀对病人进行电除颤，让赵月月给病人静脉推注阿托品、肾上腺素等药物。抢救了十几分钟后，病人的心跳恢复了正常，手术继续进行。通过心脏冠状动脉造影，顾学勤发现患者冠状动脉狭窄达百分之九十以上，符合植入支架的指征，便按照预定计划准备在冠状动脉狭窄病变处植入一枚支架。当导丝穿入血管的狭窄处时，意想不到的情况又发生了——病人的心跳突然停止了！眼疾手快的高攀连忙用戴着手套的右手用力叩击病人心脏，顾学勤看到心脏终于又恢复了正常的搏动松了一口气，继续进行手术。

　　手术做完，脱下铅衣，三个人的衣服全都湿透了，连内衣和内裤都是湿的，黏糊糊地贴在身上，头发就像刚用水洗了似的不停地往下滴水。

　　顾学勤回到办公室以后，那位远房亲戚打来电话，用十分激动的语气告诉他，经过检查已经确定，他的爱人怀孕了，恶心、乏力、不想吃饭，就是妊娠反应。

　　"赶紧把昨天买的药扔了，不敢再吃了。"顾学勤立即说道，心里暗暗骂那家私人医院的医生没有一点医德，纯粹是坑害病人。

顾学勤叫上高攀到重症监护室去看望术后病人。高攀笑着对那位老板说："你这个家伙可把我们几个人吓坏了，做手术的时候心脏停跳了两次，自己知道不？"

那人有点不相信地说："真的吗？我只记得我好像晕过去两次，再没有别的记忆。"

"幸亏人家这些大夫手艺高，不然的话你早就没命了！"老板娘心有余悸地说道。

"谢谢你们，你们是我们全家人的救命恩人！"病人的儿子向两位医生深深地鞠了一躬。

"不用谢，这是我们应该做的。说实话，在手术台上我们比你们还紧张，还担心。"顾学勤笑着说道。

"这个病是怎么得上的？平时要注意什么不？"病人问道。

"和不良的生活习惯有关。以后再不敢抽烟喝酒了，吃饭尽可能清淡一点。"顾学勤说道。

陈灵均上完门诊回到病区以后，顾学勤跟他说起那天晚上和八十一岁的老人家属谈话的经过，语重心长地说："现在医疗环境很复杂，术前谈话非常重要。遇到不愿意承担风险、顾虑很多、怕出意外的家属，千万不要强行说服。不然的话，万一出了问题会给医生带来很大的麻烦。"

陈灵均知道他的经验肯定是在长期的工作中经过无数惨痛的教训获得的，马上表示赞同。同时，他也深深地感受到了这位老大哥对自己发自肺腑的关爱。

"另外，我还要告诉你，龙胆泻肝丸出事了，今天药剂科刚刚通报的。我听说奥美定也有问题，以后给病人开药的时候一定要注意。"顾学勤说道。

"龙胆泻肝丸在临床上应用得很广，昨天我还给门诊上一位口苦、口烂的病人开过。这到底是怎么回事？"陈灵均问道。

顾学勤告诉他，龙胆泻肝丸不是原有的配方有问题，是因为该药在临床上需求量很大，原材料供不应求，药品生产厂家在生产药物时为了降低成本，用价格低廉的含有马兜铃酸的关木通代替了不含马兜铃酸的白木通和川木通才出了问题。两类药材的区别是，前者对肾脏有较强的毒性作用，后者对肾脏没有损害。有报道称，已经有成千上万名患者因为药物的毒害作用导致不同程度的肾功能损害，有人甚至发生肾功能衰竭。

"这些药品生产厂家心太黑了，药品就不该市场化。"陈灵均气愤地说道，"回头我就给那位病人打电话，让他赶紧把药停了。唉，这两年药品上出的事太多了，把人都搞怕了，弄得我现在都不敢开药了。国家应该对这种现象好好管管，再这么下去受害的人会更多。"在短短的一年时间里，他已经听说了四起药害事件，医学杂志上关于其他药物不良作用的报道还有很多，特别让人忧虑。

"医生不知道药物有问题在正常使用的情况下给病人造成伤害，确实很可怕；有些医生明明知道过量使用药物会对人体造成伤害，出于自私的目的，仍然毫无底线地用药，比这更可怕！"顾学勤用拳头使劲敲击了一下桌子，青着脸说道。

"你是不是想说，咱们科也有这样的问题？"陈灵均小声问道。

顾学勤告诉他，两周前他和黑建学被医务科叫去参加一个病例讨论。那位病人六十多岁，因股骨骨折入院，刚开始住在骨科准备做手术，因术前查出肺部感染、心功能有问题先后转到呼吸内科、心内科治疗。在心内科住院的时候由黑建学主管，心功能不全得到纠正后又转回骨科做了手术，没想到术后第三天病人突然出现肾功能不全症状，于是又转到肾内科治疗。家属对此产生疑问，认为病人刚来的时候肾功能很正常，在住院期间发生肾功能不全，肯定跟医院的治疗有关。医务科也觉得这事很蹊跷，于是把相关科室的人叫到一块讨论。在会上，呼吸内科和心内科的两位主管医生都积极地为自己辩护，振振有词地说病人使用的药物都在安全合理的范围内，没有任何问题。其他医生出于种种复杂的原因谁也没有多说什么，因此，讨论了半天并没有讨论出个所以然。顾学勤仔细地查阅了病历以后发现，这位病人在心内科和呼吸内科住院期间都使用了大量的抗生素，这些抗生素都对肾功能有影响，因此，他认为过量使用抗生素是导致病人肾功能不全的主要原因，他提醒南晟业要高度注意这一现象，建议他在晨会上给医生们强调一下安全用药的重要性。南晟业听了以后冷着脸鼻子里哼了一声，始终没有在科室提起过这事。他为此又着急又生气，担心这样下去还会出问题。

陈灵均听后沉默了一会儿，劝顾学勤想开一些，对于能力范围以内的事情尽全力做好就行了，其他的事情既然管不了就不要再管。这时，兜里的手机响了，他拿出来一看是书珍打来的。

"灵均，你现在忙不忙？不忙的话帮我姑姑和姑父挂一下儿科赵景行教授的号，他们来得晚了没有排上队。"手机里书珍的声音显得特别着急。

　　陈灵均听了心里觉得怪怪的：这两位老人家又不是没我的手机号，干吗要通过书珍来联系我？仅仅过了一秒钟，他就明白了。很明显，当初他准备开二门诊的时候翟明芳没有借给他钱，还说了一大堆不好听的话，现在用到他了有点不好意思，所以才让书珍联系他。

　　陈灵均马上给肖子熠打了个电话，开玩笑说要走他的"后门"。

　　"灵均，你让我找谁都有办法，唯独赵教授这里一点办法都没有。他不让本院的人插队，不管谁来了，都要规规矩矩地排队挂号。那个娃娃怎么了？如果不是急诊的话，你让他们到普通门诊先看一下，过两天等赵教授上门诊的时候早点来排队挂号。"

　　于是，陈灵均决定先见到孩子再说。

　　翟明芳的爱人远远地就冲着他咧开嘴笑了："灵均，我们这家人又来找你了，真的是你走到哪儿撵到哪儿，老是要给你添麻烦。我听说和光考到市上的实验中学了，你们家大人能行，娃娃也争气，真叫人羡慕。"

　　"我也是昨天才知道的。这娃娃比较自律，平时不太用大人操心，学得其实也一般，入学的时候排名三百多。"陈灵均淡淡地笑着说道。

　　翟明芳没有看他，低着头一个劲地戳怀里两岁多的小孙子："快叫姑父，说姑父好！"孩子有点怯生，诱导了好几遍才把"姑父好"说出口。

　　陈灵均问孩子哪里不舒服。翟明芳告诉他，小孙子四五天前大概是感冒了，发烧、咳嗽、呕吐，在县医院儿科看了以后，吃了药烧退了，咳嗽也减轻了，但是每天吃东西的时候还会恶心、呕吐。昨天他们两口子又带着小孙子到市里的仁星医院去看病，医生做了检查后说孩子的喉咙里长了一个小瘤子，得赶紧做手术，否则的话情况会越来越严重，把他们吓坏了，连忙问需要准备多少钱，医生说手术费得一万多。钱她倒是不怕花，就是觉得在喉咙上做手术挺危险的，有点犹豫不决。翟明芳的爱人这几天腰疼，顺便也在那边做了个检查，医生说他的胆囊有问题，需要住院做手术。他去年刚刚切了胆囊，感觉医生的说法很荒唐，就借口要跟家里人商量跑出来了，想听听这边的专家怎么说。

　　陈灵均看了一下喉镜拍的片子，所谓的"瘤子"实际上就是一个普通的淋巴滤泡，根本没有手术的必要。

"这点小病还用找赵教授，我同学肖子熠就能看。"他带着三人直接来到儿科病区。

肖子熠正坐在门口的椅子上给一个一岁多的小男孩看病。小男孩紧张地看着肖子熠的白大褂，拼命往妈妈怀里钻。肖子熠笑眯眯地看着他，用左手弹了两个响指："宝贝，别害怕，让妈妈把衣服解开，叔叔拿这个小盒子给你听一下，不疼的。不信你摸一摸，凉凉的，是不是？"他的声音特别温柔，在孩子面前就像一位慈爱的父亲。

听诊器刚挨到男孩的胸口上，他哇的一声哭了，挣扎着要摆脱这个让他感到极不舒服的东西。肖子熠耐心地哄着孩子，从衣兜里掏出一个带玩具小狗的钥匙链让他看。孩子看到后哭声变小了，伸手要抓小狗。肖子熠摇晃着手里的东西，乘这个机会听完了他的前胸，又听了后背。

"肺上好着呢，就是呼吸音稍微有点粗，刚才量了体温，温度稍微有点高。我给你开点药，回去按时吃上。"他很利索地就把药开好了。那个女人拿着处方刚站起来，一旁的老太太抢着坐到凳子上，把身旁一个四五岁的女孩推到肖子熠跟前让他看。女孩看到肖子熠头顶的头发比较稀少，额头上还有不少抬头纹，就喊了声："爷爷好！"

肖子熠一点儿也不生气，说了句"小朋友好"，问她怎么了。

女孩指着肚子说："肚肚疼。"

"她这几天不好好吃饭，老说肚子难受。"女孩的外婆补充道。

肖子熠在孩子的肚子上按压了几下，又敲了敲，说："肚子有点胀，肚脐眼儿周围有压痛。大小便正常不？"

得到回答后，他又问老人有没有给孩子吃过什么药。

"吃过，在我们家外面的诊所开的，我没有记住药名。"

"药片是黑的，还是白的？

"白的。"

"长的，还是圆的？"

"长的。"

他又问一天吃几顿，一顿吃几粒，然后胸有成竹地点了点头说："我知道了。你这个小孙子没有什么大毛病，就是单纯的消化不良，我给你开点药回去让娃娃吃了，要是有效果，吃完就不用来了；要是吃上三天不见效，你把她再带来，我给她换药。原来的药停了，不用再吃了。"

肖子熠开完药抬起头，发现陈灵均站在自己面前，连忙示意他把孩子带过来。肖子熠询问了病史，检查完后果断地说："这是鼻子上的问题，把娃带到耳鼻喉科看看。"他看到孩子的爷爷奶奶露出疑惑的表情，对他们解释说："这娃娃有鼻炎，鼻腔里的分泌物流到喉部以后，他不会往外吐，长时间刺激喉部引起咽炎，所以就会咳嗽。恶心、呕吐是鼻子不通造成的。"

陈灵均把孩子带到耳鼻喉科门诊，医生用鼻镜照了一下，只开了一瓶点鼻子的药，才花了两块多。

"就花了这么点钱，能把病看好不？"翟明芳有点不放心地问道。

"药能不能治病，不在于贵贱，而在于医生有没有把病诊断清，有没有用对药。真正的好医生是不会随便给人开大处方的。"陈灵均说道。

他又把翟明芳的爱人带到普外科去看病，医生看了以后说不是胆囊的问题，腰疼是腰肌劳损的表现，回去以后多休息就好了。

"幸亏来到你们医院了，不然的话，谁知道大人娃娃得白遭多少罪。"翟明芳的爱人心有余悸地说道。

送走翟明芳两口子和他们的小孙子，陈灵均回到科室，一眼就看见神经外科主任王宏涛正在跟顾学勤说话，连忙跟他打了声招呼，问有什么事。

"我三爸在你们科住着了，刚到病房看了看。"王宏涛笑着说道。

陈灵均问病人在哪一床。他说在七床，昨天刚住下。

"知道了，有什么事让他们直接来找我，回头我再给范晓琪嘱咐一下。"陈灵均热情地说道。

王宏涛走后，顾学勤介绍说，王主任也是从县医院调上来的，业务很扎实，他的性格非常随和，从来不跟人争名夺利，一门心思搞专业，常给家庭困难的病人垫钱。关于王主任和病人的故事，医院里流传着一个很有名的段子，说他在县医院上班的时候，有一次一位农村病人出院时结不了账，借了他很多钱，由于家庭困难，长时间还不了，又怕别人说自己赖账，就拉了一头毛驴拴在医院的院子里要给他做抵押。王宏涛得知后哭笑不得地对他说："你这不是专门给我找麻烦了吗？我忙得连自己的饭都吃不上，哪有闲工夫帮你养驴。钱还不上先欠着，我又没跟你催着要。"好说歹说才让那人把驴牵走了。那人过了两年以后才把钱还给他。

"他三爸的性格跟他差远了，动不动就发火。昨天说什么也不让护士打针，把人家骂得狗血淋头，还是我进去劝了半天才搞定的。"陈灵均笑着说道。

"老人七十多岁了，有冠心病，还有帕金森综合征，自己感觉很难受，再加上患病时间又长，难免会心情烦躁。"顾学勤说道。

"是呀，两种病都是慢性病，可真够他受的。"陈灵均同情地说道。

王宏涛回到神经外科病区一见周敏慧就说："我刚才在心内科见到你的同学陈灵均了，他这人挺和气的，对病人也有耐心，我三爸一家对他印象很好，说老爷子倔脾气一犯，谁的话都不听，就听他的。"

"我说过他人不错，你信了吧？他是我们这一届学生中最优秀的，也是我们县医院年轻医生里最拔尖的。"周敏慧骄傲地说道。

"县医院的人才确实不少，你也是一个，又会写，又会说，干活也利索。"王宏涛说道。

"我可算不上人才，只是做事比较认真、能吃苦罢了。"周敏慧红着脸说道。

"周敏慧，你到我办公室来一下！"护士长胡海瑜边从护士站往外走边对周敏慧说道。

周敏慧跟着她走进护士长办公室，胡海瑜关上门压低声音说："你今天输液的时候犯了一个错，知道不？"

周敏慧摇了摇头，紧张地问："哪儿错了？"

"三床的病人早上吊的那瓶加了硝普钠的液体是要避光的，你直接挂上就走了，幸好被我及时发现处理了，不然的话病人的那瓶药就失效了。"

"我以前没吊过这种药，不知道它的特殊性，用之前也没有仔细看说明。对不起，下次我一定注意。"周敏慧连忙向她认错。

"只要没出事就好。本来按照规定这件事情是要记差错的，但是考虑到你刚从基层上来，有些业务不懂，需要一段时间熟悉，所以就没记，只给你一个警告。不过，你可要把这个注意事项记牢，以后不能再犯，再犯的话就没有商量的余地了。"胡海瑜严肃地说道。

"谢谢你，护士长，我记住了。"周敏慧握住她的手感激地说道。

"你在县医院工作了十几年，有没有外出培训过？"

"没有。"

"一次也没有？"

"嗯。"

胡海瑜若有所思地点了点头，隔了半晌又说："明年上半年咱们科有两个外出学习的名额，学的是 ICU 的护理技术，你想不想去？"

"当然想去啦。"

"那就好，到时我把你报上。"

周敏慧下班后回到家中高兴地把护士长打算安排她外出学习的事告诉了曹沐塬。

曹沐塬说："我发现你自从来到市医院以后，虽然工作比以前忙，但是心情比以前好多了。"

"是的，我感觉自己的事业有了奔头，心里不再迷惘了。"周敏慧说道。

三十六

立冬以后白昼变得很短，还不到六点钟天就黑了。此时正是人们生火做饭的时候，空气却不像往年那样污浊，公路上除了汽车尾气的臭味外，基本上没有呛人的煤烟味。伴随着辚辚的车轱辘声和铮铮的链条声，从煤场买了一百多斤无烟煤的陈灵均坐在人力三轮车上在南关街穿行着，路边就是大名鼎鼎的仁星医院。让他没有想到的是，在宣传栏的"名医介绍"里，竟然贴着钟锦华的大幅照片，旁边还有许多来自北京、上海、湖南等地的名医。钟锦华的技术水平他是了解的，既然她在这家医院能成为名医，那么不难想象，和她并排贴在一起的那些"名医"，也不见得医术有多么高明。可惜大部分老百姓都不知道这一点，听说找她看病的人还挺多的，她的收入自然也比较可观。走了不到两百米，陈灵均发现，马路对面又开了一家男科医院。这是新安市第六家民营医院，市内民营医院的数量快赶上公立医院了。从 1999 年开始，几乎一夜之间，民营医院在全国遍地开花，其中数量最多最有名的是福建某地人开的医院。早先，他们以承包某些医院的"院中院"挣钱，尝到了甜头之后，又转为承包医院、自建医院，运用商业化的手段经营医院。近两年，这些人又把目光瞄准了医疗产业的上游，通过生产药品、医疗仪器扩大收入。前几天，曹丽军带着两个人来找陈灵均，想通过他的个人关系到市医院的病案室调取一年来骨科所有的手术病历，要统计一下使用过某医药公司销售的内固定材料的数量，其目的不言而喻。曹丽军一见面就用特别得意的语气告诉陈灵均，他俩已经算是"同行"了，他现在就在这家医药公司做销售。陈灵均借口他跟病案室的人不熟，没有答应他的请求。

三轮车驶入煤炭公司的院子后，在办公楼前停了下来。骑车的师傅把装煤的袋子卸到地上，收了车钱便走了。

陈灵均用一张干净的报纸垫在肩上，扛起煤袋走进了黑乎乎的楼道。两边的房间透出微弱的亮光，借着影影绰绰的光束，他看见在自己前面不远的地方，有一位中年妇女推着轮椅在走，轮椅上坐着一位身体瘦弱满头白发的老妇人，轮椅的前面还走着一位男士，三个人一直在说话。

"你问过市医院来的北京的骨科专家没有？我的腿能做手术不？"是那位老妇人的声音。

"问了，人家说你的腿坏了几十年了，长期不锻炼肌肉已经萎缩了，就算骨头能接住，肌肉没有力量，也走不了。"走在最前面的男人说道。

"哦。"老妇人的语气显得很失望。

到了楼梯口，男人蹲下身子，在中年妇女的帮助下把老妇人背起来，迈着沉重的脚步向楼上走去。中年妇女把轮椅折叠起来，提在手上跟在他们后面。由于楼道过窄，没办法避让，陈灵均一直在后面等着。那位中年妇女上了楼梯以后不好意思地回过头来说："路太窄了，让你等了那么久，东西扛在肩上压坏了吧？"

"没事。"陈灵均扛着煤袋快步走到自己的门前，把东西放在地上，掏出钥匙开门。隔壁的赵阿姨手里拿着一把不锈钢汤勺掀起门帘走了出来，浓浓的汤面味道也被她带出来了，让饥肠辘辘的陈灵均越发感到饥饿。

"陈大夫，你回来啦？吃了没？"

"没有。我刚把煤买回来，正准备生炉子呢。"

"买的是哪种煤？"

"无烟煤。"

"那就好。现在城里不让烧有烟煤了，街道办和社区的人一到做饭的时候就满山二洼地抓烧有烟煤的人，一照见谁家烟囱里冒黑烟就撵到家里去，没收煤不说，还要罚款。"

"也该管管了，不然的话，一到冬天到处黑烟直冒，把太阳都遮得看不见了，医院里得呼吸系统疾病的人可多了。"

陈灵均打开门，赵阿姨跟着他进了屋。

"看你一个男人家恓惶的，辛辛苦苦上了一天班，回来房子里凉冰冰的，连口热饭都吃不上。我刚吃完饭，还没有洗锅，本来今天下午我儿子说要回来吃饭，结果他临时有事没有回来，还剩下一大碗饸饹没动，你要是不嫌弃的话，我给你端过来。"

"这怎么好意思，你老人家做饭也不容易，留着自己吃吧。"

他的话音还没落，赵阿姨已经出去了，不到一分钟就端来一大碗热气腾腾的白面饸饹，上面浇着豆角、豆腐、洋芋、西红柿和瘦肉做的臊子。陈灵均洗了手和脸，把饭倒进自己的碗里，坐在茶几前狼吞虎咽地吃起来。赵阿姨坐在床边心满意足地看着，温柔的目光就像母亲看着自己的儿子一样。

陈灵均突然想起刚才在楼道里碰见的那位坐轮椅的老妇人，问她那人是不是住在二楼他头顶的那间屋子里。

赵阿姨说："是呀，她叫黎香，今年六十二了，比我还小两岁，腿已经坏了四十年了，一个人住在上头的房子里。推轮椅的那个女的是她的一个远房侄女，背她上楼的是她的侄女婿。"

"她的腿怎么了？家里人没带她到医院看过吗？"

"两条腿都折了，家里人没给她看。"

"为什么不给她看？她住在煤炭公司，父母应该就是这个单位的人，按照当时的医疗条件多半可以治好的。"

"黎香的父母只有她一个女儿，她年轻的时候不懂事，父母都为她伤透了心，她现在吃的、穿的、用的、花的，都是两位老人留下来的。他们活着的时候省吃俭用，攒下的钱全都留给女儿，就怕万一哪天他们走了以后女儿吃不上饭。"老人感慨地说道，"我炉子上还坐着水，这会儿估计开了。"她站起来拿着空碗要走，陈灵均想抢过来洗了再给她送过去，但她说什么也不肯，"我一天到晚闲待在家里，就干点家务活，洗一两个碗累不着。"

从赵阿姨的话音里，陈灵均听出那位叫黎香的老人身上肯定发生过不同寻常的故事，既然人家不想说，他也没好意思打破砂锅问到底。他觉得黎香虽然命运不好，但是她身残志坚，凭着顽强的意志和超人的智慧不仅能够独立生活，还有自己的业余爱好，很让人敬佩。他已经不止一次地看到，从窗前经过的篮子里放着画笔、宣纸、画报、杂志等东西。黎香的侄女和侄女婿长年累月照顾一个残疾人，能坚持下来也很不容易。不管那个女人曾经经历过什么，总的来说结局是令人欣慰的。

炉子生起来以后，红红的火焰驱走了刺骨的寒冷和让人极不舒服的潮气，让他又能安心地坐在电脑桌前读书、写字、上网。他每天回家后，都盼望着炉火点燃的那一刻。心里想：这大概就像楼上孤苦伶仃的黎香盼望着那只承载着她所有快乐和希望的篮子，盼望着侄女和侄女婿把她从封闭的屋子里带出去，在晴朗的天气里走进大自然一样吧。

南晟业请了一个月假后又上班了。在他请假的这段时间里，科室有了手术病人，遇到疑难复杂病例，全靠顾学勤挑大梁。其他组的人员在顾学勤面前都恭恭敬敬地喊他"顾主任"或者"顾老师"，但是心里依然与他保持一定的距离，提起他们的南主任、高主任，语气明显得要亲切许多。主任回来以后，主刀的位置又被他一人独揽了。每次科室进行术前讨论或者对疑难病例进行讨论的时候，高攀都表现得相当活跃，他的意见总是与主任保持高度一致，其他人也很少提出异议，只有陈灵均和顾学勤是例外。只要他们认为自己的意见是对的，就据理力争。陈灵均说话比较委婉，容易让人接受；顾学勤直来直去，不给人留一点情面，有时为了让对方改变错误的方向，会用措辞激烈的话语一针见血地指出问题所在。要是对方不听，他一着急上火，语气更加生硬，常常搞得主任下不了台。虽然是为了工作，为了病人，但是陈灵均能够明显地感觉到，顾学勤的这种性格严重地影响了他和同事之间的关系以及他在科室的地位。

早交班会上，南主任在总结科室本年度的工作时，认为大家干得都不错，说医院给科室定的下一年的任务更重，希望大家再接再厉，努力完成各项任务指标。陈灵均原以为主任会表扬他们这一组，因为科室近一半的收入都是他们创造的，但是主任连看都没看他们一眼，一直在跟高攀相互交流眼神，他们都显得很快活，仿佛他们才是这群人中功劳最大的人。在谈到目前工作中存在的不足时，南主任含沙射影地批评说，某些高年资的同志缺乏大局意识，不注意团结同事，成天关起门来在自己的独立王国里神游，病区内管理比较混乱，经常发生医患争吵，在群众中影响很不好。

在他讲话的时候，顾学勤始终昂着头脸朝着另一方，就像一尊高傲的神像孤立在熙熙攘攘的人世间，任凭风吹雨打，独踞苍穹、岿然不动。虽然暂时还没有一条明显的分界线把陈灵均与周围的人群分隔开来，但是他已经隐约地感到了一种危险的倾向，不由他控制的倾向。也许他也应该像别人那样做点什么，但他不想那样做。"好好看病，啥也别想。"他对自己说道。

这天下午，请了两天假刚从省上参加完答辩的刘佳风尘仆仆地走进医生办公室，一屁股坐在凳子上，嘴里直喊"累死了"。

"怎么样？"

"顺利不？"

大家都关心地问道。

"还行。"

"找人了没？"

"找了。"

"那就差不多。"

"也难说。今年晋升职称的人很多，竞争特别激烈，有名额限制呢。"刘佳咽了一下唾沫，用干涩的声音说道，"为了应付这场战斗，我瘦了整整八斤。"

"我的天哪，真是太可怜了！"范晓琪同情地看着她憔悴的面容说道。

"晋升副高就把你累成这样，到了正高那一级，恐怕掉的肉会更多。"陈灵均笑着说道。

范晓琪用手碰了碰刘佳，小声问："找人花了多少钱？"

刘佳伸出五个手指，好几个人张开嘴巴露出意味深长的笑容。

"不多，我听说有的医生晋职称比你多花了一倍的钱呢。"高攀不以为意地说道。

刘佳撇了撇嘴说："你们医生收入高，花再多的钱都能挣回来，我这可是赔本的买卖，下次晋升正高再花上些钱，赶退休都挣不回来。唉，都怪自己爱面子思想太严重，非要弄个高级职称不可。"

"不管怎样，你这一关算是应付过去了，我那一关谁知道会怎样。"范晓琪嘟着嘴巴说道。"赶紧回家休息去吧，好好睡上一觉。"

"唉，我拿上东西就走。"刘佳稍微坐了一会就到护士办公室那边取上东西走了。

一个月后，高级职称的评审结果出来了，刘佳顺利地通过答辩，晋升为副主任护师。范晓琪的压力更大了，她常常在陈灵均跟前抱怨自己没时间看书，显得十分焦虑。对于她目前所处的困境，陈灵均表示爱莫能助。因为他十二岁的时候，独自一人背负着超出他体力的重物流着眼泪拼尽全身的力气在山坡上努力攀爬的时候，没有人帮助过他，但是他最终战胜了自己，成了一名真正的男子汉。每个人的成长都需要经历不同的考验，也许对于范晓琪来说，这就是一次考验。

　　早上八点多是病区里最繁忙的时候，医生们在查房，护士们有的在治疗室里配液体，有的坐在电脑前给当天出院的病人办理出院手续。刘佳正在给乔柏燕交代工作，胡海瑜突然抱着一个用白大褂裹着的男孩气喘吁吁地走了进来。孩子光着腿脚，身上好像除了白大褂，里面啥也没穿，眼泪汪汪的，像是刚刚哭过。

　　"海瑜，你抱的是谁家的娃娃？啊呀，这不是豆豆吗？他怎么了？"刘佳失声叫道，连忙走到跟前去看孩子。

　　"刚才我在院子里走，无意间发现前面有个一丝不挂的娃娃光着脚在冷风中跑，边跑边喊妈妈，我追过去一看，是豆豆，赶紧拉住他，把身上的白大褂脱下来给他披上。我出去的时候没穿外套，大褂里头只套一件毛衣。豆豆不认识我，刚开始不让我抱，使劲踢我、打我，我指着白大褂说我是医院的护士，跟她妈妈爸爸是好朋友，他才不反抗了。你摸摸娃的手，可冰了。"胡海瑜心疼地说道。护士站里的其他护士也围过来关心地问长问短。

　　刘佳一摸豆豆的手，果然跟冰块一样冷，生气地说："这家人到底是咋回事，怎么能让娃一个人跑到外头？幸亏豆豆碰见的是你，要是让哪个坏人瞅见了可就麻烦了，医院里看病的人那么多，谁知道都有些啥样的人。"

　　"范晓琪呢？"胡海瑜问道。

　　"她在查房，我去叫。"刘佳说完就到病房里去了。乔柏燕早已跑到值班室找了一件羽绒服给豆豆穿在身上。

　　不一会儿，范晓琪神色慌张地跑来了，一把抱住儿子就哭了起来。

　　几位护士问她怎么回事。

　　范晓琪红着眼圈说，她的公公婆婆昨天到乡下去吃喜酒，本来要带豆豆一起去，她和常磊嫌农村路不好，路途遥远，天气也比较寒冷，怕孩子跟着受罪，就把豆豆留下了。公公婆婆走的时候很不放心，她说常磊今天休息，万一有什么急事还可以让她姐过来帮忙照看娃娃。她姐在街上开一家鞋店，住得离她家不远。昨天晚上十点钟常磊突然接到主任电话，说今天上门诊的医生临时有事请假了让他顶班。他们早上六点多起来，准备把豆豆送到她姐家，可孩子没有睡够，哭闹着怎么也不起来。他们只好把他一个人留在家里睡觉，打电话让姐姐把外甥女送到学校以后把豆豆接到鞋店去。估计是豆豆刚才醒来看到家里没人吓坏了，衣服也没穿就光着身子跑到医院来了，娃来过她的科室，知道在这座楼上，但是不一定知道在哪一层。她担心儿子会冻感冒，怕公公婆婆回来要说她。两位老人从孩子一出生就住在她家帮他们照顾孩子，特别宠爱这个小孙子，不愿意让他受一点委屈。

"只要没把娃弄丢就好，万一感冒了也不要紧，吃点药就好了。该挨的骂就挨吧，谁让咱干的是这没明没黑没迟没早一刻也不敢离人的工作呢。"刘佳苦笑着说道。"我老公在 B 超室上班，我儿子小时候也没人带，三岁以前家里雇一个保姆。他上了幼儿园以后，我们夫妻俩每天不能按时接送，早上总是第一个把娃娃送到幼儿园大门口，常常去得太早门还没开，只能让娃娃一个人在外面等着，千叮咛万嘱咐千万不要跑到马路上去玩，千万不要跟陌生人走，等幼儿园门一开就赶紧进去。回来的路上心里总是七上八下的，不由得想：万一他贪玩跑丢了怎么办？跑到路上让车撞了怎么办？有时候，连想都不敢想那些不好的念头。幼儿园放学的时候还没有下班，有时让邻居帮忙接，有时让儿子的同学家长接。幸亏我儿子听话，那时候社会治安也好，不然的话，想想都后怕。"

乔柏燕感慨地说："要养大一个孩子真不容易。"她低下头，摸着自己的肚子说，"我们家宝宝才四十多天，将来生出来，两边的老人都帮不上忙。我老公的父母年纪大了带不了娃，我爸前几年去世了，我妈瘫痪在床上，前几天我弟弟又查出得了尿毒症住了院。幸亏我老公单位不太忙，成天医院家里两头跑，要是光靠我的话就麻烦了。等我们有了宝宝以后只能请保姆。我是临时工，一个月才挣七八百块钱，我老公在老干局上班，是普通行政人员，收入也不高，家里到处都要花钱，这日子可真让人发愁。"

刘佳安慰她说："别愁，到时候肯定会有办法的，需要帮什么忙尽管开口。"

"暂时还不需要，需要的话我会说的。"乔柏燕说道。

众人四散开来各忙各的去了。范晓琪把孩子送回家交代给自己的姐姐后回到科室，陈灵均已经查完房了，他问她为什么要给刚入院的五床的老人直接用价格昂贵的头孢三代药物。这位老人是重度肺部感染合并心衰，本来应该住到呼吸内科，但是呼吸内科的医生嫌老人病情太重不想收，家属通过熟人关系让他住进了心内科。范晓琪解释说，她通过了解病史，得知病人入院前肺部反复感染，在外院多次住院治疗，使用过很多种抗生素，效果都不明显，她怕普通抗生素不起作用，所以就选用了一种他从来没有使用过的专门针对耐药菌株的抗生素治疗。病人刚入院的时候已经做了细菌培养和药敏试验，等结果出来以后再根据具体的情况调整。她虽然说得头头是道，陈灵均的脸上始终保持不冷不热的表情。因为他知道科室里有几位年轻医生用药习惯很不好，不希望自己的下级医生也染上这种坏习气，但是在细菌培养结果没有出来之前，还不能过早地下结论，于是就没有吭声。

　　中午十二点刚过，医院食堂里排队打饭的人已经排起了长龙，大厅里飘散着一股热烘烘油腻腻的味道，那是单位大灶特有的味道，让很多人一闻就倒胃口的味道，但是由于在这里吃饭方便、省时，这样的饭菜依然受到广大医务人员的青睐。黑建学进去后，赶紧占了一张桌子，让科室的几位同事把东西放下去打自助餐，他负责照看位子。吴彩华和胡海瑜刚好坐在他右边的桌子上，胡海瑜跟他打了声招呼，吴彩华也矜持地笑了一下，两人继续用很亲热的语气小声说话。几分钟后，高攀端着两个盛满食物的盘子和陈灵均、乔柏燕一起走来，高攀把他替黑建学打的饭放到他面前，在旁边坐下，笑着朝斜对面的吴彩华招了一下手。三位男医生饭量都很大，每个人的盘子里都堆着巨大的"山峁"，乔柏燕和胡海瑜的盘子里也有两三座"小山"，唯独吴彩华的盘子几乎是平的，里面只有两个素菜、两三勺米饭、几块苹果，外加一小碗紫菜蛋花汤。

　　"怪不得人家吴美女身材保持得那么好，看看人家吃的东西，再看看我们，真是活得太不精致了。"高攀用十分油滑的语气调侃道。

　　"你们精致不精致不要紧，只要老婆活得精致就行了。"吴彩华说道。"听说了没？昨天咱们医院有位大夫的老婆在街上买了个八千九百元的包，当着众人的面说，只不过是她老公一个月的收入而已，这件事情在社会上影响很坏，院长知道后特别生气，今天专门把那位医生叫到办公室里谈了一次话。"

　　"这是谁的老婆，也太嚣张了吧？医院发的工资奖金有那么高吗？这不明明是自己打自己嘴巴嘛。"胡海瑜说道。

　　"很明显人家老公有外快嘛，这又不是啥秘密。"高攀不以为意地说道。

　　"她老公肯定是外科的。"黑建学一边低头看手机，一边小声对身旁的同事说，"咱们科罗丹的包也不便宜。"黑建学最近又换了一部新手机，自从陈灵均来到心内科以后，他已经换了两部手机了，目前这款据说是市面上功能最齐全价格最昂贵的手机，也得好几千块。

　　"毕竟不是什么光荣的事，用得着那么大肆宣扬嘛，脑子简直是进水了！"吴彩华不满地说道。

　　"呵呵，是不该这么张扬。不过，话又说回来，医院给医生的待遇也太低了，人家其他单位的人一天只上八小时的班，下了班就直接走人，咱们到时间能走吗？人家上班超过八小时有加班费，咱们呢？一分钱也没有！值一次班说是二十四小时，实际上三十个小时都上了。没办法，病人处理不完你不敢走呀。平常上班除了管病人，还要搞科研、写论文、忙教学、晋职称。如果按照平均劳动时间和劳动强度计算的话，我们的收入已经低得不能再低了。"黑建学的嘴角挂着嘲讽的笑容抱怨道。

高攀说："人家国外的医生不是这样。欧美的医生待遇很高，差不多是所有职业里收入最高的，而且工作也没有咱们这么劳累、这么烦琐。你比方说，在美国，医生的分工非常明确，搞临床的专门搞临床，搞科研的专门搞科研，搞教学的专门搞教学，平时工作很轻松，下了班就走人，不像咱们这样一个人要掰成几瓣用。国外的医院里也没有这么多病人，很多病在家门口就看了，因为各级医院的医疗水平都差不多。"

"你知道人家国外不同地方的医院为什么没有这么大的差距吗？因为他们实行的是轮岗制，所有的医生岗位都是流动的，每隔几年调动一次，不会长期固定在一个地方工作。另外，医生学历普遍很高，社区医院的医生都是研究生毕业的。"陈灵均说道，"在美国看病要提前预约，没有预约是见不到医生的。比方说，你要到口腔科看医生，得提前两三个星期预约。看完医生说要拍个片子，还要预约。两三个星期后拍完片子，医生说要做手术，还得继续排队等待。等你把病看完，差不多一两个月就过去了。而且医药费非常高，收入少的人根本消费不起。"

"总而言之，医生待遇过低是不合理的制度造成的。既然大家都认为医生辛苦，为什么不让人家适当地得到补偿？我觉得这种行为应该得到理解，不应该受到批评。"黑建学接着说道。

"我们不能只干活不挣钱，但也不能为了钱把其他东西都丢了。这个世界上没有人绝对的聪明，也没有人是绝对的傻瓜。很多时候，你做的事不只是你自己清楚，别人都会看在眼里。如果你认为现在的分配方式不公平，想用自己认为比较公平的办法进行补偿，觉得这样做科室不会吃亏，医院也不会受到什么影响。可你的钱并不是无缘无故凭空得来的，总有人会为此付出代价。他们现在不会在我们面前说什么，但是心里肯定不满意。如果有一天埋藏在这些人心里的炸药包一旦被引爆了，火烧到了我们的屁股上，没有人会同情我们，替我们说话。"陈灵均情绪激动地说道。他说到一些关键性的词语时咬得很重，每个字都像带刺的滚刀一样从他的嘴里无遮无拦地抛了出来。

"你可真高尚，我们都是些俗人，只管得了今天，管不了明天。谁知道明天会怎样呢！"黑建学悻悻地说道，低下头使劲往嘴里扒饭粒。

高攀冷笑了一声说："池子里的水脏了，哪条鱼是干净的？当务之急是要治水，而不是给鱼定罪。"

"说实话，我很不喜欢现在的这个样子，人家该挣多少钱就给人家发嘛，干吗非要让人家通过灰色收入来体现自己的劳动价值。"黑建学说道。

众人一下子都不说话了。

为了打破尴尬的气氛，高攀故意问坐在自己对面的乔柏燕："你怎么不说说自己的看法？"

乔柏燕憨厚地笑了一下："我不是医生，也不是医院的正式职工，没有发言权呀。"她用手扯了一下身上起了球的白色腈纶毛衣说，"你瞧瞧我身上的衣服，都是几十块钱的地摊货。猜猜我身上的包值多少钱？才二十块！八千九的包，我的妈呀，吓死人了，白给我都不敢背。"她缩着脖子伸了一下舌头，仿佛被什么东西烫着了似的。其他人都不约而同地笑了起来。

就在这时，陈灵均接了个电话，放下筷子说了句："二十八床的病人不行了，需要抢救！"霍地一下站起来就往外跑。科室里的其他人员也纷纷放下没有吃完的饭，跟在他后面跑了。

几位医生和护士抢救了整整一个小时才让病人转危为安。当他们再次回到食堂的时候，里面已经没有吃饭的人了，盘子也叫服务员收走了，自助餐早就凉了，只好一人吃了一包方便面填饱肚子。

第二天早上，范晓琪来上班的时候眼睛肿得很厉害。刘佳问她孩子感冒了没有。她说豆豆昨天半夜高烧三十九度，用酒精擦浴了一次，降下来一点，早上上班前刚给他吃过药。她的公公婆婆昨天晚上回来以后，见豆豆感冒了，特别生气，说他们照看了几年娃娃，都没让娃感冒过几次，才出去一天，他们两口子就把娃娃弄感冒了，说得她心里特别难受。

"唉，两口子都在医院就是不好，没时间管娃娃，只能靠家里人管。老人估计也是被娃娃的病给急的。你别跟他们计较，忍一忍就过去了。"刘佳说道。

"老人把娃娃带了那么长时间肯定有感情了，心疼孙子是正常的，你就理解一下嘛。"罗丹也劝道。

范晓琪点了点头，闷闷不乐地干活去了。她到病房查完房回到医生办公室，正给一位病人开药，婆婆打来电话说豆豆烧得很厉害，哭闹着不肯吃饭。

范晓琪说："不要紧的，我早上已经给他吃过药了，人害病容易，康复起来慢，中间需要一个过程，没那么快。"

"我刚才给常磊打电话，他也说不要紧，要紧就迟了！"婆婆在电话里气咻咻地说道。电话的另一头传来孩子哼哼唧唧的哭声。

"妈，那你让我怎么办？我现在正在上班，管着病人走不了。"范晓琪为难地说道。

"好，你们都有理，我不说了，你儿子要跟你说话。"

听筒里很快传来豆豆柔弱而委屈的声音："妈妈，我生病了，现在好难受，你回来吧，我想让你陪着我。"

"豆豆，妈妈现在正在值班，回不来。你乖乖地在家和爷爷奶奶待着，我下班回来给你买好吃的。"范晓琪含着眼泪哄道。

"我不要吃的，我现在就要你回来！呜呜呜……"豆豆在电话里大声哭闹起来。

范晓琪擦拭了一下眼泪，强忍着脆弱的感情，继续用温柔的语气哄劝孩子，大概用了四五分钟才把儿子哄好。挂上电话，她面朝墙站了好一会儿，才回到电脑桌前继续处理病历。

豆豆吃了三天药感冒就好了，范晓琪的脸上又露出了动人的笑容。临近晋职考试，她比以前更用功了，每天都睡得很晚，眼睛周围老是套着黑眼圈。五床的病人痰细菌培养和药敏试验的单子出来了，她选用的药物对培养出来的细菌敏感，不属于超范围用药。陈灵均肯定了她的治疗方案，但是强调说，在日常用药过程中，尽量不要给患者使用贵重药品，一定要考虑患者的承受能力，特别是农村来的农民和城里的农民工，这些人来钱很不容易，有时候一场大病就会让一个家庭陷入贫困。另外，过早过多地使用新药、特效药也容易让病菌产生耐药性。范晓琪笑着说："师父的话我都记住了，以后一定会坚持正确的用药原则。"

5月份，她顺利地通过了晋职考试，晋升为主治医师。

三十七

白天的护士站你来我往热闹非凡，一到晚上就冷清多了。正在上小夜的乔柏燕独自一人坐在护理台前，根据不同病房发出的呼叫信号，有条不紊地进行应答，一会儿给病人拔除输液针头，一会儿固定脱落的氧气管、输尿管，一会儿去调空调的温度，回答各种各样的问题。她对病人态度非常好，不管工作多忙，从来不急躁，也不恼火，脸上总是笑眯眯的，病人和家属都很喜欢她。乔柏燕怀孕已经快八个月了，肚子看起来很大，但是脸色看着却有些营养不良。由于家庭经济困难，她平常在单位吃饭的时候，为了省钱，常吃凉皮、方便面、洋芋擦擦之类比较便宜一点的小吃。陈灵均和她一起上班的时候，故意假装自己叫外卖的时候买多了，或者借口请客，请她吃有菜有肉的米饭，让她觉得特别感动。乔柏燕也是一个很有心的人，经常从家里拿来家乡的红枣、核桃给陈灵均吃。两人渐渐地熟络起来，成了比较亲近的朋友。有一次，黑建学偶然发现了他们之间的小秘密，问他们是不是亲戚。乔柏燕笑着说是，她还管陈灵均叫哥呢。黑建学当真了，打那以后，在他们面前只要一提起对方，就会说"你哥"怎样怎样，"你妹"怎样怎样。科室的人不知真假，也跟着一起乱喊。于是他们就相互以兄妹相称，就像真的有了血缘关系一样。

乔柏燕的爱人是家里唯一的男孩，她肚子里的孩子是两人结婚后的第一个孩子，男方的父母对这个孩子看得很重，劝她不要再上班了，在家安安稳稳地待上一个月，等孩子生下后再上。但她不想请假，原因主要有三个：第一个原因是，她要是请假超过一个月，一分钱收入都没有了，而且时间太长的话，还有被解聘的危险。医院的医务人员由于职务、职称、学历、工龄、劳动合作关系、待遇等方面不同，大体可以分为六个层次，分别是：高新外聘的学科带头人、科主任、护士长、有正式编制的人员、无编制拿档案工资的正式聘用人员和临时聘用人员。乔柏燕就是处在最底层的那种人，待遇最低，工作最不稳定，院方随便找个借口就可以随时辞退。如果一旦被辞退，再想找一份工作很难。因为在本地，不管到哪个单位上班，没钱没关系是不行的。第二个原因是，她现在不用上大夜，只上白班和小夜，护士长已经说了，下周休产假的护士回来了，她连小夜都不用上，只上白天的行政班就行了。自从她怀孕以后，一起上班的小姐妹都很照顾她，尽量不让她干重活，如果在工作中需要搬运一些重东西，被科室的男医生或者男家属看见了，都会主动帮忙。最让她感到温暖的是，得知她家中接连遭遇不幸，护士长背着她组织全科人为她捐款，同事们有的捐一百，有的捐二百，南主任、顾主任和"她哥"陈灵均一人捐了三百，全科一共为她筹集到两千八百元的爱心款。大家如此关心她、爱护她，她也非常希望自己能为科室、为医院、为病人多做一些事情。另外，还有一个重要的原因是，她和临床上其他怀孕的女职工一样，认为孩子出生前待在医院里是最安全的。心内科病区在住院部四楼，妇产科在七楼，如果她的身体感到不适，可以在第一时间得到诊治。所以，她不顾家人的强烈反对，依然坚守在自己的岗位上，整天忙来忙去，忙得非常开心。

晚上八点钟，乔柏燕发现十二床病人的陪人在医生办公室门外不停地踱来踱去，一副心神不定的样子，感到有些奇怪，心里想：大概是在找哪个上白班的医生吧？当天和她一起值班的医生是刘玉栋。刘玉栋平常话很少，脾气又不好，家属都很怕他，所以不到万不得已没人敢去打扰他。

病区里的陪人很多，很多人她都记不住是陪护哪个床的，唯独对这个人印象很深。那是因为十二床的病人是一位因胸痛收住进来的农民，每次她去做治疗的时候，这个人都陪在父亲身边。他是老人的小儿子，有时大儿子也会来。看到老人紧皱着眉头，手捂着胸口不停地呻吟，两个儿子都很焦急，眉头也紧皱着，小声地安慰他再忍忍，用了药慢慢会好的。昨天下午她下班的时候，刚好碰上一群病人家属在买饭，这个男人给父亲买了一份烧茄子，一份米饭，自己拿着两个馒头蹲在楼道的角落里，就着一碗白开水吃。那一幕深深地触动了她的心，她为此难受了半个晚上。

那人在医生办公室外面站了一小会儿，又来到护士站，从衣兜里掏出一支胰岛素，说他有糖尿病，想让她给他打一针。

"对不起，没有医生的医嘱我们不能随便给人打针。再说我们这里也没有专门用来注射胰岛素的小注射器，麻烦你到急诊科或内分泌科去打一下。"乔柏燕和颜悦色地说道。

那人一听马上就像被引爆了的火药筒一样，冲着她炸雷般吼道："你是嫌我没给你钱吧？我们家的人给你们医院送的钱够多的了！前年我儿子骨折在你们医院骨科住院做手术花了一万多，去年我在你们内分泌科住院又花了六千，现在我爸就住在你们科的病房，四天就花了七千，还不知道害的是什么病！我就是白让你打一针又咋啦？你觉得还吃亏吗？"说话的中间那人还使劲推了她一把。

乔柏燕看见阵势不对，吓得赶紧摆着手说："不是这样的大哥，跟钱没有一点关系，我们真的有规定，不骗你。"

那人一边从兜里往外掏钱，一边恶狠狠地说："打一针多少钱？我给你钱，打针的钱我还掏得起！"使劲把五块钱砸在乔柏燕的脸上。

"大哥，你别急，要不你稍微等一下，让我给急诊科打个电话，看他们有没有小注射器，有的话我借来给你打。"乔柏燕害怕地说道。她走到桌边刚把电话拿起，就被那人一拳打飞了："你还给老子装！我就不信你们这么大一个科室连个注射器也没有。你们这些黑心的医生、护士，成天就知道怎么算计病人的钱。你以为我不知道你们干的那些不能见人的勾当吗？你以为我不知道我爸花了多少冤枉钱吗？我虽然是个农民出身的揽工汉，没有多少文化，但是我一点都不傻！今天，就让我替那些被医院宰了的病人教训教训这帮'黑心狼'……"

他凶狠地瞪着乔柏燕，用铁钳一样的大手揪住她白大褂的衣领用力摇晃了几下，照着她的小肚子就是一脚。

"妈呀！你不敢打，我的肚子里有娃娃……救命呀，快救命！"乔柏燕弯下腰，抱住肚子大声哭喊道。

正在楼道里行走的两名家属惊愕地看着他们，其中一人喊道："别打了，她是孕妇！"

那人根本不理睬，还是对她连踢带打。

正在病房里查看病人的刘玉栋听到惨叫声飞奔过来，挡在乔柏燕前面，迎着疯狂挥舞的拳头忍着疼痛一边使劲推搡面前的打人者，一边对旁边的人喊道："快来救人呀，她还怀着娃娃！"

两个男人先后跑过来和他一起拉开了打人者，一名妇女搀扶着站立不稳的乔柏燕到妇产科去就诊。此时，鲜血已经从她的裤腿处流了出来，滴落在护士站前面的地板上。

乔柏燕不知道自己为什么会莫名其妙地挨打，用手捂着剧烈疼痛的腹部伤心地哭了一路。到了妇产科，医生立即对她进行了检查，然后神情严肃地对匆匆赶来的家属说，腹中的胎儿心跳十分微弱，需要马上住院观察治疗。经过整整一夜恐惧不安的等待后，第二天上午，医生用沉重的语气告诉乔柏燕两口子，肚子里的孩子已经死了。当那个没有任何生命气息的胎儿从乔柏燕的身体里娩出后，她只看了一眼就昏过去了。

就在她被打的当天晚上，打人者被民警带到了派出所，派出所的办案人员在询问打人者时得知，他叫赵宝鹰，三十四岁，初中文化程度，是新安市延黄县张家湾镇赵家沟村人，妻子小学毕业，没有工作，两个女儿一个十三岁、一个八岁，都在新安市青塔区惠民小学上学。原先他一直在老家务农，孩子上了小学以后，经济压力增大，为了生计，他先后跑到榆林、铜川等地的工地上当搬运工、泥瓦匠，月收入二百到四百元。三年前将家搬到新安市后，经熟人介绍，在农贸市场里蹬三轮送货，刚开始月收入五百元左右，现在有活的时候每月能挣六百元。他哥哥赵宝国也是初中毕业，在老家务农，家里也不宽裕。他父亲赵全安没有念过书，虽然年近六十，发病前还经常在工地打零工，他母亲是家庭妇女，身体也不太好，常年吃药。

民警问他为什么要打护士。他说十月二十号晚上大概八点左右，他到心内科病区的医办室想找他父亲的主管医生黑建学，问他父亲的病能不能治好？还需要住多长时间，花多少钱？他父亲入院时交了三千块钱押金，是他们兄弟俩凑的钱，由于两家经济都比较困难，这是他们所有的积蓄。看到父亲半个月来胸痛难忍，特别难受，很想让他早点治好，所以刚入院的时候他对医生说，有什么好药尽管用。医生开了一大堆检查单，还用了不少高价药，只用了两天时间就把钱全花光了。有两种药是打发他们到外面的药店买的。钱用完后，老人的病情没有好转，他们又跟亲戚借了四千，到第四天又花完了。他问黑建学他父亲得的是什么病，医生说不清楚，他感到特别生气，认为这个医生水平不高，医德也不行，不想让父亲在这家医院住院了，又怕到别的医院去看，还要再做一遍检查。当天晚上，他本来只想找黑建学问话，不打算在医院闹事，但是那天恰好黑建学晚上不值班，没有找到。回到病房后，他突然想起自己有一针胰岛素忘了打，就到护士站让值班护士乔柏燕给他免费打一针。他患上糖尿病已经好几年了，每天都要打针。乔柏燕说医院有规定不能随便给人打针，他不相信，以为她找借口不想给自己打，再加上心里本身就有火，一冲动，就在护士站里把乔柏燕打了。

民警问他打人前是否知道对方是孕妇。

他说："刚开始没注意，旁边的人说她是孕妇的时候我注意到了，但是我正在气头上没忍住。"

他详细地交代了打人的过程，说他不但踢了护士的肚子、小腿，还用拳头在她的头上、背上、腰上打了十几下。

民警听后叹了口气，问他是否知道自己打人有错。赵宝鹰的情绪非常激动，不愿意认错，并且还说了一大段措辞激烈的话。后来，得知自己的行为已经触犯了刑法，将会受到法律的制裁，才感到悔意。

他的原话是这样的："我承认我打人不对，但是医生也有错。你们为什么不审问一下那位医生，他有没有把病人当人看？有没有摸着自己的良心给病人看病？他开出的每一张检查单、每一种药，是不是都是病人确实需要的？他敢不敢对天发誓，自己在治病的过程中，没有为自己谋取一分一厘的好处？如果躺在病床上的不是我的父亲，而是他的父亲，他是不是还会给他做同样的检查，开同样多的药，并且还厚着脸皮说自己根本不知道他得的是什么病？知道自己没本事就不要收病人，既然把病人收下了，就应该给人家把病看好。我们老百姓挣钱不容易，拿着自己的血汗钱来到你们这儿，就是相信医生能把我们的病看好。我认为医生不能早点把病认清，是他的水平有问题；检查多，开药多，花钱多，是他的人品有问题。我这么说也许不对，但我心里就是这么想的……说实话，我确实感到自己对不起那位护士和她的娃娃，他们是无辜的，我对自己的行为感到很后悔。我打她，并不是因为她做错了什么，而是因为我恨那位医生，恨这家医院，他们辜负了我对他们的信任。我承认我是一个懦夫，一个卑鄙的小人，因为我没有勇气去为难一名男医生，只敢对一个柔弱的女护士动手。我这么做就是为了报复那位男医生，为了解恨。我当时心里只想着我和我父亲，根本没有想到别人。我确实太冲动了，希望那名护士和她的家人能原谅我。"

打人者做完笔录就被放了。第二天，赵全安主动办理了出院手续，在家人的陪同下悄悄地离开了医院。

11月2日早上，气温骤然下降，刺骨的寒风就像饥饿的野狼一样，叼走了大地上最后一丝绿色，贪婪地舔食着一切有温度的活物。天空中飘飞着零零星星的雪花，仿佛是老天爷对久旱的大地勉强给予的一点有限的恩泽。这是入冬以来的第一场雪，但是它重于形式，轻于内容，像往常一样扭扭捏捏，吞吞吐吐，摆足了架子。让人不得不怀疑，那位坐在云端俯瞰城市的天神也像古时的州官一样，必须要尽手中的权力，听够过瘾的好话，才肯替百姓办一点实事。面对这突如其来的天气变化，人们有的还没有来得及更换单衣，冻得直打哆嗦，有的已经穿上了厚厚的外套，裹上了薄薄的棉袄，真可谓五花八门，十分杂乱。吴彩华刚刚从一楼复印病历的地方出来，手里拿着一位副院长的亲戚的病历复印件，上面盖着大红的印章。她穿着一件大翻领的收腰黑色紧身长风衣，衣角下面隐隐露出一截穿着黑丝袜的小腿，细细的高跟鞋在水泥地板上发出清晰有力的声音。这位时尚漂亮的女人无论走到哪里，都是一道亮丽的风景。她能够感受到周围人热辣的目光和欣赏的表情，这让她更加骄傲，更加自信，仿佛自己就是这个小世界里唯我独尊的女王。刚走了没几步远，她就碰上了一位浑身捂得严严实实只露出两只眼睛的女人。认出那个女人后，她惊愕地站住脚，一把抓住对方的手，用十分震惊的语气说："乔柏燕，你怎么出来了？你不是才小产十来天嘛，怎么这么早就跑到外面来了？赶紧回去，小心冻病了！"几天前，她陪同几位院领导一起看望过乔柏燕，知道她还没有满月。

"我是来复印病历的，打官司用。"乔柏燕有气无力地说道。

"这种跑腿的事应该让家里其他人出来弄。别的人呢？"

"我们家除了我，没有别的闲人。我爸不在了，我妈和我弟弟都躺在病床上，我老公要照顾他们俩，我公公婆婆年纪大了又不识字，都帮不上忙，我要是不出来就没人跑了。"乔柏燕说完就哭了起来。

"真可怜！你的身子还很虚弱，走慢一点。"吴彩华搀扶着乔柏燕走了一段路，不放心地看着她走进一楼的大厅，回过头来深深地叹了口气。

月底乔柏燕来人事科续假，吴彩华对她的身体状况感到很担心。乔柏燕说自己一直忙着打官司的事，根本顾不上调理身体。她忧心忡忡地告诉吴彩华，她听说打人者家里很穷，就算把官司打赢了也拿不上钱。

吴彩华问她打算怎么办。

她忧郁地说："我签的合同再有一个月就到期了，我爱人不让我在医院上班了。他说，你一天还救别人的命，连自己的命都保不住，干这样的工作有什么意义。"

"那你回去以后还打算找事干吗？"

"暂时还没有考虑，以后再说吧。"她低下头，背着包慢慢地走了。

乔柏燕被打的事在院内引起了很大的震动，所有的医务人员都感到很气愤，同时也为自己所处的环境深感担忧。神经外科一位刚参加工作不到一年的年轻医生特别不理解为什么会发生这样的事情，他对王宏涛说："为什么现在的医疗环境是这个样子？我小的时候，医生是一个很高尚很受人尊敬的职业，在老百姓心目中地位很高，我就是因为这个才学了医的。没想到现在，我们的医生和护士却成了病人和家属仇恨的对象！"

王宏涛说："这里面的原因很复杂，我也一下子很难说清楚到底是为什么。我想这种情况可能只是一个阶段不太正常的一种现象，以后随着医疗改革不断推进，医患关系慢慢会改善的。"

这件事情传播到社会上以后反应并不强烈，很多人听了以后就像听到一个很平常的故事一样，没有任何态度。有的人竟然认为护士该打，还有的人认为医生护士都该打，说医院早就不是治病救人的地方了，医生和医院管理者的眼里只有钱。听到这样的声音陈灵均的心情十分沉重，而他身边的很多同事并没有意识到问题究竟出在哪里，依然为了各自的任务和目标日夜忙碌。

春寒料峭的早市上，一位头戴黑色针织帽的年轻女人半蹲在地上，面前摆放着一张白色的塑料纸，上面整整齐齐地堆放着各种颜色的棉袜子。周围的小商贩都在大声吆喝，和路人搭讪，唯独她一声不吭，遇到有人询问价格和质量，才低低地回答几句，似乎还有点不习惯自己的新身份。从凌晨六点半出来到八点，她只卖出去几双袜子。乘着没人的时候，她低下头在手机上快速地打出几行字，很快又删掉，想了想，又开始打字发送信息。这个女人不是别人，正是从市医院辞职的乔柏燕。从出事到现在已经过去半年多的时间，案子审了，法院也做出了判决，打人者被判处六个月的监禁，同时附带民事赔偿六千多元钱。对方没有上诉，但是一直借口没钱，拖着不给，她只好又去找法院。前不久，法院通过强制执行，只拿回来一千块钱，对她说剩下的钱可能没戏了。早在两个多月前她就出来摆地摊了，那个时候，流产后身体上的病痛和心理上的伤痛还没有完全消失，经济上的压力已经压得她喘不过气来。她辞职后，家中所有的经济来源都靠她老公一个人的工资，光她弟弟每月做透析的钱就得好几千，家里早已债台高筑。为了摆脱困境，她咬着牙走出家门，在轻工市场批发了一些棉袜子在早市上卖。虽然临时找个了事，稍微能给家里减轻一点经济负担，但是她不甘心面对这样的结果，多次打电话给赵宝鹰的家人诉说家中的情况，希望他们能履行自己的义务。刚开始还有人接电话，时间长了就没人理睬了，有时打得多了对方嫌烦，就把电话线摘掉，或者故意把手机关掉。她越想越觉得心里不平衡，就发了一条短信给赵宝鹰的父亲，提醒他自己并不是无缘无故地跟他要钱，是他儿子对她和她的孩子犯下了严重的罪行，给她和她的家庭带来了深重的苦难，他不能装作什么也看不见，什么也不明白，有意逃避自己的责任，应该用自己的行动替儿子赎罪。

一双穿着黑皮鞋的脚突然出现在她面前，久久地站着不动，似乎在等待着什么。她抬起头，发现面前的人竟然是"她哥"陈灵均。

"我今天没事干替亲戚守一会摊。"她红着脸慌慌张张地答道，从摊位上站了起来。

他俯下身子翻看着那些袜子，微笑着说："质量挺好的，给我拿两打吧。黑的给我穿，白的给我儿子穿。"

他拿起袜子问她多少钱。

"算了，不要钱。"她羞怯地说道。

"那怎么行，买东西哪有不付钱的道理。你要是白送人，你亲戚就亏了。"

"那就照本收吧，一双两块钱。"

"没有你这样做生意的。"他掏出一百块钱不由分说硬塞到她手里。

她不要，他一定要给，两人来来回回推让了好半天，最后她实在没办法只好收了钱，不知怎么的，眼泪唰的一下涌了出来，只好背转身子偷偷地啜泣。好不容易才擦干眼泪控制住自己的情绪，转过身来，发现他还站在原地。

"坚强点，一切都会好起来的！"他轻声说道，给她做了个加油的手势。

她点了点头，含着眼泪笑了。

乔柏燕辞职后，心内科又来了一个名叫田翠蓉的小护士。她一见到陈灵均就惊喜地说："陈大夫，你怎么也在这里？我是交道镇的，那年窑塌了，我爸爸和我弟弟被砸在里面，我们坐着拖拉机来到交道镇医院，就是你接诊的。当时我浑身是血，你还以为我也受伤了。"

陈灵均的脑海中马上浮现出女孩跪在地上哭着求自己救弟弟的情景，他怎么也没有想到，那个女孩长大了竟和他一样也成了医务工作者。他问她为什么要学医。

田翠蓉说："那次我弟弟受伤以后，先用担架抬到山下，又坐了一个多小时的拖拉机才到镇医院，半路上疼得实在到不了医院不停地哭叫。到了镇医院以后简单地包扎完后又等了很长时间才坐上县医院的救护车。当时我就在心里暗暗发誓，将来长大了一定要当医生，这样的话，家里人有了病就能及时得到救治。我初中毕业以后，本来报的是卫校的医士班，没想到录到护士班了，所以毕业后就成了一名护士。"

"遗憾吗？"陈灵均笑着问道。

"不遗憾，当护士也能为病人服务啊。"

田翠蓉的到来极大地减轻了陈灵均因为乔柏燕的离去带来的失落感。性格开朗的田翠蓉就像一只活泼的小燕子，让全科人都感受到了她的开朗和纯真。

南晟业平常上班的时候，办公室的门大部分时间都开着，里面很少有人。这天下午，陈灵均刚一上班，就看见一位女士坐在南晟业对面，南主任的手里拿着什么东西低头在看。过了半个小时，当他再次路过主任办公室时，见那位女士还坐在里面，南主任还在看手里的东西，觉得很奇怪。南晟业刚好也注意到了他，招手让他进去。他进门后，南晟业把手里的心电图单子递给他说："你看一下这个病人是什么情况。"陈灵均认真地看了一会儿，询问了患者的症状后，非常肯定地说："心电图显示心肌缺血，心律不齐，考虑到病人还有胸闷、胸痛的症状，很明显这个人得的是冠心病。"

南晟业的脸上陡然绽放出灿烂的笑容："你的诊断跟我一样。好了，你忙去吧。"马上拿起笔给病人开药。

陈灵均回到医生办公室后仔细地回想了一遍刚才的经过，突然醒悟过来，南主任叫他进去的原因是他看不懂心电图。得知这个秘密后，他对高学历高职称的神秘感和向往感很快便消失殆尽。虽然他还没有晋升副高级职称，但是从同事们那里得知，晋升职称不仅要按照要求准备好论文、科研成果和相关的资料，进行现场答辩，还要和竞争者比人脉、比运气、比经济实力。如果前面的硬件全部达标了，后面的三个条件不具备的话，再怎么努力也是徒劳。所以很多人最终拿到手里的那一片"金树叶"，到底是足金的、合金的，还是镀金的，差别非常大。看清了晋职背后的真相后，他决定放弃对职称的追求，把主要精力放在提高自己的实际能力上。当他无意间跟范晓琪说起自己的想法时，她完全不能理解，因为她身边几乎所有的人拼尽一生的心血都在为那片"金树叶"努力。因为第一学历起点高，再过五年她就能在职称上超越她的老师。

三十八

2005年1月底的一天，新安市人民医院的大会议室里坐满了衣装整洁的医务人员。主席台上方的电子屏上闪烁着一行鲜亮的大字：新安市人民医院2004年年终总结大会暨2005年工作部署大会。邬院长站在讲台上，用幻灯片向卫生局的局长和全院职工展示医院一年来的工作成绩。电视台的记者、医院宣传科的工作人员举着摄影机在台上跑来跑去，忙着给他录像、拍照。身着西装肩披彩带的高攀得意扬扬地坐在一百多名先进工作者中间，目不转睛地看着邬院长，背挺得比平时直多了。

邬成钢院长首先把2004年各科室完成任务的情况，分别用条形图、折线图、饼图等形式进行展示，然后又把本年度全院门诊人次、住院人次、手术人次、业务收入、医疗设备、固定资产等重要指标与前一年做了对比分析，结果显示，所有的指标都是上升的。提到医院的财务状况时他说，虽然医院扩建的时候欠了一些外债，但是资产负债率仍然处于良性状态。紧接着他又让大家看了一下市人民医院在全省市级医院综合实力排名表中的位置，对于目前明显落后于近一半的市级医院的状况表示不满，认为医院今后还要继续扩大规模，增收病人，增加收入，提高科研教学能力，批评各科室的负责人仅仅满足于病人的数量，不注重病人的质量，要求他们尽量多收一些疑难危重患者，多开展一些新业务新技术。

坐在后面的范睿说："多收疑难危重病人，多开展新业务新技术，多死几个人，多发生几起医疗纠纷，多赔偿几十万元钱，还不如踏踏实实地把普通病人看好更有意义。"

他的话音刚落，好几个人回过头来用异样的目光看着他。

旁边的刘佳笑着说："你说得有道理。可是如果像你那样搞的话，领导的业绩就上不去啦。"

院长讲完话后，儿科的赵景行教授代表优秀科主任讲了话，苏雅玲也代表先进工作者表了决心。

伴随着雄壮欢快的音乐，业务副院长开始念获奖集体和人员名单，一排排的获奖者依次上台领奖。眼尖的刘佳数了一下，眼科主任代表集体和个人领了五次奖，赵景行教授上去领了四次奖，神经外科主任王宏涛领了三次奖。心内科除了陈灵均获得一项病历书写奖，他和顾学勤发表在国家级医学杂志上的论文同时荣获一等奖，南晟业跟高攀合写的一篇发表在省级医学杂志上的论文获得二等奖外，科室连一项集体奖也没有，科研成果为零。

自从南晟业被医院聘任为心内科主任以来，科室没有拿过一项科技进步奖。一方面是因为主任重视效益，不重视科研，自己没有能力搞，还不让别人搞；另一方面，对于普通医生来说，要在繁忙的工作之余，站在新的角度发现新课题，也不是一件容易的事情。就算真的有了好项目，在审批的过程中，要经过科室、医院、市科协、省科协等多重关口，如果科主任和院领导不支持，很可能连两关都过不了就被枪毙了，所以大家都不愿意为了这事白费劲。

总结完上一年的工作后，工作人员搬来桌椅，放上桌签，请坐在第一排听众位置上的各位领导登上主席台召开第二个会议。

邬成钢在 2005 年的计划中提出，为了解决老百姓看病难的问题，医院准备实行无假日门诊，双休日和节假日各科室门诊照常对外开放，医院将缩短医务人员的午休时间，中午只给大家留半个小时的吃饭时间。

院长讲完话后，卫生局局长对医院的工作给予了充分肯定，高度赞扬了院长的新举措，认为这是惠民利民的好政策。邬成钢满脸笑容地坐在局长身边，坚毅的目光显得特别有神。

会议结束后，心内科的医护人员按照南晟业的安排，集体到外面的一家大酒店会餐。除去值班医生和值班护士，二十几个人坐了满满一大桌。南晟业自然坐在最重要的位置上，他的左边是高攀，右边坐着顾学勤，剩下的那些男医生除了陈灵均外，都挨着高攀坐在左侧的位置上，女医生女护士统一坐在右侧，能喝又能说的罗丹成了两边的分界线。上了八个凉菜后，南晟业说了几句感谢的话，举杯和大家碰了一下。之后，又说了几句祝福的话，再敬一杯。三杯过后，高攀第一个开始单独敬酒，他先对主任的辛勤工作表示感谢，用极其热情生动的话语把他大大地夸赞了一番，然后每走到一个人面前，对其说两句带点调侃意味的客套话。高攀敬完酒，顾学勤又敬了一圈，剩下的人挨个轮着敬酒。不敬酒的人大部分都在静悄悄地吃菜，偶尔跟身边的人小声说几句话，只有南晟业一个人扯着嗓门像在病例讨论会上一样，主导着众人的话题。他说他晚上没事干有时会看电视，现在的电视剧很无聊，编剧不会创新，老是把经典作品改来改去，改得面目全非，让人恶心得不能看，好歌也被乱改一气，改得他都不爱听了。高攀说主任说得很对，他也有同感，并且举了几个例子，证明他也不喜欢现在那些乱七八糟的东西。黑建学说，他还是喜欢原来的经典老电影，经常在网上下载下来看。陈灵均说，他现在已经体会到了陈寅恪先生说的"天下无书可读"的悲哀，很多文学作品脱离现实生活，生编硬造，或者东抄西窃，模仿中外名家或别人的成功之作，报纸上全是广告和政治性很强的文章，很少能看到体现出新思想新观点的文章，网上的电子图书质量普遍较差，最火爆的就是官场小说和带一点情色味道的情感小说，对青少年有害无益。南晟业问几名年轻医生平日里是怎么放松的。黑建学说他最近在学车准备考驾照，等驾照拿上了就买车。罗丹笑着说，和朋友一起吃饭、逛街。高攀说他爱读武侠小说，打游戏。刘玉栋说他平时除了上班，就是看书、考试，只有睡着的时候才最放松。刘玉栋这两年考研很不顺利，第一年因为报考的学校太好，成绩不够没考上，第二年他把志愿降低了一些，成绩虽然够了，但是他选的导师申请的学生太多，竞争力太强，又没有被录取。他有点泄气，打算歇上一两年再考。刘佳见顾学勤一直不说话，就问他平常在家喜欢干什么。他笑着说："看书，除了看书没别的爱好。"

范晓琪给南主任敬酒的时候笑着说，今天刚好是她的生日，能和大家一起度过很开心。

"你怎么不早点说，我们应该提前给你订一个生日蛋糕，然后再唱首生日歌祝福一下。"南晟业用责怪的语气说道。

"没事，我老公在家里已经把蛋糕订好了，等我晚上回去再和家人一起分享。"范晓琪羞涩地笑着说道。

"晓琪，你今天过生日，你老公送你什么礼物？"罗丹问道。

"他昨天就问我想要啥，我说啥也不要，只想好好地睡一觉。"

众人哄的一声全笑开了。

"那算什么礼物呀，要是换了我，一定狠狠地宰他一顿。"罗丹说道。

范晓琪说："那还不是自己家的钱呀。"

"是倒也是，但是感觉不一样。"

"谁要是娶了你，可倒了八辈子的霉了，不折腾死才怪！"黑建学说道。

"又没折腾你，瞎操什么心呀！"罗丹在他的背上使劲捣了一下。

"晓琪，你现在职称晋升上去了，工资也涨了，应该很开心吧？"刘玉栋接过范晓琪递过来的酒杯笑着问道。

"说实话，我现在过得一点儿也不开心。"范晓琪皱着眉头说道。

"为什么？"刘玉栋惊讶地问道。

"我在临床上工作了七年了，如果用别人的眼光来看我，我的生活除了有点忙以外，基本上没有不如意的地方。比方说，我有一个非常幸福的家庭，老公和儿子都很爱我，我的工作很稳定，收入也不错，学历、职称在同龄人里也不算太差，平时吃、穿、住都不用发愁。可我一点儿也感觉不到快乐，因为我不知道自己每天忙忙碌碌的到底是为了什么。我曾经问自己，是为了钱吗？金钱并不能让我快乐。是为了得到某种荣誉或者别人的表扬吗？这些东西对我来说都是空的，没有任何意义。是为了得到病人的认可吗？很多病人病治好了并不感谢医生，他们觉得你做的都是应该的，但是当你在工作中稍微有一点让他们不满意的地方，就会受到指责或辱骂，这让我非常难过。为了工作，我几乎放弃了自己全部的个人生活，我无法尽到妻子、女儿和母亲的责任，我也没有时间和家人朋友一起出去游玩，有时甚至忙到连睡觉的时间都无法保障。除了一个累字，我什么也感觉不到，我觉得这样的生活毫无意义，只有工作没有快乐的人生真是太痛苦了。所以我只想得到快乐，快乐对我来说就是最重要的。"

"唉，现在的医生确实很不好当。好，那就为了你今后的快乐，让我们干一杯。"刘玉栋举起酒杯跟范晓琪碰了一下，两人一齐喝了下去。

服务员端上来一盘凉拌海蜇头，高攀马上把那道菜转到南主任面前，让他第一个品尝，后面上来的菜也是如此，很快就成了酒桌上不成文的规矩，没有人敢擅自打破。高攀不仅在行动上对主任表现出极高的崇敬，言语上也毫不吝惜溢美之词，把主任都快捧上天了。黑建学和罗丹跟他一唱一和配合得十分默契。他们的声音压倒了酒场上的一切声音，成了那天晚上最响亮的声音。

会后第二周，医院正式开始实行无假日门诊。取消了午休以后，医生们上门诊的时候都感到特别疲惫。尤其是到了下午两点以后，头昏脑涨的特别难受。由于种种复杂的原因，很多医生上午十二点不能准时看完所有挂了号的病人，往往要拖延十几二十分钟才能下班，吃完午饭自然无法按时开诊，一些病人来看病见门诊没人就会骂，更有甚者跑到医务科去投诉，于是又无端地增加了很多矛盾纠纷。

2月4日是中国的传统节日——春节。2号那天下午快下班的时候，陈灵均收到了一封从杭州寄来的信。他回家打开一看，里面装着一张明信片，正面印着西湖莲花池的美景，背面的留言区只写着三行字。

亲爱的落霞涌金：
Happy new year!
飞浪逐雪
2005 年 1 月 27 日于杭州西子湖畔

看到这个熟悉的名字，他的心猛地颤抖了一下，就像被人用锥子扎进了胸口似的，疼得连气都喘不过来。与此同时，心情也变得异常烦乱，感觉浑身哪个地方都不自在。他快步走到窗前，推开窗户，朝着外面车水马龙的街道大口大口地喘气。两年前他就听说齐令晖拿到了博士学位，应聘到浙江大学附属第一医院工作，一直不知道是真是假。他们已经好几年没有联系了，他还以为她把自己忘了，收到这张贺卡之后，他才意识到她还惦念着他。他能想象得出，这位坚强的女人谁知道经历了多少同龄人没有经历过的艰辛和挫折，才能得到今天这样的结果，真心希望她家庭幸福、万事顺心，但是他并不知道她到底生活得怎样。他的眼前时常会浮现出她男朋友眼中的醋意，觉得他很有可能是个小心眼的男人。他不知道性格外向的她平时跟别的男人交往时，她老公（应该是老公）看到后会不会嫉妒，老是担心她会受那个男人的气，希望命运能对她宽厚一点。

　　他想给齐令晖回寄一张明信片，却不知道该用怎样的语气跟她说话才符合他们现在的关系。最好既显得有情有义，又不会给她增添意想不到的麻烦。权衡了很久，他认为最合适的办法就是通过 QQ 邮箱给她发一张自制的动态贺年片。在挑选背景音乐时，他的脑海里首先想到的就是《红豆曲》。这首歌最能代表他此时此刻的心情，可他觉得这首曲子太悲伤了，担心她听了会难过。又想干脆把她最喜欢的那首《你的眼神》配上，这样她就知道自己在他心中依然占有很重要的位置，又怕会勾起她内心的伤感。斟酌了半天，最后选了一首欢快的《春天的芭蕾》，配了一幅小燕子啄开冰雪铸成的大门，在门打开的一瞬间，里面飞出无数绚烂的花朵，轻盈地散落在大地上，变成了五彩缤纷的原野的动画。

　　他的留言很简短。

亲爱的飞浪逐雪：
你的笑容是治愈世间一切苦痛的良药，愿美好的春天一直陪伴着你！

落霞涌金

　　那美好的画面也代表着他对未来的期许。又一个春天即将到来，等待我的究竟是什么呢？他坐在窗前痴痴地想道。正在这时，安振国打来电话，说东关一家饭馆做的剁荞面味道很不错，请陈灵均一起吃晚饭，他欣然赴约。

　　饭馆里吃饭的人很多，剁荞面的味道确实不错，他吃了一大碗羊肉臊子剁荞面。

　　吃饭的时候，安振国聊起自己在新安大学附属医院的工作情况，对现状很满意，说他已经联系好北京的一家大医院近期准备外出学习。陈灵均听了马上表示祝贺，两人又谈起目前的医患关系，感触颇多，都为医疗行业的未来感到担忧。

吃完饭，安振国家里有事先走了，陈灵均一个人在广场上溜达，低着头正在想心事，突然听到有人喊了一声他的名字，抬头一看，原来是韩春秀，她的身边还有一大一小两个男人陪着，像是一家子。

"你怎么在这儿?"陈灵均惊讶地问道。

"我和薛砚清都聘任到市里的培华中学教书，已经干了两年了，这是我儿子东东，现在长得比他爸都高。"她指着身边的男孩说道。

"叔叔好!"东东很有礼貌地打了声招呼。陈灵均连忙向他点了点头，问他多大了，上几年级，学习怎么样。东东说他十三岁了，正在上初二，学习成绩排在全年级前十名以内。陈灵均称赞他学得不错，比自己儿子强。

韩春秀问和光在哪儿上学，谁照顾娃。

陈灵均说："也在实验中学，刚上初一。平时住校，周末有时到我那儿，有时回老家看他妈。"

韩春秀说，前段时间她听说陈灵均调到市医院了，正打算去看他，没想到却在这里碰上了，极力邀请他到家中坐一会儿。

韩春秀的家就在广场西边的楼上，房子是租来的，两室一厅，只有五十几平方米，里面没有一件像样的家具，最显眼的东西就是成堆的书本，一看就是凑合着过日子。一进门，薛砚清就忙着沏茶，韩春秀洗了一盘水果摆到茶几上，削了个苹果递给陈灵均，用抱歉的语气说："家里比较乱，你不要笑话，过几天我们就搬回东正县了。"

"为什么要搬家?"陈灵均不解地问道。

"我们教书的培华中学是一家私立中学，工资待遇虽然还可以，但是没有编制，回去以后我们就成了有正式编制的教师了，不过要到基层的乡镇上工作。"韩春秀笑着说道。

"那真是太好了，祝贺你们。可是，你们两口子都调回去了，你儿子怎么办?"

"留在这里继续上学，他可以住校。"

薛砚清看到陈灵均脸上露出疑惑的表情，把茶杯放到他面前笑着说："其实我们俩十年前就转正了，只是自己一直不知道，直到半年前接到通知，让我们参加教师资格培训的时候，才发现了这个秘密。"

"也算是命里不该被人亏到底，幸亏薛砚清反应快，不然的话就把机会错过了。"韩春秀说道。

两人你一言我一语向他讲述了事情的经过。

2004 年 3 月份，韩春秀两口子突然接到东正县人事局一名干事打来的电话，通知他们一周后参加为期二十天的教师资格培训。打电话的人再三声明，这次培训非常重要，任何人不得以任何理由缺席。韩春秀和薛砚清要参加这个培训，意味着他们开学后要向学校请二十天的假，扣掉不少工资和奖金。薛砚清不愿意请假，对那人说，我们教了十几年书，县上从来没有哪个部门叫我们参加培训，为什么这次一定要让我们参加。那人说，你们都是正式教师，要想继续在这个岗位上工作，就要有教师资格证，有了这个资格证，不仅有资格继续当教师，工资待遇也能提高，为什么不参加呢？

薛砚清第一次从别人的嘴里听说自己是正式教师，很吃惊，以为自己听错了，连忙问他："这次参加培训的都是全县的正式教师吗？"

对方回答说："全都是。"

他们当即决定请假参加培训，并在培训期间想办法复印了人事局的相关文件，上面清清楚楚地写着，1995 年韩春秀、薛砚清等人被录用到东正县的教师岗位。和他们同批被录取的十多名教师也是一模一样的情况。他们拿着材料去找县上有关部门的领导，都说自己不清楚原来的事，没人愿意解决问题。于是，十几个人私下里经过商量之后决定上访。就在他们准备上访的前一天晚上，县领导通过小道消息得知了此事，派人找到他们，承诺一定尽快解决他们的工作问题。几个月后，韩春秀夫妻俩分别被分配到两个乡镇，成了名副其实的国家干部，正式教师。

"这么多年了你们一直没有受到公正的待遇，应该让他们补发工资进行赔偿。"陈灵均义愤填膺地说道。

"呵呵，我们当然也希望得到赔偿，但是找了很多次领导感觉希望太渺茫了。咱是普通老百姓，能得到这样的结果已经很不错啦，上访也是实在没办法才想出来的路子。"薛砚清苦笑着说道。

陈灵均看到他们已经接受了现实，就没有再说什么。

回家的路上，他坐在公交车上不由得想：如果当初韩春秀和薛砚清考上教师岗位以后，那份文件没有被人悄悄地压下来，他们的命运会怎样？如果当时有人销毁了这份文件，结局又会怎样？……他长长地叹了口气，内心有一种说不清的感慨和酸涩。

他觉得和韩春秀相比，自己是幸运的，但是和安振国相比，他的运气似乎要差一些。如果没有遇到顾学勤这样的良师益友，他估计自己很难在市医院待下去。不管怎么样，刚出来还不到两年，耐心一点，再等等吧。他对自己说道。

春节过后，陈灵均接到院方通知顺利地办理了工作调动手续，成了市医院的正式职工。这对他来说，是个不错的开端。

5月份，他和其他职工一样收到了医保办发的一个职工医疗保险本和一张医保卡。这意味着，以后无论他在门诊上看病还是住院治疗，都可以按照规定报销。自前一年的后半年起，来看病的病人中，有不少农村户口的人都参加了新型农村合作医疗保险，虽然他们在市上住院报销比例比县上和乡镇上低，但是这些人还是愿意舍近求远找大医院的医生看病。这一年，专门来找陈灵均看病的老乡比以前更多了。因此，心内科近一半的病人都是安定县和东正县的人。

转眼间，又到了一年中最热的天气——大暑。天气预报说地面气温高达36摄氏度，但是坐在出租车上的曹沐塬觉得最起码有40摄氏度。他不停地用卫生纸擦汗，抱怨司机不早点把空调修好，让乘客在大热天遭罪。司机师傅也觉得挺不好意思的，把窗子全部打开通风透气。

坐在曹沐塬身边的周敏慧抱着皮包一句话也不说，表情十分凝重。因为他们要去办一件大事，这件事关系到了周敏慧的工作问题，已经到了十分紧迫的地步。当初周敏慧应聘到市医院的时候，院长说好一年以后给她办理调动手续，眼看一年半了她的编制问题还没有解决。医院已经先后为两批人员解决了编制问题，其中包括和她一起从东正县调上来的陈灵均，而她和另外十几个人不知道为什么迟迟没有动静。她找过几次邬院长，都说让她慢慢等着，她为此特别焦心，经常和曹沐塬一起分析其中的原因。前几日曹沐塬跟市上的一位同学聊起这件事，那人笑着说得到院长跟前跑一跑。他问跑一跑得多少钱。那人说，目前的行情最少得五万。周敏慧又问了在新安大学附属医院上班的方媛，她也是这么说的。周敏慧两口子刚刚在新安市贷款买了一套单元楼，手里一点多余的钱都没有。周敏慧的父母上周给了他们五万元，原本是让他们装修房子用的，夫妻俩只好用这笔钱去"跑"工作。他们在院长的楼下一连蹲守了两个星期，要么见不到人，要么就是院长不方便接待他们。曹沐塬觉得这个办法不行，便通过熟人关系联系上了一位跟邬院长关系很铁的领导。领导让中间人把自己的联系方式和住址告诉他们，说想当面了解一下情况，然后再看怎么去帮助他们。他们已经约好在当天下午七点见面。

下车后，两人很快找到了那位领导居住的单元楼。曹沐塬对周敏慧说："这种事情两个人一起上去不好，你一个人去吧，简短地介绍一下自己的情况，把事情说清楚，把钱放下就下来。"

周敏慧愁眉苦脸地站在那里，犹豫了好半天才说："我不想上去，这让人多难为情呀，咱们干脆回去吧。"

"这有什么难为情的，赶紧上去吧，别让人家等得太久。"曹沐塬催促道。

"我觉得这样做太丢人了，当初以为自己是凭本事考上的，没想到却要用钱来买编制。"周敏慧的脚尖在地上拧来拧去，一脸的懊恼相。

"不要这么想，现在大家都是这样。你看咱好不容易把人求了，头磕了，揖也作了，到了最关键的一步，你怎么能打退堂鼓呢!"他无意间碰了一下她的手，就像碰到了冰块一样，吓得赶紧问道，"你怎么了?"

"我也不知道怎么了，大概是太紧张了吧。"周敏慧说道。直到这时，曹沐塬才注意到，周敏慧脸色发白，浑身都在发抖。

"沐塬，你说我们这样做对吗?"周敏慧用迷惘的眼神看着他问道。

"我也不知道，对不对只能这样。"

"别人要是知道了，会不会笑话我?"

"不会的。"

"万一院长说的是真话，我们不走这一步路也能把事情办成，那我们把这么多钱给了人是不是在犯傻?"

"傻瓜，他要诚心想给你办，不会拖这久的。你看人家陈灵均第一批就办了，你们不是一起考上的成绩都一样优秀嘛，中间肯定有问题。"

周敏慧想了想觉得也对，便硬着头皮走了。

七八分钟后，她迈着很快的步子回来了。

曹沐塬连忙走过去小声问道："顺利不顺利?"

"很顺利。"

"钱收下了没?"

"刚开始他不要，我说了几句好话，他就收下了。"

"呵呵，人家那是故意跟你客气。"

"你摸摸我的手心，里面全是汗，但是身上还是冷的。"

昏暗的路灯下，两个人的背影越走越远，很快便消失在夜幕之中。

一个月后，剩下的十几个人全都办理了调动手续。周敏慧到最后也搞不明白，到底是大家都想了不同的办法把自己的问题解决了，还是院长本来就打算在这个时间段解决他们的问题。总之，对她来说，只要把工作调进来就万事大吉了，再也没有后顾之忧。就在她调进市医院不久，院里又走了几位高职人员，全都是科室的业务骨干，当然也来了一些高薪聘请的学科带头人，有研究生、博士，还有博士后。大家都笑着说，现在的社会真好，有本事的人想到哪儿就到哪儿，多自由啊。

三十九

过年那天正好轮到陈灵均上门诊，初一他又到病房值了一天班，初二的下午才回到东正县的家中。一进门，翟书珍就告诉他，大哥请全家人到他家吃饭。在新安市实验中学上初二的陈和光刚放寒假就回来了，早早地就跑去找翟鲲哥哥玩。他现在长得跟陈灵均一样高，已经有了大男孩的模样，学习成绩虽然中等，但是文科特别好。

陈灵均两口子提着礼品刚一进翟书海的家门，翟鲲便迎上来，和小姑父握了个手，把小姑姑拥抱了一下，笑着说他爸心眼坏了，姑父刚回来，连气都没顾上喘一下，就被他爸给叫来了。他比原来胖了一些，但是身体很虚，眼眶周围微微有些浮肿。

"你姑父回来才能住四五天，还要到农村去赶事情，请得慢了，正月里就没机会了。"正在摆酒杯和筷子的翟书海说道。陈和光看见了，连忙跑过去帮忙。

"你们赶谁的事情？"翟鲲问道。

"我姑姑家的，梦月姐姐要出嫁了。"陈和光抢着说道。

陈灵均问翟鲲几时回来的，他说是过年那天上午。

"翟鲲富态了不少啊。"翟书珍笑着说道。

"没办法，天天喝酒吃肉，而且叫我的很多都是单位领导，没法拒绝。"翟鲲无奈的语气里更多的是骄傲和自豪。他把早已准备好的礼物分发给姑姑和姑夫，翟书珍的是一串珍珠项链，陈灵均的是两盒白茶。"家里人人都有份，光儿弟弟的我已经给了。"翟鲲豪爽地说道。

"哥哥送给我一把电动剃须刀。"陈和光说道。

"你有胡子没?"翟书珍扑哧一声笑了。

"当然有啊,平时都让我拿小镊子拔了。"陈和光走过来,指着嘴唇上隐隐可见的胡子茬辩解道。

"这次回来花了不少钱吧?"陈灵均问道。

"没花多少钱,大部分都是别人送的。"翟鲲得意洋洋地说道。

"看咱鲲鲲多有出息,还有人给他送礼呢。"曲晓贤高兴地说道。

陈灵均拿出提前准备好的红包给到场的小辈们分发,发到翟鲲跟前,他说什么也不要:"我都是大人了,挣上钱了,还给什么红包。"

翟书珍多劝了一句,翟鲲眼睛都急红了:"再跟我争,我就把钱撕了!"

"都这么大人了,还是小孩子脾气!"翟书玉亲昵地说道。

陈灵均知道翟鲲的脾气,就没有再坚持,把钱又收了回去。

饭桌上已经摆了满满一桌饭菜,除了陕北特有的四碗:丸子、酥肉、排骨、烧肉外,还有牛肉、鱼、虾、螃蟹。螃蟹在北方属于稀罕之物,不用问大家都知道,肯定是翟鲲带回来的。吃饭的时候翟鲲没怎么动筷子,只是喝酒。

"少喝点。"翟书海轻声提醒道。

"平常都喝酒,大过年的大家好不容易坐在一起,怎么能不喝两杯?"翟鲲戗道。翟书海、陈灵均和翟书玉两口子酒量都很大,五个人喝了两个小时才收场。吃完饭,郑春红提醒儿子别忘了吃药。他不耐烦地说:"我知道。"

"他怎么了?吃的什么药?"陈灵均敏感地问道。

"没事,胃不好,吃的是胃药。"翟书海看了儿子一眼抢着说道。

"要是胃不好的话,以后酒还是少喝一点为好。把酒喝了,再把药吃上,是没有效果的。"陈灵均忍不住唠叨了一句。

翟鲲没有吭声,只是对他笑了一下。

喝完酒已经十点多了,陈灵均回家后累得连脸都没洗倒头就睡。

陈灵均回到县城以后,县医院的很多同事碰见了都问市医院怎么样。他说病人比县医院多,管理得比较严,比较细,学习风气相对比较浓厚,收入比县医院略高一些,只是工作很忙,基本上没有空闲的时间。

"咱们这儿也比原先好多了,马上就成了全额拨款单位啦。"汪学义得意地说道,"自从有了医保,病人特别多,床位常是满的。"

"那就好,我也为你们感到高兴。"陈灵均说道。

他拜访了几位老同事后，又到赵志刚家去看望他。

刚走进赵志刚居住的小区，一个十二三岁的小女孩突然从一栋楼里惊慌失措地跑出来，拽住他的衣袖大声哭喊着说："叔叔，快救救我爸爸，他刚才昏倒了，已经没气了！"

"你爸爸在哪儿？快带我去看！"陈灵均连忙问道。

女孩转身就朝单元楼里跑，他跟着她跑进一楼的一间房子里，看到地板上平躺着一位四十多岁的男人，脸上没有一丝血色。他让女孩给医院急诊科打电话，赶紧蹲下用手触摸那个男人的颈动脉，观察呼吸情况，发现心跳和呼吸都停止了，立即对其实施心肺复苏。他一会儿按压心脏，一会儿进行嘴对嘴人工呼吸，心中默数着按压的次数和吹气的次数，严格控制着两者的比例和节奏，暗暗祈祷孩子的父亲能够苏醒过来，千万不要被死神夺去生命。

十几分钟后，当他把手再次放到那人的颈部时，惊喜地发现手下的脉搏已经开始搏动。他又把目光移到对方胸部，看到那里微微地起伏着有了波浪线，这说明病人已经能够自主呼吸了。这时，县医院的120急救车来了，他帮助医护人员把病人抬到车上，然后详细交代了抢救病人的经过。

急诊科的一位年轻大夫情不自禁地称赞道："你的处理太专业了，你是医生吧？"

"是的。"

"娃娃，要好好感谢这位叔叔哩，要不是他，你爸今天就没命了。"医生指着陈灵均对女孩说道。

"谢谢叔叔，谢谢叔叔！我们一辈子都忘不了你的大恩大德！"女孩弯下腰深深地鞠了一躬，泣不成声地说道。

救护车开走以后，陈灵均站在院子里回想起刚才惊心动魄的一幕，心情久久难以平复。这个小区离县医院大约有两千米，地理位置比较偏僻，如果打出租的话，从等车、叫车、搬运病人、送达目的地，再转交给医护人员，至少也得十多分钟的时间；如果叫救护车，最少也得六七分钟才能到达。像今天这样的突发疾病，根本等不了那么长时间，如果不是碰上他，女孩的父亲很可能早就一命归天了。东正县城所有的小区都没有医务室，他认为这是设计上的漏洞，医疗服务应该延伸到社区才能更好地为人民群众服务。

那么，刚才的那位病人到了县医院以后，后续的治疗又如何呢？他不由得联想起一年前在市医院遇到的一位病人。那位病人是东正县人，只有五十多岁，一年内反复发生四次脑梗，曾在县医院多次住院治疗，始终无法根除。家属觉得这个病有点蹊跷，跑到市医院来找他。在询问病史时，他问家属县医院的医生有没有给病人查过血糖，家属摇了摇头。他感到不可思议，建议他们带着病人先化验一下血糖，结果发现造成病人多次脑梗的罪魁祸首竟然是糖尿病！于是，他首先针对病人的病因进行治疗，经过一段时间的治疗后，病人的血糖得到了控制，脑梗再也没有犯过。他猛然意识到一个可怕的现象：近几年来，随着市级以上大医院不断发展壮大，从基层抽调了大量优秀的医学人才和技术骨干，使县医院的医疗水平明显下滑，无法满足当地人民群众的就医需求。这也正是为什么大医院的病人越来越多，医生越来越忙，老百姓看病反而越来越难、越来越贵的一个重要原因。作为一个土生土长的东正县人，他不禁为乡亲们的健康问题感到担忧，觉得今天出现这样的状况自己也有一份不可推卸的责任。

他到了赵志刚家说起这事，赵志刚说："你干脆别在市医院干了，咱俩合伙开一家医院，你当院长，我当董事长。"赵志刚的酒店开张以后，他凭着优质的服务和实惠的价格很快就在当地老百姓当中树立了良好的口碑，城内的红白喜事大部分都在他的酒店设宴，所以他说话时底气比原先足多了，好像觉得啥事都不是个事。

"开医院投资很大，而且搞这一行还有风险，那可不是闹着玩的。"陈灵均说道。

"投资到底有多大？"赵志刚好奇地问道。

"规模小一点的得几十万，稍微大一点的得几百万，几千万，甚至上亿元。"

"只要实心想干，总会有办法的。至于风险吗，肯定有，没胆量没魄力怎么能办成大事。"赵志刚说道。他又详细地问起场地得多大，要购买哪些医疗设备，配备多少人。

两人越聊越起劲，就像真的规划出了一项伟大的事业似的。

"你为啥对这事这么感兴趣？"陈灵均问道。

"现在老百姓看病越来越难了，县医院虽然离得近，收费高，技术差，服务态度也不好。市上的大医院离得远，看病的人多，常排不上队。要是在县城开一家民营医院，技术高，服务好，看病又方便，我想这肯定是一件既利民又赚钱的好事。"赵志刚认真地分析道，"其实我以前也没有想过这事，是你今天来了才突然冒出的念头。"

陈灵均觉得他只是随口说出的玩笑话，便转移话题问他最近有没有回老家。

"前几天回去了一次，看了一下我妈，到我爸的坟上祭奠了一下。对了，你听说了没？吴小强出事了。"

"出什么事了？"

"他和人打架，用刀子把人捅死了，判了十四年有期徒刑，把吴有仁可气坏了。"

"吴小强的老婆不晓得等他不？"

"早跟他离了，丢下两个娃，他大和他妈抚养着。"

"这小子从小不学好，家里的大人也不好好管教，出了这种事一点也不奇怪。坐上十几年禁闭，说不定在里面受受教育还能改好。"

"唉，已经快四十岁的人了，坐上十几年都成了老头子了，后半辈子没什么活头了。他落得这个下场活该，可怜的是被他捅死的那个人的家里人，还有他大他妈和他的两个娃娃。真是作孽呀！"赵志刚叹息着说道。

陈灵均点着头表示认同。

初五早上还不到八点，陈灵均一家便来到陈灵芳的住处，长河滩镇后街的一个小院里。陈灵芳和樊玉民都在镇上的小学教书，已经调来好几年了，这个地方是他们自己花钱修建的，一共有三面窑洞，不少宾客在里面说笑。陈灵峰和两位小伙子正从三轮车上往下卸买来的煤块，陈灵辉趴在家里的木床子上，用有力的胳膊使劲往下压白面饸饹。梦溪则像小管家一样，被人叫着一会儿从这面窑跑到那面窑，又从那面窑跑到这面窑。

梦月已经二十八岁了，青春的脸颊透着成年女性特有的成熟和自信，虽然她穿着一件宽大的羽绒棉袄，依然遮掩不住明显隆起的小腹。陈灵均进去的时候，她的眼睛红红的，看上去很不高兴，陈灵芳两口子的表情也不自然，像是刚刚发生了不愉快的争吵。三人见陈灵均一家人来了，马上装出笑脸迎接他们。

"姐，梦月怎么了？"陈灵均把姐姐拉到一边悄悄地问道。

"没什么，这两天大概有点心烦，跟我怄气，等过了明儿就好了。"陈灵芳说道。

陈灵芳给女儿准备的嫁妆对于农村人来说已经算是相当丰厚了，一台电冰

345

箱，一台洗衣机，一对皮箱，还有两床缎面被子，一条新棉花做的褥子。陈灵均看到梦月脖子上戴着金项链，耳朵上吊着金耳环，手指上还戴着一金一银的戒指，猜不出她为啥不开心。女孩子大了，有些话不便明说，他故意装作没看出任何由头的样子帮助姐姐姐夫招呼客人。陈和光逮着什么活儿干什么活儿，在人前故意显出自己很有力气的样子，以表明自己是个男子汉了。

吃过晚饭，陈灵芳安排陈灵均一家单独住在西边的窑洞里。她刚一走，梦月便进来了，一进门就扑通一声跪在陈灵均面前，泪流满面地说："小舅，我不想结婚！求求你给我爸我妈说，明天不要打发我走。要是他们硬逼着我出嫁，我就从河畔上跳下去！"

陈灵均赶紧把她从地上扶起来，关心地问："月儿，出什么事了？慢慢给小舅说。"

梦月迟疑地看着舅妈和表弟，欲言又止。陈灵均便示意两人先出去，关上门，让她放心地说话。

梦月告诉他，她和未婚夫沈默冬在同一条街上上班，她是小学教师，沈默冬在财政所当会计。当初他追求她的时候，她觉得这个男孩子人长得帅气，又懂浪漫，在她面前也舍得花钱，就跟他谈起了恋爱。家里人听说沈默冬的工作不错，家庭条件很好，父亲还是县财政局局长，特别高兴。两人谈了一年半后订了婚，在婚前装修房子的阶段她意外地发现自己怀孕了。心里想：既然马上要结婚了，怀上就怀上吧，大不了一结婚就生孩子。谁知就在一个多月前，她无意间发现沈默冬竟然跟别的女人在外面开房。她指责他不该背叛自己，他嫌她说话不中听，动手打了她。虽然事后他已经向她道了歉，但是他的拳头彻底地打碎了她对他的一切幻想。自从那件事情发生以后，她特别痛恨他，厌恶他，连看都不想看他，更不要说跟他一起过日子了。她已经反复地想过了，沈默冬背着她跟别人上床，说明他根本就没有把她放在眼里；两个人还没有结婚他就敢动手打她，更何况她的肚子里还怀着他的孩子，结了婚以后，她还有好日子过吗？经过慎重的考虑之后，她决定打掉肚子里的孩子跟沈默冬分手。她跑到医院去引产，医生说必须要有家属签字，沈默冬不签字，他的父母也跑到病房来劝她，还威胁医生说，谁敢把胎儿引产了就跟谁没完。梦月实在没办法，只好向自己的父母求助，没想到他们一点儿也不支持她，认为她怀上了人家的孩子，两个人结婚的日子也定下来了，要是把孩子打了，婚礼取消了，肯定会招来闲话的，她现在已经二十八岁，属于大龄青年，再过两年超过三十岁，就不好出嫁了。陈灵芳还说，男孩子一时糊涂犯了错，只要改了就好，不要过于计较。梦月这次回来再三强调不想举行婚礼，但是父母都不同意。她妈放下狠话，哪怕就是明天把婚结了，后天埋人也在所不惜。

"我把这事给我大舅二舅都说了，他们也说不能退婚，还把我骂了一顿。小舅，现在只有你能帮我，你快救救我吧！"梦月哭着说道。

"你们把结婚证领了没有？"陈灵均问道。

"没有。"

"那好，月儿，你真的想清楚了要跟他分手吗？"

"想清楚了。"

"将来肯定不会后悔？"

"不会。"

"好，这事我可以为你做主，你把你爸你妈都叫来，让我跟他们说。"陈灵均说道。梦月的脸上马上露出一丝喜色，擦干眼泪出去了。

陈灵芳夫妇进来以后，陈灵均对他们说："结婚是关系到一个人一辈子幸福的大事，绝对不能随便凑合。谁的婚姻应该由谁来做主，其他人不能干涉。既然梦月不想跟沈默冬结婚，就不要硬逼着娃结。因为将来是人家夫妻两在一起过日子，不是跟其他人在一起搅和。做父母的可以给娃吃的、穿的、用的，给她钱花，但是我们给不了她幸福。万一她将来过得不好埋怨起来，你们谁能为她负得了这个责任？拿什么为她负责？"

"当初我们也没有逼她，是她自己说要和沈默冬结婚的。日子都看好了，她又反悔了，这也怨不得我们吧？现在就更没法说了，宾客来了一大堆，酒席也订下了，再说不结婚，恐怕太迟了吧？"陈灵芳说道。

"不迟。肚子里的娃娃可以打掉，请来的客人把情况说明打发了，饭馆里订下的饭能退就退，退不了就把钱掏了。你们要是赔不起这个钱，我给你们贴上。你们想想，他们俩现在还没有领结婚证，她跟他分了手，将来再说婆家还是头婚；要是跟他举行了婚礼，把结婚证领了，过不到一块离了婚就变成二婚了。你们觉得他俩现在分手好呢，还是结了婚再离婚更好？"

陈灵芳和樊玉民相互看了一眼，似乎之前都没有想到这个问题，突然一下子被弟弟给点醒了。

樊玉民说："灵均，你说得也对。可这死女子肚子都这么大了，来赶事情的人都看见了，将来名声传出去，没人要她怎么办？"

"她将来有没有人要，现在我们谁也说不准。但是我们一眼就能看出，现在硬要娃结婚，等于把她往火坑里推。梦月已经说了，她跟了他肯定不会幸福的。既然是这样，我们为什么还要逼着她结这个婚呢？事情已经到了这一步，就不要怕人笑话，现在，娃娃的幸福比什么都重要。"

　　陈灵芳低着头没有说话。

　　"一会儿你们三个人坐在一起好好算算，从订婚到现在，总共拿了人家多少钱，拿来的东西能折多少钱，明天等沈默冬来了，咱把钱给人家退了。"陈灵均果断地说道。"到时候你们要是不好意思说，我来说。现在已经是新社会了，又不是旧社会。别人要议论，让他们议论去，议论上一阵自然就不议论了。"

　　陈灵芳两口子小声商量了一阵儿，把目光投向梦月。

　　梦月挽住陈灵均的胳膊说："我听小舅的。"

　　"好，那就这样办吧，麻烦你出面给大家解释一下，我实在开不了这个口。"陈灵芳说道。

　　"没问题，我这就去说。"

　　当天晚上，陈灵均挨个敲开来客住宿的房间说明情况，向他们赔礼道歉，陈灵芳两口子也通过电话提前通知了那些计划在第二天中午赶来吃酒席的亲朋好友。

　　初六上午九点，男方迎亲的车队如约来到陈灵芳家的大门外面。沈默冬见里面静悄悄的，既没有鞭炮声，也没有唢呐声，周围连围观的人都没有，觉得很奇怪。他快步走进院内，见左右两边的门都锁着，只有中间那面窑洞的门开着，掀起门帘，见里面没有梦月和她父母，只有舅舅陈灵均坐在沙发上。

　　"人呢？他们都到哪儿去了？这不是在跟我开玩笑吧？"他既吃惊又恼火地问道。

　　"沈默冬，你坐下，听我给你慢慢解释。"陈灵均不慌不忙地说道。他给来客每人倒了一杯茶，当着他们的面把梦月的话对沈默冬说了一遍，然后又结合自己对婚姻和爱情的认识，讲了一些浅显而又极具说服力的道理，劝他接受现实，放手这段婚姻，给梦月也给他自己一个重新选择的机会。

　　沈默冬也是一个受过良好教育的男孩子，他没有做出任何无理的举动，诚恳地对陈灵均说："舅舅，你是一个讲理的人，你说的话我都能听明白，我很尊敬你，也很敬佩你，我为梦月能有你这样一个好舅舅感到高兴。这件事的确是我错了，今天我来到这里碰了钉子，丢了人，我也认了。要是我能早点听到这些话的话，我们也不至于走到今天这一步。请你代我转告梦月，我祝她永远幸福。"

陈灵均把折算好的钱交给沈默东让他数一数，他连看都没看就装进衣兜带着来人走了。

上班以后，陈灵均马上给梦月联系医生住院做引产。做完手术，陈灵芳便带着刚刚小产不久的女儿回家休养去了。

四十

炉子里的水嗞嗞地响着快要开了，房间里依然飘散着一股淡淡的烟味，陈灵均独自一人在房间里用十分笨拙的动作洗着锅，边洗边对自己发笑。这是光儿来到新安市以后他第一次为他做饭，也是平生第一次下厨。他之所以鼓起勇气大胆尝试，是因为孩子前几天曾经委婉地对他说："爸爸，饭馆里的饭好吃倒是好吃，但是吃不出家里的味道。要是什么时候能吃上一顿家里做的饭该多好。"他问儿子想吃什么，他说想吃卤面。翟书珍在家里做卤面的时候陈灵均见过，觉得很简单，就买了些豆角、西红柿、瘦肉和市场上加工好的面条试着做了一次。可能是菜炒好后加的水太多，面条放进去以后全粘到一起了，黏糊糊地变成一整块，煮了很长时间都没有煮熟，锅底的菜也烧煳了。他只好带着儿子又到外面的饭馆吃了晚餐，无奈地对他说："下周星期天你回东正县让你妈给你做吧，我做不了。"

洗完锅，陈灵均像往常一样来到院子里散步。一位留着卷发的中年妇女和住在他隔壁的赵阿姨恰好在前面遛弯儿，两人不停地说长道短，似乎天下的事无所不知。她们说着说着，不知怎么的把话题扯到了楼上那位残疾女人身上。

"你们常说黎香命苦，我都不知道她过去到底发生了什么事。"卷发女人说道。

"我听我妈说，她年轻的时候模样长得可俊了，人也可疯哩，屁股后面常跟一堆后生，成天在外面胡跑。她爸管不住她，嫌名声不好，太丢人，就用一根铁棍把她的两条腿给打折了。刚打折的时候，她疼得号了好几个晚上，把嗓子都哭哑了，听得人心里特别难受。她一辈子都没有结婚，一直和父母住在一起。父母死了以后，就一个人住在这儿，她的远房侄女每星期过来看她一次，给她洗衣服，洗澡，收拾家。"赵阿姨说道。

"没想到原来是这样。唉，天下做父母的哪有不疼儿女的，我想她的父母当初之所以下这么大的狠手，肯定也是实在没办法了。不过，我倒挺佩服黎香这个人，两条腿不能走路，还能自己做饭、洗锅、上厕所、买东西，听说她还会画画，画得可好了，前一阵子有个外地人专门来打听她的住处，说是要买她的画。"

"能行什么？光靠画画又赚不了几个钱，她现在花的都是她父母留下的钱。那两个人活着的时候工资很高，家里就她这一个女子，攒下的钱全都给她留下了。我听说咱们这儿有个画家看过她的画，说是看不懂，只有那些外地人说好。他们是在网上看到她的画的，那女人还会上网哩。"

"她侄女心眼也不错，这么多年了一直照顾着一个瘫子，一般人是做不到的。"

"不错什么呀，当初黎香的父母去世前留下遗嘱，把他们名下的两处房产中的一处给了她侄女，提前说好条件，让她给黎香养老送终。都是钱的作用，根本不是人心好。"

"可她能信守诺言这也不是一般人能做到的，有些人得了东西就不认人了。比方说，我们村里有一户人家，只有三个女子没有儿子，招女婿的时候说好改了姓给分家产，结果……"

陈灵均见两人把话题岔开了，没有闲心再听下去，就回去了。回家以后，他一直在琢磨那两个女人的话，"可疯哩"，"胡跑"，"名声不好"，"丢人"，是黎香被父亲打折腿的原因，他不知道这些话具体指的是什么。是指黎香年轻的时候乱交朋友，和社会上不三不四的人在一起抽烟、喝酒、打架、吸毒、当小偷？还是指她跟哪个男孩子相好，时常夜不归宿？或者说得更严重一点，她同时跟几个男孩子好，还跟他们都睡过觉……他把自己凡是能想到的女孩子能做出的跟这些字眼有关的事情全都想了一遍，觉得没有一个理由能成为一个父亲对女儿下此狠手的借口。作为黎香的家长，面对女儿的问题，他的责任难道不应该是说服教育耐心引导吗？用如此简单粗暴的行为来终止孩子的"劣行"，说明什么？只能说明他太愚昧、无知、专制、无能。那位父亲大概以为，这样一来自己就可以一劳永逸，大不了留下一屋子的钱让女儿花到走进坟墓的那一天。可他根本没有想到，当一个人不能用自己的双腿自由地行走，终生囚禁在父母为她打造的牢笼中按照他们的意愿来生活，是对她最无情最残忍的伤害，也是对她最大的不公！

这个可怜的女人到底在画什么呢？她生活的天地那么狭小，认识的人也不多，她想在画里表达什么呢？陈灵均对黎香的画不禁产生了强烈的好奇，突然冒出一个很唐突的念头，想到她的画室里去看一看，没准那是绘画天才的杰作呢。

当那只篮子再次经过他的窗口时，他把提前写好的一张小纸条飞快地扔到里面。做完这件事情后，他就像干了坏事的小偷一样，背靠在墙上紧张得心怦怦直跳，感觉周围的一切在那一刻突然放慢了运转的速度，一分钟变得有一个世纪那么长。不知过了多久，他听到楼上的女人大声喊道："陈大夫，上来吧，我给你开门。"

他惊喜地做了一个胜利的动作，像听到百米冲刺的枪声一般，飞跑出家门，直奔二楼黎香的房间。

他一边在楼道里走，一边想象着房间里的情景。桌子上放着白色的石膏头像，地上竖立着铜铸的人体模型，靠近窗户的右边支着一个画架，上面是一幅正在创作中的巨幅水彩画。墙上到处挂着画，素描画、水彩画、水粉画、油画、国画……地板上扔着成堆废弃的草稿，颜料滴得满地都是，她的手也被涂得五颜六色。她的头上还戴着一顶纸折的帽子，帽子外面也是五颜六色的。她无意间用手抹了一下发痒的嘴角，鼻尖马上就变红了，这使她看起来就像马戏团里的小丑一样，既滑稽又可爱。

房门是开着的，进去以后，他意外地发现，里面一点儿也不乱，显得特别整洁。正前方靠近窗台的地方支着一张桌子，上面摆放着电脑，旁边确实支着画架，上面只有一张白纸，似乎画家还没有想好在上面画什么。门口的右侧立着两只高低不同的老式黄漆柜子，低柜上放着一台老式电视机，左侧是破旧的双人沙发和茶几，沙发旁边的地上整整齐齐地码着十几幅镶着镜框的画。墙壁大概很久没有粉刷过了，颜色很黑，但是墙上的三幅画让人眼前一亮。他一下子就被画面上的内容吸引住了，换拖鞋的时候不由得多看了几眼。第一幅名字叫《莲》，白色的纸张上只有黑和红两种颜色，两道长短不一的黑色粗线像是莲花的叶秆，叶秆中间是大片的红色，采用国画中泼墨的方法绘制而成，乍一看很像燃烧的火焰，旋涡状的纹理使这团形似花朵的图案具有了绸缎一般的质感，仿佛用手能触摸到花瓣的柔软和鲜嫩。第二幅是《城》，画面左侧底部在灰黄的底色上描画着很多抽象的物体，好像有石头、猛兽、人和刀剑，似乎在隐喻陆地上危机四伏的人世间。右上角用红、黄、灰、蓝等色渲染出迷幻的背景，中间隐隐露出一些亭台楼阁之类的建筑，轮廓完全是模糊的，很像传说中的海市蜃楼。整幅画以暖色为主，让人心中既充满热切的希望，又不由产生冷峻的思考。第三幅是《石》，画面的中心位置是一块不规则的石头，石尖正对着画面的中央，棱角十分尖锐，就像一把锋利的弯刀，上面有好几个弧形的刀口。左半部分用细腻的笔法描绘出石头内部的结构，可以看见一层层灰白、灰红、灰青色的岩石像书页一样堆叠在一起；右半部分则被深灰色完全覆盖住了，通过明暗对比巧妙地表现出石头的立体感，边缘部分杂乱地点缀着草绿色的小点，他推测这些小点就是石头上的青苔。这幅画既运用了西方绘画中的"透视"原理，又具有国画写意的风格，石头看起来不是静止的，而是富有个性和活力的，带着丰富的表情和深邃的思想，就像一位狂放不羁的诗人或艺术家。陈灵均没有接受过专业的美术教育，只是在初中时学过一点美术知识，因此，他对画作的理解基本上来自自己的想象。虽然他看不懂画里的意思，却很喜欢那种全新的模糊而又奇幻的感觉。

"坐下吧。"听到声音他才注意到，黎香在床旁的轮椅上坐着，茶几上已经倒好茶水，杯子里正冒着热气。她穿一身浅色碎花圆领家居服，留着整齐的短发，前额的刘海用棕色的发夹全部别在脑后，显得人分外清爽。她的面颊很清瘦，面相略显苍老，但是五官的线条非常柔美，端庄平静的神态很像西方画家笔下的圣母，只不过这位圣母长着东方人的脸，散发着东方人的气质。这是他第一次正面看到她，说实话，这位女人确实很美，无论眼睛、鼻子、嘴巴，还是耳朵，都挑不出一点瑕疵——如果苍老不算瑕疵的话。她的脸色很白，显然是长期缺少阳光的缘故，她的双手比脸更白，手指又细又长，一看就是艺术家的手。

"你是哪一科的医生？"她慢悠悠地问道。

"心内科。"

"我去年到心内科看过，他们说我的心脏不好，让我吃药，我把药扔在抽屉里，平时难受的时候才吃。我这个人不能闲下来，一闲下来就会觉得胸口发闷，只要一拿起画笔就什么毛病都没有了。"她指着自己的胸口笑着说道，"你也喜欢画画？"

"不，我喜欢看书，有时候看累了也会胡思乱想一些问题，在本子上随便写一写。"陈灵均说道。

"呵呵，这可是个好习惯，现在会用脑子思考问题的人不多了。你的家就在这儿吗？"

"不在，这里平时就住我一个人，我爱人在县城工作，我儿子上初中了，住在学校，周末才回来。"

"嗯，咱俩有点像。你看了墙上的画感觉怎么样？人家都说我无门无派，跟谁的风格都不像。"

"我觉得挺好的，把西方的抽象画和中国的水墨画融合到一起，风格非常独特，感觉很奇妙。画得跟别人的东西不像才对，要是画得跟某个人的很像，那就是模仿，不是创造。"

"你是一个真正懂艺术的人，我喜欢你这样既老实又谦虚的人。有些人什么也不懂，只不过比别人多念了几年书，在单位、部门或协会里当了个小头头，就觉得自己的身价比别人高，是这个专业里的行家，有资格对人家发号施令、指手画脚，把谁都不放在眼里。"黎香淡淡的语气里透着几分孤傲和自信。

"阿姨，您是怎么学会画画的？"陈灵均好奇地问道。

"我从小就喜欢画画，'文化大革命'以前跟新安大学艺术系的一位美术老师学过一阵子。当时只是觉得好玩，没想过要画出什么名堂。腿断了以后闲待在家里实在憋得慌，就又拿起了画笔，这几十年全靠画画活着。自从几年前家里有了电脑以后，我常在网上听名家讲课、看视频，然后边学边在心里琢磨怎样才能画出不一样的画来。这玩意儿得有天分，还要有悟性，勤学苦练才能慢慢地提高。我画的画不少，自己满意的不多，你想看得自己动手，茶几那边有装好的，书柜里还有没有装过的。"她摇着轮椅来到书柜前，打开柜门，陈灵均帮她把里面的一摞画抱了出来。

"放在床上吧，其他地方放不下。"

地上装好的画和柜子里取出来的画，风格大部分都类似于墙上的那几幅。翻到最后，陈灵均看到一组标题为《爱》的油画，画的是燕子妈妈和小燕子的情景，画面栩栩如生，情景格外动人。第一幅画的是两只燕子在筑巢，一只嘴里衔着一根树枝站在尚未完工的巢前忙着搭建，另一只叼着树枝正从远处飞来。第二幅画的是燕子妈妈嘴里叼着虫子给雏燕喂食，四只小燕子张开红色的小嘴仰着头望着妈妈，迫不及待的样子非常可爱。第三幅画的是燕子妈妈把已经长大的小燕往巢外推，被推的那只小燕有点害怕，好像不大愿意离开自己的窝，另一只小燕在旁边看着它，似乎在嘲笑它不够勇敢，另外两只小燕正在巢边扑扇着翅膀努力往高飞。第四幅画的是已经长大了的小燕在天空中翱翔，远处小小的巢边站着它们的爸爸妈妈。小燕的腿脚上没有绳子，也没有链子，它们不是爸爸妈妈手中的风筝，而是真正自由的飞鸟。看到这幅画，陈灵均不由得想起了自己的妈妈和她的四个儿女，他们被妈妈抚养长大的过程和燕子妈妈是多么相似！看着看着，他的眼眶湿润了，不由得用手在眼睛外面揉了一下。

黎香微笑着说："我小时候常到我外婆家玩，她家在农村，窑顶的天窗旁边有个燕子窝，小燕子每年都要来住上一阵子，我常常躺在炕上看燕子妈妈和小燕玩耍，那些情景至今还在我的脑海中时常闪现。在我的腿坏了的第十个年头，就在这间房子外面的墙角，不知道什么时候也住下一窝小燕子，我看到它们，想起了小时候无忧无虑的时光，就拿起画笔画了这么几幅画，好几个人跟我要，我都没给。你要是喜欢的话就拿去好了。"

"一共多少钱？"陈灵均问道。

"随便给，只要是有缘的人，钱多钱少都无所谓。"

陈灵均想，画这幅画时黎香阿姨一定倾注了很多感情，花费了不少时间，所以，他掏出身上仅有的一千二百块钱试探着问："阿姨，你看少不少？"

"不少。"

陈灵均道了谢便拿着画走了。他打算把这四幅画挂在自己东正县的家里，他家的墙全是白的，没有任何装饰，有了这些画，家里一定会显得特别温馨。他想起有人曾经说过这样一句话：每一位天才都是孤独的。他在这句话的后面又加了一句：他们必须承受别人无法承受的苦难才能打磨出光亮。他把黎香和乔治·桑做了比较，发现这两个不同寻常的女人都是独立开放的女性，然而她们的命运却完全不同——一个是 19 世纪颇具影响力的女权主义者，浪漫诗人，著名作家，终生在情海中自由地徜徉，享尽爱情的甜蜜；另一个却是 20 世纪还被人唾弃的"疯女子"，被自己的父亲打断双腿，长期囚禁在房子里，与漫长的黑夜做伴，用画中的世界自慰。黎香出生在 20 世纪的 30 年代，她的青春期正值国家从封建社会向现代社会跨越的过渡期，人们的思想相对还比较落后，出现这样的悲剧虽然让人有些匪夷所思，在当时的人们看来却不足为奇。时隔三十多年，到了 20 世纪末，封建余毒仍然没有彻底根除，人们的婚恋观还是很保守，就连齐令晖那样敢作敢为的现代女性在男权社会里也无法得到真正的自由和平等，更何况是比她大二十多岁的黎香呢。在陈灵均的心目中，齐令晖是一名医生，更是一位战士，他从心底里爱慕她，敬佩她。他承认，在爱情面前，她比他更勇敢，更坚强，更执着，他自愧不如。

那天晚上，陈灵均在床上翻腾了很久，直到浑身的每一个细胞都疲累到极点，所有的关节又累又困，仿佛要断裂一般，才慢慢地合上双眼。

晨曦中，他正坐在家中的书桌前静静地看书，门外突然传来敲门声。他打开门一看，门口站着一位亭亭玉立的少女，身穿白底红点的连衣裙，脑后垂着两根长长的辫子，手里拿着一只画夹羞答答地说，她也住在这个楼上，对他仰慕已久，问他是否可以为他画幅像。少女长得很像童话中的公主，他被她出众的外表深深地吸引住了，看到她的第一眼就情不自禁地爱上了她。他知道自己又老又丑，根本配不上她，一产生这个猥琐的念头便在心里狠狠地骂了自己几句，摸着后脑勺羞惭地说："我长得实在太难看了，真不好意思让你画。"

少女说："我也常常觉得自己很丑，但是我发现在别人的眼里并不是这样，就像此时此刻你在我眼里投射出来的形象一样。你丑不丑，等我画出来再评价吧，也许你并不认识真实的自己。"

他只好把少女让进屋里，按照她的指令坐在窗台前一动不动地让她画。趁着她低头作画的工夫，他偷偷地斜眼看她，感觉她是那样纯洁，那样美丽，那是一种让任何人见了都会心动的美。

好不容易等到少女画完了，他迫不及待地要看那幅画，少女用手遮挡住画纸调皮地说："不让你看，我要把它留给自己收藏。"说完便跑了。他跟在她后面追，一直追到楼上，到了黎香的房门前，少女推开门闪了进去，"嘭"的一声把门关上了，任他怎么敲也敲不开。他问邻居，这个房间里的阿姨是不是有一个会画画的女儿。邻居说，这里只住着一个年轻女孩，从来没有住过什么阿姨。他心里一惊，突然从睡梦中醒过来了，梦中的一切依然历历在目，就像真的一样。这时，天已经亮了，楼上传来走动的声音，隐隐约约还能听到说话声。他想，大概是黎香的侄女又来看她了，既感慨又失笑地对自己摇了摇头。

这天上午，南晟业准备给罗丹主管的一位患有病态窦房结（简称病窦）的病人安装单腔起搏器，组织科室的医生进行术前讨论。像往常一样，他让高攀先发言。

高攀说："我认为主任对病情的分析准确到位，手术方案十分完备，我同意按照他的计划去做手术。"

紧接着，南晟业又让王占斌、罗丹、黑建学、刘玉栋等人发言，都没有提出任何异议。

"顾主任你说吧。"南晟业垂着眼皮说道。每到这个环节，他特别担心顾学勤会提出相反的意见，因为这个人脾气很古怪，在学术问题上总是固执己见，从来不把他这个主任放在眼里，搞得他心里老是不痛快。他不想让他说，但是又不能不这样做，只好硬着头皮让他把话说完。

顾学勤咳嗽了一声，非常严肃地说："我认为应该给患者放置双腔起搏器，放入单腔起搏器不起作用。"然后详细地阐明了原因。

南晟业的脸马上就像结了冰似的特别难看，他又让陈灵均发言。陈灵均也提出了同样的观点。科室里的气氛马上就变得尴尬起来，很多人的眼睛里闪烁着迷惑的目光，似乎一时搞不清到底谁对谁错。南晟业气不打一处来，觉得这两人简直就是公开和他作对。等陈灵均说完后，他对参会人员说："现在我来总结一下，大部分同志都认为应该给病人放入单腔起搏器，和我的观点是一样的，所以我的决定就是原来的方案不变，后天就对病人进行手术。"

"南主任，我建议你再慎重地考虑一下我和陈灵均的建议，不敢这样鲁莽地做决定，这样会出问题的！"顾学勤用惊异的目光看着他说道。

"你凭什么说我是鲁莽行事？我搞了二十几年心内科，什么病人没见过，什么手术没做过？这么简单的病还用得着你来教我！有本事你来当科主任好了！"南晟业铁青着脸说道。

"当个科主任就不能听别人的意见了？病人的命重要，还是你的职务和面子更重要？"顾学勤针锋相对丝毫也不让步，与平时在病人面前的表现判若两人。

"谁说我不把病人的命当回事？你这是借题发挥有意泄私愤，对我有什么意见就公开说嘛，干吗非要把工作上的事情扯上？"南晟业拍了一下桌子，大声吼道。他激动得浑身都在颤抖。

众人见他俩吵得不可开交，赶紧上来把他们分别拉开。

高攀背着旁人对黑建学说："老顾这个怪人就是跟别人不一样，人家主任说东他偏要说西，好像自己比谁都能行似的。"

"说实话，我也不知道谁说得对，反正我相信主任的判断。既然人家是知名专家，肯定有知名的道理。"黑建学说道。

南晟业给病人放入单腔起搏器后没有起效，病人术后第二天就出现肺水肿，不得不又做了一次手术，把单腔起搏器改成双腔起搏器。手术做完后病人很快就好了，但是却因此多花了几万块钱还多遭了很多罪，家属很不满意，在科室里吵闹了很长时间，南晟业为此特别苦恼。

这件事情的微妙之处就在于：如果术前讨论时没有人指出南晟业的方案是错的，那么，他后来的操作就可以看成是根据病情变化做出的必要调整，然而这样一来，所有的人都清清楚楚地知道，主任一开始的思路就是错的。因此，南晟业认为顾学勤和陈灵均故意让他当众出丑，给他制造麻烦，对两人极度不满。最让他难以接受的是，自从那件事情发生以后，来找顾学勤和陈灵均看病的人比以前更多了，院内的职工私下里都议论说，这两名医生的技术水平比南主任高，他知道以后更加生气了，一见到他们就拉着脸，很长时间都不跟他们说话。然而顾学勤和陈灵均并没有因此改变自己在工作中的态度，遇到和主任观点不一样的学术问题，依然直抒己见，据理力争。于是三个人的关系越发紧张了。

一个月后的一天，范晓琪的病房里收治了一位有克山病史的六十五岁的老人，入院后初步诊断为扩张性心肌病，来时已经发生心力衰竭，用药物治疗了三天没有好转。下午快下班时，范晓琪跑到医生办公室报告说病人突然呼吸心跳停止，陈灵均和顾学勤赶紧跑进病房，发现心电监护仪上的心电图显示的是室性心动过速（简称室速）。

"立即进行电除颤！"顾学勤马上做出了反应。

范晓琪赶紧拿来电除颤器，陈灵均刚要按照顾学勤的指示实施抢救，南晟业进来了。他对范晓琪和护士田翠蓉说："把除颤器放下，马上对病人进行药物除颤！"

在抢救现场，南晟业职称最高，按照规定他是抢救小组的组长，负责指挥病人的抢救工作，其他人必须无条件服从他的指令。于是，范晓琪和田翠蓉只好按照南主任的指示给病人推注了200mg利多卡因。药物推入后没有效果，南晟业下令再推100mg利多卡因。

内行人都知道，心肌病是心肌的代谢出现了问题，不是心脏的血管有问题，采用抗心律失常药治疗，会产生负性肌力，加重患者心衰程度。

一直在旁观的陈灵均和顾学勤再也忍不住了，齐声劝阻道："南主任，不能再推利多卡因了，应该用电除颤，这样会加重病人病情的！"

田翠蓉不知所措地看着眼前的三个人，不知道该听谁的。

"现在，我是急救小组的组长，照我说的去做！"南晟业虎着脸高声说道。

"你说得不对，应该按我们说的去做！"顾学勤毫不畏惧地坚持道。

"你要是继续用药物除颤，病人最终会因为电—机械分离而死亡！"陈灵均用严肃的语气警告道。

南晟业看了他一眼，粗声说："继续推药！"

田翠蓉照着做了。用完药还是不起作用，南晟业又改用普罗帕酮（别名：心律平）复律。顾学勤和陈灵均站在一旁眼睁睁地看着在南晟业的救治下，病人的心律由室速变成室扑（心室扑动），又变成室颤（心室颤动），病情越来越严重。但是他一意孤行，依然不改变自己的抢救策略。经过一个多小时的忙碌，患者最终因抢救无效死亡，临终前，心电监护仪上的心电图果然出现了电—机械分离现象，和陈灵均预测得一模一样。

看到病人脸上尚未消失的痛苦面容和带着几分疑问的眼神，陈灵均的心里非常难受。如果让他或者顾学勤来组织抢救的话，这位六十多岁的老人绝不会这么快就死去，他完全有希望继续活在这个世界上，和自己的亲人一起去看他还没有看够的风景，享受他还没有享受够的天伦之乐。可如今，面对病房门外那一双双期待的眼睛，他们交还给他们的，却是一具没有任何生命气息的尸体！

当范晓琪向家属宣布了病人死亡的消息后，听到悲痛的哭声，南晟业的表情也十分沉重。没有人知道他到底是为自己的失败感到伤心，还是为自己的偏执感到愧疚。

之后很长一段时间，南晟业见了陈灵均和顾学勤都很不自然。不过，在集体讨论病例时，出现了以前少有的现象，每次他都让顾学勤和陈灵均先发言，当他们提出不同的观点时，不再像原来那么排斥，而是认真地跟他们探讨哪种方案更有利于患者康复，只要他们说得有道理，就会按照他们说的去做。

通过这两件事情，陈灵均认识到，三级医师负责制固然有一定的好处，但是死板地遵循这样的原则，严格按照职称的高低来决定医生在抢救病人时的指挥权，而不是根据医生的实际能力来决定谁在小组中占据主导地位，就有可能让医护人员按照错误的指示做出错误的医疗行为，最终受害的是无辜的患者。

私下里他和顾学勤谈起工作上的事情，两人都对目前的环境很不满意。顾学勤说："虽然咱当医生并不是为了给某个领导干活，但是经常受人压制被人排挤，不能按照自己的想法开展工作，越干越没意思。你还年轻，如果以后能找到更好的发展平台，就离开这个鬼地方，我就不信离了臭狗屎还种不成白菜!"

"那么你呢？我走了，你打算怎么办？"陈灵均问道。

"要是还是这个样子的话，我也待不了多长时间。"顾学勤说道。

四十一

早上七点钟，手机上的闹铃又准时发出几声鸡啼，仿佛把睡梦中的人带回了宁静遥远的乡村。陈灵均懒洋洋地从床上爬起来，开始一件一件地穿线衣、毛衣、毛裤，然后站在门口洗漱。最近一段时间，不知什么缘故，他老是感觉疲乏无力，心里想，大概是工作太忙了吧。对着镜子梳完头，无意间发现梳子的齿缝间夹着几根头发，低头一看地面，不由吓了一跳，地上竟然堆着一小堆碎发，大概有三四十根。他早就发现自己有点脱发，但是今天似乎格外严重。联想起自己疲乏无力的感觉，以及身上其他的不适，比如最近流了两次鼻血，咽部也有些疼痛，他很自然地就想到了白血病、恶性肿瘤等严重疾病，准备上班后抽空化验一下血，排查一下。临出门前关窗户时，他突然想起来很长时间都没有看到楼上的人往上吊篮子了，便猜想黎香是不是出门去了，或者生病住院了，或者改在他上班的时候和楼下的那位小伙子交接物品。他很喜欢她的画，想找机会再买一两幅。

上班以后，他一忙起来就忘了要体检的事，和往常一样查房、看病、开药，在病历上签字。下午跟着南晟业做了一台介入手术，手术做完后他到值班室去休息，见高攀和刘玉栋又躲在里面抽烟，这才反应过来自己出现那些症状的原因是长期受到射线辐射引起的不良反应，内心的恐慌很快便荡然无存。

"陈老师，麻烦你看一下这个新来的病人。"临下班前，范晓琪把刚写好的住院病历放到陈灵均面前。

陈灵均一看到病人的名字马上露出震惊的表情，眉头连着动了好几下。他不敢相信自己的眼睛，又低下头认认真真看了好几遍。没错，这个人就叫孟正虎，东正县人，六十五岁，职业那一栏写的是退休干部，入院主要诊断是冠心病，病史资料上显示，此人十年前因为胃部大面积溃疡做过胃大部切除术，两年前得了脑梗，现在处于半瘫痪状态，意识虽然清醒，但是语言表达能力很差。

"你怎么了？"范晓琪奇怪地问道。

"没事，这个人跟我的一个熟人同名。"他装作很随意的样子答道，然后站起来向病房走去。

守在孟正虎病床前的一对儿女都说着纯正的东正县口音，陈灵均强忍着内心的激动，问老人退休前在什么单位工作。

孟正虎的女儿说："我爸爸原先在县机械厂上班，'文化大革命'期间在虎沟镇向阳村蹲了七年点。为了把那个地方的生产抓上去，吃了很多苦，落下一身的病，他的胃病就是那时候得上的。'文革'结束后，有人诬告他武斗时伤了人，把他关到监狱里劳教了好几年，直到1986年才平了反，从监狱里放出来，1992年恢复了公职。我爸爸为农村的生产建设出了那么大的力，在向阳村蹲点的时候，生产工作年年都是全县第一，水利也是全县的先进，结果却落得这么个下场，一想起来就让人窝心。"

"陈大夫，你是东正县人，你肯定知道向阳村原来多有名，他搞得那些水利设施直到现在还在发挥作用。"孟正虎的儿子接着说道。

陈灵均走到孟正虎的床头前，俯下身子仔细地打量着眼前的老人。如果不是听他女儿讲述了这些经历，他已经完全认不出这个人就是他曾经最憎恨、最无法理解、永远也不能原谅的那个人。他尽量用平静的语气对他说："我是陈灵均，向阳村陈儒生的小儿子。你还记得我不？"

孟正虎抬起满是褶皱的眼皮，惊异地看了他一眼，用含混不清的话语说："陈、陈、陈儒醒（生），知、知……"

"孟书记，你知道吗？1976年村里收的玉米被雨淋了发霉了，你当时把这些玉米分给村里人。大部分人家里都缺粮食，饿着肚子，把霉玉米磨成面吃了以后，先后有八个人得了肝癌死了。最年轻的只有二十几岁，年纪最大的才四十几岁。发霉的玉米有致癌物质，他们就是吃了那些霉玉米得上肝癌的。"

孟正虎先是惊骇地张大嘴巴，脸上露出惶恐不安的表情，接着羞惭地垂下眼皮，慢慢地闭上眼睛，似乎在默默地思索着什么。

陈灵均深深地叹了口气，把头转向孟正虎的儿女，接着又说："发生这样的悲剧，与一个时代所处的环境和干部的工作指导思想有关。说实话，你们的父亲和我们村的村民都是历史的受害者。不管怎样，孟老先生在向阳村工作期间，确实为农村的农业生产和农田基建工作付出了热情，做出了一定的贡献，这一点是不能否定的。"

孟正虎的儿女相互交换了一下眼神，谁也没有再说一句话。

中午吃饭的时候，陈灵均手里拿着筷子，心情久久不能平静。回过头来深刻地反思这起特殊的历史事件，他认为：评价我们的一切工作要以是否符合人民利益为标准，脱离客观事实违反客观规律的工作要求是荒唐的，愚昧的，极其害人的。在未来的社会治理工作中不应该再出现这样的情况。所有的党员干部，要紧紧围绕人民群众的利益，把如何改善人民群众的生存环境、如何提高他们的生活质量作为工作目标；而医务人员，则应当始终把全心全意为患者服务作为核心思想和指导原则，不然的话就违背了医疗工作的宗旨。

星期五早上快上班的时候，新安市人民医院的院子里来了不少车，成群结队的人不断从马路外面走进来，从谈吐和气质上不难看出，来人都是外院来的医务人员。他们看到地板上用猩红色的箭头清晰地标注着：全市神经外科年会会场在行政楼五楼，便说笑着一直沿着箭头所指的方向往前走。到了行政楼门口，王宏涛穿着正装笑容可掬地站在那里，跟来人一一握手问好。他看到折志明后一把拉住他，问他准备得怎么样了。

折志明信心十足地说："早就准备好了。"

"一会儿好好发言。"王宏涛在他肩上亲昵地拍了一下，又去招呼下一位来宾。

灯光明亮的大会议室里，市卫生局局长、市医院院长、副院长和神经外科主任王宏涛以及受邀前来参加此次活动的北京 301 医院、西安唐都医院的专家坐在主席台上，台下坐的是全市各县区及市内各直属医院二百多名同行。

王宏涛是此次会议的主持人，他先把来宾一一做了介绍，然后请院长致辞，卫生局局长讲话。随后，他用了近一个小时的时间，把全市一年来神经外科领域学术上取得的进展做了总结。紧接着，折志明作为神经外科医生代表做了发言。

折志明个头不高，长相一般，外表看上去很不出众，但是他脸上焕发的荣光和熠熠生辉的目光分外吸引人。他用逻辑严密层次分明的语言向组委会、各兄弟单位以及长期支持自己的同事、同行表示感谢，向一年来在本学科领域取得成绩的同志表示祝贺。他说，他对新安市神经外科的发展前景充满信心，一定不会辜负领导们的厚望，争取取得更大进步。他的普通话虽然带着浓重的方言味，但是声音清晰有力，特别振奋人心，在场的观众深受感染，对他的讲话报以热烈的掌声。

有人指着他小声对身旁的人介绍说:"他原来是青塔区医院神经外科主任,和我一起上过研究生,刚刚被提拔为副院长,今年才三十七岁,将来肯定大有前途。"

"那么年轻啊,以后肯定不得了。"旁边的人说道。

年会结束后,王宏涛宣布下面进行学术讲座。各位领导和专家纷纷走下主席台在观众席上就座,北京301医院神经外科专家罗新凯第一个上台讲课,之后西安唐都医院的专家也做了精彩的学术讲座。

下午的学术讲座上,王宏涛和折志明分别向同行们分享了自己在学术上的研究成果和心得体会。讲座从两点一直持续到六点才结束,很多同行向王宏涛表示祝贺,认为此次年会举办得很成功,王宏涛听了特别高兴。他送别了各位同行,陪专家们吃完饭,回到家里已经是晚上九点了,便坐在沙发上看了一会电视。近一个月来,他既要上门诊做手术,还要抽时间准备年会特别劳累,感觉自己的腰又不对劲了,不停地用手揉搓,一会儿把沙发垫垫到背后,一会儿又侧躺着靠在垫子上,似乎哪个姿势都不舒服。早在三年前他就患上了腰椎间盘突出症,有时候连续做四五个小时的手术会疼痛到近乎休克的状态,骨一科主任高建瓴早就建议他做手术,他一直下不了决心。因为他知道脊椎上有很多神经,万一做手术的时候不小心伤到了神经会留下后遗症。不过他心里也很清楚,就这样一直拖着不做,随着时间的推移病情会不断加重,不仅影响他的工作,还会影响到生活。电视刚看到十点,他就困得不行了,便洗了睡了。

凌晨一点钟,床头的手机突然响了。睡意蒙眬的王宏涛习惯性地把手伸到床头柜上,拿起手机一看,是科室的值班医生赵飞打来的。赵飞用非常急迫的语气说,刚才来了一位急诊病人,怀疑是脑血管破裂,请他到医院帮忙抢救。他一骨碌从床上爬起来,三下两下穿好衣服,刚走到客厅,手机又响了,是陈灵均打来的,说刚才那位急诊病人是他的同班同学折志明。

王宏涛以为自己听错了,赶紧问他:"哪个折志明?不会是区医院的那个折志明吧?"

"就是他。他现在颅内压很高,情况很不好,麻烦你联系一下北京301医院的专家请他们会诊一下,我现在就在他身边。"

陈灵均告诉他,折志明前一天刚拿到在职研究生的毕业证,开完会和几位同学一起出去喝酒庆祝,因为高兴多贪了几杯,他本来血压就高,再加上脑血管有先天性畸形,因而出现了这样的结果。

　　从陈灵均的语气中王宏涛能够感觉出折志明病情的严重性，立即联系了北京301医院的专家请他们火速前来协助救治工作。

　　雪白的无影灯下，折志明静静地躺在手术台上，浑身都散发着酒气。他的面部完全被遮挡在铺巾下面，头部只留出一小块地方暴露在手术区域，那块地方的头发已经剃光了，薄薄的头皮下隐约可以看见蓝色的静脉血管。此时的他已经没有任何意识，就像一个会出气的木头人一样一动不动地躺在那里，瞳孔散大了，鼻孔张开着，伴随着面罩内传出的呼噜噜的呼吸声，涎水从他的嘴角淌了出来，肿胀、衰弱的面孔仿佛突然间苍老了好几十岁。罗新凯站在主刀的位置上，王宏涛站在一助的位置上，旁边还有两位助手和一位麻醉师。在王宏涛的左前方，也就是罗新凯的右前方有一个电子显示器，可以清晰地看到被显微镜放大了的脑部组织、神经、血管等结构。王宏涛作为一名神经外科医生，亲自为自己的同行和朋友做手术，心里很不是滋味。他怎么也没有想到几个小时前还生龙活虎的一个人，现在却奄奄一息地躺在他面前，只剩下游丝一般的气息。令人可悲的是，等待着这位年轻小伙子的，不是更加辉煌的未来，而是生与死的考验。即使他能够幸运地闯过这道难关，余生也是残缺的，黯淡的，很难再看到动人的光彩。容不得他多想，手术已经开始了。王宏涛立即清除掉所有的杂念，全身心地投入到自己的工作当中，完全忘记了患者的特殊身份和他们之间的关系。神经外科的手术精细而又复杂，医生必须全神贯注连续几个小时甚至十几个小时低着头紧张的操作，每一台手术对他们来说，都是一场没有硝烟的战斗，在瞬息万变的战场上，既要有严密而灵活的作战计划，还要有机敏的反应力，准确的判断力，果断的执行力和顽强的战斗力，争分夺秒与死神赛跑，才有可能取得胜利，稍有疏忽就会酿成大错。

　　手术进行到一个半小时的时候，王宏涛突然停下手里的动作，脸上露出极其痛苦的表情，豆大的汗珠从头上滚落下来。眼尖的护士赶紧走上前来用干纱布帮他把汗水擦干，问他怎么了。

　　"我的腰疼得实在受不了了，赵飞，赶紧给我打一下封闭针，越快越好。"王宏涛佝偻着身子，身体剧烈地抖动着，像是要昏厥过去一般。护士连忙从后面扶住他，赵飞按照他的吩咐去取药。看到这种情况，罗新凯关心地问："王主任，你行不行？不行的话就换个人。"

　　"不用，打一针就好了，我这是老毛病，自己知道。"作为一名神经外科医生，王宏涛知道这个时候换人意味着什么，他使劲咬住嘴唇，成串的汗珠顺着发黄的脸颊往下淌。护士用手里的纱布不停地为他擦汗，瘦小的身躯显然已经支撑不住这位强壮的陕北汉子了。王宏涛也意识到这样不行，就在她的帮助下走到墙边使劲靠在上面。赵飞拿着注射器问他往哪个位置打。

"腰三腰四。"他长长地吁了一口气，痛苦地呻吟了一声，说话的时候声音带着明显的哭腔，似乎已经痛苦到极点。打完封闭针后，他慢慢地挺直腰杆，重新刷了手，换了手套和手术衣，又回到台上继续做手术。手术又进行了一个多小时才做完，效果不是特别理想。罗新凯说，要赶紧用飞机把病人运送到北京再做二次治疗。陈灵均马上联系了机场的工作人员，得知第二天下午有一趟飞机飞往北京，便帮助折志明的家人买好机票，带了本院神经外科的两名医护人员一同前往北京 301 医院就诊。

两天以后折志明又做了一次手术，病情终于得到了有效的控制，陈灵均和那两名医护人员便放心地返回了新安市。

王宏涛给折志明做完手术后，躺在床上就起不来了。他给普外科的高建瓴主任打了个电话，一开口就说："高老师，我的老毛病又犯了，你赶紧给我把手术做了吧，我实在疼得受不了了。"

高建瓴说："你想让我在外面给你叫个专家做呢，还是让我亲自给你做？"

王宏涛说："就你吧，你的技术我知道，绝对没有一点问题。"

高建瓴曾经是王宏涛实习时候的带教老师，王宏涛很了解高主任的技术，对他非常信任。手术日期很快就确定下来，王宏涛不让医护人员出去声张，打算悄悄地把病治了就行了。

谁知手术那天在电梯口正好碰上邬成钢院长带着一大群院领导来查房。他看到王宏涛躺在担架上非常意外，问他怎么了，得知情况后，严肃地说："王主任是咱们全市神经外科的领军人物，也是咱们市医院神经外科的学科带头人，腰椎间盘手术可不是普通的小手术，怎么能随随便便说做就做，应该由院务会研究以后制订出最安全可靠的方案才能决定。"其他院领导也一致表示赞同。于是，在众人的极力阻挠下，王宏涛又被推回到病房，当日的手术也被取消了。

三天以后，医院请来西北地区最著名的脊柱外科专家刘大中亲自为王宏涛实施手术，本院的高建瓴主任带领两名主治医师当助手，麻醉科的主任亲自为他打麻醉。不知道为什么，术前的那天晚上王宏涛的心情特别紧张。他想大概是自己不了解这位专家，把手术太当回事了。

手术那天，邬院长和几位院领导亲自来病房看望他，给他鼓劲加油，让他十分感动。刘大中看上去信心十足，毕竟他是这个领域的专家，这样的手术对他来说，可谓轻车熟路十分寻常。

手术采用的是硬膜外麻醉，王宏涛做手术的时候意识是完全清醒的，他知道麻醉师什么时候开始消毒，什么时候打的麻醉，医生什么时候切开了手术部位的皮肤，甚至能够大致计算出手术已经进行到了哪一步。

突然，他的右腿猛地抽搐了一下，就像被电击了似的。他的第一反应就是：糟了，肯定损伤到神经了！耳边隐隐约约传来一声微微的叹息，但是台上的人谁也没有说话。

回到病房后，麻药的药效渐渐地消退了，他的下肢其他部位的感觉都恢复了正常，唯独右脚外侧和脚后跟是麻木的。这一异常表现再次证实了他在术中的推测。

刘大中教授在高建瓴主任的陪同下来到病房查看他的病情，在进行神经反射实验时，也发现了异常。

"伤到神经了。"刘教授摇着头遗憾地说道。

面对残酷的现实，王宏涛没有说一句责怪的话，只是微微笑了一下，表示他知道。

专家走后，王宏涛的一位亲戚不理解地对他说："手术做出问题了，你怎么能一声不吭放他走呢？这可是关系到你一辈子身体健康的大事呀，最起码要让他赔偿个十万八万的才能说得过去。"

"他不是故意的，我想出现这样的结果也不是他希望看到的。做手术本来就有风险，我提前也有思想准备。作为一名外科医生，我能理解他，也不想为难他。既然现在已经这样了，那就接受现实吧！"王宏涛宽容地笑着说道。

"你真是太伟大了，我很佩服你。"亲戚说道。

王宏涛听不出他到底是在讽刺自己，还是真心敬佩，反正他不在乎，只想安心地把病养好，早日康复出院。

四十二

3月份的一个周末，陈灵均听说折志明从北京看病回来了，试着给他拨了个电话。电话接通后，大概过了十几秒，听筒里传出一声略显迟滞的"喂"。他听出是折志明的声音，特别欣喜。这说明他的思维基本上是正常的，肢体已经恢复了一部分功能，至少还能接听电话。

"志明，你是几时回来的？"他连忙问道。

"十、十二号，中、中午。回来，半个月了。"折志明用十分粗重的声音一字一顿地说道。他的语速十分缓慢，口齿也不大清楚。

"你在家吗？我想来看看你。"

"不，不在家。我，在，附、属、医院，康、康复科。"

陈灵均赶紧又给苏雅玲打了个电话，问她忙不忙，不忙的话一起去看看老同学。苏雅玲说她在省城学习，让他代问折志明好。陈灵均发现她最近老往省城跑，隐隐约约觉得她除了学习之外，应该还有别的事情。于是他又联系范睿，范睿说已经去看过了，于是他就一个人到新安大学附属医院康复科去看望折志明。

到了医院以后，他很快就找到了折志明的病房，进去后发现里面没人。心想，折志明是不是上厕所去了？就走出病房在门口张望。突然，前面的楼道尽头出现了一个一瘸一拐的人影，他仔细一看，正是他的老同学折志明。但是他现在的样子和陈灵均记忆中的形象差别很大，又圆又大的脑袋就像被人用鼓风机吹过似的，比原来整整大了一个号，眼睛一大一小，小的那只半睁着，眼睑浮肿得很厉害，大的那只看上去有些呆滞，左手的手指僵硬地蜷缩在一起朝里弯着，胳膊肘也朝里蜷曲着，左腿就像被人偷偷截去了一段似的，走路时明显变"短"了，就像刚刚学会走路的婴儿一般，高一脚低一脚，左右摇晃，必须让人搀扶着才能走稳。他的妻子就跟在他身边，一看到陈灵均就咧着嘴笑了，笑得他心里特别辛酸，不由得把头往后别了一下，好让自己把已经涌出来的眼泪用力逼回眼眶。

"你，来、来了。"走到跟前后，折志明吃力地说道。

"嗯。你这坏家伙，回来了也不说一声。"陈灵均笑着说道，立在一旁，看着两人走进病房在床边坐下，才走了进去。他知道折志明是一个自尊心很强的男人，故意没有伸手去扶他。

折志明的妻子告诉陈灵均，他们先后去了两次北京，经过全面系统的康复治疗，效果十分明显，但是由于路途太远，来回坐车很不方便，他们决定后期的治疗在本地进行。

折志明结结巴巴地说，他的运动能力提高得很快，说话还很费劲，记忆力也不如以前了，为了锻炼自己的语言表达能力，他每天都坚持念报纸、念杂志。为了让手指变得更加灵活，他常坐在电脑前练习打字。他对自己的康复之路很有信心，知道以后做不成手术了，打算学习中医，等将来病好一点，找一个小医院或个体诊所坐诊。

陈灵均问他目前在经济上有没有什么困难。他笑着说，不上班了，收入自然减少了，两个娃娃都在上学，正到了用钱的时候，他的妻子没有文化，不好找工作，他也不指望她在经济上为自己分担多少，等他病好点了，就出去赚钱，眼下看病所需的费用已经够了，不用别人帮忙。

自从折志明病倒以后，陈灵均一直担心他接受不了现实，陷入悲观绝望的状态无法自拔，这次来就是专门为了开导他的。因为他曾经目睹过很多人在到达人生的巅峰之后，突然跌入命运的低谷，由于适应不了巨大的落差，得了抑郁症，甚至以极端的方式结束了自己的人生。看到折志明如此坚强乐观，他感到十分欣慰，在病房里待了一个多小时便回去了。

回到煤炭公司的院子以后，他走到楼梯口，突然又想起楼上的黎香阿姨和那个奇怪的梦，便走上二楼，来到她家门前敲门，里面没有任何反应。他失望地推了一下，刚要离开，邻居闻声走过来对他说："你是来找老黎的吗？她前段时间生病住院了，很长时间都没有回来，也不知道现在是好是歹。"

"她得的是什么病？"陈灵均问道。

"我也不知道。那天上午是她侄女婿把她背到医院去的。我在楼道里碰见她问了一声，她耷拉着脑袋，连看都没看我一眼，估计不是什么好病。过了几天，我听见房子里好像有人回来过，取了些东西又走了。"

"哦，原来是这样。"陈灵均若有所思地点了点头，拖着缓慢的步子往回走。他非常后悔上次没有多买几幅画。那四张画拿回家挂到墙上以后，全家人都喜欢得不得了。他担心万一黎香不在了，没有人了解那些画作的价值，把它们全都当作垃圾扔了，那样就太可惜了。他只能暗暗地祈祷黎香能早日康复，重新拿起画笔画出更多更美的画。

那天晚上，陈灵均坐在电脑桌前浏览 2005 年国务院政府工作报告，看到里面明确提出，政府将进一步放宽非公有资本进入的行业和领域，鼓励、支持和引导非公有制经济发展。他注意到，2 月 21 日出台的《国务院关于发展城市社区卫生服务的指导意见》中也提到，针对现有卫生资源不足的问题，为了进一步补充和完善社区卫生服务体系，"要按照平等、竞争、择优的原则，统筹社区卫生服务机构发展，鼓励社会力量参与发展社区卫生服务，充分发挥社会力量举办的社区卫生服务机构的作用"。一直有志于从事医院管理工作的他仿佛在黑暗中看到了一丝曙光，头脑中不禁产生了一个大胆的想法：何不借此机会在社会上筹集一些资金，开办一个属于自己的医院呢？

早在 20 世纪 80 年代末上卫校期间，他就在狂热的"下海潮"中看到了新时代为人们带来的新机遇，暗暗下定决心将来要成为一名"经理"，带领几十或上百名员工开创自己的事业。他平时除了学习专业知识外，还特别注重政治、经济、法律等方面知识的学习，一直在为未来的道路做准备。毕业后，他在乡镇医院工作了一年多，县医院工作了十年，市医院又工作了近三年的时间，始终没有找到理想的平台。在漫长的从医生涯中，他清楚地看到，医疗行业改革以后，县级以上公立医院在基础设施、人才队伍、医疗设备、医疗技术等方面都得到了飞速的发展，但是办院理念已经偏离了原来的方向，无法满足社会医学发展和普通老百姓对医疗服务的需求。他想抓住这个难得的机会在中国的大地上开辟一块"试验田"，用来践行自己多年来积累的医学思想。他对此非常有信心，因为此时的他无论是专业技术、知识储备，还是心理素质，都比较成熟。他觉得如果这个时候不采取行动，将来一定会后悔的。

于是，他利用休息日回了一趟县城，约了赵志刚和何宏伟说他想办一家人文医院。赵志刚表示大力支持，何宏伟则认为医疗行业是一个高投入高风险的行业，最好经过慎重考虑再做决定。不过他又说，如果陈灵均确实想好了，钱他虽然凑不了多少，但是遇到人情关系上的事可以帮忙。他现在已经是县农业局的副局长，跟行政上的领导很熟。

陈灵均又跟卫生局和银行的几位熟人打听了一下注册资金、审批手续、贷款抵押等情况，发现具体操作起来困难很多，好多问题都是之前没有想到的。比如：医院办多大？开在什么地方？在较大一点的乡镇好呢，还是在县城好？当然，最关键的问题是启动资金从哪里来。这可不是一笔小数目，光靠他积攒的那点家当是远远不够的。另外，医院创办起来以后，刚开始病人比较少，可能很长一段时间都没有利润，万一资金链断了怎么办？到时候是进还是退？他越想越觉得这个事情太复杂，想跟妻哥翟书海好好聊聊，打了几次电话，翟书海都说在西安。陈灵均问他在西安做什么，他说家里有事，遮遮掩掩的不肯多说，他也就没再问。于是，办医院的事暂时被搁置到了一边。

陈灵均回到新安市半个月后，一天中午翟书珍突然风风火火地从县城跑上来了，一见到他就说："翟鲲得了肝硬化，现在病得很重，人已经不行了，大哥说想让他在你们医院住院治疗，你赶紧给他联系一下医生和床位。"

陈灵均听了心里一惊，马上就问："前段时间大哥是不是带着翟鲲在西安看病？家里出了这么大的事你们为什么要瞒着我？"

翟书珍畏惧地看了他一眼，用低沉的声音说："实话告诉你吧，大哥一家三口都是乙肝，他们不想让外人知道，怕影响翟鲲找对象。所以我一直没敢给你说。"

"咱们是一家人，我的胳膊肘还会朝外拐吗？我知道了会怎样？你觉得我会歧视他们吗？我是医生，我是医生呀！看病的时候听听我的建议对他们没有害处！"他指着自己的鼻尖愤怒地说道，然后特别不理解地说，"既然你们全家人都知道翟鲲是乙肝，肝功不好，为什么还让他喝酒？咱哥还专门把他安排到接待办去工作，难道他不知道翟鲲到了那儿是怎么工作的吗？"

"因为他觉得那个单位待遇好，还能接触领导。"翟书珍小声说道。

"待遇好？刚刚工作了两年就得上了要命的病，这样的工作还算好？真不知道你们这些人到底是怎么想的，脑子都被钱烧糊涂了！我简直不敢相信，一大家子有文化的人竟然会犯这么低级的错误！他之所以能走到这一步，就是因为有你们这样一群愚蠢的家人在背后瞎做主，把好端端的一个娃娃给害了！翟鲲年纪那么小，刚刚走上社会，还没有好好地活几天，人早早地就……"他把手按在胸口上，感觉胸腔里就像被人塞进去一块火炭似的，又热又痛，痛得他连话也说不出来。他在房间里一连转了好几个圈，情绪才慢慢平静下来，拿起手机开始联系医生。

在新安市人民医院感染科的病房里，陈灵均见到了几个月没有碰面的翟鲲。这位二十五岁的小伙子虚弱地躺在病床上，身体比原先瘦了一大圈，暗黄的脸上没有一点光泽，倦怠的眼神里透着悲伤和无助，往日的朝气和傲劲已荡然无存。陈灵均不管问他什么，只回答一个字"是"，"嗯"，"对"。家里人让他吃药他就吃药，让他打针就打针，就像换了个人似的，变得特别听话。

背过翟鲲，翟书海告诉陈灵均，早在半年前翟鲲就感觉到自己的身体不对劲，但是他一直欺骗自己，欺骗家人，不想面对现实，直到病情恶化了才到医院去看病。翟书海夫妇带着他跑遍了全国各大医院，花了很多钱，想尽了各种办法都没有任何效果。医生说，他的病已经没有逆转的可能，最多只能维持一个月。翟鲲的心里也很清楚，他特别怕死，求爸爸尽最大努力挽救自己。于是，在明知没有任何希望的情况下，翟书海还是选择让他继续住院治疗，唯一的愿望就是让儿子能够感受到家人自始至终是爱他的，从来没有放弃过他。

陈灵均知道说什么都晚了，只能用沉默表示理解。在短短二十天的时间里，翟书海又花去两万多元的医药费。翟鲲临终那天，他把儿子拉回了东正县，让他在自己的家里闭上了眼睛。

从得知翟鲲得病的那天起，到送走他的那一刻，陈灵均很难以平静的心态来面对这一切。作为孩子的姑父，一名专业的内科医生，他从来没有像现在这么痛心，这么难过。他觉得自己不应该眼睁睁地看着这样的悲剧在身边发生，总觉得自己亏欠了孩子什么，尽管他也知道这不是他的责任。他在自己的QQ空间写道：我感到肩上的责任很重，我需要担负起自己的使命为身边的人做些什么，否则的话，我无法在夜里安然入睡。

市医院要举行中层领导竞聘大会，听到这个消息后，往日里像死水一样平静的医院很快便激起了波澜，不少人开始采取行动主动出击。神经外科的王宏涛主任和胡海瑜护士长都劝说周敏慧竞选副护士长，并且说愿意帮助她。周敏慧知道，如果她想得到这个职位，还得走她不想走的路，求她不想求的人，她不愿意这样做，但这毕竟是一个能够"进步"的机会，一旦放弃了，以后恐怕很难再遇到，因此内心十分纠结。犹豫来犹豫去，实在招架不住众人的怂恿，还是报名了。心内科的人都说南晟业的聘期快到了，医院不打算再续聘，主任的位置就成了空缺，顾学勤虽然技术水平高，但是他不善于在领导跟前表现，所以可能性不大。范晓琪和刘玉栋都建议陈灵均到上面跑一跑，他笑着说没意思，没采取任何行动。高攀看上去比谁都上心，没事的时候老躲在角落里打电话，还不停地往行政楼跑，大家都议论说他被聘上的可能性很大，因为主任肯定会在院长面前推荐他的。总务科的几名科员也不甘落后，各找各的门路，朱耀先主任对顾一萍格外关心，专门把她叫到自己的办公室，问她有没有什么想法。

"科长，我的正式手续还没有办进来，报上去恐怕希望不大。"顾一萍说道。

"这跟手续进来没进来没关系，你尽管大胆地去报，我这里是没有问题的，院长那里也可以替你多说几句好话。这事能不能办成，关键要看你的人品。"他从座位上站起来走到顾一萍身边，乘着身边没人在她身上乱摸起来。顾一萍机敏地躲开，反手给了他一个耳光："浑蛋！滚一边去。"

朱耀先面红耳赤地摸着发烫的脸颊，恼怒地望着她，破口就骂："你这个骚货，少在老子面前装×！别以为我不知道你以前的贱事，你都快被人睡烂了，还在老子跟前假正经。说实话，你就是摆在床上，老子也未必肯上！"

顾一萍一把揪住他的衣领直视着他的眼睛说："老娘跟谁睡过，你亲眼看见了？在什么地方什么时间你说出来听听。要是说不出来你是什么？我看你就是一条想吃肉没咬成人的疯狗！你以为你手里有点权力，就可以当作嫖资，去睡你手底下的任何一个女人，让她们跪倒在你的脚下充当你的玩物吗？你以为我现在需要你的帮助，就会把自己的身体当作不值钱的东西来跟你交换那点微不足道的好处吗？你想错了！老娘就是再烂，也不是谁想上就能上的。你说我骚，我哪里骚了？骚情你了吗？你才是真正的骚货！谁没有见过你见了领导时的骚情劲，恨不得趴在人家屁股下面给人家舔屁。见了领导的老婆和亲戚就跟哈巴狗似的，摇着尾巴不停地跑来跑去，把两条细腿都快跑断了。逢年过节提着东西这个门进去磕头，那个门进去作揖，你觉得你还不够下贱，不够骚吗？你不就是为了多啃几块肉骨头，为了在自己的名字前面多加几个好听的字吗？你也不好好瞧瞧自己到底有什么本事让领导提拔你。说句心里话，就你那点本事，我还真是高看你了，这辈子也就这样了！除了在我们这些平民老百姓跟前要点威风外，你在外头啥也不是……"她轻蔑地看了他一眼，松开手，在腰间用力蹭了两下，仿佛被他的衣服弄脏了，拉开门头也不回地走了。

朱耀先没占着便宜又挨了骂，心里很不舒服，成天找顾一萍的碴儿，给她小鞋穿，两人时常发生争吵，在医院闹得沸沸扬扬，很多人都为顾一萍担心。两个多月后传来消息说，顾一萍辞职了，在市区开了一家美容院，专门卖各种进口美容产品。

星期天，胡海瑜拉着周敏慧到顾一萍的店里去做美容。周敏慧问顾一萍为什么不干了。

顾一萍说："我已经想明白了，到哪儿都是赚钱，没必要跟别人一起挤那独木桥。人生在世，很多东西是不能强求的，该放弃的时候就要放弃，懂得放弃才能拥有自己真正想要的东西。我发现我不适合在单位上班，更适合做生意。你看我在这里既轻松又快乐，没有任何压力，有什么不好呢！"她摊开两手，脸上露出骄傲而又满足的笑容。在她头顶的天花板上，一排排 LED 灯管投射出洁白的灯光，把房间里所有的东西都照得晶莹剔透，如水晶般闪闪发亮。

闭着眼睛躺在床上正在做脸部按摩的周敏慧说："说的也是，不管干什么，只要自己开心就好。"

睡在另一张床上的胡海瑜说："顾一萍，我可真佩服你。我也不想在单位上干了，可我没有勇气出来，只能慢慢地耗着，等退休了才能彻底解放。"

"我觉得人活一辈子，总得干一两件疯狂的事情，老是胆小谨慎地活着，啥事也弄不成。"顾一萍笑着说道。

做完美容，胡海瑜对这次体验很满意，马上办了一张会员卡，顾一萍给她打了七折。周敏慧没有办卡，只买了一瓶面霜。

腊月二十四那天，"新安市人民医院 2006 年拟聘用中层干部公示名单"终于贴出来了，很多人围在门诊住院大楼前喊喊喳喳地议论。

"吴彩华成了外联部的主任，这家伙毕业时间还不到五年，两年前才提的副科，今年就成了正科，升得可真快！"

"心内科的主任叫张清波，这个人是谁呀？以前从来没有听说过。莫非南主任不干了？"

"不是不干了，是医院没有续聘。快看，周敏慧当了神经外科的副护士长，负责 ICU 病房的工作。我早就说过，她这次肯定没问题。"

听到别人的议论声，本来也想挤进去看一眼公示内容的周敏慧转身就走了。毫无疑问，她之前的努力没有白费。她既高兴又惆怅，那种无法说清的复杂心情恐怕只有自己才懂。

她走进神经外科病区，同事们纷纷向她表示祝贺。护士长告诉她，医院马上要盖两栋家属楼，她和东正县调来的几位同事都有机会分到较好的楼层，价格比市面上要低很多。她不知道这个消息对自己来说到底算不算好事，不过对于其他还没有在市里买房的老同事来说，当然是天大的喜讯了。偏偏就在这个时候，陈灵均却跑来告诉她，他准备回县城去。

"别开玩笑了，你的编制好不容易弄上来了，房子马上也有了，回去干吗？还准备到县医院当你的科主任吗？"周敏慧不解地问道。

"那是不可能的。我说了你不要太吃惊，我准备在咱们县城开办一家民营医院。"

周敏慧以前从来没有听他提起这事，觉得很意外，就问他为什么要脱离事业单位到外面去创业。

他说："我早就有这个想法了，现在想借着十四大的东风到改革的大潮中去航海。人的一生其实很短暂，我觉得有什么梦想应该及早去实现，否则的话将来一定会后悔的。"

"办一所医院得花不少钱呢，你的启动资金从哪里来？"

"我把东正县的房子卖了十一万，跟亲戚朋友借了几万，又到银行贷了些贷款。"

"我的天哪，你也太胆大了！"

"没办法，想干大事就得冒险。"他笑着说道。

"今天到底是什么日子？苏雅玲几分钟前跑来跟我说她调到省城了，她前脚刚走，你后脚就来了。走吧走吧，你们都走吧！让我一个人留在这儿好了。"周敏慧一脸崩溃的神情，显得很失落。

"她调到哪儿了？我今天还没见她的面呢。"

"西安市第一人民医院，还是在眼科。她为这事已经跑了大半年了。"

"呵呵，那敢情好呀。不过，她走了，他们主任一定很惋惜，毕竟人家辛辛苦苦培养了她好几年。"

"可不是嘛。"

陈灵均走后，胡海瑜对周敏慧说："你这个老乡可真是个怪人，放着舒舒服服的临床大夫不当，偏要自己冒险去开医院，万一赔了就什么都没有了。"

王宏涛说："个人投资办医院能办多大的规模呢？无论从技术、设备，还是人员方面，都很难竞争过公立医院。单纯从个人收入来讲，他开一家小诊所比办一所医院更划算，更保险，背上那么大一笔债去创业，到底图啥呢？"

"我想他肯定不是单纯为了钱，应该是为了个人理想吧。"周敏慧说道。她嘴上虽然说得很轻松，心里其实挺替老同学担心的，生怕他在哪个环节出了闪失翻了船。

陈灵均到行政楼五楼去办理离院手续，刚一走出电梯，就听见一阵歇斯底里的哀嚎声。顺着声音他看过去，正对着电梯门的地板上横躺着一位五六十岁的农村妇女，边哭边叫着院长的名字骂。保安在一旁端着一杯水问她渴不渴，她不理睬；劝她起来有话好好说，她也不肯。这位女人旁边还站着四五个男人，有的两手抱在胸前黑着脸不说话，有的背着身子透过玻璃窗朝院子下面张望。楼门是关着的，保安给他使个眼色，他马上就明白是怎么回事，从安全通道步行到四楼，沿着另一侧楼梯上到五楼，找几位院领导签了字，又到医务科让科长签字。范睿恰好在科长的办公室里，得知来意后说："我们科长正在开会，让我发个短信问问他。"对方很快就回了信息，范睿立刻面露喜色，站起来边往文件柜那边走，边说："科长让我查一下你有没有遗留下什么手续，没有的话，让我代签一下。"

陈灵均问他外面那群人到底是怎么回事。范睿说："这家的病人几个月前曾经在普外科住过，腹部肿瘤合并多种并发症，本来他们想到外面去做手术，普外科的主任对家属说，病人的手术虽然比较复杂，风险也很大，但是他们可以利用一项新技术攻克所有的难题，于是家属就同意在咱们这里做。刚做完手术病人还好好的，没想到第三天突然因为术后并发症死了。家属闹了快半年了，媒体记者也借这种机会来找茬，上午一批，下午又是一批，轮番作战，不给钱就不走人。听说了没？骨一科的高建瓴主任也出事了。"

"出什么事了？"

"他给一位股骨骨折的病人做了内固定手术，病人出院后在自家的院子里摔了一跤，把腿上的钢板摔断了，一家人跑到医院又是跟高主任吵，又到医务科找医院的麻烦。"

"那是钢板的质量有问题，又不是高主任的手术做得有问题。"

"可人家家属认为，高主任作为一名手术医生，不应该把质量有问题的钢板给病人用上。"

"我的天哪，真是倒了八辈子的霉了！"

"高主任有理说不清，气得说以后儿孙都不让学医。我在这个地方已经待够了，我跟领导说我要挪个地方干活去，否则的话，老是待在这里，早晚会烦出病来的。院长已经答应给我调科室了，下个月就到干保中心去报到。"

范睿把陈灵均放在医务科的职称本、毕业证都交给他，在手续单上签了字，然后又跟他说起办医院的事，问他有没有考虑过医院办起来以后病源的问题。陈灵均指着医院对面的夜市说："这里每天都有很多人通宵达旦地吃烤肉、啃猪蹄、喝啤酒，只要这些地方不关门，医院就永远不缺病人。"

范睿大笑着说："有道理！"

四十三

由于资金有限，陈灵均只能在县城东郊较偏僻的位置租了一栋四层的旧楼改造后投入使用，医院取名：南山医院。南山医院只开设内、儿、妇、眼四个门诊和内科病房，设置四十五张床位，除了 B 超、心电图外，没有其他医技科室，大部分检查项目都要到县医院、中医院去做。

开业那天正好是星期天，市医院心内科除了值班人员外，其他医护人员都到现场去祝贺，周敏慧和刚刚调到新安大学附属医院的顾学勤也去了。来宾们看到，南山医院规模很小，设施简陋，全院只有四十多名医护人员，全都是资历很浅的年轻人，没有一名外聘专家，陈灵均平时既要上门诊，还要教年轻大夫写病历、下医嘱，忙得团团转。他们看不出这家医院和其他医院有什么不同。当他们得知病人在这里看病医保不能报销，不由倒吸一口冷气，暗暗地为他捏了一把汗。

虽然基础条件很差，但是这丝毫也没有影响陈灵均的创业热情。他对医院的定位是：不求大而全，只求专而精。

在招聘医务人员时，他对应聘者的学历没有严格限制，无论是本科、大专，还是中专毕业的医学生，都可以报名应试。因为在他看来，临床医学和护理专业都是实践性的学科，医学生们无论理论知识掌握得如何，必须要经过三到五年的临床实践才能胜任自己的工作。他在用人时主要从三个方面进行考虑：一、应聘者的思想品德要好；二、职业稳定性要好；三、工作认真，责任心强。他最喜欢应届毕业生，因为这些人还没有受到社会上不良习气的影响，也没有养成不正规的操作习惯，就像人们常说的"一张白纸好画画"，可塑性极强。他认为这些人在职业生涯中遇到的第一位老师十分重要，老师的业务能力、技术水平和思想品德，直接影响到他们未来的医学道路。不过，聘用应届毕业生最大的弊端就是：大部分人都没有考取执业医师证，工作能力差，需要极大的耐心，付出很多心血，才能让他们逐渐成长起来。南山医院属于一级医院，按照上面的要求，开业时至少要有一名主治医师、三到五名持有执业医师证的住院医师，因此不得不招收了一些有证的开过个人诊所或者在民营医院工作过的医生。这些人究竟能给医院带来些什么？一直是陈灵均最担心的问题。

为了从源头上斩断灰色利益链条，在跟药厂签订采购合同时，他一次性把药价砍到底，不给他们留下任何可操作的空间。考虑到很多老百姓由于特殊原因不能及时得到救治，他建立了一条绿色生命通道，让危重患者和家庭贫困的患者能够畅通无阻地就医。

事实证明，他的担心并非杞人忧天。半年后，那些从社会上招聘来的医务人员身上携带的歪风邪气很快就暴露出来了，他把这些人全部辞退，又继续向社会上招聘医护人员。

2008年的一天，从新安市卫生学校护理专业毕业的刘婉婷经人介绍顺利地应聘到南山医院成了内科病区的一名护士。此时的南山医院虽然已经开业两年多，由于医保不能报销，病人比较少，效益一直上不去，外面的人都传说，陈灵均在银行贷了很多贷款，背负着巨额债务，已经快赔死了，现在职工每月的工资都成了问题。刘婉婷知道这样的情况，但是中专学历在社会上已经不吃香了，她没有更好的选择，心里想：先走一步看一步吧，只要能保住基本工资，在哪儿干都一样。

刘婉婷家在农村，本来就是一个特别胆小的女孩，现在到了陌生的环境，一时不知道该怎么跟大家相处，一天到晚闷着头干活，不敢多说一句话。病区里有几名护士家在城里，常聚在一起说笑，感觉不太容易接近，医生们有的爱跟人说话，有的不爱说话。她一般很少到医生办公室停留，因为医生们经常为了一些小事闹矛盾，吵起架来一个比一个凶，让人进去以后感觉特别尴尬。虽然主任也想管好这群人，但是他性格懦弱，业务水平也一般，说出来的话没人肯听，有时说急了，还会被其他人抢白一顿。她从来不跟外面的人讲单位里的事情，偶尔有人问她科里的人怎样，她就笑着说："都挺好的。"

她平常老跟着护士长，她让她干啥就干啥。护士长贺秋果也是一名中专毕业生，比刘婉婷大三岁，性格开朗，说话做事特别干脆利落，在同事和病人当中印象很好。刘婉婷听同事说，贺秋果就是因为对病人态度好，工作能力强，被院长提拔为护士长的。贺秋果鼓励她胆大一点，平时多跟人交流。还对她说，见了病人不要老把脸绷着，尽量带着笑容跟他们说话，随时了解他们有没有什么需求。因为病人生病了本身心情就不好，要是看到护士板着脸给他们做护理，心里就更不痛快了。她把刘婉婷当作小妹妹看待，手把手地教她，帮助她完成一些她暂时还不能独立完成的工作。但是当她发现刘婉婷在日常操作中稍微有一点违规的地方，就会毫不留情地指出来，并且反复地提醒她说，院长对医护人员的操作要求非常严格，一定要在这方面注意。行政院长兼护理部主任王艳敏是陈院长在县医院工作时的同事，也是搞护理出身的，对工作要求很严很细，所以，刘婉婷对待工作特别认真，不敢有一丝一毫的大意。陈院长每天早上都来病区参加早交班和查房，在交班会上，他从来不提病人的费用高了或低了，病区的病人数量增加了还是减少了，只是强调医护人员的工作纪律、工作态度和工作作风问题，以及医疗质量和医疗安全问题。这和刘婉婷实习的时候在其他医院看到的不一样。病区里住着二十几名病人，有大人也有小孩，大部分都是农村来的农民和附近的市民，全都是冲着陈院长的名气和医院的服务态度来的。

上班后的第二周轮到她第一次值小夜。下午四点半接班以后，护士站只剩下她一个人。她按照护士长的交代，先到各个病房里转了一圈，重点查看了危重患者和病区里的老人和小孩。东正县的老百姓大都比较纯朴厚道，对医务人员很热情。一位姓刘的大爷一见到她就笑着问："女子，多大了？"

"十九。"

"一看就是个小娃娃。护士这个工作很辛苦，没事的时候赶紧坐下歇一歇，千万不敢累坏了身体。"

"谢谢刘爷爷，我会注意的。"刘婉婷的心里顿时觉得暖暖的，就像见到了自己的家人一样。

住在十三床的罗丁丁是个九个月大的女孩，入院诊断是急性肺炎，已经住了三天，病情明显好转，她去的时候丁丁刚输完液，正在用"婴语"跟陪护她的姑姑说话，这个还没有结婚的年轻女孩很会逗孩子，丁丁乐得咯咯直笑。丁丁的父亲在单位上班，母亲是做生意的，平常孩子主要由她母亲和姑姑两人轮流照顾，她母亲没有奶水，她吃的是奶粉。刘婉婷问丁丁的姑姑孩子吃奶和睡觉怎样，听到说挺好的，就放心地走了，临走前还特意逗了逗孩子，她也向她露出了可爱的笑脸。

刘婉婷查看完病人后，紧接着，值班医生白泉石也到病区巡视了一圈，没有发现任何异常。

就在他走后不到五分钟的时间，护士办公室里突然响起了急促的铃声，红色的指示灯显示出是十三床的位置。与此同时，不远处的病房里传来一阵凄厉的喊叫声："大夫，大夫，快过来，娃娃不行了！"

刘婉婷的心里咯噔一下，赶紧就往病房跑。进门后，她看到丁丁的姑姑怀里抱着丁丁，孩子耷拉着脑袋，脸和嘴唇乌紫，旁边的床头柜上放着半瓶奶。

"娃娃怎么了？"她连忙问道。

"被奶水呛着了！"那个女孩慌乱地在孩子身上胡乱拍打，话音里带着明显的哭腔。

这时，白泉石和陈灵均院长推着急救车先后跑来，陈院长拿起吸痰器亲自为孩子抽吸呛入气管的液体。孩子嘴里的分泌物流到了他的手上，他也不嫌脏，继续全神贯注地工作，同时还指挥现场的医生和护士采取各种急救措施，全力挽救患儿生命。

刘婉婷从来没有见过哪个医院的院长亲自抢救病人，十分意外。在她的印象中，院长一般只管医院的行政工作，不直接参与医疗工作。她觉得，一个院长能够做到这样，他手下的医务人员素质也一定不会差。

不幸的是，虽然他们尽了最大的努力，孩子还是没有抢救过来。由于她临死前遭受了很大的痛苦，脸色变得异常难看，五官也变形了，跟正常的孩子看起来很不一样。刘婉婷平生第一次近距离接触死人，内心受到了强烈的刺激，感到非常害怕，身体一直在微微发抖。她默默地和大家一起撤掉所有的急救物品，整理好孩子的遗容，尽量不让别人看出自己内心的变化。

就在他们刚要离开病房时，丁丁的父母闻声赶来了，抱着孩子失声痛哭。丁丁的姑姑哭着讲述了事情的经过，自责地说都是她不小心害了娃娃。陈院长也向两位家长详细地说明了抢救过程，表示医务人员已经尽了全力。孩子的父母什么也没说，当晚就把孩子送走了。

刘婉婷回到护士站后，脑子里依然清晰地闪现出丁丁最后的面容，她强迫自己不要再想，但是越是这样越忘不掉，越感到后怕。这时，陈院长走过来，盯着她的脸色关心地问："你没事吧？"

"没有。"她低着头轻声说道。

他似乎看出了她内心的恐惧，温和地说："不行的话，明天让贺护士长放你两天假，回家休息一下。"

刘婉婷没有想到院长这么细心，这么会体贴人，鼓起勇气笑着说："不用，我能行的。"

说来也怪，自从她说了那句"我能行的"以后，忽然觉得不那么害怕了，第二天又按时来到医院上班，感觉一切还和往常一样。

无论在哪家医院都会出现病人死亡的现象，南山医院自然也不例外，以前从来没有发生过任何纠纷。因为病人家属都知道医护人员已经尽到了自己的职责，病人是因为自身疾病的原因造成的死亡，所以没有一个人来闹事。但是这一次，偏偏出了意外。

第二天下午，丁丁的父母带着七八个人气势汹汹地来到陈灵均的办公室跟他讨要说法。这些人当中有一个人自称是市上的领导，一坐下就摆出一副官态，用上级对下级下命令的口吻让陈灵均给他汇报一下病人的情况。

陈灵均如实讲述了病人的发病时间、发病原因和抢救经过，然后告诉他，病人的死因是由于呛奶后窒息，引起呼吸衰竭、循环衰竭，并非是他们抢救措施不当造成的。

市领导听完后，操着官腔用十分强硬的语气说："不管怎么样，娃娃因为一点小病住院期间在你们医院突然死了，家属一时很难接受这样的现实，精神上受到了极大的创伤，你必须对他们进行赔偿。家属要求你们赔偿娃娃的丧葬费和他们的精神损失费十五万元，你就按这个数字给他们赔了。如果你不愿意赔，我就找你们县委书记，让他把你们医院关了。当然，我也可以不惊动县上的领导，找一帮人把你们医院给砸了。"

陈灵均没有想到一位市级领导竟然会说出如此无耻的话语，从心底里非常蔑视这种以权压人的行为，沉着地对他说："我不会给你们赔钱的。首先，病人的死亡不是我们造成的，我们不需要对此承担任何责任。你要是不相信我的话，咱们就进行医学鉴定，只要鉴定出来说我们错了，赔多赔少我都认了；其次，任何事情都要讲理，这件事情明明白白放在眼前，就算你把县上的领导叫来，他们也不能胡来，也要依照国家的法律和制度办事；最后，"他冷笑了一声，用嘲讽的语气接着说，"你雇人来医院捣乱，既不能解决问题，也没有任何道理。再说，你作为一名国家的领导干部，用自己的特殊身份公开威胁我，我相信这样的事情要是传出去了对你的影响也不好。"

那人放肆地大笑了几声，依然用十分严厉而傲慢的语气对他说："我们不做鉴定，只要求赔偿。你要是不想赔，就是跟我作对，想让我收拾你。告诉你吧，每年我都要到市卫生局督查工作，我可以通过他们找你们县卫生局的领导，随便挑点毛病，你的医院就开不下去了。你要是嫌我说话难听，可以到上面告我，我跟市上所有的领导关系都很好，他们不会向着你的。你要是不服气，咱就走着瞧，看谁能笑到最后。"

"赔偿要有赔偿的道理，没有一点道理，凭什么让我赔钱？"陈灵均火了，两人当即吵了起来。急得陪同陈灵均处理纠纷的王艳敏连忙劝说双方都冷静一点，慢慢说。

来人当中有几位面相很凶的彪形大汉，其中有两位是县城有名的地痞，经常因为打架进出派出所。他们双臂抱在胸前不耐烦地看着正在对峙的双方代表，一会儿站起来，一会儿坐下，不时捋起袖子，露出纹着蛇和蝙蝠的胳膊，摇晃着粗壮的双腿。罗丁丁的父母不停地给外面的人打电话、发短信，似乎还有大队人马在背后支援他们。

陈灵均知道这些人是在虚张声势，寸步不让。心里想：国家干部要是都像你们这样，那这个社会早乱套了，哪里还有老百姓的活路，领导们在大会上讲话时不是经常强调党员干部要有党性和原则吗？请问这位领导，你的党性和原则在哪里？

双方你一句我一句，一会儿说，一会儿吵，从下午四点钟一直僵持到晚上十二点，依然没有任何结果。

就在这时，丁丁的家属通过个人关系叫来了陈灵均的初中同学何宏伟。何宏伟来了以后，了解清楚了事情的全部经过后，要求单独跟陈灵均谈话。

两人来到隔壁的一间办公室里，何宏伟对陈灵均说："这位领导我认识，他在市上确实有一定的关系。按理来说，这钱不能赔，赔得没有道理。作为你来说，你在这件事情上一点错也没有，赔了心里冤枉，这我完全能理解。不过换个角度再想，你作为一家民营医院的院长，医院刚起步时间不长，在社会上的影响很重要。他们要是今天没有达到目的，在外面到处给你散布谣言，恐怕对你们医院不太好。另外，他要是真的利用自己的关系给你穿小鞋，处处刁难你，也会让你的日子不太好过。我作为你们双方的朋友，不偏不向，只是站在个人的角度帮你分析眼前的情况，说得也不一定对，仅供你参考，最终主意还要你自己拿。说实话，这些人的心也太黑了，一开口就要十五万，纯粹是敲诈人嘛。你先在这边好好考虑考虑，我过去再跟他们探探口风，看看能不能少点。"

何宏伟说完就走了。陈灵均一个人待在房间里陷入了沉思。何宏伟的话不是没有道理，他虽然表面上没有向对方服软，但是心里非常清楚，一名有权有势的地方官员，要欺负一个没有任何社会背景的普通老百姓，是易如反掌的事情，如果对方真的要胡来，根本没人管。以前在公立医院的时候，这种事情他见得太多了。可是在自己明明有理的情况下，无缘无故地向黑恶势力低头，他不甘心，也不情愿。

过了大约半个小时，何宏伟和王艳敏一起过来了。

"我反复地跟他们做工作劝他们不要再闹了，他们不听，说你要是不赔，他们就一直待在这里。我和王院长跟他们讨价还价，拉了好半天终于把价钱砍到了五万。他们说不能再低了，这是最低价。王院长，他们是这样说的吧？"

何宏伟侧身问王艳敏。

"是的，你同学真的把该说的话全都说完了，才商量下这样的结果。你看怎么样，能答应不？"

陈灵均知道对方未必真的敢闹事，也不怕他们在外面胡说，但是考虑到社会上不明事理缺乏判断力的吃瓜群众太多，说不定就因为这一件事情把南山医院的牌子给砸了，于是权衡了各方面的利弊之后，为了顾全大局，勉强答应给对方五万元了结此事，但是他的心里感觉特别的屈辱。

回到办公室后，何宏伟向对方转达了他的决定，那帮人马上露出了欣喜的表情。望着他们丑恶的嘴脸，眼泪唰的一下从陈灵均的眼里涌了出来，看到众人惊异的目光，他哽咽着说："我不是心疼钱，五万块钱我赔得起！我赔这个钱，我感觉医学没有尊严，我没有尊严，我对不起医学，对不起身上的白大褂……"说到这里，他再也控制不住自己的情绪，捂住脸失声痛哭起来。站在他身旁的王艳敏也忍不住流下了眼泪。

现场顿时一片静默，丁丁的父母尴尬地低下头，相互交换着眼神，就连那位市领导也失去了刚才的威风，稍稍有些愣神。仅仅过了二十几秒钟的时间，那些人便如喝了醒酒药的醉汉一般，相继恢复了原有的清醒姿态，毫不手软地拿走了胜利的果实。

第二天早上病区里交班的时候，很多人都发现陈院长的眼睛浮肿得很厉害，看上去很憔悴。他像往常一样听了值班医生和值班护士的报告后，讲了几句话，便带领医生们去查房。

之后没多久，刘婉婷便听说了前一天发生的事情，她气愤地对护士长说："娃娃发生意外，医生和护士该做的都做了，凭什么给他们赔钱？这也太欺负人了。"

贺秋果叹了口气说："是呀，确实让人心里很不平衡，可是没办法，现在的社会就是这样，没人跟你讲理，尤其是牵扯到医疗方面的事情，就更不用说了。咱们医院小，这种事情发生的还少，县医院的医疗纠纷可多了，听说光去年一年就赔了好几十万。"

"看来院长也不好当，得有多大的肚量才能咽下这口气。"

"咽不下也得咽。好了，不说了，干活去吧，把咱的活儿干好才是正事。"

这件事情发生以后，刘婉婷特别担心医院的财务状况会受到影响。没想到，到了固定的发工资时间她不但准时领到了自己的工资，还有一点奖金。虽然钱数不多，但是和身边的护士姐妹待遇都一样。正当她为自己分到了内科病区这个好科室暗自感到庆幸时，护士长却突然通知她到门诊的注射室去上班。

"护士长，我在这里待得好好的，为什么要让我换科室？"她不解地问道。

"因为那里的护士辞职去了别的医院。"贺秋果说道。

"哦。那院长知道了是不是很生气？"

"没有，他这个人很宽容的。他笑着说，能找到更好的工作就让她去吧。说实话，要培养一个新人很不容易，每走一个我都觉得很舍不得，但是没办法，护士这个岗位流动性太大，你可千万要留下来，你走了我会想你的。"

刘婉婷笑了笑说："怎么会呢？"心里却在想：以后的事情谁知道呢。

当时正值春节期间，门诊病人很少，来注射室打肌肉针、输液的更少，她一天待在那里闲得心里发慌，暗暗地计算着科室的收入，感觉连自己的工资都挣不回来。到了月底，她跑到财务科问注射室的收入情况，一位工作人员告诉她，收入为负数。意思是说，不但没挣下钱，医院还要赔钱。

完了，这个月的工资肯定没戏了。她沮丧地想。不会一分钱都不给吧？回头一定要找个人跟院长说说，让他把我再调回内科病区，这样的工作干着太没劲了。

转眼间又到了发工资的时间。那天下午下班后她在一楼的大厅里遇到贺秋果，贺秋果一见面就问："到银行上查工资了没？工资已经发了。"

"我还有工资？"

"当然有啊。"

"真的吗？让我去看看。"

刘婉婷一口气跑到自动取款机跟前，把银行卡插进去一查，工资真的发了，一分钱都没少。她不由得长出了一口气。

没过几天，财务科又打电话通知她去领奖金。她有点不相信自己的耳朵，以为他们通知错了。跑去一看，奖金比上个月稍微少一点，和医院的平均奖一样多。

拿着钱，她抑制不住内心的激动带着几分疑惑来到院长办公室，敲门进去后，见里面没有其他人，便大着胆子问院长："陈院长，输液室上个月的收入是负数，你不批评我，为什么还要给我发工资和奖金？"

陈灵均笑眯眯地说："输液室病人少不是你的原因，你在自己的岗位上做了自己该做的工作，应该享受和其他人一样的待遇。"

刘婉婷听了特别感动，用带着几分孩子气的声音对他说："世界上再也找不到像你这么好的院长了。谢谢你，我一定会在这里好好干的。"

"好，你也努力，我也努力，咱们的南山医院一定会越来越好。"陈灵均笑着说道。

"嗯。"刘婉婷跟他道了声别高高兴兴地回去了。

四十四

"陈院长，面试的娃娃们都来了，时间快到了。"下午两点二十五分，王艳敏走进院长办公室，对穿着白大褂正在认真办公的陈灵均提醒道。

"好，那咱们就过去吧。来了几名医生？几名护士？"陈灵均边走边问。

"三名医生，五名护士。"

"好，那就先从医生开始吧。"

陈灵均坐进会议室后，应聘者在王艳敏的安排下，依次进去参加面试，每个人大概只用了十多分钟就出来了。

第一位应聘者是个二十五岁的小伙子，大学本科毕业，曾经在外地一家民营医院干过两年，有执业医师证，因为家庭的原因想回到本地工作。小伙子性格比较急躁，稍微有点傲气，对待遇不太满意，没有留下的诚意。

第二位是个民办大专毕业的女孩，在一家县医院实习过，还没有取得助理执业医师证，她的身体十分瘦弱，说话有气无力的，一看就是吃不了苦的那种人。陈灵均对她不太满意。

第三位应聘者叫王谦博，是个大眼睛厚嘴唇的本地小伙。他大大方方地走进来，先向陈灵均鞠了个躬，然后在他的示意下落座，从容不迫地自我介绍说，他一年前大专毕业，曾经在新安大学附属医院实习过，毕业后在没有找到工作之前，又自费在新安大学附属医院心内科学习了一年，刚刚拿到助理执业医师证。王谦博话不多，但是思路清晰，显得很沉稳。

陈灵均亲自给他倒了一杯茶，问他学习期间的带教老师是谁，他说是顾学勤。

一听到这个熟悉的名字，陈灵均马上对这个小伙子有了好感，暗暗寻思道：这个娃娃实习结束后又能主动学习一年，说明他是个勤奋好学的人；他是顾学勤亲自带出来的学生，基础肯定学得很扎实。另外，这个人性格比较内敛、沉稳，对待工作严谨认真，很适合搞内科。

他问王谦博对待遇有什么要求。

王谦博说只要能享受到和一般的公立医院比较接近的待遇就可以了。紧接着他问了一个比较直白的问题："你们这里有没有药物提成和开单子提成？"

"没有。不过，待遇我们可以商量，只要你干得好，我就会给你加薪。另外我还要特别说明的是，在我们这里上班医生没有任务，我可以为你提供和其他医院一样的学习机会。"

陈灵均的话似乎出乎了王谦博的意料，王谦博显得很惊讶。

"你知道我为什么要办这家医院吗？"

王谦博怔怔地看着他，心里想：不是为了赚钱还为了啥？

"我原来是公立医院有正式编制的医生，在乡镇医院、县医院和市医院都工作过，如果当年没有离开县城，现在很有可能已经从科主任提拔为副院长或者正院长了……"他就像面对老朋友一样，向王谦博讲述了自己独特的经历。"可是干了十几年后我发现，我并没有实现自己的理想，我所做的很多事情都违背了我的初衷，损害了老百姓的利益，所以我就到社会上来创业。我希望在我的医院里，医生就是医生，只要一心一意地给病人把病治好就行了，不要变成赚钱的机器……"

几位护士面试完后，陈灵均亲自带领所有的应聘者参观了医院的内部设施。参观完后，他问王谦博是否愿意留下，王谦博说让他回去考虑一周再决定。

王谦博的父母都是农民，在外面没有任何门路，他只能自己出来找工作。到南山医院应聘，是他的带教老师顾学勤的建议。王谦博见到陈灵均以后，觉得他既不像老板，也不像院长，更像一位老师，从言谈中能够感觉出他是个很正直的人，从心底里敬佩他，但是南山医院的设施和条件太差，规模也很小，和他想象中的工作环境不一样，心里难免有些失望，就打电话给顾学勤，把自己的感受说给他听。

顾学勤说："陈院长的医院虽然小，但是专业性很强，你去了以后，他可以手把手教你学，放手让你干。我不是跟你说过嘛，他的业务水平很高，在公立医院上班的时候每次病历书写评比都是第一名，在他的亲自带教下，你肯定比一般的同龄人进步快。你可以先试着干一段时间，如果觉得好就留下来，觉得不好还可以到其他地方去工作。"

王谦博觉得顾老师说得有道理，打算先干两个月试试看。

此时已经到了 2009 年的 4 月份，南山医院刚上了医保系统，效益比原先好多了。王谦博发现，这家医院和其他民营医院真的不一样，不打任何广告，也不采取市场营销策略，门诊和住院病人依然源源不断。病人普遍评价说，南山医院技术好服务态度也好，看病花钱还不多。科室每周四早上安排一次科内讲课，要求每位医护人员都要轮流讲，讲完院长会亲自点评。陈院长每天都带领医生查房，查得很细，讲得也多，把书本和临床实践结合在一起讲，深入浅出，实用性很强。尤其是遇到周二、周五和周日大查房的时候，三四十个病人查一圈下来，要耗费近两个小时。查完房院长又去上门诊，下午再到病房指导年轻医生下医嘱、写病历，和他们一起研究病人的治疗方案，每份出院病历他都要亲自审阅。陈院长从来不提科室的工作量和收入，只是反复强调医务人员的医德医风和服务态度，他给王谦博留下印象最深的一句话就是："给病人看病的时候先要看到人，再看到病，不能把病人当病人。"陈院长要求别人做到的自己首先做到。在病人面前，王谦博从来没有见过院长有不耐烦的时候，病人穿得再破再烂，身上再脏，他都不嫌弃，依然用亲切的笑脸迎接他们。在南山医院上班他感觉没有压力，而且短时间内能学到很多东西，所以只过了一周便决定留下来长期在这里工作。

这天下午，陈灵均好不容易忙完工作正在办公室里休息，王谦博突然敲门进来了。陈灵均让他在自己的对面就座，像往常一样倒了一杯茶放到他面前。王谦博上班以后，陈灵均很快便看出这个小伙子的确跟其他的年轻医生不一样，他的基础很扎实，人又聪明，很多东西只要稍微点拨一下就通了，根本不需要花费太多的力气去教，而且工作能力很强，态度又认真，病人和同事对他的评价都很好。陈灵均从心底里喜欢这个年轻人，认为是个好苗子，可以好好培养。

"小王，有什么事你就直说吧。"看到王谦博有点拘谨，陈灵均鼓励道。

"陈院长，我先说说我来到咱们医院这三个月来的感受吧。"王谦博说道。他先把好的一面说了，紧接着又把自己在工作中发现的一些问题提了出来，"我觉得目前最大的问题就是同事之间不团结，很难拧成一股绳。不光我们医生是这样，护士也是这样，大家经常为一些小事闹矛盾，长期这样下去是不行的。另外，医院的规章制度不完善，工作中遗留的漏洞很多……"

他的话一下子说到了陈灵均的心坎里。自从建院以来，陈灵均特别注重职工的思想道德教育，经常在大会小会上讲，但是没有起到太大的作用。他到科室去查房的时候，早就注意到很多同志相互之间不说话，安排工作时这个不跟那个在一起，那个也不跟这个在一起，让人感觉特别不舒服。还有一个让他倍感困扰的问题是，很多人对工作缺乏热情，对病人不够耐心、细心。作为一个年近不惑的成年人，他知道一个人的思想是在长期的社会生活中逐渐形成的，受到文化、知识、见识、环境等多方面的影响，要在短时间内靠说教来改变，基本上是不大可能的。那么，怎样才能从根本上解决这个问题呢？他觉得是时候多花点时间来认真地思考一下了。王谦博这个小伙子虽然来院时间不长，但是他能够细心地观察到医院管理中存在的问题，及时地向他反映，说明他是个有责任心有担当的好职工，他特别欣赏他的真诚和勇气。

"好的，我知道了，谢谢你。你提到的问题我会认真考虑的。"他跟王谦博握了握手，目送着他远去，内心再一次忧虑起来。

那天晚上，他躺在床上一直在思考职工的思想建设问题。这种事情做表面工作容易，要真正深入人心太难。他想，要是能让大家为了一个共同的目标，集体参与到一种活动当中，充分发挥出每个人的主观能动性，可能会产生一定的效果。这个活动要是在本地搞，所见所闻还和以前一样，好像没有特别的意义。如果能带领大家到外面去，感受不同的文化，接受全新的教育，在开阔眼界的同时，增长一些见识，也许效果更好。这种活动应该叫什么呢？他用心地思索了一会儿，脑海中突然灵光一闪出现了一个新名词：主题思想教育。至于王谦博提到的制度方面的问题，他打算把这项工作交给这个年轻人来做，因为根据他的观察和判断，医院的其他医生都不具备这种能力。

王艳敏听说陈灵均要停业十天带领全院职工分两批到北京去搞"我爱北京，我爱祖国"主题思想教育活动，大体估算了一下医院的经济损失约为三十万元，以为他头脑一时发热有点冲动，用疑惑的口气问道："花这么大代价出去搞活动，值得吗？"

"值！"陈灵均斩钉截铁地答道。

"能有效果吗？"

"应该会有。"

"那可是三十万呀！"

"我知道。没事，花了咱们还能挣回来。"

活动安排在 9 月初，职工们听到这个消息后特别兴奋，早早地就安排好科室的工作和家里的事情等着出发。

第一批职工由陈灵均亲自带领，他是队长，王谦博担任副队长，负责住宿交通等方面的联络工作。王谦博已经是内一科的主任了。几个月前当他向陈灵均提出医疗方面的规章制度不完善时，陈灵均让他负责完成这项工作，他做得既认真又细致，陈灵均十分满意。事实上，在他来到南山医院之前，陈灵均早就感觉出原来的那位主任业务能力不强，管理能力也不行，于是就把他免职，换成了王谦博。事实证明陈灵均的决定是正确的。自从换了科主任以后，科室里再也没有出现过安排工作时相互不配合的情况，工作氛围也改变了，大家坐在一起经常有说有笑的，关系特别融洽。

首批学习参观人员启程前，陈灵均特意向大家交代说，到了外面，每个人都代表医院的形象，要有集体荣誉感和较强的纪律观念，在公众场合一定要注意自己的一言一行。职工们牢牢地记在了心里，出了门以后，很多平常不太打交道的人也一路上相互照应着，人情味比原先浓厚多了。

除去来回路上的时间，他们一共在北京待了三天。第一天去了故宫和颐和园，第二天爬长城，第三天早上到天安门广场看升旗仪式，下午再坐飞机返回。

谁也没有想到最后一天天气突然发生变化，凌晨三点下起了瓢泼大雨。贺秋果由于前一天穿的衣服太少着了凉，感冒了有点发烧，陈灵均劝她和几位体质不好的同志不要去看升国旗了，但是他们谁也不愿意留在酒店，非要跟大家一起出去不可。贺秋果说："我们跑了这么远的路好不容易才来到北京看一回升国旗，别说今天下暴雨，就是下刀子也要去。"于是，所有的人在凌晨四点起床，穿着雨衣坐车来到天安门广场，排着整齐的队伍静静地伫立在暴风雨中，等待着那神圣的一刻来临。

当模糊的视线中终于出现了护旗手的身影，耳边奏响了雄壮激昂的音乐时，很多人都流下了激动的泪水，跟着音乐情不自禁地唱起了国歌，向庄严的国旗行注目礼。

仪式结束后，聚集在广场上的人群一下子乱了，职工们也身不由己地被分开了，所幸的是大家提前接到通知在广场的南边集合，便纷纷向那里走去。到了地方，陈灵均拿出花名册开始点名，念到的人依次喊"到"。当他念到王艳敏的名字时，发现她没有跟来。念完又喊了一遍还是没人答应。

"快给王院长打电话，看她走到哪里了。"不知道是谁说了一句，好几个人都拿起手机开始拨打。

"你们都别拨了，让我来打。"最先开始拨号的王谦博说道。他打了好几遍都没人接听。大家特别担心王艳敏的安危，因为她是整个团队中年纪最大的职工，已经五十六岁了。

"这可怎么办呢？赶紧回去找找她！"刘婉婷带着哭腔喊道。

"大家两个人一组分头去找，不管有没有找到，半个小时后再回到这里。"陈灵均说道。

他的话音刚落，除了因感冒发烧体力不支的贺秋果和负责照顾她的两名护士外，所有的人以最快的速度和身边的同事自动组合在一起，在王谦博的指挥下，沿着不同的方向分头开始行动，个个脸上带着焦急的神情。陈灵均和王谦博也加入了寻找的队伍。陈灵均的心里特别着急，暗暗地想：王大姐呀王大姐，你到底跑到哪里去了？不会是突然生病了吧？他突然意识到自己提前没有安排一位同事专门照顾她是极大的失职，非常自责。

他们又来到观看国旗的地方，没有看到王艳敏的身影。雨还在不停地下着，四周白茫茫一片，远处的景物很难看清楚，就像中间隔了一层毛玻璃似的。广场上的人依然很多，仿佛成群结队的蚂蚁密集地交织在一起。广场太大了，怎么找啊？陈灵均不免有些发愁。他观察了一会儿周围的情况，决定先到广场的东边去找。走了大约五六分钟，裤兜里的手机突然响了，他拿出来一看，是南山医院的号码。

"陈院长，王院长刚才看完升旗仪式后不小心把脚扭伤了，她出来的时候忘了带手机，没有记住一起出来的同事的手机号，只记得院办的号码，就借用别人的手机打过来了，我给你一个号码，你自己联系一下……"手机里传出的是专门留下接听办公室电话的一位职工的声音。

陈灵均听了以后悬在半空中的心终于踏踏实实落了地，赶紧按照那个号码拨打过去，很快就找到了掉队的王艳敏。

王谦博看到王艳敏脚疼得不能走路，要背她。王艳敏本来就因为自己行动不便给大家带来了麻烦很不好意思，看到这样更难为情了，坚持让他扶着自己走。陈灵均开玩笑说："王院长，你现在是咱们队里的大熊猫，一定要接受大家对你的爱护。全院职工能不能顺利地返程，你的配合非常重要，赶紧上去，小伙子蹲着很累的。"

　　王艳敏这才同意让王谦博背她。

　　"陈院长，导游刚才说接到机场通知，因为天气的原因咱们预定的航班取消了，动车也停了，怎么办？"旅游车上，负责交通联络的王谦博来到陈灵均身旁忧愁地问道。

　　陈灵均知道，第二批参加活动的职工的机票提前已经预订好，明天早上就会从东正县出发，如果这批人回不去，没人接替他们的工作，那么，医院的工作就会陷入瘫痪。虽然门诊暂时已经关闭，但是仅有的几位住院病人的安全将无法得到保障。于是他果断地下令："赶紧想办法包车，咱们直接坐车回去。"

　　一个小时后，一辆大巴来到他们所在的宾馆。上车时，贺秋果由于感冒过于严重，脸色黄黄的，看上去状态很差。

　　"贺护士长，你到底行不行啊？不行的话就留下休息两天再回去。"陈灵均担心地说道。

　　"没事，我能坚持到回去的。"倔强的贺秋果非要跟大家一起走不可。

　　看到这种情况，一位同事主动帮她提行李，两名同事搀扶着她上了大巴。

　　路上，贺秋果先后吐了两次。到了加油站的时候，脸色更难看了，其他人下去吃饭，她连站起来的力气都没有。

　　"贺护士长，你别跟我们走了，在这儿下车吧，万一路上病得厉害了就麻烦了。"

　　"留下吧，后面的路还很长呢。"

　　很多人都劝她，陈灵均也怕路上发生意外，建议她留在北京病好了再回去。

　　贺秋果执拗地摇了摇头："不行，明天还要回去上班呢，咱们的工作一个萝卜一个坑，少了一个都不行。我已经吃了药了，慢慢会好的。"

　　吃完饭，刘婉婷给护士长带了一碗白米粥，她只喝了几口就喝不下去了，半靠在座位上一点精神都没有。

　　"咱们几个拼一下座，让护士长躺一会儿。"刘婉婷提议道。于是几个人调整了一下座位，给贺秋果腾出两个人的座位，可以蜷缩着身体躺下。

　　经过近一个昼夜的长途跋涉，到了第二天早上七点钟，三十几个人终于按时返回医院，大家连脸都顾不上洗，饭也没吃，就直奔自己的科室，开始跟值守的人员交接班。交完班后，第二批人走了，第一批人继续工作。此时的贺秋果脸色异常苍白，身体看上去十分虚弱，但是她和其他人一样坚守在自己的工作岗位上，一直到下班才离去。

<h1 style="text-align:center">四十五</h1>

活动结束后，陈灵均要求全院职工每人写一篇心得体会。很多人都说，通过这次参观学习，不仅了解了首都北京优秀的历史文化，感受到了祖国的伟大和富强，国旗的庄严和神圣，而且还感受到了集体的温暖，心中更加热爱祖国，热爱家乡，热爱医院，热爱自己的工作。在所有的文章中，刘婉婷的文字最为细腻动人，能够看出扎实的文字功底和良好的文学修养，陈灵均当即决定让她担任宣传员负责医院的宣传工作。由于南山医院规模较小，对外宣传工作不多，刘婉婷平时还在护士岗位工作，只是比其他人多了一份职责。承担的职责多，待遇自然比其他人高。而从贺秋果身上，他看到了令人感动的责任意识和担当意识，在总结会上对她进行了表扬，号召全院职工都要学习她的敬业精神，但是并不提倡大家带病工作。

通过这次活动，陈灵均欣喜地发现，职工之间的关系明显地拉近了，大家在工作中表现得更加积极，更加热情，整体的精神面貌也有了较大的改观。于是他决定，把主题思想教育活动长期坚持下去，每年都在不同的地点搞一次，并把这项工作写进了医院的年度计划当中。

就在这一年，县上的公立医院又接连发生好几起医患纠纷，家属闹腾得特别厉害，医院赔了很多钱。王谦博有一次汇报工作时跟陈灵均谈起这些情况，陈灵均说："现在的社会风气很不好，有些人看到咱们医院效益好了，就会动起歪脑筋，想找个借口敲竹杠。咱们都要做好心理准备，抓住一个典型事例好好地跟他们干一仗，一定要把这种不良的势头压下去，决不能让他们像以前一样为所欲为。"

"陈院长，你说得很对，我也是这样想的。"王谦博说道。

就在他们说完这番话的第二周，南山医院又遇到了一起医疗纠纷。

这一次，陈灵均没有同意跟病人家属私下调解，坚决要求通过法律途径解决此事。他之所以要这么做，是因为长期以来很多人对民营医院存在偏见，认为只要病人就诊后预后不好或者医患之间发生纠纷，肯定是民营医院的过错。上次那个九个月的女婴因为家属给其喂奶时发生呛奶导致窒息死亡，刚开业不久的南山医院为了息事宁人，在没有任何过错的情况下赔了钱，但是此事传到社会上以后，还是给医院带来了不良影响。因此，他下定决心一定要把这场官司打到底，让社会上的人都看清楚：到底是谁对，谁错？民营医院的医生是不是都是唯利是图的"生意人"？

在进行司法鉴定之前，一位名叫郭成成的病人家属特别张狂，说他在省城工作，省上各家大医院都有非常抗硬的关系，有名的专家教授全都认识，只要一个电话就能把他们全部搞定，并且用手指着陈灵均的鼻子赌咒发誓说，鉴定结果肯定是南山医院有责任，否则的话，就把他的名字倒过来写。

"只要你同意，哪怕把这个事情弄到北京我都奉陪到底！"陈灵均底气十足地说道。

"好，一言为定。谁不敢鉴定谁是孙子！"郭成成瞪着眼睛当着陈灵均的面用力拍了一下桌子气势汹汹地走了。

这起医疗纠纷跟一位名叫郭双双的孩子有关。郭双双只有五岁，是在母亲张琴的陪同下到门诊上找陈灵均看病的。当时诊断为急性肺炎合并心衰，病情十分危急，考虑到南山医院的医疗条件有限，陈灵均建议马上转到县级以上大医院治疗，并讲明了疾病的严重性。但是张琴就是坐在诊室里不走，借口孩子父亲不在，她拿不了主意，要求先给孩子打上吊针再联系转院的事。陈灵均反复劝说无效后，只好让孩子在留观室输液观察。在输液治疗的过程中，他多次查看患儿病情，不断调整用药，并且督促张琴尽快联系上丈夫办好转院手续。没想到，那个女人一直拖了四个多小时才把丈夫叫来，转到县医院时孩子的病情更加严重了，县医院也不敢收，又用救护车将其转运到新安市人民医院儿科治疗，结果还没到医院孩子就病逝了。郭双双去世后，他的父亲郭长安带着侄儿郭成成和一大帮亲戚来南山医院闹事，认为是南山医院延误了孩子的病情，要求他们赔偿。面对这样无理的要求，陈灵均丝毫不让步，明确表示一分钱都不赔，除非经过医学鉴定他们医院的诊疗过程确实有问题。

由新安市医学会医疗事故技术鉴定中心随机抽调的儿科和内科专家组成的鉴定小组对这起医疗纠纷进行了初次鉴定。鉴定会开始前，鉴定小组已经收集了医患双方提供的材料，并到南山医院进行了调查取证。

郭长安一家来了八个人，南山医院只来了陈灵均一个人。

医患双方代表被单独叫进去分别进行谈话。

在专家面前，陈灵均有理有据地陈述了事实经过。虽然他不知道对方在专家跟前是怎么说的，提供了哪些证据，但是他相信，只要专家组能够公平公正地做出裁决，他就一定能取得胜利。

鉴定结果很快就出来了，专家组认为，患儿郭双双的死亡是由东正县人民医院转诊到上级医院过程中病情发生变化所致，与首诊医院的医疗行为无因果关系，根据医疗事故处理条例规定，本例不构成医疗事故。也就是说，南山医院不需要对郭双双的死担负任何责任。

接到鉴定书的那一刻，陈灵均长吁了一口气，笑着对身边的人说："看来这个社会还是有公道的。"

"别高兴得太早，我听说郭长安一家不服，要求上诉。他们认为你一审胜诉的主要原因是你在本地认识的人多，到了省上就不一样了。南山医院属于一级医疗机构，省级鉴定为最终鉴定，我建议你聘请一位专业律师和你一起应诉。"王艳敏说道。

陈灵十分自信地说："用不着，我一个人能搞定。"

"千万不敢有轻敌思想，郭成成不是一直叫嚣着说他省上有人嘛，万一他们在上头真的找了关系跟你胡来，案子一旦定性，就没有翻盘的可能了。"王谦博提醒道。

"他们真要胡来，就算找了律师也没用。我已经决定了，还是我一个人去，事实清清楚楚地就摆在那里，没有人能够改变。到底谁对谁错，让他们用良心去判断吧！"陈灵均坦然地说道。

三个月后，当他再次站在专家组的坐席前与郭长安一家面对面地接受鉴定时，发现对方的阵容比之前更加庞大了，除了原有的几个人外，又增加了一名专业律师。郭家人的气焰十分嚣张，似乎他们已经提前串通好了现场所有的权利人物，在他的脖子上方垂下了一个精心设计好的绳套，只等着他乖乖地往里钻。他丝毫也不害怕，心里想：有理没理不在人多人少。

专家组让患方先做陈述。律师代表郭家人说，陈灵均首次接诊后，没有马上采取有效的救治措施，而是借口自己治不了有意拖延时间，在转诊前也没有告知病情的严重性。

陈灵均在心里冷笑了一声：纯粹是胡说八道！

轮到他陈述时，他十分沉着冷静地讲述了事情的经过，表示患儿郭双双在南山医院门诊诊治过程中，他们严格遵循临床门诊诊疗技术常规，以严谨科学的态度进行诊治活动，并且及时向家长告知疾病的严重性，反复建议他们尽快到条件较好的大医院就诊，尽到了告知义务，诊断正确，用药符合医疗原则，没有延误患者的诊治。

紧接着，省医学鉴定小组的组长开始对双方当事人进行提问。

"患儿的父母，你们选择在南山医院就诊时，是否看到了门诊病历中写的'建议转院治疗'几个字？"

张琴说："看是看到了，但是娃娃当时看起来病情并不严重，只是吊了吊针病情才加重的。"

"病情告知书上的家长签名张琴、郭长安，是你们亲手签的吗？"

"是。"郭长安答道。

"签是签了，但是我们没太听懂他说的那些情况。"张琴当着陈灵均的面装糊涂，脸上的表情很不自然。

"请问，是他们没有说清楚，还是你们没有听清楚？"

"他们说是说清楚了，我们也听清楚了，但是我们是农民，没文化，不知道他们说的那些情况到底是不是真的。"

"留观病历上有五次医患沟通记录，你们对其真实性是否存在疑问？"

"没有。"张琴红着脸答道。

"刚才我们在法庭上说的话你们全都能听懂不？"

郭长安夫妇俩相互看了一眼都说能。

"你们对第一次鉴定过程中已经认定的事实有无疑问？"

郭长安和张琴明显地愣了一下，隔了半晌才吞吞吐吐地说："没有。"

从专家们提出的问题和在鉴定会上表现出来的态度，陈灵均明显地感觉到公理是站在他这一边的。

二十多天后，当他再次接到南山医院无需担责的鉴定书后，激动得热泪盈眶。因为医患纠纷发生后，很多时候不是医院里的医生底气不足，而是他们根本就没有机会走到这一步。

之后，郭家人再也没来医院闹事。这件事情传播到社会上以后影响特别大，南山医院再也没有发生过任何医疗纠纷。

一年后的一个夏天的傍晚，陈灵均和几名同事正在户外喝茶，肩膀上突然被人拍了一下。他抬头一看，拍他的人是郭成成。

"陈院长，能不能借个地方跟你说几句话？"那后生低声下气地说道。

坐在一旁的王谦博认出了这个小伙子，用胳膊挡了一下，示意陈灵均不要去。

"你放心，他不敢把我怎样。"陈灵均马上站起来，跟着郭成成来到附近一个无人的角落里。

"陈院长，我找你来是想跟你说个事。你大概不知道，我二爸他们家本来就很穷，去年打官司又花了不少钱，不管怎么样，你的情况比他们好，能不能给他们救济上一两万块钱，帮助他们解决一下生活上的困难？"郭成成用商量的语气问道。

平常医院里来了家庭特别贫困的病人，陈灵均有时会代表医院给家属送慰问金，有时也会免除病人的一部分医药费。如果之前他们没有发生那些不愉快的事情，如果眼前的这位小伙子没有在他的办公室里给他拍桌子瞪眼睛大声恐吓的话，他很可能出于人道主义的精神给予他们一点帮助，但是他觉得自己不能答应这样的请求。因为上小学的时候他就学过《农夫和蛇》的寓言，知道一个人的善良必须要有底线，更何况他已经被蛇咬了一次，怎么可能再去救它？于是他毫不犹豫地对郭成成说："不可能，你们想别的办法去吧。"说完转身便走了。

他刚走了几步，就看见王谦博在不远处一脸焦急地朝这边张望，看到他平安归来，长吁了一口气，连声问："没事吧？吓死我了。"

"没事，咱们继续喝酒。"他淡淡地笑着说道。

四十六

2018 年 9 月份的一天上午，新安市人民医院儿科三病区的护士长周敏慧像往常一样参加完科室的交班会，跟着查房的大队人马在床头交接了危重病人，然后和早班护士一起给病区所有的病人做了一遍晨间护理，顺便了解了一下重点病人的情况。由于早晚天气变冷，发烧的患儿很多，有几个从基层转上来的急性肺炎患儿已经出现心衰症状，她反复提醒当班护士要多巡视，多观察，生怕出现闪失。做完晨间护理，她又查了一下感控方面的工作。上个月他们科室因为手卫生和治疗室的消毒问题让感控科扣了分，所以这个月她就把科室的感控工作当作重点来抓。马上到月底了，又到了对质控工作进行月汇总的时候，她作为质控小组的组长比谁都重视这个事，督促副组长赶紧把 PDCA 做好让她尽快审核。如今的护理工作内容特别多，要求很严，很细，光质控这一项工作，二十名护士分了十二个组去搞，还是很难做到尽善尽美。安排完工作后，她回到自己的办公室，屁股刚挨到凳子上，科主任肖子熠拿着一份《健康报》走了进来，指着上面的一篇文章兴致勃勃地说："看看这篇报道。"

周敏慧接过来一看，报道的标题为《让每位患者看得起病 让每位医生更有尊严》，副标题上注明报道中讲述的是新安市东正县南山医院创建人文医院的事迹。"我的天哪！这不就是陈灵均办的那家医院吗？这家伙也太厉害了，都上了国家级的报纸了！"她惊叫了一声，把报纸在桌面上铺开，迫不及待看了起来。刚看了两行字，肖子熠说："你慢慢看，看完还给我，我打算收藏起来。医生办公室里还有病人等着我呢。"说完就出去了。

周敏慧怀着激动的心情聚精会神地阅读着那篇报道。报道中说，陈灵均作为一家民营医院的院长，不以盈利为目的，全力打造人文医院。南山医院经过近十二年的发展，从一家仅有四十五张病床，四十多名职工的小医院，扩展为开放一百张病床，开设内、外、妇、儿、急诊、康复、预防保健七个门诊、内儿两个病区、多个医技科室，拥有近百名职工的二级综合医院。院长陈灵均坚持"党建引领，文化支撑，科学发展"的办院理念，将人文精神与医院管理有机地结合起来，通过人性化医疗、人性化服务、人性化管理和独具特色的医院文化，走出了一条现代医院的发展新路。与其他民营医院相比，这家医院始终把患者的生命健康和心理感受放在首位，严格控制医疗成本，药价八年没有变动，价格比公立医院还低，人均医药费也比同级医院低，危急患者就诊时，从来没有因为患者没钱缴费将其拒之门外。医院在用人方面，也打破了公立医院"以学历代能力，以职称定收入"的常规，把医务人员的实际能力和职业道德作为选人、用人的重要依据和薪酬分配的考核标准。最令人称奇的是，这家医院不给医生定工作任务，只对其工作质量进行考核。医院特别重视文化建设，医院的对外宣传材料要求人人动笔写，集体讨论。他们还在当地的门户网站上建立了一个文化宣传网页，把医院的工作动态、党风廉政、新业务新技术、好人好事等随时发布到网上，同时还专门开设了一个职工文学栏目，鼓励职工进行文学创作。

这张报纸的印刷日期是上周的周五，等她看到的时候已经过了两天了。在没有看到这篇报道之前，周敏慧一直以为陈灵均的民营医院和其他医院没有太大的区别，他只是不满足公立医院提供的平台，想通过开办民营医院实现自己的职业理想，获得更多的社会财富。她完全没有想到他正在努力建设一个她特别向往的、和所有正直善良的人价值观一致的医院；她暗暗地在心中为他叫好，同时也为自己能够拥有这样一位有理想有作为的好同事好同学感到自豪。

她一口气读了两遍，读完后呆呆地坐在那里，觉得跟陈灵均相比，自己的人生好像还缺点什么。到底缺什么呢？是自由吗？是生命价值得到充分体现的快乐吗？还是经过长期的艰苦努力获得的成就感和满足感？好像都有那么一点。

桌上的手机突然响了，她一看来电显示是范睿打来的。

"周敏慧，你看到上周五的《健康报》了没有？上面报道了陈灵均的事迹。我早就说过，他肯定会成功的，果然没有让我失望，哪天咱们上门去找他庆贺庆贺。"范睿的语速特别快，隔着手机周敏慧都能感受到他此时此刻的心跳。

"好啊，我也是这么想的。这家伙也太低调了，平时从来不见在报纸电视上宣传，一家伙直接就上《健康报》了，呵呵，太牛了……"

两人说笑了一会儿，都显得特别高兴。挂上手机，周敏慧直接拨出了陈灵均的号码，想打个电话先给他祝贺一下。没想到对方占线，心里想，他大概在忙什么正事，就主动挂断了。

这时，一位年轻护士敲了两下门进来了。

"护士长，我妈住院了，我想请假去伺候她。"

"不行，刚才已经有两个人请了假，小叶说她爸爸去世了后天要下葬，小赵怀的二胎胚胎发育不良要做人流。科室里能干活的就这么几个人，你要是再一走，班就排不开了。"

"护士长，我妈得的是脑梗，人已经昏迷了，我们家就我跟我哥哥两个，他在外地，正在路上往回赶，我离父母最近，在她最需要我的时候，我却不能……"那位年轻护士忍不住哭了起来。

"对不起，小顾，我也不想这样做，但是没办法，请你理解一下我的难处。"周敏慧歉意地说道。

"护士长，我不是不理解你，只是觉得自己命太苦了，偏偏赶上科室最忙的时候有事。"小顾哽咽着说道。

"要不，你先让家里人请个护工照顾一下你母亲，等小叶上了班我就给你放假。"

"好的。"小顾擦了一下眼泪出去了。

看到小顾难过的样子，周敏慧的心里很不好受，可她实在想不出更好的解决办法。关于科室人员紧缺的问题，她已经跟肖子熠提过好几次，建议他给医院打个报告要两个人来。肖子熠不同意，他说："我们一年也就忙三四个月，这段时间病人比较多，人手显得比较紧张，要是再来了人，平常不忙的时候也闲待着。咱们科的收入本来就不高，不管谁的钱少了都不高兴，就这样凑合着干吧。"所以她只能接受这样的现实。

周敏慧的办公室平常来的人比较多，她怕把报纸弄丢了，就拿在手里向医生办公室走去。如今，医院的儿科已经从一个病区发展为三个病区，依然不堪重负。尤其在冬春季节，每天都有不少人从前一天晚上排队到第二天才能给孩子看上病。老远她就能听见医生办公室里传来孩子的啼哭声和家长的吵闹声。本来病区里白天是不应该接收门诊病人的，但是门诊的几个诊室根本满足不了病人的就医需求，只能这样将就着。她2010年刚到儿科三病区当护士长的时候病人还没有这么多，病区里的医疗秩序也没有现在这么混乱。那时，她刚刚跟随医院派出的医疗队从玉树参加完救援任务回来，因为在救援工作中表现特别突出被提拔的。新安市人民医院一共向玉树派出了十二名医务人员，她是队里唯一的女性。在玉树的时候，由于那里的海拔太高，她出现了高原反应，天天头疼、流鼻血，晚上难受得半宿半宿睡不着觉，但是只要早上起来一穿上医院配发的医疗队的队服，坐进120急救车，她就像打了鸡血似的特别精神。她不仅利用自己学到的神经外科方面的护理知识对颅脑外伤的病人进行护理，有时还跟男医生男护士一起搬运病人。为了和全国各地的医疗队"抢"病人，他们常常起得早，跑得快，持续工作的时间很长，是全国各地派来的医务人员中完成救援任务最多的一支医疗队，因此受到了当地政府的表彰。非常巧合的是，肖子熠在当上科主任之前，也到西藏的阿里工作过半年，所以，很多同事都笑着说，他们的职务是"拿命换来的"。周敏慧没来新安市之前，收入比在市上工作的方媛要低很多。现在新安大学附属医院的规模比以前扩大了好几倍，背负的债务也翻了好几番，表面上看上去效益很好，但是医务人员的待遇却远不如从前。市医院的规模比附属医院稍微小一点，债务也少一点，医务人员的绩效工资（奖金）比附属医院要好一些。和方媛一起在那边医院上班的几位同班同学大部分已经从护理岗位转到了行政上，常常抱怨绩效拿得少，方媛一直希望能找到一个工作既轻松收入又高的岗位，目前工作轻松已经实现了，收入却很不如意。对此，周敏慧反倒觉得正常。她在心里说，要是工作辛苦的人收入比工作轻松的人低，那谁还愿意像傻瓜一样任劳任怨地干活呢？

"能不能先给我娃看一下？娃娃发烧都四五个小时了，从昨天半夜来到医院，一直到现在还没有轮上，再不看，出了问题咋办？"

周敏慧刚一进门，便听见一个男人在粗声大气地说话。那人就站在肖子熠身旁，眼里直冒火星。

见此情景，肖子熠只好让其他病人在一旁等着，让那位父亲带着孩子先过来坐下。

肖子熠询问了孩子的病情，给他检查了一下身体，开了一张化验单让家长带着孩子去做检查。然后又看了另外一位家长取回来的检查单，在一张纸上写了两种药的药名和服用方法，让家长到外面的药店去买。

"外面的药真不真？"孩子的母亲问道。

"真的哩。现在药品都是医药公司统一采购，统一销售，质量都是有保障的。"

"价格和医院差别大不大？"

"药品都是零差价，价格差不多。"

旁边一个戴眼镜的男人笑着说："我怎么觉得实行了零差价以后，药价更高了，看病花的钱也更多了。"

一位围着红纱巾的女人说："你以为药店不挣你钱呀？他们卖药肯定有利润，不然的话街上怎么会有那么多的药店！"

刚刚排到跟前的一位中年男人把孩子推到肖子熠跟前，笑着问："肖主任，你们的工作可真忙呀，现在的儿科病人咋怎么多？"

"现在交通方便，很多基层的病人都跑上来了。"

"不光是交通方面的问题，县上的医疗水平不行，要是行的话，我们就不往这里跑了。"前面那个戴眼镜的男人插嘴说道。

"娃娃怎么了？"肖子熠问道。

周敏慧看到肖子熠一时忙得停不下来，就从里面出来了。

她刚走到楼道里，迎面碰见秦枫领着一个抱着孩子的女人走了过来，连忙打了声招呼，问他有什么事。

秦枫是 2010 年应聘到新安市人民医院的，上班的第一天就碰到了周敏慧。当时她不明白秦枫为什么要辞去药厂的工作到单位来上班。秦枫告诉她，第一个原因是药厂的效益不好了，他的收入很不稳定；第二个原因是孩子马上要上高中了，需要一个良好的学习环境，他希望自己也能像其他的父母一样为孩子做点什么，所以就结束了东奔西跑的生活，到市医院来工作。虽然在市场上闯荡了十几年，但是他的身上没有留下一点生意人的痕迹，在她的眼里，还是当年那个安静羞涩的大男孩。

"找肖主任看病呀。哎，对了，你看到《健康报》上登出来的那篇关于人文医院的报道了没有？上面说的那个陈灵均是不是和咱们同一年毕业的医士班的陈灵均？"秦枫问道。

"对，就是他。"

"我也觉得应该是他。真是没想到，咱们卫校还挺能出人才的。"秦枫笑眯眯地说道。

"是呀，人才可不少呢。肖主任在里面呢，人比较多，你大概得等一会儿。"周敏慧说道。

"没事，我等一等。"

周敏慧回到办公室以后，大约过了一个小时，肖子熠又进来了，一进门就说："我刚才接到通知，明天上午要和中国医科大学的专家一起去东正县交道镇卫生院下乡，当天就返回县城。"

中国医科大学和东正县医院分别是以新安市人民医院为中心的医联体的上级成员单位和下级成员单位，东正县的各个乡镇医院自然也成了新安市人民医院的服务对象。新安市人民医院和新安大学附属医院作为全市实力最强的两家医院，多年来一直在明争暗斗，近两年来，借着医联体这个新生事物，又展开了一场轰轰烈烈的资源大战，全市所有的县级医院和市直属医院全部被他们招募到各自的旗下，建立了紧密的合作关系，医院的管理人员和一部分医务人员成天就像打游击战一样，被领导们派到不同的阵地，东放一枪，西放一枪，几乎一刻也消停不下来。像肖子熠这样级别的专家人物，就更不用说了。

"你们不是上个礼拜刚到青泉县下过乡吗？怎么这一周又轮到咱们科了？"周敏慧问道。

"唉，医院收养的娃娃越多，咱们的负担就越重，一天不忙才怪。"肖子熠悻悻地说道。

"你这个人呀，成天光说忙、忙，有点觉悟好不好？你看人家其他科室的科主任都争着当这个先进，那个先进，咱们的同学陈灵均已经成了全国卫生系统民营企业的模范，你怎么就没有一点理想追求？"周敏慧开玩笑说道。

肖子熠眉头一皱，很严肃地说："谁说我没有理想追求？我的理想是在我退休之前能获得白求恩奖，这是一名医生最高的荣誉，也是对我的工作最大的肯定，其他的我都不在乎。"

"那就好好加油，祝你梦想成真！喏，把你的报纸拿走吧，丢了我可不负责任。"周敏慧把报纸递给肖子熠，心里不由得对他肃然起敬。

中午吃饭的时候，陈灵均给周敏慧回了个电话，说她上午打来电话的时候他正在跟央视的一位编导通话，刚开始他以为对方是骗子，后来证实了对方的身份后才知道，他的事迹已经引起了央视"探索发现"频道纪实栏目组的注意，他们准备过段时间到南山医院来拍一个关于人文医院建设方面的专题报道。

"太好了，祝贺你！那就让我等着在央视的节目中跟你见面吧。"周敏慧惊喜地说道。

范晓琪看到报纸上的那篇报道时已经是下午了。心内科的其他同事也听说了陈灵均的事，聚在一起议论。

范晓琪说："陈老师真是不简单，我真心佩服他，给我十个胆我都不敢出去。"

刘玉栋说："人家陈老师本来就不是一般人，干出来的事自然也不一般。"

高攀不以为然地说："不就是个民营企业嘛，宣传得再好，也就那个样子，没有什么发展前途。"

黑建学说："我还是觉得在公立医院当临床大夫比较靠谱，在外面创业风险太大了。咱一辈子在市上买上一两套房子，换上两台车，到退休前肯定把账全还完了。他呢？赶死恐怕还得背着贷款哩，真正挣下的家当未必有咱们这些人多。"

范晓琪说："照你俩这么说，人活在世上干啥都没意思，只有把成堆的钞票搂在怀里才有意思。"

"就是呀。不管你是上班、做生意，还是栽树、种地，最终目的不都是为了赚钱养活自己，让自己的日子过得好一点嘛。"高攀一本正经地说道。

"我跟你们没话了。"范晓琪拿着一份病历不悦地走出医生办公室。刚走了没几步就被张清波主任叫住了。

"小范，医院让咱们科抽调一名专家和中国医科大学的人一块下乡，你给咱去吧。记住，早上六点半在医院大门口集合。"张主任说道。

"好的。"范晓琪答应了一声，继续向护士站走去。虽然没有任何东西能够说明此时的她已经成了科室的业务骨干，但是从主任的态度以及同事和病人的评价中，她感觉到自己已经把不求上进的高攀远远地甩到了身后。除了比别人能多发几句牢骚，多说几句风凉话外，"高大人"看不出还有别的能耐。自从新主任来了以后，他不像以前那样风光了，总是躲在无人的角落里默默地抽烟，显得很落寞。

四十七

早上七点钟，天还没有大亮，一辆白色的面包车便迎着秋风驶出了新安市人民医院的大门，在薄雾笼罩的大路上缓缓地移动着。路边的广告牌上非常醒目地写着两排鲜红的大字："社会主义核心价值观：富强、民主、文明、和谐、自由、平等、公正、法治、爱国、敬业、诚信、友善。"

车上坐着两名中国医科大学的专家，分别是消化内科的杨虹和神经内科的陈玉柱。陪同他们一起下乡的除了儿科的肖子熠、心内科的范晓琪外，还有 B 超室的一名工作人员和外联部主任吴彩华。提前跟交道镇卫生院联系的时候吴彩华得知，他们那里去年刚刚配备了一批比较先进的数字拍片机、心电图机、B 超机和检验设备，但是没有专业的医技人员，因此在选人的时候，特意派了一名 B 超室的工作人员一同下乡。

出城后，一座座林木繁茂的大山接连不断地闯入人们的视线，虽然看上去有几分萧瑟，但是红、黄、绿三色交织在一起的秋景依然透着几分壮美，乍一看，很像颜料尚未干透的水彩画，邻邻的湿气仿佛触手可及。

"陕北的景色跟电影上看到的不一样，我原来以为到了你们这旮旯，肯定满眼都是黄土，没想到这里的秋天这么美，跟我们东北那旮旯也差不了多少。"杨虹对着车窗外一边拍照一边说道。

"习总书记不是说过嘛，青山绿水就是金山银山。自从 1999 年退耕还林以后，我们这里的生态环境越来越好，一年四季都能看到蓝天白云，空气质量可高了。"肖子熠自豪地说道。

"奇怪，这里的农村怎么看不到窑洞？陕北人不是祖祖辈辈都住在窑洞里吗？"陈玉柱望着眼前闪过的村庄纳闷地问道。

"这是新农村。自从 2013 年陕北遭遇了百年不遇的暴雨之后，很多窑洞都坍塌了，还有一部分成了危房，政府出资帮助农民建起了新房，不允许他们再住过去的土窑洞了，所以你们看到的大都是平房和楼房。"范晓琪介绍道。

"你们陕北人也跟我们想象的不一样。"杨虹笑着说道。

"你们肯定以为我们这儿的婆姨头上都裹着花围巾，身上穿着大红棉袄，满口都是土腔土调，我们男人一个个头上扎着羊肚子手巾，穿着老黑袄老棉裤，腰间扎着草绳，双手笼在袖口里只会对人傻笑吧。"肖子熠说道。

"嘿嘿，是这么想过，没想到你们穿的比我们还新潮。"陈玉柱笑着说道。其他人也不约而同地笑了。

公路又宽又平，只用了一个多小时就到了东正县城，出城后，又行驶了五公里上了北面的山。山路弯曲陡峭，人坐在车上身子不由自主地向前倾斜，肚子都快贴到膝盖上了。专家们两只手紧紧地抓住座椅，吓得失声惊叫，特别是拐弯的时候，看到车下数百米高的悬崖，脸都吓白了。

"别害怕，我们的司机师傅常走这样的山路，技术非常熟练，再坚持一小会就上山了。"肖子熠安慰道。

车上了高原以后，专家们都松了一口气，以为剩下的路都是平路，谁知没过十分钟又开始下山，在又细又窄的崾崄里上上下下，每到惊险处，车上的人谁也不说话，气氛特别紧张。

"快看，前面有山鸡！"吴彩华突然从座位上站起来指着道路左边说道。

"在哪里？在哪里？"其他人都直起身子好奇地张望。

坐在左前方的杨虹看到了，是一只母山鸡带着两只小山鸡慌慌张张地穿过马路到对面的树林里去了。那是一片苹果树，树下堆积着很多红色的纸袋，刚刚褪去了袋子的苹果是淡粉色的，看上去十分新鲜。如果不是吴彩华介绍说这种长着长长的尾巴，周身的羽毛非常艳丽的大鸟叫山鸡，她还不知道这是什么鸟类。

"这条路上的野兔也非常多，有时候半夜里开车在路上走，路边突然蹿出一只野兔'咚'的一声就撞在车轮上了。"肖子熠说道。

"这是怎么回事？它们不怕车吗？"杨虹问道。

"兔子晚上喜欢追着灯光跑，所以就会发生这种事。"

"要是今天回来的时候能撞上一只兔子该多好，晚饭就有兔子肉吃了。"陈玉柱说道。

"想得倒美，那是万分之一的概率。"范晓琪说道。

为了缓解专家们的紧张情绪，吴彩华提议大家分两组唱歌。于是众人都忙着在手机上找歌词，东北人唱东北小调，陕北人唱陕北民歌，说说笑笑的，不知不觉就到了目的地。

交道镇看上去古老而破旧，街道上门面房很多，大部分都关闭着，门窗生锈了，卷闸门也坏了，铝合金的门扇外面沾满了灰色的泥点子，行人特别稀少。肖子熠说，这里三四十年前特别繁华，一到赶集的日子，路上赶集的人多得走都走不动，现在很多人都搬到城里去了，只留下老人、妇女和孩子住在这里。交道镇卫生院位于街道北面，红色的大门非常显眼，从左侧的小门依次往右，三个门柱上分别挂着"交道镇妇幼保健计划生育服务站""服务农村，关爱健康 | 交道中心卫生院""东正县人民医院交道中心卫生院县镇一体化试点医院"的牌子。院子三面都是平房，仅在靠近河畔的一侧矗立着一栋四层高的门诊住院综合大楼。大楼虽然盖起来有七八年了，外墙的瓷片亮晶晶的，看上去还和新的一样。平房的墙面刷得很白，玻璃窗和铝条擦得十分干净，也显得很新。院子里所有的一切仿佛都在阳光的照耀下闪着亮光，让人觉得这家医院应该是一个小巧、精致的高级医疗场所，里面的医务人员也具有与之相匹配的医疗技术。

专家们下车后，一位皮肤白净面相老实的中年男子穿着崭新的白大褂迎上前来，跟专家们一一握手问好，问大家是否需要休息一下再工作。肖子熠介绍说，他就是这家医院的院长沈若拙，沈院长对此次义诊活动非常重视，昨天下午专门编发了一条信息，让镇上的村干部发到各个村的微信群里，有些老百姓一大早就从数十里外的家中动身来到这里排队。

医科大的专家们听他这么一说，马上就说不用休息，先给病人看病。他们急急忙忙地坐到各自的座位上后才发现，排队看病的人很少，大多数都是老年人和中年妇女。原计划两个小时的门诊只用了一个小时就完成了，大部分人病情较轻，直接开了药就完事了，只有几个病情比较复杂的病人需要进一步检查，专家们建议他们直接到市医院就诊，并留下科室的电话和医生的手机号供他们联系。

沈若拙带领各位专家到病房去查房。全院只有一个内科病区，开设二十张病床，住院病人很少，除了一位脑梗死后遗症的病人病情较重外，其他的全都是老年病、多发病和常见病。沈若拙重点介绍了这位长期留住在病房里的病人，请专家提出指导意见，并特意强调说，这位病人是低保户，属于健康扶贫的对象，医药费全部报销，但是医生不能给病人使用自费药，否则的话将来报销的时候就会出现问题。陈玉柱查看了病人的病情后，认为该病人诊断明确，但是治疗方案有一定欠缺，需要增加两种药物，可是药房里没有这两种药。沈若拙说，药品实行三统一后，乡镇卫生院采购药品时部分药物因为不在医保范围内受到限制，所以给医生的治疗工作带来了一定的影响，不过他可以试着跟家属沟通一下，让他们托人到县医院去买。

查完房，沈若拙又带领众人参观了二楼的国医馆。这是这家医院最具特色的诊室，高大的木门装饰得古香古色，里面的布局也全是仿古风格，让人有一种穿越时空的感觉，仿佛来到了遥远的古代。一名年轻的中医大夫正在给两名病人做针灸治疗，旁边的床上还趴着一个人在拔火罐。

"中医在农村很受欢迎，我们的业务收入中有一半来自中医。在基层，只要有一个好大夫就能救活一家医院。"沈若拙一边介绍，一边将自己多年来的经验和体会告诉各位同行。

"我打算把前面村子里的那名儿科医生招聘过来充实一下儿科的力量。药品实行零差价以后，他那里效益很不好，到卫生院来工作，无论对他还是对医院都有好处。"在去大灶吃饭的路上，沈若拙说道。

"我听说，基层医院已经实行全额拨款，你们的效益还不错吧。"肖子熠问道。

"医院有二十一名工作人员，只有九名是正式职工，上面拨的那点钱根本不够开支。现在公共卫生开展得比较多，临床业务开展得比较少，除了内儿科以外，其他专科都不开设。相对于其他同级医院来说，我们这里的效益还算是比较好的，除去工资以外，还有一点奖金。但是不能和县级以上的大医院相比，很多医学院校的毕业生在这里干上一两年就走了，嫌病人太少，收入太低。"

吃完饭，沈若拙让大家到一间空房里休息，专家们都说不累，他便邀请大家到他的办公室喝茶。

走上三楼，楼道的墙上几乎被各种各样的奖牌贴满了，授奖单位既有县级、市级、省级，还有国家级的。副院长说，会议室里还放着不少奖牌，已经没地方挂了，沈若拙本人也多次受到上级部门嘉奖，还被省报记者采访过呢。

众人落座后，沈若拙给大家一一斟上茶。陈玉柱端着茶杯在房间里随意走动，无意间发现院长的书柜里有不少文学书籍，除了四书五经、四大名著外，还有王小波的《黄金时代》《白银时代》《青铜时代》，韩少功的《爸爸爸》，陈忠实的《白鹿原》，莎士比亚的《罗密欧与朱丽叶》，莫泊桑的《羊脂球》，马尔克斯的《百年孤独》等。

"沈院长，你也喜欢文学？"他惊喜地问道。

"是的。"

"你觉得文学对你有什么帮助？"

"医学是船，文学是灯，医学帮助我到达了理想的彼岸，文学让我明白了生命的意义。"沈若拙乐呵呵地说道。这位脱下了白大褂的院长除了外表看起来比较干净外，穿着打扮跟来看病的农村人没什么两样。

"怪不得你能耐得住寂寞长期待在这么偏僻的地方，我想其中肯定是有原因的。"范晓琪说道。

"我在这个位置上干得太久了，感觉很累。今年下来也想调回去陪陪家人，我欠爱人和孩子的太多了。"沈若拙愧疚地说道，语气里带着几分淡淡的苦涩。之后他简单地介绍了一下自己多年来和妻儿分居两地的生活状况，大家都觉得他很不容易。

一点钟刚到，专家们纷纷站起来走进旁边的大会议室，开始进行学术讲座。两个小时后，讲座一结束，肖子熠便带着专家组的成员离开了交道镇卫生院。

面包车走后，空荡荡的院子又恢复了往日的平静。一位老大爷手里拿着刚买好的药问呆立在门口的沈若拙："这些专家什么时候再来？"

"不知道。"

"今年还来不？"

"不知道。"

老大爷叹了口气说："要是他们能长期住在这里该多好。"

沈若拙回过头来笑着看了他一眼没有说话。

陈灵均和央视编导经过再三商榷，最终约定好在 2019 年的春天拍摄纪录片。挂了电话，他坐在办公室里心情久久难以平静。在这些光鲜亮丽的成绩背后，是常人难以想象的艰辛付出。南山医院成立初期，五年内没有利润，而医院要保证正常运转，还要不断地注入资金，每到用钱的时候，他就急得焦头烂额。那时，他们一家三口住在租来的小房子里，生活十分拮据，外面一度盛传他的医院已经破产，很多人嘲笑书珍跟着他穷得只剩下喝西北风。但是她没有任何怨言，一直默默地支持着他。陈和光也十分懂事，经常给爸爸打气加油。在他处境最艰难的时候，是好友赵志刚给予了无私的帮助。赵志刚凭着自己的诚信和智慧，把酒店的生意做得风生水起，拥有了众多的合作伙伴，能够在较短的时间内筹集到大量资金，总能为他解决燃眉之急。随着时间的推移，医院的效益越来越好，逐渐扭亏为盈，一年前迁址到县城西郊，规模比之前扩大了一倍多，无论是基础设施、人员设备，还是医疗技术，都比过去有了很大的提升。他和家人也告别了简陋的住宿条件，在县城西街又买了一套一百二十平方米的单元楼。当然，最最重要的是，他的"试验"成功了，南山医院已经成为当地老百姓特别信赖的一家医院。有人说，如果能给他提供一个更大的平台，一定能为国家的医疗卫生事业做出更大的贡献。他不敢有太多的奢求，只希望在今后的日子里能够开辟出更加广阔更加阳光的道路。

门轻轻地响了两下，宣传科科长刘婉婷走进来说，图书室已经装修好了，新买的图书也搬进去了，让他过去看看。

图书室位于三楼，一边是电脑，另一边是桌椅和书架，书架上分类放置着各种书籍，有医疗、政治、经济、哲学、文学、文化等方面的书籍。旁边还有一个用钢化玻璃围起来的音乐吧，可以坐在里面戴上耳机任意点歌、听歌。

"病房里也按照你的要求做了书报架，放了一些图书和报纸。"刘婉婷望着正在认真浏览图书目录的陈灵均说道。

"好，让我看看。"

两人走进一间病房，病人和家属一看到他们就主动问好。陈灵均朝对方笑着点了点头解释说："我来看看这里的书报架。"

这是一间标准化的病房，主色调是白色，局部装饰着蓝色线条，床头的横梁上安装着呼叫按钮、氧气管等设施，悬吊式的 U 形输液轨道从房顶垂下来正对着病床，可以灵活地调整输液的位置。床对面的墙上悬挂着液晶电视，书报架就放在电视机旁边的角落里，下面是报纸，上面是杂志，顶部那一层还放着花。

"这是塑料花，要是用真花的话怕病人会过敏。"刘婉婷解释道。

"你做得很对，这些细节必须要考虑到。"

"大厅服务台旁边短缺的雨伞也配齐了，爱心针线包也放好了。"

陈灵均满意地点了点头，转过身来对住在这间病房里的一位老人说："叔，这两天感觉怎么样了？"

"好些了，气不短了，咳嗽也少了。"年过八旬的刘存宽颤声说道。

"你对我们医院的服务满意不？"

"满意，都来了四回了。"刘存宽伸出四个指头乐呵呵地说道，"老婆子前几天刚出院，我就进来了，要是不满意，我们就不来你们这儿了。"

"我爸一有病哪里也不去，就要到陈院长这里来看病。他说你们这里病看得好，对病人态度也好。"刘存宽的女儿说道。

"好好休息，好好治疗，最多再有三天就能出院。"陈灵均说道。他刚要出门，殷志峰两口子带着儿子、儿媳嘻嘻哈哈地进来了。他连忙走上前跟老领导握手，问他几时回来的。

"昨天，退休了待在市里闲着没事干回来看看小孙子。我听说我妻舅舅在你们这里住院，带着帅帅和云云看望一下他。"殷志峰指着床上的老人说道。殷志峰两口子比以前胖了，脸上增加了很多皱纹，浑身上下穿的都是名牌。帅帅已经长成大小伙子了，眉眼跟父亲很像，但是皮肤比他爸白，右耳朵上像韩国明星那样打了两个耳洞，带着闪闪发光的耳钉，头发朝一侧梳着，看上去很酷。云云化着浓妆，手上留着尖尖的长指甲，上面粘贴着精美的花朵。两个孩子的脸蛋全都肉嘟嘟的，一看就是标准的吃货。云云是白锦明的女儿，两人谈恋爱的时候殷志峰嫌白锦明的店里曾经招过小姐名声不好，坚决反对，但是又拗不过儿子，只好勉强答应了。两个娃娃的工作都是他通过个人关系解决的。

"陈院长，你知道不？殷院长的儿子和儿媳妇在外面欠下上百万的债，他还不知道呢。"离开病房后，刘婉婷悄悄地对陈灵均说道。

"一个官二代加一个富二代，家里应该不缺钱呀，怎么会欠下那么多的债？"陈灵均问道。

"唉，现在的年轻人要是没完没了地烧起钱来，给座金山都不够！"刘婉婷说道。

路过配餐室的时候陈灵均顺便进去转了一圈，看到里面特别干净整洁，配备了冰箱、案板、菜刀、勺子、铲子等厨具，还有微波炉、电磁炉等灶具，有两位病人家属正在给自己的家人准备晚饭。

"关于医院文化建设方面的内容你给咱好好地准备一下，主要思路就参照央视和咱们医院共同拟订的拍摄方案。"陈灵均对刘婉婷说道。

"好的。"刘婉婷点着头说道。

医疗方面的准备工作他已经交给王谦博负责，护理方面的工作主要由贺秋果负责。王艳敏已经退休了，贺秋果就是她的接班人。这位年轻的女同志具有非凡的应变能力和组织协调能力，有一次市卫健委来医院检查工作，陈灵均在省上参加会议，王艳敏和王谦博刚好都请假了，贺秋果临危受命，陪同检查团巡查了医院各方面的工作，把检查组要了解的内容全都汇报得清清楚楚，资料也准备得十分齐全，受到各位领导的高度评价。从那时起，陈灵均就对她格外器重，认定她是一个具有管理才能的人，准备重点培养。在南山医院，靠人际关系往上爬的路子是行不通的，只有靠个人的才华、能力和良好的品德才能得到认可。

四十八

陈灵均下班后回到家，陈和光一见面就高兴地对他说："敬医哥哥来了！"陈和光已经二十五岁了，个头比陈灵均还高，皮肤白白的，眉眼间透着几分书卷气。陈敬医正坐在沙发上看电视，看到陈灵均进来了，马上站起来说："四爸，你回来了？"

"嗯。你这次回来是休假吗？"

"和别人倒了两天班回来看看我爸妈，元旦的时候我值班就不回来了。"

敬医大学毕业后刚开始应聘到西安一家民营医院，后来又到一家二级医院干了三年，后来考上了研究生，毕业后分配到西安市第四人民医院工作，现在是一名消化内科大夫。陈和光高中毕业后考上了郑州医科大学，从学校出来后刚刚应聘到新安市人民医院神经内科，正在省人民医院参加规培。两人都是周五回来的，和光明天就走，敬医比他能多待几天。

陈灵均换了拖鞋坐在沙发上跟敬医拉起了家常。

"你爸今年苹果卖得怎么样？"

"大概有十四五万吧。"

"真不错，比你二爸家卖得多，我听说他家卖了七八万。"

"我们家的苹果比他家好。我爸那人不管做什么事情都爱研究，自从家里栽上苹果树以后，成天抱着书看，还专门跑到那些有经验的人家里去学习。所以，我们家的苹果一直是整条塬上卖相最好的，每年都能卖最高价，苹果还没有从树下摘下来，就提前让人预订完了。"

"你二爸嫌你爸不好好教他，说对自家人还留一手。"

"哪儿呀，他要是有我爸那么用心，肯定也能把苹果卖好。"

"七八万也不少了，我一个月才挣多少呀。"书珍插嘴说道。

陈灵均突然想起没有看见中午刚到他家的梦月一家，便大声问书珍人到哪儿去了。

"梦月两口子带上娃娃到街上买东西去了，说是明天上午要回你姐那里。他们下午不在家里吃饭。"厨房里传出书珍的声音，还有当当的炒菜声。

陈灵均走进厨房看到饭菜已经做好了，就帮书珍往餐桌上端饭。

晚饭的主食是陕北人常吃的花卷，配有两荤一素热菜和一个凉菜。书珍蒸的花卷又软又香，孩子们都很爱吃。

敬医刚坐下就提起刚才在电视上看到的非洲埃博拉病毒的最新疫情，说报道上称，有几名医护人员已经感染上病毒，正在隔离治疗。

"目前还没有找到有效的防治措施，真让人担心。"和光边吃饭边说。

"希望科研人员早一点把埃博拉病毒的疫苗研制出来。"陈灵均接口说道。

"前段时间我们单位有一个到埃塞俄比亚的援外名额，我报名了，但是没有被选上。有位同事为了争到这个名额，竟然写了一封血书，结果被选上了。早知道这样，我也写一封血书，现在后悔死了。"敬医不无遗憾地说道。

"真是个憨娃娃，想支援非洲这个想法是好的，但是没有必要那么冲动。我想领导选人的时候不可能光看一个人的热情和决心，还要考虑专业技术、临床经验、心理素质等综合因素。你年纪小，阅历也比较浅，和其他高年资的同事相比技术相对还不太成熟，选不上很正常。再说以后出去的机会还会有的，错过这一次，说不定还有更好的机遇在等着你。"陈灵均说道。

"说的也是。"敬医点了点头。

"我觉得没选上是好事，你看电视上的那些人得了这种病多可怕。你要是去了，你爸妈谁知道有多担心呢！"坐在对面的书珍说道。

"这事说起来是有点可怕，不过，能参加这样的援外活动，既是一种光荣，也是生命中的一种特殊体验。只要小心防护，一般情况下都没事，以后有机会我也想到国外去学习锻炼。"和光说道。

陈灵均马上就说："好，老爸支持你。"

书珍不乐意了："那我要是不支持呢？"

"你只要支持我爸就行。"和光狡猾地说道。

四个人都笑了。

"四爸，我在报纸上看到你们医院的报道了，你真是太牛了！从小到大你一直是我的偶像，现在我比原来更崇拜你了。"敬医竖起大拇指兴奋地说道。

"我现在走到这一步，差不多已经快走到头了。你们这一代人生活的年代比我们那时候好，学习的平台和发展的机会也多，将来一定比我更有作为。"陈灵均淡淡地笑着说道。

两个年轻人相互看了一眼，似乎在说：要超越你恐怕很难呢。

吃完饭，三个男人坐在客厅喝茶，书珍一个人在厨房收拾碗筷。不一会儿，梦月和她的爱人安剑锋一人提着一大袋东西带着女儿甜甜回来了。

梦月虽然已经是三十多岁的女人了，脸上没有留下一点岁月的痕迹，模样越发娇俏动人。和她在同一所学校教书的安剑锋成熟稳重，温文尔雅，看上去与她十分般配。甜甜正在上小学五年级，既懂事又可爱，十分招人喜欢。

"梦月，你们把东西都买好了？"书珍一边用毛巾擦手一边问道。

"买好了。我妈刚才打手机说她以为我们今天一放假就回去，早早地就在家里等上了，实在等不上打电话一问，才知道我们要在你们家住一晚上，明天才回去，把我凶了一气，嫌我没有把甜甜先打发回去，好让她早点见到外孙女。凶完又说，明天就明天吧，你们路上慢点。你们说好笑不好笑？"梦月一边把东西往地上放，一边说道。

"你妈就那脾气，刀子嘴，豆腐心。"陈灵均笑着说道。

安剑锋动作麻利地把自己手里的东西先提进小卧室，又跑来帮梦月把东西也提了进去。

梦月坐下后，示意爱人去取东西。安剑锋走进卧室手里提着一盒茶叶出来了。

"小舅，这是我到汉中出差的时候专门给你买的富硒茶。"

"人家说这茶叶喝上对人可好了。"梦月接着话头说道。"我还托同事在韩国给我小舅妈买了一支口红，已经送给她了。"

"你可真有心，都是自家人，来了还常拿东西。"陈灵均嗔怪地说道。

"谁让你对人那么好呢。我常对安剑锋说，要不是你，我们一家三口人就没有现在这么幸福的生活。"梦月用感恩的语气说道。

"这也是你们自己努力的结果。"陈灵均说道。

410

甜甜一进来就坐到陈和光的身边跟他玩了起来，陈敬医也跟安剑锋随意地说南道北。橙黄色的灯光和屋内热闹的气氛，让陈灵均突然想起多年前在老家的土炕上，几个儿女围拢在父母身边跟他们拉家常的情景。这样的场景是多么相似，又完全不同。他暗暗地在心里说：要是我爸我妈也能活到现在该多好。

正在听孩子们说话的书珍注意到陈灵均突然沉默了，就问他怎么了。陈灵均说"没事"，装作若无其事的样子端起茶杯喝了口水。很多时候他说"没事"其实是"有事"，书珍能看出来，但是他不愿意告诉她。他们之间似乎总有一层什么东西隔着，每当她小心翼翼地靠近他，试图穿破那层东西时，他立刻钻进厚厚的壳里，把自己严严实实地包裹起来，好像特别害怕暴露出自己柔软脆弱的那一面。他在她面前总是努力表现出勇敢坚强果断沉稳的样子，除此之外，她对他一无所知。这是她此生最大的遗憾，也是她内心最伤痛的地方，可她一直憋在心里，从来没有对任何人说过。她对生活的要求不高，只要能像现在这样安安稳稳地过下去，她就知足了。

此刻，远隔重洋的非洲大陆正是下午四点左右，从埃塞俄比亚飞往广州的航班已经飞离地面，乘客中一位留着寸头的中国女子正在凭窗远眺。她不是别人，正是从陈灵均的视野中"消失"了多年的齐令晖。齐令晖研究生毕业后又考上博士，学成后聘用到浙江大学附属第一医院眼科，目前已经是主任医师。一年前，她主动申请参加援外医疗，来到埃塞俄比亚为当地的老百姓治疗眼疾，如今已经出色地完成了任务准备回国。她刚去的时候本来留着长发，由于非洲的天气太热，戴着帽子头上不停地出汗，老是长痱子，看到医疗队里的男医生都理了光头，便把头发剪了，留了个短寸。即使理成寸头，她依然很美，病人们都说她是"中国美女医生"。在短短的三百多天的日子里，她为上千名患有眼疾的非洲人治好了眼睛，其中，四百多名患有青光眼和白内障的患者通过手术重见光明。由于当地战乱不断，局势极不稳定，还有艾滋病、疟疾等传染病，她在出国前已经做好了思想准备，提前写了两封遗书存放在自己的电子邮箱里。她把邮箱的账号和密码都告诉了她的二姐，如果她在国外一旦发生意外，她二姐会把这两封信分别发送给她的父母和陈灵均。她一直没有告诉他，他们分手以后，她并没有跟那位大学教授结婚，依然孤身一人生活。她把自己的真实情况在信中做了详细的说明，并且向他倾诉了自己对他的思念和依恋，希望万一不幸发生的时候，她能在生命的最后一刻卸下所有的包袱平静地走向死亡。如果她能安全地飞回祖国，那么，生活还会按照原来的轨迹继续运转。

　　不知道为什么，一想到国内熟悉的人，熟悉的生活环境，想到自己这些年在外漂泊的日子，她的内心突然变得分外孤独，分外脆弱，一股热辣辣的味道直抵喉头，仿佛有千言万语想要对某个人诉说。她取出日记本，用左手挡在脸颊的侧面，右手握着笔随心所欲地乱写乱画起来，想到什么就写什么，写完才发现是一首诗。她在前面加了一个题目《致乔治·桑》，内容如下：

　　被雪茄 长裤 白酒和烈马
　　鄙视过的世界
　　依旧燃烧着愤怒的火焰
　　一些涂满笑脸的人
　　在往大火里添柴

　　火的心脏已经冰凉
　　变成一尊软弱的雕像
　　矗立在
　　饿狼成群的草原之上
　　蚊蝇肆虐的屠宰场上
　　狂风怒吼的大海之上
　　阴云密布的天空之下

　　枯萎的花朵
　　断了弦的吉他
　　已无法开口说话
　　经年的老树
　　不敢用诚实的目光
　　面对自己的伤口
　　死亡忍着疼痛
　　将它们降服的姿态
　　——收割

412

勇士曾经披挂过的盔甲

不明去向

我只能腹背受敌

赤裸着身子在血雨中独行

黑暗中看不到光

我就努力燃烧自己

哪怕被风撕成碎片

也要呼喊着你的名字

不许自己倒下

在地球一亿四千九百万平方公里的土地上

能不能找到一个干净的小土坡

停放我残缺的翅膀

让我在生命的最后一刻

流干所有的泪水

飞机突然微微地晃动起来，外面的光线陡然暗了下来，广播里传来空中小姐的声音，她分别用英语、汉语和日语说，飞机遇到了一股强大的气流，可能有长时间的颠簸，请乘客们不要惊慌。她赶紧把日记本放进前面的收纳袋里，收起小桌板。几秒钟后，飞机晃动得更厉害了，忽上忽下，忽左忽右，就像一枚被人放进竹筒不停地甩来甩去的骰子，无法预料下一秒会发生什么。有人缩在座椅里发抖，有人在小声骂娘，后悔不该坐这家航空公司的飞机。埃航因近两年频频发生空难，飞机的安全性一直受到外界质疑。在这种情况下，她不得不想到了最坏的结果……

只听"嘭"的一声巨响，她的身子随着座椅猛地向上升起一大截，又忽地一下开始下坠，并朝一边倾斜，周围响起一片惊恐的尖叫声。她本能地用手死死地抓住座位两边的把手，感觉头皮发紧，脊背发凉，心紧张得突突直跳。她闭上眼睛，默默祈祷可怕的险情能早点过去，万一过不了这道关，就算是死也死得痛快点。

永别了，亲爱的爸爸妈妈！永别了，亲爱的灵均……她在心里痛苦地念叨着，仿佛已经看到了他们悲恸欲绝的表情。他一定会捶胸顿足地抱怨自己不该在她最需要他的时候离开，他一定特别后悔这么多年没有关心她的生活，让她在孤独和痛苦中度过了后半生，到死都没有听到他对她最想说的那句话。她能够想象出他失声痛哭的样子，那将对他是多么巨大而又无情的打击……

不行，不能把这封信发给陈灵均！她就像突然醒悟了一般对自己说道。他现在好不容易取得了事业上的成功，一家人过得好好的，为什么要给他徒增烦恼呢？真正的爱情难道不应该是默默的牺牲和无私的奉献吗？既然自己当初已经选择放手这段感情，那就微笑着为他祝福吧，祝他健康，祝他幸福，祝他快乐，祝他平安。她越想越后悔，越想越不甘心就这样被命运牵引着去接受愚蠢的安排，希望上天能再给她一次机会，让她重新为他们的未来画上一个不同的句号。

仅仅十几秒钟的时间，飞机停止下坠又开始摇摇晃晃地向上飞。她睁开眼睛，看到机舱里的人已经恢复了原来的秩序，前面一个黑皮肤的小女孩正在妈妈的安抚下吃面包。几分钟后，飞机终于停止了晃动，保持平稳的姿态继续向前飞行。透过窗户她看到，银白色的机翼在阳光的直射下反射出耀眼的光芒，机身下涌动着大片的云湖，透过云层间的缝隙，隐约可以看到起伏的黄绿色山脉和蓝色的湖泊。正在这时，空中小姐推着装满各种饮料的平车走过来，问她需要什么。她要了一杯茶放在小桌板上，拿出一本《山川明月》认真地翻看起来。她已经想好了，回去以后就把邮箱里的那封信删掉。那样的话，他们之间除了爱情，什么也没有了，无论今生，还是来世……

大兴善寺的彼岸花又开了，朵朵红色的花儿就像用鲜血浸染过似的，红得那么热烈，那么娇艳，在阳光下连成一片，像团团灼热的火焰在无声地燃烧。陈灵均站在花丛中神思恍惚，仿佛又被记忆带回到多年前的某个时刻。他终于等到了花开的这一天，但是他的爱人却不能与他共同见证这难得的人间奇景，他觉得园中的花儿也在为他叹息、流泪。在这个世界上，只有它们能感知到他内心的那份疼痛和失落。

一阵悦耳的木鱼声过后，佛堂里传来僧人们空灵轻柔的诵经声。他就像一个迷路的孩子，突然听到了父亲从远处传来慈爱的呼唤，再也不觉得孤单无助，疲惫不堪，瞬间忘却了世间的一切烦恼，内心感到分外宁静，分外愉悦。痴痴地听了将近一个小时，眼前那片血色的花朵渐渐地变淡了，变暗了，不再那么刺目，就像一群温柔恬静的女子静静地伫立在他身边，虔诚地等待着月亮升起的那一刻。他转身走下花坛，向寺外走去。

此时，喧嚣的闹市已经剥去了华丽的外壳，露出黑铁一般的本质，他毫不犹豫地走进它的深处，穿着白色衬衣的背影就像一个小小的光点，在黑暗中划出一道细细的弧线……

四十九

魏立彦花了两个星期的时间终于把书稿全部看完了，他给梁馨予打了个电话，问她在哪里，说是要还书。

"我又下西安来了，明天准备去看画展。"

"下午我请你喝茶，我有很多话想当面对你说。"

"好的，我也正想听听你的意见。"

两人在梁馨予住的酒店旁边的一家茶馆见了面。魏立彦一坐下就说，她的这本书完全颠覆了他对白衣天使的印象，很多东西都超出了他的想象，让他对这个行业、对医生、对生命、对健康有了全新的认识，他相信作品发表后，肯定会在社会上引起强烈的震动，但同时也担心会给她带来一些负面影响。

梁馨予微笑着说："我不希望人们再用纯洁无瑕的天使对医护人员进行道德绑架。因为他们也是平常人，和其他人一样有思想，有情感，有欲望。这些人不是生来就是天使或者魔鬼，是社会环境塑造了他们，改变了他们。如果我们只看到一个人身上的一个污点，就认为他全身一片漆黑，或者只发现他身上的一个闪光点，就把他想象成是洁白无瑕的天使，都是非常荒唐可笑的。不管别人怎么看待这部作品，看待我，对我而言，我只想把自己了解到的真相展示给读者。也许我写得不够全面，也不够客观，至少我在写作时的态度是非常真诚的。"

梁馨予说话时魏立彦一直在认真地聆听，等她说完后，他又说："我觉得这本书没有写完，还有很多东西没有交代清楚。"

"小说的篇幅有限，我不可能把所有的东西都写进这本书里。所以，真正的结尾需要到现实世界里去寻找，因为生活还在继续。"

"你可真狡猾，只用一句话就把自己的责任完全推脱开了。我现在特别想知道，主人公陈灵均的人物原型是不是陈博真院长？"

"没错，就是他。"

"看来我的直觉是对的，通过这部小说，我对他又有了新的了解。对了，你明天要去看谁的画展？这位画家是不是很有名？"

"她叫黎香，和小说中的人物同名，你以前可能没听说过这个人。她生前并不出名，只是因为前段时间有人在网上公开拍卖她的画作才爆红的。她的画风非常独特，属于中西合璧的那一种，看了会给人耳目一新的感觉。你要是感兴趣的话可以过去看看，展馆就在曲江会展中心。"

"好的，有时间的话我一定去看。"

魏立彦把书稿交给梁馨予。梁馨予一边往包里装，一边问："你那天说的那件事处理得怎么样了？"

"跟你见面后的第二天武迪先又打来电话，我跟他说，他提供的资料不能证明陈博真有问题，报社不予受理，让他以后不要再给我们打电话了，否则的话就按骚扰电话对待。结果，还真起作用了。"

"好，就应该这样。"梁馨予冲他竖起了大拇指。

第二天上午，梁馨予来到展馆，见墙上挂着上百幅画作，有不少人在观赏、议论。她挨个浏览了一遍，有些画她能看懂，有些画看不懂。尤其是那些特别抽象的画，似乎蕴藏着很深的含义。在北面的墙角有一幅名为《孤独的思考者》的作品给她留下了很深的印象，画面上是一位面相丑陋眉头紧锁的男人在沉思，他的左脸上有一道很深的皱纹，就像用刀子刻上去似的，他的全部思想仿佛就集中在那道皱纹的周围，清清楚楚地表达出一个男人孤独冷寂的内心和坚毅忍耐的品格。透过那张脸，她似乎能窥探到他内心深处不为人知的痛苦。看到他的第一眼，她的心就像被什么东西突然击中了似的，特别疼痛。因为从他的身上，她仿佛看到了另外一个自己，对别人来说特别陌生，对她而言却非常亲切的那个自己。她看了很久才离开，走到别处，眼前依然不时晃动着那个男人的表情。碰到魏立彦，跟他提起自己对那幅画的感受，问他是否有同感。魏立彦再次走到画作前仔细地看了看，摇着头说，那只是一幅很普通的画像，没有看出什么。

梁馨予用手机拍摄了好几十张画，还是觉得那副《孤独的思考者》最好，再次回到北面的墙角，却发现那幅画不见了。她问工作人员画哪里去了，对方告诉她，刚才有位中等身材体型偏瘦的中年男子看到这幅画后，问画家是不是双腿残疾，生前住在新安市青塔区南关街道，得到肯定的回答后，自言自语地说："她果真为我画了一幅肖像画，她是折翅的天使。"然后买走了那幅画。

"说实话，我觉得他跟画上的人长得并不像，但是他说，那是因为常人无法看到最真实的他。"工作人员笑着说道。

梁馨予猜测那个买画的人是陈博真，既失落又有些欣慰。因为在她看来，他才是这幅画真正的主人。

陈博真从省城参加完画展回来，第二天一上班就遇到了一件麻烦事。刘婉婷汇报说，有人在网上以一名死亡病人家属的名义发帖故意抹黑他和南山医院，并留下一个手机号以供联系。陈博真知道这个人在帖子中提到的那位死亡病人几年前做过医疗鉴定，医疗专家给出的结论是，患者是由于自身患有的疾病导致的自然死亡，不属于医疗事故，医院已经通过正常渠道处理了此事，家属当时没有提出异议。央视的摄制组将于两周后来东正县拍摄关于南山医院的专题片，很显然，有人在这个时间段把这件事重新提出来，是故意找碴，想让他花钱删帖。于是，他嘱咐手下的人不要搭理。为了防止发生意外，他一面召开会议让全体职工提高警惕注意防范形迹可疑的外来人员干扰医疗秩序，一面命令保安加强医院的安保工作。

几天以后，一位自称是西北大众网的媒体记者武迪先来到院长办公室，拿出一封电脑打印的举报信交给陈博真，声称如果他没有异议的话，就把这封举报信公开发表在省报上。

陈博真知道武迪先是一位长期活跃在医疗系统的小报记者，近年来和社会上的一些不法分子勾结在一起通过整"黑材料"对各家医院进行敲诈勒索。他估计在背后翻他"老账"的人不可能是患者家属，很有可能就是眼前的这个小报记者。因为几年前和南山医院打官司的那家人输了官司以后，再也没有来医院闹过。消息灵通的小报记者故意挑选央视来医院录制节目前威胁陈博真，目的就是为了要点"堵嘴费"。

陈博真心不在焉地摆弄着手机听他说完，把信打开看了一遍，忍不住笑出了声。写信的人给他列举了好几条罪状：贪污受贿，乱搞男女关系，使用不合格的医疗器械，未按程序采购药品，不学无术草菅人命等，没有一点真凭实据。别说他看了觉得好笑，其他人看了也会觉得写信的人别有用心，根本是借题发挥。他故意装作不明白对方的用意，对武迪先说："你把这件事告诉我，到底是什么意思？"

"我们的内部规矩你是知道的，如果你不想把这件事捅出去，就花两万元改成一篇正面报道；如果你敬酒不吃吃罚酒，哼哼，那么结果你是可以想象得到的。下个星期央视的摄制组就要来了，我想，如果他们看到了这封信的内容，一定会重新考虑你们的拍摄计划的。"

陈博真声色俱厉地说："武先生，你来得正好，我也正想告诉你，你借记者的名义给东正县各个医院整黑材料，到处敲诈勒索，已经引起公愤，我们搜集到很多证据正准备向法院起诉你。谢谢你今天又为我们提供了一条新证据，这是你刚才说的话，自己听听吧！"

他打开手机里的录音机，里面很快传出武迪先阴阳怪气的声音。

武迪先一听脸色就变了，刚才的嚣张劲一扫而光。

"对不起，我刚才是跟你开玩笑呢，请你千万不要误会。如果方便的话，麻烦你把那段录音删了，我保证以后再也不来打扰你的工作。"武迪先咧着嘴尴尬地说道。

"为了防止你出尔反尔，录音我先保留着，至于删不删，要看以后的心情怎样。"陈博真冷笑着说道，"我要是没猜错的话，前段时间在网上发帖黑我们医院的人也是你吧。看来你的耐心非常有限，这么性急是办不成大事的。我奉劝你赶紧把帖子撤了，夹着尾巴早点从这里滚蛋。如果你干这一行实在干不下去，就换个靠谱一点的行当，老老实实地凭自己的本事赚钱，如今的社会光靠骗人是混不下去的。"

"好的好的，你的建议我会考虑的。不好意思，打扰了！"武迪先说完拿起那封信匆匆忙忙地走了。

刘婉婷瞥见一个贼眉鼠眼的男人慌慌张张地从院长的办公室里跑出去了，连忙进来问怎么回事。听陈博真讲了事情经过后，笑得前仰后合，连夸院长聪明。

"对付这种人态度一定要强硬，他们就是欺软怕硬。"陈博真说道。

"你说得太对了。我估计他以后再也不敢来了，咱们这下可以放心地工作了。"

"这个人虽然走了，其他人也不得不防，现在的医疗环境太复杂了。"

央视摄制组在南山医院一共停留了三天，拍摄工作进行得很顺利。当记者采访陈博真时问他为什么要创建这所人文医院，他说："没有了人文，医学便只剩下技术在'裸奔'；缺失了人文，再好的医疗技术也往往带着傲慢。片面地一味地追求医院的规模化，技术的高精尖，利益的最大化，使医疗工作脱离了人民，脱离了群众，这是不对的。不忘初心，以人为本，这就是我们创建南山医院的初衷。"

他的话赢得了在场围观的群众和记者的一致赞扬。

记者问他今后还有什么规划。他说根据国务院、民政部和国家卫健委的精神，今后各个地方都要成立医养结合中心，他正在草拟一份建设"东正县医养结合中心"的可行性研究报告，如果能够获批的话，就会把当地老百姓的医养工作承担起来，让患有慢性病的老年人能够提高老有所养的质量，同时也给家庭和社会减轻一些负担。

他还解释说，"医养结合"就是把专业的医疗技术检查和先进设备与康复训练、日常学习、日常饮食、生活养老等专业相融合，以医疗为保障，以康复为支撑，边医边养、综合治疗。这个概念主要是针对国家现阶段的老龄化提出来的，早在2016年已经在北京市成立多家试点单位，正在开展这项工作，未来将会在全国广泛推广。

当记者得知陈博真的南山医院效益有了好转后，他不忘家乡的老百姓过去有病无医无药的疾苦，资助村里的一位残疾人学医，学成后让其在村卫生室当村医，既解决了这位残疾人的生计问题，又为村里的老百姓提供了最基本的医疗保障的故事后，专门驱车到向阳村采访了那位残疾人。

摄制组走后，陈博真组织全院职工召开庆祝建院十三周年文艺晚会，邀请社会各界人士参加，他的一些老同事、老同学、老朋友也作为受邀嘉宾来到了晚会现场。

晚会开始前，主持人请陈博真上台致辞。他从容不迫地走上讲台，用浓重的方言向东正县各级领导以及社会上所有关心南山医院、支持南山医院的朋友表示衷心的感谢，同时也向多年来一直陪伴着南山医院成长的职工表达了真挚的谢意。

"这一路走来，有坎坷，有艰辛，也有收获和感动。无论怎样，我们都一起走过来了，我们全都是胜利者！"在结束自己的讲话时，他动情地说道。台下的医护人员含着热泪使劲为他鼓掌。

"陈院长，在今天这个特别高兴的日子里，请你为大家唱首歌吧。"女主持人热情地提议道。

"我不会唱歌，一开口就找不着调了。"陈博真极力推辞。但是台下的观众已经临时组织了一支啦啦队，齐声喊着让他"来一个"。

见此情景，陈博真只好说："那就为大家唱一首《光辉岁月》。不过你们一定要做好思想准备，我估计这大概是你们听过的世界上最难听的歌声了。"

《光辉岁月》是黄家驹为南非黑人领袖曼德拉创作的一首歌曲。这首歌不仅浓缩了曼德拉一生的坎坷，同时也表达出曼德拉希望达到自由平等的理想，那种发自内心的呼喊，非常震撼人心。陈博真很喜欢这首歌，经常在家里听。这是一首节奏感很强，充满激情充满力量的歌曲，前奏刚一开始，观众就跟着音乐打起了节拍，个个眼里闪烁着光芒，仿佛只要歌声一响起，彼此的眼神就会迅速燃烧起来，心也跟着音乐开始自由飞翔。让大家都没有想到的是，到了该发声的地方陈博真却迟迟没有发声，依然闭着眼睛摇晃着身子按照自己的节奏在找感觉，等到他认为该张口的地方才不紧不慢地唱起来，唱得非常认真，非常投入，字也咬得十分清楚。只是他的歌声和伴奏没有一点关系，音调也完全是按照自己的感觉随心所欲地起伏、跳跃。如果这样的演唱换了别人，肯定惹得台下的人捧腹大笑，但是他却用他的自信让观众认为，他演唱的是另外一个版本的《光辉岁月》。特别是当他唱到"风中挥舞狂乱的双手/写下灿烂的诗篇/不管有多么疲倦/潮来潮往世界多变迁/迎接光辉岁月/为它一生奉献"时，甚至还情不自禁地挥了挥紧握的拳头。伴奏结束后，他坚持把剩下的部分清唱完，对观众说了声："唱得不好，让大家见笑了！"便走下舞台。

　　噼里啪啦的掌声中，有个男人大声喊："唱得好！"其他人立刻发出一阵哄笑，并报以更加热烈的掌声。叫好的人不是别人，正是陈博真的发小，东正县鸿瑞大酒店的老板，两人的座位紧挨在一起。这位四十八岁的老板面色红润，体型微胖，穿着得体，比80年代电影中的经理更加时尚，更加气派。与他同龄的陈博真作为这家民营医院的"老板"，精明干练，睿智沉稳，看上去更像事业单位的领导。陈博真的几位初中同学都坐在前排，他们的身份分别是：市物价局价格管理科的科长，县农业局的局长，县交通局的副局长，县医院财务科的科长，油矿采油队的队长，全都是社会上有地位的人。

　　随着一阵悠扬的乐曲缓缓地响起，二十四名身穿粉色大褂的年轻护士一人手里捧着一支蜡烛走上舞台，用手语开始表演舞蹈《感恩的心》。站在第一排领舞的那名护士侧脸很像陈博真年轻时候的恋人。他看着看着，觉得台上的人不知不觉已变成了心中的那个她，一颦一笑都像箭一般刺入他的胸膛，让他的心又隐隐地疼痛起来。他不由得想起了他们相恋的日子，想起了她对他说过的那些激动人心的话语。

　　他多么希望在未来的某一天，那个对未来怀着无限憧憬的少年能够再次回到他的身体当中，与现在的他合二为一。他想告诉那个年轻的自己：他曾经与梦中的女孩相遇过，相爱过，此生虽然不能彼此拥有，但他依然是幸福的，因为他把自己最纯洁最美好的感情都给了她，她永远都是他最爱的女人。他还想告诉那个自己：他的理想正在一步一步地实现，他需要他火热的激情和顽强的精神继续鼓舞着他一直战斗下去……

后 记

准备写这部长篇小说前，我跟自己谈判了六个月，反复地纠结同一个问题：写，还是不写？虽然作为一名医务人员，写一部和人的生命健康有关的长篇小说是我多年来的愿望，但我十分清楚，要完成这样一部大部头的作品，对我来说难度很大，在创作的过程中要面临很多挑战。因为小说的时间跨度大，结构复杂，人物众多，专业性很强。虽然在从业三十多年的时间里，我当过护士，学过临床医学的理论知识，但是参加工作后不久就改行从事病案管理和卫生统计，后来又担任医院官网的编辑，很多东西都需要重新学习和了解才能在作品中严谨准确地表达出来。同时，为了避免不必要的麻烦，还要运用多种技巧对小说中的人物和事件进行处理，以免读者对号入座。此外，最重要的一点：写长篇特别耗费体力、脑力、精力和心力，彼时的我身体已经处于亚健康状态，经过几年的劳顿，健康状况一定会更糟。这样做，值得吗？

最后，我还是把自己说服了。我是这样想的：如果这个时代确实需要有人以文学的方式记录下这段特殊的历史，除了我，暂时没有更合适的人选，那么，就让我担当起这个使命，完成这样一次书写吧。不管写得好不好，只要能给子孙后代留下一些值得思考的东西，就足够了。

其实，学医并不是我最初的梦想，而是出于家人的意愿，目的是图家人看病方便。我从小就是一个很听话的孩子，我受到的教育告诉我，一个好孩子应该事事都顺从父母，让他们高兴就是孝顺，让他们不高兴就是不孝和叛逆。所以，我活到二十五岁才明白，我来到这个世上虽然担负着许多不可推卸的责任和义务，但是作为一个具有独立意识的人，主要是为自己活，我有权利为自己做任何决定，完全不必看任何人的脸色讨任何人的喜欢。

　　很多人都说，我有幸生在和平盛世，比前辈们要幸福得多，应该知足。我也觉得自己在目睹了改革开放给社会带来的巨大变化，体会到了现代科技的先进与便利，靠自己的劳动自给自足的同时，还能做一些自己喜欢的事情，是极其幸运的。然而，在几十年的人生当中，我发现，随着物质的极大丰富，各种妖魔鬼怪披着人皮在人间到处兴风作浪，许多僵尸一般的人类麻木地跟在他们身后，为自己和他人掠夺社会财富。单单从他们的脸上你看不出任何异样，都是一样的热情、随和，有的还显得很无辜、很单纯，有的略显严肃、冷酷，平时讨论的话题基本都和衣食住行有关。但是他们已经丧失了独立思考的意识，掀开华丽的衣装，包裹于其中的灵魂早已腐烂、变质，而自己却浑然不觉。

　　我为什么要一而再，再而三地改行，最后竟然把文学作为一种"事业"执着地去追求？那是因为除了文学我找不到更好的出路。在我最迷茫最绝望的时候，是文学拯救了我，而我却想用它来拯救这个世界。

　　动笔前，我已经想清楚了，这不是一部单纯的中国卫生改革发展史，也不是某个人的传记，就是一部纯文学的长篇小说。我像绘制画本一样，在头脑中完成了大体的构图，勾勒出一个个完全不同的人物形象，准备为这幅宏阔的画卷进行着色时，首先想到的是作品的灰度。中学的美术老师曾经告诉过我，自然界凡是能用肉眼看见的颜色都有一定的灰度，哪怕是在我们的眼里一尘不染的白纸和鲜艳无比的红太阳，也带有一定程度的灰，只是我们无法用视觉测定而已。我们看到的图像或画面都是由灰调子和明调子组成的，正是因为有了灰，才能对比出明；正是因为物体表面有了由阴影部分代表的冷和暗，才能突出局部的暖和亮。如果你欣赏过荷兰著名画家约翰内斯·维米尔的名画《戴珍珠耳环的少女》，你就能明白技艺高超的画家如何灵活地运用不同的灰度，在一幅整体看上去比较灰暗的画面上调配出极其丰富而具有层次感的色彩的同时，还能成功地把观赏者的注意力集中到少女纯洁的眼神和如同黄豆般大小的半只白色珍珠耳环上。所以，当你在阅读这部将近六十九万字的长篇小说时，你可能也会逐渐理解，为何我不能用单一的暖色来讲述这些复杂的故事，也不能只用区区几千字或者几万字来描绘我眼中的现实世界。如果你在这部小说中成功地注意到了我运用复杂的光影艺术为你们创作出的"珍珠耳环"，那么，在漫长的六年时间里，我越过的那些沼泽，穿过的黑暗通道，跟随着人物的命运受过的痛苦煎熬和如同受刑坐牢般的创作过程，都不算什么。

　　每一位孤勇者前进的路上都离不开同行者的相助。在此，我要特别感谢陕西省委宣传部、陕西省作协对这部作品的高度重视和大力扶持，还要感谢那些在我收集资料、体验生活、创作修改阶段、发表出版过程中为我提供各种便利和指导的领导、同事、同行、文学前辈和热心的朋友。

　　谨以此书献给所有为人类的健康和幸福做出贡献的普通劳动者。

杨晓景

2022 年 6 月 7 日于延安